JUBILÄUMSBAND HEYNE VERLAG

HEYNE BÜCHER

In der selben Reihe erschienen
außerdem als Heyne-Taschenbücher

Spannung · Band 50/1
Das biologische Gartenbuch · Band 50/2
Die großen Filmromane · Band 50/3
Das Heyne-Jubiläumskochbuch · Band 50/4
Fantasy · Band 50/5
Thriller · Band 50/6
Heiteres · Band 50/7
Liebe · Band 50/8
Unheimliches · Band 50/9
Europäische Erzähler des 20. Jahrhunderts · Band 50/10
Keep smiling · Band 50/11
Das große Buch der alternativen Heilmethoden · Band 50/12
Action · Band 50/13
Die beste Dr. Oetker Kalte Küche · Band 50/14
Erotik · Band 50/15
Ratgeber Geld · Band 50/16
Deutsche Erzähler des 20. Jahrhunderts · Band 50/17
Agenten · Band 50/18
Klinik · Band 50/19
Witze · Band 50/20
Horror · Band 50/21
Hallo, Liebling · Band 50/22
Spione · Band 50/23
Der Versicherungs-Ratgeber · Band 50/24
Crime · Band 50/25
Das endgültige Buch der Sprüche und Graffiti · Band 50/26
Amerikanische Erzähler des 20. Jahrhunderts · Band 50/27
Hochspannung · Band 50/28
Angst · Band 50/29
Schicksal · Band 50/30
Ratgeber Recht · Band 50/32

HEYNE
JUBILÄUMS
BAND

Sinnlichkeit

Fünf ungekürzte erotische Romane

WILHELM HEYNE VERLAG
MÜNCHEN

HEYNE JUBILÄUMSBÄNDE
Nr. 50/31

Deutsche Übersetzung von F. G. U. Glass

Deutsche Übersetzung von Uschi Gnade

Deutsche Übersetzung von F. G. U. Glass

Deutsche Übersetzung von Brigitte Straub
Dieser Band erscheint auch in der Reihe
„Exquisit modern" (116/372) unter dem Titel
SPLITTERVERRÜCKT

Deutsche Übersetzung von Werner von Grünau

Printed in Germany 1988
Umschlagfoto: Bildagentur ZEFA/Vloo, Düsseldorf
Umschlaggestaltung: Atelier Ingrid Schütz, München
Gesamtherstellung: Ebner Ulm

ISBN 3-453-02646-2

HEYNE JUBILÄUMS BAND

Sinnlichkeit

Fünf ungekürzte erotische Romane

WILHELM HEYNE VERLAG
MÜNCHEN

HEYNE JUBILÄUMSBÄNDE
Nr. 50/31

Printed in Germany 1988
Umschlagfoto: Bildagentur ZEFA/Vloo, Düsseldorf
Umschlaggestaltung: Atelier Ingrid Schütz, München
Gesamtherstellung: Ebner Ulm

ISBN 3-453-02646-2

Inhalt

Jackie Collins

Das Luder

1. Kapitel

Zufrieden lächelnd stand Nico Constantine vom Spieltisch auf, nachdem er beim Siebzehnund-vier gewonnen hatte. Lässig steckte er die zwölf goldglänzenden Fünfhundert-Dollar-Chips ein und warf der hübschen kleinen Casino-Aufsicht einen Fünfzig-Dollar-Chip zu. Hübsche runde sechstausend Dollar. Gar nicht so schlecht für eine halbe Stunde Arbeit. Aber leider auch nicht so gut für jemanden, der bereits zweihunderttausend Dollar verloren hatte.

Nico sah sich in dem überfüllten Casino von Las Vegas um; seine pechschwarzen Augen wanderten zwischen den Besuchern hin und her.

Ältere Damen in buntbedruckten Blumenkleidern spielten verbissen an den vielen ›einarmigen Banditen‹, die sie trotz ihrer Zierlichkeit mit erstaunlicher Kraft zu bedienen wußten. Braungebrannte Pärchen – von Spieltrieb und zuviel Sonne geschwächt – verdienten sich hier und da schnelle achtzig oder neunzig Dollar an den Roulette-Tischen.

Animiermädchen flanierten vorbei; mit wachen Augen auf der Suche nach einem reichen Freier. Die reichen Freier in grellfarbigen Anzügen schrien sich, meist im Slang des Mittelwestens, an den Würfeltischen ihre Kehlen wund.

Nico lächelte. Las Vegas amüsierte ihn immer wieder. Das Gedränge und Geschiebe, der Gewinn und der Verlust, diese seltsame, fast vollkommene Unwirklichkeit.

Eine glitzernde Stadt im Zentrum einer trockenen Wüste! Eine gewaltige Anhäufung von Lichtreklamen. Hier konnte man allen bekannten und auch noch einigen unbekannten Lastern frönen. Las Vegas bot – wenn man nur das nötige Geld hatte – wirklich alles, was Herz und Sinne begehrten.

Nico zündete sich eine lange, dünne Havanna-Zigarre mit seinem exklusiven Dunhill-Feuerzug an und nickte den Leuten zu, die sich bemühten, seine Aufmerksamkeit zu erregen. Hier der Chef einer Reihe von Spieltischen, dort eine Zigarettenverkäuferin oder einer der vielen Aufpasser, der seine Runde machte. Nico Constantine war in Las Vegas ein sehr bekannter Mann und, was noch wichtiger war, Nico Constantine war ein Gentleman – und wie viele von denen waren in der Welt noch übriggeblieben?

Er sah gut aus. Für neunundvierzig Jahre sah er sogar besonders gut aus. Sein dichtes schwarzes Haar, leicht gewellt, mit den ersten grauen Strähnen durchsetzt, machte ihn noch interessanter. Schwarze Augen, beschattet von, kaum zu glauben, echten schwarzen Wimpern. Eine starke Nase, olivfarbene, gebräunte Haut. Eine breitschultrige, schmalhüftige Figur, um die ihn viele jüngere Männer beneideten.

All diese Attribute wurden durch Nicos Stil und Auftreten nur noch unterstrichen.

Seine Anzüge mit Weste, gefertigt aus feinsten Stoffen, stammten von den besten Schneidern. Seine seidenen Hemden waren von einzigartiger Qualität, seine italienischen, handgemachten Schuhe aus bestem Handschuhleder. Denn nur das Beste war gut genug für Nico Constantine. So lautete sein Wahlspruch, seit er zwanzig Jahre alt war.

»Mr. Constantine, darf ich Ihnen einen Drink bringen?« Ein Serviermädchen, die langen Beine in schwarzen Netzstrümpfen, stand mit dem vielversprechenden typischen Las-Vegas-Lächeln neben ihm.

Nico lächelte zurück, wobei er seine makellosen Zähne aufblitzen ließ. In sein immer noch vollzähliges Gebiß hatte sich bisher nur eine einzige Krone verirrt. »Warum eigentlich nicht? Einen Wodka auf Eis, und zwar vom besten.« Seine schwarzen Augen flirteten heftig mit ihr, und sie genoß es. Frauen genossen es immer. Frauen beteten Nico Constantine einfach an – und er seinerseits war ihnen mehr als zugetan. Vom einfachsten Serviermädchen bis zur hochmütigsten Prinzessin behandelte er alle Frauen gleich. Blumen (immer rote Rosen); Champagner (immer Pommery); Geschenke (kleine goldene Anhänger von Tiffany in New York) oder, falls diese Damen einige Wochen überdauerten, ein wenig Brillantschmuck (von Cartier).

Das Mädchen beeilte sich, seinen gewünschten Drink zu holen.

Nico sah auf seine goldene Patek-Philipe-Digital-Armbanduhr. Es war zwanzig Uhr. Der ganze Abend lag noch vor ihm. Jetzt würde er in aller Ruhe seinen Drink zu sich nehmen und das bunte Treiben in der Spielbank beobachten, ehe er sich in den Trubel stürzte. Dann sollte das Schicksal seine Zukunft entscheiden.

Nico Constantine war 1930 in einem armseligen Vorort von Athen als der einzige Bruder von drei älteren Schwestern geboren worden. Seine Kindheit war die eines kleinen Jungen gewesen, der unter dem schützenden Mantel einer fast erdrückenden weiblichen Geborgenheit aufwuchs. Von seinen Schwestern wurde er in einem Meer von Liebe nahezu erstickt, von seiner Mutter verhätschelt, und seine zahlreichen weiblichen Verwandten küßten, herzten und verwöhnten ihn, wo es nur ging.

Sein Vater war selten daheim, da er zur Besatzung einer der berühmten Yachten von Aristoteles Onassis gehörte. Das trug dazu bei, daß man Nico als den ›kleinen Mann‹ der Familie betrachtete. Alles in allem war er ein wunderschönes Baby, ein liebenswertes Kind und schließlich ein umwerfender junger Mann. Als er mit vierzehn Jahren die Schule verließ, wurde er von allen Frauen in seiner unmittelbaren Umgebung geliebt.

Seine drei Schwestern, wobei man auch die Mutter nicht vergessen durfte, überwachten ihn eifersüchtig auf Schritt und Tritt. Für sie war er ihr kleiner Gott.

Als sein Vater die Absicht äußerte, ihn zu seiner nächsten Reise als Steward auf dem Schiff anzuheuern, rebellierte die ganze Familie. Auf keinen Fall durfte Nico ihrer Aufsicht entzogen werden. Auf gar keinen Fall!

Der Vater versuchte die Familie umzustimmen, aber ohne Erfolg, und so ergab es sich, daß Nico einen Job auf einer kleinen Werft in einem nahegelegenen Fischerhafen annahm. Keine hundert Meter von dort entfernt arbeitete eine seiner drei Schwestern in einer Fischfabrik. Sie wachte über ihn wie ein Habicht. Wann immer er auch nur versuchte, sich einem weiblichen Wesen zu nähern, tauchte sie urplötzlich auf und wies ihn in seine Schranken.

So gelang es der Familie Constantine in perfekter Teamarbeit, den jungen Nico völlig unschuldig und unberührt aufwachsen zu lassen.

Jedoch Nico entwickelte sich. Sein Körper wurde kräftiger, sein Penis wuchs und seine Hoden wurden schwerer, und er selbst fühlte sich während dieser ganzen Zeit immer wilder und geiler. Kein Kunststück, wenn man in so unmittelbarer Nähe von vier Frauen aufwächst. Seine sexuellen Wünsche wurden von allen Seiten geweckt. Nackte Brüste, Schamhaare und weibliche Gerüche. Unterwäsche, die man überall, wohin er auch sah, zum Trocknen aufgehängt hatte.

Als er sechzehn Jahre alt war, wurde seine Situation verzweifelt. Das einzige, was ihm Erleichterung verschaffte, war zu onanieren.

Aber selbst dieses Vergnügen mußte er wie eine militärische Operation planen. Überall überwachten ihn die Augen der Frauen.

Er mußte von zu Hause weg. Eine schwere Entscheidung, die nur er allein treffen konnte und die immerhin bedeutete, daß er all diese ungewollte Liebe und Zuneigung hinter sich lassen mußte... Doch Nico war sich klar darüber, daß er zu sehr verweichlicht wurde und daß nur eine Trennung diesen Zustand beenden konnte. Das war der einzige Weg für Nico, endlich ein selbständiger Mann zu werden.

In einer Sonntagnacht im Dezember 1947 ging er auf und davon und erreichte zwei Tage später die Innenstadt. Er fühlte sich kalt, müde und hungrig und war sich fast sicher, daß er eine falsche Entscheidung getroffen hatte. Innerlich hoffte er bereits, daß seine Familie kommen und ihn zurückholen würde.

Was sollte er nun tun? Woher sollte er einen Job bekommen und wovon sollte er leben? Für welche Arbeit war er überhaupt geeignet?

Nur mit einem Hemd, einer dünnen Wollhose und einer Windbluse bekleidet, die ihn nicht vor Kälte und Regen schützen konnte, wanderte er verloren in der Stadt herum.

Frierend suchte er die Vorhalle eines großen Apartment-Hauses auf und fand dort Unterschlupf, als ein großer, von einem Chauffeur gesteuerter Wagen vor dem Portal hielt. Zwei in Pelze gehüllte Damen stiegen lachend und plaudernd aus. Als sie ihn erblickten, gingen sie auf ihn zu. Eine der beiden Damen hatte das Gesicht einer Madonna, ruhig und lächelnd. Die Schönheit ihrer schlanken Erscheinung wurde noch ganz besonders durch weichfallende, blonde Locken unterstrichen.

»Wen haben wir denn hier?« fragte diese schöne Frau mit einer Stimme, die auf ihn zugleich beruhigend und verzaubernd wirkte.

Nico war sprachlos. Hilflos sah er sie mit seinen schwarzen Augen an, worauf sie seinen Arm nahm und sagte: »Komm nur, du solltest einen heißen Kaffee trinken und etwas Wärmeres anziehen!«

Das war Lise Maria Androtti, eine berühmte Opernsängerin, dreiunddreißig Jahre alt, geschieden, ungeheuer reich und die wundervollste Frau, die Nico jemals getroffen hatte.

Schon nach wenigen Tagen waren sie ein Liebespaar. Der siebzehnjährige Junge und die dreiunddreißig Jahre alte Frau. Sie lehrte ihn die Liebe nun so, wie sie immer hatte geliebt werden wollen.

Er war ein gelehriger Schüler. Er hörte zu, lernte schnell und entsprach ihren kühnsten Vorstellungen.

»Mein Gott, Nico«, pflegte sie nach völliger Erschöpfung zu sagen, »du bist der beste Liebhaber, den ich je hatte.« Aufgrund ihrer meisterhaften Anleitungen mußte er es ja auch sein.

Ihre Freunde empfanden diese Verbindung skandalös und warnten sie unablässig. »Er ist doch kaum mehr als ein Kind« – »das gibt einen Skandal!« – »Dein Publikum wird es dir nie verzeihen!«

Lise Maria hatte für all diese Warnungen nur ein Lächeln. »Er macht mich glücklich«, erklärte sie. »Er ist der Beste, der mir je in meinem Leben begegnet ist.«

Nico schrieb einen sehr kurzen Brief an seine Familie. Es ginge ihm gut. Er habe einen Job. Er würde bald wieder schreiben. In den Brief legte er einige Geldscheine, die ihm Lise Maria zu diesem Zweck gegeben hatte. Sie hatte darauf bestanden und sorgte auch weiterhin dafür, daß er jeden Monat an seine Familie schrieb und Geld schickte. Nur zu gut verstand sie, wie schmerzhaft es für seine Familie gewesen sein mußte, Nico zu verlieren. Wahrhaftig, er war ein fabelhafter Junge.

An Nicos zwanzigstem Geburtstag heirateten sie. Lise Maria hatte sich bemüht, die Zeremonie geheimzuhalten, aber viele griechische Pressefotografen hatten dennoch von diesem Ereignis erfahren, und so wurde aus einer kleinen Hochzeit eine Riesenshow. Auf diese Weise fand nun auch Nicos Familie endlich heraus, wo sie ihren Lieblingsjungen zu suchen hatte. Sie eilten nach Athen, und der Skandal, den Lise Maria so sorgfältig zu verhindern versucht hatte, nahm noch größere Dimensionen an.

Selbstverständlich konnte sie nichts mehr an der fatalen Situation ändern, dazu war es zu spät. Abgesehen davon war es allen klar, daß Nico und Lise Maria unbeschreiblich glücklich miteinander waren. Neunzehn Jahre lang leben sie vergnügt zusammen. Der Altersunterschied spielte in ihrer Beziehung keine Rolle. Lediglich die Weltpresse versuchte diese Tatsache hochzuspielen.

Aus dem unbeholfenen Jüngling Nico entpuppte sich ein selbstbewußter Weltmann. Seinem Geschmack entsprachen nur noch die besten und teuersten Dinge. Für Lise Maria war es nicht schwer, diesen aufwendigen Lebensstil zu finanzieren.

Auf keinen Fall wollte Lise Maria dulden, daß Nico arbeitete.

Und er erfüllte ihr diesen Wunsch ohne weiteres.

Immer war Nico an ihrer Seite.

In kürzester Zeit lernte er fließend Englisch, Deutsch, Französisch und Italienisch zu sprechen.

Auch im Börsengeschäft war er beschlagen und hatte dabei manchmal sogar Erfolg.

Ski-, Wasserski- und Rennfahren, Reiten und Polo erlernte er spielend.

In kürzester Zeit brachte er es zum Experten beim Bridge, Backgammon und Poker.

Seine Kenntnisse in bezug auf Weine und gutes Essen waren hervorragend.

Und er war ein treuer und immer besser werdender Liebhaber für seine schöne und berühmte Frau. Bis zu dem Tage, an dem Lise Maria, fünfundfünfzigjährig, an Krebs starb, hatte er sie immer wie eine Königin behandelt.

Danach war er verloren. Er fand sich plötzlich allein in einer Welt, in der er außer in Gemeinschaft mit seiner geliebten Lise Maria nicht weiterzuleben vermochte.

Er war jetzt neununddreißig Jahre alt und zum erstenmal in seinem Leben allein. Er hatte alles, was er sich nur wünschen konnte – Lise Maria hatte ihm ihr gesamtes Vermögen hinterlassen – und doch hatte er nichts.

In ihrem Penthouse in Athen konnte er nicht länger leben. Auch nicht auf ihrer Privatinsel oder in ihrem schönen Haus in Paris.

Er verkaufte alles. Sogar die vier Wagen, die märchenhaften Juwelen und den Grundbesitz.

Nachdem er sich von seiner Familie verabschiedet hatte, die jetzt in einem Haus im Zentrum von Athen lebte, ging er nach Amerika – dem einzigen Land, das Lise Maria niemals als den Superstar anerkannt hatte, der sie überall in Europa gewesen war.

Amerika, ein Platz zum Vergessen. Ein neuer Anfang.

»Mr. Constantine, hier ist Ihr Wodka.« Das Mädchen zwinkerte ihm zu. »Der beste, nicht unser normales Gesöff.« Sie sah ihm dabei tief in die Augen, und erst der Zuruf eines übellaunigen Spielers zwang sie, sich von Nico loszureißen.

Las Vegas. Wirklich eine einmalige Stadt! Vierundzwanzig Stunden lang eine Spielhölle, ohne Pause. Luxuriöse Hotels und beste Unterhaltung. Wunderschöne Showgirls. Herrlichster Sonnenschein.

Mit einem Schmunzeln erinnerte sich Nico an den ersten Blick, den er auf diese Stadt geworfen hatte. Er war mit dem Wagen mitten in der Nacht, von Los Angeles kommend, hier eingetroffen. Nach Stunden der Dunkelheit traf er auf einmal völlig unvorbereitet auf diese verzauberte neonbeleuchtete Traumstadt in der Mitte von Nirgendwo. Eine Erinnerung, die ihm immer bleiben würde.

War das erst zehn Jahre her? Es schien ihm eine Ewigkeit zu sein...

Im Sommer 1969 also war Nico mit fünfundzwanzig exklusivsten Gucci-Koffern in Los Angeles eingetroffen.

Zuerst mietete er sich einen weißen Mercedes und einen Bungalow, der zum berühmten Beverly-Hills-Hotel gehörte. Er wollte erst einmal abwarten, ob es ihm in Los Angeles überhaupt gefallen würde.

Es gefiel ihm. Wem hätte es in einer vergleichbaren Situation wohl nicht gefallen?

Er war reich, gut aussehend und zu haben.

Innerhalb von zwei Minuten, nachdem er sich in der Nähe des Swimming-pools niedergelassen hatte, drängte sich ihm eine erste Begleiterin auf.

Die Begleiterin war Dorothy Dainty, ein zeitweise beschäftigtes Starlett mit vollem rotem Haar und einem durch Silikon auf über hundert Zentimeter Umfang aufgemöbelten Busen. Sie hatte die schlechte Angewohnheit, aus dem Mundwinkel heraus zu sprechen, als würde sie ständig in einem Gangsterfilm auftreten. »Sind Sie ein Produzent?« fragte sie geheimnisvoll lächelnd.

Nico betrachtete sie, behandelte sie mit Respekt und erlaubte ihr, ihm die Stadt zu zeigen.

Beleidigt war sie darüber, daß er nicht versuchte, mit ihr ins Bett zu gehen. Dorothy Dainty war erschüttert. *Jeder* versuchte sie zu ficken. Es gelang auch jedem. Was war eigentlich mit diesem eigenartigen ausländischen Burschen los?

Sie begleitete ihn überall hin. Ins Bistro, ins La Skala, ins Daisy und in die Factory. In kürzester Zeit bereits waren Nico und die Geschäftsführer dieser Lokale die besten Freunde.

Schon nach zwei Wochen benötigte er Dorothy nicht mehr. Sie bekam ihren goldenen Anhänger, in den ein paar freundliche Worte eingraviert waren, ein Dutzend rote Rosen und danach meldete Nico sich nie wieder.

»Der Kerl muß schwul sein«, erzählte Dorothy all ihren Freunden. »Eine andere Erklärung gibt es einfach nicht.«

Der Gedanke, daß es einen Mann geben könnte, der nicht mit ihr schlafen wollte, machte sie wochenlang unsicher.

Nico hatte nicht die geringste Absicht, mit den Dorothy Daintys dieser Welt zu vögeln. Allerdings war seine Frau nun bereits drei Monate tot und er fühlte durchaus die physische Notwendigkeit, mit einem Mädchen zu schlafen. Aber nichts in der Welt konnte ihn veranlassen, sein Niveau zu senken. Er hatte das Beste besessen, das es gab, und es war ihm durchaus klar, daß er niemals eine andere Lise Maria finden würde. Aber auf alle Fälle war er auf der Suche nach etwas Besserem als einer Dorothy Dainty.

Er war der Meinung, daß es für ihn jetzt nur noch junge Mädchen geben könnte. Junge, unbekümmerte Schönheiten und relativ unverdorben.

Niemals hatte er bis jetzt mit einer anderen Frau als Lise Maria geschlafen. Doch während der nächsten zehn Jahre holte er auf diesem Gebiet alles gründlich nach und brachte es auf mehr als einhundertzwanzig junge Geliebte. Im allgemeinen dauerten diese Affären nur vier Wochen und keines der Mädchen bedauerte es jemals, mit Nico Constantine geschlafen zu haben. Er war eben ein Top-Liebhaber. Der Beste.

Später kaufte er sich in der Umgebung Hollywoods in den Bergen ein Haus und führte dort ein flottes Leben.

Die Junggesellen aus der Gegend von Beverly Hills rissen sich darum, mit ihm befreundet zu sein. Alles, was sie sich wünschten, besaß er. Klasse, Stil und Reichtum. Der Reichtum allerdings war das, was sie am wenigsten beeindruckte. Geld hatten sie schließlich alle. Aber Nico besaß eine nicht zu definierende Qualität – einen Charme, der angeboren war.

Zehn idyllische Jahre lang genoß Nico dieses herrliche Leben. Er spielte Tennis, ging gerne schwimmen, machte Geschäfte an der Börse, pokerte mit seinen Freunden, investierte hier und da, schlief mit wunderschönen Mädchen, badete in der Sonne, ging in die Sauna, ins Dampfbad, zu den interessantesten Partys, den Filmpremieren und in die besten und teuersten Restaurants.

Es war ein Schock für ihn, als er feststellen mußte, daß seine Geldquellen langsam versiegten. Es war sogar ein riesiger Schock.

Nico Constantine pleite. Wahnsinn! Aber wahr. Die Anwälte seiner verstorbenen Frau in Athen hatten ihn zwei Jahre lang gewarnt, daß es so für ihn finanziell nicht weitergehen könne. Sie hatten ihn aufgefordert, sinnvoll zu investieren. Sein Kapital zu streuen. Diese Warnungen hatte Nico nie richtig ernst genommen, und nun mußte er die traurige Feststellung machen, daß kein Geld mehr da war.

Der Gedanke, kein Geld zu haben, kam ihm unglaublich vor. Er beschloß, daß sofort und dringlichst etwas getan werden müßte. Er war ein brillanter Spieler, war es immer gewesen – und die Versuchung von Las Vegas lag so unglaublich nahe.

Nachdem er seine Situation präzise überdacht hatte, stellte er folgende Überlegung auf: Wieviel Geld brauchte er, um seinen derzeitigen Lebensstandard aufrechterhalten zu können? Abgesehen davon, daß er seine gesamte Familie in Athen unterstützte, hatte er nur an sich selbst zu denken. Er würde sein Haus verkaufen und dadurch unmittelbar über eine größere Summe verfügen können. Er würde dann ein kleineres Haus mieten und seine wöchentlichen Ausgaben drastisch reduzieren. Das schien ihm eine fabelhafte Idee zu sein. Mit dem Geld aus dem Verkauf des Hauses und mit seinem Glück und Können beim Spiel müßte es ihm in kurzer Zeit gelingen, in Las Vegas sein Vermögen zu verdoppeln oder gar zu verdreifachen. Auf jeden Fall sollte er dann in der Lage sein, diese Summe zu investieren, um von den Zinsen gut leben zu können.

Nico war seit diesem Entschluß genau dreiundzwanzig Stunden in Las Vegas, und in dieser Zeit hatte er bereits einhundertvierundneunzigtausend Dollar verloren.

2. *Kapitel*

Fontaine Khaled erwachte allein in ihrer New Yorker Wohnung. Nachdem sie ihre Schlafbrille aus schwarzer Seide abgenommen hatte, nahm sie sich aus dem in ihrem Nachttisch eingebauten Kühlschrank einen Orangensaft.

Während sie die herrlich kalte Flüssigkeit hinunterstürzte, stöhnte sie laut vor Wohlbehagen. Der viele Alkohol der vergangenen Nacht machte ihr schwer zu schaffen. Sie hatte einen riesigen Kater. Verdammt noch mal! Diese ›Diskothek Vierundfünfzig‹ und dann noch die zwei Schwulen; ein Schwarzer und ein Weißer. Das war vielleicht ein Vergnügen! Sie versuchte aufzustehen, fühlte sich aber zu schwach dazu und sank wieder in ihre damastenen Kissen zurück.

Erschöpft griff sie nach einer auf ihrem Nachttisch stehenden Flasche mit Vitamintabletten. Vitamin E trank sie mit Orangensaft, dann kam Vitamin C an die Reihe, dann ein Vitamin-Mischpräparat und zum Schluß zwei große Hefebomben.

Fontaine stöhnte erneut und langte nach einem silbernen Handspiegel. Sie richtete sich im Bett auf und betrachtete ihr Gesicht. Wirklich, sie sah immer noch ungeheuer gut aus und das trotz des schrecklichen Jahres, das sie hinter sich hatte.

Mrs. Fontaine Khaled. Ex-Ehefrau von Benjamin Al Khaled, dem arabischen Multibillionär. In ihren Gedanken bezeichnete sie ihn als einen arabischen Dreckskerl. Man stelle sich nur vor, daß so ein Typ nichts anderes zu tun brauchte, als seiner Ehefrau dreimal öffentlich zu sagen: ›Ich verstoße dich!‹ und schon war er ein freier Mann.

Wie sollte man einen solchen Menschen anders als einen arabischen Dreckskerl bezeichnen.

Fontaine zog es vor, die unangenehmen Einzelheiten, die zu ihrer Trennung geführt hatten, zu vergessen. Er hatte sich auf hinterlistige Weise Fotos von ihr besorgt, die sie und eine ganze Anzahl von jungen Liebhabern in den pikantesten erotischen Positionen zeigten. Das war einfach nicht fair. Schließlich hatte sie ein Recht auf Liebhaber. Benjamin, immerhin schon ein Sechziger, war kaum noch in der Lage, ihre dringlichsten Bedürfnisse zu erfüllen.

Fontaine war über die Scheidung immer noch verärgert. Schließlich war die Scheidung der Hauptgrund, weswegen sie den größten Teil des Jahres in New York verbringen mußte. Aber auch das war wiederum besser als London, wo sie wegen ihrer vielen Affären zu gut bekannt war. Nicht daß sie Benjamin als Mann etwa so sehr vermißte – was ihr viel mehr fehlte, war der weltweite Respekt und die Sicherheit, die sie als Mrs. Benjamin Al Khaled überall genossen hatte.

Sie hieß zwar immer noch Mrs. Khaled, war aber jetzt eben nur noch eine von zwei ehemaligen Gattinnen.

Es gab natürlich schon wieder eine neue Mrs. Khaled Nummer eins. Ein schrecklich junges Fotomodell mit Namen Dolores. Fontaine mußte zugeben, daß sie ein recht gut anzusehendes Mädchen war, das Benjamin komplett zum Narren hielt und das sein Geld noch schneller ausgab, als sie es je vermocht hatte.

Von ihrem Standpunkt aus gesehen war die Abfindung, die sie bei der Scheidung erhalten hatte, in keiner Weise ausreichend gewesen. Schließlich war durch die Ehe mit Benjamin ihr Lebensstandard stark gestiegen und sie sah sich zum erstenmal gezwungen, in der jetzigen Saison wieder den Zobel vom vergangenen Jahr zu tragen. Man stelle sich das nur vor! Vom vergangenen Jahr! Einfach unglaublich!

Nackt wie immer stand sie aus dem Bett auf. Eine prima Figur, gute Haltung, hervorragend gepflegt. Straffe Haut, kleine, hohe Brüste, die es noch mit jeder Sechzehnjährigen aufnehmen konnten.

Fontaine hatte immer gut auf sich aufgepaßt. Massagen, Dampfbäder, Gesichtsmasken, Gymnastik und von Kopf bis Fuß gepflegt.

Dieser Aufwand hatte sich bezahlt gemacht. Sie war knapp vierzig Jahre alt und sah bestimmt nicht älter als neunundzwanzig aus. Ihr Gesicht war noch nie geliftet worden, sie war die typische, klassische englische Schönheit mit einer tadellosen Figur.

Sie zog sich einen seidenen Morgenrock über und klingelte nach ihrem Mädchen, einer immer etwas mürrischen Puertoricanerin, die sie schon längst gefeuert hätte, wenn es nicht fast unmöglich gewesen wäre, neue Dienstboten zu bekommen.

Ohne anzuklopfen betrat das Mädchen das Zimmer. »Ich wünschte, Sie würden anklopfen, Ria«, sagte Fontaine irritiert, »das habe ich Ihnen doch schon hunderttausendmal gesagt.«

Ria lächelte über ihr mehrfach zurückgeworfenes Spiegelbild in dem durch Spiegel verkleideten Schlafzimmer. Zum Teufel, dachte sie, in dieser Umgebung möchte ich auch gern einmal mit meinem Freund Martino vögeln!

»Aber gewiß, Mrs. Khaled«, sagte sie, »soll ich Ihnen jetzt ein Bad einlassen?«

»Natürlich«, antwortete Fontaine kurz angebunden. Sie konnte das Mädchen einfach nicht ausstehen.

Im Speisesaal der ›Vier Jahreszeiten‹ wartete Sarah Grant auf Fontaine. Sie war in New York ihre engste Freundin und mit ihr heute zum Mittagessen verabredet. Sarah sah wiederholt auf ihre hübsche, flache Cartier-Uhr und seufzte ungeduldig. Fontaine kam immer zu spät. Eine ihrer weniger angenehmen Eigenschaften.

Sarah bestellte beim Ober einen weiteren Martini. Sie war eine außerordentlich attraktive Frau mit stark slawischem Einschlag. Ihr pechschwarzes Haar wurde in einem dicken Knoten zusammengehalten. Von Hause aus eine vermögende Frau, hatte sie außerdem zwei Ehen mit Millionären hinter sich und leistete sich jetzt einen Schriftsteller namens Allan, der ihrem ungewöhnlichen Verlangen nach bizarren Sexspielen entgegenkam. Gerade jetzt hatten sie beide gemeinsam eine Affäre mit einem Transvestiten aus Neu-

England, der bemüht war, durch sie als Volkssänger Karriere zu machen.

Fontaine betrat das Lokal; ihre aparte Erscheinung erregte immer noch die Aufmerksamkeit aller Anwesenden.

Kaum die gegenseitigen Wangen berührend, begrüßten sich die beiden Frauen mit einem Kuß.

»Wie war es in Beverly Hills?« wollte Fontaine wissen. »Hast du dich dort gut amüsiert?«

Sarah schüttelte sich. »Du weißt doch, was ich von Los Angeles halte. Eine langweilige kleine Stadt, aber Allen hat es gut gefallen. Er hat dort jemanden gefunden, der dumm genug war, sein Drehbuch zu optionieren. Sie gaben ihm sogar zehntausend Dollar und er benahm sich, als ob er eine Goldmine entdeckt hätte!«

»Ach, wie reizend!«

»Fabelhaft, mein Mann hat endlich einmal eigenes Geld. Der Betrag reicht knapp für die Vierteljahresprämie meiner Schmuckversicherung!«

Fontaine lachte. »Sarah, sei doch nicht so kleinlich..., wie du weißt, hat der Mann doch auch noch andere Qualitäten.«

»Ach, wirklich? Sag mir mal, Liebling, wo soll ich die denn finden? Kannst du mir das verraten?«

Das Essen verging wie im Fluge. Beide Frauen waren Experten auf dem Gebiet des neuesten Klatsches und hatten bereits, als der Kaffee serviert wurde, alle und jeden ihrer Bekannten aufs feinste aueinandergenommen und sich dabei köstlich amüsiert.

Während Sarah an ihrem Grand Marnier nippte, sagte sie ganz beiläufig: »Ich habe übrigens an der Küste einen alten Freund von dir getroffen. Erinnerst du dich noch an Tony?«

»Tony?« Fontaine täuschte Unkenntnis vor, aber sie wußte sofort, von wem die Rede war. Tony Blake. Tony der Deckhengst.

»Er erinnert sich aber an dich«, sagte Sarah belustigt, »und dabei scheint es sich nicht gerade um eine erfreuliche Erinnerung für ihn zu handeln. Was hast du dem armen Jungen eigentlich angetan?«

Fontaine wurde hellhörig. »Von einem kleinen unbedeutenden Kellner habe ich ihn zum Topmanager der besten Diskothek in London befördert!«

»Ach, wirklich? Und dann hast du ihn hinausgeworfen, das stimmt doch?«

»Ich habe auf seine Dienste verzichtet, bevor er auf meine verzichten konnte. Der verrückte kleine Strolch versuchte, sich auf eigene Beine zu stellen und mich aus dem Laden auszubooten.«

Sarah lachte. »Und was passierte dann?«

»Ich dachte, ich hätte dir das schon alles erzählt. Ich arrangierte mich mit seinem Geldgeber, noch ehe er dazu in der Lage war. Ist das nicht göttliche Gerechtigkeit? Seitdem habe ich nichts mehr von ihm gehört. Was treibt er eigentlich in Los Angeles?«

»Er treibt das, was fast jeder in Los Angeles treibt – er hascht und säuft. Übrigens: was ist eigentlich mit deinem Club in London los? Hieß der nicht ›Hobo‹ oder so?«

Aus ihrer sündhaft teuren Handtasche nahm Fontaine eine exquisite Puderdose heraus und betrachtete sich genauestens in dem kleinen Spiegel. »Meinem Club geht es ausgezeichnet! Er ist immer noch in.« Sie kramte eine kleine Tube mit flüssigem Lipgloss hervor und befeuchtete damit ihre Lippen. »Übrigens habe ich heute morgen einen Brief von meinem Anwalt bekommen, in dem er mich bittet, nach London zu kommen, um meine Angelegenheiten zu regeln.«

»Um was für Angelegenheiten kann es sich dabei schon handeln?« neckte Sarah.

Fontaine machte ihre Puderdose zu. »Um finanzielle Angelegenheiten, Liebling. Das sind schließlich die einzigen Angelegenheiten, die wichtig sind, nicht wahr?«

Nach dem Essen trennten sie sich und jeder ging seiner Wege. Selbst bei einer so guten Freundin wie Sarah war Fontaine der Ansicht, daß ein gewisser Abstand gewahrt bleiben sollte. Während sie die Fifth Avenue entlangschlenderte, dachte sie an den Brief ihres Anwaltes und was wirklich in ihm gestanden hatte. Finanzielle Schwierigkeiten..., unbezahlte Rechnungen..., zu hohe Ausgaben..., Ärger im ›Hobo‹.

Es schien wirklich an der Zeit zu sein, nach London zurückzufahren, um diese Dinge in Ordnung zu bringen.

Wie konnte der ›Hobo‹-Club in Schwierigkeiten sein? Von dem Augenblick an, als Benjamin ihr den Club gekauft hatte, brachte er Geld. Tony, ihr Manager, Liebhaber und Deckhengst, war der begehrteste Mann in London gewesen, als sie ihm den Club übergab. Nachdem sie ihn hinausgeschmissen hatte, wurde der Club durch Ian Thaine, ihren neuen Partner, neu dekoriert und ein neuer Manager eingesetzt. Dann allerdings war Ian sauer geworden, weil sie nicht bereit gewesen war, die berufliche Partnerschaft auch in persönlicher Beziehung fortzusetzen. Daraufhin hatte sie ihn ausgekauft. Als sie London verließ, lief der ›Hobo‹-Club wieder auf vollen Touren. Dieser Club gehörte jetzt ihr allein und sie erwartete durch ihn regelmäßige größere und gesicherte Einkünfte. Was sie jetzt besaß, war offensichtlich ein Zuschußbetrieb.

Es hatte zu regnen begonnen. Fontaine suchte vergeblich nach einem Taxi. O Gott, es war wirklich an der Zeit, daß sie sich einen neuen Millionär angelte. Seit wann hatte sie es nötig, sich um so etwas Lächerliches wie ein Taxi zu kümmern? Ihr stand ein Rolls-Royce mit Chauffeur zu. Schließlich hatte sie ihn als Mrs. Benjamin Khaled immer gehabt. Ihre Situation war augenblicklich so angespannt, daß sie sich nur für den Abend einen Mietwagen mit Chauffeur leisten konnte. Und den brauchte sie dringend, denn die Begleiter, die sie jetzt bevorzugte, besaßen selten mehr als ein Motorrad. Bei ihren nächtlichen Gespielen zog Fontaine es vor, daß die Dinge, auf die sie den größten Wert legte, sich bereits anschaulich in den Hosen der Herren abzeichneten.

Sie hatte es eigentlich niemals darauf angelegt, dem Geld nachzulaufen, denn aufgrund ihrer umwerfenden Schönheit war es ihr immer in den Schoß gefallen. Benjamin Al Khaled zum Beispiel hatte sie zum erstenmal gesehen, als sie als Mannequin bei einer Modenschau in St. Moritz aufgetreten war. Daraufhin hatte er seine erste Frau – wie später auch Fontaine – auf dem schnellsten Weg in die Wüste geschickt.

Durch das Leben mit Benjamin war Geld für sie zur Selbstverständlichkeit geworden. Fontaines teurer Geschmack hatte sich schon immer nur schwer befriedigen lassen. Nach der turbulenten Scheidung hatte sie sich eine Pause gegönnt, bevor sie sich einen neuen Billionärs-Gatten angeln würde. Die Gleichung lautete Billionär = alt. Es sei denn, man wollte dazu auch die ausgeflippten Rockstars rechnen, die aber fast immer nur mit jungen blonden Starlets herumliefen. Und das war nicht das, was Fontaine unbedingt suchte. Sie brauchte die Jugend, sie genoß die Jugend und sie ergötzte sich gern an einem schönen männlichen Körper, zu dem auch noch ein zwanzig bis fünfundzwanzig Zentimeter langer steifer Schwanz gehören mußte.

Ein Betrunkener schwankte über die Fifth Avenue und stellte sich ihr sabbernd in den Weg. »Na, wie wär's denn mit uns beiden?« wollte er breit grinsend von ihr wissen.

Fontaine ignorierte ihn und versuchte, an ihm vorbeizugehen. »He«, es gelang ihm, sie aufzuhalten. »Was ist denn los? Fickst du nicht gerne?«

Fontaine stieß ihn zur Seite, erblickte endlich ein Taxi, rannte darauf zu und sank erschöpft in die Polster.

Es war wirklich höchste Zeit, New York zu verlassen.

In dem Augenblick, in dem Fontaine zu ihrer Verabredung mit Sarah das Haus verlassen hatte, stürzte Ria, ihr puertoricanisches Mädchen, zum Telefon. Schon zehn Minuten später war ihr Liebhaber Martino bei ihr. Er gehörte zu den bestaussehenden Schwarzen, die man in der City von New York antreffen konnte.

»Was ist los, Baby?« Er begrüßte sie mit einem Kuß und griff ihr sofort unter den Rock, während seine verhaschten Augen bereits jeden Zentimeter des Luxus-Apartments abschätzten. »Wir haben zwei Stunden Zeit«, sagte Ria schnell. »Früher kommt das Aas auf keinen Fall zurück!«

»Also denn mal los, Baby!«

»Klar, Liebling, aber einen kleinen Gefallen kannst du mir vorher noch tun... Da stehe ich einfach drauf, Martino. Fünf Minuten haben wir schon noch übrig. Du mußt ihr Schlafzimmer sehen. Ich möchte es mal mit dir in ihrem verdammten Bett treiben!«

Martino grinste und hatte sofort seine glänzende Lederhose ausgezogen.

Fontaine verbrachte den Nachmittag im teuersten Schönheitssalon der City und hörte sich noch mehr vom neuesten Klatsch an. Einiges davon war nur eine Wiederholung dessen, was Sarah ihr bereits erzählt hatte, doch es war immer interessant, sich Sarahs Klatsch bestätigen zu lassen.

»Ich gehe nach London zurück«, ließ sie ihren Friseur vertraulich wissen.

»Ach nein, wirklich?« Leslie lächelte. Er hatte schöne Zähne, ein attraktives Gesicht, eine elegante Figur, aber da, wo sie einmal mehr erwartet hatte, war leider weniger. Eine Tatsache, von der sich Fontaine persönlich überzeugt hatte.

»Es ist für mich einfach an der Zeit, mal wieder einen Tapetenwechsel vorzunehmen«, fuhr Fontaine fort. »Ich bekomme langsam das Gefühl, in New York Wurzeln zu schlagen.«

»Ich weiß genau, was Sie meinen«, erwiderte Leslie gefühlsbetont. O Gott, Fontaine Khaled und Wurzeln schlagen! Das war der Witz des Tages. Die alte Hure hatte gewiß jeden unter fünfundzwanzig, der in New York herumlief, schon in ihrem Bett gehabt.

Leslie selbst war sechsundzwanzig und er war noch immer beleidigt darüber, daß die notorisch bekannte Mrs. Khaled ihm nur ein einziges Mal die Gnade ihres Bettes erwiesen hatte, um ihn danach wie eine heiße Kartoffel fallenzulassen. Gewiß, er war immer noch gut genug, sie zu frisieren, warum auch nicht? Schließlich war er, verdammt noch mal, der beste und modernste Damenfriseur der ganzen Stadt.

»Werden Sie mich vermissen, Leslie?« Fontaine fixierte ihn mit ihren eiskalten schillernden Augen. Sie flirtete mit ihm. Leslie wußte Bescheid. Was ist denn los, Mrs. Khaled? Brauchen Sie für die nächsten Stunden einen Lückenbüßer?

»Aber selbstverständlich werde ich Sie vermissen«, sagte er scheinheilig. »Bei jeder neuen Frisur werde ich nur an Sie denken!«

Eins zu Null für Leslie.

Als Fontaine vor ihrem Haus ankam, war sie schlecht gelaunt. Der gräßliche Betrunkene auf der Straße, dann Leslie, der sich über sie lustig gemacht hatte, und zum Schluß auch noch ein übelriechender Taxifahrer, der darauf bestanden hatte, mit ihr seine wachsenden Sorgen über den Präsidenten zu diskutieren. Als ob es sich dabei um ernsthafte politische Dinge handeln würde. Widerling! Scheißkerl! Und außerdem hatte sie auch noch Kopfschmerzen.

Während sie mit dem Lift nach oben fuhr, hielt sie es nicht für notwendig, nach ihren Schlüsseln zu suchen. Sie klingelte und fluchte nach einiger Zeit, weil Ria sich nicht meldete.

Schließlich wurde ihr klar, daß das blöde Mädchen überhaupt nicht zur Tür kommen würde, weil es wahrscheinlich wieder über irgendeiner langweiligen Sendung vor dem Fernseher eingeschlafen war.

Wütend kramte Fontaine in ihrer Handtasche herum, bis sie endlich ihr Gucci-Schlüsseletui fand. Mit einem wütenden Schrei: »Ria, wo zum Teufel, sind Sie!« öffnete sie ihre Wohnungstür.

Der sich ihr bietende Anblick ließ sie erstarren. ihr Apartment war völlig ausgeräumt, soweit sie das auf den ersten Blick erkennen konnte. Was übriggeblieben war, lag in Trümmern. Schockiert ging sie zwei Schritte weiter, aber dann überlegte sie sich, daß Ria vielleicht verletzt oder gar ermordet unter den Trümmern liegen würde, oder daß die Gangster sich gar noch in der Wohnung befinden könnten. Sie drehte sich auf dem Absatz um und flüchtete vor dem Chaos.

Die Polizei war prima. Es dauerte lediglich eineinhalb Stunden, bis sie eintraf, und dann entdeckte sie keine ermordete Ria, sondern stellte nur fest, daß überall in dem spiegelverkleideten Schlafzimmer mit Lippenstift ›alte Nutte‹ geschrieben stand.

Fontaine erkannte in der Schmiererei Rias Klaue.

Alles, was abtransportiert werden konnte, war weg. Ihre Kleider, Koffer, Toilettenartikel, Bettwäsche, Handtücher, kleinere Möbelstücke und sogar die Steckdosen aus der Wand; alle elektrischen Geräte, inklusive des Staubsaugers, den Ria so ungern benutzt hatte, waren verschwunden. Das Bett, von dem nur noch die Matratze vorhanden war, verkündete eine zusätzliche sehr persönliche Botschaft. Die überall darauf verspritzten frischen Spermaspuren waren nicht zu übersehen.

»Allmächtiger Gott!« Fontaine schäumte. Sie starrte die Männer von der Funkstreife an. »Wo, zum Teufel, ist der Kriminalbeamte, der diesen Fall bearbeiten wird? Wissen Sie, ich habe einflußreiche Freunde und ich wünsche, daß hier etwas passiert, und zwar schnell!«

Die beiden Polizisten sahen einander an. Beide dachten zur gleichen Zeit: Um Himmels willen, hoffentlich muß Slamish diesen Fall nicht übernehmen. Aber sie wußten auch gleichzeitig, daß nur er in Frage kommen würde. Slamish und Fontaine waren dazu bestimmt, aufeinanderzuprallen.

Chefinspektor Marvin H. Slamish hatte drei unangenehme Eigenschaften. Die erste war ein nicht zu kontrollierendes Augenleiden, wodurch sein linkes Auge in den unmöglichsten Situationen blinzelte. Die zweite war die Tatsache, daß er ständig unter Blähungen litt und es nicht voraussehen konnte, wann diese Blähungen zur Entladung kommen würden. Die dritte Eigenschaft war eine unangenehme Körperausdünstung, die sich durch kein Deodorant unterdrücken ließ.

Chefinspektor Marvin H. Slamish war wirklich ein unglücklicher Mensch.

Er benutzte Mundwasser, Puder, alle möglichen flüssigen Düfte, sogar weibliche Intimsprays, die er großzügig über seine Geschlechtsteile sprühte.

Trotzdem stank er einfach bestialisch. Als er ihr Apartment betrat, hielt Fontaine spontan den Atem an und rief: »Um Himmels willen, was für ein schrecklicher Gestank!« Chefinspektor Marvin H. Slamish blinzelte ihr zu, furzte und zog seinen Regenmantel aus.

Fontaine war überhaupt nicht belustigt. Sie deutete auf ihr ausgeraubtes Apartment. »Was gedenken Sie jetzt zu unternehmen?« Ihre Stimme war voll englischer Autorität. Sie starrte den Chefinspektor Slamish an, als ob er für diese Misere persönlich verantwortlich sei. »Nun?« Ihre glitzernden Augen sahen ihn vorwurfsvoll an. »Haben Sie mein Dienstmädchen schon gefunden?«

Chefinspektor Slamish ließ sich in einen noch verbliebenen Stuhl fallen, dessen Polster da, wo sie aufgeschnitten worden waren, hervorquollen. Er hatte heute wirklich keinen guten Tag, es war ein absolut beschissener Tag gewesen. Zuerst war eine Rauschgiftaktion geplatzt. Danach hatte er mit seinem einarmigen Schwager – einem Kriegsveteranen aus Vietnam – einen Riesenkrach gehabt. Dazu mußte man wissen, daß dieser Schwager zu den größten Strolchen von Manhattan gehörte. Und jetzt noch diese hochnäsige englische Gesellschaftsschickse! War er nicht schon dadurch gestraft, daß ihm heute alle Knochen im Leibe weh taten? Und jetzt stieg ihm auch noch sein eigener Gestank in die Nase.

»Madame, das kriegen wir schon alles hin«, murmelte er wenig überzeugend.

»Was kriegen Sie hin?« Fontaine runzelte die Stirn. »Haben Sie mein Eigentum wiedergefunden? Haben Sie mein Dienstmädchen verhaftet?«

Die beiden Polizisten sahen sich an.

Slamish versuchte nun, überzeugend aufzutreten. »Geben Sie uns nur etwas Zeit, Madame, lediglich etwas Zeit. Schließlich beginne ich gerade mit der Untersuchung Ihres Falles. Übrigens muß ich Ihnen auch noch einige Fragen stellen.«

»Fragen? An mich? Machen Sie sich doch nicht lächerlich! Schließlich bin ich doch nicht der Verbrecher, den Sie suchen.«

»Aber natürlich nicht, Madame. Allerdings muß ich Ihnen sagen, daß es auch schon Fälle von Leuten gegeben hat, die... solche Dinge arrangiert haben. Versicherungen... Sie verstehen, was ich meine?«

Fontaines Augen funkelten wütend. »Wollen Sie damit etwa andeuten, daß ich selbst hinter dem Ganzen stecke?«

Es war wieder einer jener unglücklichen Augenblicke, in denen Slamish zwinkerte.

»Sie gräßlicher Idiot!« schrie Fontaine. »Ich werde dafür sorgen, daß Sie Ihren Job verlieren... Was für eine Unverfrorenheit!«

Bedrückt stand Slamish auf, furzte und versuchte, sich zu entschuldigen.

»Machen Sie, daß Sie hier hinauskommen«, keuchte Fontaine.

»Ich wünsche nicht, daß Sie meinen Fall bearbeiten. Mein Gatte ist Benjamin Al Khaled, und wenn ich ihm von Ihren Anschuldigungen berichte...« Chefinspektor Slamish ging zur Tür. An einigen Tagen lohnte es sich überhaupt nicht, aufgestanden zu sein.

Fünf Stunden später hatte sich Fontaine bereits komfortabel in einer Suite von ›Pierres Hotel‹ eingerichtet. Gott sei Dank hatten die Strolche ihre Juwelen nicht erwischt. Die waren alle sicher in einem Banksafe aufgehoben, eine Vorsichtsmaßnahme, auf der Benjamin Al Khaled immer bestanden hatte und der sie bis heute treugeblieben war.

Was das Apartment betraf: Es hätte sowieso neu hergerichtet werden müssen. Und ihre Kleidung: Ein paar neue Kleider waren für sie nie ein Problem gewesen und außerdem war sie glücklicherweise sehr gut versichert.

Na ja, noch einige Tage würde sie hier im ›Pierres‹ verbringen und die notwendigen Einkäufe tätigen. Und dann nach Hause..., nach London..., zum ›Hobo‹-Club. Ein neues Leben würde beginnen.

3. Kapitel

Seit genau vier Monaten, zwei Tagen und zwölf Stunden war Bernie Darrell geschieden. Er wußte es so genau, weil seine Exfrau Susanna niemals müde wurde, es ihm telefonisch mitzuteilen. Sicherlich gab es auch andere Gründe für ihre Telefonate: Der Swimmingpool funktionierte nicht, ihr Ferrari hatte eine Panne, ihr Kind vermißte ihn. War er wirklich geschmacklos genug, sich bei ›Pips‹, einer Diskothek in Beverly Hills, mit einer anderen Frau sehen zu lassen? So bald schon? Nahm er denn gar keine Rücksicht auf ihre Gefühle?

O Gott! Niemals würde er Frauen wirklich verstehen lernen. Fünf miserable Jahre hatten Susanna und er als Ehepaar zugebracht. Ganz egal, was die Klatschspalten in den einschlägigen Magazinen zum Traum einer jungen Liebe hochstilisiert hatten.

Susanna Brent, eine schöne junge Schauspielerin, Tochter von Carlos Brent, dem berühmten Sänger, Filmstar und vermutlichem Mafioso. Und Bernie Darrell, Herrscher über ein aufstrebendes Schallplattenunternehmen.

Herrscher! Er! Darüber konnte er nur lachen. Es war ihm mühsam gelungen, Susanna ein Leben in dem Stil, den sie gewohnt war, zu bieten. Mühsam! Äußerst mühsam! Und nie war sie müde geworden, ihm ihren Daddy als leuchtendes Beispiel vorzuhalten und zu erwähnen, wieviel besser er alles machen würde.

Eines schönen Morgens hatte Bernie seine Koffer gepackt, sie hinten in seinen silberfarbenen Porsche verstaut und war geflohen. Von diesem Tag an hatte Susanna ihn immer wieder gebeten, zu ihr zurückzukommen.

Bernie war nicht unbedingt einer der Klügsten, aber nachdem er sich mit seinen Freunden beraten hatte, war ihm klargeworden, daß eine Rückkehr für ihn gleichbedeutend damit war, sich Susanna völlig auszuliefern. Genauso, als ob er ihr seine ›höchstpersönlichen Eier‹ als Spiegeleier hübsch garniert servieren würde. Je länger er von ihr fort war, um so sicherer wußte er, daß dies die reine Wahrheit war.

Es war sein Glück, Nico Constantine zum Freund zu haben. Nico hatte ihn von sich aus aufgefordert, bei ihm zu leben, und hatte ihn anschließend sogar gebeten, solange er Lust habe zu bleiben. Bis jetzt hatte er dort sieben Monate lang gewohnt und Nicos Gesellschaft so sehr genossen, daß er gar nicht den Wunsch verspürte, sich eine eigene Wohnung zu suchen.

Nico war sein Idol. Er war all das, was Bernie immer gerne gewesen wäre. Mit beinahe religiösem Eifer bemühte er sich, ihn zu kopieren, aber bis jetzt war das Resultat noch nicht vollkommen.

Da Bernie erst neunundzwanzig Jahre alt war, besaß er den Vorteil der Jugend. Er war schlank und athletisch gebaut und tat alles, diesen Zustand zu erhalten. Er trieb Tennis, Jogging, Gymnastik und Sport. Leider rauchte er auch Marihuana und kokste ununterbrochen. Auch dem Alkohol sprach er heftig zu.

Für Nico waren Drogen tabu und Bernie schwor ihm, daß er es lassen würde. Dieser Schwur bezog sich aber immer nur auf den morgigen Tag…, und der morgige Tag schien für Bernie nie zu kommen. Überhaupt, er *brauchte* Drogen. Es war einfach eine gesellschaftliche Notwendigkeit für ihn. Das war doch klar. Wie konnte der Chef einer aufstrebenden Plattenfirma der Westküste an Besprechungen mit für ihn tätigen Musikern teilnehmen, ohne zu schnupfen oder Pot zu rauchen? Das wäre einem beruflichen Selbstmord gleichgekommen. Die Jungs wären schneller zur Konkurrenz gelaufen, als ein Schwuler aus einem Lesbenladen verduften konnte.

Bernie bemühte sich, Nicos Stil auch in seiner Garderobe nachzuahmen, aber irgendwie saßen seine Anzüge nie so perfekt wie bei Nico und die Kragen seiner maßgeschneiderten Hemden warfen immer leichte Falten. Er sah schon gut aus, aber nur so lange, bis Nico neben ihm stand.

Bernie hatte ein nettes, offenes Gesicht, gute Jacketkronen, einen schlechten Atem, dauergewellte Haare, eine Bauchnarbe, eine immer gleichbleibende Sonnenbräune und einen kleinen Penis.

Eines der wenigen Dinge, die man Susanna zugute halten mußte, war die Tatsache, daß sie bei all ihren gräßlichen Auseinandersetzungen niemals seinen kleinen Schwanz als Argument gegen ihn benutzt hatte. Das rechnete er ihr hoch an.

Im Augenblick saß er in einer Maschine nach Las Vegas und starrte aus dem Fenster. Er versuchte sich darüber klar zu werden, wie zum Teufel er Nico erklären sollte, warum er Cherry im Schlepptau hatte.

Cherry saß neben ihm, ihre zarten Hände brav gefaltet. Ein schönes Gesicht, völlig entspannt. Lange, glatte blonde Haare umgaben dieses zarte Gesicht.

Sie war schon ein umwerfendes Geschöpf und war auch einmal umwerfend für Nico gewesen. Vor genau einer Woche hatte er auf seine übliche Weise das Verhältnis mit ihr gelöst. Rosen, ein Diamantanhänger und die normale Verabschiedung, in der Nico ihr klarmachte, daß er das Verhältnis nur beende, weil er es gut mit ihr meine. Ohne ihn würde sie bestimmt noch viel glücklicher werden.

Nur Nico konnte sich so etwas leisten. Darin war er absoluter Meister. Er gehörte zu den größten Aufreißern, die es gab, und brachte es zum Schluß sogar noch fertig, daß die von ihm Verlassene glaubte, *sie* habe ihn verlassen.

Bernie hatte eine solche Verabschiedung innerhalb der letzten sieben Monate sechsmal erlebt. Jedesmal hatte es sich um umwerfend schöne, blutjunge, attraktive Mädchen gehandelt, und alle waren sie ohne zu klagen gegangen. Nico hatte schon recht, denn diese Trennungen waren besser für die jeweiligen Partnerinnen (warum eigentlich, wurde ihnen niemals ganz klar), aber sie trennten sich stets als beste Freunde und trugen stolz seinen kleinen diamantenen Cartieranhänger (im allgemeine eine Maus oder einen Schmetterling), und sprachen auch weiterhin von Nico nur in den höchsten Tönen.

Bernie hatte niemals ein solches Glück bei Frauen gehabt. Wann immer er versuchte, Mädchen abzuhängen, bekamen sie sofort hysterische Anfälle, warfen ihm alle nur denkbaren Gemeinheiten an den Kopf, wobei ›gräßlicher Scheißkerl‹ noch beinahe ein Kosewort war, und versuchten danach, ihn überall schlechtzumachen.

Was fing er nur falsch an?

»Wie lange dauert es noch, bis wir landen?« fragte Cherry freundlich.

Um Himmels willen, Cherry, die war ganz plötzlich im Hause aufgetaucht und hatte sich nach Nico erkundigt. Und sie war gerade dann dagewesen, als Nico Bernie von Las Vegas aus anrief. Er bat ihn, sich etwas Geld zu besorgen und mit der nächsten Maschine nach Las Vegas zu kommen. Daraufhin hatte Cherry mit unschuldigem Augenaufschlag, aber ohne Widerspruch zu dulden, darauf bestanden mitzukommen. »Ich muß einfach mit Nico sprechen«, hatte sie erklärt. »Mein Leben ist an einem Punkte angekommen, wo nur er mir helfen kann.«

»Hat das nicht noch ein paar Tage Zeit?« hatte Bernie unwirsch entgegnet. »Bis er wieder zurück ist?«

»Nein, ich muß ihn sofort treffen.«

Es war für ihn einfach unmöglich gewesen, Cherry loszuwerden. Und was ihn bei der Geschichte am meisten aufgebracht hatte, war die Tatsache, daß sie auch noch den Nerv hatte, ihn ihr Flugticket bezahlen zu lassen. Hat man dafür Töne! Sie hatte nicht einmal Anstalten gemacht, nach ihrer Geldbörse zu greifen. Nur ein freundliches Lächeln und ein leichtes Streicheln seiner Hand und dann: »Danke dir, Bernie!«

Es stimmte schon. Alle dachten, er kenne keine Geldsorgen. Wenn er es nicht selber besser gewußt hätte, würde er das auch denken.

Die Zeitungen schrieben über ihn nur als Bernie Darrell, den Millionär und Schallplattenproduzenten. Nun, die Firma ging nicht schlecht, aber Millionär? Einfach lachhaft! Es gelang ihm kaum, genug Geld aufzubringen, um Susannas wahnwitzig hohe Alimente bezahlen zu können. Als Schwiegersohn von Carlos Brent, ja selbst jetzt als ehemaliger Schwiegersohn, war es klar, daß Rechnungen stets von ihm, Bernie, bezahlt wurden.

Er überlegte, was Nico dabei wohl gemeint haben konnte, als er ihn bat, ›etwas Geld‹ mitzubringen. Das war ganz und gar nicht Nicos übliche Art. Nico schöpfte immer aus dem vollen und seine Großzügigkeit war bekannt. Sicherlich konnte er in Las Vegas soviel Kredit bekommen, wie er nur wollte. Trotz allem hatte Bernie auf dem Weg zum Flughafen bei seinem Büro angehalten und rasch sechstausend Dollar aus seinem Safe geholt. Es fiel ihm erst jetzt auf, daß er, seit er Nicos Gastfreundschaft genoß, noch nie den Versuch gemacht hatte, sich an den Unkosten für den Haushalt zu beteiligen. Selbst den Schnaps, den er an der Ecke bestellte, ließ er auf Rechnung des Hauses schicken. Er fühlte sich schon ein wenig schuldig, aber Nico war eben immer ein absolut perfekter Gastgeber gewesen, der niemals erwartete, daß ein Gast von ihm irgend etwas bezahlte. Nicht einmal ein Sieben-Monats-Gast.

In seinem Unterbewußtsein ahnte Bernie, daß bei Nico finanziell irgend etwas nicht in Ordnung zu sein schien. Einige Anlässe hatte es schon gegeben. Erstens: Warum hatte Nico vor zwei Wochen so plötzlich sein Haus verkauft? Er hatte zwar einen guten Preis dafür erzielt, aber jeder wußte, daß, wenn man in Beverly Hills Grund und Boden hatte, es das beste war, daran festzuhalten und abzuwarten. Die Preise stiegen ständig in astronomische Höhen.

Bernie hatte damals gewitzelt: »Versuchst du, auf diese Weise einen schwierigen Hausgast loszuwerden, was?«

Nico hatte wie immer ein strahlendes Lächeln aufgesetzt und alle Vorkehrungen getroffen, ihr Hab und Gut in das neugemietete Haus bringen zu lassen. Alles verlief völlig reibungslos.

Bernie war noch etwas anderes aufgefallen, und zwar Berge von unbezahlten Rechnungen auf Nicos Schreibtisch. Das war neu, denn Nico hatte immer alle anfallenden Rechnungen sofort bezahlt.

Nur Kleinigkeiten, gewiß, aber Dinge, die von seinem Unterbewußtsein aufgenommen wurden, und dieses Unterbewußtsein wurde von Bernie nur ungern strapaziert.

Cherry schrie auf. »Oh, ich mag Landungen nicht so gern!«

Sie wurde ein wenig grün im Gesicht. Bernie gab ihr für alle Fälle die Papiertüte. Dann setzte er sich zurück und genoß die Landung.

Nico besaß überhaupt kein Zeitgefühl. Wie lange saß er jetzt schon am Baccarat-Tisch? Zwei, drei oder vier Stunden? Er hatte keine Ahnung. Er wußte nur, daß seine Verluststrähne ihm bis jetzt treugeblieben war.

Bis auf einige winzige Schweißperlen in seinen Wimpern schien er unberührt; ganz der selbstsichere Charmeur wie immer.

Seine Pläne waren auf schlimmste Weise ins Wasser gefallen. Seine so todsichere Methode, die den großen Gewinn bringen sollte, hatte überhaupt nicht funktioniert. Er hatte bis jetzt nicht nur jeden Dollar, den er für den Verkauf des Hauses erhalten hatte, verspielt; noch viel schlimmer, er hatte weitergespielt und schuldete jetzt dem Casino die stattliche Summe von fünfhunderttausend Dollar.

Und das bei so viel Können und Talent. Karten und Würfel fielen gegen ihn und als langjähriger Spieler wußte er, daß es nur eins gab: aufzuhören. Aber genau das hatte er nicht getan. Er hatte sich einfach wie ein Dorftrottel benommen.

Seine Situation war viel schlimmer, als nur pleite zu sein. Jetzt schuldete er Leuten Geld, die sich kaum dafür begeistern würden, wenn sie erfuhren, daß er zahlungsunfähig war.

Das Ganze war ein Alptraum. Bevor er sich darüber klarwerden konnte, war es bereits zu spät.

Zwei Tage. Genau so lange hatte es gedauert.

Die Dame, die neben ihm saß, schob ihm die Karten zu. Sie hatte eine ganze Menge gewonnen, und obwohl sie kaum ein Jahr unter sechzig sein konnte, flirtete sie mit Nico. Ihre fleischigen Arme und Finger waren über und über mit Juwelen bedeckt, und was für Juwelen! Alles zusammen wirkte geschmacklos, verfehlte aber nicht seinen Zweck. An ihrer linken Hand trug sie einen gigantischen Brillanten. Die Größe faszinierte selbst Nico. Der war bestimmt wenigstens fünfhunderttausend Dollar wert.

Cherry und Bernie fuhren mit einem Taxi vom Flughafen zum Hotel. Bernie fand es gräßlich, aus der Zeitung ersehen zu müssen, daß der große Carlos Brent schon wieder Schlagzeilen machte und ebenfalls im ›Forum‹-Hotel abgestiegen war. Warum, zum Teufel, hatte Nico sich gerade dieses Hotel aussuchen müssen?

»Hier war ich noch nie«, bemerkte Cherry, während sie mit ihren zarten blassen Händen den Rock glatt strich.

»Mach es dir nur nicht zu bequem«, meinte Bernie mürrisch, »vielleicht fliegst du bereits mit der nächsten Maschine zurück.«

»Das glaube ich kaum«, antwortete Cherry selbstbewußt.

Ach, wirklich? Etwas wußte Bernie von Nico, und das war folgendes: Wenn eine Puppe erst einmal erledigt war, dann war sie endgültig erledigt. Dann gab es kein Zurück mehr für ihn, egal, wie gut sie im Bett auch immer gewesen sein mochte.

Am Empfang wurde Bernie fast unterwürfig begrüßt. Als Ex-Schwiegersohn von Carlos Brent war er im ›Forum‹ nur zu gut bekannt. Schließlich hatten Susanna und er hier einen Teil ihrer Flitterwochen verbracht oder vielmehr verbringen müssen, da Carlos zum Zeitpunkt der Hochzeit hier als Sänger engagiert gewesen war und darauf bestanden hatte, daß die ganze verdammte Hochzeitsparty mit ihm zur Feier nach Las Vegas zurückflog.

Scheiße! Bernie erinnerte sich nicht gerne an die Tatsache, daß er seine Hochzeitsnacht in einem Hotelzimmer hatte verbringen müssen, während neben ihnen ihr berühmter Daddy in der Penthouse-Suite wohnte.

»Ich möchte mich noch ein wenig frischmachen, ehe ich Nico begrüße«, meinte Cherry.

»Schon gut«, stimmte Bernie zu. »Geben Sie mir den Schlüssel zu der Suite von Nico Constantine«, sagte er zu dem Mädchen am Empfang. »Das geht schon in Ordnung, er erwartet uns.«

»Aber gewiß, Mr. Darrell«, entgegnete die Empfangsdame, während sie Cherry blitzschnell von oben bis unten musterte. In weniger als sechzig Minuten würde Carlos berichtet werden, daß Bernie in Las Vegas mit einer Neunzehnjährigen eingetroffen war.

»Das hier ist Miß Cherry Lotte«, sagte Bernie schnell. »Die Verlobte von Mr. Constantine.«

Verlobte! Fabelhaft! Ein schönes, altmodisches Wort. Nico würde ihn umbringen. Aber das war immer noch besser, als Carlos Brent gegen sich aufzubringen.

Am Baccarat-Tisch waren die Karten bereits alle von der juwelenbehangenen Dame verteilt worden; sie hatte Runde um Runde gewonnen. Langsam sortierte sie mit ihren fetten Händen die gewonnenen Chips, und dabei wurde Nico erneut von der Größe des Diamantrings bezaubert.

Nico stand auf. Der Croupier fragte: »Warten Sie noch das nächste Spiel ab, Mr. Constantine?«

Nico zwang sich beim Verlassen des Tisches zu einem Lächeln. »Ich komme später wieder.«

Ihm wurde beinahe schlecht, aber dann sah er Bernie auf sich zueilen, und schlagartig besserte sich seine Stimmung. Sicherlich war Bernie die Lösung seiner Probleme. Bernie war ein gerissener Junge, und abgesehen davon war er ihm eigentlich eine kleine Gefälligkeit schuldig. War er nicht sieben Monate lang sein Gast gewesen?«

In der obersten Etage des ›Forum‹-Hotels kontrollierte Joseph Fonicetti das Geschehen im Casino. Ihm gehörte das ›Forum‹, und mit Hilfe seiner beiden Söhne Dino und David führte er ein straffes Regiment. Es gab kaum etwas im Bereich des ›Forums‹, über das Joseph Fonicetti nicht Bescheid wußte.

Er wußte, daß die vierte von rechts in der hinteren Ballett-Reihe am vergangenen Nachmittag eine Abtreibung hatte vornehmen lassen. Heute abend würde sie wieder zur Vorstellung erscheinen.

Er wußte, daß ihn zwei Kellnerinnen im Orgy-Saal regelmäßig beklauten, dabei handelte es sich jedoch nur um Kleinstbeträge. Joseph würde sie behalten, denn gute Kellnerinnen waren schwer zu finden.

Er wußte, daß einer seiner Croupiers beabsichtigte, mit der Frau des Casinomanagers zu schlafen. Das mußte, und zwar sofort, gestoppt werden.

»Was machen wir mit Nico Constantine?« fragte David seinen Vater.

»Mit wieviel steht er bis jetzt bei uns in der Kreide?« fragte Joseph, während er die vier Monitore überblickte, die ihm Auskunft über den Spielbetrieb im Casino gaben.

David ging zum Telefon, um den letzten Stand der Schuld zu erfahren.

»Bis jetzt hat er sechshunderttausend von seinem eigenen Geld dagelassen und uns schuldet er weitere fünfhundertundzehntausend. Er hat soeben den Baccarat-Tisch verlasen und trifft sich mit Bernie Darrell.«

»Ich mag Nico«, meinte Joseph. »Gebt ihm auf keinen Fall mehr als weitere fünfzigtausend Dollar Kredit und paßt auf, daß er vor seiner Abreise aus Las Vegas zahlt. Kümmere du dich darum, Dino.«

»Akzeptieren wir einen Scheck von ihm?« fragte Dino.

Joseph schloß für einen Augenblick überlegend die Augen. »Von Nico? Aber klar! Nico hat jede Menge Geld. Abgesehen davon ist er viel zu clever, als daß er versuchen würde, uns aufs Kreuz zu legen. Nico Constantine ohne seine Eier? Was könnte er dann noch bei seinen vielen Weibern ausrichten?«

4. Kapitel

In irrwitzigem Tempo klapperte Fontaine alle für sie in New York einschlägigen Geschäfte ab. Wenn es darauf ankam, Geld für Kleidung auszugeben, dann gab es – vielleicht mit Ausnahme von Jakkie Onassis – niemanden, der dafür geeigneter gewesen wäre als sie.

Die Tatsache, daß sie ihr Rechtsanwalt in England dringlichst gebeten hatte, unter keinen Umständen weitere Schulden zu machen, ließ sie bei der Benutzung ihrer diversen Kreditkarten völlig unberührt.

Schließlich war sie beraubt worden, und daraufhin stand ihr nach ihrer Meinung das Recht zu, sich für ihre unmittelbar bevorstehende Rückreise nach London ein wenig einzukleiden. Oder etwa nicht?«

Armani, Cerrutti, Cloë; Kleider dieser namhaften Modeschöpfer hatten ihr immer gut gestanden.

Zum Mittagessen traf sie sich mit Allan Grant, Sarahs Mann. Er flirtete mit ihr und wollte den Nachmittag gerne in ihrem Bett verbringen. Sie lehnte ab. Sie hatte noch viele Einkäufe zu machen und bis zu ihrem Abflug nach London blieb ihr nicht mehr viel Zeit. Natürlich wollte sie Allans Gefühle nicht verletzen, aber abgesehen davon hatte sie schon mit ihm geschlafen und von ihrem Idealtyp war er in ihren Vorstellungen weit entfernt. Als Sechsunddreißigjähriger war er zu alt für sie. Warum sollte sie sich mit einem Gebrauchtwagen abgeben, wenn sie das neueste Modell haben konnte? Einen drahtigen, zweiundzwanzigjährigen Schauspieler, der die Figur eines Marlon Brando hatte.

Fontaine war immer eine hervorragende Aufreißerin gewesen. Männer konnten der Verführung ihres aufregenden, duftenden Körpers nie widerstehen. Ihre Ausstrahlung faszinierte insbesondere junge Männer, die sie bis zur Raserei begehrten.

Nachdem sie sich von Allan getrennt hatte, eilte sie weiter, um bei Henri Bendel einzukaufen. Hier erstand sie zwei Paar Stiefel, das Paar zu einhundertfünfundachtzig Dollar; eine einfache schwarze Krokodil-Hängetasche, vierhundert Dollar; eine kunstgewerbliche Halskette mit passenden Ohrringen, einhundertfünfzig Dollar, und zum Schluß auch noch für dreihundert Dollar Kosmetika und Parfüm.

Sie ließ alles in Rechnung stellen und per Boten in das Hotel schicken, wohin sie auch selbst fuhr, um sich vor den Aktivitäten am Abend noch etwas auszuruhen. Sie gönnte sich ein langes, wohltuendes Schaumbad, legte dann eine sorgfältig vorbereitete Gesichtsmaske auf und schlief fest für dreieinhalb Stunden ein.

›Jump‹ Jennings betrachtete sich noch einmal nervös im Spiegel, ehe er sein schäbiges Apartment in der Village verließ. Er sah gut aus. Er wußte das. Die Frage war nur, ob er gut genug aussah. Heute nacht würde er es herausfinden.

In Wirklichkeit hieß ›Jump‹ Arthur George Jennings, aber schon auf der Oberschule hatte er wegen seiner athletischen Fähigkeiten den Spitznamen ›Jump‹ bekommen, und der war ihm geblieben. Außerdem war ›Jump‹ gar kein so schlechter Spitzname. ›Jump‹ Jennings! Das hörte sich ganz gut an. Und eines Tages würde es sich auch ganz gut *ansehen*, und zwar in einer strahlenden Lichtreklame; neben Streisand oder Redford... Eines Tages würde die Welt auch für ›Jump‹ bereit sein. Seine Zeit würde schon kommen. Abgesehen davon hoffte er verzweifelt, daß bereits die kommende Nacht für ihn entscheidend sein würde.

Er stieg in seine hautengen Lederhosen und stellte den Kragen seiner schwarzen Piloten-Lederjacke hoch. Zur Zeit war John Travolta in. O. K. Das sollte ihm nur recht sein.

Endlich mit seinem Aussehen zufrieden, verließ er das Apartment.

Eine Stunde bevor ihr ›Verehrer‹ sie abholen sollte, wachte Fontaine auf. Es versprach ein interessanter Abend zu werden. Erst der Besuch einer Kunstgalerie, danach zwei Partys und dann das unvermeidbare Studio ›Vierundfünfzig‹. Diese wilde, riesige Diskothek, in der alles passieren konnte und auch passierte.

Mit äußerster Sorgfalt zog sie sich an und legte makelloses Make-up auf. Über engen Hosen aus Crêpe de Chine, die eng gegürtet waren, trug sie aus braunem Satin ein Wickelkleid mit tiefem V-Ausschnitt. Hochhackige Sandalen von Halston rundeten das Bild ab.

Einer von Leslies Gehilfen trat ein, um ihr Haar auszukämmen, und als er sein Werk beendet hatte, sah sie wieder einmal umwerfend aus. Mit ihren Brillanten und Smaragden eben wie *die* Millionärin, die sie schon lange nicht mehr war.

›Jump‹ Jennings war auf die Minute pünktlich. Als Fontaine seine Aufmachung sah, bekam sie eine Gänsehaut. Er sah wie das Überbleibsel einer Rockerbande aus. Würden ihre Freunde sie auslachen? Schließlich konnte man auch irgendwann zu weit gehen.

Leicht gereizt fragte sie ihn: »Hast du keinen Anzug?«

Wie aus der Pistole geschossen kam die Gegenfrage von ›Jump‹: »Hast du etwas gegen Leder?«

»Na ja, weißt du, ein Anzug wäre vielleicht mehr... am Platz. Etwas Zweireihiges, Italienisches...«

›Jumps‹ Augen wurden schmal. »Lady, wenn du einen Anzug haben willst, dann hättest du mir einen kaufen müssen. Zum Teufel, ich bin Schauspieler und kein beschissener Kleiderständer!«

Und so begann ihr Abend. ›Jump‹ verärgert und nachdenklich, Fontaine über ihre Begleitung leicht verunsichert.

Schon nach einigen Gläsern Champagner spielte es für sie keine Rolle mehr. Na, wenn schon, sollte er doch Leder tragen. Er war über einsachtzig groß und hatte überall dort Muskeln, wo bei anderen Männern noch nicht einmal ein Ansatz davon vorhanden war. Der Abend mit ihm könnte in der Tat ganz aufregend werden.

›Jump‹ produzierte sich im besten Jung-Brando-Stil und war einfach umwerfend. Ohne Schwierigkeit hätte er jede anwesende Frau auf der Stelle umlegen können, und alle sahen sie so aus, als ob sie das auch nötig hätten. Aber er konzentrierte sich völlig auf Fontaine. Das war schon ein Weib!

In der vergangenen Woche waren sie einander auf einer Dachkammerparty in der Village erstmals begegnet, und ohne zu zögern hatte sie ihn sofort in ihr Apartment verschleppt, so schnell es nur ging. Dort hatte ein vierstündiges Sexmarathon begonnen, bei dem selbst ›Jumps‹ Kräfte mächtig gefordert worden waren. Verdammt noch mal, das war schon eine tolle Puppe! Und dazu auch noch reich. Sie hatte Klasse und Stil. Der dummen Zwanzigjährigen war er ohnehin überdrüssig, und abgesehen davon hoffte er, daß sie ihn nach London mitnehmen würde. Er war einfach scharf darauf, billig nach Europa zu kommen.

»Amüsierst du dich?«

»Besser als zu wichsen.«

Sie lächelte. »Mein Gott, du drückst dich immer so grob aus.«

»Das magst du doch!«

»Manchmal.«

»Immer!« Seine Hand berührte ihren Hintern.

Sie stieß ihn fort. »Nicht hier!«

»Warum denn eigentlich nicht?«

»Ich wußte von Anfang an, daß ich etwas an dir unwiderstehlich finde. Dein Einfühlungsvermögen und deine Intelligenz.«

Er drückte sie an sich und grinste. »Falsch, mein Liebling, du denkst doch nur an meinen Schwanz!«

Stundenlang hatten sie sich geliebt. Es mußten wohl Stunden gewesen sein.

Den Kopf in den Kissen, eine Zigarette in der Hand, lag Fontaine im Bett. Nur ein Laken bedeckte sie in dem halberleuchteten Hotelzimmer. Von draußen drangen zuweilen die Geräusche von Polizeisirenen und der übliche Straßenlärm New Yorks ins Zimmer.

Am Fuß des Bettes lag ›Jump‹ wie ein Baby zusammengerollt. Er schlief. Vor Erschöpfung lief ab und zu ein leichtes Zittern über seinen Körper. Er schnarchte leise.

Fontaine wäre froh gewesen, wenn er gegangen wäre. Sie war sich nicht sicher, ob sie ihn die Nacht über dabehalten wollte. Warum konnte er sich nicht einfach anziehen und verschwinden? So eigenartig das klang, aber der einzige Mann, mit dem sie mit Vergnügen die Nacht verbracht hatte, war ihr Ex-Ehemann Benjamin gewesen, und dabei hatte es sich niemals um Sex gehandelt. Nun ja, zuweilen hatten sie sich auch geliebt, aber Benjamins Kräfte waren gering. Um es klar auszudrücken: Er schaffte höchstens eine Erektion von zwei Minuten. Deshalb hatte sie sich anderswo nach Sex umgesehen. Wer konnte sie deshalb verdammen? Aber Benjamin war immer ein freundlicher Gesellschafter in solchen Nächten gewesen, trotz der Tatsache, daß auch während der Nacht und in allen Nächten ihn geschäftliche Anrufe von allen Ecken und Enden der Welt erreichten. Das war dann manchmal nicht sehr angenehm. Aber trotz allem vermißte sie diese Gemeinsamkeit. Schließlich hatte es eine Zeit gegeben, in der sie Benjamin etwas bedeutet hatte.

Und was bedeutete sie diesem Muskelpaket an ihrem Bettende? Wenn sie es recht überlegte – rein gar nichts.

Oh, es konnte schon sein, daß er sie mochte, daß er von ihr überwältigt war, daß er glaubte, sie könne etwas für ihn tun. Aber bedeuten? Das wohl nicht. Die meisten Sexathleten dieser Welt waren es gewohnt, auszunutzen. Ihr Betriebskapital war ihr Körper. Sie sollte es wissen, denn schließlich hatte sie selbst lange genug nichts anderes getan.

Leicht gähnend stand Fontaine auf und ging ins Badezimmer. Sie betrachtete ihr Spiegelbild. Ihr Haar war zerzaust, ihr Make-up verschmiert. Prima. Vielleicht würde ›Jump‹ – was war das nur für ein schwachsinniger Name – sie nur einmal scharf ansehen und dann gehen. Ich glaube, ich werde alt, dachte sie mit einem wehmütigen Lächeln, wenn ich an nichts anderes denke, als ihn loszuwerden...

Sie drehte die Dusche auf und stellte sich unter das eiskalte Wasser.

›Jump‹ rekelte sich, wachte auf und versuchte, Fontaines Bein zu greifen, grapschte herum und stellte fest, daß sie nicht mehr da war. Er ärgerte sich darüber, daß er eingeschlafen war. Nach dem Sex hätte das Gespräch stattfinden sollen. Er war darauf vorbereitet gewesen, schnell zu seinem Apartment zurückzurennen, ein paar Klamotten in den Koffer zu werfen und mit Fontaine nach London zu fliegen. Das Extra-Ticket würde für sie keine Rolle spielen. Außerdem würde er sie auf seine Art schon gut bezahlen.

Er hörte das Geräusch der Dusche, sprang aus dem Bett und trottete ins Bad. Fontaines Körper zeichnete sich durch den Badevorhang ab. ›Jump‹ zögerte nicht lange, sondern ging direkt zu ihr unter die Dusche.

Er hatte nicht damit gerechnet, daß es sich um eine kalte Dusche handelte, und dadurch geriet sein Auftritt zu einem Fiasko. Seine mächtige Erektion erlosch in genau zwei Sekunden zu einem kleinen Bündel Elend.

Fontaine konnte ihr Lachen nicht unterdrücken. ›Jump‹ war tödlich beleidigt.

Als er sich wieder erholt hatte, war Fontaine bereits dabei, sich abzutrocknen und stoppte ihn mit der kurzen Bemerkung: »Jetzt nicht, ich muß jetzt packen.«

Weinerlich ergriff ›Jump‹ seine letzte Chance. »Wie wäre es, wenn du mich mitnehmen würdest«, schlug er vor. »Wir könnten uns doch köstlich amüsieren.«

Fontaine hatte die plötzliche Vision, mit diesem zwanzig Jahre alten ledergekleideten Schauspieler nach London zurückkehren zu müssen. Das war bei Gott nicht der Auftritt, den sie sich dort wünschte.

»Jump«, sagte sie freundlich, »eines der ersten Dinge, die ein Schauspieler lernen sollte, ist, sich einen guten Abgang zu verschaffen. Du hast deine Rolle hervorragend gespielt, aber hier in New York, mein Junge, endet diese Vorstellung, und für London hast du leider keinen Vertrag.«

›Jump‹ war verärgert. Er wußte nicht einmal, wovon, zum Teufel, sie eigentlich redete. Aber er wußte, daß dieses Nein keinen Widerspruch duldete.

5. Kapitel

»Cherry?«

Nicos schwarze Augen starrten Bernie böse an. »Warum, zum Teufel, hast du sie mitgebracht?«

Die beiden saßen in der großen Halle der Bar zusammen, und Bernie hatte Nico noch niemals so verärgert gesehen.

»Ich hatte einfach keine andere Wahl«, entschuldigte sich Bernie lahm. »Als du anriefst, war sie gerade da und bestand darauf, mitgenommen zu werden.«

»Es gibt immer zwei Möglichkeiten«, sagte Nico finster, und während er an seinem hochprozentigen doppelten Wodka nippte, starrten seine Augen ins Leere.

Bernie hüstelte verlegen. »Also«, versuchte er das Thema zu wechseln. »Was ist passiert? Ist alles o. k.?«

»Nichts ist o. k., verdammte Scheiße. Wieviel Geld hast du mitgebracht?«

Bernie deutete auf seine Brieftasche. »Sechstausend Dollar – in bar. Wollen wir damit ein Spielchen machen?«

Nicos Lachen klang verbittert. »Mein lieber Freund, ich habe mein Spielchen schon gemacht. Ich schulde diesem feinen Spielcasino sage und schreibe fünfhundertundfünfzigtausend Dollar. Ganz zu schweigen von meinen eigenen sechshunderttausend, die ich schon zu Beginn verloren habe.«

Bernie kicherte. »Was soll denn das? Soll das etwa ein Witz sein...?«

»Das ist kein Witz«, fuhr ihn Nico an, »das ist die reine Wahrheit. Es steht dir frei, mich für den größten Trottel der Welt zu halten.«

Für einige Minuten breitete sich zwischen ihnen eine beklommene Stille aus, bis Bernie sagte: »Also hör mal zu, Nico, seit wann gehörst du zu den Spielern, die größenwahnsinnig geworden sind? Schließlich habe ich dich oft genug zocken gesehen und dabei hast du niemals die Kontrolle über dich verloren!«

Nico nickte. »Bernie, was soll ich dir dazu sagen. Ich konnte den Hals nicht voll genug kriegen und wenn einem das passiert, dann ist das Glück im Eimer.«

Bernie nickte verständnisvoll. So etwas hatte er schon öfter erlebt. Wenn man vom Spielfieber gepackt wurde, dann war man hoffnungslos verloren. So eine Situation war atemberaubend. Man konnte einfach nicht aufhören, ganz egal, ob man gewann oder verlor.

»Wie kannst du ihnen das Geld zurückzahlen?« fragte er.

»Eigentlich gar nicht«, entgegnete Nico völlig ruhig.

»Um Himmels willen, über Schulden in dieser Größenordnung macht man keine Witze!«

»Wer macht hier Witze? Ich *kann* nicht zurückzahlen! So einfach ist das.«

»Wenn die Fonicettis nicht sicher gewesen wären, daß du ihnen für eine solche Summe gut bist, hätten sie dir niemals so viel Kredit gegeben.«

Nico nickte. »Das ist mir jetzt auch klar, aber als es passierte, konnte ich nicht richtig denken und keiner hat auch nur daran gedacht, die Höhe meiner Schuldscheine zu begrenzen. Ich nehme an, daß sie der Meinung waren, daß einer, der es sich leisten kann, sechshunderttausend Dollar zu verlieren, keine Geldprobleme kennt. Die sechshunderttausend habe ich für mein Haus bekommen. Damit wollte ich das große Geld machen, und nun, mein Junge, bin ich restlos pleite.«

Erst jetzt begann es bei Bernie zu dämmern und er begriff das ungeheuere Dilemma, in dem Nico sich befand. Es war schlimm genug zu verlieren, aber zu verlieren und dann auch noch seine Schulden nicht bezahlen zu können..., Selbstmord..., einfach hundertprozentiger Selbstmord! Jeder wußte, was mit einem Spieler passierte, der seine Schulden nicht zurückzahlen konnte... Bernie erinnerte sich an einen Burschen in Los Angeles, der den Buchmachern siebentausend Dollar schuldete. Zum Teufel, miese siebentausend Dollar. Eines Morgens war er am Strand von Malibu angeschwemmt worden und man wußte, daß man mit ihm ein Exempel statuiert hatte. Noch in der gleichen Woche waren erstaunlich viele Spielschulden zurückgezahlt worden.

»Das gibt Ärger«, sagte Bernie.

»Ärger ist gar kein Ausdruck«, stimmte Nico zu.

»Uns wird schon etwas einfallen«, antwortete Bernie, und noch während er es sagte, versuchte er die äußerst geringen Möglichkeiten ins Auge zu fassen, die ihnen dazu blieben.

Mit kindlicher Freude betrachtete Cherry die Suite, in der Nico wohnte. Übermütig sprang sie auf das riesige Bett und errötete in ihrer Vorstellung bei dem Gedanken, daß sie auf diesem Bett vielleicht später noch viel Freude haben würde.

Cherry war vor etwas mehr als einem Jahr nach Los Angeles gekommen. Sie war sich aber sehr bald darüber klargeworden, daß das aufregende Treiben in dieser Stadt – an dem man teilhaben mußte, wenn man eine Schauspielerin werden wollte – für sie nicht das Richtige war. In Texas war sie ein erfolgreiches Mannequin gewesen, bevor sie einem Ruf nach Hollywood folgte, der ihr finanziell nur ein bescheidenes Apartment in der Fountain Avenue ermöglicht hatte. Fünfundzwanzigmal hatte sie vorgesprochen und dabei waren als Beschäftigung für sie nur zwei winzige Nebenrollen und ein Werbespot herausgekommen. Dann kam Nico, und zum erstenmal in ihrem Leben erfuhr sie, was wahre Liebe ist.

Sex war ihr bis dahin nicht unbekannt gewesen. Der Sportlehrer an der Oberschule war ihr erster Liebhaber, der zweite ein Blue-Jeans-Fabrikant und der dritte ein Hollywood-Agent, der ihr große Dinge versprach. Sie bekam auch große Dinge zu sehen, aber nicht gerade die, an die sie gedacht hatte.

Nico dagegen war ganz anders. Er entsprach in allem ihren Vorstellungen von einem Mann. Für sie war er eine Kombination von Nicky Ornstein aus ›Fanny Girl‹, Rhett Butler aus ›Vom Winde verweht‹ und Gatsby aus ›Der große Gatsby‹.

Aus den Helden dieser Filme bastelte sie sich ihr Idol.

Von dem Augenblick an, als sie einander auf einer Party trafen, hatte Nico sie im Sturm erobert. Und von diesem Zeitpunkt an bis zu seinem berühmten Abschiedsgeschenk – das bekanntlich die Trennung bedeutete – hatte sie sich ständig im siebenten Himmel befunden.

Zuerst hatte sie geweint und dabei festgestellt, wie recht er hatte. Später erst hatte sie darüber nachgedacht: ›Warum hatte er eigentlich recht? Warum werde ich ohne ihn glücklicher sein?‹

Danach hatte sie feststellen müssen, daß sie ohne ihn todunglücklich war – das ließ sie darauf schließen, daß sie ohne ihn nicht leben konnte.

Noch im gleichen Augenblick hatte sie sich zu ihm auf den Weg gemacht, ihn aber zu Hause nicht angetroffen, und dann war Bernie so freundlich gewesen, sie nach Las Vegas mitzunehmen.

Nachdem sie sich die Hände gewaschen hatte, frisierte sie ihr langes goldenes Haar, setzte sich hin und wartete geduldig auf Nico. Nachdem sie zwei Stunden gewartet hatte, entschloß sie sich, ihn zu suchen.

Ein letztes Mal kontrollierte sie im Spiegel ihr perfektes Aussehen und ging dann zum Fahrstuhl.

Man hatte Dino Fonicetti oft genug gesagt, daß er dem jungen Tony

Curtis zum Verwechseln ähnlich sehe. Das stimmte auch. Er war ohne Zweifel der bestaussehende Bursche in dem ganzen verdammten Las Vegas, und als solcher konnte er sich seine Puppen nach Bedarf aussuchen. Auch seine sexuelle Potenz war nicht ohne. Sein Bruder David, der allerdings das Pech hatte, einem eckigen Kleiderschrank zu ähneln, hatte auf diesem Gebiet die gleichen Erfolge aufzuweisen.

Dino betrat den Fahrstuhl und traute seinen Augen nicht, als er das aufregendste weibliche Wesen erblickte, das ihm je begegnet war.

Natürlich handelte es sich um keine andere als die unschuldig dreinsehende Cherry.

Dino sagte: »Hallo!«

Cherry senkte bescheiden ihren Blick zu Boden.

Dino, der sonst nie um Worte verlegen war, suchte fieberhaft ein Gespräch anzufangen. Was ihm dabei einfiel, war: »Wohnen Sie hier im Hotel?«

Gar nicht so schlecht für den Anfang, aber auch nicht besonders gut.

Cherry sah ihn mit großen, weit offenen Augen an. »Ich bin nur zu Besuch hier«, sagte sie förmlich.

Was für eine Antwort. In Las Vegas war jeder nur ein Besucher.

Der Fahrstuhl hatte die Halle erreicht und hielt. Beide stiegen aus. Cherry zögerte.

»Wo gehen Sie hin?« fragte Dino.

»Ich treffe mich mit einem Freund.«

Im stillen hatte er sich bereits entschieden, daß er dieses fabelhafte Mädchen auf keinen Fall so ohne weiteres aus den Augen lassen würde. Er reichte ihr die Hand und sagte: »Ich bin Dino Fonicetti. Meiner Familie gehört dieses Hotel, und falls ich Ihnen irgendwie behilflich sein kann..., irgend etwas...«

Die Hand, die sich ihm entgegenstreckte, fühlte sich weich und klein an. Er war verliebt. Donnerwetter! Und schon bekam er einen Ständer!

»Ich bin auf der Sache nach Mr. Nico Constantine. Kennen Sie ihn vielleicht?« Auch ihre Stimme war so weich und kindlich wie ihre Hand.

Und ob er Nico kannte! Das war ein grandioser Zufall.

Kannte *sie* Nico? Scheiße!

Nico und Bernie waren noch immer emsig dabei, alle Möglichkeiten zur Beschaffung des Geldes durchzusprechen, als Bernie plötzlich ausrief: »Ich traue meinen eigenen Augen nicht. Da kommt doch Dino Fonicetti auf uns zu, Hand in Hand mit Cherry!«

Nico drehte sich um und stand auf, als sie sich dem Tisch näherten.

Tatsächlich kamen sie händchenhaltend auf ihn zu und es sah so aus, als ob Dino ihre Hand nicht loslassen wollte. Cherry dagegen machte eher einen bedrückten Eindruck, während ihr viele Blicke folgten.

Als sie Nico sah, leuchteten ihre Augen auf. »Ich mußte einfach kommen«, flüsterte sie.

Nico erfaßte die Situation mit einem Blick.

»Ich habe Mr. Fonicetti im Fahrstuhl kennengelernt und er war so freundlich, mir bei der Suche nach dir behilflich zu sein«, fuhr Cherry schnell fort.

»Nico!« rief Dino herzlich.

»Dino!« Nicos Begrüßung war genauso herzlich.

»Und Bernie!« fügte Dino hinzu. »Warum habt ihr mich nicht wissen lassen, daß ihr kommt?«

Bernie grinste. »Ich habe es selbst heute früh noch nicht gewußt.«

»Seid ihr gut untergebracht, ist alles in Ordnung?« fragte Dino.

Nico entgegnete belustigt: »Alles perfekt!«

»Bitte laßt mich wissen, falls ihr irgend etwas benötigen solltet«, sagte Dino. »Ach, übrigens, wie lange bleibst du eigentlich, Nico?«

Die Frage klang beiläufig genug, aber Nico wußte genau, warum sie an ihn gerichtet war. »Lange genug, um etwas von meinem Geld zurückzugewinnen«, scherzte er.

»Ist doch ganz klar.« Dino zeigte sein bestes ›Tony-Curtis‹-Lächeln. »Wenn es nach uns geht, so verlassen nur Gewinner das Casino. Außerdem möchte ich euch alle heute abend zum Dinner einladen.« Und während er Cherry direkt ansah, fuhr er fort: »Danach sehen wir uns den letzten Abendauftritt von Carlos Brent an. Ich bin sicher, daß Ihnen das Spaß machen wird.«

Sie blickte zu Nico hinüber und der nickte.

Im Weggehen wandte sich Dino noch einmal an Bernie. »Susanna ist übrigens hier«, sagte er, »und sie sieht prima aus.« Dann verließ er sie.

»Wen interessiert das schon«, brummte Bernie ärgerlich.

Cherry fragte: »Wer ist Susanna?«

»Niemand von Bedeutung, nur meine Exfrau.«

Nico zog einige Scheine aus seiner Tasche und gab Cherry zweihundert Dollar. »So, sei ein liebes Mädchen und versuch dein Glück damit. Bernie und ich müssen noch einige Dinge besprechen.«

»Aber, Nico, ich möchte mit dir reden. Es gibt einige wesentliche Dinge, die du wissen mußt. Schließlich habe ich die weite Reise gemacht, um...«

»Ich habe dich nicht gebeten zu kommen«, unterbrach er sie freundlich.

Tränen stiegen ihr in die Augen. »Ich dachte, du würdest dich freuen.«

»Ich freue mich auch, aber im Augenblick habe ich keine Zeit für dich.«

Cherry zog eine Schnute. »Aber ich weiß doch gar nicht, wie man überhaupt spielt!«

Nico deutete in Dinos Richtung, der gerade mit einem der Chefcroupiers sprach. »Dein neuer Freund wird dir behilflich sein. Ich glaube bestimmt, daß er begeistert davon sein wird, dir alles zu zeigen.«

Cherry entfernte sich zögernd, und Bernie und Nico sahen sich vielsagend an.

»Ich glaube, unsere kleine Cherry wird sich als äußerst nützlich erweisen«, meinte Bernie. »Seit Dino innerhalb von zwei Nächten das gesamte Ballett vernascht hat, habe ich ihn noch nicht wieder so scharf gesehen.«

»Stimmt«, meinte Nico, »jetzt laß uns noch einmal ganz genau unseren Plan durchgehen.«

Dino bot Cherry erneut ein Glas Wein an. Sie lehnte jedoch ab, wobei sie ihre zarte Hand über ihr Glas hielt und ihn dadurch hinderte, es erneut zu füllen. Fast feierlich meinte sie: »Ich trinke nie mehr als ein Glas.«

»Nie?« meinte Dino leicht vorwurfsvoll.

»Nie!« antwortete Cherry. »Es sei denn, es handelt sich um eine Hochzeit oder ein anderes großes Ereignis.«

»Aber das ist ein großes Ereignis«, beharrte Dino, während er ihre Hand wegschob und ihr Glas bis zum Rand füllte. So wie die Dinge sich entwickelten, war er mehr als begeistert. Nico hatte ihm Cherry beinahe auf einem Tablett serviert. Sie hatten zu viert gemeinsam gegessen, und dann hatte Nico ihn zur Seite genommen und ihm erklärt, daß er noch eine späte Verabredung habe und daß

Cherrys Ankunft in Las Vegas für ihn alles andere als erwünscht gewesen sei. Dino hatte ihn gebeten, sich keine Sorgen zu machen; es würde ihm ein Vergnügen sein, sich persönlich um Cherry zu kümmern.

»Sie ist ein wunderbares Geschöpf«, meinte Nico enthusiastisch, »aber sie ist jetzt für mich nicht mehr als eine Schwester, und doch... Nun ja, ich möchte einfach ihre Gefühle nicht verletzen. Es ist durchaus möglich, daß ich heute nacht von meiner Verabredung nicht zurückkomme...«

»Ich werde dafür sorgen, daß Cherry nichts davon merkt«, sagte Dino. Wenn sie die Nacht mit ihm verbrachte, dann würde sie wohl kaum in der Lage sein, das herauszufinden.

Nach dem Dinner hatte sich Nico entschuldigt und war gegangen. Kurz darauf war Bernies Exfrau Susanna erschienen und hatte Bernie mit sich weggezogen, so daß jetzt nur noch Cherry und Dino am Tisch übriggeblieben waren. Cherry war etwas verwirrt, aber fest entschlossen, Nico zu helfen. Er hatte sie gebeten, sich mit Dino zu beschäftigen... »Mach, was du willst, aber sorge dafür, daß er vor morgen nachmittag an nichts anderes als dich denken kann.« Nico hatte ihr einen zärtlichen Kuß gegeben. »Es ist lebenswichtig für mich, und eines Tages werde ich dir alles erklären.«

Cherry nippte wieder an ihrem Wein. »Dino?« fragte sie ihn schmeichelnd. »Leben Sie eigentlich in diesem Hotel oder haben Sie ein Haus?«

»Ich lebe hier, Baby«, entgegnete Dino nicht ohne Stolz. »Wir haben oben fünf Penthäuser, und eins davon gehört mir ganz allein. Von dort oben haben Sie den schönsten Ausblick auf den Strip von Las Vegas. Vielleicht haben Sie Lust, es sich anzusehen?«

»Oh, darf ich? Dazu hätte ich große Lust!«

Und ob sie durfte! Menschenskind, das lief ja alles viel besser, als er es je zu träumen gewagt hatte.

Dino hatte sich jetzt voll und ganz auf Cherry konzentriert. Alles andere hatte er von sich geschoben. Seine wichtigste Aufgabe bestand jetzt darin, mit dieser Superpuppe so schnell wie möglich ins Bett zu steigen. Er hatte völlig vergessen, daß er eigentlich Nico wegen seiner Schulden fragen und ihn durch einen Scheck um Dekkung ersuchen wollte. Selbst für einen Mann wie Nico dürften fünfhunderttausend Mäuse auch nicht gerade Hühnerfutter sein. Aber trotzdem... Wenn einem ein Mädchen wie Cherry über den Weg lief, dann konnte man schon alles andere vergessen. Außerdem würde Nico ja wohl nicht sang- und klanglos verschwinden. Er war ja da. Morgen früh würde Dino alles Notwendige mit ihm besprechen.

Als Nico sich nach dem Dinner verabschiedet hatte, eilte er direkt ins Casino. Seine schwarzen Augen suchten den Raum nach der Dame ab, die er sich ausgesucht hatte.

Mrs. Dean Costello steckte wieder einmal einen Packen Hundert-Dollar-Chips in ihre Handtasche. Das war ein Spaß! Ein Jammer, daß Mr. Dean Costello nicht schon ein paar Jahre früher das Zeitliche gesegnet hatte. Er war trotz seines riesigen Vermögens immer nur geizig gewesen. War es ihm nie bewußt geworden, daß Geld auszugeben auch Spaß machen konnte?

Hurra – hier kam schon wieder eine ihrer Zahlen! Die Fünfunddreißig! Sie hatte die Zahl mit fünf Chips voll besetzt und auch noch rundherum einen Cheval.

»Sie haben heute abend wirklich viel Glück, Madame«, sagte Nico.

Sie wandte sich um, um zu sehen, wer sie angesprochen hatte, und siehe da – direkt hinter ihr stand jener gutaussehende Strolch vom Baccarat-Tisch. Sie ahnte, daß er an ihr interessiert war.

»Stimmt, heute habe ich Glück«, kicherte sie und schob den erneuten Gewinn in ihre Handtasche.

Nico warf wieder einmal fasziniert einen Blick auf ihren gigantischen Brillantring, der im Licht der vielen Lampen einladend funkelte. Er mußte genug wert sein, um ihm aus der Patsche zu helfen.

Vage versuchte er sich vorzustellen, wieviel Gewicht diese Dame wohl auf die Waage bringen würde. Zweihundert oder dreihundert Pfund? Wahrscheinlich etwas dazwischen.

Er versuchte zu ergründen, wie alt sie wohl sein mochte. Fünfzig, vielleicht auch schon sechzig?

»Sie sind eine begehrenswerte Frau«, flüsterte er ihr ins Ohr, »und eine schöne Frau sollte eine Nacht wie diese nicht an den Spieltischen verbringen.«

»Sind Sie Ausländer?« fragte sie, während sie sich durch sein Kompliment geschmeichelt, aber nicht überrascht zeigte. Mrs. Dean Costello war der Meinung, wirklich begehrenswert zu sein. Vielleicht hatte sie ein paar Pfund Übergewicht und war für einige Geschmäcker etwas zu alt, aber dieser Kerl war ein Kenner und wußte, was er von einer gutaussehenden, reifen und erfahrenen Frau im Bett erwarten durfte. Der war kein Narr.

Schnell wechselte sie ihre Chips ein. Gelegenheiten wie diese ergaben sich nicht jeden Tag.

Eine halbe Stunde später waren sie bereits in ihrem Zimmer. Wenn Nico sich etwas in den Kopf gesetzt hatte, dann vergeudete er keine kostbare Zeit.

»Normalerweise empfange ich um diese Zeit keinen Herrenbesuch mehr«, kicherte sie schon wieder.

»Ich bin kein Fremder«, antwortete Nico und öffnete den Champagner. Während er eingoß, ließ er von ihr unbemerkt zwei starke Schlaftabletten in ihr Glas fallen. »Ist es so unverständlich, wenn ich mit einer schönen Frau allein sein möchte?«

Mrs. Costello fand seinen Charme umwerfend. Seit der Nacht mit dem zweiundzwanzigjährigen Kellner in Detroit war ihr nichts Besseres mehr begegnet.

Susanna war nicht Teil des gemeinsamen Planes gewesen – aber was blieb Bernie schon übrig. Sie hatte ihn sich einfach unter den Nagel gerissen – dominierend wie immer – und jetzt hielt sie ihm mit einer immer weinerlicher werdenden Stimme einen langen Vortrag darüber, was für ein Dreckskerl sein Rechtsanwalt sei. Da er kaum Gelegenheit hatte, selbst ein Wort zu sagen, saß Bernie ergeben da und nickte. Er beobachtete Dino und Cherry, die immer noch am Tisch saßen. Wenigstens das schien in Ordnung zu sein.

Susanna stieß ihn an und meinte: »Du, ich habe dich gefragt, was du eigentlich hier tust. Hörst du mir überhaupt zu?«

»Aber sicher«, antwortete er schnell und konzentrierte sich wieder voll auf Susanna. Sie hatte immer noch die scharfen Gesichtszüge ihrer Mutter, die durch eine gelungene Nasenoperation nur wenig gemildert wirkten.

»Nun?« Sie starrte ihn an.

»Ich hatte keine Ahnung, daß ich dazu deiner Erlaubnis bedarf.«

Höhnisch lächelnd antwortete Susanna: »So ist es recht, gib mir nur eine deiner scheißklugen Antworten! Mehr weißt du sowieso nicht!«

Bernie stand auf. Er hatte genug von diesem Theater. »Du wirst mich bitte entschuldigen, Susanna, aber ich habe eine heiße Verabredung am Spieltisch. Die Karten verlangen nach mir, und deshalb bin ich hergekommen.«

»Zum Spielen!« zischte sie zurück. »Und ich muß um jeden Cent Unterhalt mit dir kämpfen!«

Er sah sie verächtlich an, schließlich zahlte er ihr monatlich fünfzehnhundert Dollar, und das war ihr immer noch nicht genug. Eigentlich war das alles ein Witz, denn Carlos Brent war schließlich millionenschwer und Susanna war sein einziges Kind. Soeben sah er, daß Cherry und Dino den Tisch verlassen hatten.

»Ich muß jetzt gehen«, sagte er schnell.

»Bernie!« Susanna hielt ihn für einen Augenblick am Arm zurück und ihre Stimme wurde weich. »Wollen wir nachher nicht noch einen Drink zusammen nehmen? Eigentlich machen mich diese Streitereien ganz krank.«

Um Himmels willen! Noch mehr Komplikationen! Susanna hatte schon wieder ihren berühmten ›Gehen-wir-doch-ins-Bett-Blick‹.

Bernie gelang ein aufmunternder Blick. »Warum denn eigentlich nicht? Wo wirst du sein?«

»Wenn Daddy mit seiner Show fertig ist, werde ich noch kurze Zeit bei ihm bleiben und dann auf mein Zimmer gehen. Komm doch auf einen Drink vorbei!«

»In Ordnung, bis später dann.« In der Halle angekommen konnte er gerade noch sehen, wie Cherry und Dino gemeinsam den Fahrstuhl betraten. Das Mädel war wirklich einsame Spitze – ein Wort von Nico und sie war bereit, alles zu tun, um zu helfen.

Bernie verließ schnell das Hotel. Auch er hatte seine Rolle zu spielen.

Alle taten sie ihr Bestes, um Nico zu helfen.

6. Kapitel

Auf dem Kennedy-Flughafen in New York herrschte der übliche Trubel. Das Wetter war für den Flugverkehr nicht sonderlich geeignet und viele Fluggäste saßen schimpfend herum, um auf den Abflug ihrer Maschinen zu warten.

In ihrer wie immer auf Show bedachten Art traf Fontaine Khaled am Flughafen ein. Sie rauschte heran, wobei ihr zwei Gepäckträger folgten, die sich um ihre Koffer kümmerten.

Sofort erschien ein Beamter des Flughafens, um ihr behilflich zu sein.

›Jump‹ hielt sich im Hintergrund und träumte von dem Tag, an dem man *ihn* in gleicher Weise empfangen würde.

»Ich freue mich, Sie wiederzusehen, Mrs. Khaled«, sagte der Beamte.

»Sind Sie beauftragt, die Formalitäten für mich zu erledigen?«
»Aber gewiß, gewiß. Wollen Sie bitte solange Platz nehmen?«
Fontaine reagierte irritiert. »Verzögert sich etwa der Abflug?«
»Nur geringfügig.«
»Oh, verdammt noch mal!«
Der Flughafenbeamte winkte eine Bodenstewardeß herbei. »Bitte, führen Sie Mrs. Khaled in die VIP-Lounge.«
»Also, gehen wir.« Mit einer herrischen Geste befahl Fontaine ›Jump‹ zu sich.

Nico war vor einer Stunde mit seiner Maschine aus Los Angeles gelandet. Auch er war über die Verspätung des Abfluges der Maschine nach London nicht erfreut. Er saß in der VIP-Lounge, und während er seinen üblichen Wodka trank, dachte er über die Dinge nach, die ihn hierher geführt hatten. Seltsamerweise fühlte er sich erleichtert, obgleich er doch eigentlich die Hosen hätte gestrichen voll haben müssen. Zum Teufel! In den letzten zehn Jahren seines Lebens war eigentlich nichts passiert. In dieser für ihn als angenehm empfundenen Zeit hatte sich sein Pulsschlag nicht ein einziges Mal so sehr auf Hochtouren befunden, wie das jetzt der Fall war.

Bernie war eine große Hilfe gewesen. Es war sein Vorschlag, daß Nico türmen sollte, wenn er nicht in der Lage wäre, seine Schulden zu bezahlen.

»Steh hier nicht dumm herum und versuche lange Erklärungen abzugeben«, hatte ihn Bernie gedrängt. »Hau ganz schnell ab – organisiere das Geld – und laß dich von ihnen nicht schnappen, bevor du die Kohle hast.«

Das war klar genug. Nico hatte nur noch keine Idee, wie er sich das Geld beschaffen sollte. Und dann wurde es ihm plötzlich klar. Eine Idee, die eigentlich gar nicht zu seinem Charakter paßte – und doch hatte er keine andere Wahl. Der dicken Lady würde er einfach den Ring klauen – der mußte wenigstens soviel wert sein, wie er verloren hatte.

Zuerst hatte Bernie diese Idee für einen schlechten Witz gehalten. Als er aber feststellte, daß Nico fest dazu entschlossen war, begann er die notwendigen Überlegungen anzustellen. Erst einmal den Ring stehlen, dann so schnell wie möglich – ohne daß die Fonicettis davon Wind bekommen konnten – aus Las Vegas abhauen und den Ring versilbern. Anschließend die Schulden bezahlen. Da Nico darauf bestand, der dicken Lady den Verlust zu ersetzen, sollte er sich darüber erst den Kopf zerbrechen, wenn alles andere zufriedenstellend erledigt war.

Ein wahrhaft bizarrer Plan, aber sie waren jetzt beide davon überzeugt, daß er funktionieren würde.

Die Tatsache, daß Dino sich in Cherry verknallt hatte, ließ ihn die Überwachung von Nico zwangsläufig vernachlässigen. Cherry war sofort bereit gewesen, Nicos Wünschen in jeder Form entgegenzukommen. Bernie hatte einen Wagen gemietet. Sobald Nico den Ring an sich gebracht hatte, würde er den Wagen nehmen und damit schnurstracks nach Los Angeles fahren, einige Sachen zusammenpacken und sich auf dem schnellsten Weg zum Flughafen begeben.

Bernie hatte einen Freund in London, namens Hal, der die notwendigen Verbindungen hatte, um den Ring zum richtigen Preis loszuschlagen. Und London war weit genug entfernt, um Nico dieses Geschäft ungestört und in aller Ruhe abwickeln zu lassen. Noch bevor die Fonicettis überhaupt merken würden, daß Nico Las Vegas verlassen hatte, konnte er schon wieder mit dem Geld zurück sein.

Natürlich konnte der Plan auch mißlingen. Zum Beispiel konnte die dicke Lady in dem Augenblick, in dem sie aus der Betäubung erwachte, ein Mordsspektakel machen. Aber Nico hatte sich ja unter einem falschen Namen vorgestellt – und außerdem würde keiner auf die Idee kommen, *ihn* zu verdächtigen. Er hatte wohlweislich darauf bestanden, daß die Lady und er nicht gemeinsam das Casino verließen, so daß die einzige Verbindung zwischen ihnen darin bestanden hatte, daß sie nebeneinander am Spieltisch gesessen hatten.

Bernie und Cherry würden in Las Vegas bleiben und dadurch den Eindruck erwecken, daß Nico auch noch da war.

Jetzt wartete Nico auf seinen Anschlußflug und spielte dabei mit dem Ring, den er lose in der Tasche trug. Er machte sich Sorgen über den Zoll. Was würde passieren, wenn der Ring bei der Zollkontrolle gefunden würde? Kein angenehmer Gedanke.

Eine attraktive Dame rauschte in die Lounge. Sie machte einen kultivierten, selbstsicheren Eindruck. Etwa Ende Dreißig, elegant gekleidet und ihrer selbst vollkommen sicher. In jeder Hinsicht das perfekte weibliche Gegenstück zu ihm. Bei dem Gedanken daran konnte Nico ein Lächeln nicht unterdrücken.

Diese Frau wurde von einem jungen Muskelprotz begleitet, der jedem ihrer Worte andächtig lauschte. Und jedes einzelne Wort von ihr war mehr als gut zu verstehen, wenn sie mit ihrer durchdringenden Stimme, sich einen Dreck darum kümmernd, wer zuhörte, loslegte.

»Mein Gott, man könnte aus der Haut fahren«, sagte sie laut, »warum kann dieses verdammte Flugzeug nicht pünktlich starten?« Mit einer dramatischen Geste ließ sie sich in einen Sessel fallen, streifte ihren Zobel lässig ab und schlug die Beine übereinander. »Darling, bestell bitte etwas Champagner.«

»Wer ist denn das?« fragte Nico die Stewardeß, die gerade Drinks servierte. Das Mädchen schüttelte sich. »Eine gewisse Mrs. Khaled, die Frau eines arabischen Millionärs. Wir sind angewiesen worden, uns um sie in besonderem Maße zu kümmern.«

Fontaine wollte, daß ›Jump‹ endlich abhaute. Er ging ihr auf die Nerven. Immer wieder ließ er durchblicken, wie gerne er eigentlich mit ihr nach Europa wollte. Wie sehr würde er sie vermissen. Wie sehr würde sie ihn vermissen. Und dann natürlich – waren ihre Liebesbeziehungen nicht die erotischsten Erfahrungen, die sie beide je gemacht hatten?

»Ich glaube, es ist jetzt wirklich an der Zeit, daß du wieder in die Stadt fährst«, sagte Fontaine schließlich abrupt. »Ich möchte mich noch ein wenig ausruhen und die Augen schließen.«

»Ich kann dich unmöglich alleine lassen«, antwortete ›Jump‹ übereifrig. »Dein Flug könnte annulliert werden. Mir macht es nichts aus, noch etwas zu warten.«

Sicherlich machte es ihm nichts aus, noch etwas zu warten, weil er eben immer noch hoffte, daß sie ihre Meinung ändern und ihn mitnehmen würde.

»Nein, Darling, ich bestehe darauf. Du hast jetzt lange genug gewartet.«

›Jump‹ beharrte auf seinem Standpunkt. »Ich bleibe hier, Fontaine, man weiß nie, was passieren kann.«

Noch ehe sie antworten konnte, erschien eine Stewardeß und gab bekannt, daß sich die Passagiere nach London an Bord begeben könnten.

»Na endlich«, sagte Fontaine mißmutig. Sie erhob sich und erlaubte ›Jump‹, ihr den Zobel um die Schultern zu legen.

Er machte Anstalten, sie zum Abschluß zu umarmen. Ohne zu zögern hielt sie ihn zurück und reichte ihm die Wange zu einem flüchtigen Kuß. »Nicht in der Öffentlichkeit«, murmelte sie. »Schließlich habe ich auf meinen Ruf zu achten.«

»Wann höre ich von dir?« erkundigte sich ›Jump‹ nervös, der an einem Trip nach London mehr interessiert war als an ihrem Ruf.

»Bald genug«, erwiderte sie kurz angebunden.

Es gab zwei Gründe dafür, warum Nico sich den Sitz neben Mrs. Khaled gesichert hatte. Erstens: Wer war wohl besser dazu geeignet, seinen Brillantring – ohne etwas davon zu wissen – durch den britischen Zoll zu bringen, als eine Engländerin, von der man annehmen durfte, daß sie wohl kaum kontrolliert würde. Zweitens: Der vor ihm liegende Flug war lang und lngweilig und wenn Mrs. Khaled auch – gemessen an seinem Geschmack für das Jugendliche – schon ein etwas älterer Zahn war, so machte sie auf ihn zumindest den Eindruck, als ob man sich mit ihr amüsieren konnte. Falls er ganz großes Glück haben sollte, war sie vielleicht sogar in der Lage, eine passable Partie Backgammon zu spielen.

Er wartete, bis Fontaine es sich auf ihrem Fensterplatz bequem gemacht hatte.

Mit schillernden Augen schätzte sie ihn ab, während sie ihm einen kurzen Blick zuwarf.

Mit seinem typischen Charme lächelte Nico sie an. »Darf ich mich Ihnen vorstellen? Nico Constantine.«

Zynisch zog sie die Brauen hoch. Er war zwar attraktiv, aber viel zu alt für sie, und auf Konversation legte sie keinen Wert.

Nico ließ sich dadurch nicht beirren. »Und Sie sind...?«

»Mrs. Khaled«, erwiderte sie kurz angebunden. »Ich möchte Sie gleich darauf aufmerksam machen, daß ich – wenn wir auch für die nächsten Stunden Reisegefährten sein werden – total erschöpft bin und durchaus nicht die Absicht habe, mich zu unterhalten. Sie haben doch sicher Verständnis dafür, Mr.... äh...«

»Constantine. Aber sicher, ich verstehe vollkommen. Darf ich Ihnen etwas Champagner anbieten?«

»Anbieten ist gut. Haben Sie vergessen, daß er in der ersten Klasse umsonst serviert wird?«

»Ich meinte... wenn wir in London angekommen sind. Vielleicht könnten wir bei ›Annabel‹ zusammen zu Abend essen?«

Fontaine runzelte die Stirn. Schlimm, daß sie sich jetzt auch noch gegen die Avancen dieses Mannes zur Wehr setzen mußte, während sie nur ein Bedürfnis hatte – nämlich zu schlafen. Sie blickte auf eine etwa dreißigjährige Blondine in einem gestreiften

Nerzmantel, die auf der anderen Seite des Ganges Platz genommen hatte. »Versuchen Sie es bei ihr!« sagte sie eiskalt. »Ich glaube, bei der haben Sie mehr Erfolg.«

Nico folgte ihrem Blick. »Gefärbte Haare und zu viel Make-up. Gestatten Sie mir bitte, einen etwas besseren Geschmack zu haben.«

Um Himmels willen! Was hatte sie nur verbrochen, daß sie neben diesem aufdringlichen Typ sitzen mußte.

Sie wandte sich ab und starrte aus dem Fenster. Vielleicht hätte sie doch lieber ›Jump‹ mitnehmen sollen, damit er sie vor solchen Langweilern bewahrte.

»Sie müssen sich anschnallen.«

»Was?«

»Sie sehen doch das Zeichen zum Anschnallen.«

Sie suchte nach ihrem Gurt und konnte die eine Hälfte nicht sofort finden. Nico nahm das wahr und versuchte, ihr beim Schließen des Gurtes behilflich zu sein.

»Danke, das schaffe ich auch allein«, schnappte sie.

Nico war verwirrt. Eine Frau, die nicht seinem Charme erlag? Unmöglich! So etwas gab es doch gar nicht. Zehn Jahre lang hatte er sich das Beste, das Hollywood zu bieten hatte, ohne Schwierigkeiten unter den Nagel gerissen. Willige junge Schönheiten, die Tag und Nacht für ihn zur Verfügung standen. Nie war er zurückgewiesen worden. Immer war er sich seiner Erfolge sicher und jetzt das..., diese Engländerin. So von sich eingenommen, bissig und eigentlich zum Kotzen.

Aber trotzdem... Wenn er seinen Brillantring bei ihr unterbringen wollte, dann mußte er irgendwie mit ihr Kontakt aufnehmen.

Der Jumbo-Jet setzte sich langsam in Bewegung und rollte auf die Startbahn zu, um sich auf den Abflug vorzubereiten.

»Sind Sie nervös?« fragte Nico.

Fontaine sah ihn verächtlich an. »Kaum. Seit meinem sechzehnten Lebensjahr bin ich das Fliegen gewöhnt. Wie oft ich schon geflogen bin, weiß ich nicht mehr.« Sie schloß die Augen. Wie oft war sie wirklich geflogen? Jedenfalls sehr oft. Im ersten Jahr ihrer Ehe hatte sie Benjamin überall hin begleitet. Die perfekte Ehefrau. Reisen durch die ganze Welt, langweilige Geschäftsreisen, die sie verrückt gemacht hatten, bis sie sich zurückgezogen hatte und ihn nur noch auf den für sie amüsanten Reisen begleitete. Nach Paris, Rom, Rio, New York und Acapulco. Dort konnte sie die herrlichsten Einkäufe machen und aufregende Bekanntschaften schließen. Dann kamen ihre Liebhaber... Nun ja, Benjamin hatte sie ja direkt in deren Arme getrieben...

Sie spürte das ruckartige Abheben der schweren Maschine, hielt ihre Augen aber weiterhin krampfhaft geschlossen, um nicht dem erneuten dummen Gerede ihres Reisegefährten ausgeliefert zu sein. Er war in der Tat ein attraktiver Mann. Allerdings war er nicht ihr Fall, weil er einfach zu alt für sie war. Vielleicht wäre er etwas für ihre Freundin Vanessa gewesen, die auf diese Typen flog.

»Sie haben über zwei Stunden geschlafen«, teilte ihr Nico mit.

Langsam öffnete Fontaine die Augen. Ihr war heiß, sie fühlte sich verknittert und spürte einen schlechten Geschmack im Mund.

Nico reichte ihr ein Glas Champagner, das sie dankbar annahm.

»Spielen Sie eigentlich Backgammon?« fragte er.

»Um Himmels willen, das sind Sie also!« Sie konnte ein Lächeln nicht unterdrücken. »Ein Backgammon-Aufreißer! Das hätte ich mir denken können.«

Nico grinste. »Ein Backgammon-Spieler – ja; ein Backgammon-Aufreißer – nein. Es tut mir leid, Sie enttäuschen zu müssen.«

»Aber Sie sehen genauso aus! Wirklich! Sie sind fast besser gekleidet, als ich es bin!«

»Das wäre ein Ding der Unmöglichkeit.«

Plötzlich unterhielten sie sich und lachten. Eine Stewardeß brachte das Essen und mehr Champagner.

Eigentlich war er gar nicht so übel, entschied Fontaine. Er war sogar recht nett, und wie angenehm war es, sich zur Abwechslung einmal mit einem Mann zu unterhalten, der weder ihren üblichen geilen Hengsten glich noch schwul war. Sie überlegte kurz, ob er wohl reich war. Auf jeden Fall war er geschmackvoll gekleidet, sein Schmuck war teuer und paßte zu ihm.

»Welchen Beruf üben Sie aus?« fragte sie beiläufig.

Nico lächelte. »Ich bin Geschäftsmann.«

»Darunter könnte man sich alles und nichts vorstellen.«

»Das stimmt schon, aber ich lasse mich nicht gerne festlegen.«

»Hm...«, sie fixierte ihn fragend.

»Und Sie? Wo ist Mr. Khaled?«

»Benjamin Al Khaled hat nicht länger das Vergnügen, mein Mann zu sein. Die Betonung liegt auf Ex. Aber behalten Sie das bitte für sich. Solange die Welt davon nichts weiß, werde ich überall noch als Mrs. Khaled behandelt.«

Nico sah sie bewundernd an. »Jemand wie Sie wird immer gut behandelt.«

»Besten Dank.« Ihre Blicke trafen sich und es war jener Augenblick gekommen, wo nichts mehr zu sagen war und jeder genau Bescheid wußte.

Fontaine löste sich von seinem Blick. Mein Gott! Vielleicht war es die Flugreise und vielleicht war sie auch nur übermüdet, aber urplötzlich überkam sie eine unvorstellbare Geilheit.

»Entschuldigen Sie bitte.« Sie stand auf und ging an ihm vorbei, um die Toilette aufzusuchen. Sie wollte ihr Aussehen kontrollieren. Wahrscheinlich sah sie unmöglich aus.

Nico sah ihr nach und roch dabei die Wolke ihres ›Opium‹-Parfüms, die sie zurückließ. Lise Maria hatte immer ›Jolly Madame‹ benutzt. Es war das erstemal, daß er – seit weiß Gott wie lange – wieder einmal an seine verstorbene Frau dachte. Lise-Maria gehörte der Vergangenheit an. Sie war eine schöne Erinnerung, die er sich nicht zerstören wollte. Warum mußte er gerade jetzt an sie denken?

»Mr. Constantine, werden Sie sich den Film ansehen?« erkundigte sich die Stewardeß.

»Was gibt es denn?«

»›The Fury‹ mit Kirk Douglas in der Hauptrolle.«

»Warum eigentlich nicht? Lassen Sie die Kopfhörer da.«

»Und Mrs. Khaled?«

»Aber gewiß, Mrs. Khaled wird ihn auch sehen wollen.«

Jetzt traf er doch wirklich schon Entscheidungen für sie. Und dabei dachte er, wie es wohl im Bett mit ihr sein würde... Es war eine Ewigkeit her, daß er eine reife Frau besessen hatte. Jede Menge von Mädchen – herrliche, süße Kreaturen –, die seine große Erfahrung zu schätzen wußten... Aber wieder einmal mit einer richtigen Frau zu schlafen..., einer kultivierten, sinnlichen Frau...

Ganz nebenbei dachte er darüber nach, ob sie wohl reich war. Das könnte für ihn äußerst nützlich sein.

7. Kapitel

Polly Brand rekelte sich im Schlaf und streckte ihre Arme weit von sich. Dabei berührte sie einen menschlichen Körper und wurde schlagartig wach. Dann erinnerte sie sich, grinste und griff nach ihrer Brille. »Damit ich dich besser sehen kann, mein Lieber«, kicherte sie und ließ dabei ihre Finger über den Rücken ihres Bettgenossen gleiten.

»Laß das...«, murmelte er im Halbschlaf.

»Ach, komm schon«, erwiderte Polly aufmunternd. »Wir haben gerade noch Zeit genug für einmal, bevor wir zum Flughafen müssen.«

»Wofür?«

»Dafür natürlich.« Ihre Hand griff nach seinem schlaffen Penis.

Er wandte sich ab. »Laß mich noch schlafen, nur noch zehn Minuten...«

»Ricky, ich habe dir einen sehr guten Job besorgt und ich erwarte von dir, daß du mir dafür dankbar bist – sehr dankbar.«

»Ich werde mich in der kommenden Nacht schon verdammt dankbar erweisen, aber jetzt brauche ich unbedingt noch etwas Schlaf.«

Polly schmiegte sich an seinen Körper. »Mein lieber Ricky Tick, in der kommenden Nacht wirst du arbeiten. Unsere Mrs. Khaled wird sich von dir bis in die frühen Morgenstunden herumkutschieren lassen, denn dieses Miststück schläft nie! Sie muß gesehen werden, und zwar überall, und deine Pflichten als Chauffeur werden nicht vor Morgengrauen beendet sein. Und dann möchte *ich* gerne schlafen. Also los jetzt, laß uns ficken!«

Widerwillig erlaubte Ricky der energischen Polly, sich so lange mit ihm zu beschäftigen, bis er sich in dem Zustand befand, in dem das Spielchen wieder beginnen konnte. Dieses Spielchen dauerte ganze sechs Minuten, und dann war es vorbei.

»Herzlichen Dank!« beschwerte sich Polly.

»Frühmorgens habe ich nicht meine beste Zeit«, raunzte Nicky und griff nach seiner Armbanduhr. »Vor allen Dingen dann nicht, wenn es – verdammter Mist – erst fünf Uhr früh ist...«

»Wir müssen Punkt sieben am Flughafen sein. Mrs. Khaled haßt es zu warten und kann, wenn sie es muß, fuchsteufelswild werden. Deine neue Arbeitgeberin ist äußerst temperamentvoll.«

»Haßt es, zu warten! Bist du eigentlich sicher, daß dieser ganze Job vielleicht nicht nur für die Katze ist?«

Polly amüsierte sich. »Oh, der wird dir schon gefallen und du wirst noch ganz wild darauf werden. So, wie ich meine liebe alte Fontaine kenne...«

»Na und?«

Polly stieg aus dem Bett und amüsierte sich noch immer. »Warte es nur ab, die große Überraschung wird noch kommen..., das heißt, wenn sie dich mag... mein Junge... Ich habe so eine Ahnung, als wenn sie dich mögen wird.«

Fontaine Khaled mit Ricky, dem Chauffeur. Der Gedanke daran ließ Polly laut auflachen.

Ricky war jetzt auch aufgestanden. »Also mach schon, laß mich mitlachen.«

»Du wirst es schon selber schnell genug herausfinden.«

Polly legte eine Kassette in den Rekorder, und die Musik von Rod Stewart füllte den Raum. Ungeniert in ihrer Nacktheit begann sie zum Rhythmus der Musik ihre Morgengymnastik.

Ricky sah ihr einen Moment lang zu und verschwand dann im Bad. Die Kleine war schon eine komische Type. Vor etwa zwei Wochen hatte sie ihn bei einer Fahrt in seinem Minitaxi angemacht und bevor er sich versah, hatte er seinen Job gekündet und die Stellung als Privatchauffeur von Mrs. Khaled angenommen. Na klar, ein Minitaxi zu fahren war nicht das Richtige für ihn. Unentwegt gab es Ärger. Chauffieren war eine ganz andere Sache... Wenn du schon Tag und Nacht in London herumfahren mußt, dann solltest du es besser in einem Rolls tun.

Polly streckte sich zur Decke und beugte sich dann wieder, bis ihre Handflächen den Boden berührten. Vierundzwanzig..., fünfundzwanzig..., Schluß.

Vom Waschen hielt sie nicht viel. Eine schlechte Angewohnheit, aber bis jetzt hatte sich niemand beschwert. Sie zog einen flauschigen Angora-Pullover und enge Jeans an und dazu trug sie hohe Stiefel. Dann fuhr sie einmal mit dem Kamm durch ihr kurzes, struppiges Haar. Ihr Make-up bestand lediglich aus Lipgloss. Zum Schluß folgte noch ihre getönte Brille. Polly war keine Schönheit, aber auch nicht alltäglich und ganz gewiß attraktiv. Sie war neunundzwanzig Jahre alt und Chef ihrer eigenen Public-Relations-Firma. Gar nicht so schlecht für ein Mädchen, das mit siebzehn Jahren als Sekretärin angefangen hatte. Ihre Firma repräsentierte Fontaine Khaleds Diskothek ›Hobo‹, und wann immer Mrs. Khaled sie benötigte, stand sie zu ihrer persönlichen Verfügung. Polly hatte nichts dagegen. Für jeden Dienst, den sie extra verrichtete, wurde die Rechnung für ›Hobo‹ etwas größer. Dafür, daß sie Ricky gefunden hatte, gedachte sie auf jeden Fall zweihundert Pfund in Rechnung zu stellen.

Ricky kam mit einer Jockey-Unterhose angetan aus dem Bad. Auf dieser Unterhose befanden sich an passender Stelle die markigen Worte: ›Ich bin immer geil.‹

»Um Himmels willen! Wo hast du denn *die* her?« Polly schrie vor Lachen.

»Von meiner kleinen Schwester.« Ricky ging zum Spiegel, um sich darin zu bewundern. »Die sehen doch prima aus, oder?«

»Prima? Die dürfen – verdammt noch mal – nicht wahr sein!«

Ricky zog die Augenbrauen hoch. »Das ist doch nur ein Scherz. Kein Grund für dich, gleich in die Hosen zu machen.«

Polly versuchte ihr Lachen zu unterdrücken. »Ich wußte nur nicht, daß ihr Burschen so etwas auch wirklich anzieht.«

Ricky fühlte sich in seiner Ehre verletzt. Schnell stieg er in seine Hosen.

Polly lehnte sich zurück und betrachtete ihn aus den Augenwinkeln. Eine fabelhafte Figur. Dünn, drahtig, steinharte Oberschenkel, flacher Bauch und ein schöner, fester Arsch.

Sexy von Kopf bis Fuß, aschblondes Haar – und wenn er in der richtigen Stimmung war, ein Naturtalent beim Vögeln. Nett und normal, weder ein Schnupfer noch ein Fixer, und auch kein Sadist.

Fontaine Khaled – falls sie Lust verspüren sollte – würde ihn sicherlich gebrauchen können.

Der Innenraum der Maschine war jetzt dunkel, während sich der große Vogel auf dem Flug nach England befand. Der Film war zu Ende und die meisten Passagiere schliefen schon.

Aber nicht Fontaine.

Und Nico auch nicht.

Sie flirteten handgreiflich miteinander – benahmen sich wie Teenager.

Wer konnte jemals die Aufregung bei den ersten körperlichen Tastversuchen vergessen, bei denen sich die Hände zum erstenmal unter einer Bluse oder einem Rock verirrten. Die Lippen, Zungen, Zähne – die erotische Empfindung bei der Entdeckungsreise in ein fremdes Ohr. Die ungeheuere Aufregung beim verstohlenen Streicheln einer Brustwarze.

Fontaine hatte das Gefühl, wie eine Fünfzehnjährige zu erröten.

Das war eine echte Sensation für sie. Auch Nico konnte sich nicht erinnern, je so erregt gewesen zu sein.

Zu berühren, aber nicht eigentlich zum Ziel zu gelangen. Zu fühlen – aber nicht alles.

Wer immer das Märchen aufgebracht hatte, daß es eine Kleinigkeit sei, sich in einem Flugzeug zu lieben, war ein Narr. Es war verdammt schwierig, besonders dann, wenn die Stewardeß wenigstens alle zehn Minuten den Gang auf und ab lief.

So beschieden sie sich mit den fast kindlichen Berührungen eines ersten Erlebnisses und keiner soll behaupten, daß darin keine Erotik läge. Außerdem machte es Spaß, und es war schon lange her, seit für jeden von ihnen Sex etwas mit Spaß zu tun gehabt hatte.

»Mrs. Khaled, wenn ich Sie in London treffe, dann wünsche ich mir Zeit, Platz und den Luxus eines Bettes«, flüsterte Nico. Seine Finger ruhten auf ihrem Oberschenkel und bewegten sich langsam nach oben, ihrem Slip entgegen.

Inzwischen hatte Fontaine den Reißverschluß seiner Hose geöffnet und konnte seine Männlichkeit durch die Seide seiner Unterwäsche spüren. »Aber gewiß, Mr. Constantine, ich glaube, das wird sich arrangieren lassen.«

Die Stewardeß ging schnell und geschäftig wieder einmal an ihnen vorbei. Konnte sie sehen, was los war? Beide verhielten sich mucksmäuschenstill.

»Ich möchte Ihren Körper sehen«, flüsterte Nico, »ich weiß, daß er wunderschön sein muß.«

Fontaine zeichnete die Linie seiner Lippen mit der Zunge nach. »Bitte, Nico, laß diese blöden Übertreibungen. Keine deiner Standardphrasen. Bei mir hast du es nicht nötig, den perfekten Gentleman zu spielen.«

Sie war ihm ganz schön schnell auf die Schliche gekommen. Das gefiel ihm. »Also gut, ich will dich haben«, murmelte er. »Ich will deinen herrlichen Körper haben, verdammt noch mal.« Seit Lise-Maria hatte er sich nicht mehr getraut, so mit einer Frau zu sprechen. Fontaine hatte recht – wann immer er den Mund öffnete, kamen normalerweise nichts anderes als die bedeutungslosen Phrasen des sogenannten perfekten Gentleman heraus.

»Das ist schon besser«, sagte Fontaine zufrieden. »Ich möchte, daß du mit mir sprichst und nicht, daß du deine Nummer abziehst.«

Ihre Zungen spielten gefühlvoll miteinander. Es wurde langsam hell und die ersten Lichtstrahlen fielen durch die Fenster. Und das war der Augenblick, wo es Zeit wurde, das Spiel abzubrechen und die Kleidung zu ordnen.

Mit einem etwas dünnen Lächeln servierte ihnen die Stewardeß das Frühstück. Sie hatte genau gesehen, was die beiden getrieben hatten und, um ehrlich zu sein, sie war eifersüchtig. Es war nicht etwa so, daß das etwas Neues für sie gewesen wäre, aber ein Mann wie Nico Constantine... Nun ja, wenn der nicht gerade neben diesem Miststück von Fontaine Khaled gesessen hätte..., da wäre vielleicht eine Chance für sie gewesen, oder...?

Fontaine knabberte etwas an ihrem Toast, trank von dem gräßlichen Kaffee und lächelte Nico an. »Das war...«

Nico legte einen Finger auf ihre Lippen. »Ich möchte jetzt bitte nicht einen deiner Standardsätze hören.«

»Aber es war wirklich...«

»Das stimmt.«

Sie grinsten einander vielsagend an.

»Ich glaube, ich muß mich ein wenig frisch machen«, sagte Fontaine nach einer Weile. »Ein bißchen Make-up und Haare kämmen.«

Nachdem sie gegangen war, fiel Nico plötzlich ein, weshalb er sich anfangs überhaupt um einen Kontakt mit ihr bemüht hatte. Es schien ihm zwar nicht mehr so wichtig zu sein, aber er hatte noch immer den Ring in der Tasche, und der brannte ihm langsam ein Loch in die Hose. Hätte er Fontaine darum gebeten, den Ring für ihn durch den Zoll zu bringen, dann hätte sie es bestimmt nicht abgelehnt. Aber warum sollte er sie überhaupt bewußt mit hineinziehen? Am besten wäre es, wenn sie das Ganze unwissentlich für ihn erledigen würde.

Sie hatte ihren Make-up-Koffer mitgenommen und ihre Handtasche zurückgelassen. Also ganz einfach. Er sah sich um. Die gefärbte Blondine in ihrem gestreiften Nerzmantel unterhielt sich mit einem angetrunkenen Schriftsteller, der auf dem Weg nach London war, um dort zum fünftenmal zu heiraten.

Nico öffnete die Handtasche. Ganz einfach. Er fand eine mit doppeltem Reißverschluß versehene Innentasche, in die er den Ring gleiten ließ. Ganz einfach.

Fontaine kam zurück. Ihr Haar war glatt zurückgekämmt, und ein gelungenes Make-up unterstrich ihr perfektes Aussehen. Sie lächelte ihn an. »Haben wir vor der Landung noch Zeit für eine Zigarette?«

Ricky fuhr den großen silberfarbenen Rolls-Royce viel zu schnell.

Polly genoß ihre frühmorgendliche Hasch-Zigarette und rief ihn zur Ordnung. »Mrs. K. gibt das Tempo an, wenn du sie fährst. Vergiß das nicht.«

»Wie ist sie denn?« fragte Ricky nun schon zum sechstenmal.

»Ach, weißt du, entweder du wirst sie mögen, oder du wirst sie hassen. Sie ist eine schwierige Lady – da gibt es gar nichts. Ein typischer Zwilling. Sie tut immer nur das, was sie gerade tun möchte, und sie hört nur das, was sie hören möchte.«

»Hat sie immer noch so viel Kohle?«

Polly zuckte mit den Schultern. »Wer weiß? ›Hobo‹ bringt ihr nichts mehr ein, aber ihr Alter hatte eine Menge Geld... Paß auf, Ricky! Beinahe hättest du den Wagen da gestreift! Du bist als Chauffeuer engagiert und nicht als James Hunt! Und vergiß nicht: Wenn sie dabei ist, dann nennst du mich Miß Brand. Sie hätte es gar nicht gerne, wenn sie wüßte, daß ich mit ihren Angestellten vögle.«

»Mrs. Khaled? Herzlich willkommen in London!« Fontaine wurde von einem Flughafen-Angestellten persönlich begrüßt, dessen Aufgabe es war, sich um die V. I. P.s zu kümmern. Er nahm ihr den Make-up-Koffer ab. »Hier entlang, Mrs. Khaled, es ist bereits alles für sie erledigt. Wenn Sie mir nur bitte Ihren Paß geben wollen...«

Sie sah sich um und suchte Nico. Er stand am Ende einer langen Reihe für Passagiere mit ausländischen Pässen.

Sie winkte und warf ihm eine Kußhand zu, und dann ging sie schnurstracks durch die Paßkontrolle für britische Staatsbürger.

Nico war beeindruckt. Ob verheiratet oder nicht mehr verheiratet mit ihrem arabischen Billionär – sie kannte den Stil, wie man sich bei solchen Gelegenheiten benahm. Was für eine geniale Idee, ihr den Ring mitzugeben. Kein Zollbeamter würde es wagen, sie aufzuhalten.

Er dachte darüber nach, wo er mit ihr zu Abend essen würde. Schließlich waren Jahre vergangen, seit er das letztemal in London war. Aber ›Annabel's‹ war immer eine sichere Sache. Anschließend auf ein Spielchen ins ›Clermont‹ und dann ins Bett. Er stellte sich einen in jeder Hinsicht aufregenden Abend vor.

Fontaine täuschte Überraschung vor, als sie Polly sah. »So früh, mein Schatz? Sie hätten sich nicht bemühen sollen!«

Polly wußte genau, daß Fontaine es niemals verziehen hätte, wenn sie nicht dagewesen wäre.

Auf die übliche verlogene Art küßten sie einander auf die Wangen.

»Sie sehen fabelhaft aus!« meinte Polly. »War es drüben schön?«

»Eigentlich verheerend. Haben Sie hier in London nicht gelesen, daß man mich beraubt hat?«

Sie gingen gemeinsam zum Wagen, wo Ricky respektvoll die Tür öffnete.

»Nein! Wie furchtbar! Was ist passiert?«

»Man hat alles ausgeräumt. Sie haben einfach alles mitgenommen, absolut alles!«

»Und Ihr Schmuck?«

»Nein, nicht meinen Schmuck, der war, Gott sei Dank, in der Bank.«

Ricky schloß hinter ihnen die Tür. Also das war die berühmte Mrs. Khaled. Eine tolle Puppe. Neben ihr verblaßte Polly völlig.

Geduldig stellte Nico sich fünfundzwanzig Minuten an. Es war ärgerlich, aber nicht zu ändern, wenn man in ein fremdes Land einreiste.

Selbstverständlich wurde er am Zoll aufgehalten. »Du siehst wie ein teurer Schmuggler aus«, hatte ihm Lise-Maria einst gesagt. »Bleib wie du bist; ich mag dich so.«

Der Zollbeamte war höflich, aber gründlich. Jeder seiner Vuitton-Koffer wurde geöffnet und durchsucht. Für einen kurzen Augenblick glaubte Nico, daß sie auch ihn durchsuchen würden, aber er hatte Glück und brauchte sich dieser menschenunwürdigen Leibesvisitation nicht zu unterziehen.

Endlich hatte er es hinter sich. Er hatte gehofft, daß Fontaine auf ihn warten würde. Sie hatte irgend etwas von einem Chauffeur – der sie abholen würde – gesagt. Aber er konnte sie nirgendwo entdecken. Sie war schon lange weg. Er hätte wissen müssen, daß sie nicht zu der Sorte Frauen gehörte, die auf jemanden warteten.

Verdammt. Das war ärgerlich. Er mußte den Ring so schnell wie möglich wieder an sich bringen. Was geschah, wenn sie ihn entdeckte? Der Gedanke daran war nicht sehr angenehm, aber er würde sich schon irgendwie herausreden. Er würde ihr die Wahrheit sagen. Nicht gerade, daß er den Ring gestohlen hatte, sondern nur, daß sie ihn für ihn durch den Zoll gebracht hatte. Das war schon eine gute Idee gewesen, wenn er bedachte, wie mühsam er durch den Zoll gekommen war.

Wahrscheinlich würde Fontaine sich über die ganze Angelegenheit köstlich amüsieren.

Aber trotz allem wäre es schon besser, wenn sie den Ring erst gar nicht finden würde... Und das bedeutete, daß er sie – so bald wie möglich – sehen mußte.

Er nahm sich ein Taxi und fuhr mit ihm zum ›Lamont‹-Hotel. Das ›Lamont‹ war *die* Adresse. Ruhig, sehr englisch, mit hervorragendem Restaurant; vergleichbar dem ›Connaught‹.

»Bei Gott, Mann!« ereiferte sich der Taxifahrer. »Sie haben aber wirklich verdammt viele Koffer.«

8. Kapitel

Cherrys erste Nacht mit Dino war nichts anderes als eine fast platonische Angelegenheit. Zuerst brachte er sie in sein Penthouse auf dem Dach des ›Forum‹-Hotels und zeigte ihr den herrlichen Ausblick – den sie bewunderte. Anschließend braute er ihr einen exotischen Drink zusammen – den sie trank. Als nächstes spielte er ihr einschmeichelnde Musik von Barry White vor – die sie genoß. Und dann ging er aufs Ganze.

»Ich schlafe niemals mit jemandem bei der ersten Verabredung«, sagte Cherry bescheiden, wobei ihre langen schwarzen Augenwimpern über ihren babyblauen Augen zitterten.

»Was?« schnappte Dino. Er hatte bereits einen Ständer, der dabei war, den Reißverschluß seiner Hose zu sprengen.

»Ich mag Sie sehr gern«, fuhr Cherry mit ihrer süßen kleinen Jungmädchenstimme fort, »wirklich, aber ich kann einfach noch nicht mit Ihnen ins Bett gehen. es ist gegen meine Prinzipien.«

»Prinzipien!« stieß Dino hervor. »Zum Teufel, vergessen Sie Ihre Prinzipien.«

»Regen Sie sich nur nicht auf«, erwiderte Cherry bestimmt. »Sie haben keinerlei Recht, von mir zu erwarten, daß ich etwas tue, was ich nicht tun möchte.«

Er betrachtete sie – jeden Zentimeter dieses herrlichen Geschöpfes – und mußte zum erstenmal in seinem Leben feststellen, daß er einen Korb bekommen hatte. Es würde auch nichts nützen, ihr einen Job in einer Show anzubieten. Sie hatte bestimmt auch nicht die Absicht, als Bardame zu arbeiten. Wenn er ihr Geld anbieten würde, mußte er damit rechnen, daß sie es ihm an den Kopf warf. Aber sein Vater hatte ihm beigebracht, daß jede Frau ihren Preis hat und daß ein kluger Mann stets in der Lage sein sollte, diesen Preis herauszufinden.

»Was wollen Sie denn eigentlich?« fragte Dino entgeistert.

Cherry schüttelte ihre lange blonde Mähne. »Nichts«, antwortete sie. »Es macht mir Spaß, mit Ihnen zusammen zu sein, und wenn Sie es möchten, bleibe ich auch gerne die ganze Nacht über hier. Aber ich werde mich Ihnen nicht hingeben, und Sie müssen mir versprechen, daß Sie mich nicht dazu zwingen werden.«

Bei all seinen zahlreichen Erfahrungen, die er mit Frauen gemacht hatte, war ihm so etwas noch nicht passiert. Dino war perplex, aber gleichzeitig auch fasziniert. Er liebte sie, so einfach war das.

Sie verbrachten die Nacht zusammen. Sie küßten sich. Sie waren zärtlich zueinander. Sie zog sich bis auf ein dünnes seidenes Spitzenhemdchen aus. Sie sah so hinreißend aus, daß jeder vollblütige Mann bei ihrem Anblick einen Herzanfall bekommen konnte.

Er zog sich einen Bademantel über und trug darunter einen engen Slip.

Er glaubte einfach nicht daran, daß so etwas möglich war. Obwohl er sich kaum beherrschen konnte, schlief er endlich ein. Am nächsten Morgen um sieben erwachte er in der gleichen erregten Verfassung.

Cherry schlief ganz fest neben ihm. Ihr blondes Haar umrahmte ihr unschuldiges Gesicht. Die Beine waren leicht gespreizt, und unter dem Hemdchen konnte man die Spitze ihres zarten Slips ahnen.

Genug war genug. Dino warf sich auf sie und riß ihr mit einer Hand den Slip herunter, während er mit der anderen sich selbst befreite. Er drang in sie ein, noch ehe sie richtig wach war.

»Dino! Du hast doch versprochen...«

»Das war letzte Nacht«, sagte er heiser, »bei unserer ersten Verabredung. Jetzt haben wir die zweite, und jetzt gebe ich die Kommandos.«

Cherry wehrte sich nicht. Sie schlang ihre langen schönen Beine um ihn und stöhnte leise. Nico war ein fabelhafter Mann, aber wie er ihr ganz klar angedeutet hatte, gab es mit ihm keine gemeinsame Zukunft. Mit Dino war das schon etwas anderes...

Soweit war alles in Ordnung. Alles schien nach Plan zu gehen.

Bernie setzte einige Chips auf Rot und sah, daß wie üblich Schwarz gewann. Roulette! Was für ein Spiel. Warum machte er sich überhaupt die Mühe?

Er sah nach, wie spät es war. Zwei Uhr früh. Nico müßte jetzt schon lange auf dem Weg sein.

Er drehte sich nach der Barfrau um. Bildete er sich nur ein, daß sie schon den ganzen Abend versucht hatte, ihn anzumachen?

Er bestellte einen weiteren Scotch und überlegte, ob er mit ihr einen schnellen Fick versuchen sollte. Dann entschied er dagegen. Schließlich war er zu sehr mit anderen Dingen beschäftigt, und außerdem schwächte Sex jedesmal seine Vitalität.

In genau diesem Augenblick wurde er in der Bar ausgerufen und dachte: Verdammter Mist! Jetzt saß er in der Tinte. Er ging zum Telefon. Es war Susanna. Sie war betrunken.

»Ich dachte, du würdest auf einen winzig kleinen Drink heraufkommen«, lallte sie, »oder willst du nicht...?«

»Hallo!« Wie sollte er sich jetzt entscheiden? An und für sich hatte er schon genug Ärger mit Susanna. »Ich habe dich vorhin angerufen, aber du warst nicht da.«

»Daddy hat eine Party geschmissen«, erklärte sie rülpsend. »Fünfzehn alte Knaben, zwanzig Nutten und was sich sonst noch um ihn herumzutreiben pflegt.«

Nur wenn sie betrunken war, erlaubte sie sich, in diesem Ton von ihrem Vater zu sprechen. Nur dann sah sie, was für ein egoistischer mieser Strolch er wirklich war.

Bernie versuchte Zeit zu schinden. »Das hört sich ja ganz lustig an.«

»Durchaus nicht, es war gräßlich.« Sie machte eine Pause. Ihre Stimme wurde plötzlich rauchig und sexy. »Komm doch rauf, Bernie, einfach so wie früher. Wir könnten doch auch... reden.«

Verdammte Scheiße! Aber was hatte er schon zu verlieren?

Cherry und Dino verbrachten den Morgen im Bett.

Sie unterhielten sich. Sie erforschten die Möglichkeiten, wie es mit ihnen weitergehen könnte. Sie hätten den ganzen Morgen im Bett verbracht, hätte Dinos Vater nicht angerufen und verlangt, ihn sofort zu sprechen.

»Was ich gerne möchte, ist, daß du jetzt in Nicos Suite zurückgehst, deine Sachen zusammenpackst und ihm Adieu sagst«, forderte Dino sie auf.

Cherry fühlte sich ein wenig schuldig, als Nicos Name fiel. Aber wenn sie fest davon überzeugt war, in Zukunft bei Dino zu bleiben, dann konnte er auch gewisse Rechte beanspruchen, nicht wahr? Vielleicht sollte sie ihm sagen, daß Nico Las Vegas schon verlassen hatte... Aber wiederum hatte sie Nico versprochen, ihm zu helfen... Und natürlich wollte sie nicht, daß ihm etwas passierte...

Dino zog sich an. Weiße Hosen, schwarzes Hemd, weißes Sportjackett. Der typische Las-Vegas-Anzug.

Cherry saß aufgerichtet im Bett, das blonde Haar fiel um ihre Schultern. »Dino?« fragte sie zögernd. »Warst du schon mal verheiratet?«

Dino lächelte sein Spiegelbild bewundernd an.

»Ich? Nein, natürlich nicht.«

»Warum natürlich nicht?«

»Nun..., weißt du..., ich weiß nicht.« Warum hatte er eigentlich nie geheiratet? Doch nur, weil er bis jetzt noch nie jemanden gefunden hatte, den zu heiraten sich für ihn gelohnt hätte. Er sah auf die im Bett liegende Cherry. Sie war so... proper... Er hätte sie auffressen können. Sein Lächeln wurde breiter. Das würde er später auch tun.

Unschuldig und ohne sich bewußt zu sein, daß Dino sie beobachtete, stieg sie aus dem Bett – jedenfalls glaubte er das.

Ja, das konnte man wirklich einen Körper nennen. Golden und stromlinienförmig, weich und fest zugleich.

Sie ging auf die Tür des Badezimmers zu, drehte sich noch einmal um und lächelte ihn an. »Ich würde gerne heiraten«, sagte sie zärtlich, »du nicht auch?«

Nicht vor sechs Uhr morgens gelang es Bernie, sich aus Susannas Armen zu lösen. Völlig erschöpft und übernächtigt schlich er aus ihrem Zimmer. Sie hatten alle Register ihrer Gefühle gezogen und dabei den wildesten Sex getrieben.

Er eilte zurück in Nicos Suite und ließ sich erschöpft auf das Bett fallen. Zwar hatte er versäumt, sich mit Nico vor seinem Abflug nach London noch einmal telefonisch zu verständigen, glaubte aber, daß er zu diesem Zeitpunkt bereits in der Maschine nach Europa saß.

Man konnte nur hoffen, daß sich Nicos Abwesenheit von Las Vegas weiterhin verheimlichen ließ... Ohne sich auszuziehen fiel Bernie in einen tiefen Schlaf.

Gerade als Bernie eingeschlafen war, wachte Mrs. Dean Costello auf. Ihr Kopf brummte so, als ob sie jemand mit einem Hammer niedergeschlagen hätte. Sie war überrascht, noch völlig angekleidet zu sein.

Sie versuchte, sich die Ereignisse des vergangenen Abends wieder ins Gedächtnis zurückzurufen..., aber es gelang ihr nicht. Ihr Hirn war noch immer völlig umnebelt.

Vage erinnerte sie sich an einen äußerst charmanten Herrn..., Champagner..., und hatte sie nicht auch eine ganze Menge Geld gewonnen?

Ihr Gewinn! Mühsam richtete sie sich auf und machte Licht.

Der Gewinn lag sauber aufgestapelt auf ihrem Nachttisch. Wenn sie sich recht erinnerte, dann mußten es achtzehntausend Dollar sein. Daneben sah sie eine Nachricht.

»Madame, Sie sind eine charmante und großzügige Lady, und ich bin sicher, daß Sie gerne bereit sind, einem Gentleman zu helfen. Ich habe mir erlaubt, Ihren Brillantring auszuleihen. Es handelt sich lediglich um eine kurzfristige Leihgabe. Ich wäre Ihnen dankbar, wenn Sie mich verstehen und nicht die Polizei benachrichtigen würden...«

Mrs. Dean Costello begann zu lachen. Was für ein verrückter Scheißkerl! Der hatte Nerven... Nerven wie Drahtseile!

9. Kapitel

Fontaine fand, daß ihr Haus in Chelsea ein wenig schäbig aussah. Es gehörte zu der Abfindung, die sie bei ihrer Scheidung erhalten hatte. Benjamin hatte das stattliche Haus in Belgravia behalten und ihr dieses Haus gekauft, von dem sie glaubte, daß es ihrem Stand nicht angemessen war.

In dieser Hinsicht konnte man durchaus geteilter Meinung sein. Es handelte sich immerhin um ein Haus mit fünf Schlafzimmern, drei Wohnräumen und einem hübschen Garten. Aber Fontaine vermißte den eingebauten Swimming-pool, die Sauna, den privaten Filmvorführraum, den Lift und den fabelhaft angelegten Dachgarten, über die das Haus in Belgravia verfügte.

Obgleich Fontaine ihr Haus in großer Eile möbliert hatte – ehe sie nach New York gegangen war –, konnte es ihren persönlichen Stil nicht verleugnen. Allerdings hatte niemand, mit Ausnahme von

Mrs. Walters – ihrer alten, treuen Haushälterin –, in dem Haus gewohnt, und so roch es muffig und ungelüftet; sie glaubte sogar Katzendreck zu riechen.

»Verdammt noch mal!« rief Fontaine. »Warum, zum Teufel, ist denn hier nicht gelüftet worden? Und warum gibt es hier nirgendwo frische Blumen?«

Polly zuckte die Schultern. Diese privaten Angelegenheiten von Fontaine betrafen sie nun wirklich nicht.

»Mrs. Walters!« schrie Fontaine.

Die alte Frau kam aus der Küche gerannt. »Willkommen daheim, Mrs. Khaled...«

Fontaine unterbrach sie mit einem Schwall von Beschwerden. Ricky kam mit einem Teil des Gepäcks durch die Eingangstür.

Polly blinzelte ihm zu. Er runzelte die Stirn.

»Ich habe nicht gesagt, daß es einfach sein wird, für sie zu arbeiten...«, murmelte Polly, als er an ihr vorüberging.

Nico füllte das Anmeldeformular im ›Lamont‹-Hotel aus und verlangte eine Suite.

Daraufhin zeigte man ihm eine kleine Suite mit Blick auf den Hof.

Er gab dem Bediensteten, der sein Gepäck gebracht hatte, eine Fünf-Pfund-Note und sagte: »Warten Sie einen Augenblick.« Dann ging er zum Telefon und verlangte sofort den Manager zu sprechen. Es dauerte gute zehn Minuten, bis Mr. Graham, der Manager, erschien. Ein dünner, abgehetzter Mann, dessen Hauptsorge es im Augenblick war, die gesamte Küchenbelegschaft daran zu hindern, gemeinsam zu kündigen. Er hatte einen der Köche am Morgen fristlos entlassen, weil er ihn dabei erwischt hatte, als er Filetsteaks stahl. Er hatte sie einem Kumpel zugeschoben, der den Abfall abholte. Das Resultat war, daß die gesamte Küchenmannschaft von ihm verlangte, den Dieb sofort wieder einzustellen, oder sie würden alle gehen. Was sollte er tun? Mr. Graham hatte sich noch nicht endgültig entschieden.

»Bitte, mein Herr, womit kann ich dienen?« sagte er etwas unwirsch zu Nico; er stand im Augenblick eben unter starkem Druck.

Nico wies auf die Suite. »Ganz nett«, sagte er warmherzig, »auch ganz komfortabel.« Dann ging er auf Mr. Graham zu, bot ihm eine Zigarre an und legte ihm vertraulich den Arm um die Schultern. »Mr. Graham, es ist das erstemal, daß ich in Ihrem Hotel wohnen möchte, weil es mir von vielen meiner Freunde aus Beverly Hills wärmstens empfohlen wurde. Aber, wirklich...! Vielleicht sollte ich es lieber im ›Connaught‹ versuchen...«

Fünfzehn Minuten später bewohnte Nico die beste Suite des Hotels.

Mr. Graham hatte ein Gefühl dafür, wenn es sich um einen außerordentlich großzügigen Gast handelte.

Nachdem sie Polly endlich losgeworden war, konnte Fontaine es kaum erwarten, mit ihrer besten Freundin in London, Vanessa Grant, zu telefonieren.

»Ich bin wieder da«, ließ sie sich mit dramatischer Stimme hören. »Erschöpft und am Boden zerstört. Ich kann es kaum erwarten, dich zu sehen. Wie wäre es denn, wenn wir heute abend gemeinsam essen gehen würden?«

Vanessa zögerte. Eigentlich hatten sie und ihr Mann Leonard andere Pläne, aber wenn Fontaine etwas wollte, war es nicht ratsam, dagegen zu argumentieren.

»Ich glaube, das ist eine fabelhafte Idee«, sagte sie verlogen.

»In Ordnung«, meinte Fontaine. »Ich muß schon sagen, das ist ein verdammt enthusiastischer Empfang, den du mir da bereitest.«

»Wir haben dich erst nächste Woche erwartet...«

»Ich weiß, aber ich war gezwungen, meine Pläne zu ändern, weil ich beraubt worden bin.«

»Was sagst du da?«

»Aber, Darling, hast du es nicht gelesen? In New York waren alle Zeitungen voll davon.«

Sie unterhielten sich noch eine Weile und verabredeten Ort und Zeitpunkt ihres Treffens, als Fontaine beiläufig fragte: »Ach, übrigens, kennst du oder Leonard einen gewissen Nico Constantine? Ein amerikanisierter Grieche. Ich glaube, er lebt in Beverly Hills.«

»Nein, ich glaube nicht, den Namen schon einmal gehört zu haben. Wer ist er? Wieder einer deiner jugendlichen Strolche?«

»Nicht unbedingt jugendlich. Eher schon ein gesetzteres Semester.«

Vanessa lachte. »Das hört sich ja gar nicht nach dir an! Ist er reich?«

»Das weiß ich noch nicht genau..., könnte sein...«

»Bringst du ihn heute abend mit?«

»Ganz bestimmt nicht. Mein Begleiter heute abend ist ein

himmlisch aussehender, junger italienischer Graf, der eigens meinetwegen heute noch einfliegt.«

Vanessa seufzte. Sie war schon zu lange verheiratet und hatte zu viele Kinder. »Manchmal beneide ich dich...«

»Ich weiß«, sagte Fontaine überheblich. »Wenn du lieb bist, werde ich ihn dir, wenn ich mit ihm fertig bin, zum Fraß vorwerfen. Er ist sechsundzwanzig Jahre jung und geil wie ein toller Hund.«

Nico wurde bewußt, daß er keine Ahnung hatte, wie er sich mit Fontaine in Verbindung setzen konnte. Er war sich so sicher gewesen, daß sie am Flughafen auf ihn warten würde, daß er sich nicht einmal die Mühe gemacht hatte, ihre Telefonnummer zu erfahren. Sehr dumm von ihm. Aber normalerweise warteten die Damen eben..., und nach ihrem zweifellos erotischen Erlebnis im Flugzeug war er sich sicher gewesen, daß Fontaine nicht einfach auf und davon gehen würde. Nun ja, nicht direkt auf und davon... Immerhin hatte es von der Paßkontrolle und bis er durch den Zoll war eine gute Stunde gedauert. Trotzdem... Sie hätte wenigstens eine Nachricht hinterlassen können.

Er rief den Empfang an, buchstabierte ihren Namen und bat, ihre Telefonnummer herauszufinden.

Eine halbe Stunde später erhielt er die Nummer des Londoner Büros von Benjamin Al Khaled. Als er dort anrief, sagte ihm die eiskalte Stimme einer Sekretärin, daß es ihr nicht möglich sei, die Telefonnummer oder Adresse der ehemaligen Mrs. Khaled herauszugeben, daß es ihm aber freistünde, eine schriftliche Nachricht an das Büro zu senden, die dann von dort weitergeleitet würde.

Nico setzte seinen ganzen Telefoncharme ein – der war zwar nicht so potent wie der persönliche –, und damit gelang es ihm, Fontaines Nummer zu erfahren.

Er rief sie sofort an. Die Haushälterin war am Apparat und sagte, daß Mrs. Khaled im Augenblick ruhe und auf keinen Fall gestört werden könnte.

Er hinterließ seinen Namen, Telefonnummer und eine Nachricht mit der Bitte, ihn zurückzurufen. Dann ließ er sich mit dem Blumen-Kiosk im Hotel verbinden und schickte ihr drei Dutzend rote Rosen mit einer Karte, auf der stand: »Der Flug war beeindruckend. Wann werden wir gemeinsam die Landung genießen? Nico.«

Danach telefonierte er mit Hal, Bernies Freund in London, den er nicht persönlich kannte. Dieser jedoch kannte alles und jeden in London. Er sollte sich schnellstens um den Verkauf des Ringes kümmern. Allerdings müßte Nico ihn dazu erst einmal wiederhaben.

Sie verabredeten ein Treffen in der Bar des Hotels.

Dann ließ Nico den Hausdiener kommen. Er mußte seine Garderobe in Ordnung bringen lassen. Es war eine Selbstverständlichkeit für ihn, daß er immer perfekt auszusehen hatte.

Fontaine hatte den ganzen Tag verschlafen. Nachdem Mrs. Walters sie um neunzehn Uhr geweckt hatte, stand sie auf und begann mit den zahlreichen Vorbereitungen für den Abend.

»Ein Mr. Constantine hat angerufen«, informierte sie Mrs. Walters, »und auch Graf Paulo Rispollo. Beide haben darum gebeten, daß Sie zurückrufen.« Mrs. Walters ließ für Fontaine ein Bad ein. Seit mehr als zehn Jahren arbeitete sie nun bereits für sie und glaubte, sie zu verstehen – dabei war es wirklich nicht einfach, für Mrs. Khaled zu arbeiten. Vor allem wegen ihrer plötzlichen Wutausbrüche und ihrer oft unmöglichen Wünsche.

»Rufen Sie den Grafen an und sagen Sie ihm, er soll mich um einundzwanzig Uhr abholen.« Fontaine gab Mrs. Walters seine Telefonnummer. »Und wenn Mr. Constantine wieder anrufen sollte, dann bin ich für ihn nicht zu sprechen.«

»Beide haben Blumen geschickt«, fuhr Mrs. Walters fort. »Drei Dutzend rote Rosen von Mr. Constantine und eine Schale mit Orchideen von Graf Rispollo. Ich habe den neuen Chauffeur angewiesen, pünktlich um zwanzig Uhr hier zu sein. Möchten Sie, daß er dann den Grafen abholt?«

»Warum eigentlich nicht?« Fontaine ließ ihren dünnen seidenen Morgenmantel fallen und reckte sich. »Ich glaube kaum, daß er einen eigenen Wagen hat.«

Mrs. Walters verschwand, und Fontaine stieg in das herrlich duftende, heiße Bad.

Graf Paulo Rispollo. Jung. Gut aussehend. Bedauerlicherweise arm wie eine Kirchenmaus. Aber er betete sie an. Sie hatten einander in New York kennengelernt, und er hatte ihr endlose Liebe geschworen. Wahrscheinlich war er bisexuell, aber im Bett gut zu gebrauchen – und nur das war wichtig, oder etwa nicht? Außerdem förderte er ihren Ruf... Ein junger gutaussehender Begleiter... und noch dazu adlig.

Einen Augenblick dachte sie an Nico Constantine, verbannte ihn aber sogleich aus ihren Gedanken. Irgendwie fühlte sie, daß er Ärger bedeutete. Und überhaupt: Seit wann verabredete sie sich mit

Männern, die älter waren als sie? Ein langweiliger Gedanke. Wer brauchte schon echte Unterhaltung? Alles, was sie brauchte, war ein gutgebauter junger Körper – keine Komplikationen – reinen Sex. Und selbst wenn sie dabei ab und zu zur Kasse gebeten wurde... So war das Leben nun einmal.

Nico war irritiert, daß Fontaine ihn bis zu dem Zeitpunkt, wo er mit Hal verabredet war, noch nicht zurückgerufen hatte. Er war sogar mehr als irritiert, denn er brauchte den Ring unter allen Umständen so bald wie möglich.

Es stellte sich heraus, daß Hal ein angenehmer, etwa vierzigjähriger amerikanischer Geschäftsmann war, der von London aus seine ›Geschäfte‹ machte. Wenn man diese etwas älteren, leicht verlebten Typen mochte, dann war er sogar attraktiv. Er war immer leicht angetrunken und äußerst korrekt gekleidet. Seine Spezialität war das Aufreißen älterer verwitweter Damen.

Er begrüßte Nico herzlich, erkundigte sich nach Bernie und nuschelte: »Wo ist das Ding? Ich habe einen guten Käufer dafür. Ich arbeite auf einer prozentualen Basis. Fünf Prozent von Ihnen und fünf Prozent vom Käufer. Sind Sie damit einverstanden?«

»Vollkommen, aber ich habe ein Problem«, erklärte Nico. »Ich habe im Flugzeug eine Frau getroffen und dachte, daß es sicherer wäre, wenn sie den Ring durch den Zoll bringen würde. Ich habe ihn noch nicht zurückbekommen.«

Hal machte ein erstauntes Gesicht. »Man hat mir gesagt, daß größte Eile geboten wäre.«

»Genau das stimmt. Diese Frau..., ich versuche, sie seit Stunden zu erreichen. Ihr Name ist Fontaine Khaled...«

Hal pfiff durch die Zähne. »Die Eiskönigin persönlich? Ist sie wieder da?«

»Kennen Sie sie?«

Hal lachte. »Aber sicher kenne ich sie. Ihr gehört der ›Hobo‹-Club. Mein guter alter Freund Tony Blake war ihr Geschäftsführer, und er pflegte ihr auch persönlich zu Diensten zu sein. Jetzt lebt er in Los Angeles und versucht, sich von seinen Erfahrungen zu erholen. Was, zum Teufel, hat sie denn mit Ihnen zu tun? Sie haben doch die für sie übliche Altersgrenze bei weitem überschritten!«

»Was *ich* mit ihr zu tun habe?« fragte Nico empört. »*Sie* hat meine Altersgrenze schon längst überschritten!«

»Weiß sie über den Ring Bescheid?« fragte Hal.

»Nein, ich habe ihn in ihrer Handtasche versteckt. Seit ich hier bin, versuche ich sie zu erreichen...«

»Keine Sorge, wir treffen sie heute abend. Der erste Platz, den Mrs. Khaled aufsuchen wird, ist garantiert ihr ›Hobo‹-Club. Wir werden da sein, um sie zu begrüßen.«

»Was du brauchst, ist ein neuer Typ wie Tony«, flüsterte Vanessa. »Franco ist einfach nicht clever genug für den Job.«

Fontaine blickte durch das halbleere Restaurant im ›Hobo‹. Sie kannte keinen von den Leuten, die da waren. Ein mies aussehender Haufen von Langweilern.

»Kennst *du* etwa irgendeinen von diesen Leuten hier?« fragte sie Vanessa.

»Keinen einzigen«, antwortete sie. »Heutzutage scheint ja wohl jeder hier hereinkommen zu können. Ja, als Tony noch da war...«

»Um Himmels willen, hör jetzt endlich mit Tony auf! Ich weiß, daß du scharf auf ihn warst, aber der kommt nicht wieder. Der glaubte plötzlich, daß er besser wäre als ich.«

»Ach, wirklich?« kicherte Vanessa.

»Genauso war es«, sagte Fontaine. Erneut sah sie sich im Restaurant um. Bedauerlicherweise mußte sie Vanessa recht geben. ›Hobo‹ war nicht länger *der* Club, wo man gesehen wurde. Franco hatte den Club heruntergewirtschaftet.

Graf Paulo schien sich köstlich zu amüsieren. Sein kindliches Gesicht glühte allein wegen der Tatsache, daß er mit der fabelhaften Fontaine Khaled gesehen wurde, die er anbetete. Vanessas Mann Leonhard versuchte, mit ihm ein Gespräch anzufangen, aber Paulo war mehr daran interessiert, seine Königin anzustarren.

Fontaine trommelte ungeduldig mit ihren blutroten Fingernägeln auf den Tisch.

»Warum gehen wir nicht woanders hin?« schlug sie vor. »Wohin geht man denn heutzutage?«

»Es gibt einen fabelhaften neuen Club namens ›Dickies‹«, meinte Vanessa enthusiastisch. »Selbstverständlich schwul – oder sagen wir gemischt. Die Ober tragen kurze Satin-Hosen und Rollschuhe, und so servieren sie die tollsten Drinks. Danach bist du mindestens eine Woche lang beschwipst!«

»Also gehen wir«, sagte Fontaine. »Ich möchte endlich mal dahin, wo wirklich etwas los ist.«

Sie stand vom Tisch auf und rauschte aus dem Restaurant.

Franco lief ihr nach. »Mrs. Khaled! Verlassen Sie uns schon? Ist irgend etwas nicht in Ordnung?«

»Stimmt, Franco«, sagte sie mit eiskalter Stimme, »und zwar sind Sie es, der nicht in Ordnung ist. Sie sind hiermit fristlos entlassen.«

Hal brachte zwei hübsche Mädchen mit. Eine von ihnen war eine Schwarze, die als Croupier arbeitete und vierzehn Tage Urlaub hatte, die andere eine tolle Blondine. Nico wurde die Blonde zugeteilt, obwohl er Hal darauf hingewiesen hatte, daß er keine Begleiterin wünsche.

»Es sieht einfach besser aus«, hatte ihm Hal erklärt. »Glauben Sie mir, ich kenne Fontaine, und außerdem habe ich heute meinen freien Abend. Wissen Sie, einmal in der Woche erlaube ich mir den Luxus mit einer Biene unter Sechzig.«

»Von mir aus können Sie alle beide haben«, bot ihm Nico an. »Ich will keine.«

Als sie im ›Hobo‹ ankamen, war Fontaine genau vor zehn Minuten gegangen.

»Ist Mrs. Khaled hier?« fragte Hal Franco.

»Sie war hier und ist schon wieder weg«, antwortete er. Und dann ließ er eine italienische Schimpfkanonade los, die sich auf seine eigentlich schon ›ehemalige‹ Arbeitgeberin bezog.

»Niemand hat Fontaine jemals ein Schmusekätzchen genannt«, stimmte ihm Hal zu.

»Ein Miststück!« schrie Franco. »Ich reiße mir hier ihretwegen den Arsch auf, und was macht sie? Bums – sie schmeißt mich raus!«

»Stimmt«, sagte Hal. »Genau wie Tony. Du erinnerst dich doch an Tony? Du hast seinen Job übernommen.«

Franco starrte ihn wütend an.

»Also los«, sagte Hal zu Nico, »so wie ich unsere Fontaine kenne, sieht sie sich bei der Konkurrenz um.«

In der Tat sah sich Fontaine bei der Konkurrenz um, und sie erkannte sofort, warum ›Dickies‹ den Platz von ›Hobo‹ eingenommen hatte. Die Disco-Musik war hervorragend, die Ober umwerfend, und alles zusammen strahlte eine Atmosphäre aus, die sie an ihren Club erinnerte, als sie ihn eröffnet hatte.

Ihre schillernden Augen blickten auf das Publikum. Genau... Alles die alten Gesichter. Jeder einzelne von ihnen ein früherer Stammgast vom ›Hobo‹.

»Eine tolle Sache, nicht wahr?« meinte Vanessa begeistert.

»Hm..., gar nicht so übel.« Fontaine wandte sich an den Graf Paulo. »Tanzen wir.«

Die Tanzfläche war überfüllt, nicht so gähnend leer wie im ›Hobo‹. Während Fontaine ihren Körper perfekt im Takt zu den Bee Gees bewegte, arbeiteten ihre Gedanken fieberhaft. Was der ›Hobo‹ brauchte, war eine neue Masche. Eine neue Beleuchtung. Ein neues Menü. Unbedingt einen anderen Disc-Jockey. Und einen Manager mit dem Einfallsreichtum, wie Tony ihn besessen hatte.

Die Musik wechselte zu einem heißen Isaak Hayes über, der ›Just the way you are‹ sang.

Graf Paulo zog sie näher an sich, Komisch, aber sie hatte auf einmal keine Lust mehr. Es war einfach... langweilig.

»Fontaine, Liebling! Wann bist du zurückgekommen?« Plötzlich stand sie im Mittelpunkt des Interesses – sogenannte Freunde grüßten sie von allen Seiten.

Sie lächelte und nickte und genoß die prüfenden Blicke. Sie war schließlich keine Närrin. Sie wußte genau, was alle dachten – arme alte Fontaine – was machte sie jetzt ohne ihren Millionär – ohne ihre einstmals erfolgreiche Diskothek. Wie sollte es mit ihr weitergehen?

Nun, zum Teufel, auf keinen Fall würde sie das tun, was sie alle wollten. Sich geschlagen geben und verschwinden. Sie kochte innerlich. Schließlich war sie wieder da und würde es dem Pack schon zeigen.

»Hallo, Schatz, was machst du denn hier? Seit du Tony hinausgeschmissen hast, kann man einfach nicht mehr in den ›Hobo‹ gehen.«

Sie wandte den Kopf, um den Sprecher mit dem harten Cockney-Akzent zu entdecken. Es handelte sich um Sammy – einen kleinen weißhaarigen Kleiderfabrikanten –, der nur mit Mädchen unter sechzehn Jahren ausging. Fontaine lächelte kalt. »Ich werde einen neuen Tony finden. So originell war er nun auch wieder nicht.«

»Ach, wirklich?« Sammy blinzelte verständnisinnig. »Was du brauchst, ist jemand wie ich, um die Sache in Schwung zu bringen. Ich hätte die Kohlen bald wieder im Keller, und die Bude wäre gleich wieder gerammelt voll! Willst du es nicht mal mit mir versuchen?«

Fontaine betrachtete ihn mit einer Mischung aus Belustigung und Verachtung. »Mit dir?« Das sagte alles.

»Schon gut, schon gut...! Ich spüre genau, wann ich unerwünscht bin.« Sammy zog sich zurück.

Graf Paulo rieb seine Schenkel an den ihren. »Wer war denn das?« fragte er besitzergreifend.
»Mußt du mich denn so eng an dich drücken?« Ihre Stimme war eisig. »Du ruinierst mein Kleid!«

Nico entdeckte Fontaine sofort. Nun ja, es wäre auch schwer gewesen, sie nicht wahrzunehmen. Sie war schon eine Show für sich.
Er beobachtete sie auf der Tanzfläche, wie sie in den Armen eines jungen Hengstes lag. Offensichtlich hatte sie eine Vorliebe für junge Hengste – genauso wie er für frische junge Mädchen.
»Ich habe doch gesagt, daß sie hier sein würde«, verkündete Hal triumphierend.
»Wollen wir tanzen. Nico?«
Die schwarze Schönheit zupfte ihn am Ärmel. »Hal hat nichts dagegen. Er tanzt nicht.«
Freundlich schüttelte Nico sie ab und richtete sein Jackett. »Jetzt nicht, meine Liebe.«
Hal hatte seinen Freund Sammy entdeckt und ging auf ihn zu. Sammy saß dort mit seinem üblichen Teenager.
Nachdem Hal alle vorgestellt hatte, erklärte er Sammy, daß Nico unbedingt mit Fontaine reden wollte.
Sammy lachte. »Machen Sie Witze? Bei ihrer ›Hoheit‹ haben Sie wirklich keine Chance. Sie würde nicht einmal einen Blick in Ihrer Richtung verschwenden.«
»Meinen Sie?« Nico stand auf und ging festen Schrittes zur Tanzfläche. »Warten wir es ab.«

10. Kapitel

In Las Vegas stellte Bernie Darrell allmählich fest, daß er, wenn er Nico weiterhin decken würde, leicht in Schwierigkeiten geraten konnte. Okay. Mit Dino Fonicetti verband ihn ein recht gutes Verhältnis, und auch mit dessen Vater und Bruder war er immerhin flüchtig bekannt. Trotzdem, das waren stahlharte Burschen... Sie hatten einen Ruf zu verlieren... und falls es herauskam, daß Nico aus der Stadt getürmt war und ihnen fünfhundertfünfzig Riesen schuldete..., und wenn es herauskam, daß Bernie bei dieser Sache die Hand mit im Spiel gehabt hätte, dann...
Dienstagabend bekam er es langsam mit der Angst zu tun, als die

liebe Cherry durch die Tür kam und ihre Sachen packte..., und dann hatte er die Hosen auf einmal gestrichen voll.

»Ich muß Dino sagen, daß Nico nicht mehr da ist«, ließ ihn Cherry wissen. »Ich weigere mich zu lügen.«

Das brachte Bernie auf die Palme. »Wovon, zum Teufel, redest du eigentlich? Wir helfen Nico – vergiß das nicht!«

»Schließlich habe ich Dino gegenüber gewisse Verpflichtungen«, erklärte Cherry ungerührt.

»Verpflichtungen? Dino gegenüber?« Bernie war entgeistert. »Wovon, zum Teufel, sprichst du eigentlich?«

Cherry war durch seine Wut nicht beeindruckt, während sie die paar Dinge, die sie mitgebracht hatte, zusammensuchte. »Natürlich werde ich nicht sagen, daß Nico schon in der letzten Nacht weggegangen ist. Ich werde nur sagen, daß er nicht mehr da ist...«

Bernie packte sie grob am Handgelenk. »Den Teufel wirst du tun!«

»Du tust mir weh!« Cherrys babyblaue Augen füllten sich mit Tränen. »Du, das sage ich Dino...«

Bernie ließ sie los. »Es ist nicht zu fassen! Es ist einfach nicht zu fassen!« Er äffte ihre Stimme nach. »Du, das sage ich Dino... Was soll das? Auf einmal dieser verliebte Jungmädchenton. Eine Nacht im Bett, und schon glauben das Schäfchen und der Wolf an den Himmel auf Erden.«

Zum erstenmal, seit Bernie sie kannte, erhob Cherry ihre Stimme. »Dir ist es wohl unbegreiflich, daß es für zwei Menschen auch so etwas wie Liebe gibt. Dino ist ein warmherziger, liebenswerter Mensch...«

»Verdammte Scheiße!«

»Wenn du es genau wissen willst – wir werden heiraten.«

»Jetzt brauche ich einen Drink.« Bernie goß sich einen doppelten Scotch ein und dachte dabei fieberhaft nach. Das war ja eine fabelhafte Situation. Das konnte auch nur ihm passieren. Gestern noch verfolgte diese dumme Nutte Nico nach Las Vegas, überzeugt davon, nur mit ihm weiterleben zu können, und heute – die wahre Liebe mit einem Mafioso nach einer gemeinsam im Bett verbrachten Nacht. Das durfte nicht wahr sein.

Er bemühte sich, ruhiger zu sprechen. »Also, Cherry, das freut mich für dich und Dino, wirklich! Aber wenn du ihm sagst, daß Nico abgehauen ist, dann gibt es für uns alle Ärger – auch für dich.«

»Nicht für mich«, protestierte Cherry beleidigt.

»Doch, auch für dich, Baby, oder wie, glaubst du, wird dein zukünftiger Bräutigam reagieren, wenn ich ihm sage, daß der gestrige Abend und die gestrige Nacht von uns geplant waren?«

»Wie meinst du denn das?«

»Du hast die letzte Nacht nur deswegen mit Dino verbracht, damit Nico unbemerkt Las Vegas verlassen konnte. Stimmt doch?«

»Vielleicht hast du recht...«

»Nicht nur vielleicht, so sind die Fakten nun mal. Du wirst doch zugeben müssen, daß Dino nicht gerade entzückt sein wird, wenn er das herausfindet.« Bernie holte tief Luft. »Also, hör mir jetzt genau zu. Du weißt von nichts. Als du deine Sachen hier abholtest, war Nico hier. Du hast dich von ihm verabschiedet – und mehr weißt du nicht. Alles, was du weißt, ist, daß Nico immer noch da ist.«

»Aber ich glaube immer noch...«

»Mein Liebling, willst du mir jetzt endlich zuhören? Hör zu und begreife endlich. Wenn du planst, Mrs. Fonicetti zu werden, dann tue gefälligst das, was ich dir sage. Wenn du Dino die Wahrheit sagst, weiß niemand, wie er reagieren wird. Ich an deiner Stelle würde das Risiko nicht eingehen.«

Cherry wurde nachdenklich. Bernie hatte damit gar nicht so unrecht. »Also gut...«, sagte sie zögernd, »aber wann wird Dino herausfinden, daß Nico nicht mehr hier ist?«

Bernie goß sich erneut einen Scotch ein. »Ehe er das herausfinden kann, wird Nico wieder zurück sein, also zerbrich du dir nicht deinen niedlichen kleinen Kopf darüber.«

Cherry nickte. »Okay, Bernie, wenn du das sagst...«

Also das war erledigt – aber konnte man ihr trauen? Sie war eine so verdammte Idiotin. Bernie seufzte. Wie, zum Teufel, konnte er sich nur auf solch eine Wahnsinnssache einlassen? Aber schließlich war er hier – festgenagelt in Las Vegas. Wie sollte es mit seiner Firma weitergehen? Er mußte Termine einhalten, und es würde bestimmt noch zwei Tage dauern, bis Nico zurücksein konnte – und das setzte noch voraus, daß der ausgeheckte Plan reibungslos funktionieren würde.

In der Zwischenzeit hatte Cherry ihre Sachen gepackt und war bereit zu gehen. Sie schenkte ihm ein freundliches Lächeln und streckte ihre kleine hübsche Hand aus.

»Mach's gut, Bernie, und vielen Dank für alles.«

War denn das die Möglichkeit? Das hörte sich so an, als ob sie gerade einen Kurs in gutem Benehmen absolviert hätte.

»Jaja..., schon gut... Ich fahre noch nicht zurück, und ich

nehme an, daß wir uns noch öfter sehen werden. Sei ein kluges Kind, und dann wird schon alles klappen.«

Sie ging.

Bernie versuchte, einige zeitliche Kalkulationen durchzudenken. Ungefähr zu diesem Zeitpunkt müßte Nico in London angekommen sein. Hal war über die Transaktion informiert. Wenn alles gutging, würde innerhalb von vierundzwanzig Stunden der Ring verkauft und Nico im Besitz des Geldes sein. Er würde die nächste Maschine zurück nehmen und noch ehe jemand es bemerken konnte, wieder in seiner Suite im Hotel sein. Dann konnte er seine Schulden bezahlen und nach Los Angeles zurückkehren. Anschließend wäre die ganze Angelegenheit ausgestanden, ohne daß jemand dabei zu Schaden gekommen war.

Es hörte sich alles ganz einfach an.

Bernie wünschte nur, daß alles endlich vorbei wäre.

11. Kapitel

»Mrs. Khaled!« Ohne Hemmungen hatte sich Nico auf die Tanzfläche begeben und mit großem Geschick Graf Paulo zur Seite geschoben. »Wie schön, Sie nach so kurzer Zeit wiederzusehen!«

»Was bilden Sie sich eigentlich ein!« explodierte Graf Paulo. »Sie können doch nicht...«

»Das ist schon in Ordnung, Paulo«, sagte Fontaine unmißverständlich. »Geh nur und setz dich hin, ich bin in einigen Minuten wieder bei dir.«

Der Graf sah Nico wütend an und verließ verärgert die Tanzfläche.

Nico nahm sie in seine Arme, ohne sich dem von der Musik verlangten Tanzschritt der schrillen Disco-Musik anzupassen.

»Nett aussehender Junge«, bemerkte Nico. »Er ähnelt dem, der dich zum Kennedy-Airport gebracht hat.«

»Stimmt. Ich mag diese kraftstrotzenden Burschen.«

Nico zog eine Augenbraue hoch.

Fontaine lachte.

»Hast du meine Blumen bekommen?« fragte Nico.

»Sehr hübsch. Wie hast du meine Adresse herausgefunden?«

»Wenn ich etwas haben will, dann bekomme ich es im allgemeinen auch.«

»Ach, wirklich? Mich etwa auch?«

»Herzlichen Dank, daß du am Flughafen auf mich gewartet hast.«

»Ich bin ja schließlich kein Taxi-Unternehmen.«

»Ich dachte, wir hatten eine Verabredung?«

»Eine Verabredung? Wie herrlich altmodisch du doch bist.«

»Hat dir schon mal jemand gesagt, daß du ein großes Miststück bist?«

»Des öfteren.«

Nico zog sie ganz eng an sich. Graf Paulo, der lauernd am Rande der Tanzfläche stehengeblieben war, sah böse zu ihnen herüber.

»Nun, Mrs. Khaled«, sagte Nico lächelnd, »wollen wir das, was wir im Flugzeug begonnen haben, nicht auch beenden?«

Fontaine, die seine Männlichkeit spürte, meinte: »Warum denn eigentlich nicht, Mr. Constantine.«

»Ich werde verrückt«, stieß Sammy hervor, während alle am Tisch zusahen, wie Nico mit Fontaine das Lokal verließ. »Er hat es tatsächlich geschafft! Was ist an dem denn eigentlich dran? Hat er vielleicht einen Sack aus Nerz?«

»Ach, Sammy, du bist wirklich unmöglich!« quietschte sein kleiner Teenager.

»Der Junge hat schon eine ganze Menge Charme«, stellte Hal fest. »Ganz abgesehen davon habe ich selten jemanden gesehen, der so gut angezogen ist.«

»Charme, was für Charme? – Das einzige, das Fontaine interessiert, ist sein Bankkonto oder sein Schwanz!«

»Also, ich bitte dich, Sammy!«

»Schon gut, mein Schatz, du kommst in jeder Hinsicht auf deine Kosten!«

»Ich glaube, sie geht wirklich«, flüsterte Vanessa ihrem Mann zu.

»Ich fürchte, du hast recht«, antwortete Leonard.

»Wirklich charmant – man sollte annehmen, daß sie wenigstens so viel Manieren hätte, sich zu verabschieden.«

»Niemand hat jemals behauptet, daß Fontaine Manieren hat. Wer ist der Mann überhaupt?«

Vanessa verfolgte beide mit ihren Blicken, als sie schnell die Tanzfläche verließen.

»Ich weiß es nicht. Er paßt so gar nicht zu ihren üblichen Typen – etwas zu alt…, aber trotzdem sehr attraktiv…«

»Ich nehme an, daß er reich ist«, bemerkte Leonard trocken.
»Ja, das nehme ich auch an«, stimmte Vanessa zu.
»Ach du liebe Güte«, stieß Leonard hervor, »erzähl mir bloß nicht, daß wir uns jetzt um ihren kleinen Italiener kümmern müssen.«
»Ich fürchte, das müssen wir.« Vanessa beobachtete, wie Graf Paulo mit saurer Miene zum Tisch zurückkam. Ach ja, es gab sicherlich manches, was für die Jugend sprach...
Vielleicht war er jetzt für Fontaine erledigt?
Vanessa war nicht stolz. Sie hatte schon öfter Gebrauchtwaren von ihrer Freundin akzeptiert...

Ricky fiel es nicht leicht, sich auf den Verkehr zu konzentrieren. Verdammt noch mal! Man konnte glauben, daß sich zwei völlig verrückte Teenager im Fond des Wagens befanden.
Er versuchte mit einem Auge das, was im Wageninneren geschah, durch den Rückspiegel wahrzunehmen. Selbstverständlich hatte Mrs. Khaled durch einen Knopfdruck die gläserne Trennwand hochgefahren, so daß kein Geräusch nach vorne dringen konnte.
Er fuhr daraufhin den Rolls-Royce langsamer als üblich, bis Fontaine einen Augenblick die Trennwand herunterließ und ihn anbellte: »Beeilen Sie sich etwas, Ricky.«
Er war gespannt, ob er, nachdem er sie zu Hause abgesetzt hatte, frei bekommen würde.
Das Treiben im Wageninneren hatte ihn aufgegeilt...
Vielleicht schlief Polly noch nicht? Das wäre immerhin besser, als die Nacht in dem Scheißloch zu verbringen, das er gemietet hatte.
Der Rolls hielt jetzt vor Fontaines Haus. Ricky sprang heraus und öffnete ihnen den Wagenschlag. Völlig desinteressiert starrte er vor sich hin.
»Werden Sie mich heute abend noch benötigen, Mrs. Khaled?«
»Nein, Ricky.« Ihre Stimme klang hell und erregt. »Heute nacht werde ich Sie nicht mehr brauchen.«
»Wann soll ich morgen hier sein, Mrs. Khaled?«
»Um zehn Uhr – ich möchte, daß Sie jeden Morgen püntklich um zehn Uhr hier sind.«
»Jawohl, Mrs. Khaled.«
Er wartete, bis sie ins Haus gegangen waren. Dann sah er nach, wie spät es war. Es war tatsächlich schon zwei Uhr früh. Was für ein Job! Nur gut, daß die Kohlen stimmten.

Er wunderte sich, was aus dem ›Spaghetti‹ geworden war. Der war wohl inzwischen abgehängt worden... Ricky lächelte vor sich hin. Er mochte eine Frau, die sich wie ein Kerl benahm.

Es war ein erotisches Erlebnis.

Schon im Treppenhaus hatten sie die Klamotten von sich geworfen. Sie verschmolzen ineinander.

Es war Berührung, Gefühl und Geruch – alles in einem.

Endlich einmal ließ sich Fontaine vollkommen gehen. Hier war ein Mann, dem sie nicht zu sagen brauchte, was sie wünschte. Er wußte und konnte alles. Er war einfach vollendet.

»Du bist wie eine Tänzerin«, flüsterte er ihr ins Ohr. »Und du liebst wie eine Tänzerin, die das Tanzen vollendet beherrscht.«

»Hm... und du... liebst wie ein Zuchthengst...«

Er lachte. »Der griechische Zuchthengst, das hört sich ja an wie ein schlechter Filmtitel. Als ich zwanzig war, da war ich vielleicht noch ein Zuchthengst – jetzt *weiß* ich, was ich tue.«

»Das muß man dir lassen!«

Sie liebten sich endlos – zumindest kam es beiden so vor, und sie fühlten sich wohl dabei. In keinem Augenblick gab es zwischen ihnen irgendwelche Barrieren, wie sie bei einem Paar, das sich das erstemal liebt, leicht auftreten können.

Hinzu kam noch, daß sie miteinander reden konnten. Nicht etwa über irgend etwas Spezielles, sondern einfach nur so.

Mit ihren üblichen, schnell wechselnden Beschälern hatte Fontaine sich nie unterhalten können – ab und zu einmal eine zotige Ermunterung gewiß, aber niemals eine Unterhaltung.

Das gleiche traf auf Nico und seine frischen jungen Schönheiten zu. Wie langweilig und uninteressant waren sie alle, wenn die kurze Überraschung, die ein neuer Körper in sich barg, vorüber war.

Was ihn mehr als alles andere an Fontaine anzog, war ihr Wille. Doch obwohl sie bestimmt eine harte Lady war, besaß sie auch Witz und Einfühlungsvermögen. Ihm lag immer mehr daran, tiefer in diese Frau einzudringen, um hinter ihre blasierte Fassade sehen zu können.

»Ich möchte alles über dich wissen«, sagte er bittend. »Wer, warum und wie. Von Anfang an.«

Fontaine rollte im Bett auf ihn zu. Sie fühlte sich herrlich befriedigt. »Du bist schließlich der mysteriöse Mann. Ich treffe dich in einem Flugzeug, und wenige Stunden später liegen wir miteinander im Bett. Aber alles, was ich von dir weiß, ist dein Name. Wer bist du...?«

»Nun, was glaubst du?« Er drückte spielend ihren Arm in die Kissen. »Ein Massenmörder? Ein Wahnsinniger?« Er küßte sie fest und ließ sie los. »Und versuche nicht, mir zu erzählen, daß Mrs. Khaled noch nie vorher mit einem Mann ins Bett gegangen ist, den sie gerade im Flugzeug kennengelernt hat.«

»Nun ja, ein- oder zweimal...«

»O ja, ein- oder zweimal... Wem willst du das erzählen?« Er lächelte. »Wie viele Männer hast du denn bis heute schon vernascht?«

Fontaine reckte sich und stieg aus dem Bett. »Laß es mich mal so formulieren, Nico – einmal am Tag anständig gegessen, bedeutet, niemals hungrig zu sein.«

»Komm hierher zurück! Was ist mit meiner Nachspeise?«

»Ich gehe mal schnell unter die Dusche, um mich frisch zu machen. Geh du doch in der Zwischenzeit nach unten und hol uns etwas Grand Marnier! Ich werde dir eine genüßliche neue Art zeigen, wie man ihn auch noch trinken kann.« Sie verschwand im Bad und machte die Tür hinter sich zu.

Nico legte sich lächelnd zurück. Er fühlte sich herrlich entspannt. Dann erinnerte er sich an den Ring. War das nicht der Grund, weshalb er hergekommen war? Nun ja, ursprünglich schon...

Er hörte das Wasser im Badezimmer rauschen. Da stand er auf und sah sich im Schlafzimmer nach der Handtasche um, die Fontaine im Flugzeug getragen hatte. Er konnte sie nirgends entdekken, aber die Spiegeltür des großen eingebauten Wandschranks stand einladend offen. Er blickte hinein. In langen Regalen standen ihre Schuhe säuberlich aufgereiht. Die Fächer waren voll mit Pullovern, Blusen, T-Shirts, Schals und Handschuhen. Gürtel und Ketten hingen massenhaft herum. Die Unterwäsche lag in durchsichtigen Schubladen. Und dann die Handtaschen. Alle im untersten Fach, ungefähr an die fünfundzwanzig.

Er überflog sie schnell, wobei er nach der gestreiften Gucci-Tasche suchte. Es standen fünf gestreifte Gucci-Taschen herum, aber keine davon war die richtige.

Leise fluchte er vor sich hin, als er plötzlich die Tasche erblickte, sie er suchte. Sie hing hinter der Tür.

Schnell griff er zu, öffnete den Reißverschluß und... dort war auch schon sein Ring.

Fontaine erschien genau im falschen Augenblick. Sie hatte ein rosafarbenes Handtuch wie einen Sarong um sich geschlungen. Ihre Stimme war eiskalt. »Was glaubst du eigentlich, was du da machst?«

Nico erschrak. Er hatte das Gefühl eines Schuljungen, der dabei erwischt worden war, als er einen Lutscher klaute.

Wenn er nur in diesem Augenblick wenigstens eine Unterhose angehabt hätte. Es gibt nichts Verheerenderes für einen Mann, als mit schlappem Schwanz in einer unangenehmen Situation erwischt zu werden.

»Nun?« Bei Fontaine konnte ein einziges Wort Sätze bedeuten.

Nico lächelte verlegen. Mit seinem Charme und Lächeln war er schon aus vielen peinlichen Situationen herausgekommen. »Du wirst es niemals glauben.«

»Versuch's doch.« Ihre eiskalte Fassade änderte sich nicht.

»Nun...« Er versuchte, an ihr vorbei ins Schlafzimmer zu gelangen, aber sie stellte sich ihm in den Weg.

»Es ist eine lange Geschichte«, sagte er schnell, »ich bin sicher, daß sie dich amüsieren wird. Bitte, laß mich erst etwas anziehen...«

Ruhig und geduldig unterbrach ihn Fontaine. »Erzähl mir bitte nur, was du mit meiner Handtasche gemacht hast, und zeige mir, was du in deiner Hand verborgen hältst, und zwar jetzt, Nico, gleich jetzt. Ich will keine amüsanten Geschichten hören. Mir ist im Augenblick ganz und gar nicht nach Lachen zumute.«

Nico zuckte mit den Schultern. »Ich kann dir versichern, daß ich dir nichts weggenommen habe...«

»Das will ich wohl meinen.«

»Ich hatte diesen Ring..., ich dachte mir, daß ich vielleicht Probleme mit dem Zoll haben würde...«

Er öffnete die Hand und zeigte ihr den Brillantring.

Sie sah ihn sich kurz an – und danach Nico.

»Ich wollte dich eigentlich fragen, ob du ihn für mich durch den Zoll bringen würdest..., aber da kannte ich dich noch nicht so gut... Selbstverständlich hätte ich dir alles erzählt...«

»Du Bastard! Du Dreckstück, du mieser kleiner Zuhälter!« Ihre Worte trafen ihn eiskalt. »Du hast mich benutzt – im Flugzeug, heute abend..., wie kannst du es *wagen*...«

»Ich wollte doch nur...«

Mit einer großen Geste brachte sie ihn zum Schweigen. »Ich will nichts mehr hören. Ich will nur, daß du verschwindest – aus meinem Haus und aus meinem Leben.«

»Aber Fontaine ...«

Sie hörte ihm nicht mehr zu. Sie ging ins Schlafzimmer, suchte seine Sachen zusammen, kam zurück und warf sie ihm an den Kopf. »Raus«, schnappte sie, »ehe ich dich rauswerfen lasse!«

»Ich glaube, wir sollten über alles noch einmal reden.«

»Worüber denn wohl? Was willst du denn noch von mir? Du hast mich auf jede dir bekannte Art zusammengefickt. Aber ich möchte hinzufügen, daß das, was ich im Bett von dir erhalten habe, bei weitem nicht das aufwiegt, was du dir sonst noch mit mir geleistet hast.«

Sie ging ins Bad und schlug die Tür hinter sich zu.

Nico zog sich schnell an. Es hatte keinen Zweck, länger zu bleiben und zu argumentieren. Letzten Endes war das, weshalb er eigentlich gekommen war, ja auch wieder in seinem Besitz.

12. Kapitel

»Was?« Joseph Fonicetti starrte seinen Sohn fassungslos an. »Was, in drei Teufels Namen, hast du gerade gesagt?«

Verlegen scharrte Dino mit den Füßen. Wie war es nur möglich, daß er überall und bei allen der King war; nur in Gegenwart seines Vaters wurde er zur absoluten Null – schrumpfte wieder zu einem verdammten Kleinstkind.

»Ich..., ah..., ich... werde heiraten.«

Joseph sah ihn lange und durchdringend an. »Ganz einfach so? So urplötzlich hast du ein Mädchen gefunden, das gut genug sein soll, deine Frau zu werden? In Las Vegas hast du ein Mädchen gefunden, die eine Fonicetti werden soll? Wer ist die Schöne? Ein Showgirl? Eine Barfrau? Eine Nutte?« Verächtlich spuckte Joseph in einen Aschenbecher.

»Sie ist ein reizendes Geschöpf«, sagte Dino schnell, »und nicht aus Las Vegas.«

»Keine von ihnen kommt aus Las Vegas. Sie kommen nur hierher, um ihre Fotzen und ihre Bankkonten zu vergrößern!«

»Sie ist ein fabelhaftes Mädchen«, sagte Dino verteidigend. »Du wirst sie bestimmt mögen.«

Joseph schloß die Augen und dachte über die Tatsache nach, daß Dino zwar ein sehr gutaussehender Junge, aber in dem Augenblick, wo es sich um Frauen handelte, ziemlich beschränkt war. David dagegen – sein älterer Sohn –, der war clever. Der hatte eine Frau. Ein einfaches italienisches Mädchen, das ihm nie auch nur einen Augenblick Ärger machte, obgleich er nach Belieben in Las Vegas herumfickte.

»Wann hast du denn dieses Mädchen kennengelernt?« fragte er Dino. »Vor einem Monat? Vor zwei Monaten? Wieso hast du mir bisher nie etwas von ihr erzählt?«

»Weißt du, Cherry ist erst in dieser Woche hier eingetroffen…, du weißt doch, wie das so geht. Sie ist das Mädchen, das ich heiraten möchte. Es ist nun mal passiert.«

Gewiß, Joseph wußte, wie so etwas passierte. Irgendeine clevere Puppe hatte Dinos Schwanz fest in ihrer kleinen Hand und glaubte, dabei das große Glück gemacht zu haben. Na ja, die wird sich noch wundern.

Wenn er, Joseph, der Meinung war, daß es für Dino Zeit wurde, zu heiraten, dann würde er auch die Hochzeit arrangieren. Er würde eine Auswahl italienischer Jungfrauen einfliegen lassen – genauso, wie er es für David auch getan hatte –, und dann konnte Dino wählen.

»Also… diese Cherry. Mit wem ist sie denn hergekommen?«

Dino antwortete umgehend. Er hätte gerne geschwindelt, aber sein Vater hätte die Wahrheit sowieso herausgefunden. »Sie kam mit Bernie Darrell hierher; aber sie sind nur miteinander befreundet.«

»Na klar, Bernie Darrell hat sich die Mühe gemacht, ein Mädchen den ganzen Weg von Los Angeles nach Las Vegas mitzuschleppen –, und dann sind sie nur miteinander befreundet. Das glaube ich! Wer würde es nicht tun?«

»Sie kam eigentlich her, um mit Nico Constantine zu reden, und dann hat sie mich getroffen. Es kam für uns beide völlig unerwartet…, es passierte einfach.«

»Und was hat Nico getan? Hat er euch geküßt und Glück gewünscht?«

»Sie und Nico…, das war sowieso vorbei.«

Joseph nickte. »Aber natürlich. Daß Nico sein letztes Hemd verspielt hat, hat die Kleine in keiner Weise beeindruckt. Übrigens…, hast du dich mit ihm wegen der Rückzahlung arrangiert?«

»Das tue ich noch, bestimmt.«

»Aber natürlich! Das kann warten, bis du deine Hochzeitsvorbereitungen getroffen hast. Was sind denn schließlich fünfhundertfünfzigtausend Dollar?«

»Nico ist gut für das Geld.«

»Das will ich auch hoffen.«

»Bestimmt. Ich erledige das noch heute.« Dino hüstelte nervös. »Und nun zu Cherry. Wann darf ich sie dir vorstellen?«

Joseph nickte gedankenverloren und hatte dann eine Idee. »Heute abend«, sagte er. »Wir werden gemeinsam essen. Die ganze Familie – und dabei werden wir deine Hochzeitspläne besprechen.«

Dino war erleichtert. Es sah so aus, als ob sein Vater Cherry doch noch zu akzeptieren gedachte. Gut so. Er mußte gespürt haben, daß es keinen Zweck hatte, ihm etwas zu verbieten. Schließlich war er, Dino, nicht so wie David, den man ohne Schwierigkeiten zu einer langweiligen Ehe mit einer plumpen, sanften Italienerin zwingen konnte.

»Wir haben eine Einladung«, sagte Susanna, während sie sich in der Cafeteria neben Bernie setzte.

»Haben wir?« Er hatte schon die Hälfte seines starken Kaffee-Kirsch getrunken und hoffte, damit seine Verdauung wieder in Ordnung zu bringen.

»Ja«, sagte Susanna, während sie die Speisekarte studierte. »Daddy möchte, daß wir heute abend zusammen mit ihm und den Fonicettis essen. Ich habe in deinem Namen zugesagt.«

»Hast du wirklich?« Bernie wunderte sich, wie es dazu gekommen war, daß sie wieder ein Paar geworden waren. Gehörte ihre Scheidung bereits der Vergangenheit an, nur weil sie zwei wilde Nächte miteinander verbracht hatten?

»Er hat auch Nico Constantine eingeladen. Sagst du es ihm bitte? In seiner Suite geht niemand ans Telefon.«

Bernie hätte sich fast an seinem Kaffee verschluckt. »Warum denn Nico?«

»Warum denn nicht? Daddy mag Nico.«

Stimmt... und er haßt mich, dachte Bernie. Zuletzt waren sie kurz vor der Scheidung zusammengetroffen. Carlos Brent hatte ihn in der Polo-Bar des ›Beverly-Hills‹-Hotels angesprochen.

»Du mieser kleiner Bastard, nur ein Wort von Susanna..., und die Jungs von meinem Club spielen mit deinen Eiern Polo. Du hast ein verdammtes Glück, daß sie nicht nachtragend ist.«

Wirklich charmant. Danach hatten sie sich weder getroffen noch ein Wort miteinander gesprochen.

»Ich weiß nicht, ob Nico Lust hat, zu kommen«, sagte Bernie

ausweichend. »Er ist gerade intensiv mit einem Mädchen beschäftigt.«

»Mit wem denn?« wollte Susanna wissen.

»Irgendeine Puppe – ich weiß nicht mal, wie sie heißt.«

»Das macht ja nichts – er kann sie doch mitbringen. Das geht schon in Ordnung.«

»Ich werde versuchen, ihn zu erreichen.«

Susanna kicherte und gähnte dabei. »Kannst du begreifen, was mit uns passiert ist? Kannst du das begreifen, Bernie? Mein Psychotherapeut kriegt einen Schlaganfall, wenn er es erfährt!«

Um ehrlich zu sein, auch Bernie fand es schwer, die Situation zu verstehen. Vor wenigen Tagen noch waren er und Susanna auf den Tod verfeindet gewesen, und jetzt trieben sie es so schlimm miteinander, wie eine Horde ausgehungerter Matrosen es mit den Mädchen im Hafenbordell machten. Er mußte zugeben, daß sie für ihn im Bett mit Abstand die Größte war. Abgesehen davon war es fürchterlich, mit ihr zusammenzuleben, und das kam daher, weil sie schon als Kind von Carlos hoffnungslos verwöhnt worden war.

Eine pausbäckige Kellnerin kam eilig auf sie zu. »Miß Brent«, sagte sie zuvorkommend, »was darf ich Ihnen heute bringen?«

Miß Brent. Sie war immer Miß Brent gewesen und niemals Mrs. Darrell. Bei einigen Gelegenheiten, die ihm im Gedächtnis haften geblieben waren – vor allem darum, weil es danach stets einen Riesenkrach gegeben hatte –, hatte man sogar ihn als Mr. Brent angesprochen.

»Ich weiß noch nicht, Maggi.« Sie kannte alle älteren Kellnerinnen beim Namen. Schließlich war sie in dieser Umgebung fast schon von ihrer Geburt an aufgewachsen. »Ich glaube, ich nehme ein Käse-Sandwich und schwarzen Kaffee.«

Maggi strahlte. »Aber gewiß!«

»Ich habe nachgedacht«, sagte Susanna und wandte sich wieder Bernie zu. »Warum fliegst du nicht morgen mit Nico und mir zusammen nach Los Angeles zurück? Ich kann Daddys Flugzeug benutzen – wann immer ich Lust habe. Ich dachte – du könntest doch wieder im Haus wohnen..., was glaubst du, wie Starr sich freuen würde.«

Starr war ihre gemeinsame vier Jahre alte hübsche Tochter. Aber nicht nur das – sie war auch das einzige Enkelkind von Carlot Brent und als solches bereits ebenso hoffnungslos verwöhnt wie ihre Mutter.

»Das weiß ich noch nicht«, antwortete Bernie, während er fieberhaft nachdachte. »Ich habe Nico versprochen, bei ihm zu bleiben...«

Susanna sah ihn finster an. »Wessen Hand hältst du lieber? Meine oder Nicos?«

»Selbstverständlich deine.«

»Na also. Seine neue Freundin scheint ihn ja ziemlich stark in Beschlag zu nehmen. Ich habe ihn bis jetzt noch nicht einmal zu Gesicht bekommen.«

»Du weißt doch, wie das ist.«

»Allerdings weiß ich das.« Sie schob ihre getönte Sonnenbrille in ihr Haar und seufzte. »Wir müssen wirklich verrückt gewesen sein, als wir uns scheiden ließen. Warum haben wir das eigentlich getan?«

Erwartete sie wirklich eine Antwort? Weil du mich bis aufs Blut gequält hast, Susanna!

Weil du meine Eier als dein persönliches Eigentum betrachtet hast.

Weil das, wenn man immer nur ›Daddy, Daddy, Daddy‹ hört, genug ist, um jeden Mann zur Scheidung zu treiben.

Bernie zuckte mit den Schultern. »Ich weiß es nicht.«

Susanna kicherte, und ihre Augen hatten wieder diesen verführerischen ›Ich-will-mit-dir-ins-Bett‹-Blick. »Laß uns doch das Mittagessen vergessen«, schlug sie vor. »Warum gehen wir nicht nach oben und stecken uns einen Glimmstengel Hasch zwischen die Zähne?«

»Da hast du auch wieder recht.«

Er wußte ohnehin nichts Besseres mit seiner Zeit anzufangen.

13. Kapitel

»Wer war er denn?« fragte Vanessa.

»Ein kleiner langweiliger Betrüger«, zischte Fontaine.

»Also klein ist er mir nicht gerade vorgekommen. Er sah eher wie Omar Sharif aus.«

»Nur eine billige Imitation.«

»Auf jeden Fall bist du recht schnell weggegangen. Paulo war wütend.«

»Paß auf, meine Liebe, jetzt habe ich keine Zeit mehr. Ich hab' noch tausend Dinge zu erledigen. Ich ruf' dich später an.«

»Vergiß nicht, daß wir morgen mittag zu einer Modenschau gehen wollen.«

»Ich hab' es mir aufgeschrieben.« Fontaine legte den Hörer hin und kontrollierte im Spiegel ihr Aussehen. Chic, aber nicht übertrieben. Eine seidene Bluse, ein Faltenrock und ein karierter Blazer. Gerade der richtige Aufzug, um Leute zu interviewen, die sich für den Managerposten im ›Hobo‹ vorstellen würden. Als erstes hatte sie heute am frühen Morgen Polly angerufen und ihr eingeheizt: »Besorgen Sie mir einige junge, attraktive Männer, die sich für den Job eignen könnten. Der Grund, warum ›Hobo‹ im Eimer ist, ist Franco. Finden Sie mir einen neuen Tony. Ich werde um vier Uhr da sein, um mir anzusehen, was Sie aufgetrieben haben.«

Polly legte den Hörer auf und kuschelte sich an Ricky. »Du beeilst dich besser ein bißchen«, sagte sie. »Mrs. K. ist heute schon früh auf den Beinen und scheint unternehmungslustig.«

»Sie hat mich erst für zehn Uhr bestellt«, antwortete Ricky.

»Ja, in dem Fall... Dann hätten wir ja gerade noch Zeit... Ach, verdammte Scheiße! Ich hab' ja völlig vergessen, daß ich diejenige bin, die gleich mit der Arbeit anfangen muß!«

Polly sprang aus dem Bett. »Hast du keine Ahnung, wo ich einen großen Mann mit viel Sex auftun kann, der auch noch das Richtige zwischen den Beinen hat?«

Ricky lachte und sagte: »Trifft das nicht alles genau auf mich zu?«

»Das stimmt schon, aber du hast nun mal den Job als Chauffeur, und Mrs. K. würde es nie verstehen, wenn ich dich für diesen Job vorschlagen würde.«

»Warum denn nicht? Sie macht auf mich den Eindruck, als ob sie ziemlich clever sei.«

»Ach, wirklich?« Polly blinzelte ihn an. »Bist du schon in sie verknallt?«

Wieder lachte Ricky. »Na ja, ich hätte schon Lust, es bei ihr zu versuchen.«

»Mit Versuchen ist es bei ihr nicht getan. Wenn..., dann will sie erheblich mehr...«

»Ach, halt doch endlich die Klappe und komm her!« Immer, wenn er an seine Arbeitgeberin denken mußte, wurde er geil.

Nachdem Rico den Ring wieder in seiner Tasche hatte, fühlte er sich erheblich wohler. Die Verzögerung war nicht eingeplant gewesen, und er nahm an, daß Bernie sich Sorgen machte, weil er noch nichts von ihm gehört hatte. Sie hatten verabredet, erst dann wieder Kontakt aufzunehmen, wenn er den Ring günstig losgeworden war und sich auf den Rückflug machen würde.

Aber vielleicht sollte er Bernie doch anrufen, damit er sich nicht aufregt? Vielleicht rief er ihn aber auch besser nicht an. Er wollte ihn ja nicht unnötig alarmieren. Wenn alles gut ging und Hal sich als zuverlässig erwies, konnte er bereits in wenigen Stunden im Flugzeug sitzen.

Nico entschloß sich, Hal den Ring am Morgen – nach seinem Krach mit Fontaine – persönlich zu übergeben.

Hal war durchaus nicht fröhlich, als er sich im schwarzen Pyjama zur Eingangstür seiner Wohnung in Park Lane tastete. »Um Himmels willen!« rief er aus. »Zu einer so unmöglichen Zeit?«

Nico sah auf eine Uhr. »Es ist neun Uhr fünfundvierzig, ist das etwa zu früh für Sie?«

»Das ist es allerdings. Ich schlafe immer mindestens bis Mittag.«

»Diesmal müssen Sie schon eine Ausnahme machen.«

»Klar, versteht sich.« Er ging in die Küche und setzte Kaffeewasser auf. »Was ist passiert? Hat Fontaine Sie so früh rausgeworfen, oder wurden Sie erst gar nicht aufgefordert, zu bleiben?«

»Ich bin von mir aus nicht geblieben.«

»Sehr klug! Die kann einen ganz schön fertigmachen.«

»Kennen Sie sie so gut?«

»Gut genug.«

»Haben Sie jemals...«

»Ich? Machen Sie Witze?« Hal begann, laut zu lachen. »Fontaine würde sich nach mir nicht einmal umdrehen und, ehrlich gesagt, hätte ich das auch gar nicht so gerne. Die interessiert sich doch nur für ihren Kindergarten. Als sie noch mit dem Araber verheiratet war, benutzte sie dessen Geld doch nur, um ihre Liebhaber zu finanzieren.«

Nico holte den Ring aus der Tasche und gab ihn Hal.

Lang und andächtig pfiff Hal durch die Zähne. »Donnerwetter auch! Der ist ja fabelhaft!«

»Wann höre ich von Ihnen?« fragte Nico. »Ich muß so schnell wie möglich wieder zurück.«

Während Hal den Kaffee aufgoß, dachte er bereits daran, was er mit seiner Kommission anfangen würde. »Da alles in bar abgewickelt werden muß..., würde ich sagen: Irgendwann morgen.«

»Verdammt!« stieß Nico hervor. »Es muß einfach schneller möglich sein.«

»Ich versuche alles, was möglich ist, aber es handelt sich um verdammt viel Geld... Bitte, haben Sie Geduld und entspannen Sie sich. Warum vertreiben Sie sich nicht die Zeit an den Spieltischen? Schließlich gehören die Londoner Clubs zu den besten.«

Nico lachte schallend. »Warum, glauben Sie wohl, habe ich im Augenblick den ganzen Ärger?«

»Hm..., gar nicht so schlecht«, gähnte Fontaine. »Was meinen Sie denn, Polly?«

»Ich glaube, daß der Cockney-Akzent schon lange nicht mehr in ist.«

Fontaine nahm eine Erdnuß aus der vor ihr stehenden Schale und zerkaute sie. »Ja, ich glaube, da haben Sie recht. Cockney – das war letztes Jahr. In diesem Jahr muß man entweder verrückt oder schwul sein – aber ich sage Ihnen, was wir wirklich brauchen, ist ein dynamischer Kerl mit Ideen.«

»Ich weiß, ich weiß...! Genauso, wie der sagenhafte Tony.«

Fontaine lächelte verträumt. »Sie haben ihn niemals kennengelernt, nicht wahr?«

»Ich wünschte, ich hätte, aber in dem Jahr, als ›Hobo‹ zu florieren begann, war ich in den Staaten.«

»Zu Anfang war Tony einsame Spitze, und zwar in jeder Hinsicht, das kann ich Ihnen versichern!«

»Na, und warum haben Sie ihn dann rausgeworfen?«

»Er wurde einfach zu groß für seine Schuhe. Darum.«

Polly und Fontaine saßen gemeinsam in der leeren Diskothek des ›Hobo‹ und sahen sich die ›Möchtegernmanager‹ an. Bis jetzt hatten sie mit sechs gesprochen, von denen aber keiner in Frage kam.

Fontaine fühlte sich von Minute zu Minute irritierter. Warum war es so verdammt schwierig, einen attraktiven, ambitionierten jungen Sexbolzen zu finden?

Für einen Augenblick mußte sie an ›Jump‹ Jennings denken. Sie erwog sogar, ihn zu importieren, änderte aber wieder ihre Meinung und starrte den nächsten jungen Mann an, der sich ihnen vorstellte.

Er machte einen besseren Eindruck als die anderen. Lockiges schwarzes Haar, enge ausgeblichene Jeans, und abgesehen davon strahlte er eine große Portion Selbstsicherheit aus.

Polly blickte kurz auf ihren Block. »Und Sie sind...?«

»Steve Valentine.« Fontaine und Polly blickten sich amüsiert an.

»Sie managen im Augenblick eine Disko in Ealing?« fragte Polly. »Stimmt das?«

»Seit achtzehn Monaten bin ich dort Manager.«

»Macht es Ihnen Spaß?« fragte Fontaine heiser, während ihre schillernden Augen jeden Zentimeter von ihm genau betrachteten.

Steve starrte sie an. »Naja, es geht, aber ich möchte gerne im Westend arbeiten.«

»Das glaube ich Ihnen schon.« Fontaine griff nach einer Zigarette und wartete darauf, von ihm Feuer zu bekommen.

Er produzierte ein billiges Feuerzeug aus seiner Tasche und gab ihr Feuer.

»Hm...«, sagte Fontaine, ihn nicht aus den Augen lassend. »Haben Sie eine Freundin?«

Jetzt sah sie Steve frech an. »Eine wäre wohl kaum genug für mich, Mrs. Khaled.«

»Das glaube ich allerdings auch.« Sie wandte sich an Polly. »Ich glaube, wir sollten Mr. Valentine eine Chance geben, meinen Sie nicht auch, Polly?«

Nachdem Nico das Apartment eilig verlassen hatte, entschloß er sich, den letzten Tag in London zu genießen. Er hatte noch immer Bernies sechstausend Dollar in der Tasche, und außer seiner Hotelrechnung in London brauchte er nichts mehr zu bezahlen. Wenn Hal den Ring losgeworden war, würde er über genügend Bargeld verfügen, um seine Schulden in Las Vegas zu begleichen und Bernie die sechstausend Dollar zurückzugeben; einige Tausender würden ihm sogar noch übrigbleiben.

Dann allerdings wurde es Zeit, daß er sich in bezug auf seine Zukunft Gedanken machte. Aber darüber würde er sich erst später den Kopf zerbrechen. Auch Mrs. Dean Costello mußte schließlich entschädigt werden. Falls ihre Versicherungsgesellschaft die Angelegenheit nicht zwischenzeitlich geregelt hatte, betrachtete er das als eine persönliche Verpflichtung, von der er fest überzeugt war, sie erfüllen zu können. Wie, das war ihm noch nicht klar, aber Nico besaß genügend Selbstsicherheit, um daran zu glauben, daß er auch mit dieser Situation fertig werden könne. Abgesehen davon war es höchst unwahrscheinlich, daß ein so wertvoller Ring nicht versichert sein sollte.

Er dachte an Fontaine Khaled. Blumen waren eine Selbstverständlichkeit. Sechs Dutzend rote Rosen mit einigen diskreten

Worten der Entschuldigung, und selbstverständlich ein Geschenk. Nicht die übliche Kleinigkeit, sondern etwas Hübsches und Wertvolles. Etwas Schönes, das ihr gefallen würde.

Wenn er auch jetzt London verlassen mußte, war er doch davon überzeugt, sie wiederzusehen. Es war durchaus nicht undenkbar, daß er, sobald alles erledigt war, zurückkehren würde.

Er war an Fontaine mehr als an jeder anderen Frau – seit Lise-Maria – interessiert. Er hatte mit ihr geschlafen und doch wußte er, daß es ihm bis jetzt noch nicht gelungen war, ihr Innenleben kennenzulernen. War sie wirklich so arrogant, selbstsicher und hart? Alles, was er wirklich wollte, war, diesen Panzer zu sprengen, um dann die echte Fontaine zu entdecken. Verletzlich, weich und liebenswert, vielleicht die, die ständig nach dem richtigen Mann suchte? Genauso, wie auch er dauernd – wenn auch unbewußt – auf der Suche nach der richtigen Frau war. Nico rief ein Taxi und ließ sich zu ›Boucheron‹, dem berühmten Juwelier in der Bond Street, fahren.

Während Ricky den Rolls durch den dichten Verkehr steuerte, beobachtete er gleichzeitig Fontaine durch den Rückspiegel. Sie hatte die Augen geschlossen und die Beine gekreuzt, so daß ihr Rock den Blick auf die Strumpfenden freigab. Sie trug einen Strumpfhalter! Verdammt noch mal! Ein Hüftgürtel! Bis jetzt hatte er so ein Ding nur in Porno-Magazinen gesehen!

Und schon wieder war er geil, trotz der heißen fünfzehn Minuten, in denen er es am Morgen mit Polly getrieben hatte.

»Ricky!«

Schnell sah er ihr in die Augen.

»Bitte, Mrs. Khaled?«

»Haben Sie meine Sachen aus der Reinigung geholt?«

»Gewiß, Mrs. Khaled.«

»Und haben Sie mein Rezept besorgt?«

»Jawohl, Mrs. Khaled.«

»Na prima. Wenn Sie mich abgesetzt haben, dann haben Sie bis heute abend um zehn Uhr frei.«

»Besten Dank, Mrs. Khaled.« Er warf einen schnellen Blick auf die Uhr. Es war fast fünf Uhr nachmittags. Er fühlte sich erschöpft. Wieder warf er einen Blick in den Rückspiegel. Sie hatte den Rock hinuntergezogen. Spielverderberin!

»Ach, Ricky!«

»Bitte, Mrs. Khaled?«

»Seien Sie ein guter Junge und richten Sie Ihre Augen besser auf den Verkehr.«

»Gewiß, Mrs. Khaled.«

Miststück!

Nico hatte viel Spaß. Es war schon immer ein Vergnügen für ihn gewesen, Geld auszugeben. Für dreitausend Dollar kaufte er ein brillantbesetztes Herz für Fontaine. Für weitere tausend Dollar eine Uhr bei Cartier für Bernie und zwölfhundert Dollar gab er für Garderobe aus, die ihm selber gefiel – Kaschmir-Pullover und Seidenhemden von Turnbull und Asser.

Höchst zufrieden kehrte er in sein Hotel zurück.

Hal wartete bereits in der Halle auf ihn. Die Dinge schienen sich besser und schneller zu entwickeln, als Nico es gehofft hatte.

»Gute Nachrichten?« fragte er.

»Gehen wir nach oben«, antwortete Hal.

Schweigend fuhren sie hoch.

In Nicos Suite angekommen, holte Hal den Brillantring aus der Tasche und warf ihn auf das Bett. »Glas! Nichts als beschissenes Glas!« rief er verächtlich. »Was für ein verdammtes Spiel spielen Sie eigentlich, Nico?«

14. Kapitel

Bernie war blau. Ziemlich blau. Auf jeden Fall blau genug, um in der Lage zu sein, Carlos Brent und den Fonicettis lächelnd entgegenzutreten.

Gegen sechs Uhr abends machte er sich von Susanna aus auf den Weg, mit dem Versprechen, sie gegen sieben Uhr wieder abzuholen.

Sie lag – genauso blau wie er – immer noch im Bett und schlug ihm zum wiederholten Male vor, daß sie doch wieder heiraten sollten.

»Aber warum denn?« fragte Bernie. »Es funktioniert doch auch so alles bestens zwischen uns beiden, auch wenn wir nicht verheiratet sind.«

»Das stimmt«, meinte Susanna, »aber überleg doch mal, wie sehr sich Starr freuen würde.«

Ganz zu schweigen von Carlos, dachte Bernie. Der Superdaddy würde verrückt werden, wenn er wüßte, was sich hier abspielte.

»Und vergiß nicht, Nico einzuladen«, erinnerte ihn Susanna.

»Wenn er da ist, dann sag' ich ihm Bescheid«, antwortete Bernie.

»Na, jetzt müßte er doch eigentlich zurück sein. Was für eine neue Biene hat er sich da bloß aufgetan?«

Bernie türmte aus dem Zimmer und ging in Nicos Suite. Mensch, wäre das prima, wenn Nico jetzt da wäre und ihn begrüßen würde.

Er war nicht da.

Bernie überlegte, ob er ihn in London anrufen sollte. Er würde gerne wissen, wie alles gelaufen war. Wie lange konnte er noch so tun, als ob Nico bei einer Freundin in Las Vegas im Bett läge? Natürlich konnte er nicht riskieren, vom ›Forum‹-Hotel aus zu telefonieren. Er würde zu ›Caesars‹ oder ins ›Circus-Circus‹ rübergehen müssen und dort von einer Telefonzelle aus den Anruf wagen. Er hoffte nur, daß Nico im ›Lamont‹-Hotel, das er ihm empfohlen hatte, auch wirklich wohnte.

Nachdem er sich geduscht, umgezogen und eine Mundddusche genommen hatte, machte er sich auf den Weg, um zu telefonieren.

Cherry hüpfte vor dem großen Wandspiegel hin und her. »Gefällt es dir?« fragte sie Dino atemlos.

»Hübsch«, antwortete er, wobei seine Gedanken mehr bei dem heutigen Abend waren, als bei Cherrys neuem Kleid.

»Gefällt es dir nicht?« fragte sie noch einmal.

»Liebling, es gefällt mir.« Er fing sie in seinen Armen auf und drückte sie aufmunternd an die Brust. »Du siehst wie eine große, herrlich schöne Puppe aus.«

»Ich bin deine Frau!« sagte sie stolz. »Mrs. Fonicetti!«

Vor Angst drehte sich ihm beinahe der Magen um. In den einunddreißig Jahren seines bisherigen Lebens hatte er noch niemls – ohne vorher seinen Vater zu befragen – eine wichtige Entscheidung getroffen. Jetzt *hatte* er zum erstenmal selbst etwas entschieden. Heute nachmittag hatte er sich mit Cherry aus dem Hotel geschlichen und sich ganz heimlich mit ihr trauen lassen, ehe Joseph sich eine Masche ausdenken würde, sie wieder loszuwerden.

»Dein Vater wird mich bestimmt mögen«, sagte Cherry, als ob sie seine Gedanken gelesen hätte. »Du wirst schon sehen..., er wird mich mögen, das kann ich dir versprechen.«

»Schon gut, schon gut, aber halte du jetzt bitte deinen hübschen Mund, was unsere Hochzeit betrifft. Das bringe ich Vater auf meine Weise bei.«

»Heute abend?«

»Na klar, heute abend noch.«

Cherry lächelte. »Das wird eine Überraschung! Wir treffen uns zum erstenmal, um unsere Hochzeit durchzusprechen, und dann auf einmal... bums, und dann wirst du es ihm sagen!«

»Ja – bums!« Dino versuchte zu lächeln. Es fiel ihm schwer.

Abends, Punkt sechs Uhr fünfundvierzig, erschien Joseph Fonicetti in seinem ›Magna Carta‹-Restaurant. Bis aufs kleinste Detail inspizierte er den von ihm für seine Gäste und sich bestellten Tisch. Der Oberkellner war erleichtert, als er feststellte, daß der Boß mit allem zufrieden war.

Wenn man für Joseph Fonicetti arbeitete, lernte man, was Perfektion bedeutet.

»Bringen Sie mir etwas Perrier-Wasser«, verlangte Joseph, »und geben Sie mir einige kleine weiße Tischkarten.«

Der Oberkellner beeilte sich, das Gewünschte zu holen und stand dann respektvoll abseits, während Joseph mit seiner fürchterlichen Klaue die Tischkarten ausfüllte.

Genau zwei Minuten vor sieben erschien sein ältester Sohn David mit seiner Frau Mia. Beide umarmten Joseph und setzten sich auf ihre Plätze. Auch sie bestellten Perrier.

Genau zwei Minuten nach sieben erschien Dino mit Cherry. Er hielt sie bei der Hand, aber am Handteller schwitzte er so stark, daß sie ihm beinahe entglitt.

»Cherry, ich möchte dich meinem Vater Joseph Fonicetti vorstellen«, sagte Dino nervös.

Mit großen Augen ging Cherry auf ihn zu. »Mr. Fonicetti, ich habe mich so auf diesen Augenblick gefreut.«

Joseph strahlte. »Ich auch, meine Liebe, ich auch.«

Das Mädchen war hübscher, als er es erwartet hatte. Bis jetzt hatte Dino immer nur für langweilige vollbusige Puppen geschwärmt. »Setzen Sie sich hierher, neben mich. Was würden Sie gerne trinken?«

Cherry zögerte einen Augenblick, denn sie hatte bereits die Perrier-Flaschen wahrgenommen. »Oh, Perrier! Wenn ich das haben dürfte? Sie haben doch hoffentlich nichts dagegen?«

»Dagegen? Aber ganz und gar nicht.« Sie war cleverer, als er erwartet hatte.

Dino wollte sich neben sie setzen.

Joseph gab ihm einen Wink und sagte: »Du sitzt da drüben, neben deiner Schwägerin.«

Gehorsam ging Dino ans untere Ende des Tisches und bestellte einen doppelten Scotch.

Als nächstes trafen Susanna und Bernie ein. Er brach beinahe zusammen, als er Cherry sah. Schon ein Mitglied der Familie? Ging das so schnell?

Susanna stürmte auf Joseph zu und küßte ihn. »Onkel Joe, jedesmal wenn ich dich sehe, siehst du jünger aus!« Dann warf sie David und Dino Küßchen zu, schließlich waren sie seit Kindheit miteinander befreundet.

Und jetzt folgte der große Auftritt von Carlos Brent. Wie immer umgaben ihn Lärm und Aufregung, und selbstverständlich kam er nicht ohne einige seiner ständigen Begleiter.

Damit war die Party fast komplett.

»Wo bleibt denn Nico Constantine?« fragte Joseph. »Es ist jetzt fast Viertel nach sieben!«

Jeder, der Joseph kannte, wußte, daß er ein Pünktlichkeitsfanatiker war. Susanna sah Bernie an. »Wo ist Nico?«

Bernie zuckte mit den Schultern und versuchte, gleichgültig auszusehen. »Er läßt sich vorerst entschuldigen, aber bis zum Kaffee ist er sicherlich hier.«

»Er hat eine neue Freundin«, ließ sich Susanna vernehmen. »Ich glaube, daß er Tag und Nacht in ihrem Bett verbringt.«

Joseph wandte sich an Cherry. »Sie sind doch eine Freundin von Nico, nicht wahr?«

Sie strich über ihr neues rosafarbenes Kleid. »Nico war wie ein Vater zu mir«, sagte sie bescheiden.

Wen willst du denn auf den Arm nehmen! dachte Joseph. Er durchschaute Cherry. Ganz das Fräulein ›Rühr-mich-nicht-an‹. Sie hatte sich Dino mit ihrem hübschen Gesichtchen geangelt – dem hübschesten, das er seit Jahren gesehen hatte.

Dann überlegte er, wie er sie wieder loswerden könnte.

Vielleicht wußte Nico Rat? Schließlich war er der Anlaß gewesen, daß Dino sie kennengelernt hatte, und jetzt sollte er auch gefälligst dafür sorgen, daß sie schnellstens wieder verschwand.

Sie war wirklich außerordentlich hübsch. Und deswegen sehr schlecht geeignet als Ehefrau. Sie würde in der Gegend herumvögeln, noch ehe die Tinte auf dem Trauschein trocken war.

Joseph sah am unteren Ende des Tisches Mia an. Ja, das war das richtige Material, aus dem Ehefrauen sein sollten.

»Mr. Fonicetti«, sagte Cherry überschwenglich, »Sie wissen ja gar nicht, wie aufregend das alles für mich ist... Erst Dino... und jetzt Sie...«

»Woher kommen Sie eigentlich, meine Liebe?« fragte Joseph. Er konnte sich ja ruhig erst mal ihre eigene Geschichte anhören, ehe er sie durch seine Privatdetektive überprüfen lassen würde.

Für Bernie nahm dieses Abendessen kein Ende.

Susanna spielte wieder einmal die kindliche Ehefrau. Carlos bedachte ihn mit hinterlistigen, falschen Blicken. Mia und David waren so langweilig wie immer. Dino war ein Nervenbündel. Und dann Cherry – unser kleiner Sonnenschein – die reine Unschuld vom Lande, und doch konnte sie den cleveren alten Joseph Fonicetti nicht aufs Kreuz legen.

Es war Bernie nicht gelungen, Nico in London zu erreichen. Als er anrief, war er nicht im Hotel. Also hatte er eine Nachricht hinterlassen, um ihm mitzuteilen, daß bis jetzt noch alles in Ordnung sei. Aber wie lange würde es noch dauern, bis man feststellte, daß der Vogel ausgeflogen war? Wie lange würde es ihm, Bernie, noch gelingen, ihnen von einer mysteriösen Freundin vorzuschwindeln, die nicht existierte?

Als ob er es ahnte, fragte Joseph: »Sag mal, Bernie, wo bleibt denn Nico? Sagtest du nicht, daß er spätestens zum Kaffee hier sein würde?«

»Wahrscheinlich ist er unterwegs aufgehalten worden...«

»Wenn ich Leute zum Essen einlade, pflegen sie im allgemeinen zu kommen. Ich habe mit Nico zu reden... geschäftlich... Sorge dafür, daß er später zu mir nach oben kommt.«

Aber gewiß. Ganz einfach. Bernie begann sich ernsthaft zu überlegen, ob es nicht doch eine gute Idee wäre, am nächsten Tag mit Susanna nach Los Angeles zu fliegen, noch auszusteigen, bevor man ihm etwas nachweisen konnte.

»Wenn ich ihn sehe«, sagte er lahm, »man hat den Eindruck, als ob er mit diesem Mädchen verschwunden wäre...«

»Verschwunden?« fuhr Joseph auf. »Dino, hast du das gehört?«

»Was?« Dino sprang auf. In Gedanken hatte er die Möglichkeit einer Hochzeitsreise nach Europa erwogen, weit, weit weg von seinem Vater.

»Nico Constantine ist verschwunden!« sagte Joseph grimmig.

»Nicht verschwunden!« Bernie versuchte ein beruhigendes Lächeln. »Ich meine, er ist schon hier, aber dieses Mädchen... Nun, wir wissen doch alle, wie so was sein kann...«

»Was für ein Mädchen?« wollte Joseph wissen. Seine Augen waren plötzlich steinhart. »Ich weiß nicht, wie sie heißt...«

»Arbeitet sie hier?«

»Nein, das glaube ich nicht.«

»Also, wer ist sie? Was treibt sie eigentlich?«

Hier schaltete sich Susanna an. »Ja, wer ist denn eigentlich diese mysteriöse Person?«

Bernie hätte ihr am liebsten eine geknallt. Ihm gefiel der Blick in Josephs Augen ganz und gar nicht. Das war schon ein cleverer alter Bursche!

»Ich sagte dir doch, daß ich es nicht weiß. Irgendeine Puppe, der es gelungen ist, ihn von den Spieltischen weg in ihr Bett zu ziehen.«

»Alle mal herhören!« Cherry klatschte aufgeregt in die Hände. »Ich kann die große Neuigkeit einfach nicht für mich behalten! Heute, genauer heute nachmittag, haben Dino und ich geheiratet!«

Bernie hätte sie am liebsten abgeküßt. Eine bessere Chance, von Nico abzulenken, hätte sich gar nicht bieten können.

15. Kapitel

»Wie bitte?« Nico konnte nicht fassen, was Hal ihm gerade mitgeteilt hatte.

»Glas!« konstatierte Hal sachlich. »Ein riesiger Klunker aus fabelhaft geschliffenem Glas. Selbstverständlich in einer Fassung aus echtem Platin. Eine Kopie – vorzüglich gemacht –, aber der echte Ring ist es leider nicht.«

»Ich kann es einfach nicht fassen!« Nico spürte den wahnwitzigen Wunsch, laut zu lachen. »Ich kann es nicht fassen!«

»Finden Sie sich besser damit ab, mein Junge. Das Ding ist nicht mehr als ein paar hundert Pfund wert.«

Entgeistert schüttelte Nico den Kopf. Also hatte ihn Mrs. Dean Costello auf den Arm genommen? Aber auch das stimmte nicht. Die gute Alte hatte ja niemals behauptet, daß der Ring echt sei. Aller Wahrscheinlichkeit nach lag der echte Ring wohlverschlossen im Safe einer Bank. Natürlich! Das war eigentlich ganz klar bei einem Brillanten dieser Größe. Fast alle reichen Frauen ließen sich ihren wertvollen Schmuck kopieren, und zwar ausgezeichnet kopieren. Gut genug, um jeden, abgesehen von Experten, irrezuführen.

Nico war beschämt. »Hal, was soll ich dazu sagen? Ich hatte keine Ahnung...«

Hal hatte sich wieder beruhigt. »Natürlich nicht. Auch ich habe den Ring für echt gehalten, und ich verstehe eine ganze Menge davon. Normalerweise erkenne ich einen echten Stein schon von weitem. Also: Nichts für ungut, es hat trotzdem Spaß gemacht, Sie kennenzulernen.« Hal machte Anstalten zu gehen. »Herzliche Grüße an Bernie. Werden Sie heute noch abreisen?«

Nico zuckte mit den Schultern. »Ich weiß noch nicht, was ich tun werde...«

»Wissen Sie, was Ihnen jetzt guttun würde? Eine reiche alte Kuh.« Hal lachte. »Reich, alt und dankbar.« Er erwärmte sich an seinem Lieblingsthema. »Schon morgen kommen ein paar ganz heiße Dinger aus Texas angeflogen. Wenn Sie eine Million Dollar brauchen – kein Problem. Allerdings müssen Sie dafür schwer arbeiten...«

»Wie alt?«

»Keine Teenager...«

»Wie alt??«

»Na ja, über sechzig sind sie schon, vielleicht auch knapp siebzig..., aber das würden Sie niemals glauben. Mit den aufgemöbelten Busen und den gelifteten Gesichtern und...«

»Vergessen Sie es!«

»Ganz wie Sie meinen, aber bei dem Spiel können Sie nur gewinnen.«

Tatsächlich? Ein Spiel, bei dem man nur gewinnen konnte? Das war genau das, was ihm jetzt fehlte.

Nachdem ihn Hal verlassen hatte, lief Nico in seiner Suite auf und ab und überlegte krampfhaft, was zu tun war.

Zunächst einmal mußte Bernie gewarnt werden. Er mußte Las Vegas schnellstens verlassen und aufhören, ihn zu decken.

Und was dann? Woher so schnell eine halbe Million Dollar nehmen?

Wie hatte er denn eine halbe Million Dollar verloren?

Beim Spiel.

Er hatte zwar kaum noch einen Pfennig in der Tasche, aber das beunruhigte ihn nicht. Er ging zum Telefon und verlangte den Manager.

Wieder einmal setzte Nico seinen ganzen Charme ein. »Mr. Graham, ich habe ein kleines Problem. Meine Schweizer Bank überweist mir gerade etwas Geld. Spätestens morgen ist es da. Könnten Sie mir in der Zwischenzeit – sagen wir einmal... mit fünfhundert Pfund aushelfen? Setzen Sie es dann bitte auf meine Rechnung. Ich wäre Ihnen sehr zu Dank verpflichtet...«

Am späten Nachmittag trafen die sechs Dutzend rote Rosen ein. Sie erwarteten Fontaine, als sie aus dem ›Hobo‹ zurückkehrte. Mrs. Walters hatt sie in passenden Kristallvasen arrangiert.

»Verdammt noch mal!« stieß Fontaine irritiert hervor. »Allmählich habe ich den Eindruck, auf einem Friedhof zu sein. Ich weiß, daß ich mir frische Blumen gewünscht habe, Mrs. Walters, aber das hier grenzt langsam an Wahnsinn.«

Mrs. Walters nickte ihr belustigt zu und gab ihrer Arbeitgeberin die Karte, die mit den Rosen gekommen war.

Fontaine las sie. Die Nachricht war kurz, nur: ›Ich danke Dir. Nico.‹

Ich danke dir! Wofür? Für eine großartige Vögelei? Daß ich dich rausgeworfen habe? Oder wofür?

Fontaine zerriß die Karte in kleine Stücke und ließ sie auf den Teppich flattern.

Mrs. Walters sah empört zu. Wer sollte das wohl wieder aufheben?

»Ich möchte nicht gestört werden«, sagte Fontaine, »ich brauche Ruhe.«

»Ihr Anwalt hat bereits dreimal angerufen, Mrs. Khaled, und hinterließ, daß er Sie dringend sprechen müsse.«

»Wie langweilig.«

»Und Graf Rispollo hat auch angerufen...«

»Das ist sogar noch langweiliger.«

»Was soll ich denn sagen, wenn sie wieder anrufen, Mrs. Khaled?«

»Sagen Sie ihnen, daß ich dringend Ruhe brauche und daß sie morgen wieder anrufen sollen.«

»Ach ja, das ist auch noch gekommen.« Mrs. Walters zog ein kleines Päckchen hervor.

Fontaine nahm es ihr ab und wog es in der Hand. ›Boucheron.‹ War das vielleicht ein Zeichen von Graf Paulos Verehrung?

»Wecken Sie mich um acht Uhr.« Damit ging sie nach oben. Sie spielte mit dem Gedanken, ob ihr jetzt Steve Valentine gutgetan hätte. Vielleicht hätte sie sich persönlich davon überzeugen sollen, ob bei ihm auch alles an den richtigen Stellen vorhanden war.

Früher hätte sie dieser Gedanke schon aufgeregt. Aber irgendwie begann für sie die Vorstellung eines wiederum nur jungen Körpers zu verblassen.

Ja, Nico...

Zum Teufel mit Nico... Sie wollte nicht einmal mehr an ihn denken. Diese miese Type. Sie zu benutzen, sein Zeug durch den Zoll zu bringen. Mit ihr nur ins Bett zu gehen, um seinen verdammten Ring wiederzubekommen.

Sie riß das Päckchen von ›Boucheron‹ auf und las die herausfallende Karte.

Die gleiche Nachricht auf der gleichen Karte: ›Ich danke Dir. Nico.‹

Nachdenklich betrachtete sie das mit Brillanten besetzte Herz. Es war wunderschön! Sie nahm es aus dem Etui und hielt es in der Hand.

Nico... er war schon ein besonderer Liebhaber gewesen.

Bis jetzt lief alles bestens. Nico gewann. Keine Riesensummen, aber es war immerhin ein Anfang.

Er hatte den Abend mit einem Einsatz von eintausend Pfund begonnen und hatte daraus inzwischen fünfundzwanzigtausend gemacht. Ganz gut für den Anfang.

Zur Abwechslung schien jetzt einmal alles so zu laufen, wie er es sich wünschte, und wenn sein Glück weiter anhielt..., wer weiß, was noch passieren würde.

Die Atmosphäre dieses britischen Spielclubs sagte ihm sehr zu. Sie war so ganz anders als das laute Treiben in den Spielcasinos von Las Vegas.

Charmante weibliche Croupiers in tief ausgeschnittenen Abendkleidern. Chefcroupiers, die diskret auftraten. Aufmerksame Mädchen, die dafür sorgten, daß man mit Drinks versorgt wurde.

Es war eben die Atmosphäre eines eleganten Clubs.

Nico steckte sich eine lange, dünne Zigarre an und ging an den Roulette-Tisch. Der Höchsteinsatz war nicht so hoch, wie er ihn sich gewünscht hätte, und mehr als fünfhundert Pfund konnte er nicht auf ›Schwarz‹ setzen. Schwarz kam. Gut! Aber leider noch nicht gut genug. Er brauchte eine Pokerrunde mit hohem Einsatz, und er sah sich um, ob er nicht jemanden finden konnte, der das arrangieren würde.

Der Manager schien der richtige Mann dafür zu sein, und es stellte sich heraus, daß er es war. Er empfahl Nico einen anderen Club, in dem man sich freuen würde, ihn in eine Pokerrunde aufzunehmen, oder was immer er sonst gerne spielen würde.

Nico nahm sich ein Taxi und fuhr dort hin.

Er hatte vorher noch versucht, Bernie anzurufen, hatte ihn aber leider nicht erreicht. Jetzt wollte er sich erst einmal darum bemühen, seinen Gewinn zu vergrößern.

»Hm...«, Fontaine stand im Eingang des ›Hobo‹ und sah in die Diskothek. »Na ja, ich darf schließlich keine Wunder erwarten. Es ist schließlich Steves erster Abend.«

Polly nickte. »Er sieht doch recht gut aus, meinen Sie nicht auch?«

Fontaine betrachtete Steve nachdenklich. »Er hat einfach nicht den richtigen Gang.«

»Was für einen Gang?«

»So, wie John Travolta seine Sachen herzeigt. Sie wissen doch, was ich meine, Polly.«

Polly konnte es nicht verhindern zu kichern. Fontaine hatte schon Vorstellungen! Der fiel immer etwas ein.

Steve kam auf sie zu. Er hatte einen ziemlich billigen, dunkelgestreiften Anzug mit Hemd und Krawatte. »Mrs. Khaled, einen Tisch für wieviel Personen?«

»Ihre Aufmachung ist falsch, Steve«, schnappte sie. »Sie managen hier eine Disko und nicht die Hochzeit Ihres Onkels.«

»Das tut mir leid.«

»Das macht nichts. Ich hätte es Ihnen sagen müssen. Offensichtlich ist man in Ealing bei solchen Gelegenheiten viel förmlicher. Also, lassen Sie mich mal sehen...«

Sie griff nach seiner Krawatte und nahm sie ihm ab. Dann öffnete sie die obersten drei Hemdknöpfe. »So sieht das schon besser aus. Morgen werde ich mit Ihnen ein paar Dinge einkaufen gehen.«

Um Himmels willen! Jetzt wurde sie auch schon von Tonys Schatten eingeholt. Sie erinnerte sich noch sehr gut an ihr erstes Zusammentreffen. Es war verheerend. Er hatte zwar einen animalischen Charme und auch sein Gang war äußerst sexy, aber das war auch schon alles. Und im Bett – nur Kraft und keine Fantasie.

Aber sie hatte seine Möglichkeiten erkannt und ihm beigebracht, wie man bestimmte Qualitäten in jeder Hinsicht vorteilhaft einsetzen konnte.

Er hatte schnell genug gelernt, aber eines Tages wa er dann leider für seine neuen Gucci-Schuhe zu groß geworden.

Jetzt stand Steve vor ihr. Gutes Material. Lohnte es sich, aus ihm auch so ein Monster zu machen?

Graf Paulo, der sich glücklich fühlte, Polly und Fontaine begleiten zu dürfen, sah Steve von oben herab an. »Den Tisch von Mrs. Khaled.«

»Selbstverständlich.« Steve stand beinahe stramm.

Graf Paulo bestellte den obligatorischen Champagner und forderte Fontaine zum Tanz auf.

»Tanzen Sie mit ihm, Polly«, befahl Fontaine. »Tun wir doch wenigstens so, als ob hier etwas los wäre.«

Nicos Glückssträhne hielt an, bis er fünfzigtausend Pfund gewonnen hatte. Er war klug genug aufzuhören, als sich das Blatt wendete.

Er fühlte sich ermutigt..., so ermutigt, daß er es sogar wagte, Fontaine anzurufen.

Eine mißmutige Haushälterin, die er offensichtlich aus dem tiefsten Schlaf gerissen hatte, informierte ihn darüber, daß Madame ausgegangen sei.

Und dann sah er wieder die Frau. Eine sehr große Blondine in einem dezenten Abendkleid. Sie war ihm bereits in dem ersten Spielclub aufgefallen und hatte ihn beeindruckt. Keine jugendliche Schönheit und auch keine Intellektuelle, wie Fontaine, aber... sehr beeindruckend.

Sie lächelte ihn an, und er lächelte zurück.

Dann dachte er nicht mehr an sie.

Anschließend holte er sich in der Garderobe seinen Mantel, gab dem Kassierer ein gutes Trinkgeld und ließ sich durch den Portier ein Taxi rufen.

Gerade als er einsteigen wollte, erschien sie neben ihm. »Können Sie mich mitnehmen?« Ihre Stimme klang heiser. »Ich versuche mich gerade eines zudringlichen Arabers zu erwehren, und wenn ich nicht augenblicklich verschwinde, bekomme ich Ärger.«

Nico zog die Augenbrauen hoch. »Wirklich?«

»Wie bitte?«

»Steigen Sie nur ein. Ich helfe schönen Frauen immer, wenn sie in Schwierigkeiten sind.«

Sie lächelte. »Ich wußte, daß Sie das sagen würden.«

»Wußten Sie das wirklich?«

»Sie sehen fast wie Omar Sharif aus, und der würde sich wahrscheinlich genauso benehmen.«

»Ich bin kein Araber, ich bin Grieche.«

»Das weiß ich. Um keinen Preis der Welt hätte ich mich mit einem Araber zusammen in ein Taxi gesetzt. Nein, danke.«

»Wieso wußten Sie, daß ich Grieche bin?«

Sie öffnete ihre Handtasche, nahm eine Puderdose heraus und betrachtete in dem kleinen Spiegel ihr Gesicht. »Ich wußte nicht genau, was Sie sind…, aber ich wußte, daß Sie kein Araber sind.« Sie machte ihre Puderdose wieder zu. »Hallo, ich bin Lynn.« Ganz formell streckte sie ihm die Hand hin. »Und wer sind Sie?«

»Nico Constantine.«

»Ein griechischer Name, aber Sie hören sich wie ein Amerikaner an.«

»Schon möglich. Die letzten zehn Jahre habe ich in Los Angeles gelebt. Also: Wo kann ich Sie absetzen?«

Lynn war fast beleidigt. »Versuchen Sie, mich so schnell wieder loszuwerden?«

Nico lachte. »Durchaus nicht.«

»Habe ich richtig gehört, daß Sie dem Fahrer das ›Lamont‹-Hotel angegeben haben?«

»Stimmt, da wohne ich.«

»Dort gibt es die besten Rühreier in ganz London, nicht wahr?«

»Ach, wirklich?«

»Haben Sie die noch nie probiert? Das müssen Sie unbedingt nachholen.«

»Das Restaurant wird leider schon geschlossen sein…«

»Aber auf dem Zimmer kann man immer etwas serviert bekommen…«

Vanessa, Leonard und noch eine ganze Schar anderer Leute erschienen als Fontaines Gäste im ›Hobo‹.

Sie beobachtete, wie die Frauen auf Steve reagierten. Nicht besonders.

»Gefällt er dir?« flüsterte sie Vanessa zu.

»Tony ist er nicht.«

»Häng dich auf mit deinem Tony. Ich habe einfach die Nase

voll, immer wieder von Tony zu hören. Schließlich ist er nicht der einzige Kerl auf der Welt, den du kennst.« Fontaine goß den Rest ihres Champagners hinunter und ließ sich nachschenken.

»Er ist ganz niedlich...«, ließ sich Vanessa vernehmen.

»Niedlich? Verdammt noch mal! Das ist nicht das, wonach ich suche.«

Der Abend verflog in einer Champagnerwolke. Fontaine erlaubte sich, herrlich und angenehm benebelt zu werden.

Graf Paulo hielt sie beim Tanzen fest in seinen Armen und erklärte ihr seine unsterbliche Liebe. »Wir müssen ganz schnell zusammen ins Bett«, keuchte er. »Mein Körper schreit nach dir.«

Es war schon beinahe peinlich, wie er sich an ihr rieb, und sie wünschte, daß er seine ganze jugendliche italienische Geilheit wieder den Italienerinnen zukommen lassen würde.

Sie tanzte mit Leonard.

»Wie wäre es denn, wenn nur wir beide in den nächsten Tagen einmal hübsch zusammen essen gingen?« schlug er vor.

Gott bewahre sie vor mittelalterlichen Ehegatten, die sich einbildeten, bei ihr ein leichtes Spiel zu haben.

In den frühen Morgenstunden verabschiedete man sich draußen vor dem ›Hobo‹.

Pflichtschuldig stand Ricky an der Wagentür des geöffneten Rolls, um Fontaine, Polly und Graf Paulo einsteigen zu lassen.

»Setzen Sie zuerst Miß Brand ab«, befahl Fontaine, »und dann den Grafen Rispollo.«

»Jawohl, Mrs. Khaled.«

Während Polly ausstieg, zwinkerte sie Ricky zu und flüsterte: »Bis später.«

»Okay«, murmelte Ricky zurück.

Graf Paulo beschwerte sich bitter darüber, daß er am Hotel abgesetzt werden sollte.

»Ich hatte gehofft, daß wir die heutige Nacht endlich gemeinsam verbringen würden«, sagte er verzweifelt. »Ich habe diesen langen Weg gemacht und du behandelst mich wie..., wie den letzten Dreck.«

»Ich bin einfach müde«, antwortete Fontaine kühl. »Vielleicht morgen. Ruf mich an.«

Ein enttäuschter Graf Paulo wurde vor dem Hotel abgesetzt.

»Nach Hause«, ordnete Fontaine an.

Ricky blickte auf die Uhr. Jetzt war es bereits verdammt noch mal, vier Uhr früh. Er hoffte nur, daß sie nicht erwartete, ihn am nächsten Morgen um zehn Uhr frisch und fröhlich zu sehen. Bis er endlich bei Polly sein würde und sie anständig vernascht hätte…, na ja, schließlich brauchte er ja auch etwas Schlaf, oder nicht?

Endlich trafen sie vor Fontaines Haus in Pelham Crescent ein. Ricky sprang aus dem Wagen und öffnete ihr die Tür.

Sie gähnte ungeniert und seufzte zugleich. Der Morgen graute bereits. Ihre schillernden Augen sahen ihn durchdringend an. »Nun, Ricky, haben Sie Lust auf eine frühmorgendliche Tasse Tee?«

Nico und Lynn trieben es ausgiebig miteinander in seiner Suite. In der Mitte des Salons stand verloren ein Teewagen, auf dem zwei Portionen Rühreier langsam kalt wurden.

Lynn war versiert, aufregend und gut zu haben.

Der Sex machte beiden Spaß.

Nico war trotzdem nicht besonders fröhlich dabei.

Sie war nur eine andere Frau. Ein schöner Körper – ja, aber eine Fremde. Er hatte keine große Lust, weiterhin ein Leben zu führen, in dem er Sex nur um des Sexes willen betrieb. Er war einfach zu alt für solche Erlebnisse, und außerdem zu abgebrüht. In diesem Augenblick wünschte er, bei Fontaine zu sein, zwischen ihren schwarzen Seidenlaken würden sie sich bestens unterhalten.

»Das hat gutgetan«, sagte Lynn und stieg aus dem Bett.

»Sehr gut sogar«, stimmte Nico zu und hoffte, daß sie sich anziehen und verschwinden würde.

Katzenähnlich streckte sie sich in ihrer Nacktheit und berührte dann mit den Fingerspitzen ihre Zehen. Ihr Körper war äußerst muskulös.

»Du bist ein Grieche, der Amerikanisch spricht.« Sie nahm ihr Kleid vom Boden auf und begann es überzustreifen. »Und außerdem bist du ein dummer Hurensohn, der besser das Geld, das er den Fonicettis schuldet, schnellstens zurückzahlt, oder man wird diesen Hurensohn nicht wiedererkennen. Hast du mich verstanden?«

»Was hast du da eben gesagt?« Nico saß kerzengerade und schockiert im Bett.

Lynn spielte mit dem Reißverschluß ihres Kleides. Ihre rauchige Stimme war äußerst einschmeichelnd. »Du hast mich schon verstanden. Also, hör mir jetzt mal ganz genau zu.« Sie suchte nach ihren hochhackigen Schuhen und zog sie an. »Du hast eine Woche Zeit…, sieben Tage… und keinen einzigen mehr. Verstanden?«

Sie nahm ihre Handtasche und ging auf die Tür zu. Dort hielt sie nochmals an und lächelte. »Jeden Cent gibst du zurück, Nico, oder du kannst dich darauf verlassen, daß sie dich kastrieren, und das wäre doch wohl schade, wie?«

Sie ging und schloß die Tür hinter sich.

»Macht das keinen Spaß?« Fontaine beobachtete durch halbgeschlossene Augen, wie Ricky den Tee eingoß.

Er war sich nicht sicher, ob er darauf antworten mußte oder nicht. Er wußte einfach nicht, wie er sich verhalten sollte.

»Weißt du«, murmelte Fontaine nachdenklich, »du bist eigentlich ziemlich sexy. Warum habe ich nie daran gedacht, dich im Club einzusetzen?«

»Zucker, Mrs. Khaled?«

»Nein, danke.« Sie wandte ihm den Rücken zu und meinte: »Bring meinen Tee ins Schlafzimmer, Ricky, und nimm deinen gleich mit.«

Er stand in der Küche und beobachtete, wie sie ging. Dann ergriff er wie der Blitz ein Tablett und stellte die zwei Teetassen darauf. »Ricky, mein Junge«, murmelte er zu sich selbst, »ich glaube, heute klappt es.«

»Ricky«, ihre leicht angetrunkene Stimme ertönte von der obersten Treppenstufe, »kommst du bald?«

Und ob er kam. Polly würde warten müssen.

16. Kapitel

Bernie, Susanna und Cherry saßen schweigend in der Privatmaschine von Carlos Brent. Jeder von ihnen tief in Gedanken versunken.

Susanna lächelte vor sich hin. Vom Regen unter Umgehung der Traufe direkt in die Scheiße – wie Bernie immer treffend zu formulieren pflegte – nur, daß sie diesmal nicht die Betroffene war.

Cherry weinte leise und trocknete die Tränen ihrer babyblauen Augen ab und zu mit einem seidenen Taschentuch, auf das Dinos Monogramm gestickt war.

Bernie saß unbeweglich da. Man hatte ihn geschnappt. Er war der Sündenbock. Jetzt erwies sich als ein Glücksfall, daß er eine –

wenn auch nur hauchdünne – Bindung zu Carlos Brent hatte. Wenn diese Bindung nicht bestanden hätte...

Und wenn Susanna sich nicht für ihn eingesetzt hätte... Nun ja, er wollte besser gar nicht daran denken, was dann passiert wäre.

Bernie überdachte noch einmal die Ereignisse des vergangenen Abends. Die Erinnerungen glichen einem gräßlichen Alptraum.

Begonnen hatte es erstens mit der verdammten Idee von Joseph Fonicetti, dieses Abendessen zu geben. Als zweites kam die an Nico ausgesprochene Einladung und als drittes die Heirat von Cherry und Dino. Gott, war das alles komisch!

Diese Zusammenstellung konnte nur in einer Katastrophe enden.

Joseph Fonicetti war ein viel zu ausgekochter alter Hund, als daß ihm jemals etwas entgehen würde. Und die Tatsache, daß Nico Schulden hatte – und was für welche –, war für ihn schon Grund genug, auf das Nichterscheinen Nicos hin Verdacht zu schöpfen.

Allerdings hatte dann die Tatsache, daß Cherry ihre Verheiratung mit Dino bekanntgab, das Faß zum Überlaufen gebracht.

Joseph Fonicetti liebte keine Überraschungen – und solche schon gar nicht. Er war vom Tisch aufgestanden. In seinem nußbraunen Gesicht brannten schmale, böse Augen. »Verdammt noch mal, ist das wahr?« hatte er Dino am unteren Ende des Tisches angeschrien. »Willst du mir vielleicht erzählen, daß du diese dumme kleine Nutte geheiratet hast?«

Daraufhin hatte sich Cherry, ihre babyblauen Augen voller Tränen, recht deutlich eingemischt. »Wie können Sie es wagen, mich derart zu beschimpfen? Wie können Sie es wagen!« Hilfesuchend hatte sie Dino angesehen.

Dino saß in sich zusammengesunken auf seinem Platz. Wie konnte er seinem Vater widersprechen? Tatsache war, daß sie, wie versprochen, ihren Mund hätte halten sollen. Leider hatte sie sich wirklich wie eine dumme Kuh benommen.

»Und jetzt will ich Nico Constantine sehen! Hört endlich auf, mir Märchen zu erzählen und findet ihn!«

Hier war Bernie aschfahl im Gesicht geworden, und das war Joseph sofort aufgefallen. Mit unheilvoller Stimme fragte er ihn: »Er ist doch noch hier, nicht wahr, Bernie?«

Susanna mischte sich schnell ein und sagte: »Aber natürlich ist er das, Onkel Joe.«

Joseph ignorierte sie. »Stell das fest, David. Ich will mit diesem Dreckskerl Nico sprechen, und zwar jetzt und hier.« Er deutete auf die laut weinende Cherry. »Das hier…, dieses… Püppchen… Er soll sofort dafür sorgen, daß sie aus unserem Leben verschwindet.«

»Mr. Fonicetti!« hatte Cherry geplärrt. »Dino und ich sind verheiratet!«

»Finde heraus, wo dieser blöde Idiot geheiratet hat, und bring das auch in Ordnung, David«, hatte Joseph darauf geantwortet. »Und bring mir Nico her – pronto! Er schuldet mir Geld, und zwar eine ganze Menge. Dino hätte sich darum kümmern sollen, aber das einzige, worum er sich gekümmert hat, war sein Schwanz.« Hier hatte Joseph einen Schwall von Flüchen losgelassen – in italienischer Sprache, der er sich bei solchen Gelegenheiten seit seiner Kindheit bediente.

Carlos Brent war aufgestanden, auf Joseph zugegangen und hatte seinen Arm um ihn gelegt.

Das Abendessen war vorüber.

Ebenso vorüber war die Heirat zwischen Cherry und Dino und man konnte sich ausmalen, was sie mit Nico machen würden, wenn sie herausfanden, daß er getürmt war.

Auch Bernies Schicksal war absehbar, wenn sie seine Beteiligung bei dieser Geschichte entdeckten.

Blitzartig hatte er Susanna geküßt und ihr vorgeschlagen: »Komm, wir heiraten wieder. Wir haben uns in den letzten beiden Tagen so hervorragend verstanden.«

»Du tust auch alles, um deine Haut zu retten, was, Bernie?« hatte ihm Susanna zugeflüstert und ihn dabei frech angegrinst.

Es hatte nicht sehr lange gedauert, bis sie herausgefunden hatte, daß Nico getürmt war.

Sie hatten Bernie schnurstracks zum Penthouse des alten Fonicetti geschleift, dem er einige Fragen beantworten mußte. Susanna hatte darauf bestanden mitzukommen.

Um seine Haut zu retten, hatte er ihnen Nicos Adresse in London geben müssen.

»Das erledigen wir schon«, hatte Joseph unheilvoll gemurmelt.

»Er ist nur deshalb nach London geflogen, um das Geld aufzutreiben, das er Ihnen schuldet«, wiederholte Bernie, »vielleicht ist er schon wieder auf dem Rückweg.«

»Aber sicher.« Joseph starrte aus bösen kleinen Augen auf ihn hinunter. »Merke dir eins für dein weiteres Leben, Bernie: Treue ist gut, aber mach keinen Mist damit. Treue gegenüber den *richtigen* Leuten, ja! Als du wußtest, daß Nico seine Schulden nicht bezahlen konnte, hättest du sofort zu mir kommen müssen – ohne zu zögern. Verstehst du das?«

Bernie hatte verständnisvoll genickt.

»Aber..., du bist noch jung..., und du hast noch eine Menge zu lernen, und meine Treue gilt Carlos Brent. Also hast du Glück gehabt. Verstehst du das?«

»Aber natürlich versteht er das, Onkel Joe.« Susanna hatte den alten Mann auf die Wange geküßt. »Es wird nicht wieder vorkommen. Ich danke dir.« Auf diese Art waren Bernies Eier intakt geblieben, allerdings mit der Einschränkung, daß sie jetzt wieder ausschließlich Susanna gehörten.

Mit zwei anderen Mädchen zusammen bewohnte Cherry in Hollywood ein Apartment. Beide waren zur Zeit nicht da. Die eine war mit einem Porno-Filmstar beim Angeln, die andere bei Außenaufnahmen in Oregon.

Wie im Traum ging Cherry in dem leeren Apartment auf und ab. Es war alles so blitzschnell gegangen. Einen Augenblick lang war sie Mrs. Dino Fonicetti gewesen, im nächsten nur noch eine einfache arbeitslose Schauspielerin.

Das war einfach nicht fair. Was stimmte denn bei ihr nicht? Warum war sie nicht gut genug, Dinos Ehefrau zu sein? Warum hatte sein Vater sie sofort abgelehnt?

Sie betrachtete ihre tadellose Erscheinung im Spiegel. Blondes Haar. Blaue Augen. Hervorragende Figur. Bei Dinos dunklem Typ..., was für schöne Kinder hätten sie beide haben können.

Dino. Er hatte sich nicht sehr gut benommen, als er seinem Vater erlaubte, sie so wüst zu beschimpfen.

Sie stieß einen langen Seufzer aus und ging in das winzige Badezimmer. Dort nahm sie eine Leine mit zum Tocknen aufgehängter Unterwäsche über der Wanne ab, dann suchte sie nach ihrem bevorzugten Schaumbad und ließ Wasser in die Wanne laufen.

Danach zog sie sich aus und stieg ins Bad.

Noch einmal seufzte sie. Männer! Hatte ihre Mutter sie nicht gewarnt und ihr gesagt, daß sie alle nur das ›eine‹ wollten.

»Vermittlung, bitte versuchen Sie noch einmal die Nummer.«

Bernie schaukelte seine Tochter Starr auf den Knien und versuchte bereits zum fünftenmal, Nico zu erreichen.

Susanna war damit beschäftigt, seine Sachen auszupacken. Sie hatte auf dem Weg vom Flughafen darauf bestanden, alle seine Klamotten aus Nicos gemietetem Haus abzuholen.

»Das können wir doch morgen machen«, hatte sich Bernie gewehrt.

»Nein, jetzt. Ich will das Gefühl haben, daß du wirklich wieder bei uns bist und nicht nur für eine Nacht hier schläfst.«

Während sie auspackte, schimpfte sie. »Jetzt sieh dir doch diese Hemden an! Um Himmels willen, in was für einer Wäscherei hast du die denn waschen lassen?«

»Bernie, diese Socken hättest du längst wegwerfen müssen. Sie sind voller Löcher!«

»Ach nein, schau mal, mein Lieblingspullover, und ausgerechnet der hat ein Loch! Wie konntest du nur?«

Bernie hatte abgeschaltet und sich darauf konzentriert, Nico zu erreichen. Nach allem, was vorgefallen war, konnte er ihn nur noch warnen.

»Ich glaube, wir machen nur eine kleine Hochzeitsfeier. Keine große Show. Mit Starr als Brautjungfer. Was meinst du, Bernie?«

»Eine fabelhafte Idee.«

»Daddy hat sein Haus in Palm Springs vorgeschlagen. Wir könnten alle Gäste rüberfliegen. Wär' das nicht prima?«

»Aber sicher.« Schon wieder dieser verdammte Daddy!

»Ich werde etwas Blaues anziehen und du dazu im blauen Anzug, damit wir farblich abgestimmt sind, und Starr ganz in blauen Rüschen. Ach, Bernie, das ist ja alles so aufregend!«

Nichts machte Susanna mehr Spaß, als eine Party zu planen – oder, wie in diesem Falle – eine Hochzeit. Bernie erinnerte sich mit Schrecken an ihre berühmten kleinen intimen Samstagabend-Gesellschaften für fünfzig bis sechzig Personen. Scheiße. Diesmal würde er sich von Anfang an diesem Wahnsinn widersetzen.

»Wir verbinden Sie mit der Suite von Mr. Constantine«, sagte die Hotelvermittlung.

Nach dreimaligem Läuten hob Nico ab.

»Seit Tagen versuche ich, dich zu erreichen!« rief Bernie. »Wir sitzen in der Scheiße...«

»Das weiß ich bereits«, antwortete Nico.

»Wieso weißt du es schon? Was ist passiert?« stotterte Bernie.

»Sie waren außerordentlich generös und haben mir sieben Tage Zeit gegeben, das Geld aufzutreiben.«

»Und was ist mit dem Ring?«

»Der war leider aus Glas, mein Freund.«

»Was wirst du jetzt machen?«

»Mir wird schon was einfallen.«

»Also paß auf, Nico. Es war nicht meine Schuld, daß die Sache aufgeflogen ist. Ich habe wirklich alles versucht, und es ist auch einige Tage gutgegangen. Was dann passierte, das ist eine lange Geschichte.

»Das hat Zeit. Ich werde bald zurück sein, und dann kannst du es mir persönlich erzählen. Wenn sie mich bis dahin nicht schon auseinandergenommen haben.«

»Ich bin froh, daß du es so gefaßt nimmst.«

»Was bleibt mir denn sonst übrig?«

»Wenn du mich brauchst..., ich bin bei Susanna zu erreichen.«

»Große Versöhnung?«

»Ich erklär' dir das später.«

»Paß auf deine Eier auf!«

»Du auch!«

Nico legte den Hörer auf. Er *war* gefaßt. Er konnte seine Energie nicht dazu verschwenden durchzudrehen. Seit Lynn gegangen war, hatte er dagesessen und nachgedacht.

Es gab für ihn zwei Möglichkeiten. Entweder konnte er die fünfzigtausend Pfund, die er gewonnen hatte, zur Flucht benutzen. Südamerika, Athen..., er konnte seinen Namen ändern und ein neues Leben beginnen.

Der Haken dabei war, daß er keine große Lust dazu verspürte, seinen Namen und sein Leben zu ändern.

Oder er konnte ihnen das Geld zurückzahlen, das er ihnen schuldete, falls es ihm gelingen würde, es irgendwo aufzutreiben.

Natürlich war das die einzige Antwort. Die Frage war nur, wie...?

Noch während er darüber nachdachte, schlief er ein.

Mit einem Kater und dem damit verbundenen Übelkeitsgefühl erwachte Fontaine durch ein heftiges Klopfen an ihrer verschlossenen Schlafzimmertür.

Um Himmels willen! Sie fühlte sich gräßlich.

»Mrs. Khaled!« ließ sich die Stimme vernehmen. »Es ist schon zwölf Uhr. Hier ist Ihr Frühstück.«

»Stellen Sie es draußen hin, Mrs. Walters.«

O Gott! Sie hatte verheerende Kopfschmerzen und versuchte, sich an die Einzelheiten der vergangenen Nacht zu erinnern – und tat es auch.

Ricky! Er lag immer noch fest schlafend neben ihr im Bett. Sie setzte sich auf und sah sich im Zimmer um. Es machte den Eindruck, als ob hier eine Party stattgefunden hatte.

Das war ja wohl auch der Fall gewesen. Eine Party zu zweit. Sie kam sich vor wie Lady Chatterley mit ihrem Liebhaber!

Sie glitt aus dem Bett, zog einen seidenen Kimono an und dachte darüber nach, wie sie ihn loswerden konnte.

Mrs. Walters würde es nicht sonderlich schockieren, einen Mann zu treffen, der die Nacht mit ihr verbracht hatte. Daran hatte sie sich gewöhnt. Aber die Tatsache, daß es sich dabei um ihren Chauffeur handelte...! O Gott!

»Ricky«, sie stieß ihn unsanft an. »Steh gefälligst auf und verschwinde.«

»Wie? Was?« Er öffnete die Augen. »Wo bin ich denn?«

Dann erinnerte er sich. »Ach ja, klar, komm her, Liebling! Hol dir noch mehr von dem, was dir in der letzten Nacht so viel Spaß gemacht hat.«

Sie warf ihm einen vernichtenden Blick zu. »Die letzte Nacht kannst du vergessen, Ricky, und merke dir: Ich bin nicht dein Liebling. Für dich bin ich Mrs. Khaled. Vergiß das ja nicht! Und jetzt zieh dich gefälligst an und schere dich zum Teufel.«

Er richtete sich kerzengerade auf. »Soll das heißen, daß ich rausgeschmissen bin?«

»Wenn du damit andeuten willst, ob ich dich entlasse, so ist die Antwort: Nein. Aber merke dir – die vergangene Nacht ist lediglich ein Produkt deiner Fantasie.«

Verdammt! Was für ein Fantasie-Produkt! Er erinnerte sich genau daran, wie die liebe Mrs. Khaled mit nichts als einem Nerz und seiner Chauffeurmütze angetan rittlings auf ihm gesessen und dabei geschrien hatte: »Wer zuerst an der Tür ist, hat gewonnen!« Verdammt!

Fontaine war ins Bad gegangen, und Ricky zog sich schnell an. Hastig verließ er das Schlafzimmer, fiel beinahe über das Frühstückstablett und schlich nach unten.

Mrs. Walters saugte den Teppichboden. Sie sah ihn verächtlich an.

»Morgen, Mrs. Walters.«

Sie wandte ihm den Rücken zu.

Nico war schon immer ein hervorragender Backgammonspieler gewesen. Er ließ sich in einen Londoner Backgammonclub einführen und bewies sein Können. Es gab in London genügend clevere Backgammonspieler, aber Nico war ihnen mehr als ebenbürtig.

Er verbrachte den Nachmittag beim Spiel und war am Abend um ein paar tausend Pfund reicher.

Gar nicht schlecht, aber bei seinen Schulden immer noch nicht genug.

Er brauchte einen Rat und rief deshalb Hal an.

Sie trafen sich zu einem Drink im ›Traders Vic‹. Hal sah in einem neuen weißen Anzug ganz fabelhaft aus.

Nico prüfte den Stoff. »Fühlt sich gut an.«

»Für meine Ladys muß ich mich chic anziehen. Sie sind eingetroffen. Wenn ich mich nicht zu dämlich anstelle, dann gehört mir vielleicht schon morgen früh halb Texas. Haben Sie keine Lust, mit uns zusammen zu essen?«

»Wenn dabei fünfhunderttausend Dollar herausspringen...«

Hal lachte. »Wenn Sie fünf Jahre lang regelmäßig herumgefickt haben, dann können Sie sich das vielleicht ›erarbeiten‹.«

Nico verzog das Gesicht. »Ich fürchte, ich brauche die Kohle schneller.«

»In dem Fall...«, Hal zuckte mit den Schultern, »fürchte ich, daß ich Ihnen nicht behilflich sein kann.«

Mit fast hypnotischer Intensität sah Nico Hal aus seinen schwarzen Augen an. »Es ist mir verdammt ernst, was das Geld anbelangt, Hal. Ich bin aus Las Vegas getürmt, weil ich es jemandem schulde. Ich hatte gehofft, daß der Ring die Lösung wäre. Jetzt...« hier machte er eine hilflose Geste, »haben sie mich gefunden und mir eine Frau auf den Hals gehetzt. Ich hielt sie für eine tolle Puppe, die umgelegt werden wollte. Ich hab' sie auch umgelegt, und dann erst rückte sie mit ihrer Nachricht für mich heraus. Ganze sieben Tage geben sie mir, und Sie wissen genausogut wie ich, was mir passiert, wenn ich nicht zahlen kann. Fällt Ihnen dazu etwas ein?«

Hal rief die hübsche chinesische Kellnerin und bestellte sich erneut einen ›Navy Grog‹. Er hatte durchaus Verständnis, aber so viel Verständnis nun auch wieder nicht. Er mochte Nico gut leiden, aber falls es Ärger geben sollte, wollte er nichts damit zu tun haben.

»Erzählen Sie mir mal genauer, was eigentlich los ist«, meinte er, um Zeit zu gewinnen, wobei er sich überlegte, wie er am schnellsten wegkommen könnte. »Wem und wieviel schulden Sie denn?«

»Ich mache keinen Spaß, ich schulde den Fonicettis fünfhundertundfünfzig Riesen.«

Hal pfiff wieder einmal durch die Zähne. »Donnerwetter! Ich

kenne den alten Joe Fonicetti. Wollen Sie mir etwa erzählen, daß er Ihnen für fünfhundertfünfzig Riesen Kredit gegeben hat? Das ist kaum zu fassen!«

»Nicht, wenn man vorher von seinem eigenen Geld sechshunderttausend dagelassen hat.«

Wieder pfiff Hal. »Sie sitzen tief in der Tinte. Sehr tief sogar.«

Die kleine Chinesin brachte den Drink und lächelte beide an.

»Ich habe noch nie mit einer Chinesin gefickt«, sagte Hal abwesend, während sie fortging. »Jetzt sagen Sie mal, Nico, wer war denn die Frau, die Ihnen die Nachricht gab? Haben die extra jemanden rübergeschickt?«

Nico schüttelte den Kopf. »Sie ist eine Engländerin und sagte, daß sie Lynn hieße...«

»Sehr groß? Gute Figur?«

Nico nickte. »Kennen Sie sie?«

»Sie war ursprünglich mal eine Tänzerin im Fernsehballett. Es gelang ihr nie, Karriere zu machen, bis sie den richtigen Kerl traf.«

»Was für einen Kerl?«

»Feathers. Lynn ist jetzt seine rechte Hand. Eine harte Puppe. Versteht was von Waffen und ist eine Judo-Expertin. Sie haben Glück gehabt, daß sie mit Ihnen nur ficken wollte!«

»Herzlichen Dank.«

»Ich wünschte, ich könnte mit Feathers sprechen«, dachte Hal laut nach. »Vielleicht könnten wir einen Ausweg finden...«

»Warum denn nicht?« fragte Nico.

»Wir stehen momentan nicht sehr gut miteinander. Ich hab' Schulden bei ihm, und zwar schon recht lange.«

»Wieviel?«

»Fünftausend Pfund. Ich halte ihn durch Abstottern bei der Stange, aber er wäre sicher fröhlicher, wenn ich endlich den Rest auftreiben würde.«

»Dann zahlen Sie ihm den Rest. Soviel hab' ich noch. Nehmen Sie es als Honorar für Ihre Hilfe.«

»Also, Nico, das ist wirklich nicht nötig.«

»Das weiß ich auch. Wenn es Ihnen gelingt, mich mit Feathers zusammenzubringen und wenn er dann mit den Fonicettis klarkommt – vielleicht so eine Art Ratenzahlung, wie bei Ihnen... Was meinen Sie?«

Hal nickte bedächtig. »Was ich tun kann, werde ich gerne tun.«

Nico klopfte ihm dankbar auf die Schulter. »Danke, Hal, ich bin Ihnen für jede Hilfe äußerst dankbar.«

Exotisch aussehende Mannequins in aufreizender Unterwäche liefen eifrig den Laufsteg auf und ab.

Fontaine, die an bevorzugter Stelle saß, gähnte unüberhörbar.

»Gefällt es dir nicht?« fragte Vanessa besorgt. Die Modenschau war eine Wohltätigkeitsveranstaltung, die sie unterstützte, und sie wollte unbedingt, daß sie ein großer Erfolg wurde.

»Er hat mir noch nie viel Spaß gemacht, die Körper anderer Frauen anzustarren«, antwortete Fontaine. »Gibt es denn hier keine männlichen Modelle? Du weißt schon... So hübsche kleine geile neunzehnjährige Bürschchen in nichts anderem als ihren Unterhosen und einem Lächeln.«

»Aber Fontaine! Wirklich! Du sollst dir doch nur die Kleider ansehen.«

»Hm...«, Fontaines Blick wanderte durch das Restaurant, in dem die Modenschau stattfand. Jede Menge Tische, an denen gelangweilte Frauen saßen, alle nach der neuesten Mode und teuer gekleidet. Genau wie sie.

O Gott! Lohnte es sich, dafür zu leben? Mode und Vögeln? Beides begann sie zu langweilen.

»Ich muß bald gehen«, flüsterte sie Vanessa zu. »Ich muß endlich meinen Anwalt treffen. Der langweilige alte Arnold droht mir schon mit dem Arbeitshaus, wenn ich nicht bald etwas Geld auftreibe. Der Pfennigbetrag, den ich von Benjamin bekomme, reicht kaum dazu aus, meine wöchentlichen Unkosten zu decken. Ich muß einfach den ›Hobo‹ wieder hinkriegen.«

»Das wirst du auch«, antwortete Vanessa. »Wenn du dir erst mal etwas vorgenommen hast...«

»Ich weiß! Ich bekomme immer das, was ich mir wünsche. Aber merkst du denn nicht, Vanessa, daß das nur der Eindruck ist, den ich erwecke?«

Vanessa sah ihre Freundin ungläubig an. Sie beneidete Fontaine um ihren Lebensstil und konnte sich nicht vorstellen, daß sie mit sich unzufrieden war. Alle Frauen beneideten Fontaine um ihren Lebensstil; selbst wenn sie vorgaben, es nicht zu tun. Sie war schön, frei und offensichtlich mangelte es ihr nicht an Geld.

Vanessa hatte einen reichen Ehemann, vier Kinder, war zu dick und hatte keine Minute Zeit für ihr Privatleben.

Fontaine dagegen wurde ständig von einer Reihe junger Männer angehimmelt.

In zwölf langen Ehejahren hatte Vanessa ganze zwei Affären gehabt.

»Ich langweile mich«, stellte Fontaine fest. »Soll ich dir ein Geheimnis verraten, Vanessa? Nur zwischen uns beiden? Wage ja nicht, es irgendeinem weiterzusagen.«

Vanessa nickte, ihre Augen glänzten. »Erzähl es mir, erzähl es mir!« meinte sie begierig.

»In der vergangenen Nacht habe ich mich so sehr gelangweilt, daß ich sogar mit meinem Chauffeur gevögelt habe.«

»Das ist doch wohl nicht wahr?!«

»Und ob es wahr ist – und laß dir von mir sagen: Es war noch langweiliger, als gelangweilt zu sein.«

»Was?« Vanessa zog die Brauen hoch. »War er denn nicht gut?«

»Er hatte alle notwendigen Attribute, Darling. Aber es war *langweilig!*«

Vanessa blinzelte. Fontaines Ausdrucksweise war einfach nicht zu übertreffen. »Weißt du«, fuhr Fontaine fort, »als ich noch mit Benjamin verheiratet war, da waren diese kleinen Abenteuer ungeheuer aufregend, aber jetzt... Es ist alles so verdammt absehbar.«

»Ich habe gerade jemanden kennengelernt...«, begann Vanessa.

Fontaine ignorierte sie und fuhr fort: »Nun, dieser Mann, den ich im Flugzeug getroffen habe – Nico –, ist eigentlich ganz und gar nicht mein Fall, weißt du? Aber ich muß schon sagen, mit ihm war es einfach... anders. Er war so..., wie soll ich sagen...? Es ist eigentlich albern für mich, ein solches Wort zu benutzen, aber er war so weltgewandt *und* amüsant. Vielleicht war es ein Fehler von mir, ihn rauszuwerfen.«

Durch Sammy, der an ihren Tisch kam, wurde das Gespräch jäh unterbrochen.

»Guten Morgen, ihr Hübschen! Na, amüsiert ihr euch gut?« Er setzte sich.

»Bitte, nimm doch Platz«, murmelte Fontaine.

»Ah, Ihre Hoheit ist heute in Hochform.« Er goß sich ein Glas Wein ein. »Hört mal zu, ihr beiden, ich möchte, daß ihr euch meine neue Kollektion anseht.« Er deutete auf die Modelle, die gerade Sportkleider vorführten. »Wenn euch irgend etwas gefällt – gehört es euch.«

»Du bist ja heute so großzügig«, sagte Fontaine. »Wie kommt denn das?«

»Weil du so fabelhaft aussiehst, meine Liebe. Für mich bist du zwar schon ein bißchen zu alt..., aber...«

»Verpiß dich«, erklärte Fontaine milde.

»Sei nicht beleidigt, mein Schatz. Ich mag sie nun mal gerne nur bis zwanzig. Jeder nach seiner Fasson. Du weißt doch, wie ich es meine.«

Fontaine mußte wider Willen lachen. Sammy war schon eine ungeheure Type und nicht einmal so übel.

»Deine Kleider entsprechen nicht ganz meinem Stil«, sagte sie.

»Von mir aus..., ist doch ganz egal! Das Angebot gilt. Such dir aus, was dir gefällt. Mir macht es schon Spaß, wenn du etwas von mir annimmst.«

Fontaine notierte für sich einen Hosenanzug und eine weiße Sportkombination, deren eigenwilliger Schnitt ihr gefiel.

»Na also, bist du jetzt soweit, daß ich den ›Hobo‹ übernehmen kann?« fragte Sammy.

»Ich will dir mal was sagen, Sammy, ich denke ernsthaft darüber nach.«

Er lachte. »Wirklich?«

»Warum denn nicht? Du bist schon ein Typ.«

»Ach nein, wirklich?«

»Ich glaube, du könntest eine ganz schöne Attraktion werden. Natürlich nicht so, wie Tony es war...«

»O nein, so natürlich nicht.«

»Aber auf deine Art...«

»Oh, warte mal, ich hab' doch nur Spaß gemacht! Schließlich muß ich mich auch noch um meinen eigenen Betrieb kümmern.«

Fontaine sah ihn mit ihren schillernden Augen nachdenklich an. »Sammy? Was hältst du denn von der Idee, mein *Partner* im ›Hobo‹ zu werden?«

17. Kapitel

Wie ein Kaninchen im Käfig gewöhnte sich Bernie wieder an sein erzwungenes Eheleben.

Vergnügt machte sich Susanna daran, die Pläne für die zweite Hochzeit auszuarbeiten und ging ihm damit permanent auf die Nerven. Dazu telefonierte sie wenigstens zweimal täglich mit dem lieben alten Carlos, um nur ja die zarten Bande nicht abreißen zu lassen.

»Finde heraus, was sie mit Nico vorhaben«, drängte sie Bernie.

»Wie soll ich das denn anfangen?« antwortete Susanna unschuldig.

»Erzähl mir nicht solchen Unsinn«, knurrte Bernie. »Du weißt genausogut wie ich und wie ganz Hollywood, daß Carlos Brent – der Superstar der Superstars – über Verbindungen verfügt, gegen die sich ›Watergate‹ wie eine Teeparty von Kindern ausnimmt. Vielleicht gehört ihm sogar das ganze mistige ›Forum‹-Hotel. Was wissen wir denn?«

»Du bist ja verrückt! Daddys sogenannte ›Verbindungen‹ existieren doch nur in deiner Fantasie.«

»Hör auf, mich zu verarschen. Finde heraus, was mit Nico los ist, Susanna. Er ist mein bester Freund, und ich möchte nicht, daß ihm etwas zustößt.«

Susanna meinte daraufhin schrill und spitz: »Nun, er hat sich nicht gerade sehr um dich gekümmert, wie? Dich hat er kaltschnäuzig die Suppe auslöffeln lassen, und wenn du und ich nicht wieder zusammengefunden hätten... Du weißt genau, wie Daddy dir gegenüber eingestellt war, nachdem du mich so schlecht behandelt hattest.«

»Ja, das weiß ich. Wenn es nach ihm gegangen wäre, dann hätte ich in der Wüste nach Sand buddeln müssen.«

Zwei Stunden später ließ sie ihn beiläufig wissen, daß man Nico eine Woche Zeit zum Bezahlen gegeben hatte.

»Da siehst du wieder, was für ein lieber und großzügiger Mensch Onkel Joseph ist.«

»Onkel Joseph! Nur du bringst es fertig, einen der größten Gangster von Las Vegas ›Onkel‹ zu nennen.«

Susanna zog eine Schnute. »Der Ärger mit dir ist, Bernie, daß du jeden, der auch nur im geringsten mit Las Vegas etwas zu tun hat, für einen Gangster hältst. Onkel Joseph ist ein ehrenwerter, respektabler Hotelbesitzer.«

»Genau, und der Papst ist ein Jude.«

Bernie wartete, bis Susanna und Starr fortgegangen waren, um ihre Hochzeitskleider zu bestellen. Dann ging er ins Schlafzimmer hinauf und sah nach, ob ihr privater Safe noch immer in ihrem Kleiderschrank war. Er war noch da, hinter einem Schuhschrank versteckt.

Er überlegte, ob sie wohl in der Zwischenzeit die Kombination geändert haben würde, aber als er den Knopf zu drehen begann, merkte er sehr bald, daß das nicht der Fall war.

Die Safetür öffnete sich, und er sah ein wüstes Durcheinander von Schmuck. Wertvolle Stücke waren das, Geschenke von ihrem lieben Vater, Brillanten und anderes.

Außerdem lagen da noch einhunderttausend Dollar in bar – das Hochzeitsgeschenk an sie beide von Carlos.

Einhundert schöne nagelneue Eintausenddollar-Scheine. Unberührt und jungfräulich. Die Hälfte davon gehörte ihm, aber Susanna hatte ihn nie an das Geld herangelassen.

»Das heben wir uns als Notgroschen auf«, hatte sie vor fünf Jahren gesagt, und das war das letztemal, daß er das Geld gesehen hatte.

Susanna wußte nicht einmal, daß er die Kombination zum Safe kannte, aber er hatte sie eines Abends beobachtet, als sie eine Perlenkette herausholte und sich dabei die Zahlenkombination gemerkt.

Nun ja..., die Hälfte gehörte ihm. Sie war sein rechtmäßiges Eigentum.

Er nahm sich fünfzig Eintausenddollarnoten heraus und füllte den Haufen wieder mit Eindollar-Noten auf, die er nach unten schob.

Wenn er Nico mit dem Geld helfen konnte, dann würde er es jederzeit gerne tun.

18. Kapitel

Sammy sagte ›ja‹ – ganz einfach so.

Damit überraschte er alle, sogar sich selbst. Wozu hatte man Geld, wenn man es nicht ausgab? Im geheimen hatte er sich eigentlich schon immer gewünscht, einen Club zu besitzen.

»Ich bin kein zweiter Ian Thaine, der versucht, dir an die Wäsche zu gehen«, versicherte er Fontaine.

»Das möchte ich dir auch nicht raten!«

So wurde der Vertrag geschlossen. Sie gaben einander die Hand und waren von jetzt an Partner.

Für Fontaine war er praktisch der Lebensretter. Ihre Finanzen befanden sich in einem bedauernswerten Zustand. Aber wenn es ihr mit ihm gelingen würde, die Disko wieder hochzubringen...

Einmal dabei, war Sammy kaum noch zu bremsen. Er begann damit, ein ungeheuer gut aussehendes sechzehn Jahre altes schwarzes Zwillingspaar als Diskjockeys zu engagieren. Ein Mädchen und einen Jungen. Neue Ober. Alle jung, ambitioniert und gut bezahlt. Steve Valentine konnte er gut leiden und beschloß daher, ihn als seinen Assistenten zu behalten. Bei ›Leonard‹ ließ er ihm eine Dauerwelle machen und ›Bruno‹ kleidete ihn von oben bis unten ganz in Weiß.

»Es ist kaum zu fassen, aber durch dich hat er Stil bekommen!« rief Fontaine aus.

»Na klar hat er das«, stimmte Sammy zu. »Und jetzt muß erst einmal eine neue Speise- und Getränkekarte her..., und die Beleuchtung geht so auch nicht.«

Fontaine und Sammy waren schon ein sonderbares Gespann. Sie arbeiteten bis in die Nacht hinein, planten, lachten und amüsierten sich dabei. Zu ihrem beiderseitigen Erstaunen stellten sie fest, daß sie einander sogar mochten. Ganz ohne Sex – rein platonisch.

Sammy war überrascht zu entdecken, daß Fontaine über Humor verfügte. Wenn sie nicht gerade ihre verdammte Show als Mrs. Khaled abzog, dann war sie witzig, realistisch und in jeder Hinsicht gut zu haben.

Auch Fontaine mochte Sammy von Tag zu Tag mehr. Er war warmherzig, humorvoll und natürlich.

Sie hatte so viel zu tun, daß sie darüber sogar den Sex vergaß. Abends war sie todmüde und froh, alleine ins Bett zu sinken, nachdem sie einen harten Arbeitstag im Club hinter sich gebracht hatte.

Sammy hatte beschlossen, daß sie den Club einige Tage schließen sollten, während sie die Renovierung vornahmen, um dann mit einer großen Party die Neueröffnung zu feiern. »Das wird zwar teuer, aber glaube mir, mein Schatz, es kommt auch wieder herein«, versicherte er ihr.

Sie hatte zugestimmt. Auf keinen Fall sollte er wissen, daß ihr Anwalt ihr geraten hatte, Haus und Auto zu verkaufen, um die ständig steigenden Schulden bezahlen zu können. Ihr Anwalt war ein Idiot. Sie würde ihm schon noch beweisen, wie unrecht er hatte.

Sie vergaß ihre Privatprobleme und begann, die Mammutparty vorzubereiten.

Champagner und Kaviar für zweihundert Leute, Londons verwöhntestes Publikum. Was spielten da schon ein paar Scheine für eine Rolle? Sie war voll eingestiegen – und nicht mehr zu bremsen.

Hal hatte fast eine Woche gebraucht, um Feathers zu überreden, Nico zu empfangen.

»Es war nicht ganz einfach, bis zu ihm vorzudringen«, hatte ihm Hal erklärt, »und ein Treffen mit irgendeinem seiner Untergebenen hätte zu nichts geführt. Aber keine Sorge, ich habe ihm Ihre Situation klargemacht, und er ist bereit, Sie heute abend zu treffen.«

»Verdammt noch mal!« rief Nico. »Morgen sind meine sieben Tage um. Jetzt steht alles auf des Messers Schneide.«

»Feathers hat überall dort, wo es wichtig ist, seine Verbindungen. Ich bin sicher, daß sich eine Lösung finden läßt. Vergessen Sie nicht, daß er mit den Fonicettis eng zusammenarbeitet – Ihre Schulden sind jetzt seine Angelegenheit.«

Für Nico waren die letzten Tage sehr anstrengend gewesen. Er hatte weiterhin an den Spieltischen Glück gehabt und mittlerweile neunzigtausend Pfund zusammen. Sein Plan war, bei Feathers eine Anzahlung zu machen und damit seinen guten Willen unter Beweis zu stellen. Aber wie würde er den Rest aufbringen?

Täglich hatte er daran gedacht, aus London zu verschwinden. Aber nach Los Angeles zurückzukehren, erschien ihm noch gefährlicher. Hier war er sicherer.

In der Zwischenzeit hatte er dreimal versucht, Fontaine Khaled zu erreichen, und obgleich er immer eine Nachricht hinterlassen hatte, rief sie ihn nie zurück. Nicht einmal ein paar Zeilen des Dankes für das Brillantherz und die sechs Dutzend Rosen hatte er von ihr erhalten. Vielleicht war sie wirklich so ein Miststück, wie alle von ihr behaupteten.

Er hatte sie aus seinem Gedächtnis verbannt und sich voll auf die Spieltische konzentriert.

Pünktlich um acht Uhr dreißig abends holte ihn Hal im ›Lamont‹-Hotel ab.

»Das Treffen ist um neun Uhr. Wir dürfen weder zu früh noch zu spät erscheinen. In dieser Hinsicht ist Feathers ein komischer Kerl. Sollten wir zu früh dort sein, dann fahren wir einfach ein paarmal um den Block.«

»Wo wohnt er denn?« fragte Nico.

»Er trifft niemals jemanden in seinem Haus«, erklärte Hal. »Die Verabredung findet in einem seiner Spielclubs statt.«

Bevor sie das Haus verließen, überprüfte Fontaine ein letztes Mal ihr Aussehen.

War diese Perfektion überhaupt noch zu überbieten?

Unter einem blutroten, gestickten chinesischen Kimono trug sie einen langen, engen schwarzen Rock aus Seidenjersey und dazu eine Frisur im Stil der Madame Butterfly. Von der Idee her recht ungewöhnlich, aber äußerst beeindruckend.

Wäre sie jetzt in den Staaten gewesen, so wäre ihr Foto bestimmt als Titelblatt einer führenden Modezeitschrift erschienen.

Sie rauschte nach unten, und selbst Mrs. Walters war tief beeindruckt. »Ach, Mrs. Khaled, Sie sehen bezaubernd aus!«

Fontaine akzeptierte das Kompliment als eine Selbstverständlichkeit und nickte gnädig. »Ist Ricky draußen?«

»Gewiß, Madame, und der Graf wartet im Salon.«

O Gott! Der Graf! Sie hatte ihn völlig vergessen. Auf ihrer Party konnte sie allerdings unmöglich ohne Begleitung erscheinen.

Graf Paulo wartete schon ungeduldig. Als Fontaine den Salon betrat, sprang er auf.

»Bellissimo! Bellissimo!« stieß er hervor.

»Beruhige dich, mein Schatz, das ist doch kein Grund zur Aufregung.«

»Wer hätte jemals gedacht, daß sie der Anblick eines fünfundzwanzig Jahre alten, geilen italienischen Grafen langweilen würde? Aber sie war gelangweilt – in der Tat.

Lynn erwartete sie am Empfang. Sie benahm sich so, als ob sie Nico niemals zuvor gesehen hätte.

»Wenn Sie mir bitte folgen wollen, meine Herren«, sagte sie formell. »Mr. Feathers erwartet Sie.«

Sie ging durch eine Tür mit der Aufschrift ›Privat‹ voran, die in einen engen Gang führte.

»Ein fabelhafter Arsch«, gelang es Hal zu murmeln, während sie Lynn folgten.

Sie blieb vor einer Tür stehen, auf der erneut ›Privat‹ stand, und klopfte dreimal an.

Eine männliche Stimme forderte sie auf einzutreten.

Sie kamen in ein luxuriöses Büro, in dem Feathers hinter einem prächtigen Schreibtisch saß. Er war ein großer Mann mit einer Vorliebe für auffallende Anzüge und bunte Hemden. Sein Gesicht hatte die typische Farbe eines Nachtclubbesitzers, weiß und bleich, und sein pomadiges Haar war offensichtlich schwarz gefärbt. Trotz dieses oberflächlich billigen Eindrucks verbreitete er eine finstere und unheilvolle Atmosphäre.

Er betrachtete Nico mit überraschend kleinen, blutunterlaufenen Augen. Dann streckte er – was noch überraschender war – eine gut manikürte Hand aus, gab Nico einen laschen Händedruck und sagte: »Setz dich, Nico. Hal, warum läßt du dir nicht von Lynn das Casino zeigen?«

Hal war sofort einverstanden und sagte nur: »Aber gerne.«

Lynn blickte Hal kühl an und meinte: »Also komm schon, Dickarsch.« Ihre Stimme war aufregend wie immer. »Die Bosse wollen miteinander reden.«

Sie verließ mit Hal das Büro.

»Was zu trinken?« bellte Feathers.

»Gerne, Wodka bitte.«

Feathers schnippte mit den Fingern, und aus dem Hintergrund trat einer seiner vorher nicht wahrzunehmenden Jungs und öffnete eine aus den vierziger Jahren stammende überladene Cocktail-Bar. »Wodka!« schnauzte Feathers. »Und für mich einen schwachen Tee und Kekse.«

Der Typ nickte verstehend. Er schien – so wie er aussah – ebenfalls aus den vierziger Jahren zu stammen.

»Soso«, seufzte Feathers, »du bist Nico Constantine? Ich wollte schon immer einen Menschen kennenlernen, der glaubt, es sich leisten zu können, ein so gefährliches Spiel mit seinem Leben zu treiben.«

Nico zuckte mit den Schultern. »Es war immer meine Absicht, den Fonicettis meine Schulden zurückzuzahlen.«

»Na ja, das sagen alle. Einige von ihnen sagen es auch noch dann, wenn sie ihre Eier bereits als Ohrringe tragen und ihre Kniescheiben nur noch durch Bindfaden zusammengehalten werden.«

»Sie brauchen mir nicht zu drohen. Ich bin hergekommen, um mit Ihnen gemeinsam einen Ausweg zu suchen.«

»Gut, Nico, gut. Das freut mich.« Feathers lehnte sich in seinem Sessel zurück. »Ich bin unterrichtet, daß du an den Spieltischen in London außerordentlich viel Glück gehabt hast.«

»So außerordentlich auch nicht, aber ich bin in der Lage, eine beachtliche Anzahlung zu leisten.« Der Typ brachte ihm ein großes, mit purem Wodka gefülltes Glas.

»Ausgezeichnet. Deine Schulden bei den Fonicettis sind, solange du in England bist, meine Angelegenheit. Das entspricht unseren gemeinsamen Abmachungen.«

Nico nickte. »Das ist mir klar.«

»Die Fonicettis waren nicht gerade begeistert davon, daß du so plötzlich verschwunden bist. Wenn du nur die ganze Angelegenheit mit ihnen besprochen hättest...«

Nico fühlte, wie er ärgerlich wurde. Er mochte Feathers nicht, und noch weniger mochte er es, von ihm belehrt zu werden.

»Können Sie mir helfen, die Frist für die Rückzahlung zu verlängern?« fragte er kurz angebunden.

»Ich kann eine solche Verlängerung erreichen«, sagte Feathers, »wenn du mir einen kleinen Gefallen tust.«

»Was für einen Gefallen?«

»Nichts Illegales..., nur ein kleines krummes Ding.« Dabei ließ er ein besonders hinterhältiges Lachen vernehmen. »Glaubst du wirklich, daß du in der Lage bist, wählerisch sein zu können?« fragte er.

»Diese Chance hat man immer im Leben...«, antwortete Nico.

Die kleinen bösen Augen von Feathers verfinsterten sich. »Du nicht. Du nicht, wenn du weiterhin bei guter Gesundheit bleiben willst.«

Der Tee für Feathers wurde auf einem Tablett mit einer Auswahl süßer Kekse hereingebracht.

Nico stürzte einen großen Schluck Wodka hinunter. Er hatte das Gefühl, hier schnellstens heraus zu müssen.

»Worum handelt es sich denn?« fragte er dann aber doch.

»Ein gewisses Pferd läuft in einem wichtigen Rennen am nächsten Samstag. Dieses Pferd ist der absolute Favorit und der absolute Gewinner. Wir wollen, daß dieses Pferd unbedingt verliert, und wir wollen, daß du das für uns arrangierst.«

Nico runzelte die Stirn. »Wie soll ich das denn anstellen?«

»Das Pferd heißt ›Garbo‹. Es gehört Vanessa und Leonard Grant. Der Jockey Sandy Roots ist der Liebhaber von Mrs. Grant. Das mag Mr. Grant ziemlich egal sein – aber Mrs. Roots ist es bestimmt nicht egal. Sie ist ein reizendes Mädchen und die Tochter des Cheftrainers Charley Watson.« Feathers machte eine Pause und tunkte einen Keks in seinen Tee. »Wenn Charley auch nur die geringste Ahnung davon hätte, was los ist..., dann könnte Sandy seine Sachen packen und verschwinden.«

»Ich verstehe das alles nicht.« Nico war verwirrt. »Was hat das mit mir zu tun?«

»Warte ab. Vanessa und Leonard Grant sind die besten Freunde von Fontaine Khaled.«

»Na und?«

»Nun..., wir wissen alles über dich und Mrs. Khaled. Den Flug, die gemeinsam verbrachte Nacht.«

»Unsere Verbindung ist abgerissen.«

Feathers hustete. »Dann sieh zu, daß du die Angelegenheit wieder zusammenknotest. An diesem Wochenende geben die Grants eine Hausparty. Mrs. Khaled ist bereits eingeladen, ebenso die Roots und Charley Watson. Dir wird es leichtfallen, dich einladen zu lassen – du paßt fabelhaft zu dem Verein.«

»Ich weiß nicht...«

Feathers sprach jetzt in einem Ton, der keinen Widerspruch duldete. »Du gehst auf diese Wochenendparty, und du überredest Sandy Roots, das Rennen zu verlieren, und wenn du Erfolg hast... Nun ja, dann bin ich sicher, daß wir dir mehr Zeit einräumen können. Solltest du allerdings keinen Erfolg haben...«

Kein Zweifel, daß Feathers es mit dieser Drohung ernst meinte.

Nico hatte gar keine andere Wahl, als zuzustimmen.

Als Fontaine eintraf, war das ›Hobo‹ bereits überfüllt. Wie in alten Zeiten.

Steve Valentine eilte auf sie zu, um sie zu begrüßen. Mit seinem Haarschnitt à la ›Starsky‹ und ganz in Weiß sah er recht beeindruckend aus.

Sammy war einfach Klasse! Er war überall zu finden, und seine natürliche Wärme und Freundlichkeit kam bei allen Gästen an.

Die neuen Diskjockeys in ihren originellen weißen Satin-Anzügen waren Spitze, und sie legten auch Spitzenmusik auf.

Selbst die Ober in ihren neuen schwarz-weißen Uniformen waren beeindruckend.

»Ich finde es großartig!« Vanessa war schon da. »Liebling, diese Atmosphäre! Dagegen ist ›Dickies‹ ein alter Hut.«

»Tu mir einen Gefallen und tanze bitte mit Paulo«, flüsterte Fontaine. »Er langweilt mich zu Tode.«

»Ist es so schlimm?«

»Ach, ich habe es dir noch nicht gesagt? Ich habe allen Sex aufgegeben.«

»Du?«

»Ja, ich, Darling. Sieh mich nicht so überrascht an.«

»Nun, wie ist es gelaufen?« fragte Hal.

»Ich muß unbedingt Fontaine treffen«, antwortete Nico.

»Sie haben Glück! Heute abend findet die große ›Hobo‹-Party statt.«

»Also, gehen wir hin.«

Sie nahmen sich ein Taxi und fuhren los. Nico überlegte, was, zum Teufel, er zu ihr sagen sollte. Wenn es sich um irgendeine andere Frau gehandelt hätte, wäre er nicht verlegen gewesen. Bei Fontaine aber... Sie war einfach anders...

Und jetzt, bereits zum zweiten Mal, machte er Anstalten, sie zu benutzen. Das Leben konnte manchmal schon sehr unfair sein.

Fontaine war in ihrem Element. All die harte Arbeit hatte sich gelohnt, und es lief alles so, wie sie es sich vorgestellt hatte. Sie tanzte mit verschiedenen Verehrern und genoß in vollen Zügen die Aufmerksamkeit, die man ihr entgegenbrachte.

Sammy amüsierte sich genausogut wie sie. Ein Rock-Star und zwei sechzehnjährige Bienen waren seine persönlichen Gäste.

Graf Paulo überwachte aufmerksam jeden Schritt, den Fontaine machte. »Nimm dich seiner an...«, sagte sie erneut zu Vanessa. Aber die war vollauf damit beschäftigt, sich einem schrecklich langweiligen und außerordentlich winzigen Jockey und dessen ebenso langweiliger wie großer Frau zu widmen.

Leonard forderte Fontaine zum Tanz auf. »Du kommst doch dieses Wochenende?« fragte er, während er sich bemühte, mit ihr eine heiße Sohle aufs Parkett zu legen.

»Aber natürlich, es wird mir guttun, mal richtig abzuschalten und mich zu erholen.«

Leonard grinste. »Ich kann mir überhaupt nicht vorstellen, daß du dich entspannen mußt.«

»Das muß ich aber, so sehr es dich auch überraschen mag.«

Der frenetische Disko-Sound von Wilson Pickett wechselte zu einer langsameren Nummer von Donna Summer. Leonard benutzte die Gelegenheit und packte sie fester. Fontaine fühlte den Schweiß seiner Hände durch ihr Kleid.

»Nicht so fest, Leonard! Ich krieg' keine Luft!«

»Wie wär' es denn mal mit einem kleinen Essen?«

»Und was ist mit Vanessa?«

Es gelang ihr, ihm zu entkommen. Geile Ehemänner. Wenn die sie doch nur in Ruhe lassen würden.

Hal war mit einer aufgefrischten Witwe verabredet. Er bestand darauf, sie abzuholen und auf die ›Hobo‹-Party mitzunehmen.

Nico hatte ihm die Bedingungen von Feathers genannt, und Hal hatte, wie immer, durch die Zähne gepfiffen und dann gesagt: »Auf jeden Fall ist es besser, als wenn sie Ihnen alle Knochen im Leibe zerbrechen.«

Hal wußte wirklich, wie man einen Menschen beruhigen konnte!

Sie kamen ins ›Hobo‹, und dann schien alles auf einmal zu passieren. Es wimmelte nur so von Menschen, und die Stimmung war spannungsgeladen.

Sammy begrüßte sie überschwenglich und bestand darauf, daß sie an seinem Tisch Platz nahmen. Nico entdeckte Fontaine sofort. Andere Frauen verblaßten in ihrer Nähe. Sie war ein Original. Sogar auf der überfüllten Tanzfläche war sie nicht zu übersehen.

Sammy beeilte sich, an seinem Tisch alle miteinander bekannt zu machen. Nico fiel der Name ›Sandy Roots‹ auf, und dann stellte er fest, daß er bereits neben dem Jockey und seiner Frau saß.

Hal stieß Nico an. »Sind Sie schon Vanessa Grant vorgestellt worden?« fragte er.

Nico setzte sein strahlendstes Lächeln auf und wandte sich der plumpen Blondine zu. »Ich hatte noch nicht das Vergnügen, Madame.«

Vanessa strahlte. Was konnte sie sich noch mehr wünschen? Ein erotischer Blick von einem attraktiven Fremden auf der einen Seite und ihr berühmter, in bezug auf ›Größe‹ etwas zu kurz gekommener Liebhaber auf der anderen.

Fontaine kehrte von der Tanzfläche zurück, sah Nico und ignorierte ihn. Dann quetschte sie sich zwischen Sandy Roots und den Rock-Star.

Nico beugte sich über Vanessa hinweg zu ihr. »Guten Abend, Mrs. Khaled.«

Sie gab vor, ihn erst jetzt zu bemerken. »Ach, Nico! Wie geht es dir?« Ihre Stimme klang kühl, aber plötzlich begann ihr Herz wie das eines dummen kleinen Teenagers zu klopfen.

Graf Paulo, der ihr gegenüber saß, fragte sie: »Fontaine, wollen wir tanzen?«

Sie fertigte ihn ungeduldig ab: »Jetzt nicht, Paulo.«

»Wie geht es dir?« erkundigte sich Nico.

»Ich bin sehr beschäftigt«, antwortete sie.

In diesem Augenblick erhob sich Vanessa, um mit Sandy Roots zu tanzen. Gerade als Graf Paulo versuchte, sich neben Fontaine zu setzen, war Nico schneller gewesen, und der Graf hatte wieder einmal Pech.

»Du hast nie zurückgerufen«, sagte Nico leise.

»Ich sagte dir doch, daß ich viel zu tun hatte.«

»Du hattest ja gar nicht die Absicht, mich anzurufen.«

»Das stimmt.«

Er griff nach dem Herz, das er ihr geschenkt hatte und das sie jetzt um den Hals trug. »Aber du trägst mein Herz.«

»Es ist sehr hübsch.«

»Kein Dankeschön?«

»Oh, das tut mir leid. Hab' ich vergessen, mich wie ein braves kleines Mädchen zu bedanken?«

»Du bist immer noch ein Miststück!«

»Und du hast deine beschissene Selbstsicherheit auch noch nicht verloren!«

»Warum gehen wir nicht einfach hier weg? Ich möchte mich vernünftig mit dir unterhalten.«

»Es gibt nichts, worüber wir reden müßten.«

»Auch gut, dann gehen wir eben ins Bett. Das wollen wir doch beide. Und dann können wir uns – wenn uns danach ist – immer noch unterhalten.«

Er stand auf, ergriff fest ihren Arm und dirigierte sie dem Ausgang zu.

Sie protestierte nicht einmal. Sie wollte es auch gar nicht.

Graf Paulo rannte ihnen nach. »Fontaine...! Bellissima – was ist denn los?«

»Geh wieder zurück, bestell dir einen Drink und such dir jemanden in deiner Altersklasse zum Spielen, mein Junge«, sagte Nico.

»Aber...«, Paulo stand mit offenem Mund sprachlos da und überlegte, wie er reagieren sollte.

»Gute Nacht«, sagte Nico, und dann schritten er und Fontaine die Treppe hinauf.

19. Kapitel

Eine Woche lang verhielt sich Dino ganz ruhig. Er benahm sich so, wie er sich immer benommen hatte, verabredete sich mit einigen Mädchen aus der Show, ging im Casino mit seinem üblichen ›Tony-Curtis‹-Lächeln herum und erstattete seinem Vater täglich Bericht.

Jedermann konnte den Eindruck gewinnen, daß Cherry für ihn nur noch eine vage Erinnerung bedeutete – eine leichte geistige Verirrung. Was geschehen war, gehörte der Vergangenheit an. Dino hatte sich wie ein ungezogener Junge benommen und dafür von seinem Vater etwas auf die Finger bekommen. Jetzt war alles vergessen.

Aber war es das wirklich?

Hinter seinem Lächeln verbarg sich ein enttäuschter und verbitterter Mann.

Was sein Vater ihm angetan hatte, war unverzeihlich. Er hatte ihn in aller Öffentlichkeit zum Narren gestempelt. Er hatte seine Eheschließung wie die eines verrückten Teenages annullieren lassen.

Das würde Dino niemals verzeihen.

Joseph Fonicetti dagegen fühlte sich äußerst wohl. Es war ihm gelungen, alle Probleme zu seiner Zufriedenheit zu lösen. Sogar Nico – der Gauner – war aufgetrieben und entsprechend gewarnt worden.

Dino war wieder ein braver Sohn. Ein vernünftiger Junge. Er hatte eingesehen, daß er sich danebenbenommen hatte. Man heiratete keine dumme Hure. So etwas mußte man ganz schnell wieder loswerden.

Bernie war entschlossen, Susanna auf keinen Fall wieder zu heiraten.

Dafür gab es verschiedene Gründe. Der Hauptgrund war der, daß sie ihn mit ihrer Art immer wieder auf die Palme brachte.

Man mußte erlebt haben, wie sie ihn kommandierte, ganz abgesehen davon, daß sie von morgens bis abends an ihm herumnörgelte. Und dann ihr Daddy! Und dann Starr – sein eigenes Kind, das sich zu einem verwöhnten, frechen Balg entwickelt hatte.

Aber wie konnte er verschwinden, solange das Problem ›Nico‹ noch nicht gelöst war?

Vorerst hatte er keine Chance. Er kannte Susanna gut genug und wußte, daß sie, wenn er abhaute, zu ihrem lieben Daddy rennen würde – und wer wäre wie immer schuld? Bernie!

In seinem Büro überlegte er, was er tun könnte. Die fünfzigtausend Dollar hatte er sich in seinem Bürosafe verwahrt, aber es war ihm bis jetzt nicht möglich gewesen, Nico zu erreichen und ihm seine Hilfe anzubieten.

Seine Sekretärin kam herein, eine langbeinige Blondine aus Kalifornien mit einem Pferdegesicht.

Sie setzte sich auf die Kante des Schreibtisches und ließ dabei jede Menge Bein sehen. »Ihre Frau hat angerufen, während Sie auf dem Klo waren. Sie sollen sie sofort zurückrufen.«

»Tina, sie ist nicht meine Frau.«

»Also gut, Ihre Exfrau, na wenn schon.«

Das war der Ärger, den man heutzutage mit Sekretärinnen hatte. Kein Respekt.

»Ich fliege morgen früh nach Los Angeles«, sagte Dino beiläufig zu Joseph.

»Warum denn?« fragte Joseph.

»Das Übliche. Ich will einige Außenstände persönlich abkassieren.«

»Ach ja? Na gut.«

Es war üblich, daß bei einigen der prominenten Besucher des ›Forum‹-Hotels die Schulden persönlich entweder durch Dino oder David einkassiert wurden.

»Ich dachte…, ist nicht David diesmal dran?« meinte Joseph.

»Ich tue ihm nur einen Gefallen. Mia geht es nicht sehr gut – in etwa sechs Wochen wirst du erneut Großvater.«

Joseph lachte. David und Mia benahmen sich genau wie erwartet. In einigen Wochen würde er auch für Dino ein oder zwei passende Bräute einfliegen lassen.

»Bleibst du über Nacht in Los Angeles?« fragte er.

»Ich weiß es noch nicht. Vielleicht. Ich sag' dir noch Bescheid.«

Schon früh am nächsten Morgen saß Dino im Flugzeug.

Am Flughafen in Los Angeles stand bereits ein Wagen für ihn bereit. Er wußte genau, was er zu tun hatte.

Er war auch gar nicht mehr nervös. Er war ganz ruhig.

Jetzt war er einunddreißig Jahre alt und durchaus in der Lage, seine eigenen Entscheidungen zu treffen.

Joseph Fonicetti und alles, wofür er stand, konnte ihn am Arsch lecken! Er, Dino, würde seine eigene Entscheidung treffen. Er wollte Cherry und – verdammt noch mal – er würde sie auch bekommen.

»Gehen wir nach oben«, schlug Susanna nach dem Abendessen vor.

»Ich muß noch einige Bänder abhören«, antwortete Bernie.

»Du entwickelst dich noch zu einem richtigen Arbeitstier! Leg die Bänder ein und stell den Apparat auf die Lautsprecher im Schlafzimmer um. Dann können wir sie gemeinsam abhören. Okay?«

Klar und deutlich hatte sie wieder ihren berüchtigten Schlafzimmerblick.

»Es sind sehr lange Bänder«, meinte Bernie verzweifelt.

»Das ist prima, wir haben doch noch die ganze Nacht vor uns, nicht?«

»Aber gewiß.« Er war zum Sexobjekt geworden. Zu *ihrem* Sexobjekt.«

Irgend etwas stimmte hier einfach nicht mehr.

»Also los, komm schon, Bernie! Na mach schon! Worauf wartest du eigentlich noch?« Sie zwinkerte ihm zu und machte sich auf den Weg nach oben.

Dino parkte seinen Wagen vor Cherrys Apartment-Block. Er hatte absichtlich bei ihr nicht angerufen, denn er mußte erwarten, daß sie nicht gerade freundlich reagieren würde. Von Las Vegas aus hatte er sich nicht getraut zu telefonieren, da er es durchaus für möglich hielt, daß sein Vater sein Telefon abhören ließ.

Das Haus sah nicht sehr vertrauenerweckend aus. Eine schäbige Fassade, und überall standen Mülltonnen herum. Die Kacheln im Swimming-pool waren verrottet und die herumstehenden Sessel verschlissen.

Seit seiner Kindheit war Dino eine luxuriöse Umgebung gewöhnt, und seine Nase reagierte beleidigt auf die Gerüche, die aus den verschiedenen Küchen kamen. Es war eine Schande, daß ein so kostbares Geschöpf wie Cherry in einer solchen Umgebung leben mußte. Man konnte ahnen, daß hier nur Versager und Menschen der untersten Schichten wohnten. Nun ja, er würde sie ganz schnell aus allem herausholen.

Er fand die Nummer ihres Apartments und läutete. Keine Antwort. Er versuchte es wieder.

Eine Frau mit ausgeblichenem rotem Haar und riesigen Titten hielt einen Beutel mit Abfällen in der Hand, als sie die Tür des Nachbarapartments öffnete. »Hallo«, sagte sie, während sie Dino bewundernd betrachtete.

»Wissen Sie, ob irgend jemand zu Hause ist?« fragte er.

»Ich glaube kaum. Die Damen sind außerordentlich beschäftigt, falls Sie verstehen, was ich meine.« Sie lächelte breit und war sich dabei nicht bewußt, daß sie vergessen hatte, ihr Gebiß einzulegen.

Dino war überrascht, daß Cherry nicht alleine wohnte. Sie hatte ihm in dieser Hinsicht keine Andeutungen gemacht.

»Na, Kleiner, hast du Lust, bei mir einen Kaffee zu trinken?« forderte ihn die Rote auf.

Dino blickte verächtlich auf sie herab.

»Ich möchte mich ja nur als gute Nachbarin erweisen.« Sie betrachtete ihn näher. »Sag mal, hat dir schon mal einer gesagt, daß du Tony Curtis ähnlich siehst?«

Auf der Treppe wurde es laut, und eine von Cherrys Mitbewohnerinnen erschien.

Sie war ein hochgewachsenes Mädchen, das zwei große Schäferhunde an der Leine hatte und eine Menge Angelzeug im Arm trug. In ihrem Schlepptau befand sich ihr mit Koffern beladener Porno-Filmstar, der ›Mr. Universum‹ nicht unähnlich war.

Die Rothaarige blickte kurz hinüber und verschwand schnell wieder hinter ihrer Tür.

»Suchen Sie jemanden?« wollte das Mädchen wissen, während die Schäferhunde Dino beschnüffelten und er versuchte, dem zu entgehen.

»Passen Sie auf!« rief ›Mr. Universum‹ mit hoher Stimme.

»Verdammt noch mal!« sagte das Mädchen ohne jeden Grund.

»Ist Cherry da?« fragte Dino.

»Weiß ich nicht. Ich war weg. Zum Teufel, jetzt mach doch mal endlich die Tür auf!«

Unbeholfen kämpfte ›Mr. Universum‹ mit dem Schlüssel, und dann betraten sie alle drei das Apartment.

»Was ist denn das hier für ein Scheißgeruch?« stieß das Mädchen hervor. »Cherry? Bist du da? Hier wartet ein Kerl auf dich!«

Dino wich zur Tür zurück. Er mochte das Apartment nicht. Er mochte auch diese beiden nicht. Er mochte hier eigentlich gar nichts.

»Scheiße!« sagte das Mädchen wieder.

Sie war gewiß nicht wie Cherry. Sie machte vielmehr den Eindruck einer eiskalten Aufreißerin.

»Wollen Sie etwa hierbleiben?« fragte sie nicht gerade begeistert.

»Ich muß erst mal pissen«, ließ sich ›Mr. Universum‹ vernehmen.

Wirklich, ein ganz reizendes Paar.

»Nein«, sagte Dino. »Ich glaube, ich komme später wieder.«

»Ganz wie Sie wollen«, zuckte das Mädchen mit der Schulter. »Wollen Sie eine Nachricht hinterlassen?«

»Scheieieiße! Mist!« schrie ›Mr. Universum‹ mit schriller Stimme. »Kommt her! Kommt schnell her!«

Das Mädchen, Dino und die beiden Schäferhunde stürzten ins Bad.

Cherry lag in der Badewanne – tot.

Susanna wachte früh auf. Sie holte sich ein großes Glas Orangensaft und ging in ihr Arbeitszimmer, um den Entwurf für die Hochzeitseinladungen fertig zu machen. Leise summte sie vor sich hin. Es war eigentlich recht nett, Bernie wieder im Haus zu haben. Aber nur recht nett.

Er war neurotisch wie immer. Manchmal ging er ihr auf die Nerven. Er war leicht beleidigt und war immer noch eifersüchtig auf Daddy.

Trotzdem..., im Bett war er wirklich hervorragend. Mit seiner Zunge konnte er mehr bei ihr ausrichten, als eine ganze Batterie strammer Schwänze.

Susanna mußte über sich selbst lachen.

Das Telefon läutete, und sie nahm den Hörer ab.

Am anderen Ende schrie eine übergeschnappte Stimme unzusammenhängendes Zeug in die Muschel.

»Wer ist da?« fragte sie immer wieder.

Es war Dino.

Als Bernie aufstand, war Dino schon da.

In der Zwischenzeit war es Susanna gelungen, ihn einigermaßen zu beruhigen, und er konnte schon wieder klar denken.

Der Schock, Cherrys Leiche zu finden, war an und für sich schon schlimm genug gewesen, aber die Tatsache, daß sie über eine Woche mit aufgeschnittenen Pulsadern in der Badewanne in ihrem eigenen Blut gelegen hatte...

Dino war sofort aus der Wohnung grannt, aber vorher hatte er doch noch einen Blick auf die Leiche geworfen. »Glaube mir, Susy, es war das Schlimmste, was ich je in meinem Leben gesehen habe.«

Susanna beruhigte ihn. Sie flößte ihm Cognac ein, bemutterte und streichelte ihn. Dino und sie kannten sich von Kindheit an. Als sie dreizehn Jahre alt war, hatte sie sich unheimlich in Dino verknallt, und das hatte schon damals ganze sechs Monate gedauert. Sie waren einmal zusammen im Bett gewesen und von da an die dicksten Freunde geblieben.

Sie war die erste gewesen, die Dino angerufen hatte. »Ich habe sofort an dich gedacht, ich meine an dich und Bernie... er hat Cherry ja auch gut gekannt...« Seine Stimme wurde durch einen Weinkrampf unterbrochen.

Bernie konnte die Nachricht von Cherrys Tod einfach nicht fassen. Cherry. Selbstmord. Warum? Es war so sinnlos.

Er mußte an Nico denken. Sicherlich würde der sich Vorwürfe machen. Daraufhin beschloß er, ihm nichts davon zu sagen.

»Dino, ich möchte, daß du erst einmal hierbleibst«, erklärte Susanna. »Du mußt dich ausruhen, und im ›Forum‹ werden sie auch einmal ohne dich auskommen. Ich werde Onkel Joseph anrufen.«

Dino nahm die ihm angebotene Gastfreundschaft dankbar an. Er hatte eine verdammte Wut im Bauch, und er wußte auch warum.

Hatte Cherry sich wirklich selbst umgebracht?

Oder – war das vielleicht auch von seinem Vater organisiert worden?

Die Wahrheit darüber würde er wohl nie erfahren. Auf jeden Fall war er entschlossen, eine lange Zeit nicht mehr in den Schoß der Familie zurückzukehren.

20. Kapitel

Mit unbeteiligter Miene fuhr Ricky den Rolls-Royce. Seine Augen waren starr auf den Verkehr gerichtet.

Er hatte das Gefühl, daß seine Tage als Chauffeur von Mrs. Khaled gezählt waren. Seit jener alkoholschwangeren gemeinsamen Nacht war sie kühler und kühler geworden. Nicht einmal hatte sie das Erlebnis erwähnt. Langsam begann auch er zu denken, daß alles nur ein Produkt seiner Fantasie gewesen war.

Selbstverständlich hatte er Polly brühwarm erzählt, was vorgefallen war, in der Annahme, daß sie die detaillierte Schilderung amüsieren könne. Falsch gedacht.

Polly hatte ihm zugehört, einige Fragen gestellt, mit den Zähnen geknirscht und ihn nie wieder in ihr Bett gelassen.

Frauen waren schon sonderbare Geschöpfe.

Sie näherten sich der Einfahrt zum Landsitz der Grants. Sehr beeindruckend. Vor dem Haupteingang standen lässig geparkt zwei Ferraris, ein Bentley und ein Lamborghini.

»Wir sind da, Nico!« rief Fontaine. »Das Haus wird dir bestimmt gefallen.«

Er reichte ihr seinen Arm und drückte fest ihre Hand. »Ich bin dessen ganz sicher.«

Fontaine strahlte förmlich. Sie sah jetzt ganz anders aus – weicher und entspannter.

Leonard kam auf sie zu, um sie zu begrüßen.

Er küßte Fontaine und musterte dabei Nico gründlich. »Ist er nicht ein bißchen zu alt für dich?« murmelte er Fontaine diskret ins Ohr.

»Leonard, ich glaube, ich werde endlich erwachsen.«

»Wirklich? Wie langweilig. Ich hoffe, daß er wenigstens reich ist.«

»Na klar, aber das ist nicht der Grund, weshalb ich bei ihm bin.«

Leonard nickte. Er wußte Bescheid.

In der Zwischenzeit war Nico damit beschäftigt, das Entladen ihres Gepäcks aus dem Wagen zu beaufsichtigen.

»Um Himmels willen!« rief Leonard, als er die vielen Koffer sah. »Es ist doch nur für ein Wochenende!«

Fontaine lächelte. »Du solltest mich doch jetzt langsam kennen. Es ist für mich unmöglich, nicht gut angezogen zu sein, und Nico geht es genauso. Wir sind wie ein Herz und eine Seele.« Sie warf Nico einen verliebten Blick zu. »Stimmt das nicht, Darling?«

»Man könnte es schon so nennen.« Er verschlang sie mit den Augen.

»Darum nenne ich es ja auch so.«

Ihre Augen führten ein stummes Zwiegespräch.

Leonard trat unruhig von einem Fuß auf den anderen. »Wollen wir nicht ins Haus gehen?« schlug er vor.

Fontaine riß sich von Nicos Augen los. »Aber gerne! Wer ist denn schon da?«

»Susan und Sandy Roots, mein Trainer Charley Watson, Pearson Crichton-Stuart und noch eine fabelhafte kleine Chinesin.«

»Hast du schon ein Auge auf sie geworfen?« mokierte sich Fontaine.

»Ganz und gar nicht.«

Plötzlich wandte sich Fontaine um und starrte Ricky an.

»Sie können den Wagen hierlassen«, sagte sie brüsk. »Fahren Sie mit dem Zug in die Stadt zurück. Ich brauche Sie an diesem Wochenende nicht mehr.«

Ricky nickte. Er hatte soeben eine Entscheidung getroffen. Diese verrückte Mrs. Khaled konnte ihn mit ihrem Chauffeursjob am Arsch lecken. Er hatte die Schnauze voll.

»Jawohl, Mrs. Khaled.« Miststück.

Das Wochenende begann vielversprechend. Alle schienen sich gut miteinander zu verstehen.

Nico beobachtete Sandy Roots aufmerksam. Er gefiel ihm eigentlich ganz gut, aber er konnte es nicht verhindern, die heißen Blicke, die zwischen ihm und Vanessa während des Mittagessens hin- und hergingen, zu bemerken.

Nach dem Essen wollte Fontaine gerne einen Spazierritt machen. »Wollen wir?« fragte sie Nico.

»Mir ist nicht danach«, antwortete er, »aber reite du doch.«

»Also los, altes Mädchen«, sagte Leonard, »ich werde dich begleiten. Will sonst noch jemand mitkommen?«

»Ich wäre dir sehr dankbar, wenn du mich nicht ›altes Mädchen‹ nennen würdest«, zischte Fontaine. »Nico, bist du sicher, daß du nicht mitkommen willst?«

»Ich würde gerne ein oder zwei Partien Backgammon spielen, falls noch jemand Lust dazu hat.«

Pearson Crichton-Stuart ließ sich vernehmen: »Ich spiele angeblich ganz gut.«

Nico blinzelte Fontaine zu. »Dann können wir doch beide einen kleinen Einsatz wagen, meinen Sie nicht? Dadurch wird das Spiel viel reizvoller.«

Fontaine gab Nico einen zarten Kuß auf die Stirn. »Ich muß mich umziehen. Bis später dann.« Anschließend flüsterte sie ihm noch ins Ohr: »Du Spielteufel.«

»Genau«, antwortete er.

Während sie sich umzog, dachte sie über ihre Verbindung nach. Nico war der aufregendste, interessanteste, attraktivste Mann, den sie je getroffen hatte. Nach all diesen Knaben – hier war endlich ein Mann. Und dabei war er auch noch geheimnisvoll, und auch das gefiel ihr an ihm. sie konnte das schreckliche Gefühl nicht loswerden, daß sie zum erstenmal in ihrem Leben einen anderen Menschen liebte. Das war ja fürchterlich!

Unten wartete Leonard bereits auf sie, und mit einem Landrover fuhren sie zu den Stallungen.

»Ich hoffe, du hast alles, was du besitzt, morgen auf unser Pferd gesetzt«, meinte Leonard. »In all den Jahren, seit ich mich mit Pferderennen beschäftige, habe ich noch niemals eine solche Form gesehen.«

»Aber ja, Vanessa hat es mir schon gesagt. Ich habe ein paar recht hohe Wetten abgeschlossen.«

»So ist es recht, Mädel.«

Sie wollte ihm lieber nicht sagen, daß sie ihr Haus und ihren Wagen verwettet hatte.

Zweimal hatte Nico Pearson Crichton-Stuart bereits im Backgammon geschlagen, aber der hatte immer noch nicht genug.

Seine kleine chinesische Freundin – Mai-Ling – sah aufmerksam zu.

Charly Watson war vor dem brennenden Kamin eingeschlafen und schnarchte. Susan Roots war zum Einkaufen gefahren.

Nur Nico hatte bemerkt, daß Vanessa und Sandy sich weggestohlen hatten.

Der Ritt durch den bewaldeten Besitz war erfrischend. Fontaine warf ihren Kopf zurück und genoß den Wind, der durch ihr Haar strich. Schlecht für ihren Teint, aber was sollte es.

»Laß uns mal eine Pause machen!« schrie Leonard. Auf einer Lichtung stiegen sie ab, und ehe Fontaine es sich versah, war Leonard schon über ihr.

Sie versuchte ihn abzuschütteln. »Zum Teufel, was treibst du da eigentlich?« fragte sie scharf.

Leonard versuchte sie auszuziehen. »Du willst es doch auch... Mich kannst du nicht zum Narren halten... Du tust doch nur so...«

Fontaine begann ernsthaft mit ihm zu kämpfen. »Leonard, zum Teufel noch mal, hör auf...«

»Du magst es doch auch... Du willst es doch...«

Zu ihrem Entsetzen hatte er seinen Penis rausgeholt.

»Ich war schon immer wild auf dich, Fontaine, und du..., leugne es nicht, du hast mich auch schon immer begehrt.«

Jetzt versuchte er mit Gewalt, ihr die Kleider vom Leib zu reißen.

Sie traute einfach ihren Augen nicht. Mit einem gewaltigen Tritt gelang es ihr, sich von ihm zu befreien, was ihn nicht daran hinderte, trotzdem einen Orgasmus zu haben.

In Ekstase und vor Schmerz rollte er sich stöhnend auf der Erde.

Fontaine stand schnell auf. »Du dreckiger Bastard!« fauchte sie ihn an.

Zitternd vor Wut bestieg sie ihr Pferd und ritt zum Haus zurück.

Nico spielte immer noch mit dem etwas einfältigen Pearson Crichton-Stuart und zog ihm das Geld aus der Tasche.

»Ich will sofort hier weg!« ließ sich Fontaine vernehmen.

Nico fragte, ohne vom Spiel aufzublicken: »Warum denn?«

Fontaine fiel im Augenblick nichts ein. Die Wahrheit wäre zu peinlich gewesen.

»Ich möchte jetzt einfach nach Hause.«

»Nein«, sagte Nico bestimmt. »Wir bleiben bis morgen zum großen Rennen; danach fahren wir nach Hause.«

Am meisten liebte sie an Nico, daß er nur das tat, was er tun wollte und nicht das, wozu sie ihn zu zwingen versuchte.

Eine für sie äußerst angenehme Abwechslung.

Das Abendessen gestaltete sich zu einer sehr steifen Angelegenheit, denn Vanessa hatte beschlossen, daß alle in großer Toilette erscheinen sollten.

Nico war in bester Laune. Er hatte Pearson Crichton-Stuart über zweitausend Pfund abgenommen.

»Das tut man einfach nicht«, tadelte ihn Fontaine mild, als sie vor dem Essen alleine in ihrem Zimmer waren. »Laß den armen Jungen später wieder etwas zurückgewinnen.«

Nico lachte. »Du bist so ungeheuer englisch! Er wollte doch unbedingt spielen. Jetzt hat er verloren. So ist das nun mal.« Einen Augenblick lang glaubte er, sie über seine Spielschulden und alle anderen Schwierigkeiten aufklären zu müssen. Über Feathers..., über Sandy...

Aber dann widerstand er der Versuchung. Vielleicht wäre sie schockiert gewesen... Vielleicht würde sie sogar anbieten, ihn freizukaufen. Aber ihr Geld wollte er auf keinen Fall, obwohl zweifellos einige ihrer Brillantringe genügen würden, alle seine Schwierigkeiten zu beseitigen. Mrs. Khaled gehörte bestimmt zu jenen Frauen, die sich nicht einmal auf dem Totenbett mit falschen Juwelen schmücken würden.

Es war gar nicht so einfach, eine Gelegenheit zu finden, mit Sandy Roots ein Gespräch unter vier Augen zu führen. Nach dem Abendessen gelang es Nico endlich. Er haßte das, was er tun mußte, aber schließlich hatte er keine andere Wahl.

Zuerst begann er mit dem jungen Jockey ein beiläufiges Gespräch über Pferderennen. Dann kam die Attacke. Zuerst gab Sandy vor, keine Ahnung zu haben, wovon Nico sprach. Aber schließlich wurde ihm klar, daß es Nico bitterernst war. Zähneknirschend erklärte er sich einverstanden. Er war viel zu clever, um nicht zu wissen, daß seine Karriere als Jockey in dem Augenblick im Eimer war, in dem Charly Watson dies beschloß. Und wenn Charly Watson herausfinden würde, daß er mit Vanessa Grant herumvögelte..., dann würde er genau diese Entscheidung treffen. Darüber gab es keinen Zweifel.

»Okay, ich mache mit«, stimmte er endlich zu. »Aber ich weiß wirklich nicht, wie ein lausiger Bastard wie Sie nachts noch schlafen kann.«

Nico fühlte sich auch wie ein lausiger Bastard. Da hatte Sandy vollkommen recht.

Pearson Crichton-Stuart wollte unbedingt noch weiter mit ihm Backgammon spielen.

Fontaine warf ihm einen warnenden Blick zu.

Er antwortete mit einer Kußhand.

»Vergiß nicht zu verlieren«, bedeutete sie ihm, ohne laut zu sprechen.

»Nie!« gab Nico ebenso zurück.

»Was hältst du eigentlich von Sandy?« flüsterte Vanessa Fontaine zu.

»Sandy?« fragte Fontaine vage. »Ach, du meinst diesen kleinen Jockey da?« Vanessa rollte bedeutungsvoll die Augen. »So klein nun auch wieder nicht.«

Fontaine war es völlig entgangen, was sie ihr damit andeuten wollte. Zu sehr war sie damit beschäftigt, Leonard pausenlos eisige, vernichtende Blicke zuzuwerfen.

»Leonard wird langsam fett!« sagte sie jetzt. »Warum schickst du ihn nicht zum Abspecken in ein Sanatorium?«

»Glaubst du wirklich?«

»Aber bestimmt. Er ist in einem gefährlichen Alter. Das sind genau die Typen, die ganz schnell einen Herzinfarkt kriegen.«

»Aber nein!« Vanessa war besorgt.

»Aber ja«, antwortete Fontaine kalt. »Er sieht einfach schrecklich alt aus.«

»Mir gefällt Nico«, wechselte Vanessa das Thema. »Ich habe dich niemals so…, so…«

»Gefesselt gesehen?«

Vanessa kicherte. »Es macht fast den Eindruck.«

Fontaine lächelte. »Stimmt, und um dir die Wahrheit zu sagen – ich genieße dabei jede Minute.«

Am nächsten Morgen standen alle wegen des Rennens früh auf. Es war frisch und kühl, aber die Sonne schien.

Vanessa hatte ein Frühstücksbuffet aufgebaut und kümmerte sich mit drei Bediensteten um ihre Gäste.

»Das ist einfach fabelhaft!« rief Fontaine. »Schon seit Jahren habe ich nicht mehr so gute geräucherte Heringe gegessen.«

Nico hatte sich eine Rennzeitschrift vorgenommen und studierte sie aufmerksam. Nachdem ›Garbo‹ auf keinen Fall das Rennen machen würde, konnte er sich ja ruhig mal die anderen Pferde ansehen.

Er suchte sich einen völligen Außenseiter aus. Ein französisches Pferd namens ›Kanga‹. Es wurde mit fünfundzwanzig zu eins notiert. Das war eine gute Chance, und er entschloß sich, Hal anzurufen, um herauszufinden, wie die Chancen wirklich standen.

Hals Antwort war positiv. Er kannte das Pferd. In einem früheren Rennen der Saison war es zweiter geworden. Danach nichts mehr. Die jetzige Form des Pferdes war vielversprechend, und wenn die Witterungsbedingungen richtig waren...

»Ich möchte, daß Sie mein ganzes Geld auf dieses Pferd setzen«, sagte Nico.

»Was für Geld?« lachte Hal.

»Als ich Feathers die Anzahlung machte, habe ich zehntausend zurückbehalten... Ich möchte, daß Sie dieses Geld bei zwei bis drei Buchmachern für mich unterbringen. Aber bitte erst kurz vor Beginn des Rennens. Ich möchte mir die hohe Gewinnchance wahren.«

»Ein großes Risiko«, warnte ihn Hal.

»Ach«, antwortete Nico, »ist denn unser ganzes Leben etwas anderes?«

21. Kapitel

Bernie war der letzte, der begriff, was eigentlich los war, und als er es herausfand, war er der dankbarste.

Es hatte alles ganz harmlos begonnen. Dino war bei ihnen eingezogen. Susanna nahm sich seiner Tag und Nacht an. Manchmal sogar bis sehr spät in die Nacht. Plötzlich war aus Susanna ein immer fröhliches, liebenswertes Wesen geworden. Kein Meckern mehr. Keine neuen Hochzeitspläne und auch kein Sex mehr.

Wenn Bernie später darüber nachdachte, wurde ihm klar daß er den anderen beiden wie ein Vollidiot vorgekommen sein mußte. Jetzt konnte er laut darüber lachen, wenn er daran dachte, wie sich die Schlußszene abgespielt hatte. Nämlich so:

Sie hatten alle drei gemeinsam zu Abend gegessen. Dann war Bernie in sein Arbeitszimmer gegangen, um diverse Tonbänder zu überprüfen, während Susanna und Dino im Eßzimmer sitzen geblieben waren und sich lange ernsthaft unterhielten.

Etwa eine Stunde später waren sie zu ihm gekommen – Hand in Hand.

Er hätte an alles gedacht – nur nicht *daran*.

»Bernie, wir müssen etwas mit dir besprechen«, hatte Susanna gesagt. »Mach dir einen großen Drink und setz dich.«

Verdammt noch mal! Nico! Die verdammten Strolche hatten Nico etwas angetan.

»Ich muß mich nicht hinsetzen und brauche auch keinen Drink. Was, zum Teufel, ist denn eigentlich los?«

Daraufhin war Susanna zu ihm gekommen. Beruhigend hatte sie ihre Hand auf seinen Arm gelegt und in mütterlichem Ton zu ihm zu sprechen begonnen. »Ich weiß, daß du böse sein wirst, Bernie, aber *bitte, bitte* – versuche zu verstehen.«

»Zum Donnerwetter noch mal, was soll ich denn verstehen?« Er wurde langsam wütend.

»Dino und ich wollen heiraten«, antwortete Susanna schlicht.

»Was?« Er traute seinen Ohren nicht, beziehungsweise seinem Glück.

»Ich weiß, wie schwer es dich trifft, aber wir haben dagegen angekämpft! Das haben wir wirklich, und dann ...« Hilflos zog sie die Schulter hoch. »Wir wußten, daß wir es dir einfach sagen mußten.«

Bernie hätte am liebsten lauthals gelacht.

Susanna und Dino.

Was für ein fabelhaftes Paar! Joseph und Carlos würden das wochenlang feiern – was heißt hier Wochen? Monatelang!

Bernie zwang sich, besoffen und traurig auszusehen.

Dino sagte aalglatt: »Ich weiß, daß es hart für dich ist, aber ... Herrgott noch mal – es hat uns einfach umgehauen.«

Wahrscheinlich hat es euch eher umgelegt, dachte Bernie.

»Ich bin ganz durcheinander ...«, gelang es ihm dann zu murmeln.

»Aber klar, das mußt du ja auch sein«, meinte Susanna mit bereits schon wieder festerer Stimme. »Weißt du, Bernie, es ist so: Ich glaube, es wäre am besten für dich, wenn du wieder in das Haus ziehst, in dem du früher mit Nico zusammengewohnt hast.«

Aber sicher, jetzt wollten sie ihn auf der Stelle loswerden.

»Wir haben alles genau besprochen«, meinte Susanna, »und wir wissen, wie sehr du an Nico hängst.«

Wenn man ihr zuhörte, konnte man denken, daß sie von zwei warmen Brüdern sprach!

»Darum«, fügte Dino hinzu, »haben wir uns entschlossen, Nicos

Schulden weiterhin zu stunden. Ich habe mit meinem Vater darüber geredet, und er hat sich einverstanden erklärt. Drei Monate. Länger nicht.«

Das war ein Geschäft! Bernie konnte ohne Schwierigkeiten aus Susannas Leben verschwinden, und Nico bekam eine weitere Stundung.

»Wie wäre es denn mit sechs Monaten?« versuchte es Bernie.

»Jetzt hör aber auf«, schnappte Dino.

»Joseph ist doch wirklich äußerst fair«, sagte Susanna mit ihrer neuen Stimme, die an ›Florence Nightingale‹ erinnerte.

Und so war Bernie ausgezogen. Sofort rief er Nico in London an, um ihm die gute Nachricht zu übermitteln. Aber die Vermittlung im ›Lamont‹-Hotel teilte ihm mit, daß Mr. Constantine übers Wochenende verreist sei und erst am Montag zurückkommen würde.

Nun ja, dann würde die gute Nachricht solange warten müssen.

22. *Kapitel*

Die Rennbahn war gerammelt voll. Fontaine war in einem eleganten Hosenanzug von Yves Saint Laurent und einer dreiviertellangen roten Fuchsjacke erschienen. Sie drückte sich fest an Nico. »Ich bin so aufgeregt!« flüsterte sie. »Hast du auch auf ›Garbo‹ gesetzt?«

Er schüttelte den Kopf. Er hatte gerade die dreitausend Pfund, die er Pearson Crichton-Stuart abgenommen hatte, bei verschiedenen Buchmachern gesetzt, und zwar alles auf ›Kanga‹ und Sieg. Dazu kamen noch die zehntausend, die Hal für ihn gebucht hatte.

»Aber das mußt du unbedingt«, beharrte Fontaine. »Es ist eine todsichere Sache. ›Garbo‹ kann unmöglich verlieren, wobei ich hinzufügen möchte, daß ich mein Haus und meinen Wagen dabei verwettet habe.«

»Was?« Er starrte sie ungläubig an.

»Liebling, ich wollte es dir vorher nicht sagen, aber ich bin das, was man allgemein mit ›pleite‹ bezeichnen würde. Deshalb habe ich mit Ausnahme meiner Juwelen alles auf dieses Pferd gesetzt. Ich sage dir ja, daß ich aufgeregt bin.«

Nico blieb einfach die Spucke weg. Fontaine und pleite! Das durfte nicht wahr sein!

»Entschuldige mich einen Augenblick, Liebling«, sagte er schnell. »Ich muß noch schnell etwas Geschäftliches erledigen.«

»Vergiß nicht, auf ›Garbo‹ zu setzen!« rief sie ihm nach.

Nico stürmte durch die Menge. Er mußte Sandy finden, und zwar sofort. Zum erstenmal in seinem Leben – das heißt das erstemal seit dem Tod von Lise-Maria – war er bereit, die Interessen eines anderen Menschen seinen eigenen vorzuziehen.

»Sei kein Narr!« rief ihm eine innere Stimme zu.

Er ignorierte sie.

Es war gar nicht so einfach, Sandy zu finden, aber es gelang ihm, und der Jockey war höchst erleichtert darüber, nicht mehr an Nicos Bedingungen gebunden zu sein.

Nico durchsuchte seine Taschen in der Hoffnung, noch etwas Geld zu finden, womit er auf ›Garbo‹ wetten konnte. Nichts. Er hatte auch den letzten Pfennig auf ›Kanga‹ gesetzt, dessen Chancen sich jetzt verringert hatten – jetzt, wo der Favorit wieder im Rennen lag, existierten sie eigentlich gar nicht mehr.

Auf dem Weg zu Fontaine zurück kam er an Lynn und Feathers vorbei. Sie ignorierten ihn. Feathers nickte ihm kaum merklich zu.

Nico nickte zurück. Was hätte er sonst wohl tun können? Nach dem Rennen würde er versuchen, ganz schnell aus London zu verschwinden.

Als Nico zu Fontaine zurückkam, stand das große Rennen kurz vor dem Start.

Sie war aufgeregt wie ein kleines Mädchen.

Nico betrachtete sie liebevoll. Es würde ihm sehr leid tun, sie zu verlassen…, mehr noch als leid tun…

›Garbo‹ schoß erwartungsgemäß sofort an den ersten drei Pferden vorbei, worüber sich niemand wunderte.

Wo war denn ›Kanga›? Wer wußte das schon. Bei all diesen Pferden war es schwierig, es genau festzustellen.

›Garbo‹ führte ständig das Rennen an. Es lief großartig und nahm eine Hürde nach der anderen. Ein fabelhaftes Pferd, völlig eins mit seinem Jockey.

Und dann die fünfzehnte Hürde. Die Masse tobte – ›Garbo‹ stürzte.

Nico traute seinen Augen nicht.

»Oh, mein Gott!« Fontaine sah so aus, als ob sie ohnmächtig würde.

Er nahm sie fest in die Arme. »Es ist schließlich nur ein Rennen«, meinte er beruhigend.

»Nur ein Rennen! Nico, ich habe alles auf dieses Pferd gesetzt – verdammt noch mal – alles!«

Er drückte sie noch fester an sich. Jetzt gab es für ihn keinen Grund mehr, aus der Stadt zu verschwinden. »Dann sind wir eben beide pleite.«

»Du... pleite?«

»Ich fürchte, ja.«

Auf einmal begannen sie laut zu lachen. Sie umarmten sich, küßten sich und lachten.

»Was werden wir jetzt anfangen?« fragte Fontaine.

»Wir sind doch zusammen, uns wird schon etwas einfallen.«

Sie starrten einander an, als ob sie sich zum ersten Male richtig gesehen hätten, unbeeindruckt von dem Lärm und dem Trubel, die sie umgaben.

»Du wirst Geld beim Backgammon aufreißen – und ich werde meine Juwelen verkaufen«, scherzte Fontaine.

»Niemals deine Juwelen, niemals! Das verbiete ich dir!«

»Du bist so männlich!«

»Und du bist immer noch ein Miststück!«

»Aber du magst mich doch so.«

»Ich liebe dich so... und du?«

»... und ich dich.«

»Gib mir einen Kuß..., einen richtigen Kuß.«

Sie küßten sich, und Nico hörte nicht einmal, daß ›Kanga‹ als Gewinner des Rennens ausgerufen wurde.

»Ich werde mich schon um dich kümmern«, sagte er. »Keine Flirts mehr und keine italienischen Playboys.«

Fontaine lächelte. »Und du, du wirst deinen Charme nur noch an mich und an keine andere Frau vergeuden, die deinen Weg kreuzt.«

Sie sahen einander verliebt an und umarmten sich wieder.

Über Fontaines Schulter sah Nico ein fantastisch attraktives Mädchen. Er warf ihr einen aufmunternden Blick zu.

Über Nicos Schulter entdeckte Fontaine einen außerordentlich gutaussehenden Mann. Mit großem Interesse betrachtete sie ihn von oben bis unten.

Sie lösten sich voneinander – sahen einander an und lachten.

Claudia Riess

Die wilde Clique

1. Kapitel

Ich saß am Strand, hatte meine Jeans über die Knöchel hochgekrempelt und versuchte, mir im Kopf eine Liste der Besorgungen zurechtzulegen, die meinem Leben eine Form ohne Inhalt gaben:

Post holen – Briefmarken
NY Times anrufen wg Pprn
Mte, Tel von Sparkto auf Giro
Johns med dent verlegen, Die(?)
Gristedes – Plze, Huhn, Mgrmlch
Bill sagen, soll sich Wildbret in Arsch stecken
Schrwarengesch Hampton – Büroklmmrn, Stfte, Umschl

Meine kleine goldene Omega, die mir meine Schwiegermutter geschenkt hatte und die ebenso zuverlässig und vorhersagbar war wie ihr anderes Geschenk, ihr Sohn, zeigte elf Uhr dreißig an. Mir blieb noch Zeit für das Einkaufen und die Telefonate, ehe die Kinder von der Schule nach Hause kamen. Verdammter Mist. Vielleicht hatte es Zeit bis morgen. Ich streckte mich und stand auf, klopfte den Sand aus meiner Jacke und schlenderte näher ans Meer.

Der laue Luftzug der letzten Märztage hing noch zitternd im Dünengras, und der Strand war bis auf ein paar Schnepfen leer. Ich, Joan Hiller, vielversprechendes Exkind und gegenwärtig Mutter von zweien, stand am Wasserrand und sog die frische Meeresluft tief in meine Lungen. Der kühle Sand streichelte meine nackten Zehen, und als eine Geste der Kommunikation wackelte ich mit ihnen.

Ganz im Gegensatz zum Sex, bei dem der Intellekt mit dem Erwecken der Sinne abdankt (zumindest angeblich), versuchte ich fieberhaft, meine starken Empfindungen und die Faszination, die die gleichgültigen Wellen auf mich ausübten, zu interpretieren. Der frische Wind blies mir das Haar gegen die Wangen und stachelte mich zu wissenschaftlichen Gedanken über das existentielle Dasein an. (Wie lange waren diese Abende über Mokkatassen in Vassar her, an denen die Dilemmata des Universums in angespannten Köpfen den Mittelpunkt einnahmen und Stunden mit hitzigen Diskussionen über Sartres transzendentales Ich und Husserls Noesis verbracht wurden? Vorbei, vorbei diese geschützten Abende mit Bridge und leidenschaftlicher Geistesbetätigung!) Ich sog den Geruch der salzigen Luft und des Fischzeugs ein, und, einen Moment lang zwischen Heiterkeit und Frustration hin und her gerissen, schrie ich dem blauen Horizont entgegen: »Scheiße!«

Es war kurz nach zwölf, als ich in den Kiesweg zu meinem Split-Level-Siedlungshaus in Hampton Village einbog und meinen VW abstellte. Mir schwebte vor, ein Bad zu nehmen und mir die Beine zu rasieren und anschließend bei Harrisons Maklerbüro vorbeizuschauen, in dem ich stundenweise arbeitete, um nachzusehen, ob neue Vermietungen für den Sommer anstanden. (Eine weitere Aktivität in einem Leben ohne System. Der Job war nicht klar definiert, aber das kleine Einkommen erlaubte mir größere Prassereien, vor allem in der Urlaubssaison.)

Das Telefon klingelte, als ich das Haus betrat (Notiz machen: weiße Farbe auf Tür blättert ab), und ich lief darauf zu und ging ran. Es war Susan.

»Hallo, Joan. Was gibt es Neues?«

Susan fing alle Telefongespräche mit ›Was gibt es Neues?‹ an, und naturgemäß verlor ich nach dieser Frage, ganz gleich, *was* es an Neuigkeiten gab, jedes Interesse daran, mich darüber zu unterhalten. »Oh, nichts weiter. Wie geht es Bobby? Hast du ihn heute wieder zur Schule geschickt?«

»Ich habe ihn zu Hause behalten. Er kam mir immer noch ein bißchen blaß und lethargisch vor.«

Es fiel schwer, sich das vorzustellen. Ich hatte Bobby noch nie anders denn als rasenden Wirbelwind erlebt – der sich im Kreis drehte, sprang, mit seinem Hund um die Wette lief, sich mit seinem Bruder balgte.

Ich spannte die Telefonschnur zu ihrer vollen Länge, griff in den Kühlschrank und holte den Grapefruitsaft raus, dann den Hackbraten (Notiz machen: hör auf, jeden Dreck zu essen). »Eine gute Idee.«

»Hast du Lust, am Mittwoch Teppiche anzuschauen? Wolltest du nicht deine Bude neu herrichten? Vielleicht mache ich mich endlich an mein Schlafzimmer.«

»Ich glaube nicht. Mir ist nicht nach Teppichen.« Meine

Stimme war durch eine Scheibe Hackbraten gedämpft. »Ich scheiße auf meine Bude.«

»Hoppla, was ist denn in dich gefahren?«

»Nichts. Leider.«

»Joan!« (Beide prüde – zumindest in ihren Taten, wenn nicht in Gedanken –, aber ich hatte ein lockeres Mundwerk.)

Ich hörte ein Krachen, dem ein Aufheulen folgte. Beides kam aus Susans Haus. Bobby mußte aus seiner Mattigkeit erwacht sein.

»Ich muß schnell nachsehen. Ich glaube, jetzt ist was kaputtgegangen!«

Das Telefon wurde klickend aufgelegt. Gedanken an meine Kinder füllten die Leere. Ich hielt den Hörer immer noch ans Ohr.

Wo waren sie jetzt hinter den roten Backsteinwänden? Saßen sie auf ihren Schulbänken? Griff sich Laura, sechs, in diesem Moment unter den Rock, um an ihrer Unterhose zu zerren? Wühlte John, acht, auf andere angewiesen und vergeßlich, gerade zwischen seinen Sachen und suchte seinen Radierer, während sein Lehrer auf der Tafel eine mathematische Gleichung löste? Entging ihm der springende Punkt? Ich legte den Hörer auf. Meine plötzlich aufkeimende Angst versetzte mir einen Stich wie eine Gebärmutterkontraktion. Diese zarten, kleinen Wesen – sie waren so verletzlich! Durch die großen Schulbusse und die vorbeisausenden Autos und alle diese harten Treppenhäuser und die Gemeinheit! Beschütze sie! Ich preßte den Hörer fest auf die Gabel, preßte Ängste, die ich nicht in der Hand hatte, aus mir heraus. Der Augenblick ging vorüber.

Ich nahm mir noch eine Scheibe Hackbraten und schluckte gierig Saft in mich hinein. Er kam mir wie Wein vor. Mir war schwindlig. Ich wickelte den restlichen Hackbraten in Aluminiumfolie und stellte den Saftbehälter in den Kühlschrank. Alles hatte seine Ordnung.

Ich ging in mein Zimmer, um mich auszuziehen und mir ein Bad einzulassen.

Sobald ich mich meiner Kleider entledigt hatte, streifte ich meine Sorgen ab, vergaß meine Besorgungsliste, Mr. Harrisons Vermietungen, den Stapel Post auf meiner Kommode, die nicht zusammengefaltete Unterwäsche im Wäschekorb, die abblätternde Farbe, den abgenutzten Teppich. Ich hörte zu, wie das Wasser in die Wanne lief, in die ich eine großzügige Portion Badeschaum gekippt hatte, und legte mich auf mein Bett, meine Beine weit gespreizt.

Davon stand nichts auf meiner Liste, aber es war etwas Wesentliches.

Das Begehren.

Ich stellte das Wasser ab. Es war sehr heiß, und ich ging wieder ins Schlafzimmer, um frische Kleider bereitzulegen, während das Wasser ein bißchen abkühlte. In der Zwischenzeit stieg der Druck zwischen meinen Beinen ketzerisch an. Jeder Schritt, den ich machte, schien diesen Druck zu verstärken.

Ich legte meine Hände auf meine Brüste und quetschte sie zusammen. Immer noch eine feste, üppige B-Größe. Was für ein Jammer, daß ein begieriger, hungriger Körper schon so lange kein rauschendes Fest mehr erlebt hatte. Zu schade, daß eine frühe Gehirnwäsche und vernünftiges Haushalten mich zehn Jahre hinter meiner Generation hatten zurückbleiben lassen – oder zumindest hinter ihrem Ruf. Was für eine Schande, daß diesem Körper nie die absolute Überlust vergönnt gewesen war.

Und was für eine jämmerliche Anzahl von Vergleichsmöglichkeiten, aus denen man Schlüsse ziehen konnte. Der zweite und letzte – mein Ehemann Stuart. Der erste (und ein gewaltiger Schlag gegen die ewige Hoffnung) – Charles (Chuck) Lowell, ein unglaublicher Brocken von einem Mann, ein Ami aus Princeton.

Ich stand vor der verspiegelten Kleiderschranktür und sah durch mich hindurch, erblickte eine Spiegelung der Vergangenheit.

Es ist dreizehn Jahre und zwei Zentimeter Busenhöhe her. Ich trage mein Haar in einem langen Pferdeschwanz und eigne mir ein bißchen Englisch an. Ich wohne in einem Kämmerchen im Studentenwohnheim. Es ist mein letztes Studienjahr. Mein Hauptfach ist Philosophie, mein Nebenfach Masturbation. Gelegentlich habe ich eine scharfe Verabredung, aber ich lasse es nie weiter als zum Befummeln und Befingern kommen. Eines Tages stellt mich ein Mädchen, dessen Zimmer in derselben Etage liegt, ihrem Bruder vor, Charles, der im Hauptfach amerikanische Geschichte studiert und dessen einziger Makel in seiner Vollkommenheit besteht. Er findet mich hübsch und ›interessant‹ und lädt mich für ein Wochenende nach Princeton ein. Dort kommt es nach einem Fußballspiel in einer Ecke des Terrace Clubs zu einem heißen Petting. Er findet heraus, daß ich, genital zu verstehen, verkniffen und schwer zu knacken bin, und er nimmt diese Herausforderung begeistert an. Ich spüre das Nachlassen meiner tiefsitzenden Moral.

Der Coup d'Etat findet an einem linden Samstag im Frühling in meinem Kämmerchen statt, an dem ich mich besonders frei fühle (ich habe meine gesamten Arbeiten für den Montag vorbereitet) und zugleich besonders erfüllt (ich nehme Zeichenunterricht, und ich fange endlich an, die warme Glut der Begabung zu erlangen). Ich weiß einfach, daß es heute nachmittag soweit ist. Auf meinem Plattenteller liegt *Carmina Burana*, die Geräusche des Lebens auf dem Campus werden ausgeschaltet. Ich liege auf meiner bedruckten indischen Tagesdecke, und meine gesamte Kleidung ist aufgeknöpft, hochgestreift, Reißverschlüsse sind aufgezogen, Häkchen gelöst. Der Gott aus Princeton, strahlend und mit freiem Oberkörper, bringt mit geöffneten Lippen Küsse auf meiner Kehle an und dreht meine Brustwarzen sachte zwischen seinen Fingern. Die Tür ist abgeschlossen. (Falls jemand Notizen vom Unterricht, ein Buch oder meinen roten Kaschmirpullover borgen will, dann soll er gefälligst wieder abziehen.) Bald gleitet eine seiner Hände liebevoll über meinen Körper, schlüpft in meine Unterhose und fängt an, die entflammte Blume zu streicheln.

Heute wird es passieren. Ich spüre es kommen. Das ist es. Ich werde den verzückten Taumel, um den sich alles dreht, erleben. Ein prachtvoller, geschmeidiger Penis wird tatsächlich tief in meine prachtvollen, geschmeidigen Territorien, die noch auf keiner Karte verzeichnet sind, eingeführt werden, und wunderbare Explosionen werden mich erfüllen! Poesie!

Jetzt habe ich keine Hose mehr an. Meine Beine baumeln auseinander. Chuck steht nackt neben dem Bett. Er zieht etwas aus seiner Hosentasche, ein Präservativ (wie viele hat er? Gibt es die Dinger einzeln oder in Großpackungen zum Sparpreis?) und streift es geschickt über, wie den Handschuh eines Chirurgen.

Wird es schmerzlos sein? Er liegt auf mir. Er küßt mich. Er reibt sich an mir. Er richtet sich auf, nimmt sein Organ in die Hand und führt es sehr bedächtig ein. Höher. Höher. Höher. Das Gefühl, das sich etwas dehnt und anspannt, anfängliches Unbehagen, kein richtiger Schmerz. Ich tue es. Ich tue es wirklich. Sieh nur, Mama, ich – um Himmels willen, Mama, sieh nicht hin. Rein raus. Rein raus. Rein raus.

Rein raus. Rein raus. Was geschieht hier eigentlich? Warum zucke ich nicht länger unkontrolliert? Warum stöhne ich nicht – stöhnen denn nicht alle? Ich warte, ich warte. Es ist eine verfluchte

Verantwortung! Er stößt zu und zögert es hinaus, bis ich auch kommen kann, aber er hat schließlich nicht den ganzen Tag Zeit, und ich denke mir, daß es wohl so lange dauern würde, als die Plattennadel klickt und der Tonarm am Ende der Platte hochgeht. Entspann dich. Entspann dich zum Surren des Verstärkers. Mmmmmmmmmm. Mmmmmmmmm. (Ich höre die Geräusche auf dem Campus, die mit dem Wind treiben, durch das geöffnete Fenster hereinschweben – Mädchen, die sich von Fahrrad zu Fahrrad etwas zurufen. Sind sie auf dem Weg zur Bibliothek, um zu lernen? Fahren sie zu Skinner, um Klavier zu üben? Ins Juliet direkt vor den Toren, um sich die Wiederaufführung von *Lichter der Großstadt* anzusehen? Bin ich hier die einzige, die flachgelegt wird?) Entspann dich. Mmmmmmmmmm. Mmmmmmmmm.

Bin ich frigide? Aber nein! Ich fange wirklich an, mich im Ernst zu winden, mich zu mühen und mich Chuck entgegenzukrümmen (er hat bereits abgeschossen und bleibt mit typisch amerikanischer Verbohrtheit in mir drin), und ich versuche, meine Klitoris dazu zu bringen, daß sie eine Nachricht in die Tiefe weitergibt. Ich fange an, mir vorzustellen, daß Chuck alles mögliche mit mir macht, umgekehrt und seitlich. Dann mit anderen. Ich komme. Es braut sich zusammen und erreicht einen Gipfel, während Chuck sein inzwischen schlaffes Organ gegen mich preßt. Na und, zum Teufel, es muß nicht wirklich sein, aber ich stöhne. Es kommt, es kommt mir. Aaaah. Ein kurzes Erschauern winziger Muskeln, pling, pling, pling, und dann ist es vorbei.

Bei zukünftigen Bettgeschichten mit Chuck ist die reine Neuheit keine ganz so große Ablenkung mehr, und ich bin in der Lage, meine flatternden kleinen Orgasmen um Haaresbreite schneller zu erreichen. Aber schließlich läuft er bei einer Tanzveranstaltung in Vassar an eine weibliche Ausgabe des jungen West-Point-Kadetten über – groß, blond und maßlos selbstbewußt. Sie sind füreinander bestimmt, aber es ist trotzdem schmerzlich. Im tiefsten Innern habe ich immer noch das Gefühl, daß ein Taumel der Verzückung möglich ist, aber ich mache mir Sorgen, daß es niemals empirische Beweise für meine Theorie geben wird. Zum Ausgleich werden meine Noten besser.

Ich ließ mich in die ölige Flüssigkeit in meiner Wanne sinken. Das schmeichelnde Wasser streichelte sanft meinen Körper, und eine romantische Erwartungshaltung durchströmte mich. Meine Poren öffneten sich, und mein Geist verschloß sich für die blauen Kacheln, die Strümpfe, die zum Trocknen über mir hingen, und die Konturen des Gesichts meines Mannes, der gerade einen Akt der Liebe in konventionelle Bahnen leiten will.

Ich wirbelte das Wasser um meine Brüste auf und ersetzte jedes besondere Merkmal durch das verschwommene Bild meiner wahren Liebe, wer auch immer das sein mochte.

Nach zwölf Jahren Ehe ohne Ehebruch hatte ich die vorpubertäre Fantasievorstellung von meinem Ritter in glänzender Rüstung immer noch nicht ganz aufgegeben. Seit meiner Kindheit hatte er ein paar schurkische Züge angenommen, aber an der Tatsache, daß seine Seele sich mit meiner zur Vollkommenheit ergänzte, hatte sich nichts verändert. Natürlich war er auch gealtert. Das zarte Erröten des Siebzehnjährigen war einem frischen, der Witterung ausgesetzten Gesicht gewichen, und das unschuldige Lächeln war verwegen geworden. Doch er war immer noch schlank und dunkel, und bei meinem Anblick stockte ihm immer noch der Atem. Er hatte darauf gewartet, daß ich heranreifen würde, und dann hatte er mir seine wüste, ausschweifende Sexualität (die so lange in Schach gehalten worden war) zum süßen Geschenk für mich allein gemacht. In meinen Träumen vergewaltigte er mich sanft und oft.

War dieser vollkommene Gefährte die verlorene Hälfte meiner selbst, das Ich, mit dem ich einst vereinigt war, um ein vollkommenes Ganzes zu bilden, wie es bei Plato geschildert wird? War er das Ende eines teleologischen Planes? Oder war er schlicht das Resultat eines routinemäßigen Ficks? Mich beschäftigte nur seine Existenz, auf die ich zählte, und sein Eintreten in meine Welt. Wo war er in eben diesem Moment. War er in Cleveland und las Thomas Mann? In Brasilien und kratzte sich die Eier?

Ich spreizte meine Beine und spürte den köstlichen Druck des Wassers zwischen ihnen.

Es ist eine Umgebung, in der laute Verkehrsgeräusche oder tanzende Paare für Hektik sorgen. Unsere Blicke treffen sich, und nach einem kurzen Wortwechsel, der mit geistreichem, beißendem Sarkasmus geführt wird und dazu dient, die Intensität dieser Anziehungskraft zu mildern, aber auch dazu, sie genüßlicher auszuleben, verlassen wir den Schauplatz Arm in Arm und sind fortan auf immerdar in eine Beziehung verflochten, die sich ständig selbst erneuert. Das Hochzeitszeremoniell ist kurz, aber ergreifend. Ich weine. Er ist auf ruhige Weise lebhaft. Die Kinder sind artig, und mein Ehemann – der mit sofortiger Rechtskräftigkeit mein Ex wird – blickt in Ehrfurcht auf das, worin er eine übernatürliche Vereinigung durch ein Wunder erkennt. Sinnenkitzel und Reinheit schließen sich zu einer Lebensform zusammen, die mehr als die Summe ihrer Teile ist.

Ich verursachte mit meinem rechten Knie einen Strudel und sandte einen schmalen Strom süßlich duftenden Badewassers zwischen meine Schenkel. Ich wurde zu einem empfänglichen Instrument der Liebe, als ich mich noch mehr entspannte und meine Beine sich weiter öffneten. Meine Hand – *seine* Hand – hob sich zu meinen Brüsten und streichelte sie, bis meine Brustwarzen fest wurden und mein Herz schneller schlug. Ich warf meinen Kopf zurück, während ich (er) sich weiterhin mit meinen Brüsten befaßte, mit seiner Handfläche die Brustwarzen rieb, bis sie prickelten. Seine Hand streifte über meine Brüste und meinen Bauch, glitschig und geschmeidig durch den Badeschaum, und drückte und streichelte, bis ich es nicht mehr aushielt. Ich brannte vor Verlangen nach ihm, ich wand mich und preßte mich gegen seine knetenden Finger, als sie erfahren von den zärtlichen zu festeren Berührungen übergingen. Ich wölbte mich ihm entgegen, bis ich das ersehnte Pulsieren meines Höhepunkts erreichte. Und wieder strebte ich ihn an und erreichte ihn, diesmal schneller.

Als ich anschließend in der Badewanne lag und mein Gesicht noch pochte, mein Körper von meinen solipsistischen Akten nicht ganz gesättigt war, starrte ich die blauen Kacheln an und fragte mich, ob ich Grund zu bösen Ahnungen hatte.

Da ich mich lediglich als unausgefüllt ansah, nicht als narzißtisch, und da ich mir nur noch sehr selten solche orgasmischen Flüchte in die Fantasie gestattete (eine Technik, und daran sollte ich denken, die es schließlich doch noch zu einem eigenen Status brachte!), beschloß ich, daß jede Reue unangemessen war.

2. *Kapitel*

Harrisons Maklerbüro lag fast direkt an der Main Street von Hampton Village. Um halb zwei kam ich dort an und blieb stehen, um mir im Fenster die Häuser der Umgebung anzusehen, die zum Verkauf standen. Sie reichten von einem kleinen Ferienhaus in Speonk, das mit einer Nahaufnahme fotografiert worden war, um die Umgebung zu eliminieren, und in den Fenstern hingen steife krawattenschwarze Vorhänge (war es nicht malerisch, dem unteren Mittelstand anzugehören?), bis zu einer palastartigen Residenz in Quogue, die von gepflegten Wiesen und königlichen Bäumen umgeben war, die man mit Geduld und stolz zurechtgestutzt hatte (war es nicht toll, reich zu sein?). Fotografien von Immobilien machten mich immer traurig. Diese Fachwerkhäuser Marke Woolworth mit ihren eingezäunten Rosengärten schienen mir zu zeigen, wie wenig Raum für Träume bleibt. Diese von der Sonne ausgebleichten Fotografien erinnerten mich an abgenutztes Linoleum und an Freunde, denen ich nicht mehr schrieb.

Miß Gloria Connolly, Harrisons Freitagsmädchen, sah mich durch die Scheibe und winkte mir zu, als ich reinkam.

»Hallo, Mrs. Hiller. Wie geht es Ihnen?«

»Gut. Und Ihnen?«

Gloria lächelte. Ihr matter pfirsichfarbener Lippenstift traf den Ton ihres Kleides. »Nicht schlecht.«

Ich setzte mich an Mr. Harrisons Schreibtisch aus Eichenholz und ließ meine Tasche auf den Boden fallen. »Irgendwelche Nachrichten für mich?«

»Ja. Mr. Harrison sagt, Sie sollen am Dienstag kommen. Ein paar Leute kommen aus der Stadt, um etwas für den Sommer zu mieten.« (›Die Stadt‹, als ob es nur eine gäbe, bezog sich auf Manhattan. Wenn man es mit der Ambivalenz der Leute aus dem Osten von Long Island betrachtete, ließen einem die Hauptstädter die Sinne wohlig erschauern, während sie einem die Goldkette stahlen.)

»Haben Sie die Namen und die Nummern?«

»Ja, hier.« Ich nahm den Zettel, den sie mir gab. Die Namen und die sachdienlichen Hinweise waren in Mr. Harrisons kaum leserlicher Schrift hingekritzelt:

11.30 Mr.und Mrs. William Bantom 678-7680 priv. 546-0032 zeichen Sie NR 1, 2, 4 – vorher Tully anrufen
12.30 Gil Ramsey priv. 579-9910 App. 701 – G 5 etc.
13.30 Donald McGuinness und Matthew Devon 417-3876 (gesch & priv) NRs
14.30 Dr. und Mrs. Leonard Weinstein priv 338-9953 (24 Std tägl) NR 1, M 2, 3, 5 von HCntry Clb abraten

»Ich nehme an, das Kontingent des Clubs ist schon erschöpft«, sagte ich kurz angebunden. Als Produkt eines jüdischen Naturalisten und einer wankenden Katholikin hatte man mich von Geburt an Gerechtigkeit gelehrt. Der erste Lehrsatz meiner Eltern: Sei tolerant, aufgeschlossen und frei in deinen Gedanken. Der zweite: Setz deine Unschuld hinter Schloß und Riegel. Über den ersten Lehrsatz unterhielten wir uns unbefangen. Der zweite wurde nie explizit ausgesprochen, aber er ließ sich aus versteckten Anspielungen und scheuen Ausflüchten ableiten. Meine Eltern sind in Moral und Metaphysik bewandert; in Bauch-Ethik sind sie kleine Kinder. »Ich verstehe. Soll ich Telefondienst machen, damit Sie eine Weile weggehen können?«

»Nein, danke«, erwiderte Gloria mit abgewandtem Blick. Sie zupfte einen Fussel von ihrem Kleid. »Ich habe einige Briefe zu tippen.«

»Dann bis Donnerstag.« Ich warf einen Blick auf die vielen Hauptschlüssel an der hinteren Wand. Sie hingen neben einem der Originalölbilder mit Dünenstilleben, die die Leute aus dem Süden malten – flache Weiten voller Sand, eine einsame Möwe, die auf einem kaputten Zaun thronte; ein kaltes, glattes Massenprodukt. Ich sollte wieder anfangen zu malen. Verflucht, besser als das war ich allemal.

Ich stand noch auf der Schwelle des Büros, als ich mir überlegte, wie spät es sein könnte. Noch Zeit, um zur Bank zu gehen? Mal sehen. Zeit um in Gristedes Laden zu laufen? Mal sehen. Zeit, um zur Post zu gehen? Mal sehen. Zeit, um Bill zu sagen, daß er sein beschissenes Fleisch selbst essen soll? Mal sehen.

Beim Einkaufen traf ich Sue, die sich Urlaub von Bobby genommen hatte. Sie hatte ihn mit einem Babysitter zurückgelassen. Sie wirkte etwas daneben, und ich war nicht sicher, ob das Bobbys Krankheit oder seiner Besserung zuzuschreiben war. Sie trat ständig von einem Fuß auf den anderen und sah sich um, als würde sie verfolgt. »Du warst in einer verrückten Stimmung, als ich dich angerufen habe«, sagte sie und fuhr sich zerstreut mit den Fingern durchs Haar. (Ich mochte ihr Haar sehr gern. Es war dunkelblond, geschmeidig und glatt. Durch den Mittelscheitel bildete es einen feinen Umriß für ihre zarten Züge, die nicht mehr als das brauchten. Susan fand ihr Haar farblos und strähnig. Sie wußte keine körperlichen Eigenschaften zu schätzen. Sie konnte sich gut bewegen und war einen Meter achtundsiebzig und haßte sich dafür. Die Kinder in ihrer Straße nannten sie Bohnenstange, und daraufhin mußte sie angefangen haben, sich kleinzumachen. Ihr Mann, einszweiundsiebzig und stämmig, tat nichts, um ihr Selbstbewußtsein wieder aufzurichten. Im Gegenteil – er zog sie manchmal mit ihren Proportionen auf.)

»Wie geht es Bobby?«

»Ich denke, gut. Er hat heute morgen eine Lampe umgerannt und sie kaputtgemacht. Roger wird toben.«

»Ach was, er versteht das doch sicher.«

Versteht er es wirklich? Rogers Freundlichkeit wirkte aufgesetzt, ein dünnes Furnier über einer mürrischen Natur. Sein Lächeln war zu flüchtig, seine Körpersprache – außer auf dem Tennisplatz – zu introvertiert. Stuart und ich hatten immer unsere krassesten Meinungsverschiedenheiten, wenn wir gemeinsam und erfolglos versuchten, es gegen sein stiernackiges Netzspiel aufzunehmen. Ich kannte ihn nicht allzu gut, aber ich hielt durchaus für möglich, daß er in kleinen zwischenmenschlichen Alltagsstreitereien ein passiv aggressiver Typ war – ein ganz gemeiner Kerl, der seine Hinterhältigkeit tarnte.

Susan fixierte eine Stelle neben meinem linken Fuß; sie wirkte verkrampft, als sie mich mit höherer Stimme als sonst fragte, ob ich am kommenden Vormittag auf eine Tasse Tee bei ihr reinschauen könne.

»Willst du gleich reden?« fragte ich besorgt.

»Nein.«

Ich ließ Susan an der Kasse stehen und fuhr zur Bank, um Geld vom Sparkonto aufs Girokonto zu überweisen (das Leben muß auch dann weitergehen, und Rechnungen müssen bezahlt werden, wenn Freunde leiden und einem selbst die Möse schmerzt).

Als ich verstört aus der Metzgerei kam, regnete es. Ich fand es zwar erheiternd, einen Übeltäter zu provozieren, aber seine Entschuldigungen und ein Stück frisches Fleisch brachten mich in Verlegenheit.

Als ich die Post beim Postamt abholte, schüttete es. Ich fuhr zur Bushaltestelle, damit John und Laura, die nicht auf Regen eingestellt waren, das Stück nach Hause nicht zu Fuß gehen mußten. Es war noch etwas zu früh. Ich blieb im Wagen sitzen, sah die Post durch und spürte diese nagende Unruhe, die chronisch geworden war. Mangelnde Abgrenzung. Sexuelle Mutlosigkeit. Das Gefühl, Zeit und nicht Geist zu verschleißen – daß mein Leben in ein absurdes Warten abglitt. Daß ich mich selbst nicht genug forderte. Daß ich wieder malen sollte. Schluß jetzt, ich werde etwas daran ändern.

Ich zog die *New York Review of Books* aus dem Stapel Post und wandte mich den Kleinanzeigen zu. Gelegenheitskäufe. Ein Kalligraph wurde in New Haven gesucht. Ein Schreiber für ›kurze, einfache‹ Artikel in Omaha. Nichts zu holen. Vielleicht bei den Privatanzeigen. Ich könnte auf etwas antworten. Die da war gut.

GEFÜHLSBETONTER, REIFER, GUTAUSSEHENDER SCHRIFTSTELLER, 38, sucht attraktives weibliches Wesen zwischen 25 und 35, gebildet, zärtlich, offen, Nichtraucherin, die sich nach einer dynamischen Beziehung sehnt, um beiderseitige Wunschträume zu erfüllen. Bereich NYC, Postfach 15648

Wie würde ich wohl vorgehen, um mich diesem bezaubernden Herrn schmackhaft zu machen?

Vierunddreißig und auf der Suche nach dem Richtigen, der mich in Träume jenseits aller Wirklichkeit entführt. Bin auf mannigfaltige Orgasmen mit GUTAUSSEHENDEM SCHRIFTSTELLER, 38, eingestellt. Offen wie gewünscht. Nichtraucherin mit strahlenden Zähnen. Nichtaktive Malerin mit armseligen Ausreden. Gebildet? Altes Zeugnis liegt bei, damit du siehst, was ich mal konnte. Dunkelgrüne Augen, zartgeformte Nase, sinnlicher Mund, ovales Gesicht von dichtem, glänzendem dunkelbraunem Haar eingerahmt, stufenloser Schnitt auf Schulterlänge. Körper sparsam, aber wohlgestaltet. Schmale Taille, die in einen runden, festen Arsch übergeht. Schlanke, straffe Schenkel und Waden, jugendlich, tennisgestählt. Flacher Bauch mit vereinzelten, fast unauffindbaren Schwangerschaftsstreifen (was willst du eigentlich, Perfektion, um Himmels willen?). Brüste zweimal eine knackige Handvoll. Alles in allem recht brauchbar. Hoffe, bald von dir zu hören. NYR, Postfach 6900.

Ich saß versonnen im Wagen und ließ den Kopf hängen, bis ich im Rückspiegel den Schulbus sah, der auf die Straße zukam, in der ich wohnte. Ganz unabhängig von meiner jeweiligen Verfassung empfand ich immer wieder dieselbe liebestrunkene Erregung, wenn ich unter den Kindern, die aus dem Bus hüpften und sprangen, die beiden entdeckte, die ich bis ins kleinste kannte. Zu den Anlässen, bei denen meine Gefühle rein und absolut waren, gehörte, wenn ich die beiden schlafen sah, wenn sie einander an der Hand hielten, Geburtstagskerzen ausbliesen oder aus dem Schulbus stiegen.

Laura und John plumpsten auf den Rücksitz. Laura beugte sich vor, weil sie einen Kuß wollte, und ich küßte sie auf die Nase. »Hallo, ihr Süßen. Was für ein Haufen Papier!«

»Das sind die Speisezettel und meine Bilder. Rück ein Stück, John. Du sitzt auf meinem Mantel!«

»Wie war die Mathematikarbeit, Schnuckelchen? Und geh von Lauras Mantel runter«, sagte ich zu John, der Laura neckte.

»Wir bekommen sie erst morgen benotet zurück. Ich glaube, ich habe zwei Aufgaben falsch.«

Sag es nicht, dachte ich. Reiß dich am Riemen. Er wird ins College kommen und Erfolg haben. Tu's nicht! »Wie kommt das?« fragte ich. Da, ich konnte nichts dagegen tun.

»Ich weiß es nicht«, sagte John und warf seiner Schwester einen unverdienten Blick zu. »Wenn ich das wüßte, hätte ich die Aufgaben richtig.«

Touché. Wenn er nicht ins College kommen würde, könnte er vielleicht Stücke mit Situationskomik für den Rundfunk schreiben.

Die armen Kleinen. Warum wollte ich unbedingt, daß sie nach meinen Maßstäben erfolgreich wurden? Es wäre zu einfach, wenn man es mit dem alten Zopf erklären könnte, daß Eltern ihre Ziele durch die Kinder stellvertretend erreicht sehen wollen. Vielleicht waren sie meine Ersatzleinwände. Was für eine simple Möglichkeit, sich den Mühen und eventuellen Fehlschlägen des Malens nicht zu stellen. Als sie geboren wurden, war das Gefühl, etwas Kreatives geleistet zu haben, wie eine Brucknerfanfare, aber das nahm den Platz künstlerischer Heldentaten nicht lange ein. Die Fertigkeit, ein Baby zu machen, bekommt man umsonst. Es hat nicht den Aspekt der unabhängigen, durchdachten Produktion oder der Selbsterschaffung. Versuchte ich jetzt, seit die Geburtsriten dieses Bedürfnis nicht mehr abdeckten, die hilflosen Dinger zu formen, um sie meinen Vorstellungen anzupassen? Waren sie meine künstlerischen Projekte? Bestand die Gefahr, daß ich über ein Führen hinausging und sie ausbeutete? Halt dich zurück!

Laura schrie John an, als wir durch die regennasse Straße fuhren. »Tritt mich nicht, du Arsch!«

»Laura!« schrie ich. Wie labil war ich doch. Innerhalb weniger Minuten hatte ich die Gefilde der Liebe, der Schuld und der Feindseligkeit durcheilt. »So was sagt man nicht. Hast du gehört?« Zurück zu den Bagatellen, dem voraussagbaren Abtragen der Zeit.

»Tut mir leid«, sagte Laura.

Meine Gereiztheit nahm zu, als wir vom Wagen zum Haus rannten und Laura versehentlich ihr Lieblingsbild in eine Pfütze fallen ließ (oder das Bild, das zu ihrem Lieblingsbild wurde, als es runterfiel).

Ich nahm meine Kraft zusammen und ging in das Zimmer, in dem ich die Bankunterlagen, Rechnungen und sonstigen Denkwürdigkeiten aufbewahrte. Ich heftete Mr. Harrisons Zettel an mein Pinboard, an dem aktuelle Notizen und veraltete Pläne hingen, wie zum Beispiel die Ankündigung des russischen Zirkus, der vor langer Zeit in die Nassau-Sporthalle gekommen und wieder abgereist war. Die Quittung über die Einzahlung legte ich zu den Bankunterlagen.

Das Telefon läutete termingerecht. Stuart würde um siebzehn Uhr fünfundvierzig zu Hause sein, wurde ich offiziell von seiner Sekretärin informiert.

Was gab es sonst noch Neues?

Ich saß auf meiner Seite auf der Bettkante und fragte mich, ob es wohl lohnen würde, das Pessar einzusetzen, das ich in meiner Wäscheschublade aufbewahrte. Stuarts sexuelle Bedürfnisse waren im allgemeinen während der Zeit der Steuerzahlungen eingeschränkt, und es war unwahrscheinlich, daß er heute abend etwas von mir wünschen würde. Trotzdem war es äußerst lästig, aufzuspringen und nach der Verhütungsvorrichtung zu wühlen, falls das Bedürfnis (oder Stuarts Geschlechtsteil) im Laufe der Nacht doch aufkeimen sollte. Wenn man mittendrin aufhören mußte, konnte einem jede Stimulation und Romantik vergehen, und deshalb entschloß ich mich dann doch zu den Vorbereitungen. Ich kapselte mein Ovum ab.

Als ich die braunweiß-gemusterte Bill-Blass-Tagesdecke vom Bett zog – ich hatte sie vor gar nicht allzu langer Zeit im Ausverkauf bei Bloomingdale's gekauft – fiel mir wieder einmal auf, daß die Decke nicht zu den zwölf Jahre alten Kiefernmöbeln zu passen schien. Aber was machte das schon aus? Das Schlafzimmer schien wie seine Benutzer ein Gemisch aus zusammenhanglosen Elementen und unangemessenen Kompromissen zu sein. Selbst die heitere Andrew-Wyeth-Reproduktion (sein Kauf) schien mit dem expressionistischen Original (mein Werk), das an der Wand gegenüber hing, im Widerstreit zu liegen. (Weißt du noch? Das hatte ich gerade gemalt, als ich Stuart kennenlernte. Ich hatte eben erst das College abgeschlossen und arbeitete in der graphischen Abteilung einer Werbeagentur und besuchte an mehreren Abenden in der

Woche Kurse bei der Art Students League. Ich wohnte zu Hause und hatte die Illusion, frei zu sein. Stuart, der vier Jahre älter war als ich, war der Sohn von Freunden meiner Eltern. Daß wir uns kennenlernten, war das Nebenprodukt einer kleinen Abendgesellschaft – von der ich den Verdacht habe, daß man damit unsere Bekanntschaft a priori feiern wollte.

Weißt du noch, wie gern ich mit ihm ausgegangen bin, wenn wir verabredet waren, er sah so gut aus, und er war so groß. Wie taktvoll, wie geschmackvoll und wie verständig er als junger Steuerprüfer war und wie er mich schließlich davon überzeugte, daß unsere Ehe eine korrekte Sache werden würde. Wie eines seiner Rechnungsbücher? Wie sehr ich mich bemühte, gegen das intuitive Gefühl anzukommen, daß unser säuberlich geschnürter kleiner Knoten aufgehen könnte. Wie ich von meiner Mutter sachte angestachelt wurde und mit gewissen Zweifeln an der Reife meiner Zweifel meine Fantasien zurückstellte und hoffte, mich mit der Zeit zur Erfüllung und zu weltbewegenden Ficks mit ihm durchzuringen.)

Ich hob mein langes gelbes Nachthemd und schlüpfte unter die Bettdecke. Ich wollte mir gerade eine Agatha Christie vornehmen, aber in dem Moment kam Stuart aus der Dusche, ganz rosig geschrubbt und züchtig in ein Handtuch gewickelt, das er wie einen Sarong gebunden hatte.

Er sah so unverschämt gut aus – dichtes, welliges braunes Haar, gepflegt, dunkelbraune Augen, deren Blick man leicht als eindringlich auslegen konnte, klarer klassischer Gesichtsschnitt. Mit seinem Tick für körperliche Fitneß (das Geschenk von mir, das er am meisten zu würdigen wußte, war ein Hoffritz-Schrittzähler, den er zum regelmäßigen Jogging mitnahm) war er zudem noch schlank und muskulös. Verdammt noch mal, warum fand ich ihn bloß so reizlos!

»Hast du die Toilette gespült, während ich geduscht habe?« fragte er. »Der Wasserdruck war plötzlich weg.«

»Nein«, antwortete ich und knipste das Licht aus, während Stuart verschämt seinen Sarong auszog und sich dicht neben mich ins Bett legte. Obwohl in dieser Jahreszeit die meisten Steuerprüfungen anfielen, war mir klar, daß er heute noch interne Veranlagungen bei mir vorhatte.

»Wie hat John in der Mathematikarbeit abgeschnitten?« fragte er. »Ich habe vergessen, ihn danach zu fragen.«

»Er hat zwei Aufgaben falsch.«

»Nicht übel.«

»Von sechs.«

»Oh.«

Ich dachte, ich sollte mich wohl am besten gleich auf unsere sexuelle Begegnung einstellen, um nicht knochentrocken zu sein, wenn Stuart loslegen wollte; ich war in dieser Situation unbeholfen und wußte nie, was ich zu ihm sagen sollte. Er war so leicht in Verlegenheit zu bringen. Ich fing mit den Übungen an, von denen mein Gynäkologe gesagt hatte, sie seien gut, um den Muskeltonus nach zwei Schwangerschaften aufzubauen. Ich hatte herausgefunden, daß diese Übung auch dazu gut war, mir selbst die sexuelle Bereitschaft zu verschaffen.

»John ist ein kluger Junge«, sagte Stuart versonnen. »Er schafft es schon.« Er drehte sich auf die Seite, mir zugewandt, und tastete meine rechte Brust ab, als suche er nach Knötchen.

Ich setzte das Zusammenziehen und Lockern der Muskeln fort, und während Stuart seine medizinische Untersuchung durchführte, spürte ich, daß ich bereitwillig wurde.

Stuart zog mein Nachthemd unter der Bettdecke hoch und ging ohne auch nur soviel wie ein einleitendes Streicheln eines Schenkels auf die Stelle hinter der Klitoris los und legte mit mechanischer Heftigkeit Hand an. Er war ein intelligenter Mann, der drei Zahlenspalten gleichzeitig addieren konnte. Warum konnte er nicht behalten, wo ich massiert werden wollte?

Mehrfach hatte ich ihn darauf hingewiesen, wo ich am Anfang am liebsten berührt werden wollte; ich hatte seine Finger auf diese Stelle gelegt. Aber er hatte entweder nicht verstanden, was ich damit sagen wollte, oder er konnte es sich einfach nicht merken. Könnten wir doch nur unsere Empfindungen verbalisieren! Aber wie redet man mit einem Mann, der nach zwölf Jahren Ehe nach wie vor morgens das Wasser im Waschbecken anstellt, damit es sein Pinkeln übertönt? Wie bezeichnet man seine Klitoris, oder wie drückt man sich aus, wie fest man dort berührt werden möchte? Wie nennt man das Organ, das zwischen seinen Beinen befestigt ist, damit dessen Aktivität zur beiderseitigen Befriedigung führen könnte? Kann man ›Penis‹ wirklich laut aussprechen? Wie wäre es mit ›dickes Glied‹ oder ›vortretende Schwellung‹ oder ganz schlicht mit ›Ding‹? Könnte ich ›Steck ES zart rein, stoß ES nicht so grob in mich‹ zu einem Mann sagen, der noch nie dazu fähig war, sich einen Kuß auf sein du-weißt-schon geben zu lassen, ohne sichtlich zusammenzuzucken, und der sich immer noch nicht überwinden konnte, deins zu küssen? (Er war so weit gediehen, ein einziges

Mal meine Schamlippen flüchtig zu berühren, und dann hatte er sich in schlecht verhohlenem Abscheu zurückgezogen, und ich hatte es nicht über mich gebracht, zu sagen: »He! Das tut gut. Warum machst du nicht weiter?«) Er tat so, als sei ihm wichtig, daß meine Gelüste befriedigt wurden, aber nur deshalb, weil er von mir freudig empfangen werden wollte. Er nahm große Rücksicht auf Schicklichkeit, Ausgewogenheit, Geradlinigkeit, Sitten und Reinlichkeit. Mit anderen Worten: Sein Schwanz war ein vorgekochtes Schnellgericht. Tief in seinem Innern sehnte er sich vielleicht danach, zu saugen, zu knabbern, zu schlecken und zu verschlingen, aber in Anbetracht meiner Vorgeschichte und seiner Zimperlichkeit würden wir es nie herausfinden. Ich brauchte ein bißchen mehr Ermutigung oder Chemie. Ich konnte mich locker obszöner Ausdrücke bedienen, wenn ich rumalberte, aber während einer ernsthaften Vereinigung mit meinem Mann hatte ich nicht den Nerv dazu.

Stuart traf jetzt Vorbereitungen, in mich einzudringen. Eilig stieg er auf mich, öffnete die Tore (Sei zart! rief ich ihm innerlich zu) und tauchte ein. (Au! Meine nichtverbale Kommunikation hatte ihn nicht erreicht.)

Wir küßten uns mit ansatzweise geöffneten Mündern und heuchelten Hingabe. Er griff unter mich, hielt meinen Hintern wie in einem Schraubstock fest und trat seine rhythmische Reise zum Höhepunkt an. Ich umklammerte seine Schultern und schlang meine Beine um seinen Oberkörper. Und gemeinsam, wenn auch auf getrennten Wegen, jeder mit seinen eigenen Fantasien und Abstraktionen, erreichten wir unsere Orgasmen. Wie Fremde im selben Zug erreichten wir gemeinsam unser Ziel, ohne einander je getroffen zu haben.

»Ich fühle mich sehr gut. Du auch?« sagte Stuart hinterher.

»Ja«, übertrieb ich.

Immerhin hatten wir, wenn auch noch so indirekt, über das Thema Unzucht gesprochen.

3. Kapitel

Ob Regen oder Sonne, ob Menstruation oder nicht – Susan und ich spielten termingerecht jeden Dienstag und Freitag von elf bis eins auf dem Tennisplatz von Hampton unsere Doppel. Mit sechs anderen Frauen, deren Können von einem bescheidenen A bis zu einem stürmischen B reichte, wetteiferten wir auf den Lehmplätzen und bekannten Farbe. Grundlegende Persönlichkeiten kamen zum Vorschein, hätten sich beinahe schematisch darstellen lassen, wenn körperliche Ausgelassenheit und Konkurrenzdenken im festgelegten Rahmen von Regeln und weißen Strichen ausgelebt wurden und Freizügigkeit und Zurückhaltung in jeder von uns widerstritten.

Die Grundzüge der Gesellschaft kristallisierten sich dienstags und freitags von elf bis eins heraus, und Analogien waren unvermeidlich. Susan zum Beispiel war am Netz vorsichtig und wagte nur selten riskante Schläge, und charakteristischerweise nutzte sie ihre Größe nicht für sich. Sie war zerknirscht, wenn sie einen Fehler machte, und sie räuberte selten.

Nancy beugte sich rückwärts, um gegnerische Bälle abzuurteilen, die ›gerade noch auf der Linie‹ landeten. Sie hatte Traubenzucker für alle und schrie ständig jedem und allen zu: »Ein guter Schlag!« Sie hoffte, dafür geliebt zu werden.

Gladys lächelte oft, aber es war bekannt, daß sie schon üble Flüche losgelassen hatte, wenn ihre Partnerin einen Ball nicht erwischte. Sie rief: »Meiner!« bei einem Ball, der eindeutig ›deiner‹ war, und sie schlug auf Hochschläge ein, die über den Rand des Tennisplatzes segelten.

Ich machte lieber eine seichte zweite Angabe als einen Doppelfehler, und dafür haßte sie mich. Ich war sehr aggressiv auf dem Platz, und ich nahm mir ständig vor, den Ball am Netz abzufangen, wie ich mir auch wünschte, mich aufs Leben stürzen zu können und weniger Angst vor den Konsequenzen zu haben.

Am Dienstagmorgen um neun Uhr besuchte ich Sue wie versprochen zu Hause in Quogue.

Susan sah schlecht aus. Sie sagte sofort, sie bekäme in zwei Tagen ihre Periode, und sie strich ihren Morgenmantel glatt, und daher nahm ich an, jedes störende Element in ihrem Leben müsse im Moment besonders störend sein. Sie schaltete die Kaffeemaschine ein und strich sich eine Haarsträhne aus den Augen. Ich sah in ihr blasses Morgengesicht, und wir waren Schwestern, deren Leben durch dieselben Zyklen bestimmt, von denselben Ängsten durchtränkt waren.

Am Tag, an dem 1973 Syrien und Ägypten Israel angegriffen hatten, waren mein Vater und ich, die jede religiöse Stellungnahme und Festlegung mieden, leidenschaftlich erboste Sabras geworden.

So, wie wir uns durch eine unpersönliche Bedrohung mit allen Menschen auf Erden verbunden fühlten, die aufgrund ihrer eigenen Wahl oder historischer Zufälle als ›Juden‹ bezeichnet wurden, fühlte ich mich mit allen Frauen verbunden, als ich zusah, wie Susan den Gürtel ihres Morgenmantels zuband und sich seufzend mir gegenüber auf einen ihrer gelben Vinylstühle plumpsen ließ. Kennt jemand außer uns die Peinlichkeit eines Blutflecks auf einem weißen Kleid? Kann jemand außer uns die eigentümliche Gefühlsverlagerung kennen, die ein Mediziner als ›post-partum-Depression‹ abgestempelt hat, und was hat er darüber gewußt, wenn nicht aus Interviews? Analogschlüsse sind keine Erfahrungen. Hat jemand außer uns Angst vor krankhaften Veränderungen des Gebärmutterhalses und ihren wandernden Todeszellen? Ich nehme an, was ich von meinem Ritter in der glänzenden Rüstung haben wollte, war, daß er meinen spezifischen Vormenstruationsgeruch tief einsog und daß sich durch das Wunder der Liebe sein Geist erweiterte und meine Krämpfe in den Eierstöcken nachvollziehen konnte.

»Ich habe kaum geschlafen«, sagte sie. »Ich weiß, daß man es mir ansieht.«

»Du hast schon besser ausgesehen«, sagte ich. Ich zuckte die Achseln. »Schlechter auch schon.«

Sie brachte ein Lächeln zustande. Sie hatte starke Ringe unter den Augen. Ein bißchen Rouge hätte auch geholfen. Sie war noch nicht auf öffentliche Auftritte vorbereitet. Der frühe Morgen war der große Gleichmacher, und mein Herz verströmte sich an uns alle.

»Ich war die halbe Nacht lang auf und habe alte Erinnerungen ausgekramt«, sagte sie. »Ich glaube, man hält sich an Dingen fest, die sich durch nichts ändern können, wenn einem der Teppich unter den Füßen weggezogen wird.«

»Wovon sprichst du?«

»Von Roger.«

»Roger?«

Sie sah zu mir auf; ihre Augen verschleierten sich. »Weißt du, daß ich mich nicht sicher fühle, wenn ich einschlafe, ohne eine Stelle seines Körpers zu berühren? Ich bin so abhängig – ich hänge so fanatisch an ihm. Ich habe solche Angst vor Veränderungen.«

Wie verschieden können Schwestern doch sein. Susan war besorgt, ihre Welt könne sich ändern, und ich fürchtete so sehr, meine würde sich nicht ändern. »Weshalb machst du dir eigentlich Sorgen?« fragte ich.

»Wenn etwas passiert...« Sie zögerte. »Weißt du, ich habe mich ihm an den Hals geworfen. Ich hatte eine Stelle – meine erste und einzige – als Sekretärin in einem Anwaltsbüro. Es war ein toller Job, aber ich habe keinen Moment lang gezögert. Roger hat mich in den Sonnenuntergang getragen, und jetzt sitze ich im Dunkel. Ich bin hilflos. Ich rede nicht von Geld und so weiter. Ich rede davon, daß ich keinen Einfluß darauf habe, was mit mir geschieht.«

»Ich weiß nicht, was hier faul ist, aber hilflos bist du nicht.«

»Doch, sicher. Meine Unabhängigkeit reicht für die Konversation bei einer Cocktailparty aus. Das ist die reine Illusion.« Sie blickte auf ihren Schoß nieder, als könne sie dort Kraft schöpfen. »Roger hat eine Affäre.«

Ich wußte, daß Roger sich umsah; was ich nicht gewußt hatte, war, daß er die Sache durchzog. Ich wollte sie nicht quälen, indem ich mein Erstaunen über- oder untertrieb. »Wahrscheinlich irrst du dich«, kam dabei heraus.

»Er hat am Haus der Websters gearbeitet und ist gegen Mittag nach Hause gekommen. Gestern hat er angerufen, um zu sagen, daß er nicht zum Mittagessen kommen kann.«

Roger war Bauunternehmer und hatte auch schon in unserer Küche Renovierungen vorgenommen. Unserer. Stuarts und meiner. Wie würde ich mich fühlen, wenn Stuart mir untreu wäre? Ich wäre verletzt, nicht verzweifelt. Verletzt nur aus Empörung des Besitzers heraus. Im Moment hatten wir ein Arrangement, und ich verließ mich darauf, daß er für eine gewisse Nettigkeit in unserem täglichen Leben sorgen würde. Ich war so selbstsüchtig, die Wachablösung mit Anstand durchziehen zu wollen. Jedenfalls war ich nicht in der Form von Stuart abhängig, in der Sue für ihr eigenes Wohlbefinden von Roger abhängig war.

»Was ist gestern passiert?«

Sie schneuzte sich in eine Serviette. »Während wir telefoniert haben, habe ich gedämpfte Laute im Hintergrund gehört. Er war ganz förmlich zu mir. Ellen Webster war bestimmt dabei. Das weiß ich.«

»Glaubst du nicht, daß du etwas in Dinge hineinliest, obwohl wahrscheinlich gar nichts dahinter ist?«

»Er ist gestern nacht erst gekommen. Ganz leise.«

»Wo war *Mr.* Webster?«

»Praktischerweise nicht in der Stadt.«

»Hast du es dem Scheißkerl auf den Kopf zu gesagt?«

»Joan, bitte nicht. Ja, das habe ich getan.«

»Und?«

»Er hat natürlich alles geleugnet, aber er war richtig heikel.«

Der Kaffee war fertig, und Susan schenkte ein. »Sahne und Zukker? Nein, stimmt, du nimmst keinen Zucker.« Sie brach in Tränen aus.

Zu so etwas war es bei Stuart und mir nie gekommen. Nie eine dramatische Angelegenheit, die leidenschaftlich durch Tränen oder im Bett oder durch beides aus der Welt geschafft wurde. Meine Leidenschaft war ohne Theatralik durchkreuzt worden. Ich hatte die Trägheit ehelicher Mäßigung angenommen, die Hand in Hand mit mangelndem Interesse an Lösungen und Loslösungen geht.

Ich legte meine Hand auf ihre Hände, aber ich wußte selbst, daß es nichts half.

»Wenn ich wenigstens nur gekränkt wäre«, schluchzte sie. »Aber ich habe solche Angst, es könnte diesmal ernst sein. Ich darf ihn nicht verlieren.«

Ich hatte mir zwar früher glühendere Leidenschaft zwischen Stuart und mir erhofft, aber es war mir trotzdem nie gelungen, meine unsterbliche Hingabe in unsere Ehe zu investieren – und auch nur einmal hatte ich den Anschein erweckt. »Du ... du kannst froh sein, daß du so stark empfindest. Ich bin sicher, daß er dich liebt.«

Susan zog ihre Hand zurück, nahm ein Schokoladenplätzchen vom Tisch und zerbröselte es geistesabwesend in kleine Stücke. »Als ich heute morgen wach geworden bin, war er schon weg. Er wollte mir nicht ins Gesicht sehen.« Sie stand auf, schob die Krümel zu einem kleinen Haufen zusammen, wischte sie vom Tisch in ihre Hand und warf sie ordentlich in den Plastikmülleimer; dabei befolgte sie die Choreographie, die das Unbekannte in eine Ordnung zwängt.

»Nimm ihn dir heute abend vor. Für den Moment würde ich dir vorschlagen, daß du dir die Haare kämmst, deine grünen Tennissachen anziehst und dir sagst: ›Scheiß drauf.‹«

Die Haustür fiel ins Schloß, und ehe Susan etwas sagen konnte, tauchte Roger in der Küchentür auf. Er ging um den Tisch zu seiner aufgelösten Frau, die versuchte, ihre Welt zusammenzuhalten, indem sie die Salz- und Pfefferstreuer auf dem Regal über dem Spülbecken in eine Reihe stellte. »Ich bin nach Hause gekommen, um mit meinem kleinen Mädchen zu frühstücken.« Er beugte sich vor und umarmte Susan, der eine Träne über die Wange kullerte, von hinten. »Ich habe unsere Unterhaltung beim gemeinsamen Frühstück vermißt.«

Susan zog unbeholfen den Kopf ein, als wolle sie sich kleiner machen. Plötzlich schlang sie ihre Arme um ihn und schluchzte. Er strich über ihre Schulter, und während ich nervös herumruckelte, wanderte seine Hand an Susans Rücken hinunter und blieb auf ihrem Hintern ruhen. Ich stand von meinem Stuhl auf.

»Dann bis um elf«, sagte ich beim Aufstehen.

Susan drehte sich zu mir um. »Bleib«, flüsterte sie, während ihr Blick mich eindringlich bat zu gehen.

»Ich habe noch ein paar Besorgungen zu erledigen«, beharrte ich.

Ich versuchte, mir die Szene auszumalen, die jetzt folgte. Ich war sicher, daß Roger vor jedem Anlauf, ihren ehelichen Status hoch zu rühmen, Susans rosa Frotteemantel und seinen Reißverschluß aufmachen würde, und vor dem roten Auge der Warmhalteplatte ihres Mr. Coffee würde er sie gegen den Küchentisch werfen, während die Sonnenstrahlen auf dem gelbweiß gemusterten Tischtuch tanzten.

Als ich später die Uferstrecke fuhr, sah ich mehr Zimmerleute und Bauarbeiter als sonst an der Küstenstraße; sie richteten die Häuser in Erwartung der Sommergäste schmuck her. Auf diesem flachen Streifen Land, der im Winter so öd war, würde es bald von Feriengästen wimmeln.

Der Strand würde im Sommer überlaufen sein, und eine völlig neue Schar von Schönwetterfreunden würde uns Stammgästen die Rechte streitig machen. Für diese Sommerfrischler, die es gewohnt waren, viel für ein paar kleine Aufmerksamkeiten zu zahlen, würden die Bäder frisch gestrichen. Grelle neue Handtücher würden die Handtuchhalter zieren, und gemustertes Toilettenpapier würde die einzelnen Blätter ersetzen.

Die Haßliebe würde durchbrechen, sobald die Ansässigen die Invasion mit eigenen Augen sahen. Das Geschäft würde blühen. Die Hausbesitzer unter den Saisongästen würden die Nächte mit ihren Stereoanlagen entweihen, aber sie zahlten ihre Steuern, ohne die Schule zu bevölkern. Die Sommergäste brachten Farbe, Lärm, Konsumgelüste, Hektik, Leben und Modeneuheiten in unsere konservative Gegend, und um diese Jahreszeit freute ich mich auf die Aufrüttelung, die Umgruppierung, die Unverschämtheiten und den Aufruhr, die mich von meiner Einsamkeit ablenken würden.

In den Strandclubs, die jetzt bis auf das gelegentliche Hämmern bei den Reparaturarbeiten still dalagen und deren leere Swimmingpools wie riesige Betongräber wirkten, würden sich bald bräunende Körper drängen, und sie würden von Gekreisch und Geplansche, von Warnungen und Pfiffen widerhallen.

Im Marlin würden einheimische Mütter in Begleitung von verschwägertem Besuch und kleinen Mädchen mit hübschen zweiteiligen Badeanzügen liegen und auf eine Art herumschlendern, als seien sie in ihrem eigenen Hinterhof, und gleich daneben, im La Circle, würden Mütter, die so angezogen waren, als seien sie auf einer Kreuzfahrt in der Karibik, Gin-Tonic trinken, während ihre Töchter BH-los herumstromerten.

Ich dachte an die leeren Badehütten, die freien Strände mit hölzernen Liegestühlen und an meinen kahlen Küchentisch, auf dem keine Versprechungen für ein Frühlingserwachen warteten. Denn auf diese blankpolierte Ahornoberfläche würde nie ein Liebestaumel oder auch nur ein Tropfen Sperma fallen. Wo Stuart wohnte, gab es für einen Akt des sexuellen Eingehens einen festgelegten Platz wie für eine Zahl, die in eine Buchführung einging, und dieser Platz war nicht inmitten der flammenden Herbstfarben meiner Küche.

Beim Tennis am späteren Vormittag versuchte Susan, sich unbeschwert und ausgelassen zu geben. Es klappte nicht so ganz. Ich dachte mir, daß der Kuß diesmal vielleicht nicht gegen die Kränkung geholfen hatte. Vielleicht war die Spontaneität ihres morgendlichen Sex einmal zu oft von Rogers Absicht, zu besänftigen, und von Susans Bereitwilligkeit, sich zu fügen, befleckt worden. Ironischerweise besaß Stuarts und mein Liebesleben nicht die genügende Durchschlagkraft für untergeordnete Ziele wie die Unterwerfung des Willens. Kein Platz für Machtspielchen in unseren dürftigen Ficks. Ohne Peinlichkeiten zu Orgasmen zu gelangen, war für uns schon eine Hürde.

Ich denke mir, daß ich mich bei Susan nicht allzusehr geirrt haben kann, denn als wir vor dem Tennisplatz an ihrem Wagen lehnten, erzählte sie mir, daß Roger und sie zwar wirklich in der Küche miteinander geschlafen hatten, nachdem ich gegangen war, aber sie hatte das Gefühl gehabt, daß es seinen Liebesbeteuerungen an Überzeugungskraft fehlte. »Tatsache ist«, sagte sie ganz leise, als sei es eine Enthüllung, »daß alles außer Kontrolle zu geraten scheint. Roger hat eine Frau, die sich an ihn klammert, satt, und wer könnte ihm das vorwerfen? Wie lange kann ich mir noch etwas vormachen? Ich lebe nicht in einem Puppenhaus. Ich bin ein Beiboot, und der Kapitän kann die Vertäuung jederzeit durchschneiden.«

»Rüttel ihn auf.«

»Ich habe Höhenangst. Ich will nicht auf irgendwelchen Klippen oder sonstwas stehen.«

»Komisch. Werde Gerichtsreporterin. Lern, wie man ein Motorrad repariert. Mach dir eine Liste deiner angeborenen Fähigkeiten. Ändere deine Einstellungen.«

»Ich weiß nicht, wo ich anfangen soll.«

Auf der anderen Straßenseite, der Meerseite, errichteten Bauarbeiter das Skelett eines neuen Hauses. In diesem frühen Stadium konnte man unmöglich erkennen, was für ein Typ Haus es werden würde. Einer der Männer bemerkte uns und grüßte uns freundlich mit erhobener Hand.

»Fang einfach an«, sagte ich genauso sehr zu mir wie zu Susan.

4. Kapitel

Ich saß mit den Bantoms (›Nennen Sie uns doch bitte Dusty und Bill‹) im Wohnzimmer der Clarks in Quogue und fragte mich, warum, zum Teufel, Harrison mich nicht gebeten hatte, das Haus durchzulüften.

Es dauerte nicht lange, bis Bill Bantom mich wissen ließ, daß sein Schwiegervater der Order of Colonial Lords of Manors in America vorsaß, da er von einem privilegierten Grundbesitzer aus New Netherland abstammte. Seine Frau neigte in aristokratischer Demut den Kopf, als er auf den Vortrag über Kolonialzeitvillen anspielte, den ihr Vater kürzlich anläßlich der Versammlung der Gesellschaft im Statler-Hilton gehalten hatte.

Er ließ auch ein paar Namen einfließen. Er und Dusty zählten den Direktor eines bekannten New Yorker Theaters, einen Historiker von der Fordham University, der kürzlich von Robert MacNeil interviewt worden war, und einen Bestsellerautor zu ihren Bekannten.

Kurz gesagt, die Bantoms repräsentierten die sommerliche Elite, in deren Kreise sich ein paar Ortsansässige einzuschleichen versuchten, indem sie sie zu zwanglosen Gartenpartys einluden. (Alternativ dazu gab es die Ingroup der hierarchisch hochstehenden Anwohner, nach deren Familiennamen verschiedene Straßen und Wege benannt waren.)

Wir hatten gerade eine Diskussion über die Bekämpfung von

Moder und die Vorzüge des Eigenanbaus beendet. Es war zwölf Uhr fünfunddreißig, und ich hoffte, daß Gil Bamsey, meine Zwölfuhrdreißig-Verabredung, kein ungeduldiger Mensch war. Ich nahm an, Gloria würde ihn mit den neuesten Wetterberichten unterhalten. Falls allerdings Mr. Harrison im Büro war, würde er die Vorzüge eines seiner Mietobjekte auf die sanfte oder auf die harte Tour anpreisen. Er war geschickt in der Wahl seiner Technik, die er nach der Empfindsamkeit des Kunden ausrichtete.

Dusty streckte ihren Arm über die Lehne einer mit Kattun bezogenen gelbgrünen Couch. »Ich freue mich wirklich auf diesen Sommer. Wir können ein paar Monate frische, saubere Luft gut gebrauchen.«

»Jedenfalls wenn die Türen und Fenster erst offen sind«, sagte Bill und sog den Geruch des Moders ein.

»Tut mir leid, daß wir bei Tullys so lange gebraucht haben«, sagte Dusty. »Das ist wohl einer der Nachteile, wenn man ein Haus aufsucht, das belegt ist.«

Mrs. Tully, eine wortgewandte, drahtige Witwe von siebenundachtzig Jahren, war sowohl geschwätzig als auch gastfreundlich gewesen. Wir bekamen Tee und Kuchen und den Reiseführer für die Südeuropareise vorgesetzt, die Mrs. Tully voraussichtlich im Sommer mit ihrer Schwester Eleanor unternehmen würde. Es stand von Anfang an fest, für mich wenigstens, daß Dusty nicht daran interessiert war, Mrs. Tullys Palast mit kostbarem Porzellan und großmütterlichen Platzdeckchen zu ihrem zeitweiligen Zuhause zu machen, wenn auch die Lage gut war, und dieses Wissen hatte den Besuch länger erscheinen lassen, als er tatsächlich war.

Das Haus, in dem wir jetzt saßen, war eine Geldanlage der Clarks, aber nicht ihr Wohnsitz, und stand folglich leer. »Ich glaube, hier wird es Ihnen gefallen«, sagte ich. »Der Swimmingpool ist einfach fantastisch, finden Sie nicht?«

»Sehr nett«, stimmte mir Dusty zu.

»Ist jemand da, der die Tennisplätze neu beschichtet und die Linien nachzieht und sich um das Grundstück kümmert?« fragte Bill.

»Um solche Dinge kümmern sich die Clarks.«

»Hoffentlich bald«, sagte Dusty. »Ich käme gern jetzt schon an den Wochenenden raus.«

»Ich rufe die Clarks an und melde mich dann wieder bei Ihnen. Der Preis, über den wir gesprochen haben, gilt allerdings für den Sommer. Ich bin nicht sicher, was für den Rest des Frühlings dazukommt.«

»Kein Problem«, zwitscherte Dusty. »Sie waren fantastisch. Eine wunderbare Häuserführung.« Dusty konnte nicht mehr als drei oder vier Jahre älter sein als ich, und trotzdem redete sie, als sei sie meine Tante. »Dieses Haus eignet sich vorzüglich für Gesellschaften. Ich hoffe, Sie werden uns einmal besuchen. Wir umgeben uns immer gern mit vielen interessanten Menschen.«

»Ich komme gern«, antwortete ich. Ich packte meine Sachen zusammen und warf einen verstohlenen Blick auf meine Uhr.

Ich setzte die Bantoms an ihrem Mercedes 450 ab und parkte meinen Wagen. Als ich mit einer halbstündigen Verspätung die Agentur betrat, war ich auf einen zu Recht erbosten Kunden gefaßt.

Gil Ramsey war aber noch gar nicht da.

Als ich die Bürotür öffnete, sah Mr. Harrison, ein Mann mit Hängebacken, der versuchte, seine Jugend durch Haartransplantationen wiederzuerlangen, die Post durch.

»Hallo«, sagte ich, als er aufsah.

»Hallo, Joan. Wie geht's?«

Ich fragte nach Gil Ramsey.

»Gloria hat mit ihm gesprochen. Er hat eine Konferenz und schafft es nicht vor fünf. Sie hat ihm gesagt, Sie würden ihn zurückrufen, wenn Sie wieder im Büro sind. Ganz schön dreist.«

Ich fand die Notiz auf Glorias Schreibtisch.

Joan, bitte G. Ramsey anrufen. 212-579-9910, App. 701 vor 13.30.

»Außerhalb der Arbeitszeit«, sagte Harrison.

»Ich rufe meinen Babysitter an. Vielleicht kann sie einspringen.«

Mrs. Bennett erklärte sich einverstanden, das Wildbret zuzubereiten, das ich in Marinade eingelegt und auf dem Küchentisch stehengelassen hatte.

»Ich werde wahrscheinlich nicht vor meinem Mann nach Hause kommen«, sagte ich. »Könnten Sie um etwa sechs allen das Essen vorsetzen?«

Anschließend rief ich Gil Ramsey an und stellte fest, daß ich die Nummer der Columbia University gewählt hatte. »Apparat 701, bitte«, brachte mich zum Fachbereich Astronomie, wo man mich zuckersüß bat, einen Moment dranzubleiben.

»Hier Ramsey«, tönte es mir zur Begrüßung entgegen, und die plötzliche Resonanz brachte mich zum Lächeln.

»Guten Tag, hier ist Joan Hiller – von Harrisons Maklerbüro.«

»Hören Sie, es tut mir leid. Ich hoffe, ich habe Ihnen nicht den ganzen Tag vermasselt.«

»Nein, nicht wirklich.«

»Einer meiner Studenten war sozusagen in einer Notlage.«

Ich fragte mich, wie man in Astronomie in Notlagen geraten konnte und wie eine solche Notlage aussehen mochte.

»Eine persönliche Notlage«, fügte er hinzu, als habe er meine Gedanken gelesen.

Mit der freien Hand fing ich an, ein Blümchen auf einen Notizblock zu krakeln. »Alles klar, Mr. – oder Doktor? – Ramsey. Ich komme um fünf wieder ins Büro.«

»Gil heiße ich. Sind Sie auch sicher, daß es Ihnen nichts ausmacht?«

Ich versicherte ihm, daß es mir nichts ausmachte. »Aber was ist mit *Ihnen*? Vielleicht wäre es Ihnen nächste Woche lieber?«

»Nein. Ich fahre ohnehin raus. Ich schlafe heute nacht bei Freunden. Da fällt mir ein, daß das die Leute sind, die mir Harrison empfohlen haben. Ted und Ann Linden. Sie wohnen in Hampton Village. Kennen Sie sie?«

Ich fand seine Stimme angenehm. »Nein, ich fürchte nicht.« Mr. Harrison sah mich von der Seite an, und ich wußte, daß er an die Gebühren für Ferngespräche dachte. »Ich hoffe, Sie kommen nicht in den Berufsverkehr.«

»Keine Sorge. Ich komme pünktlich, das verspreche ich Ihnen.«

Unsere nächsten Kunden trafen pünktlich um dreizehn Uhr dreißig ein. Mr. Matthew Devon, schlank und affektiert und mit einem Arsch wie eine Melone, und Mr. Donald McGuinness, aufrecht und gepflegt, wenn auch etwas zu Ausschweifungen neigend, wie die geplatzten Gefäße in seiner Knollennase bezeugten. Ich stellte mir vor, wie er kühl und unbeteiligt in Mr. Devons vollkommene kleine Kugel eindrang und gleichzeitig um ihn herumgriff, um von vorn seine zarten Eier zu streicheln. Dieses intime Bild stand in krassem Widerspruch zu unserer nicht gerade herzlichen Unterhaltung. Selbst als wir die Reihe von Ferienhäusern am Meer durchgingen, fühlte ich mich von ihren geflüsterten Zwischenbemerkungen ausgeschlossen. Ich bemühte mich, heiter und direkt zu sein. Ich kam mir blöd und laut vor.

Ich fuhr sie in meinem Volkswagen herum und hielt bei einigen Häusern an, für die sie Interesse zeigten. Mr. McGuinness, dem entschiedeneren von beiden, war mehr daran gelegen, es seinem Gefährten recht zu machen als sich selbst. Sie wollten zwar am

Nachmittag noch einen zweiten Makler aufsuchen, doch es schien, als würde ihnen ein Anwesen in Hampton Village, das am Meer lag, halbwegs zusagen; es hatte einen bezaubernden Raum für Sonnenbäder, einen bescheidenen Swimming-pool und einen Tennisplatz mit Asphaltbeschichtung aufzuweisen, der mit einer dünnen Sandschicht bedeckt war. Ich sah die beiden gemeinsam den Sand wegfegen, und anschließend verlor Mr. McGuinness einen Satz an den jüngeren Mr. Devon, doch der Anblick eines geschmeidigen Körpers, der in der Sommersonne glitzerte, entschädigte ihn vielfach für die Niederlage seiner matten Glieder.

Um vierzehn Uhr dreißig erschienen Dr. Leonard Weinstein, Gynäkologe, und Mrs. Weinstein, seine Sekretärin/Ehefrau, in der Agentur. Mr. Harrison war fast *zu* gnädig. Mrs. Weinstein und die Kinder würden den Sommer hier verbringen. Der Arzt plante die Wochenenden hier ein, an denen er keinen Dienst hatte. Sie wollte ein Haus mit allem Drum und Dran. Ihm war alles recht, ›wo mich niemand rausklingeln kann‹. Sie erwähnte den Country Club. Er warf Mr. Harrison einen Blick zu und stellte eine schnelle Diagnose. »Wir schauen mal rein, Liebling.« Ich lächelte ihn verschmitzt an, und er lächelte mir auch zu. Ich merkte, daß es ihm scheißegal war. Er gefiel mir. Ich fuhr mit ihnen herum und zeigte ihnen ein paar Häuser. Sie wollten sich die Sache noch mal durch den Kopf gehen lassen. Falls neue Angebote einliefen, würde ich sie anrufen.

Um sechzehn Uhr fünfzehn zog sich Gloria ins Bad zurück, um frisches Make-up aufzulegen und sich die Haare zu kämmen. Mr. Harrison ging nach Hause und nahm eine Mappe mit Briefen, Mietverträgen und Dokumenten mit, die er sich in Ruhe ansehen wollte. Ich rief die Clarks an, um die gewünschte Mietpauschale für die Bantoms zu erfragen, und Mrs. Clark sagte mir, eine vorzeitige Vermietung käme ihr gelegen.

Gloria kam mit frisch aufgetragenem Lippenstift aus dem Bad und überprüfte den Inhalt ihres Portemonnaies. »Schließen Sie ab?« fragte sie, während sie ihre Vorbereitungen traf zu gehen.

»Ja. Einen schönen Abend.«

Als ich allein war, rief ich zu Hause an und sprach mit Mrs. Bennett, die mir versicherte, daß der Haushalt intakt war. John kam ans Telefon, um sich über Laura zu beklagen, die nicht aus seinem Zimmer gehen wollte, während er seine Hausaufgaben machte, und dann nahm ihm Laura den Hörer weg und behauptete, daß John sie nicht in Ruhe ließ.

Die Tür ging auf, als ich gerade mein Gespräch mit Laura beendet hatte. Während ich sagte: »Tschüß, und seid brav, ihr kleinen Gauner«, trat ein Mann ins Büro, und das chemische Aggregat Frau nahm mit der Eindringlichkeit eines Herzschlages die Lösung zu ihrer vollkommenen Gleichung wahr.

Bei bisherigen romantisch angehauchten Begegnungen mit Fremden war die Stimme der Vernunft immer sofort mit ein paar Worten auf den Plan getreten: Sei kein Schmock, flüsterte sie, als ich eines Morgens im Siebenuhrdrei-Zug von Hampton Village kommend in die traurigen braunen Augen eines Al-Pacino-Ebenbildes sah und mir eine klammheimliche Freisetzung der Leidenschaft ausmalte, die in Glückstränen im Essex House gipfelte. Du infantile Fotze, murrte diese Stimme, als ich den Blick eines gutaussehenden jungen Querschnittsgelähmten erwiderte, der eines Sonntags mit dem Rollstuhl durch Sears kurvte, und mit dem ich mir ausgedehnte Zungenküsse aus Freigebigkeit und Dankbarkeit für mein restliches Leben vorstellte.

Al Pacino war in dem Moment vergessen, in dem er in Massapequa ausstieg, und für den gutaussehenden jungen Querschnittsgelähmten platzte die Seifenblase, als ich den Flash-Gordon-Comic sah, der aus seiner Tasche schaute.

Aber jetzt erfaßte mich ein übermächtiges Gefühl, das sich auf alle Bereiche meines Lebens erstreckte, vom Kitzel meiner Klitoris bis zum Wohlergehen meiner Seele, und die Stimme der Vernunft konnte nur noch Hosianna singen.

Ich legte den Telefonhörer auf die Gabel, und als ich ihm meine Hand hinhielt, gab er mir seine. Seine Hand war groß und warm, und er hielt kaum wahrnehmbar in der Bewegung inne, ehe er sie zurückzog. »Ich bin Gil.«

»Ich bin Joan. Sie sind etwas zu früh. Nehmen Sie Platz.« Ich errötete.

Er fuhr sich mit der Hand durch sein dichtes kastanienbraunes Haar. Dann ließ er seine großgewachsene Gestalt mit einem zögernden Lächeln auf den Ledersessel mir gegenüber sinken. »Ich habe nicht so lange für die Fahrt gebraucht, wie ich dachte.« Das Lächeln hellte seine ausgeprägten Züge auf und überzog sie mit jungenhaftem Charme. Eine winzige Ecke, die von einem Schneidezahn abgebrochen war, machte sein Lächeln unwiderstehlich.

»Nicht so lange? Oh«, sagte ich. »Ich dachte, Sie hätten viel Verkehr.« Ich schätzte sein Alter auf etwa zweiunddreißig.

»Nein, gar nicht. Es war nicht schlimm.«

»Oh.« Meine Begabung für geistreiche Frotzeleien, die mich früher nie im Stich gelassen hatte, wenn ich einen Mann kennenlernte, war im Zustand völliger Lähmung.

Gil bewegte eines seiner langen Beine, und die Muskeln seines Oberschenkels zeichneten sich unter seiner grauen Flanellhose ab. Ich konnte seine kantige Kniescheibe sehen, die sich gegen den grauen Stoff preßte.

»Es sieht nach Regen aus«, sagte er.

»Ach, wirklich?« fragte ich und malte mir aus, wie ich mich in seinen Regenmantel kuschelte.

»Ja, ich denke schon.« Unsere Blicke trafen sich in süßer Verlegenheit. Er rückte seine Nickelbrille zurecht, die mich nicht gegen die durchdringenden dunkelbraunen Augen abschirmen konnte.

Als ich Gil gegenübersaß, war der alte Liebhaber, der in meiner Fantasie existierte, so überholt wie die laufenden Kontoauszüge eines Ladens, der längst geschlossen war. Ich sah auf meine Hände, die ich auf dem Schreibtisch gefaltet hatte, und ich wünschte, ich hätte nicht an meiner Nagelhaut gepuhlt. »So, dann sehen wir doch mal, was wir für Sie haben.«

Gil lehnte sich zurück und legte seine Hände auf seine gespreizten Knie. Er lächelte nervös, und jede seiner Gesten vermittelte mir seine selbstbewußte, verletzliche Sinnlichkeit.

»Ich hole die Unterlagen.« (Jetzt muß ich aufstehen und den Ordner aus dem Regal holen. Er wird meinen Körper abschätzend mustern und meinen feuchten Rock bemerken.) Ich erhob mich beiläufig und strich mir mit der Hand über den Rock, als wolle ich die Falten glattstreichen. Das tat ich, um zu überprüfen, ob die Säfte meiner impertinenten Schleimhäute durch mein Nylonhöschen gesikkert waren. Nein, Gott sei Dank nicht. Ich holte den Ordner, in dem das Richtige für ihn sein konnte, und setzte mich.

»Hier finden wir sicher etwas für Sie.« Ich lächelte. (Fühlte ich mich jetzt etwas tapferer?) Er räusperte sich. »Das hoffe ich doch.«

Ich sah auf den Ordner und versuchte, meine Aufmerksamkeit auf die Mietobjekte zu konzentrieren und von der flehentlichen Bitte abzulenken, die aus der Furche zwischen meinen Beinen aufstieg. »Wie groß ist die Familie, die in dem Haus Platz haben soll?« (Wie raffiniert.)

»Nur ich. Im Grunde genommen suche ich eine bescheidene Unterkunft, um dort zu arbeiten. Etwas mit Meerblick kann ich mir nicht leisten. Es wäre schön, wenn ich das Meer zu Fuß erreichen könnte, aber das muß nicht sein. Ich würde gern vor dem Frühstück lange Spaziergänge am Strand machen.«

(Ich werde um fünf Uhr morgens aufstehen. Wir werden zusammen spazierengehen, und du wirst meine Zehe küssen, wenn ich mich an einer Muschel geschnitten habe, und dann mache ich Spiegeleier und Toastbrot.) »Woran arbeiten Sie, wenn ich fragen darf?«

»Ich schreibe ein Buch über Astrophysik und möchte den endgültigen Entwurf vor dem Wintersemester beendet haben.«

(Nach den Eiern mit Toast werde ich für dich tippen und dir Vorschläge zum Satzbau machen.) »Astrophysik gehört zu meinen Bildungslücken«, sagte ich und raschelte mit den Prospekten.

Während wir die Wohnungen und Häuser durchgingen, die in der entsprechenden Preislage zu haben waren, und uns über die Geschäfte, Restaurants und sonstigen Einrichtungen im Ort unterhielten, gewöhnte ich mich an die Aufdringlichkeit meiner Möse und fand es wieder leichter, mich mit den anstehenden geschäftlichen Angelegenheiten zu arrangieren.

Aber als er im Auto neben mir saß und ich sein wirres Haar riechen und die kleine Narbe auf seinem Hals und die Sommersprossen auf seinem Ohrläppchen sehen konnte, mußte ich wieder darum kämpfen, die Oberhand über das Aufbäumen meines Körpers zu gewinnen.

Und als ich mit dem Schlüssel zu einem kleinen Häuschen in Hampton Village im Schloß rumfummelte und er ihn mir aus der Hand nahm, berührten sich unsere Finger, und meine Lippen öffneten sich instinktiv.

Jeder Wandel, ob im Wetter, in Lehrsätzen, in der Haarmode, im Kinoprogramm oder in den herrschenden Einstellungen zu unbeschwerter Liebe, trifft mit Verzögerungen im Osten von Suffolk ein. Vielleicht trägt das dazu bei, meine Ungeschicktheit zu erklären, als Gil die Anträge meiner geöffneten Lippen annahm und sich zaghaft vorbeugte, um sie zu küssen, wobei er kaum einen Abdruck auf der schimmernden Schicht aus kirschfarbenem Lippenstift hinterließ. Er schloß die Tür auf.

»Es tut mir leid«, entschuldigte er sich, als er meinen bestürzten Blick bemerkte. »Ich dachte, Sie... normalerweise würde ich... ach, gehen wir doch rein.«

Ich sah sein unsicheres Lächeln. Verdammt noch mal, was machte diese Empfindung so köstlich? Was war vorhin im Büro passiert? Hatte die schlichte Choreographie, die ihn die Tür genau *so* öffnen ließ, einen tief verborgenen Primakkord anklingen lassen?

Ich wußte nicht, was ich sagen sollte, und ich bemühte mich, wenigstens verständnisvoll zu lächeln, als ich an ihm vorbeiging und ins Haus trat. Mit einer Entschlossenheit, die sich selbst Lügen strafte, machte ich mich an eine Besichtigung der Innenräume. Ich fing mit dem zentralen Raum des Hauses an, der als Wohn- und Eßzimmer mit Kochnische diente; ich sah mir prüfend den Herd, das Spülbecken, den Kühlschrank, die Decke, die Wände und die Sitzmöbel an.

Gil, der mir ins Haus gefolgt war und die Tür geschlossen hatte, stand mitten im Zimmer und wirkte verwirrt.

Ich warf einen Blick in das winzige Schlafzimmer mit der fröhlichen Tapete mit roten und gelben Tulpen und versuchte, die Gefühle zu unterdrücken, die das Doppelbett, das für dieses Zimmer zu groß war, in mir wachrief. Ich malte mir aus, welche Freuden vergangener Sommer unter der genoppten weißen Tagesdecke verborgen sein mochten.

Ich wandte mich von diesem Raum ab, stellte meinen Blick auf eine neutrale Vase mit getrocknetem Laub direkt hinter Gils Schulter scharf und fragte ihn, ob ihm das Haus gefiele.

»Ich denke schon«, sagte er und drehte ebenfalls eine obligatorische Runde.

Anschließend standen wir wie zwei Tölpel im Wohnzimmer, die auf das Stichwort eines Souffleurs warteten. »Es wäre schon schöner, wenn es näher am Meer wäre«, sagte ich.

»Für mich reicht es, und es kostet auch nicht viel mehr, als ich mir leisten kann. Fünf Jahre Sommerkurse sollten ausreichen.«

Ich ging den Gefahren des Rattanmöbels, einem kleinen Zweiersofa, aus dem Weg und setzte mich auf einen der dazu passenden Stühle, die mit Kissen mit blauweiß gemusterten Überzügen gepolstert waren. Gil setzte sich auf den Korbstuhl mir gegenüber. »Kann ich jetzt gleich unterschreiben?«

»Wollen Sie sich nicht noch mehr ansehen?«

»Ich habe mich bereits entschieden.«

»Sie machen den Eindruck, als würden Sie solche Entscheidungen täglich treffen.«

»Nein, es ist eine ganz neue Erfahrung für mich.« Er sah auf seine Hände.

Meine Brüste preßten sich gegen den einengenden BH. Mein Gesicht war gerötet. Etwas zwischen meinen Beinen lechzte danach, durchschritten zu werden, und meine Hände verlangten danach, sich auszustrecken und zu berühren. »Ich denke, daß Harrison den Mietvertrag in einer Woche fertig machen kann.«

»Gut. Was ist mit einer Anzahlung?«

»Eine kleine genügt.«

»Ist es Ihnen recht, wenn ich nachher im Büro einen Scheck ausschreibe?«

»Ja.«

Keiner von uns beiden machte Anstalten zu gehen. Plötzlich legte Gil den Schlüssel des Ferienhauses auf den Tisch mit der Glasplatte, der uns voneinander trennte. »Haben Sie Kinder?« Er stellte die unerwartete Frage mit einem Blick auf den Ehering, der an meinem Finger steckte.

»Einen Sohn und eine Tochter.«

»Und Ihr Mann? Ist er im Immobiliengeschäft tätig?«

»Er ist Wirtschaftsprüfer ... in Riverhead.« Ich dachte an Stuart, der in seinem Büro aus Leder und Chrom saß und der spröden Miß Larkins Anweisungen gab, ohne sich darüber bewußt zu sein, daß ich in eben diesem Moment meine Seele einem Fremden preisgab.

»Sie haben nicht immer hier draußen gewohnt, oder?« fragte Gil.

»Nein, wir sind vor rund acht Jahren aus Manhattan hierhergezogen, als Stuart – mein Mann – als Partner in das Geschäft eines staatlich geprüften Wirtschaftsprüfers eingestiegen ist, der sein Büro in Riverhead hatte. Beruflich war es eine günstige Gelegenheit. Sein Partner ist vor einigen Jahren gestorben. Er macht die Sache jetzt allein.«

»Leben Sie gern so weit draußen?«

»Ich könnte glücklicher sein.« (Neckisches Luder.) »Wie ist das bei Ihnen?«

»Ich mache mir nichts aus Dreifachschlössern, aber in Teds Schuhen möchte ich auch nicht stecken.«

»Ted. Das ist der Freund, bei dem Sie wohnen.«

»Richtig. Er unterrichtet draußen am Southampton College Meeresbiologie.«

»Ich nehme an, das hat etwas von einer vorzeitigen Pensionierung.«

»Ja, aber in seinem Innersten ist er ein fauler Cousteau.«

»Und Sie sind der emsige Kopernikus?« Ich sah vor meinen Augen einen saftigen Sexualakt unter den sich wandelnden Sternbildern des Hayden Planetariums. Ich blickte unbeirrt in die juwelenbesetzte Dunkelheit auf, mein Haar gegen die Kopfstütze gepreßt, mein Arsch auf der Sitzkante, während er sich vor mir hinkniete und sein Gesicht in meinen Hals grub.

Er lächelte. »Na ja, ich arbeite ziemlich hart.«

Das kleine Zweiersofa war geradezu aufdringlich präsent und leer. »Kommen Sie oft nach Manhattan rein?« fragte er.

»Etwa einmal im Monat. Das törnt richtig an.«

»Mit Ihrem... Gatten?«

»Er mag keine Hektik.«

»Ich habe zwei Karten für das Hollander-Gastspiel im Alice Tully am nächsten Samstag. Hätten Sie vielleicht Lust mitzukommen?« Er setzte sich anders hin und sah weg. Zu spät, die Einladung war ausgesprochen. »Ich... äh... habe eine Karte für meine Schwester besorgt, die nächste Woche in die Stadt kommen wollte, aber sie schafft es nicht. Er spielt Copland und Brahms.«

(Wen, zum Teufel, interessiert, was er spielt!) »Das klingt prima. Ich komme gern.«

Er drehte sich wieder zu mir um. »Wollen wir vorher zusammen essen gehen?«

Essen gehen? Und – oh! Bis dahin war ich nur eine latente Sünderin. In diesem Augenblick sah ich mich auf einen lebensechten, erschlichenen und unzulässigen Fick zusteuern. Und Stuart? Arglos, schuldlos und, wie seine Mutter sagen würde: ›Er hat es gut gemeint!‹ Der kleine Bar-Mitzwe-Junge, der tief im Herzen meines kultivierten Vaters begraben war, ließ einmal mehr seine Ethik durchscheinen, die sich mit der des kleinen katholischen Cherubs vermischte, der in verborgenen Winkeln der Erinnerung meiner Mutter mit den Flügeln flatterte. Aber ich wies alle Bedenken und jeden Kodex von mir, bot meine Courage auf und antwortete tapfer:

»Okay.«

»Ich rufe Sie im Lauf der Woche an. Wann sind Sie im Büro anzutreffen?«

»Sehr unregelmäßig. Vielleicht sollte ich Sie anrufen.«

»Ich gebe Ihnen meine Privatanschrift und meine Telefonnummer.«

Ich warf einen Blick auf die Informationen, die er auf meinem Block festgehalten hatte. Welche Genüsse harrten meiner in Apartment 5 b in der Hundertachtzehnten, Ecke Broadway? Ich steckte den Block in meine Tasche und stand auf, um zu gehen. »Ich glaube, wir sollten jetzt wieder ins Büro fahren.«

Gil stand langsam auf, und sein beiges Cordjackett rutschte über seinem Oberkörper zurecht, den ich mir sehnig vorstellte. Er nahm den Schlüssel von dem kleinen Teetisch, während ich schon zur Tür ging.

Wir hörten den Regen, als wir einander vor der Tür gegenüberstanden. »Sie haben recht gehabt mit dem Regen«, sagte ich und sah seine Hand an, die sich hob, um mein Gesicht zu berühren. Meine Wange und mein Ohr prickelten, als er zart mit seiner Hand darüberstrich, und der leichte Duft seiner Haut schmolz meine letzten Vorbehalte. Seine Hand wanderte zu meinem Nacken, unter mein Haar, Finger spreizten sich und tasteten sich über meine Kopfhaut. Dann wieder über mein Gesicht mit Fingerspitzen, die meine Wimpern streiften.

Zu meinem eigenen Erstaunen machte ich den nächsten Zug. Der Geruch seiner warmen Handfläche war ein ausreichender Katalysator. Ich wurde aus meiner blutleeren Ethik und meiner idiotischen Vernünftigkeit herausgerissen, der Gewohnheit enthoben und auf mich selbst zurückgeworfen.

Es war, als habe ein Tier, das jahrelang in mir eingesperrt war, plötzlich die Freiheit gewittert; es sprang mit einem Satz an seinen Dompteuren und Wärtern vorbei (die sich abwandten und ihm insgeheim Glück wünschten) und stürmte den Freuden der freien Wildbahn entgegen.

Na und, zum Teufel. Ich schlang meine Arme um seinen Hals und brachte ihn fast aus dem Gleichgewicht. Er erholte sich von seinem Schock und erwiderte meine Umarmung. Der Schlüssel fiel auf den Boden. Unsere Münder trafen so heftig aufeinander, daß ich mir Sorgen um meine verdammten Zähne machte. Unsere Zungen kamen zusammen und waren verschlungen, während ich gierig unsere vermengten Säfte schluckte und tief Atem holte. Sein Atem, der nach gegrilltem Käse roch, machte mich noch gieriger, und ich preßte mich dichter an ihn. Unsere Herzen schlugen gleichzeitig, als er seine Hände auf meinen Arsch fallen ließ. Im selben Moment ging mir ein schrecklicher Gedanke durch den Kopf. (Soll ich es ihm sagen? Nein, noch nicht. Warte noch.)

Er packte meinen Hintern, zog mich näher, tauchte seine Zunge tiefer in meinen Mund, und seine Hände hoben meinen Rock und fanden ihren Weg von unten in meine Unterhose. (Sag es ihm jetzt. Nein!)

Ich riß mich von ihm los. Ich mußte meine Kleider ausziehen. Durch das Zusammenleben mit meinem zimperlichen Ehemann (wenn Eier erröten könnten, würden die von Stuart erröten) war ich sonst so züchtig wie ein junges Mädchen, dem gerade erst Titten gewachsen sind. Aber jetzt mußte ich ganz entgegen meiner Art (oder endlich mir gemäß) meinen Körper verfügbar machen, und zwar schnell. Das Tier verzehrte sich danach, zu fressen und gefressen zu werden.

Wir zogen uns eilig aus, ohne uns voneinander abzuwenden – mich trieb eine Lust, die endlich Früchte tragen sollte – und warfen unsere Kleidungsstücke auf einen Haufen auf den Boden. Wir blieben kurz stehen und sahen einander an.

Er war schlank, aber sehnig. Seine Körperbehaarung war hellbraun und am dichtesten unten auf seinem flachen Bauch über dem hinreißenden prallen Schwanz. Seine Brille war leicht verrutscht, was ihm den Anschein der Unerfahrenheit verlieh und das Feuer der Leidenschaft um einen Funken mütterlicher Gefühle bereicherte. Als wir dem selben Ziel zustrebten und zu Boden taumelten, fiel ihm die Brille runter. Er schob sie zur Seite.

Wir umklammerten uns auf dem weißen Noppenteppich, und die harten, heißen Küsse, die er mir auf Hals und Schultern drückte, sandten genüßliche Schauer über meine Arme und meine Brust. Die spürbare Gegenwart dieses neuen Mannes brachte mich fast um den Verstand – die ungewohnte feste Haut, das sprödere Haar, der schmalere Körperbau, der aufreizende Moschusduft.

Jeder Tast- und Geruchsnerv war erwacht und forschte und stürzte sich begierig auf alle neuen Eindrücke. Ich saugte an seinen Lippen, seinem Hals, seinen Achseln und biß ihn, um ihn stärker zu schmecken. Meine Brüste schienen anzuschwellen, um in Kontakt mit seiner Haut zu kommen.

Ich spürte seine Gegenwart so stark, und unsere Konfrontation war so schwindelerregend hier und jetzt und wirklich, daß sie surreal wurde und Traumgestalt annahm. Die tastenden, packenden Bewegungen seiner Hände und Lippen zählten.

Er legte sich auf mich, und meine Beine öffneten sich weit und weiter. Dann schlang ich sie um seinen Rücken und reckte mich ihm entgegen. (Jetzt? Nur noch ein bißchen, ein ganz kleines bißchen.) Ich stöhnte dankbar, als es soweit war.

Wir waren ineinander verschlungen und drängten auf eine gemeinsame Ekstase zu, als ich ihm aus grauen Himmeln der Fakten und Konsequenzen mit meiner zweiten Überraschung eine kalte Dusche verpaßte. Ich konnte nicht mehr warten.

»Halt!« schrie ich heiser auf. »Ich habe mein Pessar nicht eingesetzt!«

Gil zog sich blitzschnell zurück und vergeudete seine orgasmischen Zuckungen direkt unter meinem Nabel. Meine Vagina blieb in einem Schockzustand zurück.

Diese Enttäuschung! Wie wenig hatte es von diesen schön schmutzigen Sachen, die ich immer aus der Ferne bewundert hatte – bei denen sich der Verstand nicht in die Leidenschaft einmischte und alle Konsequenzen außer acht gelassen wurden. Und dieses Fegefeuer hatte ich mir selbst auferlegt! Hat man das schon mal gehört? Wer zum Teufel verpaßt einen grandiosen Augenblick wegen eines Gummitrampolins?

Total durchnäßt und schlaff lag ich da und hielt die Tränen der Enttäuschung zurück. »Es tut mir leid.«

»Das macht doch nichts. Das macht gar nichts«, flüsterte er. Er preßte seinen Mund auf mein Ohr und strich zärtlich das nasse Haar aus meinen Schläfen.

Dann kniete er sich über meinen ausgelaugten Körper und wandte ihm mit neugeschöpfter Energie seine Aufmerksamkeit zu. Ich lag nur da, gab nichts und bekam alles.

Er legte einen seiner Arme unter meinen Rücken, und meine Augen schlossen sich, als er anfing, mit der freien Hand meine Brüste zu streicheln. Er ließ den Spuren seiner Hand feste, feuchte Küsse folgen. Als seine Zunge in die Nähe meiner Brustwarzen kam, blieb mir die Luft weg, und als sie diesen steifen Huppel liebkoste, ging mein Atem schneller. »Mach weiter, mach weiter.« Er saugte und biß liebevoll in die Brustwarze, und als seine Zunge und seine Lippen über die feuchten Kugeln wanderten, um sich um die andere Brustwarze zu schließen, hob ich meine Arme über den Kopf, und mein Becken bewegte sich ruckartig.

Er zog seinen Arm unter mir heraus, um meine Brüste und meinen Bauch zu massieren, bis ich die Beine spreizte, soweit es ging, und die Knie anzog. »Bitte, bitte.«

Seine Hände strichen fest über die Innenseite meiner Oberschenkel, streichelten mich zärtlich und erregten mich bis zum Wahnsinn. Ich spürte, daß sich sein Körper zum Zentrum meines stummen Flehens niederbeugte. Seine Lippen preßten sich darauf und sogen so stark an mir, daß ich keuchte. Ich hielt seinen Kopf zwischen meinen Händen und hatte Angst, er könnte ihn zurückziehen, aber er wühlte sich nur tiefer in mich hinein und saugte an dieser kribbelnden Erhebung, die von köstlichen Qualen gepeinigt war.

Die Muskeln meiner Schenkel fingen an, sich in wildem Rhythmus um seinen Kopf zu spannen und sich wieder zu lockern, und ich ließ meine Hüften kreisen, um das Küssen, das mich in eine genüßliche, unkontrollierte Raserei versetzen wollte, noch mehr auszukosten. »Hör nicht auf«, flehte ich.

Seine Hände glitten unter meinen Hintern und hielten mich mit festem Griff. Und plötzlich bog sich mein Rücken ihm entgegen, meine Arme fielen ausgestreckt herunter, und ich gab mich einer Woge genüßlicher Zuckungen hin. Er hörte nicht auf, seine Lippen auf mich zu pressen und seine Zunge in mich zu stoßen, und wieder bäumte ich mich auf, und das Erschauern zog sich noch weiter in meinen Bauch hinein und rieselte kribbelnd und prickelnd durch meinen ganzen Körper.

Schließlich öffnete ich die Augen. Gil hatte sich über mich gebeugt und sah mir ins Gesicht. Wir umarmten einander und atmeten einige Augenblicke lang schweigend die Ausdünstungen von Schweiß und Sex ein.

Und dann, ganz langsam, wie auf ein Stichwort hin, sahen wir einander an, verharrten in einer Zeitlupeneinstellung und grinsten. Verrucht.

»Komisch, was der Regen mit dir macht«, sagte er.

»Ich weiß selbst nicht, was in mich gefahren ist.«

Ich hatte meine Abschlußarbeit über den logischen Positivismus geschrieben – hundertdreiundfünfzig Seiten, maschinegeschrieben! Ich hatte zwei Kinder gepflegt und durchgebracht, als sie an einem Virus unbekannten Ursprungs erkrankt waren! Sieh sich das einer an! Nach ausnahmsloser vaginaler Bedachtsamkeit habe ich diesen lächelnden Schlitz mit dreister Unanständigkeit den durchbohrenden Augen, den Fingern, der Zunge et cetera dieser nackten Gestalt offeriert, deren Geist – wo weilt er jetzt? – die fernsten Ausläufer des Universums erforscht haben muß!

Wir explodierten vor Lachen – wie Kinder. Die Verrücktheit war für mich eine ebenso bedeutsame Erlösung wie ein Orgasmus. Nie hatte ich mich so frei gefühlt. Das Gelächter, absurd und grundlos und ebenso hemmungslos, wie ich mich gerade dem Sex überlassen hatte, drang aus den Tiefen der Unschuld herauf.

Ich rutschte herum und wand mich unter ihm, als er meinen Hals mit seinen Lippen und Zähnen kitzelte und meine unmoralische Spalte mit seinem Knie anstachelte. Schließlich ließ er mich frei, und wir taumelten auf unsere Füße. Im Bad machten wir unsere Gesichter und Bäuche naß und tupften uns gegenseitig mit Toilettenpapier trocken. Wir fanden den Schlüssel unter seiner Unterhose und seine Brille unter meinem Rock. Ich setzte ihm die Brille auf die Nase. Sie war etwas aus der Form geraten.

Während wir uns wieder anzogen, versuchte ich, mich in die Welt der früheren Verpflichtungen, des abendlichen Heimkehrens und des Wildbrets zurückzukämmen und zurechtzustreichen. Angezogen fehlten uns die Worte.

Wir verließen das Haus als vertraute Fremde, Status undefiniert. Als ich die Tür aufmachte, riefen mir der Regen und mein Volkswagen deutlicher ins Gedächtnis zurück, daß ich nach wie vor Mrs. Hiller war, und ich bereitete mich auf eine Woge von Schuldgefühlen vor, die mein entsprungenes Tier wieder zurück in die Gefangenschaft treiben würden.

Aber meine Schuldgefühle waren in etwa so nachhaltig wie Großmutters Kuß, und mein Tiger, der die Freiheit gekostet hatte, schleckte sich den Rachen, und Großmutter hastete zurück in ihr Wohnzimmer.

Als ich nach dem emotionellen Tumult des Nachmittags mit Stuart im Bett lag, kämpfte meine paradoxe Natur mit sich selbst. Einerseits war ich eine romantische Spinnerin. Andererseits hatte ich einen Tick für logische Analysen. Da ich mir vollkommen bewußt war, daß ich eine Aktivierung meiner verschütteten Leidenschaften bereitwillig und eifrig anstrebte, fragte ich mich, ob ich in meinem Eifer einen recht willkürlichen Kandidaten ausgewählt hatte.

Als Stuarts Hand in das V meines Nachthemds griff und methodisch über die obere Hälfte meines Körpers strich, betrachtete ich mir die Situation mit der Logik des Talmud.

Frage: Wenn ich seit Jahren bereit bin, warum habe ich dann ausgerechnet an genau diesem Tag den Mann kennengelernt, bei dem es besonders wahrscheinlich ist, daß sich meine Fantasien mit ihm manifestieren lassen?

Antwort: Wenn es bloßes Wunschdenken gewesen wäre, hätte ich es schon vor Jahren mit einem anderen unschuldigen Zuschauer geschehen lassen. Daher muß die Antwort im Reiche der reinen Glücksfälle, eines scharfen Auges und der richtigen Ausstrahlung angesiedelt sein.

Stuarts linke Hand hätschelte mit ungewohnter Heftigkeit meinen Busen. Wie ein Arzt, der versucht, einen reaktionslosen Patienten aus einer Ohnmacht zu holen.

Frage: Warum hat unter allen Männern ausgerechnet dieser meine ästhetischen Vorstellungen ideal befriedigt, ohne meinen ästhetischen Idealen zu entsprechen?

Antwort: Meine Bedürfnisse sind stärker als meine Ästhetik. Daher führt der Mann, der meine Bedürfnisse befriedigt, durch Verkörperung zu einer Neudefinition meines Schönheitsideals.

Stuarts Hand hob mein Nachthemd hoch, tauchte zwischen meine Beine und wandte energisch erste Hilfe an, als versinke der Patient gerade ins Koma.

Frage: Warum setzt mein Mann, der, wie üblich, weit daneben liegt, seine Zuwendungen fort, wenn er doch sehen kann, daß meine Spalte heute abend so empfänglich ist, als hätte ich Schlafmittel geschluckt?

Antwort: Er weiß nicht, das süße Wesen in seinem gestreiften Schlafanzug, daß ich einmal nicht versuche, mich in eine Art klinische Klimax reinzusteigern.

Mit beiden Händen knetete Stuart meine Schenkel, meinen Bauch und meinen Busen. Dann beugte er sich über mich und versuchte, in eine meiner Brustwarzen Leben zu saugen und die andere wachzustreicheln. Ein süßes, prickelndes Gefühl zog durch meinen Körper. Sackgasse, Stuart, Baby.

Mein fremdes Glück wurde durch bohrende Schuldgefühle beeinträchtigt. Stuart, der geiler war als während der bisherigen Steuerjahreszeiten, muß sicher verwirrt und erbost gewesen sein, wenngleich er das auch nie gesagt hätte. Sowie ich keine Freuden mehr bei ihm suchte, mischte sich keine Verstimmung in meine Sympathie.

Frage: Was zum Teufel soll ich tun?

Antwort: Lügen.

»Ich fühle mich heute schon den ganzen Tag nicht wohl. Ich glaube, ich habe mir etwas geholt.«

Stuart brach abrupt seine Bemühungen ab, mich geneigt zu machen, und ließ sich auf sein Kissen zurückfallen. Er war zu höflich, um seine Erbitterung kundzutun. »Wie schade«, brachte er mit Mühe heraus.

Frage: Was ist absurder als das menschliche Drama?
Antwort: Die Verlogenheit seiner Spieler.

5. Kapitel

Die Vorfreude, Gil am Samstag zu treffen, brachte bereits am Dienstag neues Leben in mein Netzspiel. Nach dem Terminplan, den die Gruppe zu Beginn der Saison ausgearbeitet hatte, war Gladys an jenem Tag meine Partnerin. Gemeinsam schlugen wir die drei anderen Teams in wenigen Sätzen vernichtend. Ich war einfach toll – ich schlug Schmetterbälle mit der Rückhand zurück, die ich normalerweise erst am Rand des Spielfelds abgefangen hätte, ich sprang nach hohen Bällen, die mir sonst unerreichbar erschienen wären, und ich schlug sogar die Vorsicht in den Wind und scherte mich einen Teufel um meine Aufschläge.

Gegen Ende des Spiels richtete sich mein Wille, mich durchzusetzen, gegen mich selbst. Gladys und ich standen beide dicht am Netz und machten unseren Gegnern Druck. Gladys rief: »Meiner!«, als ein Ball kam, den ich mich als *meiner* zu interpretieren entschied. Mit einem barbarischen Schrei stürzte ich mich auf den Ball und schlug ihn ins Netz. Die Tennishalle war ein Echoraum, und daher hallte mein: »Scheiße« durch den ganzen Raum, und ich wäre fast in den Boden versunken. Der Tennislehrer auf Platz Nummer eins, der gerade damit beschäftigt war, mit einer Schülerin die Bälle einzusammeln, warf mir einen verächtlichen Blick zu, und Gladys sah mich finster an – nicht wegen meines schlechten Benehmens, sondern weil ich den Punkt verloren hatte. Ich faßte mich wieder, allerdings nicht, ohne mir darüber klar zu werden, daß noch ein langer Weg vor mir lag, ehe ich eine riskante Situation sicher meistern konnte.

»Heute hast du es ihnen ganz schön gezeigt«, sagte Gladys anschließend, als wir im Clubraum saßen und Diätlimonade tranken.

»Ich war aufgeputscht«, sagte ich und sah auf das Frotteeband an meinem Handgelenk. Ich war hin und her gerissen.

Nancy und Pat, die neuesten und jüngsten Mitglieder der Dienstagsgruppe, sahen auf die Uhr über der Eingangstür, die die Platzmiete in Sekunden anzeigte. Pat trank ihre Limonade aus. »Wir müssen gehen«, sagte sie. Nancy nickte zustimmend. »Die Kinder führen in der Vorschule ›Sesamstraße‹ auf.«

Die übrigen sechs, die noch im Clubraum sitzen blieben, spielten bereits seit etlichen Jahren zusammen. Wir hatten uns auf dem Tennisplatz kennengelernt und uns aufgrund unserer Fähigkeiten im Tennis und unserer miteinander zu vereinbarenden Terminkalender zusammengefunden. So verschieden wir sonst auch sein mochten, waren wir doch eine Art Schwesternschaft geworden. Was wir über die anderen wußten, rührte von unseren Plaudereien nach dem Tennis her. Diese Umgebung war recht geeignet, um größeren Ärgernissen Luft zu machen und kleinere Sünden loszuwerden. Manche von uns hatten einander näher kennengelernt und waren Zweierfreundschaften eingegangen, aber der oberflächlich therapeutische Charakter unserer Dienstags- und Freitagsgemeinschaft blieb dadurch unverändert.

Wir forderten nicht mehr voneinander als ein bißchen Trost und Interesse. Unsere Unterhaltungen waren unbeschwert. Wir brauchten uns innerlich nicht zu verausgaben. Wie Gladys einmal gesagt hatte: »Was ich an euch Mädchen mag, das ist, daß ich vielleicht mal eine von euch in der Autowerkstatt abholen muß, aber ich brauche keiner von euch einen Orgasmus vorzuspielen.«

Gladys, die ihr Medizinstudium abgebrochen hatte, schmeichelte sich mit dem Reichtum ihres Mannes und holte sich ihre Existenzberechtigung auf dem Tennisplatz. Es war von entscheidender Bedeutung für ihre geistige Gesundheit, daß sie mindestens neunzig Prozent ihrer Spiele gewann. Sie sah abschätzend ihre strammen Beine an, als sie sie auf einen Stuhl zog und sich an eine von uns wandte. »Wie behandelt dich deine Tochter inzwischen eigentlich, Naomi? Ist sie noch zu Besuch, oder hat sie dich aus ihren Klauen entlassen?«

Naomi, eine pensionierte Bibliothekarin, war eine sehr agile Sechsundsechzigjährige. Sie war verwitwet und lebte mit einem jüngeren Mann zusammen, was auf die heftige Ablehnung ihrer Tochter stieß. Die beiden machten einen umgekehrten Generationskonflikt durch. Naomi, nicht ihre Tochter, sah dem Leben mit jugendlicher Frische ins Auge.

»Ach, sie spielt immer noch die Glucke. In zwei Tagen geht ihr Rückflug zu ihrem liebenden Mann und den Kindern. Noch mehr von dieser Gehirnwäsche, und sie hätte mich davon überzeugt, daß ich eine alte Sünderin bin.«

»Ich dachte, du hältst mehr aus«, sagte Gladys.

»Die Schuld ist eine heimtückische Waffe. Sie nagt an deiner Zuversicht, bis du eines Tages die Schultern hängen läßt. Ich fange an, meine – wie hat das kleine Schätzchen so schön gesagt? – meine ›Moralstruktur‹ in Frage zu stellen.«

»Schuld«, sagte Ruth, »ist der Kern einer Familie. Entspann dich und genieße es.«

Naomi lachte. »Danke.«

Helen zupfte ihre Tennis-Shorts zurecht und sagte: »Wißt ihr was? Wenn wir jetzt reservieren und jeder fünfundzwanzig Dollar anzahlt, kriegen wir nächstes Jahr zehn Prozent auf den Platz.«

Helen hatte sich im Osten von Long Island häuslich niedergelassen, weil ihr Mann, ein Tierarzt, das für eine gute Gegend hielt, um Kinder großzuziehen und Hunde von Fadenwürmern zu kurieren. Sie war in einem der dortigen Elternverbände Mitglied geworden, und ihre gesamten Dalton-Bestrebungen für ihren kleinen, ländlichen Bezirk waren ans Tageslicht gekommen. Nachdem sie eine Weile versucht hatte, mit dem Kopf durch die Wände des kleinen roten Schulhauses zu gehen, hatte sie gelernt, ihre Erwartungen auf die Wünsche der Mehrheit zurückzuschrauben. Das letzte, was in dieser Hinsicht von ihr bekannt war, war, daß sie sich für eine Erneuerung der Fenster der Turnhalle eingesetzt hatte.

»Was sagt ihr? Legen wir uns fest? Wenn wir nicht spätestens in einer Woche reservieren, kann es sein, daß wir unseren Termin von elf bis eins nicht mehr bekommen. Ich rufe Nancy und Pat noch an, aber ich bin ziemlich sicher, daß sie einverstanden sind.«

Susan und ich waren die beiden einzigen, die zögerten. Helen wandte sich an mich. »Joan?«

»Ich bin nicht sicher.«

»Wieso?« sagte Gladys. »Hast du vor, unter die Profis zu gehen? Laß dir den heutigen Erfolg nicht gleich zu Kopf steigen, Mädchen.«

Ich lächelte. »Du dumme Ziege. Nein, ich weiß nur einfach nicht, wie es bei mir zeitlich aussieht. Ich will wieder anfangen zu malen. Vielleicht auch in ein paar Vorlesungen gehen.«

»Was ist passiert, Dummchen? Ist die Medienhetze etwa schon zu dir vorgedrungen? Du fühlst dich nicht ausgefüllt? Bist du mißbraucht worden, du armes Kleines?«

»Nicht mißbraucht. Eher außer Gebrauch.« Ich sah ihre gerunzelte Stirn. Was soll ich dir sagen, Gladys? Ich sollte die Lebenskraft besser nutzen? Ich sollte die Einschränkungen und vermeintlichen Gewohnheiten durchbrechen, die nicht vorgeschrieben sind, sondern nur so erscheinen? Wie wäre es damit, daß ich mich einfach nur wieder in die Arena stürzen will? Kaufst du mir das ab, oder wirst du weiterhin auf deine Limonadendose pochen?

Gladys ahmte Geigenspiel nach. »Dida da dida«, gurrte sie.

»Jetzt hör bloß auf. Ich bin nicht auf den Feministinnen-Dreh gekommen. Männer finden auch Ausreden, um sich in kurzsichtigen Visionen ihrer selbst einzurichten.« Was war mit Stuart? Täglich zieht er mit seinem kleinen schwarzen Rechteck los und verbringt den Tag damit, Steuerdollar sicherzustellen und numerische Daten in einen Computer einzufüttern. Er war immer einer von denen, die die Bedeutung dessen, was er als Erwerbstätigkeit bezeichnet, preisen, aber es muß Zeiten geben, in denen er sich fragt, ob die Hälfte seines Gehirns vertrocknet.

Gladys seufzte: »Um mich geht es nicht, Joan. Weißt du, ich könnte mich selbst in den Arsch treten, weil ich mein Medizinstudium abgebrochen habe. Ich lasse es nur an dir aus.« Sie rieb sich die Hände. »Wie findest du das als kleine Kasteiung? Ich persönlich finde es sogar absolut bewundernswert.«

»Ich auch«, stimmte ich zu. »Außerdem finde ich *dich* bewundernswert, ob mit oder ohne Titel vor dem Namen. Warum reservieren wir nicht einfach den Platz, und jeder macht eine Anzahlung? Wenn ich aussteige, verpflichte ich mich, einen großartigen Ersatz für mich zu besorgen. Einverstanden?«

»Abgemacht«, sagte Gladys.

Susan hatte kein Wort gesagt. Sie schien sich ganz in sich selbst zurückgezogen zu haben. »Was ist mit dir, Sue?« fragte Helen. »Ist dir der alte Termin auch im nächsten Jahr recht?«

»Was? Ja, schon gut. Ich denke schon.«

»Was soll denn *das* heißen?« fragte Ruth. »Haben wir etwa noch einen im Aufbruch begriffenen Geist unter uns? Offen gestanden: Ich finde das einfach toll, aber ich würde euch beide äußerst ungern als Tennispartner verlieren.«

»Ich spiele damit, mir eine Stelle zu suchen oder wieder zu studieren«, sagte Susan.

Helen zuckte die Achseln. »Na, wenn das so ist, dann sollten wir den Vorschlag mit der Platzreservierung wohl noch eine Woche ruhen lassen«, sagte sie. »Mag jemand Pfefferminz?« fragte sie und wühlte in ihrem Tennisbeutel.

Als wir aus dem Club kamen, gingen Susan und ich essen.

»Es freut mich, daß du damit spielst, dir einen Ruck zu geben«, sagte ich, während wir in der lauten, verräucherten Kneipe, einem Gasthaus in Hampton Village mit gutem Essen und dreckigen Bädern, auf unsere garnierten Hackfleischplatten warteten.

Susan trank einen großen Schluck von ihrem Wodka-Lemon. Ihr Haar war feucht. Ihr Gesicht war leicht gerötet. Sie sah schön aus. »Sehen wir mal, was passiert.«

Ich trank einen Schluck von meiner Bloody Mary und preßte das kalte Glas gegen meine Wange. »Vielleicht hört Stuart was von einer Stelle, die gut klingt. Ich frage ihn mal.«

»Gern. Danke.«

»Vielleicht lieber halbtags? Spielst du mit dem Gedanken, wieder zu studieren?«

»Ich spiele mit dem Gedanken, mir ein langes, gutes Buch aus der Bücherei zu holen und die ganze Sache zu vergessen.« Sie drehte nervös an ihrem Ehering.

Mir ging auf, daß Susans Verhältnis zum Leben prosaisch war.

Ließen sich die Schnüre, mit denen sie mit dem Handlungsstrang verknüpft war, lösen? Gab es Reserven an protoplasmischer Freude, die angezapft werden konnten, wenn Verzweiflung oder Gleichgültigkeit drohte? Vielleicht, indem man ein Band mit Paul McCartney oder *Le Sacré du Printemps* laut anstellte? Indem man sich der tosenden Brandung oder der Stille einer sternklaren Nacht hingab? Indem man die perfekte Rückhand auf dem weißen Strich abfing?

Knall! Irrationale Energie, die die trübe Brühe durchdrang. Denken und Materie, Ursache und Wirkung, Universum und Ich, fast eins – nur durch einen kleinen Spalt Bewußtsein, eine minimale Wahrnehmung voneinander getrennt. Die Gnadenfrist, der dehnbare Moment der Danksagung, der einen wieder in eine Lage versetzt, die weniger entmutigend erscheint – spürt sie das? Wenn der Handlungsverlauf des Romans auseinanderfällt, erwacht dann ihr Kampfgeist?

Ich war nicht sicher. Ich hoffte es.

»Was ist das alles doch für eine Farce«, sagte sie.

»Was?«

»Ich und eine Stelle suchen oder sonstwas. Soll ich mich dann etwa ausgefüllt fühlen?«

»Ja.«

Sie seufzte. »In meinem Fall ist es nur dazu gedacht, daß es so aussieht, als ob. In Wirklichkeit geht es nur darum, daß der alte Roger es einmal mit der Angst zu tun kriegt. Es steckt kein Engagement dahinter. Es ist alles nur aufgesetzt.«

»Vielleicht staunst du noch über dich und genießt es wirklich, auf dich selbst gestellt zu sein.«

»Klar. Wie du meinst.«

Die Kellnerin mit den rosigen Wangen, die zweifellos von der erneuten Selbsteinschätzung der mittleren Jahre verschont war, kam mit Ketchup und Zwiebeln auf unseren Tisch zu. Ich warf einen Blick auf ihren kleinen, hochangesetzten Busen, der sich ohne einengenden BH unter ihrem gelben T-Shirt abzeichnete. »Versuch, es zu genießen, Susan. Du lebst nur einmal.«

Als die Kellnerin wieder ging, nahm ich ein großes Stück rohe Zwiebel in die Hand und sann über seine heimtückischen Freuden nach. Für wen in meinem Haushalt wollte ich eigentlich einen reinen Atem behalten? Ich biß in die verbotene Frucht.

Wie das Leben, das unter der Oberfläche eines anscheinend stillen Teiches brodelt, zog sich die Aufregung als eine Strömung unter den oberflächlichen Banalitäten jeder gewöhnlichen Begebenheit.

Dienstag, nach dem Tennis:

Haare schneiden lassen. Ich strebe die Vollkommenheit der Unvollkommenheit an. Mr. William läßt seinem stumpfen Haarschnitt eine Fönwelle angedeihen, und ich fühle mich unangenehm adrett. Mr. William, der wünscht, er könnte es gestalterisch mit Sassoon oder mit Suga aufnehmen, wischt sich den Riverhead-Schweiß von der Stirn und macht mir einen Stufenschnitt, damit mein Haar voller und weniger frisiert wirkt. Ich fühle mich gelockerter, verführerischer. Der mürrische Mr. W. bringt meine Kopfhaut zum Prikkeln, als seine Hände die von Gil werden.

Bei den Eltern in Brooklyn Heights angerufen (in der Hoffnung, daß meine Stimme nicht zittert), um nachzufragen, ob es ihnen recht ist, daß ich am Samstag bei ihnen übernachte. Natürlich ist es ihnen recht. Sie können es kaum erwarten, mich zu sehen. Komme ich mit... Nein? Du brauchst ein paar Stunden für dich, das ist es doch? Ja, das verstehen sie. Ich wünschte, ich könnte meinen Vater ins Vertrauen ziehen. Früher habe ich ihm fast alles gesagt. Aber ich weiß, daß Daddy nichts davon halten würde, daß er mir raten würde, zu bedenken, daß ich mit meinem Rendezvous meine gesicherte Ehe aufs Spiel setze, aber in Wirklichkeit würde es ihm dabei um den Verstoß gegen den Anstand gehen. Jedenfalls erinnere ich mich an meine Schulzeit und an die Ängste, die als Begleiterscheinungen mit Prüfungen einhergingen. Die einzige wichtige Prüfung, die ich je verpatzt habe, war eine, bei der ich mit einer guten Note gerechnet und im voraus den Mund zu voll genommen hatte. Lieber den Mund halten und auf Holz klopfen. Während ich einen selbstbewußten töchterlichen Lagebericht abgebe, schreie ich in Gedanken nach Gil.

Nachmittag. Mit Stuart einen alten italienischen Film gesehen. Das Kino ist naßkalt und praktisch leer. Es wartet, wie alle Unternehmen in der Stadt, auf den einträglichen Zustrom der Sommergäste. Lieblos synchronisierte Stimmen hallen monoton durch das Kino, während Sophia Lorens Titten in den Gassen von Neapel und den Alleen der Träume auf- und niederhüpfen. Die wenigen Schwänze im Zuschauerraum tanzen zum Rhythmus dieser berühmten neapolitanischen Nippel, während meine anonymen Brüste vor heimlichem Verlangen wogen. Stuart verschlingt mit den Blicken Sophia und mit den Zähnen Popcorn.

Mittwoch:

Ein Opfer. Ich gehe als eine von vier Wahlmüttern mit Lauras Klasse zum Schulausflug auf die Long Island Game Farm in Manorville mit. Ich muß mich mit Timmy abgeben, der die Entchen mißhandelt, und mit Shirley, die im Heuschober durchdreht und ihr Leberwurstbrötchen nicht mehr findet. Ich rette die Enten, zupfe das Heu aus Shirleys Haar und teile meinen Thunfisch mit ihr. Laura heult, weil sie findet, ich hätte Shirley mehr Kartoffelchips abgegeben als ihr, ›deiner eigenen Tochter!‹. Ich fühle mich wehrlos, als zehn Kälber geschlossen auf mich und die Milchflasche losgehen, von der ich mir eine lohnende ländliche Erfahrung versprochen habe. Als sich die Schulklasse zur Tierschau versammelt, um die Seehunde Ballspielen zu sehen und das Huhn zu bewundern, das bis drei zählen kann, bin ich völlig verdreckt und verspüre ein überwältigendes Bedürfnis, zu pinkeln. Ich stehe mit Timmy Schlange am Stand mit der Zuckerwatte und dann mit Laura und Sally in einer noch längeren Schlange vor den Klos. Das Crescendo der Sehnsucht und der Vorfreude auf meine eigenen unbeaufsichtigten Abenteuer bringen mich über die lautstarke Rückfahrt im Schulbus weg, und zu meinem eigenen Erstaunen singe ich sogar mit einem gewissen Maß an Begeisterung mit, als der Schulbus stotternd auf dem Parkplatz anhält.

Mich und Laura gebadet. Mich dann fertiggemacht, um meine Kinder zur Klavierstunde zu fahren – der letzten vor dem Vortrag am Sonntagnachmittag um vier. John übt vor seiner Klavierstunde noch einmal ›On Yonder Rock Reclining‹ und kriegt mal wieder einen kleinen Selbstzerstörungsanfall, als er John Thompsons Warnung vergißt, ›immer darauf zu achten, daß der Daumen geschmeidig drunter durch gleitet‹. Laura reagiert darauf mit einem gemeinen Lächeln und frustriert ihren Bruder mit einer gefälligen Wiedergabe von Diller-Quailes ›Up in the Sky‹. Ich nehme das miserable Benehmen meiner Kinder mit anomaler Passivität hin. Die Musik der Sphären lenkt mich ab.

Susan angerufen, um herauszufinden, ob sie schon angefangen hat, sich um einen Job zu kümmern. Roger geht ans Telefon. Er wirkt kühl und distanziert. Es dauert ein paar Minuten, bis Susan ans Telefon kommt. Sie sagt, sie hätte den ganzen Tag mit Krimskrams im Haushalt zu tun gehabt, aber ab morgen würde sie die Sache ernstlich in Angriff nehmen. Ihre Stimme klingt matt und geschwächt. Ist es echte Ermüdung oder nur ein Ausweichen?

Die logische Weiterführung. Stuart sieht fern. Während eines Werbespots erzähle ich ihm, daß Susan Arbeit sucht, und frage ihn, ob er eine Möglichkeit sieht, sie bei einem seiner Kollegen oder Geschäftsverbindungen unterzubringen.

Er fragt mich, wozu Susan ›die Eignung besitzt‹, und ich sage: »Für alles, wozu man gesunden Menschenverstand und/oder Können als Sekretärin braucht, vorzugsweise im juristischen Bereich.«

Stuart sagt, er wird ›die Ohren offenhalten‹. In dem Moment überkommt mich ein plötzlicher, unbedeutender genitaler Aufruhr, auf den ich mit einem Akt größtmöglicher Sublimierung reagiere, was da heißt, daß ich mich in den zweiten Teil einer Fernsehdokumentation über Smog vertiefe. Ich sitze zusammengerollt auf einer Ecke des Sofas und bohre meine rechte Ferse absichtlich und schmerzhaft zwischen meine Schenkel. Das ist leichter zu ertragen als der vage Schmerz aufgewühlter Begierde.

Donnerstag:

Gil angerufen, um die Verabredung für Samstag festzumachen. Die Worte sind unbeschwert und platonisch, aber das Herz pocht. Wir machen aus, uns im Erdgeschoß des Metropolitan Museum of Art zu treffen. Um drei Uhr bei den Blumen. Eine Zukunft voll der köstlichsten Versprechungen schiebt sich vor den Anblick eines tauenden Bruststücks, dessen Saft eine kleine Pfütze auf dem Resopal bildet.

Zu Harrison gegangen, um ein paar Kleinigkeiten für alte Kunden zu erledigen und ein paar neue zu treffen:

a) Nachdem ich mit Mrs. Clark gesprochen habe, rufe ich die Bantoms an und informiere Dusty über die Höhe der zusätzlichen Miete für das Haus der Clarks. Dusty ist sofort einverstanden und drückt wieder ihre Hoffnung aus, daß ich mit meinem Mann (›oder sonstwem‹) zu einer ihrer Tennis-(›oder sonstwas‹)-Parties komme.
b) Den unterkühlten Mr. McGuinness zurückgerufen, der sich gemeinsam mit dem knackigen Mr. Devon entschieden hat, das Anwesen in Hampton Village zu mieten, das ich den beiden gezeigt habe. Ich sage, daß ich den Mietvertrag in Kürze zuschicken werde.
c) Mit einem kleinen, fetten, alten Mann mit einer Aura nach nouveau Gucci und einem großgewachsenen Mädchen mit gekünsteltem Akzent kurz durch Hampton Village gefahren. Das Mädchen verhält sich dem alten Mann gegenüber sehr liebevoll und mir gegenüber ausgesprochen rotzig. Sie ist sehr schlank, aber sie hat einen großen Busen, an dem sie die Schultern des alten Mannes ständig reibt, wobei sich die beiden private Neckereien zuflüstern. Das Paar, das zweifellos von so kurzer Dauer wie die Ferienwohnung ist, sucht ›im Juli Ruhe vor...‹ – Die folgenden Worte sind genuschelt. Ich bin ihnen behilflich, eine passende Höhle zu finden, in der für neunhundert Dollar wöchentlich dieser große Busen gestreichelt werden kann.
d) Tagtraum mit geilen, jedoch selbstverleugnenden Momenten voller Astrophysik am Meer. Er erklärt. Ich versuche zu verstehen. Seine Intelligenz, sein abgesplitterter Zahn und mein Wissen von dem warmen Zeug in seiner Badehose bilden ein vollkommenes Gleichgewicht aus Vernunft und Sinnlichkeit.

Mr. Harrisons Sekretärin, Gloria, erzählt mir mit Freudentränen in den Augen, daß sie und ihr Freund endlich das Datum für eine Heirat festgesetzt haben. Es wird eine ›Septembergeschichte‹, und ich werde eingeladen. Gloria fragt mich nach meiner Meinung bezüglich der farblichen Koordination der Brautjungfern und der Blumen, und ich tue so, als stimme ich mit ihrer Wahl überein. Es wird einen großen Empfang in Maple Hill geben, einem Country Club westlich der Hamptons, der nicht direkt in ist, aber einen guten Namen hat. Ich denke an meine eigene Hochzeit zu Hause, die so lange zurückliegt. Das entlockt mir keine romantisch angehauchten Erinnerungen an Stuart, sondern statt dessen an meine frühe Kindheit und die Zeiten, zu denen meine Eltern weniger grau und verspielter waren.

Mrs. Bennett angerufen. Sie wird mit Vergnügen am Samstag zum Babysitten kommen und selbstverständlich gern kochen. Stuart, der nichts versteht und sich dennoch verständnisvoll gegenüber meinem Wunsch erweist, einen Tag in Manhattan und eine Nacht bei meinen Eltern zu verbringen, ist gern bereit, sich am Samstagabend und am Sonntagmorgen um die Kinder zu kümmern. Er ist zuverlässig, aber ich weiß, daß diese Aufgabe ihn anstrengt. Stuart ist durch und durch erwachsen. Seine Kindheitserinnerungen sind erloschen, und daher wird es ihm schwerfallen, mit John und Laura zu spielen, die wahrscheinlich versuchen werden, ihn zu einer Runde Monopoly zu überreden. In zehn Jahren, wenn John und Laura soweit sind, den Effektenmarkt zu diskutieren, ist er vielleicht soweit, etwas wirklich gemeinsam mit den beiden zu erleben.

Am späten Abend bei der Durchsicht von Papieren, die er aus dem Büro mitgebracht hat, bittet Stuart mich um eine Tasse Kaffee. Er lobt mich für den samtigen kräftigen Geschmack des Kaffees und scheint sich an seinem Schreibtisch wohl zu fühlen und glücklich zu sein. Ich wünschte, er wäre verschlagen oder gemein oder doch wenigstens ein bißchen argwöhnisch. Wenn es wenigstens etwas gäbe, was die Woge von Schuldgefühlen dämpfen könnte, die gegen meine Untreue prallt.

Freitag:

Nach dem Tennis häufe ich Vorräte an Lebensmitteln und Wohlwollen an. Pistazien für Stuart. Wider besseres Wissen Kartoffelchips für John. Eis mit Heiß für Laura.

Samstag, am frühen Morgen:

Dusche. Lang und heiß. Mich so energisch geschrubbt wie vor meinem alljährlichen Besuch beim Frauenarzt. Dann Body Lotion aufgetragen. Ich bin bereit für die Liebe oder für eine Generaluntersuchung. Das Ärgerliche ist, daß mein Bauch nach vollendeter Prozedur aufmüpfig wird.

6. Kapitel

Ich war ganz aufgeregt. Intuitive Liebe ist eine Hypothese. Erst, wenn man ihn probiert hat, weiß man, ob der Nachtisch schmeckt. Ich konnte es nicht erwarten, meine Nachforschungen anzustellen.

Ich entschloß mich, mich dem manchmal kapriziösen Bahnwesen anzuvertrauen, und mich nicht selbst ins Getümmel des Autofahrens zu stürzen. Stuart brachte mich zum Bahnhof, und als ich in den klapprigen Achtuhrsechsundfünfzig-Zug einstieg und selbstbewußt zum Abschied winkte, sah ich vor mir, wie er in meiner Unterwäscheschublade wühlte und feststellte, daß mein Pessar nicht da war. »Tschüß! Viel Spaß mit den Kindern!«

In dem alten Zug saßen nicht viele Fahrgäste. Ich suchte mir einen Platz mit nichtaufgeschlitztem Sitz neben einem nichtgesprungenen Fenster aus und machte es mir bequem. Ich gab dem Schaffner einen Zwanzigdollarschein, und er schüttelte den Kopf. Ich entschuldigte mich.

Ich sah durch die dreckige Fensterscheibe auf die flachen Kartoffeläcker, die vor meinen Augen vorbeiholperten. Speonk, erster Halt. Gleich südlich der Bahngeleise wohnten die Armen, die Arbeiter, die Schwarzen. Dahinter wohnten die Männer mit Aktentaschen und die Kinder, die Stunden bekamen. Dahinter die Ärzte, die Makler, die Sommersegler und die, die sich manchmal mit den Sommergästen einließen. Und dahinter, an der Küste der Moriches Bay, das alteingesessene Geld.

Wir zuckelten weiter. Westlich der Hamptons fuhren wir durch die Übergangsregion, in der das Bild des studierten New England langsam in die Optik des ländlichen Mittelwestens übergeht. Eastport, East Moriches, Center Moriches – die Südküste von Long Island war naturbelassener, das Gestrüpp nahm zu, das Grün nahm ab. Ich holte mein Buch aus der Tasche und lehnte mich zurück.

In Babylon, neunzig Seiten später in *Eine Art Held* setzte sich eine erschöpfte Dame mit einer zweijährigen Göre vor mich, und während der gesamten weiteren Fahrt hüpfte das kleine Mädchen auf dem Sitz hoch und schnitt mir Grimassen. Ich war nicht sicher, ob sie sich mit mir anfreunden oder mir angst machen wollte. Einmal sagte ich »Hallo« zu ihr, und sie lächelte verschmitzt.

Als wir immer weiter nach Westen fuhren und die Bevölkerungsdichte zunahm, sowohl im Zug als auch draußen, konnte ich mich offenbar auf nichts anderes mehr konzentrieren als auf meine eigenen Intrigen. Folglich stopfte ich den Le Carré in meine braune Umhängetasche und holte einen kleinen Spiegel raus, um nachzusehen, wie es um mein Gesicht stand. Ich sah ein bißchen blaß aus und trug Lippenstift auf meine Wangen auf.

Ich sah an mir herunter. Das schlichte Trägerhemdchen unter meinem Jackett saß gut, lag eng an und paßte zu meinem blau-orange gemusterten Wollrock. Meine Strumpfhose Farbe ›Sonnenbraune‹ und meine blauen Schuhe mit den Kordelabsätzen und den Fesselbändchen sahen auf meinen frischrasierten Beinen gut aus.

Wie leicht man sich übermäßig mit sich selbst als Objekt befaßt. Ich war nicht darauf aus, mich als Gebrauchsgegenstand zu verkaufen, aber ich wollte auch keine fette Nase haben. Aber wo steckt man die Grenze? Ich erinnerte mich daran, wie ich geweint und Kate Beifall geklatscht und die intelligent aussehende, grauhaarige Dame auf dem Buchumschlag bewundert hatte. Aber ich wußte auch, daß ich diese grauen Haare getönt und ›natürliches‹ Rouge aufgelegt hätte, ehe ich mich hätte fotografieren lassen. Lag das daran, daß ich in bezug auf meine Talente und meine Intelligenz unsicher war? Lag es daran, daß ich nicht altern wollte?

Gib's zu. Ich wollte, daß Gil im Foyer des Metropolitan eine Erektion bekam.

Das kleine Mädchen auf dem Sitz vor mir sprang hoch und funkelte mich an, als wüßte sie es, und zum ersten Mal zog ihre Mutter sie auf den Sitz zurück und sagte, sie solle aufhören zu ›hampeln‹.

Es war elf Uhr drei, als wir in die Penn Station einfuhren – öde unterirdische Welt, die uns zu Hastenden degradierte, die Verabredungen, Ladenschlußzeiten und Stichtage einhielten – und unsere Hilflosigkeit unterstrich, als es zu diesem unumgänglichen Punkt des Weggehens kam, den wir gern streichen würden. Das entschärfte meine Erregung.

Aber entscheidender als die Vorstellung der totalen Nichtigkeit ist ein knurrender Magen. Ich war am Verhungern. Ich eilte zum Imbißstand und verschlang ein bleiches Hot Dog und kippte eine Tasse lauwarmen Kaffee runter.

Mit übergehängter Tasche trat ich in eine Bahnhofsbuchhandlung, die immer Sonderangebote hatte. Ich entdeckte ein Buch mit Zeichnungen von Hans-Georg Rauch und ließ mich davon fesseln. Bilder lösten sich aus Bildern mit unendlichen Details: Ein Mann strickt; man sieht näher hin, und es ist Gott, der ein gewaltiges Aufgebot an Sterblichen strickt – Myriaden von detailliert ausgeführten Gestalten, jede anders als die anderen, füllen die Seite. Fabriken spucken Rauch; man sieht sich die Rauchschwaden an, und die aufwirbelnde Umweltverschmutzung bildet anmutige Reihen von stattlichen Bäumen, die durch klassische Wasserfälle voneinander getrennt sind. Ein duftiger, flatternder Spitzenvorhang, den Tausende von deutlich ausgearbeiteten Soldaten bilden, die in Habtacht-Stellung dastehen! Auf zwei Dollar fünfundneunzig runtergesetzt. Ich erstand es und machte mich auf den Weg nach oben und in den mittäglichen Trubel der dreiunddreißigsten West Ecke siebente.

Als ich meine Orientierung wiedergefunden hatte (womit ich hier immer Schwierigkeiten hatte), schlenderte ich zur Fifth Avenue Ecke achtunddreißigste und sah mir bei Lord and Taylor Badeanzüge an. Im vierten Stock fand ich einen braunen französischen Bikini, in dem ich mich besonders begehrenswert fühlte. Ich kaufte ihn. Mit meiner L & T-Einkaufstüte, die meinen neuen Bikini und mein neues Buch enthielt, Besänftiger beider Pole meines Ego, ging ich auf der Fifth Avenue nach Norden weiter und fühlte mich wohl. Es war ein schöner Tag. Die Sonne glitzerte in Ladenfenstern und auf Stoßstangen, und die Luft schien eine bessere Note als Ausreichend zu verdienen.

An der dreiundfünfzigsten wandte ich mich nach Westen und entschloß mich zu einem Besuch im Museum of Modern Art. Ich warf einen Blick in meine Einkaufstüte und drehte eine Runde zwischen den Ausstellungsstücken – Taxis aus aller Welt. Eine Demonstration des grenzenlos ausdehnbaren Kunstbegriffs der Museumsleitung. Trotz der dramatischen Beleuchtung und der geschickten Nutzung der Stellfläche erinnerte es mich an einen langweiligen Nachmittag, den ich mit Stuart (er verging vor Interesse; ich versuchte, wenn auch vergebens, mich auf halber Strecke mit seiner Seele zu treffen) vor einiger Zeit auf der Automobilausstellung in New York verbracht hatte.

Doch die guten, alten Reserven – Cezanne, Nolde, van Gogh, Picasso – erweckten meine Lebensgeister wieder. Mein Bestreben, wieder zu malen (ich hatte seit Lauras Geburt keinen Pinsel mehr in die Hand genommen) entflammte, wie immer, wenn ich die oberen

Stockwerke aufsuchte. Diesmal gelobte ich mir, es durchzuziehen. Es war gewissermaßen meine letzte Chance. Zukünftige Versprechen würde ich als Selbsttäuschung ansehen. Diesmal wurde der Wunsch zur Notwendigkeit.

Ich ging wieder ins Erdgeschoß und stellte mich an das große Fenster, von dem aus man in den vertrauten Skulpturengarten blikken konnte, der jetzt eine Baustelle war. Wie gut ich mich daran erinnerte, in dem Patio zu sitzen und den farbenfrohen Menschen nachzusehen, die vorübergingen, sich bückten und guckten, den Kopf schüttelten, die naturgetreuen und abstrakten Wiedergaben ihrer selbst mit einem beifälligen Nicken bedachten – die Passanten, die sich die ständige Sammlung wieder einmal ansahen. Bei dem Versuch, mir die fehlenden Plastiken an ihrem alten Platz vorzustellen, erinnerte ich mich an die zentrale nackte Gestalt einer Frau von Lachaise, und zum erstenmal assoziierte ich sie mit Gladys. Groß, aber einladend. Ich stellte mir Gladys vor, die in einem Studio stand, die Tennissachen abgelegt hatte, die Beine gespreizt, die Arme in die Hüften gestemmt, während der Bildhauer ihre Formen in der Nachbildung überspitzte, ihren üppigen Arsch auf ewig festhielt.

Ich komme auch zum erstenmal auf die Idee, mir Gladys als Lesbierin vorzustellen. Ganz bildhaft sehe ich sie nackt daliegen. Sie krümmt sich vor verworfener Lust, während eine nackte Frau, die über ihrem Kopf kniet, ihre Brüste streichelt, und eine andere sich über ihren Torso beugt. Ich identifiziere sie als niemand anderen als mich selbst. Na gut. Ich beuge mich hinunter, und als meine Zähne einen Leckerbissen ertasten, stöhnte Gladys und windet sich vor Wonne, und ich staune über meine Macht. Also wer ist hier eigentlich pervers?

Ich wende meine Aufmerksamkeit anderen Dingen zu. Ich war eine Stunde zu früh im Metropolitan und stand vor Bonheurs *Pferdemarkt* und dachte über die Ungeheuerlichkeit dieses Bildes nach, als mich von hinten eine Stimme leise grüßte.

»Hallo, Joan.«

Ich drehte mich um, und meine Überlegungen brausten im Galopp davon.

»Oh – hallo, Gil. Wir sind wohl beide zu früh.« In seiner Leinenhose und dem Hemd mit offenem Kragen und mit seinem vom Wind zerzausten Haar sah er hinreißend verwahrlost aus.

»Ja. Ich bin in einem Absatz über das thermische Äquilibrium steckengeblieben und einfach nicht weitergekommen. Deshalb bin ich eher aus dem Haus gegangen, damit es nicht zum Zwang wird.«

»Sie werfen mit Fachausdrücken um sich. Was ist ›thermisches Äquilibrium‹ – so was wie Hitzewellen?«

Er rang sich ein Lächeln ab und rückte seine Brille gerade. »Dieses Kapitel setzt mir wirklich zu. Es scheint, als brächte ich es nicht hin.«

Hatte der Lippenstift einen meiner Zähne verschmiert? Litt ich an unansehnlichen Schuppen? »Ich würde Ihnen gern helfen, aber in Formeln bin ich gänzlich unbeleckt.«

»Sie können mir helfen, die Sache zu vergessen.«

»Setzen wir uns doch neben den Brunnen in der Cafeteria«, schlug ich vor. »Wir könnten ein Glas Wein trinken.«

Ohne uns auch nur einmal zu berühren, gingen wir nebeneinander her und strichen in der Cafeteria neben dem Brunnen der Musen über unsere Gläser mit dem Chablis. Geschmeidige Gestalten tanzten durch das rieselnde Wasser des Beckens, um in uns die Gabe der Poesie oder des Gesangs zu erwecken, doch Gil war etwa so poetisch wie eine Miesmuschel, und Milles anmutige Geschöpfe ließen mich lediglich an der Bedeutsamkeit unseres Treffens zweifeln. Hatte ich mich dazu verleiten lassen, zu glauben, daß unser Vögeln ihm mehr als nur mal wieder ein Coitus interruptus bedeutet hatte?

»Es fällt mir schwer, umzuschalten«, sagte er. »Ich habe so lange gearbeitet, daß ich ungenießbar bin. Laufen wir doch ein bißchen rum.«

»Ja, sicher.«

Innerhalb von Minuten schüttelte er seine schlechte Laune ab, und ich war froh, daß ich nicht durch Sticheleien alles schlimmer gemacht hatte. Als wir an Rembrandts *Aristoteles vor der Büste Homers* vorbeikamen, verglich ich ihn spaßhalber mit dem großen Gelehrten und brachte ihn damit in Verlegenheit. »Aristoteles war ein großer Geist, der über ein kleines Universum nachgesonnen hat«, sagte er. »Ich bin ein kleiner Geist, der über ein großes Universum nachsinnt. Wenn man davon und von seinem Bart absieht, sind wir identisch.« Er gab mir das Kompliment zurück, indem er mich mit Ingres' *Odaliske* verglich und es in vollen Zügen genoß, daß ich rot wurde, als ein älteres Paar, das ihm zugehört hatte, lachte. »Bis auf die Frisur finde ich die Ähnlichkeit geradezu umwerfend«, kommentierte er. »Finden Sie nicht, daß ich recht habe?« Die makellose Nackte schien mich direkt anzusehen, und ihr verführerischer Blick verwandelte sich vor meinen Augen eindeutig in Geringschätzung. Diese Hexe.

Wir gingen weiter.

Vor Yves Tanguys *Täuschung der Zeit* berührte ich Gils Schulter. Das war unser erster physischer Kontakt. »Sieht so die Landschaft Ihrer Ideen aus?« fragte ich, und die Frage lenkte die Betonung von der Geste ab. Im Vordergrund des Gemäldes war eine präzise ausgeführte Gruppe von undefinierbaren Dingen, die Ähnlichkeit mit Knochen und Maschinenteilen aufwiesen. Sie lagen auf einer weiten Fläche einer Substanz, die wie flüssiger Sand aussah. »Wenn Sie Ihre astronomischen Wahrheiten in Kunst umsetzen könnten, wie würde diese Kunst dann aussehen?«

»Wie Beethovens Fünfte.«

»Und ich dachte mir immer, es sei Mozart. Man lernt nicht aus. Sagen Sie mir, Sir Isaac, fühlen Sie sich dem Grund aller Dinge näher, seit Sie den Himmel erforschen? Kann ich mich auf das alte erkenntnistheoretische Wortspiel verlassen? Sie wissen schon – wir sind in der menschlichen Denkweise befangen, und daher wird das Absolute nie für uns zu fassen sein? Was heißt, daß Sie genauso blöd davorstehen wie ich?«

Er nahm einen Moment lang meine Hand. Dieses Vorgehen war ebenso nüchtern wie seine Worte. »Nicht ganz so einfach«, sagte er. »Ich vertraue darauf, daß mehr dabei herauskommt als eine ganze Menge geistige Onanie, daß wir Hinweise auf die letzten Dinge bekommen. Wenn unser Wissen mit unseren Gehirnwindungen verknüpft ist, können wir zumindest auf das Absolute *hinweisen*.«

»Sehen Sie innerhalb des Schemas Ihrer wissenschaftlichen Daten eine Art von übergreifendem Einfluß? Oder sind Sie ein Urknall-Purist?«

»Es fällt mir schwer, *nicht* zu fragen, ob es einen vereinenden... Impetus... in den Gesetzen eines sich wandelnden Universums gibt, etwas anderes als Masse und Energie. Jedenfalls kann ich nicht dagegen an, daß ich eine Ästhetik sehe, die allem innewohnt. Je mehr sich die Wissenschaft Zutritt in meine Fantasie verschafft, desto erfinderischer erscheint mir die Realität.« In seinem Tonfall lag eine liebenswerte Unschuld.

Ich strich ihm über den Arm. Er strömte solche Wärme aus. Was hätte ich getan, wenn jemand, der mich kannte, mich jetzt gesehen hätte? Ein zufälliges Treffen war möglich, aber es bedeutete keine Gefahr. Ich fühlte mich zu wohl, um mir Sorgen zu machen. »Die

Vorstellung, daß man anfängt, etwas wie die Saturnringe zu verstehen, läßt mir nicht nur das Universum fantastisch erscheinen, sondern die Vernunft selbst erscheint mir kolossal«, sagte ich. »Jedenfalls die Ihre.« Im Moment ging es um Geistiges, und doch wirkte sein Moschusduft durch das Hemd aufreizend auf mich. »Wir vermeiden das Wort ›Intelligenz‹, um die mögliche Form zu beschreiben, die der Materie benachbart ist«, sagte ich. »Man sollte sich nicht zwingen, menschlich zu sein.«

»Wir würden von Gnade, Bestrafung und allen herkömmlichen Mustern sprechen.«

»Falls es eine Kraft gibt, die das Erschaffene transzendiert, ist die Intelligenz dieser Kraft zumindest mir mit Sicherheit unergründlich.«

»Es sei denn, sie ist von so simpler Natur, daß sie sich der Theoretisierung entzieht.«

Ich stellte unwillkürlich Vergleiche an. Stuart war ein Skeptiker, dessen Zweifel doktrinär waren. Gils Unsicherheiten waren von Ehrfurcht angehaucht. Stuarts metaphysischer Hang war so mechanistisch, wie er sich im Bett verhielt. Gils Metaphysik war ästhetisch, beseelt. Ich sah ihm ins Gesicht, und er entwaffnete mich mit einem schiefen Lächeln. Leicht spöttisch. »Sie haben ontologische Demut«, foppte ich ihn. »Das klingt zwar wie eine Krankheit, aber trotzdem vielen Dank«, erwiderte er. »Sagen Sie, haben Sie vielleicht etwas in der Stadt zu erledigen?«

»Vielleicht kann ich in einem Geschäft für Künstlerbedarf ein paar Dinge anschaffen, solange ich hier bin. Wenn Sie Lust haben, können wir uns später wieder treffen.«

Er sah mich mit einem durchbohrenden Blick an. »Wieso? Wollen Sie nicht, daß ich mitkomme?«

»Doch, aber ich dachte, Sie würden vielleicht lieber...«

»Nein. Gehen wir.«

Es erwies sich als gute Idee. Gil hatte seinen Wagen auf dem Museumsparkplatz in der achtzigsten Ecke Fifth Avenue geparkt, und wir fuhren zu dem Geschäft, fanden wundersamerweise eine Parklücke und sahen uns eine halbe Stunde lang in dem Laden um. Es war irre, die Materialien nur wieder in der Hand zu haben. Die Kohle! Die Tuben mit der Ölfarbe! Die Skizzenblöcke! Ich vergaß, daß ich mit dem Zug gefahren war, und kaufte mehr ein, als ich tragen konnte. Wir waren mit Paletten zum Mischen, mit Farben, Pinseln und Blöcken, mit Leinwand, Spannrahmen und anderen Hilfsmitteln beladen, als wir zum Wagen kamen.

»Und was fange ich jetzt mit dem ganzen Zeug an?«

»Ich fahre Sie morgen zurück.«

Ich lehnte sein Angebot ab, und wir einigten uns darauf, daß er meine Einkäufe mitbringen würde, wenn er in sein Ferienhaus einzog. Ich würde die Sachen dort abholen.

»Wobei mir einfällt, daß ich Ihren Mietvertrag bei mir habe.«

»Wie rationell. Gehen wir in meine Wohnung. Ich mache uns etwas zum Abendessen – oder meinetwegen ist es ein Mittagessen – damit Sie sehen können, wie rationell *ich* bin.«

»Ich habe angenommen, Sie könnten nur Dosen aufmachen.«

»Ich stecke voller Überraschungen.«

Wir parkten den Wagen in der hunderteinundzwanzigsten und gingen die drei Ecken zu seiner Wohnung zu Fuß mit meinen Einkaufstüten. Es dauerte ein paar Minuten, bis die drei Schlösser zu 5 b offen waren. Er sagte, daß eins der Schlösser einen Riegel betätigte, der sich in eine Ritze im Boden rammte. Ich dachte an die Tür meines Hauses, hinter deren windigem Schloß jetzt meine Kinder, wahrscheinlich in Sicherheit vor allem außer dem jeweils anderen von beiden, miteinander rauften.

»Stellen Sie sich das nicht manchmal als Kriegsgebiet vor?« fragte ich.

»Ich bin Fatalist. Andererseits vergesse ich nie, die Tür abzuschließen.«

Ich hoffte, er würde sich nicht in Erörterungen über seine Arbeit verlieren. Ich stellte mir vor, daß sie uns auf einem alten Eichenschreibtisch erwartete und ihre stellaren Geheimnisse uns bereitwillig für den Rest des Nachmittags zur Last fallen würden.

Was den Eichenschreibtisch anging, hatte ich mich getäuscht. Eine Reiseschreibmaschine, in der eine Seite steckte, die sich vermutlich um das thermische Äquilibrium drehte, war auf einem langen schwarzen Konferenztisch aufgestellt – von der Sorte, die ich in einem Büroraum erwartet hätte. Der Schreibtisch stand an einem der Wohnzimmerschränke.

Papiere, Zeitschriften, Bücher und Post waren auf und unter dem Tisch gestapelt. An den Wänden standen Bücherschränke, in denen wissenschaftliche Werke, Kunstbände und Geschichtsbücher standen. Auf den obersten Regalen türmten sich stapelweise Zeitschriften: *Fantasy and Science Fiction*, *Analog* und *Scientific American*.

Über dem Konferenztisch hing ein schwarzes Brett, auf das mit Reißzwecken Gedrucktes und handgeschriebene Notizen geheftet waren. Daneben hing in einem Aluminiumrahmen eine Reproduktion eines meiner liebsten Magrittes – *Die Beschaffenheit der Menschen*. Mit mystischer Klarheit zeigt sie ein Landschaftsbild, das vor einem offenen Fenster auf einer Staffelei steht. Dieses Gemälde innerhalb des Gemäldes bildet exakt den Teil der Landschaft vor dem Fenster ab, der durch die Leinwand verstellt ist. Aus dieser vollkommenen Nebeneinanderstellung ergibt sich das Dilemma, die echte Landschaft von der Landschaft auf der Netzhaut zu unterscheiden, woraus die Unterscheidung zwischen der Realität und der subjektiven Wahrnehmung der Realität erwächst. (Stuart konnte Magrittes Bilder noch nie leiden: ›Zu gespenstisch. Mir graust davor.‹)

Ich sah, daß ein Staubsauger kürzlich Abdrücke in dem schokoladenbraunen Teppichboden hinterlassen hatte, und ein leichter Geruch von Möbelpolitur hing in der Luft. Hatte Gil meinetwegen die Wohnung geputzt? Ich stellte meine Sachen neben dem tweedbezogenen Sofa auf und merkte, daß es eine ganze Weile her war, seit ich beim Pinkeln war.

Ich trat durch einen Bogen in die offene Wohnküche. »Wie reizend.«

»Eher klein.«

Ich zögerte. »Würden Sie mir bitte sagen, wo das Bad ist?«

Er führte mich zu einer weißen Tür neben dem Schlafzimmer. »Die Wohnung ist ähnlich geschnitten wie das Häuschen in Hampton Village, finden Sie nicht?«

»Aber hier ist es hübscher und behaglicher.« Mein Gott, ich mußte dringend mal. »Würden Sie mich einen Moment entschuldigen?«

Die kleinen Peinlichkeiten des Lebens: ein Furz, ein Rülpsen, ein Plätschern und eine Klospülung. Ich war zu einer offenen Beziehung mit Gil entschlossen und bemühte mich, mich von dem ersten hörbaren Plätschern meines Pinkelns und dem lauten Glucksen beim Spülen nicht aus dem Gleichgewicht bringen zu lassen.

Ich gab mir den Anschein von Nonchalance, als ich aus dem Bad kam, und Gil lächelte arglos. In dem Moment wußte ich, daß sich nichts, nicht einmal die Fortschritte in der Astrophysik, an diesem Nachmittag zwischen uns stellen würde.

»Mögen Sie Kalbsmedaillons in Marsala? Sagen Sie ja, denn das werde ich Ihnen vorsetzen«, riet er und krempelte seine Ärmel hoch.

»Natürlich mag ich das. Wie kann ich Ihnen helfen?«

»Setzen Sie sich hin, und geben Sie mir moralische Unterstützung. Wenn Ihnen das nicht paßt, können Sie den Salat waschen.«

Es gibt Arten von Hunger, die an einem nagen, bis man sie stillt. Ich entdeckte, daß es andere Gelüste gibt, die einem nicht bewußt sind, bis sie plötzlich befriedigt werden. Während ich zusah, wie Gil in seiner kleinen Küche unser Essen zubereitete, merkte ich erst, wie ausgehungert ich nach dieser Art von Aufmerksamkeit war. Ich war entzückt, als er im Kühlschrank nach einer Zitrone kramte, Mehl auf einen Teller schüttete, das Fleisch klopfte, einen Schnitz Butter abschnitt, die Weingläser ausspülte. Die kleinste Handlung schien mir gewidmet zu sein. Als er sagte: »Reichen Sie mir das Salz, es steht auf dem Tisch da drüben«, schmolz ich wie die Butter in der Bratpfanne. Alles, was über das Öffnen einer Dose Diätlimonade hinausging, war in meinem Haushalt traditionell Weibersache. Stuart war durch jede Handreichung zu verstören, die er als hausfraulich ansah. Nicht, daß er es je gesagt hätte, aber in den seltenen Fällen, zum Beispiel, wenn ich krank war, in denen er eine Waschmaschine anstellen oder eine Orange auspressen mußte, fühlte er sich kompromittiert. Als ich die Salatblätter in mundgerechte Stücke zerpflückte und Gil die Temperatur unter dem Kalbfleisch mit Marsala zurückdrehte, empfand ich eine Zusammengehörigkeit, die mir gerade durch ihren banalen Kontext besonders angenehm war. Als er sich seine mehligen Hände an einem Küchentuch abwischte, erschien er mir so maßlos männlich, daß ich glaubte, meine Beine würden sich in einem unkontrollierten Ruck spreizen.

»Ich glaube, ich wäre gern krank – nur, um mir von Ihnen Hühnerbrühe einflößen zu lassen«, sagte ich. »Täten Sie das?« Ich schälte gerade eine Gurke.

»Mein Repertoire ist begrenzt. Wer kocht schon Hühnersuppe!« Er holte einen Kochbeutel Reis aus dem Küchenschrank und drehte sich in gespieltem Erstaunen zu mir um. Die Antwort lautete ja, er würde mich durchfüttern.

Wir saßen uns an dem kleinen Tisch in der Eßecke gegenüber, und Gil schenkte Rotwein ein. »Worauf stoßen wir an?« fragte er. Er hob sein Glas und beugte sich vor.

Auf deine Zunge. Auf deine Hände. Auf deinen Schwanz. »Auf eine vollkommene Darbietung«, paraphrasierte ich. »Auf Hollanders Konzert.«

»Ich hätte nicht fragen sollen. Wir trinken auf uns.«

Beim Essen sprachen wir über Dinge, die unserer Neugier und

Erziehung entsprangen. Es reichte nicht, daß unsere Gerüche und Laute und Bewußtseinsströme gegenseitig Anklang fanden. Die Gesellschaft fordert, daß wir unser eigentliches Wesen mit historischen Daten belegen. Seine Stimme koste mich, seine Augen drangen in meiner Seele vor, seine Hände setzten mich in Flammen, seine Sicht des Universums riß mich mit, aber, bei Licht besehen, hatte ich keine Ahnung, wie viele Verkehrswidrigkeiten er begangen hatte und ob seine Eltern tot oder am Leben waren.

Um zur Erleuchtung zu gelangen, fragen wir nach dem Zierat unseres Lebens. Da diese Schnörkel falsch ausgelegt und entstellt formuliert werden können, wissen wir, daß sie einer andernfalls unvoreingenommenen Wahrnehmung des anderen hinderlich sein können, aber wir plagen uns weiterhin mit der Suche nach der Wahrheit ab. Ich zuckte zum Beispiel zusammen, als er mir erzählte, daß er ein paar Jahre lang mit einer Frau zusammengelebt hatte – einer Englischdozentin am Hunter. Sofort legte ich mir das Bild einer *Playboy*-Mittelseite zurecht. Eiskalt und mit schneidendem Verstand. Er erzählte mir, ihre hervorstechendste Eigenschaft sei ihre überzeugende Aggressivität gewesen, und daß sie die erste Frau war, die den Agonien des Heranwachsens Ekstasen entrissen hatte.

»Sie war vierzehn Jahre älter als ich. Im Amherst, und auch später in Columbia noch, war ich Mädchen gegenüber sehr schüchtern. Betsy hat mich unter ihre Fittiche genommen. Dann hat sie einen interessanteren Lehrauftrag in Florida ergattert und die Stelle angenommen. Sie hat mich verlassen, als ich siebzehn wurde, und das war um meinen neunundzwanzigsten Geburtstag rum.«

Ich erzählte Gil von meinen ersten ›Gehversuchen‹ in Vassar, von den Unzulänglichkeiten meiner Ehe und von Laura und John. Ich verbarg meine albernen Eifersüchteleien, weil ich sie als Ausfluß meiner Unreife ansah, aber Gil war ausgesprochen sauer, als ich von meiner Familie sprach. In ferner Zukunft konnte mir das unter Umständen Ärger machen. Im Moment fand ich diese Schwäche ganz bezaubernd. Sie sprach für Aufgewühltheit, Besitzansprüche und Unvernunft, und all das entsprach perverserweise meinen Bedürfnissen. Stuarts verdammte Vernunft grenzte an Desinteresse. Es stimmte, daß ich tun und lassen konnte, was ich wollte, wenn man von sexuellen Fehltritten absah. Aber diese Unabhängigkeit war mir nicht aus liebevoller Rücksicht zugestanden worden, sondern aus gutartiger Nachlässigkeit.

»Ihre Sorte kenne ich«, sagte ich. »Sie fesseln Ihre Studenten mit

Ihrer tiefen Stimme und Ihrer Beherrschung der Thematik. Sie geben väterliche Ratschläge, und solange die Professorenrolle aufrechterhalten bleibt, sind Sie einfach toll. Sie geben einen ausgezeichneten Lehrer ab. Aber unter der Oberfläche schlummert die verwaschene Zuversicht eines unschuldigen Sterneguckers.«

Er lachte. »Sie halten mich wohl wirklich für einen Schmock, was?«

»Haarscharf an der Grenze.« Ich stand auf, beugte mich über den Tisch und gab ihm einen flüchtigen Kuß auf die Wange. »Hier gefällt es mir.«

»Kann ich etwas dafür, daß ich glaube, Sie seien an dem Tag geboren worden, an dem wir uns kennengelernt haben? Was soll ich sagen? Manche Aspekte meiner Persönlichkeit sind einfach unterentwickelt.« Er grinste. »Sehen Sie mir das nach?«

Ich nickte und streifte unter dem Tisch mit meinem Fuß seine Wade. »Vorläufig ja.«

»So sehen Sie das also.«

»Was gefällt Ihnen eigentlich an mir?« fragte ich. Mir ging es nicht um eine Aufzählung, sondern eher um erneute Bestätigung.

»Ihr Aussehen, Ihre Art zu empfinden, das, was Sie mich empfinden lassen.«

»Darum geht es also?« fragte ich lächelnd.

»Und außerdem sind Sie eine Klugscheißerin, und das ist offensichtlich eine gute Therapie für mich. Was gefällt Ihnen an mir?«

Während ich einen Bissen Kalbfleisch kaute, dachte ich darüber nach. »Es klingt wirklich merkwürdig. Lachen Sie mich nicht aus, aber Sie tauen mich auf. Verstehen Sie? Sie wühlen mich bis in die Eingeweide auf, womit ich sagen will, daß ich Sie sexy finde.«

»Ich lache nicht.« Er streckte seine Hand über den Tisch, legte sie kurz auf meine Wange und zog sie dann zurück.

Ich trank einen Schluck Wein. »Ich nehme an, Sie halten mich für hemmungslos verhurt. Aber mir ist das selbst alles ganz neu an mir. Wirklich. Ehe ich Sie kennengelernt habe…«

»Waren Sie Jungfrau?« sagte er lächelnd.

Ich sah seine Finger an, die die Muster auf seinem Weinglas nachfuhren, und ich wünschte, ich wäre das Glas. Sage ich ihm, daß ich immer eine freche Schnauze und einen unbeseelten Körper hatte? »Ja, sozusagen«, antwortete ich. »Sie wissen, was ich meine.«

»Ich weiß nicht, ob ich Ihnen glaube, aber ich möchte Ihnen gern glauben«, sagte er und blickte auf seinen Teller nieder.

Ein Verlangen zog durch meine Schenkel und bis in meinen Bauch hinauf und drängte mich, das Thema und möglichst auch meine Unterwäsche fallenzulassen. »Warum sitzen Sie so weit weg?« Ich tauschte meinen Stuhl gegen seinen Schoß aus und biß ihn ins Ohr. »So ist es besser.« Ich spießte das letzte Stück Fleisch auf seinem Teller auf, verfütterte es an ihn und stahl mir mit einem Kuß ein kleines Häppchen.

Eine einladende Erhebung preßte sich gegen seine Hose, und ich schmiegte meinen Hintern daran. Wir küßten uns wieder.

Er zog mit einer geschickten Bewegung meine Bluse und meinen BH über meinen Busen und preßte seine Lippen auf eine Brustwarze. Wir nahmen uns in die Arme, und alle Wahrnehmungen ballten sich in unseren engumschlungenen, erwartungsvollen Körpern zusammen. Die warme Glut der Zufriedenheit, die ich mit einem Baby an meiner Brust erlebt hatte, erfuhr eine neue Spielart. Als er mich mit seinen starken Armen umfing, wie es kein Baby getan hätte, gab er mir das Gefühl, Nahrung zu spenden und zugleich selbst in Sicherheit gewiegt zu werden. Dazu kam, daß es Gils umherwandernder Kuß und nicht das blinde Saugen eines hungrigen Säuglings war. Ich gab mich dem reinen Genuß dessen hin, was an meinem Busen geschah, und die Empfindungen breiteten sich durch meinen ganzen Körper aus und führten zusätzlich zu dem Gefühl des gegenseitigen Beschützens zu ausgeprägten sexuellen Wünschen. Die Rollen zwischen uns waren in so süßem Wandel begriffen – Mutter, Vater, Baby, Liebhaber – wie die Gezeiten eines Meeres der Zärtlichkeit.

Er trug mich in sein Bett, in dem wir einander mit erlesener Gründlichkeit kosteten und erforschten. Bei niemandem hatte ich meine Sehnsüchte mit solcher Ehrlichkeit gezeigt, sie nie so vollständig der Obhut eines anderen überlassen. Zwischen uns standen weder konventionelle Schicklichkeit, noch festgefügte Urteile. Das Verlangen, das er nach mir empfand, machte mich benommen, weil ich schlagartig existierte. Durch seine Augen sah ich mich selbst ganz neu.

Er lag auf mir und beschleunigte den Rhythmus, als der unaussprechliche Höhepunkt kam und ich mich in diesem Aufwallen verlor.

Seine Beine auf meinen. Sein Becken auf meinem. Seine Brust auf meiner. Sein Körper, der schwer auf mir ruht. So tröstlich, so angenehm. Ich bewegte mich nur soweit, daß ich spürte, wie sich sein Haar auf meinem Bauch rieb.

Er umfaßte mich mit seinen Armen und preßte seine warmen Schenkel fest gegen meine. Wie geschützt ich mich fühlte. »Bleib heute nacht bei mir.«

»Meine Eltern warten. Was soll ich sagen, wenn...«

»Bitte.«

»Ja... natürlich.«

7. *Kapitel*

Gil zog sich im Schlafzimmer an, während ich von der Küche aus meine Eltern anrief.

»Ich bleibe wohl heute nacht noch in Manhattan, Mom.«

»Warum, mein Schatz?«

»Ich bin bei einer Freundin aus dem College – wir gehen in ein Konzert. Sie hat mich eingeladen, über Nacht hierzubleiben.«

»Wir haben uns so auf dich gefreut.«

»Aber diese Freundin...«

»Wer denn? Nancy – wie heißt sie doch noch mal, seit sie geheiratet hat? – ist im letzten Jahr nach New Jersey gezogen. Mit wem bist du denn noch befreundet?«

»Mit Linda Colson.«

»Ist das etwa die Linda Colson, die deinen Fön nie zurückgegeben hat?«

»Verzeihen ist eine Tugend, Mama.«

»Gibst du mir ihre Nummer, damit ich dich anrufen kann?«

Meine Mutter und ich waren Freundinnen. Wir hatten unsere Kleider abwechselnd getragen. Die Ehrlichkeit kämpfte darum, den Besitz über meine Zunge zu ergreifen. Ich gab ihr Gils Nummer. »Ich... äh... kann Stuart im Moment nicht erreichen. Wenn er sich bei euch meldet, sagst du ihm dann bitte, wo ich bin?«

»Aber wirst du denn nicht...«

»Ich habe heute Farben gekauft, Mom. Ich fange endlich wieder an zu malen.«

»Joan! Das ist ja wunderbar!« Sie teilte meinem Vater die Neuigkeiten mit, und er nahm ihr den Hörer aus der Hand.

»Du weißt gar nicht, wie glücklich mich das macht«, sagte er. »Ich habe nie etwas gesagt, aber wenn ich das kleine Ölbild von dir in unserem Schlafzimmer anschaue, denke ich jedesmal, daß hier ein Talent brachliegt.«

»Ich weiß nicht, wie groß mein Talent ist, aber es wird auf die Probe gestellt.«

»Viel Glück.«

»Danke.«

Ich hätte die Neuigkeiten eines anderen Anfangs gern mit ihnen geteilt, aber ich wußte, daß dies, so gut wir einander auch kannten, ein Wendepunkt war, von dem meine Eltern erst im nachhinein erfahren würden, wenn überhaupt.

Hollanders Technik war superb, seine Interpretation göttlich. Jedenfalls stand das am nächsten Morgen in der *New York Times*. So warm und wohlig, wie mir innerlich war, und mit Gils Kopf, der an meinem ruhte, seinem minzefrischen Atem, der meine Wange streifte, war mir das offengestanden ziemlich egal.

Ein passendes Zitat zur Erläuterung der Sätze Andante Expressivo der Sonate von Brahms in f-moll war im Programm abgedruckt:

Jetzt schimmert im Dämmer der bleiche Mond
Und zwei liebende Herzen vereinigen sich
In Verzückung einander bestimmt.
Sternau

Wir harrten beim Scherzo, beim Intermezzo und beim Finale auf die Pause, und meine Lippen kitzelten sein Ohr, als ich flüsterte: »Ab durch die Fuge«, und wir machten uns, molto vivace, auf den Weg zu seiner Wohnung.

Der nächste Satz ist Sostenuto. Wir sitzen einander gegenüber auf dem Wohnzimmerboden, und der braune Teppich stellt sich zwischen unseren Hintern auf, und unsere Hände spielen. Ich rücke näher zu ihm, spreize meine Schenkel weiter auseinander und stoße in heftigem Staccato gegen seine Finger.

Sein Rücken drückt sich durch, zu mir. Er sieht mir ins Gesicht, und ich habe das Gefühl, das Bild nicht zu sehen, sondern einzuatmen.

Seine warmen, feuchten Hände gleiten über meine Schenkel und meinen Rücken und ziehen mich dichter zu ihm. Ich umschlinge seine Schultern und rücke noch näher, bis meine Brustwarzen seine Brust fast streifen. Unsere Lippen berühren einander. Er drängt sich mit seiner Zunge an meiner vorbei, und wir saugen einander ein, lenken den lustvollen Strom aus den Lenden nach oben, lassen ihn aufgeladen zurückkehren und schaffen einen Zyklus sich steigernder Lust.

Wir rücken näher zusammen. Mein Busen ist an seine Brust gepreßt; meine Schenkel an seine Hüften. Wir umkreisen einander.

Er läßt seine Hand zwischen uns gleiten. Ein Stöhnen steigt aus meinen Tiefen auf. Crescendo, crescendo.

Der schmerzhafte Druck dessen, was jetzt kommt, flößt mir Ehrfurcht ein. Wir können nicht lange stillhalten. Sein Kopf ist zurückgeworfen, sein Gesicht in rückhaltloser Hingabe verzerrt. Der Rhythmus der Sinne reißt uns mit, und wir bewegen uns gemeinsam mit Schlagzeuggewalt und ergeben uns fügsam den letzten eindringlichen Takten.

Anschließend teilten wir uns eine Dose Thunfisch und ein Glas Orangensaft und gingen ins Bett.

Wir glitten unter das Laken und wickelten die Steppdecke um uns. Wir teilten uns in eine wohlige müde Umarmung, in die Wärme, die unsere Körper abstrahlten; sein Schenkel war zwischen meinen Beinen angewinkelt und drückte sich zart gegen mich, seine Wange lag leicht stoppelig auf meinem Schlüsselbein, seine Lippen berührten meinen Hals, und sein wirres Haar hatte seinen schwachen, ganz persönlichen Duft.

Er streckte die Hand aus, um die Lampe auszuknipsen, und eine Weile lagen wir da und lauschten den leisen Lauten unserer Körper, die sich aneinanderrieben und bisher unberührte Orte fanden, an denen sie sich niederlassen konnten. Zärtlichkeit durchflutete mich.

Er zog mit dem Finger Kreise auf meiner Schulter nach und sagte: »Als wir uns heute nachmittag getroffen haben, muß ich ein bißchen abweisend gewirkt haben. Stimmt's?«

»Ich hatte schon Angst, du hättest es dir anders überlegt.«

»Ich Idiot. Ich war...«

»Ich hoffe doch, es lag an dem Kapitel, an dem du gearbeitet hast?«

»Das war eine Ausrede. Ich habe dich vor diesem Gemälde stehen sehen und bin durchgedreht.«

»Vor dem Bonheur? Na, toll. Du findest wohl, daß ich etwas von einem Pferd habe.«

»Lach mich nicht aus. Ich hatte einfach nur das Gefühl, benutzt zu werden. Daß du ein paar Stunden in die Stadt gekommen bist, um Kultur zu tanken und einen Fick am Rande mitzunehmen.«

»Ich kann es nicht glauben. Gilt das nicht, wenn überhaupt als eine Variation *meines* Themas?«

»Du gehörst nicht zu mir, und ich denke ständig, daß du in Gedanken abschweifst.«

»Und wohin?«

»Ins Bett mit deinem Mann. Eine Lektion in vergleichender Anatomie.«

»Gil! Das darf doch nicht wahr sein! Darüber stehst du doch.«

»Ich stehe über gar nichts.«

Ich drückte ihn fest an mich. »Ich habe dir doch erzählt, wie es ist. Kein Verhör. Abgemacht?«

»Schon gut, schon gut. Tut mir leid. Was soll ich sagen? Wenn ich einen Analytiker hätte, würde er sagen, daß alles nur daran liegt, daß mein Vater gestorben ist, als ich klein war, und eine übervorsichtige Mutter und eine Schwester zurückgelassen hat, die mich mit unsachlicher Bewunderung überhäuft haben, und daß ich deshalb völlig unvorbereitet darauf war, mit der Zuneigung einer Frau umzugehen, deren Status per definitionem die Vorstellung absoluter Liebe ausschließt.«

»Großartig«, sagte ich. »Ist das wahr?«

»Wer weiß, ob es wahr ist, aber es klingt gut. Findest du nicht?« Er schmiegte seine Lippen an meinen Hals. »Ich liebe dich.«

Ich küßte seinen Kopf.

»Paß auf, daß ich nicht alles verpatze«, sagte er. »Wir passen zusammen. In jeder Hinsicht. Liebst du mich?«

Einen Moment lang genoß ich es, der Frage nachzuhorchen, die in der Stille hing.

Dann legte ich ein Bein quer über seine Beine und antwortete: »Ja.«

In der Wohnung über uns fiel etwas auf den Fußboden, auf dem kein Teppich lag (ein Stuhl? ein Radio?), doch der Lärm anderer umschloß unsere Privatsphäre nur um so krasser.

Ich rieb meinen Fuß an seiner Wade.

Die Zeit schien durch uns hindurchzufließen, als lägen wir an einem Ort außerhalb ihrer Gültigkeit.

Ich stellte mir vor, daß wir zusammengekuschelt in einer schützenden Seifenblase davontrieben, unsterblich und allein.

»Ich wünschte, alles wäre einfacher«, sagte er.

Da. Mir fiel auf, daß der Lampenschirm verbogen war, und wir waren nicht mehr im Mittelpunkt des Alls.

»Ich wünschte, du müßtest nicht gehen.«

So wie der Tod unausweichlich war, kehrte die alte Angst vor Trennung und Verlust zurück. Die Euphorie war befleckt. Das Bild von zwei Kindern, in weiter Ferne, durch die Liebe mit meiner Seele verwoben, eine Entschädigung.

»Laß uns jetzt nicht denken«, flüsterte ich. »Laß uns ein Weilchen schlafen.«

Er sagte nichts. Er legte sich neben mich auf den Rücken und ließ Platz zwischen uns frei.

Mitten in der Nacht wachte ich ohne jede Orientierung auf – ein Gewohnheitsmensch, den die Fenster und Wände an den falschen Stellen verwirrten. Ich war allein im Bett.

Im Halbdunkel fand ich Gils Hemd, das über einer Stuhllehne hing. Ich preßte es an mein Gesicht und sog den schwachen Geruch ein, den er dort hinterlassen hatte. Fröstelnd zog ich das Hemd über und knöpfte es zu. Die Ärmel waren zu lang, und ich krempelte die Manschetten zweimal um.

Behutsam verließ ich auf Zehenspitzen das Schlafzimmer. Ich wollte auf ihn treffen, wie ich über schöne Muscheln oder vom Meer abgeschliffenes Buntglas am Strand gestolpert war.

Ich ging durch den Gang und am Bad vorbei. Ich stand in der Küche, als ich ihn sah. Er saß mit dem Rücken zu mir am Schreibtisch am anderen Ende des Wohnzimmers und beugte sich über etwas, das von einer kleinen Tischleuchte angestrahlt wurde. Er trug einen graugrün gemusterten Morgenmantel, der offenstand und sein linkes Bein entblößte, das leicht ausgestreckt war.

Ich blieb ganz still stehen, damit dieses Bild unverändert blieb.

Der Anblick ließ meine Geschlechtsteile prickeln. Wie sachte und doch schwungvoll die Muskeln von Schenkel und Wade in das eckige Knie übergingen! Wieviel einladender die langen Muskelstränge durch die welligen Haarbüschel wurden, die dem Bein eine Oberflächenstruktur verliehen, die berührt, geküßt und an der zarten Haut eines Bauches, eines Busens gerieben werden mußte – an meinem!

Als ich ihn im weichen Licht der Schreibtischlampe gebadet sah, stellte ich meinen Willen auf eine harte Probe und trat noch ein paar Sekunden lang nicht auf die Bühne und ätzte die Szene in mein Gedächtnis ein.

(Ich habe einen ganzen Vorrat an abrufbaren Bildern aus längst vergangenen Zeiten, die mit der kindlichen Objektivität, an die ich mich genau erinnere, einhergehen. Das zerfurchte Gesicht meines

Lehrers blickt lächelnd vor dem Hintergrund einer Tafel mit Mathematikaufgaben auf mich nieder. Meine Mutter, in der Bewegung erstarrt, als sie das Bett mit dem Laken mit den ausgebleichten gelben und roten Rosen überzieht. Irdische Augenblicke, Momente, die für zukünftige Bezüge festgehalten sind, und wie Zeitkapseln schaffen sie eine ganz und gar vorausgeplante Verschmelzung meiner Vergangenheit mit meiner Zukunft.)

Als das Bild aufgezeichnet war (werde ich es auf dem Totenbett sehen?), machte ich mich bemerkbar. »Du bist früh auf.«

Er drehte sich abrupt um. Verblüfft. »He! Wie lange stehst du schon da?« Er setzte seine Brille ab. »Was tust du da – taxierst du mich?«

»Oh, Gil!« Ich ging auf ihn zu, und er wurde freundlicher.

»Ich habe es nicht so gemeint. Das Hemd steht dir. Habe ich dich aufgeweckt?«

»Nein. Aber ich störe *dich*.«

»Das mag ich.«

Ich setzte mich auf seinen Schoß und legte meine Arme um seinen Hals. »Löst du gerade die Geschichte mit dem thermischen Äquilibrium?«

»Ich habe das Problem bereits gelöst«, sagte er und legte einen Arm um meine Taille.

Ich sah auf seine Notizen. Ich konnte ›Molekülmasse‹ und ›spezifische Hitze‹ entziffern, aber der Rest – die Gleichungen mit den P's und S's – sagte mir gar nichts.

»Ich bin platt.«

Er zog mich an sich. »Weißt du, daß ich heute nacht nur angefangen habe zu arbeiten, damit sich so tun kann, als könnte ich meine Zeit vertrödeln? Als seist du eine unveränderliche Größe, die ich als gegeben hinnehmen kann.«

»Es könnte dir langweilig werden.«

»Welch ein Luxus.«

Ich lehnte mich an den Schreibtisch. »Wofür entscheidest du dich?« Ich öffnete meine Arme. »Für Fortschritte bei mir oder für den Fortschritt der Wissenschaft?«

»Alles dasselbe.« Ich spürte, wie sein Schwanz steif wurde, als er einen meiner Hemdknöpfe öffnete, dann den nächsten.

»Du versteifst dich wohl auf das, was kommt.«

Grindsend ließ er seine Hand in den Hemdausschnitt gleiten und berührte meinen Busen. »So schön zart«, flüsterte er.

Die Tischkante bohrte sich in mein Kreuz. Ich zog mich von seinem Schoß hoch, entglitt seiner Hand und schob seine Papiere zur Seite. Ich setzte mich auf die Schreibtischkante und ließ mich auf die harte Oberfläche zurückfallen. Meine Zehen berührten kaum den Boden. Mein Körper war ihm entgegengestreckt und verwundbar. »Tu was.«

Gil stand auf und schob den Stuhl zur Seite. Sein Bademantel sprang auf.

Das Hemd war auf einer Seite unter mir eingezwängt, und durch den aufgeknöpften Spalt lugte eine kecke Titte. Sie war mitten auf der Bühne, und das Licht der Schreibtischlampe fiel direkt darauf. Sie schrie nach einer Hand, und Gil sprang hilfreich ein. Er massierte zart die hilflose Kugel, dann beugte er sich herunter, um die Spitze zu küssen und erzeugte Wirbel kribbelnden Vergnügens. Er strich mit der Hand über meinen bedeckten Bauch, kam am Saum des Hemdes an und glitt unter das Hemd. Seine Hand streichelte und zwickte meinen Bauch und die Stelle Fell, und ich versuchte, meine Beine hochzuziehen und sie zu spreizen, aber es ging nicht.

»Hilf mir«, flehte ich, und er verstand. Er legte seine Hände unter meine Knie, hob meine Beine hoch, stellte sich zwischen sie, bog sie nach oben und auseinander, bis meine Fersen beidseits von ihm auf der Tischkante ruhten. Langsam und bedächtig glitten seine Handflächen von meinen Kniekehlen über die Innenseite meiner Schenkel und trafen sich am herunterhängenden Saum meines Hemdes. Er hob es hoch, strich weiterhin über meine Schenkel, und seine Daumen trafen sich in deren Mitte.

Ich schloß die Augen. Seine Daumen rieben und kneteten, mein Mund öffnete sich in peinigender Lust. Dann spürte ich, daß seine Hände sich trennten, über meine Schenkel strichen, in meinen Kniekehlen steckten, sie weiter auseinanderzogen und zu ihrem Ausgangspunkt zurückkehrten.

Und plötzlich war er in mir; ich erstickte einen Schmerzensschrei. Er ließ seine Hände unter meine Schultern gleiten und zog mich zu sich hoch. Stöhnend schlang ich meine Beine um seine Taille und griff nach seinen Schultern.

Er hielt mich an sich gepreßt, und als wir uns küßten, schmeckten wir die Bitternis der Nacht. Er machte ein paar Schritte, stützte mich mit seinen Händen und stieß immer wieder gegen mein Bekken.

Am Rande der Erlösung kam ich ins Wanken und wich zurück, bis ich das Zucken in mir spürte.

Als er ejakulierte, hätte ich meine Enttäuschung fast genossen. Es war das erste Mal in meinem Leben, daß ein Mißlingen, einen Orgasmus zu erreichen, bar jeder Anklage war. Zweifel, ob gegen mich oder gegen andere gerichtet, war unangebracht. Der Eintrittswinkel konnte ein bißchen daneben gelegen haben. Es spielte keine Rolle. Was zählte, war die Bedeutungslosigkeit.

Das war ein Genuß, den ich für mich behielt.

Wir toasteten Brot, brühten Tee über und saßen matt zusammen am Tisch in der Eßecke wie alte Freunde.

Er trank seinen Tee und spielte mit einem Krümel Toastbrot. »Ich komme mir verheiratet vor.«

»So schnell?«

»Wir haben eine richtige Verlobungszeit hinter uns, oder? Warum siehst du mich so an?« fragte er stirnrunzelnd. (Ich hatte den Kopf schräg auf die Seite gelegt und lächelte.)

»Du gefällst mir, wenn du unrasiert bist.« Ich strich mit meinem Handrücken über seine stoppelige Wange, und er nahm meine Hand und küßte meine Finger.

»Zieh eine Weile zu mir, wenn ich in das Haus eingezogen bin.«

»Wenn ich ein Mädchen finde, damit die Kin...«

»Sprich jetzt nicht über deine Familie. Ich könnte deine Malsachen behalten, und du arbeitest bei mir.«

Ich sah ihm in die schläfrigen Augen. »Ich würde gern malen, während du arbeitest und ... na ja, einfach in der Nähe bist. Einverstanden. Ich finde einen Ausweg.«

»Gehen wir wieder ins Bett. Ich möchte mit dir aufwachen.«

Wir räumten den Tisch ab und gingen wieder ins Schlafzimmer. Er zog seinen Morgenmantel aus, ich das Hemd. Wir schlüpften unter die Bettdecke und umarmten uns zärtlich und ohne drängende, zielstrebige Leidenschaft. Wir kosteten jeden Kuß und jede Berührung genüßlich aus, eine Delikatesse. Seine Hand legte sich auf meine Brust, eine Geste schlichter Zuneigung; meine Hand streichelte ihn, ein Akt der Verehrung. Das Erkunden des anderen wurde zum Spiel aus Neugier, ohne Schlußstrich, zum Spiel mit unbegrenzten Variationen, in das wir uns vertieften, zu einer Hingabe an Umrisse und Beschaffenheit.

Mit verschlungenen Beinen und meinen Brüsten in seinem ausgestreckten Arm schliefen wir ein.

Ich stand früh auf, ein Wirbelwind an nervöser Hektik. Keine Zeit für Schwelgereien. Ich mußte den Zug erwischen. Es war, als sei ich einen Monat lang verschollen gewesen. *Sie* waren besorgt, argwöhnisch, in Panik. Die Wäsche, das Geschirr, der Staub, die Krümel, die Post. Sie werden es auf den ersten Blick *wissen*! Andererseits: Diese Halunken, könnten sie nicht selbst eine Wäsche durchlaufen lassen?

Als der Zug im Düster des Untergrunds verschwand, sah Gil, der unbeholfen von einem Fuß auf den anderen trat, wie ein alleingelassenes Kind aus, das verloren auf dem grauen Bahnsteig stand. Ich empfand eine starke Zuneigung zu ihm. Gleichzeitig war mir unwohl zumute. Ich fürchtete, entlarvt, bloßgestellt und verschmäht zu werden. Auf Höhe von Sayville mischte sich diese Angst säuberlich mit der Panik vor dem Klaviervortrag der Kinder, der für heute nachmittag angesetzt war. Ich erinnerte mich lebhaft daran, vor einem Publikum aus Verwandten und Kritikern zu sitzen, den Fuß nach den Pedalen auszustrecken und dem Schweigen zu lauschen, das ich brechen mußte, und plötzlich von der Angst überwältigt zu werden, ich könnte die Noten vergessen oder danebengreifen, und ich erinnerte mich an den Wunsch mit aller Glut der Kindheit, es sei schon morgen.

John und Laura saßen mit Mrs. Sterns siebzehn anderen Schülern in den abgetrennten vorderen Reihen des Zuhörerraums. Mrs. Stern, eine Vogelscheuche von einer Frau mit dichtem pechschwarzem Haar und Ähnlichkeit mit einem Vierteldollar, lungerte im Gang herum. Jedes Jahr einmal an einem Sonntagnachmittag um vier hielt Mrs. Stern bei sich zu Hause ihren jährlichen Klaviernachmittag ab. Sie stellte in ihrem Wohn- und ihrem Eßzimmer geliehene Klappstühle auf, buk Buttergebäck und setzte einen Punsch an, um nach dem Marathonereignis etwas anbieten zu können. Jedes Jahr von neuem teilte sie ihren Schülern mit, daß sie sich pro Person auf zwei Gäste beschränken mußten, doch jedes Jahr von neuem kamen Großeltern und andere Liebhaber der ausgeübten Künste, die sie unmöglich an der Tür wieder wegschicken konnte. Das Ergebnis war, daß eine Anzahl von Gästen nur Stehplätze hatte, von einem Fuß auf den anderen trat, an den Wänden lehnte, gierige Blicke auf den Punsch und die Plätzchen warf und zweifellos mit fortschreitender Zeit feindseliger wurde. Ich war schon mehrfach hier zu Gast gewesen. Einmal, als Gladys Tochter Klavierstunden bekam und ich der Lückenbüßer für den Vater war, der mit Grippe im Bett lag. Einmal war ich auf persönliches Geheiß von Mrs. Stern erschienen. Das war in dem Jahr, in dem wir bei einem Elternabend ins Gespräch gekommen waren und sie entdeckt hatte, daß ich Gustav Mahlers Erste Symphonie mochte. Was ihr Vortrag mit Mahler gemein hatte, werde ich nie erfahren, es sei denn, die Gemeinsamkeit bestand darin, daß Stuart beides nicht ausgehalten hätte.

Für John und Laura war es der erste öffentliche Vortrag. Sie waren ziemlich früh dran, weil Mrs. Stern die Anfänger immer vor den Fortgeschrittenen spielen ließ. Ich saß märtyrerhaft in der fünften Reihe Mitte. Ich hatte keine Möglichkeit, mich aus dem Publikum zurückzuziehen, ohne Aufsehen zu erregen. Stuart stand ganz hinten und hatte seine Kamera gezückt, um seine Kinder zu fotografieren und sich dann unbemerkt zu verdrücken. Ich fürchtete, das Blitzlicht könnte dazu führen, daß Laura und John beim Spielen den Faden verloren, aber Stuart, der keine Mutter war, war frei von derartigen Bedenken und wäre auf meine nicht eingegangen.

Ich war der Inbegriff einer Neurotikerin, als ich mich eins mit meinen Babys fühlte, die in der ersten Reihe zappelten. Verstohlen grub ich die Nägel meiner rechten Hand in meinen linken Unterarm, um mich von der Angst vor der Feuerprobe abzulenken. Der mütterliche Wahnsinn hielt mich gepackt, bis Mrs. Stern mit ihrer Ansprache begann, in der sie den Gästen für ihr Kommen dankte und Späße über ihre Schüler machte, um die Stimmung aufzulokkern: »Cindy Heffler hat sich gerade letzte Woche das rechte Bein gebrochen, und sie ist heute nur gekommen, weil ich ihr versprochen habe, daß Sie alle ihren Gips signieren. Rodney Schaefer spielt lieber Debussys *Arabeske* als den *Kleinen Schäfer*, mit dem er im Programm steht, weil Rodney findet, die Herausforderung sei größer.« Während Mrs. Stern weitersprach, entspannten sich die Muskeln meiner rechten Hand, und ich brauchte keinen Schmerz mehr, um mich von einer anderen Qual abzulenken. Ihre weichen Töne durchbrachen die Flugbahn meines geradlinigen Blicks, und ich stellte fest, daß ich mich im Publikum umsah, dann eine Skizze von Mozart über dem Kaminsims betrachtete, dann durch das Bild hindurch und in Gils Wohnung sah. Er arbeitete an seinem Schreibtisch. Ich beugte mich über ihn und küßte zart seinen Kopf. Er stand auf, nahm mich an der Hand, und ich führte ihn zu dem Stuhl, der neben meinem stand, und die gebannt lauschende Mutter zu meiner Rechten ahnte nicht, daß sie ihren Platz während des gesamten Vortrags mit dem Phantom meiner Liebe teilte.

Die Nervosität, die ich wegen Johns und Lauras Kindheit empfand, war sowohl ein Echo meiner eigenen Kindheit als auch das

Anschlagen eines vertrauten Akkords – mütterliches Unbehagen. Gil spielte in einer Abteilung meines emotionalen Orchesters, für deren Instrumente ich die Partitur gelesen, aber nie die Musik gehört hatte. Mein Herz war gespalten, als ich neben diesem Trugbild saß und beobachtete, wie Laura die Stufen zum Klavier hinaufstieg, gelassen den Stuhl zurechtrückte und sich darauf einstellte, ihren Platz unter den Unsterblichen einzunehmen. Mit Gil an meiner Seite war ich nicht ganz die Frau, die Laura kannte, und als diese neue Frau hatte ich eine neue Perspektive gefunden, unter der ich sie sah. Ich war mehr als ihre Mutter. Ich war eine Liebende.

Meine Konzentration galt ihr, aber meine Angst hatte sich in liebevolle Besorgnis aufgelöst, als Laura einen flüchtigen Blick ins Publikum warf, sich dem Klavier zuwandte, ihre kleinen Hände über die Tastatur hob und mit der Darbietung begann. Ein Blitzlicht leuchtete auf und objektivierte das Bild des kleinen Mädchens in blauem Leinen, das ›Up in the Sky‹ klimperte, und zugleich erfuhr ich einen Erkenntnisschub. Das Kind erschien als anderer, als eine Gesamtheit, die von mir losgelöst war. Sie saß steif da, dicht vor dem Klavier, die Ellbogen am Körper angewinkelt. Ihre Finger bewegten sich langsam und vorsichtig, und die kleinen Finger waren von den Tasten weggespreizt. Sie war kein Spiegelbild der Frau, die in der fünften Reihe saß und zusah, die sich daran erinnerte, auf der Kante eines gepolsterten Klavierhockers gesessen zu haben, und die immer gedrängt worden war, sich näher an das Klavier zu setzen und bedächtiger zu spielen.

Es war kein Wandel in meinen Einstellungen oder Auffassungen. Es war ein existentieller Bruch, der etwas von einem Zeitsprung hatte, denn ich sah das kleine Mädchen in blauem Leinen als Frau vor mir, die ihre eigenen Geheimnisse hatte und Verabredungen traf, in die ich nicht eingeweiht wurde und die mich auch gar nichts angingen. Meine Existenz hatte sich von ihrer losgelöst.

Als ich mir meiner Eigenständigkeit bewußt wurde, war ich zugleich erschreckt und erheitert. Es war, als habe die bloße Tatsache meiner Mutterschaft die Inhalte für meine Identität geliefert. Ich hatte Angst, diese Substanz zu verlieren, aber ich war begierig darauf, meine neuen Formen zu ergründen. Als ich zusah, wie Laura ihr zweites Stück zu Ende spielte, empfand ich eine wogende Sturzflut der Leidenschaft – für Gil, für meine trockenen Pinsel und meine noch ungeöffneten Ölfarben, für meine überquellenden Freuden.

Als John in die Pedale trat und sich zu ›On Yonder Rock Reclining‹ wiegte, drehte sich Laura, die wieder in der ersten Reihe saß, zu mir um und suchte Beifall für ihre Darbietung. Ich bildete mit den Lippen die Worte ›sehr gut‹ und wurde mit einem verhaltenen Lächeln bedacht – sehr zurückhaltend, und es sollte erwachsen wirken, aber es konnte die Fröhlichkeit nicht verbergen, die Lauras ganzes Gesicht strahlen ließ. Der Bruch war vorübergegangen. Laura war wieder mein Baby, und John war es noch. Die Wiederaufnahme meiner Mutterschaft verneinte nicht das lustvolle Gefühl des eigenen Seins, das ich erlangt hatte. Ganz im Gegenteil faßte sie dieses Gefühl an wie einen kostbaren Stein.

8. Kapitel

Ich interessierte mich zusehends weniger dafür, aus meiner Beziehung mit Stuart Genuß zu ziehen, und die Beziehung wurde zusehends unzulänglicher. Ich ging sogar so weit, meine vaginalen Übungen als Mittel zur Selbsterregung bleiben zu lassen, aber Stuart klagte nie über den trockenen Empfang und fing bald an, sich selbst einzuschmieren (unbeobachtet natürlich), ehe er ins Bett kam. Unsere Vereinigung entartete zu einer freudlosen Tatsache, einer Einigung ohne Zustimmung.

Mein Leben im verborgenen blühte und gedieh an den Vitaminen, die ich meiner kränkelnden Ehe vorenthielt, und jedes vergeudete Lachen bereitete meiner Seele Freude und half mir dabei, meinen Vertragsbruch zu rechtfertigen. Falls Stuart bemerkte, daß ich nachlässig wurde, sagte er nichts und machte auch keine Anspielungen. Da ich wußte, daß er wohl kaum eine Diskussion über ein so heikles Thema wie sexuelle Mangelerscheinungen anzetteln würde, interpretierte ich seine zunehmende Reizbarkeit als Ausdruck der Betroffenheit über mein Nachlassen in diesem heiklen Bereich. Er fiel über Dinge wie meine Aufmachung her, z. B.: »Du hast einen ganzen Schrank voller Kleider. Warum mußt du immer in diesem Jeansrock rumlaufen, wenn ich fragen darf?«

Das, was Stuart vor unserer Eheschließung zu mir hingezogen hatte, eine gewisse unorthodoxe Art in meinem Stil und meiner Ausdrucksweise, in meinem Auftreten und meiner Kleidung, wurde jetzt Gegenstand seiner Kritik. Vor Jahren hatte er wahrscheinlich geglaubt, aus dieser Bewunderung würde ein Wetteifern werden, aber so war es nicht gekommen. Es war dumpfer geworden, und es störte ihn nur noch. Jetzt spürte er aller Wahrscheinlichkeit nach, daß in unserer Beziehung etwas Entscheidendes schiefgelaufen war, und schon waren kleine Ärgernisse weniger erträglich, und in seiner Unduldsamkeit kam ihm die Galle hoch.

Mit Stuarts Übellaunigkeit kam ich gut zurecht, aber ich wußte nicht, wie ich damit zurechtkommen würde, wenn er Verdacht schöpfte. Trotzdem ließ ich es darauf ankommen (und riskierte einmal sogar viel), um mich mit Gil zu treffen, ehe er in das Ferienhaus einzog. Einmal sah ich ihn, als ich mit einem der Busse in die Stadt fuhr, die die Kirche bereitstellt, damit die im Osten lebende Bevölkerung einen Einkaufsbummel machen und sich eine Mittwochsmatinee zu Gemüte führen kann. Und dann sah ich ihn wieder und versprach mir davon eine dreiste, aufsehenerregende Samstagsmatinee in meinem Schlafzimmer.

Stuart suchte einen Klienten in New Jersey auf, und John und Laura waren zu Besuch bei Stuarts Eltern in Scarsdale. Die Kinder würden blankgeschrubbt, mit frischem Shampooduft im Haar und einer Gehirnwäsche zurückkehren, die bewirkte, daß sie im Wirtschaftsprüfungswesen den einzigen ehrbaren Beruf in ganz Amerika sahen.

Unser kleines *tête-à-tail* verlief allerdings nicht ohne Komplikationen, denn wir wurden von einem Anruf meiner Schwiegermutter unterbrochen.

Wir hatten gerade angefangen, uns auf meinen geheiligten Laken zu verlustieren. Mein Rock war unter meine Taille geknüllt. Mein kleines Seidenhöschen baumelte an einem Knöchel, und Gil nagte ausgehungert an mir. Sein grauweiß gestreiftes Hemd klebte zerknittert auf seiner Brust, und seine Leinenhose und seine Unterhose waren unter seine Knie gerutscht, als das Telefon läutete.

»Geh nicht dran!« keuchte Gil zwischen meinen Beinen.

»Ich muß! Es könnte etwas passiert sein!« (Ich war noch nie in der Lage, das Telefon einfach läuten zu lassen, wenn die Kinder nicht im Haus waren.)

Es läutete wieder. »Geh nicht dran!« wiederholte Gil. Es gelang mir, den Hörer abzunehmen.

»Hallo«, gurrte die nasale Stimme freundlich.

Na, immerhin, jetzt wußte ich wenigstens, daß mit den Kindern alles in Ordnung war.

In meiner eingekeilten Lage war es schwierig, normal zu antworten. »Hallo, Sara«, sagte ich zu dem Hörer und dem Glied, das sich gegen mich drückte. »Wie steht's?«

»Wunderbar«, lautete die Antwort. »Wir feiern gewaltig.«

»Wer ist das?« flüsterte Gil an meinem Schenkel.

Ich drückte die Sprechmuschel gegen die Matratze. »Meine Schwiegermutter«, sagte ich, und die Größe seines Penis' nahm sichtlich ab.

»Ich freue mich, daß ihr es euch so gut gehen laßt«, sagte ich in die Sprechmuschel. Ich verspürte den Drang, laut zu lachen.

»George und ich waren heute mit den Kindern in der Synagoge. Es hat ihnen sehr gut gefallen. Du solltest dir wirklich überlegen, ob du sie nicht in eurer Nähe in eine Synagoge schickst.«

Auch das noch. Bloß keine dieser weinerlich geführten Diskussionen über Prioritäten und Bar Mitzwes. »Sara, ich habe dir doch gesagt, daß du den Kindern deine Vorstellungen nicht aufdrängen sollst. Hier treffen *wir* die Entscheidungen, ist das klar?«

»Wie du wünschst, Joan. Ich sage ja nur, daß die Kinder Probleme mit ihrer Identität bekommen werden. Ganz zu schweigen von dem Problem fehlender Werte.«

Mein Ellbogen würgte mich, und Gil schien schwerer zu werden. »Sie brauchen keinen Rabbi, der ihnen sagt, wer sie sind. Außerdem bekommen sie keine Probleme, solange sie wissen, daß sie geliebt werden.«

»Du bist ein komisches Mädchen, Joan«, seufzte meine Schwiegermutter. »Klavierstunden dürfen sie nehmen. Aber Hebräisch? Ts, ts. Was sind das für Prioritäten.«

»Häng ein«, flüsterte Gil.

»Soll ich mit den Kindern sprechen?« Ich hustete in die Sprechmuschel, um ein Lachen zu tarnen. Dann biß ich Gil ins Bein, um nicht doch noch laut zu lachen.

»He!« knurrte er, ehe er es mir in gleicher Münze zurückzahlte.

»George ist mit John und Laura spazierengegangen«, sagte Sara. »Fehlt dir etwas? Du hast gehustet. Du bist erkältet. Du solltest etwas für dich tun. Trink viel Saft.«

»Ich bin nicht erkältet.«

»Du klingst so komisch. Hast du Gäste? Ich glaube, ich habe Stimmen gehört.«

»Nein, hier ist niemand. Der Fernseher läuft.«

»Na gut. Ich wollte mich nur mal melden und dir sagen, daß Stuart gesagt hat, er holt die Kinder morgen auf dem Heimweg ab. Gegen eins.«

»Prima. Grüß alle schön von mir.«

»Auf Wiedersehen, mein Schatz.«

Ich legte den Hörer auf die Gabel und lachte. Ein leicht überdrehtes Lachen.

Abgesehen von unseren wenigen Zusammenkünften telefonierten Gil und ich und unterhielten Briefkontakt. Er schrieb verschlüsselte Nachrichten, die mich im Maklerbüro erreichten. Diese Mitteilungen zwangen mich, mich mit dem Astronomiebuch für Anfänger zu beschäftigen, das Gil mir nahegelegt hatte. Gloria und Harrison hatten keine Chance, auch nur ein Wort zu verstehen, falls einer von beiden die Warnung PERSÖNLICH mißachten sollte, die quer über die Umschläge gestempelt war. Ein Beispiel für eine solche Nachricht, die ich endlich unter meine BHs und Strumpfhosen pakken konnte:

> Liebe M 42,
> der Große Bär war bisher im Apex. Doch schon bald kniet alles vor Plan und Prophezeiung. Anschließend werden wir Sirius.
>
> M 31

Nach langem Kampf die Interpretation:

> M 42 ist die Katalognummer des Orionnebels, und Orion ist das Sternbild, das im Februar am höchsten steht, dem Monat meiner Geburt.
> Der Große Bär im ›Apex‹ bezieht sich, nehme ich an, auf unsere hedonistischen Vergnügungen im Mai, aber der Satz danach bezieht sich auf Herkules (den Knienden) und auf Gils ausdrücklichen Wunsch, über unsere Zukunft zu sprechen, wenn er direkt über uns steht – im August. Sirius ist der hellste Fixstern am Himmel, und er steht sowohl für das Versprechen einer strahlenden Zukunft als auch für unsere Absicht, sie gegen Ende des Sommers in aller Ernsthaftigkeit zu planen. M 31 ist eine Galaxis, die etwas größer ist und wie ein flaumiger Stern aussieht. Sie ist der am weitesten entfernte Himmelskörper im All, den man mit bloßem Auge sehen kann. Diese Galaxis erreicht ihren Höchststand im Dezember, dem Monat, in dem Gil geboren ist.

Für mich bestand kein Grund, etwas zu verschleiern, da ich meine Briefe an Gils Privatadresse schickte, und meine Antwort auf das

Obenstehende war kurz und prägnant: Das kannst Du Dir an Deine Cassiopeia stecken. Alles Liebe, Joan. Daraufhin schrieb dieser Schurke in kürzeren Abständen und weitergehenden Verschlüsselungen, und ich war gezwungen, mir zumindest oberflächliche Kenntnisse auf Gebieten wie Albedo, Fotosphäre, Kepplersche Gesetze der Planetenbewegung etc. anzueignen, um hinter den Sinn seiner Mitteilungen zu kommen. Ich spielte glücklich wieder Schülerspielchen.

In den Wochen, in denen ich meine astronomischen Studien aufnahm, fertigte ich auch die ersten Skizzen für Gemälde an. Ich fuhr mit Skizzenblock und Bleistiften zum Meer und lief durch den Sand, bis ich eine schöne Stelle im Schutz der Dünen fand. Dort vergrub ich mich für ein oder zwei Stunden und zeichnete, was mir in den Sinn kam – schrullige Gestalten, die auf einer Düne oder an einer Mole fröhlich ihr Unwesen trieben; Liebende, die nach Chagall-Manier bogenförmig über einem Tennisplatz schwebten; kubistische Studien von Meer und Segel, Muschel oder Gehirn, die seziert waren und deren zarte Windungen zuckten; Abstraktionen mit weichem Bleistift ohne inhaltliche Relevanz; großräumiger, unbändiger Ausdruck von Stimmungen.

Meine kurzen, aber chronisch wiederkehrenden Phasen von Depressionen, die an nichts festzumachen waren, verschwanden. Ich war zwar nicht sicher, worauf genau ich zusteuerte, aber ich hatte keine Angst mehr vor dem Stumpfsein der Leere und der Stagnation. Mit der Geburt meiner genitalen Vitalität war mein Vertrauen in den Prozeß des Werdens wiederhergestellt. Meine Lebensader war von meiner Meise bis zu meiner Möse gesichert.

Sue kam einmal mit mir zum Strand. Wir parkten meinen Wagen am Marlin und gingen auf der Dune Road nach Osten, dem Streifen Land, der zwischen dem Meer und der Bucht verläuft und von beiden Seiten von hübschen Häuschen und geometrischen Extravaganzen umgeben ist, die durch das flache Land und die Wirkung des Salzes und der saisonbedingten Unwetter auf die hölzernen Gebilde, ob verschwenderisch oder bescheiden, vereinheitlicht wurden.

Wir sahen die Bauarbeiter am Meer, die in die bereits weichenden Dünen einen weiteren ausgedehnten Gebäudekomplex trieben, und in der Nähe bauten andere mal wieder ein Stück private Extravaganz. Die witzigen architektonischen Einfälle gingen sichtlich aus. Der einzigartige Schwung eines asymmetrischen Dachs wiederholte sich drei Häuser weiter, wenn auch umgekehrt; die

Lichtkuppel, eines ein anscheinend einzigartiges Kind menschlichen Geistes, wurde in großer Stückzahl vorgefertigt.

Die Meeresluft war wie immer frisch und belebend, geradezu therapeutisch. Ich atmete tief ein.

Sue und ich schlugen die Richtung zum Strand ein und gingen zwischen zwei verwitterten Familienbesitzen durch und stapften langsam durch den Sand zum Meer.

»Ist es dir hier recht?« fragte ich und ließ meine Tüten mit den Malsachen und den Corned-Beef-Broten an einem Platz fallen, den ich besonders angenehm fand – warm und trocken und bei Flut zehn Meter vom Meer entfernt. Eine Möwe, die von hier aus die See überblickt hatte, flog davon, als ich mein Strandlaken ausbreitete.

Susan ließ sich auf den Sand plumpsen und zog mechanisch ihre Schuhe und Socken aus. »Ich hätte einkaufen gehen sollen. Ich habe nichts im Kühlschrank.«

»Dann kaufst du eben später ein.«

»Vielleicht. Was ist auf deinem Block? Zeig mal.« Sie blätterte den Block mit einem vagen Lächeln flüchtig durch. »Interessant. Warum stellst du nicht ein paar Sachen für den Straßenverkauf zusammen?«

Ich hatte schon daran gedacht, mir für diesen Juli einen Stand an der Hauptstraße zu sichern, aber es war bei einer Überlegung geblieben. Zum einen wußte ich nicht, ob ich ein ganzes Wochenende lang auf einem Klappstuhl sitzen und, wenn auch noch so passiv, meine Waren verhökern wollte. Zum zweiten hatte ich keine Masche und wollte mir auch keine zulegen. Diese Verkaufsausstellung selbst hat zwar einen Anspruch, aber die einzelnen Stände nicht. Alle Beteiligten sind auf etwas abgestempelt, ob in der Thematik, im Medium oder im Stil (z. B. die kleine Dame, die Glas bemalt, der stämmige Mann, der sich in Schraubenmuttern und Riegeln ausdrückt, das Mädchen, das nur Tiere malt, der Junge, der ganze Tuben Öl auf seiner Leinwand ausdrückt).

»Ich weiß nicht, ob ich da richtig bin«, sagte ich. »Ich glaube, ich habe noch nicht genug fertige Sachen. Ich lasse es mir trotzdem noch mal durch den Kopf gehen. He, da fällt mir ein, daß wir dich beim Tennis vermißt haben. Die Frau, die du als Ersatz geschickt hast, war mies.«

»Ich hatte einen Vorstellungstermin bei einem Anwalt. Er hat gesagt, Stuart hätte ihm meine Nummer gegeben.«

»Wie ist es gelaufen?«

»Er sucht eine Halbtagskraft.«

»Na, prima.«

»Ach, ich weiß nicht so recht. Das würde bedeuten, daß ich einen Babysitter einstellen muß. Sag Stuart auf alle Fälle vielen Dank von mir.«

»Du willst weiterhin alles schleifen lassen?«

»Sieh mal, mir ging es darum, mir selbst ein neues Image zu schaffen, damit Robert mich weniger selbstverständlich voraussetzt. Das kann aber auch ins Auge gehen. Allein die Vorstellung, ich könnte arbeiten, macht ihn rasend. Ich weiß selbst nicht mehr, was ich empfinde. Im Moment bin ich sauer auf ihn, weil er fordert, daß ich mich nicht muckse. Wer weiß, vielleicht nehme ich trotzdem eine Stellung an.«

»Ich würde mich liebend gern mal mit ihm unterhalten.«

»Ich glaube, er würde sich nicht mit dir unterhalten wollen.« Ein bitteres Lächeln umwölkte ihr Gesicht. »Ich glaube, er gibt dir die Schuld an dem, was er meine Ruhelosigkeit nennt.«

»Du glaubst doch nicht etwa, daß mich das was angeht?«

Sie legte sich zurück und verschränkte die Arme unter dem Kopf. »Kann ich dir vielleicht seine Seitensprünge vorwerfen? Wenigstens ist die Sache mit Ellen Webster vorbei. Ich schätze, ich bin in Sicherheit. Im Moment jedenfalls.« Sie grub ihre Fersen in den Sand. »Werfe ich dir vielleicht etwas vor? Wie könnte ich?«

»Du glaubst nicht, daß der Job dir guttäte? Du kämst aus dem Haus und...«

»Laß mich in Ruhe, Joan. Kümmere dich um deine Angelegenheiten.« Sie rollte sich auf den Bauch. »Ich hätte Bobby nicht zur Schule schicken sollen. Er hat heute morgen schon wieder gehustet. Tu mir einen Gefallen, und gib mir mein Buch, ja?«

Es war offensichtlich, daß sie ihre Ruhe haben wollte.

Sue las ihr Buch, während ich eventuell Gemälde skizzierte.

Je mehr ich mich abmühte, meine Ausdrucksweise zu finden, desto mehr wurden meine Mühen belohnt. Je mehr ich mich auf Details konzentrierte (wo durchbricht man die Horizontlinie, wie drückt man in einem ausgestreckten Arm Dramatik aus – die Handfläche nach oben? die Handfläche nach unten? – und wann deutet man Konturen eins Bauches oder eines Bootes an, und wann führt man sie präzise aus), desto erfreulicher war es. Ich stellte mich selbst auf eine harte Probe. Es war aufregend.

Ich entdeckte gerade, was hinter einigen der Bleistiftstriche lag. Drei tanzende Gestalten, verflochten gegen den Horizont abgesetzt, einen Horizont aus Sand, See und Himmel. Ich zeichnete flink – hier ein Bier, links unten, nein, diagonaler – ein guter Strich – nein, nicht gerade, bieg ihn und mach die Ferse dicker. Führ die Hände einzeln aus. Ich sah die Leinwand. Sie war mindestens einszwanzig hoch, einsfünfzig breit, in reinem Weiß grundiert, erwartungsvoll. Ich sah die weiße Fläche in große flächige Streifen leuchtender Farben unterteilt. Mit Licht gesättigt. Der Sand loderte gelb auf. Saubere Linien – in Acrylfarben? Nein. Öl. Öl geht mehr auf Stimmungen ein – die Reinheit der Farbe muß durch die Ausdruckskraft, die Zärtlichkeit, gebrochen werden – es darf nicht kühl angelegt sein – dieser Kopf sollte sich neigen – da –«

»Hast du das Corned Beef mitgebracht?«

Einen Moment. Stimmt der Winkel. Oder vielleicht doch...

»Joan?«

»Was? Oh. Um Himmels willen, wart eine Sekunde!«

»Vergiß es.« Susan ließ ihr Buch fallen und stand auf.

Daran denken, den Winkel des Kopfs zu korrigieren. »Tut mir leid. Ich war ganz vertieft. Warte – ich hole die Brote schon. Natürlich habe ich das Corned Beef mitgebracht.«

»Laß es sein. Ich habe ohnehin nicht viel Hunger.« Sie griff in ihre blaue Leinentasche und holte eine Weinflasche und zwei Pappbecher raus. »Magst du was trinken? Oder bist du zu... versunken?«

Sie löste Schuldgefühle bei mir aus. »Wenn du glaubst, du könntest Schuldgefühle bei mir auslösen – das kannst du glatt vergessen. Ja, klar trinke ich ein Glas Wein. Und du wirst jetzt mein Corned Beef essen, und wenn ich es dir in den Hals stecken muß.« Ich lächelte und legte eine Hand auf ihre Schulter, um den Spalt zu überbrücken, aber er schloß sich nicht.

Schließlich aß sie eine Kleinigkeit und trank mehr als das, was ich normalerweise für ihren Anteil gehalten hätte. In der Direktheit, mit der sie den Becher an ihre Lippen führte und den Wein hinunterstürzte, als trinke sie nicht mehr, um sich die Zeit zu vertreiben, sondern um die Zeit zu vertreiben, lag etwas Bedenkliches. Sie schien sich treiben zu lassen, eine Frau ohne ein Motiv, eine Erkennungsmelodie.

Während ich meine Habe zusammenpackte, rutschte mir ein unüberlegter Vorschlag raus. »Warum gibst du dir nicht einen Ruck und fährst ein paar Tage weg? Ich kümmere mich um die Kinder.«

Susan bedachte mich mit einem flüchtigen Seitenblick, von dem ich nicht wußte, ob er Hilflosigkeit oder Gleichgültigkeit ausdrückte. »Auf dieses Angebot könnte ich eines Tages zurückkommen«, sagte sie und legte ihr Buch zur Seite, nachdem sie es achtlos zugeschlagen hatte. »Obwohl ich glaube, daß du ganz verrückt darauf bist, es zu tun.«

9. Kapitel

Im Lauf der kommenden Wochen durchlief ich meine jährliche Neudefinition. Ich wurde zur ›Städterin‹, die sich mit allen Mitteln von den Badegästen unterscheiden wollte. Meine Bräune wird nicht so gleichmäßig sein. Tagsüber werde ich meinen Busen jetzt erst recht gänzlich verhüllen.

Bei Gristede werde ich ein Eindringling sein. Die Leute, die mich das ganze Jahr über bedienen, werden sich mir gegenüber ganz anständig verhalten, aber vor *denen* werden sie kriechen. Im Gang, in dem die Suppen stehen, wird mich ein durchsichtiges Strandkleid streifen. Ein kecker, gebräunter Arsch, der frech aus knappen weißen Shorts quillt, wird vor dem Plätzchenstand an mir vorbeiwippen, und dann weiß ich, daß die Leute, die meine Zähne richten, meine Gebärmutter untersuchen und mein Sehvermögen testen, für Leute wie mich nur noch im äußersten Notfall da sind.

Der Ort unterzog sich meiner Metamorphose mit feierlichen Wiedereröffnungen: Sexshops und Lederboutiquen. Muschel- und Obststände. Strandclubs. Tennis- und Jachtclubs. Alle, die mit sommerlichen Waren und Vergnügungen hausieren, erwachen aus dem Winterschlaf, um die steigende Nachfrage zu decken.

Was die persönlichen und mir nähergehenden Ereignisse betrifft...

Mein Drang nach Freiheit überwiegt meine Angst vor Ansteckungen, und ich lasse mir eine Spirale einsetzen und entledige mich meines einsetzbaren Gebärmutterrings mitsamt seinem weiß schimmernden Plastikschächtelchen.

Wegen der Kinder trete ich dem Marlin Strandclub bei und engagiere Gladys' kleine Schwester Lillian als Kindermädchen, während Onkel Gilbert die Mami bumst, ihr Süßen!

Das Malen schärft meinen Blick und fördert meine Konzentration und Disziplin. Ich habe mir ein Ministudio im Keller eingerichtet und freue mich auf mein Eckchen bei Gil. Die Gründe, aus denen ich wieder malen will, sind nicht mehr wichtig. Was jetzt zählt, ist die Leinwand selbst.

Stuart und ich besuchen im Jachtclub von Hampton eine Cocktailparty für wohltätige Zwecke. Der Club wird vom L. I. East Arts Council gefördert, dessen Aufgabe darin besteht, das hiesige Kulturleben zu fördern und Mittel bereitzustellen, mit denen man sich gelegentlich ein Talent aus dem Westen einladen kann, wie z. B. einen Flötisten von den New Yorker Philharmonikern. Wir nippen mit etlichen herausgeputzten Fremden Bloody Marys und rühmen die Ausstellung der Künstler von Long Island im vergangenen Frühjahr, die die hiesigen Schulkinder besucht haben. Wir schauen auf die Moriches Bay und plaudern über das unterdurchschnittliche Angebot der Tanzschulen am Ort und erwähnen den beklagenswerten Mangel an Dozenten für Saiteninstrumente an der High School. Ich werde in eine nicht allzu erhitzte Diskussion mit einem Stadtrat von Southampton verwickelt, die sich um ›Ballungsgebiete‹, Erhaltung der Natur, Strandverschmutzung und Heizsysteme und um den Mißbrauch, der mit der Wohlfahrtspflege betrieben wird, dreht. Eine Frau mit hohen Wangenknochen und teuren Stiefeln bietet rosaweiß belegte Häppchen an und bleibt bei uns stehen, als Stuart auf das Thema WGs zu sprechen kommt. Der Politiker versichert uns, daß bereits ein Kampfverband gebildet wird, dessen Aufgabe darin bestehen wird, ›Druck zu machen‹, damit eine Verordnung erlassen wird, die die Vermietung einer Wohneinheit an mehr als fünf nicht miteinander verwandte Menschen verbietet. Stuart beklagt die Entartung des ›Charakters‹ der beiden Hamptons und die steigende Kriminalität – zur Verdeutlichung läßt er die exakten Zahlen der Einbrüche in Häusern einfließen. Nach dieser Party läßt Stuart aus unerfindlichen Gründen einen wütenden Wortschwall gegen die Steuern des Staates New York los und verhält sich mir gegenüber für den Rest des Abends ungewöhnlich streitsüchtig.

Während einer seiner Phasen stärksten Fitneß-Bewußtseins arrangiert Stuart ein gemischtes Doppel zwischen uns und Roger und Susan. Der Sand in seinen Knöchelschonern rieselt bei jeder Bewegung, die er macht, aber Stuart konzentriert sich ganz auf seine Form. Roger, steif und schmallippig, wirkt angespannter als sein Schläger. Vielleicht ist es bezeichnend für die Entwicklung in unseren Beziehungen, daß Roger sich die gemeinsten Aufschläge für mich aufhebt, wogegen Stuart, der gewöhnlich kein sexistischer Spieler ist, Susan die nettesten Bälle offeriert.

Nach unserem gemischten Doppel sehe ich Susan nur noch bei unseren letzten Tennisterminen. Sie spielt achtlos. Sie weigert sich, über sich selbst zu reden. Ich bin besorgt. Aber gleichzeitig bin ich eine miese kleine Egozentrikerin. Ich habe andere Dinge im Sinn. Ich stelle ihr nicht nach.

Bei seiner offiziellen Ankunft überrasche ich Gil mit Käse und Sekt. An dem Freitagnachmittag, an dem er einzieht, trinken wir uns einen kleinen Schwips an und lieben uns um der alten Zeiten willen nach Brie stinkend auf dem Fußboden. Anschließend helfe ich ihm beim Auspacken seiner Kleider und meiner Malsachen. Als ich am nächsten Morgen Laura zum Zahnarzt bringe, sind alle Zeitschriften bis auf *Fishermann's Weekly* belegt, und daher lasse ich mich auf einem alten Lehnstuhl nieder und beschäftige mich damit, daß ich besondere Momente des gestrigen Nachmittags mit Gil noch einmal durchlebe. Ich sitze auf seinem Gesicht, und seine Zunge lockt mich zum Orgasmus. Das Nächste, was ich weiß, ist, daß Laura die Neuigkeit verkündet, daß ›der Zahnarzt sagt, ich habe nur ein Loch, obwohl ich mir die Zähne schlampig putze‹. Gils Zunge zieht sich eilig zurück, und ich bin so verlegen, als hätte Laura tatsächlich zugesehen, wie er sich mit *meinem* zarten Loch abgegeben hat.

Mr. Harrison weigert sich, ein Haus an eine junge Frau zu vermieten, die sich die Miete offensichtlich nicht ohne eine kleine Unterstützung von seiten ihrer Freunde leisten kann. Nachdem sie das Büro verlassen hat, wettert er gegen Groupies, Lotterleben, uneingeschränkten Sex unter jungen Leuten und mangelnde elterliche Führung – und dabei zeigt sich wieder einmal seine doppelte Moral. Weiß er denn nicht, daß *ich* weiß, daß er jeden Dienstag nachmittag die Frau eines Stadtrats bumst? Ernsthafter Partnertausch ist erlaubt, argwöhne ich, solange er als bequeme Nebenerscheinung des monogamen Lebens praktiziert wird.

Ich schwätze einem Anwalt aus Patchogue und seinem ›kleinen Frauchen‹ ein putziges kleines Häuschen mit weißen Schindeln und schwarzen Fensterläden für das ganze Jahr auf. Das Häuschen liegt in dem Weiler, der den stillen Ruhm für sich beansprucht, P. G. Woodhouse über einen längeren Zeitraum beherbergt zu haben. Ich zahle meine Einnahmen sofort auf mein Sparkonto ein. Ich horte kleine Nüsse für das, was Stuarts Winter des Mißvergnügens werden könnte.

In Gils erster Urlaubswoche gelang es uns, einen langen, sonnigen Tag gemeinsam zu verbringen. So hätten meine Flitterwochen aussehen sollen. Mein Appetit auf Sex schien unersättlich, als sei ein Deckel von einer bodenlosen Grube entfernt worden, deren Wände jetzt zum Leben erwachten.

Als ich wieder in seinem Haus war, dachte ich, wie so oft, an jenen ersten Tag, an jenen ersten Blick. Unser erster Blick war nicht auf-, sondern ineinander gefallen. Es war mehr eine Berührung als ein Erkennen von Egos gewesen. Es war, als seien unsere Beobachtungen vorausgeeilt und hätten sich ein ganzes Stück vor uns getroffen, und daher hatten wir unsere Koexistenz weniger bemerkt als erlebt. Es war die elementarste aller Begrüßungen. Unsere erste Umarmung war nur eine Ausweitung dieser ohnehin bestehenden Intimität gewesen. Alles, was folgte, hatte das Gefühl der Gegenwart des anderen verstärkt, ihm eine Form, einen Ablauf und, um die analytische Seite meiner Natur zu befriedigen, eine Rechtfertigung gegeben.

Wir liebten uns am frühen Morgen. Dann fuhren wir zum Strand und parkten vor dem Marlin. Das Meer war sehr kalt, aber wir tunkten uns trotzdem kurz ein. Anschließend rannten wir über den Strand, um uns aufzuwärmen. Wir ruhten uns auf einem Strandlaken aus und machten uns an das Kreuzworträtsel der *Times*.

Als wir Arm in Arm zum Wagen zurückgingen, sah ich zwei Frauen, die ich aus dem Tennisclub kannte, im Schatten der Dünen auf einer Decke sitzen. Sie winkten mir zu. Ich überwand meinen Impuls, ihre Existenz zu leugnen und überkompensierte, indem ich Gil zu der Decke führte, ihn als einen guten Freund vorstellte und zum Beweis seinen Ellenbogen drückte. Wer konnte die Rechtmäßigkeit so offen gezeigter Zuneigung anzweifeln?

Als wir wieder in Gils Haus waren, brühten wir uns einen Nescafé über und teilten uns ein Sandwich.

Wir duschten uns, seiften uns gegenseitig an allen verborgenen Stellen ein und spülten die Seife mit unendlicher Sorgfalt ab. Wir trockneten uns gemeinsam mit einem riesigen braunschwarz gemusterten Badetuch ab und schlüpften erfrischt und begierig ins Bett. Wie anders als meine Flitterwochen mit Stuart, ein Festival der Hemmungen in Marthas Vineyard, im Verlauf dessen wir gegenseitig unsere kleinen Verklemmtheiten entdeckten und sie auf alle Zeiten einbalsamierten. Orale Techniken schieden aus. Fußböden schieden aus. Jalousien wurden zugezogen, und Lichter wurden gelöscht. *Jetzt* standen der Raum und ich in Licht und Flammen, und Hemmungen wurden gelöscht und weggewischt.

»Hast du eine Lotion oder eine Creme, mit der wir uns gegenseitig einreiben können?« fragte ich und strich ihm mit meinen Fingerspitzen über die Lippen. »Ich hätte Lust, dich von Kopf bis Fuß zu massieren. Und mich von dir massieren zu lassen.«

Er küßte meine Finger und meine Handfläche. »Ich hole etwas.«

Er kam mit einer Tube Sonnencreme zurück. »Wer ist erster?«

»Ich fange mit dir an. Leg dich auf den Bauch.« Ich stieß die Bettdecke über das Fußende des Bettes. »Frierst du?«

»Nein.« Er streckte sich flach auf dem Bauch aus, spreizte leicht die Beine, und seine Zehen waren nach außen gerichtet. »Ist das was? Kann ich bei Ihnen mit der American-Express-Karte zahlen?«

»Unser Zahlungsmodus ist ›Wie du mir, so ich dir‹, Sir.«

»Halt den Mund, und laß deine Finger sprechen.«

Ich drückte Creme auf seinen Hals und seine Schultern und massierte sie langsam in seine Haut. Hinter die Ohren und in die Ohren, am Hals nach unten, in seine Schultermuskulatur, an seinen Armen entlang. Dann knetete ich jeden Finger einzeln und küßte seine Hände, als ich mit ihnen fertig war. Dann auf dem Rücken nach unten, dann die Seiten. Ich grub meine Finger in seine strammen Muskeln und spürte, wie sie sich unter meiner Berührung entspannten. Ich rieb sachte an seinem Rückgrat auf und ab und kam zu den flaumigen Rundungen seines Hinterns. Ich fühlte mich allmächtig, als ich eine kleine Menge Creme auf jede der beiden fleischigen Hälften drückte.

Dann streichelte ich kräftig die Furche und folgte dem Pfad zwischen seinen Beinen bis zu den Hoden. Er hob seine Rückseite stärker an, bis er in einer fast knienden Haltung dalag. Ich streichelte seine Genitalien – nur ganz zart und verhalten, um ihm Tantalusqualen zu bereiten. »O Gott«, stöhnte er, als ich seinen steifen Schwanz mehrfach hintereinander kurz und zärtlich drückte.

Ich quetschte etwas mehr Creme aus der Tube und verteilte sie auf der Innenseite seiner Schenkel. Ich rieb sie von oben nach unten in seine Beine ein und wiederholte dann an seinen Zehen, was ich mit seinen Fingern getan hatte. »Dreh dich um«, befahl ich, nachdem ich seine Fußsohlen geküßt hatte.

Er drehte sich um, und ich sah mit heftigem Herklopfen auf ihn herunter. Ich mußte mich zwingen, meinen Körper nicht augenblicklich auf seinem Schwanz zu pfählen. Statt dessen drückte ich mehr Creme aus der Tube. »Spreiz die Arme und die Beine, und rühr dich nicht«, befahl ich, als er die Arme ausstreckte, um mich zu packen.

»Bitte, Joan. Nimm mich in den Mund.«

»Noch nicht. Erst, wenn ich fertig bin.« Ich drückte einen Tupfer Creme auf seine Nase und seine Brust. Er gehorchte mir und blieb mit ausgestreckten Armen und Beinen und geschlossenen Augen flach liegen. Seine Stirn war von Unbehagen gerunzelt. Ich glättete die Falten mit meinen Fingern, verteilte die Creme sachte mit den Fingerspitzen unter seinen Augen und auf seinen Wangen, auf seinen Lippen und um sie herum. Auf seinem Hals und seiner Brust. In kleinen Kreisen rieb ich die Brustwarzen ein. Unter den Armen und an den Rippen nach unten. An dem Haaransatz auf seinem flachen Bauch entlang. Als ich seine Schenkel außen und innen massierte, wand er sich unter meinen Fingern.

Über seine Schenkel und seinen Bauch. Der einschmeichelnde Schwanz, der zum Bersten voll ist, wird gemieden. »Joan! Bitte!«

»Noch nicht. Jetzt bin ich erst dran.« Mit diesen Worten legte ich mich neben ihn auf den Bauch und legte die halbleere Tube auf seine Brust. »Jetzt mach schon, Sklave.«

»Du verdammtes Biest!« schrie er.

Er war sehr ungeduldig und hatte es eilig (wie ich meine eigene Grausamkeit auskostete!), aber dennoch versuchte er, mir so viel Zeit zu widmen, wie ich für ihn gebraucht hatte. Und jetzt schlüpfte er in die Rolle des zärtlichen Sadisten. Er packte mich abwechselnd zart und grob an und massierte meinen Hals und meinen Rücken, neckte mich mit flüchtigen Berührungen an den Seiten meiner Brüste – seine Hände eilten an meinem Busen vorbei, ohne auch nur einmal meine Brustwarzen zu berühren, die sich vor Protest prickelnd gegen das Laken drückten. Dann cremte er meinen Hintern ein und rieb wie ich mit kreisförmigen Bewegungen. Während ich gepeinigt stöhnte, massierte er meine Beine und Füße. »So, das langt. Dreh dich um, und beschwer dich nicht.«

Ich tat, wie mir geheißen. Ich drehte mich um, hob meine Arme über den Kopf und spreizte meine Beine soweit es ging. Die Spitzen meiner Titten reckten sich flehentlich, und meine Klitoris durchzuckten schmerzhafte Stiche. »Tu was mit deiner Zunge, bitte!« Er tupfte nur Creme auf meine Schultern und meinen Bauch und rieb sie sorgsam ein. Dabei mied er alle Stellen meines konzentrierten Elends. Er massierte die Unterseite meiner Arme, dann die Stellen unter meinen Brüsten, die er nach oben schob, ohne den Brustwarzen seine Sorgfalt angedeihen zu lassen. Er streichelte meine Füße, meine Beine, die Innenseiten meiner Oberschenkel, aber den heißen, feuchten Hügel zwischen ihnen überließ er seiner Qual.

Aber dann! *Dann* folgte das qualvolle Vergnügen, das durch die Linderung in die Länge gezogener Schmerzen um so köstlicher war. Es kam mir wie eine Ewigkeit vor, bis er endlich lächelnd auf mich niedersah, um anzudeuten, daß das Spiel vorbei war. Langsam umschloß er mit seinen Händen meine Brüste und drückte meine Brustwarzen unter seinen Handflächen platt. Ich hielt seine Hände dort fest und schwelgte in dem warmen Druck, der von ihnen ausging. Aber noch waren größere Schmerzen zu lindern, und schon bald ließ ich seine Hände los und brachte mich in eine Lage, die mehr versprach.

Er saß mit gespreizten Beinen auf dem Bett. Sein Oberkörper lehnte an der Wand, und er wirkte teuflisch passiv, aber ermutigend.

Ich nahm unter Schwierigkeiten eine Haltung ein, die Ähnlichkeit mit einem Kopfstand hatte. Mein Gesicht war in seinen Lenden begraben, und sein Gesicht war direkt vor meinem schmerzenden Mittelpunkt. (Wag es bloß nicht, diesen Pfad jetzt nicht zu gehen!)

Er riß mich an sich, und ein Laut wohliger Zufriedenheit kam über seine Lippen.

Wie er um diesen zarten Hügel wütete – die Qual des Sehnens und das Versprechen bevorstehender Genüsse konzentrierte sich in dieser kleinen Erhebung, die dem geilen Druck seiner Lippen und Zähne ausgesetzt war. Während seine Zunge diese Stelle und ihre Umgebung leckte und sich dagegendrückte, strichen seine Hände über meinen Rücken und in die feuchte Furche. Finger rieben, streckten und kneteten, während die Zunge eindrang. Die Zunge wand sich wie eine Schlange in ihrer Grube, und ich schrie auf, als ihr Opfer sich ergab und in Zuckungen verfiel. Die Serie von Kontraktionen, die sich wieder lösten – fast unerträglich in ihrem intensiven Kitzel –, ließen Funken sprühen, die sich wogend immer tiefer in meinen Bauch zogen, durch meinen ganzen Körper schossen und prickelnd und durch die Echos rasenden Vergnügens geschwächt in meine Gliedmaßen weiterzogen und in meinen Händen und Füßen endeten.

Instinktiv stieß ich auf das herunter, was ich im Mund hatte, und es explodierte in meiner Kehle. Die Atemzüge wurden tiefer, die Laute tiefer, die er von sich gab.

Wir sanken auf die Laken.

Er flüsterte in den brennenden Busch: »Ich liebe dich.«

Ich weinte still an seinem Schenkel – die Freudentränen, die in Martha's Vineyard nie gefallen waren. Ich danke dir, ich danke dir. »Oh, du, mein Schatz.«

»Liebst du mich?« fragte er kaum hörbar.

»Ja.«

»Dann sag es mir.«

»Ich liebe dich.«

»Nur mich?«

Oh, süßes Kind einer anderen Zeit und einer anderen Welt – *meiner* stumpfsinnigen Welt. »Nur dich.«

»Ich weiß nicht, ob ich dir das glaube.«

»Verdirb nicht alles, Gil.«

»Du wirst es deinem Mann also sagen?«

»Ich habe dir doch gesagt, daß ich mit ihm spreche.«

»Wann?«

»Sei kein Quälgeist, Schatz. Ich liebe dich.«

»Wann?«

Der Zeitpunkt seines Drängens war ein schlechter. Wir sollten jetzt entspannt sein, uns unbeschwert treiben lassen. »Denk an den hellen Stern. Sirius. In unseren Briefen. Wir haben gesagt, im August.«

»Sag es ihm eher.«

Ich selbst wollte es auch.

Meine Staffelei stand erst zwei Wochen in Gils Häuschen, als ich das Gefühl hatte, sie hätte immer dort gestanden. Der geliebte Geruch nach trocknenden Ölfarben, der mich begrüßte, als ich die Tür öffnete, versprach Arbeit und Liebe. Physische Umarmung und künstlerischer Erfolg waren häufig simultan.

»Wie schön, wieder zu Hause zu sein«, sagte ich beim Eintreten. Ich ließ meine Tasche auf den Boden fallen und küßte Gil.

»Es ist ein wunderbarer Morgen«, sagte er.

»Ja, schon wieder.«

»Laß uns heute freinehmen und rausfahren. Vielleicht nach Osten. Montauk.«

»Das klingt gut.« Ich sah das Ölbild an, an dem ich gerade arbeitete, und ich wußte genau, an welcher Stelle ich an diesem Tag weitergemacht hätte. Es sollte ein Mann werden, der ein Kind umarmte, und ich bekam es nicht hin. »Ich packe uns ein Mittagessen ein.«

»Es ist bereits gepackt«, sagte Gil und deutete zur Küche.

»Du weißt schon, daß mich der Fuß von diesem Kerl bestimmt den ganzen Tag nicht losläßt«, sagte ich und warf noch einen Blick auf die Leinwand.

»Versuch ihn dir aus dem Kopf zu schlagen, Liebling«, sagte er einschmeichelnd und bog meinen Kopf nach oben.

»Das sollte sich eigentlich machen lassen«, sagte ich und fragte mich, ob es mir wirklich gelingen würde.

Als wir nach Osten zum Ende der Insel und in die wohltuende Anonymität fuhren, dachte ich an den Kurs am C. W. Post, den ich ins Auge gefaßt hatte. »Ich werde hingehen«, entschied ich.

»Wohin wirst du gehen, Schatz?«

»Zu diesem Kurs, von dem ich dir schon erzählt habe. Vier Stunden wöchentlich im August. Es ist eine praktische Einführung in Materialien und Aufbau, und das kann ich gebrauchen.«

»Wieso? Ich finde deine Sachen stark.«

Ich strich über seinen Schenkel. »Ich sehe, daß du an meine Arbeit nicht dieselben perfektionistischen Maßstäbe anlegst wie an deine. Vergiß nicht, daß ich selbst gesehen habe, wie du einen ganzen Tag damit verbracht hast, einer Seite den letzten funkelnden Brillantschliff zu geben.«

Er legte seine Hand auf meine. »Das liegt daran, daß ich auf meinem Gebiet weniger eine Naturbegabung bin.«

»Unsinn. Es liegt daran, daß du dich als Profi und mich als Stümperin ansiehst.«

»Sei nicht so blöd. Ich bin nur eifersüchtig auf die Zeit, die du nicht bei mir verbringst.«

»Ein paar Stunden jede Woche? Also hör mal! Du willst, daß das Malen bei mir immer an zweiter Stelle steht, ein braves kleines Hobby.« Ich kniff ihn in den Schenkel. »So ist es doch, du Schuft?«

»Um Himmels willen, beleg diesen Kurs. Du wirst ja sehen, ob es mir etwas ausmacht«, erwiderte er mit einem leichten Anklang von Bosheit in seinem scherzhaften Tonfall.

»Wie chevaleresk von dir«, seufzte ich. »Danke, Papi.«

»Du bist unmöglich. Suchst du mir bitte einen Apfel raus?« sagte er und wechselte damit im letzten Moment das Thema.

Welche Gefahren auch in unserem Abkommen lauern mochten – mit Sonne und Willenskraft waren wir dagegen gefeit.

Wir zogen uns bis auf unsere Badesachen aus und verbrachten einen wunderbaren Tag zusammen. Wir gingen am Strand spazieren und sprachen über unsere gemeinsame Zukunft. Wir hatten den

Strand praktisch für uns allein. Wir bevölkerten den Streifen weißen Sand mit unseren Hirngespinsten. Wir stellten uns die köstlichsten Banalitäten vor, zum Beispiel wir beide auf dem Fußboden unseres Wohnzimmers; wir machten das Kreuzworträtsel in der *Times*, während unser Huhn im Herd garte. Wir beschworen Szenen in Geselligkeit herauf, etwa eine Cocktailparty, bei der die Beiläufigkeit der Unterhaltungen unserer Freunde unsere Legitimität als Paar bezeugte.

Als wir unsere belegten Brote gegessen und unseren Wein getrunken hatten, ließen wir uns nebeneinander in den Sand sinken und uns von der Sonne durchtränken. Meine Augen waren geschlossen, und meine Wahrnehmungen wirbelten um unsere ineinanderliegenden Hände herum, die einzige Stelle, an der wir einander berührten. Der zarte Druck inspirierte mich zu Liebesfantasien, die sich formten und sich wieder auflösten und sich wie Wellen erneut formten. Ich fühlte mich passiv, warm und wohlig. Ich hatte gerade erst begonnen, mein eigenes Leben zu gestalten, aber es war eine solche Versuchung, mich den schönen und zärtlichen Händen meines Bildhauers hinzugeben. Mein Unabhängigkeitsstreben zerrte an den Fasern meines Herzens, und die Neugier wollte forschen, aber in diesem Augenblick in der Sonne hätte ich ihm uneingeschränkte Macht über meinen Willen zugestanden und mich unter dem schützenden Mantel der Liebe eines einfühlsamen Monarchen zusammengekuschelt.

Die gelegentlichen Laute der Möwen, dieses heisere Schreien, wirkte ausnahmsweise beruhigend auf mich. Ich war fast entschlummert, als Gil den Zauber brach, indem er mir die Sonne verstellte. Ich schlug die Augen auf. Er hatte sich über mich gebeugt, sein Gesicht dicht bei meinem. Hinter seinem Ohr waren ein paar Sandkörner, die ich wegwischte. »Hallo«, flüsterte er. »Worüber denkst du nach?« Er legte seinen Kopf auf meine Schulter und preßte seinen Körper leicht an mich.

Ich strich über seinen muskulösen, sandigen Rücken und atmete seinen Schweißgeruch ein. Ich wurde ins Reich der Wirklichkeit zurückgerufen.

Die Realität war handfester und aufregender als die vorüberziehenden Traumgebilde. »Ich habe nicht wirklich über etwas nachgedacht. Ich habe Sachen gesehen. Du bist mir gerade in ein wunderbares Bild reingeplatzt. Wir lagen nackt nebeneinander auf dem Rücken. Ein nackter Säugling ist auf uns beiden rumgekrabbelt. Es war ganz hinreißend.«

Nach einer Weile sagte er: »Mir gefällt die Vorstellung nicht, daß du dasselbe Gefühl mit jemand anderem gehabt hast. Aber das weißt du ja selbst.«

»Aber ich habe dieses Gefühl nie bei jemand anderem gehabt.« Merkwürdigerweise war diese Wahrheit eine Offenbarung für mich.

Ich zog mit einem Finger die Konturen seines Ohrläppchens nach. Dann sagte ich: »Das kleine Ding ist über uns gekrabbelt, hat mit seinen winzigen Fingern nach uns gegrapscht, auf uns gesabbert und uns an den Haaren gezogen. Wir haben versucht, still liegenzubleiben, aber er hat uns immer wieder versehentlich gekitzelt. Er war ein Ausdruck der Liebe, die ich jetzt anscheinend für meinen eigenen Körper empfinde – für unseren Körper.«

»War es unser Baby? Oder deins?«

»Es war kein Besitzdenken dabei. Das Baby war eine Verkörperung unserer Liebe.« Jeder einzelne Gedanke war für mich selbst eine Entdeckung. »Weißt du, allein die Möglichkeit, daß wir uns über ein eigenes Baby freuen könnten, ist so entscheidend wie die Sache selbst. Die Gefühle sind echt. Ich weiß, daß es seltsam klingt, aber es ist eine neue Art von Liebe, die ich für mich selbst habe.«

Da ich bei Stuart nie das Gefühl des Einsseins gekannt hatte, hatten wir das Vergnügen, das uns unsere Kinder bereiteten, nie wirklich geteilt. Unsere Freuden waren zeitweilig verwandt gewesen, aber sie waren nie miteinander verschmolzen.

Jetzt hatte sich Gil ohne sein Wissen in meiner organischen Familie eingenistet und war – nicht durch einen Erlaß, sondern durch unsere Natur – ein Mitglied der Familie geworden. Er preßte sein Gesicht an meinen Hals und hielt mich ganz fest. Ich wußte, daß die Dämmerung bald hereinbrechen würde, und wir würden uns auf den Rückweg machen, weil uns die Anforderungen der Gesellschaft und die unserer individuellen Art erwarteten. Selbst, wenn die Zeit unser gegenseitiges Ineinandereingehen aufheben sollte, hatte mir dieser Sonntag etwas über meine eigenen Gefühle gezeigt, was durch nichts zu widerlegen war.

10. Kapitel

Ich hatte gemalt, war schwimmen gegangen, hatte gelegentlich ein Match gespielt und rundherum meine Kinder vernachlässigt, als ich an einem Mittwochmorgen Mitte Juli die Einladung von Dusty Bantom erhielt, die sie versprochen und ich vergessen hatte.

»Wir haben für Samstag abend ein paar alte und neue Freunde eingeladen. Es geht natürlich ganz zwanglos zu«, sagte sie vielversprechend. »Wie immer. Ich hoffe, Sie und Ihr Mann haben Lust zu kommen.«

Stuart würde noch in Philadelphia sein, denn er nahm an einem viertägigen Seminar über die Steuerstruktur der Berufsverbände teil.

Aber ich wußte nicht, warum die Freiheitsglocke nicht für *mich* läuten sollte.

»Ich fürchte, mein Mann wird geschäftlich unterwegs sein«, sagte ich in der Hoffnung, daß sie die Initiative ergreifen und mich auffordern würde, allein vorbeizuschauen.

»Ach, wie schade. Aber Sie kommen doch, meine Liebe – ob mit oder ohne Begleiter.«

»Ja, also...«

»Und kommen Sie in Ihrem Tenniszeug, wenn Sie Lust haben. Wenn es ein schöner Abend ist, wollen sicher einige von uns ein Match hinlegen.«

»Ja, sehr gern.«

»Bringen Sie doch für alle Fälle auch einen Badeanzug mit. Also dann bis um sechs. Zu essen und zu trinken gibt es jede Menge. Ach ja, was ich Sie noch fragen wollte – könnten Sie bitte bei Gelegenheit mal bei den Clarks anrufen? Das Haus ist ein Traum, aber in den Bädern im ersten Stock stimmt etwas mit den Rohren nicht.«

»Ich lasse jemanden zu Ihnen schicken.«

»Sie sind ein Schatz. Also bis bald. Ich freue mich.«

Ich wollte mit Gil zu der Party gehen. Es hatte mir Spaß gemacht, ihn in Gesellschaft anderer zu sehen. Vor ein paar Tagen hatte er Besuch von drei Studenten bekommen. Sie waren über Nacht geblieben und hatten in Schlafsäcken auf dem Boden geschlafen. Ich hatte den Nachmittag dort verbracht. Gil ging so natürlich mit den jungen Männern um und war ganz selbstverständlich in die Rolle des großen Bruders und Ratgebers gefallen. Ich wünschte, ich hätte Gil davon überzeugen können, daß ich genauso an ihm hing wie diese Studenten. Ich konnte nichts dafür, daß ich verheiratet war, als er mich fand.

Als er am Nachmittag in seine Fußnoten vertieft war und ich eine Leinwand aufspannte, kam ich auf die Party bei den Bantoms zu sprechen. »Magst du hingehen?« fragte ich. »Ich hätte Lust auf ein richtiges Fest.«

Er machte sich ein Zeichen an die Stelle der Seite, an der er gerade saß, und drehte sich zu mir um. »Aber, Liebling, das ist doch das Wochenende, an dem meine Schwester aus Cincinnati kommt. Erinnerst du dich nicht – die, die es nicht ins Lincoln Center geschafft hat?« Seine Augen funkelten heiter durch seine Brillengläser.

Ich strich die Leinwand glatt. »Sehen wir sie gemeinsam?«

»Sie steckt gerade mitten in der Scheidung, und es steht zu erwarten, daß sie sich an meiner Schulter ausweinen will. Ich bin jetzt an der Reihe, meine große Schwester zu trösten. Sonst war es immer umgekehrt. Ich glaube, ich sollte sie lieber allein treffen.«

»Oh... Stuart ist am Wochenende in Philadelphia. Vielleicht gehe ich allein hin.«

Gil fuhr aus seinem Stuhl hoch und stieß sich die Hüfte an der Tischkante an. »Allein?«

»Ja.«

»Das tust du nicht.« Er war aufgestanden und hatte sich mir gegenüber gestellt.

»Warum nicht?«

»Mir gefällt die Vorstellung nicht, daß du wirkst, als seist du zu haben. Oder bist du zu haben?« War sein Blick ernst oder argwöhnisch?

»Wie kannst du so etwas sagen?«

»Kenne ich dich denn wirklich, Joan?«

»Besser als jeder andere.«

»Das muß nicht unbedingt ausreichen – falls es überhaupt wahr ist. Wie kann ich sicher sein, was deine Motive sind?«

»Versuch es mal mit Vertrauen«, sagte ich.

»Das verliere ich, wenn ich sehe, daß du unbedingt ohne mich auf dieses verdammte Fest gehen willst.«

»Ich habe den Eindruck, daß manche Leute mehr Zeit als andere brauchen, um die Glaubwürdigkeit ihrer Überzeugungen zu überprüfen. Es sieht ganz danach aus, als seist du einer von denen.«

Er lachte zynisch. »Und wieviel Zeit brauchst du, bis du deinem Mann sagst, daß es dir langt?«

»Wenn ich dich jetzt höre, brauche ich noch länger, als ich bisher dachte.«

»So? Vielleicht brauchst du einfach noch Zeit, dich umzusehen, ob du etwas Besseres findest.« Dann noch bitterer: »Woher zum Teufel soll ich wissen, daß du nicht schon immer kreuz und quer durch die Gegend bumst?«

Gils Besitzansprüche hatten mir geschmeichelt. Jetzt reizten und erbosten sie mich. Seine Liebe hatte mich zu einem ganz anderen Menschen gemacht. Sein Mißtrauen war ein Ruf zu den Waffen.

»Du gehst einen Tick zu weit«, sagte ich.

»Du gehst also zu dieser Party?«

»Ja.«

Die Bantoms hausten außerhalb in einer der Villen von Quogue mit den weißen Säulen, die von dichten Reihen von prächtigen Kiefern und Tannen umgeben, geschützt und verziert waren. Ein schwarzes Schmiedeeisentor, das zwischen zwei Backsteinpfeilern angebracht war, bildete die Einfahrt zu diesem Anwesen mit drei Morgen Grund, und der Name der Sommergäste war ganz bescheiden in Antiqua auf mittlerer Höhe angebracht.

Ich parkte meinen VW kurz vor dem Eingang neben der Straße, direkt hinter einem alten Ferrari, und musterte mich ein letztesmal im Seitenspiegel. Ich fuhr mir durchs Haar, stieg aus, nahm meinen neubespannten Tennisschläger und hing mir meine Tasche über die Schulter. Ich trug ein gestricktes weißes Tenniskleid und eine Strickjacke. Ich fühlte mich verunsichert, eingeschüchtert und ohne Gil verloren, den ich seit unserem Unentschieden nicht mehr gesehen hatte. Ich versuchte, mir Selbstvertrauen einzuflößen. Wohlerzogen, gebildet, ungebunden und auf mich selbst gestellt. Beinahe wäre mir die Selbsttäuschung gelungen.

Als ich eintraf, war die Party so weit fortgeschritten, daß jeder etwas zu trinken hatte und kleine Grüppchen plaudernd zusammenstanden. Einige der dreißig bis vierzig Gäste saßen um den gigantischen Swimming-pool herum oder gingen auf der großen gepflasterten Terrasse auf und ab und griffen bei den Horsd'œuvres zu, die von zwei jungen Mädchen herumgereicht wurden. Andere hielten sich in dem angrenzenden Glasraum auf, der erst kürzlich an das alte Haus angebaut worden war und im Stil gemäßigt zeitgenössisch wirkte. Der Barkeeper mixte eifrig Drinks in einer Ecke des Raums, die sich deshalb besonderer Beliebtheit erfreute.

Der Tennisplatz, der etwa sechzig Meter neben dem Schwimmbecken lag, war frisch gefegt und tipptopp und erwartete das erste gegnerische Team. Einige der Gäste waren in Tenniskluft erschienen.

Als Dusty mir auf der Terrasse entgegenkam, bemerkte ich, daß sie leicht hinkte. Trotzdem sah sie in ihrem langen Wickelkleid aus Velour bezaubernd aus. Ich legte meinen Schläger und meine Tasche ab. Sie nahm meine Hände mit dem sanften Druck einer besonders teuren Freundin. »Ich bin so froh, daß Sie gekommen sind – und auch noch spielbereit!« Sie hob den Saum ihres Kleides und deutete auf ihren Knöchel, um den ein Elastikverband gewickelt war. »Gestern beim Tennis verstaucht«, seufzte sie. Sie führte mich zur Bar und stellte mich auf dem Weg einigen Leuten vor. Dann überließ sie mich mir selbst.

Nach dem ersten Drink war es einfacher.

Ich mischte mich unter die Gäste, und das Eis in meinem Glas machte die Finger meiner rechten Hand taub.

Ein großer gutgekleideter Mann mit gebeugter Haltung redete auf Billy Bantom ein.

»...schon ein paar ans Museum of Modern Art verkauft. Der Kerl bringt es noch weit, das sage ich Ihnen. Genau die Art von abstraktem Purismus, auf den Dusty abfährt. Sie müssen wirklich mal zu mir kommen und...«

Ein forscher, ungepflegter Mann fiel ihm ins Wort. »Sagen Sie bloß – da haben wir ja den alten Trendsetter! Wie steht's?« Er streckte lächelnd seine Hand aus. »Auf welche Moderichtung setzen Sie in dieser Saison?«

Bill stellte mich dem Kunsthändler aus der East Side und dem Künstler aus dem West Village vor.

»Malen Sie, schnitzen Sie, oder machen Sie Batiksachen, Joan?« fragte mich der Künstler.

»Ich male.«

»Nehmen Sie sich bloß vor diesen Typen in acht«, murmelte er deutlich hörbar. »Das sind Seelenverführer.« Seine Lache war unangenehm. Ich fragte mich, ob er mit seiner flegelhaften Art zum Zug kommen wollte. Ich trank einen großen Schluck von meiner Bloody Mary und ging weiter.

Zwei aufgeputzte, schmuckbehängte Damen plauderten miteinander.

»Warst du heute in der Stadt? Ich sage dir, es hat nur so von ausgezehrten, liebeshungrigen Frauen gewimmelt. So was habe ich in meinem ganzen Leben noch nicht gesehen.«

»Die stumme Verzweiflung ist eben doch wesentlich kultivierter, findest du nicht?«

»Ich überlege mir ernsthaft, ob ich nicht in die Abgeschiedenheit gehe!«

»Ich auch. Habe ich dich nicht letzte Woche bei Clara gesehen?«

»War das nicht Spitze?«

»Hast du jemanden kennengelernt?«

»Einen ganz süßen Witwer. Ich habe ihn mitgebracht.« Sie senkte den Kopf. »Siehst du ihn? Den in dem braunen Hemd? Ich sollte mich wieder um ihn kümmern. Entschuldige mich bitte.«

»Ja, aber du mußt mich ihm unbedingt vorstellen.«

Sie hasteten gemeinsam auf ihn zu und rückten mit den Fingern lose Haarsträhnen und Kleidungszipfel zurecht.

Ich dachte an Gil, der jetzt wohl seine Schwester traf. Ich fragte mich, wie sie sein mochte.

Ein orientalischer Fotograf mit einer Nikon und diversen Objektiven, die von seinem Hals baumelten, traf in Begleitung einer berauschenden schwarzen Schönheit und eines bleichen, aber unglaublich durchtrainiert wirkenden jungen Mannes ein, der so ging, als hätte er einen Schlüssel im Rücken, und der mit Sicherheit Tänzer sein mußte. Natürlich. James Lynn von der Metropolitan Ballet Company. Ich hatte sein Gesicht im Staatstheater durch ein Opernglas gesehen.

»Sie müssen James Lynn sein«, sagte ich. Ich stellte mich zu dem Grüppchen und nahm mein Glas zur Abwechslung in die linke Hand.

»Ja«, sagte er. Er schien sich zu freuen, daß ich ihn erkannt hatte. Sein Händedruck war kräftig.

»Meine Kinder und ich haben Sie in *Coppelia* gesehen«, sagte ich und kam mir plötzlich doof vor. »Sie waren ein bezaubernder Franz.«

Mr. Lynn verharrte entspannt in einer Ballettpose. »Danke. Und Sie sind...?«

»Joan. Joan Hiller.«

Er stellte mich Son Kim, dem Fotografen, und der Milchschokoladeschönheit Zenia, seinem Modell, vor. Ihr Äußeres war von Kopf bis Fuß extravagant. Ihr Haar war lang und ungebändigt. Ihr Körper groß und geschmeidig. Sie strahlte Wärme aus. Ich erfuhr, daß sie die Titelheldin von Son Kims Buch *Sappho in den Hamptons* war. Ich stellte mir vor, daß es übervoll mit geilen Aufnahmen von ihr in den Dünen war.

Zenia zerzauste liebevoll James' blondes Haar. »Jimmy schreibt ein Drehbuch.«

Der Tänzer nahm einen Moment lang eine neue Pose ein, dann wieder die alte.

»Wie schön«, sagte ich.

»Es geht um den Kampf eines Tänzers gegen die Leukämie«, sagte Zenia. »Nichts Persönliches«, fügte sie hinzu.

Ich leerte meine Bloody Mary.

»Kleine Quiches«, erklärte eine Kellnerin, als ich fragend auf ihr Tablett sah. Ich nahm mir eine.

»Ich darf Ihnen doch etwas zu trinken holen«, sagte Son Kim und nahm mir das Glas aus der Hand. »Das war doch eine Bloody Mary, oder?«

Das Getränk, das Mr. Kim mir brachte, war sehr stark. »Ist er nicht ein Süßer!« gurrte Zenia und kniff ihn in die Pausbacken. Ich zuckte zusammen.

So sehr ich auch versuchte, Gil von dieser Party fernzuhalten, schob sich sein klarumrissenes Bild doch immer wieder vor meine Augen. Ich trank meine Bloody Mary, und sei es nur, damit das Bild verschwimmen würde.

Der Internist der Bantoms aus der Park Avenue, ein reiner Genußmensch, erklärte einer Gruppe von gebannt lauschenden Zuhörern die Wirkung von Amylnitrit. »Dieses Medikament wird bei Patienten mit Angina pectoris zur Erweiterung der Herzkranzgefäße verordnet. Aber das sind nicht die *einzigen* Gefäße, die sich öffnen!«

»Ich glaube nicht, daß er mittwochs oft zum Golfspielen kommt«, sagte die Frau links neben ihm mit einem anzüglichen Kichern.

»Sie kommen mir schrecklich bekannt vor«, sagte ich zu einem angesäuselten kleinen Mann, der mit einem Sektquirl gegen sein Brillengestell klopfte.

»Dreimal dürfen Sie raten. Wenn Sie es beim ersten Anlauf schaffen, haben Sie eine Reise nach Las Vegas gewonnen.«

Die dicke Frau, die neben ihm stand, schüttelte den Kopf. »Heute keine Quizfragen mehr«, seufzte sie. Er sah sie finster an, und ich vermutete, daß sie seine Frau war. Hatte sie mir einen Tip gegeben?

»Sind Sie vielleicht Showmaster?«

»Das bringt Sie erst bis Cleveland«, sagte er.

»Ich gebe auf.«

»Jeder hat einen.«

»Einen was?«

»So heißt die Show, Schätzchen! Clint West? Als Gastgeber?«

»Tut mir leid. Eins meiner Kinder muß den Fernseher eingeschaltet haben und ich... ich sehe mir normalerweise keine...«

»Schon gut. Man kann nicht immer gewinnen.« Er wankte. »Entschuldigt mich, Mädels. Ich muß mal zu kleine Buben. Seht zu, daß ihr keinen Ärger kriegt.« Er warf uns ein triumphierendes Lächeln zu.

Es machte mich wahnsinnig, daß ich so oberflächlich wurde, obwohl ich erst so kurz von Gil getrennt war.

Eine Frau mit fremdländischem Akzent und großen Ohrgehängen packte mein Handgelenk. Ich konnte die Überreste von Ölfarben unter ihren Fingernägeln sehen. »Sie können ja so glücklich sein, daß Sie das ganze Jahr über hier draußen leben, Joan – so heißen Sie doch, ja? Ich persönlich bin eine Gefangene von Beton und Stahl, aber wenn man mir die Seele herausschneiden würde...«

»Ist das für Sie, Ma'am? Ein Tom Collins?«

Die glitzernde Dame nahm ihren Drink entgegen und nickte beifällig. »...meine Seele, ja? – wenn man sie mir herausschneiden würde, würde man in ihr Dünenstreifen finden, herabtauchende Möwen, vielleicht sogar einen Sturm über der See, ja? Sie haben solches Glück, meine Liebe!« Sie winkte rasend jemandem auf der anderen Seite des Swimming-pools zu. »Robert, mein Liebling! Wir haben uns seit *Monaten* nicht gesehen!« Aus ein paar Metern Entfernung hielt Son Kim ihr Entfliehen auf einem Schnappschuß fest.

Die Architektin war groß, mager und geistreich, ein weiblicher Don Quixote. »Wenn ich an die Hamptons denke, denke ich an die grandios zusammengesetzte Metapher von Utzon.«

»Von wem?«

»Utzon – der den Entwurf für das Opernhaus von Sidney gemacht hat.«

»Ach so«, sagte ich mit zustimmendem Nicken, als wüßte ich Bescheid. Ich warf mir meine eigene Dummheit vor und trank noch einen Schluck aus meinem Glas. Dann bediente ich mich von dem Tablett, das gerade an meinem Ellbogen lehnte.

»Eine derart großartige Einheit von Funktionalität und Schönheit!« fuhr die Architektin fort.

Ich ging von einer Gruppe zur anderen, schnappte Gesprächsfetzen auf und versuchte, angemessen zu reagieren. Hier mit einem interessierten Blick; dort mit einem beifälligen Lachen. Es war, als spielte ich eine Statistenrolle in einem Stück, das ich nicht gelesen hatte. Ich fühlte mich auf dieser Bühne nicht wohl.

»Der Unterschied besteht darin, daß Bill in die kreativen und die darbietenden Künste investiert, wogegen Dusty eine Gönnerin ist.«

»... der Sex ist etwas Naturgegebenes, was die Menschen zusammenbringt, und die Ehe ist eine Institution, die die Gesellschaft und die Leute auseinanderbringt.«

»Um Himmels willen, Helen, ich habe dich doch nur gefragt, ob er gut im Bett ist.«

»Nein, danke, ich mache mir nichts daraus, in einer elitären Künstlerenklave zu leben. Meine kleine Zelle im stinkigen Schmelztiegel aufgeben? Im Leben nicht!«

»Haben Sie das Mädchen im Makroladen gesehen? Zum Teufel, sie hat mir eine Flasche B 14 mit mineralischen Zusätzen aufgeschwätzt. Und eine Dose mit einer grauenvollen Gewürzmischung.«

»Hat es was genutzt?«

»Mein Tennisellbogen hat einen gesunden Schimmer bekommen.«

»Ein Musical aus *Tod eines Handlungsreisenden* machen? Nein!«

»Doch!«

Etliche der Gäste wanderten zu anderen Partys ab. Clint West, der Showmaster des Fernsehquiz, kam mit seinem Tennisschläger auf mich zu. Würde ich es über mich bringen, nein zu sagen?

»Meine Frau schläft. Hätten Sie was dagegen, Ihre Aggressionen mit mir auf dem Tennisplatz auszulassen?« fragte er.

»Ich weiß nicht, wie lange ich mithalten kann«, antwortete ich und wich vor seinem ernüchternden Atem zurück.

»Sie können mich nicht für dumm verkaufen, junge Frau. Sie kennen die Regeln!«

Ich ergab mich. »Okay. Ich hoffe, wir bekommen den Platz für uns.«

»Aber ja«, sagte er mit einem lüsternen Schielen. Er hatte eine leichte Schlagseite, weil er zuviel Alkohol getankt hatte. »Mit uns läßt sich sicher was machen.« Zwinker, zwinker. Seine arme Frau.

Ich zog meine Strickjacke aus und holte meinen Schläger, und wir gingen gemeinsam rüber zum Tennisplatz.

Millicent, die drahtige Architektin, und Philip, ein Professor aus Easthampton, fochten ein Einzel aus. »Wie steht der Spielstand?« rief Clint und lenkte die Spieler bei einem Ballwechsel ab.

»*Jetzt* steht es vier zu fünf!« sagte Millicent, die gerade aufgesehen und einen Ball verpaßt hatte, der leicht zu kriegen war. »Sie machen die Angabe, Philip!«

»Rechnen Sie mir den Punkt an«, rief ihr Gegner.

»Jetzt kommt schon und seid keine Partymuffel«, wandte mein wortgewandter Begleiter ein. »Spielen wir doch ein Doppel!« Er wandte mir seine glasigen Augen zu und lehnte sich seitlich an mich. »Wir fordern euch heraus, ihr da drüben, das tun wir doch?«

»Ich denke schon«, antwortete ich stumpfsinnig.

Philip, ein freundlicher Mensch, hob entschuldigend seine schmalen Hände. »Wir spielen ohnehin schon seit einer Weile. Warum spielen Sie beide nicht ein Einzel?«

Aber Clint, von Natur aus und von Berufs wegen auf Show eingestellt, war entschlossen, die Regeln selbst festzulegen. Er bemerkte, daß andere Leute mit Schlägern und Gläsern in den Händen lachend auf den Tennisplatz zukamen. »Nein, nein. Doppel sind viel lustiger. Wir spielen, sagen wir mal, bis der erste sieben Punkte gemacht hat. Das ist am spannendsten!«

Sie waren einverstanden. Millicent band ihre Schnürsenkel wieder zu, und Philip kam auf ihre Seite des Spielfelds.

Wir wärmten uns ein paar Minuten lang auf, und ich bemerkte, daß mein Gnom eine Herausforderung für mich darstellte. Während wir uns einspielten, schwankte er und stolperte einmal. Außerdem organisierte er sich einen Schluck aus einem fremden Glas, ehe Millicent ihren Schläger herumwirbelte, um zu entscheiden, wer die erste Angabe machte. »Oben oder unten?« rief sie.

»Das wird sich weisen!« wieherte Clint.

»Na, na. Wir nehmen oben«, sagte ich.

Oben gewann, und Clint wollte als erster von uns beiden die Angaben machen.

»Na, dann mal los!« rief er und nahm von ein paar Ballwechseln zur Probe Abstand. Ich stand an der Grundlinie. Ich wußte nicht, ob ich defensiv im Hintergrund bleiben sollte, falls auf eine schwache Angabe ein harter Rückschlag kam, oder ob ich am Netz spielen sollte. Ich hatte keine Zeit, mich zu entschließen.

Der Ball flog nach oben. Peng! Ins Netz. Wieder in die Luft. Platsch. Eine mißlungene zweite Angabe. Zack! Millicent hatte

Blut geleckt. Sie schlug zu und schmetterte einen Ball über den Spielfeldrand. »Verflucht!« murmelte sie.

»So, und jetzt greifen wir scharf durch«, wieherte Clint, der in die Luft sprang und bereit war, den zweiten Punkt zu kassieren. Hoch in die Luft. Dann kam der Ball runter und glitt in einem günstigen Winkel vom Seil ab. »Ach, du meine Güte!« rief Millicent, als sie sah, wie der Ball an ihrem Partner vorbeisegelte.

Ihr Glück wendete sich, als Philip die Angaben machte. Ich spielte Rückhand und erwischte seinen zweiten Aufschlag, nachdem Clint den ersten verpatzt hatte, einen harten Schlag, der direkt vor seinen Füßen landete. Philip, dessen Aufschläge unbeholfen, aber hart waren, warf den Ball ins Aufschlagfeld und hieb darauf ein. Er sauste auf meine Vorhand zu, und zu meiner Verteidigung schlug ich ihn aus Versehen direkt auf Millicents Schläger. Sie versuchte sich an einem Lob, der mißlang; Clint versuchte sich an einem hohen Schlag und scheiterte daran noch übler – er schmetterte ihn ins Netz und fiel fast vornüber.

Jetzt war ich mit dem Aufschlag dran. Ich nahm die beiden üblichen Probebälle in Anspruch und versuchte es mit einem schnellen Aufschlag, der direkt auf Philips Rückhand zielte. Er war bestrebt, meinem Partner den Ball in die Kehle zu rammen, aber der Ball sprang über die Begrenzung und rettete mir den Punkt und Clint das Leben.

Millicent schlug meinen Aufschlag auf meine Vorhand zurück, und ich versuchte einen Stoppball auf ihre Rückhand, um sie zu zwingen, zum Netz zu stürmen. Leider sprang der Ball nach seinem Aufprall auf sie zu, und es gelang ihr, wenn auch schwer atmend, ihn zu erwischen. Überrascht nahm ich den Ball entgegen und probierte mich an einem Ball quer über den Platz an Philip vorbei. Er kriegte ihn trotzdem, und ihm gelang das, was mir mißlungen war.

Es stand drei beide.

Millicent machte einen Aufschlag, den Clint abfing. Der Ball prallte vom Griff seines Schlägers ab und landete rein zufällig auf der anderen Seite des Netzes und brachte uns einen Punkt ein.

Ich strich mir mit dem Band an meinem Handgelenk den Schweiß von der Stirn und kauerte mich auf die Grundlinie. Ich visierte das Spiel mit aller Konzentration an. Meine übrigen Sinne waren zwar reichlich umnebelt, aber mein Empfinden für das Spiel *schien* geschärft zu sein und nahm in dem Maß Raum in mir ein, in dem mir das faktische Wahrnehmungsvermögen fehlte. Ich spürte die Maße des Spielfeldes in meinen Knochen.

Millicents Aufschlag galt mir. Ich schlug einen harten Schmetterball mitten zwischen die beiden. Philip überraschte mich mit einem uneleganten, aber wirkungsvollen Ausfall, und Clint bekam den Ball mit voller Wucht ab.

»Tut mir leid!« sagte Philip. »Habe ich Ihnen weh getan? Es war eine reine Reflexhandlung.« Ihm ging es prächtig.

»Nichts passiert!« sagte Clint.

Trotz ein paar langer Schlagwechsel meiner starken Seite, verloren wir mit vier zu sieben, und Clint setzte in selbstmörderischer Fröhlichkeit zu einem Sprung über das Netz an, aber im letzten Moment drehte er sich zu mir um und sah, wie ich meine feuchten Beine mit meinem Rock fächelte. Das mußte ihm zu Kopf gestiegen sein. Er hielt in der Bewegung inne.

»He!« rief er und ließ seinen Schläger fallen. »Ich hab' vielleicht eine tolle Idee!« Mit diesen Worten zog er sein Hemd über den Kopf und warf es zur Seite. »Wer verliert, muß etwas ausziehen. Na los, Joan!«

»Ich weiß nicht«, sagte ich.

»Klingt, als könnte man sich gut dabei entspannen«, kam ihm James, der Tänzer, vom Spielfeldrand aus zur Hilfe. »Kommen Sie, Joan, setzen Sie den wahren Geist frei.« Son Kim, der Fotograf, und Zenia nickten zustimmend.

»Kann ich mir einen Schläger ausleihen, Dusty?« fragte James. »Ich würde mich gern mal an diesem Spiel probieren. Ich spiele barfuß.«

»Ja, klar«, sagte Dusty mit einem bewundernden Blick auf seine Schenkel. »Bill, Liebling? Würdest du schnell die Schläger holen?«

Die Bloody Marys hatten mein Einschätzungsvermögen der Lage getrübt, und durch das Tennis hatte ich mich engagiert und sah die Situation nicht mehr von außen.

Als einer der Verlierer des Doppels zog ich meine Schuhe aus.

James schlüpfte aus seinen Sandalen und legte eine Serie von Kniebeugen hin. Bill brachte ihm zwei Schläger, und er suchte sich den besseren aus. »Ich muß also nichts anderes tun, als mit diesem Ding den Ball treffen«, sagte er. Er sprang wie ein Kosake über das Netz.

James hatte sich aufgewärmt, und jetzt war er durstig. Er schlug vor, daß Clint uns etwas zu trinken holen sollte, während er und seine Partnerin gegen Millicent und Philip, die Sieger, antraten. »Der Barkeeper ist gegangen und alle anderen außer uns auch«, sagte er. »Wenn Sie was holen, können Sie auch gleich nach Ihrer Frau sehen. Und bringen Sie auch das Eis mit, ja?«

Clint torkelte davon, und ich eilte ihm zu Hilfe, als Zenia auf den Platz trat und ihrem Partner die Grundregeln des Spiels erklärte.

Clints Frau wachte einen Moment lang auf. »Was treibst du?« gähnte sie.

»Ich spiele Tennis«, erwiderte Clint.

»Das sollte ich endlich auch mal lernen«, ächzte sie, ehe sie wieder einschlief.

Wir kamen mit Gläsern, Eis und Flaschen zurück, als das Spiel gerade losging. Ich setzte mich ins Gras und schenkte mir einen Drink ein. Clint setzte sich schwankend und mit entblößter Brust neben mich und wollte mich umarmen, aber meine Aufmerksamkeit war zwischen James und Zenia hin- und hergerissen.

Im Verlauf dieses ungewöhnlichen Matchs dominierte der voyeuristische Aspekt Philips Spiel (er spielte mit unglaublicher Genauigkeit und Kraft), und das Spiel des Fotomodells wurde vom exhibitionistischen Aspekt dominiert (falls sie irgendwelche Stärken hatte, setzte sie sie null ein). Es war offensichtlich, daß sie etwas ausziehen wollte und daß er genau das sehen wollte.

James tanzte auf dem Platz herum und traf gelegentlich den Ball. Sein Hauptanliegen bestand augenscheinlich darin, seine graziösen Bewegungen zur Schau zu stellen.

Zenia machte den dritten Aufschlag. Er sah gut aus und war kraftlos. Wie ihr übriges Spiel war auch ihre Angabe seicht und wirkungslos. Son Kim machte sich am Rand des Platzes zu schaffen. Sein Auslöser klickte ständig, und er bat sie, noch einen Aufschlag zu machen. »Auf die Zehenspitzen!« rief er. »Den Arm, mit dem du den Ball wirfst, höher! Den Arm mit dem Schläger weiter zurück! Gut! Gut! Die Zungenspitze zwischen die Lippen! Konzentration! Ein leichtes Stirnrunzeln, bitte! So!« Klick. Klick. Das rosa Hemd war höhergerutscht und zeigte einen Streifen Bauch. Alle Augen waren darauf gerichtet. »So!« Klick. Klick. Endlich wurde der Ball in die Luft geworfen. Ich konnte mir schon vorstellen, wie ein weiterer Verkaufsschlager aussehen würde. Vielleicht *Sappho spielt Tennis*?

Son Kim unterbrach das Spiel häufig, ehe es sein vorhersehbares Ende fand. In diesem historischen Augenblick war das mitfühlende Mädchen so nett, ihr rosa Hemd auszuziehen und uns zu zeigen, daß die Wirklichkeit manchmal die Fantasie übertreffen kann.

Wie fantastisch diese kakaobraunen Kugeln mit den Spitzen aus

Johannisbrot waren, die sie jetzt aus ihren einengenden Hüllen befreite, und wie unsere trüben Blicke über diesen unerwarteten Festschmaus herfielen!

James hielt sich an die Regeln, zog sein T-Shirt aus und enthüllte einen bewundernswerten Brustkasten.

Clint, der neben mir saß, zappelte. Dusty saß auf der Seitenlinie auf dem Hemd, das Clint abgelegt hatte, und Bill stand dicht bei ihr und sah liebevoll sein Glas an.

»Spiel doch mit, Schatz«, schlug sie vor und massierte ihren Knöchel.

»Hat jemand etwas dagegen, wenn ich wieder mitspiele?« fragte Zenia.

»Ganz und gar nicht«, sagte Philip fröhlich. »Millicent und ich setzen aus.«

»Ich will aber nochmal mitspielen!« widersprach Millicent heftig. »Für mich ist das ein fabelhafter Ausgleich! Hat jemand etwas zu trinken für mich?«

»Ich spiele mit dir, Millie«, erbot sich Bill. »Fangen wir an.«

»Wo bleibt mein Drink?«

Dusty schenkte ihr etwas ein. Millicent kippte das Glas fast auf einmal runter. Son Kim trank den Rest.

Jetzt war der Fotograf bereit. Die Spieler nahmen ihre Plätze ein. Niemand kam auf die Idee, Bill zu fragen, ob er sich warmspielen wollte.

Zenia nahm seinen Aufschlag entgegen. Sie erwartete kauernd den Ball. Der Winkel ihres Busens veränderte sich. Klick. Bill schickte den Ball über das Netz. Aus. Er versuchte es noch einmal, als er den Ball gerade in die Luft geworfen hatte, rief Mr. Kim Zenia eine Anweisung zu – »Beug dich weiter vor. Laß uns deinen Slip sehen, bitte!« – und Bill verlor jegliche Konzentration, die er aufgeboten hatte. Er schlug den Ball ins Netz.

Aber Zenia, dieser Goldschatz, rief ihm in ihrer hohen, hauchenden Stimme zu: »Zwei für dich!«, und Clint, der Hofnarr, sprang augenblicklich auf und stürzte auf sie zu. »Danke, das mache ich glatt!« rief er und packte mit seinen kräftigen kleinen Händen begierig ihre tollen Titten. Vermutlich waren es koreanische Flüche, die Son Kim ihm ins Gesicht schleuderte.

Zenia wich mit einem Satz vor ihrem hinterhältigen Angreifer zurück und schlug schützend ihre Hände auf ihren Busen. Ich sprang zu ihrer Rettung hinzu und zerrte gemeinsam mit ihrem Partner Clint fort, der in die Luft grapschte.

Das Spiel wurde noch einmal von vorn begonnen, und Bill gewann eine seiner Angaben und verlor die andere. Die nächsten Aufschläge machte das Fotomodell, und es war ein Genuß, ihr zuzuschauen. Clint hängte sich bei mir ein, um einen festeren Stand zu haben. Die Zuschauer keuchten, als sie mit beiden ihrer Angaben Punkte machte, weil sie unabsichtlich ihre Gegner ablenkte, und sie stöhnten, als Millicent versuchte, einen Ball zwischen den beiden durchzuschlagen und statt dessen das Netz traf. Das Spiel stand drei zu eins für Zenia, als Millicent und Philip sich nach Kräften bemühten, das Spiel zu gewinnen. Zenia versuchte, es ihnen leicht zu machen, indem sie keinen Ball traf, der in ihre Richtung kam. Bill dagegen hatte einen gewissen sportlichen Ehrgeiz. »Laß nicht alles durch die Lappen gehen, Z«, ermahnte er sie.

»Nein!« wimmerte Clint. »Runter mit den Lappen!« Bill war nicht bereit, sich zum Trottel machen zu lassen. Mit ein paar gut plazierten Stoppbällen und einem gekonnten Schmetterball (Millicent war zu zerschmettert, um viel zu ihrer Verteidigung zu tun) handelte er sich den Sieg und zugleich unser Mißfallen ein.

Die Verlierer trennten sich ritterlich von einem Kleidungsstück. Philip legte seine graubehaarte Brust frei. Millicent zog ihr Kleid und ihren Büstenhalter aus (»Doppelfehler«, murmelte Clint) und gewann die Herzen, wenn nicht auch die weniger edlen Körperteile ihres Publikums.

Clint und ich traten gegen die Sieger an, Bill und Zenia. Es gelang uns nicht, Bills kraftvolles Spiel mit einem eindrucksvollen Gegenangriff zu beantworten, und wir verloren das Spiel und ich meine Socken.

Es dauerte nicht lange, bis Zenia die nächste Runde und das nächste Kleidungsstück verlor. Geziert griff sie unter ihren Rock und hakte ihre Daumen in das Gummiband ihres rosa Tennisslips.

Ganz langsam, als sei diese Handlung mit einer gewissen Anstrengung verbunden, zog sie den Slip herunter und beugte sich dabei leicht vor, damit ein kleines Stückchen der Spalte diejenigen unter uns lustvoll marterte, die das Glück hatten, direkt hinter ihr zu stehen. Mitten in der Bewegung drehte sie sich um, um sich ihrem Fotografen in einem anderen Winkel darzubieten, und auch für uns eröffneten sich neue Ausblicke. Mit betonter Bedächtigkeit stieg sie aus ihrem Schlüpfer und warf ihn ungeniert ihrem Partner James zu. Sie hob die Arme über den Kopf und drückte den Rücken durch und streckte ihre ach so müden Muskeln, wobei sie ganz beiläufig das Ebenholzdreieck zeigte, das unter ihrem Rock verborgen war.

Die Platzbeleuchtung war phänomenal; sie hatte den Effekt von Strobelights, die die Welt außerhalb ihrer Reichweite aufhoben.

Das Spiel ging weiter.

Wir stritten über eine Regel oder einen Fachausdruck, um uns wieder ins Gedächtnis zu rufen, daß es ja nur ein Spiel war. Sollte man zum Beispiel Bill gestatten, den Schläger zu wechseln, als die Bespannung einriß?

War uns wohler dabei, unseren niederen Neigungen nachzugeben, wenn wir sie als etwas betrachteten, was uns von außen auferlegt worden war? Entschuldigt mich, wenn ich meinen Arsch entblöße, Leute. Ich halte mich nur an die Regeln.

Eine Unterhose änderte alles, wie das letzte Rudiment einer Ethik. Ein schmaler Streifen Nylon zwischen den Beinen, und alles ist schön und gut. Wenn man dieses kleine Stückchen Stoff entfernt, preßt sich plötzlich das Universum zwischen den Beinen nach oben, und alle galaktische Energie strebt in deine Geschlechtsteile. Nach einer weiteren Niederlage trennte ich mich von diesem Streifen. Die Öffentlichkeit dieses Vorgangs faszinierte mich.

Schließlich stand Dusty auf. »Auf geht's«, sagte sie. »Wer gibt mir einen Schläger? Ich spiele trotz meines Knöchels.« Sie schüttelte ihre Sandalen von den Füßen. »Ich will Tennis spielen!«

»Aber, Dusty«, wand Bill ein, »du wirst dir weh...«

»Nein, nein!« rief James. »Die Dame wird sich auf meine Schultern setzen und ihren reizenden kleinen Knöchel kein bißchen belasten! Warten Sie, ich helfe Ihnen, Ihr Kleid auszuziehen. Dann ist uns beiden bequemer.«

»Wie nett von Ihnen.« Das Kleid wurde demzufolge ausgezogen, ordentlich zusammengefaltet und zur Seite gelegt. Dusty trug jetzt nur noch einen blauen Spitzen-BH.

»Hupsala!« sagte James und hievte sie auf seine Schultern. »Würde bitte einer der Anwesenden der Dame einen Schläger geben?« Ihr Mann drückte ihr seinen Schläger in die Hand.

»Wir brauchen Gegner«, sagte Dusty von ihrem erhabenen Thron herunter.

»Ich stelle mich freiwillig zur Verfügung«, zwitscherte Zenia.

»Als Gastgeber beanspruche ich die Ehre für mich, zu assistieren«, sagte Bill. Er zog sich aus.

Zenia wurde auf Bill gehoben. Sie zog ihren Rock bis zur Taille hoch und bettete sich an Bills Nacken.

Das Grüppchen wankte unsicher auf den Platz, und das ungewöhnliche Spiel fing an.

Die Frauen kreischten abwechselnd vor Lachen und schrien vor Entsetzen auf, während die Männer unter ihnen schwankten. »Ein statisches Wunder!« seufzte Millicent und musterte Zenia, die auf Bill saß.

»Achtung!« rief Dusty, als James zurücksprang, damit sie einen Lob zurückschlagen konnte, und dabei fast umfiel. Er fing sich und ließ seinen Ausrutscher als Glissande enden. Er begann, sich auf dem Tennisplatz zu bewegen, als führe er einen bezaubernden Pas de Deux auf. Das fand Dustys Anklang, und sie fing an, ihre Arme und Beine zu bewegen, als sei sie eine Ballerina.

Bei ihrem Versuch, einen hohen Ball zurückzuschlagen, brachte Zenia ihren Partner aus dem Gleichgewicht. Sie fielen hin, und das Spiel war vorbei. Es hatte seinen Zweck erfüllt. Das Eis war gebrochen.

Nach dem Abwurf blieb Zenia im Gras liegen. Clint befand sich in einem Zustand äußerster Erregung. Er nutzte die Angreifbarkeit ihrer Lage und fiel über sie her. Son Kim bedachte ihn mit üblen Beschimpfungen, während er und ich Zenia retteten.

Während Clint bei Dusty und Bill Trost suchte, beobachtete ich Zenia, die anfing, ihre Beine wie einen Blasebalg zu öffnen und zu schließen, und der Flamme meiner Neugier Luft zufächelte. Wie es wohl wäre, das zarte rosige Fleisch mit meinen Fingerspitzen zu berühren? Oder einen Leckerbissen zu kosten, den ich kannte und der doch ach so fremd war? Wie mußte man sich fühlen, wenn man diese schimmernde schwarze Schönheit an den Punkt brachte, an dem sie sich stöhnend im Orgasmus wand? Diese sonnenlose Höhle der Sinne um meine Finger oder meine Zunge zucken zu spüren? Würde das eine brennende, begehrliche Lust in meinen Lenden hervorrufen? Würde ich ein neues, wollüstiges Gefühl von Macht empfinden? Ich wollte auf die Probe gestellt werden.

Als hätte er meine Gedanken gehört, erbat Son Kim meine Anwesenheit bei den nächsten gestellten Aufgaben. Es war nicht mehr meine Initiative. Ich war lediglich hinzugezogen worden, um der Kunst zu dienen!

Ein Tennisschläger wurde zu Zenias Füßen gelegt, die noch in

Schuhen steckten; ein einzelner gelber Ball wurde als Blickfang und wegen der ästhetischen Ausgewogenheit zwischen ihre Beine gelegt. Ich wurde aufgefordert, meine restlichen Kleidungsstücke auszuziehen und mich dann neben ihre Hüften zu setzen und liebevoll auf sie niederzublicken. Ich gehorchte. Dann bekam ich Anweisung, meine Hand so auf eine ihrer mattschimmernden Brüste zu legen, daß ich die Brustwarze berührte, sie aber nicht vollständig bedeckte. Eilfertig legte ich meine Hand auf das kühle, feste Polster. Ich streichelte sie verstohlen, und ihre Brust hob und senkte sich. Äußerst angenehm.

Son Kim bat mich, meine Lippen auf ihre zu legen. Das fand ich unangenehm. Die nächste Aufnahme galt der Stellung zwischen ihren Beinen, und ich sollte möglichst poetisch ihr schillerndes Tal berühren. Wieder war ich gefesselt, von der Neuheit der Erfahrung verhext.

Vorsichtig streichelte ich. Das gefiel Zenia. Ich packte ein bißchen fester zu. Es faszinierte mich, daß ich ganz genau wußte, wie ich sie berühren und meine Finger bewegen mußte, um die Reaktion hervorzurufen, die ich suchte. Aber ich war sachlich. Allzu sachlich. Ich sah sie als eine vage Vorstellung vor mir liegen, und sie reagierte ganz ähnlich auf die Dienste, die ich ihr erwies, wie ich auf diese Art von Berührung reagiert hätte, und doch empfand ich sie als so neutral wie ein Spiegelbild. Ich beugte mich zum Ort des Geschehens herunter und sah genau hin. Ich knetete und rieb die brennenden Stellen. Zenia streckte ihre Arme nach mir aus und zog mich näher zu dem, was ich bisher für eine Erfahrung gehalten hatte, die nur in meiner Vorstellung stattfand.

Der Geruch nach Weiblichkeit verblüffte mich. Auf dieses Inhalieren meiner selbst war ich nicht gefaßt. Dem Druck, den mein umherwandernder Finger um sich spürte, konnte ich neutral gegenüberstehen, aber ein Geruch war entweder betörend oder abstoßend. Die Eigenheit dieses Geruchs enthob die Erfahrung aus der Traumsphäre und anstelle meiner Neugier trat Widerstreben. Ich war ihr zu nah, mir zu nah, zwischen meinen eigenen Schenkeln. Dieses Loblied auf die Eigenliebe erschreckte mich, wie mich auch plötzlich meine Nacktheit erschreckte. Son Kim hielt ein weiteres Bild fest und unterstrich das, was ohnehin bereits übertrieben war.

»Tut mir leid«, sagte ich und zog mich von dem Experiment zurück.

Zenia sah unwillig auf.

»Tut mir leid«, wiederholte ich. Mit wachsender Furcht stand ich auf. Ich griff nach meinen Kleidern.

Philip trat zu uns. Er nahm mich in den Arm und sagte: »Komm zu mir.«

Die Berührung, ein neuerlicher Schock, ließ Gils Bild vor mir erstehen. »Bitte«, sagte ich und machte mich frei.

Als ich wegrückte, um mich anzuziehen, kniete sich Millicent neben Zenia. Philip ging zu den beiden. Die anderen hatten sich bereits befriedigenden Dingen hingegeben.

Ich sah die Körper an, die sich in der Beleuchtung des Tennisplatzes und im Mondlicht wanden. Irgendwo im Dunkeln schrie eine Katze. Ich hätte im adamitischen *Garten der Lüste* sein können, dem eigentümlich erotischen und chaotischen Paradies eines Hieronymus Bosch. In diesem unehrerbietigen Eden wurde nicht mit der Sünde abgerechnet, sondern merkwürdige Gestalten hingen überall rum, und eine Art extravaganter Unvernunft hatte die Oberhand gewonnen. Ich war ein Besucher, der hier nichts zu suchen hatte.

Ein Klagelaut erfüllte die Luft.

Clints Frau war aufgewacht und hatte ihn gerade vom Rand des Swimming-pools aus in Dusty Bantoms Armen gesehen. Die Kulisse, die sich von der Welt jenseits der Lichtkegel abhob, nahm durch diese Einmischung wieder ihren Platz auf der Landkarte von Long Island ein.

Das Spiel wurde erklärt. Es war alles nur Spaß gewesen, eines hatte sich aus dem anderen ergeben. Wie hätte ein Mensch mit Sinn für Humor und auch nur einem Funken Kultiviertheit einen solchen Kinderstreich ernstnehmen können. Verstand sie das denn nicht? Clint, der sich so unverschämt an Zenia rangemacht und so unverfroren bei Dusty gelegen hatte, stand vor seiner Frau und versuchte, seine Genitalien vor ihren Blicken abzuschirmen.

Die Party war vorbei, aber ehe wir auseinandergingen, wurden die Anstandsformen wieder aufgegriffen. Kleidungsstücke wurden übergezogen, man trank Kaffee, und die Unterhaltung wandte sich wieder Themen wie den Süßigkeiten zu, die Zenia abgesetzt hatte, weil sie auf ihr Gewicht achtete.

Als ich mich bei dem Gastgeber und der Gastgeberin für den zauberhaften Abend bedankte, kam ich mir vor, als sei gerade ein Film rückwärts vorgeführt worden.

Mitternacht war längst vorbei, als ich nach Hause kam, ein müdes Wrack, und entdecken mußte, daß der Babysitter von Stuart nach Hause geschickt worden war, der einen Tag eher aus Philadelphia zurückgekommen war und jetzt auf der Lauer lag.

Ich war nicht zu einer Aussprache aufgelegt.

11. Kapitel

Stuart und mir waren keine weitschweifigen Gespräche bestimmt. Er erklärte barsch, das Seminar sei stinklangweilig gewesen. Ich nuschelte etwas von einem anstrengenden Tennismatch und verkroch mich ins Bad, um die Spuren zu tilgen.

Er setzte gerade zu einem regelrechten Verhör an, das von meiner Seite ein Maximum an Erfindungsgabe erfordern würde, als das Telefon läutete. Mit Zahnpasta im Mund wußte ich instinktiv, daß ich lieber selbst drangehen sollte, und ich sprang mit großen Sätzen zum Telefon. Stuart brauchte allerdings nur quer über das Bett zu greifen, und daher war er derjenige, der den späten Anrufer mit einem verblüfften »Hallo?« begrüßte.

Dann folgte eine Pause. Stuart setzte sich kerzengerade auf. »Was soll das heißen, wer zum Teufel *ich* bin? Wer zum Teufel sind *Sie*?« Trotz schäumender Zahnpasta im Mund versuchte ich, ihm den Hörer wegzunehmen, aber er stieß mich weg. Ich raste runter zum Anschluß in der Küche und riß den Hörer ans Ohr. »Wer isch da?« kreischte ich. Ich erstickte an der Zahnpasta.

Gils sonore Stimme dröhnte in mein Ohr. »Nicht nur, daß du räudige Köter aufgabelst und mit nach Hause nimmst, sondern betrunken bist du auch noch!«

Ich spuckte das Zeug auf mein Tennisröckchen. »Du weißt nicht, wovon du redest.«

»Wer ist das?« schrie Stuart.

»Weck die Kinder nicht«, rief ich flehentlich.

»Sorg dafür, daß dieser Mann sofort auflegt«, schrie Gil.

»Für wen halten Sie sich eigentlich, mir zu sagen, daß ich auflegen soll?« tobte Stuart.

»Gil«, sagte ich, »jetzt hör mal...«

»Ich rede nicht mit dir, solange dieser Scheißkerl nicht auflegt!«

»Wen meinen Sie mit ›Scheißkerl‹?« rief Stuart ins Telefon.

»Dich, du altes Schwein! Häng ein!«

»Hör auf, Gil! Es ist...«

»Willst du mir vielleicht erzählen, das sei ein Gemeinschaftsanschluß? Schüttel den Kerl ab! Bin ich dir denn nicht mal wichtiger als irgendein dahergelaufener Kerl, mit dem du eine Nacht lang bumst?«

»Ich bin der Ehemann!« keifte Stuart. »Wer ist da?«

»Blödsinn! Der Ehemann ist in Philadelphia!«

»Ist er eben nicht mehr!«

»Er sagt die Wahrheit«, jammerte ich. »Hör auf!«

»Du hältst dich da raus!« fauchte Stuart. »Also, wer zum Teufel sind Sie?«

»Falls Sie mit mir reden – ich bin die große Liebe dieser Frau. Außer samstags. Hat Sie es Ihnen nicht erzählt? Es muß ihr wohl entfallen sein!«

»Erlauben Sie sich einen Scherz mit mir?« zischte Stuart in die Sprechmuschel. »Soll das ein Witz sein?«

»Ja, es ist ein Witz!« antwortete ich. »Häng um Gottes willen ein. Stachel ihn nicht noch an!«

»Bleib dran, Herr Wirtschaftsprüfer! Auf der rechten Backe hat sie einen amöbenförmigen Leberfleck. Lüge ich etwa?«

Stuarts erboste Verblüffung übertrug sich direkt auf die Leitung. »Ich... aber sie hat keine Leberflecken im Gesicht.«

»Auf dem Arsch, du Trottel. Auf dem *Arsch*!«

»Einen Moment mal!«

Ich hörte hastige Schritte. Stuart stürzte sich auf mich.

Ich kreischte in den Hörer: »So war es nicht abgemacht!«, als Stuart mich geschnappt hatte und an meiner Unterhose zerrte. »Mein Gott!« stöhnte ich. »Du brauchst dir nicht die Mühe zu machen, nachzusehen. Der Fleck ist da.«

Stuart stand dicht neben mir und rang um Selbstbeherrschung.

Ich bemühte mich, nicht zu schreien, als ich vernehmbar in den Hörer sagte: »Warum hast du das getan?«

»Es macht ja doch keinen Unterschied. Du hättest ihm *nie* gesagt, daß du mir gehörst! Spitzenreiter für einen Sommer, und dann werde ich aus den Hitlisten gestrichen.«

»Das stimmt nicht.«

»Gib das Ding her«, sagte Stuart. Er riß mir den Hörer aus der Hand. »Ich weiß nicht, wer zum Teufel Sie sind. Aber ich werde dahinterkommen. Also ich bin der Ehemann. Joan ist meine Frau. Ist das klar? Ist das *wirklich* klar?«

Ich versuchte, ihm den Hörer aus der Hand zu reißen. »Finger weg!« sagte er.

Ich rannte die Treppe hinauf zum anderen Telefon. »Gil?«

»Ist er fest angestellt, oder engagierst du ihn auf Stundenbasis? Ich dachte, du wolltest ihm sagen, daß du mir gehörst. Na, mach schon, sag es ihm!«

»Sie Wahnsinniger!« brüllte Stuart. »Ich habe Ihnen doch gesagt, daß sie meine Frau ist! *Meine!*«

»Bitte!« jammerte ich. »Laßt mich...«

»Halt den Mund!« fiel mir Stuart ins Wort.

Gil blieb beharrlich. »Jetzt sag ihm doch endlich, wem du gehörst!«

»Ich...« Ich unterbrach mich abrupt. Was ging hier vor? Gehören? War ich ein dinglicher Besitz? »Ich gehöre *mir*! Was tut ihr da eigentlich? Euch über Autoschlüssel streiten oder was?«

»Wußte ich doch, daß du die Frage nicht beantworten würdest, du verhurtes Luder!« tobte Gil.

Ich hörte, wie eine Tür aufging. John war aus seinem Schlafzimmer gekommen. »Der Fernseher hat mich geweckt, Mami.«

»Tut mir leid, mein Schatz. Er ist schon ausgeschaltet«, gurrte ich in der Hoffnung, daß er zu verschlafen war, um zu bemerken, daß meine Stimme gefährlich umkippte. Er ging wieder in sein Schlafzimmer.

Als ich in die Küche zurückkam, stellte ich fest, daß Stuart längst eingehängt hatte.

»Was zum Teufel soll das alles heißen?« Er sah mich wutentbrannt an. »Pack aus!«

»Ich kann jetzt nicht.«

»Was?«

»Jetzt nicht.«

»Joan!« Im Befehlston.

»Morgen früh. Ich bin im Moment völlig durchgedreht. Das Ganze ist ein höllisches Durcheinander.«

»Ich kann es einfach nicht glauben.« Er wirkte, als könnte er mich schlagen.

»Stuart!« sagte ich. Ich meinte es als Warnung.

»Ich kann im Moment nicht klar denken«, sagte er. Er ging aus der Küche.

Ich goß mir ein Glas Orangensaft ein, brachte es nicht runter und setzte mich dann an den Küchentisch.

Das surrende Geräusch des Hometrainers drang vom Keller herauf, als Stuart auf dem Weg nach nirgendwo in die Pedale trat.

Um die Mittagszeit, es war Sonntag, waren die Kinder mit ihren

Fahrrädern draußen, und ich machte Stuart und mir ein spätes Frühstück, während er mich ins Kreuzverhör nahm.

Der verhängnisvolle Anruf kam mir wie ein Alptraum vor, obwohl seine Auswirkungen auf mich reichlich real waren. Zwischen den beiden Männern als Streithähnen hatte ich meine Unabhängigkeit von beiden entdeckt. Ich hatte mein eigenes Nest, managte mich selbst. Zumindest fühlte ich mich im Moment stark.

Als ich in der Verandatür stand, sah ich zwischen zwei Fragen die sich wandelnden Muster, die das Licht in den Zweigen unseres Ahornbaumes bildete. Ein Jammer, daß ich nicht da draußen war und versuchen konnte, etwas davon auf der Leinwand einzufangen. Es war ein Renoir-Tag, ganz Sonnenschein und Farbe. Was hätte ich daraus gemacht? Verschwommene Grün- und Gelbtöne, die den Eindruck von Unbeständigkeit erzielten? Vielleicht sollte ich mich klareren Bildern widmen, vielleicht auch abstrakt malen.

Ich fand den Tag zu schön, um mit Lügen einen Schatten auf ihn und mein Leben zu werfen.

Ich gestand meine Affäre mit Gil auf Stuarts nächste Frage hin: »Und du willst mir einreden, das mit dem Leberfleck sei ein Zufallstreffer gewesen?«

Ich klepperte die Eier, während Stuart die Fakten ordnete; er hatte sein gleichmütiges Einschätzungsvermögen wiedergefunden. Ich fragte mich, ob er mich am Ende unter Passiva und nicht mehr unter Aktiva verbuchen würde. Und wenn schon. Ich würde mich nicht mehr in das Schicksal ergeben, ein Leben lang über mich verfügen zu lassen.

Er wirkte nachdenklich. Fragte er sich, wie er mir beibringen sollte, daß ihm die frischen Socken ausgegangen waren und ob ich sie waschen würde, ehe er seine Sachen packte? »Wir haben nie genug gelacht«, dachte ich laut. »Ich bin entweder plattgedrückt worden, oder ich habe für mich gelacht.«

»Ich werde einstweilen in die hinteren Büroräume ziehen«, sagte Stuart. »Wegen der Finanzen und anderer Angelegenheiten werde ich dich kontaktieren. Es besteht kein Anlaß, diese Affäre unsinniger zu machen, als es dir ohnehin schon gelungen ist.«

Ein Vogel stieß vor dem Fenster herab. »Wir sind keine Feinde«, sagte ich grüblerisch, als ich die Bratpfanne von der Kochplatte nahm. »Aber wir sind halt auch nicht... na ja, ich meine, du hättest selbst von diesem Leberfleck wissen sollen.«

»Ich habe keine sauberen Socken mehr. Ich wüßte es zu schätzen, wenn du eine Waschmaschine für mich durchlaufen läßt, ehe ich gehe.«

»Selbstverständlich.«

»Du besitzt keine Disziplin.«

»Ganz im Gegenteil. Ich habe mich in Schach gehalten, solange ich zurückdenken kann. Wir haben nicht zusammen gelacht – verstehst du mich denn nicht? Wir hatten äußere *Umstände* miteinander gemein, nicht *Energien*. Ich war total frustriert. Willst du Toast?«

»Ja, bitte.«

»Es war an der Zeit, den Deckel aufzumachen und mich rauszulassen.«

Das Telefon läutete. Es war Zenia. Genau das, was ich jetzt brauchen konnte.

»Dusty hat mir deine Nummer gegeben.« Ihre Stimme war umwerfend musikalisch. »Ich störe dich doch hoffentlich nicht?«

»Nein, gar nicht. Wie geht es dir?« fragte ich. Ich bemühte mich, keine Anspannung in meiner Stimme zu zeigen.

»Also, es ist folgendes: Sonny – du weißt schon, Son Kim, mein Fotograf – hat heute die ersten Filme entwickelt.«

Ich steckte zwei Scheiben in den Toaster. »Ja?«

»Er sagte, daß er die Szene mit uns beiden noch einmal aufnehmen möchte, damit er sie für sein neues Buch verwenden kann. Du weißt schon, die, wo wir beide...«

»Ja, ich weiß.« Ich löffelte die Eier auf die Teller. »Was ist damit?«

»Er hat nicht ganz die Atmosphäre herausholen können, um die es ihm geht. Im Hintergrund ist zuviel Bewegung drauf, und zu vieles lenkt ab. Weißt du, was ich meine?«

Stuart runzelte die Stirn. »Wer ist denn das schon wieder, wenn ich fragen darf?«

Ich drehte mich zu ihm um. »Das ist meine Freundin Zenia.« Ich sprach wieder in den Hörer. »Entschuldige, bitte – was wolltest du gerade sagen? Er will die Szene noch einmal fotografieren? Ich fürchte, eine Veröffentlichung ist nicht ganz in meinem Sinn. Ich war gestern abend ziemlich zu, und, äh...«

»Wer ist diese Zenia?« fragte Stuart.

Zenia seufzte. »Es ist wirklich ein Jammer, Joan. Dein Busen ist wirklich fotogen. Er hat Charakter. Sonny sagt das auch.«

»Nun?« sagte Stuart.

»Entschuldige, bitte.« – Ich drehte mich wieder zu ihm um. »Sie ist Fotomodell. Wir haben gestern abend gemeinsam Modell gestanden. Sie sagt, daß mein Busen Charakter hat.«

Stuart erstickte an seinem Rührei. »Vergiß das mit dem Toast«, hustete er.

»Ich fühle mich geschmeichelt, Zenia, aber ihr solltet euch doch lieber jemand anderen suchen. Freut mich trotzdem, daß du an mich gedacht hast. Vielleicht ein andermal. Genau. Tschüß.«

Stuart stand vom Tisch auf, als das fröhliche Gelächter der Kinder näher kam.

Im Lauf des Nachmittags oder vielleicht morgen, dachte ich, würde ich meine Malsachen bei Gil abholen.

Nach einer überstürzten und unzutreffenden Erklärung, die Stuart den Kindern abgab (Mommy und Daddy müssen ein paar kleine Schwierigkeiten ausbügeln), ging Stuart, um vorübergehend Quartier in seinem Büro aufzuschlagen. Er zog entsprechend deprimiert und distanziert ab, und aus seiner Jackettasche schaute eine Liste der Unannehmlichkeiten, die geklärt werden mußten. Es tat mir leid für ihn, und ich empfand eine Art von schmerzlichem Bedauern, die mit allem einhergeht, was man über einen langen Zeitraum besessen hat, ohne sich seiner Besitzerrechte bewußt gewesen zu sein. Ich dachte, daß die ersten Nächte am schwierigsten für ihn sein würden, am einsamsten und am eigentümlichsten – und daß ich die Art von Beklemmung erleben würde, die man bei Konfirmationen, Bar Mitzwes, sechzehnten Geburtstagen, Schulabschlüssen und anderen Anlässen empfindet, die das Einschlagen eines Weges bezeichnen, auf dem es keine Umkehr gibt.

Stuart hatte das Haus bereits verlassen, als Gil in die Auffahrt einbog. Meine großen Ölbilder sahen aus seinem Kofferraum. Ich stand hinter dem Vorhang von Lauras Zimmer und beobachtete ihn, als er die Schnüre aufknotete und anfing, den Inhalt des Kofferraums auszuladen. Die Staffelei und die Farben lagen auf dem Rücksitz, und er stapelte sie neben die Leinwände. Ich hoffte auf einen Vorwand, runterzurennen und »He, wie gehst du denn mit meinen Sachen um« oder »Nimm deine verdammten Pfoten von der nassen Farbe« zu schreien – *irgendeinen* Vorwand, der es mir ermöglichte, die Treppe hinunter und in seine Reichweite zu stürzen. Aber er ging äußerst behutsam mit meinen Sachen um und ging sogar soweit, alles ums Haus herum auf die Terrasse zu tragen. Ich lief von einem Fenster zum anderen und sah zu, wie er sich meiner Sachen entledigte. Ich fühlte mich wie ein Verbrecher, als ich von einem Versteck ins andere huschte. Aber ich konnte nicht einfach in Erscheinung treten.

Als das letzte Stück meiner Habe auf der Veranda stand, sah er zum Haus auf. Mein Herz schlug schneller. Mach den Anfang, verdammt noch mal, egal womit! Ich will zurückschreien. Laß es mich dir zurückzahlen! Mich hinter dir herrennen! Er ging auf die Tür zu, zögerte und ging wieder weg. Ich rannte zu Lauras offenem Fenster und sah ihn auf seinen Wagen zugehen. Ein barbarischer Schrei steckte in meiner Kehle. Er zögerte erneut. Im letzten Moment, bevor er in den Wagen stieg, schüttelte er seine geballte Faust in meine Richtung. »HURE!«

Erst am späten Nachmittag fing ich an, zu weinen, aber dann konnte ich nicht mehr aufhören.

12. Kapitel

»Joan? Joan Wolf?«

Ich sah auf. Ich hatte zwischen den Büsten der Cäsaren vor dem Parrish Museum in Southampton gesessen und über meinen neuen Status, meine frischerrungene Unabhängigkeit nachgedacht. Ich fühlte mich eher losgebunden als ausgesetzt. »Carolyn Taylor! Gütiger Himmel!« Ich sprang auf und fiel ihr um den Hals. War es dreizehn Jahre her?

Carolyn hielt mich auf Armeslänge von sich und musterte mich prüfend. »Du siehst prächtig aus! Im übrigen heiße ich Stevens.«

»Du siehst auch prima aus! Und ich heiße Hiller.«

»Ich kann es einfach nicht glauben. Was tust du denn hier? Ich habe dich von der Straße aus gesehen. Einen Moment lang habe ich dich für Hamlet gehalten.«

Ich wußte, was sie meinte. »War ich weit weg? Ich... äh... ich war gerade in der Ausstellung.«

»Ich habe sie mir gestern angeschaut. So was Langweiliges! Schon wieder so ein Überblick über die amerikanische Kunst des neunzehnten Jahrhunderts.«

Ich zog sie auf die Bank. »Komm, setz dich hin. Erzähl mir, was du so getrieben hast.«

Wir blieben auf der Bank sitzen und sprudelten autobiografische Kurzfassungen hervor, und ich erinnerte mich wieder daran, wie wir früher mit übereinandergeschlagenen Beinen unter dem knorrigen Baum vor dem Studentinnenwohnheim gesessen hatten und unsere Englischarbeiten und unser Liebesleben durchgesprochen hatten, soweit wir ein Liebesleben hatten.

Carolyn trug einen Rock mit Volants und ein locker fallendes Oberteil. Ihre Haut war rein und zart; ihr langes, feines Haar war in einer modischen Frisur hochgesteckt. Sie war eine gezüchtete Blume.

Wir versuchten, die Zeit aufzuholen, und bedauerten, was vorauszusehen gewesen war, nämlich daß wir keinen Kontakt aufrechterhalten hatten. Sie stammte sozial und finanziell aus einer anderen Schicht, in die sie in den Semesterferien und nach dem Studienabschluß dauerhaft zurückkehrte. Ich gehörte nicht zu diesen Kreisen, weil mir die gewöhnlichen Dinge des Lebens im Weg standen, wie zum Beispiel, daß ich mir entweder einen neuen Ölofen anschaffen oder eine Reise in den Osten unternehmen konnte. Sie ließ sich vergängliche Moden und Launen aufzwingen. Sie war eine herausragende Studentin gewesen, besonders in den Sprachen und in Literatur, und sie hatte es zu weit mehr als nur dem Glanz einer abgeschlossenen Ausbildung gebracht, in dem sie sich die anderen Orchideen unter unseren Kommilitoninnen sonnten.

Ich erfuhr, daß sie ihren derzeitigen und dritten Ehemann auf einer Kreuzfahrt kennengelernt hatte, als er sich gerade scheiden lassen wollte. Er war Lederimporteur im großen Stil, ständig unterwegs und auf der Suche nach neuen Trends, und sie mischte im Geschäft ihres Vaters als Beraterin einer internationalen Kosmetikfirma mit. »Ich habe Pflaumen und Trauben vorhergesehen, als Mandarinen der neueste Schrei waren, und er hat mich augenblicklich eingestellt.«

»Mein... Mann ist Wirtschaftsprüfer. Ich arbeite stundenweise in einem Maklerbüro. Unterdrück' das Gähnen. Ich habe wieder angefangen zu malen.«

Sie gähnte nicht. Sie bestand sogar beharrlich darauf, daß sie es satt hatte, einem Mann, der nur eine feste Anschrift und eine Pause zwischen zwei Mätressen brauchte, in einem kinderlosen Bungalow eine schicke Gastgeberin zu sein. »Ich sehe diesen Mann fast nie. Weiß ich, ob er nicht für den CIA arbeitet. Ich habe mich früher gern in der Welt rumgetrieben. Jetzt ist von der Wanderlust nur noch die Lust geblieben. Ich habe gerade hier in Southampton ein Häuschen gekauft und spiele mit dem Gedanken, Hausfrau zu werden.«

Das bezweifle ich. »Mein Mann ist übrigens gerade ausgezogen. Er würde sagen, daß ich ihn versetzt habe.«

»›Was wir in Leidenschaft dereinst gelobten, verliert, wenn diese Leidenschaft erst endet, seinen Sinn.‹ Hast du ihn im Bett vernachlässigt?«

»Es... es war keine Ehe aus Leidenschaft.«

»Aha. Du warst unbesonnen, und dein Mann ist ein untadeliger Mensch.«

Ich hatte Schuldgefühle. Schließlich war Stuart ein guter Junge, ein Mensch mit Verantwortungsbewußtsein. Es war wie mit dem Denk-an-die-Kinder-die-in-Indien-verhungern. Auch wenn das Bruststück trocken ist und nach nichts schmeckt. Iß es, und sei dankbar. »Ja, so in etwa.«

»Bist du verliebt?«

»Ich weiß nicht, ob ich meinem eigenen Urteil traue.« Was machte das jetzt noch aus? Ich würde ihn wohl ohnehin nie wieder sehen.

»Trau deinem Herzen. Wenn die Sache nicht von Bedeutung ist, dann genieße wenigstens den Schall und Wahn.«

Ich dachte an die Nachmittage, die wir als Verse dichtende Anfangssemester zusammen verbracht hatten. »›Pflück dir Rosenknospen, wenn sie blüh'n, denn die Zeit, sie bleibt nicht stehen‹?«

Carolyn beugte sich zu mir vor und flüsterte: »›Und dieselben Blumen, die heute glüh'n, werden morgen schon vergehen.‹ Es scheint, als hätte ich gern eine Portion Heim und Herd und du eine Portion Nestflucht. Nebenbei bemerkt – dein Haar ist toll. Ich erinnere mich noch an den Pferdeschwanz.«

»Ich kann mich noch an deinen langen Zopf und den fantastischen mexikanischen Gürtel erinnern.«

»Wirklich? Irgendwo habe ich ihn noch.«

»Ich dachte immer, du hättest alles«, sagte ich. »Dir stünde alles offen, was man sich nur ausmalen kann.«

»Klar. Erinnerst du dich an dieses Gedicht von Parker?«

»Zu Parker fällt mir nur der Füllfederhalter ein.«

»›Was ist Leben als Reigen der Melodie, aus dem Stegreif ein Potpourri, und die Liebe, die schadet dir sicher nie; und ich bin die rumän'sche Marie.‹ Das nur zu deiner Einschätzung. Hast du schon zu Mittag gegessen? Warum kommst du nicht zu mir? Ich habe in einer Viertelstunde einen Termin bei der Kosmetikerin. Wir können uns anschließend – sagen wir mal: um halb eins – bei mir treffen.«

»Ja, gern. Ich wollte den Kindern was zum Anziehen kaufen, aber dann gern.«

Carolyn beschrieb mir den Weg. »Das Haus sieht aus wie ein Raumschiff. Man kann es nicht übersehen.«

Nein, das konnte man nicht. Zehn Minuten früher als vereinbart, bog ich in die gewundene Einfahrt ein. Das Haus war ein kühler, moderner architektonischer Entwurf aus naturbelassenem Eschenholz – durch eine riesige Plexiglaskuppel zum Himmel hin offen. Es lag auf einem Hügel, von dem aus man das Meer sah. Ein adäquates Umfeld für Carolyn, um auszuprobieren, ob sie Geschmack an ›Heim und Herd‹ fand. Ich parkte zwischen einem weißen Rolls Royce und einem Lieferwagen einer Reinigung, auf dem ›Job's Reinigung Wir sind die besten‹ stand. Dann ging ich um das Raumschiff herum zu der Terrasse mit Meerblick. Bis zum Meer erstreckten sich die Dünen – ein wirklich zugkräftiges Argument für Bauvorschriften. Hier wurde nicht Wucher mit jedem Meter Land getrieben, der ans Meer grenzte, ganz anders als in Hampton Village, wo der kostbare Strand durch Überbauung und zuwenig Landschaftsschutz zerstört wurde. Was kümmerte die Spekulanten der Raubbau mit dem Land, die lokalen Politiker die Erhaltung der Küste?

In dem Hof am Ende der Terrasse bog sich ein großes metallfreies Gebilde in anmutigem Schwung zum Meer hin. Auf der höchsten Stelle thronte ein Vogel und bewunderte die Aussicht. Er flog weg, als ich über die Veranda zu den Schiebetüren aus Glas ging. Von der Tür aus konnte ich die gesamte Weite des Eß- und Wohnzimmers einsehen, ganz in Erd- und Sandtönen gehalten. Über einem Sessel hing in Plastik eingehüllt eine Lieferung, die wohl von ›Job's Reinigung Wir sind die Besten‹ kam. Ich nahm an, Carolyn hätte meine Schritte gehört, denn sie rief: »Komm!«, als ich gerade an die Scheibe klopfen wollte.

Ich schob die Tür zur Seite, und als ich über die Schwelle trat, stellte ich fest, daß diese Aufforderung nicht mir gegolten hatte, denn ihr folgten ein kehliger Schrei und ein leises Ächzen, und diese Laute kamen von einer Couch, die etwa drei Meter vor mir stand. Mein Blick war gebannt auf das Rückenpolster der Couch gerichtet, als ein schmaler Fuß kurz über der Rückenlehne auftauchte. Dann stand ein junger Mann (Der Beste?) von den Tiefen des Sofas auf und zog seinen Reißverschluß zu. Er sah aus wie einer von Fleetwood Mac, und als er mich sah, stockte ihm der Atem.

Carolyn stand auf. Ihre Bluse stand offen, aber sie wirkte keineswegs peinlich berührt. Ihre Wangen waren zart gerötet, von der Gesichtsbehandlung bei der Kosmetikerin und/oder von dem, was eben hier gelaufen war. Während der junge Mann an mir vorbeischlüpfte, legte Carolyn den Kopf auf eine Seite und lächelte verschmitzt. »›Ich hab' die Minuten so endlos gezählt, und ich konnt' die Verschwendung recht spüren, hab mir die Zerstreuung der Lust dann gewählt, kann das Feuer nicht *immerzu* schüren.‹«

Gott im Himmel. Welch ein Gedächtnis.

Bisher hatte ich in meinem ganzen Leben nur mit drei Männern geschlafen. Aus der Nonchalance, die sich auf Carolyns Gesicht spiegelte, als ich sie mit dem Lieferanten ertappte, schloß ich, daß sie längst aufgehört hatte zu zählen.

Ich kam zwar bei weitem nicht an ihre Lässigkeit ran, aber in den bevorstehenden Wochen sollte ich lernen, Statistiken lockerer zu betrachten.

Mein Schritt in die sexuelle Freizügigkeit entsprang mehr einem Entschluß als einer Neigung. Ich ging gegen meine Sehnsucht nach Gil an – die immer noch quälend stark war – indem ich sie entweihte. Mein ungezieltes Streben nach Unabhängigkeit war dazu gedacht, dieses einseitig ausgerichtete Verlangen zu ersticken und die Monogamie als Gebot der Moral abzusetzen. Wenn ich einen Mann anziehend fand und die Umstände es ergaben, nahm ich die Herausforderung an und setzte meine Laune in die Tat um. Warum? fragte ich mich. Warum *nicht*? lautete die unverfrorene Antwort.

Im übrigen malte ich. Der Funke war entzündet worden, und die Flamme brannte jetzt von allein weiter. Das Malen, meine Monogamie, machte mir Freude und gab meinem Tagesablauf ein Gerüst.

In diesen Wochen des ›Sommerzaubers‹ kam es zu etlichen interessanten Begegnungen, von denen vielleicht keine meinem Kopfsprung ins Meer der Unabhängigkeit gemäßer war als meine erste Segeltour um Shelter Island auf einer Tartan 27.

Es fing alles mit dem alljährlichen Kunstbasar in Hampton Village an, der zwei Tage dauerte. Nach langem Zögern hatte ich mich entschlossen, doch mitzumachen. Es war eine öffentliche Kundgebung meines wachsenden Selbstbewußtseins. Ich kam mit ein paar großen Ölbildern und einem Stapel Pastellzeichnungen an. Ich hatte viele lange Stunden daran gesessen, vor allem an den Ölbildern, und doch hatte ich nicht den Eindruck, daß sie zu geschliffen wirkten. Ich vertraute mehr auf Anregungen als auf Details – die

Winkel und die Anordnung mußten stimmen, es ging um Ausgewogenheit, der Schwebezustand mußte deutlich werden. Bei dem Gemälde mit einer Frau auf einer Schaukel war es nötig, drei ihrer Zehen voneinander zu lösen und den Strich zu durchbrechen; erst dann war ganz plötzlich die Überschwenglichkeit erkennbar, die es bedeutet, ins All geschleudert zu werden, und ich war zufrieden. Mein Lieblingsbild war immer noch das, das ich an dem Nachmittag mit Sue am Strand entworfen hatte. Die tanzenden Gestalten. Es war eines der Gemälde, an denen ich bei Gil gearbeitet hatte. Es war nicht zu verkaufen. Die Pastellbilder waren eine Art schimärischer Visionen der Kindheit, die von wahren Erinnerungen angeregt waren. Als ich das erste verkauft hatte, merkte ich, wie sehr ich Beifall anderer genoß, und das warf ich mir vor.

Mein Stand war an der Hauptstraße, gegenüber von der Apotheke. Rechts neben mir saß ein kräftiger, bärtiger Aquarellmaler auf seinem Klappstuhl und nahm huldvoll das häufige Lob und die seltene Bezahlung für seine Serie von Landschaftsbildern aus Montauk entgegen. Links neben mir hatte ein emsiger Mann mittleren Alters seinen Stand; er brannte individuelle Lebensweisheiten in Holzplatten.

Zwei ungewöhnlich heiße Tage lang beobachtete ich das farbenfrohe Aufgebot von Kunstinteressenten und ihrem Anhang; es wurde bewundert und getuschelt, gedrängt und geschubst, gehandelt und auf dem Weg von einem Stand zum anderen gegrübelt – und ungeachtet der ästhetischen Präferenzen des Individuums unterstützten alle die geschäftstüchtigen jungen Kapitalisten, die in Kühlboxen Eis am Stiel und in ihren kleinen roten Wagen alkoholfreie Getränke herumkarrten. Es war die größte Ansammlung des ganzen Jahres von Einheimischen, Sommergästen und Durchreisenden. Ich sah Beth und Pat, die in meiner Tennisgruppe im Winter mitgespielt hatten, und sie luden mich ein, auf Pats neuem Tennisplatz Doppel mit ihnen zu spielen. Sie lobten meine Bilder über den grünen Klee, aber sie sagten, sie hätten ihr ›Taschengeld‹ bereits für die ›gestrandeten Ruderboote von Wieheißt-er-schnell-noch-mal‹ ausgegeben. Wir unterhielten uns nur kurz miteinander, denn ihre Kinder zogen sie weiter, und ihre Männer waren bereits vorausgegangen. Mr. McGuinness und Mr. Devon kreuzten auf, nur geistig Hand in Hand, und bewunderten eins meiner Ölbilder wegen seiner kräftigen Farben und seiner Ausgewogenheit. Dusty Bantom, die begeistert feststellte, daß ich ›so schrecklich fantasievoll und frei‹ war, erstand ein gerahmtes

Pastellbild mit ballspielenden Kindern und küßte mich auf die Wange.

Als ich am zweiten Tag von einer meiner kurzen Pausen zurückkam (mein Nachbar mit den Sinnsprüchen in Holz bewachte die ›Ware‹, während ich mir einen Happen zu essen holte), fand ich einen Mann vor, der meine Bilder mit ernstem Blick betrachtete – in den Fünfzigern, grauer Bart, attraktiv, wenn auch etwas gedrungen. Er hatte den Kopf schräggelegt, zog an seiner Pfeife und pochte mit einem Fuß auf den Boden. »Kann ich Ihnen behilflich sein?« erkundigte ich mich.

Er war verdutzt. »Äh... ja.« Er sah mich von oben bis unten an und zog eindeutig unten vor. »Sind Sie die Künstlerin?«

»Ich habe die Bilder gemalt, wenn Sie das meinen.«

»Ich bin nicht so sicher, daß Ihnen Bescheidenheit steht. Was meinen Sie – hätten Sie eventuell Zeit oder Lust, die Ideen eines *anderen* als Auftragsarbeit zu illustrieren?«

»Vielleicht. Wieso?«

»Entschuldigen Sie, bitte.« Er zog seine Hand aus der Tasche seines Leinenjacketts und hielt sie mir hin. »Ich bin Jeffrey Kane. Ich schreibe. In letzter Zeit hauptsächlich Kinderbücher.«

Mit einem charmanten Lächeln bleckte er seine nikotinverfärbten Zähne. »Ihre Sachen gefallen mir, Joan, besonders die Pastelle. Sie passen gut zu meinem Stil – in der Realität angesiedelt, aber ein bißchen unirdisch.« Er zog an seinem Bart. »Vielleicht könnten Sie das Fantasmagorische in einer Serie von Zeichnungen für mich etwas stärker herausstellen?«

»Ist das ein Angebot?«

Er zog seine graumelierten Brauen hoch und sog an seiner Pfeife. »Eher ein Antrag. Aber es könnte ohne weiteres zu Angeboten kommen.« Äußerst geschickt, aber nicht ausfallend.

Sein Name kam mir bekannt vor. Ich hatte ihn auf dem Umschlag eines Buchs von John gesehen. »Sie haben etwas über einen Jungen geschrieben, der sich in einer anderen Welt für seine Träume rechtfertigen muß.«

»Ja. *Timothy wird verhört.* Ich habe mich allerdings nicht um die künstlerische Ausstattung gekümmert. Zu selbstbewußt und statisch. Ihre Sachen haben Leben. Sie sind schlicht und poetisch, ohne ätherisch zu sein. Ihre Bilder haben Substanz. Sie sind nicht... verschnörkelt. Es ist zwar eine andere Technik, aber der Strich erinnert mich an Matisse. Natürlich sind Ihre Sachen mystischer.«

»Bringen Sie mich nicht in Verlegenheit. So viel maße ich mir nicht an.«

»Bis daß Whitney Ihnen ein Angebot macht, dem Sie einfach nicht widerstehen können.« Er lachte.

»Äh … na ja …« Ich spürte in mir das Bestreben, Karriere zu machen.

»Wissen Sie, eine Bekannte von mir hat nämlich eine Galerie in Bridgehampton …«

»Die Galerie Nelson?«

»Ja. Sally Nelson. Sie würde mit Sicherheit auf Ihre Ölbilder abfahren. Sie liebt das Großzügige, das Fauvistische. Vielleicht faßt sie Ihre Ölbilder für Ihre nächste Ausstellung ins Auge. Wäre Ihnen das recht?«

»Selbstverständlich.« Mein Karrieredenken schwoll an.

»Na, prima. Somit sind wir also Partner, und wie wäre es, wenn Sie mit mir und meinen Gastgebern zum Segeln gehen würden? Als Feigling, der ich bin, habe ich mich bisher gedrückt, und ich glaube, daß die beiden schon Verdacht geschöpft haben. Sie haben mich bisher nur einmal dazu gebracht, mitzukommen.«

Jeffrey Kane schien Freunde in deren Sommersitz zu besuchen, den Vizedirektor einer New Yorker Werbeagentur und seine Frau. Das Haus der beiden lag zwar auf der Seeseite der Dune Road, aber sie zogen es vor, in tieferen Gewässern zu segeln und hatten ihre Tartan daher in New Suffolk vor Anker liegen. Ihr Gast hatte es an jenem Tag vorgezogen, auf dem Trockendock zu bleiben, und hatte eine Fahrt um den Nassau Point verpaßt, aber er hatte versprochen, sie auf ihrem nächsten Ausflug in ein oder zwei Tagen zu begleiten. »Was halten Sie davon?« fragte er. »Ich bin sicher, daß sich die Hubbards freuen würden, wenn Sie mitkämen. Über das Geschäftliche können wir uns ein anderes Mal unterhalten.«

Das klang so, als könnte es Spaß sein. Spaß war genau das, was ich von Geselligkeit erwartete. Ich suchte keine vergleichbare Beziehung, um Gil zu ersetzen, sondern ich suchte die Abwechslung, die meine Freiheit bezeugen würde.

Jeffrey und ich tauschten Telefonnummern aus und verabschiedeten uns mit einem herzlichen Händedruck voneinander. Als er davonschlenderte und ich ihm nachwinkte, sah ich niemand anderen als Gil, der mich beobachtete. Er stand nur drei Stände entfernt. Wie lange stand er schon dort? Aus seiner Haltung ließ sich schließen, daß er meine letzten Transaktionen verfolgt hatte. Es traf mich wie ein Schlag in die Magengrube, und ich war versucht, auf ihn zuzulaufen, und mich ihm zu Füßen zu werfen. Aber wollte ich es wirklich zu der unvermeidlichen Szene kommen lassen, die Rachsucht dieses launischen, nachtragenden Menschen über mich ergehen lassen und meinen Höhenflug abbrechen?

Gil half mir bei der Entscheidung, indem er mit herunterhängenden Schultern niedergeschlagen abzog.

Dieser Schuft.

13. Kapitel

Ich war noch nie Segeln gewesen. Was wußte ich von Segeln, die sich im Sturm umlegen, vom Reffen und Luven, vom Umlegen, Krängen und Lavieren? Ich dachte, ich würde mit Jeffrey Kane und seinen schicken großstädtischen Freunden eine romantische Kreuzfahrt unternehmen. Wer konnte ahnen, daß der lächelnde Werbemensch sich an Bord seines Segelschiffs in einen verrückten Tyrannen verwandeln würde? Und das unter dem Vorwand, ›Kapitän eines ordentlichen Schiffes zu sein‹?

Sie holten mich um Viertel nach sechs morgens ab, einer Tageszeit, die mein Babysitter, der kaum die Augen aufbrachte, gottlos fand. Die Fahrt von meinem Haus nach New Suffolk dauerte etwa fünfundvierzig Minuten, und wenn ich mir auch im Lauf des Tages noch in den Arsch beißen sollte, weil ich mein Testament nicht geändert hatte, verlief die Fahrt doch erfreulich, und wir plauderten über die Unterschiede zwischen dem Leben in der Stadt und auf dem Land, über Werbestrategien und die bildenden Künste und über offene und geschlossene Vereine. Dick und Vera Hubbard schienen das Klischee des amerikanischen Paars zu verkörpern, das es ganz aus sich heraus zu etwas gebracht hatte und dennoch seinen kollegialen Idealismus bewahrt hatte. Diese flachsblonden austauschbaren Geschöpfe, Ende Dreißig und nach wie vor jugendlich beschwingt, schienen der Inbegriff von Gesundheit und Harmonie zu sein. Als dumpfe Nuß, die ich war, nahm ich an, daß ihre Rollen auf See mit ihren Trockendockpersönlichkeiten vereinbar waren. Der Kofferraum war mit ›Schlechtwetterzeug‹ vollgestopft (aber bitte nicht heute!), und Jeffrey und ich setzten uns auf den Rücksitz ihres ›Gerümpeltransport‹-Chevys und teilten uns mit den belegten Broten, dem Obst, einem Werkzeugkasten, einem Segel, das gerade geflickt worden war, einem Gezeitenplan und den verschiedensten Seekarten vom Long-Island-Sund und den Peconic Bays den Platz. Jeffrey spielte nur kurz auf seine Pläne für unser Projekt an und vertagte eine ernsthafte Auseinandersetzung auf einen anderen Tag. »Ich muß gestehen«, flüsterte er, während er seine Pfeife ansteckte und zwischen den Navigationskarten meine Schenkel unter den Jeans beäugte, »daß ich Geschäft und Vergnügen gern voneinander trenne.« (Er versuchte, sein jeansbekleidetes Bein näher an meines zu rücken, aber eine gelbe Kühlbox stand ihm im Weg.)

Wir trafen um sieben Uhr am Dock ein und wurden augenblicklich an die Arbeit geschickt. Wir mußten den Wagen ausladen und das Boot beladen. Der Morgenkaffee drückte mir allmählich auf die Blase, und ich machte mir Gedanken darüber, wo ich wohl pinkeln könnte, denn eine Damentoilette sah ich nirgends. Ich fragte, wo ich die nächste Toilette finden würde, und bekam zum erstenmal den Eindruck, daß Dick mich für einen nicht seetüchtigen Quälgeist halten würde. »Ich fürchte, Sie müssen warten, bis wir die Segel gesetzt haben«, sagte er mit geheucheltem Mitgefühl. »Der Dockbesitzer ist dieses Wochenende nicht hier. Sonst hätten Sie bei ihm aufs Klo gehen können.« Ich biß mir auf die Lippen und reichte ihm den Werkzeugkasten. Er stand am hinteren Ende des Boots (›das heißt Cockpit, Joan!‹) und streckte die Hände zum Dock aus, auf dem ich stand. Au weh! Sein Blick fiel zufällig auf meine Clogs, offensichtlich ein Verbrechen, das schlimmer als Meuterei war und auf das die Todesstrafe stand! »Ich hoffe doch sehr, daß Sie Segelschuhe dabei haben!«

»Äh... nein, ich...«

»Um Himmels willen, Sie werden doch wohl anständige Schuhe bei sich haben!«

»Nein, hab' ich nicht.«

»Dann müssen Sie eben barfuß gehen. Unsicher und glitschig, aber immer noch besser als mit *den* Dingern!«

Ich bemühte mich, freundlich zu bleiben. »Das ist wirklich ein wunderbares wendiges Boot. Wie lang ist es?«

»Siebenundzwanzig Fuß.«

»Daher ›Tartan 27‹. Tut mir leid, daß ich so unwissend bin.«

»Ziehen Sie jetzt bitte sofort Ihre Schuhe aus.« Ich gehorchte.

Als wir ins Cockpit kletterten, merkte ich, daß wir wirklich sehr dicht aufeinanderhängen würden, wenn sich nicht ein oder zwei von uns entschieden, in den Innenraum zu gehen, die Stufen hinunter (›Unter Deck!‹), und beim Gedanken daran wurde mir übel.

Im Gegensatz zu dem Motorboot (›Stinkekiste!‹) etwa gleicher Länge, das neben dem Boot der Hubbards verankert war, bot das Segelboot an Deck nur für wenige Leute Platz, da der meiste Raum von Masten und diversem Zubehör eingenommen wurde. Wir sollten uns ins Cockpit am hinteren Ende (›Heck!‹) des Boots setzen und unser Gewicht von links nach rechts (›Backbord nach Steuerbord!‹) verlagern, als wir uns einen Weg um die Südspitze von Robin's Island bahnten (›lavieren!‹). Die Insel sah auf der Navigationskarte wie ein Blatt aus, das von einer riesigen Wassermenge umgeben ist. Dann würden wir nach Osten segeln und Shelter Island umschiffen, dann wieder zurück nach New Suffolk, wo wir, falls wir bis dahin noch miteinander reden sollten, im Fischereihafen einen Happen essen könnten.

Die *Verdict* (eine Zusammenziehung aus ›Vera‹ und ›Dick‹, nahm ich an, aber ich hatte Angst, zu fragen) war zum Auslaufen bereit. Vorher mußten wir allerdings noch extrem unbequeme, lästige Schwimmwesten überziehen, die der Kapitän bereitstellte. Als ich erst in dem Kapokpolster steckte, nahm ich Abschied von jeder romantischen Vorstellung, die ich in meiner Dummheit noch hatte. An ihre Stelle traten überraschend schnell die Vorstellungen (Kierkegaard schießt mir durch den Kopf) von Angst und Zittern. Jeffrey, nicht direkt zum ersten Maat geboren, aber erfahrener als ich, wurde aufgefordert, seine Pfeife auszumachen und zu verstauen und dann ein Horn zu blasen, während wir den Hafen verließen und in die Bucht ausliefen, um andere Boote vor dem Einlaufen zu warnen. Bei all diesen Vorsichtsmaßnahmen und dem Druck meines Morgenkaffees war ich fast soweit, in die Hose zu pinkeln.

Dick ließ den Motor an (einen bescheidenen Innenbordmotor, der nur eingesetzt wurde, ehe die Segel gehißt wurden, wenn wir in die Bucht ausgelaufen waren, aber ich nahm an, daß er auch bei einer länger andauernden Windstille eingesetzt wurde). Mit dem Steuerstock (›Ruderpinne!‹) lavierte er uns rückwärts aus dem Parkplatz (›Stand!‹) heraus, während seine Frau die Taue einholte, die uns am Anlegeplatz festhielten.

Wir waren unterwegs.

Als die Segel erst gehißt und die dazugehörigen Anweisungen gebellt worden waren, genoß ich es eine Weile. Als der laute Motor ausgeschaltet wurde und wir uns plötzlich ganz leise im Wind bewegten, von den Elementen davongetragen wurden, war ich ganz begeistert. Weite, Freiheit, Gleiten, warmer Wind, Möwen und die Stille siegten über die einengenden Zwänge der Schwimmwesten und Persönlichkeiten und gaben mir das Gefühl, nackt und eins mit dem Universum zu sein. Das sollte allerdings nicht anhalten. In dem schmalen Streifen Wasser zwischen der Südküste von Robin's Island und der Nordküste von Southampton ist eine schnelle, starke Strömung, die etwas vom Effekt eines Flaschenhalses hat und ›South Race‹ heißt. Dort fingen wir an, umzukippen (›krängen!‹) wie verrückt, und mir fielen meine Blase und die ungeschriebenen Klauseln wieder ein, die ich meinem Testament und letzten Willen hätte einfügen sollen. »Kommen wir irgendwann außer Sichtweite des Landes?« tippte ich nach einem besonders ekligen Wechsel in unserem Winkel zum Wasser (›umlegen!‹) an, bei dem der horizontale Pfahl (›Spiere!‹) mich fast köpfte. Dick sah mich angewidert an. Welche Qualitäten er an Land bei einer Frau schätzen mochte – Schüchternheit gehörte gewiß nicht zu seinen Favoriten auf Deck. »Ich hoffe nicht«, sagte er schroff, und Vera warf mir verstohlen einen warnenden Blick zu.

Dick entschloß sich, das ›Großsegel‹ zu verkürzen (›reffen!‹) und die ›Genua‹, die bei schwachem Wind tauglich war, gegen den ›Schlechtwetterklüver‹ auszutauschen. Jeffrey, der erschreckend still oder still vor Schreck wirkte, hielt sich am Geländer (›Reling!‹) fest, um das Gleichgewicht zu halten. Vera hockte auf ihrer Arschkante und fluchte vor sich hin, während sie die Ruderpinne betätigte, weil Dick einen Balanceakt im Bug hinlegte, um die Schäkel und Klampen oder was auch immer zu lösen und dabei Befehle vor sich hinplärrte. »In den Wind, Vera!... Laß das Hauptschot luven, während ich diesen verdammten Klüver auseinanderfalte!... In den Wind! In den Wind!... Laß nach! Laß nach!... Entsetzlich!... Wunderbar!... Du baust Scheiße!... Prima gemacht!«

»Könnte ich vielleicht unter Deck gehen und die Toilette benutzen?« fragte ich Vera, deren Augen auf den Horizont geheftet waren, während sie die Ruderpinne bediente und versuchte, sich nach dem zu richten, was mir als ein Schwall widersprüchlicher Befehle vorkam. »Ich glaube, ich habe es wirklich dringend nötig.« Hmmm. Vielleicht kotze ich bei der Gelegenheit auch gleich ganz unauffällig.

»Na, dann gehen Sie schon, aber lesen Sie die Anweisungen an der Tür ganz genau durch«, fauchte Vera. Was? Mußte man mir jetzt schon erklären, wie man uriniert?

Dick wankte zum Cockpit zurück, als ich gerade die drei steilen Stufen nach unten wankte. Als ich erst unter Deck war, fürchtete ich mich noch mehr vor dem wüsten Krängen, das wir durchmachten. Es kam mir vor, als seien wir am Rande des Kenterns, obwohl Dick und Vera mir versichert hatten, daß uns auf der stabilen Tartan keine derartigen Gefahren drohen konnten. Unsere Schlagseite schien einen Neunziggradwinkel zum brausenden Meer auszumachen, aber ich hatte mir versichern lassen, daß uns etwas Derartiges nicht zustoßen konnte. (Die optische Täuschung war allerdings ziemlich echt.) Ich taumelte durch die Küche (›Kombüse!‹) zum Klo und machte die Tür auf. Nein, nicht das noch!

Durch das Bullauge war nur Wasser zu sehen – der Winkel war grotesk. Durch das Bullauge auf der gegenüberliegenden Seite, in der Kombüse, konnte ich nur Himmel sehen! Trotz meines Entsetzens las ich die Anleitung für die Klospülung auf der Innenseite der Tür, und ich stellte augenblicklich fest, daß mein IQ dieser Aufgabe nicht gewachsen war. Ich war so nervös, daß ich mir keine Vorstellung davon machen konnte, wann ich den Pumphebel nach OBEN ziehen, wann ich damit PUMPEN und wann ich darauf achten sollte, daß er auf UNTEN stand, und wie ich die verfluchte Toilette füllen oder leeren sollte, in die ich bei all diesem Tumult auch noch zielen sollte.

»Lesen Sie die Anweisungen aber auch wirklich genau durch!« rief mir Dick von oben zu, um dem Rat seiner Frau Nachdruck zu verleihen. »Sie überfluten das Boot, wenn Sie den Pump...«

Die nächsten Worte konnte ich nicht verstehen. Ich hatte es eilig. Die Bedienungsanleitung hatte Zeit. Ich schloß die Tür, als Dick gerade lautstark erklärte, wie er uns ›auf einem straffen Zickzackkurs halten‹ würde. Ich versuchte, in dem engen Raum das Gleichgewicht zu behalten und gleichzeitig meine Hose runterzuziehen. Keine geringe Aufgabe, wenn man von einer sperrigen Schwimmweste behindert wird! Ich hatte die Tür nicht abgeschlossen, und im Rhythmus der Bewegungen des Boots schwang sie auf und knallte zu, aber das war mir egal. Ich wollte es nur noch hinter mir haben. Sobald meine Hose unten war, kauerte ich mich möglichst exakt über die Toilette und hielt mich an dem Griff in der Wand fest, der zweifellos für genau diesen Zweck da war. Mit einer Mischung aus Angst und Erleichterung ergoß ich mein Innerstes nach außen, wo bei ich ständig beinah in die Toilette oder aus der Tür fiel. Meine Hose hing noch auf meinen Füßen, als ich noch einmal versuchte, die Bedienungsanleitung an der Tür zu interpretieren. Ich zog den Pumphebel nach oben. Aber falls ich im Irrtum sein sollte, wären die Auswirkungen zu immens gewesen. »Hilfe!« rief ich daher schließlich und versuchte, gleichzeitig meine Hose hochzuziehen und das Wasser und die Pisse davon abzuhalten, daß sie über den Rand der Kloschüssel schwappten. »Hilfe!«

»Ich komme schon!« rief Jeffrey, der hoffentlich in einer Streßsituation Anweisungen besser verstand als ich. Ich versuchte, meine Hose mit einem Ruck hochzuziehen, aber es gelang mir nicht rechtzeitig. Jeffrey erschien mit weitaufgerissenen Augen, aber einsatzbereit (ein bißchen wie ein fünfzehnjähriger Gynäkologe) und pumpte die Kloschüssel leer, während wir auf dem engen Raum zusammenstießen. »Sehen Sie?« sagte er. »Man muß aufpassen, daß der Hebel unten ist – so – weil sonst weiterhin Wasser durch das geöffnete Ventil strömt.«

»Danke«, murmelte ich und versuchte, mich mit meiner freien Hand zu bedecken (die andere hielt den Haltegriff umklammert).

Plötzlich zog Jeffrey seinen Reißverschluß auf. Na so was, er mußte doch nicht etwa auch? Doch, es schien so, aber das war nur der Anfang. Als er seine eigene flüssige Ausscheidung runtergespült hatte, entschuldigte er sich und packte mich am Hintern.

»Alles unter Kontrolle?« rief Dick vom Cockpit.

»Ja, das kann man behaupten!« rief Jeffrey zurück und fuhr mit einer Hand zwischen meine Beine. »Ich hoffe, du hast nichts dagegen«, keuchte er. »Mit dieser riesigen orangen Weste und nichts darunter bist du einfach unwiderstehlich.«

Ich verlor das Gleichgewicht und fiel auf die Toilette, aber er machte weiterhin an mir rum, und bei seinen Bemühungen war ihm seine eigene Jacke im Weg. Das Boot kippte, und ich wurde vornüber geworfen, auf ihn zu. Wir kugelten durch die Tür, und ich fiel auf ihn. Er quetschte meine Schenkel und stieß sie auseinander, um in den Hafen einzulaufen, während unsere Schwimmwesten den Körperkontakt verhinderten, den man gewöhnlich mit Intimitäten dieser Art assoziiert. Wir wälzten uns auf dem engen Platz zwischen dem Klo und der Speisekammer auf dem Boden und rückten zentimeterweise zu dem vollgestopften vorderen Schiffsraum (›Lager!‹) vor. Meine Angst um mein Leben und Jeffreys energische Manöver waren eine Kombination, die zu einem ungewöhnlichen, aber prickelnden Erlebnis führte. Irgendwann saß ich schließlich auf ihm, und meine Hose hing von einem meiner Füße. Wir waren halb im Lager und halb draußen, und sein Mast war halb in meinem Cockpit und halb draußen (die Umstände machten ein Reinstecken so schwierig, daß es schon deshalb provozierend war), als mich Vera mit ihrer Anwesenheit überraschte. Mein Rücken war den Stufen, die unter Deck führten, zugewandt, und ich hörte die leisen Tritte ihre Leinenschuhe erst, als sie fast neben uns stand. »Ihr seid mir ja zwei schöne Maate!« rief sie mit einem Anflug des unkomplizierten Charmes, den sie in dem alten Chevy gezeigt hatte.

Soviel zur Romantik auf offener See.

Wir waren bald wieder seetüchtig, angezogen und auf Deck und nahmen unsere mit Salami und Roastbeef belegten Brote zu uns (bis auf Jeffrey, dessen stürmischer Orgasmus seine Schattenseiten hatte – Jeffrey war auf Halbmast und kotzte über Bord. Dick: »In den Wind, verdammt noch mal, sonst kriegst du alles ins Gesicht!«).

Dick stand wieder am Steuerruder. Er schaltete von Autopilot aus um und nahm die Rolle des Diktators wieder an, indem er Vera rügte, weil sie Kartoffelchips auf sein kostbares Deck und vielleicht gar in seine kostbare Bilge gekrümelt hatte. Sie nuschelte einen gesalzenen Fluch vor sich hin, wenn auch in dem unterwürfigen Ton, der sich für ihren Rang schickte.

Eine Zeitlang segelten wir heiter und mühelos dahin, milde Warmluft blähte die Segel, der sommerliche Meergeruch umgab uns von allen Seiten, und die sachten Wellen unseres Kielwassers beschwichtigten meine Angst vor dem Tod und vor Quallen und Jeffreys verkorkstem Magen. Jedenfalls so lange, bis wir vor der Nordküste von Shelter Island fast mit einer Fähre, die gerade ihren Pendelverkehr nach Greenpost aufnahm, zusammenstießen. Zu dem Zeitpunkt hielt ich die Ruderpinne, während Dick mir auf die Weise, die sich für einen Fregattenkapitän schickte, einen Vortrag darüber hielt, wie man die Segel luvt, und dabei das Großsegel reffte. Vera stand am Bug, und ihr flachsblondes Haar flatterte wie die Bänder (›Wollfäden!‹) hoch oben am Mast, und plötzlich rief sie mir unerschütterlich die Warnung zu, ich solle der näher kommenden Fähre ausweichen. Diese schlichte Äußerung schien mich jeder Fähigkeit zu berauben, meinen Verstand zu benutzen, und als Dick Befehle von sich gab, rührte ich keinen Finger.

Er sprang runter ins Cockpit und riß mir die Ruderpinne aus der Hand. »Du bringst es noch soweit, daß wir nicht mehr wenden können!« brüllte er. »Leewärts! Leewärts!«

Meuterei. Ich eilte (runter!), durch die (Küche!) und in den (kleinen Vorraum!) und kauerte mich dort wütend und verängstigt zusammen.

Als die Katastrophe abgewendet war und wir die Fähre umschifft hatten, bat Dick um Verzeihung für seine Ungeduld (genauer gesagt: Jeffrey entschuldigte sich in seinem Namen und, wie sich herausstellte, ohne sein Wissen), und ich kam wieder auf das Deck und war für den Rest der Rückfahrt verletzt und aufgelöst.

Die Schiffsuhr läutete zweimal, als wir in den Stand in New Suffolk einliefen. Ich schmummelte und sah auf meine Armbanduhr. Es war fünf Uhr. Nach einer halben Stunde Zwangsarbeit – Bootsreinigung, Seite festziehen, über Deck alles in Ordnung bringen und nachkontrollieren – war unsere kleine Gesellschaft bereit, alles im Fischereihafen wiedergutzumachen.

Dick, der von seiner Rolle als Kapitän erlöst war, konnte wieder die Fassade des gutgelaunten und umgänglichen Menschen um sich errichten, die seinen Freunden und Kollegen so vertraut war. Auch Vera konnte somit ihre wohltuende Ruhe wiederfinden. Unsere Mahlzeit erwies sich als gesellschaftlicher Waffenstillstand und Zumutung für den Gaumen. Meine Gefühle waren erschlafft und unbeteiligt, meine Muscheln zäh.

Die Hubbards setzten mich vor meinem Haus ab und warteten auf Jeffrey, der mich zur Tür begleitete.

»Sehen wir uns morgen?« fragte er und strich über den Bart. »Ich könnte mit meinem Taxi vorbeikommen, und Sie könnten anfangen zu arbeiten, sobald wir uns über den Vorschuß und die Prozente geeinigt haben.« Er fühlte sich mit Sicherheit an Land wohler, beim Spiel mit dem Feuer, seiner Pfeife, die wieder einmal genüßlich zwischen seinen Zähnen klemmte.

»Wissen Sie – Sie haben etwas darüber gesagt, daß man Geschäfte und Vergnügen auseinanderhalten sollte?« sagte ich. Ich strich mein salzverkrustetes Haar aus meinen brennenden Augen.

»Ja?« sagte er lächelnd und nahm meine Hand gütigst in seine.

»Vergessen wir das mit dem Vergnügen. Belassen wir es bei den Geschäften.«

Die sexuelle Erfahrung, die ich an Bord unseres Narrenschiffs gemacht hatte, war dem Thema Selbstverwirklichung in etwa so unangemessen, daß kaum eine Steigerung möglich erscheint. Geistlosigkeit war, wie ich noch erfahren sollte, nicht die schlimmste Form von Bedeutungslosigkeit.

14. Kapitel

Jeffrey war äußerst entgegenkommend und erklärte sich einverstanden, es bei dem Geschäftlichen zu belassen, und gleich am Tag darauf wurde in der Mittagssonne auf der Rotholzterrasse meine Karriere lanciert, während meine Kinder fröhlich plapperten und der Rasenmäher meines Nachbarn surrte. Eigentlich glaube ich, daß Jeffrey *erleichtert* war, von der sexuellen Pflichterfüllung freigestellt worden zu sein. Während wir ein Glas Eistee tranken und eine weitere Verabredung trafen, zog er seine Brieftasche heraus und zeigte mir sechs oder sieben Fotos von seiner Frau, seinen Kindern und seinem kleinen Enkel, und in seine Augen traten Tränen, als er mir von ihren Alltagserlebnissen und Heldentaten berichtete und mehrfach betonte, daß keine der Fotografien auch nur einem seiner Angehörigen gerecht wurde. Er sagte, er sei kurzfristig von seiner Frau getrennt gewesen, aber aus seinem Verhalten ließ sich entnehmen, daß er die Ferien von daheim satt hatte und mit eingezogenem Schwanz auf dem Nachhauseweg war.

In den darauffolgenden Tagen arbeitete ich wie eine Besessene. Meine Ehe sowie auch mein Tennisspiel waren in der Schwebe, in einer Art freundschaftlichem Stillstand begriffen. Stuart rief gelegentlich an, um sich nach einem Kontoauszug zu erkundigen oder nach der Gesundheit der Kinder zu fragen (Gott sei Dank hatte er meine mütterlichen oder finanziellen Fähigkeiten bisher nicht in Frage gestellt). Er hatte sich inzwischen die kleine Wohnung in Hampton Bays eingerichtet, und ich nahm an, daß er dort ganze Listen mit Zahlenkolonnen schrieb und Streitfragen aus dem Weg ging. Er schickte uns Unterhaltszuschüsse und Strandspielzeug für John und Laura, mit denen er gelegentlich zum Essen ging, aber wer konnte wissen, wann ihn ein Anwalt in die Finger bekam, der unsere geordnete Nicht-Beziehung in chaotisches Übelwollen verwandelte?

An dem ersten Wochenende, nachdem ich mit den Illustrationen für Jeffreys ungewöhnliche Geschichte mit dem Titel *Reise ins äußere Dilutien* begonnen hatte, rief Susan an. Ich hatte seit Wochen nichts von ihr gehört.

Susan hatte ausgerechnet durch mein Kindermädchen erfahren, daß ich mich von Stuart getrennt hatte. »Ich war schockiert«, sagte sie in einem Tonfall, der irgendwie nicht überzeugend klang. »Wie ist das gekommen? Warum hast du mir nichts gesagt?« Ihre Stimme klang zittrig und unsicher.

»Ich hatte viel zu tun. Tut mir leid, daß ich mich in letzter Zeit nicht gerührt habe. Wie geht es dir denn?«

»Brauchbar. Sehr brauchbar. Weshalb ich dich anrufe – ich weiß, es kommt dir sicher egoistisch vor – aber ich käme gern auf das Angebot zurück, das du mir gemacht hast – wann war das noch mal, im Juni? – für einen oder zwei Tage die Kinder zu nehmen.«

»Mit dem größten Vergnügen«, gurrte ich unwillig. »Kein Problem. Roger und du, ihr könnt Erholung gebrauchen.«

Pause. Dann: »Schon gut. Vergiß es. Das war nur so eine dumme Idee von mir.«

»Sei doch nicht albern. Wann bringst du Bobby und Bill vorbei?«

»Heute abend? Aber im Ernst...«

»Prima. John und Laura freuen sich sicher schrecklich.«

»Danke, Joan.«

»Das wird euch beiden guttun.« Ich dachte bereits darüber nach, womit ich Bobby Wirbelwind beschäftigen könnte, damit er nicht das Haus auseinandernahm. Vielleicht konnte ich ihn mit einem Vorrat an Brezeln und Malbüchern für zwei Tage versorgen und ihn an einen Bettpfosten binden...

»Bis nachher«, zwitscherte ich.

Plötzlich dämmerte mir, daß sie gar nicht weiter auf meine Trennung eingegangen war.

Am Sonntagabend war ich restlos erschöpft. Die Kinder waren endlich eingeschlafen, nachdem sie mit ihrem Hopsen die Sprungfedern ruiniert hatten. Ich saß barfuß in einem alten Bademantel in der Küche und blätterte eine Zeitschrift durch. Wo Susan bloß blieb? Sie hatte gesagt, sie käme am späten Nachmittag zurück. Es war bereits halb zwölf!

Es klopfte an der Haustür, und ich nahm an, daß sie es sein mußte. Ich eilte zur Tür und öffnete sie mit einem Lächeln. Das Lächeln erstarrte auf meinem Gesicht, und ich zog instinktiv den Bademantel dichter um mich.

»Oh, hallo, Roger.«

Roger trat die Tür zu und baute sich mit den Händen auf den Hüften vor mir auf. Er sah aus wie der Artischockenriese vor einer miesen Ernte.

»Du bist gekommen, um die Kinder abzuholen?« fragte ich und wich in meine Höhle zurück. Den Bademantel preßte ich immer noch schützend an mich.

Roger folgte mir in meine Höhle und sah mit funkelnden Augen unter gerunzelter Stirn auf mich runter. Die Mundwinkel seiner ohnehin dünnen Lippen waren heruntergezogen. »So, du hast es also endlich doch geschafft«, fauchte er und kam mir bedrohlich einen Schritt näher.

»Was? Was habe ich denn gemacht?«

»Du hast meiner Frau deine idiotischen Ideen in den Kopf gesetzt, das hast du getan!«

»Wovon redest du?«

»Weißt du, wo Susan das Wochenende verbracht hat?« Er nahm seine Hände von den Hüften. Seine Arme hingen wie Waffen an seinen Seiten. »Sie war mit deinem Mann zusammen!«

Es erstaunte mich, daß die Vorstellung nicht schmerzhaft war, daß meine innere Scheidung von Stuart so endgültig war. »Und daran soll ich schuld sein? Was für Ideen habe ich ihr denn in den Kopf gesetzt, damit es dazu kommt?«

»Ich weiß, daß sie mit dir darüber geredet hat, sich Arbeit zu suchen und sich unabhängig zu machen – über diesen ganzen Emanzipationsquatsch.«

»Bleib auf dem Fußboden«, sagte ich. »Warum setzt du dich nicht? Magst du vielleicht eine Tasse Tee?« Die Frage kam mir selbst unangebracht vor, aber es gab keinen Präzedenzfall für diese Situation.

Er setzte sich. Ich folgte seinem Beispiel. »Woher *weißt* du von Stuart und Susan?« fragte ich.

»Weil sie gerade nach Hause gekommen ist und es mir erzählt hat. Daher.«

Die Zuverlässigkeit der Informationsquelle stand somit außer Frage. »Willst du jetzt eigentlich eine Tasse Tee?«

»Nein.«

Es folgte eine Gesprächspause, in der mir klarwurde, daß ich schlampig aussah, und ich störte mich sowohl an der Tatsache, als auch daran, daß es mich störte.

»Erst hat sie Angst, daß ich sie sitzen lasse«, sagte er. »Im nächsten Augenblick muß sie aus dem Haus gehen und sich auf ihre eigenen Füße stellen, weil sie zu abhängig von mir ist. Dann heult sie wieder und behauptet, daß ich sie als Frau nicht aufregend finde und daß es sie vielleicht in meinen Augen aufregender macht, wenn sie sich eine Stelle sucht oder wieder studiert. Geht dir jetzt ein Licht auf?«

»Das klingt nur, als sei sie unglücklich und verwirrt.«

»Dafür bist du zuständig«, sagte er. »Wenn ich ihr dann sage, daß das nicht stimmt, daß ich sie so liebe, wie sie ist, dann sagt sie, sie sollte sich vielleicht trotzdem eine Stelle suchen. Wegen ihrer Selbstachtung oder sonst so ein Blödsinn.«

Mein Blick fiel in die aufgeschlagene Zeitschrift und auf eine Werbung für Strumpfhalter, und ich schloß sie instinktiv. »Wie hast du ihr gesagt, daß du sie so liebst, wie sie ist? Indem du ihr erzählt hast, daß ihr zu kurz kommt, die Kinder und du, wenn sie sich Arbeit sucht? Ich bin sicher, daß du viel Mitgefühl an den Tag gelegt hast.«

»Woher zum Teufel willst du wissen, wie ich mich benommen habe?«

»Ich habe nur geraten.«

»Du hast ihr Flausen in den Kopf gesetzt. Dann bist du ihr und der gesamten weiblichen Welt mit einem großartigen Beispiel vorangegangen, indem du mit irgendeinem dahergelaufenen Dozenten bumst – das hat mir *Stuart* erzählt! Und um es auf die Spitze zu treiben, erzählst du ihm alles und läßt deinem Mann keine andere Wahl, als schleunigst das Haus zu verlassen. Was heißt das für ihn? Daß er sich ganz toll fühlt, oder? Tatsächlich ist er äußerst empfänglich für eine andere Frau! Und was meinst du wohl, wer das ist? Richtig. Susan. Du hast es alles wahrgemacht, Baby. Ich bin nur gekommen, um dir zu danken.« Er legte seine Hand auf meine.

Ich wollte meine Hand wegziehen, aber er hielt sie fest. »Roger. Um Himmels willen. Glaubst du denn wirklich, daß deine Untreue nichts mit ihrem Unglück, mit ihrer... Untreue zu tun hat?«

Er ließ meine Hand nicht los. »Meine *was*? Sie hat dir erzählt, daß...«

»Sie war sehr unglücklich.«

»Wie kannst du das vergleichen? Schließlich...«

»Deine... Seitensprünge... und ihr Ehebruch haben nach deinen Spielregeln nicht dieselbe Punktzahl, so ist es doch? Und somit hat sie sich nicht an die Spielregeln gehalten, oder?«

»Verdammt noch mal!« Er war aus dem Konzept gekommen.

»Sieh mal, Roger«, sagte ich, »darf ich dir etwas sagen? Sue ist anders als ich. Ich bin sicher, daß sie diese Untreue nur in ihrer Verwirrung begangen hat. Sie liebt dich so sehr, daß sie dich bisher wahrscheinlich nie betrogen hat. Meine Affäre mit... dem Dozenten... war aufschlußreich. Ich habe mich zum erstenmal nicht selbst betrogen.«

Roger starrte mich ungläubig an. »Sprichst du so mit Susan?«

»Bist du prüde, Roger?«

»Daß du es nicht bist, ist bekannt.«

Er stand vom Tisch auf, ohne meine Hand loszulassen.

»Was hast du vor?«

Er zog mich weiter in die Höhle hinein. »Komm schon.«

Ich wich keinen Zentimeter. »Hör mit dem Unsinn auf. Weißt du, was du tust? Du willst keine Verantwortung dafür auf dich nehmen, daß etwas schiefgegangen ist. Glaubst du, du bringst dein Leben ins reine, wenn du mir meinen Platz zuweist?«

Er zog mich einen Schritt weiter. »Komm.«

»Nein.«

»Soll ich die Kinder wecken?«

»Das täte ich nicht«, sagte ich.

»Bist du sicher?« Mit der freien Hand griff er in meinen Bademantel. Ich versuchte, seine Hand von meinem Busen zu entfernen, aber er war zu stark.

Er kniff mich in die Brustwarze, und ich schrie vor Schmerz auf. Dann ließ er meinen Busen los. »Du willst doch nicht, daß ich dir wehtue, oder?« Aus seiner maskulinen Geringschätzung der Frauen erwuchs das Bedürfnis, das schwache Geschlecht zu beschützen. Ich hatte gesehen, daß er Susan wie ein kleines Kind behandelt hatte. Ich erkannte ein erstes flüchtiges Anzeichen von Gewissensbissen auf seinem Gesicht. »Ich nehme dich heute nacht, Joan. So oder so. Möchtest du vielleicht, daß ich dich knebele? Dich festbinde?«

»Nein.«

Wir rangen miteinander, als er versuchte, mir meinen Bademantel runterzureißen.

»Nimm deine Pfoten von mir!« Ich hatte das Gefühl, ich würde meine Selbstbeherrschung verlieren. Die Berührung seiner Hände war widerlich.

Ich zog den Bademantel dicht um mich, als er mich losließ, um seinen Reißverschluß aufzuziehen. Beim Anblick seines anschwellenden Glieds, das nichts mit Lust zu tun hatte, geriet ich in leichte Panik.

Von der Körperkraft her konnte ich es nicht mit ihm aufnehmen. Ich mußte etwas unternehmen. Zu meinem eigenen Erstaunen hörte ich mich sagen: »Du bist doch nicht beschnitten, oder?«

Stille.

Ich machte einen Doppelknoten in den Bindegurt meines Bademantels. »Was soll das, Roger? Was geht hier eigentlich vor?«

Er verbarg sein schlaffes Glied unter seinen Händen.

»Susan liebt dich. Geh nach Hause.«

»Ich will dich gar nicht, hörst du?« brummte er verlegen.

Als Roger mit seinen Kindern gegangen war, legte ich mich ins Bett und konnte nicht einschlafen.

Unter anderen Voraussetzungen hätte die Berührung von Rogers starken Händen angenehme Empfindungen in meinem Körper auslösen können. Ohne mein eigenes Wollen war es eine Verunreinigung gewesen. Das Besitzrecht an meiner eigenen Person, mein unveräußerlichstes Recht, war mir fast verlorengegangen und durch diese Gefährdung erst wirklich deutlich geworden.

15. Kapitel

Zwei Tage darauf rief Stuart an, angeblich, um mit John und Laura zu sprechen und sich mit ihnen zu verabreden, aber in Wirklichkeit, um vorzuschlagen, daß er und ich ›Rat einholen‹ sollten. Ich erzählte ihm von meiner Begegnung mit Roger und vermutete, daß er sich mehr als einen Deut dafür verantwortlich fühlte. In Verbindung mit seinem Wochenende mit Susan bewirkte das, daß die Bilanz für ihn aufging, und er war bereit, ein neues Konto zu eröffnen.

Er wollte mit mir reden, vorzugsweise an einem Ort, an dem uns niemand kannte und störte. Aus psychologischen Gründen schlossen wir das Haus und seine Wohnung aus. Ich schlug das Earl vor, eine Bar mit Restaurant in Easthampton, neutraler Boden. Er war einverstanden.

Ich war ein paar Minuten zu früh da und ergatterte uns einen Zweiertisch – den letzten leeren. Das Lokal brodelte bereits vor Menschen und guter Laune, den Lauten allgemeinen Wohlergehens und schallendem Gelächter, das auf Witze folgte, die gut aufgenommen wurden. Die Clique der jugendlichen Touristen hing an der Bar herum. Neue Bekanntschaften wurden geschlossen und alte wieder aufgewärmt. Freundschaftliche Gespräche, Bestellungen für Essen und Getränke und die Vorstellungen von Neuhinzugekommenen schwirrten durch den Raum, der durch die niedrige Decke, die von Hängelampen von Tiffany beleuchtet wurde, größer wirkte. Eine Aura der Vertraulichkeit – das Lachen, die Liebe, die Levis – hing in der Luft. Nur ein Hauch von

Gehetztheit, ein Anflug von erzwungener Fröhlichkeit, schwang in der Selbstdarstellung, im Wettstreit mit.

Bei einem Mädchen in einem gebügelten Minirock bestellte ich eine Bloody Mary und bemühte mich, mich nicht isoliert zu fühlen. Am Nebentisch rührten zwei junge Frauen, die deplaziert und gequält wirkten, mit den Selleriestangen ihre Drinks um und sondierten ihre Lage mit vergeblichen Blicken durch das Lokal. Es tat mir in der Seele weh. Sie sahen beide aus, als seien sie berufstätig – möglicherweise Sekretärinnen – und hätten ihre Ersparnisse zusammengelegt, um eine Woche in den Hamptons zu verbringen. Wahrscheinlich hatten sie ihre Qualitäten – eine konnte eine vorzügliche Köchin sein, die andere ein gutes Zahlengedächtnis haben – Qualitäten, bei denen es eine Weile dauerte, bis jemand sie aufspürte und zu schätzen wußte. Aber hier hatte niemand Zeit, und es machte nicht den Anschein, als hätten die beiden ein Auftreten, das ihnen alle Türen öffnete. Gewiß, sie besaßen nicht die Schönheit, die ihnen die Liebe umsonst einbrachte. Eine hatte ein schlaffes Kinn, und die andere hatte schlechte Zähne und fahles Haar. Keine von beiden war von der Sorte, die über ihren Unvollkommenheiten steht oder ihre Unzulänglichkeiten überspielt.

Stuart kam, als die Kellnerin meinen Drink brachte. Er wirkte wie immer, gepflegt und ordentlich, im gängigen Sinne gutaussehend. Die beiden Mädchen bemerkten ihn und taten so, als hätten sie ihn nicht bemerkt.

»Du siehst gut aus, Stuart.«

»Danke. Du auch.« Er runzelte die Stirn. »Hier ist es extrem laut. Wie sollen wir uns denn hier unterhalten?«

»Ich höre dich gut.«

Nach Austausch der Höflichkeiten wurde das Essen serviert, und wir fingen an, uns ernsthaft zu unterhalten. »Vielleicht«, schlug er vor, während er ein Stück von seinem Hummer aufspießte, »wäre uns geholfen, wenn wir uns in einer solchen Ehekrise von jemandem Rat holen würden, der...«

»Willst du wirklich darüber diskutieren, warum ich...«

»Hör auf. Ich will nichts von deiner Unbesonnenheit hören, falls du damit anfangen willst.«

»Oh, Stuart, können wir uns denn nicht auf mehr als auf einen Waffenstillstand einigen?«

Stuart fixierte einen Punkt über meiner Schulter. Er hustete. »Ich bin gewillt, Hilfe zu suchen sowie auch zu einer eventuellen Wiedergutmachung beizutragen.«

»Wir sind offiziell Mann und Frau und nicht zwei feindliche Länder«, seufzte ich.

»Wie würden deine Forderungen lauten, Joan?«

»Forderungen? Ich habe keine. Das ist keine Frage der Pragmatik.« Mein Essen sah unappetitlich aus. Ich legte meine Gabel hin.

»Wenn du nur diszipliniert gewesen wärst. Dein In-den-Tag-hinein-Leben geht mir total gegen den Strich, Joan. Außerdem bin ich sicher, daß die Kinder völlig durcheinander sind.«

»Sie sind durcheinander. Aber nur ein bißchen. Die beiden kommen recht gut klar. Wirklich.«

Stuart hatte sich über sein Essen gebeugt und spießte geistesabwesend Erbsen auf. Sein hübsches Gesicht blickte starr auf seinen Teller. In dem Moment schoß mir der Schnappschuß von Gil durch den Kopf, den ich geistig festgehalten hatte – Gil in seinem Morgenmantel, als er über die Notizen gebeugt war und ein nacktes Bein aus dem Bademantel ragte. Es traf mich wie ein Pfeil in meine Eingeweide. Nur unter Mühen gelang es mir, das Bild und den Schmerz zu unterdrücken.

»Ich weiß nicht, Stuart. Ich muß meine Orientierung wiederfinden. Du mußt mir Zeit lassen.«

»Bei diesem Krach kann ich kaum denken.«

Einem der Mädchen am Nebentisch fiel die Handtasche auf den Fußboden, und der Inhalt verteilte sich. Es war ihr peinlich. Ich sah Stuart an, als fände ich die Antwort auf eine Frage, wenn ich seine instinktive Reaktion auf diesen Zwischenfall beobachtete. Ich fand kein Mitgefühl. Ich fand Gereiztheit und … Arroganz. Ich hockte mich auf den Boden und half dem Mädchen, ihre Habe wieder einzusammeln.

Verständnis durch Beratung? Nein. Stuart wollte mich umerziehen. Er wollte mir einen Verweis erteilen lassen.

»Laß mir Zeit«, sagte ich später beim Kaffee noch einmal.

»Bis zum Semesterbeginn?«

»Ja.« (Oh, Susan, wenn wir uns beim Einkaufen vor dem Suppenregal wiedertreffen, dann wende dich nicht ab. Ich verstehe dich. Wir alle wollen es. Was wollen wir eigentlich? Wonach suchen wir? Es ist so vage.)

»Trinkst du noch einen Kaffee?« fragte Stuart.

Als ich aus dem Lokal kam, fühlte ich mich sehr allein. Ich wollte Gil sehen. Er würde durch den ganzen Kummer und Schmerz hindurchgreifen – das könnte er doch? –, und er würde ohne langes

Fragen berühren und trösten. Und wenn es nur für eine kleine Weile war? Alles Geschehene und alle Spielregeln vergessen? Er konnte – das konnte er doch? – über den Abgrund greifen, der mich so einsam machte.

Es war schon nach zehn, als ich an seine Tür klopfte. Das unschuldige Staunen in seinem Blick verwandelte sich schnell in Wachsamkeit. »Komm rein«, sagte er. »Wie komme ich zu dieser Ehre?«

Ich blieb in der offenen Tür stehen. »Ich wollte nur mal Hallo sagen.«

»Habe ich etwas vergessen? Eine Leinwand? Eine Tube Ölfarbe? Ich dachte, ich hätte dir alles zurückgebracht.«

»Laß das. Ich bin nur gekommen, um... Hallo zu sagen.«

»Na dann: Hallo.«

»Ich dachte... du hättest vielleicht... anrufen können?«

»Sieh mal, Joan, ich habe einen Mythos geschaffen. Er ist gesprengt worden. Ich dachte, du seist *mein*. Ich habe mich geirrt. Ich bin nicht auf Strafe versessen. Ich wollte post mortem vermeiden. Dir den Ärger ersparen. Willst du reinkommen?«

»Würdest du mit mir am Strand spazierengehen, ohne zu reden?«

Er stand mit der Hand auf der Klinke in der Tür. In der einen Armbeuge hatte sein Pullover ein Loch. »Wieso?«

»Ich bin niedergeschlagen und fühle mich einsam. Das ist alles. Kommst du mit?«

Er seufzte. »Ich bin schon wieder Mittel zum Zweck.«

»Bitte... kommst du mit? Keine Fragen? Keine Vorwürfe? Nur ein schlichter, einfacher Spaziergang?«

»Ohne Pullover wird dir kalt sein. Frierst du?«

»Nein... ja.«

»Wart einen Moment.« Er holte mir eins seiner Netzhemden. »Zieh das an.«

Wir fuhren in seinem Wagen zur Dune Road, ohne zu reden. Er parkte auf dem leeren Parkplatz vor dem Marlin, und wir gingen über die Straße, an der menschenleeren Uferpromenade des Clubs entlang und zum Strand hinunter. Es war Vollmond. Die Wellen glitzerten. Wir hatten unsere Schuhe auf der Uferpromenade stehenlassen. Der Sand war kühl.

Wir gingen nebeneinander am Strand entlang nach Westen und lauschten dem Meer. Als wir an eine Mole kamen, kletterten wir unabhängig voneinander darüber und hielten uns weiterhin am Rand des Wassers. Ohne zu sprechen.

Er blieb nicht stehen. Er griff schlicht über das Schweigen hinweg und nahm meine Hand. Beim Weitergehen wagte ich es nicht, zu seinem Gesicht aufzublicken. Nach kurzer Zeit schmiegten sich unsere Hände aneinander. Unsere Finger verwoben sich.

Wir kamen an eine zweite Mole und blieben stehen. Wir umarmten einander und sanken auf die Knie. Wir hielten einander fest, unsere Wangen berührten sich, und wir wiegten uns gemeinsam. Wiegten uns. Wiegten einander. Wer spendete hier Trost?

Wir legten uns in den kühlen Sand, kuschelten uns ganz dicht aneinander, rührten uns kaum, und der Atem des anderen streifte unsere Gesichter. Wir schlossen den Abgrund. Wir waren ohne Kuß zusammen und zogen beide Trost und Stärke aus der Nähe des anderen.

Ich weiß nicht, wie lange wir dort lagen, aber die Zeit steht nicht ewig still, solange man nicht tot ist. Schließlich sagte ich etwas. »Ich glaube, wir sollten zurückgehen.«

»Ja, das glaube ich auch.«

»Wie war diese Party eigentlich?« fragte er, als wir wieder zu seinem Haus fuhren. »Du weißt schon, die ich verpaßt habe.«

Warum nicht offen sein? »Na ja, wild war es schon.«

»Das dachte ich mir.«

»Man läßt den Vogel aus dem Käfig frei und... na ja... dann ist die Tür eben offen.«

»Und du hast auch gleich die Möwe Jonathan getroffen, und auf ging es, auf den höchsten Berggipfel?«

»Nein. Auf einem Berggipfel war ich nur mit dir.«

»Der Satz klingt gut, Joan. Nur sind wir weder Vögel noch Metaphern. Was du getan hast, hast du getan.«

»Und das Warum und das Wie spielt für dich keine Rolle, oder? Weißt du was? Du bist wirklich ein reiner Mensch. Du würdest einen großartigen Heiligen abgeben. Aber als Priester wärst du lausig.«

Er parkte neben meinem Wagen. Ich stieg aus. Dann zog ich seinen Pullover aus und gab ihn zurück. Ich ging zu meinem Wagen. Er kam nach. »Kommst du nicht rein?«

»Lieber nicht«, sagte ich.

»Du fährst also nach Hause, zu dem... Mann und den Kindern?«

»Zu den Kindern. Der Mann ist ausgezogen.«

»Ein Melodrama. Sie fleht ihn unter Tränen an zurückzukehren, die Kinder hängen an ihrem Schürzenband, der Braten verbrennt, das...«

»Gil. Hör auf.« Ich fand meine Wagenschlüssel. »Können wir nicht warten? Vorerst gar nichts tun und abwarten?« Ich schloß die Wagentür auf.

»Deine Beziehungen sind mir zu verzwickt.«

»Tut mir leid.« Ich stieg ein.

Er hämmerte gegen die Scheibe. »Kriege ich kein Stück vom großen Kuchen ab?«

Ich ließ den Motor an.

Er donnerte gegen die Scheibe. »Es tut mir leid! Steig um Himmels willen wieder aus!«

Ich wollte nicht über mich verfügen lassen. Ich wollte mir nichts vorschreiben lassen. Ich wollte – ich konnte – kein Stück Frachtgut werden. Ich würde nicht den Mund halten und mich für Stuart totstellen. Ich würde nicht das kinderlose Aschenbrödel für Gil spielen.

Ich fuhr rückwärts aus der Auffahrt, und Gil trat zur Seite. Ich sah ihm nicht ins Gesicht. Ich hatte Angst davor.

Ich kannte meine Grenzen.

16. Kapitel

Wenn ich nach unserem Spaziergang am Strand mit Gil geschlafen hätte, wäre es schwierig gewesen, wieder zu gehen, und ich wußte, daß ich gehen mußte. Die Männer, mit denen ich seit der Verkündung meiner Unabhängigkeit ins Bett gegangen war, waren eine bloße Zerstreuung. Die Männer, die ich entweder durch meinen Job bei Harrison oder auf den diversen Partys kennenlernte, die ich aufsuchte, nahmen mir nichts von meiner Fähigkeit, als unabhängige Frau zu existieren. Als Gil in mich eingedrungen war, hatte er meinen Körper bewohnt, und wir hatten gemeinsam darin gelebt. Alle anderen mieteten ein Zimmer im Erdgeschoß eines Hauses, dessen Vermieterin ich war. Mit Logiergästen konnte ich umgehen.

Das Malen war mehr als eine Zerstreuung. Es verschlang Energien und seelische Kräfte und gab mir beides in höherem Maße zurück.

Jeffrey hatte sich nicht getäuscht. Sally Nelson gefielen meine Ölbilder, und sie bat mich, bei ihrer nächsten Ausstellung im August mitzumachen und gemeinsam mit zwei anderen ortsansässigen Künstlern auszustellen. Im Moment fiel über meine Freude der

Schatten, keinen Liebhaber zu haben, mit dem ich sie teilen konnte. Ich formte und *erlebte* das Wesen meiner Einzigartigkeit.

Am Morgen nach der Vernissage ging ich in die Galerie, um mit Miß Nelson über den Erfolg der Ausstellung zu reden. Sie telefonierte gerade in ihrem Büro, und während ich noch auf sie wartete, schlenderte ich zwischen den Ausstellungsstücken herum und versuchte, mich in die Rolle eines außenstehenden Touristen zu versetzen. Ich betrachtete gerade von der anderen Seite des sonnigen Raumes aus eine meiner Arbeiten und bemerkte überrascht meine eigene Bewunderung dafür, als Susan in mein Gesichtsfeld trat. Ich hatte nicht mehr mit ihr gesprochen und sie nicht mehr gesehen, seit sie an jenem verhängnisvollen Wochenende Bobby und Bill bei mir abgeliefert hatte.

Sie hob unbeteiligt die Hand, als ich auf sie zueilte. »Sieh mal, wie mir die Katze mitgespielt hat«, stammelte sie. Sie breitete die Arme aus, um sich vorzuzeigen. »Ich dachte, ich hole mir ein Autogramm. Joan *Wolf*, so heißt du doch?« Sie hatte getrunken.

»Ich freue mich, daß du gekommen bist.«

»Ich bin gekommen, um mir diese *fantastischen* Bilder anzusehen!« Sie holte zu einer großen Geste aus und taumelte beinahe rückwärts in ein Bild. Sie drehte sich um, um es zu begutachten. »Sag mal, das ist ja großartig! So ein kolossales Ding und nur ein ganz kleines Autogramm in der Ecke da unten! Das nehme ich. Wieviel kostet es?«

»Vielleicht solltest du es dir noch mal über...«

»Ich will das Bild. Wieviel kostet es?« Sie fummelte in ihrer Tasche rum.

Mittlerweile war Sally Nelson aus ihrem Büro gekommen. Sie glättete ihr ohnehin schon ordentliches graues Haar, strich es hinter die Ohren und kam auf uns zu. »Kann ich Ihnen behilflich sein?«

Susan deutete mit dem Finger auf den Kopf eines der Tanzenden. »Sind Sie die Galeristin? Was kostet das da?«

»Ja. Das Gemälde kostet achthundert Doll...«

»Gekauft!«

Susan setzte sich auf die Bank. Sie hatte ihr Scheckheft inzwischen gefunden. »Hat jemand was zum Schreiben?«

Miß Nelson sah mich an, zog die Augenbrauen hoch und holte einen Stift.

»Bist du sicher, Susan?« fragte ich. Ich legte meine Hand auf ihren Arm.

»Ich will es haben.«

Der Schreiber wurde ihr gebracht, und sie schrieb einen Scheck aus, riß ihn mit kühnem Schwung aus ihrem Scheckheft und gab ihn Miß Nelson, die ihn kontrollierte.

Susan stand auf und stellte sich vor das Gemälde – wie sehr ich darum gekämpft hatte, das Blau genau so hinzukriegen – und wollte es abhängen. Ich lief zu ihr, um sie davon abzuhalten. »Nein, nein. Es bleibt hängen, bis die Ausstellung vorbei ist.«

»Wie professionell! Klebt jemand einen roten Punkt hin, wenn ich bitten darf?«

Während ich das Bild wieder geraderückte, dachte ich daran, wie es bei Gil auf der Staffelei gestanden hatte, tagelang verlassen und unvollendet, weil ich keinen Ausweg aus dem Gewirr der Linien im oberen linken Quadranten gefunden hatte.

»Wohin willst du es denn hängen?« fragte ich, als Susan wieder Ordnung in den Inhalt ihrer Handtasche brachte. »In dein...«

Susan sah verblüfft zu mir auf. »Soll das ein Witz sein?« schrie sie. »Ich werde das verdammte Ding *verbrennen*!« Sie knallte ihre Tasche zu. »Wie findest du *das*?«

Es traf mich wie ein Hieb in der Magengrube. »Nein!«

»Jetzt gehört es mir. Ich kann damit machen, was ich will. »Sie drehte sich zu Miß Nelson um, die mit offenem Mund dastand. »Würden Sie es mir bitte in Geschenkpapier einpacken?« Sie fing an, hysterisch zu lachen.

Ich baute mich vor dem Bild auf.

»Wo ist bloß diese verfluchte Toilette?« äußerte sie fast unhörbar, als sie wieder Luft bekam.

Miß Nelson brachte sie zur Tür. Ich stand als uneinnehmbare Festung da.

Miß Nelson kam zurück. »Wer ist diese Frau?« fragte sie. Ich konnte nicht antworten. »Keine Sorge. Sie wird es nicht nehmen«, sagte Miß Nelson.

»Zerreißen Sie den Scheck!« sagte ich.

»Das soll sie selbst tun.«

»Ich muß mit ihr reden!« Ich rannte zur Damentoilette; ich war zum Gefecht mit einer Frau bereit, die durchgedreht und feindselig war. Ich riß die Tür auf. Angriffsbereit.

Susan kauerte in einer Ecke und sah auf den blitzenden weißen Kacheln wie ein Haufen Schmutzwäsche aus. Ein unerträglicher Geruch strömte mir entgegen. Die Kotze rann an ihrer Bluse herunter und bildete einen kleinen Teich auf ihrem Rock. »Susan, oh, Susan!«

»Bring mich nach Hause«, wimmerte sie.

Sally Nelson steckte den Kopf durch die Tür und schnappte nach Luft.

»Gehen Sie, bitte«, sagte ich.

Ich machte das Fenster auf. Ich zog ihr die Bluse von ihrem reglosen Körper und machte sie mit Papierhandtüchern und Wasser sauber. Ich versuchte, mit den restlichen Papierhandtüchern ihren Rock zu säubern. Dann brach ich eine frische Rolle Toilettenpapier an und machte eine Handvoll davon naß. Ich preßte das kalte, nasse Papier gegen ihre Stirn, wischte ihr das Gesicht ab. »Susan. Was du machst!«

Ich nahm sie in den Arm.

»Bring mich nach Hause.«

»Komm.« Ich half ihr auf die Füße und zog ihr die Bluse wieder an. Sie sah furchtbar aus. »Schaffst du es bis zu meinem Wagen? Er steht direkt vor der Tür.«

»Ich weiß nicht.«

»Versuch es.«

Wir wankten aus dem Raum. Als wir an Miß Nelson vorbeikamen, sagte ich: »Ich bringe meine Freundin nach Hause.«

»Selbstverständlich. Brauchen Sie Hilfe?« Sie zerriß Susans Scheck.

»Nein.«

Wir schafften es bis zum Wagen. Ich schnallte sie an. »Du siehst wirklich furchtbar aus«, sagte ich in der Hoffnung, sie würde eine gewisse Situationskomik darin sehen, obwohl ich selbst keine sah.

»Ja, ich weiß«, seufzte sie.

Auf der ganzen Fahrt zu ihr ermahnte ich sie, sich zusammenzureißen. Ich versuchte, auf irgendeine Weise zu ihr durchzukommen, bot ihr in jeder Hinsicht Hilfe an – auf *welche* Weise? – und bat sie, sich ins Gedächtnis zurückzurufen – zurückzurufen? vielleicht doch eher *finden* –, daß sie eine gewisse Selbstachtung hatte. »Willst du mit zu mir kommen?« fragte ich. »Das machen wir, ja? Magst du reden?«

»Bring mich nach Hause.«

Ich parkte den Wagen in ihrer Auffahrt. »Wegen deines Wagens – ich fahre dich morgen nach Bridgehampton – wir holen ihn ab. Einverstanden?«

»Nein. Roger wird … NEIN!«

»Dann rufe ich dich morgen...«

»Nein.«

Sie wollte mich nicht. Die Krise hatte uns auseinandergebracht. Mehr als nur unser gemeinsames Tennis hatte ein Ende gefunden.

17. Kapitel

Im Lauf des August lud mich Zenia mehrfach in das Haus ein, das ich ihr und ihren Freunden besorgt hatte, aber ich war zu beschäftigt, und wenn ich es nicht war, behauptete ich es zumindest. Diesmal glaubte ich allerdings, andeutungsweise eine spielerische Drohung aus ihren Worten herausgehört zu haben.

»Willst du nicht die Fotos abholen, die wir zusammen gemacht haben, Joan, meine Süße?« sang sie mit ihrer hohen, hauchenden Stimme. »Auf den zweiten Blick sind sie wirklich recht gut. Und was glaubst du wohl? Der *Playboy* bringt ein Feature von mir!«

War das nur eine List, um mich rüberzulocken, damit sie es noch einmal bei einer ihrer umstrittenen Eroberungen probieren konnte? Hatte sie etwa vor, diese Fotos zu veröffentlichen? Mein Vater, der allmonatlich das Schicksal herausforderte, indem er eine Ausgabe des Playboy durchblätterte, hätte diese Ausgabe mit Sicherheit nicht überlebt! Und was, wenn mich einer von Johns und Lauras frühreifen Klassenkameraden erkannte? Wollte ich in einem klammheimlich erstandenen Heft herumgereicht werden?

Ich entschloß mich, es nicht darauf ankommen zu lassen. Ich fuhr noch am selben Abend mit der Absicht zu Zenia rüber, mich davon zu überzeugen, daß ich nicht mit einer Hand, die eifrig in Zenia forschte, veröffentlicht würde, komme, was mag.

Es war ein warmer Abend mit lauem Wind. Das Haus, das Zenia und ihre Freunde für einen Monat gemietet hatten, war ein großes, altes, mehrgiebliges Ding in South Bay. Es lag leicht zurückgesetzt an einer schmalen Seitenstraße und war von ungepflegten Hecken eingerahmt und in Fingergras und Löwenzahn gebettet. Auf einer Seite des Hauses quietschte eine Reihe von leeren Schaukeln in der Brise, die von der Bucht wehte.

Das Haus war zwar das größte an dieser ruhigen Straße, aber es war nicht protzig. Die graue Farbe blätterte von den Schindeln ab, und mindestens zwei Fensterscheiben im zweiten Stock hätten erneuert werden sollen. Es war ein großes, freundliches Haus in einer kleinen Stadt und sah doch so aus, als hätte es einmal zwei sympathische Gespenster beherbergt.

Während der Schulzeit knarrte das Haus unter den stapfenden Schritten kleiner Kinder, die freudig im Lernprozeß steckten. Als progressive Tagesstätte für Kinder, die von einem jungen Ehepaar geleitet wurde, dem auch das Haus gehörte, beide staatlich geprüfte Lehrer mit bescheidenen Ansprüchen, war *Les Elèves* als Mietobjekt für den Sommer ein weißer Elefant. Um das Haus den Sommer über vermieten zu können, hatte das Ehepaar ein paar Zimmer im oberen Stockwerk mit Möbeln von diversen Flohmärkten und vom Sperrmüll als Schlafzimmer eingerichtet. Das Haus hatte weder einen Swimming-pool noch einen Tennisplatz, und es lag auch nicht am Meer. In den umliegenden Häusern wohnten Ortsansässige, ältere Bürger, die das Eindringen der großstädtischen Sitten, Gruppenaktivitäten und ganz generell alle Jugendlichen fürchteten. Sie beschwerten sich über den Lärm der Schulkinder, und im Sommer hatten sie etwas gegen die Hippies. Das Ehepaar, Eltern und zugleich Lehrer, waren Gemeindemitglieder und hatten die Klagen mit ausdauerndem Lächeln hingenommen.

Ich wußte nicht, mit wem Zenia das Haus bewohnte. Ich hatte ihr gesagt, daß der Bezirksausschuß keine ›WG‹ duldete. Sie hatte beleidigt die Nase hochgezogen und mir mitgeteilt, ihre Freunde könnten sich zwar kein kostspieliges Mietobjekt leisten, aber sie seien durchaus ehrbare Bürger. Das Haus war im Juli nicht vermietet gewesen, und da sich auch für den August voraussichtlich keine Mieter finden lassen würden, hatte ich ihr das Haus mit gewissem Zagen überlassen.

Ich ging über die breite, hohlklingende Holzveranda zur Haustür. Eine kleine, sommersprossige junge Frau machte mir die Tür auf. Sie trug gelbe Shorts und ein gelbes Oberteil und kaute energisch auf einem Klumpen Kaugummi rum. Ein ganz ausgemachter Kommen-wir-zum-Kern-der-Sache-Typ. Ihr karottenrotes Haar, das in Kräusellöckchen um ihren Kopf flatterte, verstärkte diesen Eindruck. »Hallo!« erschallte ihre Stimme, und sie entblößte ihre strahlend weißen Zähne. »Sie müssen Joan sein. Kommen Sie rein.«

»Hallo. Ja, ich bin Joan. Ist Zenia zu Hause?« fragte ich, während ich an ihr vorbei ins Haus glitt.

Ich mußte warten, bis sich eine Blase gebildet hatte, größer geworden war, platzte und wieder vereinnahmt wurde; erst dann bekam ich eine Antwort. »Klar!« Mit einem Lächeln wandte sie mir ihre prächtigen Zähne zu.

»Und Sie sind...?«

»Entschuldigung. Pat McCarthy. ZENIA!«

Ich sah mich prüfend um. Der Teppichboden, eine gängige Meterware, die im ganzen weiträumigen Erdgeschoß verlegt worden war, war makellos. Die Fenster funkelten. Die Möbel waren abgestaubt. Ich war, offen gestanden, überrascht. »Hier sieht es ganz fantastisch aus«, sagte ich.

»Chris macht solche Sachen gut.«

Das konnte man behaupten. Ich fragte mich, ob sie donnerstags ihren freien Tag hatte. Jetzt kam Zenia mit ihren üppigen Brüsten, die ungehindert hüpften, die Treppe heruntergetänzelt. Sie trug einen äußerst knappen babyblauen Bikini, der sich gegen ihre dunkelschimmernde Haut absetzte. »Joan!« rief sie. »Ich wollte mich gerade unter die Dusche stellen. Ich war den ganzen Tag am Strand!« Sie umarmte mich, als sei ich eine Busenfreundin, was ich ihrer Ansicht nach vielleicht sein *sollte,* und kleckste ihren Schweiß auf mein sauberes weißes T-Shirt. Sie glänzte wie poliertes Mahagoni. »Ich liebe die Sonne.«

»Wo ist Chris?« fragte Pat. »Ich bin am Verhungern, Mann.«

»Nimmt wohl gerade die Wäsche von der Leine«, sagte Zenia. »Ach ja, Joan, Sie müssen unbedingt mit uns zu Abend essen. Es gibt Lasagne. Es ist schon alles vorbereitet. Wir müssen es nur noch für ein paar Minuten in den Ofen schieben. Chris macht eine *köstliche* Lasagne. Besser geht es nicht!«

»Nein, nein«, wandte ich ein. »Ich bin wirklich nur vorbeigekommen, um die... äh... Fotos abzuholen. Mir ist aufgegangen, daß mein... äh... Mann die Wände hochgehen würde.« (Wie sollte ich nach den Negativen fragen?) »Danke für die Einladung, aber ich bleibe nicht zum Essen.«

Zenia akzeptierte kein Nein als Antwort und bestand darauf, daß ich Chris' sensationelle Lasagne probierte.

Die hintere Tür wurde zugeschlagen, und wir gingen auf das Geräusch zu. Wir standen mitten im großen Klassenzimmer. Es betritt die Bühne ein junger Atlas mit einer Schürze. Er trägt einen Korb sonnengetrockneter Kleider unter dem Arm. »Joan«, sagte Zenia, »ich möchte dich mit Chris bekannt machen.«

»Hallo«, sagte Chris freundlich lächelnd.

»Oh... hallo!« Pat biß hektisch auf ihrem Kaugummi herum. »Ich bin am Verhungern«, sagte sie.

»Der Herd ist schon vorgewärmt. Ich falte nur noch schnell die Sachen zusammen, ehe alles wieder knittert«, sagte Chris. »Okay?« fügte er respektvoll hinzu.

»Natürlich, mein Schatz«, sagte Zenia.

»Hast du Grace und Arnold angerufen?« rief Pat Mr. Amerika nach, als er die Treppe hinaufging.

»Ja, Pat.« Er drehte sich um. »Sie haben beide nächste Woche für die Kulissen Zeit.«

»Stark. Und was ist mit den Briefen an die Geldgeber?«

»Die sind heute morgen rausgegangen. Wir brauchen neue Briefmarken.«

»Geht in Ordnung.«

»Ich mache uns einen Salat an«, sagte Zenia.

Pat sah Zenia voller Bewunderung nach. »Einfach eine Wucht«, sagte sie unter heftigem Kauen. »Und auch noch talentiert. Ich muß sie nur noch davon überzeugen, daß mehr an ihr dran ist, als nur ihr Körper. Sie könnte wirklich Charakterrollen spielen. Eine neue Diana Ross, dazu hätte sie das Zeug.«

Zenia kam zähneknirschend zurück und versetzte ihr einen Rippenstoß. »Du willst mich wohl für deine kleinen Geschichten anwerben, was, Baby?«

»Klar will ich das.«

»Ich kann keinen Text behalten.«

»Mach dich nicht schlechter, als du bist, Schwester. Ich sehe durch deine Scheu hindurch. Du mußt an die alten grauen Zellen glauben.« Sie tippte sich an den Kopf.

»Sie haben mit Theater zu tun?« fragte ich.

»Sie ist eine echte Plage«, rief Zenia, die wieder auf dem Weg in die Küche war.

Pat lächelte. »Ich bin einfach ein Schätzchen.« Sie plazierte ihren Hintern auf einen der Kinderstühle und schwang ihre Beine ungezwungen über die Armlehnen. Ein paar feuerrote Haare kräuselten sich aus ihren gelben Shorts heraus. Während sie mit ihren Zehen spielte, tönte Zenias honigsüße Stimme aus der Küche zu uns herüber: »I'm in the Mood for Love.«

»Ich leite ein kleines Theater in der MacDougal Street im Village. Es heißt Mechanikerwerkstatt.«

»Was für ein ausgefallener Name«, sagte ich.

»Es war eine Mechanikerwerkstatt, ehe ich es übernommen habe.«

»Ach so.«

»Die Bühne ist in der Mitte. Das eignet sich sehr, wenn man das Publikum miteinbeziehen will. Neben den gängigen Produktionen bringen wir viel freies Zeug. Mir macht es Spaß, das Publikum miteinzubeziehen. Verstehen Sie, was ich meine?« Sie zerdrückte eine Blase in ihrem Mund. »Ich will die Leute dahinbringen, daß sie spüren, daß Kunst Leben ist, verstehen Sie?«

»Ja. Das finde ich prima. Ich würde mir gern mal was von Ihnen ansehen.«

Pat grinste hämisch. »Gut. Vielleicht lockert Sie das auf. Sie kommen mir reichlich verspannt vor, wenn...«

»Ja, ich weiß, was Sie meinen.« (Alles ist relativ. In Stuarts Augen war ich ein disziplinloser Hippie. Pat fand mich nicht cool genug.) »Sie haben sicher schrecklich viel am Hals – das heißt, falls Sie im Moment an einer Produktion arbeiten.« Ich sah zu, wie die Blase zerplatzte.

»Mhm«, sagte sie und zog den Kaugummi von ihrer Nase. »Wir arbeiten im Moment an zwei Einaktern. Die sind aber erst in zwei Wochen soweit. Ich brauche noch einen Schwung salzige Seeluft, damit ich nicht im Oktober schon ausgetrocknet bin. Diese Woche arbeiten ein paar Typen für mich und schmeißen den Laden. Sie waren letzte Woche hier, haben sich in die Sonne gelegt und sich vollgefressen. Dafür sind sie jetzt cool.« Sie strich geistesabwesend über die Unterseite ihrer Schenkel und zog an den Haaren, die aus ihren Shorts herausschauten.

Ich fragte mich, wie viele untereinander nicht verwandte Mieter dieses Haus wohl beherbergen mochte, und mir schauderte bei dem Gedanken, was Harrison dazu sagen würde. »Ist Chris einer Ihrer Schauspieler?«

»Chris ist mein Mädchen für alles. Aber auch wirklich alles. Der Junge will, daß sich jemand um ihn kümmert – Entscheidungen kann er nicht treffen – aber er macht seine Sache gut, und in den kleinen Dingen kann man ihm die Verantwortung überlassen. Wenn man den Teufel an die Wand malt«, sagte sie, als Chris auf dem Weg in die Küche durchs Zimmer kam.

Ich hockte auf der Kante eines Kindertisches und sah auf meine Schenkel herunter, um die sich meine ausgebleichten Jeans spannten. Pats Hand wanderte immer wieder in ihre Shorts und dann wieder hinaus. Chris kam, um uns zu sagen, daß das Essen in zehn Minuten fertig sein würde, und aus dem Blick, mit dem er Pats Vorgehen beobachtete, konnte ich entnehmen, daß unter seiner Schürze ein Pärchen heterosexueller Eier steckte.

»Kann ich Ihnen helfen?« fragte ich.

Das dunkelhaarige Bild von einem Mann, der seine Kraft in den Dienst anderer stellte, lehnte mein Angebot ab und musterte mich abschätzend mit seinen großen braunen Augen. Ein netter Junge, dem seine Arbeit Spaß machte. Vermutlich weder gebildet noch ehrgeizig.

Kurz darauf kam Zenia summend mit einem Tablett ins Zimmer. Auf dem Tablett standen Salatschalen, Teller und Besteck. Der Knoten ihres Bikinioberteils hatte sich gelockert, und eine ihrer Brustwarzen schaute zur Hälfte raus. »Das Abendessen ist so gut wie fertig«, gurrte sie und stellte das Tablett auf den Tisch, auf dem ich saß. Sie lächelte mich freundlich an, dann Pat. Pat klebte ihren Kaugummi unter den Tisch und bemerkte, wie ich das Gesicht verzog.

Der Raum war mit einem großen Konferenztisch und Stühlen möbliert, und wir begaben uns zu dieser eher förmlichen Anordnung, als Chris mit seiner Lasagne ankam und eilig wieder in die Küche ging, um einen Krug Rotwein und Gläser zu holen.

Nach beendeter Mahlzeit (die Lasagne hatte meine Erwartungen übertroffen) räumte Chris den Tisch ab, und wieder bot ich meine Hilfe an, die jedoch abgelehnt wurde.

Zenia schlug vor, etwas zu trinken, und ihre Freunde stimmten ihr zu.

Wir trinken sehr viel, Wein, Whisky, Champagner. Ich bin betrunken. Vieles geschieht. Körper drängen sich an mich, bis die Erinnerungen zusammenhängender werden. Ich liege ausgelaugt da. Die Musik schmettert noch. Dicht neben mir lagen Zenia und Pat ineinander verschlungen, ihre Gesichter zwischen den Beinen des anderen begraben. Ich blickte unter mich, in Chris' Gesicht, und die Tatsache, daß er ein absoluter Fremder war, machte mich betroffen. Mein Magen knurrte; ich hatte schon wieder Hunger.

Ich setzte mich allein auf die andere Matte und hatte Angst, in die laute Rockmusik hineingerissen zu werden, die mit ihrem eindringlichen Rhythmus den Raum ausfüllte.

Als ich dort auf dem Boden kauerte, hatte ich wieder die Angst, etwas zu verlieren, die ich bei Roger gehabt hatte, als er gedroht hatte, sich mir gegen meinen Willen aufzudrängen. Nur war es diesmal mein Werk. Ich hatte einen Teil von mir vergeudet.

Mir kam immer deutlicher zu Bewußtsein, daß ich mich selbst vergewaltigt hatte, daß ich von der Freiheit in die Auflösung übergegangen war. Wird eine Zeit kommen, in der nur Stimulans und

Reaktion zählen und selbst das Geschlecht unwesentlich sein wird? Das Kind in mir war einsam und verloren. Die Frau war bis zum Äußersten gegangen.

Ich dachte daran, wie es mit Gil hinterher gewesen war. Wie der Rhythmus der Orgasmen in meine Gedanken flutete, manchmal in einem Ausmaß, daß ich glaubte, es müsse einen Gott geben, denn wo, wenn nicht in Ihm, konnte ein solches Zusammenspiel an körperlicher, geistiger und seelischer Freude möglich sein?

Hier bestand eine Dichotomie zwischen Denken und Tun.

Ich fürchtete mich. Nicht vor dem Zugriff des Teufels, sondern vor meiner eigenen Anarchie. Bei Gil hatte ich meine Sexualität befreit, und das hatte mich fähig gemacht, die vollkommenste Ausdrucksweise für meine Seele zu finden. Löste sie sich von mir, und drohte sie, zügellos alles zu zertrampeln, was sie genährt hatte? Was sollte aus mir werden?

Meine Malerei, inzwischen der gesündeste Ausfluß meiner Natur – würde dieser Funke meiner Seele erlöschen und mir nur noch die Stilmittel lassen? Ich sah an meiner Nacktheit herunter und schloß die Augen. Ich sah ein Porträt stilisierter Dekadenz, schwarzweiß wie ein Beardsley. Eine Frau, die vor ihrem Frisiertisch sitzt. Grotesk vergrößerte Brüste. Verachtung im Blick. Neben ihr ein enormer Penis, der zwischen den Beinen eines Höflings herausragt. Das Porträt ist von einer zierlichen Girlande aus leblosen Blumen eingerahmt.

In dem Moment traf ich eine Entscheidung und fällte gleichzeitig ein Urteil. Mir gefällt es hier nicht. Hier habe ich nichts zu suchen.

Aber was war das? Was hörte ich in den Pausen zwischen dem Tosen der Musik?

Chris stellte den Plattenspieler ab. Jemand klopfte lautstark an die Tür. Pat riß sich von Zenia los und lief zum Fenster. Sie sah durch einen Spalt in der Jalousie und flüsterte heiser: »Herr im Himmel, da steht ein Polizeiauto!«

Was zuerst? Anziehen. Und zwar schnell.

»Ganz ruhig, Schätzchen.« Zenia legte eine Hand auf Pats Schenkel.

Es klopfte wieder. »Hallo! Polizei! Machen Sie die Tür auf!«

Es ist erstaunlich, was man in neunzig Sekunden erreichen kann. Lampen wurden eingeschaltet, Gesichter gewaschen. Kleider wurden übergeworfen. Nur Zenia zog sich nicht an. Sie sammelte die Indizien ein und floh nackt nach oben.

»Ja?« sagte ich furchtsam, als ich die Haustür öffnete. Ich trug

Pats gelbes Oberteil. Ich stopfte meine Unterhose tiefer in die Tasche meiner Jeans.

Die beiden Beamten traten ein, und mein Herz sank vor Schreck. Eine unerwartete Konfrontation zweier Sphären: der mit dem Muttermal auf der Backe war Johns Pfadfinderführer.

Er sah mich überrascht an. »Oh, Mrs. Hiller, guten Tag«, sagte er. »Wir sind hier, weil sich die Nachbarn beschwert haben.«

»Hallo, Bert.« Mir war ganz schwach zumute. Pat und Chris standen neben mir.

Bert hüstelte verlegen. »Die Nachbarn haben angerufen. Sie haben sich über die laute Musik beschwert.«

In dem Moment kamen die Nachbarn hinzu, die die Polizei verständigt hatten. Sie kamen durch den Garten, über die Veranda und ins Haus. Der Mann hätte ohne weiteres ein Vertreter des Rotary Clubs sein können; die Frau, frisch vom Friseur und ganz in Polyester, hätte eine Gladiolenzüchterin sein können. Sie kochten und schoben verstimmt ihre Doppelkinne vor.

»Wer zum Teufel sind diese Hippies überhaupt?« tobte der Mann. »Wir dulden nämlich keine Kommunarden hier! Und taube am allerwenigsten!« Er sah sich um. »Wo steckt denn der Rest? Ich weiß, daß es hier mehr von der Sorte gibt!«

»Ich bin bei dieser Familie zu Besuch«, erklärte ich Bert.

»Was sich heutzutage so Familie nennt«, höhnte die Frau.

Die Haustür war nur angelehnt, und die Meeresluft brachte den Geruch des Wassers vom Strand herauf. Pat erklärte, daß sie und ihr Ehemann (Chris steuerte ein verliebtes Lächeln bei, das überzeugend war) ihren zweiten Hochzeitstag feierten. Sie sagte, es täte ihr leid, daß die Musik zu laut war. Das Paar ließ sich erst beschwichtigen, als es erfuhr, daß die Täter das Anwesen schon in wenigen Tagen räumen würden.

Unsere Besucher gingen unter viel Pfui! und Pah!, aber immerhin besänftigt, und Pat knallte die Tür hinter ihnen zu.

Pat und ich tauschten unsere Oberteile, und Zenia (›Ist die Luft rein, Leute?‹) tauchte in einem durchscheinenden Mumu wieder auf und brachte einen Umschlag aus braunem Packpapier mit. Sie sagte, ich solle noch dableiben, weil es gleich einen Imbiß, Käsecracker, geben würde. Ich wollte mit einem Hunger, der stärker als das war, was ich in meinem Magen spürte, zu John und Laura nach Hause gehen. Ich lehnte ab.

Zenia lächelte. »Nett, daß du gekommen bist.« Sie streckte die Hand mit dem Umschlag aus. »Vergiß deine Fotos nicht.«

»Und die Negative. Wegen der Paranoia«, fügte Pat hinzu.

Ich nahm den Umschlag. »Danke«, sagte ich.

Zenia lächelte verträumt. »Und grüß deinen Mann von mir.« Ich zuckte zusammen. »Schade, daß ich ihn nie kennengelernt habe.« Sie strich zärtlich über meine Schulter.

Ich machte die Tür auf. »Es freut mich, daß ich... euch kennengelernt habe«, sagte ich und sah Pat und Chris an.

»Danke«, sagte Chris. »Es freut mich auch.«

»Achtung, sonst kommen die Insekten rein«, sagte Pat.

Die Erde schwankte nicht mehr, aber ihr Beben hallte noch in mir nach. Ich hatte es dringend nötig, meine Kinder in den Arm zu nehmen. »Auf Wiedersehen«, sagte ich. Ich ließ die Türklinke los und lief mit meinem rechtmäßig erworbenen Briefumschlag und dem plötzlichen Drang, wie ein Baby zu schreien, in die Nacht hinaus.

Im Halbdunkel ihres Zimmers kroch ich zu meiner süßen Laura ins Bett, unter die Decke mit den Figuren aus der Sesamstraße. Ihr zartes braunes Haar war fächerförmig über Bibo ausgebreitet. Im Schlaf hatte sie sich zur Wand gedreht und wandte mir ihren warmen Rücken, ihre leicht rundlichen Waden und ihre glatten Fußsohlen zu. Ich schmiegte mich an sie und spürte sie durch den dünnen Stoff meines Nachthemdes. Diese Berührung löste Gefühle aus, die ganz anders als das Aufwallen der Sinne waren, das Gils Körper bewirkte, wenn er sich an mir rieb. Gleich war nur, daß die Stimulans meinen ganzen Körper durchströmte und die totale Wahrnehmung meiner selbst und des anderen in mir hervorrief.

Als ich jetzt an die süße Laura geschmiegt war, war es, als sei mein Inneres nach außen gestülpt, und die Außenseite meines Körpers wurde zu einer weichen Höhle, in der man sich einrichten konnte, ohne die gereifte Frucht zu zerdrücken. Oh, mein bezauberndes Baby mit den hübschen, zarten Schultern, dem kleinen runden Popo und der winzigen sonnengebräunten Nase. Ich griff mit einer Hand um Laura herum, um ihre süße Nasenspitze anzufassen.

Die Nähe ließ Kindheitserinnerungen und unterschwellige Bedürfnisse an die Oberfläche kommen. Ich konnte die irrationale Schmusedecke spüren, die Köstlichkeit neuer Haut, meine Haut an der gepuderten Haut Mommys und der behaarten Daddys. Ich war Eltern und Kind. Nur in besonders zärtlichen Momenten mt Gil hatte ich etwas empfunden, was sich mit dieser Rollenvermischung vergleichen ließ. Oh, Laura, mein Liebes, auf mich muß man auch aufpassen. Ich hielt sie fest und schlief mit dem Duft süßlichen Shampoos in der Nase ein.

Ich laufe durch das Hauptmagazin der Bibliothek von Vassar, sehe in die kleinen Studierzimmer und suche nach einem Buch über Hegels Dialektik, für das ich verantwortlich gemacht werde, aber ich kann mich nicht erinnern, es gelesen zu haben. Ich kann mich im Grunde genommen nicht erinnern, auch nur eine der Vorlesungen in der Philosophie der Neuzeit besucht zu haben, aber ich stehe gerade vor einer Abschlußprüfung. Wenn ich sie nicht bestehe, bekomme ich die drei Punkte nicht, die ich für das Examen brauche, und ich muß ein weiteres Jahr hierhergehen und mich demütigen lassen. Ich kann das Buch nicht finden. Ich laufe in meinem schwarzen Rollkragenpulli, meiner zu kurzen Jeans und meinen ausgelatschten schwarzen Ballettschuhen über den Campus. Auf einem ummauerten Platz bleibe ich stehen – rechts von mir das Jocelyn, links das Strong (glaube ich wenigstens). Ich bemühe mich, mich daran zu erinnern, was Mr. B. an Hegel hervorgehoben hat, aber das einzige, woran ich mich erinnern kann, ist Mr. B's vorstehender Zahn. Ich versuche, die durcheinanderwirbelnden Begriffe in meinem Kopf in ein grafisches Schema zu bekommen – logische Analyse, unbegrenztes Zusammentragen von Material, ontologischer Beweis. In-sich-Gehen – aber ich kann nur an Vergessen und Versagen denken. Ich habe die Frage vergessen, ebenso auch die Antworten, die mich vor kurzem noch verfolgt haben. Die Epistemologie, die Existenz, der Positivismus, Schlüssel zum Universum. Meine alte Tanzlehrerin marschiert auf den Platz und fordert mich auf, etwas vorzutanzen, aber mein Körper ist steif, und selbst wenn es um mein Leben ginge, könnte ich mich nicht entsinnen, wofür diese gemurmelten französischen Direktiven stehen. Sie stolziert angewidert davon, und ich bleibe allein auf dem Platz zurück und versuche, mich an den Nachnamen meiner Freundin Marcia aus der ersten Klasse zu erinnern. Ich habe mich in die Zange genommen, stelle mir Quizfragen und falle bei jeder einzelnen durch. Erinnere mich nicht. Das Gesicht meines Vaters verblaßt. Ich kann mich nicht daran erinnern, wie seine Stimme klingt. Ich kann mich nicht genau daran erinnern, wie man Windeln wechselt, ein Glas Babynahrung anwärmt, Miltons Areo-Ario-Areopagitica buchstabiert. Ich laufe auf dem Platz hin und her und weiß nicht, welches Wohnheim welches ist. Kann mich nicht erinnern, wohin ich gehöre, welche Zimmernummer ich habe, wo oder worüber die Prüfungen stattfinden. Ich bin ganz allein, stecke in einem solipsistischen Wirrwarr und falle bei allen Fragen durch. Wer bin ich? Was ist aus mir geworden? Wo beginnt die Welt? Ich bin als Häufchen Elend im Dunkeln zusammengekauert. Wie eine Sprechblase in einem Comic taucht eine angestrahlte Er-

innerung in der Dunkelheit auf. Ein handfester Auszug. Ich bin dreizehn Jahre alt. Ich frage meine Mutter, ob sie bereit sei, dafür zu sterben, daß sie alle Geheimnisse des Universums und alle Gründe kennt, aus denen die Dinge so sind, wie sie sind. Sie sagt nein, und ich bin entgeistert. Ich schlage die Badtür zu und schreie ihr von innen durch die geschlossene Tür zu: »Wenn es nicht darum geht, die Wahrheit *über die Dinge herauszufinden, was hältst du dann für das Wichtigste im Leben?« Sie erhebt ihre Stimme, aber nur, damit ich sie hören kann. »Glücklich zu sein!« Was? »Ich will glücklich sein, und ich will, daß du glücklich bist!« Ich setze mich im Bad auf den Boden und kann einfach nicht glauben, daß sie mir wirklich eine so banale Antwort gegeben hat. Auf dem Campus ist es dunkel, und ich sitze als ein Häufchen Elend im kalten Gras. Meine Hand ertastet neben mir ein Buch. Ich schlage es auf. Es ist dunkel, aber ich kann die Bilder mit meinen Fingern erkennen. Ich sehe das Bild eines Juden, der Schläge auf den Kopf bekommt, weil man wegen einer Frage des Schadenersatzes mit Gehirnschäden experimentiert. Ich sehe das Bild mit den ausgemergelten toten Juden, die einst Gefäße der Hoffnung und der Beseeltheit waren und jetzt zur Beseitigung in vielen Lagen aufeinandergetürmt sind. Liegt in diesem Haufen einer, der einen Mund hat wie ich, weil er ihm von einer gemeinsamen Cousine vererbt worden ist? Ich spüre die quälende Furcht vor dem Tod, als sei ich sieben und gleite in der Mitte des Universums aus. Auf dem Campus ist es dunkel, und ich denke, das Examen könnte schon vorbei sein. Ich denke, daß ich diese Prüfung in der Philosophie der Neuzeit vielleicht schon hinter mir habe. Vielleicht habe ich sie schon in meinem ersten Studienjahr abgelegt. Ein Lichtstrahl scheint aus einem Fenster ganz oben im Jocelyn herunter (oder ist es doch das Strong?). Irgendein Streber schüttet einen Lichtstrahl aus – oder ist es ein Hoffnungsschimmer?*
Ich erwachte bei Anbruch der Dämmerung. Ich sehnte mich rasend danach, den Kern eines anderen Menschen anzurühren und, wenngleich nur vorübergehend, die Existenz meines eigenen Kerns zu feiern. Ich küßte Laura auf ihre zarte Schulter, ihren jungen Rücken. Sei glücklich. Sei glücklich. Sei glücklich, mein Kleines.

Oh, wie sehr ich wünschte, ich hätte einen Mann, der mich festhalten würde, bis daß der Tod uns scheidet.

18. Kapitel

Wo war mein Zukünftiger, meine ›Flamme‹? Weder im Sheik, der Disko am einen Ende von Hampton Village, noch im Country Club am anderen Ende. Er stapfte weder zu dem ohrenbetäubenden Schlagzeug der herausgeputzten Aufreißer, war nicht unter den ständig wechselnden Pärchen, noch schob er mit den rosa und minzgrünen Damen in Hosenanzügen nach einem ermatteten Taktstock einen ruhigen Stiefel, und er war auch nicht unter den Herren mit weißen Hosen, weißen Schuhen, weißem Haar und weißen Träumen. Ich gehörte weder zum jungen Gemüse noch zum alten Eisen. Ich war kein hedonistisches Hippiemädchen, aber ich hatte auch nicht vor, für den Rest meines Lebens auf der Stelle zu treten. Zu spießig, um in der totalen Freiheit die Ekstase zu finden, aber wenn man den Spieß umdrehte, auch nicht bürgerlich genug, um mich mit der Sicherheit um ihrer selbst willen zu begnügen.

Anfang September ging ich zu Glorias Hochzeit, und inmitten der Heldinnen in Mauve und der zu Tränen gerührten Verwandtschaft entschied ich mich dagegen, meine Gelübde mit Stuart zu erneuern. Andererseits wollte ich jemanden, der meinen Kopf hielt, wenn ich kotzte, der mich an der Hand hielt, wenn mir eine Brust amputiert werden mußte, der Mitgefühl aufbrachte, wenn ich bekümmert war, weil mein Vater einen Schlaganfall bekam. Ich wollte die tröstliche Langeweile einer Bindung, das absehbare Märtyrium der Treue, die süße Voraussagbarkeit und damit einhergehend das lustvolle Vögeln, das nie langweilig wird.

Plus ça change, plus c'est la même chose. Beinah. Ich würde mich nicht mehr ›seßhaft‹ niederlassen, mich dauerhaft einrichten. Meine Bedürfnisse konnte ich den Umständen anpassen; meine Identität würde ich nicht tarnen. Meine Launen konnte ich ablegen; meine tiefsten Sehnsüchte würde ich nicht unterdrücken.

Und was sollte ich Stuart sagen? Unsere Unterredung war demnächst fällig. Daß mir Kummer lieber war als Sicherheit? Daß wir nicht etwas wiedererlangen konnten, was wir nie verloren hatten? Daß er wie der Mond war, der die Gezeiten beeinflußte, ich aber die Sonne wollte, die das Meer des Lebens anwärmt?

Mir würde schon etwas einfallen.

Es war der zehnte September. Meine Zusammenkunft mit Stuart war auf den elften angesetzt. Einen Tag vorher war ich in die Stadt gefahren, um eine vollständige Serie von Illustrationen bei Jeffrey Kane abzuliefern. Die Bilder hatten ihm gefallen, und er wollte gleich mit dem nächsten gemeinsamen Projekt beginnen. Außerdem hatte ich Gladys angerufen, um ihr zu sagen, daß ich jemanden suchte, der in der kommenden Tennissaison für mich einsprang. »Was?« rief sie. »Du wirst dir deine gute Spielweise verhunzen.«

Ich sagte ihr nicht, daß ich Vorsichtsmaßnahmen für den Fall traf, daß meine finanzielle Lage sich zum Schlechteren wenden würde, sondern ich erklärte ihr, mein Terminkalender sei unberechenbar und ziemlich ausgebucht. »Ich springe gern ein, wenn jemand ausfällt, und ich spiele auch gern gelegentlich ein Einzel mit, damit wir uns nicht aus den Augen verlieren.« Ich würde diese zeitlich festgelegten Gegenüberstellungen vermissen. Daran bestand kein Zweifel.

»Was ist mit Susan? Steigt sie auch aus?« Ich spürte, daß ich errötete. »Ich weiß es nicht. Ich habe seit einer Weile nicht mehr mit ihr gesprochen. Ruf sie lieber selbst an.«

Zehnter September. Die Todeskämpfe des Sommers, die mit dem hektischen Treiben am Wochenende vor dem Tag der Arbeit zusammenfielen, hatten zu einem Ende gefunden. Einige der schicken Schaufenster an der Main Street und ihre modischen Ableger würden bald ausgeräumt werden, und in der Auslage würde ein Schild stehen: Auf Wiedersehen bis zum nächsten Sommer! Andere Geschäfte, die die teuren Namenszüge in Kleinbuchstaben trugen, würden ein kleines Schild in die Tür hängen, auf dem stand, daß nur noch an den Wochenenden geöffnet war. Auch diese Übergangslösung würde nach einer Weile im Sand verlaufen, und uns würden wieder einmal die Standardwaren in Gristedes Supermarkt und Sterns Kaufhaus bleiben, in denen wir uns einen weiteren Winter lang versorgen konnten. Die Aktivitäten würden sich auf ein Minimum beschränken, die Parkmöglichkeiten auf ein Maximum ansteigen. Vermieter würden sich die Schäden ansehen und entscheiden, ob es gerechtfertigt war, eine weitere Monatsmiete als Sicherheit einzubehalten. Die Hausbesitzer, die selbst den Sommer hier verbrachten, würden ihre Häuser ausräumen und absperren, und vielleicht würden auch einige abwägen, ob es nicht lohnte, dieses Jahr hierzubleiben und zur Arbeit in die Stadt zu fahren. Mr. Harrison würde seinen Schreibtisch aufräumen, wie er es am Ende jeder Sommersaison tat, und er würde sich wieder auf die Veränderungen und Entwicklungen der ortsansässigen Familien konzentrieren, auf den Aufstieg und Fall von Familien, die ein- oder auszogen, es geschafft hatten und in die Stadt gingen oder sich endgültig zur Ruhe setzten. Der Vergnügungspark am Montauk Highway würde wieder für ein Jahr abgebaut werden – keine Festzelte, keine antiken Autos und keine Karussells, keine Verkaufsstände und keine Spielautomaten. Die Dune Road würde wieder den Elementen, den wenigen wetterfesten Anliegern, die das ganze Jahr über dort wohnten, und den Nachzüglern übergeben. Die Tennisplätze der Schulen würden nicht mehr den sommerlichen Amateuren, die planlos auf die Bälle einhackten, sondern wieder den schlanken Jugendlichen in Grün und Weiß zur Verfügung stehen, die als Team ein weiteres Jahr lang den Erfolg anstrebten. Die Badeanzüge der Kinder wurden weggepackt. Die Winterkleider wurden aus den Abstellkammern geholt, und gleichzeitig setzte die Zappeligkeit des Schulbeginns ein, und die Bettgehzeiten wurden wieder umgestellt. Badekabinen wurden ausgeräumt, Handtücher, die nach Meer rochen, kamen in die Wäsche, Dachsparren wurden erneuert, sandige Kleider sortiert.

Es war ein kühler, bewölkter Nachmittag. Ich saß in hochgekrempelten Leinenhosen und einer alten mexikanischen Bluse an der Stelle am Strand, an der ich meistens saß, weil sie vom Parkplatz des Marlin aus besonders leicht zu erreichen war. Mein Haar, das einen Haarschnitt dringend nötig hatte, wehte mir um die Wangen und in die Augen. Ich versuchte, ein altes Lehrbuch vom College noch einmal durchzulesen, Philipp Franks *Wissenschaftsphilosophie*. Ich blieb verwundert an meinen stumpfsinnigen Randbemerkungen hängen und versuchte, meinen Kindern Disziplin beizubringen und sie in die Kunst des Drachensteigens einzuweihen – anhand eines Drachens für zwei. Bis auf einen gelegentlichen Jogger waren wir allein am Strand.

»Mommy!« rief Laura, und ich sah zum fünfzigstenmal von meinem Buch auf. »John macht alles falsch! Er läßt den Drachen nicht los, wenn der Wind gut steht!«

»Laß den Drachen los, wenn der Wind gut steht«, drängte ich John. »Und du, Laura, du mußt versuchen, die Schnur schneller abzuwickeln, wenn John den Drachen losläßt.«

Ich wandte mich wieder meinem Buch zu:

Hier zur Erklärung ein simples Beispiel: Im Falle des Wasserstoffatoms sind die einzigen Planetenlaufbahnen, die mit dem beobachteten spektralen Emmissionsvermögen vereinbar sind, diejenigen, deren Drehmoment ein mehrfaches Integral einer bestimmten Konstante ist, die *h*/2? entspricht, wobei *h* das Plancksche Wirkungsquantum ist, das im vorangegangenen Abschnitt aufgetaucht ist, um die Energie eines Lichtquantums der Frequenz *v* auszudrücken. Dieser der Frequenz proportionale Wert *hv* ist beim Photoelektron beobachtbar und daher läßt sich der Faktor *h* errechnen.

Meine Randbemerkung von vor vierzehn Jahren war ein zustimmendes, fettgedrucktes ›A.‹ gewesen. Jetzt war es ein spöttisches ›Simpel‹?? Ich fragte mich, ob man so was Ähnliches wie Muskelkater im Gehirn bekommen konnte. Wenn ja, dann konnte ich mich morgen auf etwas gefaßt machen. Nach einem weiteren Absatz, der mich sehr in Anspruch nahm, blickte ich auf. Laura wickelte rasend schnell die Schnur ab, und der schlangenförmige Drachen erhob sich über die geringfügigen Brisen in die Küstenwinde. »Ja!« schrie John, der in die Luft sprang. »Sieh nur, wie er fliegt!«

»Denk dran, daß ich die Schnur schon seit drei Minuten halte!« warnte ihn Laura, die sich mit den Füßen in den Sand gebohrt hatte und die Spule festhielt.

»Ganz toll!« rief ich. »Aber gestritten wird nicht. Und damit ihr es gleich wißt – ich komme auch noch dran!«

»Und was ist mit mir?« fragte eine vertraute Stimme hinter meinem Rücken. »Komme ich auch dran?«

»Klar!« antwortete ich augenblicklich, um eine bedeutungsschwere Pause zu vermeiden. Als ich mich umdrehte, sah ich, daß seine Fußstapfen vom Marlin kamen. »Du läufst mir nach.«

Gil trug seine Sommerkhakis und ein kurzärmeliges weißes Hemd mit offenem Kragen. Der Wind wehte ihm das Haar in die Stirn. Ich mußte unwillkürlich an einen Internatsschüler denken, der die Ferien zu Hause verbrachte. Er ließ sich unbeholfen neben mich fallen.

»Oder... laufen wir uns nur zufällig über den Weg?« fragte ich. Ich konzentrierte mich ganz auf den Drachen.

»Nein. Ich habe bei Harrison angerufen. Seine Sekretärin hat mir gesagt, du könntest mit den Kindern hier sein.«

»Warum hast du dich nach mir erkundigt?«

»Ich habe heute morgen die Bibliografie an den Verleger geschickt. Das Buch ist offiziell fertig.«

»Das ist ja wunderbar, Gil!... Soll das heißen, daß du aus New York gekommen bist? Einfach so?«

»Ich fand die Idee naheliegend.«

Konnte es sein, daß er publizierte *und* in der Uni alles schleifen ließ?

Ich knickte zerstreut eine Seite meines Buches um. »Dein Stundenplan für das kommende Semester steht schon?«

»Gestern haben die Vorlesungen angefangen. Wie geht es *dir*? Äh... malst du noch? Du... solltest weitermachen.«

»Ja, ich male noch.« Ich machte ein Eselsohr in das Buch.

»Was liest du da?« Er beugte sich vor und warf aus gefährlicher Nähe einen Blick durch seine Nickelbrille in mein Buch. »Ach, es sieht so aus, als würdest du den alten Elfenbeinturm auslüften.«

Ich lächelte.

»Rückzug oder erneute Durchsicht?«

»Erfrischend.«

»Du siehst gut aus.«

»Ich versuche, Dinge auszusortieren.«

»Siehst du, wie sich die Bereiche überschneiden? Männer und Kinder, Pflicht und Vergnügen, alles, was man so erreichen kann?«

»Ich denke schon.«

»Ich kann mir trotzdem nicht vorstellen, daß du eine dieser völlig in sich selbst vertieften Karrierefrauen wirst.«

Ich wollte mich weder meiner Klitoris noch meinem Ehrgeiz unterordnen. Ich wollte aber auch keine Frau werden, die sich so sehr gegen Ausbeutung und Unterdrückung starkmacht, daß sie Angreifbarkeit für Kampfunfähigkeit hält und bei diesem Prozeß ihre Menschlichkeit verliert. »Meinst du erfolgsgeil?«

»Ja.«

»Nichts gegen Monomanien. Kannst du dir mich mit einer Beschäftigung vorstellen, die viel Zeit verschlingt und ganz unabhängig von einem anderen Menschen ist? Das besessene Ringen um einen Status und das Bestreben, produktiv zu sein, sind zwei verschiedene Dinge.«

»Natürlich kann ich mir das vorstellen.«

»Aber ich glaube, es würde dir nicht gefallen, wenn eine Frau an deiner Seite sich so frei von dir macht. Du würdest die Inspiration zu jeder ihrer Arbeiten geben wollen. Zu jedem ihrer...«

»Stilleben mit Äpfeln und Bananen?«

»Ja.« Ich ließ den kühlen Sand durch meine Finger gleiten.

»Ich habe mich verändert.«

»Ganz von selbst?«

»Ich bin in deiner Abwesenheit gereift.«

»Vielleicht bist du daran gereift, daß du ein eigenes Kind – dein Buch – geboren hast.«

»Vielleicht hat das dazu beigetragen.« Er grinste. »Du hast es ganz schön mit dem Definieren und Einordnen, was?«

»Das muß daher kommen, daß ich zu oft mit meinem Vater vor dem Kaminfeuer über Will Durant gesprochen habe.«

»Willst du damit sagen, daß du zu weit gegangen bist und... Theorien in die Praxis umgesetzt hast?«

(Er meint, ob ich wahllos rumgevögelt habe. Zumindest bin ich über den Liebhaber meiner jugendlichen Fantasien hinausgegangen. Das ist doch immerhin ein Anfang – die Fähigkeit, zwischen Genuß und Verheißung zu differenzieren.) »Das, was ich hinter mir habe, könnte man als Feuertaufe bezeichnen«, sagte ich.

»Du bist wiedergeboren?«

»Ich kann wählen. Sowohl die Art des Spiels... als auch die Mitspieler.«

»Ich verstehe... nein, ich fange wirklich an zu verstehen. Ich lerne nun mal langsam.«

»Deine rasende Eifersucht. Ist das vorbei? Einfach weg?«

»Es kostet mich Mühe.«

»Das ist auch bitter nötig«, sagte ich.

»Ja«, gab er zu.

»Und du glaubst nicht, daß du nur einfach alles... verdrängst?«

»Nein, das glaube ich nicht. Ich versuche, meine ganze Wut über meinen Verstand in den Griff zu kriegen. Es ist einfach zu... wichtig, daß ich verstehe.« Er sah die Kinder an. »Weißt du eigentlich, daß man an der Schnur des Drachens eine Nachricht zu dem Drachen schicken kann?«

»Nein.«

»Hast du einen leeren Zettel?«

Ich hatte immer einen Block in der Tasche. Ich riß eine Seite heraus. Er stieß mich versehentlich an, als er mir den Zettel aus der Hand nahm. »Entschuldige«, sagte er. Er beugte sich zu mir. »Es... wir... haben Bestand, Joan.« Von der Stelle meiner Wange aus, die seine Lippen berührten, strahlte der Schock dieser Zärtlichkeit aus. Von der Stelle zwischen meinen Beinen, in denen die Liebe sich ballt, strahlte die Hoffnung aus, er möge recht haben.

In puncto Unabhängigkeit, Selbstgenügsamkeit, Einzigartigkeit, Eigenständigkeit und psychische Beweglichkeit war ich gerade erst flügge geworden. Ich brauchte Zeit, um meine eigene Kraft zu finden, mein eigenes Vorgehen zu bestimmen, ehe ich eine feste Bindung in Betracht ziehen konnte. Doch die Helligkeit des Ich war nur eine Sache; die Isolation eine andere. Wenn ich mich nicht der Absurdität romantischer Liebe hingab, würde sich meine Seele verhärten. Ich würde nie ein Eiferer für die Unabhängigkeit und den erlösenden Fick als Selbstzweck werden. Ich hatte die Grenzen der sexuellen Abwechslung abgesteckt, und es hatte nicht lange gedauert, bis es mir zu dumpf geworden war.

Was konnte ich tun? Ich schien immer noch an der Vorstellung einer absoluten Liebe festzuhalten. Die Vorstellung hatte sich allerdings gewandelt. Ich war inzwischen kreativ und erschuf auch mich selbst neu, und daher brauchte ich weder Gil noch einen anderen Mann, damit mein Leben einen Sinn bekam. Ich brauchte jemanden, der mein Leben reicher machte. Ich hing an meiner Vorstellung, aber ich klammerte mich nicht daran. Nur keine überstürzte Ehe, keine erzwungene Bindung. Ich konnte es mir leisten, mir Zeit zu lassen und mir ein Urteil zu bilden. Hatte Gil seinen uneingeschränkten Besitzanspruch wirklich abgelegt, oder hielt seine neue Einschätzung nur solange an wie ein Vorsatz am Silvesterabend? Die Zeit würde es zeigen. Ich hoffte seinetwegen, daß er sich verändert hatte.

Gil zog seine Schuhe und Socken aus und stellte sie neben meine Clogs. Ich steckte mein Buch in meine große Strohtasche. Dann standen wir auf und gingen näher zum Wasser. Die Kinder standen dort und stritten sich darüber, wer wie lange was getan hatte.

»Du hast drei Minuten gehabt!« sagte John. »Du hast geschwindelt!«

»Habe ich nicht! Du zählst die Sekunden nicht richtig. Das geht *eins* eintausend... *zwei* eintausend... *drei*...«

»Siehst du? Du bist zu langsam!« John drehte sich zu uns um. »Oder etwa nicht?«

»Ein bißchen, vielleicht«, sagte ich.

»Bin ich nicht!«

»Ich will euch einen Freund vorstellen«, sagte ich. »Gil Ramsey. Das sind John und Laura.«

»Hallo«, sagte John. »Hast du eine Uhr mit Sekundenzeiger?«

»Nein. Aber wetten, daß ich einen Trick kenne, den du nicht kennst? Kannst du eine Nachricht an der Schnur zum Drachen schicken?«

»Nein«, sagte Laura, die die Spule festhielt. Eine Welle spülte bis zu ihren Füßen über den Sand. Ihre kleinen Zehen zogen sich ein. »Wie macht man das?«

»Ihr müßt mir erst sagen, was in der Nachricht stehen soll. Es kann aber auch ein Wunsch sein.«

»Äh... ich hoffe, daß Miß Porter – das ist meine neue Lehrerin – daß sie nicht so gemein ist, wie Carol Ann sagt, daß sie es ist, und äh... daß es an meinem Geburtstag nicht regnet, damit wir draußen ein Fest machen können.«

»Können wir das abkürzen zu ›Miß P sei nett und Sonne an Lauras G Tag‹?«

»Einverstanden.«

Gil zog einen Bleistift aus seiner Hemdtasche, benutzte Johans Schulter als Schreibunterlage und schrieb die Nachricht in Druckbuchstaben hin. »Und deine Nachricht, Johan?«

Ich beobachtete die drei. Ich konnte der Versuchung nicht widerstehen, sie als Vater, Sohn und Tochter anzusehen. Meine Zuneigung für jeden einzelnen von ihnen entsprang derselben Quelle, das machte es mir so leicht, sie miteinander zu verknüpfen. Stuarts Kinn wurde in Johns Gesicht eine oberflächliche Täuschung. Meine Gefühle waren stark genug, um sich über diesen Zufall des Schicksals hinwegzusetzen. Es war ein köstlicher, wohltuender Moment.

»Luft rein, Agent Nummer eins«, sagte John auf.

»Klingt nach einem Staatsgeheimnis«, sagte Gil. Er hielt die Nachricht fest. Dann schrieb er noch etwas. »Du schreibst die Mitteilung zu Ende«, sagte er zu mir.

»›M31 × M42 =‹« Ich erinnerte mich und lächelte. Es waren die Katalognummern der Galaxien und Nebel, die wir in unseren verschlüsselten Liebesbriefen benutzt hatten.

»Was ist das?« fragte John.

»Auch ein Staatsgeheimnis«, erwiderte Gil.

John blickte fragend zu Gil auf, und als sich ihre Blicke trafen, sah ich, daß Gil versuchte, Johns Blick für ein paar Sekunden festzuhalten, als versuche er, sich mit John bekannt zu machen, oder als wolle er John zu einem Austausch bringen – von Informationen oder von Freundlichkeiten. Dieser Blick. Er versuchte es. Nach all meinen Erkundungen und Auswertungen, meinem Keuchen und Pochen, war ich wieder eine Jungfrau geworden.

Trotzdem schrieb ich als Lösung der Gleichung ein schlichtes Fragezeichen hin, und meine Unsicherheit war echt, nicht aufgesetzt.

»Fertig zum Stapellauf«, sagte ich.

Gil zog die Spule sehr behutsam durch das Papier. »Der Wind

trägt den Zettel an der Schnur entlang zu dem Drachen. Gleich seht ihr es.«

»He, toll!« rief Laura, als der Zettel seinen langsamen Aufstieg begann.

»Sieh nur, wie er weggeht!« rief John. »Laß mich jetzt mal halten!« Erstaunlicherweise übergab ihm Laura die Spule, ohne auch nur einen Moment lang zu schmollen.

Wir sahen zu, wie der Zettel höher und höher stieg. Die sachten Winde trugen ihn in die Luft hinauf, und jeder von uns konzentrierte sich auf unsere Nachrichten, die in den Himmel schwebten.

Ging es mir wie dem Drachen, der hoch oben flog und den Umfang der Freiheit absteckte? Wieviel Schnur brauchte ich, wie viele mutwillige Böen? »Halt die Spule fest, John. Laß sie nicht los«, sagte ich.

»He, sieh mal, der Zettel ist schon auf halber Höhe!« rief John. Er rannte mit dem Drachen los. Wir folgten ihm alle dicht auf den Fersen.

Wir rannten gemeinsam über den Strand, und unsere Fußabdrücke hinterließen Spuren im formbaren, nassen Sand, Spuren, die sich in Mustern ineinanderverwoben. Laura fiel hinter uns zurück, und Gil hob sie mit beiden Armen hoch und setzte sie auf seine Schultern. Sie quietschte vor Vergnügen.

Die Wellen brausten tosend auf uns zu, strudelten und schäumten und spülten seicht um unsere Füße. Ich rannte vor den anderen her. Ich hatte das Gefühl, unbegrenzt rennen zu können, ohne zu ermüden – ich entschied über meinen eigenen Weg. Die Luft war kühl. Das Haar wehte mir ins Gesicht. Die Bänder meiner Bluse schlugen gegen meine Brust. Die Wellen brachen sich und schäumten, kamen näher, bildeten sich von neuem und wuschen den Augenblick rein.

Hinter mir hörte ich das Kichern und Quietschen, das sich mit den Lauten der Wogen vermischte.

Ich war meiner Zukunft um einen Schritt voraus.

Deborah Metcalf
Mund an Mund

Widmung für Steven

Nachts sind Bürogebäude unheimlich. Die künstliche Beleuchtung, die während des Tages Gesichter und Möbel farblos erscheinen läßt, wirkt nach Einbruch der Dunkelheit makaber. Verlassene Gänge deuten auf lauernde Gefahren hin, während die automatischen Lifte weiterhin auf- und niedersteigen, genauso regelmäßig, als beförderten sie Menschen.

Als sich die Türen öffneten, zögerte Sylvia einen Augenblick lang; es war, als ob aus dem Licht eine Geisterschar an ihr vorüberginge – dann erst trat sie ein. Wie gewohnt stellte sie sich mit dem Gesicht zur Tür hin, um die vorprogrammierte Zeit für das Einsteigen abzuwarten, ehe sich die Türen automatisch wieder schlossen. Die merkwürdige Verabredung, die sie zu dieser späten Stunde in die Fifty-seventh Street geführt hatte, erschien ihr um so eigenartiger, als sie bemerkte, daß die vierzehnte Etage ihr Ziel war. Man hatte die unheilvolle Zahl ›dreizehn‹ in der Nummernskala, die sich im Lift befand, absichtlich ausgelassen. Eine direkte Fahrt in den dreizehnten Stock hätte sie nicht so sehr aus der Fassung gebracht, wie diese Nummernakrobatik. Ein merkwürdiger Trick. Jetzt wünschte sie, daß sie sich mit dem Mann, der sie dort oben erwartete, besser anderswo verabredet hätte.

In dem Gang befand sich an der Tür Nummer 1403 eine lange Namensliste, deren ethnische Unterschiedlichkeit an sich schon faszinierend war. Hinter jedem Namen der Vermerk ›Doktor der Zahnmedizin‹ (D. D. S.). Erst später erfuhr sie, daß dort nur die Person, mit der sie verabredet war, ganztägig als Zahnarzt arbeitete und außerdem noch zwei Kollegen, die gelegentlich dort praktizierten. Was sie im Augenblick las, war praktisch eine Gedenktafel für alle Zahnärzte, die jemals hinter dieser Tür praktiziert hatten.

Murrays Name stand an erster Stelle der Tafel. Murray L. Butkis, Dr. med. dent. Schon zu ihrer Schulzeit war Sylvia mit einem Jungen namens Murray befreundet gewesen. Ihre Mutter hatte ihr damals erklärt, daß dieser Vorname eigentlich zu einer früheren Generation gehöre. Als sie sich vor sieben Jahren kennenlernten, war ihr sein Name eigenartig und altertümlich vorgekommen. Murray Butkis, Student der Zahnmedizin in einer weißen Laborjacke, und sie, in einem Rock, der so kurz war, daß man sie darin heute für ein ›leichtes Mädchen‹ halten würde.

Ein äußerst unpassender Name übrigens für einen so überheblichen Gecken. Würde sie das Gesicht wiedererkennen? Selbst nach dieser langen Zeit und der damals nur flüchtigen Bekanntschaft hatte seine Stimme am Telefon in ihrer leicht stammelnden Ausdrucksweise, von der sie annahm, daß es sich um die Folgen eines Sprachdefektes aus seiner Kindheit handelte, vertraut geklungen. Sonst waren ihr von ihm nur einige flüchtige optische Eindrücke geblieben, so, wie sie eine romantische Dreiundzwanzigjährige gesammelt hatte. Gierige haselnußbraune Augen, die an einem langweiligen Nachmittag während der Examenszeit für das letzte Semester auf der Universität im Lesesaal der Bibliothek zu flirten begonnen hatte; die rote Fliege, die er sich morgens, ehe er in die Klinik ging, umband (damit sich die Patienten auch an einen erinnern, hatte er ihr erklärt); die zerknitterte Papiertüte, in die er ihr ein Sandwich gesteckt, ehe er sie zur Tür hinausgeschoben hatte, da sie sonst zu ihrer soziologischen Schlußprüfung zu spät gekommen wäre.

Wie würde sie diesem Murray heute vorkommen? Ihre Freunde hatten ihr Unternehmen für verrückt erklärt, weil sie sich als Dreißigjährige der Begutachtung eines solchen Strolches aussetzen wollte, der bereitgewesen war, mit ihr zu vögeln, um sie sogleich danach zu vergessen, als sie noch jünger und anzunehmenderweise auch begehrenswerter gewesen war. Tatsächlich war sie heute etwas fülliger, und ihr Gesicht hatte nicht mehr die weichen Züge wie damals. Aus den Grübchen waren inzwischen zynische Falten geworden. Aber sie beruhigte sich damit, daß sie bei diesem Treffen psychologisch im Vorteil war. *Sie* erinnerte sich an das flüchtige Erlebnis an der Uni. Murray hingegen nicht.

Die Tür war unverschlossen. Aus dem Empfangszimmer hörte sie eine scherzende männliche Stimme. In der Ecke am Empfangstisch saß ein Mann in einem blauen Rollkragenpullover, der lässig und lachend telefonierte. Sein blondes Haar war modern frisiert, kürzer als die Pagenlänge, die er früher getragen hatte, beeindrukkend weiße Zähne und die unverwechselbaren Augen. »Hallo, Syl! Entschuldige mich einen Moment.«

Beim Hören ihres Spitznamens knirschte sie mit den Zähnen. Sogleich mußte sie an schicke Kneipen an der Eastside denken, in denen Männer mit schütteren Haaren und Ringen am kleinen Finger herumsaßen, die Fernseher verkauften und dabei ihre Cocktails schlürften. Murrays Lächeln war das eines Mannes, der sich über seine Anziehungskraft auf Frauen nicht im geringsten im Zweifel war – eine Art, die sie gleichzeitig abstieß und anzog. Einen Augenblick kämpfte sie mit dem Gedanken abzuhauen, noch ehe er sein Telefonat beendet hatte.

Kurz darauf bat er sie herein. Erschrocken stellte sie fest, daß die

Illustrierte, die sie gerade durchgeblättert hatte, voller feuchter, auffälliger Fingerabdrücke war. Sie war zu Tode erschrocken, wie kalt und verschwitzt ihre Handflächen waren, während sie sich die Hände schüttelten. Wegen ihrer klar erkennbaren Nervosität stieg in ihr ein Haßgefühl gegen diesen Mann auf. Nach nur einem Blick auf Murray Butkis war diese Episode für sie eigentlich schon beendet.

»Wie schön, dich zu sehen, Sylvia«, sagte er schnell und fügte dann seiner Begrüßung hinzu: »Dich wiederzusehen. Ich hab' mich über deinen Brief sehr gefreut. Ich glaube, ich werde ihn einrahmen lassen. Aber es hat mich schon gewundert, daß du mir geschrieben hast. Bin ich wirklich derjenige? Derjenige, an den du gedacht hast? Dein Name kommt mir bekannt vor, aber ich weiß nicht, wo ich dein Gesicht unterbringen soll.«

»Nun ja, du hast es auch nur ganz kurz gesehen. Außerdem war es meistens dunkel.« Ihr eigener schwach ausgeprägter Humor zwang sie zu einem nervösen Kichern, für das er dankbar zu sein schien und das er mit einem aufrichtigen, breiten Lächeln beantwortete. »Tatsache ist«, fuhr sie fort, »daß ich vor ungefähr einem Monat oder so jemanden traf, der mich an jemanden erinnerte, den ich einmal kurz gekannt hatte, aber mir fiel nicht gleich ein, wer das war. Als ich dann herausfand, daß der Typ aus Philadelphia kam, spuckte der Computer deinen Namen aus.«

»Der Computer?«

»Ich meine natürlich mein Gehirn. Darin sind alle möglichen Relikte gespeichert. Ich erinnerte mich, daß du, als wir uns damals kannten, erzählt hast, daß du eine Praxis in New York eröffnen wolltest, und so hab' ich einfach im Telefonbuch von Manhattan nachgesehen und es versucht. Du siehst fast noch so aus, wie ich mich an dich erinnere. Kannst du dich denn gar nicht mehr an mich erinnern?«

»Hast du noch die gleiche Frisur?«

»Nein, mein Haar war damals länger. Ich trug es glatt. Wie du sehen kannst, ist das vorbei.«

»Es gefällt mir so«, sagte er und beugte sich vor, um mit ihren Locken zu spielen. Bei dieser Vertraulichkeit zog sich alles in ihr zusammen, und sie hatte das Gefühl, als ob ihre Worte mit quietschender Kreide an eine Tafel geschrieben würden.

»Hier ist ein Foto von mir, vom Tag der Abschlußprüfung«, sagte sie kühl und reichte Murray den Schnappschuß. Während er das Foto erstaunt betrachtete und den Kopf schüttelte, bat er sie, sich doch zu setzen. Sylvia holte ein kleines rotes Adreßbuch hervor. »Erinnerst du dich vielleicht noch an die Telefonnummer 5556285?« Dabei kicherte sie nervös. »Ich will dich damit nicht aufziehen.« Er starrte sie entgeistert an. »Das war damals deine.« Sie zeigte ihm die Seite, auf der oben groß ›Butkis‹ stand.

Murray warf sich in den Stuhl neben sie, streckte die Beine von sich und vermied es, sie anzusehen. »Ich weiß es einfach nicht, Syl. Die Beweise sind da, und trotzdem hab' ich den Eindruck, als ob ich die Geschichte einer Fremden höre.« In seiner Stimme schwang leichtes Bedauern.

»Also, hör zu«, antwortete Sylvia etwas verbindlicher. »Vielleicht ist es pathologisch von mir, mich an all diese Einzelheiten so minutiös zu erinnern, wie es nun mal der Fall ist.«

»Es ist ganz und gar nicht pathologisch – ich bin nur überrascht. Wie ist es möglich, mit einer Frau zu schlafen und daran keine Erinnerung mehr zu haben?« Später würde sie sich noch darüber wundern, daß dieser Mann, der seit Verlassen der Universität pro Jahr wenigstens mit fünfzehn bis zwanzig Frauen geschlafen hatte, jemals eine solch arglose Frage hatte stellen können.

Sie schaute ihn direkt an und sagte ruhig, aber bestimmt: »Das mußt du mir erklären, Murray. Ich hab' es nicht vergessen.«

Überrascht stellte sie in ihrer Stimme eine leichte Verbitterung fest, die auch nicht durch ein flüchtiges Lächeln, das ihre Worte begleitete, vertuscht werden konnte. Sie mußte sich eingestehen, daß in ihrer Entscheidung, dieses Treffen herbeizuführen, etwas Verwegenes gelegen hatte. In ihrer blühenden Fantasie hatte dieser Abend wie folgt geendet: Nachdem sie ihm im ›Russian Tea Room‹ in Erinnerung an alte Zeiten einen Drink spendiert hatte, zog sie einen Revolver und schoß ihm ein Loch in den Kopf. Um eine alte Rechnung zu begleichen? Es gab genug Frauen, die in immer wiederkehrenden Träumen sämtliche Männer, mit denen sie je geschlafen hatten, aufmarschieren ließen, um sie dann alle zusammen mit einem Maschinengewehr niederzumähen. Da sie Murrays Verlegenheit erkannte, beschloß sie jetzt aber, ihn nicht für alle anderen zum Sündenbock zu machen und sprach völlig unbefangen weiter. »Du wirst es zwar nicht glauben, aber immer, wenn ich mir die Zähne putze und dabei in den Spiegel sehe, erinnere ich mich daran, wie du plötzlich neben mir aufgetaucht bist. Da hast du mir erklärt, daß sich mein Zahnfleisch rapide zurückbilden würde, wenn ich nicht aufhörte, meine Zähne so schlecht zu behandeln.«

»Das darf doch nicht wahr sein? Daran erinnerst du dich noch? Zeig doch mal her.« Er beugte sich zu ihr, aber sie wich zurück.

»Nein danke. Ich habe selbst einen ausgezeichneten Zahnarzt.« Jeder ein gefälliges Lächeln auf den Lippen, saßen sie fast eine ganze Minute lang da und sahen sich an, in der Hoffnung, daß der andere das Schweigen mit einem Themenwechsel beenden würde.

»Nun«, sagte Murray, noch immer lächelnd, »was jetzt?«

»Gibt es das überhaupt? Man behauptet doch schließlich, daß das, was wir vor sieben Jahren getan haben, das Intimste ist, was sich zwischen Menschen ereignen kann. Verdammt noch mal – und jetzt sitzen wir hier und wissen nicht einmal, was wir miteinander reden sollen!« Daraufhin lachten beide außerordentlich erleichtert.

»Ich möchte deine Bemerkung noch etwas einschränken. Einigen wir uns darauf, daß es zwischen zwei Menschen keine intimere Beziehung geben kann.«

»Genehmigt!« Sie beugte sich vor, um Murrays Hand zu schütteln. »Nachdem wir jetzt geklärt haben, wie absurd die Situation ist, sollten wir eigentlich damit beginnen, einander klarzumachen, wer wir eigentlich sind.«

»Als ich dich an deinem Arbeitsplatz anrief, wurde mir mitgeteilt, daß du in der Klasse wärst. Arbeitest du an einer Schule?«

»Ich unterrichte an einer Oberschule in ›Spanish Harlem‹ Englisch als zweite Grundsprache. Zwei Jahre lang war ich mit dem Friedens-Corps in Südamerika, und dann habe ich dort unten noch ein weiteres Jahr Englisch gelehrt. Infolgedessen habe ich nach meiner Rückkehr hier mein Diplom in Englisch und Spanisch gemacht. Englisch ist Zweitsprache. Dann hätte ich mit ganz guten Berufsaussichten nach Ekuador gehen können, aber wie du siehst, habe ich das doch nicht geschafft. Ich fürchte, daß New York mich gefangenhält. Aber egal – es macht mir eben Spaß, meine Schüler zu unterrichten. Nächste Woche werde ich dreißig, und wahrheitsgetreu kann ich sagen, daß ich in meinem ganzen Leben noch nie so glücklich war. Und was ist mit dir?«

»Ich muß schwer arbeiten, um mir eine eigene Praxis aufzubauen. Du könntest mich beinahe einen Schwerstarbeiter nennen, aber wenn man sich eine Existenz aufbauen will, dann muß man eben hart arbeiten. Ich hoffe, daß ich mich bald selbständig machen kann. Abgesehen von der vielen Arbeit ist es ziemlich langweilig, aber auch ich bin glücklich dabei. Meine Freunde sind andere junge Kollegen. Wir haben gemeinsam eine Skihütte in Vermont, und im

Sommer fahren wir nach Hampton ans Meer. Wir arbeiten alle hart, und ab und zu heben wir einen oder pokern. Immer der gleiche Mist. Einige Leute behaupten, daß ich außer dem Beruf auch noch andere Interessen kultivieren müßte und zum Beispiel einen Kursus an der New School oder etwas Ähnliches belegen sollte. Aber nach dem, was ich an der Uni durchgemacht habe, ist der Gedanke, wieder die Schulbank drücken zu müssen, einfach unerträglich. Also kümmere ich mich hauptsächlich um meine Arbeit und bin außerdem mit den anderen Jungs zusammen. Das gefällt mir.«

Bis jetzt lief die Unterhaltung nicht sehr vielversprechend. Kaum Gemeinsamkeiten. Sylvia zweifelte ernsthaft daran, daß der attraktive und athletische Murray sich ausgerechnet eine kraushaarige, pferdegesichtige Lehrerin als seine Beute für die Nacht aussuchen würde, wo ihm doch sicher viel Verführerischeres in den von ihm bevorzugten Kneipen geboten wurde. Trotzdem erinnerte sie sich daran, daß er sie ja auch damals in der Bibliothek angemacht hatte, oder etwa nicht? Schließlich war sie noch die gleiche, sagte sie sich. Allerdings hatten Menschen ihn wohl niemals interessiert. Nicht im geringsten.

Ursprünglich hatte sie sich für diese Begegnung eine ganze Reihe von Fragen zurechtgelegt. Fragen an einen jungen Mann, mit dem sie eine Nacht im Bett verbracht hatte. In seiner überfüllten Bude bei der Universität hatte sie in der einen Nacht so gut wie nichts über ihn erfahren. Was seine Person betraf, war er schon damals äußerst verschlossen gewesen und hatte genauso wie heute vorgezogen, Privates nur oberflächlich zu erwähnen. Heute war er darin zweifellos viel gewandter. In der Bibliothek hatte er sich nach ihren Prüfungsterminen erkundigt, was sie eigentlich studiere, und dann folgte die ganz direkte Einladung: »Warum machen wir nicht eine kleine Pause und gehen auf einen Sprung zu mir? Ein bißchen Sex macht einen viel klareren Kopf. Danach wirst du noch besser und konzentrierter arbeiten können.« Durch seinen direkten Vorschlag entwaffnet, hatte sie zugestimmt.

»Murray, ich hab' dich damals schon gefragt, warum du ausgerechnet Zahnarzt und nicht Arzt werden wolltest, aber schon damals bekam ich von dir keine klare Antwort darauf.«

»Ich glaube, der Grund dafür war völlig unromantisch. Es war eigentlich nur ein Versehen. Als ich kurz vor dem Schulabschluß stand – Anfang der sechziger Jahre – erklärte mir mein Vertrauenslehrer, daß es für mich nur vier Möglichkeiten gäbe, mich vor der Einberufung zum Militär zu drücken. Ich konnte entweder Lehrer,

Arzt, Zahnarzt oder Polizist werden. Da ich Kinder nicht leiden kann, kam Lehrer für mich nicht in Frage. Und für den Polizeidienst war ich einfach zu klein. Auch Arzt wollte ich nicht werden. So blieb nur noch der Zahnarzt übrig. Zu meinen Hauptfächern beim Abitur gehörte sowieso Chemie. Ich hätte auch gerne in der chemischen Forschung gearbeitet, doch dann erinnerte ich mich an meinen Zahnarzt, den ich seit Kindheit kenne. Er hatte auf mich immer einen fröhlichen Eindruck gemacht. Also überlegte ich mir – warum eigentlich nicht? Und so kommt es, daß ich wie ein Pferd arbeiten muß.« Es gefiel ihm offensichtlich nicht, daß er durch die Praxis so stark angebunden war. Vor zwei Jahren hatte er sich einen viermonatigen Urlaub gegönnt und alle Skigebiete Europas abgeklappert. Aber einen solchen Luxus konnte er sich nicht oft leisten. Hier mußte Sylvia an sich denken und wie verwöhnt sie durch den Schuldienst war. Sie brauchte nur zehn Monate im Jahr zu arbeiten. Aber sie, die über genügend Zeit verfügte, hatte nicht das Geld dazu, ausgedehnte Auslandsreisen zu unternehmen. Vielleicht hatte er recht gehabt, dachte sie, daß er nicht Lehrer geworden war.

»Du, das hätte ich dich eigentlich schon am Telefon fragen müssen, Murray, bist du eigentlich verheiratet und so?«

»Nein, und du?«

»Nein.«

»Warst du es?«

»Nein. Hätte ich es sein sollen?«

»Es war nur so ein Gedanke. Weißt du, in sieben Jahren kann viel passieren.«

»Etwa zwei Jahre lang war ich ziemlich fest gebunden, aber das ist vor etwa sechs Monaten auseinandergegangen. Wie man so schön sagt, versuche ich erst jetzt wieder, unter Menschen zu gehen.«

»Ich glaube, daß man sich durch eine lange Verbindung sehr isolieren kann.«

»Das muß nicht unbedingt sein. Ich hab' den Fehler begangen, mich isolieren zu lassen. Das passiert mir bestimmt nicht wieder.«

»Wer war denn der Bursche, der dich an mich erinnerte?«

»Einer meiner Professoren. Ich versuche, mich durch ein Abendstudium weiterzubilden. Wenn ich vorher nicht an Altersschwäche sterbe, müßte ich eines Tages in Erziehungswissenschaften promovieren. Da ich nicht mehr nach Südamerika zurückgehen will, bin ich mir darüber klar, daß ich etwas tun muß, um hier für mich bessere Arbeitsbedingungen zu schaffen. Englisch als Zweitsprache wird eigentlich nur in Großstädten unterrichtet, und ich möchte mir gerne ein etwas weiteres Betätigungsfeld suchen. Wenn ich die Doktorarbeit schaffe, könnte ich vielleicht als Lehrerin an einem Lehrerseminar auf dem Lande unterrichten und dort anderen Lehrern das vermitteln, was ich jetzt lerne.«

»O Gott, Schulen! Erinnere mich nur nicht daran.«

»So schlechte Erinnerungen?«

»Die hab' ich unterdrückt.«

»Darf ich dir noch eine letzte Frage in bezug auf die Vergangenheit stellen? Allerdings nur, wenn es dir nicht unangenehm ist.«

»Ich werde versuchen, mich zu erinnern, aber wie ich schon sagte, hab' ich mit der früheren Zeit schon lange abgeschlossen.«

In der Nacht, in der sie zusammen geschlafen hatten, waren Sylvia und Murray schweigend durch die große Halle zu seinem Zimmer gegangen. Offiziell war es Frauen nicht gestattet, in diesen Räumen zu übernachten. Er hatte die Tür aufgeschlossen und das Licht angemacht. Sie hatten ihre Bücher auf den Schreibtisch gelegt und waren dann in entgegengesetzte Ecken gegangen, um sich auszuziehen. Ungefähr so, wie zwei Boxer vor Beginn ihres Kampfes, ehe sie in den Ring stiegen. Murray war fröhlich in das ungemachte Bett gesprungen. Nachdem sie ihren winzigen Rock ausgezogen hatte, stand Sylvia am Fußende des Bettes in ihrem Höschen da, während er versuchte, das Bettuch zu glätten. Alles schien ihr zu schnell und zu kaltblütig zu geschehen. Sylvia hatte sich an das Fußende des Bettes gelehnt, um die Zeit bis zur ihrer ›Vereinigung‹ damit zu überbrücken, etwas über sein Privatleben zu erfahren. »Na, du weißt schon, wie das so ist. Man geht in ein Lokal und trifft eine Frau. Meistens ist sie älter. Sie nimmt dich dann mit nach Hause, und oft mußt du dich vor ihr ausziehen, so daß sie dich genau betrachten kann. Wenn sie dann an der Reihe ist, ihre Kleider loszuwerden, macht sie meistens das Licht aus, entkleidet sich und hopst ins Bett.«

Sylvia konnte sich daran noch genau erinnern und auch, wie sie sich dabei auf einen Keramik-Aschenbecher, der auf einem Tisch stand, konzentrierte, um ihn nicht in Verlegenheit zu bringen.

Als sie jetzt wieder aufsah, war in ihren Augen so etwas wie naive Leidenschaft zu erkennen. »Ich hab' sehr oft daran denken müssen. Weißt du, ich bin mir nicht sicher, ob das, was damals geschah, für dich eine Gewohnheit war, oder ob es etwas Einmaliges für dich bedeutete, das du auch in Erinnerung behalten hast. Aber ich kann mir einfach nichts Unmenschlicheres vorstellen, als daß man sich selbst wie ein Stück Fleisch zur Begutachtung anbietet. Warum hast du das damals getan, Murray? Warum hast du dich jemals einer solchen Erniedrigung unterworfen?«

»Willst du mich auf den Arm nehmen? Das ist doch ein alter Hut, Syl. Das ist doch gang und gäbe an der Uni. Da sind diese reichen Ladies. Meistens aus der Park Avenue. Meistens geschieden. Sie sitzen in den umliegenden Kaffeehäusern herum und haben nichts anderes vor, als sich junge, mittellose Studenten aufzugabeln, von denen sie wissen, daß sie pleite sind. Dann gehen sie mit ihnen zum Essen oder ins Kino und geben ihnen ein wöchentliches Taschengeld. Das hat doch schon Tradition. Jeder weiß davon.«

»Aber das ist ja Prostitution!« Beide hatten sich jetzt in ihren Stühlen vorgebeugt, bereit, das Wortgefecht fortzusetzen. Murrays Stimme hatte ihren öligen Ton verloren.

»Denk doch mal darüber nach. Du studierst im allgemeinen, bis du sechsundzwanzig oder siebenundzwanzig Jahre alt bist. Eine Zeit, in der du sexuell auf dem Höhepunkt bist.«

»Ich dachte, der wäre schon früher?«

»Naja, vielleicht bist du nicht mehr der Allerwildeste, aber du bist auf jeden Fall noch ganz schön jung und lebhaft. Du hast kein Geld und keine Möglichkeit zu anderen Kontakten. Die einzigen Frauen, mit denen du während deiner täglichen Routine zusammenkommst, sind die Schwestern und die Sozialarbeiterinnen im Krankenhaus, und die können dir ganz schön auf den Wecker fallen. Auf diese Art und Weise amüsierst du dich wenigstens etwas. Du bekommst soviel Sex, wie du nur willst und, vergiß nicht – diese Frauen sind Experten. Einige von ihnen sind auch noch in ganz guter Verfassung, und außerdem weißt du genau, daß du am nächsten Morgen fünfundzwanzig oder dreißig Dollar für die Woche bekommst.«

»Du solltest einen Artikel für die ›Village Voice‹ schreiben.«

»Das würde ich niemals tun. Erstens einmal würde ich es nicht den Studenten antun, die jetzt geradeso leben, wie ich es damals tat, und die es genauso nötig haben. Und zweitens würde ich es auch nicht den Frauen antun, meinen grauhaarigen Ladies. So hab' ich sie immer genannt. Verdammt noch mal, ich hab' so lange nicht mehr an sie gedacht. Ich hatte welche, die waren schon an die sechzig.«

»Und dabei hast du noch funktioniert? Du konntest dich dazu bringen, hm..., und auch noch etwas dabei empfinden?«

Murray machte eine kurze Pause und antwortete dann ganz klar und verständlich: »Sylvia, wenn du den Penis eines Mannes in die Hand nimmst, dann tut die Natur alles weitere. Das ist physiologisch bedingt und, wie ich dir schon sagte, waren das Experten.«

»Aber wie konntest du deinen Körper so vorbehaltlos verkaufen?«

»Bist du denn noch nie mit einem älteren Kerl zusammengewesen?« fragte er spitz und drehte den Spieß um. Sie ärgerte sich über seine Neugier, aber da er in bezug auf seine Vergangenheit ehrlich gewesen war, glaubte sie, ihm genauso offen antworten zu müssen.

»Das schon, aber bestimmt nicht für Geld. Es gab mal einen stellvertretenden Schulleiter, mit dem ich zusammen war. Ein Mann von etwa sechzig Jahren. Ich war neugierig, wie es mit einem Mann in diesem Alter sein würde.«

»Na, und wie war es?«

»Kompliziert. Seine Erektion brach immer wieder zusammen. Er hatte sich erst kürzlich von seiner Frau getrennt, und deshalb war es so schwierig für ihn.«

»Und was hast du gemacht?«

»Wir haben es schon hinbekommen. Wir mußten nur geduldig miteinander sein.«

»Donnerwetter, du bist aber mitfühlend. Scheiße! An dem Tag, an dem ich einmal impotent sein werde, Syl...«

»Was hätte ich denn tun sollen? So, wie es war, war es für den armen Kerl schon peinlich genug. Zum erstenmal ging er mit einer jungen Puppe aus, und da wollte ich es für ihn nicht noch schlimmer machen.«

»Also, ich kenne Mädchen, die in so einem Fall den Kerl aus dem Bett schmeißen würden.«

»Vielleicht tun Mädchen so etwas, aber Frauen bestimmt nicht.«

Daraufhin gähnte Murray ungeniert. Er gähnte so schamlos, wie es sich nicht einmal ein Schüler erlauben würde, ohne auch nur die geringsten Anstalten zu machen, die Hand vor den Mund zu halten. Dann schüttelte er mit einem Achselzucken den Kopf. »Also, darüber muß ich erst mal nachdenken.«

»Murray, es ist jetzt schon fast zehn, und ich hab' morgen einen schweren Tag vor mir. Möchtest du jetzt noch den Drink, den ich dir versprochen habe?« Mit einem ablehnenden Kopfschütteln stand er auf und beendete so die Unterhaltung.

»Lassen wir's lieber. Ich fürchte, daß ich jetzt gleich ins Bett muß. Ich bin fix und fertig.«

»Ich möchte nur nicht, daß du glaubst, daß ich mich drücken will.«

»Es hat Spaß gemacht. So rede ich nicht mal mit meinen Kumpeln, geschweige den mit einer Frau. Warte einen Augenblick. Ich hol' nur meine Jacke.«

In seiner ramponierten Baseball-Jacke, dem Pullover und den Jeans sah Murray jetzt noch mehr wie ein Student aus. Sylvia mutmaßte, warum er sich so schäbig kleidete. Sicherlich würden vor den Augen aller Frauen sogleich unsichtbare Dollarnoten erscheinen, wenn er in Gesellschaft auftauchte und bekannt wurde, daß er Zahnarzt war. Schließlich war die Stadt voll von Goldgräbern männlichen und weiblichen Geschlechts.

Während sie mit dem Fahrstuhl nach unten fuhren, unterhielten sie sich über Alltägliches: Die hahnebüchenen Mieten in New York; die Inflation; die letzten Nachrichten von Watergate und ob Nixon zurücktreten würde; wer von den gerade Vorgeschlagenen den Oscar gewinnen würde. Sylvia bemühte sich, die Tatsache zu vertuschen, daß sie in ihren hochhackigen Stiefeln Murray um etliches überragte, und hoffte nur, daß er nicht pikiert darüber sein würde, mit einem so massiven Weibsbild in der Öffentlichkeit gesehen zu werden. Sie hatte sich nicht mehr an den Größenunterschied zwischen ihnen erinnert. Als sie sich nackt in den Armen gelegen hatten, schienen sie sehr gut zueinander zu passen. Ihr jetzt erfahrenes Auge schätzte Murray ab. Er verfügte über einen muskulösen, gedrungenen Körperbau und breite Schultern, wie man sie selbst bei Männern, die größer waren als er, nur selten fand.

Sylvia gab ihm ihre private Telefonnummer, die sie in ihrem ursprünglichen Brief nicht erwähnt hatte, und war erfreut, daß Murray das gleiche tat. Das ließ sie vermuten, daß er zumindest nicht mit einer ihn anhimmelnden Zahntechnikerin zusammenlebte.

Während er ihr seine Karte gab, bemerkte er oberflächlich: »Weißt du, Syl, wenn wir uns wiedersehen sollten, ist es unvermeidbar, daß wir auch miteinander schlafen. Schläfst du so ab und zu mal mit jemandem?«

»Kann ich dir nicht sagen. Ich hab' darüber noch nicht nachgedacht«, log sie.

»Wenn wir es wieder probieren würden, könnte ich mich vielleicht an damals erinnern. War es eigentlich gut?«

»Um dir die Wahrheit zu sagen: das war noch zu einem Zeitpunkt, den ich als meine Latenzzeit bezeichne. Ich hab' damals schon seit etwa drei Jahren mit Männern geschlafen, aber erst im

Sommer darauf, ein Jahr nachdem ich dich kennengelernt hatte, endlich einen Orgasmus gehabt, und zwar durch mich selbst. Wenn ich zurückdenke, dann wundere ich mich darüber, warum ich es die ganze Zeit getan habe, ohne dabei etwas zu empfinden. Ich glaube einfach, daß ich damals noch nicht wußte, daß es auch schöner sein könnte.«

»Dann war es also damals nicht schön für dich?« Er schien enttäuscht zu sein.

»Murray, ich wußte es doch damals noch gar nicht. Du warst nett zu mir, und ich wollte, daß du mich magst. Aber an etwas erinnere ich mich noch ganz deutlich: Du hast mich wunderbar geküßt. Das ist heute, wo Sex etwas Alltägliches geworden ist, eine kaum mehr anzutreffende Kunst.« Murray schmunzelte.

»Heute, wo ich Zahnarzt bin, tue ich es nicht mehr. Egal, ich wollte eigentlich gar nicht darüber sprechen. Ich meine über Sex. Ich wollte, daß du weißt, daß ich mich geändert habe.«

»Hast du das?«

»Nun ja, eigentlich nicht«, murmelte Murray leicht verlegen.

»Du kannst mich ruhig spät anrufen. Abends nach elf Uhr erreichst du mich am besten, weil ich in einem Teil meiner Klassen bis zehn Uhr unterrichte. Außerdem bleib' ich auch länger, um noch in der Bibliothek zu arbeiten.«

Murray begann laut darüber nachzudenken, wie lange wohl ein Taxi brauchen würde, um von Sylvias Wohnung in der East Seventy-seventh Street bis zur Bank Street in der Village zu fahren. Dort wohnte er jetzt. Es war ganz klar, daß er, nachdem sie ihm gesagt hatte, daß sie spät telefonisch zu erreichen war, die Überlegung anstellte, daß hierdurch der Vorschlag von ihr gemacht wurde, sie mitten in der Nacht zu sich zu bestellen, um ihre historische Eskapade noch einmal durchzuspielen.

»Ich nehme an, du erwartest, daß ich dann bei dir kostümiert erscheine. Im Miniskirt und schwarzen Strümpfen.«

»In meiner Fantasie schon, Syl. Komm doch. Ich möchte mich wieder daran erinnern, wie es war. Du kannst nicht so schlecht gewesen sein. Nicht, wenn ich dich die ganze Nacht über dabehalten habe.«

Bestimmt und etwas angriffslustig entgegnete Sylvia: »Dabei wollen wir es auch belassen. Sollte ich Lust dazu verspüren, werd' ich dich anrufen.«

»Okay. Es hat Spaß gemacht, dich wiederzusehen, Sylvia. Wir hören voneinander.«

Als Murray sie an der Straßenecke verließ und sie auf den Lichtwechsel der Ampel warten mußte, wurde ihr auf einmal klar, daß sie einander in die Augen sehen konnten. Unbewußt hatte sie sich auf die Fahrbahn gestellt und ihn auf dem Bürgersteig stehen lassen. Sie hoffte, daß es ihm nicht aufgefallen war. Dann beobachtete sie seinen langsamen, sicheren Gang, als er, die Hände in den Jakkentaschen, die Straße entlang ging. Stämmig und robust. Dieser Körper hatte nackt neben ihr gelegen und war in sie eingedrungen. Doch er konnte sich nicht einmal an sie erinnern. Sie mußte annehmen, daß es wohl bei mindestens einem halben Dutzend Partnern, mit denen sie ein einmaliges nächtliches Erlebnis gehabt hatte, ebenso sein dürfte. Sie dagegen erinnerte sich an jeden einzelnen ganz deutlich, wenn auch nicht an jede Einzelheit.

Josef. Bei ihm hatte sie sich für dieses eigenartige Treffen zu bedanken. Josef, dessen linkisches Benehmen seiner professoralen Strenge vor der Klasse widersprach. Zwischen ihm und Murray gab es kaum etwas Gemeinsames. Zwei blonde Männer aus einer anderen Stadt. Vielleicht hatten sie einander damals in Philadelphia sogar gekannt? – Sylvia legte Murray Butkis, Doktor der Zahnmedizin, einstweilen erst einmal zu den Akten. Ob sie sich wieder mit ihm beschäftigen würde, hing davon ab, was sich zwischen ihr und Josef Annensky, Doktor der Pädagogik, entwickeln würde.

2. *Kapitel*

Bewußt oder unbewußt baute Sylvia ihren herankommenden Geburtstag für sich zu einer Art psychologischen Meilenstein aus. Eine typische Reaktion bei vielen Menschen, die einen runden Geburtstag feiern. In diesem Falle die große Dreißig. Höchste Zeit, ihr Leben bis zu diesem Zeitpunkt zu überdenken. Sicherlich war dies eins der Motive, das sie einen Mann aus ihrer Vergangenheit wieder aufsuchen ließ. Sie mußte an die grobgeschnittene Attraktivität von Murrays Gesicht denken, die scharfkantige Nase, das wirkungsvolle Grübchen, das sein Kinn unterteilte, alles zusammen von einer höchst verführerischen Unernsthaftigkeit überzogen, wenn er lächelte. Es machte sie krank, wenn sie daran dachte, wie viele darauf hereingefallen waren und daß sie sich davon nicht ausschließen konnte.

Seine grobe Sexualität machte Murray zu einem perfekten Beispiel jener Klasse von Männern, die sie so oft erregten und anzogen, obwohl sie diesen Typ intellektuell eigentlich verachtete. Rückblickend konnte sie feststellen, daß mit den Jahren ihr Lustgefühl über ihre Ideale in einem periodischen Zyklus die Oberhand gewonnen hatte. Die Geschichte ihres romantischen Lebens war ein Paradoxon von Apoll gegen Dionysos, von Vernunft gegen nackte Wollust. Die von Leidenschaft geprägten Jahre, die sie in Südamerika verbracht hatte, waren für sie ein bacchantisches Gegengift zu der Enthaltsamkeit ihres Lebens an der Universität gewesen. Ihre derzeitige Identität als Miß Green, der pflichtbewußten Pädagogin für die Massen, ließen das Pendel wieder in Richtung von apollonischer Würde und Zurückhaltung schwingen. Nachdem sie sich ein Jahr lang von einem ernsten Rechtsanwalt den Hof hatte machen lassen, hatte sie die darauffolgenden Monate in schwärmerischer Ausgelassenheit mit einem hispanischen Aktivisten verbracht, den sie in einer Bodega in der Nähe ihrer Schule, in der sie arbeitete, aufgetan hatte. Danach kehrte sie wieder zur Zivilisation zurück, indem sie mit einem schwerfälligen Verlagstypen ›Bloody Marys‹ trank und dabei die ›New York Review of Books‹ diskutierte.

Ihre zwei Jahre lange Affäre hatte nur deshalb so lange gedauert, weil in ihr beide Elemente vertreten waren. Als sie sich trafen, hatte Lorimer, genannt Lorry, gerade versucht, eine Karriere als Stükkeschreiber zu beginnen, wobei er für seinen Lebensunterhalt gelegentliche Jobs als Nachtwächter annahm und außerdem eine kleine Unterstützung aus einer Stiftung erhielt. Sie hatten niemals einen Pfennig übrig, um sich etwas zu leisten. Während ihres ersten gemeinsamen Jahres verbrachten sie ihre Freizeit damit, billigen Wein zu trinken, sich gegenseitig Shakespeare laut vorzulesen und bis tief in die Nacht miteinander ›Scrabble‹ zu spielen. Der Ärger begann, als Lorry letzten Endes dem Druck seines gestrengen Vaters, eines Bankiers in der Investment-Branche, nachgab und sich an der Universität für ein Studium der Wirtschaftswissenschaft einschrieb. Selbstverständlich hatte er sich vorgenommen, sein Diplom auf seine Weise auszunutzen. Als freischaffender Wirtschaftsprüfer konnte er innerhalb von vier Monaten genug Geld verdienen, um damit den Rest des Jahres seiner eigentlichen dramatischen Neigung nachzugehen. Obwohl sich an ihrem äußerst sparsamen Lebensstil – auch nachdem Lorry Student geworden war – nichts änderte, so beeinflußte der tägliche Umgang mit den Werten der Wirtschaftswissenschaft doch langsam seine Lebenseinstellung. Dieser Vorgang muß sich wohl allmählich vollzogen haben. Sylvia erschien es, als ob Lorry sich über Nacht in einen geldgierigen Bürokraten im Straßenanzug mit der Aktentasche in der Hand und dem ›Wall Street Journal‹ unter dem Arm verwandelt hatte. Das einzige Gesprächsthema, das es für ihn noch gab, war, wieviel Geld er verdienen würde, wenn er erst einmal seine Examina bestanden hätte. Er glaubte auch fest daran, daß sie ihm dann mehr Respekt zollen würde. Als er endlich sein Diplom hatte, war es ihm nicht schwergefallen, einen Job bei einer prominenten Firma in der City zu bekommen. Daraufhin hatte sie ihn gebeten, auszuziehen.

Lorrys Verwandlung hatte sie so entmutigt, daß sie mehrere Monate nach der Trennung Männer kaum beachtete. Ihre Arbeit als Lehrerin an der Schule nahm sie tagsüber voll in Anspruch. Außerdem ging sie abends noch zu weiterbildenden Lehrgängen mit hauptsächlich weiblichen Teilnehmern, wodurch dafür gesorgt wurde, daß sie von ihren anderen Geschlechtsgenossen ziemlich isoliert wurde. Dafür war sie dankbar. Diese Durststrecke hatte sie allerdings bereitgemacht, sich auf den ersten Mann, der umständehalber in ihr Bewußtsein trat, zu stürzen, und dieser Mann war Josef Annensky, dessen äußere Erscheinung in keiner Weise ihrer Vorstellung von einem Apoll entsprach.

Sie hatte schon vorausgesehen, daß es Ärger geben würde, als sie seinen Namen auf der Vorlesungsliste entdeckte, die zusammen mit ihrer Teilnehmerkarte im Januar mit der Post eintraf. Ursprünglich hatte sie vorgehabt, es sich in diesem Semester etwas leichter zu machen und einen Kursus bei einer schrillstimmigen Matrone zu belegen, von der sie immer gute Noten erhalten hatte. Zu ihrem Leidwesen fand sie nun heraus, daß unter dem Kursus mit dem Titel ›Der Lehrende und die Gesellschaft‹ der Name ›Josef Annensky, Gastdozent‹ aufgeführt war. Ihre Erfahrung hatte sie gelehrt, daß Männer als Lehrer in diesen Lehrkursen unerträglich waren. Allgemein führten sie sich vor ihrer ausschließlich weiblichen Hörerschaft fast immer wie der Hahn auf einem Hühnerhof auf. Trotz allem blieb ihr, wenn sie das sich gesetzte Ziel erreichen wollte, nichts anderes übrig, als dieses Seminar zu belegen. Sylvia füllte zähneknirschend die notwendigen Formulare aus und ließ sich nach ihrer Arbeit an der Schule an der Universität einschreiben.

Auf ihrem Weg zum Büro der Unterrichtsabteilung fiel ihr ein großer, hochgewachsener junger Mann an der Vervielfältigungsmaschine auf, den sie für einen Studenten hielt, der sich mit Büroarbeiten etwas dazuverdienen wollte. Sie war wie vom Blitz getroffen, als eben diese Person über den Lärm der Maschine hinweg antwortete, als die Sekretärin rief: »Professor Annensky, haben Sie noch Platz für eine weitere Studentin in Ihrem Seminar?« Sie hatte eben Sylvias Formulare durchgesehen.

Während sie das Büro verließ, sah sie sich den Mann, der der Sekretärin bejahend zugenickt hatte, etwas genauer an. Über seinem Sporthemd trug er einen an den Ellenbogen mit Lederstücken besetzten Wollpullover. Er sah eigentlich mehr wie ein Student aus ihrer Studienzeit aus, nicht so wie die ungepflegten, unrasierten Jugendlichen, die man heute auf dem Campus traf. Seine honiggelbe Ponyfrisur, die formlose Nase und seine rosigen Wangen ließen ihn schlaksig erscheinen. Zu den blassen Augenbrauen schienen seine eng zusammenliegenden, dunklen Augen nicht zu passen, sie gaben ihm das Aussehen eines Raubvogels. »Danke sehr«, sagte Sylvia. Er blickte gar nicht von der Maschine auf. »Ich meine dafür, daß Sie mich in Ihr Seminar noch aufgenommen haben.«

Er errötete leicht. »K-kein P-p-problem«, sagte Annensky, ohne aufzusehen.

Hatte sie sich eben nicht verhört? Hatte er wirklich gestottert? Wie konnte man mit einem Sprachfehler an der Hochschule unterrichten? Neugierig wartete Sylvia auf das erste Seminar des Semesters, um herauszufinden, ob ihre Ohren sie getäuscht hatten.

An diesem ersten Dienstagabend machte Annensky einen erwachseneren Eindruck als im Büro. Über seinem Pullover trag er einen schicken Blazer. Die kleinen Falten, die sich in seinen Augenwinkeln bildeten, wenn er Fragen stellte, ließen sie sicher sein, daß er mindestens so alt war wie sie. Aber trotz allem war da noch etwas sehr Jugendliches an ihm, so, als ob er nicht genau wisse, was er mit seinen schlanken Armen und Beinen am Pult anfangen sollte.

Wenn er dozierte, dann wirkte er trotz all seiner physischen Unbeholfenheit außerordentlich selbstsicher. Sein Stottern, das zu Beginn des Semesters zu leichtem Murmeln Anlaß gegeben hatte, minderte nicht die Geradlinigkeit seiner Worte. »Dies ist ein b-b-berufsfortbildendes Seminar«, begann er, »und als s-s-solches wird es auch a-a-abgehalten. Wir sind n-nicht als Soziologen o-o-der als Sozialpsychologen hier. W-w-wir sind hier als b-b-berufsmäßige Lehrer, d-die ihre Rolle in der G-g-gesellschaft untersuchen wollen. Wie viele von Ihnen h-haben schon einmal ein Semester Jus g-g-gehört?« Niemand hob die Hand. »Also gut, i-ich werde das S-semester auf dieser B-basis abhalten. Sie m-m-müssen gut vorbereitet erscheinen u-und in der Lage sein, D-d-dinge richtig w-w-wiederzugeben. Fünfundzwanzig Prozent Ihres P-p-prüfungsergebnises werden davon abhängen, w-wie Sie sich an diesem Seminar b-beteiligt haben. Ein Lehrer m-m-muß in der Lage sein, seine Ideen u-und Gedanken laut aussprechen zu können. In der M-mitte des Semesters w-wird es eine schriftliche A-a-arbeit geben, aber zum Schluß w-wird dann ein I-i-interview stattfinden, i-in Form einer mündlichen Prüfung, w-wenn Sie so wollen.«

Während er das Leseverzeichnis für den ersten Teil der Studien verteilte, begannen die Studenten ärgerlich untereinander zu flüstern. Alle waren von Annenskys Anforderungen entgeistert. So wie das Seminar von der sonst lehrenden Professorin abgehalten wurde, war eine vage impressionistische Betrachtung über die Position des Lehrers und seine Aufgaben ausschlaggebend gewesen. Also eigentlich ein Witz. Keiner weiß besser als ein Volksschullehrer, wie gering sein Einfluß ist und wie wenig Respekt ihm entgegengebracht wird. Die meisten Studenten beendeten das Seminar damit, daß sie ihre Seminararbeit mit Anekdoten über ärgerliche Eltern füllten, Dinge eben, die sie beim letzten Elternabend erlebt hatten.

Am zweiten Abend bereits wurde ihnen ein weiteres Leseverzeichnis, genauso lang wie das der vergangenen Woche, ausgehändigt, und Annensky befragte durch willkürlichen Namensaufruf die Seminaristen nach spezifischen Daten und Zusammenfassungen über das Material der letzten Woche. Genauso, wie er es angekündigt hatte. Er war so beherrschend und unnachgiebig wie der Dirigent eines Symphonieorchesters, und seine Augen durchstreiften ständig den Raum, um sicherzugehen, daß alle Anwesenden aufmerksam waren und bereit für seine nächste Frage. Annenskys Persönlichkeit war es zu verdanken, daß Sylvia in seiner Klasse eine Erregung verspürte, wie noch nie in früheren Seminaren. Sie hatte das Gefühl, als ob sie sich für jedes erneute Treffen wie auf einen Kampf vorbereitete. Dieser nervöse Mann hatte zum erstenmal nach Jahren vermocht, ihren Intellekt zu stimulieren, und zwar nicht so sehr durch das Thema, das er lehrte, sondern durch die Art, wie er seine Studenten im Seminar forderte.

Für Sylvia bedeutete es nur einen kurzen Sprung von der Erregung bis zu dem Moment, wo sie sich sexuell zu Annensky hingezogen fühlte und neugierig auf seinen Charakter wurde. Er begann ihr besser zu gefallen. Vielleicht war es auch so, daß sie begann, nur die angenehmeren Aspekte seiner Erscheinung wahrzunehmen, die Intensität seiner Augen und die Schönheit seiner blonden Haare. Sie war erstaunt, daß sie ihn jemals für ein dürres Bürschchen gehalten hatte, denn jetzt gab es für sie kein Wesen mehr, zu dem sie lieber aufsah. Was für ein Mensch war er eigentlich?

Beim dritten Seminar war sie bereits zum Detektiv geworden. Sie analysierte die Sätze des Professors fast schon, während er sprach, um so Hinweise auf seinen inneren Zustand zu erhalten. Ihre Strategie begann damit, daß sie sich in die vorderste Reihe setzte, um so in der besten Position zu sein, ihn zu beobachten. Aber schnell mußte sie feststellen, daß sie sich durch seine Nähe seinem direkten Blick zu sehr ausgesetzt fühlte. Sie befürchtete, daß sie durch ihr Starren auf eine so kurze Distanz ihr Interesse an ihm zu sehr bekunden könnte. In den Klassen, in denen sie selbst unterrichtete, konnte sie im allgemeinen den Gesichtern der Schüler entnehmen, wer von ihnen sie verehrte. Sie setzte sich wieder etwas weiter zurück, wo ihre unnatürliche Konzentration auf Annenskys Worte für ihn nicht so leicht durchschaubar war.

Aus einem Stottern versuchte sie sich ein Bild seiner privaten Gedanken zu machen. Wenn er die Schule als Institution auf abstrakte Weise diskutierte, war sein Sprachfehler weniger auffällig und nur leichtes Zögern oder ein Luftholen vor bestimmten Worten zu vernehmen. Griff die Diskussion jedoch auf Dinge über, die mehr emotionalen Ursprungs waren, glaubte sie, einen Unterschied herauszuhören. Sie legte eine Liste mit Worten an, die ihm besondere Schwierigkeiten bereiteten: ›Disziplin, Familie, Elternteil‹. Hier schien sich ein Muster abzuzeichnen. An den Abenden, an denen sie nicht unterrichtete, beschäftigte sie sich in ihrer Freizeit damit, die Seminare von Annensky in Gedanken noch einmal durchzugehen und dabei eine Theorie zu entwickeln, warum er an bestimmten Stellen Schwierigkeiten zu haben schien. In einem Seminar, das sich mit der Entfremdung unter der erwachsenen Bevölkerung befaßte, erstickte er beinahe an dem Wort ›Einsamkeit‹. Er begann mehrere Male, bis es ihm gelang, es auszusprechen. Sylvia fühlte, wie ihr Herz zu rasen begann, und beugte ihr brennendes Gesicht tief über ihre Notizen, um ihre Reaktion zu verbergen. Drückte er damit seine Einsamkeit aus? Ging es ihm so wie ihr? Sie war sich sicher, hier den verborgenen Schlüssel zu seinem Verhalten gefunden zu haben. Dieser Schlüssel schien auch zu ihr zu passen und erklärte, warum sie von diesem Mann so beeindruckt war. Vielleicht konnten sie einander helfen? Wenn er nur wüßte, wie sehr sie bereits jetzt schon mit ihm fühlte, würde er sich vielleicht nicht so unsicher ausdrücken.

An diesem Abend ging sie nach ihrer Arbeit in die Bibliothek auf der anderen Seite des Gebäudes, um sich über das Phänomen ›Stottern‹ zu informieren. In der Sprachpathologie fand sie mehr als ein Dutzend Bücher über die Ursachen und Implikationen, aber die meisten davon stammten aus den vierziger Jahren und schienen etwas seicht und altmodisch zu sein. Nachdem sie die Bücher, die sie aus den Regalen genommen hatte, oberflächlich durchstöbert hatte, döste sie vor sich hin, wobei sie von Josef träumte, wie er im Seminar stand und mit sich kämpfte, das Wort ›Einsamkeit‹ auszusprechen. Genauso hatte sie es erlebt. Warum suchte sich jemand mit einem solchen Handikap diesen Beruf, der ihn so exponierte? Wäre es nicht normal gewesen, öffentliches Reden in so einem Falle unter allen Umständen zu vermeiden? Dieser Tagtraum bestürzte sie außerordentlich, daß sie fast zu Tränen gerührt daraus erwachte.

Sie wandte sich jetzt der Fachzeitschriftenabteilung zu. Hier fand sie einige neuere Artikel, die interessante Informationen vermittelten. In einem Journal wurde festgestellt, daß es nicht unüblich war für Stotterer, die ihr Handikap überwunden hatten, danach eine Karriere am Theater oder beim Sprechfunk anzustreben. Damit wollten sie beweisen, daß bei ihnen jetzt alles in Ordnung war. Aber Josef, der in keiner Weise das Stottern überwunden hatte, war trotz allem Lehrer geworden. Was hatte das zu bedeuten?

Sylvia mußte an die Zeit denken, als sie sich ein Kleid gekauft hatte, das eine Nummer zu klein war, mit dem Hintergedanken, es als Anreiz zu benutzen, einige Pfunde abzunehmen. Auch nach mehreren Monaten hatte sie noch nicht genug abgenommen. Das hinderte sie aber nicht daran, trotzdem das Kleid anzuziehen und die Tatsache, daß es ihr zu eng war, einfach zu ignorieren. Vielleicht hatte Josef etwas Ähnliches getan, als er sich zu dieser akademischen Laufbahn entschloß? So als ob diese ihn dazu zwingen würde, mit seinem Sprachfehler fertig zu werden. Wenn das der Fall gewesen sein sollte, hatte er jedenfalls keinen Erfolg gehabt. Trotzdem bewunderte sie seine Ausdauer. Es erforderte schon sehr viel Mut, sich einen Berufszweig auszusuchen, für den man am wenigsten geeignet zu sein schien. Sylvia mußte daran denken, wie leicht es ihr gefallen war, sich für den Lehrberuf zu entscheiden. Es war der einfachste Weg für sie gewesen, sich ein Auskommen zu verschaffen, dessen sie sich jetzt beinahe schämte. Josef mit seinem starken Willen, eine schwere Neurose zu bekämpfen, erschien ihr im Vergleich zu ihr heldenhaft. Sie überlegte, wie lange sie ihn wohl kennen müßte, ehe er bereit und gewillt sein würde, mit ihr über sein Handikap zu sprechen. Wenn sie sich zu jemandem hingezogen fühlte, wollte sie immer alles über den Betreffenden wissen, absolut alles, von der frühesten Erinnerung bis hin zu dem gerade gefaßten Gedanken. Einfach alles und sofort.

Ihr Problem war, daß sie nur eine von etwa dreißig Frauen im Seminar war und bis jetzt keine Gelegenheit gefunden hatte, sich in irgendeiner Form bei ihm auszuzeichnen. Sie bereitete sich zwar immer sehr gut vor, aber das taten mittlerweile die meisten von ihnen, nachdem sie erkannt hatten, wieviel Annensky von ihnen erwartete. Aufgrund der vollen Besetzung des Seminars hatte er sie bis jetzt erst einmal aufgerufen, und ihre Darlegungen nur mit einem Nicken quittiert, ehe er fortfuhr, seine eigenen Kommentare zu geben. Seine Arbeitsweise war so knapp kalkuliert, daß es niemals überflüssige Zeit gab, um Zwischenfragen zuzulassen. Jeweils zum Schluß einer Stunde wurde er ganz plötzlich zugeknöpft, sammelte schnell seine Notizen ein und verließ den Raum, ohne den Studentinnen auch nur einen weiteren Blick zuzuwerfen. Beinahe so, als ob er sich vor ihnen fürchtete. Wie konnte sie nur an ihn herankommen? Was sie von ihm wußte, war lediglich: ›Josef Annensky, Gastdozent‹. Gast von wo?

Seine Gewohnheiten waren so, daß sie es ihr unmöglich machten, mehr über ihn herauszufinden, geschweige denn, seine Aufmerksamkeit zu erregen. Aus diesem Grund hatte sie sich angewöhnt, Unterhaltungen unter Kommilitoninnen sehr sorgsam mitzuhören. Diese fanden meistens vor oder nach den Stunden und manchmal sogar auf der Damen-Toilette statt. So hoffte sie, vielleicht etwas über ihn zu erfahren, und dadurch gelang es ihr auch festzustellen, daß er von einer Universität in Philadelphia für ein Jahr als Gast beurlaubt worden war. Diese Kleinigkeit hatte bei ihr dazu geführt, sich mit der einzigen anderen Person, die sie jemals aus dieser Stadt kennengelernt hatte, wieder zu beschäftigen. Jenem Studenten der Zahnmedizin, den sie kurz vor ihrer Abschlußprüfung vor sieben Jahren in der Universitäts-Bibliothek kennengelernt hatte. Wie sie sich erinnerte, hatte Murray auch blondes Haar. Etwas Seltenes in New York, und diese Tatsache wirkte auf Sylvia bereits exotisch. Der Brief, den sie an Murray, diese nebensächliche Person aus ihrer Vergangenheit, geschrieben hatte, war durch ihre wachsende Faszination für den anderen Mann aus Philadelphia, der in ihr Leben eingebrochen war, verursacht worden.

Als sie Annensky das erste Mal, nachdem sie Murray in seiner Praxis wiedergesehen hatte, traf, überlegte sie, ob es wohl möglich wäre, ihre starken Gefühle für Josef so zu lenken, daß sie bewußt etwas tat, was Menschen sonst so oft unbewußt taten. Würde sie in der Lage sein, ihre Wünsche für ein unerreichbares Objekt auf ein erreichbares zu übertragen? Das könnte doch ein ganz interessantes Experiment werden. Vorher hoffte sie aber immer noch auf eine Chance, an den, den sie eigentlich wollte, heranzukommen.

3. Kapitel

Diese Gelegenheit kam, als sie sie am wenigsten erwartete. Eines Abends, nach Schluß des Seminars, stöberte sie in der Nähe der Universität in einer Buchhandlung herum, als sie Annenskys Stimme ganz in ihrer Nähe hörte. Die Stimme, die sie in den letzten zwei Stunden gefangengenommen hatte. Er stritt mit dem Buchhändler über ein Sachbuch, das seit Beginn des Semesters vorhanden sein sollte. Seine Stimme war rauh und ärgerlich, und so stotterte er fast bei jedem Wort. Sylvia verbarg sich zwischen den Regalen in der Lyrikabteilung und fühlte sich für ihn beschämt, und zwar so, wie man sich für einen völlig unmusikalischen Freund schämt, der plötzlich bei einer Party aufsteht und zu singen beginnt. Durch die Show, die er abzog, machte er sich unbewußt zum Narren. Viele Käufer waren aufmerksam geworden. Sylvia kam schnell hinter dem Regal hervor und ging von hinten auf ihren Professor zu. »Entschuldigen Sie, Professor Annensky, aber ich bin sicher, daß der größte Teil der Studenten im Seminar diese Anthologie schon hat. Sie wird im psychologischen Unterrichtsseminar, das dem Ihren vorangeht, bereits verlangt.« Der Buchhändler nahm die Unterbrechung dazu wahr, schnell zu verschwinden.

»W-w-wie das auch i-i-immer sein mag«, sagte Annensky, indem er sich zu ihr umdrehte, »h-h-hier geht es u-u-um das Prinzip. W-wenn ein Professor ein b-b-bestimmtes B-buch verlangt, dann ist d-der Buchhändler dazu verpflichtet, es zu bestellen. Ich h-hab' jetzt langsam g-g-genug von den L-leuten in dieser Stadt. N-n-normale Höflichkeit ist hier v-völlig unbekannt, v-v-von Respekt ganz zu sch-schweigen.«

»Es tut mir leid, daß Sie diesen Eindruck haben.« Sie erschrak und dachte, daß er sie vielleicht in die Rasse der gräßlichen New Yorker einbeziehen würde.

Annensky schüttelte den Kopf und sah Sylvia schweigend an. »Sind Sie in m-meinem Dienstagabend-Seminar?«

»Ja«, antwortete sie und lächelte, um ihre Enttäuschung zu verbergen. Sie mußte erkennen, daß er sich nicht einmal an sie erinnerte und sie offensichtlich bisher nicht bemerkt hatte.

»Sie u-u-unterrichten Englisch?« fragte er, während er auf das Buch blickte, das sie in der Hand hielt. »Ja, als Zweitsprache. Ich habe dieses Jahr einen Haufen aufgeweckter Schüler, und ich glaube, daß denen etwas Lyrik von Robert Frost gefallen wird.« Zum erstenmal, soweit sie sich erinnern konnte, sah sie Annensky lächeln. Die Wärme und Güte seiner Augen, als er dies tat, blendete sie fast.

»W-wenn Sie nichts d-d-dagegen haben, möchte ich m-mich gern mit I-ihnen unterhalten«, sagte er. »Ich m-muß mich g-genau mit dieser A-a-a-altersgruppe während des Semesters w-wissenschaftlich beschäftigen. W-wollen wir nicht irgendwo einen K-k-kaffee trinken?«

Sylvia schlug ein ganz in der Nähe gelegenes Lokal vor, bezahlte ihr Buch und traf sich mit ihm am Ausgang. Als sie gerade das Geschäft verließen, kam eine andere Studentin aus Annenskys Klasse herein. Eine untersetzte, energische Person, an die sich Sylvia aus mehreren früheren Semestern erinnerte. Als Annensky Lydia Scarlatti namentlich begrüßte, fühlte sich Sylvia erneut verletzt; diese andere Frau kannte er, während sie ihm nicht einmal aufgefallen war. Scarlatti fragte Annensky etwas über die zu lesende Literatur für die nächste Woche, und ehe Sylvia es sich versah, waren sie alle drei gemeinsam auf dem Weg zum Café.

Ohne Punkt und Komma erklärte Scarlatti, daß sie gerade in der Privatschule, in der sie unterrichtete, zur stellvertretenden Schulleiterin bestellt worden sei. Annensky zeigte sich beeindruckt. Sylvia fühlte sich bei der nun folgenden Unterhaltung ziemlich ausgeschlossen. Beide sprachen über schulische Verwaltungsprobleme. Annensky sagte: »Ich f-f-freue mich immer wieder, wenn ich höre, daß Studenten etwas a-a-aus ihrer P-position als Lehrer m-m-machen. Das Traurigste am Lehren i-ist d-d-die Feststellung, daß sich a-alle diese intelligenten P-p-pädagogen in der Klasse verbrauchen, g-g-ganz besonders in d-den öffentlichen Schulen.«

»Ich unterrichte an einem öffentlichen Gymnasium und finde es gar nicht so übel«, warf Sylvia ein.

»H-herzliches Beileid«, sagte er und wandte sich wieder Scarlatti zu. Sylvia war sprachlos, äußerte sich jedoch nicht weiter dazu. Nachdem sie bei der Bedienung ihre Bestellungen aufgegeben hatten, sah Annensky von Scarlatti zu Sylvia und sagte: »W-wissen Sie, i-i-ich kann mir gar nicht vorstellen, wie es f-für eine Frau sein muß, w-wenn sie in New York City lebt.« Wie aus der Pistole geschossen antwortete Scarlatti: »Wie meinen Sie das?«

»Irgend etwas ist l-l-los mit den Frauen hier. Sie scheinen es a-alle so nötig zu haben. D-d-die Universität h-hat mir in der One Hundred Twenty-second Street eine W-wohnung besorgt. Es dauerte k-k-keine Woche, bis m-mir eine Frau nachlief, die auf d-dem gleichen Flur wohnt. So etwas ist m-mir noch nie passiert.«

»Die meisten Männer hätten nichts dagegen«, sagte die Scarlatti lächelnd.

Annensky antwortete nicht, aber Sylvia konnte seinem Gesichtsausdruck entnehmen, daß sie Glück hatte, nicht diejenige gewesen zu sein, die diese Bemerkung gemacht hatte.

»Die Tatsache, daß es hier erheblich mehr Frauen als Männer gibt, könnte etwas damit zu tun haben«, meinte Sylvia. »Ich habe gelesen, daß es hier etwa dreihunderttausend mehr Frauen als Männer gibt.«

»Kein W-w-wunder, daß es mir so vorkommt, als o-ob ich die g-ganze Zeit von Frauen umgeben sei«, meinte Annensky genüßlich.

»So ist es ja auch!«

»Vor allen Dingen, wenn man Lehrerinnen unterrichtet«, meinte Scarlatti.

»Stimmt«, sagte er, als die Bedienung ihre drei Tassen Kaffee hinstellte. Nachdem jeder einen Schluck getrunken hatte, fuhr er fort: »H-h-habe ich recht, daß d-die Studenten über meine Methode zu lehren leicht schockiert sind?« Wieder lächelte er.

Sylvia war sich sicher, daß er eine zustimmende Antwort erwartete und sagte: »Nun ja, Sie halten uns ganz schön auf Trab.«

»I-ich wende diese Lehrmethoden n-n-nicht immer an«, sagte er, »aber ich h-habe herausgefunden, d-d-daß sie in rein weiblichen Seminaren am besten f-funktioniert. Vor allen D-dingen deshalb, w-weil die Studentinnen sonst äußerst p-p-passiv reagieren, wenn keine männlichen K-kollegen dabei sind. Es f-f-fehlt ihnen der Anreiz, sich d-darzustellen.«

Scarlatti war anderer Meinung. »Meine Schule ist gerade von einer reinen Mädchenschule zu einer gemischten Schule umgewandelt worden, und jetzt sind die Mädchen viel passiver als früher. Sie überlassen jetzt praktisch den Jungen in der Klasse die ganze Initiative.«

»I-ich bin auf eine reine Knaben-Oberschule gegangen«, antwortete Annensky. »Auf das Zentralgymnasium in Philadelphia. W-w-wir fanden es viel b-besser in der Klasse, daß wir nicht durch M-mädchen abgelenkt wurden. Vielleicht f-funktioniert es anders herum n-n-nicht genauso.«

Beide sahen jetzt zu Sylvia, hin, als ob sie entscheiden müsse. Sie zuckte nur mit den Schultern und antwortete: »Das kann ich nicht beurteilen«, und hoffte, daß Annensky es ihr nicht verübeln würde, von ihr nicht unterstützt worden zu sein.

Annensky sagte: »Von m-mir k-k-kann ich nur behaupten, daß ich jetzt, wo ich w-wieder Junggeselle bin, v-viel b-b-besser arbeiten kann als früher.« Geschieden. Wieder ein neuer Aspekt für ihre Überlegungen über Annensky, hinzu kam noch der Name seines Gymnasiums und seine New Yorker Adresse. Sylvia war diesem zufälligen Zusammentreffen sehr dankbar.

»In welcher Weise arbeiten Sie denn wissenschaftlich über Schüler der achten Klasse?« fragte Sylvia erfreut, daß sie hier ein gemeinsames Interesse entdeckt haben könnte.

»I-ich f-fange gerade an, m-mich mit dem Projekt zu befassen. I-ich k-kenne mich in der Altersgruppe nicht gut aus und gerade ü-über sie gibt es k-k-kaum Fachliteratur. Es war also n-nicht schwer, für ein Jahr d-diesen Lehrauftrag zu bekommen.« Sein Ton wurde säuerlich. »I-ich w-w-wußte allerdings auch nicht, daß ich auch n-noch dieses Seminar übernehmen m-m-mußte.«

Das Seminar macht ihm also keinen Spaß, dachte Sylvia traurig. Sie hoffte nur, daß er dadurch nicht gegen die Studentinnen eingenommen sein würde. Vor allem nicht gegen sie.

»Das ist ein schwieriges Alter«, sagte Scarlatti.

»Eigentlich f-finde ich es recht aufregend. D-d-die Kinder, die ich g-gerade jetzt beobachte, v-verfügen schon f-fast über die Intelligenz d-der Erwachsenen. Es fehlt ihnen aber n-noch an Entscheidungsvermögen und der dazugehörigen K-kompetenz. N-noch kein Urteilsvermögen. U-und das wissen sie auch. Sie sind w-wie ein Haufen W-w-wühlmäuse. Man kann sie dazu bringen, a-alles zu g-g-glauben, was man ihnen sagt.«

Sylvia mußte an ihre derzeitigen Schüler denken. Jeder von ihnen eine Persönlichkeit mit eigenen Rechten, und sagte: »Das ist völlig absurd.« Im gleichen Augenblick, als sie die Worte gesprochen hatte, wußte sie, daß sie einen Fehler gemacht hatte.

Annensky erstarrte. Er setzte seine Kaffeetasse auf und sah sie verkniffen an, während seine Nasenflügel bebten. »Ich will damit sagen«, meinte sie und zwang sich zu einem scherzhaften Ton, »daß ich Kinder dieser Altersklasse seit Jahren unterrichte und aus Erfahrung weiß, daß sie in diesem Alter bereits über einen eigenen Willen verfügen.« Sie sah hilfesuchend zu Scarlatti hinüber, empfing jedoch nur einen eiskalten Fischblick durch die Nickelbrille, die sie trug.

»Ist das eine Art und Weise, mit einem Professor zu sprechen?« knurrte Annensky durch zusammengebissene Zähne. Er hatte zwar leise gesprochen, aber seine Frage erstaunte sie schon deshalb, weil er zum ersten Mal einen stotterfreien Satz zu Ende gebracht hatte.

Sylvia versuchte zu lächeln. »Nun, schließlich sind wir ja jetzt nicht im Seminar, oder?« Er sah sie böse an. »Sie haben doch selbst erklärt, daß Sie keine Erfahrung mit dieser Altersgruppe haben.« Mit jedem Satz redete sie sich tiefer ins Verderben, aber jetzt konnte sie einfach nicht mehr aufhören.

Ab jetzt wurde sie einfach wie Luft behandelt. Annensky wandte sich ausschließlich Scarlatti zu und ignorierte Sylvia völlig. Er untersuchte die Möglichkeit, in Scarlattis Schule in Zusammenhang mit seiner wissenschaftlichen Arbeit einige Klassen zu beobachten. Als Sylvia hier einwarf, er könne auch gerne einige ihrer Klassen besuchen, schnappte er nur: »I-ich will mit ö-öffentlichen Schulen n-nichts zu tun haben.« Sie sah, daß er versuchte, sie zu schneiden und loszuwerden, aber sie war nicht bereit, sich zu verabschieden. Sie beteiligte sich nicht mehr weiter an der Unterhaltung – ging aber auch nicht. Nachdem Annensky sie über fünfzehn Minuten lang geschnitten hatte, erklärte er, daß es Zeit für ihn sei, nach Hause zu gehen.

Draußen auf der Straße erkundigte sich Annensky bei Scarlatti, in welche Richtung sie müsse. Sie deutete stadteinwärts. »Dahin w-will ich auch. I-ich begleite Sie«, sagte er. Sylvia ging noch ein Stück bis zur U-Bahn neben ihnen her. Als sie sich verabschiedete, antwortete ihr lediglich Scarlatti. Von der obersten Treppe der U-Bahn beobachtete sie, wie die beiden den verdreckten Broadway entlangschritten. Scarlatti lief schnell in ihren kompakten Stiefeln, während Annensky unbeholfen den Pfützen zu entgehen versuchte, wobei er enthusiastisch auf sie einredete. Sie wunderte sich, warum sich Annensky durch eine einfache Meinungsverschiedenheit so beleidigt fühlen konnte, und sie wollte nicht begreifen, daß er ihre Feststellungen als einen persönlichen Angriff empfunden hatte. Er war ein sonderbarer Mensch.

Es war ihr nicht einmal eingefallen, sich zu entschuldigen. Jetzt, nachdem es zu spät war, fielen ihr haufenweise clevere Bemerkungen ein. Das war ihre einmalige Chance gewesen, den Mann, von dem sie seit Wochen besessen war, kennenzulernen, aber sie hatte alles mit einer unvorsichtigen Äußerung zerstört. Warum hatte sie ihn so aufgebracht? Wahrscheinlich würde er ihr niemals vergeben, genausowenig, wie sie sich selbst vergeben konnte.

4. Kapitel

Ist Luft noch Luft, wo Sylvia nicht zugegen?
Und war sie's nicht, dacht' ich sie mir zugegen,
Entzückt vom Schattenbild der Göttlichkeit.
Nur wenn ich in der Nacht bei Sylvia bin,
Singt meinem Ohr Musik die Nachtigall,
Nur wenn ich Sylvia kann am Tage sehen,
Nur dann strahlt meinem Auge Tag sein Licht:
Sie ist mein Lebenselement; ich sterbe,
Werd' ich durch ihren Himmelseinfluß nicht
Erfrischt, verklärt, gehegt, bewahrt im Leben.

Eine mit Möwen verzierte leicht rosafarbene Karte wartete in Sylvias Postfach in der Schule auf sie. Auf ihr standen die obigen Zeilen aus ›Zwei Herren aus Verona‹ kunstvoll in großen Buchstaben geschrieben und in langen, schwungvollen Strichen. Ohne Zweifel war das der sorgfältigste und in Aufmachung und Inhalt perfekteste der vier Anträge, die sie seit Beginn dieses Schuljahres von ihren Schülern empfangen hatte. Es mußte sich um einen neuen Verehrer handeln. Es fiel ihr schwer, sich einen ihrer Schüler vorzustellen, der in der Lage war, so mit Shakespeare umzugehen oder clever genug, in Bartletts allgemeiner Zitatensammlung unter ›Sylvia‹ solch einen Auszug zu finden. Vielleicht war es einer der Melendez-Zwillinge Julio oder Juan?

Bei ihnen handelte es sich um die einzigen Kubaner der neunten

Klasse, die sich von den anderen spanischsprechenden Schülern absonderten. Sie beanspruchten noch immer den Respekt, der ihnen als Söhnen eines Vaters zustand, der im Heimatland Anwalt oder ein kleiner Beamter gewesen war und der jetzt ein geschmackvoll eingerichtetes kubanisches Restaurant besaß. Dort verkehrten hauptsächlich die radikalen schicken Leute von der Westside. Wegen ihrer Sonderstellung daheim und in der Schule war ihr gesprochenes Englisch nicht so flüssig wie ihr Lesen. Deshalb befanden sie sich in ihrer Aufbauklasse. Julio sprach ganz besonders in schriftlichen Wendungen und konnte vielleicht über genügend literarische Fantasie verfügen, durch eine solche Passage seine Zuneigung auszudrücken. Juan andererseits war der Spontanere von beiden, dem man eher gefühlsbetonte Gedanken als seinem pedantischen Bruder zutrauen konnte, der noch nicht im Stimmbruch war. Im allgemeinen bekam er bei den Standard-Leseprüfungen etwas bessere Zensuren als Julio. Um welchen Jungen es sich auch handeln mochte – Sylvia mußte beim Gedanken an die physischen Möglichkeiten der ihr angebotenen Attraktionen kichern, da keiner der Jungen bis jetzt größer als ein Meter fünfzig war.

Ihr romantisches Ich liebte diese Art der Verehrung. Manche in schlechter Rechtschreibung und auf Papierfetzen hingeschmiert, andere, wie diese, die Arbeit mehrerer Abende und der Verlust des Vergnügens, nach der Schule Ball zu spielen oder Fahrrad fahren zu können. Sylvia wußte nur zu gut, was es bedeutete, sich in einen Lehrer zu verknallen. Annensky war nicht der erste für sie, der zu einer fixen Idee geworden war. In der zehnten Klasse im Gymnasium hatte auch sie ihre Zuneigung einem Englischlehrer zugewandt, der den Prolog der ›Geschichten von Canterbury‹ so deklamierte, daß es für sie wie perfektes Altenglisch klang. Über diese Zuneigung hatte sie mit einer Schulfreundin gesprochen, mit einem Mädchen, das in dem Jahr neu in ihre Klasse gekommen war und wegen seiner Bauernblusen und durchstochenen Ohrläppchen von den anderen nicht so recht akzeptiert wurde. Unerklärlicherweise wurde dieser Lehrer während der Weihnachtsferien entlassen. Angeblich deshalb, weil er mit einer Schülerin eine Affäre gehabt hatte. In der Schule wurde erzählt, daß eine füllige ältere Schülerin sich den Schlüssel zu seinem Zimmer besorgt und eines Nachts, als er nach Hause kam, auf ihn in seinem Bett gewartet hatte. Erst Jahre danach hatte Sylvia erfahren, daß es sich dabei nicht um einen Wildfang gehandelt habe, sondern um genau jenes Mädchen, das sich so geduldig ihre schwärmerischen Ergüsse angehört hatte. Selbst als Erwachsene war sie immer noch schockiert, wenn sie daran denken mußte, daß Kollegen und Kolleginnen ›es‹ mit Heranwachsenden getrieben hatten, während sie selbst sich absolut zurückgehalten hatte. Der Gedanke an solche Kollegen, die mit Mädchen im Kindesalter geschlafen hatten, war für sie ein Greuel. Heute, in den siebziger Jahren, schien man schneller erwachsen zu werden, und eine Rhapsodie von einem Teenager auf ihren Namen hörte sich ganz anders an als ihre stumme Anbetung für den Chaucer-Schüler, von dem sie nur noch wußte, daß er Mister Burton hieß.

An der Universität sind höfliche Formen der Anrede unter Studenten nicht mehr üblich. Außerhalb des Seminars sprachen alle ihre Kolleginnen über ihren Professor nur als ›Annensky‹, aber für Sylvia war er nun einmal ›Josef‹. Sie stellte sich dabei die alte Schreibweise dieses Namens vor und ließ in ihren Gedanken eine Familiengeschichte entstehen, in der ein bärtiger Patriarch, der seinen Tee aus einem Glas trank und dabei ein Stück Zucker zwischen den Zähnen hielt, den Mittelpunkt bildete. Wohl eher ihr eigener Großvater, als Josefs Vater. Josef. Der Josephus der Bibel. Sylvia spielte mit dem Namen. Niemals war es Joey oder Joe. Sein Temperament würde auf keinen Fall Verzärtlichungen seines Namens tolerieren. José, Giuseppe, Osip im Slawischen. Es war erstaunlich, welche Verwandlungen der Name in seiner Aussprache auf seinem Weg von seinem Entstehungsort im mittleren Osten nach Europa durchgemacht hatte. Ursprünglich war es ein äußerst häufiger Name. Es gibt genug davon in der Bibel, sowohl im alten als auch im neuen Testament. Sylvia begann auf ihrer Schreibtischunterlage mit dem Bleistift zu spielen, während sie in ihrer Klasse auf die Glocke wartete, die einen erneuten langweiligen Wintertag einläuten sollte. Schon in zehn Minuten war es ihr gelungen, mit kleinen Veränderungen eine Strophe zu komponieren:

Für Josef,
Prophet der Träume Pharaos, stolz sich erhebend
von Sklaverei und Betrug durch des Bruders Hand,
erhält mich allein deine Stimme auf dem Weg durch die Wüste.
Schließe diese Jungfrau sicher in dein vielfarbiges Gewand
und bringe sie väterlich über den Sand zur Liebe.

Geziert und extravagant, das mußte sie zugeben, aber getreu ihrer sentimentalen Stimmung. Ein Gefühl, das sie seit dem Verlust ihrer

Jungfernschaft nie wieder in dieser Form gespürt hatte. Als die Glocke läutete, riß sie das beschriebene Stück Löschpapier ab und steckte es in ihre Handtasche, noch ehe die ersten mißmutigen Gesichter in der Tür erschienen. *Requiescat in pace, Josephus.*

Josef hatte sie nach den unglücklichen Zwischenfällen im Café nie wieder aufgerufen. Wann immer er in ihre Richtung blickte, lag Verachtung in seinen Augen. Sobald er sie nur ansah, verschlimmerte sich sein Stottern, was bei ihr widersprüchliche Gefühle hervorrief. Einerseits fühlte sie sich seinethalben beschämt und gleichzeitig angezogen, schuldbewußt, daß er sich ihrethalben in dieser Lage befand. Andererseits konnte sie auch ein vages Triumphgefühl nicht ganz ausschließen, wenn sie bemerkte, welchen Eindruck sie auf ihn machte. Litt sie denn nicht auch?

Als eines Tages das Thema der zweisprachigen Erziehung zur Debatte stand, wozu sie eine ganze Menge zu sagen hatte, konnte sie sich nicht zurückhalten, sich durch das Heben ihres Armes bemerkbar zu machen, als er Statistiken zitierte, die gegen diese Methode sprachen. Annensky rief andere Studentinnen auf und sah ganz bewußt an ihrem winkenden Arm vorbei, als ob sie unsichtbar wäre. Es war ein Kampf des Willens, bei dem der Professor einwandfrei im Vorteil war. Sylvia war viel zu sehr von ihm angetan, als daß sie sich dadurch verletzt gefühlt hätte. Auch über ihre zukünftigen Prüfungsergebnisse machte sie sich keine weiteren Gedanken, trotz ihres Fehlauftritts im Café. Je mehr sie ignoriert wurde, um so mehr verlangte sie seine Aufmerksamkeit. Sie dachte an nichts anderes mehr.

Nachdem er sie ein paar Wochen in dieser Form behandelt hatte, fuhr sie an einem Sonntagnachmittag zur Universität und suchte in der One Hundred Twenty-second Street nach dem Apartmenthaus, in dem er angeblich wohnte. Nachdem sie bereits die Namensschilder in drei verschiedenen Häusern studiert hatte, verließ sie endlich der Mut. Der Gedanke, daß er sie in seiner Straße, geschweige denn im Flur seines Hauses wie einen Spion entdecken könnte, war zuviel für sie.

Am darauffolgenden Dienstag verfolgte sie ihn heimlich bei regnerischem Wetter nach dem Seminar. Sie hatte sich in einem dunklen Flur in der Amsterdam Avenue versteckt, bis er auf seinem Weg nach Hause an ihr vorbeiging. Sie verfolgte ihn bis zu seiner Straße, indem sie sich hinter ihrem Regenschirm verbarg. An der Ecke blickte sie ihm nach, um festzustellen, welches Haus er betreten würde. Statt dessen ging er auf einen alten, verbeulten blauen Wagen zu und fuhr in westlicher Richtung direkt an ihr vorbei. Während sie den Wagen verschwinden sah, schrie ihre innere Stimme hinter ihm her. ›Aber Josef, du verstehst mich nicht! Ich liebe dich! Bitte, hasse mich nicht.‹ Sie quälte sich mit der Vorstellung, daß er sich auf dem Weg zu einer anderen Frau befand. Wer war sie wohl? Wie sah sie aus? Wo hatte er sie getroffen? Wenn man auch nur eine leichte Ahnung von den Gewohnheiten eines Mannes hat, dann sind die Gelegenheiten für Eifersucht unbegrenzt.

Dieser flüchtige Beweis, daß es für Annensky in New York auch ein Privatleben gab, zu dem sogar spätabendliche Verabredungen gehörten, ließ ihr sexuelles Verlangen in ihr auflodern. Sie kam sich lächerlich vor, als sie feststellte, daß er ein ganz normales Erwachsenenleben lebte, während sie ihre Energie wie ein Schulmädchen in Fantasien vergeudete, die sie sogar dazu brachten, sich mitten in der Nacht bei Regen an eine Straßenecke zu stellen. In dieser Nacht fiel es ihr schwer einzuschlafen, da sie sich ihn in einer intimen Situation vorstellte und gerne gewußt hätte, wie er sich verhalten würde. Sie stellte sich ihn stotternd und schüchtern vor, wie sie ihn so oft im Seminar erlebt hatte – doch wie es wohl wäre, wenn er sich in ihrem Bett befände? Sie würde es ihm so behaglich machen, daß er sein professorales Gehabe verlieren und seine geheimen Wünsche ihr ohne Zögern ins Ohr flüstern würde. Die Arme um ihr Kissen geschlungen, schlief sie endlich ein.

Die Osterferien standen vor der Tür und das bedeutete, daß sie in den nächsten zwei Wochen keine Gelegenheit haben würde, ihre dienstagabendliche Untersuchung über Annenskys Lebensweise fortzusetzen. Dieser Gedanke war für sie erschütternd. In der Zwischenzeit, das wußte sie genau, würden sie schonungslos tyrannisierende Gedanken überkommen; was er wohl täte und mit wem er zusammen war. Am letzten Dienstagabend beendete er das Seminar früher als sonst, indem er ihnen mitteilte, daß er eine dringliche persönliche Angelegenheit erledigen müsse. Den meisten Studentinnen schien das gut zu passen, daß sie eine halbe Stunde weniger von Annensky zu ertragen hatten. Nur Sylvia war darüber betrübt, auf das letzte bißchen Zeit von Annensky verzichten zu müssen. Tagelang befand sie sich in einem aufgeregten Zustand, weil sie sich den Kopf darüber zerbrach, um was für eine dringliche persönliche Angelegenheit es sich wohl gehandelt habe und wer sonst noch damit zusammenhängen mochte. Hinzu kam noch die Tatsache, daß sie so lange von ihm getrennt sein würde.

Ihre Lehrfähigkeit ließ nach, und sie sah keinen Ausweg, wie sie sich von den Gedanken an ihn befreien konnte.

In der darauffolgenden Woche war ihr endlich die Idee für einen allerletzten Ausweg gekommen. Vielleicht würde jener blondhaarige Exote aus Philadelphia ihr genauso dienlich sein wie irgendein anderer. Murray Butkis – das Wiedersehen mit einem Ehemaligen. Wenn ihr Josef schon eine Frau hatte, die er nachts mit seinem Wagen besuchen fuhr, dann würde sie ja wohl auch noch für sich selber sorgen können. Und schon rief sie Dionysos, den Zahnarzt, in seiner Praxis an. »Murray, ich komme direkt zur Sache. Hättest du heute abend Lust auf eine geschichtliche Wiederholungsstunde?«

»Blöd, Syl, ich bin heute abend mit meinen Kumpels verabredet, und das kann ich auch nicht absagen. Wir gehen alle zusammen in einen Strip-Schuppen. Das haben wir seit Wochen geplant!«

Würde er wirklich lieber eine Stripperin ansehen als mit einer richtigen Frau ins Bett gehen? »Wie wäre es denn mit etwas später?« fragte sie kess.

»Paß mal auf. Wenn ich bis elf Uhr dreißig oder so nach Hause komme, dann rufe ich dich an. Sollte es sehr viel später werden, dann lass' ich es lieber.«

»Mir ist es egal, wie spät es sein wird. Morgen ist Karfreitag, und da brauch' ich nicht zu arbeiten. Ich warte auf dich.«

5. Kapitel

Es war ein langweiliger Abend. Aus einer lange vernachlässigten Schreibtischschublade holte Sylvia die Schreibutensilien heraus, die ihr von einem kalligraphischen Kursus, den sie im Winter vor zwei Jahren besucht hatte, geblieben waren. Die Feder fühlte sich ungewohnt an und die alten Alphabete, die sie einmal ganz kompetent gemeistert hatte, erwiesen sich in ihren Windungen und schwierigen Querstrichen jetzt als äußerst kompliziert. Um Mitternacht saß sie von einem Berg zerknüllten Papiers umgeben da. Vergeblich hatte sie versucht, für die ›Hymne an Josef‹ die passende Schrift zu finden, die dem delikaten Inhalt entsprochen hätte. Noch immer kein Anruf aus der Bank Street. Fast eine Stunde lang setzte sie sich in die Badewanne und trank Wein, während sie in Gedanken die verschiedenen Schriftstile durchging, um darunter endlich die geeignete Schriftform auszuwählen. Dann ging sie an ihren Schreibtisch zurück. Als sie gerade dabei war, den schwierigen Haken des ›G‹ in ›Jungfrau‹ zu vollenden, klingelte das Telefon. Es war mittlerweile ein Uhr fünfzehn. »Schläfst du schon, Sylvia?«

»Ich sagte dir ja, daß ich warten würde.«

»Ich dachte, daß du vielleicht schon im Bett wärst. Es ist schon ziemlich spät.« Sie hatte den Eindruck, daß sich seine Stimme beinahe ein wenig hoffnungsvoll anhörte.

»Hast du es dir anders überlegt?«

»Aber nein, komm nur rüber. Du mußt lange klingeln, falls ich einschlafen sollte.«

»Ich komme, so schnell ich kann.« Sie erneuerte ihr Make-up und versuchte den Bauernrock aus ihrer Studienzeit, den sie für diese Gelegenheit aus den Tiefen eines Koffers wieder hervorgeholt hatte, anzuziehen. Über den alten Netzstrümpfen sah das giftgrüne Etwas ziemlich nuttig aus. Entgeistert darüber, daß sie sich jemals in so einem Aufzug hatte auf der Straße sehen lassen, entschied sie sich, für die Taxifahrt Jeans anzuziehen und sich erst bei ihm zu kostümieren. Sie packte ihre Sachen in die Tasche und ging. Als sie nach dem Lift geklingelt hatte, rannte sie nach kurzer Überlegung noch einmal in die Wohnung zurück und putzte gründlich ihre Zähne.

Es dauerte einige Minuten, bis Murray nach ihrem beharrlichen Läuten oben auf den Knopf drückte, der sie ins Haus ließ. Die Taxifahrt zu ihm war lang und stockend gewesen, so daß es fast zwei Uhr dreißig war, als Sylvia endlich bei ihm eintraf. Die Wohnungstür selbst hatte er angelehnt gelassen. Als sie sie aufstieß, schlug ihr ein starker Geruch entgegen, der Geruch einer ungepflegten Junggesellenwohnung. Das dünne Licht einer einzelnen Kerze am anderen Ende des Einzimmer-Apartments machte es ihr unmöglich, Einzelheiten der vielen Klamotten auf dem langen Tisch an der Tür zu erkennen. Sie stolperte über alte Zeitungen, und in der Küche sah sie die Silhouette eines Berges schmutzigen Geschirrs. Kleidungsstücke, Skiausrüstung und weitere Berge von Zeitungen zierten zwei Couchen in der Mitte des Zimmers. Das Bett in der äußersten Ecke des Raumes war von gewaschenen Unterhemden bedeckt, die dort zum Trocknen lagen. Etwas auf dem Bett bewegte sich, und Sylvia konnte die Konturen von Murrays zerzausten Haaren wahrnehmen, als er den Kopf drehte. »Scheiße! Wie spät ist es denn? Als du geklingelt hast, dachte ich, es wäre der Wecker.«

Völlig ungerührt antwortete Sylvia: »Wir haben jetzt gerade die Mitte der Nacht hinter uns. Wo kann ich mich umziehen?« Murray deutete auf eine Tür. Sie marschierte ins Bad, das den gleichen unhygienischen Eindruck wie das Wohnzimmer machte, um dort ihr ehemaliges Studentenkostüm auszupacken. Mit fast mechanischen Bewegungen, ungefähr so, wie sich eine chirurgische Krankenschwester kurz vor einer Operation verhält, zog sie sich um. In ihrem Kopf hörte sie die Stimme eines kleinen, ängstlichen Mädchens. ›Ich hab' Angst. Warum sind wir hergekommen? Können wir nicht nach Hause gehen?‹, und darauf antwortete eine erwachsene Stimme schneidend: ›Jetzt kannst du hier nicht mehr weg, kleines Fräulein. Du hast dir die Suppe selbst eingebrockt, und jetzt löffele sie gefälligst auch aus. Du wolltest etwas, was Josef am ähnlichsten ist, und hier hast du es. Jetzt geh rein und bringe es hinter dich.‹

Sie setzte sich ihr Pessar ein und zog dann die Netzstrümpfe und den zerknitterten Rock an. Auf ihrem Weg zum Bett stolperte sie über eine Hantel. Der Schmerz und die Unbeholfenheit ihres Auftritts ließen sie zusammenzucken. Murray rollte zur Seite, um ihr Platz zu machen, wobei er sich in die muffige Decke wickelte. »Mein Gott, ich bin völlig verschlafen. Warum hat es so lange gedauert?«

»Das spielt keine Rolle. Wir müssen jetzt gar nichts tun – ich bin morgen früh auch noch da.« Steif streckte sie sich im Bett auf den Bauch, wobei sie versuchte, so weit wie möglich von ihm entfernt zu liegen. Die intimen, abstoßenden Gerüche des Bettes machten sie ängstlich. Verängstigt war sie auch wegen der Fremdheit seiner Person; und sie hatte sich eingebildet, daß sie ihn kaltblütig für ihre eigenen Zwecke benutzen könnte. Panik und Grauen ließen ihr Herz wie wild schlagen. Um ihre Hände zu erwärmen, drückte sie sie unter ihre Brüste.

»Das ist schon in Ordnung«, murmelte Murray. »In einer Minute bin ich voll da. Das Blut zirkuliert schon wieder langsam.« Sein Arm kam unter der Bettdecke hervor und fiel neben ihrem Kopf nieder. Diese Geste schien weder angriffslustig noch verführerisch. Der Eindruck war beinahe ein kameradschaftlicher, und die Wärme seines Körpers ließ sie ein wenig ihre verkrampfte Haltung lockern. Wieder schien sie anzurühren, was sie an Murray schon vor sieben Jahren gemocht hatte. Trotz all seiner kultivierten Überlegenheit und seinem Kavaliersstil gab es in diesem Mann eine Verletzlichkeit, eine unterschwellige Naivität und eine beinahe kindliche Offenheit unter der Oberfläche, die seine Wichtigtuerei in der Öffentlichkeit Lügen strafte. In der vagen Erinnerung an ihre damalige Umarmung und seine Küsse erinnerte sie sich daran.

Und wieder meldete sich eine strenge innere Stimme bei ihr zu Wort und erinnerte sie an ihre Verpflichtungen. Irgendwo unter dem Bettlaken neben ihr befand sich wahrscheinlich eine passable Erektion. Murrays Trägheit ließ sie darauf schließen, daß er sie zu nichts zwingen würde – sie konnte die Vereinigung also zu ihren eigenen Bedingungen vornehmen. Sie versicherte sich, daß alles in dem Tempo geschehen würde, das sie bestimmen wollte, und zwar einschließlich des Wann und des Wie. »Wie ich dir schon gesagt habe, Murray, erinnere ich mich daran, daß du wirklich sehr gut geküßt hast.« Sie näherte sich seinem Profil.

»Ich hab' dir schon gesagt, daß ich es nicht mehr tue, seit ich Zahnarzt bin.«

»Ist das dein Ernst? Du schläfst mit einer Frau, ohne sie zu küssen?«

»Warum nicht? Und wer will denn das schon auch?« sagte er grollend mit noch immer geschlossenen Augen.

»Ich zum Beispiel, na, komm schon, du wirst es schon wieder mögen.« Sie drückte sich gegen seine zusammengepreßten Lippen. »Na mach schon auf, Murray, laß dir meine Zunge schmekken.« Sie berührte zart sein Kinn und küßte ihn erneut mit etwas mehr Intensität. Schon bald fühlte sie bestürzt, wie seine rauhe Zunge der ihren antwortete. Auf keinen Fall wollte sie sich in ihrer Fantasie von Josefs Mund trennen. Das verlangte aber immer mehr romantische Zärtlichkeit, und so warf sie sich in Murrays inzwischen von der Decke befreite Arme. Ihr Partner war immer noch nicht ganz dabei. Er wandte sich von ihrem Mund ab, stieß das Bettzeug von sich und sah seinen nackten Körper an.

»Es ist mir ein Rätsel, wie das möglich ist. Du hast doch noch gar nichts getan«, sagte er völlig überrascht.

»Das nennt man, soviel ich weiß, das Routine-Vorspiel. Laß mich nur machen. Heute bin ich dran.« Sie wollte keine Betätigung von ihm. Schließlich vereinigte sie sich in Gedanken gerade mit Josef Annensky, und aus diesem Grund wollte sie so wenig wie möglich Erinnerungen an die wirkliche Identität seines Stellvertreters aufkommen lassen. Nervös, ob sie selbst den Höhepunkt erreichen würde, aufgeregt, wie bei dem Gespräch mit Annensky, untersuchte sie sich mit der linken Hand, um festzustellen, ob ihre Spalte feucht genug war. Sie befürchtete, daß ihr Körper mit ihren erotischen Vorstellungen und ihrem forcierten Benehmen nicht Schritt halten würde. Feucht und geschmeidig, wie man es sich nur wünschen konnte! »Fantastisch, wie die Natur manchmal mitspielt«, sagte sie scherzhaft, als sie ihn bestieg, nicht weniger über ihre eigene Bereitschaft erstaunt, wie Murray es über die seine gewesen war. Sie ergriff seine Oberarme und senkte sich in einer uncharakteristisch zärtlichen Weise auf seinen straffen Penis. Murray lag da, den Kopf in den Nacken geworfen, seine glänzenden Zähne lustvoll fletschend. Seine Arme und Schultern ließen seine Liebe zu Ski und Hanteln erkennen, ein Körperbau, der in jeder Hinsicht dem von Annensky überlegen war. Seine Brust war breit und muskulös und angenehm behaart. An seiner Männlichkeit bestand kein Zweifel. Jetzt, da er in ihr war, war es sinnlos für sie, das intellektuelle Spiel fortzusetzen. Sie vögelte mit dem wilden Zahnarzt und hoffte, daß es bald vorüber sein würde.

»Verdammt noch mal, du hast eine herrliche Vagina. Seit Jahren hab' ich so was nicht mehr gespürt.«

Ganz der Mediziner. Sie fühlte sich zu einem dreidimensionalen anatomischen Modell reduziert, wobei alle ihre Teile in korrekter medizinischer Terminilogie numeriert worden waren.

»Und du, Doktor Butkis, hast einen herrlichen Schwanz«, antwortete sie, wobei sie das Wort bewußt wählte und hoffte, seine Empfindlichkeit genauso zu verletzen, wie sein klinischer Ausdruck sie verletzt hatte. Trotzdem fühlte sie sich wegen der Kraßheit des Worts etwas beschämt und dachte daran, dem Ganzen eine poetische Wendung zu geben. »Er ist hart und gut.« Sie fuhr mit langen, rhythmischen Stößen fort. Eins, zwei, drei, vier.

»Ich kann nicht mehr!« keuchte er plötzlich und begann gequält und monoton zu stöhnen, so, als ob sich unter Schmerzen etwas in ihm verrenken würde. Ganz plötzlich riß er sie an sich, wobei er die ganze Zeit schrie und sich wie wild in ihr bewegte. Sie gab sich seinem verzweifelten Griff völlig hin. Überrascht und verängstigt über seinen Ausbruch wartete sie darauf, daß diese mysteriöse Kraftanstrengung aufhören würde. Murrays Raserei dauerte länger, als ihre Vereinigung gedauert hatte. Sie lag auf ihm und fühlte, wie das Rucken und Zittern in seinem Körper langam abebbte, überrascht, daß sie an seinem Erlebnis so sehr teilgenommen, und ein wenig schuldbewußt, daß sie es hervorgerufen hatte, obgleich sie doch sexuell und geistig völlig unbeteiligt geblieben war. Seine Arme ließen sie los, und er stöhnte wohlig: »Ich bin überwältigt.«

»Bist du immer so?« fragte Sylvia. Er fühlte sich in ihr noch sehr hart an.

»Nein, ich weiß nicht. Du hast irgend etwas. Weißt du, ich sollte es eigentlich nicht sagen, aber ich hab' seit einigen Wochen keinen Sex mehr gehabt. Hatte zuviel zu tun. Das nächstemal, wenn du kommst, werde ich vorher masturbieren, so daß ich es länger zurückhalten kann.« Sie kuschelte sich an ihn und ließ ihre Hand über diesen seltsamen Körper spielen, dessen höchst private Dynamik ihr gerade offenbart worden war. Sie war sich nicht sicher, was sie gerade erlebt und warum es sie so berührt hatte. Es war geradeso, als ob ein Geheimnis, ein vorsichtig versteckgehaltenes Element dieses Mannes, sich einen Augenblick hätte befreien können, und zwar in diesem Orgasmus, und sein ganzes Elend dabei an ihrer Schulter herausgeschrien hätte.

»Machst du immer so viel Lärm?«

»Was für Lärm?«

»Na, wenn du kommst. Hast du keine Ahnung davon, was für einen Krach du machst?«

»Wer, ich?«

»Phänomenal.«

»Keine Ahnung. Das muß psychologisch bedingt sein.«

»Das machen nicht alle Männer. Bei einigen Typen weißt du gar nicht, woran du bist.«

»Also, ich weiß nicht, Syl. Damals kannst du unmöglich so gut gewesen sein, denn dann würde ich mich daran erinnern.«

»Wie du schon sagtest – ich habe gar nichts getan. Wir haben ganz einfach nur miteinander herumgeschmust.«

»Die meisten Mädchen schaffen es nicht, mir so einen Steifen zu verpassen.«

»Was brauchst du denn schon dafür? Passiert es nicht ganz spontan? Mit welcher Art von Frauen hast du es denn bis jetzt getrieben?«

»Du hast keine Ahnung von den Frauen, mit denen ich ausgehe«, sagte er verärgert, während er nach seinem Bettzeug suchte und dabei seinen Arm, den er um sie geschlungen hatte, löste.

»Was hältst du denn davon, wenn wir jetzt etwas schlafen, Murray? Wann mußt du denn aufstehen?«

»Freitags arbeite ich nicht, aber Punkt neun oder so stehe ich wie ein Blitz auf. Innerhalb von fünf Minuten bin ich fix und fertig.«

»Prima. Ich bin morgens auch ganz fix. Wirst du ohne Wecker wach?«

»Aber klar.«

»Okay, dann schlaf gut.«

Ohne ein weiteres Wort drehte Murray sich zur Wand um. Sie war froh, daß er sich aus ihr zurückzog, aber beunruhigt darüber, daß sie jetzt ganz unbewußt sein Geheimnis entdeckt hatte. Sie hatte das Gefühl, als ob er sich in eine ganz besondere Form von Schlaf zurückziehen würde, ähnlich einem Epileptiker nach einem Anfall, und genau daran hatte sie seine so plötzliche Ekstase erinnert. Sie war dankbar dafür, von dem so überwältigenden Murray in Ruhe gelassen zu werden, so daß ihre Gedanken zu dem scheuen Josef zurückkehren konnten. Sie verbarg ihr Gesicht im Kissen und versuchte einzuschlafen. *Komm zu mir, Josef, ich brauche dich.*

Aber Annenskys Bild an seinem Pult wollte vor ihren geschlossenen Augen nicht erscheinen. Dagegen fühlte sie die Wärme des Körpers neben sich, und ganz unbewußt begann sie, im gleichen Rhythmus wie er zu atmen. Sie wandte sich an Murray und flüsterte: »So leicht, mein Doktor Butkis, kommst du mir nicht davon.« Er murmelte nur in seinem Schlaf. »Kannst du mich hören?« Wieder stöhnte er leise vor sich hin. »Ich kann sagen, was ich will, und du wirst mir antworten, ist das klar, Doktor Butkis?« Auf jede ihrer wie eine Litanei hervorgeplapperten Fragen beschwor sie eine Antwort, aber Murray schlief bereits. »Ich bin noch lange nicht mit dir fertig, ganz und gar nicht. Sylvia ist hier, um sich zu amüsieren, hast du das verstanden?« Noch immer schlafend, drehte er sich auf den Rücken und streckte dabei einen Arm in ihrer Richtung aus. »Du bist es gewöhnt, dieses Bett ganz für dich alleine zu haben, nicht wahr, Doktor Butkis? Aber heute nacht hast du Gesellschaft. Es wird Zeit, daß du dir bewußt wirst, der Gastgeber zu sein.«

Vorsichtig zog sie die Decke zurück. Sein Penis war noch immer, selbst in schlafendem Zustand, äußerst voluminös. Seine Blässe, umgeben von dem goldenen Schamhaar, nahm sich außerordentlich aus. Er hatte nichts von der Röte, die sie sonst vor dem männlichen Organ zurückschrecken ließ. *Josef, laß mich dich mit meinem Mund lieben.*

Ohne ihre Hand zu benutzen, nahm sie Murrays Penis zwischen ihre Lippen. Zuerst äußerst zärtlich und dann, als sie merkte, daß er in ihrem Munde anschwoll, etwas fester. Brutal richtete sich Murray auf, zog die Decke von ihren Beinen und warf sich auf sie, wobei er kräftig und schnell in sie eindrang. Ein paar Stöße und dann wieder dieser beinahe bittende, unzusammenhängende

Schrei, während er kam. Sie klammerte sich in seine angespannten Gesäßbacken und sang wie zu einem kleinen Kind: »Jaja, es ist schon in Ordnung. Es ist gut so.« Er entspannte sich. Dann begann er zu lachen und rollte sich wieder auf den Rücken zurück, die Hände vor dem Gesicht, die Ellbogen zur Decke gewandt. Es dauerte einige Minuten, bis er wieder zu Atem kam.

»Verdammt noch mal, Sylvia, an so etwas kann ich mich beim besten Willen nicht erinnern. Verdammte Scheiße, wo hast du nur die Ausdauer her? Du hättest lediglich noch ein bißchen länger warten sollen. Ich bin nicht ganz so gut wie sonst. Es ist für mich eine Seltenheit, zweimal in der Nacht zu kommen. Ich kann es kaum fassen. Wo hast du das gelernt?«

»Ich war schließlich schon einige Male verliebt. Ich glaube, nur so lernst du es, wenn überhaupt.« Ihr war es egal, wenn sie sich dabei selbstgerecht anhörte. Es entsprach der Wahrheit. Vielleicht der einzigen Wahrheit, die in dieser Nacht über ihre Lippen kam. »Wie ist es denn sonst bei dir?« Murray schien jetzt hellwach zu sein. Lässig und freundlich, so wie er vor zwei Monaten in seiner Praxis gewesen war.

»Nun, meine Freunde haben davon folgende Vorstellungen: Du triffst eine Verabredung, klar? Wer geht denn neute noch zu einer sogenannten Verabredung? Aber ganz egal – du gibst für Drinks und ein mieses Essen etwa dreißig Dollar aus. Du bist bereit, dich drei bis vier Stunden lang beim Gespräch zu langweilen, und dann gehst du nach Hause und machst Sex, und der Sex ist lausig. Und wenn du aufwachst, hast du noch das ›Morgenproblem‹.« Sylvia wußte, was er meinte. Was fängt man mit dieser fremden Frau in seinem Bett an? »Ja, und dann mußt du sie zum Frühstück einladen und sie mit einem Taxi nach Hause schicken. Für alles zusammen hast du ungefähr fünfzig Dollar ausgegeben, hast einige Stunden deiner besten Zeit vergeudet und viel Schlaf verloren; darum glauben meine Freunde, daß es genausogut ist, zwanzig Dollar auszugeben, sich eine Prostituierte zu suchen, mit ihr fünfzehn Minuten guten Sex zu genießen – sich einen blasen zu lassen oder wozu immer man Lust hat –, um dann fröhlich weiterzuleben. Verstehst du, was ich meine?«

»Das hört sich schlimm an, egal welche Alternative.«

»Aber so ist das Leben, Syl. Was soll ich dir sonst noch sagen?«

Das ›Morgenproblem‹. Sie würde dafür sorgen, daß er, soweit

es sie betraf, keinen Grund zur Beschwerde haben konnte. Sie würde ihm schon zeigen, daß sie zu einer anderen Kategorie als diese Skihasen und Stewardessen gehörte.

Fast unmittelbar danach war Murray fest eingeschlafen und hatte sich wieder zur Wand gedreht. Dieses übersättigte Biest, dachte sie. Widerwillig, so, als ob sie einen Stoß Arbeiten zensieren müßte, versuchte Sylvia ihre Gefühle zu sortieren, damit sie auch etwas Schlaf finden konnte. Mit einem Seufzer kreuzte sie die Arme über der Brust und nahm in jede Hand eine ihrer Brüste. Ihre Brustwarzen waren noch geschwollen. Sehnsüchtig hoffte sie, daß noch etwas passieren würde. Es schien keine Rolle zu spielen, daß nicht die geringste Anstrengung gemacht worden war, sie zu befriedigen. Sie hatte aber auch nicht den Wunsch, die Intimität ihres Orgasmus mit diesem Mann zu teilen. Irgendwo, zweihundert Meilen entfernt in Philadelphia, oder vielleicht auch hier in der Stadt, schlief Josef. Sosehr sie auch versuchte, sich vorzustellen, daß der blondhaarige Mann, der neben ihr schlief, der andere Mann war, konnte sie es sich im Bett doch nicht bequem machen. Der aufgestaute unsaubere Geruch, diese Maschine, mit der sie sich gerade vereinigt hatte, die Vorstellung, daß Josef irgendwo schlief, ahnungslos des großen Gefühlsausbruchs, den sie gerade in seinem Namen mit dem Körper eines anderen gehabt hatte, ließ sie sich so schmutzig vorkommen, daß ihr beinahe schlecht wurde. Die einzige Antwort war zu gehen, aber sie hatte ihre letzten fünf Dollar für das Taxi hierher ausgegeben. Sie stand auf und machte sich auf den Hindernisweg zu einer der vollgepackten Couchen. Dort kniete sie sich hin und preßte ihr Gesicht in die zerschlissenen Polster. Sie weinte für sich und für die zwei Männer, deren Gesichter jetzt, wie bei einem Janus-Kopf auf einer Münze zusammengepreßt, durch ihre Fantasie schwirrten. Auf der einen Seite der Münze stand ›Sex‹ und auf der anderen ›Liebe‹. *Josef, vergib mir, es war ekelhaft. Wer ist dieser Fremde?*

Durch das Weinen völlig entkräftet, ließ sie sich erneut auf eine Ecke des Bettes fallen und war unter einem Teil von Murrays übelriechender Decke bald eingeschlafen.

6. *Kapitel*

Vier Stunden später, gegen acht Uhr, wurde Sylvia durch die Geräusche eines Kompressors geweckt. Das Gebäude hinter Murrays Wohnblock wurde abgerissen. Durch das Fenster neben dem Bett konnte sie Männer mit Schutzhelmen erkennen, die wie Touristen auf den Trümmern herumkletterten, so wie sie das bei ihren Streifzügen durch die Ruinen in Südamerika gesehen hatte. Sie war hier in einem Viertel der Stadt, das sie kaum kannte. Die Gebäude auf der anderen Straßenseite machten einen freundlichen Eindruck; viel einladender als jene in ihrer eigenen hochgeschossigen Nachbarschaft. Hier gab es noch einige Bäume, und Weinreben rankten freundlich an den Fassaden empor. Wo sie lebte, gab es kaum etwas Grünes, nichts, an dem man optisch den Frühlingsbeginn hätte feststellen können. Wie schön, dachte sie, daß Murray sich eine Wohnung in einem so hübschen Teil der Stadt leisten kann. Nicht zu verachten war auch die teuere Skiausrüstung, wie sie mit einem Blick auf den überfüllten Schrank in der gegenüberliegenden Zimmerecke feststellen konnte. Als Einzimmer-Apartment war die Wohnung eigentlich ganz gut geschnitten – so, daß man in den verschiedenen Bereichen Möglichkeiten für verschiedenartige Betätigungen schaffen konnte. Wie es im Augenblick aussah, war es klar, daß sich für Murray, wie wenig Zeit er auch immer in seiner Wohnung verbrachte, alles Wesentliche im Bett und um das Bett herum abspielte. Dort war der einzige Platz, wo man sich setzen konnte. Die beiden Couchen und die paar Stühle waren alle von Kleidungsstücken, Sportartikeln und Zeitungen überladen. Auch der Tisch zwischen der Eingangstür und der eingebauten Kochnische war übersät mit Post, Kleingeld, Magazinen und Arzneiproben, die Vertreter für Zahnpraxen dagelassen hatten. Gegen ihn gelehnt stand auch noch ein Fahrrad, so daß man nicht einmal zum Essen daran Platz nehmen konnte.

Sylvia wandte sich Murrays wohlgeformtem Rücken zu. Glatt und glänzend wie gut poliertes helles Holz. Ihre Ratio sagte ihr, daß sie sich anziehen und verschwinden sollte, solange er noch schlief. Was sie erreichen wollte, hatte sie erreicht. So gut es hier möglich war, hatte sie sich mit Josef Annensky vereint, doch erschien ihr das bei Tageslicht nicht mehr so sinnvoll. Da Murray so hervorragend an Josefs Stelle funktioniert hatte, war eigentlich das Beste, was sie als Gegengabe tun konnte, ihm die Schwierigkeit des ›Morgenproblems‹ zu nehmen. Damit würde sie ihm beweisen, was für eine prima Person sie war, nicht so wie all die anderen Frauen, mit denen er in diesen Jahren gevögelt hatte. Aber zu gehen, bevor er aufgewacht war, erschien ihr wiederum unhöflich, und so amüsierte sie sich damit, in seinem Apartment herumzuwandern, um auf diese Weise einen Eindruck von den Lebensgewohnheiten des Menschen zu erhalten, der gerade noch in ihr gewesen war. Auf dem Bücherregal stand eine große Schwarzweiß-Fotografie, die wahrscheinlich einige Jahre alt war. Sie zeigte drei Figuren in T-Shirts und Baseball-Mützen, die draußen herumtobten. In der Mitte stand Murray, Hände in den Hüften, Beine gespreizt, den Kopf zur Seite geneigt. Das Haar fiel ihm ins Gesicht und warf Schatten. So wie er aussah, konnte er gut als Beispiel für einen siebenjährigen Jungen gelten, der beim Training in der Jugendliga in die Kamera grinst, um Geld zu verdienen. Ein Freund, dessen langes Haar seine frühe Kahlköpfigkeit nur schwach verbergen konnte, stand gebeugt neben ihm und blickte frech in die Linse. Eine seiner Hände griff von hinten zwischen Murrays Beine hindurch, so daß sein Finger für die Kamera genau über Murrays Eiern sichtbar wurde. Murray unschuldiges Lächeln ließ jedoch jeden Gedanken an Homoerotik absurd erscheinen.

Auf der unteren linken Ecke dieser Fotografie war noch eine kleinere von Murray als Baseball-Spieler aufgeklebt worden. Die Anmut seiner Arme berührte sie. Sie erinnerte sich, daß sie das bereits 1967 während dieser gemeinsamen Nacht bemerkt hatte. Er hatte ihr erzählt, daß er an der Uni geboxt hatte.

Bis auf zwei verschlossene Flaschen billigen Weins war der Eisschrank leer. Auf dem Tisch lagen diverse Zettel herum, auf denen Namen von Frauen und deren Telefonnummern standen. Alles zusammen machte auf sie den Eindruck des klassischen, modernen Junggesellen-Apartments eines kleinen Prinzen, der bis heute noch nicht begriffen hatte, daß die gute Fee niemals kommen würde, um bei ihm sauberzumachen. Da ihr während ihres Ausflugs durch das Apartment kühl geworden war, schlüpfte Sylvia wieder unter die Decke. Es war jetzt beinahe neun Uhr und sie glaubte es wagen zu können, Murray zu wecken. Als sie seinen Nacken küßte, war sie von der Wärme, die er ausstrahlte, überrascht. Die von ihm ausgehende Hitze veranlaßte ihre Hände, seinen Körper zu betasten, während sie leise seinen Namen rief und ihm sagte, wie spät es sei. Während sie ihn streichelte, drehte er sich auf den Rücken und reckte sich wohlig, ohne die Augen zu öffnen. Endlich sprach er: »Das ist die richtige Art aufzuwachen. Durch eine wohltuende

Massage.« Er nahm sie in einer fast brüderlichen Art in den Arm. Sylvia ließ ihre Hand durch das dichte Haar auf seiner Brust wandern und streichelte dann wieder über seinen glatten Bauch. Er warf die Decke fort, um ihr eine erstklassige Erektion zu präsentieren. »Das ist unüblich«, sagte er.

»Ich dachte, daß das bei Männern, wenn sie aufwachen, häufig so ist.«

»So nicht. Schau nur, wie er klopft.« Sylvia beobachtete das Pulsieren des Blutes in seinem Penis für eine Minute, streichelte seine Härte und setzte sich auf ihn. Sie beobachtete Murrays Gesicht, als sie ihn in sich eindringen ließ. Sein Kopf war zurückgeworfen, aber der Ausdruck seines Gesichtes war diesmal nicht so gierig. Er umfaßte ihre Hüften, als sie sich zu bewegen begann. »Wie wirst du denn eigentlich fertig, Sylvia?«

Sie drückte ihr Gesicht in seinen Nacken und sagte verloren: »Verdammt, ich weiß es doch nicht. Ich weiß es niemals. Manchmal will ich es überhaupt nicht.«

»Möchtest du es jetzt?« Seine Hände waren nicht länger auf ihren Hüften. Sylvia öffnete die Augen und sah, daß er seine Arme hinter dem Kopf verschränkt hatte und jetzt breitbeinig mit den Händen hinter dem Kopf wie ein Bauernjunge unter einem Baum lag. Wenn er sich nur zurückzulegen brauchte und seinen Teil bekam, überlegte sie, dann könnte sie sich, verdammt noch mal, um ihre eigenen Sachen kümmern.

Während sie sich auf einen Arm aufstützte, faßte sie an ihre feuchten Schamhaare. Ihre Klitoris fühlte sich gegen ihre Fingerspitzen hart und geschwollen an. Als sie sie zu Beginn ganz vorsichtig und dann mit größerem Druck zu reiben begann, verhundertfachte sich die Sensation in ihrer Vagina. Die Süße des Gefühls durchdrang sie mit dem plötzlichen, ertränkenden Schmerz eines Messerstichs. Sie fühlte, wie ihre Muskeln seinen Penis fester umschlossen. Murray stöhnte und griff nach ihr. Sie widersetzte sich dem Ziehen seiner Arme, um in ihrer Position bleiben zu können. Während sie sich massierte, bewegte sie sich auf ihm auf und ab. Nach wenigen Sekunden hörte sie ihre eigene Stimme wie Glokkenschläge von den Wänden widerhallen – immer und immer wieder. Während sie schrie, riß sie ihre Hand von sich selbst weg und warf sich mit wilden Bewegungen während ihres Höhepunktes in Murrays Arme. Seine Brust hallte von seinen eigenen Schreien wieder. Auch er kam jetzt. Sein Griff war eisern. Sie krümmten sich und stöhnten, jeder in den Armen des anderen, jeder in seiner Ekstase gefangen, des Partners bei diesem uralten Ritus fast unbewußt. So lagen sie in ihrer Umarmung lange Zeit. Als Murrays Erektion abklang, zogen sich Sylvias Muskeln unwillkürlich noch einmal zusammen. »Wie hast du das gemacht?« keuchte er überrascht.

»Was denn?«

»Na, da unten, was du gerade gemacht hast.«

»Ich nehme an, das war der letzte Atemzug des Orgasmus. Betrachte es als einen Abschiedskuß.« Sie lachte fröhlich, und dabei entglitt ihr sein Penis.

»Recht so, lach du mich nur aus.« In seinem Sarkasmus klang eine gewisses Traurigkeit mit.

»Du kannst jederzeit wieder hereinkommen, wenn sich die Gelegenheit bietet.«

Sylvia war über ihren neuerlichen guten Humor erstaunt. Wie konnten die Konflikte, die sie in der letzten Nacht wachgehalten hatten, ihr Trauern um Josef, durch solche mechanischen Mittel gelöst werden?

»Möchtest du zuerst ins Bad?« fragte er, während er herübergriff und das Radio anstellte.

Sylvia rieb die waschbärenhaften Mascara-Ringe, die ihre Augen umgaben, ab und bürstete ihr Haar. Sie hatte einen pelzigen Geschmack im Mund, und ihre Zunge war belegt.

»Hast du eine Zahnbürste, die ich benutzen kann, Doktor Butkis?«

»Nimm dir irgendeine.« Zu beiden Seiten des fast blinden Spiegels hingen ein gutes halbes Dutzend benutzter Zahnbürsten. Von seinem Harem, vermutete sie.

Danach ging Murray ins Bad. Bis er, die Haare vom Duschen noch klitschnaß, wieder herauskam, war Sylvia angezogen und so zurechtgemacht, daß sie sich wieder sehenlassen konnte. Sie fürchtete, daß sie ihm bei Tageslicht älter scheinen könnte. Als sie Murrays Gesicht im Spiegel des Badezimmers gesehen hatte, hatte sie Falten bei ihm festgestellt, die sie vorher nicht wahrgenommen hatte.

»Ich haue ab«, zwitscherte sie, darauf bedacht zu beweisen, daß es mit ihr kein ›Morgenproblem‹ gab. Sie warf ihren Mantel um und sah, wie Murray in seinem Bademantel auf dem Bett saß und sich die Strümpfe anzog. Er schien etwas abwesend zu sein, aber diesen Eindruck führte sie auf ihre eigene Sentimentalität zurück, die immer angesprochen wurde, wenn sie einen Mann beobachtete, der einer solchen alltäglichen Betätigung nachging. Sie ging zu ihm hin, beugte sich über ihn und gab ihm fröhlich einen Kuß auf die Nase. »Na, siehst du – ein Maximum an Orgasmen bei minimalem Aufwand.«

»Mußt du irgendwo hin?« fragte er.

»Ich hab' einiges in der Stadt zu erledigen.« Sie wußte nicht genau, was er mit seiner Frage bezweckte. Ob er vielleicht wollte, daß sie blieb? Je länger sie noch dablieb, um so schwieriger würde es für sie sein zu gehen. Sie bemühte sich zu gehen, ehe sie den Punkt erreicht hatte, an dem sie ihre Gefühle als das erkennen würde, was sie in Wirklichkeit waren: Schuldgefühle diesem Mann gegenüber, dessen Körper sie benutzt hatte. Ach was, zum Teufel! Wahrscheinlich hatte er unzählige ihrer Geschlechtsgenossinnen auf seine Art ebenso behandelt. Ausgleichende Gerechtigkeit. »Auf bald!« ließ sie sich fröhlich vernehmen, als sie die Tür öffnete. Murray sah in dem blauen Bademantel mit den herunterhängenden Schultern schmal, schmächtig und gütig aus.

»Einen schönen Tag noch, Sylvia.«

Als sie zu Hause ankam, fand sie ihr eigenes Apartment in fast der gleichen Unordnung vor, wie das von Murray gewesen war. Ihr Schreibtisch verschmiert mit den kalligraphischen Versuchen der vergangenen Nacht. Sie hob einige der zusammengeknüllten Blätter auf. Bei Tageslicht sahen ihre Versuche gar nicht so schlecht aus. Auf einem war sie nicht weiter als bis zu dem Titel ›An Josef‹ gekommen. Manchmal hatte sie schon bei dem großen ›J‹ aufgehört. Sie konnte nicht verstehen, warum sie so leicht aufgegeben hatte. Einige der Blätter, die sie weggeworfen hatte, schienen ihr heute recht gelungen. Manches davon hätte sich retten lassen, wenn sie sie in ihrer gestrigen wählerischen Art nicht so brutal zerknüllt hätte.

Sie machte sich eine Tasse Pulverkaffee und setzte sich an den Tisch. Innerhalb von zehn Minuten war es ihr gelungen, eine gut aussehende Version der Zeilen niederzuschreiben. Blaue Tinte auf elfenbeinfarbenem Pergament. An ihrer Schreibmaschine adressierte sie einen Umschlag an Annensky mit dem Vermerk ›Bitte nicht knicken‹. Wenn sie die Zeilen sofort abschickte, war eine gute Chance vorhanden, daß sie ihn bis Dienstag erreicht haben würden. Der Plan, den sie gerade ausbrütete, begeisterte sie. Würde er Verdacht schöpfen, wer der Absender war? Würde er sie beim nächsten Seminar anders ansehen? Würde er sich auffällig verändern, nachdem er die Zeilen erhalten hatte? Sie versuchte, sich ihn vorzustellen, wie er im Seminar von seinem Pult aus die Schülerinnen betrachtete, während er sich eine Antwort anhörte, um dann zur Tafel zu gehen.

Ihre Visionen von Josef beruhten auf reiner Einbildung. Was wußte sie eigentlich von ihm? Aber an ihren Händen, in ihrem Haar, zwischen ihren Beinen war der unwiderlegbare Geruch eines echten Menschen. Schockiert und beschämt, daß sie noch persönliche Spuren von Murray an ihrem Körper trug, ließ Sylvia sich ein fast kochendheißes Bad ein, in das sie alle verfügbaren Badezusätze hineinschüttete. Als sie dann glaubte, durch das Bad genügend gereinigt zu sein, war der Tag fast vergangen.

7. Kapitel

Wie schön war es, daß sie ihn endlich wiedersehen sollte. Dienstagabend war sie bereits eine halbe Stunde vor Beginn des Semesters da. Sie war sicher, daß sie das geschmacklose Zwischenspiel mit dem Zahnarzt schnell vergessen würde, wenn Josef wieder vor ihr stand. Und jetzt war sie aufs neue gespannt. Sie würde genau auf eventuelle Veränderungen im Verhalten des Professors achten, die den Schluß zuließen, daß er ihr Gedicht erhalten hatte.

Von dem Augenblick an, als er den Raum betrat, schien er aufgeregt zu sein. Noch ehe er mit seiner Lektion begann, sah er sich unsicher um. Versuchte er wohl die Schuldige unter den Studentinnen herauszufinden? Sylvia sagte sich, daß diese Vermutung nur ihrer Einbildung entsprang. Ehe er begann, pflegte er immer die anwesenden Studentinnen durchzuzählen. Als er den Mund öffnete, wußte sie, daß sie recht damit hatte, wenn sie dachte, daß er verärgert war. Er rügte alle Anwesenden in bezug auf ihre Leistungen zur Mitte des Semesters, denn sie hatten zwei Wochen vor den Feiertagen ihre Arbeiten geschrieben. »Es ist g-ganz offensichtlich, wenn man d-d-diese Arbeiten sieht, daß niemand von Ihnen d-d-dieses Seminar ernst g-genug nimmt.« Während er damit kämpfte, die Worte herauszubekommen, rötete sich sein Kopf. Es beunruhigte sie zu sehen, wie gefährlich er sein konnte, wenn er verstört war. Sein ganzer Körper zitterte, während er vor den Studentinnen auf und ab ging. »Ich w-wünsche hier keine s-subjektive Spekulation, i-i-ich will Fakten!« Er hatte ihr lustloses Verhalten als eine persönliche Beleidigung aufgefaßt, genauso wie er es bei Sylvias Bemerkung an jenem gräßlichen Abend im Café getan hatte. Warum war er so unzufrieden? Am liebsten wäre sie auf ihn zugegangen und hätte ihn so lange geschüttelt, bis er aufhörte, sich so zu benehmen. Schließlich hatte er es hier mit einer Gruppe von erwachsenen Menschen zu tun und nicht mit einer Horde ungezogener Schulanfänger.

Oder gab es vielleicht etwas außer den Halbsemesterarbeiten, das ihn veranlaßte, sich da vorne wie ein gejagtes Tier zu verhalten? Vielleicht war es ihr Gedicht? Jemand, der so verklemmt war wie er, konnte es leicht übelnehmen. Vielleicht war sie zu weit gegangen.

Als er bei Beendigung des Seminars den Studentinnen die Arbeiten zurückgab, hielten diese mit ihren wütenden Kommentaren über seine Anmerkungen und die schlechten Beurteilungen, die er den meisten von ihnen gegeben hatte, nicht zurück. Eine unzufriedene Kollegin äußerte sich so laut, daß Annensky es hören mußte: »Der will wohl die Lehrmethoden in die Steinzeit zurückversetzen!«

»Es t-tut mir leid, I-i-ihnen sagen zu m-müssen, daß ich unter Ihnen n-nur eine echte Philologin kenne«, sagte Annensky so, als ob er der ärgerlichen Studentin antworten wollte. Dabei starrte er Sylvia an. Sie öffnete ihr Arbeitsheft und sah, daß sie die Note ›1,2‹ bekommen hatte. Über die erste Seite hatte er geschrieben: ›Eine empfehlenswerte Arbeit‹. Es hatte sich um Fragen in bezug auf die Richtungen heutiger Lehrmethoden gehandelt. Sie hatte das Thema so beantwortet, daß sie die gängige Form des Lehrens auf einer breiten Basis ablehnte und dafür eine Methode empfahl, bei der zumindest eine gewisse Anzahl von Daten im Gedächtnis fest verankert werden mußten. Schließlich hatte sie ja im Hinblick auf dieses Thema eine ganz bestimmte Auffassung, weil sie immer wieder bestürzt gewesen war, wenn sie selbst in einigen ihrer aufgeweckteren Klassen Schüler antraf, für die Dinge wie Multiplikation keine Selbstverständlichkeit waren, die niemals gelernt hatten, Worte richtig zu buchstabieren, und die keine Ahnung von Zeichensetzung hatten. Gewisse Aspekte der Sprache kann man nur auswendig lernen, und diese Kinder hatten es eben nie gelernt. In ihrer Arbeit war sie auch nicht dem Fehler verfallen, den viele ihrer Kolleginnen begangen hatten, ihre Argumente durch persönliche Beispiele zu untermauern. Dagegen hatte sie Studien zitiert, die gemäß dem üblichen analytischen Modell an Studenten erarbeitet worden waren, deren Leistungen man dann später, während ihrer akademischen Karriere, durch standardisierte Tests überprüft hatte.

Offensichtlich befand sich Annensky mit dieser Ansicht in vollem Einvernehmen. Als sie von ihrer Arbeit aufsah, beobachtete er sie immer noch. In der Zwischenzeit war der größte Teil der Studentinnen verärgert hinausgegangen, wahrscheinlich um in der Halle über Annensky zu schimpfen.

Als auch Sylvia sich der Tür näherte, wurde sie vom Professor aufgehalten. Die letzten paar Studentinnen gingen um sie herum und ließen sie allein mit Annensky in der Klasse zurück. »Sie h-haben mich überrascht«, begann er, und einen Augenblick sah sie wieder ein bei ihm so seltenes Lächeln. »Ich hatte n-n-nicht geglaubt, eine Verbündete i-in diesem Seminar zu f-finden. Und bestimmt k-k-keine Lehrerin, die Englisch als Z-z-zweitsprache u-unterrichtet und dabei an traditionelle Lehrmethoden g-glaubt.«

»Aber warum denn nicht? Schon allein deswegen, weil ich an die Grundfähigkeit des Lernens glaube, möchte ich sie diesen Kindern, ganz egal wie, beibringen, selbst wenn das bedeutet, sie in einer anderen Sprache als Englisch zu unterrichten.«

»Sie w-waren die einzige Lehrerin einer ö-ö-öffentlichen Schule, die zeigte, daß sie D-disziplin für notwendig h-hält. I-ich meine natürlich g-geistige Disziplin. W-wie lange unterrichten Sie schon, Miß Green?«

»Seit vier Jahren, und von Jahr zu Jahr finde ich, daß sich die Dinge immer choatischer entwickeln.«

»Es schmerzt mich, das zu h-hören.«

»Ich hatte den Eindruck, daß Sie nicht sehr viel Respekt vor den Lehrmethoden in öffentlichen Schulen haben«, sagte sie und erinnerte sich dabei, wie schnippisch er an dem Abend gewesen war, als sie Kaffee tranken.

»Die Untersuchungen, die ich in d-diesem Jahr a-angestellt habe, haben m-mich meinen Standpunkt revidieren lassen. Früher h-habe ich die gleiche A-ansicht wie m-meine Vorgesetzten vertreten, nämlich, d-daß man die ö-öffentlichen Schulen einfach aufgeben sollte. J-jetzt bin ich davon ü-überzeugt, ob es mir gefällt oder n-nicht, daß sie in Zukunft ein wesentlicher Bestandteil d-der Gesellschaft sein werden. D-die Menschen, d-die wir heute an d-den öffentlichen Schulen erziehen, werden d-die Mehrheit der Politiker stellen, w-wenn Sie u-und ich bereits zur älteren Generation gehören. W-wollen wir vielleicht, d-daß unser Land von einer G-generation von Schwaflern regiert wird, d-die d-durch das Fernsehen passiv geworden sind? D-durch Leute, die nicht in der L-lage sind, s-sich geistig zu konzentrieren?«

»Ich glaube, daß das der Grund ist, daß ich dort lehre, wo ich jetzt bin.«

»S-sie h-haben sehr viel Mut. Es t-tut gut, wenn Menschen, d-die d-diesen Beruf ergreifen, sich ihm echt u-und mit Ernsthaftigkeit ausliefern. Das f-findet man n-nicht so oft, wie man es wünschen würde. Ihre Sch-schüler können s-sich glücklich schätzen.«

Sein Lob machte sie so sehr verlegen, daß sie annahm, ihr Gesicht würde sich genauso röten, wie es das seine im Verlauf der Unterhaltung getan hatte. Was er gesagt hatte, bewies, daß sie die gleichen Ansichten hatten. Jedenfalls teilten sie gewisse berufliche Vorstellungen. Sie hoffte, daß ihre Seminararbeit und dieses erfreuliche Gespräch die Episode aus dem Café aus seinem Gedächtnis verdrängen würden. Vielleicht konnten sie jetzt Freunde werden? Antworten konnte sie aber lediglich mit einem mädchenhaften Kichern.

Annensky verabschiedete sich und ging zu seinem Pult zurück. »Da wäre noch etwas«, sagte er und wandte sich ihr zu. Das Gedicht, dachte sie. Was würde sie wohl sagen, wenn er danach fragte? »Ich suche n-noch Schülerklassen zur Beobachtung, u-um meine Arbeit a-abschließen zu können. V-vielleicht könnten w-wir über d-die Möglichkeit in einigen Ihrer K-klassen sprechen?«

»Aber gerne, jederzeit.« Die Dinge entwickelten sich besser und besser. Sie hätte das komische Gedicht gar nicht zu schreiben brauchen, um seine Aufmerksamkeit zu erregen. Ihre eigenen Ideen über Erziehungsmethoden hatten dazu ausgereicht, seinerseits das Interesse an ihr zu wecken. Wenn er wollte, konnte er äußerst charmant sein. Alles was er brauchte, war, daß man seine Theorie verstand, und ihr alleine war es durch ihre Examensarbeit gelungen, sein Vertrauen zu gewinnen. Jetzt spürte er, daß er eine Verbündete in ihr hatte. Sie hoffte nur, daß er mit der Zeit in ihr mehr als nur das sehen würde.

In der zweiten Hälfte des Seminars wechselte Annensky seine Lehrmethode. Studentinnen wurden von ihm viel seltener aufgerufen, und den größten Teil der Zeit dozierte er. So war es ihm möglich, die Sentimentalisierung der Lehrmethoden bloßzustellen und das anzugreifen, was er die anti-intellektuelle Mißachtung des Klassenstandards nannte. Sylvia war nicht immer seiner Meinung, aber das unerschrockene Eintreten für seine unabhängige Position zu einer Zeit, da die meisten anderen Professoren der Universität bereit waren, die Aufgabe des Lehrers zu romantisieren, berührte sie. In den letzten Jahren hatte man das Auswendiglernen mit der Begründung beiseite geschoben, daß es den Fluß kreativen Denkens beim Kind beeinträchtige. Das Resultat davon war, daß die Kinder, wenn sie diese Lehrmethoden hinter sich hatten, die Schule verließen, ohne über die notwendigen Fähigkeiten zu verfügen, ihre Ideen in einer intelligenten Form auszudrücken. Öfter als einmal hörte Sylvia, wie Kolleginnen ihrer Verwunderung darüber Ausdruck gaben, daß ein so junger Professor solch altmodische Ansichten vertreten konnte. Da Sylvia mit den meisten seiner Betrachtungsweisen sympathisierte, war sie gezwungen, bei sich einen gewissen Hang zu konservativen Lehrmethoden festzustellen, den sie früher an sich nicht bemerkt hatte. Sie bedauerte es, daß die Schüler in ihrer Schule nicht die gleiche Art von Erziehung erhielten, wie es bei ihr selbst in ihrem Alter der Fall gewesen war. Oder sollte es sich bei ihrer Ansicht lediglich um eine Reflektion ihres Wunsches handeln, daß Annensky sie schätzen solle? Sie konnte sich dessen nicht sicher sein.

Was auch immer das Motiv für ihre Unterstützung seiner Standpunkte sein mochte – sie wurde dafür in einer Weise belohnt, die sie sehr glücklich machte. Wenn er unterrichtete, versuchte Annensky nicht länger, ihrem Blick zu entkommen. Im Gegenteil. Sie hatte oft den Eindruck, daß er den Blickkontakt mit ihr immer dann suchte, wenn er gerade wieder eine Bemerkung gemacht hatte, über deren Unpopularität er sich bei den meisten ihrer Kolleginnen im klaren war. Einige der Studentinnen hielten ihn einfach für einen Verrückten, andere sahen in ihm ein Monster. Für Sylvia war er ein Prophet und sie seine erste Jüngerin.

Nachdem Annensky die geistige Verwandtschaft zwischen ihnen anerkannt hatte, zögerte sie nicht länger, sich in die erste Reihe zu setzen. Ihr Ohr glich mittlerweile sein Stottern so sehr aus, daß sie es kaum noch wahrnahm. Seine Stimme klang ihr wie eine reine Melodie. Da sie jetzt in seiner Nähe saß, konnte sie den Duft seines Rasierwassers wahrnehmen und war in der Lage, die winzigen Haarreste auf seinem Kragen an dem Tag zu sehen, an dem er mit frischgeschnittenen Haaren das Seminar betrat. Natürlich verliebte sie sich noch heftiger in ihn.

Da man sich dem Sommer näherte, wurde es wärmer, und Annensky trug unter seinem Blazer keine Pullover mehr. Sylvia konnte durch sein Hemd hindurch die Muskulatur seines Brustkorbes erkennen, die schlank und hart wie die eines Langstreckenläufers schien. Wie wäre es wohl, wenn dieser Brustkorb sich gegen ihre Brüste drücken würde, wenn diese langen Arme ihren Körper festhielten? Seine neue unmittelbare physische Nähe ließ sie Tantalusqualen erleiden. Der wirkliche Mann erwies sich als viel aufregender als der Schein-Josef ihres Gedichtes. Sie hoffte, daß ihr törichter Brief bei der Post abhandengekommen war. Diese lächerliche Verirrung wollte sie genauso wie ihre Nacht mit Murray aus ihrem Gedächtnis verbannen.

Und wieder lebte sie von Dienstag zu Dienstag, während sie in der Zwischenzeit ihre Klassen unterrichtete. Julio Melendez erwies sich als der Schreiber jener Shakespeare-Verse, indem er erneut einen Brief auf dem gleichen mit Möwen verzierten Papier verfaßte: ›Du bist die schönste Lady, die ich je gesehen. In meinem Urlaub hoffe ich, bei dir zu sein. Hast du je daran gedacht, bei mir zu sein? Ich weiß, wie man Frauen glücklich macht.‹ *¡Qué romantico!* Wie jung schon konnte einen das Leben in New York verderben, mußte sie denken.

Vergebens wartete sie aber darauf, daß Annensky sie wegen der Beobachtung ihrer Klassen ansprechen würde. Woche um Woche verging, und es gab zwischen ihnen nichts anderes als den Augenkontakt. Um so überraschter war sie, als er bekanntgab, daß ein Plan für die mündliche Prüfung festgelegt werden sollte, da in diesem Semester nur noch drei weitere Tage für das Seminar zur Verfügung standen. Ihr persönlicher Rhythmus hatte sich so daran gewöhnt, seine Impulse komplett aus dem Seminar mit Annensky zu erhalten, daß ihr das Leben ohne diese wöchentliche emotionale Energieaufladung unvorstellbar erschien. Ihr ganzer Wochenablauf wurde von diesen Abenden völlig beherrscht. Ihre Gedanken kreisten immer nur um den einen Mann. Sie hatte das Gefühl, immer schneller auf dem Bahnsteig eines Bahnhofes einem davonfahrenden Zug nachzulaufen, während Josef sie durch das Fenster verständnislos beobachtete. Ihr dummes Liebesgedicht und ihre bittenden Blicke im Seminar wurden mit der Zeit von der lauter werdenden Lokomotive, die ihn für immer von ihr fortbringen sollte, übertönt.

Für sie gab es nur noch eine Gelegenheit, mit Annensky zusammen zu sein, ehe er ein für allemal aus ihrem Leben verschwinden würde. Die Schlußprüfung. Die persönlichen Treffen mit Annensky für die mündliche Prüfung wurden so festgelegt, daß sie in der vorletzten Woche des Semesters stattfinden sollten, damit er am letzten Tag, wenn alle Studentinnen anwesend sein würden, die Resultate bekanntgeben und gleichzeitig erklären konnte, welche Antworten er von ihnen erwartet hatte. Wie immer hatte er alles auf die übliche gutorganisierte Weise vorausgeplant. Sylvia hatte sich auf diese Prüfung wie nie zuvor vorbereitet. Sie machte sich auf Indexkarten zusammenfassende Notizen und lernte bibliographische Zitate auswendig. Dieses Interview würde ihre letzte Chance bedeuten, eine wirkliche Verbindung zwischen ihnen beiden herzustellen. Sie mußte glänzen. Und vielleicht, aber nur vielleicht, würde etwas geschehen. Es gelang ihr, als letzte an einem Donnerstagabend vor der abschließenden Zusammenkunft der Klasse einen Prüfungstermin zu bekommen, und sie ging nach Hause, um die Aussicht auf die Gelegenheit, ein letztes Mal mit Josef Annensky alleine zu sein, zu feiern.

Doch dann überfiel sie Verzweiflung. Er würde fortgehen, ohne daß sie jemals eine Chance gehabt hatte, ihn wirklich kennenzulernen – und das schon in wenigen Wochen. Was hatte sie schon zu verlieren, wenn sie ihre wahren Gefühle zeigte? Schließlich war sie keine Frau, die sich wie ein Schulmädchen verliebt hatte. Sie waren zwei erwachsene Menschen, die der Zufall für die vorgeschriebene Dauer eines Studienkurses in künstliche Rollen gepreßt hatte. Sollte sie nicht versuchen, ihm das klarzumachen, damit sie ein einziges Mal diesem vorgeschriebenen Kastensystem entfliehen konnten? Nur so würden sie auf normale Art und Weise miteinander konfrontiert werden – wie ein Mann und eine Frau.

Nachts, alleine in ihrer Wohnung, verbrachte sie Stunden damit, erneut Liebesgedichte zu schreiben, die sie, während sie zu lernen versuchte, wieder zerriß. Endlich entschloß sie sich, einen Brief zu schreiben, der alles enthüllen sollte: Ihre Verehrung; ihre Neugier; ihre Begierde. Das sollte ihre Abschiedserklärung sein, die ihn nach dem letzten Seminar erreichen würde, in dem Augenblick, in dem ihrer beider Begegnung beendet war. Es erleichterte sie etwas, diese Gedanken wenigstens auf dem Papier festhalten zu können. Wie unter Zwang las sie ihn auf dem Weg zur Schule, in den Pausen zwischen den Unterrichtsstunden und im Bus, der sie zur Universität brachte. Es dauerte nicht lange, bis sie alle Redewendungen ihres Jammers auswendig konnte.

8. Kapitel

»D-das war recht g-gut«, sagte Annensky, nachdem sie die vierte und letzte Prüfungsfrage beantwortet hatte. »Es ist ein V-vergnügen, eine Studentin zu haben, d-die aus dem Individualismus in d-der Klasse k-keinen Götzen macht. D-die meisten Ihrer Kolleginnen g-glauben, d-daß die Gesellschaft sich nach d-dem Kinde richten müsse u-und nicht u-umgekehrt.«

»Ich möchte hier nicht direkt verhärtet erscheinen. Wenn ich aber ehemalige Schüler zwei Jahre, nachdem ich sie unterrichtet hatte, die Schule verlassen sehe und dabei feststellen muß, daß das Lehrsystem diesen Schülern einen schlechten Dienst erwies, indem es sie nicht effektiver auf die wesentlichen gesellschaftlichen Voraussetzungen vorbereitet hat, dann muß ich dieses System ablehnen. Wir versäumen einfach, ihnen Lesen, Schreiben und Rechnen beizubringen. Wenn es uns gelänge, sie davon zu überzeugen, wie wesentlich diese Dinge für den Erfolg in einer Erwachsenengesellschaft sind, würde das Lernen ganz von allein folgen.«

»S-sie haben m-mit der Praxis m-mehr Erfahrung als ich. Ich b-beginne mit theoretischen Modellen u-und überprüfe dann ihre A-anwendungen. Dabei konnte ich feststellen, daß das Kind zunächst schulisch gesehen mißachtet wird und die Gesellschaft später auch nichts anderes tut.«

Nachdem das Examen vorüber war, fühlte Sylvia, wie die Anspannung in ihrem Nacken und ihren Schultern nachließ. Sie war an diesem Abend die letzte zu prüfende Studentin gewesen und befand sich nun mit Annensky allein im Seminar. »Ich bin froh, daß es vorüber ist«, sagte sie lächelnd. »Ich hatte Todesangst, daß Sie mich in bezug auf zweisprachigen Unterricht fertigmachen würden.«

»I-ich würde m-meine beste Studentin doch n-nicht hereinlegen! I-ich bin absolut davon überzeugt, d-daß Sie die wesentlichen P-punkte des Seminars richtig v-verarbeitet haben. Zeit u-und Erfahrung werden Sie d-davon a-abhalten, in die falsche R-richtung zu gehen. Um Sie m-mache ich mir k-keine Sorgen.«

Während der Prüfung hatte Annensky seine Fragen von einer der Bänke aus gestellt, während sie am Pult stand. Sylvia war entschlossen, diese Situation zu ihrem Vorteil nutzen. Die Umstände, jemals wieder im Mittelpunkt seiner Beobachtung zu stehen, würden nie wieder so günstig sein. »Es gibt noch eine Sache, die ich Ihnen gerne sagen würde.« Er setzte sich zurück und nahm seinen

Stift wieder in die Hand, als ob er noch eine Ergänzung zu ihrer letzten Antwort erwarten würde. »Nein«, fuhr sie erschrocken fort, »das hat nichts mit der Prüfung zu tun. Es ist vielleicht eigenartig, daß ich jetzt darüber spreche, wo wir uns besser zu verstehen scheinen, aber seit jenem Abend, als wir gemeinsam im Café waren, habe ich das Gefühl, daß ich mich für das dort Geschehene entschuldigen müsse.« Annensky schlug die Beine übereinander, sah sie aufmerksam an und wartete darauf, daß sie weiterredete. »Ich wollte nicht respektlos erscheinen. Ich war anderer Meinung als Sie, und die Worte sprudelten unüberlegt aus mir heraus. Es tut mir leid, daß ich mich so taktlos ausgedrückt habe.«

»Sie m-machten einen s-so feindseligen Eindruck.«

»Das war nicht meine Absicht.«

»Wenn Ihre Vorexamen n-nicht so g-gut gewesen wären, hätte ich Sie w-wahrscheinlich abgeschrieben. D-denken Sie immer daran, daß die H-handschrift des Erwachsenseins d-die Beherrschung der Sprache voraussetzt.«

»Ich bin froh darüber, daß Sie mir eine erneute Chance gegeben haben.«

Annensky griff nach seiner Aktentasche und begann, seine Papiere einzupacken. Sylvia blieb am Pult stehen und bedauerte, daß der Abend zu Ende war. Ohne sie anzusehen, sagte Annensky: »I-ich muß in meinem Büro noch einige Sachen zusammenpacken. W-wenn Sie sich n-noch weiter unterhalten w-wollen, dann kommen Sie d-doch mit.«

Schweigend gingen sie den Gang entlang. Sylvia versuchte, sich irgendein leichtes Gesprächsthema einfallen zu lassen, um ihre Nervosität zu unterdrücken, doch diese unerwartete Gelegenheit, mit Annensky allein zu sein, schloß für sie ein beläufiges Gespräch aus. Es gelang ihr jedoch, sich nach dem Erfolg seiner Forschungsarbeit zu erkundigen. Er antwortete, daß abgesehen von einigem Ärger, den ihm seine Universität bereitet hatte, seine Arbeit abgeschlossen sei. Er wäre nicht traurig darüber, New York zu verlassen. In dem Apartment, das er gemietet hatte, gab es Ungeziefer, und in seinen Wagen sei zweimal eingebrochen worden. »Im September, w-wenn alles gut g-geht, bekomme ich ein f-freies Forschungsjahr in Genf. S-sehen Sie, das nenne ich eine z-zivilisierte Stadt. G-glauben Sie mir – es tut m-mir nicht leid, endlich m-mal aus diesem L-land herauszukommen.«

»Wo werden Sie denn den Sommer verbringen?«

»D-darüber möchte ich n-nicht reden.«

»Ich meine ja nur, falls ich Sie erreichen möchte, um Ihren eventuellen Rat einzuholen.«

»Wenden Sie sich einfach an d-die Universität. D-die wissen, wo ich zu erreichen bin.«

Seine Geheimnistuerei und sein unpersönlicher Ton verletzten sie, aber sie stellte fest, daß er nicht mehr so stark stotterte und nahm das als ein ermutigendes Zeichen. *Josef, du kannst mir vertrauen. Lauf doch nicht weg.*

»Ohne Sie, Professor Annensky, wird es hier nicht mehr dasselbe sein. Das war das beste Seminar, an dem ich bis jetzt teilgenommen habe.«

Er schien sie nicht gehört zu haben. Er betrachtete die Papiere auf seinem Schreibtisch und murmelte abwesend, vielleicht auch scheu: »Setzen Sie sich d-doch, es dauert nur eine Minute.« Der einzige Besucherstuhl stand hinten an der Tür, in der anderen Ecke des Raumes. Er schien erleichtert darüber, daß sie sich jetzt auf größerer Distanz zu ihm befand, und setzte sich selber auch hin. Fast lässig saß er in seinem Drehstuhl und fragte, indem er sich ihr zuwandte: »Haben Sie m-mir mal irgend etwas m-mit der Post geschickt?«

Angst und Freude durchzuckten sie wie ein elektrischer Schlag. Alles in ihren Innern zog sich zusammen. Ihre Hände waren eiskalt, und sie fühlte sich plötzlich verstört und schwach. Nach außen hin zwang sie sich jedoch, ihre Haltung zu bewahren. »Sie haben etwas mit der Post bekommen?«

»Jemand h-hat mir ein Gedicht m-mit der Post geschickt, anonym. Waren etwa Sie d-das?«

»Nein, was für ein Gedicht?«

»Präraffaelitische L-liebeslyrik. Egal, ich g-glaube nicht, daß es eine Eigendichtung w-war. Wahrscheinlich irgendwo a-abgeschrieben. Spielt ja k-keine Rolle.«

Jetzt fühlte sie sich sicherer. Immerhin war er neugierig geworden, und egal, was er auch gesagt hatte, es hatte ihn berührt. Sie fragte: »Was meinen Sie damit, ›spielt ja keine Rolle‹? Wenn mir jemand mit der Post ein Liebesgedicht schicken würde, dann hätte ich keine Ruhe, bis ich den Absender herausgefunden hätte. Was veranlaßt Sie zu glauben, daß ich der Absender bin?«

»Intuition. N-natürlich könnte es von m-mindestens einem Dutzend Studentinnen d-dieses Seminars g-gekommen sein. Man hat mir gesagt, daß i-ich für einige n-nicht uninteressant zu sein scheine.«

»Verehrerinnen unter den Seminaristinnen?«

Ihre schnippische Art tat ihr sofort wieder leid, und sie fragte bescheiden: »Was würden Sie tun, wenn Sie herausfänden, von wem es kommt?«

»Na ja, es k-käme darauf an, von wem es stammt. Wäre es v-von einer armen Irren, d-dann wäre der Fall erledigt. Trotzdem möchte ich es g-gerne w-wissen, wenn vielleicht auch n-nur aus dem Grunde, um m-meine Neugier zu befriedigen.«

Sylvia sah Annensky geradewegs an und sagte ruhig und fast herausfordernd: »Es ist von mir.«

Annensky lehnte sich mit nachdenklichem Gesicht tiefer in seinen Sessel zurück. Sein Gesichtsausdruck ließ keinen Schluß darauf zu, welches Gefühl ihn bewegte. »Na a-also, welche Erleichterung. Es g-gab auch noch einen männlichen K-kollegen, den ich verdächtigte. Er h-hatte m-mir bereits gesagt, daß er homosexuelle Tendenzen h-habe.«

»Ich hatte nie gedacht, daß selbst Männer von der anderen Seite sich als Jungfrauen bezeichnen würden.«

»Ich auch nicht, g-glaube ich, ich w-weiß es n-nicht genau. Sind Sie empört?«

»Ja, ein wenig. Ich möchte darüber lieber nicht reden.«

»In Ordnung, d-dann lassen wir es«, sagte er abrupt, setzte sich auf und begann in seinen Papieren zu wühlen.

»Warten Sie! Vielleicht möchte ich es doch. Sie scheinen nicht... Ich meine, verstehen Sie, was ich zu sagen versuchte?«

»Es h-hat mich nicht völlig ü-überrascht. Ihre flehentlichen B-blicke im Seminar ließen m-mich vermuten, d-daß irgend etwas los war.« Sie erschrak bei dem Gedanken, daß ihre Gefühle so offensichtlich gewesen waren. »Was g-glaubten Sie wohl, was d-darauf passieren würde?«

»Ich hoffte, Sie würden auf den Absender neugierig werden«, antwortete sie kleinlaut.

»Ich g-glaube k-kaum, daß das alles war.«

»Haben Sie deshalb Ihre Pläne geändert, meine Klassen zu beobachten?«

»Ich v-versuche, kompromittierenden Situationen z-zu entgehen.«

»Aber jetzt sind wir alleine hier, und die Idee stammte von Ihnen.« Der Brief, in dem sie ihre wahren Gefühle bekannte, lag in ihrer Handtasche. Hier war die perfekte Gelegenheit, sich zu erklären. Sie hatte nur noch wenig Zeit, ehe er aus ihrem Leben verschwinden würde. »Ich nehme an, daß aus dem Gedicht ganz klar hervorgeht, was ich für Sie in den vergangenen Monaten empfunden habe. Hier ist noch ein Brief, den ich Ihnen nach Abschluß des Semesters geschickt hätte. Würden Sie ihn gerne lesen?«

»Nein, jetzt n-nicht. M-meine Augen sind zu m-müde.«

»Soll ich ihn Ihnen vorlesen?«

»Nein, aber Sie k-können ja den Inhalt zusammenfassen.« Es hörte sich so an, als ob er sich wieder im Seminar befände und sie aufgerufen hätte.

»Ich kenne den größten Teil davon auswendig. Er beginnt: Lieber Professor Annensky: Die Zeit ist gekommen, daß Sie den traurigsten Brief, den ich je geschrieben habe, erhalten sollen. Wie bedauert man den Verlust von etwas, das man nie besessen hat? Ich habe Sie nur als Lehrer gekannt. Doch selbst der Verlust dieses wenigen bereitet großen Kummer und muß erklärt werden.«

»I-ich trete n-nicht in den Ruhestand.«

»Wie soll ich das verstehen?«

»Es hört sich wie die Hymne auf einen Pensionär a-an.«

Sylvia ignorierte den Einwurf und versuchte, aus der Erinnerung weiter zu zitieren. »Sie waren bei weitem der aufregendste Lehrer, den ich bis jetzt bei meinem Zweitstudium erlebt habe, wobei ich zugeben muß, daß Ihr Seminar nicht unbedingt das Interessanteste war.«

»Z-zugegeben. W-was würden Sie tun, wenn ich jetzt b-beleidigt wäre?«

»Beleidigt?«

»N-nun ja, ich w-wurde gezwungen, während ich h-hier war, einige besonders i-idiotische Aufgaben zu übernehmen.«

»Aber immerhin ist es Ihnen gelungen, die Arbeit für viele äußerst interessant zu gestalten. Diejenigen von uns, die angenommen hatten, zwölf Lehrstunden mehr oder weniger zu verschlafen und dann bei der Schlußprüfung ein paar Platitüden zu Kernpunkten zu sagen, wurden zu Beginn durch Ihre Forderungen erschüttert. Wir fanden aber bald heraus, daß Sie uns eine methodische Lehrform beibrachten, die wir selbst als Lehrer zu unserem Vorteil anwenden konnten. Ich danke Ihnen für Ihre Strenge.«

»Culo di angelo!« kicherte Annensky aus der anderen Ecke des Raumes.

»Wie bitte?«

»Im sechzehnten Jahrhundert gab es einen italienischen Staatsmann, d-der sich beim Papst b-besonders b-beliebt machen wollte.

Der Papst h-hatte die Angewohnheit, s-seine Besucher zu empfangen, während er auf s-seiner chaise percée saß.«

»Auf seinem Klo?«

»Sie sprechen F-französisch so gut w-wie Spanisch?« Er schien durch ihre Unterbrechung verwirrt zu sein.

»Nicht so gut wie Spanisch, aber ich lernte es auf der Oberschule.«

»Wie ich schon s-sagte, Miß Green, an d-dem Tag erhob sich der Papst von s-seinem ›Ehrensitz‹, u-und der hinter ihm stehende Staatsmann ergriff d-die Gelegenheit auszurufen: ›Culo di angelo!‹ und d-dabei den Papst auf seinen v-verlängerten Rücken zu küssen. V-verstehen Sie mich?«

»Aber ich wollte Ihnen nicht in den Arsch kriechen. Es ist die Wahrheit!«

»Können Sie b-bitte Ihren Brief etwas k-kürzer zusammenfassen? Ich h-habe heute abend noch zu a-arbeiten.«

»Sind Sie jetzt verärgert?«

»Nein, eigentlich f-fängt es jetzt erst r-richtig an, interessant zu w-werden.«

»Darf ich Ihnen den Brief nicht vorlesen? Ich habe Schwierigkeiten, mich an alles zu erinnern. Sie machen mich äußerst nervös!«

»Sie h-haben doch gesagt, Sie k-kennen ihn auswendig.«

»Ich weiß nicht, ob ich den Mut dazu habe. Jetzt würde praktisch die Beichte folgen.«

Er machte einen verwirrten Eindruck. Sylvia, die sich darüber klar war, ihn zu verlieren, wenn sie nicht schnell handeln würde, stieß die nächsten paar Sätze improvisierend hervor. »Fast seit der ersten Unterrichtsstunde fühlte ich mich zu Ihnen hingezogen. Das ist verrückt, das weiß ich. Sie würden so etwas wahrscheinlich als unprofessionell bezeichnen. Es ist trotzdem wahr, und ich habe jetzt nichts mehr zu verlieren, indem ich es Ihnen sage. Mein Verhalten war wie das eines verliebten Teenagers. Vielleicht sogar schlimmer. Wenn Sie wollen, dann können Sie sich darüber totlachen. Ist es nicht genau das, was Männer veranlaßt, sich überheblich zu fühlen?«

»Einige M-männer.«

»Es ist für mich nicht ungewöhnlich, selbst solche Briefe zu erhalten. Die jungen Burschen, die ich unterrichte, verlieben sich immer in ihre Lehrerinnen. Allerdings haben sie, was ihre Gefühle anbelangt, mehr Mut als ich, dieselben auszudrücken, obwohl ihre Situation hoffnungslos ist.«

»Und Sie w-würden das hier n-nicht als hoffnungslos bezeichnen?« sagte er, ohne daß seine Stimme überzeugt klang.

»Wäre es denn hoffnungslos gewesen, wenn wir einander zu einem anderen Zeitpunkt getroffen hätten und unter anderen Umständen? Stellen Sie sich doch vor, wir hätten uns getroffen, als wir beide noch an der Universität studierten. Wer will behaupten, daß wir beide nicht händchenhaltend umhergegangen wären und uns in der Bibliothek heimlich geküßt hätten? Das ist doch vorstellbar, oder nicht?«

»Ihr Brief h-hört sich für m-mich eher impertinent als traurig an.«

»Er ist schon traurig. Während ich ihn schrieb, mußte ich weinen. Ich erwähne darin all die Dinge, die sich hätten ereignen können, wenn wir nur eine Chance gehabt hätten, einander besser zu kennen. Jetzt werde ich niemals erfahren, wann Sie Geburtstag haben oder was Sie gerne zum Frühstück essen, oder irgend etwas über Ihre Ehe.« Hier unterbrach sie sich, weil sie befürchtete, schon zuviel gesagt zu haben. Annensky stand auf und begann, aus dem Regal hinter dem Schreibtisch seine Bücher herauszunehmen und sie in einen bereitstehenden Karton zu packen.

Sylvia fragte: »Kann ich Ihnen behilflich sein, Professor Annensky?«

Er legte zwei weitere Bücher in den Karton und erklärte kurz: »Ich hab' m-mich von m-meiner Frau scheiden lassen, w-weil sie eine Hure war.« Annensky fuhr mit seiner Beschäftigung fort, als ob er Sylvias Anwesenheit nicht wahrnehmen würde. Es hatte keinen Zweck. Er würde sie nicht an sich heranlassen. Von Minute zu Minute war er weniger ansprechbar. Sie überlegte, ob sie ihm noch den Rest des Briefes erzählen sollte und entschied sich dagegen, weil sie sich nur zu schaden glaubte, wenn sie ihm noch weiteren Einblick in ihre Intimsphäre gewährte.

Plötzlich stand Annensky neben ihr und sah sie mit seinen harten Augen bedrohlich an. »W-was wollen sie eigentlich von mir?«

»Ich möchte Sie nur kennenlernen, Josef. Ich möchte nur ein wenig bei Ihnen sein. Hier.« Sie öffnete ihr Notizbuch und holte den frankierten, verschlossenen Brief hervor. »Ich war bereit, Ihnen dies zu schicken. Es ist wieder ein Gedicht. Freie Verse über das, was Sie mir bedeuten.« Er traf keinerlei Anstalten, den Umschlag anzunehmen. »Soll ich es Ihnen vorlesen?« Er ging zu seinem Schreibtisch zurück, wandte sich um und setzte sich auf die Schreibtischecke. Sylvia riß den Umschlag auf, entfaltete die Seite und las:

»Liebesruf.
Dein Name klang
wie ein Flügelschlag
Glocken gleich in meinem Munde.

Alle Glieder antworten.
Jede Faser meines Gesichtes
drängt auf einen kreisenden Strudel zu.

Alles in mir
ist angefüllt vom Schlag Deiner Flügel
und läßt meinen Mund erklingen.

Und wieder rufe ich.

Keine Musik,
wie Eiszapfen, einer nach dem anderen,
zerbrechen meine Zähne.

Deine Name kündet
von herbem Geschmack,
von Blut und wehender Luft.

Wie ein erstickendes Kind
mein leerer Mund,
mein stimmloser Schrei.«

In der Hoffnung auf eine Äußerung sah sie ihn an. Annensky zuckte mit den Schultern und sagte: »G-gedichte kann ich n-nicht gut beurteilen, aber Sie haben es recht g-gut vorgetragen und d-das ist etwas, was ich b-bewundere.«

»Josef, darf ich zu Ihren Sprachschwierigkeiten etwas fragen? Es berührt mich so sehr. Ich meine, es kann für Sie nicht leicht gewesen sein, alles, was Sie bis jetzt erreicht haben, mit dieser Behinderung zu schaffen. Ich muß Ihnen sagen, daß ich Sie gerade deshalb, weil Sie sich darüber hinwegsetzen, besonders respektiere.«

»Wenn Sie m-mich wirklich respektieren w-würden, dann w-würde dieses Gespräch n-nicht stattfinden. Ich diskutiere niemals darüber.«

»Ich möchte ja nur, daß Sie diesen Brief annehmen. So wie

jetzt werden wir nie wieder allein sein. Nächste Woche sind Sie wieder Professor Annensky, und ich nur eine von vielen Studentinnen.«

»W-wenn Sie m-mir noch etwas m-mitzuteilen haben, d-dann müssen Sie es m-mir jetzt sagen.«

»Hören Sie denn niemals auf, ein Professor zu sein? Was wäre, wenn ich Ihnen sagen würde, daß ich Ihnen einmal heimlich auf den Nachhauseweg gefolgt bin? Ich sah, wie Sie mit dem Auto wegfuhren und nahm an, daß Sie eine Verabredung hätten. Ich versuchte, mir vorzustellen, wie es wohl wäre, wenn es sich bei Ihrer Verabredung um mich gehandelt hätte. Bitte, nehmen Sie den Brief. Er wird Ihnen alles sagen.«

»Sagen Sie d-das, was Sie zu s-sagen haben, es w-wird schon spät.«

»Also gut. Ich wollte Sie. Ich stellte mir vor, mit Ihnen zu schlafen. Ich sah uns beide nackt zusammen. Bitte, nehmen Sie doch den Brief. Erniedrigen Sie mich doch nicht noch mehr.« Sie ging durch den Raum auf ihn zu und drückte ihm den Brief in die Hand. »Es ist der vorletzte Absatz.«

»Also gut, d-damit wir d-dann endlich fertig sind.«

Sie kehrte zu ihrem Stuhl in der Nähe der Tür zurück und beobachtete Annensky, während er las. Objektiv gesehen war er nicht das, was man einen attraktiven Mann nennen würde. Er hatte einen knorrigen Adamsapfel, und sie stellte jetzt erst fest, daß er an seinen Fingernägeln kaute. Es war eigenartig, daß sie sich ihn genau in dem Augenblick so vorstellte, während er ihre intimsten Fantasieprodukte las. Sie erinnerte sich an die Worte des Briefes:

›In meinem Lieblingstraum bittest Du mich, an einem Dienstagabend noch in der Klasse zu bleiben. Zuerst stellst Du mir Fragen über meine Schule, und anschließend lädst Du mich zu einem Glas Wein in Dein Apartment ein. Wir sitzen gemütlich auf der Couch, reden miteinander, und dabei habe ich Gelegenheit, Dir alle Fragen zu stellen, die Dein Leben betreffen und die mich seit Monaten beschäftigen. Du antwortest mühelos und ohne zu stottern, und mir wird klar, daß Du ausgeglichen bist. Du sagst, ich sehe verkrampft aus, ohne zu wissen, daß es Deine Nähe ist, die mich so sehr erregt. Du erbietest Dich, mir den Rücken zu massieren. Ich zittere, wenn Du mich mit Deinen Händen berührst, und schon bald fühle ich Deine Lippen auf meinem Nacken. Langsam entkleidest Du mich Stück für Stück, während ich das gleiche mit Dir tue. Deine Hände und Dein Mund erforschen meinen Körper. Ich greife nach Deinem erregten Penis, um ihn endlich sei-

ner Bestimmung zuzuführen. Vergib mir, wenn ich den Rest Deiner Fantasie überlasse. Fast jeden Abend gehe ich jetzt mit der Erprobung dieser Szene ins Bett und schaffe mir dadurch, noch ehe ich einschlafe, meine private Ekstase.‹

Mit einem Stirnrunzeln legte er den Brief auf seinen Schreibtisch und verschränkte die Arme vor der Brust. »W-was für eine R-reaktion haben Sie erwartet, Miß Green?«

Sylvia schüttelte den Kopf. »Darüber bin ich mir nicht klar. Ich habe nicht angenommen, dabei zu sein, wenn Sie ihn lesen. Ich hatte die Absicht, Ihnen diesen Brief nach Beendigung des Seminars per Post zu schicken. Vielleicht hätte ich nicht so impulsiv sein sollen.« Ohne ein weiteres Wort begann Annensky, seine Papiere zu ordnen und wieder nach seiner Tasche zu greifen. »Haben Sie denn gar nichts zu sagen?« Er antwortete nicht. »Diese Unterhaltung ist noch trauriger als mein Brief. Ich weiß, daß ich mich zum Narren gemacht habe, aber Sie wissen nicht, welche Qualen ich in letzter Zeit ausgehalten habe.«

Plötzlich wandte er sich ihr zu. »W-wissen Sie, was für mich eine F-frau a-anziehend macht? N-nicht Intelligenz. N-nicht Witz. Nicht große Brüste. N-nicht äußere Erscheinung. Was für m-mich eine Frau a-anziehend macht, ist Charakter, und davon k-kann ich nichts in d-dem entdecken, was Sie m-mir gezeigt haben. So, und jetzt, f-finde ich, sollten wir uns voneinander verabschieden.«

»Aber Josef...«

»Miß Green, Sie h-haben gehört, w-was ich gesagt habe.«

»Aber ich...« Sylvia kämpfte mit den Tränen.

»D-das genügt!«

»In Ordnung.« Während sie das sagte, richtete sie sich kerzengerade auf und gab sich ein Aussehen, von dem sie glaubte, daß es einer damenhaften Pose glich. Mit ihren hohen Absätzen war sie nur um weniges kleiner als Annensky. »Sie brauchen mich nicht wie ein kleines Kind behandeln. Ich lasse Ihnen lediglich diese Kleinigkeiten hier und bin schon gegangen.« Sie legte das Gedicht auf den Brief, der neben seinen Notizen auf dem Schreibtisch lag. Die Konfrontation hatte sie so sehr mitgenommen, daß sie nicht mehr in der Lage war, gegen sein Fehlurteil über sie zu protestieren.

Wenige Minuten später trottete sie langsam zur Untergrundbahn, ohne eigentlich darauf zu achten, wohin sie ging. Ihr Notizbuch drückte sie dabei an ihre Brust und starrte vor sich hin. Das Drama war mit einem beunruhigenden Finale zu Ende gegangen. Sie mußte sich eine Möglichkeit ausdenken, alles wieder ins Lot zu bringen, ehe das Abschlußseminar vorüber war, so daß sie sich wenigstens als Freunde trennen konnten.

Was hätte sie wohl getan, wenn er auf ihren Antrag eingegangen wäre? Es verwirrte sie, wenn sie dabei feststellte, daß sie dann höchstwahrscheinlich wie ein ängstliches Kind in Tränen ausgebrochen wäre. Was sollte dann also diese ganze sexuelle Show? Mit dieser Frage war sie so sehr beschäftigt, daß sie völlig vergaß, auf die Station zu achten und ihren Umsteigebahnhof am Time Square verpaßte. Erst als sie bereits die Fourteenth Street erreicht hatte, erwachte sie aus ihren Träumen. *Das war Murrays Umgebung!* Schon der Gedanke, daß sie sich auch nur in der Nähe des Zahnarztes befand, brachte sie nach der Episode mit Josef völlig durcheinander. Weinend lief sie zur oberen Plattform, wo sie vor Kälte zitternd auf einer Bank sitzend auf den Zug wartete, der sie sicher nach Hause bringen sollte.

9. Kapitel

In den nächsten Tagen konnte Sylvia sich nicht ausstehen. Sie hatte keine Möglichkeit, ihren Brief zurückzuholen, und es bestand auch kein Grund dafür, daß sie sich wegen ihres Leichtsinns, ihn Annensky gezeigt zu haben, Vorwürfe machte. Was für eine Reaktion hatte sie denn wohl von einem so überempfindlichen Mann erwartet? Was ihre eigenen Gefühle betraf – selbst ein verknallter Backfisch hätte eine Antwort wie die seine nicht toleriert. Am erträglichsten wäre gewesen, wenn er gesagt hätte: ›Sylvia, ich finde dich zwar sehr attraktiv, aber es gibt jemand anderen.‹ Das hätte ihr Ego besänftigt und hätte sie davor bewahrt, sich ihm dermaßen auszuliefern.

Da sie Annensky offensichtlich verärgert hatte, war sicherlich eine Geste der Versöhnung angebracht. Ein weiterer Brief? Nein. Diese Briefe brachten ihr nichts. Sie brauchte dabei nur an den ersten Brief an ihn zu denken oder daran, wohin ihre Zeilen an Murray geführt hatten. Etwas Einfaches oder Symbolisches wäre besser. Ein von ihr selbst gebackener Brotlaib? Sie hatte ein gutes Rezept mit litauischem Buchweizen. Das war es! Ein Zeichen häuslicher Demut würde sicherlich dazu angetan sein, den nuttenhaften Eindruck, den sie mit ihrem Brief an ihn gemacht hatte, zu mildern.

Gerade als sie die Zutaten des Rezeptes zusammenstellte, klingelte das Telefon.

»Miß Green?« Annensky! Ihre Fantasie war Wirklichkeit geworden. Er rief sie zu Hause an. Aber die formelle Begrüßung schien nichts Gutes zu bedeuten.

»Am Apparat«, antwortete sie so gefaßt, wie sie nur konnte. Erregung und Überraschung ließen sie fast sprachlos werden. Josef war zu ihr gekommen!

»Hier ist Professor Annensky.« Er sprach langsam und bestimmt. »Ich habe I-ihren Brief gelesen und rufe Sie an, u-um I-ihnen mitzuteilen, daß Sie n-nächste Woche nicht zum Seminar erscheinen s-sollen. I-ich habe mit dem zuständigen D-direktor darüber gesprochen. H-hören Sie mir zu?« Sylvia zwang sich in ihrer Sprachlosigkeit zu einem zittrigen »Ja«. – »W-wissen Sie überhaupt, w-was Sie getan haben? In m-meinem Leben bin ich n-noch nie auf eine solche Art u-und Weise beschmutzt worden. Sie sind entschieden zu w-weit gegangen. Ich wünsche, Ihr Gesicht n-nie wieder in d-der Klasse zu sehen. Ist d-das klar?«

»Ich glaube nicht, daß Sie das tun können. Ich bin eine eingeschriebene Studentin, und Sie haben kein Recht, mich der Klasse zu verweisen.«

»I-ich will Sie in m-meiner Klasse nicht h-haben! Ich weiß, was Sie d-denken, wenn Sie mich nur ansehen.«

»Hören Sie mir zu. Wenn Sie den Brief noch einmal lesen, dann hoffe ich, daß Sie auch das Liebesgedicht noch einmal lesen, und zwar das erste. Ist Ihnen denn nicht klar, was Sie mir bedeuten? Mein Interesse an Ihnen war niemals lediglich auf sexuelle Dinge beschränkt. Bitte, glauben Sie mir das.«

»Ich lasse m-mich doch nicht zum Narren halten!«

»Das war niemals meine Absicht. Niemals!«

»Glauben Sie m-mir, d-daß ich in diesem mir aufgezwungenen Seminar g-genügend gelitten habe, ohne d-daß man sich über mich noch l-lustig macht.«

»Ich habe Sie immer als Lehrer respektiert. Aber auch der Mann in Ihnen hat mich angezogen. Ich wollte Sie in jeder Hinsicht, nicht nur in *der.* Ich habe wirklich daran gedacht, was wohl geschehen wäre, wenn wir uns früher auf der Universität getroffen hätten.«

»Ich weiß, k-knutschen in der B-bibliothek.«

Durch den häßlichen Ton in seiner Stimme klangen die Worte obszön.

»Warum müssen Sie sich nur auf die sexuellen Dinge beziehen? Das ist schließlich nicht alles, was ich gesagt habe.«

»Ich w-weiß, w-was Sie gesagt haben. Vielleicht ist das die Art, w-wie man bei Männern in New York a-ankommt, aber nicht bei mir. H-haben Sie nicht gesagt, da-daß Sie masturbieren, wenn Sie an m-mich denken?«

»Fantasieren Sie nicht auch, wenn Sie masturbieren?«

»U-und was ist m-mit meinen Genitalien? Gehen die Sie irgend etwas an?«

»Aber Josef! Ich liebe Sie eben. Ist es nicht ganz natürlich für zwei Erwachsene? Mann und Frau...«

»Ich w-würde das nicht gerade für d-das Benehmen von Erwachsenen halten. Sie schreiben m-mir in einer Art, die sich gut auf einer Herrentoilette ausnehmen w-würde, und dann sprechen Sie m-mir von Liebe.«

»Seien Sie doch nicht so! Hassen Sie mich bitte nicht!«

»Begehen Sie n-nicht den Fehler, sich j-jemals w-wieder mit mir in Verbindung zu setzen. Das Verschicken von P-pornografie mit der Post ist, w-wie Sie wissen, eine strafbare Handlung. Und l-lassen Sie sich auf k-keinen Fall nächste Woche im Seminar sehen. Für d-das, w-was dann geschehen könnte, wäre ich n-nicht verantwortlich.«

Er knallte den Hörer auf und ließ sie stumm am anderen Ende zurück. In stiller Qual krümmte sie sich über den Apparat.

Es gab keine Möglichkeit für sie, ihn zurückzurufen. Schon vor einem Monat hatte sie versucht, seine Telefonnummer herauszubekommen. Vielleicht war es nur gut so. Was immer sie auch tun würde, könnte Annenskys Hysterie nur steigern. Seine Tirade ließ sie sprachlos zurück. Daß ein intelligenter Mensch ihre Beichte am Donnerstagabend als einen sexuellen Angriff oder eine Verhöhnung empfinden konnte, war unglaublich. In seiner Wut hatte eine sonderbare Not mitgeklungen. Als ob er sich betrogen fühlte. Vielleicht hatte er sich sogar durch ihre sexuelle Annäherung betrogen oder verletzt gefühlt? Er schien ihr sagen zu wollen: ›Du hast meine Lehrmethode gepriesen und mir gesagt, wie brillant und begabt ich bin, aber was du in Wirklichkeit wolltest, war, mir an die Wäsche zu gehen.‹ Komisch. Im allgemeinen glaubte sie, daß Frauen diese Art von Erkenntnissen machen mußten.

Ich greife nach Deinem erregten Penis... War es das? Vielleicht war er gar nicht so erregt. Warum dann diese Panik? Sylvia rollte sich wie ein Baby auf ihrem Bett zusammen, beide Hände zwischen die

Beine geklemmt, so wie sie es als Kind getan hatte. Armer Josef. Armer, ängstlicher kleiner Junge. Erst dann war es ihr möglich, sich auf die humorvollen Aspekte ihres Zusammentreffens zu besinnen.

Am Montagabend ging sie mit Freunden aus, um ihre frühzeitige Entlassung aus dem Abendseminar zu feiern. Ihre Freunde amüsierten sich alle köstlich über ihre Geschichte von dem paranoiden Professor. Aber am darauffolgenden Abend, dem letzten Abend des Seminars, fühlte sie sich durch den endgültigen Bruch mit Annensky niedergeschlagen und beschloß trotz allem, zur Universität zu fahren. In einem Blumengeschäft suchte sie eine einzelne, langstielige weiße Rose aus, die sie gegen Bezahlung von fünf Dollar durch einen Boten kurz vor Beginn des Seminars in das Büro von Annensky bringen ließ. Sie schrieb keine Nachricht dazu. Als der dunkelhäutige Bote den Broadway hinaufging, wobei er die in durchsichtiges Papier gepackte Blume vor sich hin und her schwenken ließ, dachte sie an den märchenhaften Symbolismus und den wirklichen Grund für diese Geste. *Meine Liebe ist wie eine weiße, weiße Rose.* Wie eine weiße, weiße Zahnarztjacke. Noch ein letztesmal würde sie sich über Murray Butkis mit Josef Annensky vereinen.

10. Kapitel

»Ich wollte dich fragen, ob wir uns verabreden wollen, Murray. Ich meine nicht beruflich. Mein Abendseminar ist beendet, und ich hab' eine Menge Freizeit. Hast du irgendwann nächste Woche Zeit? Vielleicht am Dienstag?«

»Bei mir sieht es im Augenblick ein bißchen kompliziert aus, Syl. Ich weiß nicht genau, wann ich Zeit haben werde.« Er schien nervös und abweisend. »Ich bin die nächsten Abende fast immer mit meinem Steuerberater bis spät in die Nacht hinein beschäftigt.«

»Ich will es dir etwas leichter machen. Würdest du mich lieber nicht wiedersehen?«

»Zum Teufel, nein! So wie du in der Nacht warst? Verdammt noch mal, ich bin doch kein Idiot! Ich mach' dir einen Vorschlag: Wenn du Lust hast, mit mir zusammenzusein, dann ruf mich einfach vormittags in der Praxis an. Aber denk daran, daß ich immer erst spät Zeit habe.«

»Läßt du all deine Frauen warten, Doktor Butkis?«

»Sylvia, immerhin hast du ja sieben Jahre lang gewartet, nicht?«

»Eins zu null für dich. Ich rufe dich wieder an.«

Am Dienstagmorgen gelang es ihr, Murray in seiner Praxis zwischen zwei Patienten zu erreichen. »Komme ich ungelegen?«

»Nein. Ich hab' eine Minute Zeit. Ich hab' gerade jemandem eine Spritze gegeben. Also – ich kann frühestens heute abend ab elf Uhr. Ruf mich dann zu Hause an, und wenn ich noch nicht da bin, versuche es etwas später noch einmal.«

An diesem Abend sah sie sich im Fernsehen eine Komödie nach der anderen an und hoffte, sich dadurch zu beruhigen. Normalerweise hätte sie zu diesem Zeitpunkt Annensky zugehört. Zwei Wochen waren seit jenem unglücklichen Zusammensein in seinem Büro vergangen. Gewissermaßen würde sie Josef in dieser Nacht in Murrays Bett erleben – jedenfalls hoffte sie das. Murrays Penis war nicht sehr groß, aber er schien in der Lage zu sein, damit die Nervenenden ihres Unterleibes auf außergewöhnliche Art abzutasten. Für eine ziemlich große Frau war sie ›da unten‹ offensichtlich recht eng gebaut. Das hatte sie beim Besuch eines eleganten Gynäkologen in der Park Avenue erfahren. Während sie unter einem Laken, das sich wie ein riesiges Handtuch anfühlte, in den Bügeln des Untersuchungsstuhles lag, führte er immer kleinere Gummiringe ein, um ihr ein neues, gutsitzendes Pessar anzupassen. Endlich war er mit einem viel kleineren Modell zufrieden als dem, das sie jahrelang getragen hatte. Sie war danach zu Lorry nach Hause gegangen, der sich in einer Phase dramatischen Schlafens befunden hatte, und ahmte Doktor Legumes überraschten Ausruf nach: ›Oh, eine ganz kleine!‹ Was sich mit seinem europäischen Akzent fast wollüstig angehört hatte.

Also, vielleicht paßten sie und Murray zusammen? Oder sollte diese spezielle Sensation nur von der Inbrunst ihrer Fantasie für Josef herrühren? Sie würde sich heute nacht auf keinen Fall dieser Fantasie entwöhnen. Wenn sie Murrays Körper berührte, dann würde sie in Wirklichkeit nach dem erregten Penis von Josef greifen.

Diesmal kam es zu ihrem Rendezvous etwas früher als beim vorigen Mal. Um zwölf Uhr dreißig erwartete sie Murray wieder bei ihrer Ankunft nackt im Bett und sah sich im Fernsehen einen alten Streisand-Film an, wobei er auch noch telefonierte. Höflich setzte sich Sylvia in der entgegengesetzten Ecke des Raumes auf einen Stoß alter Zeitungen. Murray fuhr in seinem Gespräch fort: »Also, gehst du jetzt zu der Party oder nicht? Mit der Blondine?«, und dann fragte er spitz: »Weißt du auch genau, was du tust?«

Nachdem er aufgelegt hatte, setzte sie sich, noch immer angezogen, zu ihm aufs Bett. Es war eine kurze Begrüßung, während er das Fernsehprogramm wechselte. Murray schien von einer Liebesszene zwischen der Streisand und Omar Sharif gelangweilt und erklärte Sylvia gleichzeitig, warum er am Telefon so eigenartig geklungen hatte. Die späten Treffen mit seinem Steuerberater hatten das Ziel, seinen Umzug in die eigene Praxis vorzubereiten. Im Augenblick mußte er sich nachts in seine Praxis einschleichen, um dort hinter dem Rücken des Besitzers seine eigenen Unterlagen zu stehlen. »Der Kerl ist ein Miststück. Wenn er herausfindet, daß ich weggehe, wird er aus reiner Wut alle meine Unterlagen vernichten. Schließlich hat er mich jahrelang bei meiner Schufterei schwer abgekocht.«

»Das hört sich ja fast nach einem Zuhälter an.«

»Für so was wie den gibt es überhaupt keinen Ausdruck, der schlecht genug wäre.«

Murray schien angespannt. Sie spürte es an seiner Umarmung, während er ihr von dem bevorstehenden Umzug erzählte. Was für eine komische, einsame Figur er doch war. Sie amüsierte sich bei dem Gedanken, daß wahrscheinlich mehrere hundert New Yorker, wenn sie von ihm sprachen, ihn als ›meinen Zahnarzt‹ bezeichneten, und dachte, daß in so einer Ausdrucksweise Anerkennung und Besitzergreifung gleichermaßen gepaart waren. Die Intimität der Szene machte sie unruhig. Es war beinahe, als ob sie Freunde wären. Um etwas Abstand zu schaffen, stand sie vom Bett auf und ging unter die Dusche. Als sie ins Bett zurückkehrte, schrie Murray: »Mein Gott, dein Haar ist ja klitschnaß! Ich mag dich ja ganz gern, aber nicht mit nassem Haar. Im Bad ist ein Fön.« Pflichtschuldig trottete Sylvia zurück und trocknete ihr Haar. Der Fön funktionierte nicht richtig und machte einen höllischen Lärm, so daß ihr die Ohren dröhnten. Irgendwie kam ihr die Szene komisch vor – das nasse Haar, der laute Fön. Fröhlich sprang sie wieder ins Bett.

»Magst du keine Gäste, die erst mit nassem Haar in dein Bett kommen und danach mit dem Fön einen ohrenbetäubenden Lärm veranstalten?«

»Und kalte Füße hast du auch noch!« sagte er und zog seine Beine so weit wie möglich von ihr weg. Sie lachten. Die Albernheit erinnerte sie an Schlafpartys mit Freundinnen zu Beginn ihrer Schulzeit. Es war immer aufregend gewesen, wenn man die Nächte in fremden Häusern verbrachte. »Schön, daß du hier bist, Sylvia«, sagte er leise, während er ihre Nasenspitze mit seinem Zeigefinger berührte. Er sah müde aus und schien dankbar dafür zu sein, die Augen schließen zu können, während ihre Hand über seinen Körper strich. Sie würde heute nacht zärtlich zu ihm sein. So zärtlich, wie sie mit Josef gewesen wäre, um ihm zu beweisen, daß er ihre Zuneigung nicht zu fürchten hätte. Genau wie das letztemal erregte sie Murray, und wieder war er perplex. »Ich weiß einfach nicht, wie du das schaffst. Du hast eine besondere Begabung.«

»Die hast du auch, aber von dir erwartet man sie auch, denn schließlich bist du Zahnarzt.« Sie hob ihre Hüften über die seinen, küßte ihn und nahm ihn langsam in sich auf, sehr langsam, wobei sie ihn rhythmisch mit ihrer Vagina umklammerte.

»Wie, zum Teufel, machst du das eigentlich?«

»Was, Murray?«

»Mit deinen Muskeln. Hast du sie so unter Kontrolle?« Sie umklammerte ihn.

»Meinst du das?«

»Ja. Das ist einfach fabelhaft. Ich spreche jetzt als Wissenschaftler. Das kann vielleicht eine von hundert. Eine von tausend! Ich kannte ein paar farbige Mädchen, die das konnten, aber die mußten wie wild daran arbeiten.«

»Ich weiß nicht, warum. Es tut mir auch selber gut, und darum tue ich es.«

»Damit könntest du eine Menge Geld machen. Irgendein älterer Bursche würde dir alles, was du willst, dafür geben, nur um dich für sich alleine zu haben.«

»Nein, das ist nichts für mich. Ich bin wirklich nicht vollkommen, aber ich bin auch keine Betrügerin. Warum hörst du nicht auf zu denken und genießt einfach?« Sie schloß die Augen und dachte an Josef. War er ein Romantiker im Bett? Oder würde er sich, wenn eine Frau ihn liebte, genauso verhalten? Würde er überhaupt einer Frau gestatten, die Initiative zu ergreifen, oder würde er darauf bestehen, selbst zu bestimmen? Ihr Unterleib vibrierte bei den Sensationen, die Murrays geschmeidiger Penis hervorrief. »Du lächelst, Murray. Es tut mir gut, wenn du so lächelst. Wie ein kleiner Junge auf einem Karussell.«

»Du willst mich sexuell abhängig machen«, brummte er mit gespielter Verdrießlichkeit. »In Wirklichkeit denke ich jetzt an meinen Behandlungsstuhl, damit ich nicht so schnell komme. Ich möchte zurückhalten.« Er streichelte mit seinem Daumen ihre Klitoris.

»Laß das, ich möchte das selber machen.« Sie nahm ihre Finger zu Hilfe und versuchte, sich auf Josef zu konzentrieren, aber Murrays Stimme unterbrach sie.

»Weißt du«, sagte er nüchtern, »es ist äußerst selten, daß ich mit einer Frau ein zweites Mal schlafe.« Diese Mitteilung überraschte sie nicht, aber sein Ton schon. Sie hätte bei dieser Bemerkung Arroganz erwartet, etwa so: ›Du glückliches Biest.‹ Doch jetzt war sie sich sicher, daß er nicht aufzuschneiden versuchte.

»Aber warum denn?«

»Weil ich im allgemeinen, nachdem ich einmal mit einer Frau geschlafen habe, keinen mehr hochbekomme. Deshalb brauche ich immer eine Menge Frauen.«

Diese Erklärung verwirrte sie, und sie suchte nach einer schnellen Antwort, um ihre Unsicherheit zu verbergen. »Willst du damit sagen, daß dich eine Frau nicht mehr interessiert, wenn der Reiz des Neuen vorbei ist?«

»Ich weiß es nicht. Vielleicht.« Sie wußte genau, daß diese Erklärung nicht stimmte, und haßte es, sich plötzlich als Psychologin aufzuspielen. Wahrscheinlich war es nicht das Neue, sondern die Eroberung, die ihn in jenen Nächten stimulierte, wenn er aus einer Kneipe oder von einer Party ein armes Opfer abschleppte. Und hier war sie, Sylvia, der Bücherwurm, die, bis sie neunzehn war, niemals ein Erlebnis gehabt hatte und der es möglich war, diesen Ladykiller-Zahnarzt so zur Ekstase zu bringen, wie sie ihn im Augenblick hart und begierig in sich spüren konnte. Als sie so auf ihm saß, fühlte sie sich wie eine Sexgöttin. Enthusiastisch begann sie ihn zu bearbeiten, während sie daran dachte, welche Gaben sie diesem Mann bot, der ganz gegen ihren Willen ihre Vagina zum Singen brachte. »Murray! Mein Gott, Murray!« stöhnte sie, als sie kam und sich in seinen Armen wand. Schockierender als dieser fremde Name aus ihrem Mund war für sie seine stöhnende Stimme – »Sylvia, Sylvia« – während ihre Bewegungen seinen Höhepunkt auslösten.

Das stimmte ja alles nicht. Ein gleichzeitiger Orgasmus? Darüber las man lediglich in Büchern, oder man arbeitete schwer daran, wenn man einen Liebhaber gefunden hatte, der genug Geduld und Selbstbeherrschung besaß. So etwas hatte sich einfach nicht so leicht und unter so beiläufigen Umständen zu ereignen.

Sie war sich bewußt, daß sie für diesen Mann keinerlei Wärme empfand, und doch war sie bei ihm und konnte nicht umhin, zärtlich die Linien seines Gesichtes mit ihren Fingern nachzuziehen und seinen Körper fast beflissen zu liebkosen. Seine ihr antwortenden Berührungen ließen ein Bedürfnis erkennen, das ihre Handlungen notwendig machte. Das war es, dachte sie, was sie seinem Schrei, als er den Höhepunkt erreichte, entnommen hatte.

»Hast du jetzt gerade deine Stimme gehört?« fragte sie ihn.

»Nein.«

»Es hörte sich so an, als ob ein verzweifelter Teil von dir danach schreien würde, freigelassen zu werden.«

»Das stimmt. Aber ich glaube, du bist ein bißchen verdreht. Für Leute, die das mögen, gibt es dafür Platten und Tonbänder. Wenn dich das wild macht, solltest du dir welche besorgen.«

»Danke, aber ich ziehe die Wirklichkeit vor. Abgesehen davon ist es mehr als nur das Geräusch. Wenn du schreist, sagst du etwas. Das macht ja das Ganze so interessant.«

»Du hörst dich wie eine Anthropologin an.« Er hatte recht. Sie war dabei, auf dem Gebiet der Paarung einer sonderbaren Art von Primaten Grundarbeit zu leisten, wo sie doch in Wirklichkeit versuchte, ätherische Liebesbeziehungen zu Josef Annensky herzustellen. Was ging sie der Grund für die von ihm verursachten Geräusche an und welchen Namen er schrie?

»Macht es dir etwas aus, wenn ich den Wecker stelle? Ich muß morgen arbeiten«, sagte sie. Er rollte von ihr weg und überließ sie ihren Gedanken. Armer Murray. Stimmte es, wenn er behauptete, fast nie in der Lage zu sein, beim zweitenmal eine Erektion zu bekommen? Sie mußte an all die Frauen, vielleicht Hunderte, denken, die mit ihm ins Bett gegangen waren, um dann nie wieder von ihm zu hören. Wenn diese Frauen ihr auch nur im geringsten ähnelten, dann hatten sie sorgenvolle Wochen durchgemacht, während sie auf einen Anruf von ihm warteten. Später quälten sie sich sicherlich mit Fragen, was sie wohl falsch gemacht und wodurch sie ihn verloren hatten. War ich zu schnell? Nicht hübsch genug? Bin ich schlecht im Bett? Sie wußten nicht, daß nicht sie dafür verantwortlich waren, sondern daß der Fehler bei Murray lag.

Und was war mit diesem Mann los? Eine lebenslange Diät einmaliger Liebesbeziehungen? Wie mußte man sich fühlen, wenn man durch die ganze Routine des Anmachens ging und dabei bereits wußte, daß man die betreffende Frau nur einmal zu besitzen wünschte! Kein Wunder, daß er sich gleichgültig zur Seite rollte, sobald der Akt vorüber war. Was für eine Technik mußte er kultiviert haben, um mit seinem Schuldkomplex fertig zu werden, wenn die Frau am nächsten Morgen etwas Anerkennung verlangte? Das ›Morgenproblem‹. Armer Murray, dessen ganzes Leben nur von den Launen seines Penis abhängig war. Sie war froh, daß sie selbst kein Mann war. Als Frau, wenn es zum Schlimmsten kam, konnte sie immer noch einfach daliegen und, selbst wenn eine äußere Befeuchtung notwendig war, damit fertig werden. Aber was Murray brauchte, um mit seinen Problemen klarzukommen, konnte er nicht in der Apotheke kaufen. So wie er aussah, mußte es leicht für ihn sein, die physisch attraktivsten Frauen aufzutun, und trotzdem konnte er nach dem ersten Zusammensein mit ihnen nicht mehr funktionieren. Jedenfalls behauptete er das.

»Schläfst du schon, Murray?«

»Nein. Ich bin noch zu beschäftigt. Dieses Drecksstück! Normalerweise wirkt Sex wie ein Schlafmittel auf mich, aber mir geht einfach die Geschichte mit der neuen Praxis nicht aus dem Kopf.«

»Murray, noch mal zu dem zurück, was du vorhin gesagt hast. Hast du eigentlich niemals eine Affäre gehabt?« Sie hatte sich vorsichtig ausgedrückt. Wenn sie ihn gefragt hätte, ob er jemals eine ›Verbindung‹ oder, noch schlimmer, eine ›Freundin‹ gehabt hatte, hätte sich das so anhören können, als ob sie in dieser Beziehung eigene Interessen verfolgte.

»Affäre? So was hat man mit einer verheirateten Frau.«

»Du weißt schon, was ich meine. Ich meine etwas, was länger gedauert hat.«

»Nein, Syl, das ist nichts für mich. Nicht mein Stil. Ich bin ein Arbeitstier. Zwölf Stunden am Tag in der Praxis. Andere Interessen mit Ausnahme des Skisports und ab und zu etwas Sex gibt es für mich nicht. Alles andere – Null.«

»Aber erwartest du denn vom Leben nicht mehr als das?« Er drehte sich ihr zu, legte sich auf den Rücken und ergriff ihre Hand, sah sie aber, während er sprach, nicht an.

»Weißt du, dein Fehler ist, daß du zuviel nachdenkst. Sicher, auch ich denke manchmal, aber nicht zu oft. Ich möchte nicht abgelenkt werden.«

»Das hört sich an, als ob du dich totarbeiten willst, nur damit du nicht an Langeweile stirbst.«

»Kann schon sein, aber ich mag mein Leben so, wie es ist. Ich arbeite hart und bleibe am Ball. Wenn ich erst mal den Umzug hinter mir habe, dann kann ich etwas mehr entspannen.« Er führte ihre Hand an seinen halbsteifen Penis.

»Willst du noch mal?«

»Nein, es ist nur schön, deine Hand dort zu fühlen. Glaubst du, du könntest sie dort lassen, während ich einschlafe? Vielleicht kann ich mich dann besser entspannen.« Wieder wandte er sich von ihr ab, drückte sich dann aber doch in ihre Umarmung. Seine Freundlichkeit brachte sie in Verlegenheit.

»Entschuldige, wenn ich meinen Arm über dich lege, aber wenn du dich so an mich schmiegst, dann kann ich ihn nur so erreichen.«

»Das ist okay, mir ist es recht. Gute Nacht.« Sie fühlte sich wohl dabei, ihm nahe zu sein und ihn zu trösten. Sie stellte sich vor, daß es Josef war, den sie gegen ihre Brüste drückte. Diese Seite von ihr kannte er überhaupt nicht. Alles, was sie ihm gezeigt hatte, war ihre Aggressivität, das feurige Weib, das einmal einen deutschen Freund von ihr veranlaßt hatte, ihr den Spitznamen *Menschenfresser* zu geben, was wohl auch ›Männer verzehrend‹ bedeuten konnte. *Ich kann aber auch zärtlich sein, Josef. Laß mich dir meine Wärme geben.* Endlich eingeschlafen, drehte sich Murray auf den Bauch.

11. Kapitel

Den nächsten Monat verbrachte sie in reiner Agonie. Mit letzter Kraft schaffte Sylvia ihren morgendlichen Gang zur Schule, um zu unterrichten. Den ganzen Juni über glaubte sie unter den kollektiven Ausdünstungen der Heranwachsenden, die in der schlecht belüfteten Klasse saßen, zu ersticken. Sie war sicher, daß sie jeden Morgen, wenn ihre Schüler die Klasse betraten, die Gerüche der nächtlichen Befriedigung der Jungen und den Beginn der Perioden bei den Mädchen einatmete. Hier war sie nun mit ihren dreißig Jahren, dachte sie für sich, zu einem Zeitpunkt, in dem der erwachsene *Homo sapiens* sich im Zustand der Vermählung befinden sollte. Damit hätte er seine sexuelle Bestimmung erreicht, doch alles, was ihr zu tun gelang, war, sich fantastische Vorstellungen von dem sexuellen Leben anderer Menschen zu machen.

Es war das Jahr, in dem viele ihrer Freunde, vor allen Dingen jene, die unmittelbar nach der Studienzeit geheiratet hatten, ihre ehelichen Bande bereits wieder lösten. Zu diesem Zeitpunkt hatte auch Sylvia endlich begriffen, wozu diese Institution, vor allem biologisch gesehen, eigentlich gut war. Als ein erwachsenes weibliches Wesen war sie dazu bestimmt, begattet zu werden – und zwar regelmäßig. Aber selbst wenn das geschah, stimmte noch längst nicht alles. Die seelische Übereinstimmung konnte fehlen. Sosehr sie auch versuchte, mit Hilfe Murrays ihrer Fantasien Herr zu werden, um so mehr wollte sie Josef. Wenn sie masturbierte, stellte sie sich seinen Penis riesig und bedrohend vor. Dabei fühlte er sich zwar nicht so gut an wie das geschmeidige Modell von Murray, jedoch mußte sie sich vorstellen, daß er mit solcher Stärke in sie eindrang, daß sie durch ihn in Stücke gespalten wurde. ›Nimm mich! Nimm mich!‹ schrie sie in ihrem einsamen Bett, wobei sie fieberhaft versuchte, ihre unersättliche Vagina mit einem dafür gekauften Gummipenis zu befriedigen.

Da sie jetzt, nach Beendigung des Schuljahres, noch mehr Freizeit hatte, verschlimmerte sich ihr Zustand immer mehr. Sie durchstreifte die Stadt bis zur Universität und lief verloren auf dem Campus herum, um nach Josef zu suchen, obwohl sie sicher war, daß er New York längst verlassen haben würde. Er hatte sich geweigert zu sagen, wo er den Sommer verbringen wollte. Wenn sie nur wüßte, wo er sich aufhielt, dann könnte sie ihm wenigstens einen letzten traurigen Entschuldigungsbrief zukommen lassen.

In der Grand Central Station lagen alle Telefonbücher aus, und das ermöglichte es ihr, Annenskys Adresse in Philadelphia herauszufinden. Der Straßenname war eigenartig: Sansom. Dabei mußte sie an ›Samson‹ denken, was sie sich lange als seinen Zweitnamen vorgestellt hatte, da die Initiale hinter Josef aus einem ›S‹ bestand. Darüber hatte sie sich oft gewundert. Sie besorgte sich eine Karte von Philadelphia und stellte fest, daß diese Straße in einem Außenbezirk lag. Wie sah sein Haus wohl aus? Lebte er in einem Apartment? Auf welcher Etage wohnte er? Was für Bilder hingen an den Wänden? Was für Lieblingsbücher würden in seinen Regalen stehen? Sie erinnerte sich, wie sie und ihre Schulfreundinnen meilenweit durch die Vororte zu streifen pflegten, um sich in den Vorgärten von Häusern zu verstecken, in denen Jungens wohnten, in die sie verknallt waren. Immer in der schwachen Hoffnung, irgendwann einen Blick auf ihr Idol werden zu können. Warum sollte man heute nicht genauso handeln? Philadelphia war nicht einmal zwei Stunden mit dem Zug von hier entfernt. Sie konnte diese Reise als eine Pilgerfahrt zu Ehren ihrer verlorenen Liebe betrachten.

Sie verfügte über wenig Material. Durch seine Bemerkung im Café kannte sie den Namen seiner Oberschule. Sie erinnerte sich auch, daß er im Seminar erwähnt hatte, daß er an der gleichen Universität, an der er jetzt lehrte, auch studiert hatte. Den Doktor gemacht hatte er jedoch in Kalifornien. Sie konnte also seine Schule und seine Universität aufsuchen und dabei feststellen, wo er in den Jahren, in denen seine jetzige Psyche und sein Intellekt geschult worden waren, gelebt hatte. Vielleicht würde es ihr Erleichterung verschaffen, wenn sie seine Spuren verfolgte.

Mit Ausnahme von New York hatte sie noch keine Großstadt in den Staaten erkundet, abgesehen von einer Wochenendreise aus Anlaß einer Hochzeit nach Atlanta. Auf diese Weise würde Philadelphia für sie ein Abenteuer auf verschiedenen Ebenen bedeuten. Und schließlich bestand auch noch die Chance, daß sie dabei irgendwo Josefs zerbeulten blauen Wagen oder seine kantige Figur beim Überqueren einer Straße erspähen würde. Ein Versuch konnte sich lohnen.

In einer Woche, bevor sie auf die geplante Reise ging, durchstöberte sie eine Buchhandlung nach der anderen, um endlich einen guten Führer durch Philadelphia zu finden. Die Central High School, die Universität und die Sansom Street waren ihre drei Anhaltspunkte, aber in welcher Weise sie miteinander in Verbindung standen, blieb für sie weiterhin ein Geheimnis. An ihrem Reisetag – dem folgenden Montag – saß sie spärlich bekleidet in ihrem Apartment herum und zählte die Stunden bis zur Abfahrt des Zuges. Sie versuchte, sich für den Montag in einer Woche einige Notizen zu machen. Das war der erste Tag ihres Sommerjobs, an dem sie einer Gruppe von Erwachsenen an der Volkshochschule in einem Randbezirk Englischunterricht erteilen sollte. Der Gedanke, daß sie dann nach außen hin den Eindruck einer ausgeglichenen, gut ausgebildeten Lehrerin machen mußte, erschien ihr aufgrund ihrer inneren Unruhe absurd. Die einzige Hoffnung, sich von diesem Druck zu befreien, war diese Reise. Vielleicht half ihr die Tatsache, daß sie die gleichen Straßen, die Josef als Kind zur Schule gegangen war, durchstreifen würde, vielleicht konnte sie die Besichtigung des Universitätsgeländes, wo er seine Studienjahre verbracht hatte, wieder zur Ruhe kommen lassen. Für diese Pilgerfahrt hatte sie sich eine ganze Woche Zeit genommen. Sie würde so viele Tage wie notwendig damit verbringen, alles an den richtigen Platz zu rücken. Auch die Entfernung von New York würde ihr helfen, einen klaren Kopf zu bekommen. Die Anstrengungen des Schuljahres und ihre Arbeit an der Universität waren für sie aufreibend genug gewesen.

Gegen Mittag begann sie zu packen. Ihr Zug ging um sechzehn Uhr. Was würde sie bei ihrer Ankunft tun? Wohin würde sie zuerst gehen? Sie warf sich ein Kleid über und ging nach unten, um ihre Post zu holen. Zwischen den Magazinen befand sich ein eleganter Pergamentumschlag, ungefähr in der Größe einer Hochzeitsanzeige. Zynisch überlegte Sylvia, welcher ihrer Freundinnen es wohl gelungen war, ihren Liebhaber endlich dazu breitzuschlagen. Zu ihrer Überraschung fand sie jedoch eine gedruckte Karte, die ihr mitteilte, daß Murray L. Butkis, Doktor der Zahnmedizin, soeben eine neue Praxis in der East Sixtieth Street eröffnet hatte. Amüsiert darüber, daß sie sich überhaupt in Murrays Namenskartei befand, stellte sie erfreut fest, daß sie hier unverhofft die Antwort auf alle ihre Fragen bezüglich Philadelphia erhalten konnte. Es war ja schließlich Murrays Geburtsort. Sicher konnte er ihr alles sagen, was sie wissen wollte.

Sie rief in seiner Praxis an, und dort wurde ihr gesagt, daß er zwei Wochen Urlaub mache. Warum hatte sie nicht früher an ihn gedacht? Sie versuchte, ihn zu Hause zu erreichen. Nach zweimaligem Läuten nahm er den Hörer ab. Er begrüßte sie lässig und freundlich und sagte, daß er in einer Stunde in die Berge, in die Hamptons, fahren würde. Er erzählte ihr, daß er nur aus privatgeschäftlichen Gründen für einen Tag in der Stadt sei.

»Das glaube ich dir. *Sehr* privat!«

»Nicht, was du denkst. Was machst du überhaupt?«

»Ach, ich hab' eine Menge zu tun – wie immer. Ich verreise gerade für ein paar Tage. Übrigens nach Philadelphia.«

»Was willst du denn da? Syl, das ist eine Scheißstadt, überhaupt nichts los. Mit wem hast du denn in den letzten drei Wochen herumgevögelt?«

Sie ärgerte sich darüber, daß er das Thema wechselte, war aber gleichzeitig angenehm überrascht, daß er damit sein Interesse an ihr bekundete.

»Murray, diese Frage bringt dir gar nichts ein. Wenn ich sie nüchtern beantworte und sagen würde, daß ich jede Nacht einen anderen Kerl hatte, dann wäre ich für dich ein Flittchen. Wenn ich dir aber sage, daß ich seit dir mit keinem anderen geschlafen habe, dann glaubst du, ich würde an dir kleben und bekommst eine Heidenangst. Abgesehen davon vögele ich im Augenblick nicht herum, weil ich viel zuviel anderes im Kopf habe.«

»Na, komm schon, Sylvia. Die Wahrheit!« Er war fröhlich, aber beharrlich.

»Was hast du denn getrieben, Mister Casanova? Du bist doch derjenige, der herumkommt.«

»Nichts Neues. Ich hab' auch zu hart gearbeitet. Ich hab' jetzt einfach keine Zeit für Sex, es sei denn, mir läuft zufällig in einer Kneipe jemand über den Weg. Nun ja, da gab es ein Mädchen. Aber die war vielleicht langsam auf der Matte.«

»Was willst du damit sagen? Konntest du vielleicht bei ihr nicht landen? Matte? Den Ausdruck habe ich seit meiner Schulzeit nicht mehr gehört.«

»Was machst du denn jetzt gerade?«

»Ich packe meine Sachen für die Reise zusammen. Wie ich dir schon sagte, muß ich pünktlich am Bahnhof sein.«

»Könnte ich dich vielleicht veranlassen, ein bißchen herzukommen? Ich werd' zwar bald abgeholt, aber die kann ich schon vertrösten. Eine kleine Abwechslung wäre vielleicht ganz nett. Was hältst du davon?«

»O Gott, ich hab' von dir keine Einladung erwartet, aber ich möchte mit dir über Philadelphia sprechen, und dabei müssen wir uns beeilen. Mein Zug geht um vier.«

»Komm doch her. Du brauchst dir ja nicht viel anzuziehen, denn wir gehen doch gleich ins Bett.« Warum eigentlich nicht, dachte sie. Das kam ihrem albernen Glücksgefühl sehr entgegen.

»In Ordnung«, sagte sie, nachdem sie einen Augenblick überlegt hatte. »In etwa einer halben Stunde bin ich da.« Sie warf die letzten paar Dinge in den Koffer, stellte einige Dosen mit Katzenfutter für die Nachbarin auf den Tisch, die sich um ihren Liebling kümmern würde, stieg in ein Taxi und fuhr zu Murray.

In fast belehrendem Ton begrüßte sie ihn, als sie seiner wie üblich auf dem Bett ausgestreckt ansichtig wurde. »Sag mal, Butkis, hast du denn nie etwas an?«

»Nur, wenn es unbedingt sein muß. Was willst du denn mit dem Koffer?«

»Ich hab' dir doch schon gesagt, daß ich nach Philadelphia fahre.«

»Soll das heißen – jetzt gleich? Du fährst von hier direkt zum Bahnhof?«

»Genau das meinte ich, als ich sagte: Nur auf die Schnelle. Hörst du mir denn nie richtig zu?«

»Ich dachte, du hättest Spaß gemacht.«

»Spinnst du? Wir haben genau fünfundfünfzig Minuten. Willst du ein Bier?« Sie machte die zwei Dosen ›Budweiser‹ auf, die sie unten im Laden erstanden hatte, und gab ihm eine. Murray setzte sich in den Kissen auf und trank, wobei er von den Hüften abwärts von einem alten Laken bedeckt war.

»Also, Sylvia, was hast du denn so getrieben?«

»Ich bin gerade mit meinem Schuljahr fertig, und nächste Woche fange ich einen Sommerjob an der Volkshochschule an. In der Zwischenzeit mache ich einen kurzen Urlaub.«

»Nennst du Philadelphia etwa einen Urlaub? Besuchst du dort Freunde?«

»Gewissermaßen ja, aber ich brauche von dir noch einige Tips. Weißt du, wo die Sansom Street ist?«

»Na klar. Die beginnt am Stadtrand und geht bis zum Campus der Penn-Universität durch. Wenn du am Hauptbahnhof aussteigst, bist du an der Thirtieth Street und dann ist es nur noch ein paar Blocks weiter. Es ist ein Teil des Studentengettos.«

»Warst du auf der Penn-Universität?

»Nein, Temple-Universität, am anderen Ende der Stadt.«

»Na, das dürfte ja wohl zweite Wahl gewesen sein«, sagte sie neckend.

Er war beleidigt. »Temple ist genauso gut wie Penn. Außerdem konnte ich da in die zahnmedizinische Fakultät. Was willst du denn noch mehr?«

»Bist du vielleicht auf die Central High School gegangen?«

»Quatsch. Ich ging aufs Cheltenhamgymnasium. Central war die Stadtschule für Schwächlinge.«

»Was willst du damit sagen?«

»Eine Penne für die Armen, für die Verlierer und auch für Schwule. Es ist eine reine Jungenschule. Um aufgenommen zu werden, mußt du über einen bestimmten IQ verfügen. Infolgedessen dachten alle, daß sie Einstein wären. Ganz in der Nähe gab es auch noch eine Mädchenschule. Girls High. Die waren genauso übel. Lauter verkrampfte Ziegen. Ich war mal mit einem Mädchen aus meiner Nachbarschaft dort zu einem Abschlußball. Ihre Eltern bezahlten dafür, daß sie dort hingehen durfte. Sie dachten, Cheltenham wäre nicht gut genug. Die hatten sogar Kleidervorschriften für den Schlußball. Zum Beispiel: ›Tragt nichts Rotes, es könnte die Jungen aufregen‹, und außerdem keine Lackschuhe.«

»Warum das denn nicht?«

»Die spiegeln.«

»Das gibt es doch gar nicht!«

»Da hast du Philadelphia, Syl. Kennst du jemanden, der auf der Central-Penne war?«

»Nicht direkt, aber ich hab' einiges darüber gehört.«

»An Samstagabenden kamen diese miesen Typen rüber zum

Parkplatz von Cheltenham. Nur weil sie selbst nicht in der Lage waren, ein Mädchen anzumachen, ließen sie vor den Pärchen in den geparkten Autos die Hosen runter und fabrizierten ähnlichen Scheißdreck.« Aha, das war Murray mit siebzehn, wie er ein unschuldiges Mädchen in einem geparkten Auto durch seine Zauberkünste verführt.

»Hast du es damals im Auto getrieben? War das für dich dein erstes Erlebnis?«

»Na hör mal! Für solche Ergüsse haben wir jetzt keine Zeit. Was hältst du davon, wenn wir jetzt endlich zu arbeiten anfangen?«

Die Worte selbst hörten sich kaltblütig an, aber Murrays Zärtlichkeit, als er sie an sich zog, zusammen mit dem beruhigenden Effekt des Bieres, ließen sie sich stillschweigend neben ihm entspannen. Als sie so dalagen, genoß sie die Wärme seines Körpers und das Spiel der hereinfallenden Sonne auf seiner Brust.

»Ich weiß einfach nicht, wie du das machst. Du brauchst nur reinzukommen, und schon hab' ich einen Steifen«, murmelte er.

»Ich muß dich wohl hypnotisieren.« Der Gedanke, daß sie Murray so stark erregen konnte, regte sie auch auf und sie gab ihm einen langen, verlangenden Kuß. Plötzlich machte sich ihre Ratio bemerkbar. *Geburtenkontrolle.* »Um Himmels willen, mein Pessar! Das hab' ich ganz vergessen. Ich weiß nicht einmal, ob ich es überhaupt dabei habe.« Sie sprang aus dem Bett und begann in ihrem Koffer zu wühlen.

»Laß doch, Sylvia, ich hab' Gummis da.«

»Ich traue den Dingern nicht.« Er tauchte hinter ihr auf und griff nach ihren Brüsten, während sie wie wild weitersuchte. Dann gab sie seiner Berührung nach und drehte sich ihn umarmend um. Das erstemal berührten sie einander stehend. »Es tut mir leid. Wegen des Pessars, meine ich. Es ist nicht da.« Sie lehnte sich gegen seine Schulter. »Macht es dir nichts aus, daß ich so groß bin? Ich bin fast ein Meter achtzig.«

»Ich wünschte, du wärst drei Meter groß. Das wäre sogar noch besser. Komm, leg dich hin. Wir denken uns was aus.«

Bei Sylvia dauerte es nur Sekunden, bis sie sich über ihre Vergeßlichkeit klar wurde. Als Murray sie einlud, hatte sie das momentan erregt und doch hatte sie ihr Pessar vergessen. Das war ihr noch nie passiert. Das bedeutete, daß sie nicht vorgehabt haben konnte, mit ihm zu schlafen. Murrays Nützlichkeit als Ersatz für Josef war vorüber. Und doch war sie zugleich gerührt, weil dieser Mensch es ihr ermöglichte, sich wie eine Sexgöttin zu fühlen. Aus irgendeinem

Grund erklärte er ihr jetzt, warum er sie an diesem Nachmittag eingeladen hatte: »Für mich ist es ganz klar, warun ich dich sehen wollte. Du bist gut im Bett, und du bist außerdem auch noch nett, um es ganz sachlich zu formulieren.«

»Im Augenblick erscheint mir dein Penis durchaus nicht von Sachlichkeit zu zeugen«, sagte sie, indem sie sich über seine Erektion beugte. »Kennt er denn nicht die einfachsten ›Verkehrsregeln‹?«

»Vielleicht muß ich mich erst selbst etwas mehr damit beschäftigen.«

»Unter diesen Umständen laß mich mal versuchen, eine Umleitung zu finden.« Sie nahm ihn in den Mund und Murray holte tief Luft.

»Wenn du so weitermachst, dann könnte ich in zwei Sekunden kommen, aber ich will versuchen, es zurückzuhalten.« Als sie jetzt richtig loslegte, fühlte Sylvia, wie ihre eigenen Drüsen bei dieser Betätigung zu arbeiten begannen. Während sie an ihm saugte, stieß er plötzlich furchterregende kleine Schreie aus. Sie befürchtete, ihm weh zu tun, konnte aber nicht aufhören, um ihn zu fragen. Als seine Schreie lauter wurden, begann sie selbst zu stöhnen. Nachher, als sie ihre Lippen zurückzog, bedeckte sie seinen weich werdenden Penis mit ihrer Hand, um ihn vor der kalten Luft zu schützen, als ob es sich dabei um ein hilfsloses kleines Tier handeln würde. Murray preßte sie fest an sich. »Das war wunderbar«, sagte er.

»Murray, ich hab' nicht mehr viel Zeit.«

»Es tut mir leid. Du hast mich geschafft, und jetzt willst du weg. Ich wünschte, ich wäre Superman«, sagte er und griff ihr zwischen die Beine.

»Beim nächstenmal, okay?«

»Aber du bist ganz feucht.«

»Mach dir deswegen keine Sorgen.«

»Kannst du keinen späteren Zug nehmen?«

»Nein, wirklich nicht. Ich hab' eine Menge dort zu erledigen.«

»Na ja, Sylvia, es war ein fabelhafter Nachmittag. Du hast eine so hübsche Muschi und einen fabelhaften Mund.«

»Wenn du mein Gebiß untersuchen würdest, Doktor Butkis, würdest du einen Schlaganfall bekommen. Im allgemeinen werden Zahnärzte hysterisch, wenn sie es das erstemal betrachten. Angeblich sieht mein Oberkiefer einfach verheerend aus.«

»Ganz egal, auf jeden Fall ein perfekter Mund zum Blasen.«

»Mein Gott! Wie romantisch das klingt.« Murray wiegte wie ein alter Rabbiner den Kopf, erhob majestätisch seine Handflächen zum Himmel und spitzte die Lippen.

»Sicher ist, daß ich jetzt in den Hamptons nicht mehr geil bin. Ich werde den Mädchen sagen, daß ich nur noch Freundschaften brauche. Keinen Sex.«

»Ich hab' das Gefühl, als ob ich der Gesellschaft einen Dienst erwiesen hätte.«

»Falsch. Nur mir.«

»Um Gottes willen, es ist zwanzig vor vier! Ich muß weg!«

12. Kapitel

Die Zugfahrt begann mit einem ruhigen Gleiten durch einen kühlen, dunklen Tunnel, der endlos erschien. Die gleichmäßige Bewegung des Zuges und dazu die schwache Beleuchtung wirkten hypnotisierend auf Sylvia und ließen die Irritationen des Mittags langsam verblassen. Sie wünschte sich jetzt, nicht zu Murray gegangen zu sein. Er war nicht das, was sie brauchte. Als er versucht hatte, ihr ihren Liebesdienst zurückzuzahlen, hatte sie in sich einen aufsteigenden Widerwillen empfunden. Was hatte sie im Bett dieses Mannes zu suchen, wenn sie es nicht ertragen konnte, Zärtlichkeiten von ihm anzunehmen? Wie kam es, daß sie, wenn sie sich in seiner Nähe befand, ein so starkes physisches Begehren empfand und dann davor weglief, bevor es zur Befriedigung kam. Diese paradoxe Situation verwirrte sie, und sie empfand jenes ruhelose Gefühl, das stets einer Erregung folgte, die nicht im Orgasmus endete. Ihre Zurückhaltung hatte schließlich nur sie selbst verletzt. In bester Absicht hatte er versucht, sie mit seinem braungebrannten Körper, einem Adonis gleich, zu umarmen. Sie sah sich noch, nur Ellbogen und Knie, wie sie ihn zurückstieß. Was stimmte bei ihr nicht? Voller Grauen floh sie einen wirklichen Mann, nur um ihren Fantasievorstellungen in einer unbekannten Stadt nachzujagen.

Durch das Fenster beobachtete sie die ausgetrocknete Sumpflandschaft, allgemein bekannt als das Flachland von New Jersey, wo man in der späten Nachmittagssonne vor Hitze umkam. Diese meilenlange häßliche Strecke deprimierte sie noch mehr. Schlaf schien der einzige Ausweg aus ihrer Bedrückung. Erst als der Zug in New Brunswick hielt, wachte sie auf und wurde durch die freundlichere Landschaft und die hübschen Steinhäuser im pseudokolonialistischen Stil, die an einem glitzernden Fluß lagen, ermutigt. Durch Wälder und an Kornfeldern vorbei ging es nach Priceton Junction. Hier befand sie sich bereits in einer neuen Welt. Die Reise wurde zum Abenteuer. Wenn man in New York City lebt, dann ist es leicht, dachte sie, zu vergessen, wie schön Amerika wirklich sein kann.

Gerade als sie fühlte, daß sie sich psychisch von der Stadtatmosphäre langsam zu lösen begann, fuhr der Zug an einer Reihe von leerstehenden Lagerhallen vorbei. Bald waren mehr solcher Ruinen zu sehen, traurige, an Dickens' Schilderungen von heruntergekommenen Häusern erinnernde Gebäude mit zerbrochenen Fensterscheiben, deren Mauern, während sie sie betrachtete, einzufallen schienen. Sylvia war sich darüber klar, daß sie die Vorhut der Industrieviertel Philadelphias erreicht hatte, und traurig sah sie auf die entmutigende urbane Szene, der sie sich eine Woche lang ausliefern wollte. Die Gebäude waren niedrig und standen eng beieinander. Wie heiß und unangenehm mußte es wohl in ihnen sein? War dieser schmutzige Ort wirklich der Ort, aus dem Josef stammte? Aus dem Lautsprecher rief es: »North Philadelphia, Temple-Universität.« Das also war Murrays Alma mater. Kein Wunder, daß er sich einen so lukrativen Beruf ausgesucht hatte. Seine neue Praxis an der East Side dürfte von dieser Trostlosigkeit meilenweit entfernt sein. Die nächste Station war Thirtieth Street. Vielleicht würde der Stadtkern etwas freundlicher aussehen.

In einiger Entfernung konnte sie die silbern schimmernden Dächer von Bürogebäuden erkennen. Das sah ihrer Meinung nach schon mehr nach einer Großstadt aus. Ganz plötzlich eröffnete sich ihr ein atemberaubender Anblick auf einen Fluß. Am Ufer entlang führte ein breiter Weg. Die Verkehrsstraßen waren durch grüne Alleen getrennt. Ein Stadtviertel wurde von einem majestätisch anmutenden, ockerfarbenen Gebäude beherrscht. Das mußte Josefs Philadelphia sein.

Am Bahnhof kaufte sie einen Stadtplan und einen Führer und ging dann zum Verkehrsbüro. Ein Angestellter erklärte ihr, wie sie mit der U-Bahn zum Tourist Center kommen würde. Die Wagen der U-Bahn erschienen ihr wie klappernde Miniaturausgaben im Vergleich zu den Gegenstücken in New York. Sie erinnerten an die Reproduktionen von Zügen aus dem neunzehnten Jahrhundert, in denen sie im Freilichtmuseum von Americana schon gefahren war.

Das Tourist Center erwies sich als ein eigenartig runder Bau, wie ein riesiger Kiosk, und stand an einer Stelle, die so aussah, als ob sich hier die Tore der Stadt öffneten. Die Stoßzeit näherte sich ihrem Ende, und die letzten Angestellten schienen eilig auf dem Weg nach Hause zu sein. Selbst die Menschen erschienen ihr kleiner als in New York. Sylvia erkundigte sich nach einer billigen Unterkunft in der Nähe der Sansom Street.

Die Hosteß sah ein Verzeichnis durch und sagte ihr lächelnd, daß nur ein Block von hier entfernt, in der Chestnut Street, eine sehr hübsche Unterkunft vom YWCA (Christlicher Verein junger Frauen) verfügbar wäre. Sie markierte das Gebäude auf Sylvias Plan, wies sie in die entsprechende Richtung und meinte, daß es dorthin nur ungefähr zehn Minuten zu Fuß sei. Sylvia fragte sie nach dem ockerfarbenen Gebäude und erfuhr, daß es sich um das Museum am Benjamin-Franklin-Parkway handele. Die Unterkunft fand sie ohne Schwierigkeiten und war schnell in einem sauberen, unpersönlichen Zimmer untergebracht. Es war genauso, als wenn sie ein Zimmer im Studentenheim gehabt hätte. Nur einen Block weiter befand sich Josefs Haus. Sie zog sich um, legte neues Make-up auf und machte sich auf die Suche.

Sansom Street bestand aus einer Reihe kleiner, sauberer Stadthäuser. Im Verhältnis zu dem, was sie aus New York kannte, schien alles in dieser Stadt auf einer Miniaturbasis konstruiert zu sein. Es erinnerte sie an Liverpool oder irgendeine andere kleine Industriestadt in Europa. Verängstigt und in ihrer Fantasie gleichzeitig erregt durch die Möglichkeit, ihm zu begegnen, ging sie vorsichtig auf der gegenüberliegenden Straßenseite an Josefs Haus vorbei, einem dunkelbraunen Steinhaus, das eng zwischen zwei fast gleichaussehenden Häusern stand. Hölzerne Läden, die von innen an den Fenstern angebracht waren, verwehrten ihr den Blick ins Innere. Lediglich ein Türklopfer aus Messing verlieh dem Haus eine persönliche Note. Trotzdem war es für sie das faszinierendste Gebäude der ganzen Straße. Sylvia starrte das kleine Haus so an, wie ein anbetender Gläubiger einen Altar.

Hier also lebte er. Dort drinnen war die Küche, in der er sich seine Mahlzeiten zubereitete. Ein Wohnzimmer, in dem er las und Gäste empfing. Ein Schlafzimmer, in dem er schlief. Hatte er hier einstmals mit seiner Frau gewohnt? Josefs Wagen war nirgendwo zu sehen, und im Haus brannte kein Licht. Vielleicht war er nicht da. Um so besser. So konnte sie diese Pilgerfahrt jeden Tag ohne Furcht vor Entdeckung machen, bis sich ihre Manie gelegt hatte. Mit einem stillen Gebet für Josefs Wohlergehen verließ sie Sansom Street und ging zu ihrem Zimmer zurück, wo sie eine Nacht mit unruhigen Träumen verbrachte.

Am nächsten Morgen machte sie wieder ihre Runde vorbei an Josefs Haus und schlenderte dann durch die Stadt, die ihr hübsch und anheimelnd erschien, ganz besonders Chestnut Street mit attraktiven Geschäften und den altmodisch anmutenden Straßenlaternen. Um das Rathaus gab es eine Fußgängerzone, die Brennpunkt des Geschäftszentrums von Philadelphia war. Die Straßennamen schienen ein Überbleibsel aus der kolonialen Gründerzeit der Stadt. Sie glaubte hier und da unter dem modernen Überbau noch Spuren einer vergangenen Zivilisation, die einst die Stadt befruchtet hatte, zu entdecken.

Pflichtbewußt besuchte Sylvia die Independence Hall und andere Touristenattraktionen. Den Besuch im Kunstmuseum machte sie zu Fuß, entlang dem herrlichen Park Way. Jogger liefen selbstbewußt an den auf Bänken sitzenden Paaren am Flußufer vorbei.

Am Mittwochmorgen nahm sie den Stadtplan zur Hand, um den Weg zur Universität herauszufinden. Wieder hatte sie das Angst- und Aufregungsgefühl wegen der eventuellen Möglichkeit, dort Josef zu begegnen, aber die Chancen schienen ihr doch äußerst gering. Aller Wahrscheinlichkeit nach war er den Sommer über weg. Das war die Zeit, in der die meisten Akademiker verreisten.

Der Campus erwies sich als eigenartiges Durcheinander alter und moderner Architektur. In der Mitte des viereckigen Hauptplatzes stand vor dem, was das älteste Gebäude zu sein schien, eine Statue von Benjamin Franklin. ›Für seine Wohltätigkeit geehrt, seiner Talente wegen bewundert, für seinen Patriotismus geschätzt, für seine Menschenfreundlichkeit geliebt‹ stand darunter. Dieser Platz war seine Schöpfung. Sie überlegte, was er wohl von der übermächtig modernen Bibliothek gehalten hätte, die vor seinem Ebenbild errichtet worden war, flankiert von einer großen Stahlnachbildung des Friedenssymbols, einem Monument der militanten Studentengeneration der sechziger Jahre. Ihrer Generation. Sie hatte keine Ahnung, wo sich das Lehrerseminar befand. Der Wegweiser auf dem Campus wies es als ein altes Sandsteingebäude aus, ungefähr genauso alt wie das, in dem sie an den Seminaren in New York teilgenommen hatte. Alle diese Aufbauschulen schienen irgendwie zeitlos zu sein. Wenn man dort als Student aus und ein ging, dann war man sich immer bewußt, daß schon Generationen anderer Lehrer diese Korridore entlanggegangen waren und daß zukünftige Generationen auch wieder hier entlanggehen würden, lange nachdem man selbst bereits in Pension war. Auf dem Weg zurück zum Zentrum des Campus kam sie durch ein Eisentor, auf dem folgende Zeile stand: ›Veniemus viam aut faciemus.‹ Die Bruchstücke ihrer Latein-Kenntnisse halfen ihr zu übersetzen: ›Wir finden einen Weg, oder wir schaffen uns einen.‹ Das gefiel ihr. Dabei mußte sie an sich selbst denken.

Jetzt hatte sie gesehen, wo Josef lebte und wo er arbeitete. Jeden Morgen und jeden Abend machte sie sich auf ihren verstohlenen Weg zum Haus in der Sansom Street. Es war an der Zeit festzustellen, woher er stammte. Da er der einzige Annensky im Telefonbuch war, bedeutete dies, daß seine Familie entweder tot oder fortgezogen war. Auf jeden Fall konnte sie noch seine Schule aufsuchen. Während sie auf ihrem Plan nach der Central High School fahndete, sah sie den Namen ›Cheltenham‹ in breiter Schrift auf einem gelben Gebiet nördlich der Stadtgrenze aufgedruckt. Das war also Murrays Gegend. Nochmals sah sie ins Telefonbuch und suchte nach ›Butkis‹. Sie fand unter diesem Namen zwei Eintragungen in Cheltenham. Nachdem sie beide Adressen aufgeschrieben hatte, zog sie einen Kreis um Murrays Oberschule zusätzlich zu dem Kreis, den sie bereits um die Central High School gemacht hatte. Dann faltete sie den Plan zusammen und machte sich wieder auf den Weg zum Tourist Center, um sich dort die notwendigen Informationen zu holen.

Die Namen der U-Bahn-Stationen auf dem Weg zur Temple High School faszinierten sie. Erie, Susquehanna, Allegheny – das war alles äußerst pennsylvanisch – und dann auf einmal Wyoming. Was für eine sonderbare Stadt. Ihr Bahnhof hieß Broad und Olney. Das schien eine ziemlich rauhe Gegend zu sein. Hier fand sie die schäbigen kleinen Häuser und Discount-Schallplattenläden, die sie vom Zug aus auf ihrem Weg zur Stadt gesehen hatte, was sie als erstes erblickte, war die plumpe, fensterlose Fassade der Philadelphia High School für Mädchen. Sie dachte zunächst, daß man sie zur falschen Schule geschickt habe und fragte einen Zeitungsverkäufer, der ihr erklärte, daß die Central High School mit der Mädchenschule zusammenhing und nur einen Block von hier entfernt lag.

Als sie an der Mädchenoberschule vorbeiging, mußte sie an Josef als Knaben denken, der, die Schulbücher unter dem Arm, täglich diesen Weg gegangen war. An der Ecke befand sich Pagano's Sandwich Shop, ein Arme-Leute-Laden. Gab es ihn schon zu Josefs Zeiten?

Auf einer grasigen Oase in der Mitte der Slums machte die Oberschule einen finsteren, abweisenden Eindruck. Ein massiger Bau aus gelblichgrauem Stein, so reizlos wie ein Postamt. Es schien ein Gebäude zu sein, in dem das Lernen eine freudlose Angelegenheit sein mußte, aber Schulen in der City machten auf sie immer den Eindruck von Gefängnissen. Waren Josefs Jahre hier wohl fröhlich gewesen? Hatte er viele Freunde gehabt und war er wohl mit den Mädchen von der Schwesterschule ausgegangen? Ihr Instinkt sagte ihr: nein. Sie stellte ihn sich einsam und wegen seiner physischen Unbeholfenheit und dem Stottern isoliert vor. Seine eigentliche Scheu verbarg er sicher durch Arroganz. Was für ein hassenswerter Ort. Die Vorstellung von Josef als Stadtkind erinnerte sie sehr an die Kinder, die sie in New York unterrichtete und machte sie sehr traurig im Hinblick auf ihn. Dann fuhr sie wieder zur Broad Street zurück, um sich auf ihren nächsten Trip nach Cheltenham zu begeben.

Wie man ihr im Tourist Center gesagt hatte, suchte sie an der Bus-Haltestelle nach dem Nummernschild ›6‹. Nachdem sie einen gefunden hatte, fragte sie den Fahrer, ob er zur Cheltenham High School führe. »Da müssen Sie die Linie Nr. 6 nehmen. Ich bringe Sie da hin.« Sie wollte gerade sagen: ›Aber ich dachte, dies wäre der Bus Nr. 6‹, fürchtete sich jedoch, für eine ›Ausländerin‹ gehalten zu werden. Sie setzte sich und bereitete sich auf eine längere Fahrt vor. Die Cheltenham Avenue war eine wenig bemerkenswerte Durchgangsstraße, die aus der City herausführte. Als der Bus eine größere Steigung zu bewältigen hatte, verspürte sie ein eigenartiges, sensationslüsternes Gefühl. Sie sah nach vorne und bemerkte auf einmal, daß sie auf Schienen blickte, die die Straße entlangführten. Erst jetzt stellte sie zu ihrer Überraschung fest, daß sie überhaupt nicht in einem Bus fuhr. Das war eine altmodische Straßenbahn! Die trostlosen Straßen erinnerten sie an Fotografien, die sie von der großen Wirtschaftskrise gesehen hatte. Die anachronistischen Transportmittel und der rustikale Akzent, mit dem die Leute hier sprachen, all das gab ihr ein Gefühl, als ob sie Amerika schon lange hinter sich gelassen hätte. Wie war es möglich, daß das Leben nur zweihundert Meilen von dort, wo sie aufgewachsen war, so unterschiedlich sein konnte?

Nach etwa einer halben Stunde wurde die Umgebung freundlicher. Die Häuser standen nicht mehr so nahe beieinander, und die Vorgärten waren größer. Die Endstation der Straßenbahn war ein kleiner Wendeplatz, an dem Sylvia eine Ewigkeit in der gnadenlosen Julisonne warten mußte, bis ihr Bus eintraf. Der Bus fuhr eine breite Straße entlang, und plötzlich war sie in einer Vorstadtgegend, die der, in der die aufgewachsen war, ähnelte. Das Geheimnis der am meisten bevorzugten Vororte besteht wohl darin, daß die Wohngebiete alle möglichst weit von den Hauptverkehrsstraßen entfernt liegen. Nur ein Kenner solcher Siedlungen weiß, daß dort überhaupt Häuser stehen. Der Bus fuhr einen Berg hinauf und an einem Komplex äußerst teurer Apartmenthäuser vorbei. Auf der anderen Seite der Straße erschien die riesigste Schule, die Sylvia je gesehen hatte. Die Quintessenz einer Oberschule – made in USA. Sie lag wie ein exotischer, orangefarbener Palast vor ihr ausgebreitet. Die rechteckige Form, an deren einer Längsseite sich die Sportplätze befanden, gaben dem Komplex ein fast sphinxhaftes Aussehen, so wie er in dem satten Gras vor ihr lag. Direkt hinter der Schule hielt der Bus an einer Haltestelle namens Howard Johnsons, und der Fahrer rief »Cheltenham High School« aus, womit Sylvias Intuition bestätigt wurde.

In ihren hochhackigen Schuhen ging sie mühsam durch das Gras und erklomm auf ihrem Weg zur Schule den Hügel neben dem Restaurant. Dabei kam sie an der Rugby-Mannschaft vorbei, die bereits für die Herbstsaison trainierte. Ihre eigene Oberschule war in der generellen Konstruktion dieser hier sehr ähnlich, aber kleiner und billiger gebaut gewesen. Dies hier war ein Meisterstück aus Stein und Glas, das in jeder Kontur den Wohlstand und die Eitelkeit seiner Besucher widerspiegelte. Sylvia begutachtete den Parkplatz, von dem Murray gesprochen hatte. Er erschien ihr zu klein, um für die geschilderten Dramen der Samstagabende geeignet zu sein.

Sie ging zum eigentlichen Schuleingang um das Gebäude herum. Von dieser Seite aus wirkte die Schule kleiner, während auf der anderen Seite der Straße die Wohngegend mit einer Reihe identischer Häuser im Folklorestil begann.

Also das war Murrays Spielplatz. Sie konnte ihn sich gut vorstellen, wie er nach der Schule in einem offenen weißen Sportwagen herumkurvte. Er hatte eine luxuriöse Jugend genossen. Hätte er sie damals überhaupt angesehen, wenn das Schicksal es so gewollt hätte, daß sie in der gleichen Gegend großgeworden wären? Bestimmt nicht, da er doch jede Puppe, die er wollte, auch haben konnte, wie es wahrscheinlich der Fall gewesen war. Sylvia konnte sich gut in die Lage des scheuen Mädchens von nebenan versetzen, das heimlich während der ganzen Schulzeit in den Superman Murray verliebt war und nicht einmal ein freundliches Lächeln erwarten durfte. Sie machte sich auf den Weg, um festzustellen, wo sie in ihrer früheren Inkarnation wohl gelebt haben mochte.

Sie erinnerte sich an die Adressen, die unter Butkis im Telefonbuch gestanden hatten und fragte eine Gruppe von Kindern, die an einem Springbrunnen spielten, wo sie Wyncote Lane finden würde. Sie zeigten auf eine hügelige Gegend ohne Bürgersteige und meinten, daß es dort die zweite oder dritte Seitenstraße sein müsse. Der Weg dorthin erschien ihr zu weit. Sie fragte nach der zweiten Butkis-Adresse, der Great Pond Road. Die Kinder lachten. »Da sind Sie ja gerade!« sagte eins von ihnen kichernd. Sie bedankte sich und ging weiter, bis sie zu der Nummer kam, die sie gesucht hatte.

Das Haus machte einen überladenen und kalten Eindruck. Im Vorgarten stand die neoklassizistische Skulptur einer Nymphe. In Sylvia kam der Wunsch auf, den nächstbesten Stein durch das riesige Erkerfenster zu werfen. In diesem Haus durften Kinder sicherlich gewisse Räume gar nicht oder nur zu bestimmten Anlässen betreten. Ein Haus, in dem Äußerlichkeit alles war. Kein Wunder, daß Murray, wenn er hier großgeworden war, heute so kalt wirken konnte. Sicher hatte hier alles begonnen. Sie beschloß, die Dinge noch weiter zurückzuverfolgen und auch das andere Butkis-Haus noch zu finden, ganz egal, wie mühsam der Weg dorthin auch sein mochte.

Das zweite Haus lag in einer Sackgasse. Ein kleines, hübsches Farmhaus mit warmer Holzverkleidung, das teilweise durch eine wunderschöne Weide, die im Vorgarten stand, verborgen war. Am Ende der Einfahrt gab es einen Basketball-Platz, und alles zusammen machte einen gemütlichen Eindruck. Sylvia hoffte, daß dieses und nicht das andere Haus Murrays Elternhaus gewesen sei. So gleichgültig sie auch in ihren Gefühlen ihm gegenüber sein mochte, so gönnte sie ihm doch die Erinnerung an eine fröhliche Kindheit. Eine Erinnerung an Liebe. Sonst gab es keine Hoffnung, daß aus ihm jemals ein normaler, fühlender Mensch werden würde. Traurig zügelte Sylvia ihre Gedanken. Dieser Mann war eine Maschine. Was spielte es für eine Rolle, wo er aufgewachsen war oder was ihn so werden ließ, wie er jetzt war? Wen juckte das schon? Schließlich hatte sie diese Reise Josefs und nicht Murrays wegen unternommen. Und trotzdem – gerade jetzt –, als sie in diesem Vorort an Straßen mit Häusern vorbeiging, in deren Höfen Badmintonnetze hingen und Jeeps standen, fühlte sie eine gewisse Verwandtschaft mit Murray. Sie kamen eben aus gleichen Verhältnissen.

In der Ferne sah sie das schäbige orangefarbige Häuschen ihrer Busstation, die sich oben auf der Anhöhe befand. Sie hoffte, daß sie auf ihren Bus, der sie in die Stadt zurückbringen sollte, nicht zu lange warten mußte, denn jetzt war es gerade am heißesten. Auf ihrem Weg zurück kam sie an einer kleinen, hübschen Volksschule vorbei. Ob sie schon alt genug war, um vor fünfundzwanzig Jahren Murrays Schulhof beherbergt zu haben, ließ sich nicht ausmachen. Sie sah sich die kleinen Schaukeln, das Labyrinth und die Wippe an und versuchte sich einen winzigen Murray an all diesen Geräten vorzustellen. Wie war er wohl damals, als er noch unschuldig war, als er noch glauben konnte, als er noch zärtlich war? Wie war er wohl, als er noch weinen konnte? Er mußte doch auch einmal eine Persönlichkeit gewesen sein. Und es war diese Persönlichkeit, die aus seinem Innersten schrie, wenn Murray sich der Liebe hingab.

Als sie oben auf der Anhöhe angekommen war, rann ihr der Schweiß in Bächen den Rücken herunter. Eine stämmige Negerin wartete auf der anderen Seite der Haltestelle von Howard Johnsons. Vielleicht war sie eine Hausangestellte aus einem der eleganten Häuser in Cheltenham, die auf dem Weg zurück in die Stadt war. Auf ihre Frage hin erfuhr Sylvia, daß in dieser Jahreszeit die Busse nur sehr unregelmäßig verkehrten. Sylvia suchte in dem klimatisierten Restaurant Zuflucht und wartete in der Nähe eines Fensters auf den Bus.

Eine Gruppe hübscher grauer Häuser hinter der Haltestelle ließ sie aufsehen. Akademische Gotik, dachte sie, typisch für so viele kleine Universitätsgebäude, die um die Jahrhundertwende gebaut worden waren. Sie traute ihren Augen nicht, als sie eine Aufschrift entzifferte: ›Beaver College‹, und stellte sich vor, was für Witze Murray und seine Freunde wohl über diesen Namen gerissen haben mochten. Noch schlimmer – sie erinnerte sich an die Zeit, als sie sich um Lehrstellen bemüht hatte, daß ›Beaver‹ ein reines Mädchen-College ar. Sie war sicher, daß ihr ›Beaver‹ von ihrem damaligen Berufsberater als eine Ausweichmöglichkeit empfohlen worden war, falls sie nicht eine Anstellung bei einer der Schulen ihrer ersten Wahl bekommen würde. Sie hatte sich damals entschieden dagegen gewehrt. Nicht etwa wegen des Namens, dessen tiefere Bedeutung ihr mit siebzehn Jahren nicht bewußt gewesen war, sondern deshalb, weil sich das ›Beaver-College‹ außerhalb der City befunden hatte.

Schon damals hatte sie gewußt, daß für sie nur Großstädte in Frage kamen. Während der ganzen Zeit ihres Erwachsenwerdens träumte sie davon, wie es ihr gelingen könnte, aus genau jenem vorstädtischen Elysium, von dem ihre Eltern ihr Leben lang geschwärmt hatten, zu entfliehen. Gelegentliche Ausflüge in die City während ihrer früheren Schulzeit lehrten sie, daß es sich dabei um einen schmutzigen, chaotischen, undefinierbaren und in jeder Hinsicht faszinierenden Platz handelte. Sie rührte in ihrem Eistee und dachte dabei an Murrays abgelegenen Vorort – friedlich, wohlhabend, sicher und selbst im Hochsommer noch wunderbar grün. Während sie durch Cheltenham gegangen war, hatte sie bei sich gedacht, daß sie genausogut überall sonst in den Vereinigten Staaten sein könne – in Winetka, in Illinois oder Marien County, Californien, oder in Wellesley, Massachusetts – überall außerhalb einer Großstadt. Was das anbelangte, konnte sie übrigens genausogut wieder in New Roshelle sein, wo sie aufgewachsen war. Diese Vorstellungen ließen sie plötzlich müde werden. Wenn sie auf ihre Jahre in der Vorstadt zurückblickte, kam es ihr so vor, als ob sie die ganze Zeit verschlafen hätte. Das war der Grund, warum sie jetzt in New York City lebte und in einer Ghetto-Schule unterrichtete. Dort zu sein ließ sie sich frisch und lebendig fühlen. Die Welten, aus denen sie und Murray beide kamen, waren verschwommen, sanft, und für sie langweilig. Sie würde dorthin nie zurückkehren. Aus dem gleichen Grund lebte vielleicht auch Murray im lebhaftesten und farbenprächtigsten Teil der City in New York. Vielleicht war er genauso ein Flüchtling, wie sie es war? War sie jetzt endlich doch auf etwas Gemeinsames mit Murray gestoßen?

Sie war froh darüber, der Unpersönlichkeit dieses Teiles von Philadelphia wieder entkommen zu sein. Dort, wo sie jetzt wieder war, gab es für sie keine überstimulierten pseudonostalgischen Assoziationen. Lediglich kleine Straßen, die auf sie eher den Eindruck von Bühnendekorationen machten, als den von wirklichen Fahrbahnen. Und ein kleines, schmales Haus aus grauem Stein, das in diesen fünf Tagen kein Lebenszeichen seines Besitzers hatte erkennen lassen. Vielleicht war es an der Zeit, wieder nach New York, in ihre eigene Stadt, nach Hause zurückzukehren.

Mittlerweile hatte sie alles, was sie sich in Philadelphia zu sehen vorgenommen hatte, angeschaut, trotzdem konnte sie sich noch nicht entschließen, nach New York zurückzukehren. Noch war sie nicht tief genug in Josefs Atmosphäre eingedrungen. Was ihr fehlte, war, ihn zu sehen, so wie er hier seiner Beschäftigung nachging – erst dann würde die Stadt für sie zum Leben erwachen. Die nächsten zwei Tage verbrachte sie im Museum. Am zweiten Tag herrschte eine brütende Hitze, als sie sich auf den Rückweg durch die lange Parkallee machte. Am entgegengesetzten Ende der Allee, die vom Museum herunterführte, stand ein hübscher Brunnen mit fröhlichen Skulpturen von Schildkröten und Fröschen, die auf halbnackte Kinder, die der Hitze zu entgehen suchten, Wasser spien. Kleine Körper jeder Größe und Farbe planschten in dem Becken und tollten herum; einige versuchten sich im Seilspringen oder fuhren auf Dreirädern. Sylvia streifte ihre hochhackigen Schuhe ab, rollte ihre Jeans hoch und sprang zu den Kindern in den Brunnen. Sie verwandelte sich in eine komische Hexe, die den Kindern im Brunnen nachlief, als sie mit Schreckensschreien vor ihr zu fliehen suchten. Abgesehen von den offiziellen Informationen war dies der erste menschliche Kontakt, den sie, seit sie in die Stadt gekommen war, genoß. Das wurde ihr klar und um so enthusiastischer spielte sie weiter. Herumsitzende Mütter begannen untereinander zu tuscheln und schon kurz darauf hielt neben ihr ein Polizist auf einem Motorroller.

»Was ist denn hier los, Lady?« fragte er, während er den Schutzschild seines Helmes hochschob.

Erhaben ging Sylvia zum Rand des Brunnens. »Hören Sie zu, Wachtmeister, ich spiele gerade mit den Kindern. Ich bin Lehrerin von Beruf.« Zweifelnd sah er sie an.

»Sie sind nicht von hier?«

»Ja, das stimmt.«

»Nun gut, aber wir tun so etwas hier nicht, Madam. Ich schlage Ihnen vor, daß Sie sich abtrocknen, sich wieder anziehen und dann Ihrer Wege gehen.«

»Aber ich bin angezogen. Das einzige, was ich ausgezogen habe, sind meine Schuhe.« Sie hatte etwas gegen falsche Anschuldigungen.

»Wie ich schon sagte – Sie machen besser, daß Sie weiterkommen.«

Sylvia starrte diesen häßlichen kleinen Strolch an, der sie beleidigt hatte und herumkommandierte. In jeder Weise indigniert stieg sie aus dem Becken, zog ihre Schuhe an und schritt, während sie von vielen im Park beobachtet wurde, in Richtung Stadtzentrum davon. Was ihr zuerst als altmodisch und bilderbuchartig vorgekommen war, erschien ihr jetzt provinziell und fade.

Was für ein gräßlicher Ort! Mit dem ersten Zug am nächsten Morgen würde sie die Stadt verlassen.

Für ihr letztes Abendessen hatte sie sich ›Bain's Cafeteria‹ ausgesucht, die sich gegenüber der Musikakademie – der Konzerthalle der Stadt – befand. Am Nebentisch saß ein gutaussehender Mann mit knallrotem Haar und einem buschigen Bart. Neben ihm stand ein eigenartig geformter Koffer, in dem sich wahrscheinlich ein Musikinstrument befand. »Ist das eine elektrische Gitarre?« fragte Sylvia, indem sie auf den Koffer deutete. Der Mann sah von seinem Sandwich auf.

»Jeder fragt mich das. Es ist ein Fagott. Wissen Sie, was das ist?«

»Aber klar, so dumm bin ich nun auch wieder nicht. Früher habe ich auf der Oberschule Klarinette gespielt. Spielen Sie etwa da drüben?«

»Mein Quintett gibt hier heute und morgen ein Konzert. Wir sind nur für zwei Tage hier.«

»Woher kommen Sie denn?«

»New York.«

»Ich auch!« stieß Sylvia hervor. Sie unterhielten sich wie alte Freunde über New York und tauschten ihre Eindrücke von Philadelphia aus. Sein Name war Howard, und er wohnte in einem Hotel an der Upper West Side, in dem hauptsächlich Musiker abstiegen. Sylvia dachte, daß sich seine Schilderungen äußerst aufregend anhörten. Er hatte sogar im vergangenen Jahr während des ›Mostly-Mozart-Festival‹ im Lincoln-Center gespielt. Sie hatte sich Musiker schon immer als gute Liebhaber vorgestellt. In dem Jahr, als sie an einer Gruppentherapie teilnahm, hatte sie eine Frau kennengelernt, die nur mit Cellisten ausging. Sie hatte ihr erklärt, daß es nur wenige spezialisierte Mitglieder in ihrer Gruppe gab, die ihr Können an einem Instrument mit ihren Können im Bett in Einklang zu bringen vermochten. Wenn man sich ein Cello zwischen den Knien eines passionierten Musikers vorstellte und beobachtete, wie seine Hände dazu in der Lage waren, es zum Vibrieren und Singen zu bringen, konnte man sich auch eine Frau vorstellen, die darauf spekulierte, die Position des Cellos einnehmen zu wollen. Ein Fagott erschien natürlich nicht so sinnlich wie ein Saiteninstrument, aber trotzdem fühlte Sylvia sich geschmeichelt, als Howard ihr eine Karte für das Abendkonzert anbot und sie fragte, ob sie ihn nachher noch auf einen Drink treffen wollte.

Sie raste in ihr Zimmer zurück, um sich für das Konzert umzuziehen, und mied dabei die Sansom Street. Sie hatte zwar nicht erwartet, Josef in seiner eigenen Stadt zu betrügen, aber sie hatte sich während all dieser Tage in Philadelphia schrecklich einsam gefühlt und war für diese Abwechslung dankbar.

Zu beiden Seiten des Proszeniums der Akademie standen zwei robuste Karyatiden, die Sylvia sofort betrachtete. Die fleischigen Konturen klassischer Skulpturen verhalfen ihr dazu, sich angedenk ihrer eigenen Figur etwas besser zu fühlen. Im Programm war barocke Musik angekündigt, Stücke, die sich für ein ungeübtes Ohr alle ziemlich gleich anhörten. Der Fagottist bereitete ihr aber großes Vergnügen, als sie ihn beim Spielen beobachtete. Seine Lippen umschlossen das Mundstück vollkommen, und während er blies, hüpften seine Augenbrauen auf und ab. Er mußte einige sehr schnelle Solopassagen spielen, die auf einem anderen Instrument sicher beeindruckender gewesen wären, für sie aber durch den aufdringlichen Ton des Fagotts albern klangen.

Am Bühneneingang begrüßte sie Howard mit einer Umarmung und gratulierte ihm zu seiner Leistung. »Kennen Sie hier in der Nähe irgendeinen Laden, wo man etwas trinken kann?« fragte er.

»Nein, ich dachte, Sie wüßten etwas.«

»In meinem Hotel gibt es zwar eine Bar, aber das Ding stammt noch aus den vierziger Jahren.« Sein Hotel war eine monströse graue Festung im benachbarten Block, das ›Bellevue Stratford‹. Auf Sylvia machte die Bar einen leicht schmuddeligen Eindruck. Howard schlug vor, auf sein Zimmer zu gehen. Sie wußte, daß sie hier am Wendepunkt des Abends stand. Er konnte ziemlich sicher sein, daß, wenn sie um elf Uhr abends einwilligte, mit auf sein Zimmer zu gehen, sie auch damit einverstanden war, dort die Nacht zu verbringen. Sie haßte es, wenn sich die Ereignisse so unverbindlich und hastig entwickelten, aber so waren nun einmal die Taktiken konventioneller Verabredungen. Sie sagte zu und hoffte – ohne daran zu glauben –, daß er über einige Gummis verfügen würde, da ihre Spirale noch immer im Badezimmerschrank in New York lag.

In seinem Zimmer offerierte ihr Howard Tequila, wovon er immer etwas bei sich hatte, wenn er unterwegs war. Sie war erstaunt, als sie erfuhr, daß er ein Jahr lang in Mexico City gelebt hatte, und zwar zur gleichen Zeit, als sie mit dem Friedenscorps in Ekuador gewesen war. Eifrig unterhielten sie sich über Südamerika und ganz besonders über die derzeitige politische Situation.

Es war lange her, seit Sylvia jemanden getroffen hatte, der über lateinamerikanische Verhältnisse so gut informiert war.

Ehe sie sich versah, waren mehr als zwei Stunden vergangen. Auf den jeweiligen Bettenden des Bettes sitzend, hatten sie fast eine ganze Flasche Tequila ausgetrunken. Obwohl es schon nach ein Uhr war, hatte Howard sich ihr noch nicht genähert. Er sah müde und abgespannt aus. Sylvia entschloß sich, die Dinge zu beschleunigen. »Howard, wäre es Ihnen lieber, wenn ich nach Hause ginge?«

Er errötete und sagte: »Nun ja... ja. Sehen Sie, ich hatte einfach zu viele nächtliche Verabredungen. Zu viele. Ich glaube, die schlauchen einen ganz schön. Das tun sie wirklich.«

»Haben Sie mich schon jetzt so über, um zu wissen, daß Sie mich nicht wiedersehen wollen?«

Er antwortete verlegen: »Das ist es ja gerade. Ich mag Sie. Wir haben eine Menge Gemeinsames. Ich könnte mir vorstellen, daß wir Freunde werden. Ich weiß, daß Sie genau der Typ von Frau sind, auf den ich stehen sollte, aber ich habe nun mal eine Schwäche für Blondinen und exotische Typen. Ich bin gerade dabei, mit einer Peruanerin Schluß zu machen. Ich mag Sie, aber ich verspüre nicht den unbedingten Wunsch, mit Ihnen zu schlafen.«

Die Worte schmerzten. Sie wünschte, daß er, wenn ihm so zumute war, niemals die Einladung ausgesprochen hätte. Was sie anbelangte, so war er das männliche Gegenstück zu einer Frau, die alles erwarten ließ und nichts hielt. Offenheit schien ihr der beste Weg, wenn sie ihn noch ins Bett bekommen wollte.

»Es ist wirklich ein Jammer, daß du so völlig hinüber bist – bei mir ist es genau umgekehrt. Ich bin richtig geil. Ich bin jetzt hier fast eine Woche allein gewesen, und etwas Körperkontakt würde mir ganz guttun.« Sie zwang sich, tief zu atmen und stand auf. »Aber wenn es dir lieber ist, daß ich gehe...«

Er nahm sie in die Arme und sagte scherzhaft: »Wenn du mich so fragst, wie kann ich da ›nein‹ sagen? Aber vielleicht wirst du dich etwas anstrengen müssen.«

Sie mußte sich überhaupt nicht anstrengen. Er war steif und bereit – vom ersten Kuß an. Die Episode dauerte alles zusammen neunzig Sekunden. Der schlimmste Fick, den sie jemals erlebt hatte. Und dies bei ihren romantischen Fantasien über Musiker! Als er ›gekommen‹ war, legte sich Howard wie eine Statue neben sie. Er schlief zwar nicht, aber er war auch nicht an weiterer Unterhaltung interessiert. Endlich entschloß sich Sylvia, das Schweigen zu brechen. »Wie fühlt man sich eigentlich, wenn man ›kommt‹, und der Partner tut es nicht?«

Er legte eine Hand an seine Stirn und starrte an die Decke. »Ich nehme an: frustriert.«

»Das kannst du noch einmal sagen.«

»Ich hab' es versucht.«

»Das glaubst du doch selber nicht.«

»Warst du denn wenigstens nahe dran?

»Was macht das schon für einen Unterschied? Einmal daneben ist genausogut wie hundertmal.«

»Was hätte ich denn deiner Meinung nach tun sollen?«

»Warum hast du mich das nicht vorher gefragt? Schließlich hast du zwei Hände und einen Mund. Das sind nämlich auch Sexorgane.« Sie war fest entschlossen, ihren fairen Anteil aus dieser traurigen Eskapade zu erhalten. Sie erinnerte sich an zu viele Jahre, in denen sie mit jemandem geschlafen hatte, ohne auch selbst befriedigt zu werden. Das war für sie ein für allemal vorbei. »Glaubst du, daß ich später noch etwas zu erwarten habe, oder war das alles für diese Nacht?«

»Das weiß ich nicht. Manchmal kann ich noch mal.«

»Aber vielleicht nicht heute nacht«, erwiderte sie resigniert. »Ich scheine deine erotische Fantasie nicht gerade zu inspirieren.«

»Wir werden schon sehen«, sagte er.

Eine Zeitlang unterhielten sie sich. Er erzählte ihr von seiner verrückten südamerikanischen Freundin. Sie erzählte ihm von Josef. Wenn sein Körper ihr gleichfalls ihren Anteil gegeben hätte, wäre ihr diese Fremde direkt sympathisch gewesen. »Es tut mir leid, wenn ich meckere«, sagte sie schließlich, »aber, verdammte Scheiße, ich wünschte, ich hätte kommen können.« Howard griff ungeschickt nach ihr und meinte: »Ich glaube, wir können es noch mal versuchen.« Sie griff nach seinem steifen Penis und dachte an Murray.

»Ich weiß etwas, was ich tun könnte. Es funktioniert immer, wenn alles andere versagt. Laß mich auf dich rauf, und laß es mich selber machen.« Sie stieg auf ihn und massierte zur gleichen Zeit ihre Klitoris. Die Angelegenheit war äußerst mechanisch. Sie war kaum feucht genug für Howard, als er in sie eindrang, und er verlor seine Erektion, während sie sich selbst bearbeitete. Sie stimulierte ihn wieder mit ihrem Mund, bis er hart genug war und setzte sich erneut auf ihn. Endlich gelang es ihr, aus ihrem widerspenstigen Unterleib einen Orgasmus herauszuzwingen. Höflich hielt er sie umarmt, während sie in seinen Armen winselte und auf seinem Penis auf und ab glitt. Die völlige Einsamkeit ihres Orgasmus ließ sie sich ausgehöhlt vorkommen. Selbst wenn sie masturbierte, gab es in ihrer Fantasie irgendeine Vereinigung mit ihrem Liebhaber. Hier fand sie keine Resonanz, sondern nur eine minimale Mitarbeit des Fleisches, gerade genug, daß sich jeder von ihnen abreagieren konnte. Als Howard sich wieder auf sie legte, dachte Sylvia daran, ob so ein einsamer Höhepunkt wie der ihre besser war, als überhaupt nicht zu kommen. Mit einem Gutenachtkuß an den schon wieder zur Seite geglittenen Fagottisten drehte sie sich um und versuchte zu schlafen. Howard schnarchte bereits.

Die ganze Nacht hindurch lag sie hellwach auf dem verschwitzten Laken. Der dumpfe Geruch des alten Hotels, Howards Schnarchen, der unappetitliche Sex, ihre unbefriedigte Sehnsucht nach Josef – all diese Dinge beschäftigten sie, wenn sie die Augen schloß. Sie hatte zu viel Angst, um mitten in der Nacht die sechs oder sieben Minuten bis zu ihrem Hotel zu laufen.

Um sechs Uhr früh war es dann hell genug, um zu gehen. Auf einen Block neben dem Telefon schrieb sie ein paar kluge entschuldigende Worte in Spanisch, um diesem Mann zu beweisen, daß es sich bei ihr nicht um die Durchschnittspuppe handelte, die nur mal schnell gevögelt werden wollte.

In ihrem eigenen Zimmer angelangt, fühlte sie sich hellwach. Philadelphia veranlaßte sie wirklich, verrückte Dinge zu tun. Josef hin oder her – es war Zeit zu gehen. Sie packte ihren Koffer, bezahlte ihre Rechnung und fuhr mit dem nächsten Zug nach New York zurück. Die Abteile waren voll von Pendlern. Überrascht mußte sie daran denken, daß für viele Menschen die Fahrt zwischen New York und Philadelphia eine tägliche Angelegenheit war. Für sie war es eine Odyssee gewesen. Sie dachte an das düstere Haus in der Sansom Street, den Ausgangspunkt für ihre Reise. Wie wenig hatte sie gewonnen. Wie wenig hatte sie von Josef bei ihren Wanderungen erfahren. Durch Murray hatte Philadelphia für sie Leben bekommen, nicht durch Josef. Der kleine Murray, der auf dem Spielplatz herumrannte und in dem Labyrinth herumturnte. Murray als normaler, anziehender kleiner Junge, bevor er zu dem Roboter wurde, der er heute war. Aber war er denn wirklich nur eine Maschine? Sie verglich ihn mit diesem Howard-Typen, der wahrscheinlich, was immer er an Feingefühl besaß, in seine Musik einbrachte, so daß für normale menschliche Beziehungen nichts mehr übrig blieb. Murray besaß mehr Gefühlsvermögen als der Fagottist. Der Heißhunger in Murrays Berührungen und das Verlangen in seiner Stimme stellten ihn über die Klasse sexueller Roboter. Als der Zug durch das Zentrum von New Jersey fuhr, stellte sie sich vor, wie sie mit ihm nackt durch die Kornfelder lief, fröhlich und endlich frei vom Stadtleben.

13. Kapitel

Männer. Sie hatte jetzt endlich die Schnauze voll. Es war an der Zeit, ihr Leben zu überdenken und sich von dieser nutzlosen Voreingenommenheit zu befreien. Sie fragte sich, wozu sie wohl ihre Fantasien über das eine oder andere Mitglied des männlichen Geschlechts benötigte, um sich selbst durch die Woche, manchmal sogar nur durch einen Tag zu bringen. Es war an der Zeit, sich davon zu kurieren. An einem Montagmorgen widmete sich Sylvia dieser Beschäftigung äußerst methodisch, indem sie die Seiten der ›Village Voice‹ durchblätterte. Hier stieß sie auf die Rubrik ›Unterricht‹.

Der Sommeranfang war ein guter Zeitpunkt, sich ein solches Vergnügen zu suchen. Zwei ganze Seiten unterschiedlichster, ins Auge fallender Anzeigen breiteten sich vor ihr wie eine gut sortierte Speisekarte aus. Yoga, Weben, Chinesisch, Kochen, Bauchtanz. Was sollte sie sich aussuchen, um ihre Gedanken während dieser Monate von Josef wegzubringen? Ihr Unterrichtsplan an der Volkshochschule bedeutete, daß sie an den Nachmittagen und Abenden frei war. Ein ziemlicher Luxus nach dem zwölfstündigen täglichen Marathon, der sie während des Winters in ihrer Schule und der Universität voll in Anspruch genommen hatte.

Ein interessant aussehendes Wort erregte ihre Aufmerksamkeit. Es begann in einem feingeschwungenen ›G‹ in Kupferdruck, das mit der Doppelmaske von Komödie und Tragödie verbunden war, und nahm den halben Platz der Anzeige für eine Schauspielschule ein, von der sie bis jetzt noch nie etwas gehört hatte, nämlich dem ›*Globe*‹. Kurioserweise war diese Schule nur ein bis zwei Straßen von Murrays Apartmenthaus entfernt. Bisher hatte sie sich noch nie in ihrem Leben für die Bühne interessiert, aber die Aussicht, einen Grund für regelmäßige Besuche in Murrays unmittelbarer Umgebung zu haben, ließ sie weiterlesen. In ihrem Unterbewußtsein herrschte der Gedanke vor, daß sie so mehr Gelegenheiten haben würde, ihn zu sehen. Dann fing sie sich wieder. Sie tat ja schon wieder das gleiche! Vor Minuten noch hatte sie geschworen, die Männer seinzulassen, und jetzt organisierte sie bereits ihren Sommer um Murray herum. Andererseits – die Möglichkeit, diese Schule nur deshalb in Betracht zu ziehen, weil sie sich in der Nähe von Murrays Wohnung befand, würde gleichfalls eine Kapitulation bedeuten. Vielleicht wäre es ein guter Test für ihren neuen Entschluß, festzustellen, ob sie in der Lage wäre, in seiner Nähe einer Beschäftigung nachzugehen, ohne dem Impuls zu folgen, ihn anzurufen. Warum sollte sie ihrem Sexverlangen das Recht geben zu bestimmen, in welchen Stadtteilen sie sich aufhalten durfte?

›Sprache, Regie, mimischer Ausdruck und Fechten‹, stand in der Annonce. ›Anfänger, Fortgeschrittene und Profis‹. Ein Telefonanruf informierte sie darüber, daß sie sich für eine Schauspielunterrichtsklasse entweder Dienstag- oder Donnerstag abends einschreiben konnte. Der Kursus würde acht Wochen dauern. Sie stellte sofort einen Scheck aus und ließ sich in die Donnerstagsklasse einteilen. Eine willkürliche Wahl. Nicht vor dem Besuch der ersten Abendklasse wurde ihr klar, was für eine mögliche Rolle bei dieser Entscheidung ihr Unterbewußtsein gespielt haben mochte. Schließlich hatte Murray ihr gesagt, daß er an Freitagen nicht arbeitete. Vielleicht würde doch noch der Tag kommen, an dem sie miteinander frühstücken würden, anstatt daß jeder sich sofort auf den Weg machte, sobald sie aufgewacht waren. Schon wieder Murray! Verdammt noch mal! Ohne Rücksicht auf ihren Entschluß hätte er nämlich unentwegt in ihrem Hinterstübchen herumgespukt.

Ihre Klassenkollegen beim ›Globe‹ waren ihr ziemlich ähnlich: Lehrer, Sozialarbeiter, Spendensammler für soziale Einrichtungen, Redakteure von Schulbüchern. Die Mitglieder der Anfängerklasse waren sehr leicht von den berufsmäßigen Theaterleuten zu unterscheiden, die im Aufenthaltsraum und in der Vorhalle auffällig gekleidet herumstanden und pausenlos über Agenten und Vorsprechen diskutierten. Immer wenn Sylvia den Kursus besuchte, war sie erleichtert, wenn die Glocke ertönte und sie nur von ernsthaften Dilettanten gleich ihr selbst umgeben war und nicht von professionellen Schauspielern.

Zu Beginn waren alle, wenn sie sich produzieren sollten, etwas verklemmt – besonders Sylvia. Improvisationen, die während der ersten Stunden hauptsächlich gefragt waren, verunsicherten sie ganz besonders. Als sie dann aber mit dem Szenenstudium begannen, ereignete sich etwas Seltsames. Sie fand heraus, daß sie sich oben auf der Bühne etwas leichter tat als andere. Der Grund lag wahrscheinlich in ihrer langjährigen Lehrtätigkeit, die ihr jede Spur einer Scheu, vor Gruppen zu sprechen, genommen hatte. Es war hier viel leichter als vor einer Klasse, denn die Worte standen von vornherein für sie fest. Alles, was sie zu tun hatte, war, sie auswendig zu lernen, um sie dann mit etwas Gefühl wiederzugeben.

Als erste Szene suchte sie sich Soli aus der ›Glasmenagerie‹, ›Onkel Wanja‹ und aus einigen anderen Stücken aus, an die sie sich noch dunkel von der Schule her erinnerte. Der Applaus und die Komplimente, die sie erhielt, überraschten sie. Sie selbst fand nichts Besonderes an ihrer Wiedergabe, die gegenüber den anderen hervorstach, aber sie wußte, daß das, was sie tat, ihr leichtfiel und ihr eine gewisse Befriedigung verschaffte.

Noch immer in höheren Regionen durch Portias große Rede aus dem ›Kaufmann von Venedig‹ schwebend, rief sie nach dem dritten Unterrichtstag Murray von der Ecke aus an: »Ihren Dank beanspruche ich im voraus«, begann sie humorvoll.

»Hallo, Syl, was ist denn mit dir los?«

»Das sagst du wohl immer, wenn dich jemand anruft. ›Was ist mit dir los?‹ Was du in Wirklichkeit meinst, heißt doch: ›Nun mach schon, ich hab' keine Zeit zu vergeuden‹, stimmt's?«

Er machte eine kleine Pause. »Ja, ich glaube, du hast recht. Also, was ist los?«

Sylvia mußte an ihren Auftritt denken, an die konzentrierte Aufmerksamkeit in den Augen ihrer unterschiedlichen Zuhörerschaft an diesem Abend, an den erfreuten und zustimmenden Blick im Gesicht ihres Lehrers, der sich hinten in der Klasse an die Tür gelehnt hatte, während sie vortrug, und sagte dann: »Das würdest du nicht verstehen.« Sie wußte, daß sie recht hatte, und wurde sich darüber klar, daß ihr Wunsch, Murray zu sehen, plötzlich nicht mehr sehr stark war. »Ich hab' eigentlich nur angerufen, um ›Hallo‹ zu sagen.« In diesem Augenblick fuhr draußen ein Feuerwehrauto mit Sirenengeheul vorbei, so nahe, daß sie glaubte, er würde rechts und links an ihr vorbeijagen.

»Wo bist du überhaupt?« fragte Murray.

»Nicht weit von dir.«

»Das dachte ich mir. Ich habe eben auch die Sirene gehört und gleichzeitig noch einmal durchs Telefon. Verdammt laut. Rufst du an, um eingeladen zu werden?«

»Ich hab' schon daran gedacht.« Sie behielt die Ruhe. »Aber wenn du zu tun hast...«

»Eigentlich nicht. Ich glotze in die Röhre und tue nichts. Bist du geil?«

»Ich könnte es vielleicht werden.«

»Also gut, wenn du Lust hast, kannst du kommen, aber nur, wenn du geil bist.«

»Mit anderen Worten: Ich muß mir mein Essen auch noch verdienen«, sagte sie in mokiertem Ton.

»Erwarte lieber nichts zu essen.«

»Das hab' ich doch nur sinnbildlich gemeint, du Trottel! Soll ich was mitbringen?«

»Nur deine Muschi.«

»Ich werd' es versuchen. Ich hab' sie fast immer bei mir.«

Ohne ein Wort miteinander zu wechseln, saßen sie dann beide spärlich bekleidet für über eine halbe Stunde in Murrays Bett, sahen sich die Nachrichten an und tranken das Bier, das Sylvia mitgebracht hatte. Nixons Rücktritt schien unmittelbar bevorzustehen, und obwohl Murray keinen Kommentar abgab, nahm Sylvia an, daß er ihre Ansicht teilte, daß dem Lande gerade ein großer dunkler Punkt in sein Geschichtsbuch geschrieben wurde. Falls es zum Rücktritt kommen sollte, würde die amerikanische Regierung formal und öffentlich veranlaßt werden, die Maske der Unschuld fallenzulassen. Das versprach nicht gerade ein fröhlicher Sommer zu werden.

Als die Nachrichten endlich vorbei waren, glaubte Sylvia trotz des Monologes von Johnny Carson etwas Konversation machen zu dürfen.

»Murray, ich glaube, daß dich fast jeder schon gefragt hat, ob es stimmt... Stimmt es, daß Zahnärzte immer etwas mit ihren Patientinnen haben?«

»Weiß ich nicht«, sagte er beiläufig, ohne die Augen von der Mattscheibe zu nehmen.

Sie stützte sich auf einen Ellenbogen und sah ihn genau an. »Wie sieht es denn bei dir aus? Ich glaube, daß du dabei nicht schlecht abschneidest, du Strolch.«

»Das ist nicht meine Art. Sicher, ab und zu sitzt mal jemand im Stuhl, und du bemerkst auf einmal, wie attraktiv diejenige ist, aber im allgemeinen tut man nur seine Arbeit. Ich mag das einfach nicht. Jemand hat mir mal einen guten alten Spruch beigebracht: ›Man scheißt nicht in sein eigenes Nest.‹« Sie drückte ihn an sich, und beide lachten.

»Den werd' ich mir auch merken. Die Sache damals, die ich dir mit dem stellvertretenden Schulleiter erzählt habe, hätte mich meine Stellung an der Schule kosten können.« Murray war schon wieder mit dem Fernsehen beschäftigt. »Versuchen es die Patientinnen manchmal bei dir?«

»Sylvia, laß doch«, sagte er gereizt.

»Wirklich? Hat dir noch nie eine ans Knie gegriffen, während du sie untersucht hast?«

»Das ist noch nie passiert«, entgegnete er, während er weiter auf die Scheibe starrte. »Einmal hat mir ein Mädchen einen Limerick aufgeschrieben. Sie hinterließ ihn mir nach der Behandlung. Ich glaube, sie ist niemals wiedergekommen.«

»Erzähl schon.«

»Ich krieg' ihn nicht mehr zusammen.«

»Bitte!«

»Also, ich glaube, der ging so:

›Ein Zahnarzt, kam mir einst zu Ohren,
wird bei mir ganz vorsichtig bohren.
Er war wirklich ganz sanft,
und ich war verkrampft,
doch drang der Schweiß mir nicht durch die Poren.‹«

Er grinste und war mit sich sehr zufrieden.

»Nicht gerade ein Klassiker.« Sie nahm an, daß sich ihre eigenen Ergüsse an Josef wohl für Fremde ähnlich lahm anhören würden.

»Ich fand es eigentlich ganz lustig.«

»Sag mal, wer kümmert sich eigentlich um deine Zähne?«

»Meine Freunde und ich machen das untereinander. Meine macht Midge. Wir helfen einander auch aus, wenn einer von uns Urlaub macht.«

»Wenn du gesellschaftlich neue Menschen kennenlernst, bemühst du dich dann darum, daß sie dich auch beruflich aufsuchen?«

»Das muß ich erst gar nicht versuchen. Die kommen ganz von alleine. Das ist immer sehr nett, denn dann erzählen sie ihren Freunden von dir, wenn sie dich mögen, und dann kommen die auch.«

»Behandelst du auch deine Freundinnen?«

»Das kommt drauf an. Manchmal kann das problematisch sein. Ich hatte einmal ein Mädchen, mit dem ich befreundet war, die etwa ein Jahr später zu mir in die Praxis kam. Ich zog bei der Rechnung, weil sie eine Freundin war, ein paar Dollar ab. Die hatte dann die Stirn, sich bei Midge telefonisch über die Rechnung zu beschweren. Ich glaube, die hat wirklich angenommen, weil ich einmal mit ihr geschlafen hatte – würde sie umsonst behandelt. Midge war richtig wütend.« Er deckte sich mit der Decke zu und ließ Sylvia dabei fast unbedeckt. Mit unverkennbarer Bitterkeit fuhr er dann fort: »Ich habe mir überlegt, ob sie vielleicht nur deshalb mit mir geschlafen hat, damit ich sie umsonst behandele. Ganz abgesehen davon haben mir gemeinsame Freunde erzählt, daß sie überall herumgequatscht hat, daß ich zu hohe Rechnungen stelle.«

»Das ist ja gräßlich! Deine Gefühle müssen wirklich verletzt gewesen sein.« Murray gähnte und legte die Arme hinter den Kopf. »Ich nehme an, daß Midge deine Assistentin ist?«

»Stimmt. Sie ist fabelhaft. Die Beste.«

»Also einer Sache kannst du sicher sein – dich laß ich niemals an meine Zähne ran.« In Murrays Profil bemerkte sie einen leicht beleidigten Zug. »Nichts gegen dich beruflich. Ich bin sicher, daß du äußerst kompetent und so weiter bist. Es ist nur, daß – ja, wie soll ich das sagen – ich würde mir komisch vorkommen, wenn du mich auf deinem Stuhl haben würdest. Lediglich ein anderer Mund.«

»Ein ganz spezieller Mund«, sagte er und wandte sich ihr zu, während er mit seinem Daumen zärtlich über ihre Unterlippe strich. »Ich bin ganz verrückt darauf, was du damit alles tun kannst.« Sie versuchte, ihn zu küssen, aber er wandte den Mund ab, so daß ihre Lippen auf seinem sonnenverbrannten Nacken landeten.

»Wie ist denn bei dir alles so gelaufen – oder sollte ich besser nicht fragen?« Sie wünschte, daß sie es nicht gefragt hätte. Es verletzte sie, daran zu denken, daß er auf der Suche nach einer neuen Puppe durch Kneipen gestrichen war, während doch ihre Telefonnummer in seinem Notizbuch stand. Noch schmerzlicher war es für sie, wenn sie daran dachte, daß er sich bemüht hatte, Verabredungen per Telefon mit anderen Frauen zu treffen, während er sie bis heute noch nicht ein einziges Mal angerufen hatte.

»Ach, weißt du, das übliche. Die Kneipen. Wenn es heißt wird, werd' ich geiler. Vergangene Woche ist etwas Komisches passiert«, sagte er grinsend. »Also, ich hab' da ein Mädchen aufgegabelt. Sie verkauft Immobilien oder so was. Egal, es war in einer Kneipe in der Nähe der Praxis. Da ihre Wohnung näher lag, gingen wir zu ihr. Als wir da ankamen, hatte sie diesen kleinen Hund. Ich hielt ihn für irgendeine Pudelart, aber sie erklärte mir, daß es ein Yorkshire-Terrier sei. Egal, ich stellte fest, daß eins seiner Augen nicht in Ordnung war. Es war milchfarben, so, als ob es blind wäre, und dann fiel mir ein, daß ich mit diesem Mädchen schon mal nach Hause gegangen war. Ich hab' mich nicht mehr an das Mädchen erinnert. Nur an ihren kleinen Scheißköter! Und da sagte ich zu mir: ›Murray, alter Junge, das sollte dich nachdenklich machen.‹«

»Und was für Überlegungen hast du dann noch angestellt?«

»Weiß ich nicht. Es ist mir gerade eben wieder eingefallen. Ich konnte mich überhaupt nicht mehr an damals erinnern«, erklärte er immer noch erstaunt. »Die Wohnung kam mir bekannt vor, und das Biest war unverkennbar, aber das Mädchen? Nichts mehr!«

»Ich möchte ja nicht dein Ego verletzen, Murray, aber es gibt immer zwei Seiten. Offensichtlich hat sie sich auch nicht mehr an dich erinnert.«

»Verdammt noch mal, da hast du recht. Darüber sollte ich wirklich mal nachdenken!« rief er aus.

»Ja, ich glaube, daß dir das guttun würde«, sagte Sylvia, die eigentlich überhaupt nicht wollte, daß er sich an das andere Mädchen erinnerte. Nach einem kurzen Augenblick fuhr sie fort: »Ich glaube, du solltest irgendwann mal mein Apartment sehen.« Murray antwortete nicht. »Weißt du, bist du denn überhaupt nicht neugierig, was mich angeht? Wie ich lebe?«

»Ich hasse die East Side. Viel zu formell.«

»Nicht meine Gegend. Ein paar wirklich ganz nette Häuser. Alles in allem recht charmant. Eine kleine steinerne Kirche, die die hohen Kulissen etwas unterbricht. Es ist gar nicht so weit von deiner neuen Praxis. Du solltest mal nach der Arbeit vorbeikommen, oder, wenn du willst, können wir uns ja auf halbem Weg auf einen Drink treffen.«

»Sylvia«, schalt er sie, »was bezweckst du denn damit?«

»Ich verstehe dich nicht.«

»Es ist immer dasselbe. Wenn du mit einem Mädchen mehr als einmal geschlafen hast, heißt es schon: ›Führ mich aus.‹ ›Wir gehen nie irgendwo hin.‹ ›Das einzige, was du willst, ist vögeln.‹ ›Für mich gibst du nie einen Pfennig aus.‹ Laß mich doch in Ruhe!« Er wandte sich von ihr ab und legte sich auf die Seite, als ob er damit das Thema beenden wollte.

»Verdammt noch mal! Kennst du mich jetzt immer noch nicht? Das meine ich doch gar nicht. Es ist mir scheißegal, ob du für mich Geld ausgibst oder mich ausführst. Wenn es darauf ankommt, können wir ja halbe-halbe machen. Das ist mir doch egal. Worauf es ankommt, ist, daß man einander mal in einer anderen Umgebung als in diesem verdammten Bett kennenlernen sollte! Daß man endlich einmal die anderen Seiten des Partners sieht, die in einer neuen Umgebung zum Vorschein kommen. Das könnte erfrischend wirken. Wir würden einen anderen Eindruck voneinander bekommen. Etwas mehr über einander lernen.« Sie wurde immer aufgeregter. »Zum Teufel noch mal, ich weiß gar nicht, warum ich erklären muß, wie eine normale Freundschaft funktioniert. Was ich dir zu erklären versuche, das ist, daß ich dich gerne besser kennenlernen möchte, Murray, und daß ich dir mehr von der Sylvia zeigen möchte, als du bis jetzt kennst. Interessiert dich das denn überhaupt nicht?«

»Mir ist es lieber so, wie es ist«, sagte er mit dem Gesicht zur Wand.

»Weißt du, manchmal machst du es einem ganz einfach, dich zu hassen«, murmelte Sylvia.

Ohne ein Wort sprang Murray über sie hinweg, richtete sich auf und stand schon neben dem Bett. Er watete durch die Unordnung auf dem Boden, ging zur Couch, griff nach einer seiner vielen abgetragenen Jeans, zog seine Brieftasche heraus und hielt ihr eine fünf-Dollar-Note hin. »Es tut mir leid, das zu tun, Syl, aber du gehst mir jetzt auf die Nerven. Heute nacht brauche ich das Bett für mich allein. Hab' morgen viel zu tun. Doppelte Anzahl von Terminen, weil ich nächste Woche Urlaub mache.«

Sylvia sah ihn verständnislos an. Noch niemals hatte sie jemand aus dem Bett geworfen, obwohl es Gelegenheiten gegeben hatte, wo sie aus freien Stücken angewidert daraus geflohen war. »Du wirfst mich raus?«

»Daran bist du selber schuld. Du hast manchmal einfach ein zu loses Mundwerk.«

»Wenn ich mich recht erinnere, gehört mein Mund zu den wenigen Dingen, von denen du behauptet hast, daß du sie magst.«

»Dann benutze ihn gefälligst zum Blasen und hör mit deinen Schulmeistermethoden auf. Ich hab' schon immer Belehrungen gehaßt.«

»Murray«, flüsterte sie mit einer Stimme, in die sie allen Sex legte, dessen sie fähig war. Sie ergriff mit ihren Händen das feste Fleisch seines Hinterns und drückte spielerisch ihr Gesicht an seinen Unterleib.

Er spielte mit seinen Fingern in ihren dunklen Locken und sagte: »Also gut, diesmal kannst du noch bleiben, Großmaul, aber sei vorsichtig, ja?« Sie murmelte ihre Zustimmung in seinen Bauch hinein und zog ihn zärtlich auf das Bett.

14. Kapitel

Langsam begann sich ihr Leben zu ordnen. Ihre verschiedenen Tätigkeiten im Sommer ließen ihr schlimmes Verlangen nach Josef fast verblassen. Die erwachsenen Schüler stellten ganz andere Anforderungen an ihre Lehrerfahrung, als sie es von ihren Jugendlichen gewohnt war. Obwohl die Erwachsenenklasse bei weitem härter an ihrem Englisch arbeitete, als es die Kinder taten, war der Fortschritt, den sie machten, in etwa der gleiche wie der ihrer normalen Schulklassen. Das Erlernen einer Sprache ist, wie so viele andere Dinge, für Jugendliche eben um vieles leichter.

Auch die Vorbereitung auf ihre wöchentliche Schauspielklasse half Sylvia dabei, ihre Träume unter Kontrolle zu halten. Bei der Suche nach passendem Material für ihre Auftritte war sie vorsichtig genug, Stücke, deren Tendenz romantisch war oder die sich mit unbefriedigter Liebe befaßten, auszuklammern. Diese sich selbst auferlegte Beschränkung beschäftigte sie sehr stark. Dadurch würde sie nicht so oft, wie es sonst vielleicht der Fall gewesen wäre, in Richtung Philadelphia abschweifen.

Dann passierte etwas, wodurch die alten Wunden wieder aufbrachen. Mit der Post erhielt sie einen Umschlag, der in Philadelphia abgestempelt worden war. In der oberen linken Ecke stand der vorgedruckte Absender, nämlich der Lehrstuhl für Erziehungswissenschaft von Annenskys Universität, der mit einem Filzstift ausgestrichen worden war. Josef! Schwer atmend hielt sie den Brief in der Hand, nicht in der Lage, ihre Augen von der in einer ihr unbekannten Handschrift geschriebenen Adresse, die doch nur einer Person gehören konnte, abzuwenden. Sie begann wild nach Freunden zu telefonieren, weil sie wußte, daß sie unmöglich alleine diese Zeilen lesen konnte. Auf ihre Anrufe meldete sich ein Anrufbeantworter nach dem anderen, bis sie endlich jemanden erreichte. Es war Karen, eine alte Freundin von der Universität, jetzt Dozentin für Psychiatrie, die sie aus tiefem Schlaf riß. »Du bist genau der Mensch, den ich jetzt dringend brauche, Kar. Alleine schaffe ich es sonst nicht. Erinnerst du dich an den verrückten Professor, von dem ich dir erzählt habe? Den, in den ich mich verknallt hatte und der mich abblitzen ließ? Ich hab' gerade einen Brief von ihm bekommen. Ich muß ihn dir vorlesen. Ich hab' ihn noch nicht geöffnet. Bist du soweit?«

»Sylvia, ich habe gerade sechsunddreißig Stunden Dienst im Krankenhaus hinter mir.«

»Bitte, Karen, hilf mir! Alleine schaffe ich es nicht.« Karen nörgelte, aber Sylvia hatte bereits den Brief geöffnet und begann zu lesen: »Liebe Miß Green...«

»Das hört sich ja nicht sehr vielversprechend an.«

»... die Zeit heilt Wunden. Trotzden sind manche Verletzungen nicht leicht zu vergessen. Seit meine Universität (teilweise dank Ihrer Universität) sich entschlossen hat, die Verbindung mit mir zu lösen, betrachten Sie dies bitte als eine private und nicht offizielle Mitteilung.«

»Mensch, ist der hochtrabend!«

»Nun sezier ihn doch nicht gleich. Hör doch erst mal zu.

Falls Sie mit diesen Geschehnissen etwas zu tun haben sollten, möchte ich Ihnen mitteilen – und zwar ein für allemal – was ich bei der schamlosen Darstellung Ihrer sexuellen Gefühle mir gegenüber empfand. Es herrscht wohl allgemein das Mißverständnis unter den Angehörigen Ihres Geschlechts, daß Menschen meines Geschlechts sich in einem immerwährenden sexuellen Bereitschaftsstadium befinden. Dabei sollen wir in der Lage sein, jede nur mögliche Gelegenheit zu ergreifen, selbst wenn es sich dabei um eine weniger appetitliche handeln sollte. (Das können Sie interpretieren, wie Sie wollen.) Einige von uns haben aber noch Prinzipien und Ideale, die die Basis für unser Verhalten unter jedem Aspekt unseres Lebens darstellen, einschließlich der sexuellen Komponente. Für uns ist es ein Widerspruch, wenn ein Mensch von ›Liebe‹ spricht, der in Wirklichkeit nur seinen höchst animalischen Impulsen folgt. Sie scheinen der Ansicht zu sein, daß ich Ihre intrigierende, manipulierende Art nicht durchschaut habe. Ich bin weder für sentimentale Ausbrüche empfänglich, noch bin ich solch ein Narr, daß ich Ihren telefonischen Protesten Glauben schenke.

In Ihrem Brief erscheint das Wort ›Liebe‹ nicht weniger als fünfmal. Wie Sie diesen Begriff mit der Art Ihrer vulgären Aggression, mit der Sie mich im letzten Frühling behandelt haben, in Einklang zu bringen versuchen, entzieht sich meiner Vorstellungskraft. Als Lehrerin sollten Sie in der Lage sein, mit solch einer Ausdrucksweise vorsichtiger umzugehen. In Ihrem Brief geben Sie auch zu, daß Sie mich nicht kennen. Wie, wenn ich fragen darf, kann man einen Menschen, den man nicht kennt, lieben?

Ich schicke Ihnen diese Zeilen als endgültiges Postscriptum zu unserer Unterredung im letzten Frühjahr. Jegliche weitere Nachricht von Ihnen wird ungeöffnet zurückgeschickt. Sie scheinen nicht zu wissen, mit wem Sie es zu tun haben. Sie haben keine Ahnung, welchen Schmähungen ich ausgesetzt war. Wenn Sie wüßten, welche Willkür und Ungerechtigkeit ich erdulden mußte, würden Sie auf die Knie fallen, um mich um Vergebung zu bitten. Versuchen Sie nicht, auf diesen Brief zu antworten. Ich vergesse Beleidigungen, die mir zugefügt wurden, nie. Hochachtungsvoll, Josef S. Annensky. – O Karen, das ist ja schrecklich! Er haßt mich wirklich!«

»Wenn du meine fachmännische Meinung dazu hören willst: der Mann hat sie nicht alle! Wie lange ist es denn her, daß sich dieser kleine Skandel ereignet hat?«

»Das war vor ungefähr drei Monaten.«

»Wenn er so lange gebraucht hat, um mit der Sache fertigzuwerden und erst jetzt tätig wird, und dazu noch ohne irgendeine direkte Provokation, dann handelt es sich bestimmt um einen pathologischen Fall. Was schreibt er da – daß man ihn rausgeworfen hat?«

»Davon hab' ich keine Ahnung. Was soll ich denn jetzt tun?«

»Vergiß ihn und tu mir um Himmels willen den Gefallen und sei nicht clever. Versuche nicht, mit ihm Verbindung aufzunehmen. Obwohl, wenn du mich fragst, er vielleicht genau das möchte. Warum sollte er sonst schreiben?«

»Vielleicht will er nur das letzte Wort haben.«

»Sylvia, sei vorsichtig.«

»Warum sagst du das?«

»Ich sage nur – sei vorsichtig. Und wenn er dich treffen will, dann lehne ab.«

»Was glaubst du denn? Diesen Mann will ich nie mehr in meinem Leben sehen.«

»Um euer beider willen hoffe ich das auch. Ich muß jetzt endlich schlafen. Versprich mir noch vorher, daß du die Geschichte ruhen läßt. Sonst kommst du garantiert in echte Schwierigkeiten.«

»Du hast ja so recht. Ich werd' brav sein.«

Und sie war es auch. Sie las den Brief noch einmal, küßte die Unterschrift und legte ihn dann zusammen mit den Kopien ihrer Gedichte an Annensky in den Schreibtisch. Dort lag jetzt ein sauberes kleines Päckchen, das mit einem Satinband verschnürt war. Ein Gedanke folterte sie trotzdem. Josef hatte seine Stellung verloren. Und das Schlimmste war, daß er glaubte, daß sie etwas damit zu tun hatte. Was war wohl passiert? Vielleicht war dieser Brief als verzweifelte Wahnsinnstat zu werten, als Nachspiel seiner beruflichen Probleme. Wenn sie ihn nur sehen könnte, um ihm zu versichern, daß sie immer noch auf seiner Seite und bereit war, ihm in seiner Verzweiflung, die sie vermutete, behilflich zu sein. Wohin würde er jetzt wohl gehen? Vielleicht würde er überhaupt das Land verlassen und für immer für sie verloren sein. Die Dringlichkeit ihres Bedürfnisses, bei Josef zu sein, war wieder so groß geworden, daß sie erneut ihre einzige andere Möglichkeit ins Auge faßte. In den nächsten Tagen rief sie mehrfach in Murrays Praxis an, aber er reagierte nicht auf die von ihr hinterlassenen Nachrichten. Selbst wenn sie ihn abends zu Hause anrief, nahm er nicht ab, bis er in der vierten Nacht ihrer Wahnvorstellungen endlich anrief: »Hörst du eigentlich niemals deinen Anrufbeantworter ab? Seit Tagen suche ich dich, du Arschloch.«

»Tut mir leid. Ich bin schwer zu erreichen. Eine Menge Partys, und jeden zweiten Tag fahr' ich in die Hamptons.«

»Kann ich mich mit dir verabreden?«

»Ich plane nicht gern im voraus. Dann macht mir das Ganze keinen Spaß. Überlassen wir es doch dem Zufall. Versuch mich einfach zu erreichen, wenn du in der Nähe bist.«

»Da bin ich nur donnerstags. Was soll ich denn eigentlich tun? Soll ich hier in Village jeden Abend bis Mitternacht warten, in der Hoffnung, daß du mich vielleicht sehen willst?«

»Ich will dich ja sehen, Sylvia. Keine Angst. Gewissermaßen bist du meine Freundin.«

»Müssen deine Freundinnen immer darum bitten, dich zu treffen?«

»Paß auf – wenn ich dich nicht sehen wollte, würde ich es dir sagen. Ich sage eigentlich unentwegt das Gegenteil.«

»Darauf soll ich mir wohl was einbilden, wie? Oder was würdest du sonst dazu sagen?«

»Ich würde sagen: ›Syl, es ist an der Zeit, daß du dir mal einen Urlaub gönnst.‹ Das heißt, ich hab' immer noch Lust, aber keinen Bedarf an einer regelmäßigen Beziehung.«

»Das nennst du regelmäßig?«

»Wir kommen schon zusammen. Ruf mich nächste Woche an, okay?«

Die ganze nächste Woche über war es unmöglich, ihn zu erreichen. Ihre nutzlosen mitternächtlichen Anrufe ließen sie verzweifeln, doch sie schämte sich zu sehr, um erneut eine Nachricht bei seiner Sekretärin zu hinterlassen. Deshalb rief sie ihn eines Morgens um acht Uhr früh an. Er klang verschlafen: »Ich kann dich weder in dieser noch in der nächsten Woche abends treffen. Am Montag habe ich eine berufliche Verabredung, am Dienstag eine Party, und wenn das Wetter gut ist, fahre ich Mittwochabend für den Rest der Woche in die Hamptons. Ich mach' dir einen Vorschlag: Ruf mich am Mittwochabend gegen zehn Uhr hier an. Ob ich wegfahre oder nicht, auf jeden Fall werd' ich hier sein. Vielleicht packe ich dann gerade oder so. Wenn ich nicht fahre, dann kannst du herkommen und, bitte, ruf mich nicht wieder so früh an. So früh morgens bin ich nicht aufnahmefähig. Vielleicht erinnere ich mich nicht mal mehr an dieses Gespräch.«

»Du machst mich krank.« Er schien diese Bemerkung nicht gehört zu haben.

Mit einem Gähnen antwortete er: »Einen schönen Tag noch.«

Das bedeutete für sie, erneut eine Woche zu warten, ehe sie ihren verzweifelten Versuch, Josefs Körper in Murrays Bett zu finden, nachgehen konnte. Sie beschloß, die ganze Sache zu vergessen. Hatte sie nicht gerade erst zur Genüge ihr Erlebnis mit entpersonalisiertem Sex mit dem Fagottisten gehabt? Selbst wenn sie Josefs Bild in sich trug, konnte sie damit die Tatsache, daß sie in Wirklichkeit mit Murray im Bett lag, nicht ableugnen. Wenn sie in der Lage war, Josef endgültig abzuschwören, würde sie sich damit auch von dem Zahnarzt lösen. Es war jetzt an der Zeit, endgültig und ein für allemal die Manie des vergangenen Frühlings zu beenden. Sie würde sich für wenigstens ein Semester von der Universität beurlauben lassen und erst wieder an sie zurückkehren, wenn sie sicher sein konnte, daß ihre Verblendung vorüber war. Sie beschloß, zu sich selber strenger zu sein und ihre Psyche der gleichen Kontrolle zu unterwerfen, die sie in den vergangenen Jahren im Umgang mit den jungen Rowdies der öffentlichen Schulen in New York gelernt hatte.

Unglücklicherweise war der Dekan ihrer Fakultät mit der Erklärung, mit der sie ihn telefonisch um Urlaub bat, nicht zufrieden und verlangte ihr persönliches Erscheinen in seinem Büro. Sylvia nahm ein Taxi und fuhr nach der Arbeit zur Uni, wobei sie den Fahrer anwies, einen anderen Weg zu fahren als den, den sie zu der Zeit, als sie noch von Annensky fasziniert gewesen war, zu nehmen pflegte. Auf diese Weise vermied sie alle optischen Begegnungen, die in ihr nostalgische Gefühle für Josef heraufbeschwören konnten und eventuell einen Rückfall auslösen würden.

Auf dem Weg zum Dekan repetierte sie noch einmal die Begründung, daß sie wegen dringender persönlicher Probleme, deren Einzelheiten sie recht vage gestalten wollte, nicht in der Lage sein würde, ihr Herbstprogramm zu erfüllen und auch keine Abendklassen besuchen könne. Der Dekan versuchte sie zu überreden, wenigstens ein Seminar zu belegen, damit sie mit seinen Worten wenigstens noch ›mit einem Fuß drin wäre‹. Er argumentierte, daß es einen großen Verlust auf dem Gebiet des Lehrertrainings bedeute, wenn vielversprechende neue Studenten für immer verschwänden, was die meisten aus irgendwelchen Gründen nach einem Freisemester zu tun pflegten. Sylvia nahm an, daß er eher befürchtete, Leute zu verlieren – und damit den finanziellen Zuschuß, den sie seiner Fakultät brachten –, als an ihr von ihm beschworenes Talent zu denken. Nachdem sie mehrfach versichert hatte, im Januar wieder zurück zu sein, erhielt sie die notwendigen Unterschriften auf den vorgedruckten Formularen und ging über den Campus zur Registratur, um dort die Beurlaubung ordnungsgemäß eintragen zu lassen.

Auf den riesigen Stufen, die zu dem uralten Gebäude der Verwaltung führten, saßen Studenten. Auf halbem Weg drehte sich Sylvia noch einmal um. Sie wollte sich schweigend von den Ambitionen, die sie hier ursprünglich gehabt hatte, verabschieden und überblickte ein letztes Mal den Campus. Selbst wenn sie zurückkommen sollte, würde sie sich nach dem, was sie hier mit Josef durchgemacht hatte, nie wieder ganz heimisch fühlen.

Direkt ihr gegenüber, hinter einen schlecht gepflegten Rasen, auf dem Studenten einen Rugby-Ball dazu benutzten, einander in den Dreck zu werfen, erhob sich die wuchtige Fassade der Universitätsbibliothek. Obwohl der Eingang wenigstens die Länge eines Häuserblocks von dem Punkt, an dem sie stand, entfernt lag, glaubte Sylvia den großen blonden Mann, der mit einer schlanken jungen Frau in einem kurzen Rock in der Tür stand, zu erkennen. War das möglich? Wie eine Schlafwandlerin ging sie die Stufen wieder hinunter, die Augen auf den langbeinigen Mann gerichtet, der jetzt auf dem langen Weg von der Bibliothek, eine Aktentasche in der Hand, noch immer von der Studentin begleitet, auf sie zukam.

Das mußte Josef sein. Sie erkannte die Art seines Ganges, wie er seinen Kopf hielt, die Handbewegungen, die er beim Gespräch machte. Eine irrationale Macht zwang sie, unerbittlich auf das Paar zuzugehen. Nur noch einmal sein Gesicht sehen. Einmal seine Stimme hören. Selbst die Erniedrigung, daß er, ohne sie auch nur eines Blickes zu würdigen, an ihr vorbeigehen würde, war ihr die Chance wert, noch einen flüchtigen Augenblick seine Gegenwart wahrzunehmen. Jetzt gab es kein Zurück mehr. Etwa einen Meter von ihm entfernt sah sie direkt in die Augen unter dem blonden Haarschopf. Sie waren blau – nicht tiefschwarz. Nicht Josefs Augen. Eine Fata Morgana. Unbeholfen wandte sich Sylvia von den beiden Fremden mit einer geflüsterten Entschuldigung ab. Während sich ihre Gedanken überschlugen, ging sie weiter auf die Bibliothek zu. Lebhaft spielte sie sich alle Szenen mit Josef vor, die sie zu unterdrücken versucht hatte. Josef in der Klasse; Josef, während er durch den Schnee am Broadway lief; Josef, wie er auf der Kante seines Schreibtisches im Büro saß, in der Nacht, als sie ihm gebeichtet hatte; Josefs Stadthaus in Philadelphia. Sie vergaß seine Boshaftigkeit während des Telefongesprächs, sein unkontrollierbares Temperament, den bedrohlichen Ton seines Briefes. Sie sah nur ihr Idealbild, ihre Wunschvorstellungen von seiner wahren Natur, und sie wußte, daß sie erneut ihre Seele an diesen Mann verloren hatte – und das nur, weil sie hierher an die Universität zurückgekehrt war.

In ihrem Unterbewußtsein dachte sie an Murrays Anweisung, ihn Mittwochabend um zehn Uhr anzurufen. Morgen. Morgen würde sie wieder Josef für sich haben. Mit all der aufgestauten Inbrunst, die sie augenblicklich übermannte, trotz ihrer eigenen Wachsamkeit.

Diese erneute Besessenheit hielt sie den größten Teil der Nacht über wach und zwang sie, sich am nächsten Tag krank zu melden. Drückebergerei war an und für sich gegen ihre Prinzipien, aber sie war einfach nicht in der Lage zu unterrichten. Den ganzen Tag über lief sie in ihrem Bademantel in der Wohnung umher, in Erwartung des Abends und der festgesetzten Stunde, zu der Murray zu Hause sein sollte. Als sie ihn um zehn Uhr nicht erreichte, rief sie in der nächsten Stunde alle zehn Minuten an. Leidenschaft verwandelte sich in verzweifelte Wut. Wie konnte er es wagen, sie so zu versetzen? Schließlich hatte er ihr präzise gesagt, daß sie ihn zu diesem Zeitpunkt anrufen solle, oder nicht? Da sah man ja, was sie davon hatte, daß sie so gutgläubig war. Er war absolut das Letzte vom Letzten, und das würde sie ihm auch sagen.

Bis Mitternacht versuchte sie weiter seine Nummer zu erreichen und wiederholte währenddessen durch zusammengebissene Zähne die Worte, die sie ihm ins Gesicht schleudern würde, falls er antwortete: »Also, diesmal erwarte ich eine Entschuldigung von dir. Nach außen, mein lieber Doktor Butkis, magst du ja alles haben, aber innerlich bist du so unausgeglichen und hast so viel Angst vor menschlichen Kontakten, daß du dir vor Angst in die Hosen scheißt, und deshalb tust du mir leid.« Noch immer keine Antwort in der Bank Street. Sie fragte sich, wie oft sie wohl die Nummer noch wählen würde, ehe sie endlich in der Lage wäre, ihre Rede loszuwerden.

Am frühen Morgen schmierte sie schließlich die Ausführungen auf ein Stück Papier aus ihrem Notizblock und schickte es mit der Post an Murrays Adresse. Damit würde auch diese Angelegenheit erledigt sein.

In den nächsten Tagen stürzte sie sich auf ihren Job. Sie bereitete die Zwischenprüfung für ihre erwachsenen Schüler vor, denen sie bis jetzt nur ein Minimum von sich gegeben hatte, weshalb sie sich verpflichtet fühlte, einen relativ einfachen Test vorzubereiten und ihnen dann recht schnell die Ergebnisse mitzuteilen. Sie führte die Prüfung am Freitag durch und hatte alle Arbeiten bis zum Montag korrigiert. Doch war der therapeutische Effekt ihrer Wochenendarbeit schon in der Mitte der nächsten Woche wieder verflogen, und sie begann ihre Härte Murray gegenüber zu bedauern.

Ohne es zu wollen, fühlte sie sich von ihm noch immer physisch angezogen. Alles in allem wollte sie ihn eben doch nicht ganz verlieren und bedauerte bereits ihren Versuch, alle Brücken zu Butkis abzubrechen. Wieder rief sie ihn sowohl in seiner Praxis als auch in seiner Wohnung an, aber ohne Erfolg.

Donnerstag war ein vernichtend heißer Tag, einer der typischen schwülen Augusttage in New York. Sylvias Klimaanlage war kaputt, als einzige Möglichkeit blieb also, das Haus zu verlassen. Sie machte die Runde durch diverse Kaufhäuser in der Hoffnung, daß irgendein extravaganter Einkauf sie wieder aufmöbeln würde. Bloomingdales hatten Seidenblusen im Sonderangebot. Auf ihrem Weg abwärts mit dem Fahrstuhl hatte sie einen Geistesblitz. Murrays neue Praxis war nicht weit entfernt. Sie würde einfach vorbeigehen und versuchen, die Dinge persönlich wieder in Ordnung zu bringen.

Als sie dort angekommen war, stand sie vor einem luxuriösen Apartmenthaus, dessen Erdgeschoß Büros und Praxen enthielt. Murrays Name glänzte in Goldbuchstaben auf einem Schild. Das bedeutete offensichtlich einen ziemlichen Aufstieg von dem schmierigen Gebäude, das sie in der Fifty-seventh Street im Winter besucht hatte. Sylvia stellte sich der schmucken Assistentin als die Frau vor, die in den vergangenen Wochen so oft angerufen hatte. »Machen Sie sich nichts draus«, meinte Midge beruhigend. »Er ruft nie zurück. Manchmal passiert es mir, daß ich seine Schwester anrufen muß, wenn ich ihn zu Hause erreichen möchte, weil ich sonst überhaupt nicht zu ihm durchkomme.« Offensichtlich hatte sie schon öfter mit den hysterischen Freundinnen ihres Bosses zu tun gehabt. »Gehen Sie nur rein, er füllt gerade Formulare aus.« Sie wies Sylvia den Weg in einen Raum, von dem durchdringender Medikamentengeruch ausging.

Von dort kam sie in ein Büro, in dem ein imposanter Mahagoni-Schreibtisch stand. Auf ihm lagen überall Formulare herum, aber Murray war nicht da. Aus dem Nebenzimmer hörte sie seine Stimme: »In genau vier Minuten sind Sie wieder aus dem Stuhl heraus.« Auf Zehenspitzen ging sie zur Tür und sah hinein. Unmittelbar vor sich erblickte sie Murray, der, ihr den Rücken zukehrend, auf einem Schemel saß. Im Behandlungsstuhl lehnte eine Frau mit geöffnetem Mund. Murray glitt mit seinem Stuhl zwischen der Patientin und seinem Arbeitstisch hin und her, während er eine Füllung vorbereitete. Seine fabelhafte Sonnenbräune stach von seinem weißen Arbeitskittel besonders ab, und seine Arme in der kurzärmeligen Jacke wirkten äußerst verführerisch. In seinen Haaren waren platinfarbene, sonnengebleichte Strähnen zu erkennen. Er trug eine geschmackvolle Lupenbrille in einem Silberrahmen. Ganz der Zahnarzt bei der Arbeit. »Der Ball kommt über die Linie«, sagte eine metallene Stimme, und Sylvia sah auf einmal einen Farbfernseher, der in einer Ecke des Raumes stand. Auch Murray sah auf und beobachtete das in Zeitlupe wiederkehrende Bild eines Baseballspiels, ehe er sich wieder seiner Arbeit zuwandte. Die Tatsache, daß sich im Behandlungsraum ein Farbfernsehgerät befand, erschütterte und faszinierte sie zugleich. Außerdem die Tatsache, ihn bei der Arbeit zu beobachten. Einen Augenblick später rief er nach Midge und sah dabei zur Tür. »Hallo, Syl, es dauert nur eine Minute«, sagte er, ohne offensichtlich im geringsten über ihre Anwesenheit verblüfft zu sein. Die Assistentin holte sie ins Wartezimmer zurück und entschuldigte sich dafür, sie so ungelegen hineingeschickt zu haben. Ein paar Minuten später erschien Murray. Er hatte die Brille abgenommen und sein Haar gekämmt.

»Na, was treibst du denn so, Sylvia? Waren wir nicht irgendwann vergangene Woche verabredet? Ich erinnere mich vage an einen Telefonanruf. Habe ich etwa geschlafen oder so?«

»Hast du denn meinen Brief nicht bekommen?«

»Was für einen Brief? Du hast mir einen Brief geschrieben? Fabelhaft! Ich freue mich immer über Post.«

»Ich fürchte, über die wirst du dich nicht besonders freuen. Bist du sicher, daß du ihn nicht bekommen hast?«

»Ehrlich. Ich würde es dir doch sonst sagen. Was stand denn drin?«

»Na ja, ich war ein bißchen sauer, nehme ich an. Du sagst, daß du mich gerne treffen möchtest, aber du hast nie Zeit. Du machst Pläne mit allem und jedem, nur nicht mit mir. Was soll ich davon halten?«

»Laß dich dadurch nicht aus der Ruhe bringen. Halt dich an das, was ich sage. Wenn ich dir sage, daß ich dich sehen will, dann werde ich dich auch sehen.«

»Aber ich habe auch so was wie Gefühle, Murray. Ich jage gern, aber ich laufe hinter keinem her.«

»Also, da komm' ich nicht mehr mit. Du glaubst, daß ich zu dir nicht nett bin? Du kennst mich nicht. Du weißt nicht, wie ich sonst bin. Ich gestatte denen nicht mal über Nacht zu bleiben. Ich ficke ein Mädchen, und dann schicke ich es nach Hause. Bei dir ist das etwas anderes. Den meisten Mädchen gelingt es ja auch nicht, mir einen Steifen zu verpassen. Ich weiß nicht, warum. Ich glaube, die verlieren langsam ihre Technik. An dem Tag, an dem ich in dir drin bin und er zusammenbricht, werde ich aufhören, mich mit dir zu treffen.«

»Vielleicht ist es so, daß er in dem Augenblick, wo du etwas Gefühl verschwendest, nicht mehr mitmacht. Du gehst nur mit dem Verstand ins Bett, oder bist du dir darüber nicht im klaren?«

»Also, paß auf, Sylvia. Ich schlafe gern mit dir. Du bist jemand aus meiner Vergangenheit. Eine Freundin.«

»Ich war niemals deine Freundin. Vor sieben Jahren hast du einmal mit mir gevögelt und es dann total vergessen.«

»Ich muß den verdammten Brief lesen.«

»Wie ich schon sagte: er wird dich nicht sehr erfreuen. Denk daran, meine Gefühle waren verletzt, aber ich nehme kein Wort von dem zurück, das ich geschrieben habe.«

»Ich hab' noch einen im Stuhl sitzen. Ich ruf' dich heute abend an, nachdem ich den Brief gelesen habe, und dann reden wir weiter.«

»Nachdem du ihn gelesen hast, wird dir wahrscheinlich die Lust dazu vergangen sein.«

»Quatsch! Ich ruf' dich an. Ich nehme Beleidigungen niemals ernst. Also bis später.« Murray drückte ihren Arm und verschwand in seiner weißen Jacke durch den Gang. Er glich noch immer dem leichtherzigen Studenten der Zahnmedizin, der sie vor so vielen Jahren auf seine Bude gelockt hatte.

15. Kapitel

Er hatte an diesem Nachmittag wirklich einen freundlichen Eindruck gemacht, und es wunderte sie, daß Murray auf ihre Beschwerden so tolerant reagierte. Sie hatte aufgrund ihrer Einwände Gleichgültigkeit erwartet, aber seine Einstellung war alles andere als gleichgültig gewesen. Warum sollte er sich mit einer komplizierten Frau abgeben, wenn er doch in jeder Nacht der Woche nur auszugehen brauchte und sich überall eine liebeshungrige Puppe auflesen konnte, auf die sein Beruf und sein Aussehen so viel Eindruck machten, daß sie ihm keinen Kummer machen würde? ›Ich schlafe nun mal gerne mit dir.‹ Er traute sich nicht zu sagen: ›Ich hab' dich gern.‹ Das würde zu weit gehen. Wenn er soviel Gefühl zeigen würde, dann hätte sie ja vielleicht etwas von ihm erwarten können. Lieber alles so nüchtern wie möglich betrachten. Sie erinnerte sich an die Worte, die er am Telefon gesagt hatte. ›Weißt du denn auch, was du tust?‹ Und dann die schnelle Nummer, als sie ihn das dritte Mal besuchte. Die Erklärung dafür war, daß er befürchtet hatte, seine Einladung könne ihr zu Kopf gestiegen sein. ›Andere Mädchen schaffen es nicht, daß ich bei ihnen so steif werde.‹ Der Grund dafür war, daß die anderen Mädchen von ihm etwas mehr als nur Sex erwarteten. Zumindest schien er davor Furcht zu haben.

Mit welcher Art von Begierde begegnete sie ihm eigentlich? Begierde nach seinem Penis, nach seinen kräftigen Armen?

Irgendwie schien ihre Verbindung mit dem Zahnarzt für beide Teile zufriedenstellend zu sein. Sie hoffte nur, daß sein Verlangen, das sie in seiner Praxis glaubte festgestellt zu haben, auch dann noch vorhanden sein würde, wenn er ihre Analyse seines Charakters gelesen hatte. Auf jeden Fall würde sie bei seiner Antwort nicht zusammenbrechen. Warum sollte er sich mit einer schwierigen Frau belasten...?

Als sie an diesem Abend aus ihrer Schauspielklasse nach Hause kam, legte sie sich nackt vor das offene Fenster, um jeden Lufthauch, der vielleicht hereinwehte, auszukosten. Auch ihre Katze, Psyche, war in einem schlimmen Zustand. Sie lag auf dem Rükken, alle Pfoten von sich gestreckt, das Fell strähnig und zerzaust. Sylvia griff sich zwischen die Beine und bereitete sich geistig auf eine einschläfernde Masturbation vor. Ihre Vorstellungen von Josef waren inzwischen etwas erkaltet. Die Hitze hatte sie zu stark ermüdet, als daß sie noch ihren Plastik-Hefter aus dem Schrank geholt hätte. Sie wollte sich nur oberflächlich ein wenig stimulieren, so wie sie es als Heranwachsende getan hatte, wenn ihre Algebra-Arbeiten sie langweilten, und begann mit ihren Fingern an der Klitoris zu spielen, bis der Sinnesrausch anfing.

Aber diesmal war es nicht Josef, der nach ihren Brüsten griff und ihren Hintern streichelte. Statt dessen fühlte sie den angenehmen Druck, mit dem Murray ihren Arm ergriffen hatte, bevor er an diesem Nachmittag wieder ins Behandlungszimmer zurück mußte. Die Hitze an dem Punkt des Kontaktes strömte weiter, bis ihr ganzer Oberkörper von Wärme überzogen war, die in keiner Beziehung zu der Temperatur der feuchten Nachtluft stand. Sie fühlte, wie unter Murrays zärtlicher Berührung ihre Brustwarzen hart wurden. Er schlief jetzt mit ihr und suchte die erogenen Zonen, die sie seit so vielen Monaten keinem Mann dargeboten hatte; mit seinen Händen und seinem Mund erweckte er sie zum Leben. Ihr Orgasmus näherte sich allmählich. Sorgfältig ließ sie ihn langsam reifen und zu einem milden Gipfel kommen, mehr beruhigend als abreagierend. Sie war jetzt eins mit dieser Sommernacht und fiel in den Armen ihres eingebildeten Wohltäters in tiefen Schlaf.

Als das Telefon klingelte, wachte sie auf und glaubte, daß Stunden verflossen seien, obwohl sie erst vor fünfzehn Minuten ins Bett gegangen war. Ihre Stimme hörte sich für sie selbst, als sie antwortete, wie aus weiter Ferne an. Murray am anderen Ende las ihr vor, was sie geschrieben hatte. Er hörte sich amüsiert an. »Ich bin froh, daß du es so komisch findest, Murray. Ich hatte schon Angst, du würdest sauer sein. Es war wirklich eine Schweinerei von dir, mich vergangene Woche zu versetzen.«

»Da hast du dich leider geirrt, Syl. Ich konnte mich zwar noch dunkel daran erinnern, mit dir telefoniert zu haben, aber eine feste Verabredung war mir nicht bewußt. Erst am Mittwochabend kam mir der Gedanke, daß ich dich aus irgendeinem Grund anrufen sollte, aber daß wir feste Pläne gemacht hatten, wußte ich nicht mehr.«

»Dann hättest du auf jeden Fall anrufen sollen, um es herauszufinden.«

»Da hast du recht, aber du weißt ja, normalerweise rufe ich Mädchen überhaupt nicht an, oder es müßte wirklich unvermeidlich sein. Kein guter Standpunkt.«

»Hast du jemals darüber nachgedacht, warum du eigentlich Frauen so sehr haßt? Warum tust du es eigentlich? Du hast doch eine Schwester.«

»Mit der hab' ich nicht viel Kontakt«, knurrte er.

»War denn dein Familienleben so fürchterlich? Was halten die denn von dem Leben, das du führst?«

»Die nehmen das auf die leichte Schulter. Abgesehen davon habe ich es mir zum Prinzip gemacht, Philadelphia links liegen zu lassen.«

»Murray, warum denkst du nicht mal an eine psychotherapeutische Behandlung? Ich glaube ernsthaft, daß du Hilfe brauchen könntest.«

»Warum soll ich? Ich bin glücklich. Nicht unbedingt himmelhoch jauchzend, aber glücklich genug. Wenn ich jemals aufhören sollte, mich glücklich zu fühlen, dann gehe ich zu so einem Heini.«

»Aber dann ist es zu spät. Dann haben die gewonnen.«

»Wer hat gewonnen?«

»Alle die Kräfte, denen du ausgeliefert warst, um so zu werden, wie du bist. Deine Lehrer auf der Universität, die aus dir einen Sklaven machten. Diese reichen Matronen. Diese anderen Macho-Zahnärzte. Der ›Playboy‹. Ich weiß es doch nicht. Alle, die dazu beigetragen haben, dich so unmenschlich werden zu lassen. Trotz allem hoffe ich immer noch, an dir etwas Menschliches zu entdecken. Deine Hände können nicht lügen.«

»Das ist nur berufliches Können. Das gehört zu meinem Job.«

»Ich glaube immer noch, daß es etwas in dir gibt, das du mit größter Anstrengung zu verbergen suchst.«

»Jetzt kenne ich deine Schwäche. Gefühlsduselei. Das kann zum Problem werden.«

»Nicht was dich betrifft. Da kannst du sicher sein.«

»Willst du das wirklich? Willst du unsere Affäre beenden?«

»Wenn du das so nennst?« Die Auswahl seiner Worte überraschte sie, nämlich daß er nach dem Vorhergesagten jetzt das Wort ›Affäre‹ benutzte.

»Willst du das wirklich, Sylvia?«

Sie zögerte einen Augenblick. »Murray, ich hab' eine Frage«, antwortete sie schließlich verschlagen. »Was glaubst du, wie lange ich brauchen werde, um in der Third Avenue um Mitternacht bei einem Gewitter ein Taxi zu kriegen? Es kann jeden Augenblick losgehen.«

»Etwa zwei Minuten, wenn du dich ernsthaft bemühst.«

»Ich bin gleich da.«

Sie zog ihr schönstes Sommerkleid an – einen gekräuselten, bedruckten Leinenrock, in dem sie sich selbst in der Mitte von Manhattan immer wie eine barfüßige Schäferin gefühlt hatte. Wenn sie heute nacht zu ihm ging, würde sie die reine Unschuld darstellen. Sie würde ihm eine Lehre über die Einfachheit ihrer Beziehung erteilen.

Als sie die Tür zu seinem Apartment öffnete, wurde sie nicht wie sonst von dem ihr schon gewohnten Geruch empfangen. Die Zeitungen auf dem Tisch neben der Tür waren zu ordentlichen Stapeln zusammengelegt, in der Spüle befand sich kein schmutziges Geschirr, und seine Wäsche lag sorgfältig übereinander auf dem Sofa im Wohnzimmer. Die alten Zeitungen und die Skistöcke waren nicht mehr da. Der Teppich war gesaugt. Murrays Bett war leer. Sie hörte, wie die Dusche rauschte.

Durch die geöffnete Tür rief sie ihm zu: »Ich höre ja gar kein Singen?«

»Was?« Durch den Duschvorhang streckte er seinen satyrhaften Kopf.

»Ja, singst du denn nicht unter der Dusche?«

»Nein, aber meine Patienten sagen mir, daß ich während des Bohrens summe.« Sylvia lachte. Sie stellte sich einen kleinen Jungen vor, der durch Lauteffekte seine Spielzeugautos antrieb, indem er das Aufheulen der Motoren nachahmte. »Ich bin gleich fertig.«

Er sah fabelhaft aus, als er so dastand und sich abtrocknete. »Ich könnte dich trockenlecken.«

»Spar dir das auf. Ich hab' meinen Sex lieber im Bett. Das ist beruhigender.«

»Die sonnengebräunte Bestie will ihren Komfort.« Es machte ihr Freude, seinen Körper zu beobachten und zu sehen, was er mit den Händen anstellte, die Pose, die er einnahm, als er sich Schulter und Rücken abrieb und dabei ab und zu in den Spiegel sah. Als er sich jedoch vorbeugte, um sich von den Hüften abwärts abzutrocknen, sah er etwas betroffen auf und schob die Tür zu. Was diesen Teil seines Körpers betraf, schien er scheu zu sein. Es stimmte, daß seine Beine ein wenig dünn geraten waren, aber trotzdem gut proportioniert. Und sein Penis, der dort in seiner blassen Unschuld baumelte, den mochte sie schon deshalb, weil sie sich der Freuden, die er ihr geschenkt hatte, gerne erinnerte.

Im Schrank über der Spüle fand sie ein Glas und holte sich etwas Wein aus dem Eisschrank. Jetzt, bei ihrem fünften Besuch, fühlte sie sich in seiner Wohnung schon fast wie zu Hause. Sie überlegte, wie viele Frauen hier wohl schon so oft gewesen waren. Trotzdem verwirrte sie ein wenig die neu vorgefundene Ordnung. War es möglich, daß eine weibliche Anbeterin sich bereitgefunden hatte, Hausfrauenpflichten wahrzunehmen? Das jedoch traute sie sich nicht zu fragen. Sylvia goß auch für Murray ein Glas Wein ein und stellte es auf den Nachttisch. Dann ging sie zur Badezimmertür zurück. »Aha! Der Zahnarzt putzt seine eigenen Zähne«, scherzte sie, als sie ihn über das Waschbecken gebeugt stehen sah, Schaum auf den Lippen.

»Sieh mir nicht zu. Ich mache es sonst nicht ordentlich«, murmelte er, indem er sich von ihr abwandte und erneut die Tür zustieß. Sylvia mußte über seine Empfindlichkeit lächeln und setzte sich mit einem Buch über ›Zahnregulierung‹ aufs Bett.

»Kein Wunder, daß du was gegen Küssen hast«, meinte sie, als er im Bademantel herauskam. »Diese Mäuler können einen schon davon abbringen, aber dein Penis mag es trotzdem. Küssen, meine ich. Eben so von Mund zu Mund.«

»Ist das für mich?« fragte er, indem er das Glas Wein nahm und noch ehe sie antwortete austrank.

»Murray, du trinkst zuviel.«

»Eigentlich nicht. Ich gehe in Kneipen, um zu entspannen, und nicht, um zu trinken. Es macht mich müde. Ich trinke nur, wenn ich mit jemandem schlafen will.«

»Ist das nicht ein Risiko? Ich meine, falls du zuviel trinkst. Beeinträchtigt das nicht deine Leistungsfähigkeit?«

»Man muß eben mit Verstand trinken. Die richtige Menge ist förderlich. Dann dauert es länger.«

»Glaubst du wirklich, daß die Frauen dich lediglich für einen Deckhengst halten?«

»Wenn man ein guter Deckhengst ist, dann wollen sie alle wiederkommen.«

»Ich dachte, darauf legst du keinen so großen Wert?«

»Trotzdem, ich möchte mir immer alles offen lassen.«

»Nach dem, was du mir heute erzählt hast, ist dein Problem, sie wieder loszuwerden.«

Murray lag jetzt ausgestreckt neben ihr, und seine Hand streichelte freundschaftlich ihre Schulter, während sie auf der Bettkante saß und ihren Wein trank.

»Verdammt, bin ich fertig! Ich muß es einfach langsamer angehen lassen.«

»Das sagst du praktisch immer, wenn ich dich sehe. Wann fängst du endlich damit an?«

»Vielleicht wenn der Sommer um ist. Im Augenblick laufen die Dinge einfach zu gut. Die Patienten laden mich zu Partys ein. Ich gehe hin, und das bringt mir wieder neue Patienten. Eine gute Mischung von Geschäft und Vergnügen.«

»Ist deine zahnärztliche Arbeit für dich denn auch persönlich befriedigend?«

»Weißt du, Zahnarzt sein heißt eigentlich: herumspielen. Was du dazu brauchst, ist nur etwas Fingerfertigkeit.«

»Also jetzt stapelst du aber tief. Für mich ist es eine anspruchsvolle Kunstfertigkeit. Wie ein Juwelier. Nur die Edelsteine, an denen du arbeitest, leben noch und sind deshalb um so wertvoller.«

»Bockmist! Warum daraus ein verdammtes Märchen machen? Es ist ganz einfach ein Job.«

»Gibt dir denn die bemutternde Seite dabei irgend etwas?«

»Was?«

»Schmerz zu lindern. Die Kranken zu heilen.«

»Ich glaube schon. Wenn ich es zulasse. Es gibt Augenblicke, da gibt es für mich so etwas wie eine Erregung. Das passiert dann, wenn ich mir vorstelle, daß der Schaden, den ich erkenne, nie in Ordnung gebracht werden würde ohne meine Arbeit. Ich meine dabei nicht, daß diese Löcher oder absterbenden Nerven niemals von selbst heilen würden, wenn man sich nicht um sie kümmern würde. Aber sie würden nicht verschwinden. Und dann gibt es noch die künstlichen Beißerchen. Die mag ich ganz besonders.«

»Für falsche Zähne kannst du dich begeistern?«

»Es macht mir Spaß, sie genauso herzustellen, wie sie ursprünglich aussahen. Ich bilde sogar die kleinen Vertiefungen am Gaumen nach. Genau so, wie sie vorher waren. Ich glaube, daß ich ganz kreativ bin.«

»Das würde ich auch sagen. Sag mal, bist du niemals nervös, wenn du deine eigenen Zähne nachsehen lassen mußt?«

»Manchmal schon. Deshalb bin ich auch in der Lage mitzuempfinden. Ich weiß genau, wie sehr so was schmerzen kann. Meine Zähne lasse ich mir ziemlich oft von Midge reinigen. Ich stehe auf dem Standpunkt – als Zahnarzt müssen deine eigenen Zähne die beste Werbung sein.«

Sylvia strich über sein Gesicht. Sie mochte dessen Unregelmäßigkeit. Die Doppelfalte in seiner linken Wange, die ihm einen fast lausbubenhaften Ausdruck verlieh, selbst wenn er nicht zu flirten beabsichtigte. Wie gut er doch aussah, dachte sie. »Woran denkst du gerade?« fragte Murray sie, indem er sich ihr zuwandte und mit ihren Locken spielte. Hatte er ihre Gedanken gelesen? Sie versuchte ihm auf unromantische Art zu antworten.

»Murray, stimmt es, was du mir erzählt hast, daß Frauen normalerweise nicht bei dir übernachten?«

»Und ob. Ich brauche meinen Platz, wenn ich schlafe. Jede Menge Platz um mich auszustrecken.«

»Jetzt ist es an mir, ›Bockmist‹ zu sagen. Das hat nichts mit physischem Raum zu tun, und du weißt das ganz genau.«

»Vielleicht nicht, aber es ist mühsam, weißt du? ›Erzähl mir doch was! Sprich doch mit mir!‹ Sie lassen dich einfach nicht zufrieden, wenn du eigentlich nichts anderes als verdammt noch mal nur schlafen willst.«

»Alles, was sie von dir wissen wollen, ist, wer das gerade war, den sie in sich hatten. Kannst du ihnen das verübeln?«

»Ich finde es einfach zum Kotzen!«

»Was sagst du ihnen eigentlich, wenn ihre Anwesenheit nicht länger erwünscht ist?«

»Ich sage: ›Also, der Spaß ist vorbei. Ist es jetzt nicht Zeit für dich zu gehen?‹«

»Was! Das sagst du wirklich? Murray, wie kannst du dich nur so benehmen.« Entgeistert zog sie ihre Hand von seinem Gesicht zurück. Er nahm sie sich wieder und drängte sich an sie.

»Entspann dich, Syl, schließlich hab' ich es ja nicht zu dir gesagt, oder?«

»Aber fast! Glaubst du, daß ich noch hierbleibe und so lange warte, bis die Zeit auch für mich kommt? Ich hatte ja keine Ahnung, mit wem ich es zu tun habe.«

»Was soll ich dir denn sagen? So bin ich eben, und so war ich immer.«

»Was ist dir denn bloß passiert, daß du zu so einem Menschen geworden bist. Hat irgendein gräßliches Weibsstück dich mal verladen?«

»Keine hatte jemals die Chance. Dafür bin ich viel zu schnell.«

»Was für eine Mutter hast du eigentlich gehabt?« Seine Hand zupfte nervös an ihrer Schulter, und er antwortete irritiert: »Also paß auf, wenn ich einen Analytiker haben möchte, dann suche ich mir selber einen. Ich mag dieses Gespräch ganz und gar nicht. Deshalb hab' ich dich nicht kommen lassen.«

»Du hast mich nicht kommen lassen? Das war doch meine Idee, stimmt's?«

»Also laß uns ganz einfach beim Sex bleiben. Nur Sex, okay? Nichts Persönliches. Warum ziehst du dich nicht endlich aus? Es ist schon spät.« Sylvia setzte sich auf und kämpfte fast eine Minute lang mit ihrem Reißverschluß. Endlich gelang es ihr, das Kleid bis zu den Hüften herunterzuziehen. Sie legte sich hin und griff nach ihm. Murray murrte: »Oh, heute ein bißchen langsam mit dem Ausziehen.«

»Langweile ich dich?«

»Ich bin ein anderes Tempo gewöhnt.« Seine Hand berührte ihren Körper. Da war sie wieder – diese Berührung, diese vibrierende und unendlich verlangende Berührung. Sie drehte sich in eine Lage, von der sie wußte, daß sich so ihre kleinen Brüste in der Hand eines Mannes etwas voller anfühlten. Sein Kopf bohrte sich in sie und suchte sich die rechte Brust aus, die näher der Matratze war, während sie auf der Seite lag. Eigenartig, daß er sich die untere statt der oberen ausgesucht hatte, die durch ihre Stellung stolz geschwollen war. Es berührte sie, ihn so nahe ihrer Achselhöhle an sich saugen zu fühlen, als ob er in der Fülle weiblichen Fleisches Trost suche. Während er mit geschlossenen Augen an ihrer Brustwarze sog, begann die Brust rhythmisch zu schwingen. Sie fühlte das Saugen bis tief hinunter in ihre Eingeweide. So sehr er auch gereizt sein mochte, nahm er sich jetzt doch Zeit mit ihr; zärtlich, aber bewußt arbeitete er sich herunter. Er zog ihr das Kleid aus, sie wiederum half ihm seinen Bademantel loszuwerden, der am Ende des Bettes heruntergleitt, als er seinen Hintern etwas anhob. Bei dieser Gelegenheit nahm sie seine kleinen Füße wahr und meinte: »Weißt du, daß wir die gleiche Schuhgröße haben? Als ich das zweitemal hier war, hab' ich es ausprobiert.«

»Na also, da haben wir ja wenigstens etwas gemeinsam.«

Sie näherte sich Murrays Mund und suchte nach seiner Zunge. Da, wo sie bisher bei ihm nur Abweisung gespürt hatte, fand sie jetzt volles Entgegenkommen.

»Das ist doch gar nicht so übel, nicht wahr?« meinte sie verlokkend zwischen zwei Küssen.

»Ich kann den Wein schmecken.«

»Und ich, Doktor Butkis, schmecke deine Zahncreme.« Er schob eins seiner Knie zwischen die ihren, wobei er ihr die Schenkel auseinanderdrückte. Sie dachte, daß er diese Bewegung außerordentlich oft praktiziert haben mußte. Während sie sich küßten, begannen seine Finger mit einer wilden, massageähnlichen Bewegung im ungefähren Gebiet ihrer Klitoris. Sylvia führte ihn an den richtigen Punkt und verzögerte seine Bewegungen.

»So ist es richtig. Langsam und regelmäßig. Genau so, und dann komme ich wie ein Donnerwetter.« Sie griff mit ihrer eigenen Hand an ihre Vagina, um den Dingen weiterzuhelfen, aber schon einen Augenblick später war sie mit diesem Arrangement nicht zufrieden, ergriff seinen Penis und setzte sich auf ihn.

»Ich brauche dich in mir«, flüsterte sie. Es war ein herrliches Gefühl, ihn genau in dem Tempo, wie ihre vaginalen Muskeln ihn umklammerten, Zentimeter für Zentimeter in sich aufzunehmen.

»Du hast keine Ahnung, wie ungeheuer sich das anfühlt«, schnurrte er, während er anerkennend zu ihr aufblickte. Jedesmal, wenn sie ihre Muskeln wieder anspannte, schienen seine Lustgefühle überzuquellen. »Sei vorsichtig damit, sonst komme ich gleich.« Irgendwie mußte sie sich bei seinen Worten an etwas erinnern.

»Murray, fast das gleiche hast du damals gesagt. Sowohl in der Nacht als auch morgens, als wir es noch einmal miteinander trieben. Genau in der Mitte hörtest du auf einmal auf, dich zu bewegen, und sagtest: ›Keine Bewegung, oder ich komme.‹ Ich erinnere mich, daß ich auch damals überrascht war, daß du dich so klar ausdrücktest.«

»Und jetzt sage ich es wieder. Und genau das meine ich auch.« Er drückte sie für fast eine Minute von seinem Penis fort, um seinen Orgasmus zu verzögern. Daraufhin führte sie wieder seine Hand an ihre Klitoris und begann mit den Bewegungen, von denen sie wußte, daß sie dabei kommen würde. Jetzt spürte sie seinen Penis wieder wie Feuer in sich. »Tut es dir gut?« wimmerte er fast, als ihre Bewegungen schneller wurden. Während er atmete, hörte sie ein tiefes, gurgelndes Geräusch, das ihr andeutete, daß auch er sich dem Höhepunkt näherte. Es begann ihr zu kommen, und sie raste auf seinen Hüften, wobei sie seinen Namen schrie. Plötzlich begann er zu schreien: »Ich kann es zurückhalten! Ich kann es zurückhalten! Ich komme nicht! Ich komme nicht!« Ihr beginnender Orgasmus verpuffte bei dieser Unterbrechung.

»Zum Teufel! Wovon sprichst du eigentlich?«

»Du hast doch versucht, daß ich kommen sollte, oder nicht? Wenn du so auf mir herumtobst – versuchst du das dann nicht?«

»Ich hab' versucht, *selbst* zu kommen.«

»Du hast nicht versucht, mich kommen zu lassen?«

»Was glaubst du eigentlich ist das hier? Irgendeine Art von Wettbewerb? Glaubst du etwa, sie bringen uns in der Schule in Sexualkunde bei: So und so, Mädchen, verhält man sich, wenn man einen Boyfriend kommen lassen will? Verdammt noch mal.«

»Ich möchte aber, daß du versuchst, es mir kommen zu lassen.«

»Ich wüßte nicht, wie ich das anstellen sollte.«

»Versuch es nur.«

»Paß auf – wenn du nicht kommen willst, dann kommst du eben nicht. Das ist alles eine Sache des Gehirns. Ich hab' schon Experten gehabt, die glaubten, es zu können – und ich bin doch nicht gekommen, weil mein Gehirn es nicht wollte. Dein Gehirn kontrolliert alles, Murray.«

»Ich möchte nur sehen, ob du es schaffst. Genau wie ein wissenschaftliches Experiment.«

»Okay. Also gut, ich versuche es noch mal und werd' ein bißchen mehr Tempo machen.« Sie begann sich noch schneller zu bewegen und beobachtete erregt, wie er sich ihren Bemühungen hingab. Sie nahm an, daß sie in etwa ein Äquivalent für seine Vorstellung einer Vergewaltigung darstellte, und es bereitete ihr Vergnügen, ihn so zu nehmen, wie sie wollte. Sie biß in seinen Nacken und küßte ihn leidenschaftlich.

»Oh, Sylvia! Um Himmels willen! Ich muß jetzt!« schrie er, als er kam.

»Das ist kein Wettbewerb, Murray. Es ist kein Wettbewerb«, wiederholte sie in sein Ohr. Die Federn des Bettes ächzten unter ihren Anstrengungen. Als sie von seinem Penis herunterstieg, entdeckte sie eine kleine Wunde an der Seite ihres Knies. Während sie Murray vergewaltigte, war ihr überhaupt nicht aufgefallen, daß ihr Bein an der Wand gerieben hatte.

Diesmal unterhielten sie sich nicht. Es war gut, nur so, ohne zu sprechen, nebeneinander zu liegen. Sie war schon fast eingeschlafen, als Murray sich von ihr abwandte und seine übliche Stellung zur Wand einnahm. Sylvia wünschte ihm eine gute Nacht und küßte ihn auf den Hinterkopf. Wenn er lieber ein Fremder bleiben wollte, dann war ihr das auch recht. Vielleicht konnte er das Ganze wirklich ›unpersönlich‹ nennen. Aber wie wenige Menschen waren im Bett nur halb so gut füreinander geeignet wie sie beide nach einer so kurzen Bekanntschaft unter so eigenartigen Umständen. Dieses Erlebnis schien in seiner zufälligen Realität wertvoller zu sein als tausend überwältigende, intensive Ficks mit einem Menschen, der Anspruch auf das intimste Selbst des Partners stellte und dadurch in der Lage war, das Innerste nach außen zu kehren.

Murray bewegte sich neben ihr und zog das Bettuch gerade. Er griff an das Fußende des Bettes und zog die Decke hoch. Sylvia schloß die Augen und gab vor zu schlafen, wobei sie schon wieder das Gefühl der Angst vor dem Alleingelassensein hatte, das sich, sobald er sich wieder von ihr abwandte, bei ihr einstellen würde. Zu ihrer Überraschung fühlte sie, wie sein Arm die Decke auch über sie ausbreitete, und zwar mit einer Geste, die sie, wenn sie ihn nicht besser gekannt hätte, leicht für Zärtlichkeit hätten halten können. Einen Augenblick zögerte er, über sie gebeugt. *Sieht er mich etwa an? O Gott, mein Make-up.* Dann küßte er sie ganz zart auf die Wange und wandte sich wieder ab in seine gewohnte Schlafstellung. *Träum was Schönes, Murray. Auch irgendwo in dir versteckt ist die Fähigkeit zu lieben.*

16. Kapitel

Um acht Uhr früh wachte sie auf, gut durchkühlt von der Klimaanlage. Im Schlaf hatte Murray ihr die Decke weggezogen. Sie warf seinen Bademantel über, der zu ihren Füßen lag, und ging ins Bad. Wer auch immer seine Wohnung jetzt putzte, hatte auch diesen Raum völlig verwandelt. Ein makelloses WC, keine Haare im Abfluß der Badewanne. Ihre schlimmsten Erwartungen wurden aber dadurch bestätigt, daß der Toiletteneimer mit leeren Tampax-Verpackungen halb angefüllt war. Sie suchte nach weiteren Beweisstücken für die Existenz eines weiblichen Wesens in Murrays Leben, fand aber keine. Auf der Fensterbank über der Badewanne standen fast ein Dutzend verschiedene Flaschen mit Shampoos und Haarspülmittel. Ungewöhnliche Utensilien im Badezimmer eines Mannes, dachte sie, aber die hatten bei ihren früheren Besuchen auch schon da gestanden und gehörten wahrscheinlich Murray.

Im Wohnzimmer hatte jemand die Bücherregale aufgeräumt, eingelöste Scheckformulare und andere sonst herumflatternde Papiere waren säuberlich zusammengeheftet worden. Sie fand einen kleinen Stapel Visitenkarten, zum größten Teil von anderen Zahnärzten, einige von Steuerberatern und auch die eine oder andere von einer weiblichen Versicherungsagentin oder Vertreterin kosmetischer Artikel. Wie sahen diese Frauen wohl aus? Frauen, die berufsmäßig über Visitenkarten verfügten und verteilten, stellte sie sich als selbstsichere, welterfahrene Geschöpfe vor. Meistens wohl elegant in Tweed-Kostüme gekleidet und stets in der Lage, geschickte Plaudereien zu führen.

Als nächstes fand sie einige Schnappschüsse. Das erste Foto zeigte Murray neben einem Motorschlitten irgendwo im Gebirge. Zumindest glaubte sie, daß Murray diese vermummte, lässig dastehende Figur war. Das Gesicht befand sich im Schatten und schien bei näherer Betrachtung einen Bart zu tragen. Murray als einer der sieben Zwerge verkleidet? Auf dem nächsten Bild sah man Murray nackt bis zu den Hüften, wie er in einem Kanu durch Wildwasser fuhr. Er hielt das Paddel majestätisch über dem Kopf und sein Gesicht hatte einen so fröhlichen Ausdruck, daß sie fast sein Lachen zu hören glaubte, als das Boot durch die Stromschnellen glitt. Dieses Bild betrachtete sie recht lange und dachte dabei, wie gerne sie selbst Murray einmal in einem solch glücklichen und natürlichen Augenblick erleben würde.

Dann kam ein etwas größeres, abgegriffenes Foto, das aussah, als ob es öfter als die anderen zur Hand genommen worden wäre. Auf ihm waren Murray und eine äußerst attraktive Frau nebeneinander auf der Erde sitzend zu sehen, wahrscheinlich vor dem Kamin in einer Skihütte, wenn man ihre dicken Strickpullover und das eigenartige Licht auf ihren Gesichtern betrachtete. Die Frau hatte helle Strähnen im Haar, ein strenges Gesicht mit einer langen Nase und warme braune Augen. Ja, es tat schon weh, wenn man denken mußte, daß es sich dabei um eine Frau nach Murrays eigenem speziellen Geschmack handelte. Wer war sie? Wie hatten sie sich getroffen? Wie lange waren sie schon zusammen, als dieses Foto gemacht wurde? Waren sie wirklich so entspannt und zufrieden miteinander, wie es den Eindruck machte? Gegeneinandergelehnt im Feuerschein des Kamins. Sie betrachtete ihre dunkeläugige Rivalin neidisch und mußte zugeben, daß sie sie apart fand und nicht nur was man so allgemein als hübsch bezeichnete. Es beruhigte sie die Feststellung, daß Murray sich jemand Charaktervollen ausgesucht hatte. Hier glaubte sie ein gewisses Zeichen von Reife an ihm zu erkennen. Offensichtlich hatte er jenes Stadium, das bei vielen Männern anzutreffen ist, hinter sich. Jenes Pseudo-Beweismittel der eigenen Wertschätzung, das darin bestand, wenigstens eine Schönheitskönigin im Arm halten zu müssen.

Einen Augenblick glaubte Sylvia fast freundliche Gefühle für die Frau auf dem Foto zu empfinden, bis sie sich bewußt wurde, daß es sich hier vielleicht um die Frau handelte, die für den neuen Zustand der Wohnung verantwortlich war. Sie stellte sich diese Frau und Murray an einem Samstag zusammen in Jeans vor, wie sie die Wohnung putzten, um sich auf ihr gemeinsames Leben miteinander vorzubereiten. Dann betrachtete sie erneut Murrays Gesicht auf dem Foto, als ob sie darin die Wahrheit erfahren würde und korrigierte ihre Feststellungen. Sein jugendliches Aussehen – und wie er mit einem leicht fragenden Ausdruck zur Seite blickte – ließen sie darauf schließen, daß das Bild mehrere Jahre alt war. Wie viele Frauen hatte er seitdem aus seinem Bett geworfen? War das der Grund für jene harten Linien an seinem Kinn, die sie in der vergangenen Nacht geküßt hatte? Sie überlegte, was ihn veranlaßt haben konnte, sich von dieser gutaussehenden Blondine zu trennen.

Das nächste Bild ließ sie im ersten Augenblick fast erstarren. Das Foto war in einem Restaurant aufgenommen worden. Einige Leute saßen an einem Tisch und die anderen standen dahinter. Murray stand neben der Braut! Als sie genauer hinsah, erkannte sie in der weißgekleideten Braut mit Schleier die Assistentin in seiner Praxis. Midge posierte hier mit ihrem Chef an ihrem Hochzeitstag. Murray hatte also zumindest eine Frau, mit der es für ihn eine normal ausdauernde Verbindung gab. Sylvia war sich darüber klar, was für grauenvolle Schlüsse sie beim Betrachten dieses Bildes gezogen hätte, wenn sie nicht vorher in Murrays Praxis gewesen wäre und Midge dort getroffen hätte. Mit der lachsfarbenen Krawatte als Brautführer sah er in der Tat etwas unbehaglich aus. Sein verwirrter, fast kindlicher Gesichtsausdruck ließ darauf schließen, daß es ihm unverständlich war, warum ein solches Foto überhaupt gemacht wurde. Selbst beim Champagnertrinken schien er sich in seinem Anzug unbehaglich zu fühlen.

In der Küche neben der Spüle standen eine Anzahl Flaschen mit harten Getränken. Nachdem seine Wohnung jetzt wieder vorzeigbar war, empfing Murray offensichtlich wieder Besuch. Sicherlich handelte es sich dabei hauptsächlich um weiblichen Besuch. Sie goß sich etwas lauwarmen Orangensaft aus einer Dose ein, die neben einer Wodkaflasche stand. Wahrscheinlich machte er aus beiden Getränken ›Screwdrivers‹. Ein Getränk, das gallonenweise von den Mixern an der Uni hergestellt wurde, um die Mädchen betrunken und willig zu machen, ohne daß sie sich dessen bewußt wurden. Dann fand sie eine Nachricht, die auf eine Papierserviertte geschrieben worden war:

›Murray, da die Uni erst wieder nach den Feiertagen beginnt, bin ich solange nicht in New York. Das bedeutet, daß ich nicht wie üblich alle vierzehn Tage, sondern ausnahmsweise erst wieder in drei Wochen putzen kann. Wenn ich zurück bin, rufe ich dich an, oder du kannst mich im Studentenheim erreichen. Es würde mir bei der Wäsche eine Menge helfen, wenn du die weißen Stücke von den anderen getrennt halten könntest. Tony.

P. S. Schönen Dank für den Schlüssel. Ich werde gut auf ihn aufpassen.‹

Er hatte sich also eine Studentin geholt, die regelmäßig seine Drecksarbeit für ihn erledigte. Sehr gescheit. Sie war dieser Tony dankbar, daß sie ihre Befürchtungen zerstreut hatte.

»Was machst du denn da? Schnüffelst du?« rief Murray aus seinem Bett. Mit dem von der Nacht zerzausten Haar sah er wie ein junger Hund aus.

»Ich hab' mich nur ein bißchen umgesehen. Hast du neuerdings jemand, der für dich putzt?«

»Ja, eine junge Studentin. Die ist prima.«

»Als ich klein war, hatten wir eine Putzfrau. Ehe die wöchentlich kam, war meine Mutter am Tag vorher durch eigene Putzerei fix und fertig. Sie genierte sich, der unseren Dreck vorzuführen.«

»Meine alte Dame hat genau den gleichen Mist gemacht!« Beide lachten. Typische Kinder des gehobenen Mittelstandes.

»Wie fühlst du dich denn heute morgen?« fragte Sylvia, während sie zum Bett zurückging.

»Es ist noch zu früh, um das festzustellen. O Gott, wie hasse ich den Morgen!«

»Hast du heute viel zu tun?«

»Nur Papierkram, Rechnungen und solchen Mist in der Praxis. Um fünf Uhr fahr' ich mit meinen Freunden zusammen in die Hamptons.«

»Hat du Lust auf etwas Kaffee, Murray? Ich geh' runter in den Laden und hol' welchen. Was hältst du davon?« Er rückte zur Seite und machte im Bett Platz für sie.

»Komm erst einen Augenblick her«, sagte er. Gehorsam legte sie sich neben ihn und wunderte sich, warum er plötzlich so ernst wurde. »Ich weiß, warum du das machst«, sagte er in einem vertraulichen Ton.

»Was mach' ich denn?«

»Sieh mich nicht so an. Du versuchst meinen Lebensstil zu imitieren. Stimmt's? Indem du in der Gegend herumschläfst und so weiter.«

Sie versuchte seine Aufgeblasenheit leicht zu nehmen. »Lebensstil? Was für einen Lebensstil denn? Nennst du das hier vielleicht einen Lebensstil?« Er sah sie eindringlich an, ohne sie mit seinem Körper zu berühren.

»Ich meine es ernst, Sylvia. Ich hab' Hunderte von Mädchen gehabt. Ich kenne jeden Typ von ihnen schon im Schlaf von rückwärts auswendig. Die Kessen. Die Neckischen. Die Feinen. Das ist nicht deine Art. Du bist zu gefühlsbetont. Kerle wie ich und meine Freunde sind einfach nicht das Richtige für dich.«

»Was schlägst du denn vor? Daß ich mir einen netten Burschen suche und mit ihm häuslich werde? Das hab' ich alles schon versucht. Das bringt mir nichts. Abgesehen davon – bist du so sicher, daß du meine Motive kennst?«

»Wie ich schon sagte: Ich kenne alle Typen. Du bist intelligenter als die meisten Mädchen, und außerdem hast du einen fabelhaften Mund. Aber du bist innerlich nicht hart genug, um zu überleben. Ich war nett zu dir, weil du ein Stück meiner Vergangenheit bist. Der nächste Kerl wird vielleicht nicht so nett sein. Sag nicht, daß ich dich nicht gewarnt hätte und versuche nicht, an mir kleben zu bleiben.«

»Hast du dir vielleicht schon mal überlegt, daß aus den gleichen Gründen, wie du mit mir, auch ich mit dir zusammen sein könnte? Weil Sex einfach eine gute Sache ist und ich ungebunden sein möchte?«

»Im allgemeinen denken Frauen nicht so.«

»Ich gehöre eben nicht zu denen, die du allgemein mit ›Frauen‹ bezeichnest, wie?« Sie nahm seine linke Hand und drückte einen Kuß auf den Handteller, zog sich aber sogleich überrascht zurück. »Um Gottes willen, was ist denn das?« Über den ganzen Handteller bis zu den Fingerspitzen fühlte sie eine harte Hornhaut.

»Das ist vom Rudern«, sagte er stolz. »Wir haben ein paar Boote vor dem Haus liegen. Ich bin über das Wochenende fast den ganzen Tag in oder auf dem Wasser.«

»Aber die Hornhaut ist fast zentimeterdick. Stört dich das nicht beim Arbeiten?«

»Aber nein«, sagte er, indem er seine Finger bewegte. »Das ist meine Spiegelhand. Außerdem brauchst du nur die Fingerspitzen. Das ist alles, was du brauchst. Nur die Spitzen.«

»Du bist mir schon ein komischer Butkis«, sagte sie zärtlich und schmiegte sich in seinen Arm. »Und außerdem bist du nett und warm dazu. Heute nacht war mir kalt.«

»Na, dann laß es uns mal warm werden.« Er bedeckte sie mit dem gesamten unordentlichen Bettzeug und schmiegte sich an sie.

»Das mag ich. Es erinnert mich an den Winter.«

»Ist kaltes Wetter eigentlich nicht viel besser fürs Ficken?«

»Ja, und auch fürs Skilaufen.« Er stieß sie zurück, als sie ihn zu küssen versuchte. »Am frühen Morgen? Du mußt verrückt sein. Denk nur an den Atem.«

»Das geht sofort vorbei, wenn man die Lippen zusammenpreßt. Ich verspreche es. Du wirst nichts davon bemerken.«

»Niemals«, sagte er ablehnend.

»Also gut, dann schlage ich vor, daß wir aufstehen und uns die Zähne putzen«, erwiderte sie mißmutig und bewegte sich widerwillig in Richtung auf das Bettende zu.

»Was ist denn jetzt schon wieder los mit dir? Hast du denn in der Penne davon nicht genug bekommen?«

»Ich muß erst küssen«, insistierte sie. »Also los, hoch.« Sie marschierten ins Bad. »Ist die Gelbe da in Ordnung? Die hab' ich nämlich bis jetzt benutzt«, sagte sie, als sie die Parade der Zahnbürsten ansah.

»Ich geb' dir eine neue.« Er nahm eine Schachtel herunter, auf der ›Taschenlampe‹ geschrieben stand, und gab ihr eine in einer Cellophanhülle verpackte blaue Zahnbürste.

»Ist das ein Spezialmodell?«

»Es ist ein gutes Modell. Der Kopf sitzt genau im richtigen Winkel zum Griff, damit du auch hinter die Zähne und an die Seiten kommst.« Er nahm sich aus der Sammlung der Zahnbürsten auch eine heraus und mit großem Zeremoniell wurde auf beide Bürsten Zahnpasta gedrückt. Sylvia machte eine Pause und wartete darauf, daß Murray begann. »Was ist, Sylvia?«

»Als ich das das letztemal in deiner Gegenwart tat, hast du mich beschimpft. Das war vor vielen Jahren. Du sagtest, daß ich Zahnfleischschwund bekommen würde. Erinnerst du dich?«

»Wahrscheinlich wollte ich damals nur angeben. Dein Zahnfleisch sieht ganz ordentlich aus. Ich putz' mir die Zähne auch nicht korrekt. Du brauchst also keine Angst zu haben.« Fröhlich putzten sich beide die Zähne, wobei sie sich im Spiegel schaumig anlachten. Dann gingen sie zurück ins Bett. Es dauerte etwa eine Minute, bis der Pfefferminzgeruch verflogen war und Murrays Mund sich wieder natürlich und aufregend anfühlte.

»Du warst einmal ein ganz überzeugender Küsser, Murray.«

»Ich glaube, dem bin ich langsam entwachsen. Jetzt möchte ich lieber den Tatsachen ins Auge sehen.«

»Du bist einfach überdrüssig. Ich möchte wetten, daß du in deiner Schulzeit ganz schön herumgeknutscht hast. Ganz zu schweigen von den Abenteuern auf dem Parkplatz in Cheltenham. Hast du es da zum erstenmal probiert? In einem Auto?«

»Nein. Das erstemal war im Sommer auf einer Wiese. Dann den ganzen Winter über in einem Auto.«

»Hattest du Schwierigkeiten, das Mädchen zu überreden?«

»Sie hat mich verführt. Sie war ein paar Jahre älter.« Die Erinnerung schien ihn nicht sehr fröhlich zu stimmen.

»Mein Gott, du bist wirklich der erste Mann, den ich getroffen habe, der zu seinem ersten Erlebnis nicht durch Bitten und Betteln gekommen ist. War es wenigstens gut?«

»Ich war unerfahren«, stieß er hervor. Dann war es wohl sicherlich nicht sehr gut. »Ich war damals erst siebzehn. Wie alt warst du denn?«

»Fast zwanzig.«

»Warst du aber spät dran.«

»Ich hab' ihm nicht mal gesagt, daß ich Jungfrau bin.«

»Warum denn nicht?«

»Ich wollte ihm einfach nicht die Genugtuung geben. Damals war das noch eine große Sache, eine echte Jungfrau zu kriegen.«

»Hat er das nicht herausgefunden, als ihr dabei wart?«

»Das ist eine Geschichte für sich. Er ist gar nicht ganz reingekommen, aber das hat er nicht richtig mitgekriegt. Später hat er nur gemeint, daß ich komisch gebaut wäre.«

»Tat er es denn auch zum erstenmal?«

»Nein, jedenfalls sagte er das. Als ich die Pille haben wollte, mußte ich mich deshalb in einer Geburtenkontrollstation untersuchen lassen. Der Doktor war vielleicht wütend!«

»Ist er danach reingekommen?«

»Ja, aber nur mit großen Schwierigkeiten. Gerade als der Schmerz so stark wurde, daß ich glaubte, ihn nicht aushalten zu können, begann ich mich plötzlich gut zu fühlen. Es blieb auch kaum etwas Blut zurück.«

»Du hast schon ganz schön was durchgemacht, Syl.«

»Soll ich dir noch was Komisches erzählen? Der Bursche hieß Murray.«

»Scheiße! Also bin ich nichts anderes als ein Ersatzschwanz!«

»Das ist schon sehr lange her.«

»Bei all dieser Rederei hab' ich jetzt keinen Ständer mehr.«

»Der kommt schon wieder. Was ist denn los mit dir? Haben dich die Schilderungen meiner jungfräulichen Erlebnisse nicht erregt?«

»Jungfrauen erregen mich nicht sonderlich.«

»Ah, Monsieur ziehen eine erfahrene Hand vor«, sagte sie verführerisch und nahm seinen Penis in die Hand. Während sie ihn dann in den Mund nahm, streichelte er ihren Rücken. Beide stöhnten leise, als ihr Kopf auf und ab glitt. Sie ließ ihn los und verbarg ihr Gesicht an seiner Schulter. »Nimm mich, Murray, nimm mich!« Während sie sich auf den Rücken drehte, glitt seine Hand zwischen ihre Beine. »Geh ganz langsam hinein. Laß mich dich einmal auf diese Weise erleben«, flüsterte sie. Es war in dieser Stellung schwieriger für sie, ihre Muskeln spielen zu lassen, doch sie schaffte es.

»Deine Fotze fühlt sich elastisch an.«

»Bis jetzt hab' ich dich noch nie das Wort gebrauchen hören.«

»Welches, elastisch?«

»Du bist unverbesserlich«, lachte sie. »Ah! Ja! Das ist es. Das ist es!« Wieder dieser Taumel. Tief und süß. Sie schlang ihre Beine um seinen Rücken und bewegte sich rhythmisch mit ihm. In weiten Kreisen schwang er seine Hüften, um sodann seinen Körper diagonal auf den ihren zu legen. In dieser Stellung ließ sie sein Penis vor Wollust erzittern.

»Wirst du es so schaffen, Sylvia?«

»In dieser Stellung ist es immer sehr schwer für mich. Ich werd' meine Finger nehmen.« Ihre Hand schlüpfte zwischen ihre Bäuche, aber sie brauchte sie kaum zu bewegen. Schon bei der leisesten Berührung vibrierte ihre Klitoris zusammen mit ihrer Vagina. Murrays Körper drückte sich noch enger an sie, als er tiefer in sie eindrang, und er begann zu keuchen. Als es ihr kam, drangen ihre Schreie tief aus ihrer Kehle und Murray, der wild in sie hineinstieß, antwortete genauso. Dann, als sie sich langsam wieder erholten, hörte sich ihr Atem wie ein leises Weinen an.

»Ich wünschte, du könntest dich dabei hören, Murray. Was sagst du eigentlich, wenn du so schreist?«

»Kein Kunststück, daß du so schwer kommst. Du beschäftigst dich dabei viel zu sehr mit mir.« Er hatte recht. Warum kümmerte sie sich so sehr um seinen Orgasmus? Was sagte sie eigentlich im Augenblick der Erlösung? Wenn sie masturbierte, schrie sie Josefs Namen. Josef! Beschämt dachte sie, daß dies das erstemal war, daß sie sich an ihn erinnerte, seit sie bei Murray eingetroffen war.

Sylvia zog sich an, während Murray erneut unter die Dusche ging. In bezug auf Sauberkeit war er vorbildlich. Von seiner Haushaltsführung konnte man das nicht behaupten. Diesmal wartete sie, bis er sich rasiert und angezogen hatte, damit sie zusammen gehen konnten. Es hatte ihr schon immer Spaß gemacht, Männern bei ihrer morgendlichen Toilette zuzusehen. Sie erinnerte sich noch gut an die mysteriösen Handlungen ihres Vaters, die sie von einem Schaukelstuhl im Wohnzimmer ihrer Eltern aus beobachtet hatte. Das Ritual schien Stunden zu dauern.

In T-Shirt und weißen Hosen sah Murray eher so aus, als ob er zum Sportplatz und nicht in die Praxis wolle. Selbst in ihren flachen Sandalen war Sylvia noch immer ein gutes Stück größer als er. Im Fahrstuhl fragte sie ihn erneut, ob ihn das nicht störe. Er zuckte mit den Schultern und schüttelte den Kopf.

»Ich war mal mit einem Burschen deiner Größe unterwegs. Ich glaube, ich hatte damals auch noch hochhackige Schuhe oder so was an. Egal. Ein Betrunkener kam vorbei und rief uns zu: ›Mensch, muß der aber einen langen Schwanz haben!‹ Ich dachte, ich würde tot umfallen.«

»Hatte er recht?«

»Verdammt, Butkis, denkst du denn niemals an irgend etwas anderes?«

»Arbeit, Skifahren und ab und zu Sex. Das sind meine Prioritäten.«

»Na, wenigstens kennst du dann auch deinen eigenen Wert. Ich respektiere das bei jedem Menschen.«

In der Fourteenth Street trennten sie sich. Er nahm einen Bus zur East Side und sie die U-Bahn zur West Side, um dort einzukaufen. »Murray, nur noch eine Frage zum Schluß. Glaubst du, daß ich dich ausnutze?«

Sofort trat die kavaliersmäßige Glätte bei ihm klar zutage. »Jeder nutzt jeden aus, Syl.«

»Aber ich mag dich.«

»Das ist mir egal.«

»Manche Menschen nutzen andere aus und verachten sie zur gleichen Zeit.«

»Darüber muß ich nachdenken.«

»Ich danke dir für die Nacht, Murray. Du bist der Beste.«

»Genau wie du. Paß auf dich auf.«

17. Kapitel

Der große ›Analytiker‹ Murray diagnostizierte also ihre gegenseitige Unvereinbarkeit. Das waren Sylvias Gedanken über die Predigt, die sie am Morgen gehört hatte. Zwei Punkte waren ihr besonders aufgefallen: ›Ich bin nett zu dir gewesen.‹ Na, wie denn? Nett, indem er ihr gestattete, die Nacht in seinem Bett zu verbringen? Nett, indem er ihr gestattete, ihn mehr als nur einmal zu besuchen, indem er am Telefon höflich zu ihr war? Das nannte er nett, und von seinem Standpunkt aus gesehen war es das sogar. Aber nicht von ihrem. Demnach war er bestenfalls tolerant.

Was sie aber besonders aufbrachte, waren Murrays Ansichten über ihren Charakter. Zu gefühlsbetont. Was für Gründe hatte sie ihm gegeben, das anzunehmen? Von ihrem Standpunkt aus hatte sie sich bei ihm immer äußerst kühl und zurückhaltend verhalten, sogar während der letzten Auseinandersetzungen. Er hatte keine Ahnung, in was für eine Hysterie sie sich steigern konnte. Keine Ahnung von der Raserei, die sie zum Beispiel in bezug auf Josef packen konnte. Die Menschen sehen einen so, wie sie einen sehen wollen. Vielleicht war Murrays päpstliches Verhalten seine übliche Tour, die er immer dann ablaufen ließ, wenn ihm jemand zu nahe kam. Ihre Streitereien über Gefühlsduselei unterstrichen dies nur noch.

Sylvia sah sich in ihrer Wohnung um, die ihr an diesem Morgen danach besonders leer erschien. Ihre Behausung hatte in der Vergangenheit, als sie noch konventionelle Beziehungen zu Männern unterhielt, hübschere Tage und Nächte erlebt. Sie erinnerte sich, wie es gewesen war, als Lorry noch hier gewohnt hatte. Das gemeinsame Kochen, die Dispute darüber, wer dran war, das Badezimmer zu machen, das Scrabblespiel bis tief in die Nacht. Es war kaum möglich sich vorzustellen, daß Murray solch eine gemütliche Atmosphäre häuslichen Zusammenseins je erlebt hatte. Er tat ihr leid und, sie würde sich selbst leid tun, wenn sie sich vorstellte, dazu gezwungen zu werden, seinen Lebensstil zu kopieren. Denn der erschien ihr freudlos.

Das Gewitter in der vergangenen Nacht hatte die Hitzewelle vertrieben und die Luft in der Stadt war frischer, als sie es in den letzten Monaten gewesen war. Auch Sylvia fühlte sich freier. Ihre Nacht mit Murray, die nicht einmal durch einen Gedanken an Josef unterbrochen worden war, hatte ihr bewiesen, daß sie endlich geheilt war. Vielleicht würde sie jetzt in der Lage sein, ihren täglichen Aufgaben wieder normal nachzugehen. Sie nahm zusätzlich noch eine Aufbauklasse an und begann morgens, ehe sie zur Arbeit ging, mit Jogging. Sie verabredete sich auch wieder mit all den Freunden, die sie während des vergangenen Schuljahres aufgrund ihres Seminars vernachlässigt hatte. Für sie war es erfreulich zu hören, wie glücklich sie sich schätzten, endlich wieder mit ihr reden zu können. Es hatte den Anschein, als ob man sie vermißt hätte.

Die Wiedergeburt ihrer Hochstimmung hielt nur kurze Zeit an, denn die Berichte von unerfreulichen Liebesgeschichten, die ihre Freundinnen erlebt hatten, machten ihren Optimismus innerhalb einer Woche nieder. Es hatte den Anschein, als ob es in der City kein glückliches Paar mehr gäbe.

Wenn sie wirklich Zufriedenheit sehen wollte, dann konnte sie sich nur mit ihrer Katze ›Psyche‹ beschäftigen. Sie beneidete ihren kleinen Liebling darum, wie er Menschheit und Umgebung völlig zu vergessen in der Lage war. Sylvia verbrachte Stunden damit, der narzistischen Schönheitspflege und der feierlichen Beschaulichkeit zuzusehen, mit der ihre Katze durch das Fliegengitter die draußen auf der Feuerleiter sitzenden Tauben beobachtete.

Als sie Mitte des Monats ihre Periode bekam, mußte sie an den Fagottisten denken und war froh darüber, daß die letzten Spuren dieser Begegnung beseitigt waren. Wann immer ihre Periode vorbei war, fühlte sie sich in gewisser Weise in ihr jungfräuliches Stadium zurückversetzt – so wie Aphrodite nach dem Bade. Endlich gehörten Murray und Howard der Vergangenheit an. Die abgelieferte Seminararbeit wurde ihr von der Universität zurückgeschickt. Sie hatte über ›Der Lehrer und die Gesellschaft‹ geschrieben und die Note ›zwei plus‹ bekommen. Sie war dankbar dafür, daß Annensky sie wenigstens in dieser Hinsicht nicht auch noch enttäuscht hatte. Sie legte die Arbeit zu all den anderen Erinnerungen an Annensky in den Schreibtisch. *Vaya con Dios, José.*

Die Schauspielklasse hatte sie jetzt bereits über die Hälfte hinter sich; sie waren nun bei der Dialogführung angelangt. Bei einer Darbietung am Schluß einer Unterrichtsstunde ernteten Sylvia und ihr Partner – ein netter junger Mann, der in einer Personalabteilung arbeitete – lauten Beifall für eine Szene aus dem ›Regenmacher‹, worin Sylvia die alte Magd Lizzy und er den Hochstapler Starbuck spielten. Eine enthusiastische Kollegin sagte ihr, daß sie beide besser gewesen wären als die Hepburn und Burt Lancaster in der Filmfassung. Während sie ihre Sachen zusammensuchte, fühlte Sylvia, wie ihr Gesicht vor Stolz und Begeisterung brannte. »Sylvia, hast du einen Augenblick Zeit?« hörte sie eine männliche Stimme hinter sich. Das war Ned, ihr Lehrer.

»Aber klar«, sagte sie, »was ist denn los?« Es fiel ihr auf, daß sie sich beinahe so anhörte wie Murray. Na und? Sie hatte es auch so gemeint. Sie wollte kein langes Gespräch, sondern schnell hier heraus. Die ganze Zeit über hatte sie Ned aus verschiedenerlei Gründen gemieden und hatte auch keine Lust, sich mit ihm allein zu unterhalten. Nicht etwa, daß er nicht nett und attraktiv gewesen wäre. Ganz im Gegenteil. Er war beides und dazu noch ein glänzender Lehrer. Aber nach dem, was ihr mit Annensky passiert war, wußte sie, daß Ned genau wegen dieser Qualitäten von ihr gemieden werden mußte. Sie war bemüht, aus ihren eigenen Schwächen Lehren zu ziehen.

Es gab noch einen anderen Faktor, der sie abstieß. Obwohl er nicht übermäßig weiblich wirkte, so konnte sie doch in Neds Benehmen gewisse Anzeichen einer übertriebenen Jugendlichkeit wahrnehmen, wenn er zum Beispiel beim Sprechen den Kopf zurückwarf. Das ließ in Sylvia den Verdacht aufkommen, daß er schwul war. So sehr sie sich auch bemüht hatte, war es ihr trotz der langen Zeit in New York City immer noch nicht gelungen, ihr stures, angestammtes Vorurteil gegen Homosexuelle loszuwerden. Sie sah in der Preferenz schwuler Männer für männliche Partner die geringschätzige Ablehnung alles Weiblichen und konnte es nicht verhindern, sich alle als Frauenhasser vorzustellen. Aus diesem Grunde hatte sie vor ihnen ein wenig Angst und mißtraute jenen von ihnen, die sie wie Ned – ein großer schlanker Mann aus dem Süden, Anfang vierzig – physisch anzogen.

»Warum suchst du dir solchen Mist zum Vorsprechen aus?« fragte Ned.

»Was für Mist? Alles, was ich bisher vorgetragen habe, kam aus berühmten Stücken.«

»Und alle Charaktere, die du dir ausgesucht hast, mit Ausnahme der Portia, waren Versagerinnen. Was soll das? Die Laura ist ein zurückgebliebener Krüppel. Die Sonja ein Heimchen, das herumsitzt und sich selbst bedauert. Die Lizzy ist eigentlich ein Vollblutweib, sie glaubt aber, daß ihr Leben keinen Sinn hat, nur weil keiner von diesen Cowboys sie jemals geheiratet hat. Woher holst du dir denn bloß dieses Material?«

»Ich nehme an, daß sie mich irgendwie berühren«, sagte sie, vor Neds Vorwürfen zurückschreckend.

»Als du das erstemal hier hereinmarschiert bist, hab' ich mir gesagt: ›Also, hier kommt jetzt endlich mal eine Frau. Groß, mit einem ausdrucksvollen Gesicht.‹ Du hast eine gute Aussprache. Du kannst dich gut bewegen. In gewisser Weise hast du eine natürliche Begabung, aber das Geschwafel, das dann aus deinem Mund kommt, ist manchmal nicht zu fassen. Ungeheuerlich!«

»Mensch, Ned, ich hatte ja keine Ahnung.« Einerseits war sie durch diese unerwarteten Komplimente hoch erfreut, aber gleichzeitig erstaunt darüber, daß ihr Geschmack in bezug auf Dramen so schlecht war.

»Was meinst du denn, was ich lesen soll?«

»›Hedda Gabler‹, ›Königin Elisabeth‹, ›Medea‹. Es gibt mehr als tausend Stücke über außerordentliche Frauen. Mit deiner Stimme und Präsenz könntest du sie alle darstellen. Vielleicht nicht am Broadway, aber bestimmt hier. Hör auf, dich an Verliererinnen zu verschwenden. Greif auf dein Naturtalent zurück. Ich garantiere dir, daß dir das Spaß machen wird. Außerdem kannst du von diesen Frauengestalten vielleicht noch einiges über dich selbst lernen.«

»Ich hab' alle Stücke, die du eben genannt hast, längst im Literaturunterricht gelesen. Einige dieser Charaktere sind nicht unbedingt das, was man erfreulich nennt.«

»Na, um so besser. Es kann dir nur guttun, etwas Praxis in echter Aggression zu bekommen. Solange sie auf der Bühne stattfindet, tust du keinem damit weh. Stell dir doch mal vor, was für eine Freude es dir machen würde, Leuten anständig die Meinung zu sagen oder selbst einen Mord zu begehen. Jeder von uns hat solche Gefühle, und hier ist ein Weg, sie abzureagieren, ohne dabei direkten Schaden anzurichten. Eine kleine graue Maus wäre in solchen Rollen lächerlich. Aber du bist groß und hast Persönlichkeit genug, dich dafür richtig einzusetzen.«

Sylvia strahlte. »Also gut, wenn du wirklich glaubst, daß ich das schaffe. Und wenn ich mich blamiere, dann wird man mich eben auslachen. Für nächste Woche werd' ich mir etwas Abenteuerlicheres vornehmen.«

Nach diesem Gespräch war Sylvia so aufgekratzt, daß sie beschloß, sich ein Taxi zu leisten. Sie streckte ihre Beine auf dem Sitz aus und dachte über Neds Ermunterungen nach. Offensichtlich sah er etwas in ihr. Er hatte zwar das Wort ›Talent‹ nicht gebraucht, aber für sie hatte es sich fast so angehört. Zumindest schien sie eine Potenz zu sein. Oder vielleicht wollte er auch etwas ganz anderes sagen. Was er ihr eigentlich klarmachen wollte, war wohl, daß sie etwas Positives in sich hatte, das sie besser nutzen sollte.

Sie konnte es kaum erwarten, die Stücke, die er genannt hatte, erneut zu lesen. Sie hatte sie alle in irgendwelchen Anthologien. Es war ihr niemals klargeworden, daß sie auch nur eine jener faszinierenden, leidenschaftlichen Charaktere, die, wo immer sie auftraten, die Bühne beherrschten, darstellen könnte. Was für einen Spaß mußte es bereiten, eine dieser verzweifelten, faszinierenden Frauen zu spielen, mit ihren Wutausbrüchen, ihren Intrigen und allem anderen.

Als das Taxi im Times Square vorbeifuhr, sah sie sich die jungen männlichen Nutten an, die in der Forty-secound-Street standen, und mußte an Ned denken. Sein Enthusiasmus für die Frau, die er in ihr sah, ließ sie zum erstenmal an ihren Überzeugungen über schwule Männer zweifeln. Er hatte sich nicht im geringsten wie ein Weiberfeind angehört. Jedenfalls nicht wenn sie das, was er gesagt hatte, mit den ähnlichen Bemerkungen von Annensky verglich. Und auch nicht, wenn sie an jene Macho-Typen denken mußte, die sich nur aus einem einzigen Grund Frauen zuwandten, die in ihnen nichts anderes sahen als die augenblicklichen Befriedigungen ihrer sexuellen Begierden. Für sie hieß eine Frau zu ficken immer eine kriegerische Tat, einen Angriff zu unternehmen. Was sie taten, hatte mit einer Liebesbeziehung nichts zu tun. Selbst während sie sie fickten, haßten sie die Frauen noch um so mehr, weil sie zugeben mußten, daß sie für dieses eine männliche Bedürfnis einen Augenblick ihr Leben lang einer Frau bedurften. Wer sind denn nun wirklich die Weiberfeinde?

Als sie nach Kleingeld suchte, um den Fahrer zu bezahlen, fand sie ein einzelnes Zehncentstück und erinnerte sich, daß sie das aufgehoben hatte, um Murray, wenn die Stunde vorüber war, anzurufen. Die Ideen, die Ned ihr in den Kopf gesetzt hatte, hatten sie offensichlich so erregt, daß sie sogar Murray Butkis, der dort oben in seinem ewig ungemachten Bett lag, vergessen konnte.

18. Kapitel

Noch ehe sie ganz wach war, spürte sie schon den Schmerz. Zuerst fühlte es sich so an, als ob in der linken Seite ihres Mundes das leise Ticken eines versteckten Weckers zu hören gewesen wäre. Dann wurde daraus ein Pochen, und Sylvia konnte den Ursprung besser bestimmen. Schon nach kurzer Zeit vermochte es der Backenzahn, ihren Kopf in permanente Schwingungen zu versetzen. Unter diesen Umständen war es sinnlos, ans Unterrichten zu denken. Wie seltsam war es doch, daß Schmerz dieser spezifischen Art, obwohl er nur einen winzigen Teil des Körpers betraf, einen so vollkommen beherrschen konnte. Er machte es einem unmöglich, sich auf irgend etwas anderes zu konzentrieren, abgesehen vom eigenen Leiden.

Sie erinnerte sich, Murray gefragt zu haben, in welcher Form seine Arbeit auch mütterliche Aspekte aufwies. Die Vorstellung des Zahnarztes als Heiler und Helfer schien ihn nicht sehr beeindruckt zu haben. Falsche Zähne interessierten ihn wohl weit mehr als die echten, die noch aktiver Bestandteil eines Menschen waren. Sollte sie mit ihren Zahnschmerzen zu ihm gehen? Sie versuchte sich in Murrays Stuhl zu sehen, während sie ihm gestattete, sie zu untersuchen. Irgendwie erschien ihr diese Vorstellung bei weitem intimer als alles, was sie vorher miteinander im Bett getrieben hatten. Der Gedanke, für ihn nichts anderes als ein fremder Mund zu sein, war für sie bedrückender als der, nur eine andere Fotze zu sein. Und dann war da noch die Frage mit dem Geld. Auf keinen Fall sollte er glauben, daß sie in Anrechnung für im Bett geleistete Dienste – so wie die andere Frau, von der er gesprochen hatte – von ihm eine reduzierte Rechnung erwartete.

Sylvia nahm einige Aspirin und stellte, während sie dabei in den Badezimmerspiegel blickte, eine Schwellung an ihrer linken Gesichtshälfte fest. Dann griff sie nach ihrem ausgefransten Adreßbuch, um die Nummer ihres eigenen Zahnarztes herauszusuchen.

Zwei Stunden später hängte ihr die Assistentin von Dr. Nußbaum, die ebenfalls Sylvia hieß, mit ihren kühlen langen Fingern und äußerst langen, perfekt lackierten Nägeln, eine saubere Serviette um. Da sie diese so distinguierte Sylvia nun bereits seit Jahren kannte, überlegte sich Sylvia Green, ob sie die andere wohl fragen dürfte, wie sie in der Lage sei, mit so langen Fingernägeln einer handwerklichen Beschäftigung nachzugehen. Der über einen Zentimeter über den Daumen herausragende Nagel war besonders auffällig. Andererseits bewunderte sie, mit welcher Ruhe und Geduld diese Frau die sicher nicht angenehme Arbeit bewältigte, wenn sie zum Beispiel Speisereste bei der Zahnreinigung zu entfernen hatte. Dabei mußte sie zugeben, daß in diesem Falle die modischen Aspekte mit der berufsmäßigen Kompetenz in keiner Weise im Widerspruch zueinander standen. Sie befürchtete, daß ihre Frage herablassend oder kritisch aufgefaßt werden könnte und sich vielleicht negativ auf ihre zukünftige Verbindung auswirken würde. Aus diesem Grunde entschied sich Sylvia, diese Frage erst bei der nächsten Routineuntersuchung zu stellen. Der Schmerz in ihrem Mund schien weniger beunruhigend, seit diese zartfühlende Person zur Hand war.

Während sie den betroffenen Zahn für die Behandlung durch Dr. Nußbaum vorbereitete, erzählte ihr die Assistentin von ihren beiden kleinen Söhnen und wie schwer sie sich an ihren neuen Vater gewöhnten. Seit sie aus Südamerika zurück war, hatte es Sylvia immer wieder fasziniert, mit Gleichaltrigen zusammenzukommen, die bereits verheiratet waren oder sogar ein oder zwei Kinder hatten. Vier Jahre später würde sie sich wohl daran gewöhnen müssen, Frauen ihres Alters zu treffen, die bereits zum zweitenmal verheiratet waren und deren Kinder aus erster Ehe jetzt bald alt genug waren, um selbständige Menschen zu sein. Mit neuem Interesse betrachtete sie diese andere Sylvia, deren gutfrisiertes rotes Haar nicht die mausgraue Originalfarbe verriet, deren moderner, pflaumenblauer Lidschatten ihre haselnußbraunen Augen genauso unterstrich wie ›Vogue‹ es vorschrieb, deren Lippensift und Nagellack perfekt aufeinander abgestimmt waren. Basierte der Unterschied, von dem sie immer annahm, daß er trotz ihrer belanglosen Gespräche zwischen ihnen existierte, vielleicht nur auf Oberflächlichkeiten?

Wahrscheinlich hatte diese Frau unmittelbar nach dem Schulabschluß geheiratet. Es war Sylvia klar, daß sie auf der Oberschule wohl kaum je miteinander bekannt geworden wären, es sei denn beim Sport. Rassentrennung gab es in den sechziger Jahren an den meisten öffentlichen Schulen nicht mehr, aber die internen Unterschiede nach Herkunft und Lebensstil setzten die Trennung nach sozialen Klassen weiterhin wirkungsvoll fort. Und jetzt waren sie also hier, sie und diese Sylvia, und beide hatten sie trotz ihrer unterschiedlichen Verhältnisse eine Menge gemeinsam: Die Schwierigkeit, in harten Zeiten den Lebensunterhalt zu verdienen; den ständigen Überlebenskampf in dieser überwältigenden City; die

Belastung, berufliche Belange mit Persönlichem in Einklang zu bringen sowie das Praktische mit dem Gefühlsmäßigen auszugleichen. Vage spürte sie, wie die konkurrierenden Gefühle verschwanden, die sie immer dieser anderen Sylvia gegenüber empfunden hatte und wie sie an diesem Morgen überraschend einer kameradschaftlichen Haltung Platz machten.

Mit der jubilierenden Frische, die ein Mann gerne demonstriert, der die Lebensmitte bereits überschritten und gerade seinen dreißigjährigen Sohn beim Tennis besiegt hat, polterte Dr. Nußbaum ins Behandlungszimmer. Während er sich die Hände wusch, dankte er seiner Assistentin für die vorbereitete Arbeit und gab ihr weitere Termine für den Tag an. Beide waren eine Stunde früher als sonst in die Praxis gekommen, um sich mit Sylvias Notfall zu befassen. Mit großer Freude und leichter Überraschung stellte Sylvia fest, daß er seine Assistentin wie eine Kollegin behandelte, was sie ja auch war. Sie erinnerte sich gleichzeitig an die Beziehung zwischen Murray und Midge, die sie an dem Tag, als sie dort vorbeigekommen war, beobachtet hatte. Als Fachkräfte repräsentierten Midge und diese Sylvia für sie eine interessante Art von Frauen. Obwohl der berufliche Hintergrund ein weit niedrigstehenderer als der der Männer war, denen sie dienten, wurde ihnen offensichtlich ein äußerst ehrlicher Respekt zuteil, der auszudrücken schien, daß der Chef und Zahnarzt sich durchaus der Art der unterprivilegierten Arbeiten, die durch seine Assistentin verrichtet wurden, bewußt und entsprechend dankbar für diese Tätigkeiten war. In ihrem eigenen Leben hatte Sylvia zwischen Schulleitern – meistens männlich – und Lehrern – meistens weiblich – niemals parallele Egalitäten beobachten können. Schlimm in Anbetracht der Tatsache, daß auch der Mann sich im allgemeinen durch die einzelnen Stufen des Lehrens zu seiner jetzigen Machtposition emporgedient hatte, so daß er im allgemeinen lediglich über einen zeitlichen Vorsprung und nicht über eine wissensbedingte Überlegenheit verfügte. Was sie von ihren Freundinnen gehört hatte, war die Situation in den Büros in dieser Hinsicht nicht viel besser. So gab ein leitender Angestellter vor allem damit an, daß er einer Sekretärin mit voller akademischer Ausbildung täglich seine Briefe diktierte, obwohl er selbst niemals eine Universität besucht hatte. Sylvia beschäftigte sich mit diesen soziologischen Betrachtungen, um sich selbst auf diese Art von dem gräßlichen Backenzahn und der automatischen Angst, die jeder Besuch bei einem Zahnarzt mitbrachte, abzulenken. Bei einer Routineuntersuchung konnte es vorkommen, daß man ohne jeden Schmerz die Praxis betrat und sie mit einer monatelangen Liste von Terminen wieder verließ, um sich im Stuhl dieses Mannes quälen zu lassen. In ihrer ersten Zeit in New York hatte Sylvia das intuitive Gefühl gehabt, daß diese Zahnprobleme, die von nirgendwo zu kommen schienen, eine Art göttlicher Strafe dafür waren, wenn sie wieder einmal mit einem Mann nach Hause gegangen war und daraufhin ihr abendliches und morgendliches Zähneputzen unterlassen hatte. Obwohl er sich niemals so benommen hatte, erschein ihr Dr. Nußbaum als der Vollstrecker einer höheren moralischen Gewalt, die sie ihres leichten Lebenswandels wegen mit ihren Zahnlöchern bestrafte.

Während er sich die Hände abtrocknete, wandte sich ihr Dr. Nußbaum freundlich lächelnd zu. Dieser ältere Mann verrichtete seine Arbeit wohl gern und schien, soweit sie sich erinnerte, immer erfreut, seine Patienten zu sehen. Sylvia machte über diesen Enthusiasmus eine Bemerkung, die er beantwortete: »Wissen Sie, Miß Green, ich mag nun mal meine Arbeit. Hab' sie immer gemocht. Ich bin aus Leidenschaft Zahnarzt geworden. Zu meiner Zeit waren die Zulassungen noch begrenzt, wissen Sie? Ich glaube, wenn Sie den Eindruck haben, daß ich mich freue, Sie zu sehen, dann liegt das daran, daß ich fast siebzig bin und weiß, wie glücklich ich mich schätzen darf, überhaupt noch zu praktizieren. So, und was für Probleme haben Sie? Dann wollen wir uns den Übeltäter mal ansehen.«

Er griff nach dem Spiegel und während sie den Mund öffnete, untersuchte er vorsichtig ihren Zahn. Statt wegen des zu erwartenden Schmerzes die Augen zu schließen, blickte sie in die freundlichen braunen Augen über sich und gab sich völlig dem Vertrauen hin, das sie ihr vermittelten. Hier war jemand, von dem sie wußte, daß er ihr nie absichtlich weh tun würde. Er klopfte den Zahn ab, blies ihn trocken und klopfte erneut. Als sie zusammenzuckte, hörte er sofort auf. »Da scheint ein Teil der Füllung zu fehlen«, sagte er, »darunter muß etwas brüchig geworden sein. Das ist das ganze Problem. Es ist gut, daß Mutter Natur Sie rechtzeitig gewarnt hat; die ganze Füllung hätte sich lockern können, wenn Sie Ihren Besuch noch länger hinausgezögert hätten.« Er setzte einen Bohrer auf. Ihr Rücken wurde vor Furcht ganz steif, da sie wußte, was jetzt kommen würde. Als er das wahrnahm, legte er seine Hand beruhigend auf ihren Arm und sagte: »Ich weiß, daß Sie normalerweise gegen Spritzen sind, aber in diesem Fall werden wir beide erleichtert sein, wenn ich Ihnen eine kleine Injektion mache.«

»Doktor, das hasse ich. Nach meiner Erfahrung ist der Schmerz des Einstichs schlimmer als das Bohren.« Im gleichen Augenblick wurde ihr klar, daß diese Überzeugung noch aus ihrer Kindheit von Behandlungen bei ihrem Zahnarzt in der Vorstadt herrührte. Fred Nußbaum hatte ihr noch niemals Novokain gespritzt.

»Wenn es Ihnen lieber ist, dann erkläre ich Ihnen genau, wie die Spritze wirkt und was ich tun werde. Ekeln Sie sich vor einem Totenschädel?«

»Ich glaube nicht«, antwortete sie, da sie noch nie bewußt einen gesehen hatte. Er entfernte den dicken Wattepfropfen aus ihrem Mund und ging in das anschließende Büro. Während er in seinem Schrank suchte, dachte Sylvia an den anderen ihr bekannten Zahnarzt und überlegte, wie Murray sich wohl in einem solchen Fall beruflich verhalten würde. Von ihrer Stippvisite in seiner Praxis hatte sie keine klare Vorstellung davon, wie er sich wohl beruflich verhielt. War er brüsk und geschäftsmäßig? Glatt, salbungsvoll und überredend bei seinen weiblichen Patienten? Ruhig und mitfühlend wie Dr. Nußbaum? Sie hatte keine Ahnung. Wie fühlte man sich, wenn man zu einem Arzt oder Zahnarzt ging, der physisch so attraktiv war wie Murray? Sie hatte es immer für richtig gehalten, Mediziner im Alter von Dr. Nußbaum zu konsultieren, um dadurch von vornherein für sich die Möglichkeit verliebter Fantasien auszuschließen. Manchmal kannte sie sich gut genug, um ihre Schwäche für männliche Typen, die Autorität und Berufserfahrung repräsentierten, zu umgehen.

Mit einem walnußbraunen menschlichen Schädel, den er ganz beiläufig in der Hand hielt, kehrte Dr. Nußbaum zurück.

»Yorick?« fragte Sylvia kichernd.

»Nein, Mergatroid. Ich fürchte, ich habe meinen Shakespeare erst lange Zeit nach dem Studium gelesen. Für eine ganze Reihe von Jahren hatte mich die Wissenschaft völlig okkupiert.« Mit ungeheurer Geduld erklärte er, wie er den Knochen umgehen würde, um die Spritze genau an der Stelle zu plazieren, an der nur der richtige Teil ihres Oberkiefers betäubt würde. Er entschuldigte sich für die Tatsache, daß dies etwas risikoreicher wäre als die Arbeit am Unterkiefer, versicherte aber, daß seine Techik im allgemeinen immer gut funktioniere. Die Rolle des Pädagogen schien ihm Spaß zu machen und er erzählte ihr noch einige Anekdoten über seine Erfahrungen mit Patienten aus seinen Studententagen. Sylvia wurde während der ganzen Zeit durch Mergatroid richtig hypnotisiert. Seine Augenhöhlen waren einst mit großer Liebe gelb angemalt worden, so daß sie fast wie eine Fliegerbrille aussahen, und in einem Backenknochen waren ein winziger Totenschädel und darunter zwei gekreuzte Knochen eingeritzt worden. Wahrscheinlich der künstlerische Erguß eines viel jüngeren Fred Nußbaum, noch unter der Öllampe in seiner damaligen Studentenbude fabriziert. Ach ja, du armes Versuchskaninchen, mußte sie denken.

»Müssen Sie es erst an meiner Zunge ausprobieren?« fragte sie, während er die Spritze mit Novokain füllte. »Soweit ich mich erinnere, war das sehr unangenehm.«

Nußbaum schien überrascht. »Wann haben Sie denn die letzte Spritze bekommen?«

»Na ja, das kann schon gut zehn Jahre her sein. Ungefähr in der Mitte meines Studiums.«

»Das hört sich auch genauso an. Heute berührt man die Zunge überhaupt nicht mehr. Wenn der Kiefer richtig eingespritzt wird, ist die Zunge gleichzeitig betäubt. Sie müssen damals einem Höhlenmenschen als Zahnarzt gehabt haben.«

»Ich hab' Dr. Wald immer für einen ganz netten Mann gehalten. Er war der Zahnarzt meiner Eltern. Vielleicht war er ein wenig spartanisch. Ich erinnere mich, daß er mir selbst die Weisheitszähne gezogen hat, statt mich zu einem Kieferchirurgen zu schicken. – Ihr Behandlungszimmer macht allerdings einen erheblich moderneren Eindruck als seines«, fuhr sie fort, als er sich mit der Nadel ihrem Mund näherte. Die Injektion spürte sie nur als einen kleinen Einstich; weniger unangenehm als eine Spritze in den Arm oder das Gesäß und von kürzerer Dauer. Fast unmittelbar darauf wurden ihre Lippen und ihre Zunge taub. »Sagen Sie mir, Doktor Nußbaum«, sagte sie heiser, als eine herrliche Schwere ihren Mund befiel, »wie kommt es, daß Sie an Ihrer Tätigkeit als Zahnarzt soviel Freude empfinden?«

»Ich glaube, es ist die Vielseitigkeit, die meinen Beruf die ganzen Jahre hindurch so interessant gemacht hat. Ein Außenseiter wird es vielleicht nicht so sehen, aber für mich ist jeder Fall unterschiedlich. Selbst wenn ich zehn Patienten hintereinander hätte, die in dem gleichen Zahn an der gleichen Stelle ein Loch aufwiesen, so würde doch jeder von ihnen anders behandelt werden müssen wegen der unterschiedlichen Form seines Mundes, der Kieferform und so weiter. Es ist so, als ob man Lochbillard spielte. Man versucht, den Ball richtig unterzubringen, aber dabei muß man die Stellung aller Kugeln auf dem Tisch in Betracht ziehen und deshalb jedesmal individuell entscheiden.

Mein liebster Professor – er ist mittlerweile verstorben – sagte uns am ersten Studientag und dann erneut am Tage des Schlußexamens die gleichen zwei Dinge. ›Erstens‹, sagte er, ›denken Sie daran – der Krankheitsfall ist immer der gleiche. Der Patient ist jedesmal ein anderer. Versuchen Sie, sich stets in die Situation des Patienten zu versetzen.‹ Ich erinnere mich bis zum heutigen Tage stets daran, daß das, was mir als Routine erscheint, äußerst beängstigend und verwirrend für den Patienten im Stuhl sein kann. Als junger Bursche hatte ich grauenhafte Zähne. Fast jede Woche mußte ich zum Zahnarzt – so erschien es mir jedenfalls. Ich erinnere mich gut daran, wie eine Behandlung von der anderen Seite aus aussehen kann.«

Während Dr. Nußbaum sprach, tauchte aus unerklärlichen Gründen vor ihren Augen die Vorstellung von Murray in seiner weißen Jacke auf. Sie stellte sich ihn hier in Dr. Nußbaums Praxis vor, wie er gemeinsam mit ihr dem älteren Kollegen zuhörte, auf seinem Gesicht ein gütiges, undurchsichtiges Lächeln, das es unmöglich machte festzustellen, ob irgend etwas, das der Kollege sagte, auch für ihn einen Sinn hatte.

»Die zweite Bemerkung des Professors war noch wichtiger: ›Verlieren Sie niemals aus den Augen‹ – das wird Ihnen jetzt vielleicht wie leeres Geschwätz vorkommen, aber ich wiederhole es trotzdem –›vergessen Sie niemals, daß sich am anderen Ende des Zahnes ein fühlender Mensch befindet.‹«

In ihrer Vorstellung saß Sylvia splitternackt im Behandlungsstuhl des Zahnarztes und Murray stand mit nichts anderem als seiner weißen Jacke bekleidet vor ihr. Das Grinsen in seinem Gesicht ließ sie vor Scham erröten. Er legte seine Hände auf ihre Knie und mit einer klinisch wirkenden Bewegung spreizte er sie. Sie hörte ihre eigene bittende Stimme. ›Murray, bitte, nenne es nicht ein Loch. Es ist eine Öffnung. Am anderen Ende der Fotze mußt du ...‹ Sie fiel in sich zusammen, bereit, zu weinen.

›Sylvia‹, sagte er in jenem warnenden, vorsichtigen Ton, den er immer benutzte, wenn sie seine Geduld überstrapazierte. Mit seinem standhaften, sie wütend machenden Lächeln, das er immer dann aufsetzte, wenn sie ihm philosophisch kam, bestand er auf einem eingebildeten Vorrecht.

›Wenn du es bis jetzt noch nicht weißt, nach all dem, was du mit deinem riesigen Bohrer angerichtet hast, Doktor Butkis, dann gibt es für dich keine Hoffnung mehr.‹ Die Vorstellung dieser Szene war für sie so lebendig, daß sie hinten in ihrer Kehle ein kummervolles Beben verspürte, einen Vorboten von Tränen, die, wenn sie nicht sofort ihre Fantasie wegwischte, zu strömen beginnen würden. Das muß wohl das Novokain sein, dachte sie. Ganz schnell lauschte sie wieder den Worten von Dr. Nußbaum.

»Wozu, glauben Sie, ist das hier? Ja, wirklich«, sagte der weißhaarige Zahnarzt, während er den Pappbecher aus der Metallhalterung von der Maschine nahm, die ihn automatisch nachfüllte. »Der ist nicht alleine dazu da, daß sich der Patient den Mund spült, er soll auch einen Augenblick Erholung von dem bringen, was ich gerade getan habe. Manche Patienten spülen den Mund zweimal. Manche brauchen den ganzen Inhalt. Manche brauchen drei Schlucke. Der Sinn ist, daß einem damit ein Augenblick Zeit gegeben wird, sich von einer gefühlsmäßig bedrückenden Situation zu erholen.«

»Von der Seite habe ich das noch nie betrachtet«, meinte Sylvia, während sie sich die Dinge durch den Kopf gehen ließ. »Das ist äußerst human.«

»Ja, aber nach Meinung meiner jüngeren Kollegen – zumindest einiger von ihnen – ist es altmodisch und unpraktisch. Warum? Weil es eine Zeitverschwendung für den Zahnarzt ist. Und wie wir alle wissen, wird heutzutage wie nie zuvor Zeit unmittelbar in Dollars übersetzt. Jawohl. Wissen Sie, daß es Behandlungsräume gibt, wo Sie diese Vorrichtung nicht mehr finden werden?« sagte er, während er den Becher in der Hand drehte. »Ich werd' es Ihnen zeigen.«

Während Dr. Nußbaum in einer Schublade hinter ihr zu kramen begann, bekam Sylvia langsam Angst, daß sein Vortrag soviel Zeit in Anspruch nehmen würde, daß, wenn er damit begann, ihren Zahn zu füllen, die Injektion bereits ihre Wirkung verloren haben könnte. Aber schon gab er ihr eine Broschüre mit eleganten Fotos, deren Titel in etwa lautete: ›Vollendete dentale Behandlungsweise.‹ Ein Foto zeigte ein langbeiniges Mannequin, das mit geschlossenen Augen und offenem Mund auf etwas lag, das wie ein Operationstisch mit Armstützen aussah. Der Zahnarzt stand darübergebeugt, den Bohrer in der Hand. Gleichzeitig hielt eine Assistentin einen Miniaturstaubsauber in den Mund der Patientin, in der anderen Hand den Schlauch.

»Sehen Sie, was dieses Mädchen macht?« fragte Dr. Nußbaum, indem er auf die Assistentin wies. »Sie saugt den Speichel ab und pumpt zur gleichen Zeit frisches Wasser ein. Je nach Bedarf. Der Patient bewegt sich überhaupt nicht, denn das nimmt zuviel Zeit in

Anspruch. Ein harter Arbeiter kann so gleichzeitig vier bis fünf Patienten in verschiedenen Behandlungszimmern in dieser Position behandeln und braucht dann nur noch die halbe Zeit. Das ist in der Tat Fließbandarbeit.« Sylvia sah auf die Hände des Fotomodells, die sich gehorsam an den Armstützen festhielten und überlegte gleichzeitig, ob für unruhige Patienten Handschellen vorgesehen wären. »Bei dem letzten Zahnarztkongreß, den ich besuchte«, fuhr Dr. Nußbaum fort, »hielt ein Refa-Experte aus Detroit einen Vortrag. Er begann damit, daß er einen dieser Becher hochhob und sagte: ›Sehen Sie das? Werfen Sie es aus Ihrer Praxis hinaus, und es verwandelt sich in einen Cadillac.‹ Ich kann Ihnen nur sagen, daß ich sofort aufstand und ging.«

»Das kann ich Ihnen nachfühlen, Doktor Nußbaum«, sagte Sylvia und fühlte gleichzeitig, wie das Beben in ihre Kehle zurückkehrte. »Das kann ich wirklich.« Und was war mit Murray? Er hatte behauptet, in bezug auf seine Art genauso begeistert zu sein. Wie konnte sich dann sein Sexualleben so mechanisch abspielen? War sie oder irgendeine andere Frau mehr für ihn als eine bessere Version jener Gummipuppen, die Männer in Sexshops kaufen, um in sie anstelle einer wirklichen Partnerin hineinzuspritzen?

»Der Zahn müßte jetzt soweit sein. Sagen Sie mir, wenn Sie noch etwas spüren, dann spritze ich nach«, sagte der Zahnarzt, als er mit dem Fuß auf die Stromtaste trat und sich mit dem Bohrer ihrem Zahn näherte.

Sylvia öffnete den Mund so weit es ging und preßte mit aller Kraft die Augen zu. Aus irgendeinem Grund wollte sie jetzt, daß es weh tun würde. Sie wollte die Gewißheit, daß sie als empfindendes Wesen von einem anderen fühlenden Menschen behandelt wurde, daß keiner von ihnen beiden ein Roboter oder eine Maschine war, daß ihre Begegnung eine menschliche war, die der Heilung diente, und nicht eine mechanische Transaktion. Als Dr. Nußbaum mit dem Bohren begann, öffnete sie die Augen wieder und sah in seine gutmütigen Dackelaugen. Sie bemerkte, wie sich ihre eigenen, weit aufgerissenen, flehentlichen Augen in seinen Brillengläsern spiegelten. Sie sah ihren geöffneten Mund und beobachtete die Behutsamkeit, mit der Dr. Nußbaums Hände arbeiteten. *Am anderen Ende – befindet sich ein menschliches Wesen.*

19. Kapitel

Sylvia schob den Kaffeetisch ins Schlafzimmer und rollte den Navajo-Läufer zusammen, damit sie die gesamte Fläche des Wohnzimmers als Bühne benutzen konnte. Die Szene, die sie proben wollte, war viel zu erregend, als daß sie es im Sitzen hätte versuchen können. In der Rolle als ›Königin Elisabeth‹ lief sie auf und ab, während ihr gegenüber Essex stand, der niemals, während er im Kriege war, ihre Liebesbriefe beantwortet hatte und der angeblich gerade mit seinen Truppen zurückgekehrt war, um ihr die Macht zu entreißen. Die Vielfältigkeit der Gefühle in dieser einen Szene war phänomenal. Die gequälte ältere Frau, die glaubt, von ihrem jungen Liebhaber verlassen worden zu sein; die Ekstase der Versöhnung; die Empörung einer Königin, deren Geliebter von ihr als Beweis ihrer Liebe verlangt, daß sie ihn zum König mache. Sylvia verspürte die Siegesstimmung und fühlte sich dabei königlich. So vermochte sie durch ihr angebliches Nachgeben Essex dazu zu verleiten, seine Wachen, die zu diesem Zeitpunkt den Palast besetzt hielten, fortzuschicken. Dann rief sie ihre eigenen Leute und schrie: ›Verhaftet Lord Essex!‹ Das also nannte man Vertrauen und Liebe, das war das Endergebnis menschlicher Beziehungen. Elisabeth hatte, das wurde Sylvia klar, den Fehler begangen, sich überhaupt mit einem Mitglied des Hofes einzulassen. Wie Murray Butkis sagen würde: ›Man scheißt nicht in sein eigenes Nest.‹

Sie setzte sich, um sich von ihrer Darbietung zu erholen, und blätterte durch die vorhergehenden Passagen, um sich erneut mit den Tatsachen vertraut zu machen, die zu dieser Szene geführt hatten. Eine Zeile stach ihr besonders ins Auge. Während Elisabeth über Essex' offensichtlichen Verrat ihrer Liebe lamentierte, sagte sie: ›So, wie ich den Raum durcheile, so durcheile ich auch meine Erinnerungen.‹ Fast von Sinnen war sie wohl wegen seiner langen Abwesenheit.

Man sagt, das Hirn eines Weibes ist ein Raum ohne Luft, ohne Sonne und Luft, in dem sie sich alleine bewegt, sich sagend: Er liebt mich, liebt mich, liebt mich nicht, und er hat mich nie geliebt. Die Welt versinkt in Schatten, und da sind Stimmen, nur Echo, bis er spricht... und da ist kein Licht, bis Licht wird durch seine Gegenwart, hier in diesem Raum.

Sylvia sah sich in den vier weißen Wänden ihres Wohnraumes um.

Mit Ausnahme einer einzelnen Holzmaske, die sie aus ihrer Friedenscorps-Zeit in Ekuador als Andenken mitgebracht hatte, und einem Bücherregal in einer Ecke, war das Zimmer leer. ›So durcheile ich auch meine Erinnerungen...‹ Sie lebte eigentlich gar nicht hier. Sie, genau wie die jungfräuliche Königin, lebte ihr ganzes Leben nur in der Erinnerung, stellte sie fest, und der Raum in ihrem Kopf war so leer und so unfreundlich wie der, in dem sie saß. Sonnenlos und luftleer. In der Tat. Und warum bevölkerte sie ihn mit den Männern ihrer Fantasie. Josef, Murray, Lorry, all die Männer, von denen sie im Laufe ihres Lebens geglaubt hatte, daß sie ihr etwas bedeuteten. Sie waren austauschbar. Ein Mann – jeder Mann. Solange sie in der Lage war, von einem zu träumen, solange war der Raum hell erleuchtet und sie glaubte in diesem Augenblick wirklich zu leben. Der Mann war das Element, das Sylvia brauchte, um sich selbst fühlen zu können.

Sie schlug das Rollenbuch zu und vergrub ihr Gesicht in den Händen, um ihr geistiges Universum genauer betrachten zu können. Da es im Augenblick keinen Mann gab, der die Bühne betrat, herrschte dort totale Finsternis. Woher kamen diese destruktiven Ansichten? Wie war es möglich gewesen, daß sie ihr Leben solange in dieser Weise geführt hatte, daran glaubend, intelligent und unabhängig zu sein, ohne diesen Defekt ihrer Psyche zu erkennen, der allem, von dem sie glaubte, daß es ihre Persönlichkeit ausmache, widersprach? Wie kam es, daß sich mit dreißig Jahren ihr Leben als ein Mosaik kleiner Bilder zusammenfügte, von denen jedes einen anderen Mann und dessen Charakter darstellte, niemals sie selbst? Einer von ihnen hatte sie einmal eine ›Menschenfresserin‹ genannt, aber immer waren es die anderen gewesen, die sie verzehrt hatten, die ihr Sein verschlangen. Warum hatte sie es ihnen erlaubt? Sie sogar darum gebeten?

Als neben ihr das Telefon klingelte, hob sie es mechanisch ab, immer noch tief in ihren Überlegungen. »Sylvia, hier ist Josef Annensky, i-ich rufe aus Philadelphia an.«

»Hallo«, gelang es ihr zu antworten. Sie war so überrascht, daß sie kaum ein Wort herausbrachte.

»I-in ein paar Stunden f-fahre ich nach New York und ich w-wollte anfragen, ob ich später am A-abend, vorbeikommen und Sie besuchen darf...« Seine Stimme hörte sich erregt an.

»Also ich weiß nicht. Das kommt alles ein bißchen plötzlich.« Sie erinnerte sich an Karens warnende Worte.

»I-ich muß mit I-ihnen reden. Es ist s-sehr wichtig.« Er atmete schwer und hörte sich echt verzweifelt an. Sie hatte den Eindruck, daß er den Tränen nahe war.

»Vielleicht könnte ich Sie irgendwo treffen«, schlug sie vor.

»I-ich rufe Sie an, w-wenn ich i-in der City bin. Ich müßte so g-gegen acht Uhr eintreffen.«

»Okay. Ich werde dann hier sein. Ich warte auf Ihren Anruf.« Nachdem sie den verzweifelten Ton in seiner Stimme registriert hatte, konnte sie ihn nicht zurückweisen. Er brauchte sie. Vielleicht hatte er angerufen, um sich zu entschuldigen, vielleicht wollte er das Drama in der Weise weiterführen, wie sie es sich erträumt hatte, als sie ihm die Rose schickte. Sie würde herausfinden, was mit seiner Stellung passiert war und was er für weitere Pläne hatte. Vielleicht war sie sogar ein Teil davon. Endlich würde Josef zu ihr kommen!

Wie ein Wirbelwind rauschte sie durch die Wohnung und räumte gründlich auf. Sie wechselte die Bettwäsche; sie putzte das Bad von oben bis unten; sie erneuerte den Sand für die Katze; sie saugte den Läufer, putzte Staub und wusch den Küchenboden. Vielleicht würden sie das Wochenende gemeinsam verbringen. Wenn er an einem Freitag nach New York kam, dann mußte das seine Absicht sein. Sie plante Menüs für die nächsten Tage und begab sich mutig in den Nachmittagstrubel des Supermarkts, um den Eisschrank aufzufüllen. Ihre Lebensmitteleinkäufe waren, als sie geliefert wurden, in drei Kartons verpackt. Sie erstand Wein, Kerzen und einen Blumenstrauß für das Wohnzimmer.

Ab sieben Uhr wartete sie neben dem Telefon. Die Haare gewaschen, die Beine rasiert, den Körper gebadet und parfümiert. Der Leinenrock, den sie das letztemal bei Murray angehabt hatte, war frisch gebügelt.

Dann beobachtete sie, wie das sommerliche Zwielicht langsam auf den Fassaden der häßlichen Wohnblöcke auf der anderen Straßenseite verschwand. Um neun Uhr zündete sie in der Dunkelheit eine Kerze an und öffnete eine Flasche Wein. Doch auch in der nächsten Stunde rief er nicht an und sie hatte bereits die halbe Flasche alleine geleert. Sie rief sich alle vergangenen Szenen mit Josef in ihr Gedächtnis zurück. Wie konnte sie nur so verrückt gewesen sein? Es war nur gut, daß er sich erst an sie gewandt hatte, nachdem ihre Besessenheit vorüber war. Heute nacht würde er nicht in der Rolle des ›Gastprofessors‹ zu ihr kommen. Sie würden einander als Ebenbürtige begegnen. Immerhin hatte er sie diesmal ›Sylvia‹ genannt.

Sie legte eine ›Segovia‹-Platte auf, einige leichtere Variationen. Gitarrenmusik brachte sie immer in eine verführerische Stimmung. Das Wechselspiel von Romantischem und Animalischem, das die Kultur, die sie in Südamerika schätzen gelernt hatte, durchdrang, entsprach ihren eigenen Gefühlen sehr gut. Sie überlegte, ob Josef ähnlich reagieren würde. Mitten in der Melodie von ›La Maja de Goya‹ klingelte das Telefon. Es war kurz vor elf. Josef rief aus einer nur wenige Blocks entfernten Bar an. Er erklärte seine Verspätung mit keinem Wort, sondern sagte nur, daß er jetzt in New York sei und fragte, ob er zu ihr kommen dürfe. Er klang eigenartig gedämpft, so als ob er fix und fertig wäre und einfach einen Platz zum Ausruhen brauchte. Den konnte sie ihm geben. Sie war geschmeichelt, daß er sich sie als eine Oase ausgesucht hatte und gab ihm ihre Adresse. Fünf Minuten später klingelte es an der Tür.

Sie lauschte seinen Schritten, als sie vom Lift den Gang entlang kamen. Sie hörten sich unregelmäßig und strauchelnd an. Irgendwo blieb er stehen, als ob er sich verlaufen oder seine Meinung geändert hätte. Sie war gerade dabei die Tür zu öffnen, um nach ihm zu sehen, als sie hörte, daß er schnell weiterging und bei ihr klingelte. »Hallo«, war alles, was er sagte, als sie die Tür öffnete.

»Komm rein«, sagte sie und wandte sich um, um durch den Gang zum Wohnzimmer vorauszugehen. Sie war erschüttert von dem, was sie an der Tür gesehen hatte. Annensky war ein Wrack. Seine Kleidung war zerknittert und das Jackett völlig verschwitzt. Er war unrasiert, seine Augen blutunterlaufen und zweifellos roch er nach Whisky. Sie versuchte einige Minuten lang belanglose Konversation zu machen, ohne seine Verfassung zu beachten. Er schien unnahbar und angespannt. Sie überlegte, ob er vielleicht lieber nicht gekommen wäre oder auch schon vergessen hatte, was so Wichtiges er mit ihr besprechen wollte und was ihm am Nachmittag noch so dringlich erschienen war. Ihr Angebot einer Tasse Kaffee lehnte er ab. Sie beschloß, ihn geradeheraus nach dem Grund seines Kommens zu fragen.

»Du hast mich heute mit meinem Vornamen angesprochen. Darf ich das bei dir auch tun?« fragte sie.

»Im Augenblick – ja.«

»Josef, warum wolltest du mich sehen? Stimmt irgend etwas nicht?«

»Ich w-werde bald das L-land verlassen und ich versuche, vorher m-meine Angelegenheiten in Ordnung zu bringen.« Plötzlich saß er kerzengerade im Sessel. »Was m-macht denn das Vieh hier?« Psyche kam aus dem Schlafzimmer herein.

»Magst du keine Katzen? Bist du allergisch?«

»N-nein«, knurrte er und fuhr dann in beleidigtem Ton fort: »Aber i-ich will k-keine Tiere in meiner Nähe. B-bring das D-ding hier raus!« Sylvia beeilte sich, Psyche wieder im Schlafzimmer einzusperren. Einen Augenblick zögerte sie auf der anderen Seite des Raumes, ehe sie wieder zu ihrem Sessel zurückging. »W-was ist denn los?« fragte er.

»Ich hab' dich nur angesehen«, erwiderte sie weich und etwas verschüchtert. »Es ist so seltsam, dich hier zu sehen. Hier in meiner Wohnung. Vor allen Dingen nach deinem Brief. Ich dachte, ich würde dich nie wiedersehen.«

»Wie ich schon sagte – ich wollte noch etwas Unerledigtes zu Ende bringen.«

»Ich hab' mir Sorgen um dich gemacht. Kannst du mir sagen, was an der Uni passiert ist?«

»Man hat m-mir mitgeteilt, daß m-man meine Dienste nicht länger b-benötigt.«

»Und mit welcher Begründung?«

»Es hat Probleme in bezug auf m-meine Forschungen gegeben. B-berufsmäßige Eifersucht kann äußerst h-hinterhältig sein. Einige L-leute von deiner U-universität haben sich mit meinen Feinden in Philadelphia zusammengetan. M-meine Ex-Frau war vielleicht auch d-daran b-beteiligt. Sie haben m-mir das ganze Semester ü-über auf Schritt und T-tritt nachspioniert.«

»Feinde? Spione?«

»Du weißt d-doch, wie d-diese Seminare so sind. Ein Haufen frustrierter alter J-jungfern, d-die sich auf jedes m-männliche Wesen stürzen, das es w-wagt, in ihr Gebiet einzudringen. Selbst die Schüler h-handeln manchmal n-nicht anders.«

»Hattest du diesen Eindruck auch von dem Seminar, in dem ich war?«

»Ihr wart ein eigensinniger Haufen. I-ich hab' g-gehört, daß ihr euch ü-über die von m-mir aufgegebenen Arbeiten beschwert habt. U-und auch ü-über meine Lehrmethoden. Lehrerinnen sind bekannt d-dafür, als Studentinnen faul zu sein. D-das werde ich n-niemals gestatten.«

»Was lief denn bei deiner Forschung schief?«

»Nichts. M-mir wurde ein Experiment, das ich in einer Klasse a-angestellt habe, vorgehalten. Ich w-wollte wissen, wie die Schüler auf g-gewisse Aktivitäten reagieren.«

»Könntest du das etwas näher erklären?« Was er sagte, hörte sich für sie irgendwie anklägerisch an, so als ob er glaubte, daß sie bereits die Antworten auf ihre Fragen kennen würde.

»Mich i-interessierten die Eindrücke sexueller Aktivitäten im Schulalter. Ein F-freund von mir züchtet Pferde in M-maryland. Ich h-hab' eine Tonbandaufnahme von einem D-deckhengst u-und einer Stute gemacht und h-hab' sie der Klasse eines Tages vorgespielt.«

»Was hast du getan?«

»Es war ein wissenschaftliches Experiment. Ich wollte sehen, ob s-sie s-sich vorstellen konnten, w-was da passiert.«

Sylvia war sprachlos. Sie nahm einen großen Schluck Wein und wandte sich ab. Nach einer Minute hatte sie sich wieder soweit unter Kontrolle, daß sie ihn weiter befragen konnte:

»Was für einen Sinn sollte das haben? Warum um Himmels willen hast du das auf Band aufgenommen, ganz abgesehen davon, es vor einer Klasse von Kindern abzuspielen?«

Er wurde wütend. »D-du stempelst mich zum Pervertierten ab, g-genauso, wie sie es v-versucht haben. Diese Kinder w-waren alt genug, um über Sex Bescheid zu w-wissen. Ich wollte feststellen, ob sie ihn auch erkennen konnten.«

Zum erstenmal bekam Sylvia es mit der Angst zu tun. Hier war sie alleine in ihrer Wohnung mit einem betrunkenen Mann, an dessen geistiger Stabilität sie bei jedem Wort, das er sprach, mehr zweifeln mußte. »Aber da muß doch mehr als das gewesen sein«, sagte sie. »Das kann nicht ausgereicht haben, um jemanden hinauszuwerfen. Hattest du denn keine vertraglichen Ansprüche?«

»D-die schlimmste berufliche Eifersucht, die es gibt, i-ist die zwischen M-mann und Frau. Und Frau Dr. Annensky ist Psychologin im E-erziehungsbereich. Als ich s-sie verließ, begann sie ihrem K-kampf. Im ersten J-jahr griff sie m-mich beruflich an, indem sie m-mir unterstellte, d-daß meine Arbeit n-nicht ursprünglich sei u-und daß d-die von mir publizierten Arbeiten Plagiate wären. Als d-das nicht funktionierte, begannen sie u-und ihre F-freunde Gerüchte über m-mich und verschiedene Studentinnen zu v-verbeiten. Diese Scharfmacher an der Fakultät u-unterschrieben eine Eingabe gegen m-mich, während ich in New York war. Als d-dann die hiesige Universität d-den Zwischenfall m-mit dem Tonband berichtete, glaubten m-meine Kollegen, d-daß sie jetzt wirklich etwas gegen m-mich in der Hand hätten. Als ich z-zurückkam, erwartete mich eine Art v-von Femegericht.«

Sylvia wußte nicht, was sie mit seiner Geschichte anfangen sollte und wieviel davon glaubhaft war. Wer sich ein solches Experiment vor einer Klasse mit Schulkindern ausdenken konnte, war genausogut in der Lage, eine Konspiration zu erfinden, wo es gar keine gab.

»Ich wußte nicht, daß deine Frau auch auf dem Erziehungssektor tätig ist«, sagte sie endlich.

Er lachte humorlos. »M-meinethalben hat sie d-damit angefangen. Sie w-war in Vorlesungen, die ich hielt, kurz vor ihrer A-abschlußprüfung. Ich h-hielt sie für die einzige Studentin m-mit genug g-geistiger Potenz, um zu doktorieren. Ernsthaft und a-analytisch. Nicht intellektuell verweichlicht w-wie d-die anderen.« Er schnaufte. »W-wie dumm w-war ich doch. Wie sich herausstellte, h-hatte sie nichts anderes als Stroh im K-kopf. Sie glaubte, wenn sie m-mich heiraten würde, d-dann könnte sie mit mir auf m-meiner Karrierewelle schwimmen. Jetzt versucht sie sich an m-mir in der einzigen Weise, die f-für sie noch möglich ist, zu rächen. A-aber ich h-hab' sie trotzdem angeschmiert. Ich w-war mit d-der dortigen Uni sowieso f-fertig. Ich hab' mir etwas im Ausland o-organisiert, wo ich m-mir wirklich einen N-namen machen kann.«

Sein Opportunismus mißfiel ihr immer mehr. Wenn er sein Arbeitsgebiet so wenig mochte, dann verachtete er wahrscheinlich auch die Studenten, die er unterrichtete. Sylvia begann sich zu fragen, wo sie wohl in diese Geschichte hineinpaßte und warum er heute nacht zu ihr gekommen war. »Josef, du hast mir noch immer nicht gesagt, warum du mich sehen wolltest. Ich hab' mich gefreut, daß du gekommen bist, weil ich gehofft hatte, eine Gelegenheit zu haben, mich persönlich zu entschuldigen.« Sie goß ihm ein Glas Wein ein, gab es ihm und beobachtete ihn schweigend beim Trinken.

»Warum siehst du mich so an?«

Erneut verwirrt, senkte sie die Augenlider. »Ich nehme an, daß ich dich betrachte. Ich kann es immer noch nicht fassen. Ich hab' nie geglaubt, daß es den Tag geben würde, an dem du hier neben mir sitzt. Das scheint mir immer noch unwirklich zu sein.«

»Ist das nicht genau die Situation, die du mir einmal beschrieben hast? Zusammensitzen und gemeinsam Wein trinken?« fragte er bedeutungsvoll.

»Bitte, Josef, laß uns vergessen, daß diese Episode jemals stattgefunden hat. Ich schäme mich so sehr.«

»Ich kann es nicht vergessen. Wenn du auch nicht die erste Studentin gewesen bist, die sich an mich rangemacht hat.« Seine Haltung war jetzt nicht mehr arrogant. In der Art, wie er sie betrachtete, lag etwas Verführerisches, das sie zugleich erregte und ängstlich machte. »Du wußtest n-nicht, was m-mir deine Universität angetan h-hat?« Er lächelte jetzt, aber seine Augen strahlten keine Wärme aus.

»Aber nein, woher sollte ich?«

»H-hast du mit dem Dekan n-nicht über mich gesprochen?«

»Nein, ehrlich nicht. Ich war zwar beim Dekan, aber nicht deinetwegen. Ich hab' kein Wort gesagt. Wie konnte ich auch? Was damals zwischen uns beiden geschehen ist, ließ mich in einem viel schlechteren Licht erscheinen als dich.«

»Ist d-das die Wahrheit?«

»So wahr mir Gott helfe!« Er lehnte sich – sie immer noch betrachtend – im Sofa zurück. Sie war sich nicht klar darüber, ob er ihr glaubte, und versuchte das Thema zu wechseln. »Es überraschte mich, daß du mich sprechen wolltest. Nach deinem Brief mußte ich befürchten, daß du mich hassen würdest.«

»D-du warst eine g-gute Studentin. D-du hattest wenigstens etwas V-verstand. Ich w-war natürlich neugierig auf dich.«

»Neugierig?« Urplötzlich war sie befangen. Genauso wäre sie es auch schon vor vier Monaten gewesen, wenn er damals ihren Bluff durchschaut hätte. Mit ihrer Prahlerei war es jetzt vorbei. Sie fühlte sich wie ein fünfzehnjähriges Schulmädchen vor einem Lehrer und wäre am liebsten in Tränen ausgebrochen. Nachdem das, wonach sie sich die ganze Zeit gesehnt hatte, passieren sollte, hatte sie Angst. Josef kam zu ihr herüber und beugte sich, beide Hände auf die Armlehnen gestützt, über sie. Sie krümmte sich, vor ihm zurückweichend, über ihrem Weinglas zusammen. Er küßte sie zärtlich, bei ihrer Stirn beginnend, dann sanft über ihre geschlossenen Augen streichend auf die Wangen. Es wärmte und beruhigte sie, während er sich langsam ihrem Mund näherte. Als er im Begriff war, ihre Lippen zu küssen, schrak sie zurück.

»Ich habe Angst, Josef. Ich wollte es schon so lange, aber jetzt habe ich Angst.«

»Aber warum denn? Du willst es doch.«

»Es ist überwältigend.« Er stotterte jetzt nicht mehr und so glaubte sie endlich, sein Vertrauen gewonnen zu haben.

»Hast du nicht genau davon geträumt?« Er nahm ihr Gesicht in beide Hände. »Sieh mich an. Ich geb' dir meinen Mund.« Seine Zunge war warm und feucht und stieß tief in sie hinein. Sie trank seine Küsse, die sie tief in ihrer Kehle seufzend erwiderte. Ihr ganzes Ich war in ihrem Mund verschweißt mit Josef. In einer himmlichen Passivität gab sie sich seinen Zärtlichkeiten hin. Seine Hände berührten ihre Brüste, aber die Berührung gelang aufgrund ihrer Stellung in dem Sessel nicht richtig.

»Gehen wir doch in das andere Zimmer«, flüsterte sie, während sie ihn umarmte. Sie stand auf und nahm ihn bei der Hand, um ihn dort hinzuführen, aber er hielt sie zurück. Seine langen Arme umschlangen und drückten sie. Allein durch seine Kraft wurde sie aufrecht gehalten. Sie versuchte ihre Arme frei zu bekommen, um die Umarmung zu erwidern, aber er hielt sie weiterhin an sich gepreßt. »Laß mich dich umarmen, Josef.«

»Bin ich so, wie du dir mich vorgestellt hast?« fragte er, seine Umklammerung noch verstärkend.

»Bitte, bitte! Vergiß doch den letzten Frühling. Komm ins Schlafzimmer. Du machst mir Angst!«

»Erinnerst d-du d-dich nicht an dein Gedicht? An das obszöne?« Während er sie an sich gepreßt hielt, konnte sie sein Herz schlagen hören. Sie versuchte zu protestieren, aber er unterbrach sie schroff. »Es g-gab da eine Stelle, d-die ich mochte. ›Alles in mir ist angefüllt vom Schlag deiner Flügel und läßt meinen Mund erklingen.‹« Plötzlich stieß er sie roh zurück und ergriff ihre Schultern. »N-nicht sehr klug!«

Sie war verwirrt. »Aber Josef, das war doch nur eine Redewendung.«

»Nicht für m-mich!« tobte er. Er führte ihre Hand zu seinem Reißverschluß an der Hose. Es war eine hektische Bewegung, als er ihre Finger um seinen unter dem Stoff geschwollenen Penis drückte.

»Alles, Josef, alles kannst du haben. Nur nicht hier. Bring mich ins Bett.« Während er sie mit einem Arm weiter festhielt, öffnete er mit der anderen Hand den Reißverschluß.

»D-da hast d-du ihn. Ist er so attraktiv, wie d-du glaubtest, d-daß er sein würde? Fühl ihn! Na mach schon! Nimm ihn in den Mund!«

»So nicht, Josef. Komm doch ins Bett!« flehte sie.

»Jetzt!« schrie er und warf sie auf die Knie. Während er sie brutal an den Armen festhielt, rang sie über eine Minute lang mit ihm. Als sie ihren Mund öffnete, um zu schreien, stieß er zu. Sie keuchte halb erstickt, während er sie bei den Haaren hielt. Plötzlich atmete er schneller, zitterte, seine Hände umschlossen ihren Hals, während er weiter zustieß. Dann begann er zu grunzen, ein tiefes, gräßliches Geräusch, während sie weinte und nach Atem rang.

»Da, du h-häßliches Biest!« knurrte er und gab ihr einen Stoß, der sie zur Seite fallen ließ. »Jetzt kannst du d-daraus ein n-neues Gedicht machen!« Er schloß den Reißverschluß, stieg über sie hinweg und ging zur Tür.

20. Kapitel

Einige Minuten verstrichen. Noch immer schaudernd übergab sich Sylvia auf dem Teppich, zu schwach, ihr Gesicht aus den erbrochenen Weinresten zu heben. Ihre Zähne klapperten, und sie rollte sich wärmesuchend in sich zusammen. Psyche miaute pathetisch, gefangen hinter der verschlossenen Tür des Schlafzimmers. Endlich hörte Sylvia zu weinen auf und schloß die Augen. Als sie erwachte, waren die Kerzen auf dem Tisch fast völlig heruntergebrannt. Sie blies sie aus, stolperte ins Schlafzimmer, fiel auf die Überdecke des Bettes und schlief für den Rest der Nacht ein. In ihren Träumen lief sie in einer europäischen Stadt durch verwaiste Straßen. Ein offener Lastwagen mit heulenden Sirenen überholte sie und zwei Grobiane warfen sie hinten auf den Wagen, wobei sie ihr zuschrien, daß sie verhaftet sei. Der Lastwagen fuhr weiter und immer weiter durch die Nacht. Als sie erwachte, taten ihr alle Knochen weh. Erneut begann das Zittern, und schmerzvoll erbrach sie in die Kissen.

Das ganze Wochenende über blieb sie im Bett und ging auch nicht ans Telefon, weil sie sich zu sehr dessen schämte, was ihr angetan worden war. Sie konnte niemanden hören oder sehen. Ob sie das Erlebte als Vergewaltigung klassifizieren konnte? Alle Bekannten wußten von ihrer Schwärmerei für Annensky. Sie würden selbstverständlich alle zu ihr halten, aber das würde die Erniedrigung und die erlittene Schmach nicht tilgen. Außerdem bewirkte die Vorstellung, daß sie sich jetzt endgültig in den Kreis der Verschmähten unter ihren Freundinnen einreihen müsse, daß sie sich noch schlechter fühlte. Sie war nicht bereit, ihre persönliche Tragödie allgemeinem Geschwätz preiszugeben. Der einzige Mensch, der nichts von Annensky wußte, war Murray. Und außerdem gehörte er zu jenen, die ihr Selbstmitleid nicht unterstützen würden.

Sie sah sich von seinen festen, starken Armen umschlungen und wußte, daß sie sich da sicher fühlen konnte, egal wie unbeteiligt Murray auch sein würde. So sicher, wie sie sich eben nur im physischen Kontakt mit einem männlichen Körper fühlen konnte.

Am späten Sonntagnachmittag versuchte sie, ihn anzurufen, obwohl sie ihn nicht zu Hause vermutete. Wahrscheinlich war er noch am Strand. Zu ihrer Überraschung antwortete er. Sie nahm all ihre Kraft zusammen, um verführerisch zu klingen. »Ganz schön früh zu Hause, nicht wahr?«

»Ich hab' nur ein Nickerchen gemacht, Syl. Heute abend muß ich auf eine Party. Was treibst du denn so?«

»Ich will dir ja nicht auf den Wecker fallen, aber mir ist etwas ganz Dummes passiert, und ich wäre gern im Augenblick nicht alleine.«

»Was ist denn passiert?«

Sie suchte nach einer glaubwürdigen Erklärung. »Mich haben sie beklaut. Nicht schlimm. Ich bin nicht verletzt, aber es hat mich ziemlich durcheinander gebracht.«

»Haben sie 'ne Menge mitgenommen?«

»Nur eine billige Armbanduhr und ein paar Dollar.«

»Ich hab' jetzt nicht viel Zeit. Gegen acht werde ich abgeholt, und jetzt ist es schon Viertel vor sechs. Spätestens um halb acht muß ich unter der Dusche sein.«

»Wir haben ja schon früher schnelle Nummern gemacht. Ich möchte dich sehen. Bis halb sieben könnte ich bei dir sein.«

»Das überlasse ich dir. Wenn du herkommen willst, okay, aber gegen sieben Uhr fünfzehn muß ich anfangen, mich fertig zu machen.«

Die Aussichten hörten sich für sie zwar nicht gerade vielversprechend an, aber sie wollte, und wenn es nur für ein paar Augenblicke wäre, den Arm eines Mannes um sich fühlen. »Mußt du es unbedingt vorher wissen, ob ich komme? Ich kann mich im Augenblick noch nicht entscheiden.«

»Nein. Wenn du Lust hast, dann kommst du. Vor sieben Uhr fünfzehn fange ich nicht an zu onanieren.«

Sie legte auf, unentschieden, ob sie gehen sollte. Langsam stieg sie aus dem Bett und betrachtete ihr Gesicht im Spiegel. Die Lider waren geschwollen, und sie sah bleich aus, aber das war nur oberflächlich. Sie hatte gewartet, irgend etwas Wesentliches an sich verändert zu finden, irgendein permanentes Merkmal des Alptraums vom Freitag. Sie ging unter die Dusche. Lange Zeit ließ sie sich vom

Wasser umspülen, um so die Spuren der Erniedrigung loszuwerden und sich zu regenerieren. Zu Murray mußte sie mit der U-Bahn fahren, weil sie ihr letztes Geld für die Wochenendeinkäufe mit Annensky ausgegeben hatte. Als sie ankam, war ihr Haar von der Dusche noch immer feucht.

Als sie bei ihm klingelte, bekam sie keine Antwort. Eine Frau in den mittleren Jahren, mit einer Schürze bekleidet, offensichtlich die Hausmeisterin, fragte sie mißtrauisch, wen sie wohl suche. »Den Typ von 7 B«, antwortete Sylvia.

»Ach so«, nickte die Frau und verstummte, als sie über Sylvias Schultern die Straße entlang blickte. Sylvia hörte Schritte, drehte sich um und sah Murray, der in Jeans und T-Shirt schnell näher kam.

»Ich dachte, du würdest nicht mehr kommen – konnte mir nicht vorstellen, daß du so verrückt sein würdest. Ich war im Laden an der Ecke und hätte dich leicht verpassen können.«

»Ich wollte heute abend auf keinen Fall alleine sein und hab' deshalb mit allem, was ich kriegen konnte, vorlieb genommen.« In seinem sportlichen Anzug machte Murray einen fast jungenhaften Eindruck. Sie stellte fest, daß er während des Sommers abgenommen hatte. Als sie in der Wohnung angekommen waren, sagte Sylvia: »Siehst du, ich bin ganz pünktlich. Sechs Uhr dreißig auf die Minute.«

»Wie bist du denn herbekommen?«

»Mit der U-Bahn.«

»Hör zu, ich will, daß du zurück ein Taxi nimmst«, sagt Murray, während er aus seiner Tasche eine Fünfdollar-Note zog und mit einer entschlossenen Geste auf sie zuging.

»Das ist nicht nötig.«

»Also los. Syl. Das ist nur fair.«

»Ich würde mir wie ein Callgirl vorkommen.« Er steckte ihr den Geldschein vorne in die Bluse. Während er sein T-Shirt auszog, nahm sie ihn wieder heraus. Murray zog sich ganz aus und warf sich auf das ungemachte Bett. Während sie sich auszuziehen begann, betrachtete er sie.

»Du siehst fix und fertig aus, Sylvia.«

»Ich bin immer noch ein bißchen durcheinander.«

»Hast du die Bullen geholt?«

»Was hätte das genützt?«

»Das stimmt auch wieder. Wie viele waren es denn?«

»Zwei. Junge Burschen mit Messern.«

»Du kannst von Glück sagen, daß sie dich nicht mehr als beklaut haben. Mensch, wenn die eine Ahnung davon gehabt hätten, wie gut du bist, dann hätten sie *dir* Geld gegeben!«

»Das ist nicht zum Lachen! Es war ein grauenvolles Erlebnis.« Sie war den Tränen nahe. Beruhigend streichelte er ihre Wange und sagte leise:

»Sie doch keine Tränensuse, Baby. Davon geht die Welt nicht unter.« Seinen Arm um ihre Schultern, drückte sie sich wie ein erschöpftes Kind an ihn. »Ist es denn die Möglichkeit? Bei dem gleichen Mädchen nach so vielen Monaten schon wieder einen Steifen. Das ist ja ein Rekord!« Da er ihre Hilflosigkeit registrierte, übernahm er diesmal die Führung. Wie beruhigend doch seine Hände auf ihrem erschöpften Körper wirkten. Genau wie sie es mochte, und ohne von ihr aufgefordert zu werden, stieg er über sie und drang langsam in sie ein.

»Drück mich, Murray. Bitte, halt mich nur fest. Ich kann nicht kommen. Ich brauche dich genauso. Fester!« Schnell erreichte er seinen Höhepunkt, sich dessen bewußt, daß sie gefühlsmäßig nicht bei ihm war. Er blieb noch einige Minuten auf ihr, während sie ihn krampfhaft an sich drückte.

»Kann ich denn gar nichts für dich tun? Wenn du kommen würdest, würde es dir gleich besser gehen«, sagte er, während er sich neben sie legte. Seine Finger durchforschten ihre feuchten Schamlippen, Sylvia führte ihn zu dem Punkt und hielt seine Hand dort fest.

»Ich will es versuchen, aber ich hab' eine Bitte. Macht es dir was aus, wenn du das Radio abstellst?«

»Magst du denn keine Musik?«

»Nicht in einem Augenblick wie diesem. Und vor allem keine Rock-Musik.«

»Lenkt es dich ab?«

»Irgendwie schon.«

»Aber klar«, sagte er und drückte auf den Knopf. »Ich möchte nur, daß du dich wohl fühlst.« Und wieder bewegte er seine Finger zwischen ihren Beinen.

»Du darfst nicht zu fest an der Spitze reiben. Die ist zu empfindlich«, flüsterte sie.

»Gut, so was zu wissen.«

Wie sich die Zeiten ändern, dachte sie. Heute waren Frauen in der Lage mitzureden und beim Liebesspiel ihren fairen Anteil zu fordern. Es freute sie, daß er das akzeptierte.

»Überleg dir nur, daß dieser winzige Knopf über genausoviel Nervenenden verfügt wie der ganze Kopf von deinem Penis.«

»Wie schön für dich.«

»Irgendwie schon.« Ihre Finger lenkten das Spiel seiner Hand. »Das ist zwar nicht so gut, als wenn du in mir drin bist, aber ich werde es versuchen«, sagte sie schwer atmend, als sich die Sensationen steigerten. Mit kurzen, verlangenden Schreien kam sie. Murray flüsterte ein lautes ›ja‹ an ihrem Ohr, das ihr bewies, daß er an ihrer Erregung teilnahm. Sein Penis war schon wieder fast steif geworden. Nach einer Minute sagte sie entschuldigend:

»War das nicht die lächerlichste Vorstellung, die du je gesehen hast?«

»Durchaus nicht.« In seiner üblich liebevollen Weise zerzauste er ihre Haare. »Du hast dir den weiten Weg gemacht. Das sollte schließlich belohnt werden.«

»Danke, Murray, nicht jeder würde so denken.«

»Ich hab' dich gern, Sylvia. Du bist eine Freundin, und außerdem verfügst du über ein perfektes Zeitgefühl.« Es war genau sieben Uhr fünfzehn. Murray gab ihr einen kleinen Kuß auf die Wange und stand auf, um zu duschen.

Sie zog sich an und ging zur Badezimmertür. Da sie das Wasser laufen hörte, stieß sie sie auf, um mit Murray zu reden. Die sich öffnende Tür stieß ihn an, als er vor der Toilette stehend urinierte. Er schrie auf.

»O Gott, tut mir leid! Ich dachte, du wärst unter der Dusche. Ich wollte mich nur verabschieden.«

»Du hast mich zu Tode erschreckt!« Er bedeckte sich mit den Händen.

»Was ist denn jetzt los? Geniert es dich, wenn ich dich pissen sehe? Ich habe dir schon bei allem anderen zugesehen; sogar als du dir deine verdammten Zähne geputzt hast.«

»Pissen ist etwas Persönliches.«

»Ficken auch. Alles zu seiner Zeit.«

»Sylvia, ich muß mich fertigmachen.«

»Okay. Vielen Dank, Doktor Butkis, daß Sie in Ihrem überfüllten Terminkalender noch einen Platz für mich gefunden haben.«

»Den Platz hast du gefunden.« Er hörte auf zu grinsen. »Wir passen schon gut zueinander, wie?«

Sie streichelte seine Schultern. »Ja, Murray, sehr gut sogar.« Sie wußte, daß dies der Wahrheit entsprach und daß es alles war, was Murray zu geben vermochte.

»Vergiß den Fünfer nicht!« rief er ihr vom Bad aus nach, als er die Eingangstür knarren hörte. Sie gab keine Antwort. Als er herauskam, fand er den Geldschein unter eine Ecke des Fernsehers geklemmt.

Eine ganze Weile wanderte Sylvia im ›Village‹ umher, wobei sie sich in diesem ihr fremden Teil der City verloren und einsam vorkam. An einem Sommerwochenende kann man in New York so etwas wie eine bizarre Karnevalsatmosphäre verspüren, vor allen Dingen in diesem Teil der Stadt. Die Straßen waren voll von Menschen auf Abenteuersuche, die ihr Alleinsein kompensieren wollten. So ein Sonntagabend hat seine eigene Verzweiflung – ähnlich dem letzten Urlaubstag, wo man eine Chance sucht, der wieder beginnenden Arbeit zu entrinnen. Doch während Sylvia an lustigen Boutiquen und Straßencafés vorbeischlenderte, dachte sie an andere Dinge.

Der Trip zu Murray hatte ihr nicht viel geholfen. Was für ein Trost lag in einer physischen Begegnung, wenn sich dahinter kein Gefühl verbarg? Sie brauchte jemanden, dem sie sich auch gefühlsmäßig mitteilen konnte. Zugegeben, Murray schien sich jetzt mehr in sie hineinversetzen zu können, als er es noch vor nicht allzulanger Zeit getan hatte. Aber dennoch: hier war sie nun, die in sich ein schreckliches Geheimnis herumtrug ohne die Aussicht, daß ihr Hilfe zuteil werden würde, während er auf irgendeiner Party schon wieder einer neuen Schürze nachjagte. Murray und seine Auf-die-Schnelle-Fickereien waren eben auch nicht das Wahre. Sie beschloß, ihn nicht wieder anzurufen. Jetzt hatte sie endlich genug von blondhaarigen Typen.

21. Kapitel

In diesem Jahr ließ der Herbst auf sich warten. Das Schuljahr begann mit Temperaturen um 35 Grad. Sylvia verbrachte die letzten zwei Wochen, ehe die Schule anfing, damit, Unterrichtspläne und eine allgemeine Struktur der Jahresarbeiten aufzustellen. Die Erfahrung hatte sie zwar gelehrt, daß es eine ziemliche Zeitverschwendung bedeutete, Langzeitprojekte zu planen, bevor sie ein Gefühl für ihre neuen Klassen bekommen hatte, aber es war für sie wichtig, sich mit einer sie stark in Anspruch nehmenden Arbeit zu beschäftigen. In der Schule hatte sie in diesem Jahr ein neues, frisch gestrichenes Eckzimmer als Unterrichtsraum erhalten, das neben dem Musikzimmer lag. Das bedeutete mehr Licht, mehr Luft und zuweilen die Sopranstimme der Musiklehrerin zu hören.

Es überraschte sie immer wieder, wenn sie im September feststellen mußte, wie stark einige der Schüler in der Zwischenzeit gewachsen waren. Es kam öfter vor, daß eine Schülerin, die im Juni die Klasse als schlaksiges Mädchen verlassen hatte, als kleine Dame zurückkehrte. Die Melendez-Zwillinge hatten jetzt jeder eine Freundin. Auch bei Julio war endlich der Stimmbruch eingetreten. Mit typisch mütterlichem Bedauern mußte Sylvia feststellen, wie sie erwachsen wurden. Im nächsten Jahr würden sie dann ihre Schule verlassen, um an eine weiterführende Schule zu gehen.

Andererseits bedeutete der Beginn eines neuen Schuljahres immer eine Form von Wiedergeburt, eine Chance, neu zu beginnen. Neue Schüler, ein neuer Abschnitt, eine Gelegenheit, Dinge ganz neu zu beginnen und diesmal alles richtig zu machen. Dies war auch der Zeitpunkt, wo man unterschiedliche Leute kennenlernte und neue Interessen kultivieren konnte. Da sie dieses Jahr noch von ihrer Schauspielklasse erschöpft war, konnte Sylvia nicht genug Energie oder Willen zur Weiterbildung aufbringen, um sich einem politischen Club oder einer Malklasse anzuschließen, wie sie es in den vergangenen Jahren getan hatte. Nach dem Besuch von Annensky hatte sie es nicht mehr fertiggebracht, sich noch einmal die Rolle der ›Königin Elisabeth‹ anzusehen und war auch niemals wieder in die Klasse vom ›Globe‹ zurückgekehrt. Es hatte aber eine Zeit gegeben, in der sie sich stark für Musik interessiert hatte. Die Episode mit dem Fagottisten erinnerte sie daran. Sie entschloß sich also, zu ihrer neuen Nachbarin, der Musiklehrerin, Kontakt aufzunehmen, um vielleicht durch sie die Möglichkeit zu finden, ihren Klarinette-Unterricht wieder anzufangen.

Obwohl sie beide schon seit über drei Jahren an der gleichen Schule unterrichteten, hatte sie Lisa nie richtig kennengelernt. Die Musiklehrerin war eine ruhige, formelle Person mit dunklem Haar, das sie zu einer jugendlichen Ponyfrisur geschnitten trug. Ihre unauffällige Haltung und kleine Statur ließ sie in den Pausen zwischen den Klassenstunden unter ihren Schülern fast verschwinden. Sylvia hätte sie als ›niedlich‹ bezeichnet, doch war für Sylvia dieses Wort nicht ohne abwertende Bedeutung. Eigentlich hatte sie diese Frau immer gemieden, die sich doch, wenn man Alter und Ausbildung in Betracht zog, für die Rolle einer Freundin im Lehrerkollegium direkt angeboten hätte. Im Gegenteil – Sylvia hatte sie zunächst zu einer typischen kleinen, dunklen, fantasielosen New Yorker Type abqualifiziert, die in damenhafter Weise gelernt hatte, Klavier zu spielen und hübsch zu singen, aber höchstwahrscheinlich langweilig war. Die Intensität und Ernsthaftigkeit, die sie später bei Lisas Einstellung zur Musik feststellte, widersprachen dieser Typisierung, aber Sylvia hatte trotzdem an ihrem Vorurteil festgehalten.

Lisa zeigte sich über Sylvias erneutes Interesse an Musik hocherfreut und lud sie ein, sich eine Probe mit einer Gruppe von Amateurmusikern, mit denen sie einmal im Monat Kammermusik machte, anzuhören. Sie schlug vor, daß Sylvia ihre Klarinette mitbringen solle, falls sie Lust verspüre, teilzunehmen. »Das kann ich auf keinen Fall tun. Es sind Jahre vergangen, seit ich das letztemal gespielt habe«, protestierte Sylvia.

»Das spielt keine Rolle. Komm auf jeden Fall. Du kannst einfach zuhören. Es wird dich anregen, wieder zu üben. Und es ist eine wirklich nette Gruppe von Leuten. Hast du an diesem Freitag was vor?«

»Bis jetzt noch nicht.«

»Wenn dir nichts Besseres einfällt, dann komm doch einfach.«

Sylvia traf sich mit Lisa am Freitagabend an der U-Bahn, und gemeinsam fuhren sie nach Soho. Dieses Gebiet der Stadt bekam inzwischen jenen Ruf als Künstlerzentrum, den einst die ›Village‹ für sich beansprucht hatte. Die Künstler zogen allmählich in den südlichen Teil der Stadt, weil sie auf der Suche nach billigeren Mieten und größerem Platzangebot waren. In Price Street, wo Sylvia und Lisa aus der U-Bahn ausstiegen, hatten sich auf beiden Seiten viele heitere Kunstgalerien etabliert, aber die Seitenstraßen waren dunkel und wenig einladend. Für Sylvia war es schwer, sich vorzustellen, daß Menschen in dieser Gegend heimisch werden konnten, die fast ausschließlich aus ehemaligen alten Lagerhallen bestand. Als sie in die Thompson Street einbogen, wurde sie etwas nervös, weil sie feststellte, daß sie die einzigen Menschen auf der Straße waren. Lisa ging voran in eines der Häuser und brachte sie zu einem altmodischen Fahrstuhl mit einer Gittertür. Als sie sich dem vierten Stock näherten, konnte Sylvia entfernt das Stimmen von Musikinstrumenten hören. Sie kamen in eine riesige Dachwohnung, an deren Wänden eigenartige Instrumente aus der Renaissance hingen, die Sylvia nicht identifizieren konnte. Das junge Pärchen, das dort lebte, besaß ein Buch-Antiquariat und widmete sich in seiner Freizeit klassischer Musik. Die Gastgeberin zeigte ihr eine Sammlung alter Grammophone in allen unterschiedlichen Größen und diverse gut erhaltene Bratschen. Am besten gefiel Sylvia ein Instrument, das ihre Gastgeberin vorführte: Ein kleines, etwa vierzig Zentimeter langes dreisaitiges Etwas, das wie ein Cello aussah, aber unter der Achsel gehalten wurde. In einer Ecke stand eine Harfe, die sich das Paar selbst zusammengebaut hatte.

Den ganzen Abend über spielten die jungen Leute in verschiedenen Gruppierungen die Instrumente, wobei der eine oder andere hier und da eine Solo-Sonate zu Gehör brachte. Das Rückgrat aller Darbietungen war jedoch Lisa und ihre feinfühlige Begleitung auf dem Cembalo. Von ihrem Instrument offensichtlich sehr angetan, behandelte sie es mit Eleganz, wobei sich ihr Körper mit der Musik in völliger Übereinstimmung bewegte. Zum erstenmal bemerkte Sylvia, über was für einen schönen Busen Lisa verfügte, diese vollen weiblichen Brüste, die sie immer bewundert hatte in der Vorstellung, wie aufregend sie auf Männer wirken mußten. Als sie die Lust und Konzentration beobachtete, mit der Lisa musizierte, wurde Sylvia klar, daß der größte Unterschied zwischen ihnen nicht in ihrer physischen Erscheinung lag, sondern darin, daß Lisa ihr kreatives Zentrum gefunden hatte und sich diesem hingab, während sie das ihre erst noch finden mußte. Wahrscheinlich würde sie von Lisa noch eine ganze Menge lernen können.

»Bist du nicht erschöpft?« fragte Sylvia, als sie sich später wieder die Mäntel anzogen. »Du hast den ganzen Abend über nicht einmal aufgehört zu spielen.«

»Das war nur ein gutes Training für mich. Am Sonntagmorgen muß ich bei einem Gottesdienst spielen, und deshalb verausgabe ich mich an diesen Freitagen nicht zu sehr. Ich tue es eigentlich nur, weil es mir Freude macht, mit anderen Erwachsenen zu musizieren. Wenn du ein Mensch bist, der auf die Tastatur angewiesen ist, mußt du dich schon sehr bemühen, jemand passenden zu finden. Die Orgel und das Klavier sind hauptsächlich Solo-Instrumente. Dabei kann man sich ganz schön isolieren.«

»Woher nimmst du nur die Energie für all diese Dinge? Ich bin schon zufrieden, wenn ich die wöchentliche Arbeit in der Schule hinter mich gebracht habe.«

»Es macht Spaß. Wenn du etwas tust, was dir Freude bereitet, dann hältst du es nicht mehr für Arbeit. Ich habe meine Lehrtätigkeit, die etwas völlig anderes ist. Und der Chor in der Kirche ist wiederum ein anderes Forum. Du kannst dir nicht vorstellen, was für eine Herausforderung es bedeutet, aus einer Handvoll musikalischer Analphabeten einen gut klingenden Chor zu formen. Und manchmal schafft man es.«

»Wann hast du denn für private Dinge Zeit?«

»Da hab' ich großes Glück gehabt. Mein Freund ist ebenfalls Musiker – Komponist. Es macht ihm nichts aus, daß ich mich meistens samstagabends in der Kirche einschließe, um auf der verflixten Orgel bis Mitternacht zu üben. Ich hab' ihn sogar dazu gebracht, bei den Bässen im Chor mitzumachen.«

Lisa schlug Sylvia vor, sich auf dem Rückweg zur U-Bahn ein wenig die Nachbarschaft anzusehen. Als sie in der Spring Street an einem Straßencafé vorbeikamen, schlug Sylvia vor, doch gemeinsam eine Tasse Kaffee zu trinken. Sie wollte den Sommerabend in einem ihr fremden Stadtteil genießen und mehr über Lisa erfahren, deren Charakter sie so falsch eingeschätzt hatte. Nachdem sie Platz genommen und Cappucino mit Eis bestellt hatten, begann Sylvia eine Frage nach der anderen über Lisas Leben zu stellen, das so ganz anders als ihr eigenes zu sein schien. Es wurde ihr bewußt, daß all die kreative Energie, die Lisa für ihre Musik aufbrachte, bei ihr fast ausschließlich in ihren Fantasien in bezug auf Männer verbraucht wurde. Aus diesem Grund war sie bewußt zurückhaltend, was ihre eigenen Erfahrungen anging. »Ich bin es nicht gewohnt, so viel über mich selbst zu reden«, sagte Lisa. »Was machst du eigentlich so? Wie war denn dein Sommer?«

»Eigentlich ziemlich langweilig.«

»Bist du denn überhaupt rausgekommen?«

»Nur ganz kurz. Für eine Woche nach Philadelphia. Ich hab' sechs Wochen lang an einer Volkshochschule unterrichtet und hatte eine etwas eigenartige Affäre mit einem Zahnarzt.« Während sie in ihrer Tasse rührte, schüttelte Lisa den Kopf.

»Zahnärzte! Das sind die Schlimmsten.«

Impulsiv sah Sylvia sie direkt an und fragte: »Hast du jemals einen Zahnarzt namens Murray Butkis kennengelernt?«

Lisa beugte sich vor und flüsterte: »O mein Gott! Murray Butkis? Woher kennst du denn den?«

»Du kennst ihn auch? Du kennst Murray Butkis? Woher denn? Wo und wie hast du ihn getroffen? Wann war das?« Ihre Stimme klang schrill. Von den benachbarten Tischen aus sah man zu ihnen herüber. Sie ließ ihre gestikulierenden Hände in den Schoß fallen und versuchte, ihre Erregung zu unterdrücken. Auch Lisa machte einen verwirrten, aufgeregten Eindruck und schien das

Gespräch in dieser Richtung nicht fortsetzen zu wollen, aber Sylvia ließ nicht locker.

»Ich hab' ihn vor zwei Jahren auf einer Party getroffen. Er war der letzte, mit dem ich nur eine Nacht verbrachte. Das war noch bevor ich Ted getroffen hatte. Woher kennst du ihn denn?«

»Wir kannten uns auf der Universität und sind dann ganz zufällig vergangenes Jahr wieder zusammengekommen. Ich war neugierig, wie er so lebt, aber er selbst ist nicht sehr gesprächig. Was für einen Eindruck hattest du denn von ihm?« Ihr Herz schlug wie wild, und ihr Mund wurde trocken.

»Ich würde meinen, wenn man die Sache oberflächlich betrachtet, kann man ihn nur als einen Mistkerl bezeichnen. Das war mein erster Eindruck von ihm. Er war äußerst kühl und arrogant. Aber ich muß trotzdem sagen, daß mich irgend etwas an ihm beeindruckt hat. Ich denke manchmal an ihn. Damals hat er mich danach noch ein paarmal angerufen, aber ich war nicht mehr interessiert.«

»Was, er hat dich angerufen? Das ist sonst nicht seine Art. Darauf kannst du dir was einbilden.«

»Alles, was er wollte, war ein kurzer Fick. Was soll man sich darauf einbilden?«

Sylvia versuchte sich locker zu geben. »Er hat dich also auf einer Party aufgegabelt?«

»Nicht direkt. Diese Party! So was hab' ich in meinem Leben noch nicht gesehen. Eine alte Bekannte von der Universität, die ich bei einem Klassentreffen wiedersah, hatte mich dazu eingeladen. Die Party fand in einem pikfeinen Apartment an der East Side statt. Die Frauen waren alle super angezogen, und die konservativ gekleideten Männer sahen nach Geld aus. Ich fühlte mich völlig fehl am Platze. Es gab keinen, mit dem ich mich unterhalten konnte. Die Frauen schienen herumzugehen und sich bei den Männern zu erkundigen, wieviel Geld sie verdienten, um dann deren Telefonnummern aufzuschreiben. Alles machte einen organisierten Eindruck, so als ob die Herren auf eine wohlvorbereitete Jagd gingen. Murray war der einzige, der einen Rollkragenpullover und Cordhosen trug. Deshalb habe ich ihn mir ausgesucht. Aber viel mehr, als sich mit mir zu unterhalten, war er daran interessiert, mit seinen männlichen Freunden über Skisport zu reden. Er schien mich kaum wahrzunehmen, und nach ein paar Minuten gab ich auf und ging weg.«

»Wie bist du dann mit ihm zusammengekommen?« Die Neugier fraß sie fast auf.

»Es wäre auch nie passiert, nur hatte ich aus seinem Gespräch herausgehört, daß er und seine Freunde später in die ›Village‹ zurück wollten. Ich lebte damals dort, und so fragte ich, als die Party zu Ende ging, ob sie mich mitnehmen würden. Im Wagen waren sie dann viel netter und nahmen die Frauen auf der Party ganz schön auseinander. Einen seiner Freunde hatte eine Frau gefragt: ›Warum sind Sie eigentlich nur Zahnarzt und nicht Arzt oder Anwalt?‹ Kannst du dir das vorstellen? Dann luden sie mich ein, mit ihnen noch etwas weiterzuziehen, und daraus wurde dann ein recht netter Abend. Wir gingen in eine Bar in der Grove Street, wo Murray praktisch jeden zu kennen schien. Ich nehme an, seine Stammkneipe.«

»Und war er jetzt freundlicher?«

»Eigentlich nicht. Jedenfalls nicht zu mir. Er ignorierte mich noch immer und prahlte weiter mit seinen sportlichen Erfolgen. Ich glaube, seine Freunde waren etwas betreten, weil er sich über Frauen allgemein abfällig äußerte. Einer von ihnen sagte zu mir: ›Du müßtest ihn Skilaufen sehen. Du müßtest ihn in einem Kanu sehen‹, als ob das etwas ändern würde.«

»Was hat er denn über Frauen gesagt?« Sylvia war von Lisas Bericht nicht überrascht.

»Er gab ein paar abfällige Kommentare. Etwa so: ›Na ja, du siehst sie einmal, vielleicht auch zweimal – und das wär's. Wer möchte schon wirklich eine kennenlernen?‹«

Sylvias Gedanken rasten. Endlich bekam sie Einblick in Murrays Privatleben, und was sie sah, bestätigte ihre Fantasiebilder. Wenn sie sich ihn in solchen Situationen vorstellte, so war er kaum dieser geschliffene Aufreißerkünstler, der lediglich schnelle, geschmeidige Partykonversation machte. Sie konnte ihn sich so lebhaft vorstellen, wie er dastand und seine sportlichen Tiraden losließ und die aufdringlichen Frauen mied. Alles in allem war Murray dann doch ein introvertierter Mensch?

»Wie bist du denn nach all dem noch mit ihm zusammengekommen?«

»Es wurde spät, und ich sagte, daß ich nach Hause gehen würde. Da drehte er sich plötzlich nach mir um und erklärte: ›Du bist nicht so wie die anderen Mädchen auf der Party. Das waren alles raffgierige Partygirls, und du bist das nicht.‹ Ich weiß nicht, was ich darauf erwiderte, aber es war bestimmt nicht sehr höflich. Darauf sagte er mit fast beleidigender Stimme: ›Kommst du nicht mit mir nach Hause? Bei mir erlebst du eine Nacht, die du nie vergessen wirst.‹«

Das glaube ich gern, dachte Sylvia. Na ja, der Spaß ist ja nun vorbei.

»Aber warum bist du dann doch mitgegangen, nachdem er sich so aufgeführt hatte?«

»Ein paar Monate vorher hatte ich eine äußerst anstrengende Bindung beendet oder, besser ausgedrückt – jemand hatte mich rausgeworfen, den ich sehr mochte. In meinem ganzen Leben hat es nur fünf oder sechs ›einmalige Nächte‹ gegeben. An jenem Abend entschloß ich mich, mir einen sexuellen Abstecher zu leisten. Ich dachte, es würde gut für mein Ego sein. Und ich muß sagen, das war es auch. Von einem technischen Standpunkt aus gesehen, glaube ich, daß seine Leistung das Beste war, das ich je erlebt habe. Da war etwas in seiner Berührung... Deshalb denke ich sogar jetzt noch manchmal an ihn, obwohl ich mit Ted zusammenlebe.«

Sylvia wollte sich Murrays Darbietungen weder mit Lisa noch mit irgendeinem sonst vorstellen. Bei ihr hatte er sich kaum so hervorgetan. Wenn ihr Sex gut gewesen war, dann deshalb, weil sie sich dabei angestrengt hatte, ganz besonders das erste Mal, damals im April. Vielleicht erweckten Lisas große Brüste mehr Ausdauer in ihm, als sie es tat. Es schmerzte sie, wenn sie sich vorstellte, daß er sich vielleicht auch auf dem einen Gebiet, wo sie glaubte, ihn erreicht zu haben, bei ihr zurückhielt. Nur zu gerne hätte Sylvia Einzelheiten gewußt, traute sich aber nicht, danach zu fragen.

»Wenn er so besonders gut war, warum wolltest du ihn dann nicht wiedersehen?«

»Eines Abends, so gegen neun Uhr dreißig, rief er mich an und fragte, ob ich rüberkommen wolle. Der Ton hat mir nicht gepaßt. Es hörte sich so an, als ob er in seiner Nachbarschaft jemanden gefunden hätte, mit dem man mal schnell schlafen konnte. Als er einige Wochen darauf dann wieder einmal anrief, fragte ich ihn, warum er immer erst so spät auf die Idee käme. Er meinte, daß er lange arbeiten müsse und nicht gerne Pläne im voraus mache. Dann murmelte er noch etwas davon, daß unsere Fahrpläne wohl nicht übereinstimmten, und seitdem hab' ich nie wieder etwas von ihm gehört.« Lisa zog die Brauen hoch und fuhr nachdenklich fort: »Es war mehr als seine Gleichgültigkeit, die mich gestört hat. Die Nacht im Bett hat mich schon beeindruckt. Wann immer ich vorher guten Sex erlebt hatte, gehörte eine echte Beteiligung dazu. Ich wußte nicht, wie ich damit fertig werden sollte, daß es auch mit jemandem so gut sein konnte, von dem ich wußte, daß er nur aus Schwanz bestand.«

Während Sylvia zuhörte, fühlte sie sich fast schmerzhaft berührt. Sich Murray mit dieser Frau im Bett vorzustellen, wo er beweisen wollte, daß sie eine Nacht verleben würde, die sie nicht vergaß und der sich später wieder darum bemühte, mit ihr zu schlafen! »Was er damals in der Nacht immer wieder zu mir gesagt hat, war: ›Du bist so gut! Du bist ja so gut!‹ Ich bin dort mit einem Gefühl fortgegangen, als ob ich die Größte wäre. Es war das einzige meiner Kurzabenteuer, wo ich mit einem guten Gefühl fortging.« Die gleichen Worte! Sylvia mußte mehr wissen.

»Ich weiß, was du meinst«, sagte Sylvia und versuchte kühl zu bleiben. »Er ist ein guter Ficker.« Lisa war jetzt so mit ihren Erinnerungen beschäftigt, daß Sylvia sie nicht mehr zu drängen brauchte, ihre Geschichte fortzusetzen.

»Damals ist noch eine eigenartige Sache passiert: In der Verbindung, die ich gerade beendet hatte, war ich diejenige gewesen, die sexuell das meiste gegeben hatte. Als wir zu seiner Wohnung gingen, hab' ich Murray ganz direkt gesagt, daß ich es über mich ergehen lassen würde, aber daß ich mich wie ein Brett hinlegen und nur passiv sein würde. Er meinte, daß noch nie eine Frau so offen mit ihm über Sex gesprochen hätte. Das Komische war, daß er mich, sobald wir im Bett waren, so fabelhaft behandelte, daß auch ich zu geben bereit war. Er machte mich so wild, daß ich gar nicht anders reagieren konnte. Er sagte: ›Und das nennst du passiv?‹«

Jetzt verstand Sylvia besser. Vielleicht war er aus den gleichen Gründen wie bei ihr so sehr auf Lisa eingegangen.

»Lisa, darf ich dir eine sehr persönliche Frage stellen?«

»Aber sicher. Ich hab' dir schon soviel erzählt. Warum nicht?«

»Kannst du deine vaginalen Muskeln nach Wunsch kontrollieren?«

»Ja, tatsächlich. Er hat diesbezüglich auch eine Bemerkung gemacht.«

»Hat er dir gesagt, daß nur etwa jede tausendste Frau das könne?«

»Das stimmt. Das hat er«, sagte Lisa mit weit aufgerissenen Augen. »Ich war überrascht. Ich dachte, jede Frau könne das.«

»Ich komme mir wie ein Trottel vor. Weißt du, daß er mir genau die gleichen Dinge gesagt hat und daß ich darauf reingefallen bin? Ich bin sogar wieder hingegangen. Ich konnte mir nicht vorstellen, daß seine Zärtlichkeiten nur eine Lüge waren.«

»Deshalb brauchst du dich nicht zu schämen. Du hast schon

recht. Irgend etwas ist da an ihm dran, aber das hat er tief vergraben. Das hab' ich auch gefühlt.«

»Erinnerst du dich an die Geräusche, die er machte, als er kam?«

»Jetzt wo du es sagst, kann ich mich erinnern, daß er laut wurde. Ich war auch laut. Ich erinnere mich, daß ich Angst hatte, die Nachbarschaft aufzuwecken.« Sylvia erklärte Lisa ihre Theorie in bezug auf Murrays seltsames Geschrei beim Sex.

»Meinem Gefühl nach versuchte er dann, wenn er kommt, mit seinem schrecklichen Geschrei seine Einsamkeit loszuwerden.«

»Das hört sich zwar wie eine romantische Verklärung an, aber ich glaube schon, daß es das gibt. Irgendwo in ihm muß es so etwas wie echtes Gefühl geben, sonst könnte er nicht so gut im Bett sein. Aber warum glaubst du, daß er einsam ist? Er schien jede Menge Freunde zu haben.« Sylvia schilderte ihr, was sie von seinem Leben wußte und von seiner Unfähigkeit, eine feste Bindung mit Frauen einzugehen. »Vielleicht will er diese Art von Nähe nicht, Sylvia. Ganz abgesehen davon wird er gefühlsmäßig von Frauen, die auf der Party waren, als ich ihn traf, nicht viel erhalten. Kein Wunder, daß er sich immer verteidigt.«

»Deshalb hat er dich auch gemocht. Er wußte, daß du nicht so bist.«

»Warum sich über jemanden den Kopf zerbrechen, der sich selbst so verschließt? Genau deshalb kann ich nur mit so jemandem leben, wie mit Ted, wenn es mal schwierig wird. Zumindest ist er eines echten Gefühls fähig. Und außerdem schätzt er an mir auch noch andere Dinge außer Sex.«

»Da hast du Glück gehabt. Ich scheine nichts als Krüppel zu treffen.« Und Krüppel scheinen andere Krüppel anzuziehen, dachte sie, als sie die kleine energische Frau betrachtete, die einen so gesunden und weisen Eindruck machte. Lisa hatte Murrays Unzulänglichkeiten erkannt und wollte damit nichts zu tun haben. Sie dagegen war von seiner Undurchdringlichkeit angezogen worden. Nicht zu Beginn. Zuerst war es ihre Liebe zu Josef gewesen, die sie in Murrays Arme getrieben hatte, aber seit es den nicht mehr gab – was suchte sie jetzt noch dort? Vielleicht gab sie sich der Illusion hin, daß sie irgendwann zu dem Teil von ihm vordringen würde, den er so streng verborgen hielt. »Ich glaube, daß irgendwo in ihm doch ein Mensch verborgen ist«, hatte sie gesagt. Sie glaubte, daß sie dies in den verzweifelten Augenblicken der sexuellen Hingabe empfunden hatte. Sie hatte es auch an Murrays Berührungen gefühlt, egal, wie er zu reden pflegte.

»Bist du während dieses Sommers mit ihm ausgegangen?« fragte Lisa, die merkte, daß Sylvia sich zurückzog.

»Ich glaube nicht, daß man sagen könnte, wir wären ausgegangen. Wir haben uns nur hier und da gesehen.«

»Seit ich ihn kannte, muß er sich geändert haben.«

»Das glaub' ich nicht. Er will noch immer keinerlei Bindung. Trotzdem hab' ich ihn ein wenig kennengelernt. Nicht, daß er es einem leicht machte.«

»Es scheint mindestens hundert Jahre her zu sein, seit ich die Nacht bei Murray Butkis verbrachte. Ich erinnere mich noch, daß ich am nächsten Morgen sehr früh aufstehen mußte. Dieses gräßliche, unordentliche Apartment! Als ich die Wohnungstür aufmachte, um zu gehen, richtete er sich plötzlich im Bett auf und rief mit dieser verängstigten Stimme: ›Du hast doch deine Telefonnummer dagelassen. Geh auf keinen Fall, ehe du deine Telefonnummer dagelassen hast!‹ Ich hatte nicht die Absicht gehabt, aber ich glaube, daß ich sie auf eine Streichholzschachtel oder so was hingeschmiert habe. Er schien echt verstimmt zu sein, daß ich abhauen könnte, ohne ihm die Möglichkeit zu geben, sich mit mir in Verbindung zu setzen.« Sylvia konnte es nicht ertragen, noch mehr zu hören. Murray hatte Lisa wirklich gemocht. Sie fühlte sich verletzt, enttäuscht und minderwertig.

»Du hattest ja so recht, dich nicht weiter mit ihm einzulassen. Er ist ein erstklassiger Lump. Ich treffe mich auch nicht mehr mit ihm.« Etwas gedrückt verabschiedete sie sich von Lisa. Das Gespräch hatte beide mitgenommen. Aber vielleicht würde der Tag kommen, an dem sie über diesen seltsamen Zufall scherzen würde? In Harlem gab es einen Spitznamen für so etwas: Die ›Wasserschwestern‹. Frauen, die mit dem gleichen Mann geschlafen hatten. Im Augenblick jedoch war diese Verwandtschaft für sie beide etwas unbequem. »Lisa, vielen Dank, daß du mich eingeladen hast. Die Musik hat mir viel Freude bereitet. Morgen früh gehe ich direkt in Schirmers Musikalienhandlung, um mir ein Mundstück für die Klarinette zu besorgen, damit ich mit Üben beginnen kann.«

»Du mußt fleißig üben. Ich hab' das Klarinettenkonzert von Mozart gespielt. Vielleicht können wir es nächsten Monat zusammen versuchen.

»Ich fürchte, dafür mußt du mir mindestens zwei Jahre Zeit geben.«

Lisa überlegte einen Augenblick und fragte dann nervös: »Sprichst du überhaupt noch mit Murray?«

»Ich hab' in der nächsten Zeit nicht die Absicht.«
»Ich hoffe, du wirst ihm nichts von mir erzählen.«
»Aber bestimmt nicht. Überhaupt hab' ich das Kapitel dieser Begegnung schon fast abgeschlossen.«
»Das freut mich.«
»O Gott, was für ein beschönigender Ausdruck«, lachte Sylvia. »Eigentlich kann man nur von einer genitalen Begegnung sprechen.«

22. *Kapitel*

»Endlich ist es passiert, Murray.«
»Du bist schwanger«, sagte er albern am Telefon.
»Nein, du Spinner, das würde ich dir niemals sagen.«
»Warum denn nicht?«
»Weil es dich nichts angeht.«
»Okay, Syl, schieß schon los.«
»Ich hab' eine Auserwählte aus deinem verdammten Bett getroffen. Also – du erzählst uns allen, daß wir die Besten sind, was?«
»Was? Wer ist das?« Er hörte sich verängstigt an.
»Eine Lehrerin von meiner Schule.«
»Wie sieht sie denn aus? Wann war das?« Murray war schrecklich aufgeregt. Sylvia gab ihm eine kurze physische Beschreibung von Lisa.
»Das könnte jede sein. Ich brauche Einzelheiten.« Sie erzählte Lisas Version von der Party und ihrer Nacht mit Murray. »Fehlanzeige, Sylvia. Ich kann mich an nichts erinnern. Nicht die leiseste Ahnung.«
»Sie ist ruhig und hübsch und hat einen ordentlichen Busen. Also daran wirst du dich doch sicherlich erinnern?«
»Ich glaube kaum, daß ich dieses Mädchen je gefickt habe«, sagte er entgeistert.
»An mich hast du dich auch nicht erinnert.«
»Aber an den Namen ›Sylvia‹. Er erinnerte mich an Sylvia Green. Um nichts in der Welt kann ich mich an jemanden namens Lisa erinnern.«
»Es fällt mir schwer, das zu sagen, aber das sollte dir eigentlich zu denken geben.«

»Das ist doch verrückt. Ich werde wohl alt.« Er schien wirklich durcheinander zu sein.

»Nicht alt. Nur etwas verbraucht. Vielleicht spielst du das Spiel schon etwas zu lange.«

»Ich muß Schluß machen, Syl. Nett, daß du angerufen hast. Und lern weiterhin Leute kennen.«

»Das werd' ich auch«, sagte sie verächtlich. »Wann immer ich auf eine Party gehe, werde ich mich dort an die attraktivste Frau ranmachen und sie fragen, ob sie dich kennt.« Beide legten auf.

Das üble Gefühl, das noch vom Freitag übriggeblieben war, verringerte sich ein wenig nach diesem Gespräch am Samstagnachmittag. Die Beruhigung zu wissen, daß Lisa in Murrays Gedächtnis genausowenig vorhanden war, wie es bei ihr der Fall gewesen war, vielleicht sogar noch weniger, machte ihr Schuldgefühl, Lisas Vertrauen mißbraucht zu haben, wieder wett. Abgesehen davon war sie es gewesen, die Murrays Blut am häufigsten in Wallung gebracht hatte. Wie oft war es denn passiert? Sie setzte sich mit dem Kalender in der Hand hin und machte eine Liste. Insgesamt war sie sechsmal in Murrays Wohnung gewesen. Und jedesmal hatte sie ihn bereit und willig vorgefunden. Das mußte doch etwas bedeuten? »Normalerweise bekomme ich nach dem ersten Mal keinen Steifen mehr.« Oder gehörte das auch zu seinen Standardsätzen? Ach was, sie wollte einfach nicht mehr an ihn denken. Lisa hatte ja so recht. Warum sollte sie?

Aber sie tat es trotzdem. Jeden Abend, wenn sie von der Schule nach Hause ging, malte sie sich aus, was er wohl gerade tun würde. Sie sah ihn in seinem weißen Kittel und mit Brille, den Bohrer in der Hand, in seiner Praxis. Sie sah ihn auf Partys, Bier trinkend und sich mit seinen Zahnarztfreunden über Rugby unterhaltend. Sie sah ihn in seinem Rollkragenpullover, wie er durch die Kneipen streifte, um vielleicht jemanden aufzugabeln. Ihre Vorstellung von dem Typ, auf den er flog, hatte sich, seit sie die Geschichte mit Lisa herausgefunden hatte, gewandelt. Er besaß offensichtlich einen besseren Geschmack, als sie ihm zugetraut hatte. Und dann gab es da ja noch die gutaussehende Frau auf dem Bild im Regal. Die Frauen seiner Wahl, so schien es ihr, waren ihr selbst gar nicht so unähnlich.

Wenn sie abends zu Hause an ihrem Lehrplan arbeitete, überraschte sie sich dabei, wie sie manchmal seinen Namen in die Zwischenräume des Planes schrieb. In diesem Jahr erschienen ihr die Abende besonders lang. Wenn sie schon gezwungen war, wieder und immer wieder seinen Namen zu schreiben, dann konnte sie es ja wenigstens auch kunstvoll tun. Sie holte ihren alten Schreibkasten hervor und schrieb seinen Namen breit in römischen Großbuchstaben über ein Blatt Papier. Dann versuchte sie es in gotischer Schrift, bis die Buchstaben zu fließen schienen: Murray, Murray, Murray. Es war lange her, daß sie sich mit so etwas beschäftigt hatte. Das letztemal, als sie das Gedicht an Annensky schrieb.

Sie erinnerte sich an den schlaksigen Zuchtmeister am Pult, der abwechselnd schrie und errötete und wunderte sich, was sie jemals an ihm anziehend gefunden hatte. Er konnte nicht einmal korrekt sprechen. Und trotzdem hatte sie sich selbst zum Narren gehalten, indem sie sich bemühte, seine Aufmerksamkeit zu erregen, und war fast verrückt geworden, als sie versuchte, etwas über sein Leben herauszubekommen. Eine ganze Woche lang war sie seinetwegen kreuz und quer durch Philadelphia gerast. Das Schlimmste aber war sein Lob gewesen, das sie glauben ließ, in ihm gewissermaßen eine intellektuell verbundene Seele gefunden zu haben, einen Menschen, dessen Gedanken sich mit den ihren zu gleichen schienen. Ihre Gedanken. War sie denn überhaupt in jenen Monaten in der Lage gewesen, einen Gedanken zu fassen, als sie von ihm, als wäre er Satan persönlich, besessen war? Er hatte vermocht, sie dazu zu bringen, seine persönliche reaktionäre Philosophie des Lehrens vor der ganzen Klasse nachzuplappern, als wäre sie die Puppe eines Bauchredners. Sie versuchte sich zu erinnern, wie es begonnen hatte. Es war irgendwann in der Mitte des Semesters gewesen.

Natürlich waren es bei ihr der Gedanke an die Kinder gewesen und die Art, wie deren Fähigkeiten in dem Chaos der öffentlichen Schulen zunichte gemacht wurden, die sie auf seine Seite gezogen hatten. Aber was hatten ihm eigentlich die Kinder bedeutet? Das einzige, was für ihn wichtig war, war die Glorifizierung eines autoritären Modells, das lediglich seinen Machthunger widerspiegelte. Es machte sie krank, wenn sie daran dachte, in welcher Weise sie ihm gestattet hatte, ihr Ich zu dominieren. Man mußte sich nur vorstellen, wie er dann später im August zu ihr in die Wohnung gekommen war. Daß ein so gänzlich unattraktives Individuum für sie auch nur im geringsten interessant sein konnte, kam ihr unglaublich vor. Sie hatte ein Trugbild angehimmelt, das mit dem wirklichen Josef Annensky nichts zu tun gehabt hatte.

Murray Butkis war wenigstens jemand, den sie zu kennen glaubte. Vielleicht kannte sie ihn jetzt sogar besser als irgendein anderer Mensch dies jemals vermocht hatte. Sollte sie sich seinetwegen irgendwelche Illusionen machen, so waren ihr die nicht bewußt. Wenigstens bildete sie sich ein, ihn so zu nehmen, wie er war.

Mehrere Nächte hindurch rief sie Murray gegen Mitternacht an, um festzustellen, ob er Gesellschaft brauchte. Als es ihr endlich gelungen war, seiner habhaft zu werden, dauerte es eine Weile, bis er richtig da war. Endlich war er bereit, ihrem Besuch zuzustimmen, und sie hatte Glück, daß bei ihrer Fahrt mit dem Taxi zu ihm alle Ampeln auf ›Grün‹ standen, so daß sie in weniger als einer halben Stunde dort war.

Obwohl mehr als ein Monat seit dem letzten Treffen vergangen war, behandelte sie Murray so gleichgültig, als ob er sie vorgestern das letztemal gesehen hätte. In dieser Art entdeckte sie etwas Familiäres und Angenehmes. Wie üblich war die Eingangstür angelehnt, aber als sie eintrat, war Murray nirgendwo zu sehen. Sie hörte das Wasser im Badezimmer rauschen und dann das Geräusch eines Rasierapparates. »Warum rasierst du dich denn zu dieser Zeit?« fragte sie, während sie in der Badezimmertür stehen blieb. Murrays Gesicht war zur Hälfte mit Schaum bedeckt, während er sich über das dampfende Becken beugte.

»Ich fühlte mich etwas schmuddelig. Ich war in der vergangenen Nacht aus und hatte keine Zeit, mich heute früh zu rasieren. Ich dachte, ich mach' mich ein wenig frisch.«

»Das ist nett von dir«, sagte Sylvia, indem sie vielleicht richtig, vielleicht aber auch nicht, annahm, daß diese Reinigung ihretwegen geschah. Während er sich mit der rechten Hand weiter rasierte, klappte er mit der linken den Deckel der Toilette herunter, als ob er sie zum Sitzen einladen wollte. Sie nahm ihren Platz dort ein, stützte sich mit gekreuzten Armen auf die Knie und beobachtete Murray, der den Kopf von einer Seite zur anderen drehte, während der Rasierapparat fein säuberlich den letzten braunen Flaum von seinem Kinn nahm. Aus seinem Gesichtsausdruck konnte sie schließen, daß das, was er tat, ihm Spaß machte. Als er fertig war, wusch er sich das Gesicht und starrte dann anerkennend in den Spiegel, während er sich fast liebevoll mit dem Handtuch abtrocknete. Sie mußte an den Augenblick denken, als sie ihn nach einem Duschbad im Bad überrascht hatte und an den fröhlichen Narzißmus, den sie dabei registriert hatte. Sie nahm an, daß er ein Recht darauf hatte, in die Art wie er aussah verliebt zu sein. Das gehörte genauso zu ihm wie sein Zahnarzt-Diplom.

Auf dem Boden zu ihren Füßen, offensichtlich als Klo-Lektüre gedacht, lag ein Taschenbuch mit Anweisungen für Skiübungen. »Jetzt schon, Murray? Es ist doch erst September.«

»Man kann damit gar nicht früh genug anfangen. Ich springe direkt von der Ruder- in die Skisaison.« Sie hob das Buch auf und sah sich die Fotografien der muskulösen pulloverbekleideten Figuren an, die durch den Schnee wedelten. Der Winter und das Gebirge schienen an diesem feuchten, tropischen Sommerabend in der Stadt Lichtjahre entfernt zu sein. »Ich verstehe nicht, warum du nicht in einem Skigebiet lebst. Bei deinem Beruf könntest du doch überall wohnen und eine Praxis eröffnen. Du könntest doch nach New England oder nach Colorado gehen und nur ein paar Minuten von den Hängen entfernt leben.«

»Ich hab' daran gedacht, aber ich mag die Großstadt. Ich mag die Stimulation. Die Kneipen. Ich trinke zwar nicht, aber ich brauche die Kneipen.«

»Ich weiß genau, was du meinst. Theoretisch z. B. würde ich gerne in den Wäldern leben und mein eigenes Holz hacken. Und das schon seit fünf Jahren. Aber ich hab' es noch immer nicht geschafft, New York, zu verlassen.«

»Ja, richtig«, sagte er abwesend. Er hörte ihr nicht zu. Er frisierte sich mit großer Konzentration, indem er erst die eine und dann die andere Seite seiner Haare bürstete. Das gleiche hatte sie jeden Morgen als rituelle Handlung bei ihrem Vater beobachtet, als dessen Haar dünner zu werden begann.

»Was ist denn los, Romeo? Hast du Angst, eine Glatze zu bekommen?«

»Kümmer dich um deine eigenen Angelegenheiten«, erwiderte er unfreundlich, während er die Bürste hinwarf und nur noch den Kamm benutzte. Sie stellte fest, daß sie ins Schwarze getroffen hatte.

»Tut mir leid. Das war gemein. Dein Haar sieht wirklich prima aus. Ehrlich!«

»Es lichtet sich. Jahr für Jahr immer etwas mehr.«

»Eine Menge Frauen finden glatzköpfige Männer äußerst sexy. Du brauchst keine Angst zu haben, keinen Bettpartner mehr zu finden, falls dich das beunruhigen sollte.«

»Dieses Älterwerden ist einfach Scheiße. Ich hasse es. Basta. Deshalb mein Training mit Gewichten und das tägliche Seilspringen.

Viel mehr kann man eigentlich nicht tun. Mit meinem Rücken hab' ich jetzt mehr Ärger als früher, und auch für Erkältungen bin ich anfälliger geworden. Es ist einfach Scheiße, wenn du dein Leben lang stark und kräftig gewesen bist.«

»Ich nehme an, daß du recht hast. Einige Leute vertreten allerdings den Standpunkt, daß Erkältungen und Rückenprobleme hauptsächlich psychosomatischer Natur sind. Vielleicht ist es deine geistige Verfassung und nicht dein Alter.«

Er war offensichtlich von seinem Spiegelbild viel zu sehr gefangen, um ihren Worten zu folgen. Schließlich reckte er sich, wobei er ihr und sich selbst seinen wohlgeformten Torso darbot, dann gähnte er laut, zwickte sie in die Nase und sagte: »Laß uns schlafen gehen.«

»Warum bist du denn so feucht?« fragte er sie, als er sich auf sie legte. Sie war so weit geöffnet und bereit für ihn, daß sie ihn, ohne mit ihrer Hand seinen Penis zu führen, in sich aufnahm.

»Du solltest die Antwort darauf wissen, Doktor Butkis. Du hast doch unter anderem auch Psychologie studiert, oder nicht?« Die Wahrheit wäre einer Beichte zu nahe gekommen. Wie gerne hätte sie ihm gesagt, daß sie deshalb feucht war, weil sie ihn so sehr begehrte, weil niemand sie jemals so erregt hatte wie er und weil sie schwach wurde, wenn sie nur in seine jungenhaften Augen blickte. Während er auf ihr saß, betrachtete sie sein Gesicht. Wie war es für ihn möglich, sich so ganz und gar dem Akt hinzugeben, während sie durch ihre romantischen Gedanken daran gehindert wurde, sich völlig ihrem eigenen Vergnügen zu widmen. Plötzlich ergriff er ihre Hüften, und sein Gesicht verzerrte sich zu einer schmerzhaften Grimasse. Er kam und brach mit einem einzigen hellen Schrei neben ihr zusammen.

Etwa eine Minute später blinzelte er und schüttelte den Kopf, als ob er sich wachrütteln wollte. »Tut mir leid, daß ich so schnell gekommen bin«, sagte er. »Aber ich glaube, ich war heute abend einfach zu aufgeladen. Vergangene Nacht war ich mit diesem Mädchen im Bett und egal, was sie oder ich auch taten, ich konnte einfach nicht kommen. Nach einer gewissen Zeit bekam ich nicht mal mehr einen Steifen. Wahrscheinlich war ich mit meinem Gedanken zu beschäftigt oder so was. Heute abend bin ich entspannter.«

Der Gedanke, daß Murray erst in der vergangenen Nacht genauso nackt neben einer anderen Frau gelegen hatte, drehte ihr beinahe den Magen um. Aber sie fand eine eigenartige Beruhigung in der Tatsache, daß ihr so leicht gelungen war, was die andere Frau nicht vermocht hatte.

»Was beunruhigt dich denn? Gibt es Probleme bei der Arbeit? In deiner neuen Superpraxis schien doch alles ganz fabelhaft zu laufen.«

Murray rieb sich nachdenklich das Gesicht. »Es dreht sich um Midge. Verdammte Schweinerei!«

»Ich dachte, du magst sie?«

»Das tat ich auch. Wir hatten perfekte Arbeitsbedingungen, und auf einmal macht sie eine Kehrtwendung, und ich bin im Eimer.«

»Wieso im Eimer?«

»Sie hat mir gekündigt. Sie und ihr Mann ziehen nach Seattle. Einfach so aus blauem Himmel. Sie sagt, sie hat genug von New York und braucht eine andere Umgebung.«

»Das hört sich doch ganz vernünftig an.«

»Ja, und was ist mit mir? Wer wird bei mir die Zähne reinigen? Wer wird sich ums Büro kümmern? Alles was sie weiß, hab' ich ihr beigebracht. Ich hab' aus ihr eine Top-Assistentin gemacht. Eine echte Professionelle, sag' ich dir. Und jetzt nach nicht mehr als sechs verdammten Jahren haut sie einfach ab!«

»Du hörst dich wie ein betrogener Liebhaber oder ein verlassener Ehemann an.«

»Was willst du damit sagen?« knurrte er.

»Aber Murray, sie muß doch ihr eigenes Leben leben. Hast du nie daran gedacht, daß es für sie wichtigere Dinge als ihren Job gibt?«

»Aber wir haben doch so prima zusammengepaßt. Wir hatten ein so fabelhaftes Verhältnis zueinander. Sie stand mir näher als meine eigene Familie.« Seine Stimme klang jetzt fast weinerlich, wie Sylvia sie noch nie vorher gehört hatte.

»Liebling, du darfst das nicht als eine persönliche Beleidigung auffassen. Ihr könnt doch weiterhin Freunde bleiben. Für sie gibt es jetzt einfach Dinge, die für sie wichtiger sind.«

»Es wird niemals mehr so sein wie früher. Ich hab' sie verloren. Alles, was ich ihr beigebracht hab', war für die Katz. Ich sage dir, es ist eine verdammte Zeitverschwendung, diese Mädchen auszubilden. Wenn sie endlich soweit sind, daß sie dir wirklich nützen, dann hauen sie einfach ab, weil sie jetzt etwas Neues reizt.«

Tausende von Argumenten gegen Murrays Proteste gingen ihr durch den Kopf, aber sie unterdrückte sie. Es hatte keinen Sinn, mit ihm zu diskutieren, wenn er so enttäuscht war. Offensichtlich war er aufs tiefste von Midges Plänen verletzt und legte sie als einen

Bruch des privaten Abkommens zwischen ihnen aus. Männer begehen oft den Fehler zu glauben, daß Arbeit, die für sie von weiblichen Untergebenen ausgeführt wird, zur Hauptsache aufgrund persönlicher Zuneigung geleistet wird und nicht nur wegen eines ganz normalen Arbeitsvertrags. Murray hatte die berufsmäßige Gewissenhaftigkeit von Midge mit ihrer persönlichen Ergebenheit ihm gegenüber durcheinander gebracht. Vielleicht würde er eines Tages in der Lage sein, die Sache klarer zu sehen. Sie würde diesmal ihrem inneren Drang aber nicht nachgeben, ihn in bezug auf menschliche Beziehungen zu belehren. Heute nacht würde sie nicht versuchen, ihm eine Predigt zu halten.

»Ich muß dir eine komische Geschichte erzählen, damit du auf andere Gedanken kommst. Bist du in der Lage zuzuhören oder bist du zu müde? Es dreht sich dabei um Arbeit.«

»Schieß nur los, ich bin jetzt voll da.«

»Unter anderem unterrichte ich in diesem Jahr eine Klasse von hellwachen Fünfzehnjährigen. Interessierte junge Kerlchen. Genau die Typen, um deretwillen man Lehrerin wird. Einer meiner Schüler, Ernesto, verdient diesen Namen wirklich. Er bemüht sich so sehr, Englisch zu lernen, daß es einem fast das Herz bricht. Er ist ein aufgeweckter Bursche, und ich glaube, daß er es schaffen wird. Heute hat er sich etwas Fabelhaftes geleistet.« Murray hörte ihr mit geschlossenen Augen zu. »Er stieß auf die Tatsache, daß im Englischen die Aussprache öfter völlig unterschiedlich zu der Schreibweise ist, während im Spanischen die Worte genauso betont werden, wie sie geschrieben sind. Er schrieb ein fabelhaftes Beispiel an die Tafel. Ich zeig' es dir.« Sie stand auf und ging durch das Zimmer zu dem langen Tisch neben der Tür.

»Sag mal, was machst du da eigentlich?«

»Ich hole mir Papier und Bleistift, denn das mußt du optisch wahrnehmen.«

»Wie kannst du nur mitten in der Nacht noch so aktiv sein? Komm zurück ins Bett.« Am Tisch angekommen, sah sie über ihre Schulter auf den irritierten Mann zurück, der sich im Bett in der anderen Ecke des Raumes aufgerichtet hatte. Es kam ihr so vor, als ob sie sich heute nacht so benähmen, daß sie jedermann für ein altes Ehepaar halten konnte. Auf einem Papierfetzen schrieb sie in Druckbuchstaben BREADED, VEAL, STEAK (Brädded, Wil, Stek), um dann wieder zum Bett zurückzukehren und es Murray zu zeigen. Verständnislos starrte er das Stück Papier an.

»Verstehst du das denn nicht?« fragte sie. »EA-EA-EA. Alle drei

Worte haben die gleichen Vokale, aber jedes einzelne wird unterschiedlich ausgesprochen.« Jetzt strahlte er.

»Das stimmt. Das ist komisch.«

»Kannst du dir vorstellen, wo Ernesto das entdeckt hat?« Murray schüttelte den Kopf und sah sie fragend an. »Natürlich auf einer Speisekarte.« Beide lachten. »Ganz schön clever für jemanden, der erst seit sechs Monaten Englisch lernt, findest du nicht auch? Ja, ja, die Geheimnisse der englischen Orthographie.«

Murray legte das Stück Papier vorsichtig auf seinen Nachttisch. »Das heb' ich mir auf. Es ist wirklich interessant.« Er legte seinen linken Arm um ihre Schultern. Wohlig gegen seine warme Haut gekuschelt wünschte sie sich, daß er sich diesmal nicht so abrupt von ihr abwenden würde, wenn es Zeit zum Schlafen wäre. »Weißt du«, sagte er dann ruhig, »du bist wirklich ein ganz gescheites Mädchen, Sylvia. Ein überaus gescheites sogar.« Er nahm den Arm von ihr, und wieder tauchte bei ihr das bange Gefühl auf, das sich immer dann einstellte, wenn er sich von ihr ab und der Wand zuwandte. Sie schmiegte ihren Körper ganz eng an die Konturen seines Rückens. *Gestatte mir wenigstens so viel Nähe, Murray.* Und dann sagte er, während er ein wenig seinen Kopf in ihre Richtung wandte: »Und außerdem ein sehr attraktives Mädchen, weißt du das?«

23. Kapitel

»Green, wie oft muß ich mir eigentlich von dir die gleichen Geschichten anhören? Der Mann ist einfach nicht interessiert! Du rennst mal wieder mit deinem Kopf gegen die sprichwörtliche Wand an«, sagte Karen, Sylvias psychiatrische Freundin, während sie ihre ›Bloody Mary‹ umrührte.

»Und was ist mit vergangener Nacht? Hört es sich nicht so an, als ob ich langsam zu ihm durchdringe? Ich war ja selbst überrascht.« Sie hatte gerade die komplette Geschichte über Murray Butkis vom ersten Treffen bis zur letzten Begegnung mit ihm erzählt.

»Schau her, du bist nicht seine Analytikerin. Auch nicht seine Mutter. Auch nicht seine geistige Beraterin. Wenn du dir als Lebensziel die Rehabilitation gesetzt hast, dann tu dir selbst einen Gefallen und bleib bei streunenden Hunden und Katzen. Vergeude deine Zeit nicht als Beraterin für einen pensionsreifen Burschen mit

Erektionsproblemen. Vergiß diesen Murray. Es gibt einen ganzen Haufen normaler Männer in dieser Stadt.«

»Zu viele davon hab' ich in der letzten Zeit nicht getroffen.«

»Natürlich nicht. Im vergangenen Jahr warst du viel zu sehr mit Verrückten beschäftigt, als daß du einen normalen Mann auch nur bemerkt hättest. Es wäre besser für dich gewesen, wenn du Lorry geheiratet hättest.«

»Um dann als brave kleine Hausfrau am Stadtrand zu leben? Ich bitte dich!«

»Das Übelste an der Geschichte ist, daß du wegen des irren Professors darauf verzichtet hast, dein Abschlußdiplom zu machen. Sieht dir gar nicht ähnlich, einfach etwas hinzuschmeißen.«

»Ich hab' mich ja nur beurlauben lassen. Ich geh' schon zurück.«

»Das glaube ich erst, wenn ich es sehe. Wie konnte nur so eine kleine Affäre mit einem Mann deine wichtigsten Pläne dermaßen durcheinander bringen?« Sylvia überhörte diese rhetorische Frage. Karen fuhr fort. »Übrigens – hast du jemals, nachdem du mir den Brief vorgelesen hast, wieder etwas von ihm gehört?«

»Nein, kein Wort.« Sie hatte all ihren Freunden von Annenskys Besuch in ihrer Wohnung nichts erzählt.

»Dafür kannst du gar nicht dankbar genug sein. Der hörte sich wie ein Verrückter an. Und davon verstehe ich was. Ich sehe diese Typen jeden Tag bei der ambulanten Behandlung. Verrückte! In Krawatte und Anzug laufen sie den ganzen Tag wie jeder normale Mensch herum, um dann nachts davon zu träumen, wie sie ihre Mutter ficken.« Sylvia mußte lachen. »Glaubst du, daß ich scherze?« fragte Karen traurig.

»Hast du nicht gerade gesagt, daß es auch normale Männer in der City gibt?«

»Ja, klar gibt es welche. Sicherlich.«

»Hoffentlich hast du recht.«

»Das hoffe ich auch, Sylvia. Einen für dich und einen für mich. Je eher desto besser. Es wird langsam spät, und ich werde immer müder.« Die beiden Frauen sahen sich bedeutungsvoll über den Tisch hinweg an.

»Wie meinst du das, Kar?«

»Wie ich es gesagt habe. Gehn wir?«

Karen brachte sie noch bis zur Ecke und wartete mit ihr auf den Bus, der sie zur East Side zurückbringen sollte. Um den Abend etwas hoffnungsvoller ausklingen zu lassen, erzählte ihr Sylvia begeistert von der Arbeit in der Schauspielklasse. Da war etwas in ihr geweckt worden, von dem sie vorher nicht wußte, daß es existierte. Die Tatsache, daß sie zwei Wochen vor Schluß des Lehrgangs damit aufgehört hatte, verschwieg sie. Auch hier war es Annensky gelungen, Einfluß auf sie zu nehmen.

Die Ratschläge ihrer Freundin, dessen war sie sich bewußt, waren immer begründet. Aus diesem Grunde schwor sich Sylvia, dem unweigerlich wieder auftretenden Zwang, Murray anzurufen, zu widerstehen, da sie sich bewußt war, daß es nichts anderes als einen Drink für einen Alkoholiker bedeuten würde. Jetzt war es an ihr, sich zurückzuziehen, und das gelang ihr auch mehrere Wochen. Was sie von ihrem Vorsatz endgültig abbrachte, war etwas, das ihr Lisa erzählte. An einem Montagmorgen, noch bevor der Unterricht begonnen hatte, beschäftigte sie sich damit, Themen für die erste Klasse an die Tafel zu schreiben, als Lisa an die Klassentür klopfte. Die Musiklehrerin sah angespannter und weniger unbeteiligt als sonst aus. Ihre Stimme hörte sich ein wenig zittrig an.

»Ich hoffe, du hast nichts dagegen, wenn ich davon anfange«, sagte sie, »aber ich hab' am Wochenende eine wirklich traurige Geschichte über Murray Butkis gehört.«

»Über Murray?« fragte Sylvia. »Was kann bei ihm schon traurig sein, außer daß er immer der Verlierer ist?« Sie wandte sich wieder der Tafel zu, um vor ihrer Besucherin ihre Erregung zu verbergen. War ihm etwas zugestoßen? Ging es ihm vielleicht nicht gut?

»Am letzten Samstag aß ich mit einer Freundin zu Mittag. Eigentlich mehr einer Bekannten. Im Sommer vor einigen Jahren verbrachten wir zusammen einen Urlaub mit einer Gruppe auf Feuerland. Egal. Hillary ist Rechtsanwältin, und ich habe immer das Gefühl, als ob sie mich beschützen wolle, so, als ob ich eine arme Kirchenmaus oder so was wäre, nur weil ich Organistin bin. Diesmal begann sie etwas herablassend und gab mit ihrem gesellschaftlichen Leben an; ich beschloß, mich zu verteidigen. Vielleicht auch ein wenig selbst anzugeben. Sie kennt eine Menge Leute, und so nahm ich die Gelegenheit wahr und fragte, ob sie Murray kenne.«

Sylvia zwang sich weiter an die Tafel zu schreiben, aber die Kreide entschlüpfte beinahe ihren Fingern, während nervöser Schweiß ihre Hände feucht werden ließ. Nicht noch eine. Nicht noch eine von Murrays Auserwählten. Sie hätte gerne so viel Charakterstärke besessen, um Lisa zu bitten aufzuhören.

Lisa fuhr fort. »›Murray Butkis‹, sagte Hillary, ›aber sicher kenne ich den, es ist mein Zahnarzt.‹«

Sylvia empfand Erleichterung. Sie wandte sich Lisa wieder zu, fasziniert durch die Gelegenheit, erneut eine andere Seite von Murray zu entdecken, die ihr bislang verborgen geblieben war. »Was sagte sie denn? Ist er gut? Schließlich ist er auf eine der besten Universitäten gegangen. Also auf jeden Fall hatte er eine gute Ausbildung.«

»Meine Freundin sagte, daß er sensationell sei. Ein wahrer Zauberer. Sie nennt ihn ein ›goldhaariges Genie‹. Er hat bei ihr eine Wurzelbehandlung vorgenommen, und sie hat es nicht einmal gespürt!«

Silvia erglühte mütterlich stolz auf Murray. »Nun ja, jetzt wissen wir wenigstens zwei Dinge, die er gut kann.«

»Aber da kommt noch was, und das ist die traurige Seite. Zumindest kam er mir so vor. Bei einer Gelegenheit wollte Hillary ihn mit einer ihrer Freundinnen verkuppeln, und weißt du, was er gesagt hat?«

»Meinst du, daß die beiden niemals...?«

»Nein, sie sind nur befreundet. Als sie ihn verkuppeln wollte, erzählte sie mir, wurde er auf einmal ernst und sagte: ›Ich danke für das Angebot, und ich bin sicher, daß Ihre Freundin sehr nett ist, aber ehrlich, ich bin so fix und fertig, daß es einfach keine gute Idee wäre.‹«

Sylvia setzte sich an ihren Schreibtisch und stützte die Stirn eine Minute lang in die Hand, ehe sie Lisa ansah. »Dann weiß er es also«, sagte sie.

»Offensichtlich.«

»Das arme Schwein. Wann hat er das gesagt? Wie lange ist das her?«

»Ich weiß es nicht. Ich hab' nicht gefragt.«

»Wie schrecklich, wenn sich Gefühl nur zwischen den Beinen bemerkbar macht. Wie unglücklich muß er sein.«

»Du kennst ihn besser als ich. An und für sich scheint es ihm nachdem, was du mir erzählt hast, gar nicht so schlecht zu gehen. Gewissensbisse kennt er ja kaum.«

»Genug wenigstens, um einiges zu verstehen. Er tut mir einfach leid.«

»Ich glaube, du hast recht. Mir irgendwie auch.«

»Nett, daß du es mir gesagt hast, Lisa. Einen schönen Tag noch.« Als sie sich verabschiedeten, schwangen sich beide zu einem überzeugten Lächeln auf.

Fast wörtlich berichtete Sylvia Lisas Geschichte noch am gleichen Abend per Telefon Murray.

»Was soll ich dazu schon sagen, Syl?«

»Aber wie wird es denn weitergehen, Murray?«

»Ich will nichts als eine Menge Empfehlungen haben, eine große Praxis aufbauen, eine Menge Geld machen und ab und zu nebenbei ficken.«

»Das erscheint mir eine Vergeudung, Murray. In dir steckt doch noch mehr drin. Ab und zu sehe ich es. Zum Beispiel an dem Morgen, als wir uns gemeinsam die Zähne putzten. Man kann doch mit dir auch eine Menge Spaß haben. Wenn du deinen Plan verwirklichst, wird diese Seite in dir niemals zum Vorschein kommen.«

»Ich spiele nun mal gerne mit Frauen.«

»Hör mit dem Mist auf. Du weißt doch genau, was ich meine. Hast du denn niemals daran gedacht...?«

»Nein«, sagte er äußerst bestimmt, als ob er den Rest der Frage schon oftmals gehört habe.

»Verdammt noch mal! Du weißt ja nicht einmal, was ich sagen wollte!«

»Ich kann es mir schon denken.«

»Es ist nicht das, was du denkst. Ich wollte dich fragen, ob du jemals daran gedacht hast, daß es vielleicht einen Menschen auf der Welt geben könnte, der dich wirklich kennt und versteht. Es ist doch schrecklich, so völlig anonym durchs Leben zu gehen.«

»Ich hab' Hunderte von Freunden.«

»Wie viele davon sind es wirklich? Wie viele interessiert mehr als der übliche Mist?«

»Es fängt an langweilig zu werden. Hat du mich angerufen, um mir eine Gardinenpredigt zu halten?«

Nachdem sie sich geräuspert hatte, fuhr sie fort: »Ich glaube, ich würde dich ganz gerne treffen.« Wie üblich war er ausweichend und meinte, daß er niemals vorhersehen könne, in was für einer Laune er sich befinden würde. »Okay, lassen wir es dabei. Ich ruf' dich morgen gegen Mitternacht an. Wenn du zu Hause bist und Lust hast, dann komm' ich rüber.«

»Sylvia, da gibt es eine Komplikation. Ich bin irgendwie nicht funktionsfähig.«

»Was meinst du damit?« fuhr sie ernüchtert fort. »Hast du jemanden getroffen?«

»Nein, du kennst mich doch«, scherzte er. »Vor ein paar Wochen hab' ich mir den Rücken verletzt, als ich einige Möbel im Büro umstellte. Ich mußte für über eine Woche ein Stützkorsett tragen. Das war lausig.«

»Willst du damit sagen, daß du keinen Sex machen kannst?«

»Ich weiß es nicht. Ich hab' es seitdem noch nicht versucht. Ich fühle mich schon ehrlich besser. Etwa achtzig Prozent wieder normal. Aber plötzliche Bewegungen sind noch nicht drin. Dann krieg' ich einen scharfen, stechenden Schmerz.« Der Gedanke, daß Murray physische Schmerzen hatte, berührte sie. Und die Idee, mit ihm zu schlafen, während er sich nicht bewegen konnte, feuerte ihre erotische Vorstellungskraft an.

»Es gibt genug Dinge, die wir tun können, bei denen du nicht zu aktiv zu sein brauchtest.«

»Verdammt noch mal, es ist schon so lange her. Ich glaube, ich könnte kommen, wenn du ihn nur ansiehst.«

»Warum onanierst du denn nicht?«

»Das hasse ich. Das hab' ich in der Schule gemacht und noch ein bißchen auf der Uni. Dann hab' ich damit aufgehört.«

»Einmal hast du mir gedroht, wenn ich nicht pünktlich wäre, damit anzufangen.«

»Das hab' ich nur gesagt, um dir Angst zu machen. Wenn ich nicht die echte Sache haben kann, dann lieber einen nassen Traum. So kann ich es auch loswerden. Ich bin überrascht, daß ich jetzt noch keinen habe. Wenn nicht bald etwas passiert, dann, glaube ich, kommt mir das Zeug zu den Ohren raus.«

»Glaubst du, es würde funktionieren, wenn ich auf dir draufsitze?«

»Ich weiß nicht, aber auf jeden Fall lohnt es den Versuch.«

»Ich werde ganz vorsichtig sein. Und dann gibt es ja immer noch meinen Mund.«

»Na klar, du hast die beste Zunge in der ganzen City.«

Sie zog ihn auf. »Butkins, das erzählst du allen Mädchen – und leugne es ja nicht.«

»O nein, das stimmt nicht.«

»Murray, ich hab' eine Idee. Weil du gehandikapt bist, könnten wir ein kleines Theaterstück daraus machen. Würde es dir Spaß machen, wenn ich bei dir in einem schwarzen Spitzenkorsett und roten Strumpfbändern erschiene? Würde dich das wild machen?«

»Hör auf, ich krieg' schon einen Steifen.«

»Gut, so soll's auch sein.«

»Ruf mich morgen an. Wenn ich bis dahin nicht ficken kann, dann kann ich es am besten ganz vergessen.«

24. Kapitel

Wie erregend war es, sich vorzustellen, daß er seit mehreren Wochen mit niemandem zusammen gewesen war. Sie konnte es kaum erwarten, ihn wieder zu bearbeiten. Nach dieser erzwungenen Keuschheitsperiode stellte sie sich das unglaubliche Stöhnen vor, das ihm ihre Liebesbezeugungen entlocken würden. Dann hatte sie eine Idee. Sie würde ihm genau vorführen, in welcher Weise er während des Aktes seine Seele betrog. Am Abend gegen elf Uhr dreißig begann sie, in Erwartung ihres Trips zu Murray ihre Papiere für den nächsten Tag zusammenzusuchen. Mit ihnen packte sie einen Kassetten-Recorder mit einer neu eingelegten Kassette in die Tasche.

Um Mitternacht wurde Murrays Telefon nicht abgehoben. Sie versuchte es alle fünf Minuten bis zwölf Uhr dreißig und gab dann auf, um schlafen zu gehen. Diese Zeitgrenze hatte sie sich selbst gesetzt. Sie war sauer, daß er nicht zu Hause war, obwohl er wußte, daß sie ihn anrufen würde, und gleichzeitig besorgt, daß er ausgegangen sein könnte, um in irgendeiner Kneipe wieder eine andere Frau anzumachen. *Warum geht er aus, um eine andere zu ficken, wo er doch mich ficken könnte?* Ehe sie das Licht löschte, versuchte sie ihn noch einmal zu erreichen. Es war jetzt fast ein Uhr.

»Hallo?« meldete er sich.

»Na ja, das hast du ja schön verpatzt.«

»Tut mir leid, Syl. Mir ist heute nacht nicht nach Gesellschaft. Es gibt gerade einen guten Film im Fernsehen. ›Die Rettung.‹«

»Du siehst lieber fern, als mit mir ins Bett zu gehen? Egal, ist auch schon zu spät.«

»Ich habe zu dem Film einen ganz bestimmten Bezugspunkt. Im vergangen Jahr habe ich eine Kanu-Fahrt flußabwärts gemacht, genau acht Meilen von der Stelle entfernt, wo der Film gedreht worden ist. Ich habe den Streifen nie gesehen, aber man hat mir eine Menge davon erzählt. Unsere Fahrt ähnelte der im Film. Zwei meiner Freunde kamen dabei beinahe um. Deshalb will ich ihn unbedingt sehen.«

»Bedrückt es dich, mit jemandem zu schlafen, wenn du nicht fikken kannst?«

»Laß mich den Film sehen«, sagte er ungeduldig.

»Okay, ich will dich nicht aufhalten. Ich rufe ich ein anderes Mal an, du Ratte. Ich glaube kaum, daß ich dich bitten kann, es mir aufzuheben. Trotzdem wäre es nett, wenn du es tun würdest.«

»Keine Angst, Syl, es ist genug davon vorhanden, damit es für alle reicht. Ich hab' genug davon gespart.« Immer ließ er sie warten oder sagte ihr ab. Warum ließ sie sich das gefallen? Ihm war es ganz egal, ob er sie traf oder nicht. Wenn sie ihn nie wieder anrufen würde, würde er es wahrscheinlich gar nicht bemerken. Da sie sich einem Wutanfall nahe fühlte, goß sie sich einen Cognac ein und trank ihn auf der Bettkante sitzend aus. War es seine Unnahbarkeit, die sie veranlaßte, ihn immer zu bedrängen? Karen hatte sie gefragt, wie sie reagieren würde, wenn Murray mehr Gefühl zu zeigen begänne. Man brauchte eine ganze Menge Vorstellungskraft, um sich eine solche Situation nur denken zu können. Sie glaubte aber, daß sie es gerne haben würde und daß sie auch schon gewisse Anzeichen von Wärme bei ihm registriert hatte. Und dann benahm er sich wieder so oberflächlich und rücksichtslos, wenn sie versuchte, mit ihm zusammen zu sein. Es würde lange dauern, ehe sie sich seinetwegen wieder zum Narren machen würde. Das schwor sie sich, bevor sie einschlief.

Am darauffolgenden Abend war sie zum Abendessen bei Freunden eingeladen. Als sie gegen elf Uhr nach Hause kam, klingelte das Telefon. Es war Murray, der ganz außer sich zu sein schien. Einige Minuten lang tauschten sie Gemeinplätze über die Arbeit und das Wetter aus. Es strengte sie beide jedesmal an, ein normales Gespräch zu führen, das nichts mit Sex zu tun hatte. »Woher rufst du denn an, Murray?«

»Von zu Hause. Ich bin heute abend nicht ausgegangen. War zu müde.«

»Ich nehme an, daß du schwer gearbeitest hast.«

»Nicht nur das. die ganze vergangene Nacht über hatte ich Alpträume wegen dieser ›Rettung‹. Ich mußte immer wieder an die Kanufahrt denken. Ich ruderte und ruderte – habe kaum ein Auge zugetan.« Er räusperte sich und murmelte fast unverständlich: »Hast du vielleicht Lust, zu mir zu kommen? Ich zahl' dir das Taxi.« Es war das erstemal, daß Murray sie um ein Zusammentreffen bat. Und die scheue, dringliche Art seiner Einladung bewies ihr, daß es sich hierbei um etwas handelte, das er nicht oft oder gern tat.

Nachdem sie einen Augenblick hatte verstreichen lassen, sagte sie beiläufig: »Okay, es ist ja noch nicht sehr spät. Ich muß nur noch für morgen ein paar Sachen für die Schule zusammenpakken. Nachdem du dich aber gestern so mies benommen hast, werde ich dir eine Lektion erteilen. Dafür gibt es kein Kostüm!«

Hierbei mußte sie wohl wieder den typisch lehrerhaften Ton angeschlagen haben.

»Och«, schmollte er, und dann alberten sie miteinander wie zwei alte Freunde. Sylvia fühlte sich diesem eigenartigen Mann seltsam nahe, nachdem ihn nach ihr verlangte. In einer halben Stunde war sie vor seiner Tür.

Obwohl es bereits Oktober war, schien Murray noch immer braungebrannt und sommerblond, wie er da unter dem Laken im Bett hockte. Sylvia stellte ihre Tasche neben ihn. Darin befand sich noch immer das Bandgerät. Im richtigen Augenblick würde sie es anstellen.

»Nun, hast du mich vermißt? Schließlich ist es fast sechs Wochen her«, sagte sie, während sie ins Bett kletterte, noch immer voll bekleidet.

»Was ist denn das für eine Frage?« sagte er, während er ihr Platz machte.

»Ach, nur so zur Beruhigung«, antwortete sie zurückhaltend.

»Eine Zeitlang hast du ziemlich regelmäßig angerufen, und dann habe ich auf einmal nichts mehr von dir gehört. Ich dachte, daß du dich vielleicht verliebt hättest oder so.« Er hörte zu sprechen auf, sah sie aber weiter an.

»Stimmt etwas nicht?« fragte sie nervös an sich herunterblikkend.

»Das Ding, das du anhast. Das ist hübsch.« Seine Augen wanderten zu ihrem Gesicht. »Du siehst irgendwie hübsch aus, Sylvia.«

Sie fühlte sich scheu und geschmeichelt. »Es stammt aus Ecuador«, sagte sie und hob die Arme ein wenig, so daß er die Tiermotive vorne auf dem Poncho erkennen konnte. »Ich bekam ihn, als ich im Friedenscorps war.«

»Du warst im Friedenscorps in Ecuador?« Während er sie noch immer intensiv betrachtete, nahm er im Bett fast stramme Haltung an.

»Na klar, das habe ich dir doch schon im vergangenen Winter erzählt, als ich damals in deine Praxis kam.«

»Du meinst an dem Abend, als wir uns trafen? Ich meine an dem Abend, als wir uns wiedersahen?«

»Ich glaube, daß ich weder damals noch beim allerersten Mal bei dir einen großen Eindruck hinterlassen habe. Stimmt's? Du bist kein guter Zuhörer, nicht wahr?«

»Ich muß bei der Arbeit den ganzen Tag über zuhören. Da gewöhnt man sich daran, es bei einem Ohr rein und beim anderen

Ohr wieder rausgehen zu lassen. Sonst würdest du bei all dem Mist durchdrehen, den du dir anhören mußt.«

»Haben private Gespräche für dich keinen anderen Stellenwert?«

»Im allgemeinen höre ich bei Mädchen nicht besonders gut zu. Je weniger sie reden, desto besser. Aber über das, was du mir sagst, denke ich nach. Manchmal.«

»Das freut mich«, sagte sie angetan und streichelte seine Stirn.

»Was hat dich denn gestern an dem Film so aufgeregt? Oder würdest du lieber nicht darüber sprechen?«

»Das mußt du verstehen. Zwei meiner Kumpel wären fast umgekommen, und es wäre mein Fehler gewesen. Ich hatte die Strecke ausgesucht. Als das Boot umkippte, bekam einer von ihnen einen Schock. Den anderen haben wir fast ertrunken zwischen den Felsen wiedergefunden. Wir mußten wie die Wilden immer nur rudern und rudern, weil wir uns inmitten von Felsen befanden und keine Möglichkeit hatten zu stoppen. Du kannst dir nicht vorstellen, was es bedeutet zu wissen, daß du jeden Augenblick tot sein kannst. Nachdem meine Freunde untergegangen waren, habe ich sogar um meinen Tod gebetet, weil ich die Schuld nicht auf mich nehmen wollte.«

»Willst du damit sagen, daß du mit dieser Schuld nicht leben wolltest?«

»Egal was. Es war ein harter Brocken. In der letzten Nacht trieb ich im Traum dann wieder auf dem Fluß. Weiter und weiter ohne die Möglichkeit anzuhalten. Immer dieses Warten, daß dein Körper nicht mehr mitmacht oder daß irgendwas fehlschlägt, so daß du nicht mehr in der Lage bist, gegen die Strömung anzukämpfen und den Klippen auszuweichen.«

Sylvia nahm ihn in die Arme, um ihn zu beruhigen, zog sich aber schnell wieder zurück. »Tut mir leid. Hab' ich dir weh getan? Was macht denn dein Rücken?«

»Dem geht es besser. Das Korsett brauche ich nicht mehr. Ich kann aber noch nicht so hart arbeiten, wie ich möchte. So muß man sich fühlen, wenn man alt wird.«

»Murray!« stieß sie hervor. »Du bist doch erst..., na was denn, vielleicht zweiunddreißig?«

»Dreiundreißig.«

»Das nennst du alt werden?«

»Das Gefühl beginnt, wenn man die Dreißig passiert hat. Du federst nicht mehr so, wie du es früher getan hast. Du brauchst auch länger, um einen Steifen zu kriegen, und bis du kommst, dauert auch länger.«

»Verdammt noch mal. Mißt du denn alles im Leben an deinem Penis?«

»Die Frauen machen es doch genauso, oder etwas nicht?« spöttelte er.

»Wie kommst du denn darauf? Ich verstehe einfach nicht, warum du die Frauen so sehr haßt.«

»Das sagst du immer.«

»Es stimmt doch auch, oder nicht?« Sie hielt seine Unterarme fest und stützte sich auf die Ellenbogen, wobei sie ihn anstarrte. »War deine Mutter so furchtbar zu dir?« Er schüttelte den Kopf. Jetzt hatte sie eine Eingebung und fuhr langsam fort: »Aha! Deine Mutter war immer sehr gut zu dir, nicht wahr?« Er nickte vergnügt mit geschlossenen Augen. »Du durftest bei ihr immer tun, was du wolltest?« Wieder nickte er breit grinsend. »Das merkt man«, sagte sie pointiert, und da öffnete er plötzlich die Augen.

»Woher weißt du das?« fragte er.

»Als ich dir letzte Nacht sagte, daß ich kein Kostüm mitbringen würde – wie du da reagiert hast. Wie ein kleines Kind. Und plötzlich wurde mir klar: es war genauso, als ob deine Mutter gesagt hätte, ›und du bekommst heute keine Schokolade‹, und dann versuchtest du, mich zu beschwatzen.«

»Sie gab immer nach. Ich konnte sie stets dazu bringen; wann immer ich wollte, war ich in der Lage, in Tränen auszubrechen.«

»Der Grund, warum du die Frauen so haßt, Murray, liegt darin, daß du niemals eine gefunden hast, die bereit gewesen wäre, bei dir so weit zu gehen, wie es deine Mutter getan hat«, erklärt Sylvia.

»Daraufhin muß ich erst mal eine Stange Wasser in die Ecke stellen«, entgegnete er, während er seine Beine über sie hinweg auf den Boden neben dem Bett schwang.

Während Murray im Bad war, nahm Sylvia den Kassetten-Recorder aus der Tasche, legte die neue Kassette ein, stellte ihn an und schob den Apparat diskret unter den Nachttisch, wo er durch ihre Tasche der Sicht verborgen blieb. Das Mikrofon jeoch war völlig frei, um die Geräusche vom Bett her aufzunehmen. Die fünfundvierzig Minuten der einen Seite der Kassette sollten genügen, das einzufangen, was sie erwartete und was sie dann Murray vorführen wollte.

Wie ein Kätzchen, das seinen Bauch zum Streicheln präsentiert, streckte er sich wieder auf dem Bett aus. »Was für ein seltsames Gefühl«, sagte er erschauernd, als sie seinen Penis streichelte. »Es ist schon so lange her. Es fühlt sich ganz weit entfernt an, als ob er taub wäre.«

»Ist es dir unangenehm, wenn ich das tue?« fragte sie und nahm die Hand weg.

»Nein«, sagte er, indem er ihre Hand zurückführte. »Ich muß mich nur erst wieder daran gewöhnen.« Mit dem Mund näherte sie sich seinem Penis, aber er blockierte diese Bewegung mit seiner Hand. »Mach das nicht, ich komme sonst sofort. Setz dich auf mich rauf.«

»Ich habe Angst, daß ich deinem Rücken weh tun könnte.«

»Das wirst du schon nicht. Nur ganz plötzliche Bewegungen tun ihm weh. Wenn ich ganz still liege, besteht keine Gefahr.«

»Dann mach' ich es dir zuerst so. Wir können es später noch einmal für mich tun.«

»Aber klar, das ist prima. Bei dir habe ich keine Probleme, noch mal einen Steifen zu kriegen.«

Rund um den Kopf seines geschwollenen Penis gab sie ihm kleine Küsse; er fühlte sich heiß an und zuckte sichtbar mit jedem Pulsschlag. Sie benutzte jetzt ihre Zunge und hörte erfreut die steigende Erregung in Murrays Stöhnen. Als sie ihn ganz in den Mund nahm, sagte er: »Oh, das tut so gut, Sylvia. Es tut so verdammt gut. Ich kann es nicht aushalten!« Heute nacht war er zum Sprechen und nicht nur zum Schreien aufgelegt.

Sie hörte einen Augenblick auf, um das Zwischenspiel ein wenig zu verlängern. »Es ist beinahe so, als ob du nur mit meinem Schwanz vögeln würdest«, sagte er.

»Aber ich vögele doch mit dir, Murray.«

»Ich überlege mir immer wieder, warum es mit dir soviel besser ist als mit irgendeiner anderen.« Sie erwartete schon, erneut eine von Murrays pseudowissenschaftlichen Theorien über Sextechnik zu hören. Statt dessen hörte sie ihn fast unhörbar sagen: »Ich glaube, wenn man die Person mehr mag, dann fühlt man es auch mehr.« Daraufhin nahm sie ihn hungrig in sich auf, wobei sie ungeniert selbst stöhnte. Murray bewegte sich wild hin und her und keuchte. »Er gehört dir, nur dir! Er ist dein Eigentum!« Von diesen Worten völlig überwältigt bewegte sie ihren Mund immer schneller – und dann kam Murray mit einem Schrei.

Nachdem sie seinem Penis einen spielerischen Abschiedskuß gegeben hatte, nahm er sie in die Arme und drückte sie fest an sich, wobei er noch immer schwer atmete. »Uff, jetzt verstehe ich, warum alte Knacker an einem Herzinfarkt sterben, wenn sie Sex machen.«

»War es für dich nach so langer Zeit ein komisches Gefühl?«

»Zuerst schon, aber dann war es ganz schnell wieder wie früher.«

Sylvia stand auf und ging ins Bad. Hinter der verschlossenen Tür dachte sie darüber nach, was Murray gesagt hatte, während sie ihn liebte. Es hörte sich fast so an, als ob er die elementare Verbindung zwischen Sex und Liebe entdeckt hatte, worüber sie niemals gewagt hätte, mit ihm zu sprechen, aus Angst, von ihm lächerlich gemacht zu werden. Abgesehen davon hörte es sich fast so an, als ob er auf seine verschrobene Weise damit ausdrücken wollte, daß er sie mochte. War ihm eigentlich klar, was er gesagt hatte? Das andere war natürlich Blödsinn, entschied sie. Sie würde vorgeben, es nie gehört zu haben. Sie wußte nur zu gut, daß er, sobald sein Rücken wieder in Ordnung war, sofort alles auch nur in etwa ansprechend Aussehende wie üblich vögeln würde. Doch wenn sie an seinen Ausspruch dachte – ›Er gehört dir!‹ –, und zwar unter Berücksichtigung des eigenartigen Verhältnisses zwischen Sylvia Green und Murray Butkis, war sie geneigt, seinen Worten zu glauben.

Und schon stellte sie sich kaltblütig eine eigene Theorie zusammen, damit die romantischen Interpretationen seinen Ausspruchs sie nicht überwältigen konnten. Sie stellte fest,daß ein Mann bereit ist, fast alles zu sagen und sich in einer Weise wie nie zuvor zu zeigen, wenn er sicher sein konnte, daß die Frau voll damit beschäftigt war, ihm mit dem Mund zu bearbeiten – eben weil er genau wußte, wie beschäftigt sie war und daß sie auf keinen Fall antworten konnte. Aber war es wenigstens heute nacht die Wahrheit gewesen? Heute nacht hatte ihr sein Penis alleine gehört.

Wieder schlüpfte sie neben ihn ins Bett, wo er, die Arme hinter dem Kopf verschlungen, dalag. »Was? Kein Fernsehen? Normalerweise stellst du es doch in der Sekunde an, in der ich das Bett verlasse. Sicherlich, damit du mich nicht so sehr vermißt.« Er lächelte gedankenverloren und starrte vor sich hin. Einige Minuten verbrachten sie schweigend nebeneinaner. Sie beobachtete ihn. Als sie zwei Finger an seinem Arm entlangstreichen ließ, war sie überrascht, seinen Penis sich sofort erheben zu sehen. Offensichtlich durch die einfache Berührung ihrer Hand. »Woran denkst du wohl, Doktor Butkis?« Sie beugte sich so über ihn, daß eine Brustwarze seine Lippen berührte. Während er an ihrer Brust saugte, zog er sie an den Hüften über sich. »Ich fürchte, daß es dir weh tun wird, Murray. Bist du dir sicher?«

»Aber ja. Nur nicht zu schnell.«

»Okay, aber wenn du nur den geringsten Schmerz verspürst, sagst du es sofort, Murray, und dann höre ich auf.« Sie stützte sich auf die Hände, die sie auf das Kissen unter Murrays Schultern legte, um dadurch für ihn so wenig Gewicht wie nur möglich zu haben. Seine Hände umschlossen ihre kleinen Brüste, während sie ihn in sich aufnahm, ganz langsam in der Art, die sie beide so mochten. Sie sah auf Murray hinunter, und er lächelte so, wie er es in ihrer allerersten Nacht getan hatte. Als sie eine Bemerkung deswegen machte, hörte er sofort zu lächeln auf.

»Du kannst doch ruhig lächeln, Murray, du brauchst doch nicht immer so zurückhaltend zu sein.« Sie beugte sich über ihn, um ihn zu küssen, aber sein Mund war nicht gastfreundlich.

»Ich hasse das wirklich, wenn du so redest, Sylvia. Dagegen kann ich nichts tun.« Sylvia seufzte.

»Ich nehme an, daß es für dich wohl zu intim ist. Einfach zu schade.« Sein Daumen massierte ihre Klitoris.

»Ist das richtig so? Kannst du kommen?« Sie schloß die Augen und gab sich, noch immer auf die Hände gestützt, ganz seiner Berührung hin. Das Lächeln auf Murrays Gesicht vermischte sich mit dem wunderbaren Gefühl seiner Hand und seinem steifen Penis. Es war eigenartig, daß er nicht mit seinen üblichen sinnlichen Stößen auf ihre Bewegungen antwortete. Irgendwie war es unvollkommen. Sie spürte, wie sie sich trotzdem gehen ließ.

»Ist dein Rücken in Ordnung?«

»Mach dir um mich keine Sorgen. Es ist wunderbar. Ich versuche nur, mich zurückzuhalten.« Sie zitterte bei dem beginnenden Orgasmus und versuchte, ihre Bewegungen zu kontrollieren. Erst begann sie zu schluchzen, und dann schrie sie: »O Murray, ich will dir doch nicht weh tun!« Während sie den Höhepunkt erreichte, zog er sie fest an sich und umschlang sie.

»Das tust du auch nicht. Ist schon in Ordnung. Du fühlst dich so gut an.« Er hielt sie fest und murmelte etwas, während sie sich an ihn drückte, um seinen Penis so weit wie nur möglich in sich aufzunehmen. Mit ihren Hüften begann sie sich schnell zu bewegen. Sein Schrei war laut und durchdringend und dauerte fast eine Minute. Während sie seinen Orgasmus anspornte, spürte sie die letzten Zuckungen ihres eigenen. Sie keuchten beide noch, als sie seines Rückens wegen von ihm heruntergiitt. Murray nahm sie in die

Arme und verbarg sein Gesicht an ihrem Nacken. »Verdammt noch mal, das war fast unwirklich. Ich glaube, man spürt es noch mehr, wenn man es eine Zeitlang nicht getan hat.«

»Ich bin froh, daß ich die erste sein konnte, Murray«, sagte sie, wobei sie ihren Körper enger an ihn schmiegte. In dieser zärtlichen Umarmung lagen sie eine ganze Weile nebeneinander.

»Weißt du, gestern hast du mich wirklich etwas ganz Gescheites gefragt«, begann er dann ruhig.

»Was denn?«

»Du hast mich gefragt, wie man sich fühlt, wenn man nicht fikken kann.«

Sylvia überdachte ihr gestriges Gespräch. »Ich glaube nicht, daß ich das gesagt habe.« Wie interessant zu hören, welchen Sinn er ihrer Bemerkung gegeben hatte.

»Es verändert die ganze Persönlichkeit. Als ich es nicht tun konnte, war mir nicht danach auszugehen und Leute zu treffen. Ich wußte nicht, wie ich mich mitteilen sollte.«

»In so einem Moment kann man alte Freunde gut gebrauchen. Bei denen brauchst du keine Schau abzuziehen. Gab es denn keinen, den du anrufen wolltest? Jemanden, dem du sagen konntest: ›Schau her, ich hätte gerne Sex, aber ich kann nicht viel tun. Könntest du mir dabei nicht auf halbem Wege entgegenkommen?‹«

Er dachte darüber nach. »Nur dich.«

»Warum hast du es dann nicht getan?«

»Das weiß ich nicht. Wenn ich mir vorstelle, mit jemandem ins Bett zu gehen, dann denke ich an jemanden neuen. Ich glaube, daß ich nicht gerne zweimal dasselbe erlebe.«

»Aber zwischen uns ist es doch bei jedem Mal besser geworden, oder nicht?«

Er sah verwirrt aus und entgegnete dann: »Da könntest du recht haben.« Sie überlegte, womit sie ihre Meinung untermauern konnte, zögerte aber, ehe sie sprach, weil sie befürchtete, daß Ihre Worte ihn verschrecken könnten. Er drehte sich auf den Rücken, den Arm immer noch um sie geschlungen, und suchte nach dem Laken, um sie zuzudecken.

»Murray, wahrscheinlich sollte ich dich das nicht fragen. Wie oft glaubst du, daß wir miteinander geschlafen haben? Abgesehen von ganz früher.«

»Ich weiß es nicht. Zwei– oder dreimal.« Etwas verschämt rückte sie von ihm ab. »Du wirst das zwar nicht mögen, aber ich habe vor ein paar Tagen unsere Zusammenkünfte nachgerechnet. Heute ist es das achte Mal.«

»Was? Das achte Mal?« stieß er verblüfft hervor. »Verdammt noch mal, das ist ja beinahe so wie verheiratet!«

»Krieg nur keine Angst. Seit vergangenen April kommen wir damit auf weniger als einmal im Monat.« Er schlug sich mit der flachen Hand auf die Stirn.

»Ich glaube, das ist die längste Affäre, die ich je gehabt habe. Ich kann es kaum glauben. Das ist ja schon eine richtige Verbindung!«

»Nun ja«, meinte sie trocken, »so weit würde ich nicht gehen«, und küßte ihn auf die Wange.

Plötzlich stellte sich der Kassetten-Recorder mit einem lauten Klick ab. Sylvia erstarrte.

»Was, zum Teufel, war denn das? »fragte Murray, während er nach dem Ursprung des Geräusches suchte und sich dabei über die Bettkante beugte. Sylvia war stumm. »Ist das ein Recorder? Was macht der denn da?« brüllte er.

»Das ist eine Überraschung«, stammelte sie zitternd.

»Du bist verrückt. Du bist komplett verrückt!« bellte er, wobei er sie zur Seite stieß, um an den Apparat zu kommen. »Was für ein perverses Geschöpf bist du eigentlich? Du wolltest doch das Ding mit nach Hause nehmen und zum Onanieren benutzen, stimmt's?« Er arbeitete an dem Recorder herum und versuchte, die Kassette herauszunehmen. Sylvia hielt ihn auf. Jetzt fühlte sie sich plötzlich mutiger. Wenn er sie anbrüllen konnte, dann konnte sie das auch.

»Ich habe das für dich getan, Murray. Ich möchte, daß du hörst, was wirklich in dir vorgeht. Wenn du sexuell aktiv bist, kommt es aus dir heraus. Das ist der einzige Moment, wo du es gestattest. Höre es dir an. Hör dir einmal diesen Schmerz an. Und dann erzähl mir, was für ein fröhlicher Mensch du bist.« Murray ließ den Recorder los und setzte sich mit dem Rücken zu ihr auf die Bettkante. Er drückte beide Hände in die Hüften und sah sie mit aufgeblasenen Nasenlöchern verächtlich an.

»Ich glaube, es ist besser für dich zu gehen«, sagte er unbewegt.

»Ich möchte, daß du dir das anhörst«, bat Sylvia, während das Band zurücklief. Sie stoppte es etwa in der Mitte und ließ es wieder laufen. Vom Band sagte ihre Stimme: » ... aber wenn du nur den geringsten Schmerz verspürst, sagst du es sofort, Murray.« Zu ihrer Überraschung waren die Geräusche ihres Keuchens genauso laut wie die Murrays, während sie sich liebten, ja noch lauter. So fasziniert sie auch von Murrays ausdrucksvollen Schreien im Bett war, hatte sie niemals an ihre eigenen gedacht. Eigenartig schnurrende Geräusche und kurze helle Schreie, während die Matratze quietschte.

Sie sah ihn an. Sein Gesicht war voll abgewandt, die Hände auf den Knien zu Fäusten geballt. Sein ganzer Körper schien vor Wut zu beben. Und dann kam Murrays Stöhnen vom Band. Gefährlich klang es und etwas verzerrt, weil es für das kleine Mikrofon zu laut gewesen war.

Murray fiel über den Kassetten-Recorder her und riß den Verschluß auf, während das Band noch weiterlief. Er zerrte das Band heraus und zerfetzte es in Stücke, wobei er die losen Enden in der Hand zerknüllte. Dann schüttelte er den Kopf. »Das war's, Sylvia.« Ein verächtliches Lächeln gab seinem Gesicht einen finsteren Ausdruck. Er sah sie direkt an, hart und kalkulierend. »Der Spaß ist vorbei. Durch deine Schuld.« Er warf das Bandknäuel in eine Ecke und stand auf. »Los, steh auf. Es ist Zeit zu gehen.« Er fand ihr Kleid auf der Couch und hielt es ihr hin. Sylvia gab nicht nach.

»Schau her, Murray, es ist jetzt drei Uhr früh. Laß mich auf der Couch schlafen. Ich verschwinde morgen ganz früh.«

»Was du eben getan hast, gibt es gar nicht. Wenn ich mich einmal entschieden habe, ist es endgültig. Du kannst hier nicht schlafen.« Er drückte ihr die Kleider in die Hand. »Also mach schon – ich bin jetzt müde.«

»Murray«, sagte sie alarmiert, wobei sie sich wegen der Ängstlichkeit, die sie in ihrer eigenen Stimme hörte, verachtete, aber nicht in der Lage war, sie zu kontrollieren. »Ich habe mein letztes Geld für das Taxi hierher ausgegeben. Ich wollte dich morgen früh anpumpen, um zur Arbeit zu kommen.«

»Dein Pech, Syl. Daran hättest du denken sollen, ehe du dir die kleine Überraschung ausdachtest. Es sieht so aus, als ob du einen schönen, langen Spaziergang machen würdest. Beeil dich besser und geh los, sonst kommst du noch zu spät zur Schule.«

»Aber du kannst mir doch wenigstens die paar Dollar pumpen. Ich komme doch sonst nicht nach Hause.« Sie haßte sich. Er war autoritär zu ihr, und sie hatte keine Wahl, als sich dem anzupassen. Seventy-seventh Street war weit entfernt, und der Weg mitten in der Nacht durch New York war nichts, worauf sich eine einsame Frau freuen konnte.

»Einen Dreck kriegst du von mir. Wenn ich fertig bin, dann bin ich fertig. Ich will dich hier raus haben.« Wie ein verurteilter Verbrecher resignierte sie. Während Murray mit verschränkten Armen dastand, zog sie ihr Kleid an. Dann holte er ihre anderen Sachen zusammen und führte sie am Handgelenk zur Tür.

»Warum benimmst du dich denn so? Das ist doch unmenschlich. Es tut mir leid, wenn ich dich beleidigt habe, aber ich dachte, du solltest den Teil, der in dir verborgen ist, kennenlernen. Wenn du in deinem Alter nicht in der Lage bist, die Wirklichkeit zu sehen, dann bist du in großen Schwierigkeiten.« Die Ironie war aus seinem Gesicht verschwunden. Er biß die Zähne zusammen, und einen Augenblick lang sah sie, wie verwundet er war.

»Du bist ein richtig krankes kleines Mädchen. Geh nach Hause und spiel mit dir selber.« Als sie aus dem Apartment den Gang zum Lift entlangging, schloß sich hinter ihr die Tür. Plötzlich erinnerte sie sich an etwas. Auf Zehenspitzen ging sie zur Tür zurück und klopfte ganz leise. »Murray«, flüsterte sie, so leise sie konnte. »Ich hab' meinen Poncho vergessen.«

»Hau endlich ab«, tönte es grimmig von drinnen.

»Murray, bitte, es ist kalt draußen. Bitte, gib ihn mir. Ich werde dich nicht wieder belästigen.« Tränen der Erniedrigung ließen sie verstummen. Sie hörte seine Schritte. Die Tür öffnete sich, und ihr Poncho kam ihr entgegengeflogen. »Ich wollte dir doch nur nahe sein, Murray.« Sie schluchzte, als er ihr die Tür ins Gesicht schlug.

25. Kapitel

Unten angekommen sah Sylvia sich vorsichtig in der Dunkelheit um. Windstöße, die vom Fluß her die Bank Street durchwehten, ließen die Glastüren klappern. Die ersten Herbstblätter flogen vorüber. Sylvia erinnerte sich an ihren ersten Besuch hier im Frühling, als die Bäume noch voller dicker grüner Knospen gewesen waren. Der Beginn des Herbstes war genauso plötzlich und unerwartet eingetreten wie das, was sich oben abgespielt hatte.

Die Angst vor dem, was ihr auf der Straße begegnen konnte, wetteiferte mit der Wut über das, was der Zahnarzt da oben ihr angetan hatte. Weil bis zu einem gewissen Grad seine Wut sogar berechtigt war, haßte sie ihn um so mehr. Sie haßte ihn wegen ihres eigenen Fehlverhaltens. Sie wußte, warum er beleidigt war und sie wahrscheinlich nie wiedersehen wollte. Dieses Risiko hatte sie vorher einkalkuliert. Im nachhinein sah die Geschichte mit dem Tonband schon ein bißchen taktlos aus, aber das war doch kein Grund, sie wie eine Verbrecherin rauszuwerfen. Sie hatte in Murrays Augen etwas entdeckt, das sie vorher noch nie so klar gesehen hatte. In diesem Blick mischten sich seine Verletzlichkeit und das Betrogensein und durchbrachen die Mauer seiner sonstigen Arroganz. Wahrscheinlich hatte sie Murray dadurch, daß sie seine eigene Verletzlichkeit auf dem Band festgehalten hatte, seiner einzigen und letzten Möglichkeit freier Ausdrucksweise, die er sich selbst noch gestattete, beraubt. Dabei hatte sie doch wirklich das genaue Gegenteil gewollt. Sie hatte gehofft, ihn zu befreien, und ihn nicht weiter in sich selbst hineintreiben wollen. Wenn er das nächstemal mit jemandem schlief, würde er alles in sich unterdrücken, während er sich hingab. Doch das würde sie niemals erfahren.

Sie spielte mit der Idee, die Nacht in der Halle zu verbringen. Schon in wenigen Stunden würde es hell sein. Andererseits wollte sie auch von hier weg. Weg aus dem Teil der City, in dem Murray lebte. Außerdem hatte sie Angst, daß er herunterkommen könnte und, falls er sie anträfe, mit Gewalt hinauswerfen würde. Sie mußte gehen. Schließlich war die Bank Street eine reine Wohngegend und sah zwar verlassen, aber nicht sonderlich bedrohlich aus. Weiter oben konnte sie gelegentlich Autoscheinwerfer auf der Eighth Avenue erkennen. Wenn sie doch nur auf einer geraden, von Bäumen umsäumten Straße wie dieser bis nach Hause kommen würde. An der nächsten Kreuzung gab es einen Park, in dem eigenartige, steinerne Skulpturen standen; von weitem sah er im Mondlicht wie ein Gräberfeld aus. Der stärker werdende Wind blies durch ihre dünne Sommerkleidung, als sie an der Ecke stehenblieb und überlegte, wie sie von hier aus weitergehen sollte. Wenn sie sich die Karte von Manhattan vorstellte, dann war sie jetzt etwa links unten und wollte nach rechts oben. Die verkehrsreichen Hauptstraßen dürften für sie am sichersten sein.

Sie machte sich auf den Weg und rannte beinahe an den vergitterten Geschäftsfassaden vorbei. Dann beschloß sie, auf die East Side der Stadt hinüberzukreuzen, auf ihre Seite, und zwar wollte sie dazu die Fourteenth Street benutzen, die nächste Hauptstraße, die die Stadt durchquerte. An der gegenüberliegenden Ecke der Kreuzung sahen zwei kleine, häßliche Bankfilialen, mit Säulen verziert und einer steinernen Treppe versehen, wie winzige Regierungsgebäude oder wie Mausoleen aus. Eine Waffenfabrik und verschiedene Kirchen ragten massig und absurd zwischen den Wellblechverkleidungen, die zahllose Haushaltsgeschäfte und Pizzashops gegen die Gefahren der Nacht schützen sollten, in der

Fourteenth Street empor. Weiter oben entdeckte sie eine Turmuhr und erinnerte sich, daß sie auf dem Consolidated Edison-Hochhaus angebracht war. Jetzt war es fast halb vier. Die erleuchtete Uhr mit ihren hellscheinenden Zeigern war ihr Wegweiser zur East Side. Die schnelle Gangart, mit der sie sich in der Bank Street auf den Weg gemacht hatte, war bereits einem langsameren Tempo gewichen, obwohl sie erst einen kleinen Teil ihres Heimweges geschafft hatte. Es schien unmöglich, auch den Rest des Weges noch zu Fuß zu schaffen. Ein Krankenwagen fuhr lärmend an ihr vorbei, seine bunten Lichter beleuchteten die Häuserfronten. Der kreischende Sirenenton erinnerte an all die namenlosen Gefahren, die in der Dunkelheit verborgen lagen.

Es gab auch noch andere Menschen auf der Straße. Menschen, die sie verletzen konnten, Menschen, die nach einer durchzechten Nacht auf dem Weg nach Hause waren. Falls sie sie sahen, konnten sie sich veranlaßt sehen, ihre Hilflosigkeit auszunutzen. Es wurde behauptet, daß es um so schlimmmer wäre, wenn so ein Typ herausfand, daß man keinen Pfennig Geld bei sich hatte. Er würde sich dann auf andere Weise schadlos halten. Jetzt war sie auf Murray nicht einmal mehr wütend. Sie dachte daran zurückzugehen und ihn zu bitten, sie wieder hereinzulassen. Alles würde sie tun, nur um von diesen alptraumerweckenden Straßen entfliehen zu können.

Etwas weiter oben verließen drei Figuren eine Bar. Sylvia versteckte sich einen Augenblick lang in einem Eingang, um zu sehen, in welche Richtung sie gehen würden. Als sie keine Anstalten machten, sich zu entfernen, entschloß sie sich, selbstbewußt aufzutreten. Forsch ging sie an den Männern vorbei. Einer von ihnen, der kleinste, ein glatzköpfiger Schwarzer mit einer großen Zahnlücke, folgte ihr ein paar Schritte mit den Worten: »So alt ich auch sein mag, aber auf so was wie dich stehe ich immer noch.« Seine Kumpanen bogen sich vor Lachen und rissen Witze über ihre Beine und Körpergröße, während sie schnell weiterging. Die Turmuhr kam langsam näher. Sie überquerte die Fifth Avenue, New Yorks offizielle Trennlinie zwischen Ost und West.

Am Union Square hielt sie an und holte tief Luft. Auf der anderen Seite des rechteckig angelegten Parks lag die Lexington Avenue, die sie direkt nach Hause führte, falls sie den Weg an weiteren sechzig Blocks vorbei noch schaffen würde. Sie war jetzt schon völlig erschöpft, mehr allerdings durch die ständige Angst als von der Länge der Strecke, die sie hinter sich hatte. Sie schien keine andere

Wahl zu haben als aufzugeben und verkroch sich in eine Telefonzelle an der Ecke, einen metallenen Käfig, der lediglich den oberen Teil ihres Körpers verdeckte. Dann brach sie in krampfhaftes, kindliches Schluchzen aus, wobei sie die Faust zwischen die Zähne preßte, um keine Geräusche zu verursachen, die den überall auflauernden Strolchen verraten könnten, daß sich hier ihr Opfer befand.

Das Schluchzen hätte wohl endlos angehalten, wenn sie sich nicht plötzlich Murray vorgestellt hätte, der sie von seinem stinkenden Bett in Bank Street aus hier in der Ecke des Parks beobachtete. Nach dem, was er ihr angetan hatte, lachte er sie auch noch aus! Brüsk wischte sie mit einer Ecke des Ponchos ihr Gesicht ab und begann die Lexington Avenue entlangzugehen. Sie würde ihm nicht gestatten, die erniedrigende Situation, in die er sie gebracht hatte, auch noch zu genießen.

An der nächsten Ecke stand wieder eine Telefonzelle, und als sie dort ankam, weinte sie erneut. Dieses verdammte, verlockende Telefon! Sie nahm den Hörer ab, um nur den Rufton zu vernehmen und dann die hämische, fast spöttische freundliche Stimme zu hören, die einem eine Verbindung versprach, um aus jeder mißlichen Situation herauszukommen. Aber keine Münze – keine Verbindung. Nur diese vielversprechende, verlogene Ansage. Wie wild durchsuchte Sylvia alle vorhandenen Taschen und Täschchen nach etwaig vorhandenem Kleingeld. Aus den Taschenecken kratzte sie Bonbonpapier und zerknüllte Bankeinzahlungsbelege hervor. Und dann fühlten ihre Finger plötzlich unter den Papierresten etwas Rundes, Metallisches. Sie warf eine Handvoll Papier fort und sortierte den Rest im Licht der Straßenlampe, wobei sie zwei Pennies und ein schmuddeliges Zehn-Cent-Stück fand. Eine Münze!

Sie beglückwünschte sich und begann zu lachen. Plötzlich schien die Stadt wieder bezwingbar zu sein, jetzt, wo sie die Möglichkeit hatte, um Hilfe zu rufen. Aber wen sollte sie anrufen? Ihre Hand erstarrte, als sie den Hörer ergriff, um ihn abzunehmen. Wen sollte sie anrufen, und was sollte sie sagen? Wie konnte sie es tun und dabei nicht kindisch erscheinen? Wem konnte sie so vertrauen, daß er sie verstehen würde? Nun, es war ein bißchen zu spät, um sich über Würde den Kopf zu zerbrechen. Sie würde Murray anrufen und sich bei ihm, das konnte er schließlich von ihr erwarten, entschuldigen. Dann würde sie ihn bitten, sie wieder hereinzulassen. Was immer sie getan hatte, hatte zu seinem Besten sein sollen. Er mußte einfach wissen, daß sie ihm wirklich zugetan war, daß sie an den

Murray, mit dem sie geschlafen hatte, glaubte, an diesen verletzlichen Mann, dessen verwundeten Blick sie gesehen hatte, als er sie durch die Tür stieß. »Ich mag dich«, hatte sie ihm einmal gesagt, als sie sich von ihm verabschiedete. Das war genau am anderen Ende der Stadt gewesen. Seine beiläufige Bemerkung war gewesen: »Das ist mir egal.« Wollte sie es wirklich riskieren, die gleichen Worte jetzt noch einmal zu hören? Jetzt, nachdem sie bereit war zu beichten, und zwar... Was eigentlich? Sie stellte sich Murray im Bett in seinen Unterhosen ausgestreckt vor der Klima-Anlage vor, wie er die Ärgernisse der Nacht überschlief und dabei von der bald beginnenden Skisaison träumte. Da schloß sie die Augen und entschied sich, ihn bei seinem Vergnügen zu belassen.

Sie versuchte, in ihrem Gedächtnis die Adressen ihrer Freunde durchzugehen, um einen zu finden, der in dieser Gegend wohnte und es nicht als unzumutbar empfinden würde, ihr zu helfen. Doch niemand, den sie an der East Side kannte, lebte südlich der Fifty-ninth Street. Sie erinnerte sich, daß Ned, ihr Lehrer an der Schauspielklasse, ihr erzählt hatte, daß er eine Dachwohnung in einer Seitenstraße der Fifth Avenue hatte. Das war nicht weit entfernt. Sie würde in bezug auf das, was passiert war, bei ihm gar nicht so sehr in Einzelheiten zu gehen brauchen. Ein unglücklicher Zufall. Sie wußte, daß er ein hilfsbereiter Mensch war, und selbst falls er schwul sein sollte, war er doch immer noch ein Mann. Sie glaubte, daß sie jetzt einen Mann brauchte, einen starken, beschützenden Mann, der ihr wieder ein Gefühl der Sicherheit geben würde. Genauso ein sehnsüchtiges Gefühl nach einem Paar starker Männerarme, die sie festhalten sollten, hatte sie damals nach Annenskys Besuch überwältigt.

Die Auskunft brauchte fünf Minuten, um ihr die Nummer herauszusuchen, die sie wollte, denn es gab sowohl einen Edward als auch einen Edwin mit Neds Nachnamen und auch noch zwei weitere Leute gleichen Namens, deren Anfangsbuchstaben ›E‹ waren. Am Ende suchte sie dann eine Nummer willkürlich heraus. Nach all dieser Mühe erschien ihr plötzlich das Verlangen nach ihrem ehemaligen Lehrer eine große Dummheit zu sein. Diese Person war genauso ein Fremder für sie, wie sie es für ihn war. Sie hatten nur ein privates Gespräch miteinander geführt, und das war noch nicht einmal ein sehr persönliches gewesen, denn Ned hatte sich lediglich mit ihren schauspielerischen Fähigkeiten auseinandergesetzt. Wahrscheinlich würde sie für ihn nichts anderes als eine hysterische alte Ziege sein, die ihn mitten in der Nacht aus tiefstem

Schlaf aufweckte, um ihm eine haarsträubendde Räuberpistole zu verzapfen. Ned war nicht der Mann, der sie aus ihrer Bedrängnis befreien konnte.

Mußte es denn wirklich ein Mann sein? Warum engte sie sich bei der Suche nach einer passenden Kontaktperson so sehr ein? Alle ihre Freundinnen wären in der Lage, ihr die notwendige Hilfe zu gewähren, und würden es, wie sie sich vorstellte, wahrscheinlich mit großer schwesterlicher Sympathie auch tun. Ihr kleines Drama war nichts anderes als eine extreme Variation des Themas, das ihnen allen nur zu bekannt war.

Der Wind hatte wieder aufgefrischt. Eine herbstliche Brise mit einem bereits winterlichen Hauch. Sie wünschte sich, jetzt sicher und warm zu Hause im Bett zu sein. Sie wünschte sich einen Bekannten, der sie in ihre Wohnung bringen und sie mit mütterlicher Sorgfalt und Hingebung in Decken packen würde. Eine alte Freundin. Sylvias älteste Freundin in der City war Karen, aber sie lebte auch am weitesten entfernt von allen. Trotzdem konnte man es versuchen. Sehr oft arbeitete Karen in ihrem Krankenhaus in der Tagschicht, und es war möglich, daß sie gerade jetzt zu Hause wäre, um sich für die Arbeit fertig zu machen.

»Hab' ich dich aufgeweckt, Kar?«

»Nein, ich bin gerade aufgestanden. Ich fange um fünf an.«

»Karen, etwas Fürchterliches ist passiert«, begann Sylvia. Sie versuchte, die Ereignisse so unpersönlich wie möglich zu schildern und ihre eigene Beteiligung dabei herunterzuspielen. Als sie ihre Geschichte beendet hatte, war am anderen Ende großes Schweigen. »Hallo, Karen?«

»Ich bin da«, ließ sich ihre Freundin angewidert vernehmen. »Und dir die Wahrheit zu sagen: Ich weiß nicht, wer von euch beiden der Beschissenere ist – er oder du.«

»Gut, aber ich bin diejenige, die in Gefahr ist, verdammt noch mal! Auf das Urteil kann ich warten, bis es hell wird. Im Augenblick brauche ich Hilfe.«

»Also hör mal zu, Green, den größten Gefallen würde ich dir tun, wenn ich jetzt sofort den Hörer auflegen würde.«

»Was? Das glaubst du doch selbst nicht.«

»Was würde es dir schon helfen, wenn ich dich für dein falsches Benehmen auch noch belohnte? Mit deinem nächsten Clown wird genau dasselbe passieren. Wann, zum Teufel, wirst du endlich aus deinen Fehlern lernen? Es ist genau die gleiche Geschichte wie in deinem ersten Semester. Als du die Nacht mit einem Jungen im

Studentenheim verbracht hattest und völlig verzweifelt warst, als dir klar wurde, daß du ihm nicht einmal deinen Namen gesagt hattest.«

»Ich kann da keine Verbindung zu Murray sehen.«

»Jeder, der dich kennt, könnte es. Der Junge von der Uni kannte deinen Namen nicht. Er interessierte ihn nicht, denn sonst hätte er danach gefragt. Er wollte ihn gar nicht wissen. Aber du bist trotz allem mit einem Schuldgefühl herumgelaufen, nur weil du ihm deinen Namen nicht gesagt hattest. Ihm war das scheißegal, aber das wolltest du nicht einsehen. Mit diesem Murray-Typ ist es jetzt genauso. Der will dich gar nicht kennenlernen. Das hab' ich dir schon vor einem Monat gesagt. Der Mann ist ein komplettes Vakuum. Eine Null. Eine Ziffer. Wenn du das wie jeder normale Mensch akzeptiert hättest, dann würdest du jetzt nicht wie ein Trottel in der Telefonzelle stehen.«

»Also das ist wirklich das Letzte. Das hab' ich von dir nicht erwartet«, wimmerte Sylvia und begann zu weinen. »Hast du denn gar kein Mitleid? Du hast doch angeblich einen Beruf, der zur Hilfe verpflichtet.«

»Es würde dir überhaupt nicht helfen, wenn ich dich bedauern würde und dich als sein Opfer betrachtete. Du bist dein eigenes Opfer. Du willst die Welt erlösen. Warum, das werde ich nie begreifen, aber dein Kreuzzug ist nach hinten losgegangen. Und das mußte er auch, weil der Bursche deine Art von Rettungsmanöver nicht wollte. Abgesehen davon, Sylvia, bist du in sein Privatleben eingedrungen. Mit welchem Recht hast du dieses Tonbandgerät aufgestellt?«

»Vielleicht weil ich ihn geliebt habe, Karen.« Sie war von ihren eigenen Worten überrascht.

»Ach, hör doch auf!«

»Nein, ganz im Ernst«, sagte Sylvia mit verwunderter Stimme. »Vielleicht ist es das. Vielleicht habe ich ihn schon die ganze Zeit geliebt. Sex mit ihm war paradiesisch.«

»Ich glaube, jetzt wird mir schlecht.«

Sylvia plapperte aufgeregt weiter, ohne den Hohn in der Stimme ihrer Freundin wahrzunehmen. »Ist denn das keine Erklärung? Darum mußte ich versuchen, ihm sein wirkliches Selbst zu zeigen. Weil ich dieses Selbst geliebt habe, den wirklichen Murray. Vielleicht glaubte ich auch, daß der wirkliche Murray mich auch liebte. Unterschwellig.«

»Sylvia, ich bin weder eine religiöse noch eine sentimentale Person, aber wenn du dieses Wort in bezug auf diesen Murray Dingsbums anwendest, kommt es mir wie eine Blasphemie vor, und das kann ich einfach nicht dulden. Himmeldonnerwetter noch mal! Dieser Kerl war ein guter Fick und weiter nichts. Versuche jetzt nicht, daraus eine herzerweichende Geschichte zu machen.«

»Aber warum denn nicht? Warum konnte das denn nicht Liebe sein? Du hast doch keine Ahnung, was ich fühlte, wenn er mich berührte. Du weißt doch nicht, wie gut sich sein verdammter Schwanz angefühlt hat!«

»Er hat sich gut angefühlt, weil er sich gut anfühlte. Es gibt so etwas wie eine anatomische Übereinstimmung. Aber vergiß nicht, daß du mir selber erzählt hast, daß du dir, wenn du mit diesem Zahnarzt zusammen warst, im Geiste vorgestellt hast, daß er jemand anderes wäre. Dieser Professor oder so.«

Sylvia beschloß, hier nicht weiter einzuhaken. »Aber für ihn war es ja auch besser als mit anderen. Er hat das immer wieder gesagt. Überlege dir doch mal, was mir das bedeutet hat! Er hat mit Hunderten von Frauen geschlafen. Buchstäblich. Aber mit mir hat er besser als mit irgendeiner anderen gefickt. Das hat er selbst gesagt.«

»Willst du dafür einen Orden? Oder wie wäre es mit einem T-Shirt, wo das alles aufgedruckt ist? ›Ich vögelte mit Murray Butkis besser als irgendeine andere in der großen weiten Welt.‹«

»Ich schwöre, daß er mich geliebt hat, ob er es wußte oder nicht.«

»Ich hol' gleich meine Geige.«

»Hör auf!« Ihr Ausruf kam zur gleichen Zeit wie das Klicken im Telefon, das ihr anzeigte, daß ihre Sprechzeit um war. Ganz schnell gab sie Karen die Nummer des Apparates durch, verlangte von ihr, daß sie sie zurückrufen solle, und hängte auf. Dann zögerte sie und ließ das Telefon erst ein halbes Dutzendmal klingeln, ehe sie endlich abhob.

»Also gut, Green. Schluß mit der Spielerei. Du kannst deinen süßen Wahn, was zwischen dir und dem Zahnarzt passiert ist, behalten. Ich werde dir den Zahn nicht ziehen. Wo bist du eigentlich jetzt genau? Ich zerbreche mir den Kopf, wie ich dich von der Straße wegkriege. Willst du einen Krankenwagen?«

»Eighteenth und Lexington Avenue.« Sylvia versuchte zögernd, wieder zu dem früheren Gesprächsthema zurückzukehren. »Karen, er hat immer wieder gesagt, wieviel besser es mit mir war als mit irgendeiner anderen. Normalerweise kann er eine Frau nicht einmal mehr ein zweitesmal beschlafen. Er sagt, daß er ihn nicht hochkriegt. Aber wir hatten nie solche Probleme. Ich glaube, sein Penis spielte mit, weil er sich auch emotional zu mir hingezogen fühlte. Wenn das nicht Liebe ist, dann kann man das zumindest Vertrauen nennen.«

»Ich erinnere mich an etwas, das du das letztemal, als ich dich sah, gesagt hast. Weißt du, in bezug auf die andere Lehrerin aus deiner Schule, die auch mit ihm geschlafen hatte. Hat er ihr nicht auch gesagt, wie gut sie im Bett war?«

»Jaaa«, antwortete Sylvia. Sie mußte einen Augenblick darüber nachdenken und murmelte dann entmutigt: »Scheiße. Du glaubst, das ist seine Masche, nicht wahr?«

»Höchstwahrscheinlich.«

»Aber warum? Was hätte er denn davon?«

»Damit sie wiederkommen. Du hast selber gesagt, daß du dich danach wie eine Sex-Göttin gefühlt hast. Die Masche hat doch bei dir verfangen. Du bist doch immer wieder zu ihm zurück.«

»Es schien ihm von einem Mal zum anderen völlig egal zu sein, ob wir uns wiedersehen würden. Er hat nie danach gefragt.«

»Das, meine Liebe, nennt man passive Aggression. Er agiert unbeteiligt, läßt aber solche Sätze, wie du sie mir gerade gesagt hast, fallen – der Rest erledigt sich von alleine.«

»Aber warum wollte er denn überhaupt, daß ich zurückkomme, wenn es nicht überdurchschnittlich gut war? Oder wenn da nicht doch etwas Gefühlsmäßiges beteiligt war? Schließlich kann er, und zwar jede Nacht in der Woche, alle Frauen haben, die er möchte.«

»Schau her. Murray bezahlt keinen von uns für eine Analyse. Überlaß ihn seinem Wahnsinn oder was immer es sein mag.«

»Ich glaube immer noch, daß ich ihm unter die Haut gegangen bin. Deshalb ist er heute nacht so explodiert. Er vertraute mir, und ich habe dieses Vertrauen mit dem Tonband verletzt.« Am anderen Ende des Telefons begann Karen unterdrückt, aber doch herzlich zu lachen. »Deine Scheißlache kannst du dir sparen!«

»Weißt du, von allen Verrücktheiten, die du dir je geleistet hast, ist das hier die absolute Spitze. Ein Tonbandgerät unterm Bett!«

Sylvia kam sich blöd vor. »Als ich es tat, schien es mir das Richtige zu sein, um meine Theorie zu beweisen. Schau, Kar, es ist kalt hier, und ich bin fix und fertig. Willst du mich nicht bitte abholen?«

»Jetzt hast du Angst, nicht wahr? Gibt es da irgendwo einen Platz, wo du dich verstecken kannst?« Karen hatte aufgehört zu lachen.

»Ich bin schon okay. Bitte, komm nur, so schnell du kannst.«

»Ich möchte nicht, daß du glaubst, daß ich über deinen Rausschmiß gelacht habe. Wie du dazu gekommen bist, ist deine Sache, aber daß es nun mal so ist, eine andere. Es ist das Schlimmste, was jemals einer Freundin von mir passiert ist. Ich bin gleich da.«

»Karen, es gibt noch etwas Schlimmeres, viel Schlimmeres, noch gar nicht so lange her. Mit diesem Professor. Ich habe es dir nie erzählt, weil du mich vorher gewarnt hattest und weil ich mich so geschämt habe. Aber jetzt, wo du praktisch meine einzige Vertraute bist, solltest du es wissen.« Sylvia gab ihr eine kurze Schilderung von Annenskys Besuch in ihrer Wohnung, wobei sie seinen Zustand der Entlassung von der Pen-Universität zuschrieb und die Einzelheiten der Verführung und des Angriffs wegließ. »Dann zwang er mich auf die Knie, und dann könntest du sagen, glaube ich, hat er meinen Mund vergewaltigt.«

»Um Himmels willen!«

»Ich habe mich immer gewundert, warum er es auf diese Weise getan hat. Er muß geglaubt haben, daß in dem Gedicht, das ich ihm gab, ein verborgener Hinweis auf oralen Sex enthalten war. Mir war das nicht bewußt. Findest du es nicht auch eigenartig, daß er nicht versucht hat, mich zu ficken oder mich wenigstens auszuziehen? Es war mehr so eine Art von Pornofilm. Mehr symbolisch als erotisch.«

»Vielleicht ist das die einzige Art, wie der fertig wird, das Schwein. So wie du mir seine Einstellung Frauen gegenüber geschildert hast, ist er höchstwahrscheinlich impotent, wenn er normal verkehren soll. Ich habe diese Typen in der Klinik erlebt. Sie kommen nicht mit ihrer Frau zurecht, aber einmal in der Woche gehen sie zu einer Nutte und lassen sich einen blasen.« Sie schnalzte mit der Zunge. »Du sagst, daß er ein Tonband von deckenden Tieren gemacht hat?« Sylvia konnte sich das Gesicht ihrer Freundin vorstellen, als sie das sagte. Mit krauser Nase und hochgezogenen Mundwinkeln, verächtlich dreinblickend.

»Ist das nicht das Schlimmste, was du jemals gehört hast?«

Karen antwortete zunächst nicht, doch dann sagte sie plötzlich: »Und was hast du heute nacht bei Murray angestellt?««

Es dauerte bei Sylvia eine Minute, bis sie den Zusammenhang erkannte. Sie krümmte sich in der Zelle zusammen und fiel fast um. »Oh, mein Gott!« flüsterte sie, während sie mit ihrer freien Hand die Augen bedeckte. »Ich hab' mich genauso pervers Murray gegenüber benommen, nicht wahr?«

»Sieht fast so aus.«

»Genau das gleiche wie dieser gottverdammte Verrückte!« Sylvia versuchte, die Tränen zu unterdrücken. »Das Schlimmste ist, daß ich diesen Annensky den ganzen Frühling über angebetet habe. Ihn wirklich angebetet habe. Ich habe mir sogar vorgestellt«, sagte sie mit ironischem Unterton, »daß ich ihn lieben würde.«

»Siehst du? Das sollte dich doch eigentlich etwas nachdenklich machen, wenn du über all diese persönlichen sogenannten Liebesbeziehungen nachdenkst. Im vergangenen Frühling war es der Professor, und jetzt ist es angeblich der Zahnarzt. Denk mal darüber nach. Welches sind denn nun die echten Gefühle, von denen du gesprochen hast?«

»Kann ich das denn nicht Liebe nennen? Geteilt in Zärtlichkeit und Lust in unterschiedlichen Proportionen. Genau das fühlte ich, wenn ich all diese Monate lang Annensky ansah, und das fühle ich auch, wenn ich mit Murray schlafe.«

»Siehst du, jetzt hast du es gerade gesagt: ›Wenn ich mit Murray schlafe.‹ Das ist alles einseitig. Du scheinst es jedesmal darauf anzulegen. Zuerst mit dem Professor, der nicht einmal hier lebt und der sich die ganze Zeit unnahbar gab, und dann mit Murray, der viel zu sehr neben sich steht, um sich gefühlsmäßig an dir oder irgendeiner anderen Frau zu beteiligen, mit Ausnahme vielleicht, wenn du ihn im Bett bedienst. Du kannst in Wirklichkeit keinen lieben, den du bedauerst und von dem du glaubst, daß du ihn erretten mußt, genauso wenig, wie du ein unerreichbares Idol lieben kannst. Irgend etwas in dir läßt dich einfältig nach dem Unerreichbaren streben. Glaube es mir und versuche damit fertig zu werden, Sylvia. Wenn du nicht den Rest deines Lebens alleine verbringen willst, dann handele entsprechend, wobei ich den Verdacht habe, daß diese Helden-Strolch-Verehrung der Ausgangspunkt für alles ist.«

»Im Bett war er kein Strolch.«

»Also schön, wir wissen ja, daß er beim Ficken gut ist. Dann belaß es dabei und lebe jetzt dein eigenes Leben. Es gibt Männer, die auch auf anderen Ebenen etwas anzubieten haben, abgesehen vom Körperlichen.«

»Wo ist denn deiner?«

»Leck mich am Arsch! Zumindest bin ich schlau genug, diese Regenwürmertypen, die nur einmal in der Woche ihre Sexorgane aus dem Dreck stecken, um sich dann mit dem, der zufällig gerade da ist, zu vereinigen, nicht an mich rankommen zu lassen. Du solltest lernen, dasselbe zu tun.«

»Was ist das für eine Antwort, Karen? Soll ich vielleicht ins Kloster gehen? Wieviel ungebundene Männer gibt es denn schon, die interessant und attraktiv sind? Die Statistiken sind gegen uns. Ich war auf meine Art ganz glücklich mit Murray, so wie die Dinge lagen.«

»Blödsinn. Wenn das stimmen würde, dann würdest du nicht solch eine Riesenschau abgezogen haben, um irgendeine Gefühlsregung aus ihm herauszukitzeln. Denn genau das hast du getan, falls du es nicht wissen solltest.«

»Ich dachte, du hast gesagt, daß ich ihn nicht liebe?«

»Da hast du auch verdammt recht.«

»Hast du dir nicht gerade widersprochen?« Sylvia war sich nicht sicher, ob ihre Frage logisch gewesen war. Sie war müde und ausgepumpt, daß sie sich kaum noch aufrechthalten konnte.

Dieses Telefongespräch nahm ihr die letzten Reserven, ihre letzte geistige Energie.

»Wieso denn?«

»Wenn ich ihn nicht geliebt hätte, warum wollte ich dann seine Gefühle wecken?«

»Um dich zu beweisen. Um zu zeigen, daß du Macht über ihn hast. Um ihn zu manipulieren. Was weiß ich. Um dir zu beweisen, daß er dir genauso ergeben ist wie du ihm. Es gibt dafür hundert mögliche Gründe. Hauptsächlich wolltest du damit die Verantwortung für deine eigenen Taten abwälzen, nehme ich an. Wenn es dir gelingen würde, einige Gefühle aus ihm herauszupressen und auch auf deiner Seite einige zu produzieren, dann würdest du nicht mehr an die Tatsache zu denken brauchen, daß du ihn monatelang in genau der gleichen Weise benutzt hattest, wie du sagst, daß er gewöhnlich Frauen behandelte. Um deine Belastungen loszuwerden.«

»Warum, zum Teufel, hab' ich dich nur angerufen? Ich dachte, du wärst meine Freundin?«

»Das bin ich auch, und darum sage ich dir auch diese Dinge direkt ins Gesicht. Laß uns auflegen, damit ich zu dir kommen kann. Wahrscheinlich bin ich sowieso schon zu spät dran. Ich nehme ein Taxi und bring' dir etwas Geld, ehe ich weiter zum Krankenhaus fahre. Scheiße! Es ist ja schon fast fünf Uhr!«

»Du brauchst nicht herzukommen«, sagte Sylvia bestimmt.

»Halt die Klappe. In zwanzig Minuten bin ich da.«

»Du, ich meine es so. Ich schaffe schon noch das letzte Stück alleine. Ich bin jetzt ziemlich okay.«

»Sei doch nicht verrückt! So ist das Leben nun mal, Sylvia, und die Straßen sind gefährlich.«

»Es wird gleich hell sein«, gähnte Sylvia.

»Es ist nicht zu glauben. Aber bitte!« Karen fuhr mit einem Seufzer fort: »Ganz wie du willst, du heilige Johanna.«

»Fall tot um!«

»Nein, ich nicht, aber du vielleicht. Ich hoffe nur, daß du mir in deinem Testament deine verdammte Katze nicht vermacht hast.« Beide lachten.

»Du hast genug für mich getan, Karen. Ich danke dir. Ich komme schon zurecht.«

»Dann versprich mir noch eins: Geh niemals wieder aus dem Haus, bevor du dir nicht eine Fünfdollarnote für ein Taxi in den Büstenhalter gesteckt hast. Das ist für Leute wie dich, die immer in der Lage sind, sich in schiefe Situationen zu bringen, unbedingt notwendig.«

»Arzt, heile dich selber.«

»Ich werd' es versuchen.«

»Auf Wiedersehen, Kar.«

»Bist du wirklich sicher?«

»Ja.« Sylvia legte den Hörer auf, wischte sich das Gesicht erneut ab und begann die Straße entlangzugehen, wobei sie sich an der Bordsteinkante hielt, soweit wie möglich von den dunklen Gebäuden und stockfinsteren Hauseingängen entfernt, wo sich die Strolche erfahrungsgemäß des öfteren aufhielten. Karen hatte recht. Sie hatte sich selbst in diese Lage gebracht, und sie mußte auch alleine wieder herauskommen. Seltsam genug schien die verbale Attacke ihrer Freundin, die sie jetzt noch einmal in Ruhe rekapitulierte, auf sie einen leicht belebenden Effekt zu haben. Karen hatte sie wütend gemacht, aber Sylvia mußte zugeben, daß in ihren Bemerkungen einige Körnchen Wahrheit steckten. Sie wollte wirklich die wahren Motive dafür finden, weshalb sie diesen Männern nachgejagt war. Wer waren sie eigentlich, und was wollte sie wirklich von ihnen? Wenn es darauf eine Antwort gab, dann würde die vielleicht auch die Erklärung enthalten, warum ihre Abenteuer immer in Schimpf und Schande endeten.

Vor ihr lag der Gramercy-Park. Ein unvorhergesehenes Hindernis auf ihrem Weg nach Hause, denn dieser ungemein gepflegte rechteckige Garten unterbrach hier die Lexington Avenue, umgeben von einem genauso noblen wie undurchdringlichen Zaun mit einem Tor, zu dem nur die Anwohner des Platzes einen Schlüssel besaßen. Sylvia würde ganz um den Park herumgehen müssen, um weiter nach Norden zu gelangen. Über den Dächern der Bürogebäude vor ihr schien sich der Himmel zweifellos langsam zu lichten. Das Schlimmste war vorüber. *Na siehst du, Murray Butkis, Doktor der Zahnmedizin, ich habe gewonnen!* Sie hatte bereits mehr als die Hälfte des Weges zu ihrer Wohnung ohne unliebsame Zwischenfälle hinter sich.

Es war noch immer recht kalt, und ihre Nase lief. Auch noch anfällig für Schnupfen? Mit Schrecken dachte sie an die möglichen Konsequenzen dieser grauenhaften Nacht in bezug auf ihre Gesundheit und wurde erneut ungeheuer wütend auf Murray. Sollte sie aus Krankheitsgründen nicht zur Arbeit gehen können und deshalb Ärger haben, würde es nur sein Fehler sein. Aber dann, als sie ein freies Taxi an sich vorüberfahren sah, wurde ihr klar, daß der wahre Grund, warum sie zu dieser Stunde durch die City latschte und sich dabei vielleicht eine Lungenentzündung holte, nicht so sehr Murrays schweinisches Verhalten ihr gegenüber war, sondern daß ihre eigene Nachlässigkeit Schuld daran trug. Wie Karen ihr klargemacht hatte, würde kein normaler Mensch so unverantwortlich handeln, von zu Hause wegzugehen, ohne genügend Geld für die Rückfahrt dabeizuhaben. Sie konnte nicht Murray alleine verantwortlich machen. Eigentlich hatte sie es sich selbst zuzuschreiben. Diesmal ganz besonders, aber auch schon öfter vorher hatte sie ihn indirekt dazu gezwungen, sie schlecht zu behandeln.

Aus einer Seitenstraße kam erneut ein Taxi heraus, das an der nächsten Kreuzung, selbst als die Ampel auf Grün gewechselt hatte, stehenblieb. Sylvia war klar, daß es auf sie wartete, und dachte daran, auf die andere Seite der Lexington Avenue hinüberzugehen, um sich der Verlegenheit zu entziehen, es weiterschicken zu müssen. Noch ehe sie zur Überquerung der Straße ansetzen konnte, rief sie der Fahrer aber an. »Ist mit Ihnen alles in Ordnung, Lady?«

Sie wollte gerade ihren Kopf schütteln und versuchen, sich einen Grund für eine fröhliche Ablehnung einfallen zu lassen. Diese harmlose Erkundigung eines Taxifahrers, die nicht unbedingt wörtlich genommen werden mußte, hatte sie in einem Augenblick erreicht, in dem sie sich so traurig wie niemals zuvor vorkam. Nein, mit ihr war wirklich nicht alles in Ordnung. Tatsächlich schien alles, was sie tat, in Unordnung zu sein. Sie verbarg ihr Gesicht in den Händen und floh hinten um das Taxi herum, wobei der Poncho um ihre Schultern flog. »Haben Sie Ärger?« rief ihr der Mann nach.

Noch immer davonrennend wandte sie den Kopf, um zu antworten. Ihr Kassetten-Recorder und einige Bücher fielen auf die Straße, als sie über den Bordstein stolperte. Eine Sekunde später war der Taxifahrer bereits bei ihr und half ihr die Sachen zusammenzusuchen. »Ich habe Ihr Gesicht gesehen. Sie haben Ärger. Selbst die Nutten in dieser Gegend sind jetzt nicht mehr draußen. Das hier sieht zwar nach einer anständigen Nachbarschaft aus, aber trotzdem muß man hier vorsichtig sein. Wie weit haben Sie es denn?« Der hagere ältere Mann steckte ihre Papiere wieder in die Tasche, die sie ihm aufhielt.

»Ich möchte Sie nicht hinters Licht führen. Ich habe kein Geld dabei.«

»Ich hab' mir schon gedacht, daß Sie sonst nicht laufen würden, stimmt's? Ich fahre sowieso in dieser Richtung – muß meinen Schlitten zurück in die Garage im ›Queens‹ bringen.«

»Ich versuche zur Seventy-seventh Street zu kommen.«

»Ich fahre bis zur Brücke der Fifty-ninth Street. So weit können Sie umsonst mitfahren. Ich hab' zu diesem Zeitpunkt sowieso keine Fuhre mehr erwartet.«

»Das kann ich auf keinen Fall annehmen. Das wäre Ihnen gegenüber nicht fair.«

»Seien Sie doch nicht albern. Ich biete es Ihnen doch an«, sagte er, während er sie entschlossen auf den Rücksitz drängte. »So, wie Sie beisammen sind, kann Ihnen hier alles mögliche zustoßen.«

Es erniedrigte sie noch mehr, als sie daran dachte, daß sie so durcheinander aussah, wie er es behauptete, aber trotzdem war sie dem Mann für seine Fürsorglichkeit dankbar. Er fuhr auf der Querstraße bis zur Third Avenue und dann weiter geradeaus.

»Das ist wirklich sehr nett von Ihnen«, sagte Sylvia, nachdem sie sich etwas beruhigt hatte. »Ich verdiene es gar nicht. Ich bin ein Idiot.«

»Was immer Sie auch getan haben, Miß..., keine junge Frau verdient es, mitten in der Nacht durch die Straßen zu wandern.« Er machte eine Pause, um sich eine Zigarre anzuzünden, und sah sie dabei durch den Rückspiegel an, während er fortfuhr: »Ich will nicht in Sie dringen – aber hatten Sie Krach mit Ihrem Freund oder so?«

»Ja, ich glaube, so könnte man es nennen.«

»Tut mir leid. Geht mich auch nichts an.« Er schüttelte den Kopf. »Ihr Mädchen habt es heutzutage schwer. Die Jungens wissen einfach nicht mehr, wie man sich zu benehmen hat. Ich habe eine Tochter – ungefähr in Ihrem Alter. Schon geschieden.«

»Irgendwie war es auch meine Schuld.«

»Dann hat er Sie also rausgeworfen? Und er hat Ihnen noch nicht mal genug Geld gegeben, um nach Hause zu kommen, was? Wenn der mein Sohn wäre, dann würde ich ihm schon Manieren beibringen. Darauf können Sie sich verlassen.« Die Ritterlichkeit des Mannes ließ Sylvia lächeln. Es mußte wohl einfach sein, wenn man alle Dinge nur schwarzweiß sehen konnte. Sie überlegte, wie der Mann wohl reagieren würde, wenn er die ganze Geschichte gekannt hätte. »Macht nichts«, sagte der Fahrer, während er sie über die Schulter ansah. »Der ist schließlich nicht der einzige Kerl in der City. Ein so nett aussehendes Mädchen wie Sie wird leicht wieder einen anderen finden.«

Sylvia holte tief Luft und begann sich auf das Aussteigen aus dem Taxi vorzubereiten. »Ich bin mir nicht so sicher, daß damit das Problem gelöst wäre«, antwortete sie. Überschwenglich bedankte sie sich bei dem Mann, als er sie gegenüber von ›Bloomingdales‹ absetzte, und sah ihm nach, als er um die Ecke bog, um ostwärts auf die Brücke zuzufahren. Jetzt war es für sie nicht mehr weit. Unglücklicherweise hatte die kurze Pause im Taxi ihre Müdigkeit eher noch verstärkt. Es fiel ihr außerordentlich schwer, ihre Beine für den letzten Kilometer, der noch vor ihr lag, in Bewegung zu setzen. Obwohl es noch nicht ganz sechs Uhr war, begann sich bereits jetzt die Straße zu beleben. Sylvia zwang sich, forsch auszuschreiten, als ob sie ihren Körper damit überlisten könne, daran zu glauben, daß es leicht wäre, sich auf die normale Routine des beginnenden Tages einzustellen.

26. Kapitel

Nachdem sie geduscht und fünf Tassen Kaffee getrunken hatte, erschien Sylvia um acht Uhr pünktlich in der Schule. Da sie an diesem Tag in zwei Klassen Arbeiten schreiben ließ, bedeutete dies weniger geistige Anspannung. Gott sei Dank konnte sie heute mit einem Minimum ihrer Kräfte auskommen, wofür sie sehr dankbar war. Alles, was von ihr gefordert wurde, war, die nächsten acht Stunden wach und beweglich zu bleiben. Um zu überleben, brauchte sie lediglich ihre Augen aufzuhalten.

Sie konnte sich kaum daran erinnern, wann sie das letztemal einen ganzen Tag lang hatte unterrichten müssen, ohne die Nacht zuvor geschlafen zu haben. Die Helligkeit ließ sie fast schielen, und die gewohnten Gesichter der Schüler erschienen ihr grotesk, fast dämonisch. Mitten in einer Klassenarbeit mußte sie, während die Schüler schrieben, auf einmal an ihrem Schreibtisch sitzend kichern. Sie war in diesem Augenblick von der Lächerlichkeit der Szene überwältigt. Die allmächtige Lehrerin, die ihren kleinen Schützlingen befahl, für sie eine Schau abzuziehen. Sie, die selbst ihr eigenes Leben so wenig unter Kontrolle hatte, besaß die Macht, diese Kinder das tun zu lassen, was sie anordnete. Eigentlich hatten sie Angst vor ihr. Hinten im Klassenzimmer begann ein Schüler, der bereits fertig war, seinen Nachbarn zu stören. Während sie ihn aufforderte, Ruhe zu geben, mußte sie sich von der Klasse mitten im Satz abwenden, um ihr Lachen zu verbergen. An diesem Morgen erschien ihr einfach alles lächerlich.

Diese Phase war zur Mittagszeit überwunden. Sie brauchte mehr Koffein. Während der Mittagspause löste sie auf der Bank einen Scheck ein und stürzte dann Kaffee in sich hinein, um sich für die verbleibenden Stunden wachzuhalten. Sie vermied es, in den gemeinsamen Aufenthaltsraum zu gehen, da sie befürchten mußte, daß ihre Kollegen ihren Zustand eher durchschauen würden, als es ihre Schüler taten. Statt dessen ging sie in das leere Klassenzimmer, bevor die erste Nachmittagsklasse zum Unterricht erschien.

Der restliche Tag nahm sich für sie wie eine Gefängnisstrafe aus. Doch nur noch wenige Stunden, und dann würde sie Ruhe haben. Dann konnte sie schlafen und schlafen, solange sie wollte. Niemand konnte sie mit Fragen belästigen oder irgend etwas von ihr wollen. Sie würde alleine sein. Der Gedanke an diese Einsamkeit, die ihr bald vergönnt sein würde, ließ die Nachmittagsarbeit erträglicher erscheinen. Während der Unterrichtsstunden trug sie möglichst schnell eine Menge Lehrmaterial vor, um so Zwischenfragen der Schüler zu vermeiden und nicht selber zum Nachdenken zu kommen.

Szenen der vergangenen Nacht gingen ihr durch den Kopf. Sie sah sich durch Murrays Apartment schleichen und sich die Straßen wie eine ängstliche Maus entlangrücken. Warum war sie nur so unterwürfig gewesen? Sie hätte ihm die Tür eintreten sollen, nachdem er sie ihr vor der Nase zugeschlagen hatte. Die seltsame Fröhlichkeit, die sie am Vormittag empfunden hatte, wich jetzt einer außerordentlichen Irritation. Wenn ihre Schüler ihr völlig harmlose Fragen stellten, wurde sie wütend, als ob die Kinder dies nur tun würden, um sie zu ärgern. Würde es denn niemals drei Uhr werden?

Alle ihre Gesten waren erregt. Mehr als einmal brach ihr die Kreide in der Hand ab, wenn sie versuchte, einen Satz an die Tafel zu schreiben. Wenn sie sich an die Klasse wandte, sah sie ganze Reihen sie anstarrender Gesichter, die darauf warteten, daß sie fortfuhr – und die immer noch mehr von ihr erwarteten. Diese fordernden Blicke tyrannisierten sie. Sie wünschte, daß sie ein einzigesmal ihre Rolle als Lehrerin aufgeben könnte, um den Schülern zu erklären, daß sie heute nicht in der Lage sei, etwas zu geben. Statt dessen erfand sie ein paar Aufsatzthemen für sie und ließ sie daran schreiben, während sie mit Adleraugen die Uhr an der Rückwand des Klassenzimmers beobachtete.

Als es endlich klingelte, beschloß Sylvia, ruhig in der Klasse zu verweilen, bis der übliche Lärm und das Durcheinander bei Schulschluß vorüber waren und sie in Ruhe und nach eigenem Belieben die Schule verlassen konnte. Ihr Körper bewegte sich zeitlupenartig, und jeder Schritt tat ihr weh. Während der Busfahrt nach Hause schockten sie jedes Schlagloch und jedes abrupte Bremsen.

Im Wohnzimmer streckte sie sich müde und erschöpft auf der Couch aus, ohne jedoch schläfrig zu sein. Das viele Koffein, das sie im Körper hatte, war nicht so schnell bereit, seine Herrschaft über ihr Nervensystem aufzugeben und sie in Schlaf gleiten zu lassen. Ihre Augen tasteten die Quadrate der Deckenverkleidung wieder und wieder ab, als ob sie ein Geisterwagenrennen verfolgte.

Es war kalt im Zimmer, und die sie umgebenden weißen Wände bewirkten, daß sie sich wie ein Arktisforscher vorkam, der beim Überqueren eines Gletschers in eine Eisspalte gefallen ist. Schon bald würde das Eis sie völlig umschließen, und sie würde, ohne Spuren zu hinterlassen, verschwinden. Wer würde wohl zu ihrem Begräbnis erscheinen? Ihre Eltern würden dasein, und Karen würde ihre engsten Freunde benachrichtigt haben. Vielleicht würde sogar Lorry kommen wollen. Noch immer erzählte er gemeinsamen Freunden, wie sehr er sie noch liebte. Sie wünschte, daß sie dabeisein könnte, um zu hören, was er wohl über Sylvia Green sagen würde. Falls es ihr jemals möglich sein würde, sich aus dieser eisigen Schlucht zu befreien, würde sie ihn vielleicht anrufen, um zu hören, was er trieb. Nein. Das war nicht die Antwort. Warum schon wieder in dem gleichen Reigen tanzen? Schlaf war die einzige Flucht. Sie schloß die Augen.

Als sie aufwachte, war es Nacht geworden. Sie machte Licht und ging ins Schlafzimmer, um nachzusehen, wie spät es war. Fast neun Uhr. Zu allem zu müde, außer schnellstens ins Bett zu gehen, zog sie sich aus, legte alle ihre Kleidungsstücke über den Stuhl am Schreibtisch und schlüpfte unter die Decke. Gerade als Psyche auf das Bett sprang, um sich ihren üblichen Platz für die Nacht zu suchen, klingelte das Telefon. Apathisch nahm Sylvia den Hörer auf.

»Hier ist Murray, Syl, ich muß mit dir sprechen.« Ihr Körper reagierte, ohne erst auf einen Gedanken zu waren. Sie stieß einen Wutschrei aus und warf den Hörer auf die Gabel zurück. Schon eine Minute später klingelte es erneut. Nachdem sie es zehnmal hatte läuten lassen, nahm sie endlich den Hörer auf und schrie Murray erneut an. »Leg nicht auf, bitte, leg nicht auf«, sagte er.

»Wie kannst du es wagen, mich anzurufen, du dreckiger Mistkerl! Ich könnte jetzt an irgendeiner Straßenecke tot herumliegen, und das nur durch deine Schuld! Ich könnte tot sein!«

»Immer mit der Ruhe. Du bist doch okay, oder nicht? Ich wußte, daß dir nichts passieren würde.«

»Du bist so ein Scheißer, daß ich es sogar durchs Telefon riechen kann! Du wußtest, daß mir nichts passieren würde? In dieser Minute könnte ich im Leichenschauhaus liegen! Wie kommst du überhaupt dazu zu glauben, daß ich jemals wieder mit dir sprechen will, nach dem, was du mir angetan hast? Wer, glaubst du eigentlich, daß du bist?«

»Ich muß mit dir sprechen. Ich war so schrecklich verwirrt.«

»Du warst was? Was ist denn mit mir?«

»Nachdem du gegangen warst, konnte ich nicht schlafen. Ich habe heute vormittag allen Patienten absagen müssen.«

»Soll ich dich deshalb vielleicht bedauern?«

»Ich war wütend und konnte nicht klar denken. Du hast mich wütend gemacht. Ich laß mich von Frauen nicht fertigmachen, aber dir ist es gelungen, mich wütend zu machen, Sylvia. Ich muß dich sehen.«

»Du wirst mich nie wiedersehen.«

»Und was ist mit unserer Beziehung?«

»Benutze dieses Wort nicht in bezug auf das, was wir miteinander getrieben haben. Du weißt ja nicht einmal, was eine Beziehung ist.«

Auch seine Stimme wurde lauter.

»Sieh mal, mit keiner Frau treffe ich mich öfter als höchstens zweimal.«

»Das erzählst du jeder.«

»Verdammt noch mal, ich habe dich öfter gefickt, als ich jemals ein anderes Mädchen gefickt habe!«

»Das sagst du!«

»Sylvia, ich muß mit dir reden.«

»Na und? Ich will aber mit dir nicht reden.«

»Du hast mich verwirrt! Das hat seit Jahren niemand geschafft.«

»Du Scheißkerl!«

»Ich verlasse jetzt die Praxis. Komm in meine Wohnung, ich bezahl' dir auch das Taxi.«

»Immerhin mehr, als du vergangene Nacht getan hast.«

»Vergiß doch die letzte Nacht. Wir müssen miteinander reden.«

»Du vielleicht. Ich habe alles gesagt, was ich zu sagen hatte.«

»Willst du mich treffen?«

»Murray, niemals – und ich meine niemals – betrete ich wieder deine Wohnung. Ganz egal, was passiert.«

»Dann laß mich zu dir kommen. Nur für kurze Zeit. Nur bis ich mir endlich im klaren bin.«

»Nicht heute nacht. Ich bin fix und fertig und außerdem bereits im Bett.«

»Wann dann?«

»Komm morgen, wenn du mit der Arbeit fertig bist.«

»Ich werde nicht vor neun Uhr abends fertig sein.«

»In Ordnung. Ich erwarte dich zwischen neun und zehn.«

»Gut. Ich werde kommen.«

Sie legte auf, blieb auf der Bettkante sitzen und sah in die Nacht hinaus. Aus einer warmen, sicheren Wohnung heraus sah die Straße fast freundlich aus. Zwei Menschen, die ihre Hunde ausführten, unterhielten sich, während die Tiere einander beschnüffelten. An der Ecke versuchte ein Mann tapfer, für sich und seine Frau, die ängstlich auf dem Bürgersteig stand, während er sich in den Verkehr der Third Avenue stürzte, ein Taxi anzuhalten. Plötzlich war Sylvia äußerst dankbar dafür, genau da zu sein, wo sie war.

Sie kroch wieder ins Bett, dachte noch einmal an die draußen verbrachte Nacht, als die Straßen ein Irrgarten voller Gefahren schienen, und frage sich, warum sie eigentlich Murray noch einmal sehen wollte. Er hatte sich wirklich verwirrt angehört, und doch war seine Arroganz noch immer spürbar. Ihn gingen nur die Bedürfnisse des Augenblicks etwas an, und das hatte nichts mit Sylvia zu tun und dem, was sie in der vergangenen Nacht durchgemacht hatte. Trotzdem konnte dies ein Zeichen dafür sein, daß er sich ändern könnte, dachte sie. Er hatte ihr sogar angeboten, zu ihr zu kommen, und dazu hatte er sich bestimmt erst einmal gewaltig überwinden müssen. Nein, sagte ihre Vernunft – ein Erlebnis allein konnte diesen Menschen nicht zurechtbiegen. Hier würde nichts anderes als ein klarer Schnitt vonnöten sein, um all diese Barrieren niederreißen zu können. Auf keinen Fall durfte sie sich erneut auf diesen Kreuzzug begeben. Sollte er doch alleine erwachsen werden.

Wieder klingelte das Telefon, und wieder war es Murray:

»Ich habe gerade festgestellt, daß ich deine Adresse nicht habe und daß du auch nicht im Telefonbuch stehst«, sagte er.

»Sie stand auf dem ersten Brief, den ich dir geschrieben habe.«

»Willst du mich aufziehen? Den hab' ich nicht mehr. Das war doch vor Jahren.«

»Das war erst letzten März.«

»Also gut, ich habe ihn nicht mehr. Wo wohnst du?«

»Ich habe oft die Straße erwähnt.«

»Irgendwo im Osten. Mehr weiß ich nicht. Nun mach schon.«

»Ich habe mich entschlossen, sie dir nicht zu geben.«

»Was?« Er versuchte zu kichern, aber seine Stimme hörte sich verzweifelt an. »Wie soll ich dich denn dann finden?«

»Du kennst den Namen der Schule, in der ich unterrichte.«

»Kenne ich den?«

»Ich habe sie erwähnt. Du mußt eben nachdenken, Murray. Viel nachdenken. Was weißt du eigentlich von Sylvia Green? Was hat sie dir denn alles in dieser Zeit über sich erzählt?«

»Ich erinnere mich nicht daran.«

»Wenn du mich finden willst, wirst du dich erinnern müssen. Wenn du mich willst, mich wirklich willst, dann wirst du mich auch finden.«

»Spiele dieser Art spiele ich nicht.«

»Ich auch nicht. Das ist nun mal meine Meinung. Finde mich, Murray. Es liegt nur an dir.«

Diese Herausforderung schien ihm Spaß zu machen. »Eigentlich sollte ich dir sagen, daß du es dir selbst besorgen kannst. Du glaubst, daß du clever bist? So groß ist diese Stadt nun auch wieder nicht. Ich finde dich schon.«

»Das sollte mich wundern.«

»Das wirst du erleben.«

»Auf Wiedersehen, Murray.« Er hatte bereits aufgelegt. Wieder sah sie nach draußen. Die hohen Gebäude, die sie umringten, vermittelten ihr den Eindruck, in einer Festung zu leben, in der sie vor allen Gefahren der Außenwelt geschützt war. Sie fühlte sich glücklich in ihrer neuen Unangreifbarkeit. New York würde sie aufsaugen, wenn sie es wollte, so daß er sie niemals finden konnte. Aber vielleicht würde es Murray auch gelingen, die Großstadt zu überlisten und sie eines Tages an ihrer Tür zu überraschen. Die psychologischen Schwierigkeiten würden für ihn größer sein als die praktischen.

Im Augenblick war sie mit ihrem Zufluchtsort sehr zufrieden. Die Straße war jetzt vollkommen leer. Die Ampel an der Ecke wechselte ständig von Rot auf Grün und zurück – ungeachtet der Tatsache, daß niemand da war, der sich nach ihr richten wollte.

Sylvia zog die Gardinen zu.

Molly Parkin
Verzehrende Leidenschaft

Meinen jugendlichen Freunden

Paul und Christine

1. Kapitel

»Auf Nummer sechs hat jemand Pipi ins Bett gemacht!« gebe ich zur Kenntnis.

»In dem Zimmer wohnen der Vikar und seine Frau«, in Mavis' Stimme schwingt Triumph mit. »Sieh einer an.«

»Der ist nie und nimmer Vikar, und wenn die seine Frau ist, dann –« Mit diesen Worten trocknet sich unser Bruder Boyo die Hände an Mavis' Schürze ab, um fortzufahren: »Dann ist Mavis Papst Paul anverlobt und wird mit ihm in den Stand der Ehe treten.«

Mrs. Pugh, die dabei ist, die Bratpfanne von verbranntem Frühstücksfett zu säubern, wirft uns einen düsteren Blick zu. »Keine Gotteslästerungen, wenn ich bitten darf«, bemerkt sie, »schon gar nicht zu dieser Tageszeit.«

Blowden, unsere ältere Schwester, bringt das letzte schmutzige Geschirr aus dem Frühstücksraum herein. »Es sind jetzt alle mit dem Frühstück fertig. Was dich betrifft«, sie wendet sich Mavis zu, »du solltest draußen im Empfang sein. Los, raus mit dir, und zwar ein bißchen plötzlich! Die Flitterwöchner und dieser ungarische Tramper, die wollen ihr Geld loswerden. Ich muß schon sagen – bei uns könnte jeder einfach aus dem Haus spazieren, ohne zu zahlen. Das mit den Rechnungen gehört besser durchorganisiert.«

»Auf Nummer sechs hat jemand Pipi ins Bett gemacht!« spreche ich es abermals aus, wobei ich mich bereits darauf freue, daß die alte Blod einen ihrer Anfälle bekommt, ja, in der Hoffnung, sie könne gar das Tablett mit dem Frühstücksgeschirr fallen lassen, um sich so richtig einen Grund zur Aufregung zu verschaffen.

»Das war der Vikar«, schaltet sich Mavis boshaft dazwischen. »Der, den du bei seiner Ankunft so angehimmelt hast, Blodwen. Zu dumm, daß du nicht daran gedacht hast, ihn zu fragen, ob er Bettnässer ist, bevor du ihm das Zimmer gegeben hast.«

»Der Fachausddruck dafür heißt *enuresis nocturna,* falls es jemanden interessiert«, läßt sich Boyo abermals in seinem volltönenden Bariton vernehmen, welcher einstmals der Stolz des Kirchenchores war. Was Boyo anbelangt, der sitzt gegenwärtig zwischen den Engagementstühlen. Er wartet auf die Entscheidung darüber, ob er die Rolle des Che Guevara im Tournee-Ensemble von *Evita* bekommt oder nicht.

»Mein Elijah fing damit an, als er über den ersten Lenz hinaus war. Er pullerte, wo immer er ging und lag«, grummelt Mrs. Pugh liebevoll. »Der arme Kerl konnte nichts dafür. Aber so manches Mal war mein Nachthemd bis unters Kinn durchnäßt, das dürft ihr mir glauben! Dai Parry, der Doktor, schwor Stein und Bein, daß mein Rheumatismus davon herkäme, das muß man sich einmal vorstellen!«

Blodwen wirkt, als würde sie jede Sekunde in Tränen ausbrechen. Um ihren Mund zuckt es verräterisch. Ihre Zähne mahlen. Nicht, daß sie schlecht aussähe, wenngleich für meinen Geschmack ein wenig zu verfeinert. Im richtigen Licht erscheint sie bisweilen sogar ausgesprochen schön. Aber heute ist nicht einer ihrer besten Tage. Ich komme nicht umhin; jene zarten Linien zu registrieren, die sich in ihren Augenwinkeln zu bilden beginnen, oder jene, die sich gleich den Jahresringen eines Baumes um ihren Hals legen. Ich, für meinen Teil, hoffe nur, daß ich mich, sollte ich jenes hohe Alter von dreiunddreißig erreichen, als besser erhalten erweise. Mein Gott – man bedenke, bis dahin waren es bloß noch fünfzehn Jahre!

»Ist es auf die Matratze durchgeschlagen?« begehrt Blodwen zu wissen, wobei ihr die Stimme bricht. »Nummer sechs, da hatten wir die Matratze erneuert, und zwar im Februar. Ich habe sie gerade erst abbezahlt.«

Die Stille, die eingetreten ist, wird von Mrs. Pughs »Ts, ts, wie scheußlich«, unterbrochen. Sämtliche Blicke richten sich auf mich, als ob das alles mein Verschulden sei. Gegenwärtig bin ich hier der Sündenbock.

»Himmelsakrament!« explodiere ich.

»Boadicea«, Mrs. Pugh droht mir mit dem Zeigefinger, »deine arme Mama würde sich im Grabe umdrehen, wenn sie das hören könnte. Von deinem Papa ganz zu schweigen. Nie hätte ich mir träumen lassen, daß meine Ohren einmal solch' schlimme Worte vernehmen könnten, schon gar nicht aus dem Munde der Kinder eines Geistlichen. Aber, was euch drei betrifft...« Sie dreht sich von mir weg und Blodwen zu.

Diese hat uns den Rücken zugewandt und sortiert fett- und marmeladeverschmierts Besteck in die Spülmaschine. »Blodwen, Mädchen, ich fange an zu glauben, daß du mit der Erziehung dieses Trios überfordert warst. Auf alle Fälle hast du wenig Dank geerntet. Wie jeder bemerken kann.«

Mrs. Pugh ist dabei, zu ihrer Hochform aufzulaufen, von dem

üblichen Thema befeuert. Klar, sie will Stunk, bevor sie sich auf den Weg zu ihrem Bus macht, der sie nach Hause bringt. Sie kann ihr Schandmaul nun einmal nicht halten. Was mich anlangt, ich hasse Mrs. Pugh. Es ist gänzlich unbegreiflich, warum wir uns je auf sie eingelassen haben. Obschon, da Mavis und Boyo mittlerweile die meiste Zeit des Jahres auswärts leben, kann sie sich vornehmlich nur noch mit mir anlegen. Und ich werde zum Ende der Saison ebenfalls die Kurve kratzen, um die Universität zu beziehen. Wie der Teufel werde ich von hier verschwinden. Blowden und Mrs. Pugh sollen dann zusehen, wie sie mit diesem Saftladen fertig werden. Was den nächsten Sommer betrifft, sollen sie sich bloß nicht einbilden, daß ich aushelfe! Da ist ja schließlich immer noch Mavis, die sich die Chance, einen ihrer komischen Model-Jobs zu ergattern, entgehen, ihre stundenweise Beschäftigung als Empfangs- oder Demonstrationsdame oder als Begleiterin aufgeben kann, oder was immer sie in Bristol treibt. Sie kann hierherkommen, am Strand liegen und ihre Sonnenbräune auffrischen, um zu erleben, was sich im Bikini alles an Flaschen auftun läßt! Sie kann so tun, als sei sie, wenn es bei uns hoch hergeht, unentbehrlich, indem sie die Tagesbuchungen heraussucht, erklärt, sie stecke ihre Nase nur deshalb in die Jahresbilanz, um ihre geschäftliche Gerissenheit gegenüber den Steuerbehörden in der Provinz auszuspielen. Als ob sie, Mavis, jemals einen Kopf für Zahlen besessen hätte, es sei denn ihre Telefonnummer, die da 362234 lautet. Also wirklich, wenn ich wählen müßte, nach welcher meiner beiden Schwestern ich denn gern geraten wäre, das würde mich reichlich hart ankommen. Ehrlich. Auf der einen Seite diese selbstlose Madonna, die ewig leidende Märtyrerin, in deren Alter der Sonntag nichts mehr als Kirchgang bedeutet. Diese alte Jungfer, in etwa so sexlos und verdreht wie eine Zigarettenkippe. Auf der anderen Mavis – das glatte Gegenteil.

Ein Luder. Ich gebrauche diesen Ausdruck äußerst ungern. Wenn ich hören müßte, wie jemand so über eine meiner Geschlechtsgenossinnen herzöge, ich würde über ihn kommen wie eine Tonne Ziegelsteine. Das ist nicht eben ein Terminus, der uns Feministinnen geläufig sein sollte. Er paßt in eine Schublade mit ›Puppe‹ oder ›Angeile‹ oder ›Nympho‹. Alles sexistische, von Männern gebrauchte Begriffe, die wir zu verabscheuen gelernt haben. Wir hatten darüber im übrigen eine recht gute Debatte, und zwar in der letzten Schulwoche. Ich war dabei die Diskussionsleiterin. Unsere Rektorin ermahnte uns zuvor, unsere Militanz zu zügeln, wobei sie vor allem mich ansprach. Diese Labertante! Sie wäre gewiß ebenfalls militant, wenn sie Schwestern wie ich hätte, die von der Frauenbefreiung nicht die leiseste Ahnung haben. Blodwen, das sehe ich noch ein, die ist mittlerweile zu krautalt, um sich noch zu ändern. Aber Mavis ist schließlich nur drei Jahre älter als ich. Sie wird im nächsten Monat einundzwanzig. Was heißt, daß es, wie stets, eine Geburtstagsparty geben wird, die wir diesmal mit der Feier zu meinem Schulabschluß zusammenlegen werden. Aber, was Mavis betrifft, sie besitzt den Grips eines Vogels und die Haarfülle einer Farrah Fawcett-Majors oder der Mädchen von diesem Schlage. Dazu geht sie mit diesen vergnügungssüchtigen John Travolta-Typen um, die sämtlich Geschäftseigner sind, von der Minisorte, versteht sich. Teilhaber an Boutiquen oder Grundstücksmakler, die im Kommen sind. Sie röhren in ihren Angeber-Kisten herum – pfefferminzgrünen Cortinas und primelgelben Escorts. Diese Nullen. Wie ich sie und ihren beschränkten Horizont verachte, ihre Zukunftspläne und ihr Gewäsch über Eigentumszuwächse, Hypothekenneunzigprozenter, die Vergrößerung des Wohnraums durch einen Patio und doppelverglaste Fenster. Mir will es, wenn ich sie so reden höre, immer erscheinen, als sei ihr Geist doppelverglast, weswegen kein Gedanke durchdringt, keine geistige Anregung, keine intellektuelle Erleuchtung, keine politische Erkenntnis, keinerlei neue Fakten, die die Welt außerhalb ihres Lebenskreises betreffen. Sie wissen über nichts sonst Bescheid als über den Preis einer Gallone Treibstoff oder andere materialistische Läppischkeiten. Wie von derlei Chauvinisten der Gattung Mann und bourgeoisen Kapitalisten im übrigen nicht anders zu erwarten.

Mir geht es gegen den Strich, daß Mavis – eingestandenermaßen – solche Männer als unwiderstehlich empfindet! Für mich ist ihre unzulängliche Erziehung daran schuld. Da sie nicht das Köpfchen besaß, sich – wie ich – einen Platz am örtlichen Gymnasium zu sichern (und, der liebe Herrgott weiß, daß sie dort wahrlich die Dümmsten nehmen!), wurde sie auf die Realschule geschickt. Welche Institute kaum der Nährboden für künftige Bertrand Russells und Gertrude Steins sind.

Wir sind uns dessen sehr wohl bewußt, wie gefährdet Mavis war. Über Nacht, so kam es uns vor, war sie nicht wiederzuerkennen. Als sie so um die vierzehn herum war, war sie zu einem muckschen, seichten, nichtsdestoweniger verderbten Pflänzchen geworden. Ich erinnere mich daran deswegen so gut, weil ich kurz zuvor meine Periode bekam. Ich war damals elf, während sie, die ja um einiges Ältere, noch keinen Schimmer bei sich davon erhascht hatte. Außerdem traf um diese Zeit herum die Nachricht ein, daß ich das Stipendium gewonnen hatte, welches mich befugte, das Gymnasium zu besuchen. Beides muß sie wohl gewurmt haben. Sie war nämlich bislang stets der Mittelpunkt jeglicher Aufmerksamkeit gewesen, hübsch, wie sie war. Während sie nun ein wenig aus dem Rampenlicht geriet. Jedenfalls ist mir noch in Erinnerung, daß sich damals diese Wandlung mit ihr begab.

Es war Tante Gwyneth, die sich für ihre Errettung einsetzte. »So kann das nicht weitergehen«, stellte diese, von der neuen Mavis entsetzt, fest. Tante Gwyneth erkannte den schlimmen Zustand unserer Schwester wohl deshalb klarer, weil sie uns zuletzt im Vorjahr gesehen hatte. Da sie außerdem Mavis' Patin war, fühlte sie sich verantworlich dafür, diese auf den rechten Weg zurückzubringen. Dabei hatte sie nicht einmal von deren jüngstem Fehltritt Kenntnis.

Mavis war nämlich auf frischer Tat dabei ertappt woren, wie sie einen Kuchen aus dem Co-op stiebitzte. Ausgerechnet einen *Kuchen! Süßes für die Süße.* So dachte ich damals schon, obgleich ich es Blodwen gegenüber nicht aussprach. Ich wollte nicht, daß sich diese noch mehr aufrege, als sie dies ohnehin schon tat. In jenen Tagen nahm ich Blodwen und deren Stimmungen noch ernst. Die Unduldsamkeit und Gereiztheit, die sie mittlerweile in mir erweckt, die waren seinerzeit noch nicht an die Oberfläche meines Bewußtseins gedrungen. Ja, damals waren wir einander noch ganz schön nahe. Ich gab den Part der ergebenen Tochter, sie spielte die von ihr erwählte Rolle der nachsichtigen Mutter. Aber jeder wird einmal erwachsen.

Um auf Mavis' Liederlichkeit zurückzukommen: Mir fiel damals einfach nichts ein, wie ich Blodwen die Dinge beibringen sollte. Warum der ganze Ort darüber sprach, daß all die Jungens unser Haus umlagerten. Warum diese sich einstellten und worauf sie aus waren. Blodwen lebt in einer solch heilen Welt, sie hätte einfach nicht kapiert, wovon ich sprach. Ich erinnere mich daran, daß, als Catty ihre Jungen bekam, ich es war, die danach die ganze Schweinerei beseitigte, die die blutdurchtränkten Flanellfetzen aus dem Katzenkörbchen nahm und wegwarf. Jeder sonst im Hause verschloß die Augen davor.

Mrs. Pugh erklärte in ihrer üblichen griesgrämigen Art, daß es schädlich sei, wenn ein Kind meines Alters ein derartiges Interesse an solchen Dingen bekunde. Dabei wußte ich, was Babies anbelangt, seit vielen Jahren Bescheid. Hatte ich nicht meine sämtlichen Mitschüler und Mitschülerinnen darüber aufgeklärt? Man kann alles lernen, wenn man nur will und seine Nase in Bücher steckt. Ich entsinne mich noch daran, daß mein Vater solches von der Kanzel predigte, obschon meine Erinnerung an ihn recht vage ist. Es muß kurz vor meinem sechsten Geburtstag gewesen sein, daß er starb – es war denn auch das erste Jahr, in dem Mavis und ich keine Geburtstagseinladungen gaben. Blodwen hatte geltend gemacht, daß sich das unter den betreffenden Umständen nicht schicke. Dabei nahm sie unsere Vorwürfe, ›eine Spielverderberin‹ zu sein, in stiller Duldung hin. Der Stoizismus, den sie seither an den Tag legt, muß ihr in selbigen Tagen zugewachsen sein. Bedauerlicherweise!

Wie dem auch sei, ich ließ es niemals raus, was ich über Mavis und ihre Knaben wußte. Daß sie sie mit in ihr Zimmer nahm. Und, was da alles an Geräuschen durch die Wand drang! Eines Nachmittags wurde es mir, nachdem ich mehrmals vergeblich lautstark um Ruhe gebeten hatte, da ich lesen wollte, zu bunt. Ich bohrte ein Loch durch die Wand. Ein Guckloch. Bloß, um es ihr heimzuzahlen. Ich habe bis heute niemandem erzählt, was ich da sah.

Aber mittlerweile, nachdem ich älter geworden bin und über eine ganze Menge sexueller Eigenerfahrungen verfüge (wovon im Hause niemand eine Ahnung hat), weiß ich, daß mir diese heimlichen Voyeurismusstunden meiner Jugendzeit eine Menge dabei geholfen haben, meine Libido zur Entfaltung zu bringen. Ich wurde nämlich davon so erregt, daß ich damit begann, meinen eigenen Körper zu erkunden. Ich glaube nicht, daß ich jemals zuvor masturbiert hatte. Das erstemal, da ich mich dabei fand, wie sich meine Finger in mein Unterhöschen stahlen und ich mich, so heftig ich konnte, rubbelte, erfaßte mich eine Empfindung der Schuld und des Erstaunens zugleich. Welche jedoch, so jäh, wie sie gekommen, wieder verschwand, um einem Gefühl der Erschöpfung, einem infantilen Kniezittern, dem Drang, sich zu übergeben, Platz zu machen. Dazuhin fühlte ich mich seltsam bedrückt, wie ich dies nie zuvor gekannt hatte.

Und alles nur deswegen, weil ich Mavis mit offener Bluse ertappt hatte, den Büstenhalter bis zum Hals hochgeschoben, dieweil ein Junge ihre Brüste liebkoste, während sie sich dabei wand und kicherte.

Aber meinem Glück war leider keine lange Dauer beschieden. Nicht, nachdem Tante Gwyneth einzuschreiten sich entschlossen hatte. Für Mavis käme nur noch eine Privatschule in Frage, machte sie uns klar, eine, in der diese mit netten Mädchen, die aus dem richtigen Elternhaus stammten, zusammenkäme. Wir sollten das mit den Kosten ruhig ihr überlassen.

Was wir denn auch taten. Es dauerte keinen Monat, nachdem Tante Gwyneth mit der Rektorin der Cymru Day Academy für Junge Damen persönlich gesprochen hatte, daß Mavis dort als Schülerin aufgenommen wurde. Sie erhielt eine funkelnagelneue Schuluniform (zu der nur das Tragen von Schuhen mit flachen Absätzen erlaubt war), deren Schnitt darauf angelegt war, jugendliche Kurven zu verbergen. Aber im Falle von Mavis erwies sich dieses als Fehlschlag. Sie sah darin hinreißend begehrenswert aus.

Heute kann ich das sagen. Zu jener Zeit jedoch sah ich ihr zumeist ins Gesicht, um mich nicht durch einen Blick auf ihren appetitlichen Körper zu verraten. Der Umstand, daß ich sie durch mein Guckloch in den verschiedensten Stadien des Ausgezogenseins beobachten konnte, machte mich befangen, ließ mich in ihrer Gegenwart scheu reagieren. Weswegen ich es in der Folge auch vermied, mit ihr allein zu sein. Außerdem war sie dazu übergegangen, mich wie die Pest zu hassen. Sie knuffte mich, wann immer sie konnte, und zwar aus keinerlei ersichtlichem Grund. Scheinbar geschah dies spielerisch, aber dahinter lauerte die schiere Aggressivität, der Wille, mir weh zu tun. Der Himmel allein wußte, wie sie mit mir verfahren wäre, hätte sie herausbekommen, daß ich ihr nachspionierte! Ich verdrängte die Furcht vor Entdeckung aus meinen Gedanken, wann immer mich diese überkam. Ich fühlte mich schon so angefochten genug und hatte Schwierigkeiten, mich in der Schule zu konzentrieren. Der Tatsache, daß ich mittlerweile aufs Gymnasium ging, brachte ich keinerlei Enthusiasmus entgegen.

»Das kommt daher, daß sie ihre Periode gekriegt hat«, hörte ich Mrs. Pugh zu Blodwen sagen. »Die Mädchen werden so ein wenig sonderbar, wenn der alte Unsegen über sie kommt. Und, was Boadicea anbelangt, die ist eine Eigenbrötlerin. Das war sie schon als kleines Kind, was deiner Mutter eine Menge Kummer bereitete. Sie ist zu gescheit, das ist nicht gut für ein Mädchen, hab' ich recht? Besser, man überläßt das Denken den Männern.«

Mrs. Pughs weinerliche Stimme ist weiterhin zu vernehmen. Wann verhält es sich je anders, solange sie im Hause ist? »Sieh einer an, die kleine Madame hält es nicht einmal mehr für nötig, uns zuzuhören!« Sie blickt stirnrunzelnd in meine Richtung. Aber die anderen haben Mühe, ihr Lachen zu verbergen. Bis auf Blodwen, die noch dabei ist, die Geschirrspülmaschine zu füllen, und uns dabei den Rücken zugekehrt hält.

»Was?« mache ich. »Ach, übrigens, das verpißte Bett war nicht das vom Vikar. Wenn ihr euch gütigst daran erinnern wollt, daß ich das Paar in das Zimmer neben dem Bad verfrachtet habe, damit wir jene Flegel, die du in der Bar aufgelesen hattest, unterbringen konnten.« Damit blickte ich anklagend auf Boyo. Dieser schwenkt in Anerkenntnis der Sachlage ein Abtrockentuch über seinem Haupte und schickt sein unwiderstehliches Lächeln zu mir herüber. Dabei läßt er seine nahezu perfekten Beißerchen blinken, die jetzt, da er diesen schwarzlockigen Bart trägt, noch weißer wirken. Als er in diesem Sommer nach Hause kam, meinte meine Freundin Siriol, er sähe unglaublich Kris Kristofferson ähnlich. In jüngerer Ausgabe, selbstredend, und nicht so rot im Gesicht. Aber, wenn Boyo weiter in dieser Weise trinkt, dann wird es nicht lange dauern, bis er mit Kristofferson gleichgezogen hat. Doch der Bart, der steht ihm. Und der Hundesohn weiß das.

Schiet. Es ist schon ein Ding, das bootsäugige, flachbrüstige, maushaarige, sommersprossige, hinternlose, über den großen Onkel tappende, häßliche Entlein in dieser Familie zu sein! Ich möchte ja nicht die Tugend meiner dahingeschiedenen Mutter in Frage stellen, nichtsdestoweniger hätte ich gern gewußt, mit wem sie das Bett teilte, als ich empfangen wurde. Mein Vater kann dies nicht gewesen sein, das steht einmal fest. Wie sonst ist es zu erklären, daß ich jene wie gemeißelt wirkenden Lippen nicht besitze, nicht jenen prachtvollen Teint, die hohen Wangenknochen, die hellen, strahlenden Augen, die wie mit rußigen Fingerchen eingesetzt erscheinen und denen eine Extraportion an Wimpern zuteil wurde, sowie die Fülle kohlrabenschwarzen Haares? Alles dies weisen mein Bruder und meine Schwestern in einem mehr oder minder beeindrukkenden Maße auf.

Wo aber war ich, als es an die Verteilung ging? Das hätte ich doch gern einmal erfahren. Ich kann mir nur vorstellen, daß jene Herzensgüte und innige Einfühlsamkeit, die man meiner Mutter nachrühmt, diese dazu verführte, ihren Leib irgendeinem sexuell ausgehungerten Gemeindemitglied darzubringen. Heimlich, versteht sich. Es muß ein Intellektueller gewesen sein, womöglich einer der ortsansässigen Poeten (wir Waliser besitzen Heimatdichter in jener Zahl, wie die Engländer Landadlige ihr eigen nennen. Man trifft auf diese Burschen, wo man geht und steht). Oder ein spirriger

Universitätsprofessor. Womöglich auch kommt jener Rechtsanwalt in Betracht, der, nach den Worten von Blodwen, neben uns wohnte, als wir noch in der Pfarrei zu Hause waren. Es muß auf alle Fälle jemand gewesen sein, der nicht dumm war, woraus sich mein helles Köpfchen erklären würde. Zudem muß er hochgewachsen gewesen sein, meinen langen Beinen nach zu schließen.

In dieser körperlichen Hinsicht, wenngleich nur in dieser, bin ich meinen Geschwistern überlegen. Denn, mögen sie auch attraktiver sein als ich, keiner von ihnen ist mit langen Beinen gesegnet. Nicht, daß sie untersetzt zu nennen wären, zumindst nicht nach den Maßstäben von Wales, wo die meisten Leute unter der nationalen Größennorm rangieren. Aber sie würden auch nicht gerade aus einer Menschenmenge herausragen, wie dies bei mir der Fall wäre. Es ist das einzige, was ich selbst an mir toll finde. Daß ich großgewachsen bin, jene Art von Beinen besitze, die bis unter die Achselhöhlen zu reichen scheinen.

Gegenwärtig arbeite ich im stillen Kämmerlein an meinen Nippeln, versuche, jene blaßroten, samtenen Blütenblätter mit den verletzlichen Schnäuzchen (wie die von Cattys neugeborenen Kätzchen) zu vollblütiger, eigenständiger Personalität zu entwikkeln. Sie sollen, so will ich es, wie Bleistiftspitzen gegen mein T-Shirt stehen. Wenn ich schon keinen Ausschnitt tragen kann, und es sieht so aus, als bliebe es dabei, dann möchte ich wenigstens erigierte Brustwarzen zu bieten haben. Ausschnitte sind ja ohnehin nicht mehr in Mode, seit diese fade Elisabeth Taylor an Popularität verlor. Ich, für meinen Teil, siedle die wirklich aufregenden erogenen Zonen sowieso unterhalb der Gürtellinie an. Popos – die sind es gegenwärtig. Ihnen gilt mein erster Blick bei den Jungen und nicht minder bei den Mädchen. Vielleicht, weil meine eigene Sitzpartie so hübsch geraten ist. »Keck wie Stupsnäschen sind deine Pobacken«, stellte Zeus Bowen seinerzeit fest, als er sie das erstemal kniff. Das geschah in jenem Jahr, da ich die beste Mittlere Reifeprüfung von Südwales ablegte, und noch dazuhin als jüngster Prüfling! Als das Ergebnis bekannt wurde – lauter Einsen in den Hauptfächern! – da brachten Zeitungen wie der *Western Star* und *South Wales Today* das gräßlichste Foto, das je von mir gemacht wurde. Unsere Rektorin hatte der Presse unser Klassenfoto gegeben, aus dem man mich herausvergrößerte. Darauf trage ich meine gespenstische Brille. Jedes Exemplar dieser Ausgabe, dessen ich habhaft werden konnte, versteckte ich. Bloß wegen dieses Fotos. Ich ging sogar so weit, am nächstgelegenen Kiosk die restlichen Exemplare aufzukaufen. Dies geschah aus purer Eitelkeit. Mir stinkt es, als die bebrillte Streberin zu gelten.

Jeder in unserer Familie spielt eine bestimmte Rolle. Man sehe sich nur Blodwen an, dieses fügsame, beflissene Wesen, das es jedem recht zu machen bestrebt ist, bereits als Kind fürsorglich und über sein Alter hinaus ernst (vorausgesetzt, die Fotos, auf denen sie einen Arm voller allerliebster Puppen an sich gedrückt hält, trügen nicht). Hat sie etwa nicht die Verantwortlichkeiten, die ihr aufgebürdet wurden, ohne zu klagen und ohne je dagegen aufzubegehren, getragen? Würde sie die nämlichen wieder übernehmen, wenn sie zwischen diesen und einem Leben draußen in der Welt, bei dem sie auf sich gestellt wäre, zu wählen hätte? Gewiß würde sie das. Denn es wäre eine sichere Sache. Sie müßte sich nicht als eigenständiges Wesen erweisen. Ihr würde es lediglich obliegen, für uns zu sorgen, Boyo, Mavis und mir jedes Steinchen aus dem Weg zu räumen.

Unsere Ersatzmutter. Erst in der letzten Zeit scheint sie sich zu fragen, ob ihre Aufopferung sich denn auch gelohnt hat. Mir ist das nur zu klar, obschon sie sich womöglich keine Rechenschaft darüber ablegt. Aber, wenn ich erst nach Oxford gehe, dann wird es sie voll treffen.

Kann denn eine Frühstückspension in einem Seebad, wie gut diese zur Saison auch florieren mag, um über den Rest des Jahres hinweg auskömmlich zu laufen, kann eine solche zum Lebensinhalt einer Dreiunddreißigjährigen werden, die Muttertriebe einer alten Jungfer befriedigen? Eine solche ist Blodwen nämlich. Sie wirkt wie eine typische alte Jungfer des neunzehnten Jahrhunderts, so ansehnlich sie auch ist. Sie scheint einem der Bücher der Geschwister Brontë entsprungen, ein weibliches Wesen, das vor der Sexualität zurückschauert. Ach, könnte ich ihr diese noch nur nahebringen! Der Herrgott weiß, daß ich einen Teil meiner Ersparnisse opfern würde, die ich aus der Portokasse erwirtschaftet habe, um Blodwen den richtigen Bettgenossen zukommen zu lassen. Unglückseligerweise treten heutzutage weder der Erzengel Gabriel noch der Heilige Geist mit Pimmelchen in Erscheinung. Die Zeiten sind vorbei. Maria Magdalena war wohl die letzte, die eine derartige Bevorzugung genoß.

Stellt es nicht eine Ironie dar, daß ich mich zwanglos der Wollust meiner Lenden hingebe, obschon ich keine Kinder will, während Blodwen, die sich danach sehnt, sich zu mehren, sich nicht der Einsicht stellt, daß dazu die Begattung vonnöten ist? Na, was soll's, wir haben ja noch immer die gute alte Mavis in der Familie, Miß Normal, die die Dinge schon ausgleichen wird.

Mavis wird sich von uns dreien wohl am ehesten verehelichen und mit zwei Kindern enden. Einem Pärchen, versteht sich. Sie wird ihren Zweitwagen besitzen, der kleiner und weniger kostspielig ist als die Familienlimousine – wahrscheinlich wird es auf einen Citroën hinauslaufen, wenn es ihr gelingt, ihre Vorstellung durchzusetzen. Die Familie wird jedes Jahr einmal samt dem französischen, italienischen oder spanischen Au-pair-Mädchen auf den Kontinent reisen. Auf jeden Fall wird jemand dasein, der während der Ferien auf die Kinder aufpaßt. Und auf die (gleichaltrigen) Rangen des befreundeten Ehepaares, das zur selben Zeit in der Nachbarvilla wohnt, so daß sich die Ehefrauen, wenn die Männer nach vierzehn Tagen das Geschäft ruft (wobei sie versprechen, am letzten Wochenende des Urlaubs einzufliegen), einander Gesellschaft leisten können.

Die hätten sie zwar auch allein gefunden. Keine Ehefrau, die den Hochsommer auf dem Kontinent als Strohwitwe verbringt, muß sich Sorgen machen, lange solo zu bleiben. Sie wird sich alsbald umschwärmt sehen von männlichen Wesen, die ihr aus dunklen, brennenden Augen huldigen. Deren heiße Blicke sie nahezu versengen. Sie geben sich arrogant, diese Burschen, und könnten doch kaum schüchterner sein. Obschon sie herzzerreißend schön sind. Dem Protzen dieser attraktiven jungen Romeos wohnt geradezu etwas Flehentliches inne. Jetzt oder nie, Senõra! Herrlich gewachsene Machos (huch!) machen einem unverblümt Angebote. Dies alles weiß ich aus Romanen und Frauenzeitschriften. Es gibt eine Menge Versuchungen auf der Welt, und schon gar, wenn man auf einen Seitensprung aus ist. So, wie ich Mavis kenne, wird sie wohl kaum jemandem die Treue halten, wen immer sie auch heiraten mag. Zumindest nicht dem ersten. Später dann, wenn sie bei Ehemann Nummer drei oder vier angelangt sein wird, da kann es sein, daß sie sich eines besseren besinnt. Auf alle Fälle ist sie zu lebenshungrig, um sich mit einem zu begnügen.

»Ja, es war einer von deinen Typen. Wer immer auch von ihnen in dem Einzelbett genächtigt hat.« Ich berühre Blodwens Schulter. Ihr gesenkter Kopf muß in mir einen gänzlich ungewohnten Anflug von Mitleid erweckt haben. »Es ist schon in Ordnung, Blod, es hat nicht auf die Matratze durchgeschlagen. Bevor ich ihnen gestern abend die Betten gerichtet habe, habe ich die Matratze des Einzel-

sowie des Doppelbettes mit einer Plastikhülle überzogen. Die Kerle waren nämlich bereits, als sie das Zimmer buchten, ziemlich beschwipst. Ich befürchtete gleich, daß es Ärger geben würde.«

»Aber sie haben bar bezahlt, was nie das Schlechteste ist!« bemerkt Boyo fröhlich. »Außerdem hatten wir mit ihnen volles Haus, was kann uns Besseres passieren? Ferner sind sie bereits vor dem Frühstück abgedunstet. Was heißt, daß wir uns dieses gespart haben, stimmt's, oder habe ich recht?« Er grinst in die Runde, wobei sein Blick an mir hängenbleibt. Aber ich sehe mich nicht in der Stimmung dazu, seinem überwältigenden Naturell zu erlauben, von mir Besitz zu ergrifen.

»Ich hätte dich die Laken abziehen lassen sollen, Boyo.« Mit diesen Worten schneide ich ihm eine Fratze des Abscheus.

Lässig bewegt er sich auf mich zu, wobei sich sein Pint gut sichtbar unter seinen schicken, engen, ausgeblichenen Jeans abzeichnet.

Gleichviel, ich wende die Augen ab. Mir will es stets als indezent erscheinen, wie sehr mich die Körperlichkeit meines Bruders anspricht.

»Was dich betrifft«, grollt er sexy, »du bist ganz schön vorlaut.«

Und, bevor ich ihm entwischen kann, hat er mich auch schon zwischen den Beinen hindurch am Hosenboden gepackt, um mich koppheister in die Luft zu heben.

»Damit hätten wir es wieder«, seufzt Mavis in Richtung Blodwen, die vor meinen flegelnden Armen zur Seite springt.

Die Gäste, die abreisen wollen, sind anscheinend ungeduldig geworden. Einer von ihnen linst verstohlen um die Tür unseres winzigen Aufenthaltsraumes neben der Küche.

»Mistkerl!« kreische ich, während ich versuche, Boyos Beine zu umklammern.

»Pscht, pscht!« macht Mrs. Pugh.

Blodwen sagt nichts. Sie dreht vielmehr die Geschirrspülmaschine an, so daß deren Geräusch mein hysterisches Gekreische übertönt.

Ich hingegen fange zu lachen an. Krümme mich vor Lachen, werde von einem Schauer von Lachstößen geschüttelt, worin sowohl meine Panik als auch meine Verzückung zum Ausdruck kommen.

Panische Angst verspüre ich deshalb, weil ich befürchte, meine Kontaktlinsen könnten mir in der Kopfübersituation, in der ich mich befinde, herausfallen. Verzückung teilt sich mir mit, weil

Boyo – sehen wir der Realität ins Auge, ob nun Bruder oder nicht – so hundertprozentig männlich ist. Und von den starken, muskulösen Armen eines gesunden Vierundzwanzigjährigen umfangen zu werden, und dies um neun Uhr an einem heiteren Sommermorgen, das kann ja wohl nicht das Schlechteste sein.

Sodann läßt Boyo mich, so abrupt, wie er über mich hergefallen ist, los. Ich plumpse, noch immer kichernd, zu Boden. Mir tränen zwar ziemlich die Augen, aber die Linsen befinden sich unversehrt darin.

»O Gottt!« pruste ich, auf der Kokosmatte liegend. »O Gott, du Blödmann! Ich hätte meine Kontaktlinsen verlieren können!«

2. Kapitel

Mrs. Pugh hat den Treppenläufer abgesaugt und wird gleich über den Teppich ins Frühstückszimmer gehen. Alsbald wird wieder Ruhe einkehren, und wir werden sie vor Montag nicht mehr zu Gesicht bekommen. Freuet euch!

»Boadicea«, sagt sie in diesem Augenblick zu mir, »sei ein braves Mädchen und leere dieses Monstrum für mich aus. Es ist so voller Staub, daß ich es kaum mehr hin- und herbewegen kann. Sei ein Schatz.«

Es kostet mich schon einige Anstrengung, der Versuchung zu widerstehen, ihr den vollen Sack ins Gesicht zu schmeißen oder ihn ihr über ihr elendes Haupt zu stülpen. *Studie Grau in Grau, in der Manier einer verwischten Kohlezeichnung.* Mrs. Pugh würde sich großartig für eine Karikatur eignen. Etwa in der Art von Gerald Scarfe, einem Schüler Hogarths, wobei der auffallende Leberfleck an ihrem Kinn ebensowenig vergessen werden dürfte wie ihr vollerblühter, eisgrauer Damenbart.

»Ich mache das gleich hier«, flöte ich liebenswürdig. »Wenn Sie draußen auf das Telefon achthaben würden, ich erwarte nämlich einen Anruf.« Hier im Hause muß man sich erst noch daran gewöhnen, daß ich Anrufe bekomme. Das Recht darauf scheint bislang nur den anderen zuzustehen. Mavis, die von ihren Verehrern verlangt wird, Boyo, den seine schnellebigen Freunde aus London zu sprechen wünschen, und, was Blodwen anlangt, die hat seit neuestem ihre Scherereien mit den telefonischen Zimmerbestellungen. Verdammt seien diese, beziehungsweise die Ungelegenheiten, die sie uns bereiten! Und all das nur, weil Blodwen halsstarrig und eigenmächtig diese infernalische Anzeige im *Wales-Away*-Magazin einrücken ließ. Auf den Rat von Owen Evans hin, der den Laden an der Ecke besitzt. Dessen Herzallerliebste ist nämlich bei selbiger Zeitschrift Sekretärin und bessert ihr Gehalt durch die Akquisition von Anzeigen auf.

»Wir brauchen das nicht, Blodwen«, erklärte ich ihr, nachdem es so aussah, als ließen uns die ersten telefonischen Zimmerbesteller aufsitzen. Da waren wir und warteten darauf, daß diese drei Reisevertreter von *Matey*-Hundefutter eintrudelten, nachem wir bereits drei vielversprechende Aspiranten abgewiesen hatten.

»Wir sind schließlich nicht das Hilton«, beharrte ich. Sie kann nämlich ziemlich schwer von Begriff sein, wenn es ihr in den Kram paßt. »In einem kleinen Haus wie diesem, das lediglich über zehn Zimmer verfügt, muß man stets auf Anzahlung drängen. Sonst bleibt man auf den faulen Buchungen sitzen, wie es uns wohl jetzt mit diesen drei *Matey*-Figuren passieren wird. Die werden irgendwo zwischen Cardiff und hier angehalten haben, um zu Abend zu essen. Danach fühlten sie sich wahrscheinlich zu müde oder zu angesäuselt, um weiterzufahren, und haben sich woanders eingemietet, wie sie es besser gleich getan hätten. Wir müssen uns auf unsere Stammgäste konzentrieren und auf jene, die an unsere Tür klopfen, weil sie das ›Zimmer frei‹-Schild im Fenster gesehen haben. Bislang hat das doch bestens funktioniert.« Als ich selbiges konstatierte, war es gegen elf Uhr nachts. Diese Scherzbolde wollten gegen neun Uhr eintreffen. Nicht lange, und die Kneipen würden sich leeren, was nochmals eine gute Chance ergäbe, die drei Einzelzimmer loszubringen. Blodwen jedoch beharrte darauf, wir sollten diese ›für alle Fälle‹ reserviert halten. Die Crux am Christlichsein ist, daß es sich schlecht mit dem Geschäft verträgt. Sein Wort zu geben, das birgt einfach zu viele Mißhelligkeiten.

»Was ist«, äußerte sie weinerlich, »wenn wir die Zimmer vermieten und diese drei Männer treffen doch noch ein? Das wird unserem guten Ruf schaden...«

»Blod«, erwiderte ich mit fester Stimme, »überlaß das mir. Geh zu Bett, du siehst so aus, als hättest du es nötig.« Heute morgen mußte sie ihre Periode bekommen haben. Das wußte ich deshalb, weil in der Schüssel der hinteren Toilette ein Tampax trieb. Wenn dieses nicht Mrs. Pugh war – welcher Gedanke mich herzlos auflachen ließ.

Damit begab sie sich denn tatsächlich zu Bett, während ich den

Nachtdienst versah. Sobald das *Land of Song,* die Kneipe an der Ecke, sich zu leeren begann, schaltete ich das Licht über der Haustür ein, um die Aufmerksamkeit der Vorbeikommenden auf das ›Zimmer frei‹-Schild zu lenken, das ich flugs ins Fenster gehängt hatte. Weshalb man nicht sagen kann, ich hätte dem *Matey*-Trio nicht die Chance gegeben, in letzter Minute doch noch aufzuscheinen. Ich vergab die Zimmer schließlich an drei australische Lehrer, die sich nicht imstande sahen, bei den stürmischen Wetterbedingungen, die unversehens aufgekommen waren, die Nacht unter der Zeltplane zu verbringen. Die *Matey*-Knechte trafen acht Minuten nach Mitternacht ein.

Ich hätte den Herren keine andere Herberge zu nennen vermocht, wo sie hätten noch unterkommen können. Die Australier hatten mir zuvor berichtet, wie absolut aussichtslos es sei, ein Zimmer zu finden. Das schlechte Wetter hatte viele Camper dazu gebracht, sich ein Dach über dem Kopf zu suchen. Selbiges erklärte ich denn auch geduldig den drei Pinkeln.

»Was du nicht sagst, mein Sohn«, blaffte daraufhin der Vierschrötigste von ihnen, hörbar ein Schotte. Das passierte immer wieder, daß mich die Leute, vor allem nächtlicherweilen, als Jungen nahmen. Was für mich von Vorteil war, da gab es weniger Ärger, vor allem, was Betrunkene anlangte. Daß ich mit Pyjama und einem gestreiften Morgenmantel bekleidet war, war denn auch kein Zufall. Ferner die schwere Stablampe nicht, die ich in der Hand hielt. »Meine Waffe zur Selbstverteidigung«, pflegte ich zu scherzen, wenn Neuankömmlinge unbedrohlich wirkten. Ich hatte sie stets einsatzbereit in der Hand, während ich mit der anderen die Haustür zunächst nur einen Spaltbreit öffnete. Jetzt brachte ich sie so in Stellung, daß das Licht der Hauslaterne darauf spielte, für den Fall, daß die drei sie noch nicht bemerkt haben sollten.

Einer von ihnen hustete. »Wir hätten anrufen sollen, Kamerad. Das hätten wir zumindest tun sollen, euch wissen lassen, daß wir später dran sein werden«, äußerte er und scharrte mit den Füßen, zwischen denen er seinen schwarzen Attachékoffer abgesetzt hatte. Dieser war bestimmt voll von Prospekten für sabbernde Schoßtierchen. Wetten?

»Da wären Sie gut beraten gewesen«, erwiderte ich. »Wir haben, so lang es ging, auf Sie gewartet. Eine Buchung läuft jedoch mit dem Glockenschlag zwölf ab. Wir haben mittlerweile einen neuen Tag, wenn Ihnen das noch nicht aufgefallen sein sollte.«

Die drei starrten mich an, blinzelten verwirrt.

»Wenn Sie Einblick in das Hotel- und Lebensmittelgesetz von neunzehnhundertachtundfünfzig nehmen wollen, ich habe eine Kopie davon hier.« Mit diesen Worten vollführte ich eine Bewegung, als wollte ich die Tür verlassen, während ich mich in Wahrheit nicht von der Stelle rührte. Ein solches Dokument hatten wir mitnichten im Hause, weil es gar kein Hotel- und Lebensmittelgesetz von 1958 gab. Aber eine solche Art von Drohung war diesen drei Holzköpfen nur angemessen. Es war kalt, und ich sehnte mich nach meinem Bett zurück, zurück nach Hirschfelds *Sexuelle Anomalien und Perversionen,* Zeus Bowens Exemplar.

Der dritte, der am besten Aussehende von ihnen (so etwas bemerke ich immer, wie unerfreulich eine Situation auch sein mag) hob zu sprechen an.

»Sie wollen also damit sagen«, meinte er bedächtig, wobei er seine Armbanduhr konsultierte, »daß, wären wir neun Minuten zuvor eingetroffen, nämlich eine Minute vor Mitternacht, daß wir dann noch einen legalen Anspruch auf unsere Zimmer gehabt hätten?«

Cleveres Kerlchen. Aber noch immer nicht so clever wie ich. »So wäre es in der Tat gewesen, Sir. Ich habe sie erst fünf Minuten vor Ihrer Ankunft vermietet. Hören Sie.« Ich öffnete die Haustür etwas weiter. »Die Toilettenspülung rauscht noch.«

Der Husterich hustete abermals, zog die Aufmerksamkeit auf seinen Kehlkopf. »Sie sind mithin ausgebucht? Haben nichts mehr für uns? Nicht einmal ein Sofa?«

Ein Windstoß fuhr über die Bucht hin, trieb eine schwere Regenwolke vor sich her. Die drei schlugen instinktiv ihre Jackettkrägen hoch. Diese Nervtöter.

»Eigentlich nicht.« Diese Frage wurde uns immer wieder von verzweifelten Zimmersuchenden gestellt. Klar, wir hatten Sofas und dergleichen mehr. Wir verfügten über vier Behelfslagerstätten, wo diese Typen ihre Häupter zur Nacht betten konnten.

Der Gutaussehende zündete sich eine Zigarette an, nachdem er mir zuvor die Packung hingehalten und ich abgelehnt hatte. Von der Sorte sei ich nicht, sagte ich ihm. Er lachte, um mir zu verstehen zu geben, daß er begriffen hätte.

Es war dieses Lachen, das mich umstimmte.

»Wenn Sie beide mit einem Raum vorlieb nehmen«, ich blickte auf den belfernden Schotten und den Husterich, wobei letzterer sofort beflissen nickte, »könnte ich Sie vielleicht noch unterbringen.«

»Und was ist mit mir?«

Das war überflüssig, mein Hübscher. Wir beide wissen schließlich, daß ich kein Junge bin. »Für Sie findet sich auch noch ein Eckchen. Bedauerlich ist allerdings, daß wir Ihnen kein Frühstück servieren können. Am besten ist es deshalb, wir regeln das mit der Bezahlung sofort, dann können Sie sich morgen früh ohne Umstände auf den Weg machen. Etliche der Cafeś hier in der Gegend öffnen zu früher Stunde, vor allem diejenigen an der Autostraße. Das ist alles, was ich Ihnen bieten kann.«

»Sehr schlau, Bürschchen.« Der Schotte tat einen lauten höhnischen Rülpser.

»Laß es gut sein, Mann«, murmelte sein liebenswürdigerer Gefährte und unterdrückte einen weiteren Huster. »Der Junge will uns ja nur helfen. Mir soll's recht so sein.« Er wandte sich wieder mir zu. »Schau, Kleiner, hier ist das Geld. Das dürfte wohl ein Trostpflaster für jene Unannehmlichkeiten sein, die wir verursacht haben.«

Ich hätte, ohne die Scheine nachzuzählen, sagen können, daß er ziemlich viel mehr berappt hatte, als vereinbart worden war.

»Schön. Folgen Sie mir. Leise, wenn ich bitten darf. Unsere Gäste schlafen nämlich mittlerweile alle schon.« Damit führte ich sie die Stufen hinauf. Den Appetitlichen hieß ich, im Empfang auf mich zu warten.

Während ich gerade dabei bin, den Hoover auf ein Blatt der gestrigen Zeitung zu entleeren, vermeine ich, das Telefon bimmeln zu hören.

Doch vielleicht bilde ich mir das auch bloß ein, während mein Interesse sowohl einem Goldschimmer zwischen den Staubflusen als auch einer kleinen Notiz in der Zeitung gilt, die ich tags zuvor übersehen habe. Das goldschimmernde Etwas entpuppt sich zu meiner Enttäuschung als die eine Hälfte einer Sicherheitsnadel, ist kein kostbares Schmuckstück, wie ich es immer zu finden träume. Nicht, daß unsere Klientel von jener Sorte gewesen wäre, die man derzeit (wie ich gelesen habe) die *Concorde Clique* nennt. Jacky Onassis zum Beispiel ist bei uns noch nicht durchs Portal geschritten. Doch hin und wieder beherbergen wir auch Leute, die die Pfunde mit vollen Händen ausgeben können.

»Die auf Zimmer neun, das Pärchen, die sind wohl nicht gerade arm«, sage ich, als ich die Küche betrete. »Wenigstens diese alte Wachtel nicht. Ihr solltet ihre Schuhe sehen! Und erst das Silber! Man stelle sich vor, da reist jemand mit einem Köfferchen voller Tafelsilber in der Weltgeschichte herum! Wahrscheinlich hat sie es in den Hotels geklaut, in denen sie gewohnt hat. Es wäre besser, wir würden unsere silbernen Löffel wegschließen.«

Aber keiner geht auf meinen Scherz ein. Lediglich Boyo pflegt meinen Sinn für Humor zu teilen. Doch dazu muß er um den Weg sein. Was die arme alte Blodwen und – versteht sich! – Mrs. Pugh anlangt sowie bis zu einem gewissen Grade auch Mavis, die erweisen unseren Gästen geradezu eine achtungsvolle Reverenz. So, als ob unsere winzige Pension von Heiligen für Heilige geführt würde. Das ist eine Geisteshaltung, die mir zuwider ist, diese liebedienerische Zuvorkommenheit, diese kriecherische Beflissenheit, sich als Untergebener behandeln zu lassen. Ich empfinde es als grotesk, wenn Blodwen zu stottern anfängt, wenn es ihr geradezu die Sprache verschlägt, sollte sie einmal das Gefühl haben, jemandem auf den Schlips getreten zu sein. Oder wenn Mrs. Pugh, angetan mit Hausschürze und mit dem Staubwedel in der Hand, vor irgendeinem unserer üblichen Gäste samt dessen Ehefrau einen Knicks macht, wenn sie diesen auf dem Flur begegnet. Und, was Mavis betrifft, wie hätte diese sich heute nacht bei den drei *Matey*-Knechten verhalten? Keinesfalls hätte sie mit dem jungen Stattlichen geschlafen, das ist einmal gewiß. Das hätte sie bestimmt geschmacklos gefunden. Mavis mischt das Geschäft nicht mit der Liebe. So sagt sie jedenfalls immer, wobei sie meint, daß man ›das eigene Nest nicht beschmutzt‹. Mavis hat sich ziemlich verändert, seit sie nach Bristol gezogen ist.

Ich schütte den trockenen, übelriechenden Staub in den Mülleimer, der vor der Küchentür im sonnendurchfluteten Hintergarten steht. Später am Tage, da werde ich dieses kleine, abgeschiedene Fleckchen Erde aufsuchen, um ganz für mich alleine nackt sonnenzubaden. Soll doch der Rest der Welt an den Strand drängen, samt Transistorradios, kläffenden Hunden, törichten Spielsachen und plappernden Kindern. Ich kann sie durch die Fenster unserer Vorderzimmer beobachten, wenn ich dabei bin, meinen Stubendienst zu versehen. Bisweilen begebe ich mich auch hinaus auf die Veranda, um durch den Feldstecher die Menschheit als Zerrbild zu studieren. Da lungern sie auf Matten herum, schlecken Eis, lassen ihren Bizeps schmoren, stecken wie die Würste in der Pelle in ihrer obszönen Badebekleidung. Und Mavis befindet sich mitten unter ihnen.

Doch niemals Boyo. Boyo verschwindet, wenn die Sonne am Himmel emporsteigt. Da geht er mit seinen Freunden auf und davon. Gott allein weiß, wohin. Wir übrigen wurden nie dazu geladen. Indes, was Boyo betrifft, der ist eben anders als wir. Nicht nur deshalb, weil er der einzige Mann in der Familie ist, sondern auch, weil er den größten Teil seiner Kindheit in auswärtigen Internaten verbracht hat. Es gibt da gewisse Sphären seiner Seele, die sind uns nicht zugänglich und werden es niemals sein. Wir werden nie von gewissen Dingen erfahren, die ihm in jenen Jahren zugestoßen sind, nie bestimmte Freunde kennenlernen, die er sich zu jener Zeit machte. Ich verstehe das besser als die anderen. Der Mensch hat ein Recht darauf, Geheimnisse zu haben. Für mich war dies in diesem Hausstand schwierig. Trotzdem habe ich es geschafft. Alles, wessen es bedurfte, war: ein wenig Gerissenheit und Einfallsreichtum zu entwickeln. Weswegen ich auch niemals meine Nase in das stecke, was Boyo unternimmt, noch will ich wissen, mit wem. Dessenungeachtet kommen wir beide einander immer näher, wie die übrigen bereits gemerkt haben. Er wird mir schon noch einiges erzählen.

Nachdem ich den Staub von der Zeitung vollends abgeschüttelt habe, beginne ich jene kurze Meldung zu lesen, die meine Aufmerksamkeit zuvor erregte. Ich tue dies voller Interesse. Die Überschrift lautet: ›Seeleute warten auf den Anruf sympathischer Mädchen‹. Der Inhalt besagt, daß in Devon ein bewunderungswürdiges Konzept entwickelt worden sei, wonach nette Familien dazu angehalten seien, über eine Telefonnummer in Dartmouth einen jener hundert ausländischen Seeoffiziersanwärter einzuladen, die am örtlichen Königlichen Marineinstitut einen Trainingslehrgang absolvierten. Man solle den ausländischen Blauen Jungs das Heimweh ein wenig lindern helfen. Das Projekt trage das Motto ›Nehmen Sie einen Matrosen auf‹. Die betreffenden Vorgesetzten seien sich zwar klar darüber, daß sich ›unerwünschte Personen‹ melden könnten, aber sie seien willens, das Risiko auf sich zu nehmen. Gegen alleinstehende Damen, die anriefen, um mit den Männern auszugehen, bestünden keine Einwände. Das Durchschnittsalter der ausländischen Offiziersanwärter sei zwischen achtzehn und fünfundzwanzig Jahren... Sie sind damit zu jung für Blodwen, geht es mir verärgert durch den Sinn. Auch ist Dartmouth zu weit weg. Wenn man ein solches Projekt in Cardiff starten würde, das ergäbe schon mehr Sinn. Nicht, daß Blodwen je Interesse an jüngeren Männern hätte erkennen lassen. Und schon gar nicht, so sympathisch sie ist, an Matrosen. Es ist an der Zeit, das Problem Blodwen mit Boyo und Mavis zu besprechen, entscheide ich bei mir. Wenn ich nicht etwas unternehme, die anderen tun es bestimmt nicht. Ginge es nach ihnen, würde sie ihrem Schicksal überlassen bleiben und zu einer vertrockneten alten Jungfer werden. Auf immerdar unser aller Gewissen belastend.

»Ich bin mit dem Hoover fertig, Mrs. Pugh«, rufe ich durch die Küche. Der Entschluß, etwas für Blodwen zu tun, hat meine Lebensgeister gehoben. Alles, wessen es bedarf, ist der erwartete Telefonanruf, und die Welt wird damit vollends in Ordnung sein. Nicht, daß ich je pessimistisch wäre, aber es gibt Zeiten, da brenne ich ungeduldiger darauf, dieses Nest und seine mich nervenden Bewohner zu verlassen, als dies gemeinhin der Fall ist. Heute ist einer jener Tage.

Mrs. Pugh schwört, das Telefon habe nicht geklingelt.Ich nehme das mit einem zweifelnden Stirnrunzeln zur Kenntnis.

»Schau mich nicht so dämlich an, Boadicea. Hätte ich es dir nicht gesagt, wenn es anders gewesen wäre?«

Nicht notwendigerweise. Mrs. Pugh hat Angst vor dem Telefon und drückt sich davor, den Hörer abzunehmen, wann immer ihr dies möglich ist. Sie ist der Meinung, daß der Apparat mit Elektrizität aufgeladen sei und sie einen Stromstoß verpaßt bekäme, wenn sie den Hörer auch nur anfaßt. Sie weigert sich ferner, den elektrischen Wecker zu berühren. Das Äußerste, zu dem sie sich bereitfindet, ist, den eigenen Fernseher einzuschalten. Aber die Wonnen, die der Bildschirm bietet, sind wohl Anreiz genug, das Wagnis einzugehen. Eine fremde Stimme am anderen Ende der Strippe ist wohl ein ander Ding.

Doch unterdessen ist sie nach Hause abgeschwirrt. Dem Himmel sei Dank. Ich bin allein und warte noch immer darauf, daß ein Anruf für mich kommen möge. Zeus Bowen ist gestern abend, spät in der Nacht, aus Amerika zurückgekehrt. Ich möchte hören, daß er auf der gesamten Dichterlesungstournee nur an mich gedacht hat. Zu meiner Überraschung muß ich mir eingestehen, daß ich den alten Knaben vermißt habe. Mehr, als ich mir dies vorgestellt hatte. Drei Monate, das kam mir wie gar nichts vor, als er davon sprach.

»Wahrscheinlich wirst du dort drüben dein Leben lassen, und zwar aus purer Menschenfreundlichkeit, so, wie dies bei Dylan Thomas geschah«, hatte ich ihm gegenüber respektlos bemerkt.

Er hatte daraufhin sein bärtiges Gesicht in meinem Schoß vergraben und geseufzt: »O Boadicea, Boadicea, ich wollte, du könntest mit mir kommen! Wie soll ich diese drei Monate durchstehen, ohne dich? Nach einer Woche werde ich vor Sehnsucht bereits den Verstand verloren haben!«

Seine Verzweiflung war echt. Innerhalb von Sekundenbruchteilen spürte ich die Nässe seiner Tränen auf meiner Haut. Ich war zuvor bereits schon viele Male in den Genuß dieses Gefühls gekommen – auf meinen Brüsten, meinen Hüften, meinem Po. Es gab keinen Zentimeter meines Körpers, der nicht zu irgendeiner Zeit einmal von Zeus Bowens Zähren genetzt worden wäre. Sie seien, so hatte er es einmal ausgedrückt, der äußerliche Beweis seiner seelischen Ekstase. Poetischer Gefühlsüberschwang, der liegt Zeus Bowen, dafür wird er von der Kritik – je nachdem – gescholten oder gepriesen. Gewiß wurde er in den USA mit Ehrungen überhäuft. Er muß nach dem Geschmack der Amerikaner dem keltischen Barden sehr nahekommen. Man bedenke nur jene weittragende, sonore Stimme, so erregend, so verführerisch angerauht! Diese wilde Lokkenpracht! Diese leidenschaftlichen Augen, den vollen, sensitiven Mund! Jenen jäh wechselnden Gesichtsausdruck – vom fröhlichen, kinnhaften Entzücken bis hin zu abgrundtiefer Verzweiflung. Obschon ich mich diesem liebenswerten Mann tief verbunden fühle und dies immer so sein wird, weiß ich doch auch, daß er geradezu die Parodie auf einen walisischen Poeten darstellt. Er geht sogar so weit, gleichsam in die Gestalt von Dylan Thomas zu schlüpfen, was ihm um so leichter fällt, als er etliche Grübchen aufzuweisen hat und untersetzt ist. Mir macht das jedoch überhaupt nichts aus und anderen weiblichen Wesen offenbar auch nicht (welcher Umstand mich einstens mit Bitternis erfüllte, doch diese Zeiten sind vorbei. Ich habe meine Eifersucht bezwungen). Ganz besonders seiner Gattin nicht, dieser armen, hintergangenen, mitleiderregenden Kreatur. Sie sagt von unserer Blodwen, daß diese ältlich sei – Mrs. Dilys Rowen muß mittlerweile die fünfundvierzig erreicht haben. Man stelle sich das vor!

Siriol, meine Freundin, hat ausgerechnet, daß Zeus Bowen jetzt vierunddreißig ist, wenn man nach der Faber und Faber-Anthologie geht. Er verheiratete sich, als er siebzehn war. Richtig, sie war seine Lehrerin. Was heißt, daß sie damals mindestens vierundzwanzig gewesen sein muß, mithin sieben Jahre älter als er. Das war *damals*. Ich sage das ganz bewußt, weil es heißt, daß die Spezies Weib rascher die Zeichen des Alterns erkennen läßt als die des Mannes. Das ist nicht gerade ein Faktum, von dem Feministinnen wie ich gern reden. Ich würde es nur zu freudig in Frage stellen, wenn ich der Meinung wäre, es beruhe auf männlichen Vorurteilen und nicht auf wissenschaftlichen Tatsachen. Doch, wenn ich mir jene Ruine ansehe, die Mrs. Dilys Bowen verkörpert, dann fürchte ich, daß es sich um das schleichende Gift der Wahrheit handelt. Ich bete darum, der Tod möge mich ereilen, bevor ich einen solchen Zustand erreiche!

Siriol weiß nichts von meiner Liebesaffäre mit Zeus Bowen. Wenn sie davon erführe, würde sie mich ermorden. Sie verehrt ihn (und das ganze Mädchengymnasium samt dem Lehrerkollegium mit ihr) seit jenem Tag, da er an unserer Schule eine Dichterlesung abhielt. Ich weiß noch, wie neidisch sie mir alle waren, daß ich ihn persönlich kannte, weil er seit langen Jahren ein Freund der Familie war. Um genau zu sein: der Protegé meines Vaters. Es war mein Vater gewesen, der als erster Zeus' poetisches Talent entdeckt hatte. Meine Eltern wären stolz, hätten sie seine Fortschritte seit jener Zeit verfolgen können. In Wales nennt man seinen Namen mittlerweile in einem Atemzug mit Lloyd George, Aneurin Bevan, Dylan Thomas und Richard Burton – zumal Zeus beschlossen hat, da zu bleiben, wo seine Wurzeln sind.

Siriol würde mich umbringen, erhielte sie Kenntnis von der Sache. Doch niemand weiß davon, außer Zeus Bowen und mir. Und so wird es immerdar bleiben.

Gleichviel, auf seine flehentlichen Seufzer wußte ich nichts zu sagen. Wie hätte ich ihn nach Amerika begleiten können?

»Wirst du mir auch treu sein, dort drüben, Zeus?« brachte ich schließlich hervor, indes meine eine Hand mit seinen Testikeln Billard spielte. Sie waren bereits angeschwollen. Dennoch, aus reinem Spaß an der Sache arrangierte ich sie neu, wobei mir mein Daumen sozusagen als Queue diente. Zeus hatte mir erklärt, daß ihn das absolut hochbringe, aber in einem solch merkwürdigen erstickten Tonfall, daß ich Grund zu der Annahme hatte, seine Lustgefühle seien untermischt mit der tiefverwurzelten männlichen Furcht, einen dauernden Schaden davonzutragen. Ihm solchen zuzufügen, käme mir nie in den Sinn, es sei denn, ich würde zum Äußersten getrieben. In einem derartigen Falle wäre ich allerdings zu manchem fähig. Und er weiß um meine grausame Ader.

»Ob ich dir treu sein werde? Was soll der Quatsch?! Wann war ich dir jemals nicht treu, Boadicea? Antworte mir!«

Seine Stimme hatte sich zu einem Crescendo erhoben, um in seelenvoller Geschmerztheit hinwegzusterben. Er würde mir treu bleiben. Das würde in Ordnung gehen, wie lange er auch wegbleiben mochte. Die Liebe, die Zeus Bowen für mich empfand, ging weit über weltliche Lustgefühle hinaus. Ich war seine Muse, seine Inspiration, der Sinn seines Lebens.

Im Augenblick befinde ich mich im großen Vorderzimmer des Mittelgeschosses unserer Pension und warte leidgeprüft darauf, daß er anruft. Es ist drei Monate her, seit er mir seine Leidenschaft für mich gestand. Und, obschon ich in dieser Zeit für Oxford akzeptiert wurde, ist mein Leben nichtsdestotrotz schal verlaufen.

Nicht, daß es mir an Sex gemangelt hätte. Gestern erst hatte ich Lloyd Parry, der heute Glenis, die Schwester meiner Freundin Siriol, heiraten wird. Er sagte mir, er habe stets gedacht, daß ich etwas Besonderes sei. Man habe ihn jedoch gewarnt, daß ich unzugänglich sei. Er war überdies überzeugt davon gewesen, daß ich noch Jungfrau wäre.

»Ich liebe dich, Boadicea«, erklärte er mir danach. »Ich habe mich in dich verliebt. Hier. Aus dem Stand. Wirklich. Ich kann mit Glenis keine Flitterwochen mehr verbringen. Ich muß mit ihr sprechen. Sie wird das verstehen. Wir wollten sowieso bloß nach Swansea...«

»Klar doch«, erwiderte ich ihm. »Sprich mit ihr, du Knallschote, und mach dich zum Gespött der Leute.«

Auf dieses hin starrte er mich ungläubig an. »Du meinst doch nicht etwa, was du sagst?«

»Doch. Ich meine es Wort für Wort. Sei gefälligst nicht so doof!« gab ich zurück und versetzte ihm einen liebevollen Klaps auf den Rücken. Die Männer nehmen ein gelegentliches sexuelles Abenteuer sehr viel ernster als ich dies tue. Verbringt man eine Nacht mit ihnen, schon erweisen sie sich als richtige Romantiker, die darauf dringen, wieder anrufen zu dürfen, damit man miteinander in Verbindung bliebe. Aber, was bringt es, die Dinge zu wiederholen? Ist der Durst mit einigen hastigen Schlucken oder in langen Zügen erst einmal gestillt, besteht kein Anlaß mehr, das ganze Faß leer zu machen. Dazu stehen zu viele Drinks zur Auswahl. Es ist aufregender, auch von diesen zu kosten.

Ich bin allerdings in dieser Sache nicht repräsentativ. Ich stehe lediglich für mich selbst. Siriol, die einen schmerzvollen Streckenrekord aufzuweisen hat, meint, daß sämtliche Jungens Hundesöhne seien. Sie kriegten, worauf sie aus seien, um sofort zum nächsten Mädchen weiterzuziehen und einen zurückzulassen gleich einem gestrandeten Fisch, dieweilen der Ruf dahin sei. Ich frage sie daraufhin, warum sie sich mit Knaben abgebe? Und rate ihr, sich mit ausgewachsenen Männern zu befassen. Doch davor schaudert sie zurück.

»Der einzige Mann, der mir etwas sein könnte, Bo, dem würde ich nichts sein.«

Nach dieser Äußerung schweigen wir beide eine Weile still, wenngleich aus verschiedenen Gründen. Der Mann, von dem sie spricht, ist der meinige. Zeus Bowen.

Aber Siriol, wie viele andere, meint, ich hätte es noch nicht gemacht. Sie sagt mir: »Vielleicht, Bo, ist es so, wie du es anfängst, das beste. Sich der Schule zu widmen und dem Studium. Um sich sodann in Oxford einen zu angeln, den smartesten von allen, eine glänzende Heirat zu machen – okay, ich weiß schon, daß du nicht heiraten wirst! – aber ehrlich, meiner Meinung nach ist Sex nicht das, was davon hergemacht wird. Ich glaube, meine Mutter hat recht, wenn sie sagt, sie hätten vor der permissiven Epoche mehr Spaß gehabt. Was unsere Generation anlangt, wir haben zu bald damit angefangen und uns zuviel davon genehmigt. Das habe ich gestern erst in einer Zeitschrift gelesen.«

»Du liest die falschen Zeitschriften«, erwidere ich streng. Einen weiteren Kommentar erspare ich mir.

Während mein Blick aus dem Fenster schweift, indem ich auf Zeus' Anruf warte, überlege ich mir, was Siriol wohl sagen würde, wenn sie erführe, daß ich es mit ihrem zukünftigen Schwager getrieben habe. Zwischen ihr und ihrer Schwester besteht nicht eben ein liebevolles Verhältnis. Weshalb sie mir wohl deswegen kaum böse wäre. Aber ich bezweifle, ob sie das von mir glauben würde. Von ihm schon, sie würde sich die Chance nicht entgehen lassen, ihn als widerlichen Kerl anzuprangern, wie sie dies mit allen Männern macht. Was Siriol tut, ist überreagieren. Wie dem auch sei, die Neuigkeit wird nicht durchsickern. Lloyd, der glückliche, frischgebakkene Ehemann, wird schon zu schweigen wissen! Und, warum sollte ich darüber reden? Ich verspüre nicht die Notwendigkeit, mein super-gesundes Ego dadurch aufzuwerten, daß ich mit meinen sexuellen Erorberungen prahle. Nichts ist leichter, als eine Erektion zu bewirken. Der Fehler, den die Menschen machen, ist, dieses Miniphänomen mit emotionalen und intellektuellen Einlassungen zu verwechseln. Meine Einlassung mit Zeus Bowen hat wenig mit Sex zu tun, wobei ich es akzeptiere, daß seine Bindung an mich in großem Maße damit befrachtet ist. Ich kann mir nicht vorstellen, wie er ganze drei Monate ohne mich ausgekommen ist. Da wir einander nicht schreiben konnten, der möglichen Komplikationen wegen, aus Angst vor Entdeckung, muß diese Zeit für ihn nahezu unerträglich gewesen sein.

Das Telefon schweigt. Auf der gegenüberliegenden Straßenseite füllt sich der Strand. Kein Parkplatz ist mehr frei. Den Raum vor unserem Haus nimmt fast ausschließlich das amerikanische Chevrolet mit der Dallas-Nummer ein, das der amerikanischen Familie gehört, in deren Zimmer ich Ordnung zu schaffen gehalten bin. Ich drehe mich um, das Chaos zu besichtigen: Im Doppelbett in der Mitte des Zimmers sind Laken und Decken völlig zerwühlt, eines der Kissen liegt am Fußende, das andere auf dem Boden. Der Diwan an der einen Wand befindet sich in einem ähnlichen Zustand, ebenso das Kinderbett. Was ist nur mit dieser Familie los? Ist es ein amerikanischer Brauch, nächtens herumzutoben, inzestuöse Kissenschlachten zu veranstalten?

Obschon die Kleinen, wenngleich Amerikanerkinder, lieb wirken. Wem kleine Kinder liegen (was bei mir nie der Fall war), dem müssen sie sogar entzückend erscheinen. Der Junge trägt einen Bürstenhaarschnitt wie sein Vater, besitzt große, schokoladenbraune Augen und einen süßen, nahezu lippenlosen Mund. Eine richtige kleine Freßleiste, gleichsam nur ein Strich. Wie überhaupt das ganze Kerlchen der Cartoon-Zeichnung eines Kindes sehr ähnlich sieht. Bei dem winzigen Mädchen verhält es sich nicht anders. Die Kleine wirkt in ihren von der Windel aufgebauschten Rüschenhöschen wie eine Puppe. Wenn man sie mit dem Finger kitzelt, schreit sie keineswegs, sondern strampelt, kraust ihr Knopfnäschen und lacht.

Die Mutter der beiden ist Waliserin, wenngleich sie nicht aus unserem Ort stammt. Ihre Eltern haben sich in einem jener Bungalows hinter den Dünen zur Ruhe gesetzt, von denen die hiesigen älteren Bewohner als ›Bruchbuden‹ sprechen. Es ist das erstemal, daß die Großeltern ihre Enkelkinder zu Gesicht bekommen. Die Großmutter leidet an Krebs und hat, wenn es hochkommt, noch sechs Monate zu leben.

Um diese Fakten weiß ich, weil ich es mir zur Aufgabe gemacht habe, sämtliche der Briefe, und Dokumente zu lesen, die sie, über den Raum verstreut, hinterlassen. Jeden Vormittag – sie wohnen bereits seit einer Woche bei uns und werden noch eine weitere hier verbringen – stellt es eine anstrengende Aufgabe für mich dar, ein wenig Ordnung in dem Zimmer herzustellen. Am ersten Tag, nachdem sie in dem pinkfarbenen, perlmuttschimmernden Chevrolet ihren so flamboyanten Abschied genommen hatten, rief ich Mrs. Pugh, Blodwen, Mavis und Boyo aus der Küche herauf, auf daß sie Zeugen seien, was den Zustand des Zimmers betraf. Damit man mich nicht der Übertreibung beschuldigen konnte. Niemand von uns hatte je ähnliches gesehen.

Ich bin, was Ordnung betrifft, nicht mit normalen Maßstäben zu messen, das muß ich eigens erwähnen. Wenn jemand behaupten würde, daß ich besessen sei von dem Bedürfnis, alles an seinem Platz und *picobello* zu wissen, könnte ich dem nicht zustimmen. Dennoch, mich verlangt nach einem gewissen Niveau, einer bestimmten Harmonie in meiner Umgebung. Ich bin groß darin, Ökonomie, System, Methode in die Dinge zu bringen. Für mich bedeutet Schlamperei der Ausdruck seelischer Konfusion. Wenn ich der Wahrheit die Ehre geben soll, ich liebe es, in ein von anderen hinterlassenes Tohuwabohu, in ein Chaos Ordnung zu bringen. Weswegen ich auch ein ausgezeichnetes Zimmermädchen abgebe.

Heute jedoch empfinde ich meine Aufgabe als etwas entmutigend. Gestern abend hatte ich mich dazu bereit gefunden, auf die Kinder aufzupassen, während deren Eltern die alten Herrschaften zum Essen ausführten. Als ich der Unternehmung zustimmte, hatte ich gerade erst erfahren, daß die Großmutter an Krebs leidet, und mir lag selbst daran, daß man ihr vor ihrem Tode noch eine weitere Freude bereitete. Der Gedanke daran würde dereinst die Tochter in Dallas zu trösten vermögen. »Was für ein reizendes Mädchen war das doch, das an jenem Abend auf die Kinder aufpaßte, so daß wir mit Vater und Mutter zum Essen gehen konnten –« Daß sie einmal dieses sagen könnten, diese Vorstellung beflügelte mich. Doch als es soweit war, bereute ich es, mich festgelegt zu haben. Siriol und einige der Gäste, die von auswärts zur Hochzeit ihrer Schwester gekommen waren, hatten vor, zu *Shingles*, der neuen Disco in der Nähe von Penarth, zu fahren und wollten, daß ich mit ihnen käme. Die sexy Begegnung mit Lloyd hatte meinen Appetit angeregt. Statt dessen spielte ich Kindermädchen. Was wohl auch besser war. Noch lebe ich hier, in dieser Kleinstadt, es gibt keinen Grund dafür, jenen Ruf zunichte zu machen, den ich mir voller Bedacht über all die Jahre hinweg bewahrt habe. Zudem, so tröstete ich mich, würde morgen Zeus Bowen zurück sein.

Was die Amerikaner-Kinder anlangte, da gab es keine Schwierigkeiten. Zweimal sah ich nach ihnen, und beide Male schliefen sie süß und sanft. Beim drittenmal, eine Stunde später, hatte sich Cindy, das kleine Mädchen, auf den Bauch gedreht, wobei ihr Gesichtchen tief im Kopfkissen vergraben war. Ich hatte ihrer Mutter bereits zu bedenken gegeben, ob es nicht besser sei, auf das Kissen zu verzichten. In all den Büchern, die ich über Babypflege gelesen habe, wird ein Kopfkissen im Bett von Kleinkindern nicht unbedingt empfohlen. Aber die Mutter hatte mir erwidert, das sei schon in Ordnung so. *Das ignorante Frauenzimmer.* Ich nahm also das Kopfkissen aus dem Kinderbettchen und legte es auf einen Stuhl. Es mochte vorkommen, daß Babys den Krippetod starben. Aber nicht, während ich auf sie aufpaßte. Schließlich hatte ich eine Zukunft, eine brillante Karriere vor mir. Es bstand keinerlei Grund, mir diese zu verderben. In derlei Situationen gehe ich immer mit dieser Logik vor. Ich überquere zum Beispiel keine gefährlichen Kreuzungen oder lehne es ab, mit Leuten im Auto mitzufahren, die als rasante Fahrer gelten. Ich nehme mein Schicksal ziemlich bedacht in meine eigenen Hände, indem ich vorsichtig bin. Dessenungeachtet kann ich morgen tot umfalllen. Ich könnte mir, was mehr im Bereich des Möglichen läge, eine unheilbare venerische Krankheit zuziehen. Es gibt da alarmierende medizinische Berichte, wonach es Viren gibt, die durch sexuellen Verkehr übertragen werden, gegen Antibiotika immun sind und das Land in epidemischen Ausmaß zu überschwemmen drohen...

Siriol hat sich im letzten Schuljahr eine milde Dosis Syphilis eingefangen. Ihrer Meinung nach von dem ausländischen Studenten, der bei ihnen zu Hause wohnte, obschon ich innerlich Vorbehalte gegen den Gedanken anmeldete. Denn ich war ebenfalls mit diesem zusammen (in der letzten Nacht vor seiner Abreise, damit es nicht herumkäme) und blieb unversehrt. Wobei ich verdammtes Glück hatte, wenn ich es nachher so bedachte. Denn auch, wenn er nicht derjenige war, welcher, hätte sie ihm die Krankheit verpaßt haben können, er hätte sie an mich weitergegeben, und ich hätte Zeus angesteckt... Obschon, damit wäre die Kette zu Ende gewesen. Weil Zeus Bowen mit niemandem sonst Liebe macht als mit mir. Nicht einmal mit seiner eigenen Ehefrau. Er hat auf die Bibel geschworen, daß dem so sei. Die arme Dilys, kein Wunder sieht sie so jammervoll aus. Ein klassischer Fall sexueller Frustration. Nicht, daß sie sich wohl noch Kinder wünschen würde. Meiner Meinung nach reicht es für einen Mann, vier Kinder und eine Ehefrau ernähren zu müssen. Schon gar für einen Poeten. Das letzte, was ein solcher gebrauchen kann, sind finanzieller Druck und alltägliche Sorgen. Man schaue sich nur das Beispiel Dylan Thomas an! Die kreativen Leistungen einer ganzen Anzahl von Künstlern wurden im

Laufe der Zeit dadurch abgewürgt, daß sie eine Gattin samt Kinderbrut am Halse hatten. Wer war das noch gleich, der das treffende Wort geprägt hat, der Kinderwagen in der Diele sei mehr für einen ungeschriebenen Roman, ein ungemaltes Bild verantwortlich zu machen als Wein, Weib und Gesang?

Alles, wessen Zeus Bowen bedürftig ist, ist eine Geliebte von meinem Schlage. Jemand, der intellektuelle Sensibilität besitzt, um mit ihm gleichzuziehen, eine Individualistin, die seinem Individualismus in nichts nachsteht. Gleichfalls eine Berühmtheit zu werden, danach strebe ich überdies.

Doch das habe ich ihm noch nicht gesagt. Ich glaube nicht, daß sein Ego das akzeptieren würde. Was Frauen betrifft, da hängt er noch an chauvinistischen Vorstellungen. Mir will es immer so vorkommen, als ob ihm der Gedanke nicht unangenehm sei, Dilys zu Hause am Herde zu wissen, seine Kinder betreuend und ihn selbst wie ein Kind umhegend, auf daß es ihm nicht an gutem Essen und Nestwärme mangele. Sie kann auch nicht immer so geistig desinteressiert gewesen sein. Schließlich war sie einstens seine Lehrerin. Nicht, daß ich meinen würde, die Lehrerschaft sei mit übermäßig vielen erleuchteten Geistern gesegnet. Und schon gar nicht mit solchen, die der feministischen Front zuneigen. Was erst recht nicht der Fall gewesen sein dürfte, als Dilys Bowen noch hinter dem Pult stand. Doch, wir wissen recht wenig darüber, wie es in der Arche Noah zuging.

Ich fange damit an, Kleidungsstücke der Kinder vom Boden aufzulesen. Die T-Shirts sind mit Cartoon-Figuren geschmückt. Die einzige, die ich von diesen kenne, ist Snoopy. Doch auf einer kanariengelb gestreiften Windbluse aus Satin, da entdecke ich noch den Muppet Kermit, der mir von einer der Taschen entgegengrinst. Der Himmel allein weiß, wie oft diese beiden amerikanischen Gören, Cindy und Hank, am Tage frisch eingekleidet werden! So viele winzige Kleidungsstücke ich auch vom Fußboden aufhebe und ordentlich gefaltet in die Schubfächer zurücklege (wenige von ihnen wirken so, als ob sie gewaschen werden müßten), es sind stets wieder neue da. Ich kann mir gar nicht denken, woher sie kommen. Es sei denn, die riesigen Segeltuchkoffer der Familie hätten falsche Böden.

Ich habe versprochen, heute einen großen Packen an Sachen zur Wäscherei zu bringen. Der Mann hat seine Frau darum gebeten, mir dieses aufzutragen, da ihm die frischen Hemden, Anzüge und Socken auszugehen drohen. Ich habe niemals bemerkt, daß er oder sie je dasselbe zweimal getragen hätten. Dabei können sie nicht etwa schmutzig sein! Jeden Abend nehmen alle vier ein Bad. Mrs. Pugh fühlte sich absolut skandalisiert. Sie meint, wir sollten sie über die schreckliche Wasserknappheit aufklären, unter der Großbritannien in den vergangenen Sommern zu leiden hatte. Die Wasserverbraucher wurden jeweils von den Behördenvertretern der Grafschaft über Fernsehen und Rundfunk ermahnt, es sich zweimal zu überlegen, ob sie sich einen Kessel Tee brühen sollten oder nicht. Davon ganz zu schweigen, daß man die Wasserhähne voll aufdrehte und sich ein Bad einlaufen ließ.

»Bei uns zu Hause«, lamentierte Mrs. Pugh, »wechselt man sich ab, wer zuerst in die Wanne steigt. Es gibt eine Wanne voll für fünf Personen, und damit hat es sich!«

»Ugh!« war es mir daraufhin leise entfahren. Aber ihre Luchsohren hatten es aufgefangen. Vielmehr ihr Hörapparat, der die kleinsten Geräusche registriert.

»Ugh – hört euch das an! Ugh?! Es ist nur gut, Boadicea, daß deine Namenspatin nicht jene Selbstsucht besaß, wie du sie in der letzten Zeit erkennen läßt, Mädchen. In deren Adern brannte die Vaterlandsliebe wie Feuer. Sie hat den Briten ein Beispiel gegeben! Sie sollte für uns alle ein geschichtliches Vorbild sein, diese Boadicea von einst! Und auch wir haben aus Patriotismus und Pflichtgefühl gehandelt, als wir in der Stunde der Not an das Wohl unseres Vaterlandes dachten – als das Wasser nämlich knapp wurde und ihrer sechs von uns sich während der Hitzewelle das Badewasser teilten.«

»Sie haben fünf gesagt, Mrs. Pugh«, bot ich ihr die Stirn, und zwar frecher als für gewöhnlich. Das war meine Art, innerlich ›Krampf!‹ zu rufen.

Jetzt war sie wirklich böse. Sie mochte es nicht, ertappt zu werden.

»Fünf, Sechse! Was tut's, Mädchen! Es geht schließlich ums Prinzip! Meiner Meinung nach ist es nicht richtig, daß diese Yankees auf Urlaub hier herüberkommen und von unseren kostbaren Wasservorräten zehren. Wer weiß denn, wie es im August um unsere Bauern bestellt sein wird? Womöglich schreien die Zetermordio, weil ihre Felder so ausgebrannt sind wie die Wüste!« Mrs. Pugh sank bei diesen Worten auf einen Küchenstuhl und griff sich an die Kehle. Die Macht ihrer eigenen Rede hatte sie hinweggetragen. Sie wäre eine gute Laienpredigerin geworden. Aber die Waliser erlauben Frauen noch nicht, die Kanzel zu besteigen. Indes, wenn ich einmal ins Parlament einziehen werde, wird es womöglich nur noch wenige Kanzeln geben. Nicht, daß mir Laienpredigerinnen allzu sehr am Herzen liegen würden, aber man sollte sich der Minoritätengruppen annehmen, die ganz nebenbei auch Stimmen einzubringen vermögen.

Nachdem ich die Kleidungsstücke der Kinder aussortiert habe, und zwar Cindys auf einen Haufen und die Hanks auf einen anderen, mache ich mich an die des Vaters. Sein Name ist Elmer, Elmer Roosevelt. Mit dem ehemaligen Präsidenten der Vereinigten Staaten scheint er nicht verwandt zu sein. So, wie ich aus verschiedenen Dokumenten, einschließlich des Passes, ersehen konnte, wurde Elmer Roosevelt 1945 geboren – im selben Jahr wie Zeus Bowen. Sein Beruf wird mit ›Ingenieur‹ angegeben. Das sagt nicht viel. Meiner Vorstellung nach lebt die Familie in Dallas in einer dieser typischen Vorstädte. Die Frau, deren Mädchenname Barbara Jones lautet (Elmer ruft sie ›Barbie‹) hat zwar ihre Nationalität gewechselt, nicht aber ihr Milieu. Sie ist jenen Mädchen ähnlich, mit denen Mavis befreundet ist und gut zu Rande kommt. Jenen faden Gepflegten. Deren Münder mit Lippengloss bepinselt sind, deren Wangen in Crème-Rouge erglühen, als handele es sich dabei um rotbackige, schimmernde Äpfelchen, die ihnen ein kapriziöser Kreateur zwischen Augenpartie und Höhe der Nasenlöcher eingesetzt hat. An manchen Tagen, dies habe ich beobachtet, reichen die Wangen dieser Mädchen auch bis zur Lippenlinie beziehungsweise den Ohrläppchen. Bei anderen Gelegenheiten gibt es überhaupt keine Rosenwangen, sondern nur einen Schmiß grauen Puderschattens, um die Wangenknochen zu betonen. Dazuhin wird eine großzügige Portion Mascara verwandt, von jener Sorte, die schmiert und faserig ist, weswegen auch zu meinem Amüsement die ganze Maquillage (wie sie es nennen) durch einen einzigen Wimpernschlag ruiniert werden kann. Woraufhin dann Tuschfäserchen wie jähe Rußwolken auf die porenlose Oberfläche ihrer zarten Haut herniederschweben.

Aber die Männer mögen solche Mädchen. Sie mögen sie sogar sehr. Nicht jene Männer natürlich, die ich bewundere, wie etwa Zeus. Doch ich bin bereit zu wetten, daß der *Matey*-Bursche eine Frau zu Hause hat, die das glatte Ebenbild von Barbie Roosevelt ist. Von jener Sorte auswechselbarer Zombies, falsche Fingernägel und dergleichen inbegriffen.

Ich nehme einen von Barbie Roosevelts Fingernägeln vom Fußboden auf. Noch drei weitere sind vom Nachttisch gesegelt wie Blütenblätter. Wieder andere liegen im Bett auf der Lauer. Die beiden sind heute morgen um ein Uhr dreißig von ihrem Ausgang zurückgekehrt. Sie waren nach dem Abendessen noch im Club der Konservativen, um einige zusätzliche Drinks zu nehmen. Das hätten sie mir gar nicht zu erzählen brauchen. Sie waren nämlich voll wie die Strandhaubitzen, wie Mrs. Pugh dies genannt hätte. Sie hätten es mit Boyo darin aufnehmen können zu versuchen, auf einem weißen Strich zu gehen, ohne zu schwanken, und – hätten mit Sicherheit verloren. Auf alle Fälle war Barbie Roosevelt schlimmer dran als ihr Ehegatte, obschon dieser im Zickzackgang eintraf und mit Puddingknien. Doch, was sie anbelangte, sie schickte sich doch tatsächlich an, die Treppen auf allen vieren emporzukriechen.

Ich lachte Elmer verständnisvoll zu, während wir sie die letzten Stufen gemeinsam emporschleppten. Zudem bot ich an, sie auszukleiden. Das muß ich häufig tun, wenn ich Nachtdienst schiebe. Blodwen ist da fein heraus. Sie besteht darauf, sie müsse mit den Hühnern zu Bett, um frisch zu sein. Doch meine Offerte wurde von Elmer Roosevelt hoheitsvoll zurückgewiesen. Als ich ihr Zimmer verließ, nachdem es uns gelungen war, sie auf dem Doppelbett niederzulegen, sah ich, wie er sich dieser Handarbeit mit offensichtlichem Genuß widmete. Ich fragte mich dabei, wie, um alles in der Welt, die Leute es denn fertigbringen, jede Nacht ein- und dieselbe Person zu lieben. Ich kann mir das bei mir nicht vorstellen, nicht in einer Million Jahren. Ich werde niemals heiraten.

Eine Stunde später hörte ich Boyo mit jenen Typen eintreffen, die er, wie bereits erwähnt, nachmittags in der Kneipe aufgelesen hatte (und von welchen uns einer dann ins Bett pinkelte).

Nun denn... Meine Gedanken trieben flüchtig zu Lloyd Parry und Siriols Schwester Glenis, die die erste Nacht ihrer Flitterwochen verbrachten. Lloyd brachte auf alle Fälle jede Menge Vorhaut mit in die Ehe, dick, wie ein Winterschal... Es war das erstemal, daß ich davon träumte, Zeus Bowen hätte mir einen Heiratsantrag gemacht – als ob ich ›ja‹ gesagt hätte, wenn dies wirklich geschehen wäre!

3. Kapitel

Boyo fährt mit Mavis und mir zum Cash & Carry. Der gestrige Tag verstrich, ohne daß Zeus Bowen angerufen hätte. Ich fühle mich wie betäubt, wobei nicht bloß Enttäuschung im Spiel ist. Wellen von Brechreiz werden von Schüben ätzenden Zorns abgelöst. Zudem überkommt mich immer wieder das beschämende Gefühl, in Tränen ausbrechen zu müssen. Auch jetzt, in diesem Augenblick, gebe ich mir alle Mühe, jenen schmerzhaften, dicken Kloß, der mir in der Kehle knödelt, loszuwerden. Dabei schlucke ich so heftig, daß mir das Wasser in die Augen tritt. Ich fummele verstohlen in den Taschen meines Regenmantels herum. Es ist jener, den ich als so richtig ausreichend schäbig empfinde (und der damit meiner heutigen Stimmung angemessen ist). Aber ich habe kein Taschentuch bei mir. Weswegen ich mir mit dem Ärmelaufschlag über die Augen fahre.

Boyo neben mir auf dem Fahrersitz wirft mir einen raschen Blick zu.

»Ist etwas nicht in Ordnung, Kleines?« In seiner Stimme schwingt soviel freundliche Anteilnahme mit, daß etwas in meiner Brust einen Sprung tut. Der Knoten sitzt mir jetzt im Nacken. Ich nicke mechanisch, wie eines jener Spielzeugtiere, die sich manche Autofahrer ins Rückfenster hängen.

»Mir will es so vorkommen, als leide sie wegen irgend etwas«, läßt sich Mavis brutal vom Rücksitz her vernehmen. »Wenn es nicht Liebeskummer ist, sollte mich das wundern. Es ist aber auch an der Zeit, das muß ich schon sagen. Als ich so alt war wie du, war ich bereits zum zweitenmal verlobt.«

»Ich bin eben ein Spätzünder«, muffle ich abweisend. Es bedarf nur Mavis' Fähigkeit, Salz in Wunden zu reiben, um eine rührselige Stimmung bei mir zu vertreiben.

»Was du nicht sagst!« Boyo versetzt mir einen freundschaftlichen Rippenstoß, der Wagen kommt bedenklich dem Randstein näher.

»Vorsicht!« Mavis ist emsig dabei, ihre Fingernägel zu lackieren, und zwar mit einem *heißen*, um nicht zu sagen: extravaganten Pink, das zu der neuen Lippenstiftfarbe paßt, die sie trägt. Sie spricht, als ob sie den Mund voll hätte, um zu vermeiden, daß sie ihre Vorderzähne mit Lippenstift beschmiert. Für gewöhnlich läßt es sich leicht sagen, wo Mavis sich aufgehalten hat, da sie jeweils einen Kometenschweif an ekligen, zerkrumpelten Papiertaschentüchern hinterläßt, allesamt mit jener Schmonze beschmiert, die sie an dem jeweiligen Tag ausprobiert hat. Es handelt sich bei ihrem Lippenschminken nämlich um einen langwierigen Prozeß der Farbgebung. Aber an diesem Morgen pressierte es zu sehr, als daß Zeit für derlei Kinkerlitzchen gewesen wäre.

Wir müssen bald zurück sein, um das Mittagessen zu servieren. Es handelt sich um den Beginn einer neuen Ära – der Wechsel von der Frühstücks- zur furchteinflößenden Frühstücks- und Vollpension. Blodwen hat heute morgen das entsprechende Schild ins Fenster gehängt, obschon wir nahezu ausgebucht sein werden, wenn die für heute angemeldeten Gäste eingetroffen sind. Ich habe sämtliche Betten der zehn Einzel- beziehungsweise Mehrbettzimmer frisch bezogen, inklusive jene der Roosevelts, trotzdem diese noch bleiben werden. Der Sonnabend ist unser arbeitsreichster Tag. Selbst Mavis hat sich aufgeschwungen, ihren köstlich gewachsenen Körper einzusetzen. Sie half mir beim Bettenabziehen, wobei sie in übertriebener Weise die Nase rümpfte, als wir auch die Laken vom Vortag falteten und ihr dabei der Geruch eingetrockneten Urins von Boyos Spießgesellen in die Nase stieg. Mir bereitete es geradezu Vergnügen, sie dazu anzuhaltaen, es ordentlich zusammenzutun, um es in den Wäschesack zu geben. Der Himmel weiß, wie sie mit derlei Dingen fertig werden will, wenn sie erst einmal Kinder hat. Obgleich sie in geradezu peinlicher Weise mit Klein-Cindy und Hank schäkert, will sie nichts davon wissen, wenn es um schmutzige Windeln geht. Sobald Barbie ungehemmt mit etwas in der Luft herumwedelt, das starke Ähnlichkeit mit einem Schokoladeneclair hat, macht Mavis: »Puh!« und zieht sich zartfühlend zurück. Während ich verständnisvoll anbiete, das betreffende Objekt zu entfernen.

Für die Roosevelts werde ich allmählich unentbehrlich. Sie sprechen bereits spaßeshalber darüber, mich in die Vereinigten Staaten mitzunehmen. Cindy weint jedesmal, wenn sie am Morgen aufbrechen, weil ich nicht mit ihnen fahre. Was mich überrascht. Ich hatte stets gedacht, kleine Kinder könnten instinktiv erkennen, wer sie mag und wer nicht. Und ich mag Cindy nicht. Auch Hank nicht, wenn wir schon dabei sind. Sie erscheinen mir nichtssagend und langweilig. Ich brauche ihr Geglückse nicht, um mir meiner eigenen Identität sicher zu sein. Ich weiß, daß ich bin. Ich bin nicht wie Barbie Roosevelt, die kaum zu funktionieren vermag, es sei denn, als Ehefrau und Mutter (es durchläuft mich geradezu eiskalt, wenn ich vernehme, wie sie ihrem Mann Geld abschmeichelt!). Ich wäre auch nicht wie sie, sollte ich je das Pech haben, in ihre Lage zu geraten. Was sie für ein Gesums um die simple Tatsache macht, zwei Kinder aufziehen zu müssen! Und: In welchem Durcheinander müssen sie zu Hause leben, wenn sie nicht einmal mit einem Zimmer fertig wird?

Es gibt eigentlich keinen rechten Grund, warum ich mit Mavis und Boyo zum Cash & Carry fahre. Sie könnten den Großeinkauf genauso gut ohne mich über die Runden bringen. Aber Boyo zeigt in solchen Fällen lediglich Interesse, unseren Vorrat an Spirituosen durch herabgesetzte Alkoholika zu ergänzen. Und Blodwen traut Mavis nicht zu, die richtigen Frühstückshaferflocken auszuwählen (im letzten Sommer saßen wir auf einem Gros Weizenflockenpaketen fest), oder auch nur die simpelsten Haushaltsreiniger. Mrs. Pugh weigert sich, mit irgend etwas anderem zu putzen als ihren üblichen Marken, die ich hinwiederum dafür verantwortlich mache, daß sie hin und wieder unter mysteriösen Hautausschlägen leidet. Auf einen Nenner gebracht: Mavis wird, je weiter die Saison fortschreitet, immer mehr zu einer bloßen Belastung. Sie stellt kaum noch eine Hilfe dar, seit ich erwachsen und noch dazuhin derartig auf Draht bin. Aber, Schwamm drüber, nächstes Jahr um diese Zeit wird mich das nicht mehr kratzen. Da werde ich nämlich nicht hier sein, sondern Kibbuz-Ferien machen. Ich habe bereits wegen der Details an die betreffende Stelle geschrieben.

Nein, der wirkliche Grund, warum ich sie begleite, ist der, daß ich mit den beiden über Blodwen reden möchte. Ganz abgesehen davon, daß ich alles, was deren Zukunft anbelangt, geregelt wissen möchte, bevor ich im Herbst meinen Abschied nehme, bin ich doch mittlerweile ein wenig beunruhigt wegen ihres seelischen Zustandes. Mich interessiert zu wissen, wie die anderen darüber denken, und ob sie gemerkt haben, wie geistesabwesend Blodwen in der letzten Zeit ist. Wie angespannt und reizbar, wie in sich gekehrt und blaß. Gleich einer hypochondrischen viktorianischen Heroine. Nur noch schlimmer.

Gestern habe ich sie in Tränen überrascht, während sie die Tische im Speiseraum für das Frühstück deckte. Ihr Gesicht, dies konnte ich erhaschen, bevor sie sich abwandte, trug einen Ausdruck echten Leidens. Sie sah so aus, wie ich mich fühlte, nachdem ich nichts von Zeus Bowen gehört habe. Das letztemal, daß sie derartig wirkte, das war beim Begräbnis meines Vaters gewesen, als der Sarg in die Erde gesenkt wurde. Doch bereits am Nachmittag zuvor trug ihr Gesicht einen solchen Ausdruck, wie ich bemerken konnte, als sie aus dem Vorderzimmer trat, in dem mein Vater aufgebahrt lag. Sie hatte derartig ausgiebige Wachen an der Leiche unseres Vaters abgehalten, daß Mrs. Pugh bereits zu brummeln begann, dies sei ›morbid‹. Es dauerte Jahre, bis ich die Bedeutung dieses Ausdrucks verstand. Als dies geschah, erinnerte ich mich des seltsamen Verhaltens meiner Schwester zu jener Zeit, als der Tod unser Haus heimgesucht hatte. Mir wollte dieses allerdings eher verstört erscheinen.

Ich glaube, daß sie auch derzeit ein wenig verstört ist. »Glaubt ihr«, so setzte ich an, »daß Blodwen dabei ist, ein wenig merkwürdig im Kopfe zu werden?« Ich meine die Frage völlig ernst.

Aber die beiden brechen in Gelächter aus. Mavis insbesondere.

»Es gibt nur eine Person in der Familie, die merkwürdig im Kopfe ist.« Das äußert sie bedeutungsvoll, wobei sie sich albernerweise erst an die eigene Stirn tippt, um sodann mit dem Zeigefinger auf mich zu weisen.

»Meint ihr, es handelt sich um eine sexuelle Frustration?« fahre ich fort, Malvis' Dämlichkeit ignorierend. »Meinem Empfinden nach sollten wir darauf sehen, daß sie bedient wird.« Warum nicht gleich zur Sache kommen?

»Boadicea!« Mavis klingt jetzt schockiert. Neuerdings stelle ich eine wachsende spießbürgerlich-puritanische Haltung an ihr fest.

»Was ist?« Ich wende mich ihr zu, wobei es mich wie stets durchfährt, wie hinreißend hübsch sie ist. Die Sonnenbräune, die zu erlangen sie sich kasteit hat, hat sich mittlerweile zu einem biskuitfarbenen Braun vertieft, welches ihre leuchtenden Augen nur noch veilchenblauer als sonst erscheinen läßt. Sie läßt ihr Haar wachsen, was bei ihr keine Schwierigkeiten macht (im Gegensatz zu mir). Ich bemerke, daß es ihr bereits über die Schultern reicht. Es gab eine Zeit, da konnte ich mich in der Schule rühmen, daß ich eine Schwester besäße, deren Haar bis über die Pobacken reiche. Das entsprach dazuhin noch der Wahrheit. Bisweilen erlaubte sie mir zu jener Zeit, damit zu spielen. Ich konnte Stunden damit zubringen, es zu Zöpfen zu flechten, in welche ich Bänder schlang. Ich liebe das Gewicht ihrer Flechten, die verschwenderische Fülle ihrer Locken. Ich konnte mein Gesicht in dieser wohlriechenden Wolke bergen und mit festgeschlossenen Augen darum beten, daß ich eines Tages aufwachen möge und besäße anstatt jener paar Federn, wie sie mir zugestanden wurden, Haar wie das ihrige. Erst in der letzten Zeit bin ich dazu übergegangen, das meinige etwas aufzuhellen. Dies war als eine Überraschung für den zurückkehrenden Zeus Bowen gedacht. Als er abreiste, hatte ich auch meine Kontaktlinsen noch nicht. Er wird zu einer ganz passablen Blondine zurückkehren, der man in den Straßen sogar nachpfeift – über eine gewisse Distanz hinweg zumindest.

Doch was immer ich auch für Verbesserungen an meiner Person

anbringe, ich werde niemals in der Lage sein, mit Mavis zu konkurrieren. Sie sieht wie ein Filmstar aus. Das sagen alle. Ich kann mir ums Leben nicht vorstellen, warum sie sich dazu entschlossen hat, sich in Bristol zu vergraben. In diesem Drecknest! Wenn ich so aussehen würde wie sie, würde ich mit meinem Gesicht und meiner Figur ein Vermögen zu scheffeln trachten! Ich würde nach London übersiedeln und mich bei einer seriösen Model-Agentur eintragen lassen, würde versuchen, den Durchbruch im Fernsehen zu schaffen oder beim Film. Aber Mavis fehlt es an Ehrgeiz. Sie scheint nicht in der Lage dazu, sich auf irgend etwas im Leben zu konzentrieren. Das ist tragisch, wirklich. Sie stellt das Produkt einer Realschule dar, es fehlt ihr an den nötigen weltläufigen Einsichten. Sie besitzt in etwa die Schwungkraft und Energie einer Seeanemone. Ich frage mich nur: Ist sie auch im Bett so träge?

Doch keiner dieser Gedanken beeinträchtigt das Vergnügen, sie ansehen zu können. Mich überrascht es nicht im geringsten, daß ihre sämtlichen Verehrer sie geradezu abgöttisch lieben. Aber selbst auf diesem Gebiet vermag sie nicht, ihre Trümpfe auszuspielen. Man würde doch denken, daß ein Mädchen wie sie von Geschenken überhäuft würde – Autos, Kleider, Pelzmäntel, teure Juwelen, exotische Reisen zu zauberhaften Gestaden. Nichts von alledem. Sie ist ziemlich wählerisch, was Männer betrifft, mit denen sie ausgeht. Sugar Daddies haben bei ihr keine Chance. Auch Kontinentaleuropäer mag sie nicht. Bis auf Franzosen. Die sind in Ordnung, weil sie einen so *sexy accent* besitzen. Sacha Distel, der ist Mavis' Ideal von einem ›tollen Mann‹. Man bedenke: *Sacha Distel!* Dieser schmalzige Franzmann!

Auch darf ihr keiner kommen, der über dreißig ist. Dreißig bedeutet in ihrem Kopf die Wasserscheide zwischen jung und alt. Sie glaubt im Ernst, daß sie mit zwanzig bereits über die besten Jahre hinaus sei, daß sie – was immer es auch sein mag – das Beste im Leben verpaßt habe. Sie und ihre gespenstischen Freundinnen bringen Stunden um Stunden damit zu, ihre Betagtheit zu beweinen, in die Spiegel ihrer Compactpuderdosen zu blicken (die sie ständig bei sich führen), in der fortwährenden Suche nach dem gefürchteten Anblick einer Falte. Was dies betrifft, bin ich ein glückliches Geschöpf, auch wenn ich vor dem obszön plissierten Antlitz von Dilys Bowen zurückschrecke. Mir macht es nichts aus, alt zu werden. Ich werde eleganter altern als Mavis. Schlank und hochbeinig, wie ich bin. Bei Mavis könnte es durchaus sein, daß sie korpulent wird, ausladend und aufgeschwemmt im Gesicht. Man sehe sich nur Elizabeth Taylor an.

Aber bis dahin ist, wie dem auch sei, noch ein langer Weg. Mavis hat Jahre der Zukunft vor sich. Gegenwärtig befindet sie sich indes in ihrer Hochblüte, am Gipfelpunkt ihrer Begehrenswertheit als Frau. Mich würde nur interessieren, ob Boyo auf sie anspricht? Ich muß ihn gelegentlich danach fragen. Er leidet nicht an Prüderie wie Mavis. Er wird mir darauf eine ehrliche Antwort geben. Im Augenblick scheint er meinen Vorschlag zu bedenken, daß es einen Mann für Blodwen zu finden gilt.

»Du meinst also, unsere geliebte, verehrungswürdige Schwester hätte es nötig?«

»Boyo!« blökt Mavis diesmal.

Wir beachten sie beide nicht.

»So ist es, Boyo. Du etwa nicht?«

Er antwortet nicht gleich. Wir sind am Cash & Carry angekommen, und er konzentriert sich darauf, den Wagen in eine schmale Parklücke zwischen einem mächtigen Laster und einem weißen Citroën einzuparken. Ich erwarte Mavis' Kommentar zu letzterem, der denn auch prompt kommt.

»Ach, was ist das doch für ein schöner Wagen!«

Ich blicke auf Boyos Hände nieder, die auf dem Steuerrad liegen und deren Rücken von lauter kleinen, wichsschwarzen Härchen bedeckt sind. Es sind dies überaus maskuline Hände, wie alles an Boyo maskulin ist. Was das Körperliche betrifft, zumindest. Ich habe damit angefangen, mir zu wünschen, Boyo wäre nicht mein Bruder... Ich lasse meinen Blick über ihn hingehen, über die schwarze Lederjacke, deren Reißverschluß geöffnet ist und die seine breiten Schultern betont, über das leuchtendblaue Hemd, das – wie raffiniert! – das Blau seiner Augen hebt, bis hinunter zu den umstrittenen schwarzen Hosen aus Leder. Jene, die mich entzükken und Blodwen sowohl wie Mrs. Pugh derartig aufbringen. Ich kann es allein von ihren Gesichtern ablesen, wenn Boyo sie trägt. Mavis macht ihrerseits keinen Hehl aus ihrem Mißfallen. »Sie sind obszön!« lautet ihre Meinung.

Nun, sie sind in der Tat ein wenig obszön, aber das ist es gerade, was ich an ihnen mag. »Werbung lohnt sich!« hatte Boyos glucksende Erwiderung denn auch gelautet.

Ich klippse meinen Sicherheitsgurt auf, indes Boyo den Motor abschaltet. Er öffnet seinen Gurt und dreht sich auf seinem Sitz mir zu, um mir ins Gesicht zu blicken. Dabei knarzt die Lederkleidung, die er trägt, verführerisch. Mir bietet sich in dieser Position der angenehme Anblick seines gesamten lederverhüllten Körpers. Schimmerndes Schwarz, verboten sündig.

»Nicht, daß Blodwen bereits wirklich alt wäre, in dem Alter noch nicht«, beharre ich darauf, das Thema fortzuführen. »Sie erscheint uns nur so, weil wir sie immer als unsere Mutter sehen.«

»Sie ist über dreißig«, seufzt Mavis. »Da ist es hart, passende Männer für jemanden zu interessieren.«

»Hör mit solch seichtem Geseire auf, Mavis, um Himmels willen!« fahre ich sie scharf an. Sie hat ihre Lockenmähne von ihrem Nacken weggeschoben und balanciert diese graziös über ihrem Kopf. Welche Aktion ihre schönen Brüste samt deren Blüten hervortreten läßt, die samtene Tiefe ihres Dekolletés verschattet. Mavis bringt es stets fertig, Dekolleté zu zeigen, zu welcher Tageszeit auch immer. An diesem Morgen trägt sie, trotz des bedeckten Himmels und der vorhergesagten Schauerneigung, eine gemusterte purpur- und pinkfarbene Bluse mit aufgesetzten Ärmeln und wattierten Schultern, die zudem tief ausgeschnitten ist (man nannte dies einstens, während des Zweiten Weltkrieges, ›Sweetheart-Stil‹, welcher mit Vorliebe von den Pin-ups getragen wurde, wie ich aus der Lektüre einschlägiger Abhandlungen weiß). Um den Hals hat sie eine Kette aus hellen Glasperlen geschlungen, die sie, ohne zu fragen, aus meiner Kramkiste genommen hat. Diese sind von demselben Rosa wie ihr bleistiftenger Rock, welcher an der Seite verführerisch geschlitzt ist, um der Trägerin das Gehen zu ermöglichen. Obschon ich mir nicht vorstellen kann, wie man in Mavis' Schuhen gehen kann. Sie behauptet, sie brauche diese lächerlichen Spinatstecherabsätze, um größer zu wirken. Was heißt, daß sie, wenn sie nicht auf zwölf Zentimeter herumstakst, kurzgewachsen und fett erscheint. Was nicht wahr ist. Doch der Gedanke, sie könne wegen mir Minderwertigkeitskomplexe haben, verschafft mir eine gewisse Befriedigung. Der Unterschied zwischen einem Chihuahua und einem Windhund, sozusagen. Oder einem entzückenden Kätzchen und einer Babygiraffe. Keiner ist je mit sich zufrieden. Was mich betrifft, ich wäre um vieles lieber eine Westentaschenvenus und würde den Stolz auf meine Beine nur zu gern dafür hergeben.

Mavis zuckt mit den Achseln, schenkt meinem Zornesausbruch nur mäßiges Interesse. Sie ist viel mehr an ihrem Bild im Rückspiegel interessiert. Mir wird klar, daß Mavis keine große Hilfe sein wird, was Blodwen und deren vernachlässigtes Liebesleben betrifft. Vielleicht besitzt unser Bruder ein größeres soziales Gewissen, was die alte Jungfer in unserer Mitte betrifft.

»Was meinst du, Boyo?« Ich ziehe neckisch die Beine an und stemme mich mit den Füßen am Armaturenbrett ab. Mein alter Burberrymantel und der fadenscheinige Rock darunter rutschen über meine Schenkel nach oben. Meine Hände habe ich lässig unter meine Pobacken geklemmt. »Na, Boyo?«

Er hebt den Blick abermals zu meinem Gesicht empor. »Boadicea.« Seine Augen sehen warm und amüsiert drein (zum Teufel, ist er attraktiv!), während er sich zu mir herüberbeugt und mir den Regenmantel über die Knie zieht. »Ich kann doch nicht zulassen, daß die Einheimischen Stielaugen kriegen.« Damit deutet er auf zwei dieser Stoffel, die, die Arme voller Lebensmittel, durch die Windschutzscheibe plieren. Sodann fährt er fort: »Du meinst also, was Blodwen anlangt, die sollten wir vom Regal nehmen und vom Staub der Jahre befreien?«

Ich nicke. »Meinst du das etwa nicht?«

»Also, nun ja«, er wendet sich von mir ab und blickt aus dem Fenster. »Meiner Ansicht nach sollte das jedem selbst überlassen bleiben.«

»Oh, komm mir bloß nicht so!« explodiere ich. »Schau, wir diskutieren hier nicht die Menschenrechte. Wir befinden uns nicht in einer Versammlung der Vereinten Nationen. So, wie ich das sehe, könnte unsere Schwester ganz gut einen Piepmatz gebrauchen. Toms Piepmatz, den Piepmatz von Dick oder Harry – ganz egal. Ich möchte lediglich eines: Daß sie wieder lächelt! Seit kurzem wirkt sie, als wolle sie sich am liebsten um die Ecke bringen. Hat denn das keiner von euch zweien bemerkt, seid ihr verdammt noch eins zu sehr mit euch selbst beschäftigt und damit, das Beste für euch herauszuholen?« Die Heftigkeit meiner Attacke überrascht selbst mich.

Zwei veilchenblaue Augenpaare scheinen mich durchbohren zu wollen.

Mavis spricht als erste.

»Jetzt halt aber mal die Luft an, Bo«, sagt sie in einem Tonfall, der für ihre Verhältnisse zögernd ist. »Du kommst schon auch noch an die Reihe, wie du weißt. Alles zu seiner Zeit.«

»Jawohl, Kleines«, fügt Boyo hinzu. »Du kleiner, steiler Zahn, du wirst alles kriegen, was du dir wünschst. Ehrlich, als ich diesmal nach Hause kam, war ich überrascht über deine Wandlung.«

»So ist es«, fällt Mavis eifrig ein. »Mit diesen Linsen und den blonden Strähnen – du siehst wirklich klasse aus. Geraint Thomas (einer der Dämlacke, der einen Lotus Elan besitzt und in der Grundstücksmaklerfirma seines Vaters arbeitet) hat das letzte Woche auch gesagt. Er sagte zu mir: ›Mavis, diese kleine Schwester von dir, die wird einmal ein heißes Ding, ein echt saftiger Bissen!‹ Das hat er gesagt, ich lüge nicht. Und Barbie Roosevelt meinte, sie würde sonst was für deine Beine geben, Elmer hätte ihr davon gesprochen. Und der sei schon immer ein Beinfetischist gewesen.«

Ich spüre, wie mir das Herz sonstwohin sinkt. Beide denken sie, ich spräche in Wirklichkeit über mich. Daß ich das Thema Blodwen einfach deshalb aufgebracht hätte, weil mir das Leben bislang meinen Teil vorenthielte. In meiner Kehle steigt die Empörung darüber heiß und scharf empor. Als ob ich einfach dasitzen und darauf warten würde, daß etwas passiert. Als ob ich so anspruchslos, so saft- und kraftlos wäre wie sie! Selbst Boyo gibt sich damit zufrieden, als Ersatzdarsteller einzuspringen und kleinere Rollen bei Provinztourneen zu spielen, anstatt nach den Sternen zu greifen, wie ihm dies zustünde. Von den beiden ist einer so doof wie der andere. Sie sind schön, charmant, sexy – veritable Schmuckstücke. Aber beide sind sie auch so dumm wie Schifferscheiße.

»Ihr seid beide so dumm wie Schifferscheiße.« Da hatten sie's. Es war heraus. Jetzt warte ich darauf, daß mir einer von ihnen eine Kopfnuß verpaßt, daß sie mir die Leviten lesen, mir zeigen, wo Bartel den Most holt. Aber, geschieht derartiges? Weit gefehlt! Sie tätscheln mir begütigend die Schulter. Die Schönen begönnern das Mauerblümchen. Ich gebe auf. Ich werde der armen alten Blod einen Piepmatz finden, der sie zu trösten vermag, und wenn ich es auf eigene Faust tun muß.

4. *Kapitel*

Zeus Bowen ist zurück! Ich treffe Dilys samt drei ihrer Gören in Davis' Milchladen, als ich Yoghurt einkaufen gehe. Sie befindet sich dort, um eine zusätzliche Milchbestellung aufzugeben.

»Hallo, Boadicea, hallo, Boadicea!« Mit diesen Rufen suchen die Zwillinge meine Aufmerksamkeit zu erlangen. Es sind, so meine ich, keine schlechten Bürschchen. Aber gegen sämtliche von Zeus Bowens Sprößlingen hege ich einen eifersüchtigen Groll, wie überhaupt gegen jeden, dem auch nur ein Strählchen seiner Gnadensonne zuteil wird. Und seine Kinder, die liebt er, während dies auf ihre Mutter nicht zutrifft. Das achtjährige Mädchen lächelt scheu hinter seiner Brille hervor. Die zehnjährige Schwester fehlt. Diese kenne ich eigentlich am besten, denn sie schlief nie, während ich abends auf die Kinder aufpaßte. Auch jetzt fällt es mir schwer, Dilys mit derselben Unbeschwertheit zu begrüßen, wie ich dies bei den anderen tue. Mitleid macht befangen.

»Guten Tag, Boadicea.«

Ich zwinge mich, in dieses von Linien gezeichnete Gesicht zu blicken, diesem leidvollen Lächeln, dem Blick der Augen standzuhalten, in denen jegliche Freude erloschen scheint. Obschon ich mich nicht schuld fühle am Unglück dieser bedauernswerten Kreatur, an deren zerrütteter Ehe, geht es mir dennoch unter die Haut. Sie merkt nichts davon. Was mich betrifft, ich mußte mir endlose Tiraden über ihre Unzulänglichkeit anhören. Ich kenne sie daher viel besser, als sie mich kennt.

»Wir hatten noch nicht die Gelegenheit, dir zu gratulieren«, bemerkte sie, »dafür, daß du das Stipendium für Oxford gewonnen hast. Und auch noch für das Balliol College, ist es nicht so? Brav gemacht!« Sie lächelt ihr schmales, aus dem Kopf kommendes Lächeln. Ihre Wangen wirken, als hätte sie Rouge aufgelegt. Auch trägt sie ihr Haar anders, das sie sonst zu einem unordentlichen Nackenknoten zusammenzufassen pflegte. Sie hat es sich direkt ein wenig modisch stutzen lassen. Es fällt ihr in einer leichten Innenwelle wie ein zarter Vorhang über die Ohren. Die grauen Strähnen darin erscheinen, als seien sie beabsichtigt.

Mir wird ganz schlecht. Ich weiß es, bevor sie auch nur seinen Namen erwähnt: Ihr Mann ist aus Amerika zurück. Ihr selbstsicheres Auftreten, ihre verwandelte Erscheinung haben damit zu tun.

»Ich wollte es eigentlich Zeus schreiben, da ich weiß, wie sehr es ihn gefreut hätte, daß du es geschafft hast. Aber dann dachte ich, ich warte und erzähle es ihm als Überraschung nach seiner Rückkehr.« Die Achtjährige zupft sie am Ärmel, während die Zwillinge mittlerweile unter den Kekspackungen, die auf einem Ständer an der Tür ausliegen, Verheerungen anzurichten beginnen. Außerdem ist Davis, der Milchladenbesitzer, so weit, mich zu bedienen.

»Vier einfache Yoghurts, bitte, Mr. Davis.« Mein Mund ist völlig taub. Trotzdem kann ich mich nicht davor zurückhalten zu fragen: »Ist er denn zurück, Mrs. Bowen?«

Sie dreht sich mir überrascht zu. »Ach, wußtest du das nicht? Heute ist er unterwegs, aber ich dachte, er hätte euch heute vormittag angerufen. Ja, er ist gestern zurückgekommen. Nun, ihr Buben…«

»Noch etwas, Boadicea?«

»Im Augenblick nicht, Mr. Davis.«

»Es war nett, Sie zu sehen, Mrs. Bowen.« Ich mache mich daran, flott aus dem Milchladen zu schreiten. Er muß bei uns angerufen haben, als ich mich mit Boyo und Mavis im Cash & Carry befand.

»Reizend, daß wir uns getroffen haben, Boadicea. Viel Glück in Oxford, falls wir uns vorher nicht noch einmal sehen sollten. Ich werde es Zeus sagen, daß er bei euch vorbeischaut.«

»Ja.« Ich lächele den Kindern zu. *Sag ihm das.*

Während ich die Tür des Ladens öffne, um sie sodann hinter mir zu schließen, höre ich Mrs. Davis, die aus dem Hinterzimmer getreten ist, sagen: »Jetzt möchte ich nur wissen, ob das die kleine Boadicea Jones war? Was die für ein gewandtes Mädchen wird!«

Doppelt so gewandt, wie ihr denkt, ihr Esel!

5. Kapitel

Mavis und ich, wir machen an diesem Abend wiederum die Serviererinnen, während Blodwen und Boyo kochen. Boyo, der kocht in der Familie am besten. Er versteht etwas vom Essen. Wenngleich dies bei unserer Klientel verschwendet erscheint. Zu seiner Betrübnis wurde er bereits dazu angehalten, mit der Verwendung von Knoblauch kürzer zu treten. Er hätte auch Knoblauch in die Eiermilch getan, wenn es nach ihm gegangen wäre. Nicht, daß Eiermilchcreme bei ihm überhaupt auf die Speisekarte käme – was viele, vor allem die älteren Herren, enttäuschen wird. Boyo bevorzugt Rahm, vor allem angesäuerten Rahm, den Davis, der Milchhändler, extra für ihn besorgen muß. Auch verwendet er gern Yoghurt. Diese Produkte erscheinen ihm bekömmlicher, gesundheitsfördernd. Boyo befindet sich dabei, Vollvegetarier zu werden. Fleisch in der Küche straft er mit einem Anflug von Verachtung.

Heute abend hat es in der Küche einen Mißklang gegeben. Blodwen hat Einspruch dagegen erhoben, daß Boyo Familien, die den ganzen Tag gereist sind, Nußschnitzel vorsetzt. Sie haben darüber diskutiert, welchen Nährwert ein solches Gericht, verglichen mit gebratenem Lamm, Sauce, Kartoffeln und zweierlei Gemüsen hat. Für morgen abend hat sie ihm die Zubereitung von Curry-Ratatouille erlaubt. Wenn sie ihrem Versprechen treu bleiben sollte, werde ich mit ihr tauschen. Dann soll sie mal sehen, was es heißt, diese ausländischen Gerichte den Gästen servieren zu müssen. Feriengäste scheinen zu meinen, Serviererinnen besäßen eine Elefantenhaut. Die Beleidigungen, die man einstecken muß, sind unbegrenzt. Sogar Mavis mit ihrem gewinnenden Wesen und dem nabeltiefen Ausschnitt muß sich einiges gefallen lassen.

»Was fällt euch Leutchen, euch Gästehausbesitzern eigentlich ein, als Vorspeise eine halbe Grapefruit zu servieren?« hat mich zum Beispiel vor zehn Minuten dieser alte Knacker mit dem rotgeäderten Gesicht angefahren.

»Sir?« sagte ich lächelnd zu ihm, wobei ich die halbierte Grapefruit in der Hand halte, bereit, sie ihm in seinen Pferderachen zu stopfen, falls er auch nur noch ein Wort äußert. Seine Frau, die ist sichtlich ganz auf seiner Seite, brennt darauf, ihm beizustehen. Aber da denke ich mir nichts. Schließlich steht der Wasserkrug neben ihrem Ellbogen, genau in meiner Reichweite.

Im Eßsaal ist Stille eingetreten. Dieses Paar war noch nie bei uns. Doch viele der übrigen Anwesenden sind Stammgäste. Die werden mir auf ein Zucken meiner Braue hin zu Hilfe kommen.

»Die Größe dieses Dings, die macht mich stutzig. Schrumpfen Sie die Grapefruits, bevor Sie sie am Zoll vorbei nach Südwales schmuggeln?« Knackerchen lächelt hämisch in die Runde, wartet auf englische Unterstützung. Seine Gattin an seiner Seite kichert. Ihr forsches Verhalten ist dem Genuß von Guinness-Bier und der Tatsache zuzuschreiben, daß sie Erleichterung darob empfinden, zusammen für eine Woche der Arbeitsfron entkommen zu sein. Das kenne ich. Die typischen animierten Proleten. Arme Würstschen.

»Ich muß schon bitten!« ertönt eine bedrohlich ruhige walisische Stimme vom Fenster her.

»Ach, sieh einer an, Wales rührt sich!« Knackerchen wendet sich spöttisch um.

Für gewöhnlich bin ich durchaus bereit, mich anzulegen. Wäre ich eine Schriftstellerin, würde ich die Konfrontation der beiden sogar auf eine gewisse Weise amüsant finden, diese womöglich durch eine entsprechende Bemerkung listig gegeneinander ausspielen. Aber nicht heute. An keinem Tag, was die Kulisse des Eßraumes betrifft. Es würde nämlich unweigerlich auf mich zurückfallen, die Dinge auszubügeln.

»Hätten Sie lieber Tomatensaft, Sir?« frage ich deshalb zuckersüß. »Sie können wählen. Sie und Ihre Frau sind ein wenig spät dran, sonst hätten Sie das aus der Karte ersehen können.«

Die Leute im Speiseraum betrachten mich voller Respekt. Mavis wäre bei so etwas längst an die Decke gegangen. Heute abend liegt ihr im übrigen daran, pünktlich wegzukommen. Samstag abend, das bedeutet für sie, daß sie mit ihren Freunden zusammen in deren schnellen Wagen zu den fashionabelsten Pinten entlang der Küste fährt. Gegen elf Uhr pflegen sie erst einmal ihr Dinner einzunehmen, um sodann den *Gwalia-Country*-Club aufzusuchen (ein Lokal der konservativen Art, versteht sich), wo sie trinken und tanzen, bis daß der Morgen graut. Der Himmel allein weiß, wie sie da noch Sex unterbringen. Was mich betrifft, ich glaube, daß Sex bei ihnen eine ziemlich untergeordnete Rolle spielt.

Ich, für meine Person, habe für den Abend nichts vor. Dennoch, mir bricht die erwartungsvolle Lust aus allen Poren. Blodwen hat gesagt, daß Zeus Bowen heute morgen angerufen hätte. Sie teilte dies ganz beiläufig mit, so, als ob es völlig unwichtig sei. Was für sie ja stimmen mag.

»Der wird, wenn ich richtig schätze, ziemlich verwässert sein, was?« Knackerchen hört noch nicht auf zu scherzen.

»Sie meinen den Tomatensaft, Sir? Das könnte ich durchaus veranlassen, wenn Sie eine zu empfindliche Verdauung haben, um ihn unverdünnt trinken zu können.«

Die Leute an den Nebentischen fangen an zu kichern. Ich verbeuge mich höflich aus der Hüfte heraus, mir sehr wohl dessen bewußt, daß die Gäste in meinem Rücken auf diese Weise in den Genuß des Anblicks meines Allerwertesten kommen. Ich trage verlokkend kurze Shorts, die kaum meine Pobacken bedecken, und darüber eine gerüschte Servierschürze. Blodwen mißfällt ein solcher Aufzug. Auch hält sie Mavis' Zurschaustellung von Busen beim Servieren für unziemlich. Aber Blodwen befindet sich derzeit in einer zu nervösen Stimmung, um ihre Befürchtungen zu *verbalisieren* (letzterer Ausdruck ist einer jener abscheulichen Amerikanismen, die ich aus Barbie Roosevelts Mund habe und die ich dennoch von Zeit zu Zeit anwende). Blodwen wirkt gereizter, als ich sie jemals erlebt habe. Ich muß unbedingt meinen Einfallsreichtum walten lassen, um eine Lösung für sie zu finden. Eines ist sicher – keiner dieser Wochengäste wird sich in der gewünschten Weise als Trumpfkarte erweisen.

Was nicht immer so ist. Bisweilen ist es durchaus möglich, eine kleine Romanze anzuspinnen. Im letzten Sommer zum Beispiel, da hätte es gleich mehrere Gelegenheiten gegeben, Blodwen zu verkuppeln. Massig sogar. Abgesehen davon, daß wir einen Vertrag mit dem Freizeit-Camp für Schauspieler und Varietékünstler hatten (die sich freiweg weigerten, im Camp zu übernachten), konnten wir auch Zustrom von jenen verbuchen, die als Zuschauer oder Teilnehmer zur Waliser Rallye angereist waren, welche hier in der Umgebung stattfand. Ferner waren noch zwei sportliche Ereignisse zu verzeichnen gewesen – das große mittsommerliche Cricket-Match sowie der Wettkampf um die Walliser Golf-Trophäe. Und, nicht zu vergessen, es wurde das Poeten-Fest abgehalten, bei dem Zeus alles überstrahlte.

Wenn ich so zurückdenke, kommt es mir, daß es besser gewesen wäre, mich damals schon des Problems Blodwen anzunehmen. Ich erinnere mich jener ungezählten Chancen für sie, jener alleinstehenden Männer, die entweder verwitwet oder geschieden waren. Die Menschen stehen heute eher, als dies früher der Fall war, allein da. Die Witwer, an die ich denke, waren unter vierzig. Die Frau des einen zum Beispiel war bei einem Autounfall ums Leben gekommen (und zwar auf dem Rückweg vom Yogaunterricht). Die eines anderen starb an *Anorexia nervosa*, an nervösem Appetitmangel. (»Erst, nachdem sie gestorben ist, weiß ich, was ich an ihr hatte – sie verging buchstäblich vor meinen Augen.«)

Mir ist nur allzu bewußt, was im Falle Blodwen problematisch ist. Sie läßt nicht den leisesten Wunsch erkennen, sich einem männlichen Wesen zu verbinden, sei dieses nun unter oder über vierzig. Verheiratet, geschieden oder verwitwet. Der Gedanke liegt nahe, ob sie vielleicht lesbisch ist…

»Wie läuft's da drinnen, Kleines?« fragt Boyo, dessen Hemd bis zum Nabel offensteht. Die Küche und deren Entlüftung bedürfen dringend der Modernisierung.

»Prima«, antworte ich der Wahrheit gemäß. »Alle sagen sie, wie köstlich das Essen ist. Ich habe ihnen erzählt, daß es sich um walisische Landesprodukte handelt, darüber freuen sich die Leute immer.«

»Dabei wurde Tiefgefrorenes aus Neuseeland verwendet, frisch von Cash & Carry«, fällt Mavis ein, einen Blick auf ihre Armbanduhr werfend.

»Das weiß ich schließlich«, erwidere ich gereizt.

»Hier sind die Nachspeisen, ihr zwei. Beladet gefälligst eure Tabletts.«

Blodwens Kiefer sind hart aufeinandergepreßt, nachdem sie das geäußert hat.

»Alles sieht gut aus, Blod«, stelle ich fest. »Bis jetzt hat sich der erste Tag mit Vollpension als durchaus erfolgreich erwiesen. Damit wäre ein weiteres Jahr gerettet.« Das ist jene Art von Konversation, wie Blodwen sie versteht und schätzt. Ich weiß, wie man sie besänftigt. Ihr Gesicht entspannt sich, sie fährt sich mit schlaffer Hand über die bleiche Stirn.

»Gott sei Dank.« Das sagt sie mit ziemlicher Emphase. Zum erstenmal kommt es mir, daß sogar sie diesen Scheißladen bis obenhin satt haben könne. So wie ich. Was Mavis und Boyo betrifft, die sind froh, sich für ein paar Monate im Jahr hierherflüchten zu können. Daß sie freies Logis und Essen erhalten, dazuhin ein Taschengeld. Die Arbeit ist verhältnismäßig leicht, am Abend haben sie von acht Uhr an frei. Das ist der Vorteil, wenn man hauptsächlich Familien und Leute aus der Provinz zu Gästen hat: Die gehen früh zu Bett. Wer Wert darauf legt, kann gegen halb zehn Uhr noch kleine Snacks einnehmen – als da sind Käsebrote, Zwieback, Kuchen – sowie Getränke. Sodann hieven sie sich ohnehin die Treppe empor, um in die ›Heia‹ zu gehen, oder wie die Umschreibung alle heißen mögen, jene schüchternen Euphemismen, mit denen der simple Umstand bezeichnet wird, daß man sich zu Bett begibt. Jene Scheu, die ausgewachsene Menschen, wovon die meisten gestandene Väter und Mütter sind, ob der schlichten Tatsache erkennen lassen, daß man sich auskleidet und ins Bett steigt, die verblüfft mich immer wieder.

Wahrscheinlich haben sie Angst davor, man könne denken, sie gingen nicht nur ins Bett miteinander, sondern sie bumsten auch. Was selten der Fall ist, wie ich betrübt vermerken muß. Und ich muß es schließlich wissen. Ich bin nämlich diejenige, die am nächsten Morgen die Bettlaken nach gewissen Anzeichen untersucht. Samenflecken gibt es vergleichsweise selten in unserem Haus. Ich, für meinen Teil, hätte gedacht, daß mehr zwischen Leuten passiert, die sich in Ferien befinden. Aber mitnichten. Vielleicht schüchtern sie die fremden Betten ein, oder haben sie Angst davor, daß man sie nebenan hören könnte, wenn sie voll einen auf die Matratze legen. Die Ehepaare, die mit kleinen Kindern und mit diesen zusammen ein Zimmer beziehen, die sind verständlicherweise in ihren Aktionen beschränkt. Obschon – nicht so die Roosevelts. Es wäre ganz interessant, Klein-Cindy und Hank in späteren Jahren einmal darüber zu befragen, ob sie sich der nächtlichen Kopulationen ihrer Eltern bewußt gewesen seien.

Flitterwöchner sind ein anderes Kapitel. Bei ihnen lassen sich keine sexuellen Inaktivitäten beklagen, wenngleich es mich irritiert, wie viele der neuen Ehefrauen mir die Mühe des Bettenmachens ersparen. Sie tun das selbst. Vermutlich setzt sie ihre frischerworbene eheliche Würde in Verlegenheit. Einmal, als ich die Decke der fein säuberlich hergerichteten Bettstatt eines Paares aus Bolton – die beiden fraßen einander bei der Ankunft fast auf – zurückschlug, konnte ich nicht weniger als sieben verschiedene Flecken zählen (ich hielt das Laken, nachdem ich es abgezogen hatte, sogar gegen das Fenster, um nicht fehlzugehen!). Jawohl – sieben. Sie mußten es siebenmal in jener Nacht getrieben haben. Dabei sahen sie beide so aus, als könnten sie kein Wässerlein trüben. Man soll vom Chassis nicht auf den Motor schließen.

Auch ist es nicht so, daß, wenn Schnee auf dem Dach liegt, der Boiler nicht mehr zieht. Da war doch dieser weißhaarige alte Krauter, der letztes Ostern an unsere Tür klopfte und ein Zimmer für die Nacht buchte. Er brachte aus seinem Wagen eine ziemlich mütterlich wirkende, etwa fünfzigjährige Dame mit. Der ausgesuchten Höflichkeit nach zu schließen, mit der er sie behandelte, waren sie wohl kaum Mann und Frau.

Deren Laken hätte Flitterwöchner beschämen können.

Mich interessieren diese Dinge. Sehr sogar. Wie alle Aspekte der menschlichen Natur. Für diese Nation wird es sich einmal als recht angenehm erweisen, eine Premierministerin zu haben, die die Sexualität ohne falsche Scham oder spießbürgerliche Verklemmung begreift. Sobald ich die Macht im Staate besitze, werde ich die Zensur abschaffen, möglichst gleich am ersten Abend, wenn es sich noch vor dem Abendessen in Downing Street Ten richten läßt. Für mein Kabinett werde ich außerdem Männer bestellen, die für ihre Virilität bekannt sind. Die Frauen, denen ich Ministerposten anvertraue, die müssen ebenso gerissene Huris sein wie ich. Ich habe niemals behauptet, daß es verboten sei, die Macht anarchisch zu mißbrauchen.

»Boadicea, du träumst in den Tag hinein. Los, gib die Nachspeisen aus!« Boyo streichelt mir zart über die Wange, wobei er mich mit einem eigentümlichen Blick aus seinen hellen Augen mustert. Ich erröte zu meinem Ärger. Er liebt es, mich derartig zu überrumpeln, mich unvorbereitet mit der gutmütigen Seite seines Charakters zu konfrontieren.

Das Tablett ist schwer. Ich sehe, daß Mavis bereits mit dem ihrigen losgezogen ist. Sie geht vor mir den Gang entlang. Dabei heben sich die Umrisse ihrer Figur vor dem frühen Abendlicht ab, das durch die geöffnete Tür flutet. Wenn ich ein Kerl wäre, ich würde auf sie anspringen.

Eigentlich verabscheue ich den Ausdruck ›Kerl‹, der aus Mavis' Wortschatz stammt. Sie verfügt über ein ganzes Register solcher verbaler Dämlichkeiten. ›Lady‹ ist auch so eine. Was ›Kohle‹ anlangt, so habe ich mich bislang nicht eben für eine ›Lady mit Köpfchen‹ gehalten. Nach diesem Ausspruch bin ich ›bedient‹, das kann ich ›wohl flüstern‹. Dennoch, ›vergiß es‹. Ich möchte deswegen nicht ›das Weiße ins Auge kriegen‹. Das Schlimme ist, daß mich ihr Begriffschinesisch so aufregt, daß ich gar nicht darüber reden kann, aus Angst davor ›optimal abzustinken‹. Sie ›hat‹ das erst ›drauf‹, seit sie nach Bristol ging. Zuvor sprach sie einfach so wie ich, normal und mit frischfröhlichem walisischem Akzent. Was sie inzwischen mit den Vokalen anstellt, ist dazu angetan, mir eine Gänsehaut zu verursachen. Jetzt, da sie den Speiseraum betritt, Boyos Apfelküchelchen mit Yoghurt vor sich hertragend, fängt sie wieder damit an. Sie näselt ein seltsames Englisch daher, als ob sie sich des Walisischen schäme.

Ich folge ihr mit saurem Gesicht, wie die Henne, die dem verfluchten Pfau folgt. Sodann lasse ich mein Tablett vor der Nase des rotgeäderten Knackers auf den Tisch knallen. Woraufhin ich ihm und seiner Eheliebsten die kleinsten Portionen reiche, die ich entdecken kann. Sie beklagen sich wegen des Yoghurts. Ich muß ihnen innerlich recht geben. Eiermilchcrème paßt zu Apfelküchelchen sehr viel besser. Irgendwie werde ich bei dem Gedanken an meine Mutter erinnert, obgleich ich mich nicht entsinnen kann, daß sie uns selbiges zubereitet hätte.

»Wie schmeckt ihnen der Yoghurt dazu?« begehrt Blodwen unsicher zu wissen, als wir die Küche wieder betreten. Mavis hält Boyo boshaft ihr volles Tablett hin.

»Ich habe keine Abnehmer gefunden«, bemerkt sie übertrieben triumphierend. »›Gibt's sonst noch etwas, das Sie uns anbieten können?‹ So wurde ich gefragt. Man verlangte nach etwas ›Genießbarem‹ wie etwa Erdbeeren mit Schlagsahne oder Vanilleeis mit Schokoladensauce oder Marmeladentorte mit Eiermilchcrème oder Schokoladenkuchen.«

Unser Bruder flucht verächtlich, wenngleich so leise, daß wir ihn nicht verstehen können. Blodwen macht »ts, ts« und fängt damit an, Dosen mit eingemachten Pfirsichen mittels des elektrischen Dosenöffners zu öffnen. Sodann holt sie Dosen mit Kondensmilch aus dem Eisschrank. Keiner fragte mich, wie es mir erging.

»Keiner fragt mich, wie es mir erging«, bemerkte ich leichthin. Mein Tablett ist wie leergefegt. Boyo blickt auf. Sein düsterer Gesichtsausdruck hellt sich beim Anblick des leeren Tabletts in meiner Hand auf. Wir tauschen ein verschwörerisches Lächeln. Er und ich, ganz unter uns.

»Hab' den ersten Teller einfach vor dem Mistkerl abgesetzt, und zwar so nachdrücklich, daß der sich kaum zu mucksen wagte. So macht man das, Mavis«, sage ich.

Doch das perlt an ihr ab wie Wasser an einer Regenhaut. Sie blickt abermals auf die Uhr, um Spucke auf ihren Zeigefinger zu geben und sich ihre Augenbrauen zu glätten.

»Na schön, Kleines, wenn du so tüchtig bist, übernimmst du dann meine Tische? Das ist doch in Ordnung, Blod, oder? Es gibt jetzt nicht mehr viel zu tun. Es müssen nur noch die restlichen Nachtische und der Kaffee verteilt werden. Und wenn ich mir jetzt nicht das Gesicht richte, dann reicht es nicht mehr, bis sie kommen, um mich abzuholen.«

Ich bin sprachlos, als wie selbstsüchtig sie sich wieder einmal erweist. Aber es ist zwecklos, ihr dieserhalben Vorwürfe zu machen. Das weiß ich durch frühere Erfahrungen. Es ist einfach besser, sie ziehen zu lassen.

»Bist du einverstanden, Boadicea?« fragt Blodwen ängstlich, da sie eine Szene zwischen uns befürchtet.

»Na klar«, erwidere ich ungezwungen. »Laßt nur das alte Aschenputtel die Arbeit tun. Aber denkt gefälligst daran – ich werde mit dem Prinzen heimkehren.«

Sie blicken mich alle ganz seltsam an, sagen kein Wort. Ich habe sie in Verlegenheit gesetzt. Eine befangene Stille hat sich über die Küche gesenkt. Obschon mir das gefällt, will mir doch nicht aufgehen, wieso mir diese Reaktion gelungen ist. Ist es deshalb, weil ich ihnen bewußtgemacht habe, daß ich dabei bin, endlich erwachsen zu werden? Daß ich ihre sexuellen Begehren, ihre romantischen Sehnsüchte alsbald teilen werde? Die armen Irren. Wenn sie wüßten.

»Und mit wem hast du heute abend ein Rendezvous, Bruderherz?« will ich wissen, nachdem ich aus dem Speiseraum zurückgekehrt bin, wobei ich Boyo flirtiv über den Nacken streichle, mir dessen wohl bewußt, daß Blodwen mißbilligend die Stirn runzelt.

»Ist noch jemand im Eßraum, Boadicea?« fragt sie ins Fernsehzimmer.

»Nur noch ein paar, die anderen sind bereits ins Fernsehzimmer abgeschoben«, erwidere ich liebenswürdig. Sodann lege ich den Arm einschmeichelnd um Boyos kräftigen Hals und wispere, so daß mich Blodwen unschwer hören kann: »Kann ich heute abend mitkommen, Boyo, wo immer du auch hingehst?« Dabei starre ich auf seine geschwungenen Lippen, wohl wissend, daß er antworten wird: »Nein, da, wo ich hingehe, das ist nichts für kleine Mädchen!« So, wie er es jedesmal in der Vergangenheit getan hat. Doch diesmal ist alles anders. Anstatt, daß ich an ihm hochblicken muß, wie dies sonst der Fall war, befinden sich unsere Münder auf selber Höhe, unsere Lippen sind einander benachbart. Ich wage sogar zu sagen, daß sich die seinigen etwas unterhalb der meinigen befinden. Derartig bin ich gewachsen.

»Nun denn«, entgegnet er langsam, indem er mich so hart an seine Schulter zieht, daß mir die Luft wegbleibt, »warum nicht einmal etwas anderes. Es könnte ihr nur guttun, Blodwen, der Kleinen, die Luft der großen Welt zu schnuppern.«

Er blickt unsere ältere Schwester fragend an, so, als ob er die Erlaubnis eines Elternteils erbitte. Aber die Situation im Haus ist darüber hinaus. Wie Blodwen ganz genau weiß. Ich mache seit kurzem, was ich will. Und sie glaubt, daß sie mir vertrauen kann, daß ich mich benehme, wie sie das wünscht – indem ich mich über meine Jahre hinaus beherrscht und gesetzt zeige. Ich habe es mir angelegen sein lassen, sie in diesem Glauben zu wiegen. Was sich auszuzahlen beginnt. Die Fragen, die zum Beispiel Siriol ihrer Mutter beantworten muß, die werden mir nicht gestellt. Nein. Sollte mir einfallen, einen Mitternachtsspaziergang am Strand entlang zu unternehmen, würde niemand zu wissen begehren, ›wo ich mich zu dieser Nachtstunde herumgetrieben habe‹. Ich könnte in der Morgendämmerung aufkreuzen, was bereits des öfteren geschah, nachdem ich Stunden voller Leidenschaft mit Zeus Bowen verbrachte, und niemand würde auf mich warten, um mich auszuschelten. Warum sollten sie auch? Ich bin eine vernünftige junge Dame, meine fromme Schwester hat mir ein aufrechtes Beispiel gegeben.

Doch jetzt zögert sie, ist sich nicht sicher, wie sie sich verhalten soll. Sie bedarf der Überredung, das ist alles.

Mein Herz schlägt an dem meines Bruders wie toll. Meine Lungen sind leer, kein Atemzug Luft befindet sich mehr darin. Doch obwohl ich in Boyos sadistischem ›Schwitzkasten‹ hänge, jagen sich meine Gedanken wie verrückt. Ich darf mit Boyo ausgehen. Endlich werde ich in seine Welt aufgenommen werden. Wen interessiert es da noch, ob meine ältere Schwester damit einverstanden ist oder nicht?

6. Kapitel

»Ich hätte nie gedacht, daß du die Erlaubnis kriegen würdest, mit mir auszugehen, *young lady*.« Boyo muß dieses über die Schulter hinweg förmlich brüllen, damit ich ihn überhaupt höre. Ansonsten schluckt das Dröhnen des Motorrades jegliches Geräusch. Es handelt sich um eine geborgte Maschine, ein PS-starkes amerikanisches Ungetüm, das ihm ein Freund vorübergehend überlassen hat, der im ganzen drei dieser Sorte besitzt. Es ist das erstemal, daß ich Boyo im Umgang mit einem Motorrad erlebe. Ich wußte nicht einmal, daß er überhaupt imstande ist, auf einem solchen Dings zu sitzen. Für mich ist es auf alle Fälle eine Jungernfahrt. Ich bin noch nie auf einem Soziussitz mitgefahren. Siriol wird sich vor Neid anmachen, wenn sie davon erfährt.

Ich sitze ganz starr vor Angst, mir will nämlich scheinen, daß wir einiges an Geschwindigkeit drauf haben. Aber als ich dieserhalben Boyo was ins Ohr schreie, indes ich mich an ihn klammere, als ginge es um mein Leben, und wir durch den Verkehr brausen, einen dahindonnernden Lastwagen gerade noch überholen, bevor uns ein Personenauto entgegenkommt, da schüttelt er einfach den Kopf und lacht. Ich bin sicher, er hat nicht verstanden, was ich ihm zugerufen habe. Und mir liegt im Augenblick auch nicht daran, meine Worte zu wiederholen. Die Konversation kann warten, bis wir beide wieder festen Boden unter den Füßen haben, *terra firma*. Wenn dies jemals noch der Fall sein sollte.

Er hat nicht verraten, wohin es geht. Es soll eine Überraschung werden. Das einzige, was ich weiß, ist, daß wir uns in Richtung Cardiff bewegen, eine Stadt, die ich so wenig kenne, daß sie mir ungeheuer aufregend erscheint. Ich war dort lediglich vier- oder fünfmal in meinem Leben. Das Reisen nahm nie einen hohen Stellenwert in meiner Erziehung ein. Und derlei Exkursionen geschahen jedesmal auf meine eigene Initiative hin, da ich dort irgendeine heimliche Besorgung machen wollte. Die weite Welt zu sehen, jene Welt außerhalb von Wales, dieses steht mir noch bevor. Mit Oxford beginnt mein Leben erst. Doch daran möchte ich jetzt nicht denken. Das gehört der Zukunft an. Ich freue mich noch nicht darauf. Ich erlaube mir jene hochgespannte Erwartung nicht, wie sie meine Schulfreundinnen hegen, wenn sie an das neue Leben denken, das uns, nachdem wir unsere Schulzeit hinter uns haben, erwartet. In dieser Minute zählt für mich nur das Hier und Jetzt, ob ich diese haarsträubende Reise überstehen werde und davon noch Generationen berichten kann. Hätte es sich nicht um meinen Bruder gehandelt, dem ich da mein Leben anvertraute, ich hätte von vornherein abgelehnt. Meine Chancen, dereinst dieses Land zu regieren, sind ziemlich bedroht. Aber macht mir das etwas aus? Nein, ich gebe dafür keinen Pfifferling! Was sind schon politische Ambitionen, verglichen mit dem, was mir zuteil wird? Eine Nacht auf einem *sophisticated* Parkett und dies dazuhin noch mit dem rassigsten Mann, den ich kenne...

Ich verstärke meinen Griff um dessen Bauch und schlucke heftig, damit mir meine letzte Mahlzeit nicht hochkommt, während wir wiederum die Pforten der Ewigkeit streifen, indem wir einen freien Straßenabschnitt entlangpreschen. Als wir, zwanzig Minuten später, anhalten, sind meine Augen geschlossen und meine Arme noch immer um Boyos Taille gekrampft. Ich befürchte, wenn ich sie öffne, daß ich zu Boden plumpse. Boyo löst sie behutsam, während er mich dabei festhält.

»Scch-sch-au dir d-das an!« Ich habe Mühe, meine stammelnde Zunge unter Kontrolle zu bekommen. Mein Unterkiefer will mir so vorkommen, als habe er etliche Schwinger von einem Schwergewichtsboxer abgekriegt. Doch es sind meine Knie, die meine Aufmerksamkeit auf sich ziehen. Die jitterbuggen nämlich jedes für sich. Sie tanzen zu total verschiedenen Rhythmen.

Boyo, der lacht nur, zieht mich in seine Arme, nimmt meinen, sodann seinen Helm ab.

»Heb dir das Swingen für drinnen auf«, bemerkt er, »hier gibt es nämlich klasse Musik.«

Ich klammere mich an ihn wie ein Kind. Dennoch hoffe ich, daß ein vorübergehendes Paar denkt, ich sei Boyos Freundin. Ich wünsche mir, ich trüge hochhackige Pumps und weibliche Kleidung, so wie Mavis sie trägt, anstatt dieser weißen Unisex-Jeans. Das einzige, was für diese spricht, ist, daß sie eng sind. Ich habe sie heute abend frisch angezogen, sie kamen gerade aus der Wäsche, und sie passen wie eine zweite Haut. Wie eine Schlangenhaut umschmeicheln sie meinen Körper, lassen mich noch schlanker erscheinen, wobei nicht einmal die Umrisse eines Unterhöschens zu erkennen sind. Denn ich trage keines. Darüber habe ich, sozusagen als eine Art Mutprobe, das figurbetonte T-Shirt gezogen, das Barbie Roosevelt in dieser Woche kaufte und verwarf, da es für sie zu klein sei. »Hier, Herzchen«, meinte sie in ihrer überschwenglichen amerikanischen Art, die ich eigentlich verabscheue, »wäre das nicht etwas für dich? Wenn nicht, wirf es weg.« Doch ich habe es nicht weggeworfen, obgleich es ganz offenkundig nicht meinem Geschmack entspricht, überhaupt nicht. Und mir träumte schon gar nicht, daß ich so bald Gelegenheit erhalten würde, mich darin zu präsentieren. Weder Boyo noch Blodwen haben die geringste Ahnung davon, daß ich so ein Ding trage, das derartig knapp und verworfen ist. Darüber habe ich nämlich ein knabenhaftes, weißes Bomberjakket gezogen, und zwar aus kräftiger Baumwolle, damit es zu meinem Untenherum passe. »Ausgezeichnet«, hatte Boyo konstatiert, als ich darin aufkreuzte. »Dorthin, wo wir hingehen, braucht man nicht aufgebrezelt zu kommen. Es handelt sich um eine lässige Angelegenheit, wo man sich mit Leuten trifft, um einen Drink zu nehmen und ein wenig das Tanzbein zu schwingen.«

Das sagte er nur, um unsere Schwester zu beruhigen. Das war mir sehr wohl klar. Alles, was Boyo wählt, ist anders als das übliche.

In der Tat.

Wir haben das Motorrad geparkt und schlendern durch das Dockviertel, die düstere Gegend von Cardiff. Nächtens ist das der Tummelplatz von Zuhältern und Nutten, hier passieren Gewaltakte und Verbrechen aus Leidenschaft, und was derlei erregende Dinge mehr sind. Es handelt sich um ein Gebiet, in das ein anständiges Mädchen nie einen Fuß setzt. Siriol wird es vor Wut zerreißen, wenn ich ihr erzähle, daß ich hier gewesen bin. Wir haben bereits überlegt, wie wir es anstellen könnten, einmal dorthin zu kommen, koste es, was es wolle. Doch schlußendlich gestand Siriol, daß sie einfach zu hasenherzig dazu sein. Ich hoffe, in Oxford furchtlosere Gefährten zu finden, solche, denen ein gewisser Sinn fürs Abenteuer eigen ist.

»Wir gehen in einen Club«, mit diesen Worten geleitet mich Boyo um die Straßenecke.

»Das habe ich mir bereits gedacht.« Ich kichere vor Erwartung und werfe einen furchtsamen Blick über meine Schulter zurück. »Ist das nicht eine Gegend, in der die Polizisten nur paarweise patrouillieren?«

Boyo wirft den Kopf zurück und lacht, macht sich nicht die Mühe, mir darauf eine Antwort zu geben.

Ich bin verletzt. »Nein, wirklich. Wir befinden uns doch hier in der Tigerbucht, oder?«

Er berührt mein Kinn flüchtig mit seinen Handknöcheln.

»Halte dich an mich, und es wird dir nichts passieren. Es ist an der Zeit, daß du in die Welt der Realitäten auftauchst. Die Crux bei dir ist, Boadicea, daß du alles glaubst, was du liest. In diesem Sommer obliegt es mir, deine Erziehung zu vervollständigen, sonst wirst du da droben an der Universität nicht überleben.«

Ich erwidere nichts darauf. Ich vermag einfach nicht, etwas darauf zu sagen. Mir ist, als sei ich geschlagen worden. Heftiger hat mich Boyo noch nie kritisiert. Wie muß ich ihm erscheinen, daß er solches äußert? Wie wenig wissen doch die Mitglieder meiner Familie von mir. Für sie bin ich nichts weiter als ein ihnen irgendwie unheimliches Geschöpf, ein außergewöhnlich gescheites Kind. Jemand, den man mit Glacéhandschuhen anfassen muß. Ich muß größere Anstrengungen unternehmen, um ihnen klarzumachen, daß sie mich nicht mit derartiger Ehrfurcht behandeln sollen. Wenn ich von hier weggehe, sollten wir einander näher sein.

»Ich begebe mich in deine Hände, Boyo«, das sage ich weich, sanftmütig, obschon ich einen verrückten Moment lang schwanke, ob ich ihm nicht gestehen soll, daß ich nicht die kleine Unschuld bin, die er in mir sieht. Daß ich sehr wohl ein fleischliches Wissen um Männer besitze... Doch ich halte mich vor einer solch unweisen Entscheidung gerade noch zurück. Das hat Zeit. Ein andermal.

Wir sind angekommen.

»Hier sind wir. Das ist das Lokal.« Boyo scheint das Gefühl zu haben, mir gut zusprechen zu müssen. Er sagt: »Laß es dir nicht zu Kopfe gehen, Kleines.« Damit lächelt er schwach. Ich weiß, zum Teufel nicht, wovon er spricht.

No Name lautet die Leuchtschrift, die pinkfarben über unseren Köpfen leuchtet. Beim Anblick des fiebrigen Funkelns, das etwas Sündiges, Exotisches hat, noch dazuhin in dieser schäbigen Gasse, brennt es mir vor Ungeduld in den Eingeweiden. Ich fühle mich erregt, was sich noch steigert, als wir uns den Weg durch die Doppeltüren bahnen und den Club betreten. Das, was sich meinen Augen bietet, erweist sich als so glamourös verworfen, wie ich mir das vorgestellt habe. Man warte es ab, bis ich Siriol von dem Zweizentner-Rausschmeißer erzähle, der sich uns in den Weg stellt! Er ist so pechschwarz wie Blodwens Bibel, und seine Zähne sind so weiß wie meine Kleidung. Sie erstrahlen jetzt in einem breiten Willkommenslächeln, als er Boyo in dem schummrigen Licht erkennt.

»Hallo, Boyo! Wer ist das – deine Freundin?« Er wird von einer Lachsalve geschüttelt, wobei sein umfänglicher Bauch, der über seinen Hosenbund quillt, zu bibbern anfängt und er diesen mit beiden Händen festhalten muß.

»Wie geht's dir, Wally?« Boyo schlägt dem Riesen auf die Schulter und passiert. Er stellt mich nicht vor, schreibt einfach in das Clubbuch seinen Namen mit der Beifügung ›und Gast‹. Ich weiß nicht, soll ich mich deswegen beleidigt fühlen oder nicht. Mir hätte es gefallen, auf diesen Seiten ›Boadicea Jones‹ zu lesen.

Nachdem wir einmal drinnen sind, umfängt uns eine andere Welt. Wir steigen die Treppen, die ins Souterraingeschoß führen, hinab. Das Treppenhaus ist grell beleuchtet, und die Stufen sind mit einem fadenscheinigen Teppich belegt, der so schmuddelig ist, daß man darauf auf seinem Hintern hinunterrutschen könnte. Das Geräusch vieler Menschen, die sich amüsieren, dringt zu uns herauf, überlagert vom regelmäßigen Beat von Disco-Musik, die aus einer Jukebox zu kommen scheint. Es handelt sich um eine Reggae-Nummer, die derzeit hoch in den Hitlisten rangiert. Siriol besitzt sämtliche Platten dieser Gruppe. Für sie ist dieser Sound sexy. Der Geruch, der uns in die Nase dringt, ist scharf und berauschend, eine Mischung aus Parfüms und Alkohol, die sich mit dem animalischen Duft vereinigt, den Boyos Lederbekleidung verströmt. Er trägt heute abend Leder und hat sich mehrere goldene Ketten um den Hals gehängt. Außerdem prunkt er mit einem goldenen Ohrring in seinem linken Ohrläppchen. Er wirkt absolut hinreißend. Ich bete innerlich, daß er nicht mit irgendeiner Frau auf- und davongeht und mich als Mauerblümchen meinem Schicksal überläßt.

»Du läßt mich doch nicht etwa sitzen – oder?« Plötzlich empfinde ich Scheu bei dem Gedanken, Boyos Freunde und Freundinnen kennenzulernen. Jenes unbekannte Häuflein, wovon er nur selten jemanden zu uns mitbringt. Dafür war ich ihm in der Vergangenheit stets dankbar. Ich hätte mich nicht in der Lage dazu gefühlt, jene Eifersucht zu verhelfen, die ich einer Freundin meines göttlichen Bruders gegenüber empfunden hätte. Man denke, er wäre mit einem Mädchen aus London heimgekommen und hätte vor den übrigen von uns sich mit diesem geküßt und es abgeknutscht, wie

Mavis dies vor kurzem mit ihrem Neuesten getan hat! Das hätte ich nicht ausgehalten. Doch da muß man Boyo gegenüber gerecht sein. Er hat uns bis dato niemals in derartige Verlegenheit gebracht. Werde ich heute nacht diese Erfahrung machen? Ich könnte es nicht ertragen, Boyo in den Armen irgendeines gräßlichen Mädchens zu sehen – nicht einmal beim Tanzen!

Er lacht, blickt mir ins Gesicht. Seine Augen wandern zu meinem Mund. Er küßt ganz zart meine Ober-, sodann meine Unterlippe. »Kann's losgehen?« Damit schlägt er den schweren Vorhang vor uns zur Seite und zieht mich in den Dunstkreis des *No-Name*-Clubs.

Mir ist, als schritte ich geradewegs in den Hades. Ich habe mich niemals zuvor irgendwo so unversehens zu Hause gefühlt wie hier.

7. Kapitel

Zeus Bowen ist nun schon eine ganze Woche lang wieder daheim, und ich habe ihn noch immer nicht gesehen. Meine ganze Erregung wegen seiner Rückkehr ist in nichts zerstoben. Ich bin nur noch zornig darüber, daß er keine Anstrengungen unternommen hat, mit mir zusammenzutreffen. Gewiß, er hat im Vorbeikommen mal eben bei uns hereingesehen, eine Tasse Tee mit der armen alten Blodwen getrunken, sich mit ihr ein wenig unterhalten. Sie erzählte mir davon und daß er sich nach mir erkundigt habe. Doch ansonsten – Fehlanzeige.

Es war niemals leicht für uns gewesen, unsere Zusammenkünfte zu arrangieren. Doch in früheren Tagen, da erfanden wir Schulprobleme als Ausreden, mein Interesse an seiner Arbeit wurde ins Feld geführt, wir vermittelten den Eindruck, daß den Dichter-Gelehrten mit der Musterschülerin eine platonische Beziehung verbinde. Was wäre auch natürlicher gewesen, als daß er ganze Nachmittage mit mir in meinem Zimmer verbrachte, meiner Arbeitsstätte, meiner mit Büchern vollgestopften, privaten Welt, in welcher wenige willkommen waren, nicht einmal Blodwen oder die anderen Familienmitglieder, lediglich Siriol und – Zeus Bowen.

Vielleicht, so entschuldigte ich ihn vor mir, gibt es einen bestimmten Grund, daß er sich vorsichtig verhalten muß. Seine Frau ist wohl in irgendeiner Weise mißtrauisch geworden. Die Hexe Dilys hat Wind bekommen. Was ich indes nicht verstehen kann, ist, daß er zu solch ungewöhnlicher Stunde hier erschienen ist. Er muß doch wissen, daß ich zu dieser Zeit zum Einkaufen weg bin. Er kennt die Regeln des Hauses so gut wie unsereiner, der damit lebt.

»Hat er gesagt, wann er wiederkommen will?« habe ich Blodwen wie beiläufig gefragt. Aber sie hat lediglich vage den Kopf geschüttelt, geistesabwesend, wie gewöhnlich. Es wird mit ihr ehrlich immer schlimmer. Ich spiele mit dem Gedanken, daß ich sie frage, ob ich nicht mal rasch hinüber zu Zeus' Dominizil sausen soll, um ihm guten Tag zu sagen. Das klingt doch durchaus unverfänglich, so als handele es sich dabei um einen bloßen Akt der Freundschaft und nicht um eine ganz persönliche Notwendigkeit. Ich muß ihn einfach noch einmal wiedersehen, bevor ich diesen Ort verlasse. Ich kann nicht einfach so von hier verschwinden. Nicht nach dem, was war. Wir haben so viele Pläne zusammen geschmiedet, wo und wie wir uns in Zukunft treffen wollten, haben von Nächten und Wochenenden geträumt, die zusammen zu verbringen uns nun möglich gewesen wäre. Er konnte, um fern von Dilys zu sein, vorgeben, er absolviere Dichterlesungen. Er bezweifelte im übrigen niemals, wenn wir schon davon reden, daß ich von der Universität meiner Wahl angenommen würde. Mir erscheint es jetzt selber nahezu unfaßbar, aber ich, für meine Person, habe zeitenweise mit dem Gedanken gespielt, mich in Cardiff oder Swansea oder Aberystwyth eintragen zu lassen, nur um Zeus Bowen näher zu sein! Diesem selbstsatten Knilch!

Himmel! Warum kann er mich nicht wenigstens anrufen? *Bitte, tu's doch!*

Heute morgen sind wir unterbesetzt. Boyo hat den Frühzug nach London genommen, um am Vorsprechen für eine Fernsehrolle in einer TV-Serie teilzunehmen, die um Weihnachten herum gesendet werden soll. Sein Agent hat ihn dieserhalben angerufen. Boyo meinte, er kriege die Rolle doch nicht. Was mich zornig machte.

»Warum nicht?« fragte ich ihn. »Nimm mal zur Abwechslung eine positive Haltung ein, du wirst sehen, das bringt dir Glück.« Damit schlug ich die Arme um seinen Hals und küßte ihn geräuschvoll auf beide Wangen.

Er lachte.

»Wow! Das wird mir Glück bringen, Kleines. Vielleicht täte ich besser daran, dich als Maskottchen mitzunehmen.« Dann hatte er meine erwartungsvolle Miene bemerkt und den Kopf geschüttelt. »Nicht bei dieser Reise, Kindchen. Aber sehr bald, das verspreche ich dir. In einer Minute, da ich einen anständigen Batzen Geld auf die Hand kriege, nehme ich dich in die große Stadt mit. Du und ich, wir werden dort das Unterste zuoberst kehren!«

Mavis hatte daraufhin boshaft gelacht und dabei Blodwen verstohlen in die Seite geboxt.

»Ich glaube, älteres Schwesterlein, wir zwei stehen in Gefahr, hier etwas zu verpassen«, hatte sie geäußert. Aber Blodwen hatte darauf, wie üblich, nichts gesagt. Wahrscheinlich hatte sie gar nicht zugehört.

»Es ist komisch so ohne Boyo, nicht wahr?« bemerke ich jetzt. Und irgendwie erscheint es mir auch in der Tat seltsam, daß ich den Küchendienst versehe. Daß ich den Frühstücksspeck röste, die Eier aufschlage, die Weißbrotdreiecke, bei denen – da wir uns auf die Güteklasse unseres Gästehauses etwas zugute halten – die Krusten entfernt wurden, in heißem Fett ausbacke und was dergleichen Quatsch mehr ist. Nicht daß es mir keinen Spaß machen würde und daß ich es auch alles nicht ganz versiert mache. Außerdem würde es auch einmal eine Abwechslung darstellen, wenn Blodwen meine Pflichten übernähme. Wenn sie und Mavis die Zimmer richteten, während ich das Frühstück zubereite. Mavis könnte das nicht. Bei ihr ist Hopfen und Malz verloren, was das Kochen anbelangt. Sie hat kein Gefühl dafür, damit ist sie einfach nicht bedacht worden. Wenn wir sie in der Küche losließen, könnten wir die Vollpensionsgäste vergessen, die würden um die Rechnung bitten, bevor überhaupt die nächste Mahlzeit aufgetragen würde. Das habe ich heute morgen auch gesagt, als es offenbar wurde, daß Blodwen mit dem Frühstückzubereiten nicht weitermachen konnte. Sie hatte sich in den Ausguß übergeben.

»Na, na, altes Mädchen«, suchte ich sie zu beruhigen, wobei ich sie an den Hüften hielt, während sie ein weiteres Mal von Brechreiz überkommen wurde. »So ist's recht, raus damit. Sie hat noch nichts gegessen. Irgendwie muß sie sich gestern abend den Magen verdorben haben«, sprach ich zu den übrigen im Raum Anwesenden, nämlich Mavis und Mrs. Pugh.

»Ja, es geht so etwas um«, erklärte Mrs. Pugh und verkniff den Mund.

Mavis grunzte lediglich. Sie litt ebenfalls, und zwar an einem ekelhaften Kater. Seit meinem Trip zum *No-Name*-Club vermochte ich nachzuempfinden, was das hieß. Zuvor war ich niemals das Opfer von zuviel Alkohol geworden, weswegen ich auch stets der Meinung war, daß diejenigen, die an den Nachwirkungen zu leiden vorgaben, maßlos übertrieben. Sollte sich Mavis auch nur in etwa so fühlen wie ich nach meiner Nacht auf dem Tanzparkett, konnte sie sich ohne weiteres Blodwen anschließen – am Spülbekken.

»Wer macht das Frühstück?«

»Ich nicht«, beantwortete Mavis meine Frage.

»Ich ebenfalls nicht, Herzchen. Ich lasse immer alles anbrennen.« Mrs. Pugh blickte stolzgebläht in die Runde. Das behauptet sie, seit sie bei uns arbeitet. In der Tat hatte sie eines Morgens einen ganzen Laib Toast ruiniert, nur um selbiges unter Beweis zu stellen. Danach hatte sie von jeder Schnitte die verbrannte Schicht abzukratzen versucht und dabei gegluckst. Sodann hatte sie von mir erwartet, daß ich die Bescherung den Gästen serviere. Die dämliche alte Ziege.

»Es tut mir so leid, Boadicea, Liebes.« Blodwen hatte sich mir, grün im Gesicht, zugewandt. Aus ihren Lippen war jegliche Farbe gewichen. Diese wirkten, als seien sie mit ihrem Gesicht eins geworden. Sie sah erbarmenswert aus. Mir schnürte es bei ihrem Anblick förmlich die Kehle zu.

»Blodwen, du siehst so alt aus, wie ich mich fühle«, sprach Mrs. Pugh, während sie Tee schlürfte, um in ihrer Unachtsamkeit etwas davon auf ihre Wolljacke zu verschütten.

»Jetzt schaut mich an«, machte sie.

Aber niemand von uns tat dergleichen. Ich schon gar nicht. Wenn man wie ich inmitten edler Gesichter hochgekommen ist, tut es weh, einen Anblick zu ertragen, der weit unterhalb dieses Niveaus liegt. Mrs. Pugh mochte für manch einen nicht mit Gold aufzuwiegen sein – obschon, was mich betrifft, ich würde für die alte Fledermaus keinen Halfpenny geben –, aber sie verkörpert nicht gerade ein Modell, daß ein Maler darauf aus wäre, es in Öl festzuhalten. Es sei denn, der betreffende Künstler sei auf Schockwirkung aus, wie etwa Hogarth oder Hieronymus Bosch. *Grausig*.

Weswegen ich die Dinge in die Hand genommen habe. Als die einzige, die der Sache gewachsen ist. Und von den Gästen sind bislang keinerlei Klagen gekommen.

»Komisch, ist es nicht so«, spreche ich es abermals aus, »ohne Boyo, was?«

»Huh – du bist imstande, Boyo auch noch in deinen Flitterwochen zu vermissen!« versuchte Mavis ein Witzchen zu reißen.

»Es gibt in diesem Haus nur eine Person, die an Flitterwochen interessiert ist, Miß Heiße Höschen«, ich äußere dies, indem ich meine Augen auf ein in der Pfanne bruzzelndes Frühstückswürstchen gerichtet halte, um dieses sodann mit der Gabel aufzunehmen und es meiner vor Wut kochenden Schwester bedeutungsvoll unter die Nase zu halten. »Schwach, damit du es weißt! Deine Argumentation entbehrt in bedauernswerter Weise der gedanklichen Schärfe und Imagination! Dem wäre mitnichten so, wenn Boyo hier wäre, der besitzt nämlich soviel Geist, um jegliche Konversation auf ein bestimmtes Niveau zu heben!«

»Also, nun kommt!« mischt Mrs. Pugh sich ein.

Blodwen sinkt auf einen Küchenstuhl nieder, hält sich den Bauch und sucht ein Stöhnen zu unterdrücken.

»He, Blod...« Selbst Mavis wirkt besorgt, obgleich sie nicht der Star der Show ist. »Geht's denn wieder?«

»Das kann man doch sehen, daß dem nicht so ist. Verfüg dich ins Bett, Blodwen. Wir kommen auch ohne dich zurecht!« Ich unterstreiche meinen Befehl mit einem Wedeln der Gabel.

Und sie erhebt sich, scheint mir tatsächlich Folge leisten zu wollen.

Ich fülle die Wärmflasche mit heißem Wasser. Wir haben füreinander jahrelang die Wärmflaschen gefüllt – nichts ist tröstlicher als eine Wärmflasche im Bett, wenn man krank ist. Mavis meint zwar, dies sei kindisch. Doch das ist nur ein weiterer Beweis ihrer Fühllosigkeit.

In Blodwens Augen stehen Tränen, als ich ihr die kochendheiße Gummiflasche überreiche.

»Hier, wickle das drum, damit du dich nicht verbrennst.« Ich reiche ihr den wollenen Sweater, den ich ausgezogen habe, als ich mit der Frühstückszubereitung begann. Dabei halte ich mit einem Auge den Inhalt der verschiedenen Bratpfannen unter Kontrolle, darauf achtend, daß mir nichts verbrennt. »Versuche zu schlafen«, sage ich. »Du brauchst dir wegen nichts Gedanken zu machen.«

»Sie ist arm dran«, bemerke ich, nachdem sie gegangen ist. »Sie sieht in den letzten Wochen verdammt schlecht aus. He! Mavis, halt gefälligst das Tablett gerade! Auf diesen Teller da gehört noch etwas Frühstücksspeck.«

Kaum daß Blodwen sich entfernt hat, hat Mrs. Pugh die Gelegenheit benutzt, sich unseren Gästen zu präsentieren, indem sie Porridgeschüsseln und Grapefruitteller abräumt. Sie witscht gern einmal in den Speiseraum, wenn man sie nur läßt. Es versetzt sie in Entzücken, uns hernach damit zu regalieren, wie der und der doch seit dem letzten Jahr gealtert sei oder wie sehr die Kinder der Stammgäste gewachsen seien. Mit solchen banalen Dingen eben.

»Also so was, also so was!« kommt sie im Augenblick geschäftig hereingewieselt, um mit ihren knochigen Ellbogen nach allen Seiten hin herumzufuhrwerken. »Wer hätte das gedacht, daß Mrs. Cadog Rhys innerhalb von zwölf Monaten derartig altern würde. Also, Tatsache! Es ist keine Übertreibung, wenn ich sage, daß ich das arme Ding kaum erkannt habe. Aber was diesen hübschen Jungen, den kleinen Samson Evans angeht, der ist vielleicht gewachsen, was! Ich habe ihn gebeten, für mich aufzustehen. Er reicht mir bereits bis an die Schulter! Und ist erst neun Jahre alt! Ein hübscher Junge!« Sie stellt geschwind das leere Geschirr ab, um sofort nach Mavis' großem Tablett mit dem Gebratenem zu greifen. »Ach, laß mich das machen, sei ein gutes Kind! Ich möchte weiteres darüber hören, wie der arme alte Llewellyn Hughes mit seinen Hämorrhoiden zurechtkommt.«

»Das paßt ja ausgezeichnet zu Eiern und Speck, Mrs. Pugh«, kommentiert Mavis die Sache.

Mir geht es durch den Sinn, wie unheimlich toll sie trotz ihres Katers aussieht, verglichen mit mir neulich. Jegliche Verdrossenheit spiegelt sich auf Mavis' Gesicht als sinnlicher Ausdruck wider. Das hat etwas mit ihren dunkelgetönten Lidern und schwarzen Wimpern zu tun und mit der Art, wie diese ihre hellen Augen verschatten. Daß sie diesen Schmollmund zieht, das macht diesen nur noch küssenswerter.

Mrs. Pugh umschwänzelt sie, sichtlich bereit dazu, ihr das Tablett mit einem Feuerwerk an Worten abzuschwatzen. Wenn Boyo nicht gegenwärtig ist, erweisen wir uns sämtlich als unangenehme Heuchler.

»Ich mußte ihm ein nettes weiches Kisselchen unter seinen Hintern schieben«, führt Mrs. Pugh zu ihrer Rechtfertigung aus. »Ich war die einzige, die daran gedacht hat. Dabei ist so etwas eine simple Tat christlicher Nächstenliebe. Du solltest dich schämen, Madame! Wo der alte Llewellyn Hughes seit Jahren hierher auf Urlaub kommt. Er hat gesagt, das sei zum erstenmal, daß er, seit er da ist, bequem am Tisch sitzen kann.« Und indem sie sich umwendet, bezieht sie mich in ihre Schelte ein: »Ihr jungen Dinger solltet daran denken, Kissen anzubieten!«

»Allen, Mrs. Pugh?« gebe ich mit unschuldigen Kulleraugen zurück. »Oder nur jenen, die an – an was noch gleich leiden – an Hämorrhoiden? Und wie sollen wir wissen, wer welche hat?«

»Ja, wie bloß –?« kichert Mavis.

Mrs. Pugh ist mittlerweile wutschnaubend ob unseres kindischen Betragens mit Mavis' Tablett abgezogen.

Mit diesem Kichern hat sich Mavis zum erstenmal – ich weiß nicht, seit wie langem – auf meine Seite geschlagen. Wenn die anderen nicht dabei sind, kommen wir zu gewissen Zeiten ganz gut miteinander aus, aber ich könnte mit ihr nie so vertraut sein wie mit Boyo oder mit Siriol. Zudem haben wir verschiedene Wellenlängen, was die witzigen Komponenten des Lebens betrifft. Mavis findet zum Beispiel keinerlei Gefallen an schwarzem Humor, wie ich das tue. Sie vermag nicht die tragischen Aspekte des Lebens umzudenken, indem sie sich über deren komische Seiten klar wird. Sie wäre eine ziemlich fade Triene, wenn sie nicht so verdammt dekorativ wäre. Gesetzt den Fall, sie würde so durchschnittlich aussehen wie die übrige Menschheit, dann müßte sie sich wesentlich mehr anstrengen, amüsant zu sein. Diejenigen, denen sowohl Schönheit als auch Geist in die Wiege gelegt werden, sind die Ausnahmen. Wie etwa Boyo.

Ich seufze, während ich an ihn denke. Und ich bin gerade dabei, jene Glanzpunkte unserer Ausgehnacht in meinen Gedanken wieder heraufzuholen, als Mavis mich danach fragt, wie man eigentlich erkennt, daß man Hämorrhoiden hat.

»Wenn du deine Nase in so viele medizinische Werke stecken würdest, wie ich dies tue, müßtest du die Frage nicht stellen«, erwidere ich ihr schulmeisterlich.

Aber sie schreckt das überhaupt nicht.

»Warum sollte sich auch nur irgend jemand in unserer Familie mit Wissen herumplagen, wo wir doch ein Genie in unserer Mitte haben, das uns über das Gelbe im Ei aufzuklären vermag!«

Ich suche ihre erregten Gesichtszüge nach einer Spur von Boshaftigkeit ab, finde indes keine.

»Sie ähneln schwarzen Weinbeeren«, gebe ich zurück.

»Wie bitte –?«

»Sie ähneln schwarzen Weinbeeren«, wiederhole ich, »oder in Extremfällen sind sie mit ganzen Weintrauben zu vergleichen.«

»Also nicht den hellen?« Mavis hat auf Anhieb kapiert. Wunder über Wunder!

»Genau.« Ich mache mich daran, weiterhin auszuführen: »Äußere Blutaderknoten ähneln schwarzen Weinbeeren und treten zumeist an einer Seite des Anus auf. Nicht zu verwechseln mit einer Darmausstülpung. Dies ist eine unangenehme Sache, bei welcher der Darm nach außen vorsteht...«

Mavis hält sich in diesen Augenblicken ein Auftrockentuch vor den Mund. Ihre Stirn – mehr kann ich von ihrem Gesicht nicht sehen – ist gerunzelt.

»Die Diagnose beider Gegebenheiten ist relativ einfach. Während Blutaderknoten, auch Hämorrhoiden, pflaumenfarben sind –«

»Oder die Farbe von Weinbeeren haben –«

»Richtig, Mavis«, ich lächele ihr anerkennend zu, schließlich weiß ich, wie schnell sie gekränkt sein kann, um fortzufahren: »– ist das Hautgewebe im anderen Falle rosa.«

»Wie – wie Pfefferminzzucker?«

»Nun«, mache ich mit Bedacht, denn es ist jetzt besser, ihre wilde Fantasie zu zügeln, »eigentlich mehr wie die Fingerspitze eines Chirurgenhandschuhs, hätte ich gesagt, wenn auch nicht so schlabberig.«

»Ah.« Mavis nickt altklug. Ich kann erkennen, da sie das Auftrockentuch gesenkt hat, daß sie diesen lebhaften Gedankenaustausch zu schätzen weiß. Vielleicht wäre es ganz angebracht, die Vervollständigung ihrer Erziehung ins Auge zu fassen, ihr beizubringen, wie man locker eine Konversation in Gang bringt, diese unbeschwert führt. In jener Weise, in der Boyo meinen Eintritt in die Welt der Erwachsenen betrieben hat, meinen Schritt auf die Nachtseite des Lebens.

Ich seufze jetzt, da die medizinische Erörterung zu Ende ist, abermals auf. Nicht daß ich bei einem solch faszinierenden Thema leicht passen würde. Im Gegenteil. Der Körper und seine Funktionen, die sind eine Obsession, die Zeus Bowen und ich teilen. Eine bevorzugte Lektüre von uns war immer das Symptome-Lexikon. Erotika für die Waliser, so hat er es genannt. Eine fesselnde Lektüre. Und noch dazuhin voller poetischer Passagen, wie etwa über die allergische Rhinitis oder den *Tic douloureux*, das Gesichtsmuskelzucken, oder die Kiefersperre, die Schüttellähmung oder die bescheidenere Zahnfleischentzündung. Wir waren jedesmal davon entzückt, von dem aus jenen Zeilen sprechenden philosophischen Fatalismus. Opfern von Tinnitus wurde geraten, sich des Ohrenklingens dadurch zu entziehen, daß man dieses ignoriere. Es handle sich um nichts weiter als um harmlose, persönlich empfundene Hintergrundgeräusche. Ohrenschmalz müsse entfernt werden. Die Behandlung sei einfach, bisweilen aber erfolglos. Hätte die Jungfrau von Orleans das Symptome-Lexikon gelesen und sich dafür entschieden, die fordernden Stimmen in ihrem Hinterkopf als harmlose, persönlich empfundene Hintergrundgeräusche abzutun, wäre ihr wohl der Scheiterhaufen erspart geblieben.

»Du seufzt heute morgen eine ganze Menge, Bo.«

»Das brutzelnde Fett hat meine Riechnerven gereizt, ich versuche, Luft zu kriegen.«

»Echt?«

»Nein, das ist nicht wahr.« Das Bedürfnis überkommt mich, Mavis alles über den *No-Name*-Club zu erzählen. Wenn Boyo hier wäre, könnte ich mit ihm die Dinge durchhecheln. Siriol ist mit ihrer Familie in Frankreich, die Glückliche. Ihre Abreise geschah ganz unerwartet, bevor ich überhaupt mit meiner Mitfahrt auf dem Motorrad protzen konnte, von den anderen Dingen gar nicht zu reden.

»Nein, das ist nicht wahr. Ich denke gerade daran, wie schade es ist, daß Boyo nicht hier ist. Ich möchte wetten, daß er heute abend nicht zurückkommt. Ich möchte sogar wetten, daß er die ganze Woche abgängig sein wird.« Das Gemaule, in das ich falle, hört sich kindisch an: »Gerade, als ich dabei bin, gesellschaftlich abzuheben. Er hatte mir versprochen, mich heute abend wieder mitzunehmen.«

»Er wird, wie ich vermute, zurückkommen, Herzchen.« Mavis läßt ihren Blick über mein Gesicht hingehen. Ich werfe mein Haar mit einem Kopfrucken zurück. Ich trage es wie jene Politiker, die wie kleine Schuljungen herumlaufen.

»Komm, laß mich das machen.« Mavis legt mir die widerspenstige Strähne ordentlich hinters Ohr zurück. »So wie du dein Haar in diesem Sommer trägst, sieht es klasse aus. Du wirst unter all den Jungs in Oxford die Sensation sein. Wie ist eigentlich das Verhältnis – fünfundzwanzig männliche auf ein weibliches Wesen?« In ihrer Stimme schwingt, als sie das sagt, Sehnsucht mit.

Jemandem wie Mavis, die großen Wert auf solche Dinge wie Karriereaussichten und Geld auf der Bank legt, muß ich beneidenswert erscheinen, da ich Gelegenheit haben werde, unter den erlauchtesten Geistern Großbritanniens zu wählen, bevor auch nur irgend jemand die Chance hat, sie sich zu krallen, bevor sie voll erblüht sind, um auf die Gesellschaft losgelassen zu werden. Aber was mich betrifft, ich lache nur.

»Ich weiß nicht, wie das mit dem dämlichen Verhältnis ist, ich habe mich noch nie damit beschäftigt. Ich will dir was sagen, Mave«, ich fühle mich zwar in diesem Moment kühn beschwingt, senke aber dennoch meine Stimme, damit die alte Pughie mich nicht hören kann. »Wetten, daß wo immer ich auch in Oxford hinkomme, was immer ich auch tun werde, sich nichts mit dem *No-Name*-Club vergleichen kann?« Damit breche ich abermals in Lachen aus, hätschle in Gedanken meine Erinnerung daran und spanne Mavis derartig auf die Folter, daß sie mich noch darum bitten wird, ihr mehr darüber zu erzählen. Was also gleich geschieht. Aber ich muß vorsichtig sein. Wenn ich schon die Katze aus dem Sack lasse, soll dies zumindest unter Ausschluß der Öffentlichkeit vor sich gehen.

»Schau«, sage ich rasch, bevor Mrs. Pugh zurückkommt, »wenn du mir dabei hilfst, die Kartoffeln fürs Mittagessen zu schälen, und mir noch bei ein paar anderen Dingen zur Hand gehst, nachdem wir mit dem hier fertig sind, dann mache ich die Zimmer mit dir. Wir zwei werden mit den Betten ums Umgucken fertig sein. Und ich habe Gelegenheit, dir die bluttriefenden Details zu erzählen.«

»Wer hätte das gedacht – Mrs. Gwen Evans ist fünf Jahre jünger als ich! Habt ihr das gewußt, Mädchen? *Jünger* als ich! Und sie sitzt da drinnen und ist nichts weiter als Haut und Knochen. Sie hat Krebs, würde ich sagen. Elijahs Schwester, die ging den gleichen Weg. Als es mit ihr zu Ende kam, sah sie furchtbar aus. Nicht daß ich zu Mrs. Evans etwas gesagt hätte, das dürft ihr mir glauben, aber wenn ich so daherkäme, wie sie, würde ich doch ein bißchen mehr auf mich achten. Bestimmt, das würde ich.« Mrs. Pugh kneift die Lippen zusammen, als ob sie sich dieserhalben selbst ein Versprechen gäbe. »Ach, und das junge Paar am Fenster, das möchte noch eine Kanne voll Tee. Befinden sie sich in den Flitterwochen? Sie schweigen egal weg vor sich hin. Sie haben kein Wort miteinander gesprochen, solange sie dort sitzen. Aber ich bin zu ihnen hingegangen und habe sie gefragt, ob alles nach ihren Wünschen sei. Dabei habe ich die Teekanne angefühlt, ob diese noch warm ist. Sie war eiskalt. Mache ihnen eine frische Kanne voll, Mavis, Herzchen, sei ein braves Kind. Man muß guten Willen zeigen, ist es nicht so, Boadicea? Ist der Toast fertig? Die Leute warten darauf. Puh!« Sie reibt sich mit der Rückseite ihres Handgelenks über die Stirn, genießt sichtlich jede Sekunde ihres Servicedienstes, obschon sie gewiß bereits innerlich auf dem Sprung ist, sich zu beklagen, daß wir sie ausnutzen.

»Was ist, Mrs. Pugh?« frage ich in vorgegebener Besorgnis. »Sind Sie auch sicher, daß Ihnen die Lauferei nicht zuviel wird? In Ihrem Alter sollten Sie es ein wenig langsamer angehen lassen. Lassen Sie Mavis das alles machen, dazu ist sie da. Sie bleiben in der Küche bei mir. Das ist doch besser so, nicht wahr, Mavis?« Ich schiele aus den

Augenwinkeln verschmitzt zu Mavis hin. Aber diese ist offensichtlich nicht daran interessiert, Mrs. Pugh auf die Schippe zu nehmen. Sie scheint vielmehr so geistesabwesend, daß es ihr gar nicht bewußt wird, wie viele Teebeutel sie dem jungen Paar in die Kanne tut. Ich kann nur hoffen, die Flitterwöchner mögen starken Tee, denn auch ich habe die Kontrolle darüber verloren, wie viele der perforierten Teekissen sie mittlerweile in den Pott hat fallen lassen. Gleich wird sie sich mit dem heißen Wasser aus dem elektrischen Kocher verbrühen. Aber ich zweifle daran, ob sie dieses überhaupt merken würde. Sie ist mit ihren Gedanken bei mir. Zum erstenmal ist das Objekt ihrer Neugierde nicht sie selbst. Ich weiß auch, was sie denkt – wie kommt es, daß dieses Küken jene aufregenden Dinge erlebt, und dies auch noch unter meiner Nase, während ich mich durch diesen Sommer wie durch all die Sommer zuvor treiben lasse und auf Mr. Richtig warte? Vielleicht kann mich diese Göre etwas lehren, das sie einmal nicht aus ihren dämlichen Büchern hat.

Mavis wird warten müssen, um zu sehen, wieviel.

8. Kapitel

»Du willst mir doch nicht erzählen, daß du echt gestrippt hast, Boadicea!«

»Ich zog mein Oberteil aus und zeigte meine Titten«, erwiderere ich munter. »Ich war dazuhin noch ziemlich stolz auf sie. Im *No Name* sind die Wände fast alle verspiegelt, und zwar mit Mattglas. Ich konnte mich in vielfacher Brechung sehen. Ich hätte ja alles gezeigt, aber es war schon zu spät, und die Leute hatten mir so viele Drinks spendiert, daß ich sowieso nicht mehr in der Lage dazu gewesen wäre, mich noch weiter auszupellen. Nicht ohne fremde Hilfe jedenfalls, und das wäre ja witzlos gewesen. Boyo mußte mich ausziehen, nachdem wir zu Hause waren, und mich zu Bett bringen…«

»Boadicea!«

»Ja bitte, Mavis?«

»Ich muß schon sagen!«

»Was?«

Ich genieße das Gespräch richtig. Es macht zehnmal mehr Spaß, als ich das erwartet habe. Echt Spitze. Mavis, so sinne ich, erweist sich als dankbarere Zuhörerin, als Siriol dies gewesen wäre. Mir wird klar, daß ich jahrelang auf die Wonnen verzichtet habe, mit ihr die Geheimnisse meiner Schandtaten zu teilen. Wenn ich mich nicht in acht nehme, finde ich mich plötzlich dabei, wie ich mich Mavis gegenüber offenbare. Wie ich ihr die schrecklichen Geständnisse meiner unzüchtigen Abenteuer anvertraue, die ich hatte, als jedermann annahm, ich stecke meine Nase nur in meine Bücher und hege keinerlei Interesse an der männlichen Physis.

Mavis ist dabei, sich verschwenderisch mit Barbie Roosevelts Parfüm einzusprühen. Der Duft driftet durch den Raum – kräftig, rassig, zur jähen Verführungsattacke bestimmt. Aber in meiner Ecke, da kommt er nicht richtig zur Wirkung. Ich bin soeben dabei, den Spiegel auf den ich ›Sparkle‹-Reiniger aufgetragen habe, zu polieren. Was mich betrifft, ich ziehe den ›Sparkle‹-Geruch dem des Parfüms vor. Er erinnert mich an Schwimmbäder, setzt in mir Visionen an Knaben frei, deren ›Knüppelchen‹ sich prall unter ihren Badehosen abzeichnen und die sich dieses Umstandes scheu bewußt sind. In diesem Geruch liegt für mich mehr Sex beschlossen als in den Essenzen, die man aus reifer Flora preßt.

Wie üblich bin ich diejenige, die die ganze Arbeit tut. Mavis probiert, während sie gierig meinen Worten lauscht, Barbie Roosevelts Garderobe an. Ich bezwinge in mir die Befürchtung, die betreffende Dame könne überraschend eintreten. Wenn es in diesem Augenblick geschähe, würde sie des reizenden Anblicks teilhaftig werden, Mavis in ihrem teuersten Stück zu sehen. Jenes, das selbst diese Schlampe in einer Klarsichthülle aufbewahrt. Es handelt sich um ein perlweißes Futteralkleid aus Satin mit einem winzigen, perlenbestickten Bolero – so richtiger Cocktailfummel für Uptown-Manhatten, wenn man den Televisionsserien Glauben schenken darf. Mein Fall wäre es nicht, und es entspricht auch nicht unbedingt Mavis' Typ. Es ist zu bieder für ihre exotische Erscheinung. Dennoch, Mavis sieht darin sensationell aus! Wann tut sie das nicht? Und mittlerweile hat sie auch entdeckt, daß Barbie Roosevelt dieselbe Schuhgröße hat wie sie. Nicht etwa wie ich. Meine Füße haben Bootsgröße. Für mich besteht nicht die leiseste Möglichkeit, mich in diese Aschenputtel-Schühchen zu zwängen.

Es sieht so aus, als bliebe uns Barbie samt ihren Bälgern den ganzen Sommer über erhalten. Elmer Roosevelt muß aus geschäftlichen Gründen nächste Woche wieder nach Dallas zurück. Barbies Mutter geht es schlechter. Vor drei Tagen hat sie einen Kollaps erlitten und mußte eilends ins Penmawr Hospital gebracht werden. Barbie wirkt jetzt immer nervös und bedrückt. Sie herrscht gereizt ihre Kinder an, was zwischen diesen und der Mutter zu ganz ungewohnten Spannungen führt. Die Amerikaner sind ein hoffnungsloser Fall, was die Kindererziehung betrifft. Wir hatten hier zuvor schon amerikanische Familien, und es war immer dasselbe – die Eltern scheuten davor zurück, ihren Kindern etwas zu verbieten. So als ob sie fürchteten, die Zuneigung ihrer Kinder zu verlieren, wenn sie diesen ein wenig Disziplin vermittelten. Was ist denn daran so Wundervolles, ungezogene Fratzen zu haben?

Mavis dreht sich gemächlich vor dem Garderobenspiegel hin und her. Ihre Aufmerksamkeit gilt nicht mehr mir. Was indes nicht lange anhält. Sie umfängt ihre üppigen Brüste, in dem Versuch, diese kleiner wirken zu lassen, mit ihren Händen. »Ich habe deinen Busen seit Jahren nicht mehr gesehen«, sagt sie jetzt zu mir und blickt stirnrunzelnd auf ihren eigenen hinab, als ob ihr gar nicht gefalle, was sie da sieht. Sie beklagt sich immer über die Größe ihrer Titten, wo nahezu jedes Mädchen auf der Welt mit ihr in dieser Beziehung tauschen würde! Raquel Welch ausgenommen. Obschon, vielleicht auch nicht mehr. Die Welch ist schließlich über die erste Blüte hinaus. Bei ihr muß es im Profil mittlerweile Hänger geben, eine gewisse Tendenz der lengendären Äpfelchen, mehr der Erde, denn dem Himmel zuzustreben. Was man von Mavis' süperbem Paar gewiß nicht behaupten kann. Oder dem meinen, wenn wir schon dabei sind.

»Och, sie kommen ganz gut voran«, erwidere ich. »Zwar kann ich nicht in deiner Liga konkurrieren, Mavis. Die meinigen sind fast ausschließlich Nippel.« Ich lege meinen Staubwedel beiseite. »Möchtest du sie sehen?« Und ohne darauf zu warten, ob sie ja oder nein sagt, streife ich mein T-Shirt ab und stehe in meinen engen Jeans vor ihr, von der Taille aufwärts sonnengebräunt. Zu meiner Befriedigung bemerke ich, wie die Brustwarzen – dank des Schocks der jähen Entblößung – hart werden. Vielleicht auch macht es der Umstand aus, halbnackt vor meiner strahlendschönen Schwester zu stehen, daß ich erregt bin. Durchaus möglich.

»Süß sind sie – wirklich, so richtig puppig!« Mavis tritt auf mich zu, um meine Brustwarzen mit ihren Fingerkuppen zu berühren. Mich überläuft eine Gänsehaut. »Das sind richtige Jungfrauen-Tittchen. Wie zwei Stupsnäschen.« Mavis fährt mir in einer einzigen Bewegung mit den Kuppen ihrer Zeigefinger vom Kinn über den Hals, um meine kleinen Brüste damit zu umkreisen. Niemand hat diese je so zart berührt, wie sie es tut. Zum erstenmal geht mir auf, von welchen Wonnen womöglich Lesbierinnen miteinander kosten. Mir wollte das allerdings neulich nicht so erscheinen, als mich eine der Tribaden im *No Name* zum Tanze aufforderte. Stur gab ich ihr einen Korb. Jetzt merke ich, daß ich womöglich töricht gehandelt habe. In meiner Natur liegt es nicht unbedingt, auf neue Erfahrungen zu verzichten. Mag auch sein, daß mir die betreffende Dame nicht zusagte. Sie erschien mir für meinen Geschmack zu konventionell. Sie hätte irgendeine von diesen Ehefrauen sein können, die hierher auf Urlaub kommen, indem sie ein marineblaues Hemdblusenkleid über ihrem strammen Korsett trug. Ihr Haar war adrett gedauerwellt und in der Mitte gescheitelt. Eine wohlerzogene Engländerin, wie sie im Buche steht. Später erzählte mir jemand, sie sei Ärztin und besitze eine Praxis in Bath. Der *No-Name*-Club lag mithin ganz schön außerhalb ihres sonstigen Wirkungskreises!

Also, wenn eines von den übrigen Mädels mich aufgefordert hätte, das wäre schon etwas anderes gewesen. Etwa diese Hochgewachsene mit den Grübchen, diese Schauspielerin mit der heiseren Stimme und dem vollen Haar. Auf die wäre ich geflogen. Sie ließ mich von dem Moment an, da ich mit Boyo das Lokal betrat, nicht mehr aus den Augen. Aber sie hatte ihre Freundin dabei, die sie eifersüchtig bewachte, ihr den ganzen Abend über nicht von der Seite wich.

»Ist das nicht die Ursula, wie ist doch gleich ihr Nachname, Boyo?« hatte ich diesen gefragt, sobald ich ihrer ansichtig wurde. Erst am Abend zuvor war sie auf der Mattscheibe zu sehen gewesen.

»Ja, das ist sie«, hatte er entgegnet. »Aber ihr Gesicht ist nicht das einzig berühmte, dem du hier begegnen wirst, Kleines. Nun verbringe also nicht etwa den ganzen Abend damit, mich danach zu fragen, ob das die oder der Soundso ist. Wenn du meinst, es sei diejenige Person, nimm an, sie ist es.« Und damit hatte er mir die Haare zerstrubbelt, mir diese in die Stirn gezaust, um mich anzulachen. »Meine kleine Sternenguckerin!«

Ach, aber es war wunderbar! Ich hatte mich niemals zuvor unter so viel berühmten Leuten bewegt. Und das Wissen darum, daß ich es tat, vermittelte mir das Gefühl, irgendwie selbst wichtig zu sein. Als ob ich dieses Privlegs würdig wäre, als ob ich eine der ihrigen sei. Etabliert und erfolgreich. Ich erkannte, was ich für ein herrliches Leben vor mir hatte. Und zu denken, daß keiner von den Anwesenden auch nur den Schimmer einer Ahnung davon besaß, daß er sich im selben Raum mit der zukünftigen Premierministerin befand! Dieser Gedanke ließ mich innerlich auflachen.

Auch jetzt lache ich innerlich für mich, indem ich daran denke, was Mavis gerade gesagt, daß sie meine Brüste als die einer Jungfrau bezeichnet hat. War es geboten, sie eines anderen zu belehren? So frage ich mich. Um mich an ihrer Überraschung zu weiden?

»Mavis –«, setze ich an.

Doch es sollte nicht sein.

»Telefon!« schrillt Mrs. Pughs Stimme durchs Treppenhaus. Weder Mavis noch ich sagen etwas. Was das Sichbewegen betrifft, das Setzen des einen Fußes vor den anderen, das scheint mir abhanden gekommen zu sein. Mein Körper fühlt sich wie ausgewrungen an, wie paralysiert von jener Gier, die zwischen meinen Beinen lauert. So fühlte ich mich, als es mit Zeus begann und ich noch Jungfrau war. Er pflegte seinerzeit eine Menge mit meinem Nippel zu spielen. Doch als wir in unserer Beziehung Fortschritte machten, zum Grundsätzlichen kamen, zum eigentlichen Dialog, da schien für diese Art von Vorspiel keine Zeit mehr zu sein.

»Telefon! Telefon, ihr zwei da oben – eine von euch kommt besser herunter und nimmt ab!«

»Der Teufel soll sie holen!« zische ich wütend, indes ich mich zu fangen trachte. Ich blicke mich nach meinem T-Shirt um und streife es mir über den Kopf.

Auf Mavis Gesicht liegt der gleiche Ausdruck, wie ihn jene Werbemädchen tragen, die auf Plakaten die Qualität einer Seifenpulvermarke preisen. Die aus extraweichen Wollsachen eine sinnliche Befriedigung zu ziehen scheinen oder ausgekochte Babywindeln an ihre Wangen pressen, wobei sie verzückt in die Kamera lächeln. Für so etwas würde Mavis sich ausgezeichnet eignen. Sie besitzt jene perfekten Eigenschaften, mit denen sich der Absatz, gleich welchen Produkts, heben läßt.

»Besser, einer von uns geht ran.« Ich verlasse hastig den Raum, indem ich mich verwundert frage, warum Mavis keinerlei Zeichen der Befangenheit hat erkennen lassen. Das dürfte nicht das erstemal gewesen sein, daß sie ein Mädchen berührt hat. Gewiß nicht. Sie hat sich zu selbstsicher gezeigt, zu sehr davon überzeugt, daß das Ganze etwas Natürliches sei. Ich hätte gern gewußt, welche von ihren Freundinnen es war. So wie ich ihre gräßlichen Bekannten kenne, ging die Sache bestimmt auf den Einfall eines Mannes zurück. Es gab da nämlich Gerüchte, wonach es hierorts an den Wochenenden bisweilen zu Orgien kam, zu Partnertausch und anderen Vorstadtlustbarkeiten. Siriol hat mir davon erzählt. Sie war dazu von einem Bankangestellten aus Penarth eingeladen worden.

Wenn sie hingegangen wäre, wäre sie womöglich mit meiner Schwester intim geworden. Diese Vorstellung erscheint mir höchst erregend. Während ich die Treppe hinabsause, will es mir scheinen, als ob mein Geist abgehoben hätte. Ich schwebe wie ein Herbstdrachen über der Welt. Adrenalin schießt mir durch die Adern.

»Danke, Mrs. Pugh!« zwitschere ich der giftigen alten Wachtel zu. »Hallo«, gurre ich sodann ins Telefon, »was kann ich für Sie tun?«

Die Stimme am anderen Ende der Leitung klingt gepreßt, nervös. Mir will sie nicht bekannt vorkommen.

»Hallo«, wiederhole ich. »Hier spricht Boadicca Jones.« Nichts vermag mich aus meinen Höhen herabzuholen. Ganz neue Perspektiven tun sich für mich auf. Ich denke, wie erregend es doch ist, vor einer ganz neuen Erfahrung zu stehen. *Mädchen. Frauen. Weibliche Wesen.* Warum war mir das nie zuvor in den Sinn gekommen? Es war keine Einbildung gewesen, daß zwischen mir und der heiseren Schauspielerin neulich eine ganz starke Anziehung bestand. Da ging etwas zwischen uns hin und her, das ganz schön heftig war, ungeachtet der Tatsache, daß wir uns an verschiedenen Enden des Clubraumes befanden. Wäre Boyos westindischer Freund nicht gewesen, der mich den ganzen Abend über mit Beschlag belegte, es wäre etwas geschehen. Vorausgesetzt, ihre Freundin hätte sie für einen Moment aus den Augen gelassen.

Doch was sollte es. Es würde andere Gelegenheiten geben. Und andere Schauspielerinnen, die ohne Zweifel genauso faszinierend waren. Und nicht etwa, daß ich es bereut hätte, die ganze Zeit über mit Boyos Kumpel Darren getanzt zu haben. Er war der beste Tänzer auf dem Parkett. Ebenfalls Berufsschauspieler, wenngleich er keine Singstimme besaß, wie das bei Boyo der Fall war. Es war Darren, der mich indirekt dazu veranlaßte, meinen Semi-Strip zu veranstalten. Als er bei einem lateinamerikanischen Rock sein Hemd auszog, sah ich keinen Grund, warum ich es ihm nicht nachtun sollte. Und keiner der Anwesenden hinderte mich daran, nicht einmal Boyo. Ich glaube, er war eher stolz auf meine Nonchalance. Was ihn betraf, er benahm sich untadelig, achtete sorgfältig darauf, daß ich auch Spaß hatte bei unserem ersten gemeinsamen nächtlichen Ausgehen. Er flirtete nicht mit anderen Mädchen, nichts dergleichen. Hingegen sah er darauf, daß Darrens und mein Glas stets gefüllt war, wenn wir in den Tanzpausen an die Bar zurückkehrten. Er schien mir das Gefühl vermitteln zu wollen, daß er jeden Augenblick für mich da sei, sollte etwas schieflaufen. Was durchaus hätte der Fall sein können, nachdem ich meine weiße Jacke abgestreift und damit begonnen hatte, es auf dem Tanzboden angehen zu lassen.

Nach der Polizeistunde waren noch ein paar richtig harte Burschen eingetroffen. Es handelte sich nicht um Clubmitglieder, wie mir Boyo später erklärte. Ihre muskelbepackten Erscheinungen waren wohl Grund genug gewesen, sie passieren zu lassen. Einer von ihnen warf ein Auge auf mich. Er tippte Darren auf die Schulter, als ob Abklatschtanz sei. Aber Boyo war schon dabei, das zu regeln, versicherte sich der Hilfe einiger Stammgäste.

»Wenn Boyo um den Weg ist, braucht man sich keine Sorgen zu machen«, raunte mir Darren geradezu mit Stolz in der Stimme zu. Darren selbst wirkte eher schmächtig, so, als ob ein Windstoß ihn umpusten könne. Doch ich konnte, während er mich in seinen Armen hielt, spüren, wie muskulös diese waren. Ebenso vermochte ich zu fühlen, wie kräftig sein Körper war, wenn er mich herumwirbelte. Und obschon Boyo genug Unterstützung erhielt, die unerfreulichen Kerle, die mich ernstlich zu belästigen begannen, in die Schranken zu weisen, mischte plötzlich auch Darren mit. Wie er da seine Schwinger austeilte, wirkte er wie ein gefährlicher kleiner Kastenteufel, als eine unberechenbare Kraft, die es zu fürchten galt.

»Aha, Boadicea Jones ist also willens, etwas für mich zu tun?« Die Stimme am anderen Ende der Leitung klingt amüsiert. In dieser munteren Tonlage erkenne ich sie sofort.

»Zeus«, entfährt es mir. »Zeus!« Wobei dieses zweite ›Zeus!‹ sich wesentlich von meinem ersten Ausruf unterscheidet.

9. Kapitel

Wir liegen an unserem verschwiegenen Platz, weitab in den welligen Sanddünen. Der Himmel ist bedeckt. Es sieht aus, als wolle es zum Regnen kommen. Weswegen nur wenige Badegäste sich dort unten am Strand tummeln. Und wäre dem auch nicht so, der Ufersaum vielmehr dicht bevölkert, für Zeus und mich würde das kaum einen Unterschied machen. Keine Menschenseele kommt je hierher. Nicht einmal turtelnde Pärchen oder Liebende wie wir.

Nur daß wir keine Liebenden mehr sind.

Ich bin nackt, meine Kleidungsstücke geben ein komfortables

Kissen unter meinem Kopf ab. Die Hände halte ich im Nacken verschränkt, welcher Umstand meine Flohhüpferbrüstchen nur noch kecker nach oben weisen läßt. Wenn ich an mir hinunterblicke, scheint es, als sproßten sie direkt unter meinem Kinn. Ihre Gipfelchen krönen zwei bleiche, schrumpelige Warzen.

»Flohhüpfer-Titten«, so hat sie Zeus vorhin zärtlich, wenngleich mit unendlicher Traurigkeit in der Stimme, genannt. Ich bin entsetzt ob seiner Wandlung, und dies noch immer, obschon ich ihn bereits zweimal seit seiner Rückkehr gesehen habe. Doch dies ist das erstemal, daß wir beide unter uns sind. Sein Äußeres, und nicht nur dieses, kann einem bange machen. Er hat Gewicht angesetzt, und zwar eine Menge. Bevor er in die Staaten reiste, hätte man ihn als rundlich bezeichnen können, aber mittlerweile war er ausgesprochen fett! Er mußte in der Zeit, in der er weg war, mindestens dreißig Pfund zugenommen haben. Und nichts wie Wabbel, der um seine Hüften lag wie Würste aus bleichem, ungebackenem Brotteig.

Der liebe Herrgott weiß, daß in dieser Bucht Leiber dieser Art jeden Tag in Massen den Sonnenstrahlen ausgesetzt werden. Aber wenn ich daran vorbeikomme, wende ich mich für gewöhnlich ab – aus Rücksichtnahme oder auch Abscheu. Bis daß sie durch Sonnenbräune goûtabler geworden sind. Was indes seine Zeit dauert. Warum bronzebraunes Fett akzeptabler sein sollte als weißes, das hätte ich auch nicht zu erklären vermocht.

Er sieht krank aus, mein Zeus Bowen, schrecklich krank. So, als befände er sich am Rande eines Zusammenbruchs, der sowohl körperliche als auch seelische Ursachen haben konnte. Nicht daß ich befürchtet hätte, er könne wunderlich im Kopf werden, *balabala*, wie unsere Gäste aus dem Norden sagen. Doch ganz gewiß steht er unter einem gewissen seelischen Druck. Und zwar einem solch heftigen, daß er nicht einmal imstande dazu zu sein scheint, diesen durch Tränen zu mildern. Wenn Zeus nicht zu weinen vermag, ist mit Sicherheit etwas nicht in Ordnung!

»Erzähle mir, was los ist«, hatte ich sanft gesagt, nahezu gewispert, während er mich an sich gepreßt hielt. War das erst vor einer Stunde geschehen, nur einer einzigen Stunde? Aber er war nicht fähig gewesen zu sprechen, vermochte kein Wort über die Lippen zu bringen. Bis ich schließlich in der einsamen Dünenlandschaft zu brüllen anfing, ihn anflehte:

»Bitte, sag mir, was los ist... bitte... bitte...«

Doch es erfolgte keine Antwort.

Da war es denn, daß ich beschloß, ihn zu verführen.
Ohne Erfolg.
Nun, da ich hier ausgestreckt liege, indes meine Hände nicht mehr länger hinter meinem Kopf verschränkt sind, sondern müßig mein spärliches Schamhaar kraulen, da frage ich mich, wer von uns beiden eigentlich auf der Verabredung bestand. War ich es gewesen? Hatte ich darauf gedrängt? Hatte ich ihm inbrünstig eingegeben, daß ich ihn einfach treffen müsse, oder der Himmel mochte wissen, was, so daß der arme Karl entgegen seinem Willen hierher kam? Wurde dieses Fiasko auf eine solche Weise in die Wege geleitet? Ich werfe einen Blick auf meine Armbanduhr. Schließlich kann ich nicht den ganzen Nachmittag hier vertrödeln! Ich werde zurückerwartet, da ich das Abendessen vorbereiten muß. Aber ich kann ihn in diesem Zustand nicht allein lassen. Und, wenn wir schon dabei sind: Mir selbst erscheint im Augenblick das Alleinsein unerträglich. Ich bin ziemlich durcheinander. Dieser... dieser Tolpatsch hier neben mir, dieses tierhafte Objekt, das sich da an meiner Seite breitmacht, soll die Liebe meines Lebens sein? Und war ich umgekehrt nicht die seine gewesen?
Was war bloß falschgelaufen? Geht es so, wenn die ›Liebe zum Fenster hinausfliegt‹? Daß keine Kommunikation mehr entsteht, keinerlei Kontaktaufnahme mehr möglich erscheint? Daß es ist, als ob wir zwei einander nie gekannt hätten?
Die Situation hat mich überwältigt, jener merkwürdige Umstand, daß ich mit jemandem zusammen bin, von dem ich stets angenommen habe, daß er mein *alter ego* sei, und der mir jetzt nichts mehr zu sagen zu haben scheint. Ich vermute, daß jenes wehe Gefühl in der Herzgegend, das ich empfinde, den Kummer ankündigt, der über mich hereinbrechen wird. Wenn jemand hier ein Recht auf Tränen hätte, dann wäre ich das wohl. Indes, an diesem Punkte des Spiels hege ich noch immer Hoffnung. Ich suche nach einer Stelle, wo ich ansetzen könnte, nach der Möglichkeit, meinen Geliebten wieder in seine frühere Leidenschaftlichkeit einzusetzen.
»Bist du mir in Amerika treu gewesen, Zeus?« Diese Frage hatte ich mir geschworen, nie und nimmer zu stellen. Die ganze Zeit über, da er weg war, war ich mir sicher gewesen, daß ich mich würde im Zaum halten können. Und es ist nicht so, daß ich es jetzt wissen möchte. Gott, es ist mir doch egal, wie viele homogenisierte amerikanische Pussys er gebumst hat! Wenn nur die Dinge zwischen uns noch herzlich und gefestigt wären!

Doch das einzige, was er tut, ist, düster vor sich hinzustarren. Er antwortet nicht, reagiert nicht auf die Frage aller Fragen. Jene, über die wir uns so viele Stunden amüsiert haben, bevor er wegging. Vielleicht fühlt er sich zu schuldig, wegen seiner amerikanischen Frivolitäten, um mir ins Gesicht sehen zu können. Vielleicht ist das der Grund für seinen Kummer. Wenn dies der Fall sein sollte, muß ich ihm klarmachen, daß ich ihm vergebe. Er muß sie mir nicht eingestehen. Die Akten darüber sind geschlossen. Geständnisse braucht es nicht.

»Ich bin dir nicht böse, wenn dem nicht so war, Zeus.« Ich zwirble und entwirre mein Schamhaar, gleich einem Kind, das mit dem kostbaren Haar seiner Puppe spielt. Meine nervösen Bewegungen erregen seine Aufmerksamkeit. Hätte er es gern, wenn ich masturbieren würde? So frage ich mich. Würde das hilfreich sein? Meine Klitoris ist noch von unserer vorhergegangenen Begegnung geschwollen, als ich versuchte, Zeus' schlappen Penis zum Leben zu erwecken.

Wenn ich daran denke, daß wir stets Angst hatten, dieser könne einmal die Nähte seiner Hosen sprengen! Wie sein Donnergott schon beim ersten Anblick meiner Person auszuschlagen begann, ohne daß ich zunächst auch nur ein Kleidungsstück abgelegt hatte!

»Wenn dir die Nähte platzen, Zeus Bowen«, pflegte ich ihn zu warnen, »ich flicke sie nicht wieder zusammen, das brauchst du gar nicht zu denken!«

»Oh, aber du würdest doch gewiß einem Mann einen kleinen Gefallen tun, oder nicht, Boadicea? Und dazuhin auch noch einem, der dir soviel beigebracht hat...«

Man stelle sich das vor: Um dieses Schmeichlers willen zog ich fürderhin jedesmal mit Nadel und Faden im Sack zu unseren Treffen los! Zwar hatte ich niemals vorgehabt, diese auch zu nutzen. Ich tat es einfach zum Spaß. Und wir amüsierten uns denn auch weidlich darüber. Es wäre ohnehin zu vermuten gewesen, daß Dilys, sein Eheweib, die Stiche einer anderen Frau in der Hose ihres Mannes entdeckt hätte. Über derlei Kleinigkeiten pflegten Missetäter nicht selten zu stolpern.

Obschon meine Klitoris blutgefüllt ist, bin ich noch immer trokken. Die Seeluft trocknet aus, Gäste, die hierherkommen, beklagen häufig, daß dies bei ihrer Gesichtshaut geschähe. Und ich liege ihr vollkommen ausgeliefert. Meine Beine sind im äußersten Winkel gespreizt. Dem armen Zeus, der, wenn wir uns erheben werden, um diese Mulde zu verlassen, Mühe haben wird, sich auf die Beine zu rappeln, muß ich geradezu als Supersportlerin erscheinen. Doch in diesen Augenblicken ist mir gar nicht danach, mich auf den Nachhauseweg zu machen. Ich möchte überhaupt nicht mehr nach Hause, wenn dies bedeutet, daß ich nie mehr mit Zeus hierherkomme. Irgendwo in den Tiefen meines Gehirns beginnen sich Tränen zu sammeln. Es ist nur eine Frage der Zeit, bis mir diese durch die Augen siepen.

Wie um die Dinge noch zu verschlimmern, ist mir Sand ins Möschen geraten. Echt gut. Das ist gerade das, was eine Verführerin brauchen kann! Ich spucke mir auf Zeige- und Mittelfinger, um meine Hand abermals nach unten zu führen.

Und ich fasse einen Entschluß.

»Ich stehe auf, Zeus. Aber du rührst dich gefälligst nicht von der Stelle.« Anmutig richte ich mich auf meinen Knien sodann ganz auf, und dies in einer ungebrochenen Bewegung, als ob ich eine Tänzerin sei, die eine Figur ausführt. Das wird er mögen. Dabei drehe ich in voller Absicht eine Halbpirouette, so daß er den raschen Anblick meines hochgereckten Pos empfängt.

O Zeus... Zeus... mein Liebling... begehre mich doch wieder...

Eine Woge der Verzweiflung überschwemmt mich. Ich stehe hochaufgerichtet über jener Person, die ich in diesen Augenblicken mehr als alles auf der Welt begehre, und liebkose mich selbst. Dennoch sieht es so aus, als ob selbige dabei sei, zu entschlummern...

Mir kommt der Gedanke, daß Zeus auf etwas drauf sein könne, einer Droge, einer Spezial-Dope, die er in den Staaten kennengelernt hat. Das würde alles erklären. Die Blässe seiner Haut, seine emotionale Indifferenz mir gegenüber, seinen Mangel an Energie. Zudem wäre damit seine Impotenz verständlich, eine Impotenz, die so gar nicht zu dem Mann paßt, den ich kannte und liebte. Aber wen soll ich in dieser Angelegenheit um Rat fragen? Soll ich etwa seine Ehefrau aufsuchen und sagen: »Entschuldige, altes Mädchen, aber wie findest du deinen Gatten, seit er aus den Vereinigten Staaten zurück ist? Da ist beim Bumsen nicht mehr viel los, was?« Und wie sollte Dilys darüber überhaupt Bescheid wissen? Diese zwei hatten nichts mehr miteinander, seit sie aus der Arche Noah trat und den Knaben Zeus verdarb!

Aber ich kann die alte Blodwen fragen, ob sie Zeus verändert findet. Sie hat ihn häufig gesehen, wenn er bei uns zu Besuch war. Sie war Zeus all die Jahre hindurch, seit mein Vater starb, der Zeus' Schreibversuche ermutigte, eine gute Freundin. Wenn die alte Blodwen wüßte, welch wichtige Rolle sie in unserer Affäre spielte!

Wie oft hat Zeus scheinbar zufällig vorbeigeschaut, um mit Blodwen zu plaudern, eine Tasse Tee und ein Stück Kuchen zu nehmen. Um sich sodann zu meinem Zimmer zu stehlen, wenn sie dachte, daß er sich bereits getrollt hätte. Das ist der Vorteil, wenn man in einem weitläufigen alten Haus wohnt, wie wir dies tun. Darin gibt es massig Möglichkeiten, sich gegen die Regeln zu verhalten.

Doch mein Geist ist zu glücklicheren Tagen zurückgewandert. Ich hänge mir meine Klamotten wieder an den Leib, weil dieser mittlerweile erschauert. Und lege mich abermals in den rasch abkühlenden Sand, kuschele mich wärmesuchend an die lebendige Leiche, die da hingelagert ist.

Zeus schläft.

Indem ich zärtlich seine Lippen küsse, suche ich den Triumph des Geistes über die Materie zu demonstrieren. Doch wie sehr ich mich auch anstrenge, ich kann mich nicht dazu überwinden, jene Schnaufer fauligen Atems, die mir ins Gesicht geblasen werden, als romantische Beflügelung zu verstehen. Gleichviel, ich liebe dieses abstoßende Warzenschwein. Ob es mich nun seinerseits schätzt oder nicht.

Es mag ungefähr eine Stunde vergangen sein, als ich aufwache. In panischem Schrecken blicke ich auf meine Uhr. Aber alles ist in Ordnung – ich habe noch eine halbe Stunde Zeit, um nach Hause zu kommen und mit den Vorbereitungen für das Abendessen zu beginnen. Mavis wird schon mitkriegen, daß ich mich etwas verspäte, und die Dinge anlaufen lassen. Ich habe ihr angedeutet, daß ich heute nachmittag eine romantische Verabredung hätte. Mavis adoriert Liebesaffären. Sie wird keine Ruhe geben, um herauszufinden, wer der Betreffende ist. Sie wird es niemals erfahren.

Ich blicke mich um. Zeus Bowen muß Austreten gegangen sein. Er ist nirgendwo in Sicht. Überdies ist sein Jackett weg, wie ich jetzt bemerke. Jener Cordsamtüberzieher, dessen Taschen ausgebeult sind vom Herumtragen all der Notizbücher, Bleistifte, Zigarettenpackungen, der unverzichtbaren Bierdosen und Schokoladenriegel jener Sorte, die ich schätze. Schrecken erfaßt mich. Tränen sammeln sich in meinen Augen, fangen an, mir über die Wangen zu kullern. Kann er sich einfach so davongemacht haben? Zeus, der Mann aller Männer? Ich vergrabe die Hände in den Taschen meines alten Regenmantels, jenes schäbigen Exemplars, das ich trage, wenn ich nicht erkannt werden will. Ich suche nach einem Taschentuch, nach etwas, in das man sich so richtig ausheulen kann. Denn das tue ich mittlerweile. Ich schluchze hemmungslos, lauter und lauter, schreie mit den Möwen um die Wette.

10. Kapitel

»Es ist eine Postkarte von Blodwen gekommen!« Mrs. Pugh ist ganz aufgeregt. Sie hat sie bestimmt schon gelesen, obschon sie so tut, als sei dies nicht der Fall. »Ach, was schreibt das liebe Mädchen?«

Mavis nimmt ihr die Karte aus der Hand. Meine Hände sind voller Hühnerbrüste und -schenkel. Deren Farbe gemahnt mich an die von Zeus Bowens Bauch, wie er sich meinen Augen Wochen zuvor in den Sanddünen darbot. Bei dieser Erinnerung verengt sich meine Kehle irgendwie.

Ich vermisse Zeus Bowen in meinem Leben auf eine geradezu dramatische Weise. Wenn ich in der letzten Zeit nicht soviel zu tun und zu bedenken gehabt hätte, mir wäre Selbstmord in den Sinn gekommen. Wahrscheinlich nicht wirklich ernsthaft. Der Gedanke an Mord hat schließlich meine Gedanken weitaus mehr beschäftigt als der, freiwillig aus dem Leben zu scheiden. Was wohl so eine Art Genesungsprozeß anzeigt. Ich habe die Angelegenheit mit meiner Freundin Siriol durchgesprochen, die bei uns aushilft, seit Blodwen zur Erholung weg ist.

»Siriol, sag mir, ist dir jemals in den Sinn gekommen, jemanden umzubringen?«

Sie zeigte sich schockiert, als ich sie dies fragte.

»Damit spaßt man nicht!«

»Nein, wirklich, im Ernst. Wenn einer deiner Typen dich hat sitzenlassen, weißt du. Warst du dann auf ihn so zornig, daß du ihn hättest abmurksen können?«

Wir kamen, als wir dieses Gespräch führten, gerade vom Einkaufen zurück und trödelten mit Absicht auf der Straße herum, denn Siriol hoffte, einen Blick auf den Drummer der Gruppe tun zu können, die zu der Zeit im *Shingles* auftrat. Man hatte ihr gesagt, daß er im *Garth*-Gästehaus wohne, das in unserer Straße liegt. Wenn wir bei uns Platz gehabt hätten, sie wäre wohl nur zu gern für sein Zimmer mit Verpflegung aufgekommen. Aber in diesen vierzehn Tagen sind wir bis unters Dach belegt und die Gäste wie die Sardinen untergebracht.

Das war natürlich genau der richtige Zeitpunkt für Blodwen, von hier zu verschwinden! Dr. Parry hatte ihr dazu geraten, wegzufahren und sich zu erholen. Sonst würde sie die Sommersaison nicht durchstehen, wie er meinte. Keiner scheint wirklich zu wissen, was mit Blodwen nicht stimmt. Oder wenn es jemandem bekannt ist, dann hat mich dasjenige Scheusal nicht in das Geheimnis eingeweiht. Aber ich war eigentlich glücklich, daß sie ging. Um der Wahrheit die Ehre zu geben: Es ist viel angenehmer, seit sie weg ist. Obschon ich nicht sagen könnte, warum, aber sie hat mir ein Gefühl der Schuld vermittelt, was meinen Weggang betrifft, meinen Umzug an die Universität im September. Ich glaube, sie weiß insgeheim, daß es nie wieder dasselbe sein wird, was mich betrifft. Daß ich selten, wenn überhaupt, hierher zurückkehren werde.

Erst recht, nachdem es zwischen Zeus und mir restlos aus ist. Wenn ich mich in Gedanken so richtig auf den Umstand konzentriere, dann löst sich mein Selbstmitleid in Nichts auf. Das ist dann der Zeitpunkt, da ich Mordgelüste verspüre.

»Du meinst, daß ich dann darauf aus wäre, ihm an die Eier zu gehen?« Siriol kann ziemlich bündig sein, wenn es darauf ankommt. Das ist einer der Gründe, warum ich sie mir zur besten Freundin erkoren habe.

»So in etwa«, erwidere ich mit Bedacht. Es ging mir durch den Sinn, daß ich meine medizinische Bibliothek befragen müsse, ob die gewaltsame Entfernung der Testikel zum Tode des Opfers führt. Ich bin mir dessen nicht sicher, ob qualvolle Schmerzen allein ausreichen, meinen Kummer zu rächen. Oder ob es nicht angezeigt sei, den Betroffenen mit dem Leben bezahlen zu lassen. Über diesen Punkt muß ich noch nachdenken.

»Daran habe ich viele Male gedacht«, versetzt Siriol nachdenklich. »Aber ist es nicht so, daß man sich für eine Gewalttat dieser Art nichts als Scherereien einhandelt? Nach meiner Ansicht, weißt du, würde das Ergebnis den Akt nicht rechtfertigen. Warum soll ich wegen irgendeines blöden Kerls, der nicht in der Lage dazu ist, meinen Wert zu erkennen, ins Kittchen gehen?«

Siriol hat überaus lohnende Ferien in der Bretagne verbracht. Der Wein, der bereits zum Frühstück kredenzt wurde, scheint ihrer Libido in uneingeschränktem Maße förderlich gewesen zu sein. Sie ist zur leidenschaftlichen Frankreich-Liebhaberin geworden. Der Drummer, hinter dem sie her ist, ist Franzose. Deshalb ist sie, wie sie mir erklärt hat, »'eiß auf ihn!«

Doch sie als meine Vertraute zu besitzen, bedeutet für mich eine solche Erleichterung, daß ich ihr jegliche Schwärmerei für irgendeine Nation verzeihe.

»Wie geht es heute morgen deinem gebrochenen Herzen?« hatte sie daraufhin gefragt.

Sie meint, weil ich sie in diesem Glauben gewiegt habe, daß ich während ihrer Abwesenheit eine unglückliche Romanze hatte. Ich habe ihr erzählt, daß, als sie in der Bretagne war, ich mit Boyo den *No-Name*-Club besuchte. Das hat sie automatisch dazu verleitet, anzunehmen, ich hätte die betreffende Person dort kennengelernt. Jene, die mich mittlerweile schnöde verlassen hat. Wegen einer Sache ist sie allerdings erleichtert – daß ich nämlich nicht mehr länger Jungfrau bin.

»Jetzt können du und ich wirklich auf den Putz hauen«, hatte sie gejubelt, als ich ihr die vermeintliche Neuigkeit mitteilte.

Vielleicht brauche ich dies tatsächlich, um von Zeus Bowen loszukommen. Es ist nicht so, daß er um den Weg wäre, ich ihn jederzeit treffen könnte. Er ist oben bei den Edinburgher Festspielen und wird sich dort noch weitere zehn Tage aufhalten. Das habe ich herausbekommen. Ich habe es nicht vermocht, Siriol von Zeus Bowen zu erzählen. Sie könnte sich hintergangen fühlen, daß ich das Geheimnis so lange vor ihr verborgen gehalten habe. Das weiß ich sehr wohl. Und ich bin ihrer tröstenden Schulter zu sehr bedürftig, als daß ich das Wagnis eingehen könnte, unsere Freundschaft aufs Spiel zu setzen. Obgleich Mavis und ich uns einander näher fühlen, als dies je der Fall gewesen ist. Wir gehen miteinander wie richtige Schwestern um und nicht wie Rivalinnen. Aber das ist eben nicht dasselbe. Dabei ist zuviel Familie im Spiel. Siriol ist ein Kumpel. Mir ist es egal, was sie von mir denkt. Und ihr ergeht es wohl umgekehrt nicht anders. Außerdem sind wir im selben Alter. Das ist ein mächtiger Unterschied.

»Lies die Postkarte vor«, verlange ich hinter meinem Hühnerklein hervor. Boyo wird alsbald zurück sein, um dieses zu verarbeiten. Er hat sich zum Zahnarzt begeben, um nach einer Krone über einem seiner Vorderzähne sehen zu lassen, die sich gelockert hat. Siriol hat sich ausgebeten, auf dem Sozius des Motorrades mitgenommen zu werden, das gerissene Luder. Da hat sie Möglichkeit, die Arme um ihn zu legen. Und darauf ist sie aus. Ich weiß schon.

»Es geht mir großartig. Ich ruhe mich so richtig aus. Das Essen hält allerdings den Vergleich mit dem unsrigen nicht aus. Ich vermisse Euch alle und habe Gewissensbisse, daß Ihr arbeiten müßt, während ich nichts tue. Grüße und Küsse, Eure Blodwen.

»Ist das alles?« frage ich, plötzlich gereizt.

»Oh, Gott segne sie«, bemerkt Mrs. Pugh gefühlsselig und reibt sich herausfordernd beide Augen mit einem Zipfel ihrer Kittelschürze, um uns zu zeigen, wie sehr sie an unserer älteren Schwester hängt – mehr als wir.

»Das ist alles.« Mavis dreht die Karte um und betrachtet die Aufnahme auf der anderen Seite. »Macht einen hübschen Eindruck«, stellt sie ohne innere Überzeugung fest.

»Was sieht man darauf?« Mrs. Pugh sitzt erwartungsvoll wie ein Kind, das vom Lehrer eine Märchengeschichte erwartet, auf einem der Stühle und hält eine Tasse Tee in der Hand. Ich lasse das Federviehklein auf den Tisch fallen und schnappe mir von Mavis die Karte.

»Man sieht darauf nur Himmel und Wasser.« Ich blicke triumphierend auf das Foto. »O ja, und im Vordergrund gibt es noch ein paar Blümchen. Zufrieden?« Ich benehme mich schrecklich, ich weiß. Ich möchte damit aufhören, mit Mrs. Pugh in derartig gemeiner Weise umzuspringen, aber ich kann es nicht. Indes, sie ist so dickfellig, sie merkt es gar nicht, wenn man es tut, so beruhige ich mich jedesmal, wenn ich besonders abscheulich zu ihr war. Heute ist im übrigen gar kein Tag danach. Im Gegenteil. Boyo ist zurück und hat einen Freund mitgebracht, der, so wie Siriol, hier aushelfen soll. Mrs. Pugh erhält bezahlten Urlaub. Sie selbst hatte darauf hingewiesen, daß sie seit Jahren keinen Urlaub mehr gehabt habe. Nicht etwa ich, die ich seit langem darauf dränge, daß sie ihn erhält, wie der liebe Herrgott weiß. Gleichviel, ihre Service-Schicht im Speiseraum hat sich ausgezahlt. Einer dieser alten Trottel hat sie eingeladen, ihn nach Hause zu begleiten. Er ist Witwer. Llewellyn heißt er, glaube ich. Der an Hämorrhoiden Leidende.

»Unter uns gesagt«, hatte ich Mavis gegenüber geäußert, als ich von der Einladung hörte, »ich glaube, daß sie mit ihm oben auf seinem Zimmer war und ihm geholfen hat, seine Hämorrhoiden zu pflegen, daß sie ihm seine Schmerzen gelindert hat.«

Aber Mavis, unheilbar romantisch, wie sie nun einmal ist, hat das Gefühl, daß wir Mrs. Pugh womöglich nie wiedersehen werden. Sie meint, das könne mit der Ehe enden. Meiner Treu! Siriol ist ebenfalls der Ansicht, daß dies der Fall sein könnte. Ich habe es übrigens fertiggebracht, die alte Siriol genauso gegen Mrs. Pugh einzunehmen, wie dies bei mir der Fall ist. Doch wenn ich sie mit der alten Fledermaus ebenso scharf umspringen höre, wie ich dies tue, dann verspüre ich einen Stich des Mitleids. Man sollte schließlich Menschen nicht triezen. Weshalb ich womöglich damit beginne, den Daumen zu drücken, daß diese geriatrische *mariage* statthaben möge. Auf diese Weise sind wir die gräßliche Mrs. Pugh ein für allemal los. Dabei vergesse ich, daß ich, die ich von hier weggehe, ja ohnehin von ihr befreit sein werde. Was aber wird mit Blodwen werden? Wie wird sie die Dinge schaukeln, wenn keiner von uns im nächsten Winter ihr mehr zur Hand geht? Was geschieht im nächsten Sommer zur Hochsaison? Hat außer mir noch einer daran gedacht? Schert sich denn keiner darum?

Boyo und Siriol sind zurück. Ich kann das Geknatter des Auspuffs hören. Wie wohl die meisten Anlieger. Heute morgen blieb der französische Drummer, auf den Siriol so scharf ist, vor unserem Haus stehen, um das Motorrad zu bewundern. Doch bevor ich Siriol, die unter dem Dach das Badezimmer säuberte, heruntergeholt hatte, war er – wie schade! – bereits verschwunden. Vielleicht hofft sie, ihn für sich zu interessieren, indem sie auf der Maschine als Klammeräffchen mitfährt. Wie ich Siriol kenne, legt sie es darauf an, zwei Fliegen mit einer Klappe zu schlagen – sich meinen fabelhaften Bruder unter den Nagel zu reißen und sich den Franzmann zu angeln.

Ich frage mich, wie wohl Boyos Freund sein mag? Diesem lag daran, erst in Cardiff Station zu machen, wo er entfernte Verwandte besuchen wollte. »Er ist wohl Halbwaliser, was?« hatte ich Boyo beiläufig gefragt. Wie viele Fremde unsere Pforten auch durchschreiten mögen, ich empfinde, wenn jemand von einem Familienmitglied mitgebracht wird, jedesmal einen Schauer.

»Nein, er ist kein Halbwaliser, Boadicea«, erwiderte Boyo darauf spöttisch. Ich hätte gern gewußt, zu wem sein Freund wohl passen würde? Zu Mavis, Siriol oder mir? Jetzt, da Mrs. Pugh und – ach ja! – Blodwen aus dem Rennen sind.

Boyo und Siriol kommen lachend in die Küche gestürmt, verströmen jene frische Brise, die einen umweht, wenn man Motorrad fährt. Siriol schüttelt ihr langes, sandfarbenes Haar und kraust die sommersprossige Nase. Sie besitzt Augen von einem Grau, das die Kieselsteine in der Kieselstein-Bucht aufweisen. Doch in einem gewissen Licht erscheinen sie grün. Im Augenblick haben sie die zartgrüne Farbe von Flaschenglas. Ob Boyo sie wohl attraktiv findet? Ich vermag ihm diese Frage zu stellen, ohne daß es mich stören würde, wenn er sie mit ›ja‹ beantwortete. Boyo ist schließlich zu schön, als daß ich ihn ganz für mich behalten könnte, und ich spreche gern hinter seinem Rücken mit Siriol über ihn. Wenn man ihr folgt, ist die Inzestrate in den keltischen Ländern sehr viel höher, als dies nach der Statistik anzunehmen wäre. Entgegen der allgemeinen Ansicht müsse die Frucht einer verwandtschaftlichen Beziehung nicht notwendigerweise *Décadence*-Erscheinungen aufweisen, hatte sie mir erklärt.

»Da bin ich aber platt!« entgegnete ich.

»Warum dieses, Bo? Du bist doch schließlich diejenige, die all das weiß, die über derlei wichtige Informationseinzelheiten verfügt. Ich hab's irgendwo gelesen. In dem Artikel wurde ausgeführt, daß in zivilisierten Ländern das Tabu des Inzests den Menschen anerzogen würde, damit das gesellschaftliche Gebäude so, wie es nun einmal ist, nicht ins Wanken gerät.«

»Diesen ganzen Quatsch kenne ich, Siriol«, fiel ich ihr etwas ungehalten ins Wort. »Und du hast es auch nicht irgendwo gelesen. Ich habe es dir erzählt, als wir den ›Hamlet‹ durchnahmen. Erinnerst du dich?«

»Klar, jetzt erinnere ich mich. Nun, das ist ja nichts Neues, daß du alles weißt. Doch wieso –« damit schlug Siriol die Augen in gespieltem Erstaunen zur Decke, »bist du dann platt?«

»Ich bin verblüfft, daß du mir, eine Sekunde, nachdem wir über Boyos Körper gesprochen haben, derlei Fakten unter die Nase reibst.«

»Ja, also, er ist dein Bruder, Boadicea.«

»Na und?«

Siriol hatte daraufhin vieldeutig gekichert, um die Augen abermals zur Decke zu richten und vor sich hinzusummen.

»Siriol Williams, du loses Weibsbild!« Ich starrte sie entsetzt an. Zwar hatte ich ihr den Verlust meiner Jungfräulichkeit eingestanden, was indes noch kein Grund war, Siriol das volle Ausmaß meiner Verderbtheit zu erkennen zu geben. Noch nicht.

»Als ob ich jemals von Boyo in dieser Weise geträumt hätte. Brave Mädchen haben keine fleischlichen Gelüste, was ihre Brüder anlangt.«

»Darauf würde ich wetten!«

»Ehrlich, Siriol, du bist unverbesserlich.«

»Gewiß doch. Gewiß bin ich das. Ich sag' dir was – er sieht besser aus als je zuvor. Das macht der Bart, aber er zieht sich auch anders an. Mehr auf Macho, ist es nicht so?«

»Mehr auf Macho!« Meine Lippen kräuselten sich verächtlich. »Du liest zu viele Frauenzeitschriften. »*Macho* – das kommt ja geradewegs aus dem *Cosmopolitan!*«

Ich habe beschlossen, mit Siriol heute morgen über die Situation zu sprechen, die zwischen mir und Mavis im Zimmer der Roosevelts entstand. Wir befinden uns eben in jenem Raum, um aufzuräumen, nachdem Barbie Roosevelt mit den Kindern zu den Großeltern gefahren ist. Ich möchte meiner Schwester gegenüber nicht illoyal sein, aber ich genieße es, mit Siriol über sexuelle Dinge zu sprechen. Außerdem habe ich das Gefühl, daß wir beide etwas übererregt sind, was die Ankunft von Boyos Kumpel betrifft, der für den Nachmittag angesagt ist. Boyo hat versprochen, uns heute abend alle in den Club auszuführen. Mavis kommt auch mit, was Siriol beunruhigt.

»Nicht, daß ich Mavis nicht mögen würde«, jammert sie im Augenblick.

»»Mir ist das egal, ob du sie magst oder nicht, Siriol. Ich mochte sie bis vor ein paar Wochen überhaupt nicht. Aber wenn man sie ein wenig besser kennt –«

»Oh, ich möchte sie gar nicht besser kennenlernen!« ruft Siriol entsetzt aus. »Schon sie ansehen zu müssen, ist zuviel. Ich empfinde es als demütigend, neben ihr arbeiten zu müssen. Ich ertappe mich ständig dabei, wie ich sie anstarre. Sie ist so fabelhaft, geradezu hypnotisierend. Ich kann meine Augen nicht von ihr wenden.«

»Was glaubst du wohl, was ich all die Jahre hindurch durchgemacht habe?« erwidere ich so düster, daß Siriol lachen muß. »Mir konnte ihre Fabelhaftigkeit gestohlen bleiben!« Diese Worte gebe ich im Tone einer Tragödie von mir. »Wir wurden irgendwelchen Leuten vorgestellt, wir zwei, und deren Augen gingen über mich hin, als existiere ich gar nicht. Das Tier Mensch wird fatal von der Schönheit angezogen. Wie der Schmetterling von der Blüte. Mein ganzes Leben lang machten sie mir zu schaffen, alle drei – Mavis, Boyo und Blodwen.«

»Ja, das muß ich zugeben, Blodwen sieht sehr gut aus. Anders, nicht so exotisch ...«

»Ja,«, springe ich Blodwen bei, was mich selber erstaunt. »In der letzten Zeit hat sie zwar ein bißchen abgebaut, aber an guten Tagen ist ihre Hautverfassung sogar noch besser als die von Mavis.«

»Huh, kaum zu glauben!« seufzt Siriol neiderfüllt auf. Sodann bricht es aus ihr heraus: »Zum Teufel, muß sie denn heute abend mit dabeisein? Du hast gesagt, sie hätte ihre eigene Clique, daß sie nie mit Boyo zusammen ausginge.«

Einen Augenblick lang schweige ich. Ich denke nach. Über Mavis und die Tatsache, daß sie immer weniger mit ihrer gespenstischen Bande zusammenkommt. Sie fängt an, auf ihre alten Tage so etwas wie guten Geschmack zu entwickeln. Irgendwie finde ich das beachtlich. Was Siriol und mich betrifft, so scheint Mavis unser vieles Beisammensein geradezu ein wenig sehnsuchtsvoll zur Kenntnis zu nehmen. Wie wir uns in die Ecken drücken, die Köpfe zusammenstecken, miteinander flüstern und kichern. Siriol und ich, wir tun die Hauptarbeit, was Mavis eigentlich die Zeit gäbe, mit ihrer Blase abzuschieben. Aber sie hängt mehr im Hause herum, als sie dies je getan hat, bezeigt sogar Interesse daran, an unseren Unterhaltungen teilzunehmen. Auch an der jetzigen wäre sie gewiß interessiert, da sie eines ihrer Lieblingsthemen berührt.

»Ich glaube nicht, daß ich mich locker geben kann, wenn Mavis mit dabei ist. Ich weiß bereits, daß wir uns nicht so richtig amüsieren werden. Jeder will doch dann nur mit ihr tanzen. Bestimmt, so wird es sein, oder meinst du nicht? Stell dir vor, was das für ein Vergnügen wird!« Siriol zieht vor dem Spiegel eine Grimasse, rollt ihre Augäpfel, bis nur noch das Weiße sichtbar ist. Mit den Fingerspitzen zerrt sie ihre Mundwinkel nach unten, wodurch ein ganz schönes Ausmaß an feuchtschimmerndem Zahnfleisch sichtbar wird.

»Wenn du erschrickst, bleibt dir das Gesicht stehen, Siriol. Hör sofort auf damit!« mache ich Mrs. Pughs schrille Stimme nach, die alles, was diese sagt, wie einen Vorwurf klingen läßt. Sie ist indes seit des alten Llewellyn ›Hämorrhoiden-Hughes'‹ Einladung weicher geworden, das muß ich sagen. Sie hat jetzt geradezu etwas Backfischhaftes. Etwas Geziertes. Heute morgen haben wir ihr früh freigegeben, damit sie sich auf ihre Reise vorbereiten kann. »Ich habe alles frisch gewaschen, sogar meine Sonntagskorsetts, die ich erst vor letztem Ostern im Co-op gekauft und die ich bestimmt nicht mehr als zweimal getragen habe.«

»Was hatten Sie dann in der Kirche an, Mrs. Pugh?« hatte ich sie voller Interesse gefragt, derweilen mich Siriol von hinten stieß, um mich noch extra aufzustacheln.

Die Antwort fiel denn auch entsprechend pikant aus, unterlegt mit jener gewissen Erregung, die Frauen beim Austausch von Intimitäten zu empfinden pflegen.

»Um ganz ehrlich zu sein: Ich habe meine alten Sonntagskorsetts getragen. In denen ist noch immer Leben, mußt du wissen. Und wenn das mit mir nicht auch so ist!« Damit hatte sie in einer ganz gewissen Weise in Richtung Mavis gegrient, als ob nur sie beide das Privileg genössen, Frauen von Welt zu sein, während ich noch nicht dem Kindesalter entwachsen war. Doch ich hatte nicht lokker gelassen, indes Siriol mir ihren Ellbogen erneut ins Kreuz rammte.

»Was soll das heißen, Mrs. Pugh?« hatte ich mit unschuldsvollem Blick gefragt.

»Also nun schlägt's aber dreizehn, junge Dame! Wie kann man nur solche Fragen stellen! Was willst du als nächstes wissen?« Sie hätte eine Herzattacke bekommen, wenn sie erfahren hätte, was ich alles wußte.

Siriol ordnete ihre Gesichtszüge. »Wenn ich erschrocken wäre und mir das Gesicht stehengeblieben wäre, wäre dies womöglich eine Verbesserung gewesen.« Sie klingt geschmerzt.

Ich erinnere mich daran, daß ich ihr etwas über Mavis erzählen wollte. Das wird sie aufheitern. Danach wird sie ihre Situation gänzlich neu sehen, wird erkennen, daß es unnötig ist, mit der bezaubernden Mavis zu konkurrieren. Vorausgesetzt, ich schätze die Situation richtig ein. Der Himmel weiß, daß ich, seit es geschah, reichlich darüber nachgedacht habe.

»Ich bin mir gar nicht so sicher, Siriol, ob Mavis auch so hinter den männlichen Talenten her ist wie du.« Ich lege eine bedeutungsschwere Pause ein.

Aber Siriol blickt nicht einmal in meine Richtung. Sie prüft ihr Profil vor dem Spiegel, zeichnet mit ihrem Zeigefinger die Umrisse ihres spitzen Kinns nach. Sie hat in Frankreich ein bißchen Gewicht zugelegt, die alte Siriol, was ihr gar nicht schlecht steht. Das meiste davon haben ihre Pobacken abgekriegt, die dadurch außerordentlich kneifenswert wirken. Sie stehen hervor wie zwei pralle Nadelkissen. Boyo hat bereits seine Anerkennung geäußert. Er behauptet, auf Pos abzufahren.

»Meinst du, weil ich soviel Fett angesetzt habe, habe ich auch ein Doppelkinn gekriegt, Bo? Sei ehrlich, es macht mir nichts aus.«

»Du hörst mir überhaupt nicht zu«, erwidere ich.

»Das tue ich wohl. Du hast gerade gesagt, daß Mavis und ich nicht hinter denselben Knaben her sein werden. Aber das ist nicht der springende Punkt. Ich möchte, daß mich jemand ihr vorzieht. Wen sie mag oder nicht, das ist mir schnurzegal. Ich bin eben immer zweite Wahl. Das ist es, was mir Kummer bereitet, Bo. Boyo ausgenommen«, ihr Gesicht hellt sich auf. »Auf den wird sie doch wohl nicht scharf sein?«

»Siriol, jetzt werd nicht komisch!« Ich versetze ihr einen leichten Klaps auf den Kopf. »Und hör gut zu. Neulich«, ich senke dramatisch die Stimme, um meinem Klatsch die größtmögliche Wirkung zu verleihen, »da hat Mavis bei mir einen Annäherungsversuch gemacht.« Ich trete einen Schritt zurück, um Siriols Reaktion auszukosten.

Siriol dreht sich vor dem Spiegel, betrachtet ihren Busen, strafft ihr lose hängendes T-Shirt über ihren Konturen. Genau wie ich trägt auch sie keinen Büstenhalter, was ihrer Figur indes nicht so richtig bekommen will. Ihre Brust ist von derselben soliden Qualität wir ihr Po – muskulös und wie aus einem Guß. Wohingegen ich magerer bin, zerbrechlicher erscheine und – femininer. Meine Kurven sind wirlich Kurven, während Siriol Gefälle auszuweisen hat. Doch die Worte, die sie als nächstes äußert, die setzen mich in Verwirrung.

»Das kann man ihr nicht verübeln«, stellt sie ganz sachlich fest. »Das machen deine Beine – die törnen jeden an.«

11. Kapitel

Wir befinden uns alle im *No Name*. Mavis dominiert zusammen mit Darren auf dem Tanzparkett, mit jenem Burschen, mit dem ich beim letzten Mal so viel getanzt habe. Er hat nur noch Augen für Mavis an diesem Abend, was ich ihm nicht verargen kann. Überhaupt nicht. Boyos Gast. Saul Polanski, ist mittlerweile aufgekreuzt, und sowohl Siriol als auch ich leiden noch unter der Nachwirkung der Vorstellung.

Ich habe mich verliebt.

Ich verlange leidenschaftlich nach seiner Person. Mit jeder Pore meines Körpers, mit jeder Nervenfaser, vom Scheitel bis zur Sohle, von meinen schmachtenden Genitalien einmal ganz abgesehen. Aber es ist nicht bloßes Begehren. Das ist mir nur zu klar.

»Ich habe mich in ihn verliebt – es war Liebe auf den ersten Blick, Siriol.«

Ich verstehe gar nicht, wie mir das so ruhig über die Lippen kommt, wo meine Eingeweide dahinzuschmelzen scheinen. Ich furze. Da wir uns indes in der verspielten Umgrenzung der Damentoilette befinden, halte ich eine Entschuldigung nicht für nötig. Statt dessen sprühe ich mir eine veritable Springflut von Siriols französischem Parfüm über die Schulter. Sie hat es sich im Duty-free-Shop der Fähre gekauft, mit der sie von Frankreich zurückkamen. Weswegen ich auch der Meinung bin, daß meine Verschwendung nicht ins Gewicht fällt.

»Ich kann es deswegen sagen«, fahre ich in lauterem Tonfall fort, um Siriols Pipigeplätscher in einer der Tos zu übertönen, »weil, wenn er einen Unfall hätte und vom Hals an abwärts gelähmt wäre, dann würde ich trotzdem seine Frau werden. Ohne daß mir dies schwerfiele, glaube ich. Ich würde annehmen, das ist die wahre Liebesprobe. Oder meine ich das nur?«

Saul Polanski, mein Idol, den ich für diese Nacht (und mein ganzes ferneres Leben) zu erobern hoffe, hat mich mit einem köstlichen Drink, genannt ›Harvey Wallbanger‹, bekannt gemacht. Ich fühle mich so ein klein wenig berauscht.

»Nun«, Siriols Stimme kommt gedämpft.

»Siriol«, entgegne ich, »das ist schwerlich abendfüllend!« Wir befinden uns schließlich in einem Nachtclub. Ich wende noch mehr Parfüm an, um den Geruch zu dämpfen, wobei ich jetzt durch den Mund atme, wie ich dies tue, wenn ich mit Cindy Roosevelts Windeln hantiere.

»Ich habe Durchfall.« Siriol taucht aus einer der Kabinen auf. Sie wäscht sich die Hände. »Am besten, ich meide das verdammte Handtuch. Oh, und der Trockenapparat funktioniert natürlich nicht. Was ist das bloß für ein mieses Loch!«

»Göttlich, was, Siriol? Mir liegt das verworfene Leben bis in seine tiefsten Niederungen. Ich überlege bereits, ob ich mein Studium nicht an den Nagel hängen und in einer Bar wie dieser Hosteß werden soll. Ich ziehe London in Betracht. Was meinst du dazu? Warum versuchen wir es nicht zusammen?« Ich lasse ihr eines meiner strahlendsten Lächeln zukommen, wie ich dies seit ungefähr einer Stunde auch mit Saul Polanski praktiziert habe. Obschon es mir so vorkommt, als seien er und ich einander ein Leben lang vertraut.

Siriol lüpft ihren Rock, um ihr Minimum an Höschen glattzuziehen. Dieses bedeckt ihre Blöße nicht mehr als ein Tanga. Wir tragen beide das gleiche Modell. Ihres ist smaragdgrün, meines bonbonrosa. Wir haben die Dessous aus einem kleinen Laden in Barry Dock bezogen, der auf derlei köstlichen Flitter spezialisiert ist. Ich hätte Mrs. Pugh den BH mit den Gucklöchern vorführen sollen, den ich gleich miterworben habe. Aus scharlachrotem Satin mit zwei Öffnungen für die Nippel. Warum habe ich den bloß heute abend nicht angezogen! Ich hätte ganz *en passant* mein Hemd ein wenig öffnen und Saul Polanski einen Blick hinein tun lassen können. Nur so. Um eine Laune des Augenblicks in die richtigen Bahnen zu lenken...

»Du wirst es ziemlich schwer haben, all die Dinge unter einen Hut zu bringen«, sucht Siriol mich wieder zur Erde zurückzuholen. »Wie soll ich das verstehen – du willst tatsächlich die intellektuelle Platte putzen, die Nation ihrer zukünftigen Premierministerin berauben? Florence Nightingale spielen und zugleich noch Hosteß und über jeden Zweifel erhabene Kokette für die Klientel in irgendeinem schäbigen Londoner Club?«

»Ich besitze eine Menge Energie und bin jung«, spreche ich meiner sündigen Erscheinung im Spiegel zu. Ich wirke strahlend.

»Du wirst unter der Erde sein, bevor du das fünfundzwanzigste Lebensjahr erreicht hast. Außerdem wäre es eine schreckliche Vergeudung deiner Geistesgaben.« Siriols Anteilnahme an einer brillanten akademischen Karriere meinerseits geht über bloße Neidgefühle hinaus. Sie selbst wird gerade so viele gute Noten zusammenkratzen, um aufs Pädagogische Institut gehen und nach dessen Abschluß Volksschulklassen unterrichten zu können (vorausgesetzt, sie schafft die Prüfungen). »Für Erstkläßler reicht's bei mir eben noch«, kann sie in Augenblicken sagen, da sie sich ein wenig säuerlich über sich selbst lustig macht. Dabei ist sie ein größerer intellektueller Snob, als ich es bin. Ich wertschätze sie dennoch, da sie nicht den Ehrgeiz besitzt, sinnlose Examensprüfungen hinter sich zu bringen. Meiner Meinung nach würde sie zusammen mit mir eine erstklassige Nachtclubhosteß abgeben.

Ich betrachte mich von Kopf bis Fuß im Spiegel. »Teufel noch mal! Heute abend sehe ich gar nicht schlecht aus, Siriol!« Und das stimmt tatsächlich. Ich trage ein schwarzes Hemd, das Boyo gehört und das ich mit einem breiten, schwarzen Ledergürtel, den mir Mavis in generöser Weise geliehen hat, gerafft habe. Man höre und staune: Ich habe ihr dafür jenes Hochzeitskleid aus Spitze geborgt, das ich seinerzeit für fünfzig Pence auf dem Baptist-Noddfa-Wohltätigkeitsbazar erstanden habe. Ich besitze es, genauer gesagt, ich *hüte* dieses Kleid seit meinem zwölften Lebensjahr und habe es lediglich bei festlichen Gelegenheiten im Haus getragen. Mir wäre nie eingefallen, es zum Tanzen anzuziehen. Aber wenn ich mir Mavis heute abend so ansehe, muß ich sagen, daß man derlei Dinge nicht ängstlich wegschließen sollte. Und wenn es denn in Fetzen gehen sollte (der Rocksaum zipfelt bereits verdächtig!), nun – sei's drum! Es hat mich schließlich lediglich fünfzig Pence gekostet. Was ist das schon, wenn man sich dafür Freude erkauft! Und ich brauchte diesen Gürtel einfach, um so wirken zu können, wie ich es tue. Ohne ihn hätte mir Boyos Hemd bis über die Knie gereicht, während es jetzt gerade mal eben den Po bedeckt. »Wie ein richtiges Minikleid!« hatte Mavis anerkennend geschnurrt. »Trug man sie wirklich derartig kurz?« Siriol und ich, wir sind zu jung, als daß wir uns an Minikleider erinnern würden. Aber ich habe mich mit der Mode der sechziger Jahre befaßt und weiß, wie hoch die Säume damals waren. Apropos Säume. Ich muß beim Tanzen vorsichtig sein. Das winzige Höschen, das ich trage, hat keine Rückendekkung. Lediglich eine Schnur zieht sich durch meine Pobacken, indes das Schamhaar durch ein kleines Dreieck verdeckt wird. Ich habe es fertiggebracht, Saul Polanski vorzuführen, daß ich ein Nichts an Shocking Pink spazierenführe, indem ich mich auf den hohen Barhocker an seiner Seite hievte, wobei ich lässig meinen langen, schmalen Schenkel anhob und es blitzen ließ. Dies vollbrachte ich so linkisch, in der Manier eines unerfahrenen Kindes, daß ich bezweifle, ob es ihm aufging, auf was ich abzielte.

Oder unterschätze ich etwa Mr. Polanski?

Eines weiß ich jedenfalls ganz bestimmt – auf Mavis fliegt er nicht.

»Tja, also, Bo, deine Beine kann man schwerlich übersehen, wenn du das meinst. Damit dürftest du richtig liegen.« Die arme Siriol, daß sie keine langen Beine besitzt, das ist bei ihr ein wunder Punkt. Ich suche denn auch die Tatsache zu übersehen, daß sie mir in etwa bis zur Taille reicht. Aber das hat seinen Grund darin, daß ich heute abend die einzigen hochhackigen Schuhe trage, die ich besitze. Es handelt sich um lächerliche Riemchendinger, die ich zu Beginn der Saison erstand. Nicht lange, nachdem Mavis aus Bristol eingetroffen war samt ihrer üblichen Kollektion umwerfend alberner (und doch so begehrenswerter) Fußbekleidung. Doch als ich die betreffenden Sandalen heute abend versuchsweise anprobierte, riefen Siriol und Mavis wie aus einem Munde, daß ich sie anbehalten solle. Mir macht es Spaß, mich in Gesellschaft herzurichten.

Aus einer plötzlichen Regung heraus drehe ich mich um meine Achse und strecke, indem ich mich nach vorn neige, um mit den Fingerspitzen meine Zehen zu berühren, meinen Po in die Luft.

Wie ein Pin-up-Girl aus *Men Only*. Ich grinse zwischen meinen Beinen hindurch zu Siriols bewunderndem Gesicht im Spiegel auf.

»Wie wirke ich, Kleines?«

»Ich meine – absolut sensationell, Herzchen...«

Meine Augen liegen plötzlich auf den lächelnden Grübchen von Ursula, der Schauspielerin, der Zauberin, von der ich gehofft hatte, daß ich sie heute abend hier treffen würde. Bevor ich Saul Polanski kennenlernte, wohlgemerkt.

»Oh, guten Abend«, mache ich schwach, noch immer in meiner Position befangen. Es erschiene mir in diesem Augenblick einfach als gräßliche Antiklimax, mich aufzurichten. Vielleicht können wir so den ganzen Abend verbleiben, wir drei. Ursula lehnt elegant im Rahmen der Toilettentür. Siriol steht nur da, verdattert, und sperrt den Mund auf. Und ich, mit dem Arsch im Wind, halte mein Gesicht in Höhe der Fußknöchel, indes wir eine Konversation beginnen. Wie wäre es, wenn wir zunächst über ›Die Ironie des Rhetorischen‹ sprächen?

12. Kapitel

Saul Polanski ist hochgewachsen. Hochgewachsen und superb gebaut. Wie ein Athlet. Neben ihm fühle ich mich, wie sich Mavis neben sämtlichen Zeitgenossen fühlen muß, mit denen sie zusammentrifft – zierlich und zerbrechlich, als jemand, der umsorgt gehört, verletzbar ist. Eine solche Empfindung ist mir nie zuvor zuteil geworden. Nicht einmal, als ich noch jünger war und mit Zeus Bowen zusammenkam. Selbst da fühlte ich mich bereits reif und weise. Als ob ich die Ältere sei. Dieser Mann jedoch ist ein Koloß. Er sieht aus wie Michelangelos David. Nach meinem Dafürhalten hat er seit dem Alter von vier Jahren Muskel-Building betrieben. Doch als ich ihn danach frage, zuckt er lediglich die Achseln. »So sind die Männer, da, wo ich herkomme, nun einmal gebaut.«

Innerlich haut es mich beim Klang dieser Stimme um. Sie scheint aus seiner Nabelgegend zu kommen. Oder sollte ich besser sagen: aus seinem Unterleib? Es ist die unterleibssatteste Stimme, die ich jemals vernommen habe. Sie stellt das Äquivalent zu Ursulas heiserem Singsang dar. Wenn ich mehr Zeit für mich habe, muß ich unbedingt an meinen stimmlichen Möglichkeiten arbeiten, muß zusehen, mir diese Haste-was-kannste-was-, Hoppla-jetzt-komm-ich-,

Was-kostet-die-Welt-Stimme zuzulegen. Es handelt sich lediglich darum, die Stimme um einige Tonlagen zu senken. Das und ein Leben mit harten Getränken. Ich muß noch viel aufholen.

»Und woher kommen Sie?« höre ich mich in einer Mischung aus Schelmenhaftigkeit und Keßheit fragen. Himmel, ich klinge wie diese dämliche Südstaatenschönheit, diese Tante Scarlett O'Hara, die Siriol und ich neulich anläßlich einer Wiederaufführung des Oldies *Vom Winde verweht* gesehen haben. Was war das doch für ein Krampf! Und hier sitze ich und versuche just jene Tricks anzuwenden, wie sie die Frauen früher im Nähkästchen hatten. Ausgerechnet ich, Boadicea Jones! Ich kann nur beten, daß Siriol nicht zuhört, jenes Mädchen, das ich in den letzten Jahren immer wieder dahingehend belehrt habe, daß es wichtig sei, sich von derlei freizumachen, sich der feministischen Front anzuschließen.

Es ist durchaus nicht so, daß Saul Polanski an Boyos Attraktivität heranreichen würde. Ich reagiere auch nicht allein auf Schönheit. Davon habe ich zu Hause genug. Um der Wahrheit die Ehre zu geben: Im Gesicht fehlt diesem Riesen etwas. Der Mund, der dieses beherrscht, wirkt zu großzügig. Die Unterlippe ist zu schlaff, der Zug darum zu gierig, zu selbstsüchtig. Ich habe ihn noch nicht essen gesehen, noch nicht dabei beobachten können, wie er einen vollen Teller wegputzt. Darauf zu warten, das würde sich lohnen. Er muß wohl wie ein Ochse reinhauen, um seinen Körper bei Kräften zu halten. Wie gut, daß Mrs. Pugh nicht mehr unter uns weilen wird, um dieses zu beklagen. Da hätte sie wieder Munition gegen die Amis.

Denn Saul Polanski ist Amerikaner. Seine Vorfahren kamen aus Polen, wie er erklärt, er hat den polnisch-walisischen Zweig der Familie in Cardiff besucht. Doch Saul Polanski betrachtet sich, da er sich in L. A. niedergelassen hat, als Produkt Kaliforniens.

»Sie werden Los Angeles mögen, Boadicea«, sagte er soeben zu mir. Zu mir! *Sie werden Los Angeles mögen!* Als ob es eine ausgemachte Sache sei, daß ich dorthin reise! Doch – wie? Und – mit wem? Und wann – zum Teufel?

»Ja«, erwidere ich funkelnden Auges, »ich wollte schon immer einmal Hollywood besuchen. Meiner Meinung nach ist es, kulturell gesehen, so wichtig wie der Parthenon, die Fresken von Giotto, der Markusplatz in Venedig, die Sixtinische Kapelle oder der Centre Pompidou in Paris –«

»Unsinn!« Er stößt das mit solcher Wucht hervor, daß es die zwei Strohhalme in meinem Harvey Wallbanger umbläst. Ich starre sie kummervoll an. Wir sind an jenem Punkt des Abends angekommen, da ein Mißgeschick wie dieses mich in Tränen ausbrechen lassen kann. Ich spüre, daß alles so ein klein wenig aus der Bahn geraten ist. Ich liebe zwar Saul Polanski wie verrückt und bin mir sicher, daß wir in der Dämmerung miteinander auf- und davongehen werden, um von da an glücklich bis an unser Lebensende miteinander zu leben, aber ich bin mir nicht einmal sicher, ob ich ihn wirklich mag. Gewiß, ich reagiere wie irre auf seine erregende Stimme, und, wenn ich mich sehr anstrenge, vermag ich auch der unbestreitbaren Anziehungskraft seiner *louchen* Unterlippe zu verfallen. Aber, was unser Zusammenfinden betrifft, die Möglichkeit, daß sich daraus die Romanze des Jahrhunderts entwickelt, ich glaube, diese Chance habe ich mir damit zunichte gemacht.

Das ist die Schuld von Ursula, diesem Aas.

Seit unserem Zusammentreffen auf der To habe ich jegliche Schwungkraft verloren. Ich kann mich auf nichts mehr konzentrieren, schon gar nicht auf das, was die Leute um mich herum sagen. Ich habe mein Zentrum verloren. Das ist es. Und mein Zustand bessert sich keineswegs dadurch, daß Ursula mir über die gedrängt volle Bar hinweg ihr Grübchenlächeln schenkt. Trotzdem ich vorhabe, mich und mein Begehren ganz für Saul Polanski einzubringen, bin ich mir des heiseren Lachens von Ursula, das zu mir herüberweht, nur allzu bewußt. Ich wehre mich dagegen, derartig von ihr angezogen zu werden. In meinem Leben gibt es einfach keinen Raum für Komplikationen dieser Art. Wenn ich in diesem Augenblick hätte wählen können, ich hätte mich am liebsten still nach Hause verdrückt, um mit Siriol im Bett alles durchzusprechen, bis die Dämmerung heraufkommt. Aber ich muß mit allem alleine fertig werden. Siriol tanzt mit Boyo, und zwar bereits die drei letzten Tänze. Gerade haben sie sich mit Mavis und Darren vereinigt, um eine tänzerische Eigenkreation aufs Parkett zu legen.

Ich blicke zu Sauls Gesicht empor. Das ist auch so etwas, was ich an ihm mag, daß ich zu ihm aufsehen muß. Auf seinen Zügen liegt noch immer Abscheu über meine intellektuelle Seichtheit, die ich zu erkennen gegeben habe. Doch, nichtsdestotrotz, ich bleibe am Ball. Indes, es scheint so, als sei da für mich wenig zu machen, sein Interesse zu erregen, weder in erotischer noch in anderer Hinsicht. Was nur, zum Teufel, ist...

»Wie finden Sie meine Schwester?« Ich deute hinüber zur Tanzfläche. »Ist sie nicht toll?« Dies äußere ich mehr als Feststellung, denn als Frage. Es gibt nämlich keinen Zweifel daran, daß Mavis in diesen Augenblicken einen auffallenden Anblick bietet. Sie sieht in meinem antiken Hochzeitskleid, das bis zur Unkenntlichkeit zerfetzt ist (ein Ärmel ist verschwunden, das Oberteil ist völlig durchlöchert, der Stoff unter dem Gewicht ihrer Brüste brüchig geworden), wie eine Zigeunerin aus. Ihr schwarzes Haar hat sich gelokkert, ist nicht mehr in jenem Stil der vierziger Jahre frisiert, mit dem sie sich vor unserem Weggang zu Hause soviel Mühe gegeben hat. Jegliches Make-up ist bei der Hitze, die in dem Raum herrscht, längst zerflossen. Aber jener Schwitzeffekt steht ihr noch mehr, als irgendwelche Kosmetika dies bewirken könnten. Ich habe sie nie hinreißender gesehen.

Saul Polanski dreht sich um, um auf die Gruppe zu blicken. Siriol hat Boyo gerade etwas zugeflüstert, dieser wirft jetzt den Kopf zurück und lacht schallend. Er und Mavis könnten Zwillinge sein. Boyo trägt ein weißes Hemd, das bis zum Nabel offensteht. Während er auf der Tanzfläche kreiselt, fängt sich das Licht in den goldenen Halsketten auf seinem dunklen Körper. Ebenfalls einer mit Zigeunerblut. Es kommt nur darauf an, welches Geschlecht man bevorzugt. Ich folge dem Blick von Saul Polanski, um zu sehen, wem seine Aufmerksamkeit gilt.

Seine Augen sind fest auf meinen Bruder gerichtet.

13. Kapitel

Mrs. Pugh ist eingetroffen, um sich zu verabschieden, bevor sie mit ›Hämorrhoiden-Hughes‹ zum Bahnhof fährt. Im Augenblick warten sie darauf, daß das Taxi kommt. Unsere Pension liegt zwar in Gehnähe des Bahnhofs, aber der alte Hughes schafft es nicht mehr.

»Der schleppt zu viel mit sich herum«, flüstere ich Siriol zu. Mavis hat das mitgehört und versetzt mir einen Rippenstoß. Ich lasse fast das vollbeladene Tablett fallen, das ich dabei bin, in den Speiseraum zu bringen. Wir alle fühlen uns, nachdem wir heute nacht zuviel getrunken haben, schrecklich mies. Indes, was mich betrifft, ich bin noch die Frischeste von allen. Die einzige, die auf die Gäste im Speiseraum losgelassen werden kann. Sogar Siriol, die dafür berühmt war, daß sie nach unseren puerilen Schulbällen, wo für Sechskläßler Apfelwein kredenzt wurde, Bäume ausreißen konnte, sogar sie wirkt heute morgen verheert. Sie hat sich damit einverstanden erklärt, die Frühstückstabletts bis zur Tür des Speiseraums zu tragen, aber den Gästen in eigener Person gegenüberzutreten, das hat sie schlankweg abgelehnt. Weswegen ich jeweils mein eigenes Tablett hineintrage, die Frühstücke serviere, um mich eilends zurückzubegeben und im Korridor ihr Tablett aus ihren Händen entgegenzunehmen und abermals zur Verteilung zu schreiten. Die gleiche Prozedur erfolgt mit dem schmutzigen Geschirr, nur umgekehrt. Mir schwindelt bereits.

Die letzte, die wir heute morgen brauchen können, ist Mrs. Pugh, die Rührseligkeit und hochgestimmte Gefühle zugleich verbreitet. Dennoch reihen wir uns sämtlich brav auf, um von ihr geküßt und umarmt zu werden. Ich bin als letzte dran. Und ausgerechnet für mich hat sie sich einige spezielle Umarmungen aufgespart. Ich ersticke fast am überwältigenden Geruch von Kampter und Lavendel, der ihrer Kleidung entströmt. Er erinnert mich unangenehm an Kirchgänge. Gleichzeitig fühle ich mich jedoch bewegt. Mir will Mrs. Pugh, die ich im Augenblick im Arm halte, als das letzte Glied zu meiner Kindheit erscheinen. Während mir gleichzeitig klar ist, daß mir das Schlimmste noch bevorsteht, wenn ich Blodwen Lebewohl sagen muß. Dies hier erscheint mir wie die Generalprobe für Schmerzlicheres. Es ist ja auch nicht so, daß ich alleine leiden werde.

Mir versetzt es einen Stich, an die zu denken, die ich zurücklasse. Mir steht die Welt offen. Sie bleiben mit leeren Händen zurück.

Jäh überkommt mich schreckliches Selbstmitleid, und zu meinem Entsetzen, dabei noch immer in Mrs. Pughs kampfergeschwängerter Umarmung befangen, breche ich in kindliche Tränen aus. Die anderen wenden sich entweder aus Verlegenheit oder Amüsiertsein ab. Ich vermute, daß Siriol annimmt, ich mache ihnen allen etwas vor. Später wird sie mir bestimmt zu meiner ›Schauspielerei‹ gratulieren. Doch was mich betrifft, ich bin verwundert ob meiner Reaktion. Ich kann mir nur denken, daß mein Kater mich derartig reduziert hat.

Mrs. Pugh zeigt sich sehr zufrieden. Ich habe ihr mit Sicherheit den Tag verschönt.

»Aber, aber, mein Kleines«, säuselt sie und streichelt meine erbebenden Schultern. »So ist's recht, laß es raus! Weine dich richtig aus! Ich komme zurück, du wirst sehen. Ich gehe nicht für immer. Wir sind einander nicht zum letztenmal begegnet!«

Als sie dies sagt, wird mir zum ersten Male klar, daß sie nicht die Absicht hegt, zurückzukehren. Daß ihr gerissener Plan darin besteht, den alten Hämorrhoiderich zu ehelichen und mit ihm zusammen glücklich bis ans Ende ihrer Tage zu leben. Wie mir das die anderen immer gesagt haben. Und in einem Anfall echter Herzlichkeit ziehe ich die alte Vogelscheuche an mich. Es ist das einzige Mal in meinem Leben, daß ich ihr gegenüber so etwas wie Zuneigung empfinde. Ist dies der Sommer meines Milderwerdens?

Aber jetzt ist sie weg. Wir alle sind auf die vorhandenen Küchenstühle gesackt und trinken Boyos spezialgebrauten schwarzen Kaffee, nicht etwa jenes Instant-Zeugs, mit dem wir sonst vorliebnehmen. Dies geschieht zu Ehren Saul Polanskis, der indes in unserer Runde fehlt. Er liegt noch im Bett. Boyo ist gerade dabei, ihm das Frühstück hinaufzubringen. Wenn das kein Service ist! Nun, da mein Bruder den Raum verlassen hat, kann ich meine Gedanken in Worte fassen, Gedanken, die mich seit der letzten Nacht beschäftigen.

»Meint ihr«, äußere ich im Bühnengeflüster, »daß Saul Polanski *gay* ist?«

»Für mich besitzt er eine Menge sexueller Anziehungskraft, aber er ist nicht eben umgänglich, nicht wahr?« erwidert Siriol unschuldig.

Ich blicke sie an, um zu sehen, ob sie mich absichtlich mißversteht.

Mavis blinkert in meine Richtung. Ich glaube, sie hat kapiert. »Gibst du dich vorsätzlich so, als ob du schwer von Begriff seist, Siriol?«

»Oh!« In ihren Augen dämmert langsam Begreifen auf. »Ich weiß jetzt, was du meinst. Ob Saul *gay* ist, das heißt – schwul? Nun, mich würde das nicht überraschen. Nach meinem Dafürhalten hat er alles, ist Mann, Frau und Biest in einem.«

Ich blicke zu Mavis hin, um Aufschluß darüber zu erhalten, was sie denkt. Sie nickt zustimmend. Um wieviel weniger prüde sie sich gibt, seit Siriol bei uns ist!

Ich radiere auf meinem Stuhl herum. »Er macht Blue Movies. Das hat er mir letzte Nacht erzählt. Weswegen er, so meine ich, auf dem laufenden sein muß, was die jüngsten sexuellen Trends angeht.«

»Blue Movies! Wie aufregend!« Siriols Augen leuchten. »Spielt er in ihnen oder führt er Regie?«

»Wenn ich ihn richtig verstanden habe, produziert er sie mittlerweile. Doch zuvor hat er dabei Regie geführt und, als er noch in der Blüte seiner Jahre war, wohl auch mitgespielt. Aber er behauptet, sein Penis sei nicht das Wahre. Seine Körpergröße stünde dagegen.

Er meint, am besten eigneten sich für pornographische Fotos und Filme kleine Männer mit ansehnlichem Pimmel. Dadurch wirkten letztere um vieles größer. Wahrscheinlich ist er selbst normal bestückt, aber das wird von seiner Körpergröße relativiert –«

»Wer ist normal bestückt, hm?« Boyo hat sich hinter meinen Stuhl geschlichen und die Hände über meine Augen gelegt – spielerisch, wie das seine Art ist. Zwischen Boyo und mir hat es wenig Vertraulichkeiten mehr gegeben, seit Fremde in die Familie gekommen sind. Nicht, daß sich jedoch an der Zuneigung, die wir füreinander empfinden, etwas geändert hätte.

»Wir sprechen über die Maße von Sauls maskuliner Bewehrung«, schnurre ich.

»Ah! Was wollt ihr darüber wissen? Vielleicht kann ich behilflich sein.« Boyos Stimme klingt völlig gleichmütig.

»Himmel, Boyo!« Ich kann die unausgesprochene Überraschung auf den Gesichtern der anderen beiden lesen, auf dem von Siriol und Mavis. Denn Boyo hat die Hände von meinen Augen genommen. Ich bin nicht mehr blind.

»Aber du mußt das doch längst mitgekriegt haben, kleine Schwester. Du bist doch schließlich diejenige mit dem hellsten Köpfchen in der Familie.« Er hat sich rittlings auf den Ersatzküchenstuhl gesetzt und lächelt sein gewohntes, herzzerreißendes Lächeln. Ich frage mich, wer hier wen verführt hat.

»Seid ihr beide ausschließlich homosexuell, Boyo?« höre ich mich selbst fragen, wobei ich mich fast nicht imstande sehe, meine Augen von Siriols Gesicht zu wenden, das einen ausgesprochen tragischen Ausdruck trägt. Dennoch bringe ich es fertig, eine Kadenz schrillen Gelächters bei mir zu unterdrücken.

Er wischt meine Frage achselzuckend beiseite.

»Wer ist heute schon noch ausschließlich das eine oder das andere, Boadicea, Herzchen?«

»Genau!« fällt Mavis ein.

»Ich hatte heute nacht ebenfalls eine delikate Begegnung der anderen Art. Ist dem nicht so, Siriol?«

Siriol rollt die Augen. »Das kann man wohl sagen!«

Wir grinsen einander verschwörerisch zu. Ich kann mir nicht helfen, ich muß über den perplexen Gesichtsausdruck von Boyo lachen.

Mavis hingegen kapiert nicht so schnell.

»Mit Ursula?«

»Wie recht du hast, Boyo. Ursula war diejenige, welche!« Ich singe das in hellem Sopran. Die anderen halten sich die Ohren zu, aber mich kommt es hart an, meine *joie de vivre* zu unterdrücken. Sogar an diesem Morgen, da mein Organismus unter den Nachwehen des Alkohols leidet. Bin ich nach allem dabei, Zeus Bowen zu vergessen?

Boyo blickt finster drein. »Diese Hure Ursula hat dir einen Antrag gemacht? Das hätte ich mir denken können. Sie kann einem frischen Happen nicht widerstehen. Und ihre gräßliche Freundin war zu Anfang nicht da, um auf sie aufzupassen. Da muß es, wie ich vermute, passiert sein. Wo will sie dich treffen? Los schon, das muß ich wissen, Boadicea.« Er blickt mich zornfunkelnd an.

In meinem Nacken fängt es zu kribbeln an. Ich meine, daß mein großer Bruder eifersüchtig ist. Von dem kalten Toastbrot auf dem Küchentisch, das später zu Semmelbröseln zermahlen werden soll, nehme ich mir ein dreieckiges Stückchen, daß ich großzügig mit Butter bestreiche, sodann mit Marmelade. Das wird Mavis und Boyo auf die Palme bringen, die wie die Geier auf ihre Kalorien achten müssen. Es macht sie verrückt, daß ich essen kann, was ich will, ohne auch nur ein Gramm Fett anzusetzen. Ich nehme einen großen Bissen, bevor ich meine hübsche kleine Bombe platzen lasse.

»Es ist bereits passiert, Boyo.«

Der Geschmack walisischer Butter, der sich mit dem von Cooper's eingedickter Orangenmarmelade mischt, ist das letzte, an was ich mich erinnere, bevor ich in Ohnmacht sinke.

14. Kapitel

Ich liege im Bett und döse vor mich hin, drifte vom halluzinatorischen Wach- in den Schlafzustand und wieder zurück. Nicht daß ich richtig träumen würde, und dennoch haben die mir vertrauten Gegenstände im Zimmer eine geheimnisvolle Existenz angenommen. Der Gipsengel, den ich mir vom Grab meiner Mutter erbettelt habe und von dem ich als Kind fest annahm, daß er in der Nase popele, hat in seiner steingewordenen Mahnhaltung etwas Vorwurfsvolles. Sein erhobener Zeigefinger, der zur Seite geneigte Kopf, der halbgeöffnete Mund scheinen mir sagen zu wollen, daß ich mich in Zukunft besser betragen solle.

Es ist an der Zeit, daß der Engel verschwindet.

Indem ich den Kopf bewege, überläuft ein Schmerzschauer

meine Kopfhaut, wie, um mich an jenes bizarre Vorkommnis zu gemahnen, dessentwegen ich hier mitten am Tag im Bett liege. Die Vorhänge sind zugezogen, doch flirrendes Sonnenlicht dringt durch die Ritzen. Demnach müßte es Mittag sein.

Plötzlich verschattet sich der Raum, den ich deswegen gewählt habe, weil dieser Teil des Hauses bereits in der Frühe im Sonnenlicht liegt, so daß der Tag gut anfängt. Was allerdings heute morgen nicht unbedingt der Fall war. Es ist jemand bei mir im Zimmer, ich spüre das. In meinem Kopf dreht sich noch immer alles, ich kann meine Gedanken nicht richtig sammeln, um herauszubekommen, wer es ist. Doch ich versuche, den Mund aufzutun.

»Hallo«, tremoliere ich, indes mir die Augenlider flattern.

Eine hochgewachsene Gestalt schiebt sich in mein Blickfeld.

»Hallo, Kleines, wie geht's denn?«

Bei der hochgewachsenen Gestalt handelt es sich um Boyo.

»Boyo.« Ich strecke die Arme nach ihm aus, welche zu meiner Überraschung nackt sind. Ist mein Körper unter der Bettdecke womöglich ebenfalls nackt? Indes, ich habe keine Erinnerung daran, wie ich aus den Sachen gekommen bin. Hat mich, so frage ich mich, etwa mein Bruder entkleidet?

»Bo«, flüstert er weich und nimmt mich in seine Arme. Er hebt meinen Körper behutsam aus den Kissen und wiegt mich, schaukelt mich in seinen Armen wie ein kleines Kind.

Aber ich bin kein kleines Mädchen mehr. Ich bin ein vollerblühtes junges Mädchen, frühgereift für mein Alter, über meine Jahre hinaus erwachsen. Soll ich ihn womöglich daran gemahnen?

»Wie geht's dem Kopf?« erkundigt er sich, noch immer flüsternd, mir die Worte geradezu ins Ohr hauchend. Sein warmer Atem kitzelt meine Haut in meiner Halskuhle.

Ich dränge mich enger an ihn, so daß ich diesen nicht mehr spüre, indes Boyo seine Umarmung verstärkt.

Dumpf pocht mein Kopf, und zwar an einer bestimmten Stelle. Ich weiß, ohne daß ich dort hinfasse, daß ich da eine gewaltige Beule haben muß. Doch im Augenblick steht mir nicht der Sinn danach, mir darüber endgültige Klarheit zu verschaffen. Es ist zu schön, von Boyo umfangen zu werden. Er vermittelt ein solches Gefühl der Stärke und Beständigkeit. So müssen wohl Schiffbrüchige empfinden, die in stürmischer See, im Tosen der Wellen einen Gegenstand erreichen, an den sie sich klammern können. Solange ich mich an ihm festhalten kann, fühle ich mich sicher. Doch wir müssen über den Schlag sprechen, der mich außer Gefecht gesetzt hat, ich weiß, ich weiß. Ich warte, daß er das Thema anschneidet, obschon ich ihm gern zu verstehen geben würde, daß es mir nichts ausmacht, darüber zu reden.

»Boyo...«

»Pscht, pscht«, murmelt er in mein kurzes Haar, wobei er die bloße Haut meiner Schulter streichelt.

Und ich seufze und lächle vor mich hin, von einer Woge der Zärtlichkeit hinweggetragen. Ich küsse den zarten Flaum seines Bartes. Und erinnere mich plötzlich des schrecklichen Zorns, der in seinem Gesicht zu lesen stand, als ich das preisgab, was zwischen mir und Ursula geschehen. War dieses Geständnis zu brutal erfolgt? Hatte die grobe Seite meines Wesens zu abrupt die Überhand gewonnen? Ich schmiege mich noch enger an meinen großen Bruder.

»Boyo«, setze ich abermals an.

Aber das ist ein ganz anderes Spiel, das wir jetzt spielen. Ich beobachte, wie über sein Gesicht ein Ausdruck der Verzückung geht, selbiges erhellt wie ein Lächeln. In seinen wunderschönen hellen Augen, die wie zwei blaue Spiegel die meinigen reflektieren, steht ein liebender Ausdruck.

»Nanu, nanu.«

Trotz der Intensität der sexuellen Spannung zwischen uns bin ich mir doch bereits des nahenden Endes bewußt, der Traurigkeit, die unaufhaltsam jener Seelenheiterkeit folgen wird, die ich empfinde.

Er hebt die Arme und nimmt mein gesenktes Gesicht zwischen seine Hände. »Erinnere mich nicht«, seine Stimme ist heiser und bewegt, als er dies sagt. Sie bricht, als ob er schluchze. »Erinnere mich nicht, Bo. Bo, mein Liebes.«

Mich bewegt die Art, wie er das sagt. Ich liebe Boyo, ich habe ihn stets als Bruder geliebt. Und der Gedanke, er könne leiden, schmerzt mich. Schmerzt mich sehr. Ich verspüre den Wunsch, ihn zu beschützen, und zwar in einer mütterlichen Weise, die nichts mit den Empfindungen des Augenblicks zu tun hat.

»Wie geht's der Beule, Kleines?«

Ich gebe sein Lächeln zurück. »Oh – der Beule!« Meine Stimme klingt euphorisch. Ich fasse an meinen Kopf und sage: »Es scheint die größte Beule zu sein, die ich mir je eingefangen habe. Ich wußte gar nicht, daß es solch gewaltige Beulen überhaupt gibt.!«

»Nun«, erwidert er. »Mavis hat dir auch mit dem Holztablett ganz schön kräftig eine über den Brägen gezogen. Wir befürchteten schon, du könntest für immer abgedrusselt sein.«

15. Kapitel

Es sind nur noch zwei Tage bis zur Bekanntgabe der Ergebnisse unserer Schulabschlußprüfung. Ich verbringe die Zeit in Angst und Schrecken, alle paar Minuten zur Toilette rasend, um nachzugukken, ob noch kein Blut zu sehen ist. Echt nervend ist das.

Meine Periode ist seit drei Tagen überfällig.

Siriol nickt in diesem Augenblick, indes ihr Gesicht einen philosophischen Ausdruck trägt. »Es scheint wieder mal alles zusammenzukommen, das muß ich schon sagen. Aber laß uns die Dinge objektiv betrachten. Du darfst zu deinem Schulabschluß eine Strandparty geben, die sicher irre wird – so mit Nacktbaden um Mitternacht, und was dergleichen Dinge mehr sind. Deine Prüfungszeugnisse werden bestimmt super ausfallen, werden nur noch mehr Ruhm auf dein Haupt häufen. Und was das andere betrifft, wetten, daß du morgen um diese Zeit soweit bist?«

»Danke für die Blumen.« Ich weigere mich innerlich, mit dieser Sache zu spaßen. »Aber, wenn dem nicht so ist, dann gibt es keinen Grund zum Feiern. Mitternächtliches Baden ist schließlich für jemanden, der sich am Morgen die Seele aus dem Leib kotzt, nicht eben das Richtige. Und was meine schulischen Ehren betrifft, die kann ich dann wahrscheinlich in den Kamin hängen. Oder meinst du, sie nehmen am Balliol-College etwa Schwangere auf? Dafür dürften die Chancen wohl schlecht stehen.«

»Du könntest anrufen und dich erkundigen, Bo.« Siriol blickt mich unsicher an. »Oder meinst du nicht?«

Ich schüttele den Kopf, berühre sie liebevoll an der Schulter. Das arme Ding, sie möchte schließlich nichts weiter als hilfreich sein.

»Um mal so zu fragen, Siriol, wie schätzt du meine Chancen ein, als unverheiratete Mutter Margaret Thatchers Nachfolge als Premierministerin anzutreten? Das ist nämlich, mußt du wissen, das Hauptziel meines Lebens.«

»Nun«, Siriol räuspert sich, »laß mich das gut überdenken. Du könntest womöglich gerade deswegen die Nation für dich gewinnen, auf alle Fälle aber die Frauenstimmen, da es deine Unabhängigkeit beweisen würde. Du müßtest dich allerdings von Anfang an dazu bekennen, sonst; wenn du es für dich behältst und deine politischen Gegner kämen dahinter, könnten sie daraus Kapital schlagen. Die britischen Politiker sind auch nicht mehr das, was sie einmal waren. Sie haben die Methoden der Amerikaner übernommen und führen ziemliche Schlammschlachten.«

Die alte Siriol kann einen ziemlich anöden, wenn sie ihre Meinung zu den Wandlungen in der bislang festgefügten Ordnung des öffentlichen Lebens von Großbritannien darlegt. Das kommt dabei heraus, wenn man den gesellschaftskundlichen Unterricht in der Schule zu ernst nimmt. Ich habe den Verdacht, daß Siriol in diesem Fach durchfallen wird, weil sie einfach nur das nachbetet, was in den Lehrbüchern steht. Anstatt daß sie Einfallsreichtum beweisen und eigene, originelle Meinungen kundtun würde.

Indes, ich mache trotzdem »mhm«. Sie vermag überempfindlich zu reagieren, wenn ich die ›ernsthafte Seite‹ ihres Wesens nicht gebührend estimiere, wie dies bei all jenen Leuten der Fall ist, die zwar lieb, aber dumm sind. Und schließlich war sie als Freundin in den letzten Wochen von unschätzbarem Wert für mich, das muß ich sagen. Ich weiß nicht, wie ich ohne sie in dieser Zeit über die Runden gekommen wäre, und dies in jeder Weise.

»Ich könnte den Fötus auf alle Fälle loswerden.« Ich blicke an mir hinunter auf meinen Bauch, der so flach ist wie ein Bügelbrett. Die Vorstellung ist etwas Neues für mich, daß ich darin ein Baby tragen könnte.

»Das könntest du schon, Bo. Die meisten Mädchen in deiner Lage würden dies tun. Aber du bist eben nicht wie die meisten Mädchen. Weswegen ich nicht glaube, daß du den üblichen Weg einschlagen würdest.«

Die Art und Weise, in der Siriol das sagt, läßt mich grinsen. Ich glaube, das macht jener resignierte Unterton in ihrer Stimme, der so klingt, als kenne sie mich seit urdenklichen Zeiten und toleriere dessenungeachtet meine unmöglichen Schrullen.

Saul Polanski hat uns übrigens verlassen. Ihm schienen die Dinge wohl hier nicht zu behagen. Er reiste an jenem Tage ab, da ich mich von dem Schlag auf den Kopf zu erholen suchte, den Mavis mir versetzt hatte. Sie und ich, wir haben den ungewöhnlichen Vorfall noch nicht diskutiert. Was so verwunderlich nicht ist, da wir seither einfach zuviel um die Ohren hatten. In bezug auf die Abfolge der Ereignisse mußte ich mich auf eine Schilderung von Siriol beschränken, welche sie mit den entsprechenden Details auszuschmücken wußte.

»Du bist ausgegangen wie eine Kerzenflamme, Bo. Zuerst bist du auf den Stuhl hinter dir gesackt, von dort aus bist du, bevor dich jemand auffangen konnte, auf den Fußboden gerutscht. Das Ganze war schon erstaunlich! Ich, für meinen Teil, sah mich außerstande, eine Bewegung zu machen, echt. Ich glaube, das war deshalb so, weil ich von Mavis völlig fasziniert war. Sie wirkte wie eine Hexe, war ganz weiß im Gesicht, während sie noch immer das Tablett über ihrem Kopfe schwang. Ich hatte den Eindruck, daß, wenn du beim ersten Schlag nicht gleich zu Boden gegangen wärest, sie es auf deinem Kopf zerschmettert hätte. Beängstigend. Als ob sie von einem Dämon besessen, übergeschnappt wäre. Wir haben seitdem mehrmals darüber gesprochen«, an diesem Punkte hatte Siriol eine Kunstpause eingelegt und ebenso vielsagend wie verstohlen gelächelt. »Mir will es scheinen, als ob du bei ihr eine empfindliche Ader getroffen hättest. Es war dir wohl nicht bekannt, daß Mavis das ganze letzte Jahr in Bristol mit einem Mädchen zusammenwohnte?«

»Ich wußte, daß sie sich die Wohnung mit einer Freundin teilt, ja, das war mir bekannt.«

»Aha, aber du hattest keine Ahnung, wie sich die Dinge verhalten?«

»Du meinst –«

»So ist es. Das mit dem Mädchen ist in die Brüche gegangen. Mavis kam überraschend nach Hause und fand ihre Freundin mit einem anderen Mädchen im Bett. Es gab eine große Szene, den üblichen Streit, und mittlerweile muß Mavis sehen, wie sie allein zurechtkommt.«

»Ach du liebe Güte!« Ich starrte Siriol an. »Sie hat davon nie etwas erwähnt. Arme Mavis. Und ich dachte, sie wäre darauf aus, sich einen dieser entsetzlichen Kerle von hier in der Umgegend zu ködern, etwa diesen Grundstücksmakler mit dem feschen Wagen.«

»Du meinst Geraint Thomas mit dem Lotus Elan?« half mir Siriol auf die Sprünge.

»Eben jenen. Sein Vater ist in Bangor ein großes Tier.«

»Sie verachtet alle, die aus diesem Krähenwinkel kommen. Und wer könnte ihr das verdenken? Du wirst nicht erleben, daß ich, wenn der Sommer gelaufen ist, noch hierbleibe.« Abermals lächelte Siriol ihr vielsagendes Lächeln. Ich hätte gern gewußt, was sie für Pläne hatte. Womöglich gehörte der Vorsatz mit dem Pädagogischen Institut bereits der Vergangenheit an.

»Aber sie hat daran festgehalten, jeden Sommer hierher zu kommen, seit sie von zu Hause weg ist«, beharrte ich. »So zuwider kann es ihr denn hier auch wieder nicht sein.«

»Das war wohl stets eine Sache des Gewissens. Sie fühlte sich Blodwen gegenüber verpflichtet. Diese Kneiptouren, die waren gewiß mehr als Vernebelung der Tatsachen gedacht, denn als Vergnügen. Sie hätte euch kaum offenbaren können, wo ihre Neigungen wirklich lagen, oder?« bemerkte Siriol mit Emphase. Mavis schien sie bereits völlig versklavt zu haben.

»Nicht daß sie mich darüber im unklaren gelassen hätte«, sagte ich, da ich das Gefühl nicht recht mochte, von etwas ausgeschlossen zu sein, weil ich nicht imstande dazu gewesen war, zu erkennen, daß das Leben meiner Schwester um vieles komplizierter war, als ich mir dies vorgestellt hatte.

»Indem sie deinen Busen berührte!« Siriol lachte kurz auf. Sie liebt diese Art von Gesprächen, wie ich neuerdings auch.

Heute morgen kam übrigens eine weitere geheimnisvolle Karte von Blodwen. Sie scheint überhaupt nicht die Absicht zu hegen, jemals wieder nach Hause zurückzukehren! Nicht daß irgend jemand hier darauf erpicht wäre, daß sie es derzeit tut. Das wäre erst der Stich ins splitterverrückte Wespennest!

»Meinst du nicht, du solltest es Boyo erzählen, Bo?« fragt Siriol besorgt. »Du teilst doch sonst jedes Geheimnis mit ihm. Vielleicht ist es dann nicht so schwer für dich.«

»Absolut nicht, Siriol!« In diesem Falle bin ich hart wie ein Diamant.

Stille ist eingetreten. Siriol zupft an einem winzigen Häutchen, das von einem ihrer Nägel weghängt, herum.

Während wir so auf dem Kliff sitzen, von wo aus man die Bucht unter sich hat, und ein scharfer Herbstwind unsere Haut rötet, spürte ich plötzlich, wie es warm aus meinem Pünzchen strömt. Ich umklammere Siriols Arm.

»Halt den Daumen, Siriol, ich glaube, etwas ist geschehen!« Indem ich diese Worte spreche, ergießt es sich abermals unter mir. Ich trage zu diesem Zeitpunkt eine meiner engsten Hosen. Eine nadelgestreifte Männerhose, wie sie Rechtsanwälte bevorzugen oder altmodische Bankiers, die die Televisionswerbung ignorieren, welche das Image der Banken aufmöbeln soll. »Himmel, Siriol«, stöhne ich. »Ich möchte dieses Paar Hosen nicht runinieren. Es sind die, die ich vom Bethesda-Bazar ›Kaufe und verkaufe‹ habe. Stell dich vor mich, damit ich nachsehen kann, was bereits durchgesickert ist.«

»Na, was anderes als Blut kann es wohl nicht sein«, grient Siriol in ihrer bornierten Art. Sie beabsichtigt wohl, mich in diesen dramatischen Zeiten noch zusätzlich aufzuregen. »Was heißt, daß ich meine Wette gewinnen werde.«

Aber Wetten scheren mich im Augenblick keinen Deut. Ich bin

bereits in die Knie gegangen und ziehe meine Hose herunter. Was keine leichte Sache ist. Schließlich brauche ich jeweils fünf Minuten, um mich in sie hineinzuzwängen. Wer immer diese verfluchten Dinger besessen hat, muß wie eine Sprotte gebaut gewesen sein, denn es gibt wenig Leute, deren Hüften schmaler wären als die meinigen. Von der Länge meiner Beine einmal ganz abgesehen. Jetzt habe ich sie unten und hocke zwischen dem Ginster.

»Schau, schau dir das an, Siriol!« Ich deute triumphierend auf den scharlachroten Fleck auf dem weißen Zwickel. Sie umarmt mich. Ihre Umarmung ist so ekstatisch, wie ich mich fühle.

»Das heißt, daß ich wieder eine Zukunft habe, Siriol!«

»Das Amt der Premierministerin wird dein sein, Boadicea!« Siriols Augen schimmern. Sie läßt sich von der Stimmung des Augenblicks hinwegtragen. Das ist es, was ich an ihr so schätze. Ihre Bereitschaft, die Dinge anzunehmen, eine Eigenschaft, die nicht eben weit verbreitet ist.

»Auf ein neues!« äußere ich und pule die Klarsichthülle von der Tampaxpackung, die ich in meiner Schultertasche für alle Fälle bei mir trage.

»Die Tage der Rosen sind angebrochen!« ruft Siriol dem Wind entgegen. Und wir werfen die Köpfe in den Nacken und singen, was unsere Kehlen hergeben.

Sphärenklänge zweier mondsüchtiger Engel.

16. Kapitel

Siriol ist in sämtlichen Examina durchgerasselt. Ich hingegen habe mit fliegenden Fahnen bestanden – in allen Fächern mit einer Eins. Es ist schwierig für mich, ihre Gefühle nachzuempfinden, denn, was mich betrifft, auf mich stürzen die Leute, wo ich gehe und stehe, zu, um mir zu gratulieren. Mittlerweile bedauere ich es geradezu, so gut abgeschnitten zu haben. Denn, selbst wenn ich meinen Erfolg herunterspielen, äußern würde, daß das doch gar nichts sei, jeder könne das erreichen, wenn er es nur wolle, läßt dies ihr Versagen nur um so offenkundiger werden. Und wie um die Dinge zu verschlimmern, verlangen ihre Eltern von ihr, daß sie wieder auf die Schule geht, um das Ganze noch einmal abzusitzen.

»Ich bringe es einfach nicht fertig, noch einmal in diese gräßliche Penne zu gehen, verstehst du das, Bo? Man kann doch in meinem

Alter nicht mehr Schulmädchen sein!« sucht sie mich zu überzeugen.

»Nun«, unternehme ich es, sie zu trösten, »du bist achtzehn, du kannst jetzt tun und lassen, was du willst. Deine Eltern sind nicht mehr deine Erziehungsberechtigten.«

»Nein«, sagt sie und starrt freudlos in die Ferne. Das einzige, was sie aus ihrer Verzweiflung zu reißen vermag, ist ihre Liebesaffäre mit Mavis. Es geschieht nicht selten, daß ich einen Raum betrete und sie dabei finde, wie sie einander liebkosen oder auch nur beieinandersitzen und Händchen halten. Einmal, als ich insgeheim, ohne anzuklopfen, in Mavis Zimmer trat, wobei ich mitnichten vorhatte, ihnen nachzuspionieren, da erwischte ich sie bei einem intimen Akt.

Mavis lag zurückgelehnt in einem der Armsessel, und ihr durchknöpfbares Sommerkleid stand völlig offen. Es handelte sich um ihr weißes Futteralkleid, das ärmellose mit den breiten Trägern, das sie stets frischgestärkt trägt. In diesem Kleid sieht sie vollends zum Anbeißen aus. Es ist nicht eben neu. Sie besitzt es seit Jahren und hat es zunächst immer nur bei besonderen Gelegenheiten angezogen. Doch inzwischen ist es zum Hauskleid degradiert worden. Zu unserem Vergnügen, indes es die männlichen Gäste der Gefahr eines Schlaganfalls aussetzt. Mavis könnte alles und jeden in diesem Kleid verführen.

Die Szene faszinierte mich. Es war, als ob man sich einen dieser Sexfilme in dem Kino der Altstadt ansähe, zu dem ich mich bisweilen schleiche. Einmal, da spielten Zeus und ich richtig mit dem Feuer, als wir uns in eben jenem Schmuddelkino trafen. Es war seine Idee gewesen, nicht die meine. Wir ließen es uns nicht im Traum einfallen, daß wir dort jemandem begegnen könnten, den wir kannten. Was auch nicht wirklich geschah, obschon es nahe daran war. Sechs oder sieben Reihen vor uns saß nämlich Williams, der Milchhändler.

»Das ist der alte Williams, der Milchhändler!« wisperte ich erschrocken Zeus zu.

»Sieh einer an«, erwiderte dieser. »Es möge dem alten Lustmolch wohlbekommen und ihm den Rücken stärken!«

Williams sah uns nicht, er blickte gebannt auf die Leinwand. In dem Film wurde eine Schauspielerin herausgestellt, von deren enormen Brüsten ihre Liebhaber beinahe erstickt wurden. Den Reklameplakaten zufolge sollte die Hauptdarstellerin Chesty Morgan über die Maße 180–48–70 verfügen. Ob dies der Wahrheit entsprach, vermochten wir nicht mit letzter Sicherheit festzustellen. Auf alle Fälle war sie brustlastig. Und diese gewaltigen Bomberchen, die sie besaß, die waren ihr überall im Wege. Als sie in einer Szene ein Bad nahm und mit dem Oberkörper ins Wasser eintauchte, schwappte dieses über den Rand der Wanne. Als sie damit anfing, ihr Dekolleté einzuseifen, verlor sich der Seifenriegel zwischen ihren Brüsten, so daß sie aufstehen mußte, um sich – tropfnaß, wie eine Venus im Bade – vom Badezimmerregal einen neuen Riegel zu langen. Ein Anblick, auf den sämtliche anwesenden Männer abfuhren, wie mir schien.

Bestimmt auch Zeus. Sobald wir uns nämlich gesetzt hatten, zog er meine Hand an seine Erektion. Er wollte, daß ich es ihm in der Dunkelheit besorge. Sämtliche Sitzreihen knarrten rhythmisch. Und mir ging auf, daß praktisch jeder der im Kino anwesenden Lüstlinge onanierte, sich beim Anblick von Chesty Morgans Riesenbusen einen runterholte. Als ich nach Hause kam, haderte ich mit meinem eigenen kümmerlichen Paar. Wenn ich mir meiner sexuellen Identität, meiner Anziehungskraft nicht trotz allem so sicher gewesen wäre, ich hätte mich bestimmt demoralisiert gefühlt. Doch so, wie die Dinge standen, schüttelte ich das von mir ab. Hatte mir nicht kurz zuvor Zeus Bowen, Wales' größter lebender Dichter, zu meiner Liebesfähigkeit gratuliert? Ein Mädchen brauchte keine großen Titten, um Erfolg zu haben. Und überdies – Chesty Morgan hatte ziemlich mit Schwangerschaftsstreifen zu tun.

Doch diese Szene zwischen Mavis und Siriol, die beruhte nicht, wie die im Film, auf dem grotesken Appeal, der die Zuschauer, vielleicht auch aus Verlegenheit, zum Lachen brachte. Bei dem, was sich meinem Blick darbot, hätte wohl keiner gelacht. Und ich stand und sah zu, obschon ich sehr gut wußte, daß ich mich hätte auf Zehenspitzen in einen anderen Teil des Hauses schleichen sollen.

Mavis stöhnte in diesem Augenblick leicht auf, ihre wunderschönen Lippen waren halb geöffnet, wirkten voller als sonst.

Himmel, war sie schön!

Siriols Hände wanderten von ihren makellosen, hochangesetzten Brüsten, die noch immer rund und fest waren, weiter nach unten. Mavis' Stöhnen verstärkte sich, und sie öffnete ihre himmlischen Augen und stieß einen Seufzer aus, der sich anhörte, als verspüre sie körperlichen Schmerz. Doch sie lächelte, hob sich aus ihrem Sessel und beugte sich vor, um meiner besten Freundin einen Kuß auf die Lippen zu drücken.

Dieser Vorgang vermittelte mir ein eigenartiges Gefühl. Mich durchlief ein Schauer, der nicht allein aus sexueller Empfänglichkeit geboren war. Obgleich wir über Jahre hinweg befreundet waren, kann ich mich nicht daran erinnern, Siriol jemals geküßt zu haben. Höchstens, daß wir uns ein Wangenküßchen gaben, wenn wir einander begrüßten oder uns voneinander verabschiedeten, so auf die schicke, kontinentale Weise eben. Unsere Schulkameradinnen regten sich darüber immer auf. Sie waren der Meinung, daß dies affektiert sei, sich am Rande des Lächerlichen bewege. Aber wir hatten auch niemals erwartet, daß diese Philisterinnen je etwas, das wir taten, gutheißen oder gar übernehmen würden. Mit dieser Haltung isolierten wir uns zwar, doch dadurch wurde unsere Vorliebe füreinander nur noch heftiger bestärkt.

Nein, ich hatte Siriol niemals auf den Mund geküßt. Als ich Mavis beobachtete, wie sie dies mit Bedacht und derartigem *savoir faire* tat, stellte sich mir die Frage, ob ich mir diese Technik nicht zu eigen machen sollte. Mir lag stets der zarte Kußstil – kleine, flaumfederleichte Berührungen, die ich meinen Liebhabern über den Mund verteilte. Behutsames Erproben mit der Zunge, gleichsam als Präludium eines weiteren Vorstoßes.

Auf diese Weise gehe ich auch bei der Fellatio vor. Zeus Bowen war geradezu versessen auf diese Art des Rangehens und erklärte mir, daß ihm dieses die Empfindung vermittele, von einem *high-sexed* Angorahäschen geschändet zu werden. Eigentlich muß nicht noch gesagt werden, daß ich den Druck, je nach dem Pegel der Leidenschaft variiere. Ich habe mich nie auf gefühlvolles Nibbeln beschränkt. Ich bin durchaus für ungestüme Attacken zu haben! Aber dieses Küssen von Mavis, das war etwas ganz anderes. *So gekonnt.*

Mich machte das an.

Erotika vermögen mich hochzubringen. Ob diese nun aus Bildern bestehen oder aus Geschriebenen, das ist egal. Meiner Ansicht nach werden Frauen von der sogenannten Pornographie mehr erregt, als Masters und Johnson das wahrhaben wollen. Der Grund, warum viele Frauen angeben, nackte Körper, die sich sexuellen Tollereien hingeben, oder Geschlechtsakte in Filmen vermöchten sie nicht zu stimulieren, in der, daß ihnen diese Reaktion eingeprägt wurde. Es handelt sich um das zimperliche Erbe puritanisch-viktorianischer Repression. Es ist interessant zu sehen, daß Mädchen meiner Generation, so wie Siriol und ich, sich geradezu gierig auf jene Magazine stürzen, die speziell für Männer gemacht werden. Wir genießen sie richtig, sehen die nackten Mädchen voller Begeisterung. Mein Zimmer, das könnte man mit einem Kasernenraum verwechseln, so viele nackte Pin-ups hängen da herum. Ich reiße sie aus Zeitschriften wie *Men Only* oder dem *Playboy* heraus. Und, man höre und staune: Es sind darunter ebenso Männerakte. Ich praktiziere keinesfalls die sexuelle Diskriminierung. Indes, ich gehe nicht mit den Feministinnen einig, die geltend machen, daß derlei Magazine sexistisch seien, daß die Nacktheit der Models für kommerzielle Zwecke mißbraucht würde. Ich empfinde das nicht als Ausbeutung. Wer gegenteiliger Meinung ist, hat meiner Ansicht nach die falsche moralische Position bezogen. Für mich ist die Aktdarstellung eher eine Zelebration des menschlichen Körpers. Ich würde keinen Augenblick zögern, wenn man mich zum Posieren bitten würde. Sollte ich als Studentin knapp bei Kasse sein, was unzweifelhaft der Fall sein wird, werde ich mich in die Redaktion einer dieser Zeitschriften begeben. Ich bezweifle nicht, daß sie an mir Interesse bezeigen werden, trotz des Mangels an Busen bei mir. Nicht alle diese Mädchen sind schließlich so gebaut wie Chesty Morgan. Da ist eines, das an meiner Wand hängt, das hat sogar noch weniger aufzuweisen, als man dies von mir sagen kann! Es handelt sich um *Eva aus Schweden*. Sie hängt neben *Karen aus Dänemark*. Aber mein Name wird sich gedruckt erst gut ausmachen! *Boadicea aus Bleddwyn-on-Sea*. Blodwen (und nicht zu vergessen: Mrs. Pugh!) wird der Schlag treffen.

Da wird schwer was los sein! Es wird zukünftigen Historikern einen Tag vor Ort bescheren, wenn sie das private Milieu, aus dem ich komme, erforschen. Bis dahin wird eine liberalere Auffassung in bezug auf Premierminister herrschen, die nackt posieren. Wahrscheinlich wird es dann ganze Kalender von Kabinettsmitgliedern minus Unterhosen geben, für jeden Monat einen. Und ich werde gleichfalls als Kalender-Girl enden. Ich hoffe nur von ganzem Herzen, daß sie mich nicht zur Miß Dezember küren. Ich mag nämlich nicht, wie sie den Geburtstag von Jesus feiern. Auch wäre mir der regnerische April nicht eben angenehm. Ich glaube, der Mai würde mir am besten gefallen. Ich sehe bereits einen wortklauberischen Texter vor mir, der sich Kalendersprüche aus dem Kopfe schwitzt. Etwa in der Weise – *Miß Mai – nicht lange dabei?* Na, mach dir nichts draus.

Ich war davon, daß ich Mavis und Siriol beim Liebemachen beobachtet hatte, restlos aufgepeitscht. Irgend etwas hielt mich jedoch davor zurück, meine Gegenwart zu offenbaren und mich ihnen anzuschließen. Das hätte ich am liebsten getan. Später, als ich es Boyo erzählte, meinte der, das hätte ich tun sollen. Ich wußte nicht, sollte ich erfreut über seine Offenheit oder enttäuscht von seiner sexuellen Schrankenlosigkeit sein.

Wie dem auch sei, ich vergnügte mich anschließend vor dem Spiegel meines Zimmers mit mir selber, wobei ich allerdings acht darauf hatte, die Tür zuvor zu verriegeln! Mich erstaunte es, daß Mavis und Siriol dies nicht bedacht hatten. Ich kann mir nur das eine vorstellen, daß die Lust sie aus heiterem Himmel überkam, einfach so. Weswegen sie auch an nichts anderes mehr dachten, als einander auf der Stelle zu besitzen. Zeus Bowen und mir erging es zu Beginn unserer Liaison nicht anders. Wenn ich so zurückdenke, muß ich mir sagen, daß es womöglich bereits bevor er in die Vereinigten Staaten abflog, Anzeichen gegeben hat, wonach die Dinge nicht mehr zum besten zwischen uns standen. Trotz seiner Bekundungen der Leidenschaft für mich hatte sein Gesichtsausdruck zu jener Zeit bisweilen etwas seltsam Unstetes, so, als ob er mir unbedingt etwas sagen wolle, es indes nicht über die Lippen brächte. Wollte er schon damals die Trennung?

Meine Gedanken verweilten nur vorübergehend bei Zeus Bowen, während ich mich vor dem Spiegel niederließ. Er hätte das genossen, ging es mir durch den Sinn. Bei diesem Gedanken lachte ich laut meinem Spiegelbild zu. Ich hatte mich nicht ausgezogen. Ich war zu begierig darauf, mich selbst zu befriedigen, als daß ich mir die Mühe genommen hätte, aus den Klamotten zu springen. Ich trug einen Rock, ein pfirsichfarbenes, geborgtes Etwas, das ich jetzt eilends über meinen Hüften hochschlug. Ich wollte im Spiegel eine gute Sicht auf jeden Winkel haben. Danach schloß ich die Augen, um mir das Bild von Siriol und Mavis wieder heraufzuholen.

Als es dem Ende zuging, ich spürte, daß der letzte Orgasmus bevorstand (ich hätte nicht sagen können, wie viele ich bereits zuvor schon gehabt hatte!), hörte ich drunten das Telefon klingeln. Nun, ich würde nicht hinab eilen, um es abzunehmen, das war einmal gewiß.

Sodann brach das Klingeln plötzlich ab, was wohl hieß, daß entweder Mavis oder Siriol hingegangen waren oder der Anrufer es aufgegeben hatte. Was indes nicht wahrscheinlich war, da das Zeichen nur kurz zu hören gewesen war. Und jetzt rief denn auch jemand meinen Namen. Ich erkannte die Stimme. Sie gehörte einem unserer Gäste. Einem liebenswürdigen, wenngleich ausgemachten Langweiler aus Birmingham, der jeden Sommer hierher kam, und zwar jeweils in der gleichen Woche und mit Ehefrau. Er übernimmt es stets, im Hause kleine Tätigkeiten zu verrichten, den ganzen Tag über, während seine arme Frau an den Strand gehen und dort allein herumhocken muß. Gegenwärtig hat er sich des Schiebefensterkabels im oberen Badezimmer angenommen. Mittlerweile klemmt das Fenster, es läßt sich weder schließen noch ganz öffnen. Die Gäste auf dem Stockwerk beklagen sich bitterlich, daß es ziehe, wenn sie ein Bad nehmen. Im letzten Jahr hob er die Tür des Zimmers, das sie bewohnten, aus den Angeln, indem er behauptete, sie sei beim Bau des Hauses nicht richtig eingesetzt worden. Er und seine Frau waren danach gezwungen, fünf oder sechs Nächte in einem türenlosen Raum zu schlafen. Es war Blodwen, die ihnen ein Laken in die Öffnung hängte, damit sie wenigstens etwas Privatsphäre hätten. Sie wird nicht erfreut sein, wenn sie das mit dem Badezimmerfenster erfährt.

»Miß Jones! Miß Jones!« Seine dämliche Stimme tönt durchs Treppenhaus. Er nennt mich ungefähr seit meinem neunten Lebensjahr Miß Jones, dieser Einfaltspinsel. Das entspricht seiner Vorstellung von Vertraulichkeit, durch humorige Förmlichkeit veredelt.

Ich schloß ganz fest die Augen. Ich war gerade kurz davor, ich würde diesem Knallkopf nicht erlauben, mir meine Augenblicke der Wonne zu verderben. Meine Hüften rotierten. Ich öffnete meine Augen wieder, um mich im Spiegel zu betrachten.

Eine Fremde blickte auf mich. Ein verzerrtes Gesicht. Das nicht mein eigenes zu sein schien, jemand Schönerem gehörte, als ich dies war. Jemand Sinnlichem, Wildem mit wollüstig aufgeworfenen Lippen, mit schimmernden, hintergründigen Katzenaugen...

Ich trieb mich in höchste Höhen. Während der Ruf ›Miß Jones!‹ weitertönte, öffneten und schlossen sich meine Schenkel in einer letzten Zuckung. Und, am ganzen Körper erbebend, schrie ich so laut ich konnte:

»Ich komme... ich komme... ich komme...«

17. Kapitel

Ich bin gerade dabei, mich für ein Teestündchen bei Mrs. Dilys Bowen zurechtzumachen, der Gattin meines Ex-Liebhabers Zeus Bowen. Mir will es schwierig erscheinen, mich zu entscheiden, was ich tragen, wie ich dort aufkreuzen, welchen Eindruck ich am besten machen soll. Ich habe bestimmt bereits vier- oder fünfmal die Kledage gewechselt. Siriol versteht nicht, warum es so lange dauert und warum ich meine, es sei wichtig, was ich anziehe.

»Du kennst sie doch seit Jahren, Bo!« Sie ist ob meiner Zögerlichkeit verwirrt.

Ich muß vorsichtig sein. Womöglich nimmt sie noch an, es stecke hinter dem Ganzen mehr, als an der Oberfläche sichtbar ist. Doch ansonsten interessiert Siriol mein Ausgehen zum Tee herzlich wenig. Zeus Bowen ist noch immer abwesend, weswegen das Ereignis für sie keinerlei Reiz beinhaltet. Ich muß zugeben, daß mir dies ähnlich ergeht. Aber es war geradezu unmöglich, Dilys am Telefon eine Absage zu erteilen. Ich befand mich nach meiner Spiegel-Sitzung in einer derartig entspannten und heiteren Stimmung, daß ich in alles eingewilligt hätte. Außerdem war meine Neugier größer als jene ernsthaften Zweifel, die ich genährt haben mochte.

Doch mittlerweile erfüllen mich Angst und eine Art Verzagtheit. Die Sache ist umweht von der beklemmenden Aura eines Pflichtbesuches. Als ob ich zu einer betagten Tante, einer meiner Lehrerinnen ginge. Und, was steckte dahinter, was sollte das Ganze?

»Warum hat sie dich zu sich gebeten, was meinst du?« Siriol sieht die über meinen Schreibtisch verstreuten Zettel und Blätter durch. Ich habe damit begonnen, meine Habseligkeiten zu sichten und unnötigen Kram wegzuwerfen, um meine Abreise vorzubereiten. Ich frage mich nur, ob Blodwen bis dahin zurück sein wird?

»Ich glaube, sie wollte einfach nett zu mir sein«, entgegnete ich vage.

Die arme Siriol beginnt mir auf die Nerven zu gehen, wie sie hier herumhängt, während ich versuche, mich ausgehfein zu machen. »Wo ist eigentlich Mavis?«

Die beiden sieht man nur noch selten getrennt, eine ohne die andere. Dennoch äußern sie sich außerordentlich unbestimmt, um nicht zu sagen, tröpfchenweise, was ihre gemeinsame Zukunft angeht. Wenn ich eine von ihnen wäre, ich würde bereits Pläne schmieden. Denn es ist so gut wie offensichtlich, daß sie sich nicht trennen werden, zumindest auf geraume Zeit hin nicht. Doch im Hause ist ohnehin alles aus dem Gleichgewicht geraten, die Dinge treiben, sind im Niedergang begriffen, Entscheidungen sind nicht gefragt. Lediglich die triste Routine, die Dussel im Speiseraum dreimal am Tag abfüttern zu müssen, die funktioniert. Wie auch immer, wir befinden uns ohnehin am Ende der Saison. Ich vermute, es liegt daran, daß Blodwen weg und Mrs. Pugh ebenfalls nicht da ist. Das wird es wohl sein. Doch eine genaue Analyse der Situation, die wird warten müssen. Ich habe zu viele persönliche Probleme, die ich vorrangig bedenken muß.

»Mavis ist ausgegangen«, erwidert Siriol mit flacher Stimme.

Ich blicke bei deren Klang auf. »Was ist los, hat's bei euch eine Verstimmung gegeben?« Ich bin abermals dabei zu strippen, habe mich gegen ein schlichtes, omahaftes Kleid mit cremefarbenem Spitzenkragen und für ein Paar Bermudashorts mit Tarnanzugmuster entschieden. Auf meiner Nasenspitze balanciere ich eine Sonnenbrille mit orangefarbenem Plastikgestell, über die hinweg ich Siriol jetzt besorgt betrachte.

»Das sieht hübsch aus«, sagt sie. »Die würde ich aufbehalten.« Meine Frage hat sie ignoriert.

»Habt ihr zwei euch gestritten?« wiederhole ich. »Wie steht's, Siriol?«

Sie blickt aus dem Fenster. Ihr Zeigefinger zeichnet einen Klacks Seemöwenscheiße nach, der sich auf der anderen Seite des Glases befindet.

»Das sieht wie ein versteinerter Baum aus. Ja, wir haben uns so ein wenig gezankt, wenn du schon danach fragst.«

»Ich muß es nicht unbedingt wissen, Siriol. Aber dich, dich zerreißt es doch fast, es mir zu erzählen.« Ich werfe einen Blick auf meine Armbanduhr, deren Band ich werde wechseln müssen, wenn ich sie zu der Sonnenbrille und den Bermudashorts anlasse. Ich besitze ein zitronengelbes Lacklederarmband, das perfekt zu dieser Aufmachung paßt. Dilys Bowen werden die Augen tränen. Sie wird es nicht mögen, wie ich daherkomme. Um ihr zu gefallen, müßte ich mich als Flower-Power-Kind der sechziger Jahre herausputzen, als fader Hippie. Mir ist jetzt wohler ums Herz, daß ich von hier verduften werde. Die träge Stimmung im Hause beginnt mir auf den Keks zu gehen. Ich bin jemand, der viel von der positiven Wirkung der Aktivität hält. Diese neueste Nachricht, daß es zwischen Siriol und Mavis Krach gegeben hat, hat den Bann der Dröligkeit bei mir durchbrochen.

»Aber beeile dich. Ich muß in einer halben Stunde dort sein, und soviel brauche ich fast, um gemütlich hinzukommen. Ich möchte nicht dort anlangen und schwitzen wie ein Schwein, weil ich den ganzen Weg im Laufschritt zurücklegen mußte.« Ich setze mich, halte mein Uhrenarmband zum Wechseln bereits in der Hand. Das Zitronengelb beißt sich gewaltig mit der Farbenvielfalt, die meinen Schoß verhüllt. Sodann blicke ich erwartungsvoll zu meiner Freundin empor. Diese schluckt heftig. Ich bemerke, daß sie aufgeregter ist, als ich dies mitbekommen habe.

Sie beginnt mit hohltönender Stimme zu sprechen. Man bekommt den Eindruck, daß sie jeden Augenblick in Tränen ausbrechen wird. Ich trage kein Taschentuch bei mir, um es ihr reichen zu können, falls dies geschehen sollte. Überdies, wir sind über die Phase des gegenseitigen Austausches von Aufmerksamkeiten hinaus.

»Sie hat heute morgen einen Brief von ihr bekommen.«

Ich warte, um Siriol durch mein Schweigen zu ermuntern. Wenn sich ein menschliches Wesen unter einer Spannung befindet, leidet sofort dessen Sprechweise darunter. Weswegen ich Siriol auch nicht dazwischenrede. Sie soll sich so äußern, wie ihr dies im Augenblick möglich ist.

»Es ist im übrigen nicht der erste. Ich kenne unterdessen die Handschrift.«

Ich nicke verständnisvoll.

»Mavis hat immer wieder welche gekriegt, seit wir zusammen sind. Sie schreiben einander, mußt du wissen. Ich glaube, sie ist jetzt weggegangen, um sie von irgendeinem Telefonhäuschen aus anzurufen. Damit ich nicht hören kann, was sie miteinander besprechen. Dieses lausige Miststück!« Meine Freundin schreit mittlerweile, Tränen beginnen über ihre Wangen zu rollen.

»Wer ist mit dem lausigen Miststück gemeint – Mavis?« Ich spreche diese Worte ruhig. Der große Zeiger der Uhr ruckt weiter.

»Nein, diese alte Wohngenossin von ihr, dieses Miststück, mit dem sie da zusammengelebt hat!«

»Ah, na klar«, sage ich besänftigend. »*Dieses* Miststück.«

»Sie will Mavis zurückgewinnen, das ist des Pudels Kern. Sie schreibt ihr, sie seien füreinander geschaffen, sie liebe Mavis und werde sie immer lieben.«

»Woher weißt du das? Hat Mavis es dir erzählt?« Es beginnt, spannend zu werden. Was soll es also, wenn ich bei Dilys Bowen anrücke, schwitzend wie ein Warzenschwein? Die Sache ist zu vielversprechend, als daß ich sie mir durch die Lappen gehen lassen könnte!

»Ich habe den Brief, der heute morgen ankam, gelesen. Ich fand ihn in Mavis' Handtasche versteckt.«

»Du hast ihre Handtasche durchsucht – mein lieber Schwan!« Vor lauter Begeisterung falle ich in die Schulmädchensprache zurück. Ich bewundere Leute, die es fertigbringen, anderer Menschen Besitztümer zu durchstöbern. Siriol erwies sich einmal, als sie mich dabei ertappte, als recht hochnäsig. Das war damals, als ich das Attachécase unserer Klassenlehrerin vorübergehend entwendete. Ich kann mich an die Einzelheiten im Augenblick nicht mehr erinnern. Es ist lange her. Aber ich glaube, daß Siriol drohte, mich zu verpetzen. Sie war seinerzeit in die betreffende Lehrerin verknallt. Was sie dann jedoch nicht tat. Sie schwieg. Statt dessen erhielt die ganze Klasse eine Strafe für meinen kleinen Streich aufgebrummt. Das machte am allermeisten Spaß – sich die aufgebrachten Reaktionen der anderen anzuhören, die dies für eine schreiende Ungerechtigkeit hielten. Ich nehme an, daß Siriols Achtung, die sie mir bezeigt, von daher rührt.

Siriol ist dabei, sich in eine gewisse Erregung hineinzuarbeiten. Ich muß sie beruhigen. Der Nachteil meines Zimmers liegt darin, daß es inmitten der Gästezimmer liegt. Zu diesser Jahreszeit, da noch so viele Gäste im Haus sind, könnten wir leicht belauscht werden. Zeus Bowen und ich sahen uns aus diesem Grunde gezwungen, uns sommers in die Sanddünen zu verziehen. Ich muß im übrigen ein Auge auf das Zifferblatt haben, damit ich rechtzeitig bei seiner Ehefrau anlange. Hat Dilys etwa vor, mich mit der Vergangenheit zu konfrontieren?

»Scht, scht, Siriol!« Sie hat wie ein kleines Kind zu schniefen begonnen. Tränen überschwemmen ihre grünen Augen und tropfen von ihren Wimpern auf ihr Mieder. Sie wirkt heute wie eine junge Sennerin, indem sie ein schreckerregendes Etwas trägt, das wie aus Seihtüchern gefertigt scheint. Aber jetzt ist nicht die Zeit dazu, sie mit Kritik an ihrer Garderobe niederzudrücken. Übrigens werde ich den ganzen Weg zu meinem Tee rennen müssen.

»Ich mußte es einfach wissen, Bo. Ich mußte wissen, von wem der Brief heute morgen war. Sie war so anders zu mir, nachdem sie ihn gelesen hatte, verstehst du? Ich hätte auf den ersten Blick sagen können, daß er von dieser Person kam. Ich sah das an der Schrift. Das lausige Biest möchte, daß Mavis zu ihr zurückkehrt, und zwar umgehend, noch vor ihrem Geburtstag!«

»Aber, der ist in drei Tagen, dessen Feier wollten wir doch mit meiner Strandparty zusammenlegen!« Ich bin so von den Socken, ich vergesse ganz, daß es ja Siriol ist, die derartig fantastisch die Vorbereitungen für die Party managt.

»Das mußt du mir sagen!« ruft sie jetzt klagend aus und wirft sich auf mein Bett, wo sie mir meine Kleider verrotzt.

»O Siriol, bitte . . . reg dich nicht auf. Sie wird nicht gehen. Ich bin sicher, sie wird nicht gehen.« Während ich das sage, überkommt mich ein Hauch des Zweifels.

Dieser seltsame Sommer, so von der Realität abgehoben, so anders als all die Sommer meiner Jugend, neigt sich dem Ende zu.

Zeus Bowen – Mrs. Bowen. Ich blicke auf meine Uhr. »Du liebe Güte, Siriol«, sage ich mit ehrlichem Bedauern, denn da wären noch so viele Dinge gewesen, die ich über sie und Mavis gern erfahren hätte. Ich habe das Gefühl, meine fabelhafte Schwester könne nicht nur zu einem Telefonhäuschen, sondern gar zum Bahnhof gegangen sein, um sich wegen der Züge zu erkundigen, die nach Bristol fahren. Unsere Pläne für die Party hatten sie ohnehin weniger und weniger interessiert. Nach ihrem Geschmack hätte das Ganze mehr spontan, mehr aus dem Stegreif heraus begangen gehört. Sie hatte auch kaum jemand von ihren alten Freunden dazu gebeten, indem sie erklärte, sie hätte zu den meisten keine Verbindung mehr. Ohnehin sei die einzige Person, die sie dabeihaben wolle, dabei. Nämlich Siriol. Ja. Siriol wird bestimmt anwesend sein. Vermutlich allein. Aber das sage ich dieser nicht, denn ich möchte jetzt wegkommen. Doch, was tue ich statt dessen? Ich begebe mich zu meinem Getränkebord und schenke Siriol einen steifen Whisky ein, den ich ihr unverdünnt – ohne Wasser, ohne Soda – reiche.

»Trink den gefälligst«, befehle ich.

Sie nimmt mir den Drink ab. »Eine Neuerwerbung, was?«

Ich blicke auf den Inhalt der Flasche. »Ich habe sie letzte Woche gekauft«, gebe ich in einem Tonfall zurück, den ich für betreten halte. Es ist nämlich kaum noch ein Fingerbreit Whisky darin.

»Ich meine das Flaschenbord.« Sie holt erschauernd Luft. Das neue Thema dürfte sie von Mavis ablenken.

»Ach so«, ich nicke nachdrücklich, wobei mir fast die Sonnenbrille von der Nase rutscht. Noch ein scharlachroter Schmiß über meine Lippen, und ich werde auf und davon sein. »Boyo wollte das so. Er liebt es, sich bei einem Gläschen zu entspannen. Und wenn wir schon dabei sind: Ein steifer Drink wäre genau das, was ich jetzt gebrauchen könnte, bei dem, was ich vorhabe.« Damit sehe ich meine Bestände durch. »Was soll ich wählen? Dem Grand Marnier, dem könnte ich eigentlich den Garaus machen. Die alte Dilys wird meinen, ich hätte eine Orange gegessen, wenn sie mir zu nahe kommen und einen Hauch davon abkriegen sollte.« Bei dem Gedanken lache ich laut auf, worin Siriol einstimmt.

Doch sodann füllen sich ihre Augen erneut mit Tränen.

»Das ist gut so, Siriol. Bleibe hier und weine dich aus. Und schenke dir nach, wenn du magst. Ich werde nicht lange ausbleiben, ehrlich nicht. Aber ich glaube, ich muß jetzt gehen...«

Doch nun scheint es sie endgültig gepackt zu haben, sie wirkt, als wolle sie vollends zusammenbrechen. Sie wirft sich in ihrer vollen Länge auf mein Bett. Ihr Drink schwappt in mein Kopfkissen.

Mir ist sofort klar, daß ich dieses wegwerfen muß. Entweder das, oder ich werde jede Nacht von den daraus aufsteigenden Dünsten berauscht werden. Ich muß Dilys Bowen anrufen, um ihr zu sagen, daß ich mich ziemlich verspäten oder womöglich gar nicht aufscheinen werde.

Es gilt, eine Kriese zu bemeistern.

Als sich am anderen Ende der Leitung eine Frauenstimme meldet, klingt diese so wenig nach Dilys Bowen, daß ich vermeine, mich verwählt zu haben.

»Entschuldigung, Entschuldigung«, stammle ich. »Ich muß mich in der Nummer vertan haben. Ich lege auf.« Ich bin gerade dabei, dies zu tun, als die Stimme abermals ertönt.

»Boadicea? Bist du es, Boadicea?«

»Ich bin es in der Tat, Mrs. Bowen... ich... im Augenblick habe ich Sie gar nicht erkannt.«

Sie lacht mit schneidender Fröhlichkeit. »Das ist mein neues Selbst.«

»Ah... Also, so, wie die Dinge liegen, ich muß hier eine Art Krise überwinden helfen. Was heißt, daß ich mich verspäten werde. Es kann jedoch auch sein –« Ich verhalte, bevor ich fortfahre, »meinen Sie, wir könnten unser Zusammentreffen auf ein andermal verschieben? Wenn es Ihnen nichts ausmachen würde, mir wäre das...« Meine Stimme verliert sich in der Stille, der sie mich überläßt.

»Mrs. Bowen?«

Ihre Antwort ist, als diese kommt, entschiedener, als ich dies erwartet habe. Schwierig, dieser eine Weigerung entgegenzusetzen. »Mir wäre es lieber, wir würden uns an unseren ursprünglichen Plan halten, meine Liebe. Ich habe etliche Arrangements getroffen, damit wir uns in aller Ruhe unterhalten können. Die Kinder werden beaufsichtigt. Ich brauche dich nicht zu erinnern, wie störend sie sein können!«

»Nein«, erwidere ich schwach. »Nun, in diesem Falle... wenn Sie darauf beharren... Ich werde, so schnell mir dies möglich ist, bei Ihnen sein.«

»Bis dann, Boadicea.« Eine Pause entsteht, die so beabsichtigt und bedeutungsschwer erscheint, daß ich den Hörer nicht zu senken vermag, mit dem Ohr daran bleibe, bis sie schließlich einhängt. Als dies geschehen ist, lege ich auch den meinigen auf die Gabel zurück. Meine Knie sind weich wie Rühreier. Sie werden niemals imstande dazu sein, mich auf die Treppe hinauf zu Siriol zu tragen, damit ich dieser erklären kann, daß ich sie verlassen muß. Ich bin mir sicher: Dilys Bowen möchte mich sehen, weil sie herausgefunden hat, daß ihr Ehemann und ich eine Affäre miteinander hatten. Aber warum habe ich derartige Angst?

Zu dem Zeitpunkt, da ich die Haustür der Bowenschen Behausung, ein geducktes, verbautes Bauernhaus am Rande der Bleddwyn Fields, erreicht habe, ist es mir gelungen, meine Furcht etwas zu bezähmen. Ich bin mit Absicht nicht schnell gegangen. Ich habe mir Zeit gelassen. Was zur Folge hat, daß ich eine volle Stunde später dran bin, als dies ursprünglich verabredet war. Mir dreht es den Magen um bei dem Gedanken, daß ich, nervlich angegriffen, wie ich bin, womöglich irgendwelche eßbaren Sachen in mich hineinstopfen muß.

Als meine Gastgeberin die Tür öffnet, bin ich ebenso überrascht wie damals an jenem Tag, als ich sie in Williams' Milchladen traf. Nur daß Dilys heute wohl noch besser aussieht als seinerzeit. Sie ist in einen weitfallenden, goldfarbenen Kaftan aus weichem Wollgewebe gekleidet. Es handelt sich um ein kräftiges, noppiges Material, das sich bestimmt angenehm anfühlt. Die Gewandung verhüllt jene bedauernswert eingefallenen Partien ihres Körpers, die neulich noch zu sehen waren, und verleiht ihr etwas anziehend Feminines. Etwas, das man zuvor nie mit ihr in Verbindung gebracht hätte. Um ihren Hals trägt sie eine verschlungene Bernsteinkette. Obschon meinem unreifen Geschmack diese Zusammenstellung etwas zu kunstgewerblich erscheinen will, würde sie doch gewiß so manchem gefallen. Zeus Bowen zum Beispiel? Ihre Ehe muß ja zur Abwechslung mal ganz toll gehen, wenn sein Ehegespons sich einer solchen Wandlung unterzogen hat! Zur Hölle damit. Zur Hölle mit dieser Ehe! Zur Hölle mit ihr, und, vor allen Dingen, zur Hölle mit ihm, diesem pockennarbigen Ekel!

Ich lächle strahlend. Eines meiner bezauberndsten Lächeln. Meine Augen hingegen sind bestimmt kalt wie die einer Leiche. »Guten Tag, Mrs. Bowen. Es tut mir leid, daß ich so spät dran bin.«

Sie tritt aus der Tür auf die ausgetretene Steinstufe und beugt sich vor, um mir einen Kuß zu geben. *Mir einen Kuß zu geben!* Da werde einer schlau draus! Dabei legt sie ihre zarte Wange an die meinige, so, als wolle sie den aufgetragenen Lippenstift nicht verschmieren (O ja! Sie ist bemalt wie eine Hure).

Ich könnte meine Zähne in ihr Ohrläppchen schlagen und dieses glattweg durchbeißen. Könnte sie auf Lebenszeit verunstalten. So daß sie niemals wieder ein Paar Ohrringe wird tragen können. »Einer von dem Paar genügt mir«, wird sie künftighin zum Juwelier sagen können. »Man trägt ja ohnehin heute nur noch Einzelstücke.« Diese Kuh!

»Boadicea, wie schön, dich zu sehen. Was du für einen reizenden Anblick in deinen farbenfrohen Sachen bietest! Den Kindern wird es leid tun, dich nicht gesehen zu haben. Ich muß ihnen deine unglaublichen Shorts im Detail beschreiben.«

»Man nennt sie Bermudas«, sage ich zu ihr. Mein Lächeln vermag gewiß nicht zu verdecken, daß ich sauer bin, weil sie mit mir über die Kinder spricht. Die Kinder, die *mein* Geliebter ihr geschenkt hat. Der muß die Augen geschlossen gehalten haben, als er mit ihr die betreffenden Bewegungen durchexerzierte, das dürfte einmal klar sein. So zusammengekniffen muß er sie haben, daß sie ihm nahezu durch die Ohrgänge quollen.

Sie lächelt mich an. »Ja. Bermudas. Man trug sie bereits, als ich jung war. Die Leute in Großbritannien assoziierten sie immer mit geschmacklosen amerikanischen Touristen. Wir pflegten, wenn wir derlei in den Straßen von London sahen, darüber zu lachen. Das war nicht eben weltläufig von uns, was? Oder sagen wir es so: nicht sehr gastfreundlich. Aber komm doch herein, Boadicea. Nicht daß ich mich auch noch als ungastlich dir gegenüber erweise. Ich werde gleich den Teekessel aufsetzen, ich lechze nach einer Tasse, du nicht? Oder«, sie dreht sich im Vestibül nach mir um, in das sie sich mit den Farben, die sie trägt, harmonisch einfügt, »hättest du gern etwas Stärkeres? Du hast mittlerweile das Alter erreicht, wo diese Frage erlaubt ist, nicht wahr?«

Mir hat es die Sprache verschlagen. Warum, zum Donner, ist sie bloß so verdammt freundlich zu mir? Zu was soll diese Süßholzraspelei gut sein? Ich strenge mich indes schwer an, diese meine Gedanken nicht durch meine wohlgemute Fassade dringen zu lassen. Vielmehr stolziere ich hinter ihr drein, wobei ich meine Hüften schwenke, als sei ich ein Mannequin, als schritte ich über den Laufsteg. So, wie ich mir dies im Fernsehen von den betreffenden Damen abgeguckt habe. Mir ist oft schon gesagt worden, ich solle doch eine Mannequinkarriere anstreben, weil ich so wahnsinnig lange Beine und einen solch schmalen Körper hätte. Aber das kam natürlich von unwissenden Leuten, die von meinem scharfen Intellekt keine Ahnung hatten, die nicht ermessen konnten, welch gräßliche Vergeudung an Geistesgaben dies bedeuten würde.

Dilys Bowen, die kennt sich aus. Während sie sich nach mir umgewandt hat und mich durch das Vestibül schreiten sieht, bemerkt sie: »Wenn ich nicht wüßte, daß akademische Ehren dich erwarten, Boadicea, würde ich sagen, du könntest eine erfolgreiche Model-Karriere vor dir haben. Es ist geradezu etwas Glanzvolles um die Art, wie du deine Garderobe in der letzten Zeit trägst. Ich habe das bereits neulich bemerkt, als wir einander zufällig trafen.«

»Dasselbe habe ich von Ihnen gedacht, Mrs. Bowen«, höre ich mich zu meinem eigenen Erstaunen sagen. »Wie hübsch Sie doch in letzter Zeit aussehen!«

Auf was, zum Teufel, ziele ich ab? Versuche ich, diese Person für mich einzunehmen, damit sie Gnade walten läßt?

Wir betreten die niedrige, langgestreckte Küche mit den Dekkenbalken. Es handelt sich um einen beeindruckenden Raum, wenn man diese Art von Innenarchitektur mag, wie man sie bevorzugt in den einschlägigen Zeitschriften abgebildet findet. Ich mag sie nicht. Mein Geschmack geht mehr in die sachliche Richtung, mir schweben Ambiancen vor, die an Fabrikhallen gemahnen, an Maschinen, Fließbänder – *High Tech,* wie man das nennt. Wenn es nach mir ginge, müßten Telefone und Waschmaschinen sämtlich durchsichtig sein und dürften nicht in undurchdringlichen Gehäusen stecken. Ich habe vor, den Pompidou Centre in Paris zu besuchen, sobald sich dieses ermöglichen läßt. Die letzten Bauwerke, die ich zu besichtigen wünsche, sind St. Paul's Cathedral oder das Parlament. Ich verabscheue Örtlichkeiten, die vor Historie und Tradition nur so triefen. Mich deprimiert es, in Gedanken in die Vergangenheit zurückzugehen. Das ist etwas, was ich bedenken muß, wenn ich dieses Land von Westminster aus regiere. Womöglich muß ich die ganze Struktur neu organisieren. Anordnen, daß sich die Mitglieder des Unterhauses in einer moderneren Umgebung zusammenfinden, als dies gegenwärtig der Fall ist. Sagen wir in einem pompösen Buckminster/Fuller-Rundbau am Clapham Common. In der Art einer Zirkuskuppel. Denn die Politik hat, da kann man sagen, was man will, etwas von einem Zirkus. Meiner Meinung nach ist es an der Zeit, mit den falschen Weihestätten aufzuräumen, die sich bis in unsere Tage erhalten haben. Vielleicht gelingt es mir, droben in Oxford eine souveräne Perspektive dazu zu erarbeiten. Denn zum erstenmal in meinem Leben werde ich dort unter Gleichen sein.

Der Tisch ist zum Tee gedeckt, wie ich feststelle. Die Schokoladentorte, seit jeher eine Spezialität des Hauses, wie ich von meinen Babysittertagen her weiß, wo ich einstens ein ganzes Exemplar auf einen Sitz vertilgte, macht sich stolz darauf breit. Daneben steht ein irdener Krug, in dem eine duftige Fülle von Wildblumen arrangiert ist. Ein Bild häuslicher Harmonie vor dem warmen Rot der Ziegelsteinmauern mit dem dazu passenden Orangeton des gefliesten Fußbodens, dem stechenden Gelb der gestrichenen Decke und den ockerfarbenen Fenstervorhängen. Ein Ort, wo ein Mann getrost seinen Hut an den Haken hängen kann.

Dieser Hundesohn.

Mrs. Dilys Bowen hat mein Kompliment nicht mitbekommen. Sie ist an die walisische Anrichte aus naturbelassenem Kiefernholz, das wie frisch geschrubbt wirkt, getreten, die an der gegenüberliegenden Wand steht. Darauf hat man mit künstlerischem Auge feines Steingut arrangiert. Außerdem Zinnvasen, die getrocknete, vergoldete Laubsträuße enthalten, flache, ausladende Schalen, die vor Kürbissen überquellen, eine Sammlung von Steinen, Kieseln, Gehäusen, sämtliche wohl wegen ihrer zarten Färbung ausgesucht. Ferner befindet sich darunter der ausgebleichte Schädel eines verewigten Schafes sowie die Versteinerung eines Farnblattes, die sich nur ganz zart vom tiefen Purpur eines Schieferstückes abhebt. Alles gemahnt daran, daß die Dame des Hauses einstens Zeichenlehrerin war, bevor sie in den Hafen der Ehe einlief. Vier Kinder, macht sie geltend, wie ich weiß, forderten ihren Tribut. Obschon es heutzutage Frauen gibt, die es schaffen, ihre Sprößlinge aufzuziehen und ihre Karriere weiterzuverfolgen, so geht es mir verächtlich durch den Sinn. Während sie es zu ihrer Ganztagsbeschäftigung gemacht hat, die Ehehälfte dieses verfluchten Dichterlings zu sein.

»Wie wäre es mit einem Glas Wein, Boadicea, was meinst du? Hättest du lieber Rot- oder Weißwein oder Rosé? Ich habe alles hier.« Sie lächelt mir aufmunternd zu. Die geöffnete Tür der walisischen Anrichte gibt den Blick auf eine Eisbox frei, in der halbe Weißwein- und Roséflaschen gelagert sind. Rechts von der Anrichte befindet sich ein massives Weinbord, das wohlgefüllt ist mit Flaschen Rotspons. Ein Strahl der Nachmittagssonne, der durch das darüber in die Wand eingelassene Fenster fällt, bringt dessen rubinrote Glut zum Funkeln.

All das ist neu, zeugt, wie auch Dilys' gewandelte Erscheinung, von einer gewissen Wohlhabenheit. Zeus Bowens Reise in die Vereinigten Staaten muß außerordentlich erfolgreich gewesen sein und – lukrativ. Eine Vorstellung, die mir fremd ist. Geld hat in unserer Beziehung niemals eine Rolle gespielt. Es hat etwas Ungewohntes, sich Zeus als einen vermögenden Mann vorzustellen. Aber unübersehbar wird hier demonstriert, daß Geld im Hause ist. Was nur dazu beiträgt, meinen Zorn noch zu erhöhen.

Ich sage: »Ah, wie reizend, Mrs. Bowen. Wenn ich um Weißwein bitten dürfte.« Eigentlich hätte es mir besser angestanden, erst einmal zu überlegen, welche Farbsorte sich am ehesten mit einem kräftigen Schluck Grand Marnier verträgt, den ich mir hinter die Binde gegossen habe, bevor ich die arme Siriol verließ. Doch schon vermag ich den eisigen Lufthauch zu spüren, den die Weißweinflasche verströmt und der sich über den Duft von Mrs. Bowens einladender Schokoladentorte legt. Noch immer lauert etwas von einem gefräßigen Kind in mir.

»Ich schließe mich dir an.« Meine Gastgeberin tritt von der Kühlbox mit einer halben Flasche Weißwein in der Hand zurück. »Mit dieser hier fangen wir an, würde ich meinen. Nicht daß du denkst, ich würde dir nur ein halbes Fläschchen gönnen. Du kannst mich leersaufen, wenn dir danach ist. Es ist nur so, daß ich es, da Zeus oft weg ist und ich damit häufig allein bin, vorziehe, halbe Flaschen zu bestellen. Sonst würde ich mich jeden Abend mit einer ganzen Flasche bedudeln. Ich gehöre nämlich nicht zu jenen Menschen, die mittendrin aufhören können. Mit Bonbonnieren ergeht es mir nicht anders. Ich nehme mir vor, nur eine Praline zu naschen, und schon futtere ich den ganzen Inhalt auf, und zwar ohne Punkt und Komma.«

»Oh, mir ergeht es nicht anders«, falle ich so prompt ein, daß sie lachen muß.

»Das ist gut. Damit hätten wir schon einmal etwas gemeinsames.«

Nicht nur das, geht es mir durch den Sinn.

»Und nicht nur das.«

Es ist, als hätte sie meine Gedanken gelesen! Herr des Himmels! Mit Mühe halte ich mich davor zurück, keine Verlegenheit erkennen zu lassen.

»Aber darauf werden wir gleich zu sprechen kommen«, fährt sie fort, »zuerst laß mich jedoch meinen Pflichten als Gastgeberin genügen.« Sie gießt den Wein in zwei hohe, wunderschön geformte

Kelchgläser. Die Flüssigkeit hat die Farbe von Urin. Sie hebt das ihrige empor, um sodann an dem meinigen, das noch auf dem Tisch steht, anzustoßen. »Auf die Zukunft. Auf die deinige, Boadicea.«

»Und die Ihrige, Mrs. Bowen.« Der Toast, den ich ausbringe, indem ich mein Glas erhebe, klingt lahm und schamlos heuchlerisch.

Sie scheint das nicht zu bemerken. Vielmehr nickt sie mit dem Kopf, indes der Schleier ihres glatten Haares leicht gegen ihre Wange weht. Sie kann in ihrer Jugend so unansehnlich nicht gewesen sein, wie ich dies immer gemutmaßt habe. Ein wenig ähnelt der Schnitt ihres Gesichtes dem der Blodwen von heute.

»Ja, richtig. Und auf die meinige. Auf meine Zukunft! Warum eigentlich nicht?« Und damit stößt sie abermals mit ihrem Glas an dem meinigen an. Diese Geste besitzt eine gewisse schwungvolle Note.

»Wie wäre es mit einem Stück Torte, Boadicea? Na?« Sie lacht leichthin. »Ich habe gehofft, dich damit verführen zu können. Erinnerst du dich noch daran, damals, als du vor Jahren bei uns die Kinder gehütet hast...?«

»Und ich eine ganze Torte auf einmal wegputzte? Daran erinnere ich mich sehr gut«, erwidere ich, indes meine Nervosität sich zu legen beginnt. Das will mir nicht wie der Auftrakt zu einer unangenehmen Szene vorkommen. »Aber das war Ihr Fehler, Mrs. Bowen. Wenn Sie mir nur zwei oder drei Stücke hingestellt hätten, wäre es nicht passiert.«

Doch sie hat die Hand auf meinen Arm gelegt.

»Hör auf damit –«

Ich blicke sie an, bin erneut auf der Hut.

»Hör auf damit, Mrs. Bowen zu mir zu sagen. Von jetzt ab bin ich Dilys für dich. Bitte. Es ist wirklich an der Zeit, daß du du zu mir sagst, nicht wahr, Boadicea?« Damit blickt sie mir direkt in die Augen.

»Ja, Dilys«, entgegne ich, nahezu hypnotisiert von der Nachdrücklichkeit, mit der sie auf dieser Vertraulichkeit besteht. Wenn sie mich in diesem Augenblick gefragt hätte, ob ich hinter ihrem arglosen Rücken ihren Ehegatten zu bumsen mich erdreistet hätte, ich hätte glatt ›ja‹ gesagt.

»Gut. Und jetzt komm, laß uns Platz nehmen, was hältst du davon? Auf dem Sofa? Hier kriegen wir die letzten Sonnenstrahlen mit. Ich meine, auf dem Sofa. Laß dich an diesem Ende nieder, Boadicea. Ich bevorzuge das andere. Ich schätze es, meine müden, alten Beine auf den Fußhocker zu legen. Ist er nicht hübsch, was meinst du?« Sie deutet auf den kleinen, mit karmesinrotem Rosenmusterbrokat überzogenen Schemel. »Hab' ihn bei einer Auktion erstanden. Es war ein ganzer Posten, zusammen mit etlichem Tafelsilber.«

»Ach«, mache ich höflich. Diese Art von Geplauder langweilt mich. Die Kaufhändel anderer Leute, vor allem, wenn es sich dabei um Haushaltsgegenstände dreht, bergen für mich keinerlei Faszination.

»Aber ich möchte dich nicht mit dieser Art von Geplauder langweilen, Boadicea. In deinem Alter ist man schwerlich an Haushaltserwerbungen interessiert.«

Mir schießt die Röte unter die Haut. Ich beiße hastig in ein Stück Torte, um meine Verlegenheit mit Gier zu bemänteln. Aber Dilys' Blick liegt nicht auf mir. Sie hat sich mir auch nicht im Tortenessen angeschlossen.

»Nimmst du denn nicht von der Torte?« frage ich. Wie anders als durch Trivialitäten dieser Art soll man sich die Erörterung von Problemen vom Halse halten? Indem man sich nach der Gesundheit der Leute erkundigt, über das Wetter spricht, über Haustiere und Kinder. Als nächstes könnte ich mich eigentlich auf das Thema ›Kinder‹ einlassen.

»O nein, ich nicht! Ich komme jetzt in ein Alter, wo man in die Breite geht, den gefürchteten Matronenspeck ansetzt. Ja, wirklich! Wie ich das hasse! Ich finde, das macht einfach alt. Obschon ich mein ganzes Leben lang schlank war – ich war so wie du, als ich jung war, immer mager –, meine ich doch, daß ich jetzt aufpassen muß.«

Das geht mir abermals auf den Geist.

»Aber eines bin ich dabei, zu lernen: Man darf die Leute nicht mit seinen Gewichtsproblemen langweilen. Und jetzt, da wir hier gemütlich beisammensitzen, meine ich auch, daß wir auf das Wesentliche zu sprechen kommen sollten, den Sinn unseres Treffens, Boadicea. Oder, besser gesagt: *Ich* sollte darauf zu sprechen kommen. Denn ich war es schließlich, die dich ziemlich kategorisch hierher zitiert hat. Dessenungeachtet war es mir stets eine Freude, dich zu sehen. Bereits, als du noch ein kleines Kind warst, ist mir deine scharfe Intelligenz aufgefallen. Das mag nicht jedem so gehen, der dich kennenlernt. Aber bestimmt jedem Pädagogen. Wie wenige gibt es doch, die diese Eigenschaft besitzen. In den Klassen, in denen ich lehrte, war leider niemand darunter. Aber, um auf den springenden Punkt zu kommen –«

Na endlich.

»Der springende Punkt, der Grund, warum ich dich heute hierher gebeten habe, Boadicea, das möchte ich freiweg sagen, ist, mit dir in Abwesenheit meines Gatten über diesen zu sprechen. Ich empfinde das keineswegs als illoyal. Vielmehr erscheint es mir diplomatischer.«

Mein Herz tut einen Sprung. Hoffentlich rumpelt es nicht mit dem Bissen Schokoladentorte zusammen, den ich soeben durch die Kehle geschickt habe. Sonst übergebe ich mich womöglich noch auf das Sofa. Wenngleich ich mich dagegen sträube, blicke ich ihr dennoch gebannt in die Augen. Als der schuldige Teil. Und gleich werde ich damit herausplatzen, wie leid mir diese Zeit der Untreue tut, die ich mit ihrem Ehegespons teilte. Ich habe bereits den Mund geöffnet, um dieses kundzutun, als sie die Hand erhebt und mir Schweigen gebietet.

»Nein, laß mich zu Ende reden. Ich werde nicht lange dazu brauchen, aber es ist das beste, unter den veränderten Umständen, die Dinge offen zu besprechen.«

Unter den veränderten Umständen! Schiet – sie weiß alles! Daß es zwischen ihrem Mann und mir aus ist. Sie weiß den ganzen Senf. Hat sie uns an jenem letzten Tag in den Sanddünen nachspioniert? Auf allen vieren kriechend und ihren Ehemann dabei beobachtend, wie er sie mit mir betrog? Oder, besser: *nicht* betrog? Die Erinnerung an Zeus' schlappen Penis springt mir unerbetenerweise ins Gedächtnis. *Das dämliche Dings.*

»Ich darf wohl annehmen, Boadicea, daß deine übrige Familie nichts von deiner Affäre mit meinem Mann wußte?«

Trockenen Mundes schüttelte ich den Kopf. Was einem Geständnis gleichkommt.

»Das hatte ich mir gedacht. Dennoch, du bist immer ein solch waches Kind gewesen, es muß dir doch aufgegangen sein, warum Zeus all die Jahre hindurch in eurem Haus ein ständiger Gast war.«

Ich nickte betäubt, obschon mir dies als besonders überflüssige Feststellung erscheinen will. Wenn nicht mir, wem, zum Teufel, sonst sollte es denn klar gewesen sein, warum ihr Eheliebster soviel Zeit bei uns verbrachte?

»Du hast niemals Blodwen gegenüber das Thema Zeus berührt?«

»Zu keiner Zeit, Mrs. Bowen.« Ich schüttele heftig den Kopf. »Warum hätte ich dies tun sollen?«

Sie lächelte mich sanft an. »Du bist wie ich, Boadicea. Ich glaube fest an die Rechte der Bestie Mensch, was deren Privatsphäre betrifft. Aber ich meine, bei Blodwens derzeitigem Zustand solltest du mit ihr darüber reden. Ich muß dir sagen, daß es mir nichts mehr ausmacht. Wirklich nicht.«

Ich starre sie an. In meiner Kehle beginnt sich ein Klumpen zu bilden. Mich rührt, wie ruhig sie das Ganze hinnimmt.

Sie lacht weich.

»Schau mich nicht so mit deinen großen Augen an, Boadicea. Du mußt wissen, daß Zeus und ich lange Jahre hindurch eine enge und liebevolle Beziehung unterhielten, und dafür werde ich ihm stets dankbar sein. Ich liebe ihn noch immer, ich habe ihn immer geliebt und werde dies immer tun. Und ich glaube, daß auch er mich stets auf seine Weise lieben wird. Aber wir brauchen einander nicht mehr länger. Die physische Seite unserer Ehe – ich weiß, daß ich mit dir ohne Scheu darüber reden kann –, die physische Seite unserer Ehe existiert schon seit längerer Zeit nicht mehr. Es schien nicht mehr wesentlich für uns zu sein.

Also hat er mich nicht angelogen, was das betraf. Nicht daß ich ihm darin mißtraut hätte!

»Aber jetzt –« sie blickt in ihren Drink und hebt das Glas an ihre Lippen. Ihr Nacken rötet sich leicht. Einen Augenblick lang wirkt sie, als sei sie wieder eine Sechzehnjährige. Abermals ein unschuldiges Mädchen. »Jetzt fühle ich mich bereit dazu, mit jemandem eine Affäre zu beginnen.«

»Mit jemand Bestimmtem?« Mir entschlüpft die Frage ganz unversehens – dreist und verletzend. »Es tut mir leid«, stammele ich verwirrt, »es war nicht so gemeint, wie es klang.«

Aber sie hat das überhaupt nicht berührt. Sie fühlt sich ganz offensichtlich nicht beleidigt. Dessenungeachtet läßt sie sich nicht weiter darauf ein. »Meine vorangegangene Erklärung, was die Privatsphäre betrifft, gilt auch hierfür, Boadicea. Ich bin sicher, daß gerade du dies verstehst.«

Ich nicke demütig und blicke einigermaßen züchtig drein. Meine Gefühle indes sind ganz anderer Art. Ich habe mich nie in meinem Leben züchtig gefühlt und habe nicht die Absicht, dies nachzuholen. Schon gar nicht in einer Situation wie dieser. Ich versuche, die erstaunliche Wendung der Dinge in eine gewisse Perspektive zu bringen. Damit bin ich im Augenblick beschäftigt. Ich meine, das, was es zu konstatieren gibt, ist: Diese Frau ist dabei, mir ihren Ehemann auf einem Silbertablett zu kredenzen! Sie will mir zu verstehen geben, daß alles okay sei. Mir grünes Licht geben. *Carte blanche*. Und mir dazu alles Gute wünschen – amüsiert euch mal schön! Mir will angeraten erscheinen, die Frage zu stellen, wie denn der betreffende Gentleman darüber denke? Schließlich sind wir beide davon betroffen, nicht nur ich allein.

Und ich versuche zudem, mir über meine eigenen Gefühle klar zu werden. Bin ich erfreut? Begehre ich Zeus noch immer? Sind meine Empfindungen in dieser Beziehung nicht mittlerweile verkümmert? Haben nicht andere Entwicklungen meinen Ex-Lover aus meinem Herzen verdrängt? Vielleicht ist mir gar nicht mehr danach, nach allem Mrs. Dilys Bowen von ihren ehelichen Pflichten zu erlösen. Mir ist nur klar, daß sie zu jener Art von Frauen gehört, die ihren Ehemann, was dessen Liebesleben betrifft, glücklich sehen wollen, bevor sie sich ohne Gewissensbisse einen Liebhaber zulegen.

Mir widerstrebt es, in dieser Weise benutzt zu werden.

»Sagen Sie mir, Mrs. Bowen –«

»Dilys, Boadicea.«

»Sag mir, Dilys, hast du das alles mit Zeus durchgesprochen?«

»Er weiß nicht, daß du und ich diesen kleinen Schwatz halten.«

Das ist keine Antwort auf meine Frage. »Ich meinte, weiß er, daß du von unserer Affäre Kenntnis hast? Sprecht ihr offen darüber?«

Einige Sekunden lang schweigt sie, bevor sie zu einer Erwiderung ansetzt. »Nun, formulieren wir es so: Wir lassen uns darüber nicht freiweg aus. Aber es gilt zwischen uns als eine unausgesprochene Tatsache. So geht es nun einmal zwischen Ehepaaren zu. Du wirst das auch noch erfahren.«

»Oh, ich werde nie heiraten!« entgegne ich rasch.

Sie lächelt nachsichtig.

»Niemals«, sagte ich und dies so entschlossen, wie mir dies nur möglich ist. Sie braucht nicht zu denken, daß ich hierhergekommen bin, um mich für ihre Zwecke einspannen zu lassen. Als Resteverwerter. Einfach so. Bloß, weil sie ihn nicht mehr will.

»Nun, Boadicea, ich verstehe deinen Standpunkt. Wenn ich zu deiner Generation gehören würde, eure Möglichkeiten hätte, würde ich das gleiche empfinden. Aber ich meine doch, daß wir im Augenblick über Liebe reden, nicht über die Ehe. Und, was Blodwen in ihrem gegenwärtigen Zustand betrifft, da muß etwas geschehen. Früher oder später, darum kommen wir nicht herum.«

Ich starre sie an. Allmählich beginnt sich Abscheu in mir zu regen, Abscheu gegen diese Frau, die es fertiggebracht hat, mich ihr gegenüber freundlich zu stimmen. Ist das nicht jene Person, die ich vormals verachtet habe? Warum vergeude ich meine Zeit, um mich wie ein Kind darüber belehren zu lassen – und dieses tut sie in der Tat –, daß ich mich einem Mitglied meiner Familie gegenüber hinsichtlich einer Affäre zu offenbaren habe, die ohnehin gestorben ist?

»Ich muß sagen, daß ich es nicht einsehe, warum ich Blodwen etwas davon sagen soll. Ich verlasse in Kürze Bleddwyn, um mein eigenes Leben zu führen. Und ich meine, daß Blodwen lernen muß, das mit dem ihrigen zu tun. Wir sind nicht einer auf des anderen Wohlwollen angewiesen, mußt du wissen.«

Sie nickt. »Das ist mir klar, Boadicea. Aber ich meine auch, daß Blodwen derzeit mehr des Verständnisses und der Zuwendung bedürftig ist, als du dir das wohl vorzustellen vermagst. Die Tatsache, daß sie in diesem Sommer so lange weggeblieben ist, zeigt, wie bedrückt sie sich wegen ihres Zustandes fühlt.«

»Es war nichts weiter als eine kleine seelische Verstimmung«, entgegnete ich eigensinnig, wobei in meiner Stimme Ungehaltenheit mitschwingt. Blodwen ist schließlich noch immer *meine* Schwester. Ich brauche keine Außenstehenden dazu, die mich über ihren Gesundheits- und Seelenzustand aufklären. Wir, als Familie, wissen sehr gut, was in unseren eigenen vier Wänden vor sich geht, zum Kuckuck noch mal!

»Das mag für die ersten Wochen gegolten haben – das wäre nur natürlich. Das ist bei vielen Frauen ihres Alters in diesem Stadium so. Aber mittlerweile gilt es für sie, mehr zu bewältigen, weswegen man sich um sie kümmern muß. Sie braucht die Liebe derer, die ihr am nächsten stehen. Und du, Boadicea, gehörst mit Bestimmtheit dazu.«

»Du meinst – es gehe ihr unterdessen schlechter?«

»Schlechter –? Ah, du meinst seelisch. Nun, wenn ich von den Erfahrungen meiner Schwangerschaft ausgehe, würde ich sagen, daß es deiner Schwester, da sie über die Hürde der ersten drei Monate hinweg ist, wahrscheinlich mittlerweile besser geht. Daß der Vater ihres Kindes unterdessen in ihrer Nähe weilt, dürfte zudem eine große Hilfe darstellen. Und, was Zeus anbelangt, er mag Fehler haben, soviel er will, er ist ein großartiger Vater. Er liebt Kinder, wie du, Boadicea, gewiß aus deinen Babysittertagen weißt. Erinnerst du dich daran, wie er immer versuchte, die Kinder solange wie möglich aufbleiben zu lassen, obwohl wir wegmußten? Weswegen sich Blodwen glücklich preisen kann, was den Mann anbelangt, der ihr während ihrer schweren Zeit zur Seite stehen wird. Und er wird ihrer beider Kind lieben, wie er die unsrigen liebt.

Wenn sich mein Plan verwirklichen läßt, was ich hoffe, wird das Kleine mit den anderen zusammen aufwachsen. In einer gemeinsamen, glücklichen Familie. Worüber ich mit dir sonst noch sprechen wollte, Boadicea, ist, wie stehst du zu einer alten Dame, die mit dir auf dem Felde der Wissenschaften zu konkurrieren gedenkt? Du mußt wissen – ich wurde als Spätberufene akzeptiert und werde noch im September mit einem Vorbereitungskurs für die Universität beginnen. Ich habe vor, vorzuschlagen, daß Blodwen an meiner Statt hier einzieht, um für Zeus und die übrige Familie zu sorgen. Sie wird sehen, daß die Kinder sich rasch an sie gewöhnen. Und sie werden von dem Baby begeistert sein. Was hältst du davon, Boadicea?«

»Ich glaube ... ich brauche noch einen Schluck. Könntest du mir nachschenken?«

18. Kapitel

Ich schlendere über den Leicester Square und schiele hinauf zu Boyo, der von einem Plakat über dem Eingang des Odeon Kinos auf mich herablächelt. Er ist darauf nackt, indes keusch von hinten präsentiert. Ich schlucke bei dem Anblick. Um stehenzubleiben und einen Augenblick lang über die Ausstrahlung von meines Bruders Bild nachzusinnen. Über jenen goldhäutigen Gott, der da zwischen den Gebäudezeilen aufragt und dessen Grinsen über die Schulter hinweg so unwiderstehlich ist wie zu seiner Knabenzeit. Der Machismo-Appeal des erwachsenen Mannes verstärkt seinen Magnetismus noch. Er gilt derzeit als der sexieste Supermann Hollywoods. Unschwer zu erkennen, warum. Die spöttisch-arrogant dreinblickenden Augen besitzen eine zusätzliche Anziehungskraft. DIESER MANN WIRD DEN FRAUEN GEFÄHRLICH, schreit es von dem Plakat herab. *Den Frauen gefährlich!* Meiner Seele. Was für ein Blödsinn! Boyo ist mittlerweile in etwa so gefährlich wie eine überreife Grapefruit. Aber das Publikum kann das natürlich nicht wissen. Doch was soll's? Boyo hat das gekriegt, was er immer wollte – Ruhm und ein beträchtliches Vermögen dazu. Nur eines nicht ...

Ich mache scharf kehrt, lasse den Leicester Square hinter mir, passiere den Lesbos Arts Centre, welcher mittlerweile im alten Comedy Theatre untergebracht ist. Ich sehe, daß *So, wie wir nun einmal sind* noch immer läuft. Und dies nun im dritten Jahr und mit Ursula in der Hauptrolle. Dafür erhielt sie den *Edith Evans Award*, die *Muse Italiana* und den *Prix de Paris International*. Man nimmt an, daß sie sogar für den *Oscar* gut ist, wenn erst der Film nach dem Theaterstück fertiggestellt sein wird. In den Schaukästen hängen neue Fotografien der Produktion, um den Umbesetzungen in den Hauptrollen Rechnung zu tragen. Auf jedem dieser Bilder dominiert Ursula wie eh und je. Ihre Löwenmähne ist noch immer so aufregend wie weiland, als sie mir zum erstenmal im *No Name* in Cardiff begegnete. Leider wurde der Club nach einer Explosion vor zwölf Jahren, als lokalpolitischer Fanatismus blindlings wütete und ein großer Teil des Hafenviertels zerstört wurde, nicht wieder etabliert.

Ich beschließe (zum wievielten Male?), mit Ursula ein Treffen zu vereinbaren, und zwar in den nächsten Tagen. Es müßte doch amüsant sein, sich der alten Zeiten zu erinnern!

Ich werfe einen diskreten Blick über die Schulter zurück, bevor ich weiter meinem Ziel entgegenstrebe. Zwei Männer sind mir die ganze Zeit über auf meinem Weg durch die Straßen gefolgt, wie dies seine Ordnung hat. Ich erwarte das nicht anders. Der eine befindet sich drüben, auf dem Gehsteig der anderen Straßenseite. Wenn ich nicht wüßte, daß er mich ›beschattet‹, ich würde ihn gar nicht bemerken. Er wäre für mich Luft. Ich lächele. Von dieser Sorte sind die meisten Männer, die ich für gewöhnlich in meinem Kielwasser mit mir führe.

Indes, der andere, der auf der hiesigen Trottoirseite, unterscheidet sich wesentlich von den übrigen. Ein Mann, der in der Masse auffällt. Attraktiv. Auf meiner ansonsten glatten Stirn erscheint eine Falte. Doch diese verschwindet wieder, während ich die Straße überquere, um zu dem gegenüberliegenden Zeitungsstand zu gelangen. Der Umstand, daß einem Männer in den Straßen folgen, dürfte ein geringer Preis dafür sein, daß ich mir die Freiheit nehme, auf diese Art und Weise in London herumzustreifen. Es gibt andere Städte, wo dies absolut unmöglich wäre. Überdies sind die Neuigkeiten vielversprechend.

Aus den Schlagzeilen der Zeitungen ersehe ich, daß weitere Ölvorkommen im Bristol Kanal entdeckt wurden. Das wird Mavis und Siriol freuen. Wahrscheinlich sind sie gerade wieder einmal dabei, einen neuen Küstenstrich zu erwerben, um ein weiteres De-Luxe-Hotel darauf erbauen zu lassen. Wenn sie nicht bereits daran denken, sich vorzeitig zurückzuziehen, oder ihre Geschäfte in westindische Gefilde zu verlegen. Eine Gegend, wo Mavis die

Tage, in der Sonne liegend, verbringen kann, um sich rösten zu lassen und ansonsten zu verschlingen, was es nur zu verschlingen gibt – einem weiblichen Bacchus gleich. Und dennoch der armen Siriol treu zu sein. Man höre und staune! Nach all den Jahren sind sie noch immer zusammen und einander ergeben. Eine Ehe, die seit fünfzehn Jahren währt, wie sie nicht müde werden zu betonen. Jedes Jahr schicken sie mir Fotografien von der Feier ihres ›Hochzeitstages‹, wobei ihnen die Belegschaft eines ihrer Hotels mit Champagner zuprostet. Ich muß wirklich einmal einer dieser Festlichkeiten beiwohnen. Nicht daß man mich nicht einladen würde. Bislang paßte es mir indes terminlich nie.

Während ich eine der Abendzeitungen erstehe, fällt mein Blick auf das Konterfei eines weiteren Familienmitgliedes – meines Schwagers nämlich. Hochmütig, spöttisch lächelnd blicken seine weichen, korrupten Züge vom Titelblatt des angesehenen *Poetry Quarterly*. Er trägt jenen marineblauen Anzug mit schmucker Weste, in dem er bei seinen wöchentlichen Fernsehauftritten in der ›Poetenecke‹ aufzutreten pflegt. Seine einzige Konzession an Bohemia bildet seine Tabakspfeife, ein nützliches Accessoire, das er vornehmlich dazu mißbraucht, sich mit dessen Stiel an die Zähne zu pochen oder seinen kahlen Schädel zu kratzen. Nicht wenige Kabarettisten erzielen mühelose Erfolge, indem sie seine Pfeifenposen nachahmen. Auch die Karikaturisten profitieren davon.

O ja, Zeus Bowen ist unterdessen zu einer Establishment-Figur geworden, die es sich gefallen lassen muß, auf diese Weise an den Pranger gestellt zu werden. Der Mann auf der Straße kennt seinen Namen. Nur jene Bewunderer, die noch immer leidenschaftlich seine frühen Werke verehren, trauern darob, daß sich sein außergewöhnlich vielversprechendes Talent nicht erfüllt hat. Denn Zeus Bowen hat seit fünfzehn Jahren keine Gedichtzeile mehr geschrieben. Seine Muse habe ihn seither verlassen, so wird in einschlägigen Kreisen geklagt. Meine Schwester Blodwen ist eben kein Ersatz für meine Person.

Doch mittlerweile bin ich fast dort angelangt, wo ich hin will. Mit mir soll im BBC-Studio der Lower Regent Street ein kurzes Rundfunkinterview aufgenommen werden. Es wird nicht lange dauern, höchstens eine halbe Stunde. Mein Chauffeur wartet sodann mit dem Daimler vor der Pforte. Er schätzt es nicht, wenn ich so wie jetzt durch die Straßen bummele. Er sieht an jeder Ecke Gefahren für mich lauern – der törichte Knabe. Er kann es einfach nicht begreifen, wie kostbar mir solche kurzen Abstecker sind, bei denen ich Frau Jedermann bin. Nur daß es für mich etwas Erregendes bedeutet, Straßenluft zu schnuppern...

Ich blicke abermals über die Schulter zurück. Ich bin vor dem Studio angekommen.

Der Portier verneigt sich leicht und öffnet die Tür. Doch ich will wissen, welchem von meinen beiden Schatten es gelungen ist, als erster einzutreffen. Dem attraktiven. *Super*. Ich wende mich vollends zu ihm um. Er sieht ganz in der Nähe noch besser aus.

»Ich werde mich drinnen etwas aufhalten müssen. Außerdem bin ich zu früh dran. Würde es Ihnen etwas ausmachen, mit mir zu kommen und zu warten?«

Mein abgründiger Blick läßt wohl kaum eine Deutung offen.

Er antwortet unbewegten Gesichts, indes er mir in die Augen sieht (es wird ein reizvolles Intermezzo werden):

»Was immer Sie wünschen, Frau Premierminister.«

Gwen Davis
Privatstunden

1. Kapitel

»Eingebettet in die frischen, grünen Hügel Virginias«, hieß es in den einleitenden Worten des Prospekts, »nur einen Steinwurf von einer malerischen alten Stadt aus der Zeit der ursprünglichen Dreizehn Kolonien entfernt, liegt Coventry Hall. Es ist eine staatlich anerkannte Vorbereitungsschule für das College mit Gemeinschaftserziehung. Besondere Aufmerksamkeit wird den individuellen Bedürfnissen und Fähigkeiten ihrer Schüler gewidmet.« Die beigefügte Broschüre enthielt einige Schwarzweißfotos, die 1946, im Gründungsjahr der Schule, aufgenommen worden waren: Schülerinnen, die mit Frisuren der Nachkriegszeit und in groben Tuchhosen vor dem weißgetünchten Portal von Haus Tara, dem Wohnheim der Mädchen, umherstanden; Aufnahmen vom Lesesaal und den Erholungsräumen im unteren Stockwerk; eine Luftaufnahme des L-förmigen Gebäudes mit den Klassenzimmern, auch Unterricht im Freien war vorgesehen, und der Baumwipfel ringsum; und von dem nach europäischen Vorbildern errichteten ehemaligen Spritzenhaus, das man in einen Eßsaal und in eine Turnhalle verwandelt hatte. Die Broschüre enthielt auch eine gefaltete Umrißkarte, wie in den Mordkrimis einer Taschenbuchserie, die die gesamten drei Hektar des ausgedehnten Geländes des Campus von Coventry Hall umfaßte, dazu eine Zeichenerklärung.

Da die Fotos so alt waren und die Karte nur eine dürftige Skizze darstellte, gaben sie die Verbesserungen, die in der Zwischenzeit dank der Kuratoren und der Zeit selber durchgeführt worden waren, nicht wieder. Aus der Ruine der alten Scheune nördlich der Klassenzimmer war ein neues, hervorragend ausgestattetes Laboratorium entstanden, und jenseits davon war ein früher völlig unbedeutender Teich zu einem künstlichen See ausgebaggert worden. Ein Sportgelände, groß genug, um Football, Softball, Schlagball und Hockey spielen zu können (obwohl diese Sportarten wegen der begrenzten Beteiligung nur selten durch Schulauswahlmannschaften ausgetragen werden konnten), zog sich an der westlichen Grenze des Campus hin. Und wo immer Gebäude lange genug gestanden hatten, um das Vordringen der Natur zu gestatten, hatten sich Rosen und andere Kletterpflanzen an Spalieren emporgerankt, von den Blicken eines Landschaftsgärtners aufmerksam verfolgt – am Schmiedeeisen des Eingangstors, die Portalsäulen von Tara hinauf, um den unteren Teil des Glockenturms herum, früher einmal ein Wunschbrunnen, während an den neueren Gebäuden – dem Wohnheim der Schüler und Haus Mecca, wo die Mädchen im ersten Jahr wohnten – Kletterpflanzen die scharfen Konturen moderner schwedischer Architektur bereits ein wenig abrundeten.

Von all dem war auf den Fotos nichts zu sehen, auch wurde es im Prospekt nicht erwähnt, ebensowenig wie auf die vielen Bäume, den Flieder, die Magnolien und Blutweiden hingewiesen wurde, die in ihren Pastelltönen den Wechsel der Jahreszeiten ankündigten. Mit Ausnahme der ›frischen, grünen Hügel‹, und eines flüchtigen Hinweises auf die ›idyllische Umgebung‹ hatte sich der Verfasser der Schrift mehr mit der Darlegung der Ziele fortschrittlicher Erziehung und den Qualifikationen von Frau Dr. Birgitta Mann, der Gründerin und Eigentümerin, und dem besonderen Studienprogramm in Coventry Hall befaßt und seine Vorteile für ›ungewöhnliche, begabte Kinder‹ hervorgehoben.

Aber wenn schon der Autor, was die materielle Schönheit der Schule und der sie umgebenden Landschaft betraf, einer Arroganz der Zurückhaltung verfallen war, so unterschied er sich darin in keiner Weise von der Mehrheit der Schüler, die so damit beschäftigt waren, begabt und ungewöhnlich zu sein, daß sie kaum wußten, daß es diese Landschaft überhaupt gab. Nicht einmal Cecily Fleischacker hatte das wahrgenommen, die in ihrem ersten Jahr relegiert wurde, weil sie das Wohnheim der Schülerinnen des ersten Jahres niedergebrannt hatte. Zwei Jahre später war sie dann als Cecily Fleisch zurückgekehrt, um ihre Laufbahn auf der Oberschule zu beenden.

Es war im Grunde gar nicht ihre Absicht gewesen, Mecca niederzubrennen. Sie hatte nichts weiter getan, als einige Rollen Toilettenpapier ins Klo zu stopfen und sie anzuzünden, um festzustellen, was geschehen würde. Irgendwie waren ihr die Dinge dabei außer Kontrolle geraten. Als man sie in aller Eile zum Schulpsychologen, der in Conventry Hall wohnte, schaffte, ohne ihr jedoch die Gelegenheit zu Erklärungen zu bieten, begeisterte sie sich an der Vorstellung, geistesgestört zu sein. Es wurde ein Rorschachtest vorgenommen.

»Ärgere dich nicht darüber, mein Kind«, sagte der Arzt, als er ihr den ersten Bogen mit Klecksographien reichte. »Was siehst du darin?«

Glücklicherweise hatte Cecily vor kurzem im Fernsehen ein interessantes Stück gesehen und konnte sich an alles erinnern, was ein Zwilling dort an selbstmörderischen Ansichten geäußert hatte. Der Schulpsychologe wirkte daraufhin ein wenig beunruhigt.

»Und dies hier?«

Sie spitzte die Lippen, eine irre Olivia de Havilland. »Das Todeslamm«, erklärte sie und wurde von dem Ausdruck reinsten Entsetzens auf seinem Gesicht reichlich belohnt.

Am nächsten Tag wurde sie von der Schule gewiesen, allerdings mit der Einschränkung, man werde ihr die Möglichkeit zur Bewährung geben. In einer öffentlichen Oberschule in New York, die sie in der Zwischenzeit besuchte, erzielte sie nur mittelmäßige Ergebnisse, aber es kam zu keinen weiteren Brandstiftungen. Und als ihre Mutter zu Beginn des Frühjahrs beschloß, erneut zu heiraten, ein Vorgang, der auf Cecily immer ein wenig verwirrend wirkte, zeigte sich die Schule bereit, das Versprechen, ihr Gelegenheit zur Bewährung zu geben, in die Tat umzusetzen. Sie wurde wieder aufgenommen.

Da sie nun der obersten Klasse angehörte und aller Wahrscheinlichkeit nach imstande war, echte Emotionen zu verstehen, erschien es ihr unumgänglich, daß sie von nun an die Dinge so betrachtete, wie sie waren. Tatsache war, daß Cecily, während sie dort mit ihrem pyjamabekleideten Gesäß auf der Feuerleiter von Tara hockte, bewußt wurde, daß sie sich niemals auch nur die geringste Mühe gegeben hatte, ihre Umgebung eines Blickes zu würdigen. Vielleicht hätte sie niemals erfahren, wie schön das alles war, hätte nicht jemand mit klaren Augen sie darauf aufmerksam gemacht.

Die Sonne warf, in der genau richtigen Herbstbeleuchtung einen gelben Schein auf das Dach des Wohnheims der Jungen auf der anderen Seite der rechteckigen Rasenfläche. Die Strahlen krochen wie ein müder Wanderer über den Kiesweg, der sich an Frau Dr. Manns Haus und dem Staketenzaun jenseits von Mecca entlangwand. Dann strichen die Strahlen, als wären sie plötzlich wieder zu Kräften gekommen, über die Tennisplätze hinweg, sprangen über die Rasenfläche, eilten die Feuerleiter hinauf und trafen Cecily mitten ins Gesicht.

»Du übertreibst«, erklärte sie und bedeckte ihre Augen mit dem Ärmel ihres Bademantels. Sie zog sich hinter den Notausgang zurück, schlich den Gang zu ihrem Zimmer entlang, kroch in das untere der übereinanderstehenden Betten, drückte ihr Gesicht in das

Kissen und lauschte Judy Norris' Schnarchen und Januarys Gemurmel im Schlaf, bis der Augenblick des offiziellen Aufwachens gekommen war.

Die Klingel des Wohnheims war laut und klingelte sechsmal öfter als sonst, und die Hausmutter eilte durch die Zimmer. Sie riß die Fenster auf, warf Türen zu und erklärte allen energisch, sie sollten aufstehen, dem Leben entgegentreten und endlich aufhören, wie Schweine zu leben. Cecily, von ihrem frühen Morgenausflug und einem Übermaß an gutem Benehmen berauscht, brüllte »SA-Mann« den Gang entlang, erhielt sofort eine erneute Bewährungsfrist aufgebrummt und durfte an diesem Tag das Campus nicht verlassen.

»Ärgert dich das nicht?« fragte January unter ihrer Zahnbürste hervor, Cecily, die am nächsten Waschbecken stand und sich Zinklotion vom Gesicht wusch.

»Pickel soll sie bekommen!« rief Cecily. »Eines Tages werde ich ein Zeichen an ihre Tür machen, und alle Plagen werden über sie hereinbrechen: Heuschreckenschwärme, Pest und Krätze.«

»Du bist ganz einfach nur aufsässig«, rief Judy Norris vom anderen Becken herüber, »weil du Leute, die Autoritätspersonen sind, nicht ertragen kannst.«

»Du hast den Sommer über eine Menge Pfunde verloren, January«, meinte Cecily.

»Menschen, die mit der Autorität nicht fertig werden, sind für gewöhnlich von einem tiefwurzelnden Zweifel an ihrer eigenen Daseinsberechtigung erfüllt.«

»Es steht dir gut«, fuhr Cecily fort, ohne Judy zu beachten.

»Deine Haut fängt wirklich an, rein zu werden«, sagte January.

»Wie schade, daß du heute nirgends hingehen kannst.«

»Und wennschon«, erwiderte Cecily. »Ich bleibe lieber hier und beobachte, wie sich das Kollegium in Stücke reißt.«

»Leute, denen es nicht gelingt, ihre Widerspenstigkeit gegenüber Vertretern der Autorität zu überwinden, heiraten niemals glücklich, insbesondere Frauen.«

»Und einige Leute heiraten überhaupt nie, glücklich oder sonstwie, weil sie zu häßlich und geschlechtslos sind.« Cecily spuckte Zahnpasta in Judy Norris' Waschbecken.

»Du bist ein Schwein«, rief Judy. »Ich werde es Mrs. Kornfeld sagen.«

»Du Naziverehrerin!« rief Cecily, aber erst nachdem Judy die Tür des Waschraums hinter sich geschlossen hatte.

»Fordere sie lieber nicht heraus«, riet ihr January.

»Warum? Was kann denn Judy mir anhaben, diese Verstopfung in Person?«

»Ich habe Mrs. Kornfeld gemeint. Nur weil sie eine Deutsche ist, braucht sie noch lange kein Nazi zu sein.«

»Erzähl das lieber Kiesinger.« Cecily spülte sich den Mund.

»Ich habe heute vorm Aufstehen den Coventry-Prospekt durchgeblättert, und er enthält ein sehr ausführliches Porträt von Frau Dr. Mann. Wenn man bedenkt, daß sie eine der ersten europäischen Gegnerinnen Deweys war…«

»Du spinnst. Sie war für ihn.«

»Darauf kommt es im Grunde auch gar nicht an. Da wird Frau Dr. Mann hochgejubelt, weil sie die erste fortschrittliche Schule in Virginia leitet und durch die Gründung von Coventry Hall ihre gesamte europäische Ausbildung und die Erfahrung der Neuen Welt in hervorragender Weise vereint hat, um sozusagen die beste aller möglichen Welten zu schaffen.«

January sah sie über den Rand ihres Handtuchs hinweg an. »Und was weiter?«

»Was weiter? In diesem ganzen Geschwätz aber ist Mrs. Kornfeld überhaupt nicht richtig unter die Lupe genommen worden. Da steht nur, sie habe ihren akademischen Grad in europäischen Sprachen erlangt und sei seit Gründung von Coventry Hall hier Hausmutter. Wenn diesen Leuten soviel daran liegt, mit ihren Empfehlungen hausieren zu gehen, warum haben sie dann nicht mehr gesagt?«

»Wahrscheinlich weil Frau Dr. Mann die wichtigere von beiden ist. Zumindest vom Standpunkt der Eltern aus betrachtet.«

»Unsinn«, entgegnete Cecily. »Ich tippe darauf, daß sie über die Kornfeld nichts weiter gesagt haben, weil sie ihre einzigen Erfahrungen als Hausmutter in Auschwitz gewonnen hat.«

»Du solltest lieber vernünftig sein«, meinte January. »Du hast das Ausgehverbot richtig herausgefordert.«

»Auf jeden Fall wird sie keine Zeit finden, sich um mich zu kümmern«, meinte Cecily. »Der ist ganz etwas anderes über die Leber gelaufen.«

»Was?«

»Es wird erzählt, daß Haboud Ali in diesem Semester nicht zurückkommt, um bei den Jungs den Hausvater zu spielen. Nach allem, was dieses Weib getan hat, um ihn sich gefügig zu machen, hat er nun die Unverschämtheit, einfach zu verschwinden.«

»Warum mußt du in allem Liebesverhältnisse sehen?« fragte January. »Die Schule hat erst seit drei Tagen wieder angefangen. Es dauert eben ziemlich lange, von Jordanien aus anzureisen.«

»Dort hat er den Sommer gar nicht verbracht. Das Gerücht will nämlich wissen, er sei in Mexico gewesen und habe dort Zauberpilze gegessen.«

»Ganz gleich, wo er war«, meinte January. »Wer wird denn an seine Stelle treten?«

»Aha!« antwortete Cecily. »Gerade darauf will ich hinaus!«

»Was meinst du?« fragte January.

»Du kannst dir doch vorstellen, mit welchen Machenschaften sich Mrs. Kornfeld in Gedanken befaßt. Aber das wäre nur das eine, worüber sie sich Sorgen machen könnte, während mein ande res tolles Gerücht...«

»Und das wäre?« fragte January.

»Daß Frau Dr. Mann einen Werkstattlehrer einstellt.«

»Was hat denn das mit der Kornfeld zu tun?«

»Aber du weißt doch, wie sie alles Körperliche verachtet. Die hat ja fast der Schlag getroffen, als man damit anfing, Jungs mit Sportstipendien hierherzubringen. Sie behauptete damals, das würde die Grundlagen der Schule untergraben und was sonst noch für Mist, während sie tatsächlich, und nun keineswegs gerüchteweise, meinte, einige der Mädchen könnten damit anfangen, mit den Jungs ins Bett zu gehen. Dabei haben es einige bestimmt schon früher getan, aber zumindest konnte sie durch diese geschlechtslosen Schwächlinge, diese Neurotiker, die sie unter Kontrolle halten konnte...«

»Nun hör aber auf«, rief January und begann in ihren Waschlappen zu weinen.

»Ich habe doch nicht Lionel gemeint«, sagte Cecily.

Lionel Lindenbaum war mitten im ersten Jahr nach Coventry gekommen. Er kam aus einer kaputten Familie und einer von einem Fernsehstar aufgezogenen Experimentierschule, den Lionel jedoch angepinkelt hatte. Trotz dieser Empfehlungen war Lionel niemals zum großen Helden aufgerückt, bis er an der Schwelle der Prüfung in Alter Geschichte seinen Handrücken an die Stirn drückte und mit wirrer, jedoch dröhnender Stimme verkündete: »Ich kann nicht in diese Prüfung gehen; ich bin geistig völlig blockiert.«

Frau Dr. Mann hatte ihn von der Prüfung befreit, und January hatte sich in ihn verliebt. Diese Liebe war um so tiefer, als sie nicht erwidert wurde. Cecily war sogar davon überzeugt, sie bestehe nur, weil sie unerwidert blieb. Hätte Lionel jemals etwas mit January gehabt, hätte sie in ihm auch den Dummkopf gesehen, der er war. Dessen war Cecily völlig sicher. Dies führte immer wieder zu bitterem Streit zwischen den beiden Mädchen, und überhaupt war es das einzige Streitobjekt, so daß Cecily dieses Thema nicht öfters als ungefähr einmal am Tag aufwarf.

»Ich würde es sagen, wenn ich Lionel meinte«, erklärte Cecily.

»Schon gut.« January wischte sich die Augen.

»Lionel ist über das Stadium des Schwächlings längst hinaus. Er könnte nicht einmal so tun, als sei er einer. Ich mache ja nur Spaß, reg dich nicht auf.« Sie wartete, bis Januarys Augen wieder zu ihrem Normalzustand zurückgekehrt waren. »Aber du mußt endlich damit anfangen, den Tatsachen ins Gesicht zu sehen, January, und es ist eine Tatsache, daß der Kornfeld ihre Sicherungen durchbrennen.«

»Wahrscheinlich regt sie sich über etwas auf, wovon du nichts ahnst«, meinte January. »Du solltest nicht so viele Gerüchte in die Welt setzen. Frau Dr. Mann würde niemals einen Lehrer für Werkstattunterricht einstellen. Es... paßt so gar nicht zum Charakter unserer Schule.«

»Richtig«, erwiderte Cecily. »Ein solcher Lehrer ist ein Mensch aus Fleisch und Blut. Wie ein Sportler. Ein Stück Wirklichkeit. Die Kornfeld aber kann die Vorstellung der Wirklichkeit nur als etwas Abstraktes ertragen.«

»Sie leitet doch gar nicht die Schule.«

»Nicht nach dem Prospekt. In diesem Prospekt steht über sie nur...«

»Hör endlich damit auf, Cecily.«

»Du weißt doch, wie verschwommen die Mann ist, nur nicht in Geschichte. Und du kennst ihre geschichtliche Theorie, auf der sie ständig herumreitet: Macht korrumpiert, absolute Macht korrumpiert absolut. Die Kornfeld ist ein klassisches Beispiel für Selbstverherrlichung auf puritanischer Ebene. Eine Art deutscher Cromkins.«

»Du meinst wohl Cromwell.«

»Das ändert nichts am Wesentlichen. Du weißt doch auch, wie groß der Einfluß ist, den die Kornfeld auf andere Menschen ausübt.«

»Das glaube ich nicht einmal«, entgegnete January. »Das ist kein echter Einfluß. Als das Urteil im Scheidungsprozeß meiner Eltern endlich gefällt war, hat die Kornfeld mir geraten, bei meinem Vater zu bleiben, und obwohl ich sonst in allem auf sie gehört habe, bin ich dann doch mit meiner Mutter gegangen.«

»Das liegt nur daran, daß du von Natur aus stärker bist, als du glaubst. Aber sieh dir einmal an, was sie mit den Schwachen anstellt. Zum Beispiel…«

»Ich warne dich, Cecily.«

»Ich hatte gar nicht über Lionel reden wollen.«

»Danke«, sagte January.

»Wenn ich daran denke, wieviel Zeit er in ihrem Zimmer verbringt, sich alte Dietrichplatten anhört und sich zu Weihnachten mit Pfeffernüssen vollstopft! Der Schlag würde sie treffen, wenn er sich jemals mit einer richtigen Frau einließe.«

»Eine richtige Frau könnte ihn dazu bringen, sich mit ihr einzulassen«, erklärte January und schnaubte sich die Nase.

»Darauf würde ich mich nicht verlassen.« Cecily fuhr sich mit dem Kamm durch ihr kurzes rotes Haar und legte eine Locke mitten auf ihrer Stirn zurecht. »Sie würde mit Zähnen und Nägeln kämpfen, wenn sich irgend jemand mit einem wirklichen Jemand einließe.«

January sah sie neugierig an. »Wieso kommst du ihretwegen so sehr in Fahrt? Ich hatte angenommen, du haßt die Kornfeld nicht mehr als die übrigen Lehrer.«

»Das tue ich auch nicht«, erwiderte Cecily. »Ich hasse nur das, was sie repräsentiert.«

»Und das wäre?«

»Da sehe ich noch nicht ganz klar«, antwortete Cecily.

»Aber warum verrennst du dich überhaupt in die Sache. Ich dachte, du könntest diese Schule nicht ausstehen.«

»Kann ich auch nicht«, rief Cecily gereizt. »Aber das bedeutet nicht, daß ich nicht auch einiges schön finde. Ist dir eigentlich klar, wie schön es tatsächlich hier ist. Aber alle sind so abgestumpft, daß sie es nicht einmal bemerken, falls nicht jemand mit richtigen Augen sie darauf aufmerksam macht.«

»Ich glaube, du meinst, mit klaren Augen«, warf January ein.

»Manchmal weiß ich genau, was ich meine.« Cecily verschwand in einer der Toilettenkabinen. Das Geräusch einer hastig abrollenden Papierrolle war zu vernehmen, gefolgt von einem Laut des Abreißens. Schon war sie wieder zurück, noch damit beschäftigt, sich die Enden des Papiers von der Seite her in ihren Büstenhalter zu stopfen.

»Du hast doch mal gesagt, dir wäre es gleich, ob du welche hättest oder nicht«, rief January.

»Tot umfallen würde sie, wenn sich jemand mit einem richtigen Jemand einließe«, sagte Cecily. »Genau das braucht nämlich diese Schule; einen richtigen Jemand, der die Zügel in die Hand nimmt. Jemand, der nicht nur... mit seiner Psychologie kommt, nicht nur ständig unseren Geist formen will.«

»Ich wußte gar nicht, daß dir das so zu schaffen macht«, sagte January.

»Ich bin auch nicht einer der üblichen Rebellen.« Cecily schmierte sich vorsichtig mit einer Fingerspitze etwas Creme in das Grübchen über ihrem spitzen Kinn. »Ich versuche zu beobachten.«

Da das Schuljahr offiziell nicht vor dem folgenden Montag beginnen sollte, wurde der Unterricht an diesem Samstagmorgen noch formloser abgehalten als sonst. Die Lehrer beschränkten sich bei ihren Besprechungen mit den Schülern auf die Bücher, die gelesen, und auf die Ziele, die im kommenden Jahr erreicht werden sollten, und entließen sie nach etwa einer Viertelstunde. Frau Dr. Mann jedoch behielt die obere Klasse die ganze Stunde über da und gab den Schülern anhand der immer wieder ausgewechselten Landkarten auf der einen Seite des Unterrichtsplatzes im Freien in groben Zügen einen Überblick über Neue Europäische Geschichte.

Lionel Lindenbaum, dessen Augen sich melancholisch über dem Rand des Rollkragenpullovers bewegten, den er sich bis zum Nasenrücken heraufgezogen hatte, erhob sich einen Augenblick und fragte Frau Dr. Mann, ob der Unterricht zu irgendeinem Zeitpunkt des Jahres in das Innere des Hauses verlegt werden würde. Frau Dr. Mann antwortete ihm wie in jedem Herbst, wenn ihm kalt sei, dürfe er einmal um das Gebäude herumlaufen.

Nachdem dieser traditionelle Dialog beendet war, lehnte sich Lionel zurück und begann Blasen aus seiner Spucke zu machen, während Frau Dr. Mann ihren Unterricht ohne jede weitere Störung fortsetzte.

Die Klingel kündigte das Ende des Unterrichts für diesen Tag an. Cecily, die sich den überschwenglichen Worten von Frau Dr. Mann, die den Schülern einen frohen freien Nachmittag wünschte, entzogen hatte, lief durch den Torbogen hindurch und schlug den Weg an den inneren Klassenzimmern entlang ein. Im Gebüsch vor ihr raschelte es plötzlich. Frenchy Swackholm stürzte mit einer Machete in der Hand um das Abzugsrohr der Regenrinne herum auf sie zu.

»Tschu En-lai!« brüllte er, als Frazier Peters ihn von der niedrigen Regenrinne des Algebrahauses her ansprang.

»Tod den Rebellen!« schrie Frazier, während er Frenchys Nacken mit dumpfen Schlägen bearbeitete.

»Idiot!« rief Frenchy. »Ich bin doch kein Rebell. Ich bin dein Stellvertreter.«

»Das sagst du«, widersprach Frazier. »Ich habe dich nur zu meinem Helfer ernannt. Du hast gar kein Recht, dir selber Befehle zu geben und herumzulaufen.«

»Aber du bist doch eigentlich krank«, erwiderte Frenchy kleinlaut.

»Ein klarer Fall von übler Nachrede. Gemeine kapitalistische Propaganda. Mao Tse-tung kennt keine Krankheit.«

»Dein Wort in Gottes Ohr«, sagte Cecily und setzte ihren Weg fort.

In der Ulme neben dem Glockenturm saß Arthur Claypool und ließ mit geschlossenen Augen sein Tonbandgerät laufen, ein sehnsüchtiges Lächeln um die Lippen. Er pfiff mal traurig, mal lustig vor sich hin, in schneller Folge, denn er paßte sich dem Wechsel der Musik an, kleinen Wellen ähnlich, die der Wind auf dem Wasser aufrührt. January hatte Cecily schon immer erzählt, daß Arthurs Musik eine traurige Sehnsucht enthielte und in seinem ständigen Pfeifen Pans Geist zum Ausdruck käme. Judy Norris hingegen behauptete, es sei ein oraler Komplex. Cecily war jedoch der Meinung, Arthur Claypool sei nichts weiter als ein Widerling. Aber schon wieder klingelte es, und diese Klingel scheuchte ihn von seinem Baum herunter und rief alle zum Essen, so daß es ihr erspart blieb, noch länger darüber nachzudenken.

Schüler liefen auf ihrem Weg zum Speisesaal an ihr vorbei. Sie wollten das Essen so schnell wie möglich hinter sich bringen, um dann ihren freien Nachmittag genießen zu können. Cecily blickte verärgert zum Himmel auf. Sie hatte immer gewußt, daß er da war, aber niemals so bewußt sein Blau in sich aufgenommen. Jetzt wurde es ihr plötzlich klar, daß ihre Bestrafung einen Stubenarrest darstellte und damit ihr gesamtes Programm, die Dinge so zu sehen, wie sie waren, über den Haufen warf. So kehrte sie ins Haus Tara zurück, um damit aus Protest gegen ihre Ausgangssperre einen Hungerstreik einzuleiten, setzte sich auf ihr Bett und aß Schokolade.

»Du Schweinehund, Menschenskind«, rief sie, als January vom Essen zurückkam. »Du siehst absolut bezaubernd aus. Hast du dir all das Make-up aufgelegt und dich so aufgetakelt, nur um ins Kino zu gehen?«

January senkte den Blick und strich einen Fussel von ihrem blauen Samtkleid.

»Du bist zu gut für ihn, weißt du.« Cecily knüllte das Schokoladenpapier fest zusammen und schob es sich in die Mitte ihres Büstenhalters. Dann zog sie eine neue Tafel unter ihrer Matratze hervor. »Er ist während der ganzen Essenszeit im Zimmer der Kornfeld gewesen.«

»Lionel?«

»Kennst du sonst jemand, der so lang ist und trotzdem nur wie eine halbe Portion wirkt?«

»Cecily, manchmal glaube ich, du hast überhaupt kein Verständnis für andere. Lionels Haltung ist symptomatisch für seine Niedergeschlagenheit... für seine Langeweile... für seine Unfähigkeit, mit seinen Problemen fertig zu werden.«

Cecily biß mitten in die Schokolade hinein. »Ich nenne es eine schlechte Haltung.«

»Was kannst du aber bei seiner Vergangenheit erwarten? Eine tyrannische Mutter und ein Vater, der Transvestit ist...«

»Wo hast du denn das her?« fragte Cecily.

»Lionel hat es mir erzählt.«

»Das habe ich mir gedacht«, meinte Cecily. »Ich bin im vergangenen Sommere Lionel *und* seinem Vater im Central Park über den Weg gelaufen. Sein Vater ist ein ganz normaler abgekämpfter Geschäftsmann mit randloser Brille und einer Weste. Stell dir das vor, eine Weste im Juli!«

»Vielleicht kommt er nur bei Vollmond in Fahrt«, antwortete January.

»Außerdem bauscht Lionel alles auf, um sich selber interesant zu machen«, erklärte Cecily.

»So oder so«, meinte January, »auf keinen Fall ist es seine eigene Schuld, daß er so ist.«

»Darin hast du recht«, sagte Cecily. »Und die Kornfeld ist es, die dafür sorgt, daß er so schlapp und so abhängig bleibt.«

»Wie kannst du ihn schlapp nennen? Er ist auch schon sechzehn.«

»In dem Alter hätte die Jungfrau von Orleans schon drei Kinder zur Welt gebracht, wäre sie nicht in den Krieg gezogen.«

»Er ist nicht die Jungfrau von Orleans!« kreischte January.

»Irgend jemand sollte es ihm mal sagen«, erklärte Cecily, »dann würde er vielleicht endlich damit aufhören, Ponys zu tragen.«

»Du weißt doch, daß es dir verboten ist, Süßigkeiten zu essen«, sagte January. »Was passiert, wenn die Kornfeld dich dabei erwischt? Ist er noch immer dort?«

»Wahrscheinlich. Es muß dieser Deutschen sehr auf die Nerven gehen. Sie schäumt doch vor Eifer, Liebespaaren auf die Spur zu kommen, und nun hält sie dieser Waschlappen in ihrem Zimmer fest.«

»Du solltest keine Schokolade essen«, erklärte January kühl. »Deine Haut wird dadurch nur noch schlimmer.«

»Gut, dann ißt du sie eben und kannst wieder dick werden.«

January stürzte aus dem Zimmer und warf die Tür hinter sich zu. Dieser Abgang aber war nur teilweise ein Erfolg, denn die Tür schlug wieder auf, so daß Cecily die Stimmen hören konnte, die gedämpft aus Mrs. Kornfelds Zimmer am Ende des Ganges kamen. Sie wurden immer lauter, und die Diskussion schien hitziger zu werden. Cecily bemühte sich, einzelne Wörter zu verstehen, aber sie waren allzu undeutlich.

Schließlich öffnete Mrs. Kornfeld ihre Tür. »Wenn du schreist, verläßt du sofort mein Zimmer«, rief Mrs. Kornfeld.

»Ich verlasse auch so Ihr Zimmer, und nur zu gern«, entgegnete January. »Das hätte ich von Anfang an wissen sollen. Noodles hatte in bezug auf Sie völlig recht.«

»Was willst du damit sagen?« fragte Mrs. Kornfeld.

January lief den Gang entlang und schloß die Tür zu ihrem Zimmer hinter sich. Unsicher lächelte sie Cecily an, die mit übereinandergeschlagenen Beinen auf dem Bett saß und aus einer Konfektdose rosige Kügelchen mit gleichgültigem Gesicht herauspickte.

»Was ist geschehen?« fragte Cecily uninteressiert. »Ich habe dich keifen hören.«

»Ich habe die Kornfeld richtig zusammengestaucht.«

»Das glaube ich dir nicht.« Cecily streckte eine Hand mit von ihr verschmähten weißen Lakritzen aus, aber January schüttelte den Kopf.

»Sie sagte, ich sollte endlich aufhören, ständig hinter Lionel herzuschleichen. Kannst du dir das vorstellen? Sie hatte die Unverschämtheit, mir zu unterstellen, ich sei in ihr Zimmer gegangen, um Lionel zu suchen. Auf jeden Fall war er schon weg. Dann hat sie gesagt, ich solle mich doch mit einem platonischen Verhältnis zu ihm zufriedengeben, das würde dann wenigstens keine Angstgefühle bei ihm wecken, wenn ich schon so entschlossen sei, ihm nachzujagen. Kannst du dir das vorstellen? Damit *er* keine Angstgefühle bekäme! Was bin ich denn, eine Art Tiger? Redet sie ihm das etwa ein? Muß sie mir unbedingt meine größte Freude zerstören?«

January holte tief Atem. »Dann habe ich ihr das mit Noodles verpaßt.«

»Was?« Cecily hörte auf zu kauen. Es ging das Gerücht, daß Noodles Besser die Lieblingsschülerin der Kornfeld aus der Abgangsklasse gewesen war, während January unter den Schülerinnen des zweiten Jahrgangs die gleiche Stellung innehatte. Nach Noodles' Abschlußexamen sollten sich die beiden auch zum Essen getroffen haben, und dabei, so hieß es, hatte Noodles January versprochen, ihr eines Tages etwas zu erzählen.

»Ich habe nichts gesagt.« January puderte sich leicht um die Augen herum. »Ich habe nur etwas angedeutet.«

»Das ist der Haken bei dir, January. Es gelingt dir, Leute so in die Ecke zu drängen, daß du sie wirklich fertigmachen könntest, und dann gibst du plötzlich auf. Was weißt du über Noodles?«

»Im Grunde nichts«, erklärte January. »Sie hat mir niemals erzählt, was sie damals angedeutet hatte.«

Hinter January öffnete sich die Tür, und sie erstarrte. Cecily, der nur zwei Beschränkungen auferlegt waren, nämlich keine Süßigkeiten zu essen und die Lehrer nicht anzubrüllen, wälzte sich auf dem Bett hastig auf den Bauch, um die Süßigkeiten mit ihrem Körper zu bedecken.

Mrs. Kornfeld steckte eine lockere Strähne glatten, grauen Haars in den Kamm hinter ihrem Ohr und sah January streng an. »Ich will wissen, was du gemeint hast.«

»Bitte, Mrs. Kornfeld«, rief January mit einem Flehen in ihrer Stimme. »Ich habe in der Stadt so viel Wichtiges zu erledigen. Zwingen Sie mich nicht, etwas zu sagen, was mir nur Hausarrest einbringt.«

»Ich will wissen, was du gemeint hast.«

»Bitte«, sagte January.

»Cecily, geh aus dem Zimmer«, forderte Mrs. Kornfeld sie auf.

»Ich habe Stubenarrest.«

»Geh aus dem Zimmer.« Mrs. Kornfeld wandte sich January zu.

Plötzlich sprang Cecily vom Bett auf und verstreute dabei rosige und weiße Lakritzenkügelchen über den ganzen Fußboden.

»Sie hat damit sagen wollen, daß Sie keine leiden können, die bumst!« schrie sie.

»Ich werde dich von der Schule weisen lassen!« rief Mrs. Kornfeld.

»Aber nur, wenn Sie unbedingt wollen, daß ich den anderen von Noodles erzähle.« Cecily beugte sich nieder, um die am Boden liegenden Kügelchen aufzuheben. »Sie werden sich da oben hinstellen und erklären, wie Sie eine asexuelle Welt herbeiführen wollen, und dann werde ich aufstehen und ihnen meine genau durchdachte Analyse eines Menschen unterbreiten, der nur solche Leute liebt, die sich keinen *natürlichen Betätigungen* hingeben.« Sie schob sich eine Handvoll Lakritzen in den Mund und kaute langsam und bedächtig. »Dann rufe ich meine Eltern an und unterhalte mich mit ihnen über Leute, die zum *Nicht-Ficken* zumindest auf einer normalen Basis auffordern.«

»Ich verbiete dir diese unflätigen Ausdrücke!«

»Nur werde ich mich, wenn ich mit meinen Eltern spreche, des Wortes Asexualität bedienen! Und dann erzähle ich ihnen auch von Noodles Besser.«

Mrs. Kornfeld drehte sich kurz um und eilte aus dem Zimmer. Cecily leckte sich das Lakritzenzeug von den Zähnen.

»Glaubst du nicht, du bist zu weit gegangen?« flüsterte January nach einer Weile.

»Wieso?« meinte Cecily. »Sie kann nur erreichen, daß ich an die Luft gesetzt werde, aber das würde ihr ziemlich schwerfallen: Auf die Schule würde es ein schlechtes Licht werfen, immerhin ein zweimaliger Rauswurf. Außerdem glaube ich nicht, daß sie es wagt. Nicht nach dem, was ich über Noodles gesagt habe.«

»Was weißt du über Noodles?«

»Weniger als du.« Cecily lachte auf und holte unter ihrem Kissen eine Tüte mit Kartoffelchips hervor.

»Cecily...«

»Was ist?«

»Selbst wenn es mal mit Lionel klappen sollte, habe ich doch nicht die Absicht, mit ihm... mit ihm...« January biß sich auf die Lippen. »Mit ihm zu vögeln.«

Cecily warf die Kartoffelchips in die Luft. »Bist du verrückt, solche Worte zu gebrauchen? Wie kann ein Mädchen so etwas sagen?«

»Entschuldige, ich wollte... ich wollte nur nicht, daß du von mir enttäuscht bist. Aber ich hatte niemals die Absicht, mit Lionel... zu schlafen.«

»Was wäre denn daran so schlimm? Herrgott noch mal, ich habe noch nie etwas so Dummes gehört.«

»Ich wollte ganz einfach nicht, daß du von mir enttäuscht bist.«

»Aus welchem Grund? Weil du noch Jungfrau bist?« Cecily streckte sich auf dem Bett aus. »Was ist denn bei all dem Geschrei an einer Jungfrau so Schlimmes? Zufällig bin ich selber eine.«

»Wirklich?« rief January.

»Bestimmt«, antwortete Cecily und drehte sich auf dem Kissen herum. »Bin es seit Jahren.«

»Es tut mir furchtbar leid, dich so zurückzulassen.« January blieb in der Tür stehen. »Aber ich muß...«

»Ich weiß«, sagte Cecily, »du mußt dem Gebot deines Schicksals folgen.«

»Was willst du den ganzen Nachmittag über tun?«

»Wahrscheinlich schlafen.« Sie ließ den Rest der Kartoffelchips in ihren Mund rieseln. »Ich bin sehr müde. Aber ich weiß nicht, warum ich eigentlich so müde bin.« Cecily gähnte und zog sich das Kissen über das Gesicht. »Wahrscheinlich weil ich nichts gegessen habe.«

2. Kapitel

Den ganzen Nachmittag lang konnte sie von ihrem Fenster aus die Schüler beobachten, die unten umherschlenderten. Es waren die, die nicht in die Stadt oder ins Kino gegangen waren, denen es freistand, wegzugehen, und die daher blieben. Wenn sie sich so weit wie möglich hinauslehnte und die Augen zusammenkniff, konnte sie die lange Außentreppe zum Wohnheim der Jungen deutlich erkennen. Schließlich wurde ihr Warten belohnt. Flinke, federnde Beine kamen in ihr Gesichtsfeld. Es konnten nur die des besten Sportlers auf dem Campus sein, der die Treppe hinabgesprungen kam. Als er den Kiesweg, der zum Haus Tara führte, betrat, konnte sie Bob Duzo deutlicher erkennen.

Sie war überrascht, ihn noch immer auf dem Campus zu sehen. Die Nachmittagssonne vergoldete seinen flachen, weichen Bürstenschnitt. Er hatte den Kopf leicht vorgeneigt, als ob er den Weg mit seinen sauberen Augen aufmerksam betrachtete. Cecily war es nicht immer bewußt gewesen, daß sie sauber waren. Als sie im vergangenen Jahr nach Coventry Hall zurückgekehrt war, bemerkte sie, daß zum Kreis der Schüler neben Gitarrespielern, weltfremden Dichtern und Anarchisten auch ein paar schlaksige Gestalten gehörten, die Frau Dr. Mann als *Schüler mit Sportstipendium* und die übrigen Schüler als *Außenseiter* bezeichnete. Offenbar hatten ein paar Eltern, die daran interessiert waren, daß Coventry Hall auch einmal außer bei Schachturnieren etwas gewann, ein wenig Druck auf die Verwaltung ausgeübt. So hatte die Schule einen Basketballtrainer aus einem Ort in der Umgebung New Yorks, wo die Leute sportlich interessierter waren, angeheuert. Er war mit einigen seiner Jungs erschienen.

Selbst in ihrer Erinnerung hatte Cecily nicht die Absicht, das Ganze als einen Gangsterstreich zu betrachten, aber es blieb ihr bewußt, wie sehr sie dies alles als Al-Capone-Stil empfunden hatte. Sie nahm an, daß sie doch ganz gegen ihren Willen von der Einstellung der Kornfeld angesteckt worden war, und der magere, sehr schnelle Rudy Manicotti, der bei einem Spiel gut und gern seine fünfzehn Körbe erzielte und Rauch aus seinen Ohren hinausblasen konnte, war ihr vom ersten Augenblick an widerlich gewesen. Bob Duzo hingegen hatte bei ihr nicht den gleichen Grad der Verachtung geweckt: Er hatte breite Schultern, und obwohl er ein großer Bursche war, nutzte er seine körperliche Überlegenheit schwächeren, kleineren Jungen wie Frenchy oder Lionel mit seinen hängenden Schultern gegenüber nicht aus. Obwohl Bob Duzo bei einem Spiel seine Kräfte voll einsetzte, hatte er doch etwas Gutmütiges an sich, und im Klassenzimmer wirkte er so, als wolle er sich entschuldigen und als empfände er es als lächerlich, dort zu sitzen.

Diese Eigenschaften retteten ihn davor, geradezu als Ärgernis betrachtet zu werden, aber trotz allem hatte Cecily ihn doch immer als etwas schmutzig empfunden. Seine Haut war ein wenig zu dunkel, und der braune Strich seiner Augenbrauen war zu dick. Die Nase war, obwohl gut geformt, doch auffallend, als wollte sie sich als eine richtige Nase herausstellen und nicht als ein durch eine unumstößliche Abstammung bedingtes Ereignis. Sein Lächeln war strahlend weiß, ein breites Lächeln, aber sie hatte sich davon nicht täuschen lassen: Er strahlte ganz einfach zuviel Gesundheit aus, und es war eigentlich unvorstellbar, daß ein Mensch auf so festen Füßen stehen konnte.

Außerdem unterstrich das übertriebene weiße Strahlen seines Lächelns nur seine dunkle Hautfarbe. Nicht daß sie nun von irgendwelchen Vorurteilen beherrscht war, sie gehörte selber einer Minderheitengruppe an und war von solchen Gruppen umgeben.

Aber ein Mensch, der seiner Rasse oder Religion nach eingestuft werden konnte, unterschied sich in seinem Äußeren doch sehr von einem in jeder Hinsicht benachteiligten Italiener aus New York. Den ganzen Frühling hindurch hatte sie ihn nur wenig beachtet, zufrieden damit, ihm in ihrem Bewußtsein einen festen Platz – wobei sie Mrs. Kornfelds Ausdruck übernahm –, als Gott aus Bronx, zugewiesen zu haben.

Als sie am zweiten Tag des Herbstsemesters im Keller von Tara hockte und in der nachmittäglichen Dunkelheit mit den Zähnen knirschte, weil man ihnen Judy Norris als dritte ins Zimmer gelegt hatte, stand er plötzlich vor ihr. Er lächelte sie an, nachdem sie ihr Gesicht von ihren Knien gelöst hatte. Sie hatte sich rasch nach Renata Edelman umgesehen, denn sie nahm sofort an, sie hätte sich zufällig an einem ihrer Treffpunkte eingefunden. Aber Renata war nirgends zu sehen.

»Was ist denn so komisch?« rief sie.

»Ich habe tatsächlich bis jetzt noch niemand erlebt, der wirklich mit den Zähnen knirscht«, antwortete Bob Duzo.

»Da solltest du mal Judy Norris hören. Sie tut es die ganze Nacht hindurch, begleitet von Polypengeschnarche. Eine klassische Symphonie in Kopftönen.«

»Es ist ein so schöner Tag«, sagte er. »Du solltest nicht hier im Dunkeln sitzen, während du draußen in der Sonne sein könntest.«

»Wenn du jetzt noch *The Sound of Music* anstimmst, gebe ich meinen Geist auf.«

»Nein, ganz im Ernst. Es ist wirklich ein schöner Tag.«

»Ich fürchte, du mußt mich erst einmal in Gang setzen«, sagte Cecily. So unglaublich es ihr auch erschien, er ergriff ihren Arm, führte sie zur Kellertür in den Sonnenschein hinaus und sagte, sie solle einen Spaziergang auf dem Campus machen und die Augen offenhalten – dann würde sie sich schon bald wohler fühlen. Die ganze Zeit über formten sich in ihrem Mund bissige Worte, und am liebsten hätte sie ihm ins Gesicht geschrien, wie sehr sein sonniges Wesen sie ankotzte. Seltsamerweise aber mußte sie feststellen, daß sie sie nicht aussprach. Als sie erst einmal hinausgetreten war, bemerkte sie, daß es tatsächlich ein strahlender Tag war. Das heißt, wenn man zufälligerweise überhaupt etwas für Wetter übrig hatte, was bei Bob Duzo offenbar der Fall war. Cecily hatte dem Wetter niemals große Aufmerksamkeit geschenkt.

»Ihr bringt mich hier noch zur Strecke«, sagte Bob, ergriff ihren

Arm und ging mit ihr auf den See zu. »Du lieber Gott, wie viele laufen hier herum, die unglücklich sind und leiden.«

Cecily wollte etwas erwidern, etwas Neunmalkluges, aber ein noch klügerer Instinkt ließ sie schweigen.

»Ich höre abends gern den anderen zu, wie sie nörgeln, und Renata hat den ganzen Sommer nicht damit aufgehört, mir von all den zerrütteten Familien und reichen Eltern zu erzählen, die mit intelligenten oder schwierigen Kindern nicht fertig werden und sie in diese Umwelt hineinzwingen. Jedesmal, wenn ich aus den Ferien hierher zurückkomme, glaube ich, am falschen Ort gelandet zu sein. Das kann doch nicht die gleiche Schule sein, denke ich, die auch die anderen besuchen. Die anderen scheinen von einer mittelalterlichen Burg zu sprechen, in der gefoltert wird.«

»Hier herrscht wirklich eine sehr bedrückende Atmosphäre«, sagte Cecily.

»Atmosphäre, daß ich nicht lache!« rief Bob. »Kaum ist der Kombiwagen durch das eiserne Tor gefahren, kommt man sich vor wie bei einem Blumenfest im Süden, so hängen die Blumen über die Anfahrt hinab. Und dabei erklären alle, die gemütlich auf dem Rasen herumsitzen, was für ein entsetzliches Dasein das hier wäre... Und dann die Tennisplätze...«

»Niemand spielt«, entgegnete Cecily kraftlos.

»Daran sind sie selber schuld«, erklärte Bob. »Die Tennisplätze sind ja da. Alles ist da. Mein Gott, weißt du überhaupt, was die Kinder aus meiner Nachbarschaft darum geben würden, wenn sie in eine solche Schule hineinkommen könnten? Stallungen, Sportplätze... Schau mal geradeaus.« Er nickte in Richtung der staubigen Straße, die sie entlanggingen. »Was siehst du?«

»Einen künstlichen See«, sagte Cecily. Sie wehrte sich dagegen, die Dinge so einfach zu sehen.

»Nein, wie entsetzlich!« rief er, drehte sie halb zu sich herum, so daß sie ihn ansehen mußte, und wieder breitete sich das offene, freimütige Lächeln auf seinem Gesicht aus. »Ein See, Menschenskind. Im ganzen Stadtteil East Bronx kannst du vergeblich nach einem See suchen.«

»Das tut mir leid«, sagte sie nach einer Weile. »Wirklich.«

»Mir gegenüber braucht dir nichts leid zu tun. Aber ich finde, jetzt, wo du alt genug bist, die Dinge so zu sehen, wie sie sind, solltest du nicht so wütend darüber sein, daß du es noch nicht gelernt hast, für die Welt um dich her offene Augen zu haben.«

»Ich werde mir das merken«, sagte sie und blieb zögernd auf der

Straße stehen, weil sie sich dem Bootshaus näherten, wo Renata zweifellos auf ihn wartete. »Aber auch du kannst etwas für mich tun. Wenn du wirklich so froh darüber bist, hier zu sein, dann sieh dich vor der Kornfeld vor. Renata ist einer ihrer Lieblinge, und was diese Lieblinge angeht, kennt sie keinen Spaß. Bei dir besteht die Gefahr, daß du ein richtiges Verhältnis anfängst, aber die Kornfeld kann die Vorstellung von Sex nur als etwas Abstraktes ertragen.«

»Du bist schon ein seltsames Mädchen«, sagte er.

»Das hoffe ich«, antwortete Cecily. »Also versuch dich sozusagen etwas im Hintergrund zu halten.« Sie wandte sich ab, entfernte sich ein paar Schritte und lächelte ihn über die Schulter hinweg an. »Und laß es dir nur nicht einfallen, im Keller von Haus Tara etwas zu unternehmen. Diese Deutsche wird dich unter ihrem Absatz zertreten. Ich meine das buchstäblich.«

Sie ließ ihn auf der Straße stehen und lachte auf dem Rückweg zum eigentlichen Campus und zum Haus Tara. Im Laufen blickte sie sich nach allen Seiten um und entdeckte Bäume, die sie noch niemals dort gesehen hatte, und richtige Pferde, die rechts vom Zaun auf einer kleinen Weide grasten.

Als sie an diesem Abend schlafen ging, wobei sie versuchte, nicht an sein verlegenes Lächeln zu denken, an das sie sich so genau erinnerte, mußte sie sich seine Augen wieder vorstellen. Sie waren sehr dunkel, aber es waren die klarsten Augen, die sie jemals gesehen hatte, weil sie ganz einfach alles so sahen, wie es wirklich war. Im Vergleich zu ihnen empfand sie ihre eigenen hellblauen Augen, die sie stets als einen Triumph des Reinen, Klaren betrachtet hatte, nun als trübe.

Als sie ihn nun am nächsten Tag beobachtete, sah sie ihn weniger deutlich als am Abend zuvor in ihren Gedanken, empfand ihn aber in seiner Frische als mit keinem der anderen vergleichbar. Er eilte an den Klassenzimmern vorbei in Richtung auf das Laboratorium, und mit seinen gelassenen, federnden Schritten kam er beim Gehen schneller vorwärts als die meisten anderen beim Laufen.

Cecily legte den Kopf auf die Seite und wandte sich der offenen Tür zum Gang zu, wo sie das unvermeidliche Erscheinen Renata Edelmans erwartete. Renata hatte sich aus dem Mädchen, das im ersten Jahr in dieser Schule eine verschwommene Neigung fürs Tanzen verspürte und sich gelobte, wäre sie erst einmal erwachsen, würde sie ein Liebesverhältnis mit Jerome Robbins haben, in ein Wesen verwandelt, das eine recht handfeste Laufbahn in Sinnlichkeit vor sich hatte, wobei natürlich auch die von ihr so geschätzten Körperbewegungen wieder zu ihrem Recht kamen.

»He, Renata!« rief Cecily, als Renata den Gang entlangeilte. Sie nickte Cecily zu, ohne sie eigentlich anzusehen, eine Besonderheit bei ihr, die viele als geheimnisvoll empfanden, die jedoch tatsächlich nur auf Kurzsichtigkeit zurückzuführen war. Sie lächelte jenes nur angedeutete Lächeln, das ihr drei Jahre hintereinander die Rolle der Madonna im Weihnachtsspiel eingetragen hatte. Seltsamerweise hatte niemals jemand etwas Abfälliges darüber gesagt. Renata Edelman bewegte sich so ästhetisch, sogar auf dem Weg zur Toilette, daß sie das, was ihr an himmlischer Tugend abging, durch irdische Anmut auszugleichen verstand. Zumindest nach den Maßstäben einer Oberschule.

Als sie an Cecilys Tür vorbeiging, stieß Renata mit Katherine Stantus, der Spanischlehrerin, zusammen. Beide murmelten leise Entschuldigungen und traten zurück, um sich gegenseitig Platz zu machen. An sich war der Gang breit genug, um beide aneinander vorbeigehen zu lassen, wären nicht Renatas schlechte Augen gewesen und gehörte nicht Miß Stantus zu den Leuten, die anscheinend überhaupt nichts sehen wollten. Ihre Augen blieben hinter dunklen Gläsern mit dickem Rand verborgen, und immer wieder hielt sie eine Hand an das Brillengestell, als hätte sie Angst, es könnte verräterisches Licht eindringen.

»Entschuldigung«, sagte sie mit einer Stimme, die heiserer klang als üblich.

»Guten Tag«, rief Renata, ging auf die Treppe zu und beendete damit den Zwischenfall.

Miß Stantus blieb auf dem Gang stehen und lehnte sich einen Augenblick an die Wand. Cecily bemerkte, daß ihr Gesicht etwas gerötet war, vielleicht noch ein Überbleibsel der Schamröte vom Morgen, als Rudy Manicotti die Stantus beim spanischen Unterricht eine Jungfrau genannt hatte. Er hatte dafür Stubenarrest bekommen, und Miß Stantus, ihrer Herkunft und ihrem Temperament nach ein Produkt des Mittelmeerraums, hatte ihm auf griechisch einige leidenschaftliche Beschimpfungen ins Gesicht geschleudert. Da es Rudy bereits schwerfiel, auch nur die einfachsten Sätze der spanischen Umgangssprache zu verstehen, war Cecily davon überzeugt, daß noch kompliziertere Sprachen bei ihm völlig fehl am Platze waren. Aus der hysterischen Art und Weise, in der die Stantus reagiert hatte, war abzulesen, daß der Sommer bei ihr anscheinend spurlos vorbeigegangen war. Das war schade, denn obwohl Lehrerin, war sie von der Natur ganz gut ausgestattet worden, was jedoch Cecily als offensichtliche Vergeudung betrachtete. Aber zumindest würde Miß Stantus, die arme Miß Stantus, im Gegensatz zu Mrs. Kornfeld diesen Umstand, ungeliebt durchs Leben zu gehen, nicht an anderen, die einander liebten, auslassen. Sie ging den Gang entlang weiter zu ihrem Eckzimmer, und Cecily kehrte an ihren Posten am Fenster zurück.

Der Kies auf der Anfahrt knirschte unter den balletteusenhaft leichten Schritten Renatas, und kurz darauf entschwebte sie, ein Gedicht in Jeans, unter dem Torbogen hindurch in der gleichen Richtung, die Bob Duzo vor ein paar Minuten eingeschlagen hatte. Ihre weißen Arme schienen Spinnweben beiseite zu streichen, und im Gehen zupften ihre Hände, die trotz ihrer jungen Jahre so wunderbar blau geädert waren, unsichtbare Harfensaiten in der Luft.

Es war durchaus verständlich, daß Bob in sie verliebt war. Aber es beunruhigte Cecily, daß sie so töricht waren, dieser Liebe auf dem Campus nachzugehen. Da sie so wunderbar irdische Geschöpfe waren, hätten sie alle möglichen geheimen Schlupfwinkel finden können, zumindest eine abgelegene Wiese, wenn nicht Felsen und Höhlen, die öffentliches Eigentum waren.

Cecily holte tief Atem und lehnte sich etwas fester gegen den Fensterrahmen. Sie konzentrierte sich auf die Stille und die Einsamkeit auf dem Weg zum Laboratorium, als könnte sie mit ihren Augen den Schauplatz in Bann schlagen und jeden davon abhalten, dort vorbeizugehen.

Gegen halb sechs kehrten die Schüler allmählich auf das Gelände der Schule zurück. Stimmengemurmel im Erholungsraum im unteren Stock, und das hohle Aufschlagen eines Pingpongballs auf der Gemeinschaftsveranda drangen zu ihr nach oben, aber Cecily blieb auf ihrem Wachtposten. Judy Norris kam aus dem Lesesaal, wohin sie sich mit einem Geschichtsbuch zurückgezogen hatte, um der übrigen Klasse einen Schritt voraus zu sein. Aber noch immer kam niemand aus dem Schuppen hinter dem Laboratorium zurück.

»Ich habe den ganzen Nachmittag nichts getan, nur ein Kreuzworträtsel gelöst«, log Judy Norris zwischen ihren kleinen, spitzen Zähnen hervor.

Cecily ließ sie unbeachtet und blickte nur noch intensiver zum Fenster hinaus. Nach einer Weile sah sie January zum Haus Tara zurückkehren, wobei sie den unnötig langen Weg am Wohnheim der Jungen vorbei einschlug. Sie war allein und ging sehr langsam, als hoffte sie, durch einen Willkommensgruß angehalten zu werden. Jedoch hielt niemand sie an. Nach einigen Schritten blickte sie immer wieder wie durch Zufall über ihre Schulter zurück. Aber wonach sie auch Ausschau halten mochte, es stellte sich während der ganzen Zeit, die sie brauchte, um den Campus zu überqueren, nicht ein.

3. Kapitel

Es stellte sich heraus, daß zumindest eins von den Gerüchten, die Cecily in die Welt gesetzt hatte, auf Wahrheit beruhte: Der neue Lehrer für den Werkunterricht traf am Samstagabend ein. Will Sweet kam in jenem September den Kiesweg, der zum Haus Tara führte, entlanggeschlendert; eine Gitarre hing ihm hinten über die eine Schulter herab und gab von Zeit zu Zeit, von den Bewegungen seiner Hüfte verursacht, einen Ton von sich. Zwischen seinen Zähnen hielt er eine angekaute Zigarre. Hätte sie gebrannt, so hätte man meinen können, daß er die Augen nur zusammenkniff, um durch den Rauch hindurchblicken zu können. Aber die Zigarre war zwar vom Kauen an dem einen Ende feucht, an dem anderen, erloschenen Ende haftete aber nur noch kalte Asche.

Er trug zwei Gepäckstücke, beide in der gleichen Hand. Das eine war aus abgewetztem braunen Leder und enthielt ein paar alte Drillichhosen vom Militär; ein braungetöntes Foto seiner Liebsten, die im Alter von fünfzehn Jahren an den Folgen einer Erkältung in den Ozarkbergen gestorben war; die Uniform eines Eisenbahners der Southern Pacific Railroad, wo sein Großvater beim Legen der ersten Gleise geholfen hatte; sechs Bänder mit verbürgt unbekannten Liedern und Geschichten aus allen Gegenden entlang der großen amerikanischen Grenze, die es, wie er versicherte, noch immer gab, allerdings nur in obskuren, unvermuteten Orten wie im westlichen Massachusetts; zwei Gewichte von fünf Pfund; eine luftdicht abgeschlossene Büchse mit entfetteten Weizenkeimen; zwei Paar Sokken und Unterwäsche; ein sauberes Hemd für die Kirche; eine Bibel aus dem Hauptquartier der Heilsarmee, das von seinen Kusinen in Biloxi geführt wurde; ein Mittel gegen Schlangenbisse, das ihm sein Onkel geschenkt hatte; ein Poliertuch, Öl und Ersatzsaiten für seine Gitarre. Das andere Gepäckstück war ein Militärsack, der einen Schlafsack, einen Poncho, Kochgeschirr, eine Büchse Sterno und ein Tonbandgerät enthielt, das noch aus der Zeit stammte, in der er sich wie ein Landstreicher herumtrieb und Abenteuer und unverfälschte Folklore suchte. Das war vor der Zeit, in der er sich entschied, daß es sein eigentliches Ziel im Leben sei, Lehrer zu werden.

Niemand brauchte sich den Kopf darüber zu zerbrechen, was er in seinem Gepäck bei sich führte. Er schlenderte auf das Portal zu, wo sich die Schüler zu ihrer ersten unerlaubten Abendzigarette in diesem Herbstsemester und an diesem Samstag versammelt hatten, und nannte seinen Namen und den Grund seines Kommens. Er öffnete sein Gepäck und zeigte mit entsprechenden Erklärungen den Inhalt, so daß alle ihn sehen konnten, während er ihnen von sich erzählte.

Aber damit begann er nicht sofort.

Zunächst ging er im Zwielicht langsam unter dem Vordach umher, kniff seine Augen zum Schutz gegen den Rauch, der gar nicht von seiner Zigarre aufstieg, zusammen, stellte sein Gepäck ab, setzte sich auf das Holzgeländer, das zum Portal hinaufführte, und wartete, bis sich alle für ihn interessierten. Noch immer seine Zigarre zwischen die Zähne geklemmt, lächelte er. Einmal lachte er in der Tiefe seiner Brust auf. Dann steckte er die Zigarre in seine ausgebeulte Jackentasche und lachte nun schallend. Schließlich öffnete Will Sweet, nachdem er die Aufmerksamkeit aller auf sich gelenkt hatte, den Mund.

Aber noch immer redete er nicht.

Will Sweet schwang seine Gitarre so schnell herum, daß niemand bemerkte, wie sie von seinem Rücken nach vorn, auf seinen mageren Leib, gelangte, wo sie dann blieb. Er schlug vier Saiten an und sang einen Kehrreim aus ›My Name Is Old Sam Hall‹. Aber er sang:

»Oh, mein Name ist Old Will Sweet, Old Will Sweet,
Ich hab' dies Land durchwandert
Und fand nicht einen Reim,
Aber schon bald kann es sein,
Sei Gott meiner Seele gnädig.«

Dann schlug er nur eine Saite an und ließ sie verstummen.

»Und meinen Füßen«, fügte er hinzu. Wieder ein Zupfen und im Flüsterton: »Und meinem Hintern.«

Inzwischen hatte er alle für sich gewonnen. Sogar die Schüler, denen Volkslieder nichts sagten, waren für solche Verse zu haben.

In der Auswahl der Melodie hatte er das Richtige getroffen, denn schon seit langem waren die Leute, die unter seinen Zuhörern am wenigsten vom Gefühl her zu gewinnen waren, Agitatoren der Gewerkschaften.

Die Glocke läutete die Nachtruhe ein. Aber noch war niemand bereit, von dort wegzugehen. Will Sweet war mit der Durchsicht seines Gepäcks noch nicht fertig.

»Und dies...«, sagte er und hielt den letzten Gegenstand aus seinem Koffer seinen gespannt lauschenden Zuhörern hin. Aber nun blieb keine Zeit mehr, in seiner Vorführung fortzufahren.

»Hättet ihr etwas dagegen, mir zu sagen, was hier vorgeht?« rief Mrs. Kornfeld von der Tür her. »Habt ihr die Glocke nicht gehört?«

»Ich habe gerade meine Andenken gezeigt«, sagte Will Sweet.

»Hausierern ist der Zutritt nicht gestattet«, erwiderte die Kornfeld gereizt und begann, mit ihrem Staubwedel die Jungen vom Portal weg und zu ihrem Wohnheim zurückzutreiben.

»Ich kann Ihre Verwirrung verstehen«, sagte er lächelnd, während die Jungen am Fuß der Treppe warteten. »Denn Sie wissen nicht, wer ich bin.«

»Verschwindet!« rief die Kornfeld den Jungen zu. »Es ist schon zehn Uhr durch. Geht in euer Wohnheim zurück. Die Mädchen kommen herein.«

»Sweet ist mein Name.« Er lächelte das gleiche Lächeln wie vorher, aber in der Dunkelheit war es ihr gegenüber vergebliche Mühe. »Unterrichten ist mein Zeitvertreib.«

»Sie sind Mr. Sweet?« rief sie.

»Genau das hat der Mann gesagt«, antwortete Sweet und lachte in sich hinein.

»Wenn das der Fall ist, Mr. Sweet, möchte ich Sie darauf hinweisen, daß Unterrichten kein Zeitvertreib ist. Selbst *wenn*«, knurrte sie, »es sich nur um Werkunterricht handelt.«

Zu den beliebten Geschichten von Coventry Hall gehörte die, die Haboud Ali, der ehemalige Hausvater, der einmal eine acht Monate währende Safari in Afrika mitgemacht hatte, vom Mungo erzählt hatte, der, wurde er von einem Leoparden gestellt, sich auf seinen kleinen Hinterbeinen aufrichtete und zum Kampf bereit stehenblieb. Obwohl er auf jedem Gebiet im Nachteil war, besaß der Mungo doch sehr scharfe Vorderzähne, und so gab es für ihn die wenn auch sehr geringe Chance, daß er bei seinem Angriff die Gurgel der großen Raubkatze treffen würde. Soweit Ali es beobachtet hatte und die Schüler es sich vorstellen konnten, wurde der Mungo dabei von den Tatzen des Raubtiers zerfetzt. Die Natur schien hier recht ungleiche Bedingungen geschaffen zu haben, aber da sie den Mungo mit dem Instinkt und dem Willen ausgestattet hatte, nicht zurückzuweichen, blieb doch immer die zwar höchst unwahrscheinliche Möglichkeit, daß er auch siegen konnte. Da Ali eine solche überraschende Wendung niemals beobachtet hatte und eine nur sehr geringe Wahrscheinlichkeit dafür bestand, daß einer der Schüler in der nahen Zukunft bis nach Afrika gelangen könnte, um etwas Derartiges zu beobachten, meinten sie, daß auch ihnen jetzt keine andere Wahl blieb, als zu gehen.

»Wenn ihr nicht innerhalb einer Minute verschwunden seid«, rief Mrs. Kornfeld den Jungen zu, »werdet ihr gemeldet.« Bevor sie noch Will Sweets Antwort hören konnten, hatten sie sich aus dem Staub gemacht.

»Wem gemeldet?« fragte Sweet.

»Nach oben mit euch!« schrie Mrs. Kornfeld die Mädchen an. »In dreißig Sekunden.«

Auch sie verschwanden, mit Ausnahme von Cecily, die hinter den Türen stehenblieb, die widerstrebende January an einem Hemdzipfel festhielt und sie nicht weglaufen ließ.

»Ich habe Sie gefragt, wem?« sagte Sweet. »Und aus welchem Grund?«

»Gute Nacht.« Mrs. Kornfeld wandte sich um und wollte ins Haus zurückkehren. Aber Will Sweet vertrat ihr mit einer schnellen Bewegung den Weg.

»Was haben sie denn Schlimmes getan, daß Sie ihnen angedroht haben, sie zu melden?«

»Ich bin Ihnen keine Rechenschaft schuldig«, sagte Mrs. Kornfeld.

»Was haben sie denn Schlimmes getan, daß Sie ihnen das angedroht haben?«

»Sie haben gegen die Hausordnung verstoßen, Mr. Sweet.«

»Dadurch, daß sie sich um eine Minute verspätet haben?«

»Ein Lehrer – sogar ein Lehrer für den Werkunterricht...«, stieß sie verächtlich hervor, »sollte die Vorschriften durchsetzen. Es gibt ohnehin nur sehr wenige.«

»Vorschriften oder Lehrer?« fragte Will Sweet.

Cecily zog pfeifend den Atem ein und drückte Januarys Arm.

»Ich bin nicht daran interessiert, mich hier auf Wortspielereien einzulassen«, erklärte Mrs. Kornfeld. »Insbesondere nicht mit

Leuten, die nicht die Voraussetzungen mitbringen, mit der Sprache richtig umzugehen.« Sie schritt an ihm vorbei.

»Eine Sekunde«, rief Sweet hinter ihr her.

»Bitte?«

»Ich glaube, Sie haben etwas fallen lassen.« Er streckte in der Dunkelheit seine Hände aus, aber Cecily konnte nicht erkennen, was er in Händen hielt. Offenbar konnte auch Mrs. Kornfeld nichts sehen.

»Was ist es?« fragte Mrs. Kornfeld.

»Ihre Eier«, sagte Sweet und lächelte.

»Halleluja!« schrie Cecily und lehnte sich an den Türrahmen. »Halleluja! Er ist gekommen!«

Für die Zeit der Abwesenheit des Hausvaters im Wohnheim der Schüler hatte Frau Dr. Mann T. Malcolm Foals, den Englischlehrer der Abschlußklasse, gebeten, dessen Aufgaben zu übernehmen. Als er am Sonntag erwachte, bedauerte er weniger den Verlust seiner paradiesischen Einsamkeit als die Entfernung, die zwischen ihm und Harvard lag. Die Sonntage widmete er für gewöhnlich seiner Doktorarbeit über Milton, die selbst unter den günstigsten Umständen eine mühselige Plackerei war. An diesem Morgen jedoch befanden sich Geist und Körper in einem Zustand der Unsicherheit, und es beschlich ihn die an und für sich völlig unbegründete Furcht, daß alles, was er als Lehrer zu erreichen versucht hatte, auf dem Spiel stand.

Während der sieben Jahre, die T. Malcolm Foals in Coventry Hall verbrachte, hatte sich sein Lehrplan in keiner Weise verändert. Er eröffnete das neue Jahr stets mit einer zynischen Bemerkung, die wie der Schuß wirkte, durch den der Beginn eines Footballspiels angekündigt wurde. Dann fing er an, der Abschlußklasse jene Kenntnisse beizubringen, die ihnen während der vorangegangenen drei Jahre im Englischunterricht nicht vermittelt worden waren. Englisch im ersten Jahr wurde für gewöhnlich von einer verwirrten jungen Lehrerin gegeben, die gerade ihr Examen hinter sich gebracht hatte und mit größter Sicherheit am Ende dieses Jahres ausschied, um eine Ehe einzugehen, für die sie weit besser geeignet war. Der Englischunterricht im zweiten Jahr bestand in der Hauptsache in einer Reihe von Aufsätzen, die, nachdem sie auf ihren schöpferischen Inhalt hin beurteilt worden waren, an den Schulpsychologen weitergeleitet wurden, um diesem zu ermöglichen, sich ein vollständigeres Bild von den Problemen der Schüler zu machen. Die Schüler des dritten Jahres schienen unvermeidlich der Führung eines seltsamen Einzelgängers anvertraut zu werden, eines zornigen Prosadichters oder eines ähnlichen Geschöpfes, dessen Verbleib immer nur von kurzer Dauer war.

Foals hatte an sich nichts gegen seltsame Einzelgänger oder Prosadichter, selbst wenn sie Lehrer waren. Sosehr er auch den Verlust eines ganzen Jahres richtigen Lernens im Interesse der Schüler bedauerte, begrüßte er doch den Gegensatz, den der vorangegangene Unterricht für die Abschlußklasse bedeutete, sobald sie ihm anvertraut war; diesen *Schock des Entdeckens*, wie Fitzgerald es genannt haben könnte, nämlich des Entdeckens eines Lehrers, der sich auf seinem Gebiet tatsächlich auskannte.

Er zwang ihnen Sprache und Literatur nicht auf: So unauffällig wie nur möglich machte er sie auf ein Sonett von Shakespeare oder einen bedeutsamen Roman aufmerksam, ein silbern schimmernder Köder, der durch die Wasser des Geistes schnellte und das Interesse sogar der stumpfsinnigsten Fische weckte. Aber genau in dem Augenblick, in dem sie nach dem Blinker schnappten, riß er ihn weg. Er wußte sehr wohl, daß sich der Fischer nicht gieriger zeigen durfte als die Fische, wenn er die Absicht hatte, den ganzen Schwarm zu fangen.

In ein paar Wochen würde er sie aus der Bibliothek hinausschleichen sehen, Shakespeares Stücke nur unvollkommen unter ihren Jacken verborgen. Oder sie hockten im Gebüsch am See und ließen das Licht ihrer Taschenlampen über die Seiten von *Moby Dick* gleiten. Nach den freien Tagen zum Erntedankfest kehrten sie mit noch anspruchsvolleren Büchern zurück, die sie mit den Schutzumschlägen anrüchiger Romane tarnten. Gegen Weihnachten lasen die meisten von ihnen dann ganz offen gute Bücher.

Wenn sie gerade anfingen, sich bewußt zu werden, daß sie recht belesen waren, schlug er einen völlig anderen Kurs ein und warf sich auf die bei ihm zur Tradition gewordene Lektüre von *Der Menschen Hörigkeit*. Manchmal ließ Foals während dieser Stunde, als sei es unbeabsichtigt, sein Mitgefühl mit Maughams Phillip und sein Verständnis für ihn in seinen Worten durchschimmern. Bis zu diesem Augenblick wußten die Schüler nichts Persönliches von ihm; sie kannten nur die Geschichten, die sich von einer Klasse zur anderen um ihn rankten – im übrigen waren es Klassen, die bewundernd zu ihm aufblickten. Er wohnte nicht auf dem Campus, aß nur selten mit den Schülern zusammen und war außerhalb der Dienststunden nicht zu erreichen. Aber nun wurde es den Angehörigen der Abschlußklasse klar: Anstelle eines Klumpfußes hatte T. Malcolm Foals eine Klumpnase.

Gewiß, seine Nase war ungewöhnlich kräftig, aber sie war nicht grotesk genug, um sein Aussehen zu beeinträchtigen. Während seine nüchterne Stimme die sterile Atmosphäre des Klassenzimmers durchdrang, deutete er durch Tonfall und Gesten an, welchem der Mädchen in diesem Jahr das Glück beschieden sein sollte, die Mildred mit ihrem Hang zum Quälen und die sanfte, nicht auf Kastration versessene Sally zu sein. Die Schüler, die ihn wegen seiner mittelmäßigen Wahl bemitleideten und diese auf seine eigenen Persönlichkeitsprobleme zurückführten, wurden dabei in seinen Händen zu Wachs, und ohne daß sie sich dessen bewußt wurden, gelang es ihm, ihnen die Grundbegriffe der Grammatik und der Interpunktion einzuimpfen.

Sein Erfolg beruhte darauf, daß er keine echte Vertraulichkeit oder seelische Übereinstimmung aufkommen ließ und sich mit seinen Schülern niemals allzu eingehend befaßte. Nur dadurch, daß er sie zu dem Glauben verleitete, sie verstünden den verhängnisvollen Riß in seinem Wesen, an dem er krankte, konnte er hoffen, ihnen das zu geben, was sich weder durch den guten Willen der anderen Lehrer noch durch ein idealistisches Programm erreichen ließ: nämlich eine gewisse Bildung. Eine solche Verführung auf intellektueller Basis aber war nur durch Wahrung der Distanz möglich, und sie beizubehalten war schwierig, wenn man Hausvater war, und sei es auch nur vorübergehend.

Es sei wirklich vorübergehend, das hatte ihm Frau Dr. Mann am ersten Schultag versichert, eine aus der Not geborene Maßnahme, um für die Jungen jemanden zu haben, bis sich Professor Ali von seiner Amöbenruhr in Guadalajara erholt hätte. Seitdem war Foals das unerfreuliche Gerücht zu Ohren gekommen, Ali habe allzu reichlich von einem aztekischen Halluzinogen getrunken und würde aus eigener Kraft kaum irgendwohin zurückkehren. Selbstverständlich maß Foals dem Schülerklatsch keine Bedeutung bei, aber dennoch war die beunruhigende Möglichkeit nicht von der Hand zu weisen, daß Frau Dr. Mann, als sie nicht wußte, an wen sie sich, von der Zeit bedrängt, wenden sollte, ihm erklärt hatte, die Sache sei vorübergehend, nur um ihn zu beschwichtigen und vielleicht glaubte sie, er könnte im Lauf der Zeit Geschmack an seiner neuen Aufgabe finden.

Diese Möglichkeit aber war ausgeschlossen: Abstand war für seine Lehrmethode von entscheidender Bedeutung, und Frau Dr.

Mann wußte das. Sie wußte auch, wie wichtig für ihn Stille und Einsamkeit bei seiner Doktorarbeit waren. Und vor allem war ihr auch bekannt, daß T. Malcolm Foals außerhalb des Klassenzimmers und von den gewöhnlichen Pflichten eines Mitglieds des Lehrerkollegiums befreit jeden Kontakt mit den Schülern fürchtete.

Frau Dr. Mann hatte ihm auch zugesichert, er würde in Bob Duzo, der nach seinem Abschlußexamen auf ein Jahr zu weiterer Ausbildung zurückgekehrt war, um seine Noten zu verbessern und sich ein Basketballstipendium auf einem College seiner Wahl zu verschaffen, einen überaus tüchtigen Helfer haben. Aber auch das konnte Foals nicht sehr beruhigen. Dennoch hatte seine erste Handlung nach dem Aufstehen, kaum hatte er sich gewaschen und angezogen, darin bestanden, Bob zu sich zu rufen, um sich wenigstens ein wenig zu beruhigen.

»Jawohl Sir«, sagte Bob, als er an der Schwelle von Foals' Tür stehenblieb.

»Jawohl Bob«, rief Foals und bemühte sich, Bobs unbekümmertes Lächeln nachzuahmen. »Wie geht's?«

»Ganz gut«, antwortete Bob und fuhr sich mit der Hand über sein Bürstenhaar. »Wo brennt's?«

»Ach, eigentlich nirgends.« Foals öffnete die Tür noch ein Stück weiter und gab damit zu verstehen, der andere sollte ruhig eintreten. »Ich wollte nur wissen, wie die Dinge stehen.«

»Gut«, sagte Bob. »Nichts weiter als gut.«

»Na«, antwortete Foals, »dann ist es ja gut.«

»Keine Zusammenbrüche, keine Ausbrüche«, fuhr Bob fort. »Sie dürfen ruhig schlafen.«

Foals brachte ein verzerrtes Lächeln zustande. »Kommt es denn über das Wochenende für gewöhnlich zu Zwischenfällen?«

»Manchmal. Aber Sie brauchen sich keine Sorgen zu machen. Alle sind vom Sommer her noch ziemlich abgekämpft. Es dauert noch eine Weile, bis der Druck wieder steigt.«

»So ist das also«, sagte Foals und setzte sich aufs Bett. »Ich verstehe.«

»Sie brauchen sich keine Sorgen zu machen. Wirklich nicht.«

»Ich... ich habe viel Arbeit vor mir, die ich gern hinter mich bringen würde.«

»Dann tun Sie es.« Bob begann in der Tür von einem Fuß auf den anderen zu treten. »Das ist kein Problem.«

»Ich habe damit auch nicht sagen wollen, es sei ein Problem. Ich habe nur gemeint... Bob, ich kenne dich nicht sehr gut...« Er hob seine langen, schlanken Finger, und es sah fast so aus, als wollte er eine Hand auf die Schulter des Burschen legen, aber dann ließ er sie auf das Kissen neben sich sinken. »Und du kennst mich auch nicht sehr gut…«

»Das macht nichts. Sie können ganz offen sein. Machen Sie sich Sorgen wegen irgend etwas?«

»Nicht im geringsten, nein, nicht im geringsten.« Foals zog den Reißverschluß des Kissenbezuges aus Nylon auf und begann verstohlen, kleine Stückchen Schaumgummi herauszuzupfen. »Es ist nur, daß ich dich nicht sehr gut kenne, und du kennst mich nicht. Da habe ich dir einschärfen wollen, wie notwendig es ist, daß du innerhalb der Schülerschaft Pflichten auf dich nimmst und den Ton angibst. Vor allem unter den älteren, den reiferen Jungen.«

»O ja, das weiß ich.«

»Regieren…« Er blickte kurz nach unten und sah, was seine Finger anstellten. Hastig strich er die Krümel auf den Boden, schlug die Beine übereinander, die rechte Hand zwischen ihnen eingeklemmt, und ließ den Zeigefinger seiner linken Hand auf dem Rükken seiner gewaltigen Nase ruhen. Das tat er immer, wenn er etwas Wichtiges zu sagen hatte. »Das Regieren ist Aufgabe aufgeklärter Menschen.«

»Hm«, sagte Bob und lehnte sich halb auf den Gang hinaus.

»Das gleiche gilt für eine Schülerselbstverwaltung, in der die älteren, klügeren, reiferen…«

»Hören Sie«, unterbrach ihn Bob Duzo, »falls Sie mir damit zu verstehen geben wollen, ich sollte mich um die anderen Jungs kümmern, keine Bange. Das gehört doch mit zu dem, was ich mit Frau Dr. Mann abgemacht habe.«

Es ärgerte Foals den ganzen Nachmittag über, daß es Bob Duzo gelungen war, so schnell bis zu dem vorzudringen, was ihn plagte. Es ärgerte ihn um so mehr, als er sich klar darüber wurde, wie ungeschickt er vorgegangen war. Es war Bob nichts weiter übriggeblieben, als gleich mitten in die Sache hineinzuspringen, um ihn loszuwerden. Wenn man unfähig war, die Achtung der Jungen zu gewinnen, die zu einer Mitarbeit bereit waren, wie konnte man dann hoffen, bei den schwierigeren die Disziplin aufrechtzuerhalten? Als er zur Lehrersitzung ging, waren seine Hände feucht vor Schweiß.

»Ich möchte William Sweet in unserem Lehrerkollegium willkommen heißen«, sagte Frau Dr. Mann zu Beginn der Sitzung. Die meisten Lehrer spendeten ihm aus Höflichkeit durch leises Klatschen Beifall. Foals bemerkte, daß Mrs. Kornfelds Hände regungslos und mit weißen Knöcheln gefaltet in ihrem Schoß liegenblieben, aber das war erklärlich, denn sie hatte sich ebenso wie er der Einstellung eines Lehrers für Werkunterricht widersetzt. Es sei lächerlich, hatte Mrs. Kornfeld im vergangenen Frühling vorgebracht, eine Atmosphäre, die bereits zur Genüge antiintellektuell sei, auch noch zu verstärken, indem man etwas von Grund auf so Unintellektuelles wie einen Werkunterricht einführte. Aber sie war überstimmt worden, und dies in der Hauptsache dank der Stiftung von mehreren mechanischen Werkzeugen und von Baumaterial von seiten eines der Kuratoren der Elternschaft, dem daran lag, daß sein Sohn gewisse Handfertigkeiten erlernte.

»Wie Sie alle wissen«, fuhr Frau Dr. Mann fort, »ist dies unser erster Versuch, abgesehen vom Sport, bei uns ein Fach einzuführen, bei dem es auf körperliche Geschicklichkeit ankommt. Sie sind sich wohl auch dessen bewußt, daß wir von einer gewissen Seite her kritisiert worden sind, die uns vorwarf, wir nähmen bei uns halbprofessionelle Ballspieler auf, indem wir ihnen Stipendien anbieten; dafür sollen diese Jungen ihre ganze Kraft einsetzen und solche Spiele gewinnen. Vor allem wurden wir von Eltern angegriffen, die verärgert sind, weil ihre Söhne den Übergang zur Universität nicht geschafft haben. Ich möchte darauf hinweisen, daß es sich bei ihnen um die gleichen Eltern handelt, die niemals zu sportlichen Ereignissen erscheinen, im Gegensatz zu den anderen, sehr großzügigen Eltern, die die Jungs nur zu gern spielen sehen, allerdings nur, wenn sie gewinnen.«

Frau Dr. Mann setzte sich, schenkte sich eine Tasse Tee aus der silbernen Kanne ein, nahm drei Stück Zucker, trank, lächelte alle an und stand dann wieder auf. »Irgendwelche Fragen?«

Foals bemerkte, daß Will Sweet ein wenig verwundert dreinblickte, aber er nahm ja auch zum erstenmal an einer solchen Sitzung teil.

»Gut«, sagte Frau Dr. Mann, »dann fahre ich fort. Wie Sie wissen, legen wir in unserer Schule besonderen Wert auf die Entwicklung der Initiative und der Fantasie des einzelnen; aber dafür erhalten wir bei unseren Bemühungen, Geld aufzubringen, niemals Zuwendungen. Das ganze Leben ist ein einziger Kompromiß. Ich selber habe für Sport nicht sehr viel übrig, natürlich mit Ausnahme vom Skilaufen. Ich sage auch nicht, daß wir uns unter allen Umständen so verhalten sollten wie jene Vorbereitungsschulen oder Colleges, die nur dank ihrer Footballmannschaft am Leben bleiben.

Dies um so mehr, als wir nur auf einem Bestand von zweiundachtzig Schülern fußen können, von denen mehr als die Hälfte Mädchen sind. Und nur fünf gehören einer Basketballmannschaft an. Stimmt's?« Frau Dr. Mann furchte plötzlich die Stirn.

Sie hielt zwei Reden im Jahr, die eine zu Beginn des Schuljahres im Herbst und die andere bei der Elternversammlung vor der Abschlußprüfung. Frühling und Herbst liefen Gefahr, in ihrem Bewußtsein miteinander zu verschwimmen, und das gleiche galt für gewisse Ereignisse, Namen und den Inhalt verschiedener Reden, die sie gehalten hatte. Eine Ausnahme bildeten nur Krisenzeiten, in denen sie sich ungewöhnlich klar auszudrücken verstand. Aber in diesem Augenblick wirkte sie völlig verwirrt, so als sei ihr plötzlich bewußt geworden, daß sie ihre Rede an die Eltern im vergangenen Frühling wiederholen müsse.

Wieder setzte sie sich hin, schenkte sich erneut eine Tasse Tee ein und trank einen großen Schluck. Sofort lichtete sich die Wolke auf ihrem Gesicht, und sie erhob sich.

»Wie Sie wissen, sind wir von einer gewissen Seite kritisiert worden, die uns vorwirft, wir holten uns Halbprofessionelle in die Schule. Um ein für allemal darzulegen, daß Körper und Geist einander nicht ausschließen oder eine geistige Leistung durchaus von einem körperlich tüchtigen Menschen vollbracht werden kann, schlage ich ein Experiment vor. Nehmen wir zum Beispiel jemand wie Robert Duzo, einen Jungen aus einer Umwelt, die nicht mit Glücksgütern überhäuft ist oder, wie man im Film sagt, ›ein Junge aus den Slums‹, und bringen ihn mit den Wundern der Wissenschaft in Berührung und helfen ihm, eigene Initiative zu entwikkeln. Geben wir ihm ein zusätzliches Jahr zu seiner Ausbildung, und ich wage zu behaupten, daß er den Wunsch haben wird, sich noch mehr zu vervollkommnen, und bedauern wird, daß er nicht schon früher mehr hat lernen können, anstatt nur wegen seiner Fähigkeit, sportlich etwas zu leisten, geschätzt zu werden. Vielleicht haben wir ihm wegen dieser Fähigkeit erlaubt, hierherzukommen und ihm kostenlose Ausbildung geboten. Aber handelt es sich dabei wirklich um etwas so Verderbliches, wenn man in Erwägung zieht, daß er ein ebenso großes Verlangen danach hat, sich auf Gebieten, die mit dem Körperlichen nichts zu tun haben, zu vervollkommnen wie irgendeiner unserer anderen Schüler? Daher sollte man ihm die Gelegenheit geben, seine Noten in Sprachen und Geschichte zu verbessern, um von einem wirklich guten College aufgenommen zu werden, wo er dann Sport treiben kann oder auch nicht. Soll er also ein zweites Abschlußjahr durchmachen und sich nebenbei, indem er in unserer Mannschaft mitspielt, falls er aus eigenem Antrieb eine Laufbahn als Sportler einschlagen sollte. Das wäre dann kein Sportstipendium, sondern ein großzügiges Experiment. Ja?«

Wieder setzte sie sich. Will Sweet sah nun nicht mehr verwirrt drein, sondern eher ein wenig belustigt, während er an seinen Aufschlägen spielte.

»Und so schlage ich, um denen entgegenzukommen, die sich Gedanken über Körper und Geist gemacht haben, einen Kompromiß vor...«

Es erfolgte ein lauter Aufprall auf dem Dach von Frau Dr. Manns Schlafveranda, in der die Sitzung stattfand. Frenchy Swackholm brüllte: »Lin Piao!«, bevor er sich in die Rosenbüsche fallen ließ.

»Wo war ich stehengeblieben?« fragte Frau Dr. Mann, nachdem Frenchy davongehinkt war.

»Bei Bob Duzo«, rief Will Sweet, der noch keine Ahnung davon hatte, wie solche Sitzungen vor sich gingen.

»Aber das ist doch albern«, entgegnete Frau Dr. Mann. »Das haben wir doch schon alles im vorigen Frühling erledigt.«

»Sie haben doch Will Sweet willkommen geheißen«, sagte Mr. Foals freundlich und nickte zu Sweet hinüber, damit kein Zweifel darüber entstände, wen er meinte.

»Selbstverständlich«, antwortete Frau Dr. Mann und lächelte. »Eine Idealisierung dessen, was wir erörterten. Die Entwicklung der Initiative und der Fantasie des einzelnen in Zusammenhang mit Handfertigkeiten. Natürlich ist außer dem Sport die Keramik das Gebiet, dem wir hier am nächsten stehen. Aber der Vizepräsident des Elternbeirats hat in großzügiger Weise die Ausstattung zur Verfügung gestellt und uns versprochen, für die Kosten der Umwandlung der Keramikwerkstatt in eine Maschinenwerkstatt aufzukommen. Ich bin davon überzeugt, daß der Erfolg auf diesem neuen Gebiet ein für allemal den Beweis dafür erbringen wird, daß diese beiden Welten nicht unvereinbar miteinander sind. Mr.... hm, haben Sie dem etwas hinzuzufügen?«

»Sprechen Sie mit mir, Madam?«

»Möchten Sie ein paar Worte an das Kollegium richten?«

»Nun ja, Madam...« Will Sweet stieß seinen Stuhl zurück und erhob sich, allerdings mit hängendem Kopf. »Ich bin zwar kein Redner, obwohl ich glaube, etwas Initiative und Fantasie zu besitzen. Aber wenn Sie darauf bestehen, daß ich etwas sage...«

»Aber ja, natürlich. Wir bestehen darauf, Mr....« Frau Dr. Mann begann in ihren Notizen zu wühlen und nach seinem Namen zu suchen.

»Sweet«, sagte er. Er wandte sich dem Kollegium zu, und seine Stimme nahm den Tonfall einer monotonen Platte an, die die anderen hypnotisieren sollte, damit sie das Rauchen einstellten. »Ich bin Ihnen für die Offenheit dankbar, mit der sich einige von Ihnen der Aufnahme eines Fachs in dieses so anspruchsvolle Studienprogramm widersetzt haben und noch widersetzen, eines Fachs, das nicht mit dem Geist, sondern mit den Händen zu tun hat. Bevor wir uns aber näher damit befassen, möchte ich meinem Dank für die herzliche Begrüßung, die ich hier ganz allgemein gefunden habe, Ausdruck geben.« Seine Augen richteten sich kalt auf Mrs. Kornfeld, und ihre Wachsamkeit war sogleich geweckt. Nachdem sie sich in ihrem Sessel aufgerichtet hatte, tauchte sein Blick in die dunklen Augen der jungen Katherine Stantus.

»So seltsam es auch klingen mag, ich möchte doch sagen, daß ich es Ihnen nachfühlen kann. Hätte ich in meiner Jugend das Glück gehabt, Menschen wie Ihnen, meine Damen und Herren, zu begegnen, so kann ich meiner Ansicht nach mit Sicherheit behaupten, daß ich mich von ganzem Herzen und mit aller Kraft diesem anspruchsvollen Gebiet höherer Bildung zugewandt hätte. Vielleicht hätte ich mein ganzes Leben dem Studium von Sprachen, der Geschichte oder sogar den Raffinessen der englischen Grammatik gewidmet.« Sein Blick ruhte kurz auf Foals, und er lächelte. »Aber in Anbetracht dessen, daß mir dieses Glück versagt blieb, als ich so alt war wie die Kinder hier, hat mein Leben zunächst eine andere Richtung genommen, und zwar so lange, daß ich lieber darauf verzichte, mich daran zu erinnern oder davon zu sprechen. Als ich schließlich wußte, daß ich am liebsten unterrichten wollte, war es schon ein wenig zu spät dafür, von Grund auf all das zu erlernen, was man braucht, um einen Abschluß machen zu können.

So unterrichte ich das einzige, was ich kann, das heißt, wie man mit seinen Händen etwas vollbringt. Ich weiß, daß dies weder das gleiche noch ebensogut ist wie die Lösung schwieriger Fragen der Philosophie oder wie die Lösung anspruchsvoller mathematischer Aufgaben. Aber etwas Besseres habe ich nicht zu bieten, und für mich ist Unterrichten das Schönste, was es gibt, und für mich sind auch diese jungen Menschen die besten, die es gibt. Wenn Sie alle mir gegenüber daher etwas Nachsicht üben wollten, wäre ich Ihnen mehr als nur ein wenig dankbar. Und wenn Sie nichts dagegen hätten, mich auch mit den schwierigeren Problemen des Unterrichtens vertraut zu machen, wäre ich Ihnen gleichfalls sehr dankbar. Auch wenn Sie mich in Ihre Wissensgebiete einweihen würden, wäre ich sehr froh, denn ich könnte es gebrauchen.«

Eine Welle leisen, verständnisvollen Lachens schlug ihm aus dem Kollegium entgegen. Nur Mrs. Kornfeld, deren Lippen fest zusammengepreßt blieben, lachte nicht. Aber Will Sweet beachtete sie auch gar nicht. Er blickte in Miß Stantus' Augen, und sah dann die anderen an, um sich zu vergewissern, ob er sie von Zeit zu Zeit auf seiner Seite haben würde. jedoch kehrten seine Augen immer wieder zu Miß Stantus zurück.

»Dafür«, fuhr er fort, »sind Sie jederzeit, ob Tag oder Nacht, in meiner Werkstatt willkommen. Ich kann Ihnen versichern, daß es dort nicht gerade wie in der Kongreßbibliothek zugeht, aber es wird Sie überraschen, wie befriedigend es sein kann, wenn man es erst einmal versteht, mit einer elektrischen Säge umzugehen.«

Er lächelte, nickte und setzte sich. Frau Dr. Mann begann Beifall zu klatschen, und Will Sweet hätte fast aufstehen und sich verbeugen müssen. Alle fühlten sich so aufgemuntert, alle mit Ausnahme von Mrs. Kornfeld.

»Nun, Mr. Fine«, sagte Frau Dr. Mann, »Sie scheinen mir wirklich einen höchst befriedigenden Start zu haben. Ich vertraue darauf, daß Sie nicht zögern werden, uns jederzeit um das zu bitten, was Sie brauchen. Sie dürfen sich hier nicht als Fremder fühlen. Und Sie dürfen sich auch nicht ausgeschlossen fühlen, nur weil Sie anders sind. Wenn Sie sich mit unserer Schülerschaft befassen, werden Sie auch feststellen, daß wir erst in diesem Herbst einen Neger und einen Taubstummen aufgenommen haben.«

»Ich möchte noch sagen«, warf Foals hastig ein, »daß mir Mr. Sweet in meinem Klassenzimmer und auch sonst jederzeit willkommen ist.«

»Ich danke Ihnen von Herzen«, sagte Will Sweet und nickte ihm zu. Er wandte sein Gesicht von ihm ab und lächelte Katherine Stantus an. »Ich hoffe, daß ich zu Ihnen allen ein gutes Verhältnis haben werde.«

Frau Dr. Mann trank ihre letzte Tasse Tee.

Katherine Stantus war aufgestanden. Das weckte bei allen die größte Aufmerksamkeit, denn niemals zuvor hatte sie bei einer Lehrersitzung gesprochen. »Ich möchte nur sagen...«, aber schon zögerte Katherine Stantus. »Ich möchte den allgemeinen Worten des Willkommens... noch ein indirektes Zeugnis zugunsten dieses

Herrn hinzufügen. Soviel ich weiß, ist er erst gestern abend hier eingetroffen...«

»Das stimmt«, sagte Sweet. »Erst gestern abend.«

»Und schon«, fuhr Katherine Stantus fort, »hat Cecily Fleisch, eins unserer schwierigsten Mädchen in der Abschlußklasse, darum gebeten, ihn als Berater zu bekommen. Ich glaube nicht... ich glaube nicht, daß sich jemand, der eine solche Wirkung auf Kinder ausübt, hier als fehl am Platz zu betrachten braucht.«

»Wir kommen zu spät zum Essen.« Mrs. Kornfeld erhob sich, ihr Mund hatte sich zu einem dünnen, weißen Strich zusammengezogen. »Kommen Sie, wir sollten die Sitzung jetzt beenden.«

»Bitte, entschuldigen Sie mich.« Will Sweet wandte sich an Mrs. Kornfeld. »Das war sehr unhöflich von mir. Die ganze Zeit über habe ich geglaubt, Frau Dr. Mann leitet diese Sitzung, und dabei hätte ich mich mit meinen Worten an Sie wenden müssen.«

»Was ist?« rief Frau Dr. Mann. »Was ist? Ich habe es nicht hören können.«

»Nichts weiter.« Mrs. Kornfeld setzte sich wieder hin.

»Ich glaube, wir sollten weitermachen, sonst kommen wir zu spät zum Abendessen«, sagte Frau Dr. Mann. »Wenn das also alles wäre...«

»Noch eins«, rief Will Sweet. »Sie sind alle so nett zu mir gewesen, und deshalb ist es mir unangenehm, Sie mit noch etwas zu belästigen, aber...«

»Deswegen sind wir doch hier«, antwortete Frau Dr. Mann.

»Die Sache ist nämlich die... alles an dieser Schule gefällt mir sehr gut, aber ich habe gewisse Schwierigkeiten, ein geeignetes Zimmer zu finden. Ich habe zwar im Augenblick eins in einer Pension weiter unten an der Straße, aber die meisten Leute, die ein Apartment zu vermieten haben, sind, wenn sie feststellen, daß ich von dieser Schule bin, nun...«

»Neidisch sind sie«, rief Frau Dr. Mann. »Sie vergiften die Atmosphäre.«

»Das tut mir leid, aber sollte einer von Ihnen zufällig von einer Wohnung hören...«

T. Malcolm Foals sprang auf. »Das ist gar nicht nötig. Wir haben doch dafür schon eine Lösung.«

»Wir kommen bestimmt zu spät«, warf Mrs. Kornfeld mißmutig ein, aber Foals ließ sich nicht beirren.

»Miß Stantus hat uns bereits von dem großen Erfolg erzählt, den Mr. Sweet schon an seinem ersten Abend erzielt hat. Ich möchte behaupten, daß ein Mensch, der so schnell einen guten Kontakt zu Kindern hat, auch soviel wie möglich mit ihnen zusammen sein sollte.« Foals atmete tief ein, um seinen Eifer ein wenig einzudämmen. »Wir haben es hier zur Zeit insofern mit einer unglücklichen Situation zu tun, als Professor Ali erkrankt ist. Wäre es daher nicht das beste und durchaus logisch, wenn Mr. Sweet bis zur Rückkehr unseres lieben Kollegen die Stelle des Hausvaters im Wohnheim der Jungen übernähme?«

»Sind Sie wahnsinnig?« Die Kornfeld war aufgesprungen. »Was wissen wir denn wirklich darüber...«

»Wie ich zu leben wünsche?« beendete Sweet ihren Satz. »Vielleicht erscheint es Ihnen unvernünftig, Mrs. Kornfeld, mir eine solche Verpflichtung aufzuerlegen und mich zu bitten, der Schule diesen Gefallen zu tun? Gewiß, es ist eine Bürde, aber eine, die ich gern auf mich nehme.«

»Dann sollten wir meiner Ansicht nach die Sache sofort erledigen«, sagte Foals. »Frau Dr. Mann?«

»Ich bin nicht sicher, ob wir auch wirklich alles überlegt haben«, meinte Frau Dr. Mann. »Immerhin ist die Betreuung von rund vierzig Jungen...«

»Es ist so, wie ich sagte, Mrs. Mann«, erklärte Sweet lächelnd, »ich hatte mich tatsächlich noch überhaupt nicht mit dieser Frage befaßt. Aber wenn Sie der Meinung sind, daß ich einen guten Einfluß auf diese Kinder ausübe, bin ich bereit, hier einzuspringen.«

»Ach«, antwortete Frau Dr. Mann, »Sie sind wirklich sehr zuvorkommend.«

»Ich werde Ihnen beim Umzug helfen«, erbot sich Foals. »Ich brauche nicht mehr als eine Minute, um auszuziehen.«

»Sehr nett von Ihnen«, sagte Sweet, als Frau Dr. Mann die Sitzung aufhob.

Als sie hinausgingen, streifte T. Malcolm Foals Mrs. Kornfelds feindselige Schulter und glaubte, sie habe ihn einen Idioten genannt. Das empfand er als eine ungemein heftige Reaktion auf eine unbeabsichtigte Berührung, aber Mrs. Kornfeld hatte es ja niemals leiden können, daß man ihr zu nahe trat.

4. Kapitel

Die Mädchen in der Abschlußklasse hatten den Eindruck, daß Renata mit jeder Jahreszeit reifer und weiblicher wirkte. Auf ihren Wangen lag noch immer sommerliche Bräune, und ihre langen, dunklen Haare, die auf ihre schmalen, zarten Schultern herabfielen, schimmerten, als sei in ihnen noch eine Spur vergessenen Sonnenscheins enthalten. Allerdings behaupteten die kritischeren Schüler in den unteren Klassen, das sei nur auf Zitronensaft zurückzuführen. Ihre kleinen Brüste trug sie stolz wie zwei Blüten, und ihre Hüften verliehen, wenn sie sich bewegte, den enganliegenden Hosen aus grobem Tuch die Anmut duftigen Chiffons.

Niemand wußte genau, was sie während der Sommermonate getan hatte, und niemand dachte daran, sie danach zu fragen. Diejenigen, die den Theaterteil der *Sunday Times* lasen, betrachteten *Jacob's Pillow* für sie als selbstverständlich; einige Schüler, die sich im Sommer zu einem Abendkonzert nach Tanglewood durchgeschlagen hatten, waren überzeugt, sie hätten sie in der Dämmerung auf einer Decke ausgestreckt gesehen, und zwar während des dritten Satzes von Beethovens *Pastorale* in einer leidenschaftlichen Umarmung mit einem Mann, der genauso aussah wie Leonard Bernstein, der damals dort auch dirigierte. Frenchy Swackholm, der in Birmingham für zwei gegnerische Lager agitiert hatte, behauptete, er habe sie bei einer Tanzerei anläßlich einer Veranstaltung des YMCA entdeckt. Was immer sie tatsächlich getan haben mochte, ganz bestimmt war es ihr glänzend bekommen. Darüber waren sich alle einig.

»Das ist für gefallene Mädchen typisch so«, sagte Cecily zu January. »Wenn sie ihre Jugend in wahllosen geschlechtlichen Beziehungen vergeudet haben, stellt wahre Liebe ihre Unschuld wieder her. Deswegen geben sie allerdings das Vögeln noch lange nicht auf. Aber die Tatsache, daß sie es von jetzt an nur noch mit einem Menschen betreiben, verhilft ihnen zu einer moralischen Wiedergeburt.«

»Bob Duzo?« warf January fragend ein.

»Nimm zum Beispiel die Kameliendame. Ich will damit sagen, in ihr hast du die typische Dirne, sogar mit dem symbolischen Husten... Aber als sie anfing, es draußen auf dem Land regelmäßig mit Armand zu treiben, wirkte sich das auf sie wie eine uneingeschränkte Vergebung der Sünden aus.«

»Hat Renata den ganzen Sommer hindurch mit Bob Duzo zusammen gelebt?«

»Selbstverständlich mußt du die ganze Sache bildlich verstehen. Entweder das stimmt, oder Dumas war ein Schwuler. Landleben hin oder her, ich kann mir nicht vorstellen, daß unaufhörliches Vögeln kranken Lungen guttut.«

»Wie kommst du darauf, daß Renata und Bob zusammen gelebt haben?«

»Du solltest mich wirklich nicht so ausquetschen, January. Du weißt doch, daß ich für Klatsch nichts übrig habe.«

»Ganz wie du willst«, sagte January und wandte sich wieder ihrem Buch zu.

»Eine Freundin von mir, die ich nicht mit Namen nennen werde«, fuhr Cecily fort und senkte ihre Stimme, obwohl sie in der Abteilung der Abschlußklasse im Lesesaal ganz allein waren, »Mimsey Lewis, besitzt ein Landhaus. Nichts Aufwendiges, verstehst du, nur das typische, hübsche, den anderen angepaßte Landhaus an einem See in Vermont. Nun – Mimsey hat etwas von einem jungen Paar gehört, das auf einer großen Besitzung mit Fasanen oder Waldhühnern oder sonst was auf der anderen Seite des Sees im Haus des Hausmeisters wohnte und auch alle einschlägigen Arbeiten verrichtete. Und von diesen Leuten hieß es, sie wären nicht das übliche Hausmeisterehepaar. Auf ihrer alten Karre klebten Abzeichen von Schulen, du verstehst schon. Na ja, Mimsey hat sich selber ein Urteil bilden wollen, und tatsächlich hat sie doch hinten auf dem Abfallhaufen zwischen den üblichen Schachteln von Keksen und Reisflocken und Sardinenbüchsen ein leeres Glas von Macadamianüssen gefunden. Was schließt du daraus?«

»Daß sie den Abfall dieser Leute durchstöbert hat.«

»Für Neunmalkluge hat keiner was übrig, January. Es gibt doch ganz einfach Dinge, die ein Mensch nicht übersehen kann, sie springen einem zu sehr ins Gesicht.«

»Macadamianüsse kann doch jeder essen.«

»Ausgerechnet in Vermont? Jedenfalls war es nicht dieses Beweismaterial allein. Sie hat die Leute auch gesehen. Und wer waren sie? Niemand anders als Renata und Bob Duzo.«

»Wie sollte sie denn das wissen?«

»Sie hat sie erkannt.«

»Kannte sie sie denn?« fragte January.

»Natürlich nicht. Muß man denn Bob und Renata kennen, um sie zu erkennen? Jedenfalls finde ich es sehr idyllisch, so auf dem Land zu leben, ein Haus zu versorgen und nach einer Jugend voller Untreue und Herumschlaferei mit allen möglichen Leuten nun mit einem, den man wirklich liebt, ins Bett zu gehen. Natürlich ist Duzo nicht ganz das, was ich mir unter Armand vorstelle. Ich will damit sagen, er ist wahrhaftig nicht reich und nicht degeneriert genug, aber die Situation ist doch geradezu klassisch, findest du nicht?«

»Ich verstehe noch immer nicht, wie sie an allen diesen Orten gleichzeitig hat sein können.«

»Richtig. Wir wissen auch als einzige, wo sie wirklich gewesen ist.«

»Wer wo wirklich gewesen ist?« fragte Renata. Sie war so geräuschlos eingetreten, daß nicht einmal das leise Tappen ihrer Schritte, das sie hätte warnen können, zu hören gewesen war.

»Miß Stantus«, sagte Cecily, ohne auch nur einen Augenblick zu zögern. »Eine Freundin von mir hat behauptet, sie hätte sich diesen Sommer in ein Kloster zurückgezogen und dächte ernsthaft daran, in den Orden einzutreten.«

»Nun langt's mir aber, Cecily!« rief January. »Wie kannst du so etwas behaupten?«

»Du mußt dir darüber im klaren sein, daß sie von einigen sehr ernsten Zweifeln befallen ist. Ihr katholischer Glaube setzt ihr zu, und auf der anderen Seite wünscht sie sich einen Mann. Aber gleichzeitig hat sie Angst vor Männern. Es wäre also nur natürlich, wenn sie sich in einen solchen Schlupfwinkel zurückzöge. Der Welt entsagen – auch das ist eine Art Selbstmord –, jedoch die einzige, die die Kirche verzeiht. Findest du nicht auch, Renata?«

»Das kann ich nicht beurteilen«, antwortete Renata und legte ihre Bücher auf den langen Tisch aus Walnußholz ihnen gegenüber. »Außerdem finde ich, daß es mich nichts angeht.«

»Da hat sie recht«, sagte January.

»Wir brauchen wirklich nicht allzu loyal zu sein«, erwiderte Cecily.

Renata setzte sich. »Ich habe damit wahrhaftig nicht gemeint, daß du dich in die Angelegenheiten anderer Leute einmischst, Cecily. Möglicherweise schlägt sich Katherine mit gewissen Problemen herum, die uns allen bekannt sind, aber ich finde es ihr gegenüber nicht fair, Vermutungen darüber anzustellen, wie sie sie lösen wird. Und bestimmt wird man damit auch ihrer Religion nicht gerecht.«

»Ist Bob ein guter Katholik?« fragte Cecily.

»Es kommt darauf an, was du unter gut verstehst. Wenn du

Frömmigkeit darunter verstehst, muß ich nein sagen. Aber er ist ein guter, reiner Mensch; und wenn du mich fragst, ob seine Kirche mit ihm zufrieden ist, so würde ich ja sagen, denn es gibt so wenige gute Menschen.« Ein leichtes Lächeln zog über Renatas Gesicht. »Ich verstehe«, sagte Cecily.

»Das möchte ich auch hoffen«, meinte Renata, nahm ihre Bücher wieder auf und schwebte aus dem Lesesaal hinaus.

»Mensch, das hat mir aber gefallen, wie schnell du dich auf ihre Seite geschlagen hast«, sagte Cecily nach einer Weile.

»Darum ging es gar nicht, die eine oder andere Partei zu ergreifen«, entgegnete January. »Aber wie hast du dir nur so etwas ausdenken können?«

»Falls dich das etwas trösten sollte«, erwiderte Cecily, »so kann ich dir versichern, daß ich es mir nicht ausgedacht habe. Ich habe zufällig eine Freundin, die wußte, daß sie sich in ein Kloster zurückgezogen hat.«

»Mimsey Lewis?«

»Mach nur weiter so, du Neunmalkluge. Aber wenn die Stantus den Schleier nimmt, dann komm mir nur nicht und behaupte, ich hätte dir nichts gesagt.«

»Sie denkt nicht daran, es zu tun. Warum sollte sie? Das ganze Leben liegt vor ihr. Sie ist noch immer eine sehr junge Frau, betrachtet man sie mit den Augen eines älteren Menschen. Das Leben einer Frau ist doch nicht vorbei, nur weil sie mit achtundzwanzig noch nicht dem richtigen Mann begegnet ist... oder?«

»Ich hatte eine alte Tante«, sagte Cecily, »eine hysterische alte Jungfer, die in Ohnmacht fiel, wenn ein Mann nur ihre Brüste berührte. Buchstäblich. Sie war zehn Jahre älter als ihre nächsten Geschwister, und sie hat ihrer Mutter geholfen, alle Brüder und Schwestern aufzuziehen, so daß sie fast vierzig war, als schließlich alle erwachsen waren und geheiratet hatten. Immer hat sie sich allen möglichen obskuren Kulten und dergleichen angeschlossen, ließ sich ihr Horoskop stellen und versuchte mit dem Jenseits in Verbindung zu treten: alles zusammen nichts weiter als ein himmelschreiender Ersatz für ein Sexualleben. Schließlich ließ sie sich mit einem Pseudodoktor okkulter Wissenschaften ein, und offenbar hatte auch er nicht den Wunsch, mit ihr zu schlafen. Sie setzten sich nur zusammen, lasen einander aus Karten und Teeblättern die Zukunft, und das genügte ihnen. Einer meiner Onkel beobachtete, was sich da abspielte – er war ein ziemlich heller Knabe –, und da hat er einen Mordskerl angeheuert, der mit meiner Tante ausgehen sollte. Du mußt dir das richtig vorstellen: eine Frau, die völlig von ihrer Mutter abhängig gewesen war. Sie ist also niemals ausgegangen. Ich meine das wörtlich. Sie ist niemals mit einem Mann zusammen gewesen.«

»Immerhin war sie doch älter als achtundzwanzig«, warf January ein.

»Aber doch nicht die ganze Zeit über«, antwortete Cecily. »Jedenfalls hatte mein Onkel diesen großspurigen Kerl bestellt, der mit meiner Tante ausgehen sollte. Sie sah gut aus, verstehst du – sie tat zwar nichts dafür, sie war aber von Natur aus gut aussehend. Das war ihre Situation: Sie hatte diesen blutleeren Geisterbeschwörer, von dem sie nicht mehr loskam, und nun saß dieser große Bulle neben ihr, und niemals zuvor in ihrem Leben war sie mit einem Mann zusammen gewesen. Als er ihre Brüste berührte, fiel sie in Ohnmacht.«

»Aus Angst?« fragte January.

»Quatsch, aus Ekstase. Der Witz ist nämlich der, daß sie zwar niemals mit einem Mann zusammengewesen war, aber es stellte sich heraus, daß sie gewaltige sexuelle Gelüste hatte. Eine ziemlich verwirrende Entdeckung, was? Zitternd kam sie wieder zu sich. Ich meine, sie zitterte wirklich, ließ sich von dem Kerl nach Hause bringen, machte ihm die Hölle heiß, schrie ihn an, weinte und was dergleichen mehr ist. Dann erst rannte sie zu ihrem Freund, dem Pseudodoktor, und gestand ihm ihre Schande. Der hat sie dann zu einem anderen Quacksalber, einem Freund von ihm, gebracht, und dann haben die beiden ihr Ding ausgebrannt.«

»Was haben sie?«

»Sie haben ihr Ding ausgebrannt.« Cecily zündete sich eine Zigarette an. »Als mein Onkel dahinterkam, hat er versucht, den Quacksalber umzubringen, aber das war natürlich sinnlos. Ich meine, es war alles vorbei. Keine Gefühle mehr. Keine Möglichkeit mehr, auf irgendwelche Reize zu reagieren.«

»Das ist das Schlimmste, was ich jemals gehört habe.«

»Ich verstehe nicht, wieso dich das so umwirft. Du bist doch nicht mit ihr verwandt. Jedenfalls waren damit für das arme Ding alle Probleme gelöst, es gab für sie keine Möglichkeit mehr, in Konflikte zu geraten, verstehst du? Nicht einmal die Entdeckung, daß sie dieses gewaltige Sexualpotential besaß, konnte sie noch beunruhigen. Das Problem wurde ausgemerzt, um es nicht allzu grob auszudrücken. Was ich dabei so komisch finde, ist der Umstand, daß mein Onkel versucht hat, diesen Kerl in Stücke zu reißen, weil er seiner Schwester die sexuellen Gefühle geraubt hatte. Ich meine, ist das nicht ein Verrat an unseren besten Traditionen, wenn man sich all die Brüder vorstellt, die wutentbrannt dem Mann Rache geschworen haben, der ihrer Schwester etwas hineingesteckt, und nun zieht einer los, der einen Mann umbringen will, nur weil er etwas herausgenommen hat.«

»Du bist ekelhaft«, sagte January.

»Was willst du, es ist eine wahre Geschichte.«

»Wer hat sie dir erzählt?«

»Meine Tante.«

»*Diese* Tante?«

Cecily nickte und ließ einen Rauchring aufsteigen.

»Warum sollte sie dir so etwas erzählen – einem Kind?«

»Das habe ich mich auch gefragt«, antwortete Cecily. »Wahrscheinlich ist sie eine ziemlich verschrobene alte Dame. Sie ist jetzt über siebzig, und ihr Geist läßt sie mehr und mehr im Stich. Aber vielleicht bedauert sie in Augenblicken geistiger Klarheit den Verlust des Paradieses oder ähnliches. Möglicherweise war es auch nur Ausdruck ihrer Verbitterung.« Cecily machte eine Pause. »Aber ich bin auch ihr Liebling – ich habe während der beiden letzten Scheidungen meiner Mutter bei ihr gelebt, und wir sind einander ziemlich nah gekommen. Vielleicht hatte sie auch das Bedürfnis, mit jemandem darüber zu sprechen. Immerhin reden die anderen nicht viel darüber: Es ist eins jener Familienbilder, die man sich ungern ins Wohnzimmer hängt. Entweder das oder sie haßt mich von ganzem Herzen und wollte mir einen seelischen Knacks versetzen, damit ich ebenso verklemmt werde wie sie. Obwohl es«, Cecily furchte die Stirn, »durchaus möglich ist, daß die Weitergabe dieser verklemmten Einstellung ebensosehr aus Liebe wie aus Haß geschehen sein kann, denn falls es ihr gelingen sollte, bei mir den gleichen furchtsamen Abscheu zu wecken, so würde sie sich in gewisser Weise in mir fortgepflanzt haben, und damit wäre ich ihr Kind. Ist das nicht irgendwie rührend?«

»Und hast du ihn?« fragte January.

»Ob ich wen habe?«

»Diesen Abscheu.«

»Meinst du das ernst?« fragte Cecily. »Es ist nur eine Frage der Zeit. Und des richtigen Mannes, möchte ich errötend schnell hinzufügen. Ich erlaube mir den Luxus einer romantischen Einstellung, verstehst du, denn ich bin auf jedem anderen Gebiet so asketisch.« Sie zerdrückte ihre Zigarette, nahm ein paar Fruchtbonbons aus der Tiefe ihrer Tasche, ließ sie in ihrer Hand weich werden und stopfte sie sich in den Mund.

»Eine andere Erklärung wäre ihr Stolz. Ihr Stolz hat sie dazu veranlaßt, mir das zu erzählen. Vielleicht ist diese verdrehte alte Schachtel, wenn sie zurückblickt, nicht einmal verbittert, vielleicht ist sie tatsächlich stolz. Ich will damit sagen, wo war die Garantie dafür, daß sie jemals richtigen Gebrauch von dem Ding gemacht hätte, wäre es nicht aus dem Handel gezogen worden? Immerhin *war* sie vierzig, und man kann nicht gerade behaupten, daß sich die Freier um sie rissen. Der Fleischklotz, mit dem sie es zu tun bekam, hatte ja nicht um ihre Hand angehalten, sondern nur ein bißchen zugegriffen. Selbst wenn sie clever genug gewesen war, um sich, dank ihres eigenen, herzklopfenden Beispiels, darüber klarzuwerden, daß Frauen sexuelle Gefühle haben, so war sie doch verdammt noch mal nicht emanzipiert genug, es ohne Heirat zu tun.«

»Bist du es?« fragte January.

»Ich glaube nicht«, antwortete Cecily, bevor sie noch innezuhalten vermochte, und dann wurde sie ziemlich blaß. »Bitte, sag das niemandem weiter, ja?«

»Natürlich nicht«, versicherte ihr January. »Aber ich bin richtig traurig, Cecily.«

»Weswegen?«

»Wegen deiner Tante.«

»Ach, du lieber Himmel«, rief Cecily. »Was ist daran so aufregend? Doch nur eine Geschichte. Schwamm drüber. Wir sind nur deshalb darauf gekommen, weil du dir wegen deiner Freundin, Miß Stantus, solche Sorgen machst.«

»Bring nur nicht deine psychischen Hemmungen mit harmlosen Passanten in Verbindung.«

»*Meine* psychischen Hemmungen? Glaubst du, ich habe psychische Hemmungen? Ich habe dir nur eine Geschichte erzählt, weil sie zufällig zur Stantus paßt, und schon glaubst du, es handelte sich um eine Art großer Charakterenthüllung.«

»Wieso?« fragte January. »Wieso paßt sie?«

Cecily zündete sich eine neue Zigarette an und kaute gleichzeitig weiter; ihre Zähne blieben in der gummiartigen Masse stecken, und der Rauch vermischte sich mit ihrem Atem. »Es gibt viele Möglichkeiten, einer Katze das Fell abzuziehen«, erklärte Cecily undeutlich.

»Du bist wirklich ekelhaft«, antwortete January und sprach für den Rest des Nachmittags kein Wort mehr mit Cecily.

Im Kurs Schöpferische Kräfte II nahm January ihren Platz auf der anderen Seite von Renata Edelmans Staffelei ein, so daß Cecily sich mit ihr nicht unterhalten konnte. Allerdings erging es January auch nicht viel besser: Renata lächelte sie ein- oder zweimal an und malte in ihrer kühlen, überlegenen Art weiter, die sie von allen anderen isolierte, ob sie nun neben ihr standen oder nicht. Aber das war zu erwarten: Seit die Klasse in ihrem ersten Jahr mit dem Kurs Freie Gestaltung begonnen hatte, der dann im Kurs Schöpferische Kräfte I, in dem Gedichte geschrieben wurden, seine Fortsetzung fand, war der ganzen Gruppe klar, daß Renata die alle anderen überragende künstlerische Begabung unter ihnen war. Ihre Eltern hatten einmal einen Jackson Pollock besessen, um dessen Besitz bei den Scheidungsauseinandersetzungen am erbittertsten gestritten worden war. Renatas Vater hatte schließlich mit dem großen Gemälde abziehen können und Mrs. Edelman mit Renata, wobei beiden Parteien die Vergünstigung eingeräumt wurde, den Schatz, den jede von ihnen verloren hatte, gelegentlich zu besichtigen. Aber die Verbitterung zwischen beiden war so groß gewesen, daß der Pollock einem Museum in Minneapolis geschenkt wurde, wo keiner von ihnen lebte, und Renata nach Coventry Hall kam, wo keiner von ihnen sie jemals besuchte.

»Ich habe gegenstandslose Kunst niemals verstanden«, sagte January und sah zu, wie Renatas Pinsel Karmesinrot auf die Leinwand klatschte. »Abstrakte auch nicht«, fügte sie hinzu und wollte sich damit, für den Fall, daß Pollock zur zweiten Kategorie gehörte, absichern.

Cecily schnaufte laut und malte ein weiteres Blütenblatt an ihr Gänseblümchen.

»Ich habe«, fuhr January unverdrossen fort, »Pollock stets für... kalt gehalten.«

»Vielleicht ist er niemals einem Lastwagenfahrer begegnet«, warf Cecily ein.

»Kalt?« Renata sah January fest in die Augen und schloß Cecily mit einer Schulterbewegung aus. »Nicht bei dem Gemälde, das wir hatten. Aber da hatten wir auch Glück. Den haben wir bekommen, als er noch grelle Farben verwendete. *Après nous* überkam ihn die große Langeweile, und er wandte sich Metallfarben zu, rostfreiem Chrom, Aluminium, wobei er die Leinwand auf den Boden legte und die Farbe mit Kellen, Stöcken und Bürsten auftrug – er versuchte die Bewegung wiederzugeben, die er in der weiten Landschaft Amerikas beobachtet hatte, während er unter Güterzügen mitfuhr. Bewegung, das war für ihn wichtig. Wichtiger als das fertige Bild.«

»Vielleicht hätte man einen Film von ihm beim Malen aufnehmen und dann das fertige Werk zerstören sollen«, meinte Frenchy Swackholm, während er letzte Hand an das Bild einer Schachfigur legte.

»Du hast keine Seele«, rief January.

»Die Seele ist Opium für die Mädchen.«

»Hussa!« rief Cecily.

»Malt lieber«, mahnte Dolly Klinkle und blickte von ihrem Schreibtisch auf.

»Das Leben im Schatten dieses großen Bildes«, murmelte Renata, »hat mit dazu beigetragen, meinen Charakter zu formen.« Leider hätte ihre Mutter, fuhr Renata fort, der Fantasie ebensosehr fehlte wie genügend Platz an der Wand, das Bild verkehrt herum aufgehängt. »Was macht es denn aus?« Das war alles, was sie dazu gesagt hatte. Bis zu einem gewissen Grad konnte dies Renatas Einstellung zu ihrer Mutter erklären.

»Trotzdem bin ich dankbarer. Ich bin für diese Erfahrung dankbarer als für jede andere im Verlauf meiner Kindheit.« Renata berührte mit ihrem Pinsel nachdenklich ihre Schläfe. »Man kann nicht im Angesicht von Größe schlafen, ohne von ihr beeinflußt zu werden.«

Für den Rest dieser Stunde und während des ganzen Abendessens fühlte sich Cecily seltsam verlassen. Es gab in der Sitzordnung dieser Woche an ihrem Tisch niemanden, den sie leiden konnte, mit Ausnahme Renatas, die niemals erschien, und Januarys, die sie weiterhin übersah. Und im Lesesaal war an diesem Abend niemand, der der Ehre würdig gewesen wäre, von ihr Zettel zugeschoben zu bekommen, nachdem January hinausgeschlichen war – um sich, wie das Gerücht wissen wollte, unten am Bootshaus mit Red Beemish zu treffen, den January, wie Cecily wußte, ganz abgesehen vom Zustand seiner Haut, abscheulich fand. Erst eine ganze Weile nach dem Ausschalten des Lichts, als Judy Norris' schnarchend in einen regelmäßigen Rhythmus verfiel, begannen sie wieder miteinander zu reden.

»Hör mal«, sagte Cecily.

»Was ist?« fragte January.

»Wir könnten eigentlich unser Schweigen brechen.«

»Schlaf jetzt, Cecily.«

»Aber ich habe eine Neuigkeit!« sagte Cecily, setzte sich im Bett auf und schlug sich dabei an der Decke den Kopf. Sie hatte erst vor einem Tag das Bett mit Judy Norris getauscht und sich noch nicht an ihre neue Umgebung gewöhnt. »Eine Neuigkeit von großer Bedeutung. Hörst du mir zu?«

»Ich höre dir zu.«

»Ich kehre also mit meinem verehrten neuen Schulberater, Mr. Sweet, vom Abendessen zurück... Wo warst du übrigens während der Lesesaalstunde?«

»Ich lege keinen Wert darauf, darüber zu reden«, erklärte January. »Allerdings möchte ich dir eins sagen: Wo immer ich war, es war deine Schuld.«

»Ich hoffe nur, du hast ihn deine nackte Brust nicht berühren lassen«, sagte Cecily. »Es ist ebenso leicht, das Ekstasenpotential durch einen Büstenhalter hindurch festzustellen.«

»Ich habe gesagt, daß ich keinen Wert darauf lege, darüber zu reden.«

»Meinetwegen«, antwortete Cecily. »Ich gebe mich damit zufrieden. Jedenfalls haben Sweet und ich über seine Erfahrungen bei der Southern Pacific Railroad gesprochen, nämlich als ein anschauliches Beispiel für die alles überragende Macht der Autorität, der der Mann mit der Hacke oder dem Hammer oder sonst was ausgeliefert ist, als unser Gespräch plötzlich durch das Gehämmer kleiner Absätze unterbrochen wurde. Sweet begann zurückzuweichen, aber die Schritte näherten sich immer schneller, und da eilte er auf den Rasen hinaus und verbeugte sich tief. Und wer war es? Ausgerechnet dein Sorgenkind, Miß Stantus. Ganz offensichtlich setzte sie seine Aufmerksamkeit in Verlegenheit, aber sie fühlte sich auch geschmeichelt. Und da sagte er doch zu ihr, ob er sie nicht vielleicht zu einer Tasse Kaffee einladen könnte. Sie errötete auch wirklich, wenn sie auch nicht puterrot anlief, sondern eher einem sanften Sonnenuntergang ähnlich. Sie antwortete darauf, das sei sehr freundlich, aber sie müßte in den Lesesaal, und da sagte er, das macht nichts, denn er hätte eine Zusammenkunft mit den Jungen der Abschlußklasse. Aber wie wäre es hinterher? Da begann sie mich nervös anzusehen und sagte nein, nickte aber dabei in meine Richtung, als meinte sie eigentlich nicht nein, sondern wollte nur nicht, daß ich es weiß, verstehst du? Er ließ seine weißen Zähne aufblitzen und sagte zu mir, ich sollte weitergehen, und da etwa kam mir der Gedanke, denn ich kapiere ja schnell, daß ich nicht besonders erwünscht war. So haute ich ab. Wohl körperlich, aber nicht geistig, natürlich nicht. Als ich zurückblickte, ging da irgend etwas vor sich, und ich wette um eine Schachtel Milchstraßenkonfekt, daß die beiden sich jetzt in der Nacht herumtreiben.«

»Glaubst du, Sweet ist hinter ihr her?«

»Ich weiß nicht, ob es sich dabei um das berühmte unsterbliche Liebespaar handelt, aber es wurde mir ziemlich klar, daß da einiges im Gang ist. Ich habe mich also in ihr geirrt. Ich wollte nur, daß du es weißt.«

»Danke«, sagte January.

Cecily lachte leise in sich hinein.

»›Danke‹ habe ich gesagt.«

»Du könntest es ruhig etwas beglückter sagen.« Cecily blickte durch die Dunkelheit zum anderen Bett hinüber. »Immerhin habe ich soeben deine Zweifel zerstreut. Du solltest sehr zufrieden sein.«

»Du hättest es mir sagen sollen, bevor ich aus dem Lesesaal hinausging.«

»Dann wäre es Klatscherei gewesen«, meinte Cecily. »Inzwischen ist es, wir wollen es hoffen, Geschichte geworden.«

5. Kapitel

Das Zimmer des Hausvaters im Wohnheim der Jungen war für eine Zusammenkunft zu klein. Sweet hatte mit Hilfe von Latten, Kisten und glattem Wachstuch sehr geschickt einige Veränderungen vorgenommen und eine L-förmige Fensterbank eingebaut, so daß, oberflächlich betrachtet, nun Platz genug war. Aber der Raum wurde dennoch in dem Maße kleiner, in dem die Enttäuschung der Jungen zunahm, weil sie längere Zeit auf Sweet warten mußten. Und mit ihrer Ungeduld wuchs auch die Gestalt Haboud Alis, des verschwundenen Hausvaters.

»Wenn wir dem Araber einen Brief schrieben«, meinte Lionel, »und ihm sagten, wieviel uns daran liegt, daß er zurückkommt, würde er vielleicht kommen. Vor allem wenn ich diesen Brief schriebe. Ihr könnt ihn dann unterschreiben... Je länger ich darüber nachdenke, desto mehr glaube ich, daß wir das tun sollten.«

Sein Vorschlag fand allgemeine Zustimmung, nur Frenchy Swackholm war nicht einverstanden. Er blickte von dem Hakenkreuz auf, das er gerade in eine riesige Tomate einschnitt. »Ich weiß nicht, warum, zum Teufel, ihr euch alle so wegen dieses Nassers aufregt.«

Die anderen schrien ihn nieder und erklärten ihm, er solle sein Schandmaul halten. Frenchy schüttelte den Kopf und zog die Spitze seiner Machete durch die platzende Haut der überreifen Frucht.

»Sie sind sich doch alle gleich. Dabei spielt es keine Rolle, welcher Rasse oder welcher Religion sie angehören oder wo sie geboren sind. Man muß ihnen aus Prinzip entgegentreten.«

Frenchy spritzte ein wenig von dem lauwarmen Saft auf Frazier Peters Nase. Aber sogar Frazier war zu aufgeregt, um sich auf einen Bürgerkrieg einzulassen.

»Okay.« Will Sweet kam von draußen hereingestürzt, und bei seinem Erscheinen verschanzten sie sich sogleich hinter feindseligem Schweigen. Sein neuer Verbündeter, Bob Duzo, der sie zu dieser lächerlichen Besprechung zusammengetrommelt hatte, folgte ihm auf dem Fuß.

»Die Sache wird also jetzt folgendermaßen vor sich gehen«, begann Will Sweet und hielt dann inne, musterte ihre Gesichter und bemerkte die Feindseligkeit, die teils verborgen und teils ganz offen in ihren Augen flackerte. Nur Arthur Claypool stellte eine unbezwingbare Schranke dar. Er hielt die Augen geschlossen, um die Melodie besser zu hören, die aus seinem Gerät ertönen würde, sobald er nur die Finger von den Öffnungen nahm. Sweet bemerkte den abwartenden, belustigten Ausdruck Frenchys, der seine Tomate einsatzbereit in der Hand hielt. Auch Sweet wartete einen Augenblick, als wollte er ihrem Zorn Zeit lassen, sich zu konzentrieren. Dann brach er in schallendes Gelächter aus, das wie ein gewaltiger Blasebalg auf ein ruhig schwelendes Holzscheit wirkte und zuerst an dem einen Ende die Funken aufstieben ließ, bis die Flamme züngelnd das ganze Scheit entlang emporleckte. So ansteckend wirkte sein Lachen auf die anderen, obwohl niemand wußte, was eigentlich so komisch war.

»Hab' ich euch 'ne Weile warten lassen, was?« begann Sweet. »Na ja, ich werde euch auch nicht sagen, wie die Sache jetzt vor sich gehen wird. Es ist wohl besser, daß ihr es mir sagt, bis ich mich hier zurechtgefunden habe. Dann werde ich euch nur bitten, hin und wieder das eine oder andere mit mir zu besprechen, damit ich mich hier nicht überflüssig fühle. Haben das alle gehört?«

»Hört, hört!« rief Frazier Peters, der immer dazu neigte, Wörter umzudrehen oder ihnen einen anderen Sinn zu geben.

»So, das sollte wohl für den offiziellen Teil genügen«, fuhr Sweet fort. »Ich wollte euch nur noch bitten, euch ganz allgemein um die jüngeren Klassen zu kümmern, bis ich mich hier ein bißchen besser auskenne... Du dahinten...«

Lionel blickte auf, als er die sonnengebräunte, von Tabak verfärbte Hand auf sich gerichtet sah. Eine Erinnerung an die weiße, knochige Hand Mrs. Kornfelds blitzte in ihm auf, die ihn gewarnt hatte, er sollte sich vor Mr. Sweet vorsehen. Aber schon war diese Erinnerung wieder ausgelöscht, und er hörte, wie er Sweet erklärte, jawohl, Sir, er würde sich um die Zimmer der Jüngeren am Ende des Gangs kümmern.

»Prima«, sagte Sweet, nachdem er jedem der Älteren zwei oder drei Zimmer der Jüngeren zugewiesen hatte, sogar Arthur Claypool, der nur trübsinnig den Kopf über einen solchen Auftrag geschüttelt, und Frenchy, der nachdenklich an seiner Tomate genagt hatte. »So, ihr könnt gehen.«

Aber niemand rührte sich, und Sweet lachte in sich hinein. »Ich danke euch allen. Ich fasse es als eine Art Vertrauensvotum auf, daß ihr noch sitzen bleibt. Nun, im vor uns liegenden Jahr werden wir noch Gelegenheit genug zum Zusammensein haben, und jetzt ist schon Schlafenszeit – es gibt bestimmt einige auf diesem Campus, die sehr genau darauf achten, wie ich die Sache hier anfasse, damit sie mir eins auswischen können.« Er trat mit einem Fuß auf die Fensterbank, blickte über das Schulgebäude zum Haus Tara hinüber und strich mit seinen Fingern über den Kordstoff seiner Hose hin. »Ich will damit nicht sagen, daß ich mich besonders vorsichtig verhalten werde und in mein Loch krieche, sondern nur, daß man die anderen nicht durch all die Lichter nach der Sperrstunde auf die Palme bringen sollte.« Er wandte sich ihnen wieder zu und lächelte. »Fangen wir lieber behutsam an und sparen uns unsere Kräfte auf für die großen Kämpfe. Gute Nacht, Jungs.«

Frenchy ließ sich Zeit, um als letzter hinauszugehen, aber da sah er, daß Bob Duzo noch blieb. Er warf die Tomate in den Abfallkorb und blieb an der Tür stehen.

»Spielen Sie Schach?« fragte er Sweet.

»Nein. Spielst du Gitarre?«

»Schach hilt einem, richtig vorzugehen.«

»Die Gitarre auch«, antwortete Sweet, packte das Instrument, drehte es herum und versetzte Frenchy mit ihrem Hals einen Schlag hinten drauf. Es erklang ein dumpfer, atonaler Laut, als sich Frenchy überrascht umsah und seine Hose dabei nochmals über die Saiten strich. »Du solltest dich mal damit befassen, Mr.

Frenchy. Wenn du schon mit deinem Hintern so gut abschneidest, was könntest du alles mit deinen Händen machen. Gute Nacht.«

»Für den Augenblick bin ich zufrieden«, sagte Frenchy, als er hinausging.

»Wart mal«, rief Sweet hinter ihm her.

»Ich hatte gedacht, Sie versuchten mich loszuwerden.«

»Womit bist du zufrieden, Frenchy?«

»Mit Ihrer Einstellung.«

»Sehr nett von dir. Gute Nacht.«

Frenchy blieb ein letztes Mal auf der Schwelle stehen. »Und schließlich, warum nicht? Eine Verschwörung in der Schule ist zwei Verschwörungen im Busch wert.« Und schon war er verschwunden, jagte den Gang entlang und stieß den Schlachtruf des Vietkong aus.

»So ein Schweinehund«, sagte Sweet und wischte sich lachend eine Träne aus dem Auge, als er die Tür hinter ihm schloß. »Wer sich da nicht auskennt, würde meinen, diese Burschen wären ein Haufen von Idioten.« Er trat zur Fensterbank, legte sich, die Arme unter dem Kopf, auf den Rücken und blickte zur Decke empor, als betrachte er die Sterne am Himmel: Diese Decke aus Kiefernholz mit ihren Astlöchern, erklärte er Bob, wäre für ihn jetzt ebenso erregend wie der Himmel. »Ein richtiger Wanderbursche muß einmal zur Ruhe kommen«, sagte er. »Das Wandern ist die Vorstellung Halbwüchsiger von Freiheit.«

Bob rutschte auf seinem Stuhl unruhig hin und her und betrachtete das Septemberblitzen vor dem Fenster, das von keinerlei Donner oder Rauschen von Regen begleitet war. Nur hin und wieder blitzte es auf, und diese Entladungen wirkten nicht sehr kraftvoll. Er blickte auf seine Uhr.

»Wenn ein Mann mit geschickten Händen sich eines Tages dazu entschließt, sich niederzulassen, sucht er sich für gewöhnlich ein Stück Farmland, gräbt es um und läßt etwas wachsen. Ich habe nicht diese Liebe zum Land, um Farmer zu werden. Menschen sind es, die ich gern wachsen lassen möchte; ich möchte als Saat eine Idee ausstreuen und die zum Wachsen bringen... sie mit ein bißchen Sonne wärmen, sie mit ein bißchen Regen befeuchten und dann auf die Ernte warten. Klingt recht blöde, was?«

»Klingt großartig«, antwortete Bob ohne sonderliche Begeisterung.

»Hier gibt es eine Menge Begabungen«, fuhr Sweet fort. »Die Schwierigkeit liegt nur darin, daß manche Leute Kunstdünger mit irgendeinem Unsinn verwechseln, und das ist es, was sie diesen Kindern verpassen. Aber das alles läßt sich ausbügeln. Selbst wenn man diese völlig verdrehten Typen wie Frenchy in dem Glauben läßt, er wäre an einer Verschwörung beteiligt«, rief Sweet lachend. »Ist er nicht eine Nummer?«

»Frenchy ist sehr politisch eingestellt«, erwiderte Bob höflich.

»Wird ein ziemlich harter Brocken sein«, meinte Frenchy. »Ich bin nur froh, daß ich dich als meinen Helfer habe. Bist ein guter Kerl, Bobbo.«

Ihre Unterhaltung hatte sich nun ihm zugewandt, und so fühlte sich Bob berechtigt, einmal kräftig zu gähnen.

»Langweile ich dich?«

»Natürlich nicht«, erwiderte Bob, stand auf und streckte sich. »Ich bin nur allmählich ziemlich müde geworden...«

»Quatsch!« Sweet schwang die Beine hinunter und setzte sich auf dem Rand der Fensterbank auf, während träges Blitzen den Himmel hinter ihm hin und wieder aufhellte. »Alles Unsinn, mein Junge. Ich habe dir gesagt, daß ich dich als Bundesgenossen brauche, und es ist mir Ernst damit. Versuch also nicht, mir eins überzubraten. Du bist gar nicht müde, mein Freund. Hast es nur verdammt eilig, dich von hier zu verdrücken, um dich mit deiner Liebsten zu treffen.«

Bob streckte die Arme zur Decke aus, damit sich die Spannung in seinen Fingerspitzen irgendwohin entladen konnte. »Puh!« rief er und schlug mit der flachen Hand gegen die Holzverschalung über dem Wandschrank. »Ich bin wirklich von Ihnen schwer beeindruckt, Hausväterchen. Das war mal richtig aus der Luft gegriffen...«

»Sieh dir mal dies Gesicht genau an«, entgegnete Sweet und näherte sein Gesicht Bobs Brust. Die Falten auf seiner Stirn wirkten schmutzigbraun, und seine Augen waren undurchdringlich wie Milchglas. »Was du da erblickst, hat nichts mit Dummheit zu tun. Aber sogar ein dummer Mensch würde wissen, was du vorhast, und der Teufel soll mich holen, wenn ich dich damit davonkommen ließe...«

»Ich habe schon gehört, daß Sie alles mögliche gewesen sind«, entgegnete Bob. »Bahnarbeiter, Hausierer, aber nicht, daß Sie auch biblische Frömmigkeit verhökert haben.«

»Glaubst du wirklich, daß ich mich den Teufel darum schere, was du treibst? Du bist schon fast ein Mann und jedenfalls alt genug zu tun, was dir gefällt. Aber versuch nur nicht, mich hinters Licht zu führen. Ich habe dir gesagt, du wärst mein Bundesgenosse. Ich brauche dich. Die Sache ist aber die: Die alte Hexe im Puff dort drüben weiß über dich und Renata Bescheid, und nun hat sie auch festgestellt, daß ich dir vertraue und dich mag. Sie wird dir auflauern, mein Junge, und wenn du dumm genug bist, heute nacht deine Verabredung einzuhalten, wird sie dich schnappen.«

»Warum gerade heute nacht?« fragte Bob. »Sie versucht uns schon seit eineinhalb Jahren auf die Schliche zu kommen, und bisher ist es ihr noch nicht gelungen.«

»Bisher hatte sie es auch noch nicht nötig. Aber diese Dame hat mir gegenüber den kürzeren gezogen, und was sie da hat schlukken müssen, verbrennt sie von innen. Sie muß es also an irgend jemandem auslassen, und ich bin ziemlich sicher, daß du es bist und daß es heute nacht über die Bühne geht. Gieß dir also etwas kaltes Wasser auf die Hose, wenn es dir darin zu heiß wird, und laß Dampf ab. Renata wird auch bis morgen durchhalten. So einer brennen nicht so schnell die Sicherungen durch.«

»Jetzt reicht es aber bald!« rief Bob gereizt. »Zwischen uns ist das nicht so.«

»Natürlich nicht, das ist es nie«, erwiderte Sweet. Ein Lächeln spielte um seine Lippen und vertrieb Bobs Zorn. »Auf jeden Fall steck heute zurück, und morgen...« Er drückte Bob etwas in die Hand. »Morgen dürft ihr mein Zimmer benutzen.«

Bob sah den Schlüssel in seiner Hand an. »Sie sollten mir nicht...«

»Du brauchst mir nicht zu danken«, fuhr Sweet fort. »Ich will dich nicht von etwas abhalten, von dem du glaubst, daß du es unbedingt tun mußt. Ich möchte nur dafür sorgen, daß dir dabei nichts passiert.

Das erinnert mich an die Zeit, als ich noch ein Junge war und mein Mädchen hatte. Ein hübsches Ding, wie man es sogar bei uns in den Bergen selten sah, wo die Mädchen frischer und natürlicher sind als sonst irgendwo. Hast du schon ihr Bild gesehen? Ich habe es einigen der anderen am Abend, als ich ankam, gezeigt...« Er beugte sich vor und holte es unter einem Stoß von Papieren, die auf der Kommode lagen, hervor. Das Foto war, wie Bob annahm, vom Alter braun geworden, aber dann erklärte ihm Sweet, daß es sich dabei um ein altes Verfahren handelte, denn es hatte eine Weile gedauert, bis die Schwarzweißtechnik bis in die Ozarkberge gelangt war. Das Mädchen hatte sanfte, grüne Augen, die an Bergmoos erinnerten, erzählte ihm Sweet, als Bob den unscharfen Abzug in der

Hand hielt – und Haare seidig wie ein Sommerregen, so weich fühlten sie sich an.

Es war über sie gekommen wie die Wärme des Frühlings, die den Saft in jungen Bäumen steigen läßt – so war ihre Liebe, so war das Verlangen, das sie zueinandertrieb. Allerdings hatten sie keine Hausmutter, erklärte Sweet, und auch keinen Schülerrat, die ihnen sagten, was sie zu tun hätten. Was sie hatten, war die Furcht vor diesem Verlangen, die ihre Mutter und ein strenger Vater ihnen eingeimpft hatten. Dieser Vater dachte nur daran, seine Tochter für eine Heirat mit einem gewichtigen Mann in der Stadt aufzusparen, und verbot ihr, sich mit dem Sohn des Eisenbahners einzulassen, der niemals etwas werden, niemals etwas sein würde. So klammerten sie sich in wenigen gestohlenen Augenblicken aneinander und mußten sich mit einigen flüchtigen Berührungen zufriedengeben. Aber in einer Nacht, in der der Mond so voll war wie ihre kleine weiße Brust und Sweets Herz, schlichen sie aus ihren Häusern, trafen sich auf einer hochgelegenen, einsamen Wiese und gaben sich zum erstenmal ihrer Liebe hin. Aber der Frühling in den Bergen kann trügerisch sein, erklärte Sweet. Denn trotz aller Wärme, die er ihr mit seinem Körper und mit seinen Worten gab, erkältete sie sich. Vier Tage später war sie tot.

»Vielleicht«, meinte Sweet nachdenklich, während er mit seinem Daumennagel die Form ihrer Brust nachzog, die sich dort auf dem Foto undeutlich unter ihrem verblichenen Kleid abzeichnete, »vielleicht würde sie heute noch leben, wenn uns damals jemand ein Zimmer zur Verfügung gestellt hätte, in dem wir uns hätten aufhalten können. Hübsches Ding«, sagte er abschließend und legte sie auf der Kommode zur Ruhe.

»Das tut mir leid«, sagte Bob.

»Ich war auch sehr niedergeschlagen.« Sweet schüttelte den Kopf, um seine Träume zu verscheuchen. »Aber wäre es nicht so gekommen, hätte ich mein ganzes Leben dort verbracht, wäre nichts geworden – aber glücklich. Als sie starb, bin ich auf und davon gegangen, nach Norden. Ich war entschlossen, das zu werden, von dem ihr Vater behauptet hatte, ich könnte es niemals schaffen. Ich arbeitete bei der Eisenbahn und bei Kanalbauten; ich sang Lieder und war beim Straßenbau. Ich glaube, ich bin so ungefähr alles gewesen. Aber was ich jetzt werden soll, das ist etwas.« Die Art und Weise, in der er diese Worte ausstieß, gab ihm seine Bedeutung. »Willst du mir dabei helfen?«

»Nur zu gern«, antwortete Bob. »Sehr gern. Alles, was ich nur tun kann...«

»Zunächst einmal könntest du mich heute abend im Wohnheim vertreten. Ich bezweifle zwar, daß es irgendwelche Schwierigkeiten geben wird, aber auf alle Fälle...«

»Was haben Sie vor?«

»Mensch, Junge!« rief Sweet und stürzte zur Tür. »Jemand muß sich doch Renatas annehmen.«

Bobs Sprung war eine Reflexhandlung. Er versuchte, Sweet am Nacken zu packen, aber dieser entzog sich seinem Griff ebenso behende wie ein Meisterboxer im Leichtgewicht: Der kräftige Körper schien sich in einen tanzenden Schatten aufzulösen, der sich leichtfüßig Bob entwand und laut auflachte.

Bob kam sich, als er in das braune, lachende Gesicht blickte, sehr dumm vor und schämte sich, weil er nicht sofort gewußt hatte, daß Sweet nur Spaß machte.

Renata Edelman hatte der abgedroschenen Schultradition nur ein einziges Zugeständnis gemacht, indem sie sich der kleinen Gruppe angeschlossen hatte, die bei Sportveranstaltungen den Beifall anführte. Allerdings schien sie nicht die typische Anführerin zu sein, da sie eher ein stilles Leuchten als etwa Zahnpastaenergie ausstrahlte. Aber was das betraf, so war noch niemand, der dieser Jubeltruppe angehört hatte, jemals typisch gewesen, mit Ausnahme eines blonden Mädchens aus dem zweiten Jahr mit Namen Christine. Sie hatte Wangen wie rosige Äpfel, trug ihr Haar zu einem Pferdeschwanz zusammengebunden und hatte nach ihren eigenen Worten *Pfeffer im Popo*. Am Ende eines Jahres war Christine auf eine andere Schule übergewechselt, wo es mehr Tanzereien gab, so daß die Jubeltruppe wieder zu dem zusammenschrumpfte, was sie immer gewesen war. In diesem Jahr nun waren die beiden anderen Angehörigen dieser Truppe außer Renata ein molliges Mädchen aus dem ersten Jahr, die es verstand, einen großen Salto zu schlagen, und eine vollbusige Rothaarige, die jedoch dazu neigte, sich nach einem Jubelsprung den Fuß zu vertreten. Die Basketballmannschaft schrieb diese Tendenz einer überdimensionalen linken Brust zu. Die Rothaarige verbrachte den größten Teil der Sportsaison in einem Basketballpullover und mit einer elastischen Binde um den Knöchel am Rand des Spielfeldes, und obwohl alle ihre Lebhaftigkeit, wenn sie sich nicht gerade in Bewegung befand, schätzten, war sie doch für die Mannschaft alles andere als eine Inspiration. So waren also Jubeltruppe und Mannschaft gleichermaßen für Renatas Anwesenheit dankbar.

Sie blickte auch nicht auf ihre Rolle herab. Ganz im Gegenteil: Hatte sie erst einmal ihre Seele einer Tänzerin vergessen, gab sie sich hemmungslos den Sprüngen und den Zurufen hin, die die Umstände von ihr forderten. Jedoch war sie offensichtlich, selbst wenn sie ein Triumphgebrüll anführte, das dem Geheul einer Lokomotive ähnelte, nicht ganz in ihrem Element.

Die derzeitige Schulmannschaft unter Führung von Bob Duzo war auf dem besten Weg, an die hervorragende Leistung der Mannschaft des vergangenen Jahres heranzukommen, die sich aus den gleichen fünf Spielern der ersten Garnitur zusammensetzte. Außer Bob waren es Red Beemish, der links hinten spielte und ein Stipendium bekommen hatte, Rudy Manicotti und zwei externe Schüler.

Nach jedem Erfolg ihrer Mannschaft lief Renata auf dem Spielfeld herum und lieferte ihre eigene Version eines bekannten Schlagers, die mit dem Refrain *Schlag sie wieder, schlag sie wieder, härter, härter!* endete. Bob, der nur darauf wartete, beim Einwurf wieder loszustürzen, ließ seine Blicke schnell und voller Bewunderung dorthin wandern, wo sie ihre Vorführung gab, bevor er seine Aufmerksamkeit dem Ball zuwandte. Sein Körper glänzte im Licht der Turnhalle vor Anstrengung. Beim Pfiff schoß er aus seiner kauernden Stellung empor, übertraf im Sprung seine eigene Körperlänge um die Hälfte, entwand mühelos den Ball einem sehr viel größeren Gegner und gab ihn an seine Mitspieler weiter. Renata schmetterte ihren Kampfruf hinaus.

Red Beemish wurde wegen mehrerer Fouls disqualifiziert und Manicotti vom Spielfeld verwiesen, weil er dem Schiedsrichter von der Schule am Ort, der unter anderem auch Französisch unterrichtete, *merde* ins Gesicht geschrien hatte. Trotz des Verlustes dieser Leute aus der ersten Mannschaft errang Coventry Hall einen leichten Sieg, was in erster Linie auf Duzos Einsatz zurückzuführen war.

»Gut gemacht, Bobby«, sagte Trainer Crispy, warf ein Handtuch um Bobs kräftige Schultern und steckte ihm ein Orangenviertel in den Mund.

Bob winkte selbstbewußt ab und wischte sich den Schweiß über seinen buschigen Augenbrauen weg.

»He«, rief er und ergriff Renatas Arm, nachdem er die Orangenschale in hohem Bogen in einen Abfallkorb geworfen hatte. »Wart auf mich.«

»Gedungener Mörder«, murmelte ein Jubelmädchen von der örtlichen Schule, als es die Treppe der Turnhalle hinunterging und dabei ihre kleine Fahne zerknüllte. »Mafia.«

»Es kommt nicht darauf an, ob man gewinnt oder verliert«, entgegnete Bob mit einem strahlenden Lächeln, »sondern wie man ein Spiel spielt.« Sein Lächeln wurde noch strahlender, so daß das Mädchen verlegen errötete.

»Entschuldige«, sagte sie.

»Schon gut«, antwortete er und winkte ihr zu. Als er sich umdrehte, um Renata anzulächeln, war sie verschwunden.

»He!« rief er und lief auf dem Weg vor der Turnhalle der langhaarigen schlanken Gestalt nach, die in der Dämmerung immer undeutlicher wurde. »He! Hallo!« Im Laufen schlüpfte er in seine Jakke.

»Du solltest nicht so verschwitzt hinausgehen. Du wirst dich erkälten«, sagte Renata.

»Ich bin unbesiegbar.« Bob neigte sich vor, um ihre Lippen zu sehen, die sie in der Andeutung eines Lächelns verzog. Aber er konnte nichts erkennen. »Ich habe wie besessen gespielt«, rief er. »Ich habe so gespielt, als ginge es um ein Ligaspiel oder eine Weltmeisterschaft. Hast du es bemerkt? Es war so, als könnte alles schneller vorbei sein, wenn ich nur härter spielte. Das war es, was mich so vorwärtsgetrieben hat. Ich habe das Ende kaum abwarten können.«

Sie summte leise vor sich hin und legte den Kopf zurück, und die Töne stiegen zum Himmel auf, ohne daß sie den Mund zu öffnen brauchte. Ihre Haare fielen nach hinten, und eine lange, kastanienbraune Strähne wehte über seine Lippen hin.

»Ich konnte es gar nicht abwarten, wieder mit dir zusammen zu sein«, erklärte er. »Deshalb wollte ich die Sache hinter mich bringen.«

»Du solltest unter die Dusche gehen und dich umziehen«, murmelte sie. »In Schweiß gebadet, wie du bist, wirst du dir nur eine Erkältung holen.«

»Ach, laß doch«, entgegnete Bob, nur einen Augenblick lang leicht gereizt. Diese Bemerkung konnte nur das bedeuten, was sie auszudrücken schien – Sorge um seine Gesundheit. Immer wieder sagte sie, als schweißgebadeter Sieger sei er großartig. »Die feuchten Ausscheidungen eines Gladiators«, hatte sie gemurmelt, während sie seine Schultermuskeln mit der Hand nachzeichnete. Erst vor kurzem hatten sie eine Wiederholung von *Spartakus* im Kino gesehen. Es war eine Doppelaufführung mit dem Film *Die Roten Schuhe*, wobei auch die Ballerina stark geschwitzt hatte. Danach schien sie am Ende irgendeiner körperlichen Anstrengung am liebsten zu haben, wenn sie sich, wie sie sich ausdrückte, an ihn gepreßt *taufen* konnte. Gab es kein sportliches Ereignis, sorgte sie selber hin und wieder dafür, daß er sich verausgabte, um diesen vollkommenen Zustand herbeizuführen. »Ich liebe den Geruch eines natürlichen Mannes, ich liebe es, ihn dann zu berühren«, hatte sie ihm zugeflüstert. »Ich habe nichts für die allgemeine Vorliebe für desodorierende Mittel übrig«, hatte sie gesagt und ihn in eine wilde Erregung versetzt. »Aber die meisten Amerikaner aus dem Mittelstand sind Fetischisten.«

Er betrachtete sie nun, wie sie sich strahlend und von einem erregenden Duft umweht in der zunehmenden Dämmerung gegen die herbstlichen Bäume abzeichnete, und sah in ihr diese Jahreszeit. Der Herbst sei die schönste Zeit, hatte Renata ihm einmal erklärt. Der Herbst bedeute Veränderung und Frische, denn sogar aus der Verwesung steige der Geruch des Neuen auf. In den rostbraunen und roten Farben, in der Schärfe der Luft, die die Sinne plötzlich aufpeitschte, läge auch die Verheißung der Ernte verborgen. Im Frühling erblickte die Welt den Anfang, aber diese Welt sei in Gemeinplätzen gefangen. So wäre es also ihre Aufgabe, die Aufgabe der Wachen, der Wegbereiter der Sinne und der außersinnlichen Wahrnehmungen, nach neuen Wirklichkeiten zu suchen, und dazu gehörte in erster Linie der Herbst, der im Gegensatz zum Frühling den eigentlichen Beginn darstellte. Das Ende der warmen Jahreszeit, nicht ihr Beginn, sei eine Zeit stimulierender Kräfte. Das Verbleichen der Farben und nicht ihr Erblühen regte die Fantasie an. Das hatte Renata am Ende des Sommers zu ihm gesagt, als sie sich in ihrer Individualität wieder einmal gegen alle überkommenen Vorstellungen auflehnte. Erst im vergangenen April hatten sie, wie er sich erinnerte, siebenundzwanzig Meilen per Anhalter zurückgelegt, um die richtige Wiese zu finden und die bis dahin schönste Jahreszeit durch eine angemessene Choreographie der *Riten des Frühlings* einzuweihen.

»Nichts ist so schön wie der Herbst«, gestand er ihr nun und fühlte, ohne sie zu berühren, die milde Wärme ihrer Haut unter dem dicken weißen Pullover mit dem großen C auf der Brust. (»Was hat dieses C zu bedeuten?« hatte der riesige Gegner aus der Vorbereitungsschule von Bethesda ihm zugeflüstert, als sie im vergangenen Jahr geduckt auf den Einwurf lauerten. Und dann hatte er einige unanständige Bemerkungen gemacht, die sich auf Renata bezogen. Bob hatte gerade noch den Pfiff abgewartet und nicht einmal so getan, als stürzte er auf den Ball zu, sondern war nur hoch genug gesprungen, um sein Knie seinem Gegner in die Eier stoßen zu können. Eine Kavaliershandlung, für die er hinausgestellt wurde. Da er ein Neuer war, außerdem auch noch aus dem Stadtteil Bronx, konnte niemand wissen, daß er von Natur aus kein gemeiner Spieler war. Im übrigen kannte er Renata noch gar nicht, bis auf ein Lächeln, das vielleicht ihm gegolten haben mochte, als er die Schulversammlung leitete, in der die Tagesereignisse besprochen wurden. Wenn man in Betracht zog, um was für eine Beleidigung es sich gehandelt hatte, würde er ihr nicht einmal den Grund für sein, wie es schien, häßliches Verhalten nennen können, das insgeheim doch eine edle Geste gewesen war.)

Bob war in der folgenden Zeit überglücklich, als er entdeckte, daß sich der Lümmel aus Bethesda in bezug auf Renata nicht nur ungehörig verhalten, sondern sich auch getäuscht hatte. Renata besaß, wie sie ihm erklärte, eine besondere Begabung. Die meisten Tänzer setzten, wenn sie besondere Schritte oder Übungen durchführten, nur ihre Füße und Beine ein, während Renata ständig ihren ganzen Körper an ihren Bewegungen beteiligte, der ganze Körper war gespannt wie eine Feder. Als sie sich dann mit ihrer ganzen Spannung endlich in seinen Armen gehen ließ, war das, was anfänglich nicht zu existieren schien, das schönste und vollkommenste Erlebnis, das er sich jemals hatte erhoffen können, sogar in Bronx.

»Das nächste Jahr schlagen wir sie«, hatte er lächelnd erklärt.

»Was meinst du damit?« murmelte sie zerstreut.

»Die Bethesdaschule.«

»Ach so.«

Sein Arm glitt wie zufällig über ihre Schulter hinab, und seine Finger tasteten sich in die Nähe der niemals enttäuschenden Überraschung. »Eine Jahreszeit der Gegensätze«, sagte er, ihren Gedanken weiterspinnend. »Der vermeintliche Tod, der das Verlangen steigert. Die Kälte, die Lebendes verbirgt...«

Sie löste seine vorwitzigen Finger und legte sie auf ihre Schulter zurück.

»Wärme«, sagte er zum Schluß und berührte ihre blasse Wange, der nur er, nicht einmal die Kälte, einen rosigen Anhauch zu verleihen vermochte. »He, mein Mädchen«, rief er, schlang seinen Arm, der sie wie ein Schraubstock festhielt, um ihren Nacken und näherte die marmorkühlen Lippen den seinen. »Ich liebe dich wirklich.«

»Du solltest jetzt lieber unter die Dusche gehen«, sagte Renata.

Seit Jahren hatte es Coventry Hall immer wieder mit Fällen geistigen Durchfalls zu tun. Das war auch Frau Dr. Mann durchaus klar, aber in diesem Jahr schienen sie das Ausmaß einer Epidemie anzunehmen. Sie hatte nicht die Absicht, der freien Meinungsäußerung einen Riegel vorzuschieben, aber die Diskussionsversammlungen zogen sich beunruhigend in die Länge, und erst gestern hatte die Besprechung von Tagesereignissen alle Grenzen gesprengt.

»Es ist schon schlimm genug«, erklärte sie dem Lehrerkollegium, »wenn Kinder ihren Ängsten durch ununterbrochenes Geschwätz Luft machen. Aber wenn Sportler ihren Ansichten Ausdruck verleihen...« Sie setzte ihre Teetasse ab, und ihre Stimme zitterte ein wenig, ähnlich wie die Maria Uspenskajas, als Hochwasser und Cholera Randschipur heimsuchten. »Dem muß ein Ende gesetzt werden.«

Selbstverständlich verstieß es gegen die Methoden des Lehrerkollegiums, direkt etwas zu unternehmen und etwa den Schülern zu erklären, sie hätten sich still zu verhalten. Da nach den letzten Statistiken das Rauchen kein Ventil für orale Triebe zu sein schien, müßte man andere Wege einschlagen, meinte Frau Dr. Mann. Daher könnte das Kollegium damit beginnen, mit gutem Beispiel voranzugehen, und da diese Vormittagssitzung die vorgesehene Zeit bereits um fünfunddreißig Minuten überschritten hätte, wäre es das vernünftigste, die Sitzung aufzuheben. »Wenn also keine Fragen zur Diskussion stehen...«, sagte Frau Dr. Mann.

Da sprang Will Sweet auf, entschuldigte sich lächelnd und erklärte, da wäre noch eine Sache, die der Erledigung bedürfe. »Ich bin unten am See gewesen, wo das sogenannte Vielleicht-Projekt angelaufen ist. Da habe ich eine Karre entdeckt, die in der Nässe still vor sich hin faulte, und Schaufeln mit zerbrochenen Stielen, die im feuchten Kies herumliegen...«

Mrs. Kornfeld verzog den Mund und seufzte hörbar auf.

Sweet fuhr herum und durchbohrte sie mit seinen Blicken. »Vielleicht ist Mrs. Kornfeld nicht daran interessiert, meine Lösung für Frau Dr. Manns Problem zur Kenntnis zu nehmen?«

»Es war mir allerdings nicht klar, daß Sie hier eine Lösung erörtert haben«, erwiderte Mrs. Kornfeld. »Ich hatte geglaubt, Sie deklamierten: ›Ich höre Amerika singen‹.«

»Ich habe diese Geräte da herumliegen sehen«, fuhr Sweet fort, »nutzlos und verkommen, und da habe ich zu meinem Freund T. Malcolm gesagt...«

Foals senkte die Augen, weniger aus Bescheidenheit als aus dem Wunsch heraus, Mrs. Kornfelds Blick auszuweichen.

»›T. Malcolm‹, habe ich zu ihm gesat, ›hast du jemals versucht, dir mit einem Baumstamm zwischen den Zähnen herumzustochern?‹«

»Was haben Sie eben gesagt?« rief Frau Dr. Mann.

»Hast du jemals versucht, dir mit einem Baumstamm zwischen den Zähnen herumzustochern?« wiederholte Foals.

»Natürlich nicht«, antwortete Frau Dr. Mann.

Sweet lächelte. »Dann versuchen Sie nur nicht, auf einem Zahnstocher einen Fluß hinunterzufahren.«

»Das klingt ja alles äußerst interessant, Mr. Sweet«, entgegnete Mrs. Kornfeld verbissen, »nur kann ich nicht ganz einsehen...«

»Das kann ich mir denken«, entgegnete Sweet. »Aber sind Sie nicht daran interessiert, daß die Kinder einmal eine Sache selber in die Hand nehmen und auch zu Ende führen? Möchten Sie nicht, daß sie etwas Faßbares produzieren und das Gefühl haben, etwas geleistet zu haben, damit sie ein wenig ruhiger werden?« Das Lächeln schwand aus seinem Gesicht, und er sah über die Versammelten hinweg Frau Dr. Mann streng an. »Vielleicht gibt es Leute, die es lieber sehen, daß sie ihre Zeit verplempern, aber ich bin fest davon überzeugt, daß Menschen, die es gut mit ihnen meinen und noch alle fünf Sinne beieinander haben, sie sich lieber gut entwikkeln sehen. Aber um das zu erreichen, brauchen wir Arbeitsgerät, gutes Werkzeug. Schaufeln und eine Spitzhacke und eine Karre, die nicht auf Spinnenbeinen steht...« Er holte tief Atem. »Und das ist kein Lied, das ich für Walt Whitman anstimme, oder irgend etwas, worüber man dumme Witze reißen kann. Hier handelt es sich um Arbeit, wirkliche Arbeit. Die Kinder sollen sie anpacken und zu Ende führen, und dann werden Sie als Endergebnis junge Männer und Frauen haben und nicht etwa alt gewordene Jungen und Mädchen, die nichts ernsthaft anfassen und deshalb nichts vorzuweisen haben.«

»Da könnten Sie recht haben«, antwortete Frau Dr. Mann. »Wenn sie ein neues Ziel hätten...«

»Das Ziel dieser Schule ist es, ihnen Bildung zu vermitteln«, unterbrach sie Mrs. Kornfeld. »Noch mehr Zeit auf dieses Projekt zu verwenden, wäre nichts weiter als Vergeudung.«

»Vergeudung?« entgegnete Sweet. »Geistiger Durchfall, wie es Frau Dr. Mann nennt, das ist Vergeudung. Das ist ein Mist, der in den Gemüsegarten gehört.«

»Auch das noch!« rief Mrs. Kornfeld. »Mist!«

»Lachen Sie ruhig darüber. Sie haben noch niemals etwas gesät.«

Mrs. Kornfeld zog die Luft ein. »Ich will mich gar nicht erst mit diesen skatologischen Vorstellungen befassen. Es ist ohnehin schon zuviel Geld für die Ausstattung der Werkstatt ausgegeben worden.«

Sweet schlug auf den oberen Rand seines Stiefels. »Sehr viele Schüler beteiligen sich am Werkunterricht.«

»Allzu viele«, erwiderte Mrs. Kornfeld.

»Wie würden Sie allzu viele definieren?« Sweet lächelte seinen Stiefel an. »Sind das mehr als die, die Deutsch nehmen?«

Mrs. Kornfeld schoß das Blut ins Gesicht. »Schüler, die etwas lernen sollen, können es sich kaum leisten, mit Hammer und Säge umzugehen. Schüler, die sich auf die Aufnahme in ein College vorbereiten, Schülerinnen, die in ihrem ganzen Leben keine ... Mechaniker werden. Das ist doch lächerlich.«

»Mrs. Kornfeld«, widersprach Sweet, »ich habe gar nicht gewußt, daß es Ihnen so zuwider ist, wenn die Mädchen etwas Unweibliches tun.«

»Ich denke nicht daran, solche Dummheiten auch noch zu ermutigen«, erklärte Mrs. Kornfeld.

»Niemand verlangt es von Ihnen«, sagte Sweet lächelnd. »Der Werkunterricht ist freiwillig.«

»Mr. Sweet hat vielleicht ganz recht«, warf Frau Dr. Mann ein. »Wir haben die gleiche Frage schon einmal im letzten Frühling behandelt, nicht wahr? Oder war es im Herbst?« »Über den Werkunterricht ließe sich noch reden.« Mrs. Kornfeld preßte die Lippen zusammen. »Aber unsere Zöglinge nun dazu zu ermuntern, noch mehr Zeit mit Graben und Wegkarren von Erde zu verbringen, das ist doch ... Unsere Aufgabe ist es, Lehrer zu sein, und ihre Aufgabe ist es, etwas zu lernen. Halten Sie es wirklich für richtig, daß sie eine Art Bauarbeiter werden?«

Sweet lächelte. »Mrs. Kornfeld, da gebe ich Ihnen recht. Ich verlange gar keine zusätzliche Zeit für unser Vorhaben.«

»Nein?«

»Bestimmt nicht. Nur die Zeit, die dafür schon vorgesehen ist.«

»Mehr nicht?«

»Nein«, sagte Sweet.

»Dann meinetwegen«, erklärte Mrs. Kornfeld und nickte.

»Was ist nun mit den Geräten?« fragte Sweet und wandte sich an Frau Dr. Mann.

»Geht in Ordnung«, antwortete Frau Dr. Mann.

»Einen Augenblick.« Mrs. Kornfeld hatte sich erhoben, und das Lächeln schien auf ihrem Gesicht erstarrt. Sie hatte ihre Hände wie üblich in die Taschen ihres Kostüms gesteckt und zog dadurch den dunklen Wollstoff über ihren mageren Brüsten straff. »Wie Sie gehört haben, sagte Mr. Sweet, er brauche nicht mehr Zeit, als für dieses Vorhaben bereits vorgesehen sei.«

»Allerdings«, antwortete Frau Dr. Mann. »Aber...«

»Das wäre also an jedem zweiten Samstag«, fuhr Mrs. Kornfeld fort. »Bestimmt nicht genug Zeit, um die Anschaffung neuen Materials zu rechtfertigen. Das habe ich mit Vergeudung gemeint, Frau Dr. Mann. Keine geistige Vergeudung, sondern Verschleudern von Geld. Ich glaube nicht, daß es bei so realen Dingen wie Geld überhaupt einer Diskussion bedarf.«

Es folgte ein Schweigen. Mrs. Kornfeld lächelte und warf einmal den Kopf heftig zurück, als wollte sie damit den Sieg bestätigen, den ihr Sweet in die Hände gespielt hatte. Frau Dr. Mann biß sich auf die Unterlippe. »Ich fürchte, daß Mrs. Kornfeld vielleicht durchaus recht hat. Falls es uns nicht gelingt, mehr Zeit für die Arbeit der Schüler an diesem Vorhaben herauszuschinden...«

»Und in dieser Beziehung hat uns Mr. Sweet bereits versichert, daß dies nicht in seiner Absicht liegt«, warf Mrs. Kornfeld ein. »Ich bedauere es, aber die Anschaffung neuer Geräte würde wirtschaftlich beträchtlich unvernünftig sein«, erklärte Frau Dr. Mann.

»Und damit wird dieses Vorhaben niemals durchgeführt werden«, rief Sweet verärgert.

»Nicht unbedingt, Mr. Sweet.« Mrs. Kornfelds Lächeln löste sich von ihren zusammengepreßten Lippen und breitete sich über ihr ganzes Gesicht aus. »Wenn man etwas zwischen den Zähnen stekken hat, ist es ratsam, es auf die bestmögliche Weise zu entfernen. Unter Umständen sogar mit einem Baumstamm.«

6. Kapitel

Nach der Lehrerkonferenz an diesem Morgen war Katherine Stantus ein wenig niedergeschlagen. Sie konnte nicht verstehen, warum Mrs. Kornfeld und Will Sweet einander mit solcher Gehässigkeit begegneten. Aber sie hatte auch nicht den Wunsch, dieser Frage auf den Grund zu gehen. Soweit sie es beurteilen konnte, lief das Ganze auf einen Gegensatz zwischen Geist und Körper hinaus. Es war klar, daß Will Sweet mit seinen Plänen das Gefühl ansprach, aber sie hatte sich fast über seine Niederlage gefreut. Sie fragte sich auch, ob sie es vielleicht Will Sweet weit mehr verübelt hatte, daß er vor einigen Abenden nicht zu einer Verabredung zu einer Tasse Kaffee erschienen war, als sie selber es wahrhaben wollte.

Eine Reihe von Bäumen säumte den Fußweg zwischen Tara und den Plätzen für den Unterricht im Freien, und Miß Stantus konnte sie von ihrem Fenster aus sehen. Sie hatte eigentlich nicht sehr viel übrig für die Natur, aber oft wirkte es auf sie beruhigend, wenn sie dem Gewirr der Äste mit den Augen folgte – so wie auch ein Kind sie gemalt haben würde. Der erste Baum in der Reihe war ein in dieser Landschaft fremder Baum, das Geschenk eines ehemaligen Lehrers, eines Prosadichters mit Namen Aardver Strake, der nach zweijähriger Lehrzeit in Coventry Hall mit der Frau des Mathematiklehrers durchgebrannt war und so seiner Frau die Möglichkeit bot, mit dem Mathematiklehrer zu entfliehen. Dies alles hätte auf seinen Sohn, Arthur, ein wenig verwirrend wirken können: Nicht, daß ihm nun die harmlose Doktrin vorurteilsfreien Verkehrs zwischen den Geschlechtern fremd gewesen wäre, aber er war in das erste Jahr als Arthur Strake eingetreten, um dann in der Mitte des Jahres die Mitteilung zu erhalten, er würde dieses Schuljahr als Arthur Claypool beenden. Kurze Zeit darauf erhielt Coventry Hall ein Geschenk von Strake: einen Zedrachbaum, eine Huldigung an Conrad Aiken, damit sein Sohn, wenn auch auf dem Umweg über einen Baum, richtig Wurzeln schlagen könnte.

Die krummen, gebrechlichen Äste verwoben sich miteinander und klammerten sich, durch das fremde Klima gehemmt und arthritisch verkümmert, an ihren Stamm. Auf den spinnenartigen Fingern der obersten Äste stand Arthur Claypool, und seine schmächtige Gestalt schwankte im Baum hin und her. Das einzige Feste an ihm war sein Tonbandgerät.

»Arthur!« rief Miß Stantus und lehnte sich, so weit sie konnte, aus dem Fenster hinaus, so daß sein Kopf fast unmittelbar unter dem ihren war. So brauchte sie auch nicht zu schreien. »Du wirst noch von diesem Baum herunterfallen.«

Er pfiff zwei Takte aus *Song of India,* und das hätte als Antwort gelten können. Jedoch gab er durch nichts zu verstehen, weder durch ein Kopfnicken noch durch einen Blick, denn seine Augen blieben geschlossen, daß dies eine Antwort an sie sein sollte. »Arthur Claypool«, rief Miß Stantus ein wenig lauter, »mach, daß du von diesem Baum herunterkommst.« Ihre Wangen röteten sich vor Schreck über den strengen Klang ihrer Stimme, obwohl sie ihr einziger Zuhörer zu sein schien. Noch mehr ärgerte sie sich darüber, daß er sie dazu zwang, etwas so Banales zu sagen. Bei ihr daheim wimmelte es in der Nachbarschaft von durch und durch nichtssagenden Frauen, die sich ständig aus Fenstern hinauslehnten und ihre Kinder mit den schmutzigen Gesichtern mit ihren vollen Namen anriefen und ihnen befahlen, entweder heraufzukommen oder hinunterzusteigen. Es war gemein von ihm, sie dazu gebracht zu haben, etwas so Häßliches, so Gewöhnliches auszusprechen. Um so mehr, als sie kein eigenes Kind hatte. »Verdammt noch mal!« stieß sie hervor.

Sie ärgerte sich über sich selber genauso wie über die Fuge, die er nun spielte. Sie stürzte aus ihrem Zimmer hinaus, ihre Absätze hämmerten laut den Gang entlang, und sie riß die Tür zur Feuerleiter so heftig auf, daß die Scheibe fast aus ihrem Metallrahmen herausgesprungen wäre.

»Du verdammter Bengel«, schrie sie. »Mach, daß du von da oben runterkommst!«

»Sprechen Sie mit mir?« fragte Frenchy vom Dach herab.

»Bitte?« rief Miß Stantus und warf den Kopf zurück. »Nein, nein, nicht mit dir. Aber du kommst ebenfalls herunter.«

»Okay«, antwortete Frenchy und glitt die Regenrinne hinunter, wobei sein Feldstecher gegen seinen Rücken schlug.

»O Arthur«, sagte Katherine Stantus und setzte sich auf eine Stufe der Feuerleiter. »Arthur, bitte.« Sie legte den Kopf in die Arme, schloß die Augen und ließ die Melodie von *Greensleeves* über sich hinwegrieseln. Den einzigen Nachmittag der Woche, an dem sie ganz allein die Aufsicht im Haus Tara führte, mußte sich Arthur Claypool aussuchen, um den Baum vor ihrem Fenster zu besteigen. Sollte es ihr nicht gelingen, ihn ohne Zwischenfall herunterzuholen, würde man ihr diese Aufgabe niemals wieder anvertrauen. Sie war weder Ehefrau noch Geliebte, und nun versagte sie auch noch als stellvertretende Hausmutter.

»He, he!« rief Will Sweet, und seine Stimme klang sanft und beruhigend. »Hat Ihre Mama Ihnen niemals gesagt, daß es Ihren Nieren schadet, wenn Sie bei kaltem Wetter auf Eisenstufen sitzen?«

Katherine hob den Kopf und sah ihn zu ihr hinauflächeln. Sie zog den Rock fester um ihre Schenkel und fragte sich, ob er wohl ihren Slip gesehen hatte.

»Ich habe nur versucht, Arthur von dem Baum herunterzuholen«, erklärte sie.

»Arthur Claypool?«

»Im Zedrachbaum«, antwortete Katherine.

»Es ist mir völlig unverständlich, wie das möglich sein sollte«, erklärte Sweet. »Ich führe die Aufsicht bei den Hausarbeiten, und Arthur sollte eigentlich dort sein. Arthur ist im Fortgeschrittenenkurs. Er kann doch nicht in einem Baum sitzen, wenn er in den Arbeitsraum gehört. Um so mehr, als ich darauf verzichtet habe, seine Anwesenheit festzustellen, weil ich weiß, daß ich mich auf ihn verlassen kann.«

Ein Ton von *Greensleeves* klang auf und verwehte. Sweet wandte der Baumreihe den Rücken zu und lächelte zu Katherine Stantus hinauf, wobei er vor sich hin summte. Schweigend blieb sie sitzen, während Arthur Claypool auf den Boden hinabsprang und um die Ecke herum das Haus Tara betrat. Sweet lachte zufrieden auf.

»Das war eine allzu plumpe List, Mr. Sweet«, sagte sie.

»Will.«

»Und völlig unnötig. Ich wäre schon mit ihm fertig geworden«, erklärte sie gereizt, denn sie wußte, daß es nicht der Fall war. Sie wollte aufstehen und hineingehen, aber dabei würde sie riskieren, daß er durch die weißgestrichenen Eisenstäbe unter ihren Rock blicken konnte. Verzweifelt versuchte sie sich daran zu erinnern, welche Farbe ihr Slip hatte.

»Ich habe Sie nicht kränken wollen«, sagte Sweet.

»Es gehört schon mehr dazu, mich zu kränken«, erwiderte Miß Stantus. »Überschätzen Sie sich nicht.«

»Ich bitte Sie«, rief er und streckte seine Hand aus, und obwohl er so tief unter ihr stand, lag in dieser Bewegung etwas Zurückhaltendes und zugleich Vertrauliches, als habe er ihre Wange berührt.

»Sie sollten lieber zurückgehen und Ihre Aufsicht wieder übernehmen«, antwortete Miß Stantus. »Kinder auf Bäumen überlassen Sie ruhig mir.«

»Was für ein Trottel hat denn den Notausgang offenstehen lassen?« rief Cecily vom Gang her. »Hier könnte man sich den Hintern erfrieren!« Bevor sich Katherine noch umdrehen und verteidigen konnte, wurde die Tür zur Feuerleiter hinter ihr zugeworfen, und sie sah sich von ihrer Rückzugsmöglichkeit abgeschnitten.

»Ich gehe nach oben«, schlug Sweet vor, »und öffne die Tür.«

»Nur keine Umstände. Ich kann ebensogut hinuntersteigen.«

»Dann kommen Sie.«

»Ich möchte aber gern eine Weile hier sitzen bleiben«, fuhr Katherine fort.

»Erkälten werden Sie sich.«

»Es ist sehr schön hier«, sagte Katherine, und ein Frösteln überlief sie.

»Ganz, wie Sie wollen. Wenn Sie nicht heruntersteigen wollen, solange ich hier bin...«

»Es hat bestimmt nichts mit Ihnen zu tun, Mr. Sweet. Aber wenn Sie sich schon Sorgen darum machen, es könnte sich jemand erkälten, sollten Sie in Ihrem eigenen Interesse hineingehen.« Sie versuchte, sein an der Brust offenes Hemd mit einem zornigen Blick zu streifen, aber ihr Blick verfing sich in dem goldenen Haar auf seiner Brust und verweilte auf der sonnengebräunten Haut darunter.

»Ich werde mir keine Erkältung holen«, entgegnete Sweet und lächelte. »Sie sind für meine Augen Wärme genug.«

Sie errötete noch ein wenig mehr, aber sollte er es bemerkt haben, verriet er es doch durch nichts. Als sie sich nicht von der Stelle rührte, zuckte er die Achseln und schlenderte um die Ecke des Gebäudes herum zurück ins Haus.

Sie blieb noch einige Augenblicke sitzen und zitterte vor Kälte. Jedenfalls glaubte sie das. Sie sah sich noch einmal nach allen Seiten um und vergewisserte sich, daß er nicht an einem der Fenster unten stand. Dann erst erhob sie sich und stieg die Feuerleiter langsam hinunter, als habe sie es nicht eilig, wobei sie darauf achtete, ihre Schenkel geschlossen zu halten. Plötzlich vernahm sie über sich Sweets Stimme, die die Stille des Wohnheims der Mädchen mit dem halblauten Ruf zerriß: »Da kommt ein Mann!«

Ihm folgten schrille Schreie und Gelächter der Schülerinnen. Da Katherine nicht wußte, was sie tun sollte, und nicht den Anschein von Verwirrung erwecken wollte, setzte sie wie eine Schlafwandlerin ihren Weg fort.

»He!« rief Sweet und stieß die Tür über ihr weit auf. »Eine musikalische Tür.«

»Ach«, sagte sie und begann, die Feuerleiter wieder hinaufzuklettern. »Das war nun wirklich nicht nötig.«

»Was zum Teufel geht eigentlich vor?« donnerte Mrs. Kornfeld vom Gang her. Obwohl erst auf der Mitte der Feuerleiter angelangt, konnte Katherine das heftige Atmen der Kornfeld hören. »Mr. Sweet, Sie sollten doch im Studiensaal die Aufsicht führen.«

Sweet lächelte über seine Schulter hinweg. »Es freut mich, zu hören, daß Sie so genau über meine Tätigkeit Buch führen.«

»Ich bin wahrhaftig nicht daran interessiert, was Sie treiben, Mr. Sweet, nur dann, wenn meine Mädchen davon betroffen sind. Und ich werde nicht zulassen, daß sie durch Ihr Herumschleichen hier auf dem Gang beunruhigt werden.«

»Wie können Sie es wagen, so etwas zu sagen!« rief Miß Stantus, die nun die Plattform erreicht hatte. »Will ist nur hinaufgegangen, um mich einzulassen.«

»Haben Sie etwas dagegen, den Haupteingang zu benutzen?«

»Augenblick mal!« rief Katherine. »Ich war draußen, weil...«

»Sie sind ihr keine Rechenschaft schuldig«, sagte Sweet.

»Meine Ansicht nach läge es in Ihrem Interesse«, entgegnete Mrs. Kornfeld. »Denn die Mädchen sind Ihrer Obhut anvertraut.«

»Lassen Sie sich von ihr nur nicht dazu treiben, irgend etwas zu sagen, Katherine«, rief Sweet. »Es liegt in Mrs. Kornfelds Natur, ein wenig durchzudrehen, sobald sie das Wort ›Mann‹ hört.«

»Jetzt habe ich aber genug von Ihnen, Mr. Sweet. Von Ihnen und Ihrer kleinen Szene aus *Romeo und Julia*. Oder war es die *West Side Story?*«

»Das war überflüssig«, sagte Katherine Stantus.

Mrs. Kornfeld zog heftig an ihren Jackentaschen, so daß sich ihre Knöchel weiß gegen den dunklen, gestrafften Stoff abhoben. »Verschwinden Sie aus meinem Wohnheim, Mr. Sweet. Sie sind hier nicht erwünscht.«

»Da irren Sie«, entgegnete Miß Stantus. »Ich habe Mr. Sweet in mein Zimmer zum Tee eingeladen.«

»Sie haben es nicht nötig, sich...«, stieß Sweet hervor, aber Katherine winkte ab.

»Das habe ich mir gedacht«, sagte Mrs. Kornfeld.

»Das war mir klar«, antwortete Miß Stantus. »Deswegen habe ich es Ihnen auch gesagt.«

»Einfach toll«, flüsterte Cecily January zu und verdeckte das Schlüsselloch mit ihrer Hand. »Historisch betrachtet ist das absolut unumgänglich. Frau Dr. Mann würde ihre Freude daran haben.«

»Die Mann?« fragte January.

»Gemeinsame Feinde werden zu gemeinsamen Freunden«, fuhr

Cecily fort. »Deutschland zwingt Griechenland zu einem Bündnis mit Missouri. Ist das nicht 'ne Wucht! Die alte Nazizicke wird sich noch selber in die Luft sprengen.«

Bei ihrem Überraschungsbesuch im Studiensaal, der wie üblich um fünf Uhr dreißig am fünfzehnten eines jeden Monats erfolgte, war Frau Dr. Mann hoch erfreut, die Schüler mit ihren Arbeiten beschäftigt zu sehen. Das war in Anbetracht des Fehlens einer Aufsicht besonders bemerkenswert. Mr. Sweet sei für ein paar Augenblicke weggerufen worden, erklärte ihr Lionel Lindenbaum im Stehen.

»Du stehst sogar auf, Lionel? Wie nett!« Obwohl sie stets unterstrichen hatte, wie wenig ihr an äußerlichen Formen läge, fühlte sich Frau Dr. Mann doch durch diesen unerwarteten Höflichkeitsbeweis sogleich sehr beeindruckt.

»Ich habe einen Krampf im Knie«, gab ihr Lionel als Erklärung für sein Verhalten.

»Ach so«, antwortete Frau Dr. Mann, ohne ihn gehört zu haben. Sie horchte angestrengt auf den Laut von Stimmen aus dem angrenzenden Raum, in dem die unterste Klasse arbeitete. Aber nichts war zu hören. »Ganz still«, sagte sie. »Wie schön.«

»Während der vorübergehenden Abwesenheit von Mr. Sweet soll ich hier die Aufsicht führen«, erklärte Lionel.

»Ach was«, sagte Frau Dr. Mann und ging weiter, um durch die Glasscheibe einen Blick in den Arbeitsraum zu werfen. Alle steckten ihre Nase in Bücher. »Ach was!«

»Aber ich habe noch niemanden zu verwarnen brauchen. Mr. Sweet hat sich von allen das Ehrenwort geben lassen.«

»Ehrenwort?« Frau Dr. Mann hielt inne. »Ehrenwort. Nein, das ist aber nett.«

Ein gereiztes »Pst!« stieg um eine Ecke herum auf. »Ihr müßt wirklich entschuldigen«, rief Frau Dr. Mann laut. »Wahrscheinlich sollte ich besser gehen. Ich möchte euch nicht ablenken, wo ihr alle doch so schön arbeitet.«

»Ja«, sagte Lionel.

»Nur noch eins.« Frau Dr. Mann blickte zum Fensterplatz hinüber, wo Lionel gesessen hatte.

»Bitte?« fragte Lionel.

»Wie ich sehe, hast du gar keine Bücher, Lionel. Ich weiß, daß du sehr tüchtig bist, aber wie stellst du es an, ohne Bücher zu arbeiten?«

Lionel zeigte einen gelben Block vor, den er auf dem Rücken gehalten hatte. »Papier habe ich.«

»Ach?« sagte Frau Dr. Mann. »Notizen?«

»Ich schreibe. Ich versuche, selber etwas zu schreiben.«

»Das freut mich zu hören«, sagte Frau Dr. Mann. »Ich kann dir gar nicht sagen, wie schön es ist, jemanden mit deinen glänzenden Fähigkeiten etwas Konstruktives tun zu sehen, anstatt Zeit zu verplempern und sich in etwas Sinnloses zu verrennen.«

Sie gab ihm durch eine Handbewegung zu verstehen, er sollte sich wieder setzen, und ging hinaus.

Lionel schlug ein Bein unter sich, legte den Block auf ein Knie, als sei es eine Schreibtischplatte, schlug den Block auf und begann zu lesen, was er geschrieben hatte.

»Nachdem ich mir die Pistole besorgt hatte, dachte ich zuerst daran, sie gegen mich selber zu richten. Aber als dieser Anfall von Melancholie verstrichen war, diese launenhafte Melancholie, dachte ich, wie dumm diese Ungerechtigkeit sei, wie ungerecht eine solche Dummheit. Denn warum sollte ich diese Bestrafung durch Dich zu einer solchen endgültigen, vollständigen Bestrafung machen? Warum sollte ich, nur weil Du mich mit der wollüstigen Verheißung Deines Körpers gequält hast, mit diesem Versprechen, das Du nicht einhieltest, wodurch Du mein Leben in ein lebendiges Totsein verwandelt hast, Dir in die Hände spielen und mein Leben tatsächlich dem Tod überantworten?

Du meine Göttin, meine Dirne. Du warst diejenige, die es verdient hätte, zu sterben, weil Du mit mir gespielt hast, bis ich in meinem Herzen, meinen Lenden ein Toter war. Und so solltest Du sterben. So wollte ich Dich töten, so wollte ich das glühende Blei auf Dich lenken, weil Du die Last zwischen meinen Schenkeln in kältestes Blei verwandelt hattest.

Dann aber habe ich erneut nachgedacht. Und gedacht, warum soll ich sie so billig laufenlassen? Warum sie von dem Versprechen entbinden, das sie nicht eingehalten hat? Warum ihren Körper aus dem Gefängnis des Lebens befreien, das auch meine Seele zum Gefangenen gemacht hat? Ohne mir jemals das zu geben, das sie mir in so verlogener Weise versprochen hatte: Erlösung.

Und so weiß ich jetzt, was ich zu tun habe. Was ich tun werde. Ich werde uns beide umbringen. Die Übeltäterin und ihr Opfer. Den Mann, der vor Hunger stirbt, und den festlich gedeckten Tisch vernichten, der so quälend vor ihm aufgestellt wurde, nur um in dem Augenblick, in dem er nach Nahrung greift, weggezogen zu werden. So wie auch sie sich verweigerte. Diese Qualen können nicht fortgesetzt werden. Ich muß mich befreien und damit auch alle Männer, die nach Dir hungern und noch nach Dir hungern werden.

Triff Dich heute abend mit mir um zehn Uhr im Bootshaus am See. Bereite Dich auf den Tod vor. Oder sei bereit, Dich mir zu geben.

Ich bin nicht sicher. Dirne! Verführerin! Ein Verlangen, das so lange unbefriedigt geblieben ist, kann sich gegen sich selber wenden. Und das, wonach man so lange gehungert hat, erscheint einem plötzlich schal und verdorben. Der Körper ist übersättigt, bevor er noch gekostet hat. Ich werde sehen. Ich weiß nicht. Allzu lange hast Du mit mir gespielt. Vielleicht nehme ich Dich und töte uns beide trotzdem. Weil so was aus uns geworden ist. Lionel«

»Ich hoffe, Sie entschuldigen. Hier sieht es furchtbar aus«, sagte Katherine Stantus. »Ich habe niemanden erwartet.« Sie stand mit dem Rücken zu der halbgeöffneten Tür ihres Zimmers, einen Arm unbeholfen ausgestreckt, um ihn zum Eintreten aufzufordern. »Ich habe nicht geahnt, daß ich noch Besuch haben würde.«

Sie beobachtete, wie er mit seinen Blicken das ganze Zimmer in sich aufnahm: das übliche Bett des Wohnheims, ordentlich gemacht, glatt und fest zurechtgestrichen, nur ein Kissen und eine bunte Tagesdecke, die alles andere als eine Atmosphäre strenger Einfachheit verbreiteten. In der Ecke war eine kleine Kommode, auf der eine handgearbeitete Spitzendecke lag und zu viele Fotos, sorgfältig gerahmt und allzu sorgfältig angeordnet, standen. Neben den Bildern ein rotes Nadelkissen, von dem sie glaubte, sie habe es dorthin gelegt, um die verblaßten Fotos etwas aufzuhellen.

Aber indem sie nun alles so betrachtete, wie er es sehen mußte, konnte sie feststellen, daß auch die Nadeln in ihm gleichförmig angeordnet waren und sie in keiner der Nadeln einen Faden zurückgelassen hatte. Der Papierkorb war leer, die künstlichen Blumen, die sie in jede Ecke der beiden Fenster gestellt hatte, waren verstaubt, und sogar das Buch, in dem sie gelesen hatte, als Arthur Claypool den Baum bestieg, lag so entsetzlich ordentlich mit der Vorderseite nach unten auf dem Schreibtisch.

»Ein sehr freundliches Zimmer«, sagte er, und er war so nett, sich mit seiner Stimme nicht über sie lustig zu machen. Dann blickte er zu den Bildern hinüber.

»Meine Familie«, erklärte sie, als ob es jemandem einfallen könnte, alte Hochzeitsbilder von Fremden aufzustellen. Gleichgültig blickten sie ihnen von der Kommode her entgegen, und die Feierlichkeit ihrer Gesichter bildete einen scharfen Gegensatz zu ihren fröhlichen Trachten und zum freudigen Anlaß. Zumindest ging sie davon aus, daß es ein freudiger Anlaß war, obwohl alle Hochzeitsbilder, die sie jemals von ihren Eltern gesehen hatte, sie unglücklich erscheinen ließen.

»Sie sind aus Griechenland, nicht wahr?«

»Aus Brooklyn. Meine Eltern haben in Brooklyn geheiratet, aber sie haben an den alten Bräuchen festgehalten. Wahrscheinlich haben sie geglaubt...«

»Ich beneide Sie«, warf Sweet hastig ein. »Ich halte sehr viel von Traditionen.«

»Wirklich?« sagte sie und war froh, daß er sie beim Versuch einer Entschuldigung unterbrochen hatte.

»Sie gibt den Menschen Wurzeln und führt sie zu ihren Anfängen zurück, zu dem, was sie sind. Ich wünsche mir, ich wäre so tief verwurzelt. Ich nehme an...« Er zeichnete die Umrisse des Hochzeitsschmucks nach, den ihre Mutter auf dem Kopf trug, und fuhr mit dem Daumen sacht ihre Wange entlang. »Was für ein großartiger Gesichtsschnitt. Wahrscheinlich werden auch Sie sich nach griechischem Zeremoniell trauen lassen?«

»Ich glaube wohl.«

»Zum Teufel, das müssen Sie. Das sind Sie Ihren Eltern schuldig. Das sind Sie sich selber schuldig. Finden Sie nicht?«

»Die Sache ist nur die... Es gibt gewisse Dinge, die eigentlich gar keine echte Tradition darstellen, sondern eher...« Katherine unterbrach sich. »Ich bin wirklich eine erstklassige Gastgeberin.« Sie versuchte unbefangen zu lächeln. »Ich lade Sie hierher ein, und dann bitte ich Sie nicht einmal, Platz zu nehmen. Bitte.«

»Danke«, sagte er und setzte sich auf den Rand des Bettes.

»Im Sessel beim Fenster würden Sie bequemer sitzen.«

»*Sie* werden dort bequemer sitzen«, erwiderte Sweet. »Ich mag harte Betten.« Er beobachtete sie. Sie stand noch immer an der Tür.

»Ach«, erklärte Katherine verlegen, »ich kann ganz einfach nicht... Mr. Sweet...«

»Vorhin haben Sie mich Will genannt.«

Katherine lächelte nervös. »Nur deshalb, weil sie zugehört hat.«

»Sie wissen ja gar nicht, ob sie nicht vielleicht noch immer zuhört. Sie schließen also besser die Tür, und dann können Sie mich wieder Mr. Sweet nennen.«

»Darf ich Ihnen Ihre Jacke abnehmen?«

»Wenn es Sie dazu bringt, die Tür zu schließen, gebe ich Ihnen sogar meine Hose.«

»Oh, tun Sie das ni...«, begann sie, lachte dann aber mit ihm über sich selber, als sie im gleichen Atemzug erkannte, daß es ein Scherz war.

Rasch hängte sie die Jacke auf den Haken an der Tür, schloß sie in der gleichen Bewegung und redete die ganze Zeit weiter, damit er das so nackt wirkende Nachthemd am Haken nicht entdeckte. »Ist das nicht albern?« sagte sie.

Er streckte sich auf dem Bett aus, wobei er sorgfältig darauf achtete, seine Stiefel nicht mit der Decke in Berührung zu bringen, und stützte den Kopf auf seiner kräftigen Hand auf. »Was meinen Sie?«

»Ich lade Sie zum Tee ein und habe nicht einmal welchen.«

»Ist das nicht eine Schande!« rief Sweet. »Ich bin zutiefst beleidigt.« Er lachte sie an, erst mit den Augen, dann mit dem Mund und schließlich mit seinem ganzen Körper, während er sich auf den Rücken herumdrehte und die Arme ausstreckte, damit sein Gelächter größeren Spielraum hätte. Plötzlich richtete er sich auf und nagelte sie inmitten ihres eigenen Lachanfalls mit seinen Blikken fest. »Keine echte Tradition, sondern eher was?«

»Bitte?« fragte sie.

»Ich meine die Hochzeitszeremonie. Gewisse Dinge, die nicht so sehr Tradition sind, sondern eher was? Sie hatten Ihren Satz nicht beendet.«

»Ich weiß nicht mehr, was ich sagen wollte«, erwiderte Katherine.

»Natürlich erinnern Sie sich, und ob! Es handelt sich um etwas, worüber Sie schon viel nachgedacht haben.«

»Bin ich so durchsichtig, Mr. Sweet?«

»Nur für mich, Katherine.« Langsam erhob er sich. »Ich beobachtete Sie – die *ganze* Zeit.«

»Ach, bitte...«, sagte sie, wandte das Gesicht ab und ballte die Fäuste, als wollte sie sich gegen sein Näherkommen wehren.

Verwundert blickte sie auf, als sie seine Schritte am anderen Ende des Zimmers vernahm. »Will«, rief sie beunruhigt, als er nach seiner Jacke griff. »Will, bitte gehen Sie nicht und...«

»Sie sind mir noch immer böse«, sagte er.

»Böse?«

»Wegen neulich abend... Ich hatte wirklich die Absicht, mit Ihnen eine Tasse Kaffee trinken zu gehen, aber ich war in einer Versammlung der älteren Jungen, und dann bin ich da aufgehalten worden.«

»Ich hatte es nicht einmal als eine ernstgemeinte Einladung betrachtet.«

»O doch, Verehrte, das war es. Jede Einladung, die ich Ihnen gegenüber ausspreche, ist sehr ernst gemeint.«

»Ich war aber nicht böse. Bitte.« Katherine erhob sich. »Bitte, setzen Sie sich doch.«

»Das kann ich nicht«, antwortete Sweet. »Ich habe großen Durst, und Sie haben keinen Tee.«

»Wie leid mir das tut!« Sie errötete.

»So hübsche Beine«, sagte er. »Sie sollten eigentlich zu etwas Besserem dienen, als Feuerleitern hinunter- und hinaufzusteigen.« Er lächelte sie an. »Nun... kein Lippenstift auf meinem Gesicht? Kein verräterischer Puder auf meinen Jackenaufschlägen? Sie müssen mich so entlassen, daß ich der Billigung der Welt sicher bin, hübsche Lehrerin.«

»Der sind Sie sicher«, antwortete sie, als er sich die Jacke anzog.

»Das klingt bereits besser. Sie reden, als könnte Ihnen schon fast nichts mehr etwas anhaben.« Wieder lächelte er sie an. »Wein, das ist es, was Sie sind. Dunkelroter, würziger Wein. Kein Tee. Wein. Neun Uhr?«

»Um halb zehn ist hier Schlafenszeit«, sagte sie.

»Ich kenne ein Lokal, in dem Wein aus dem Faß gezapft wird.«

»Ich werde bereit sein.«

»Bestimmt werden Sie das«, antwortete er, küßte den unteren Saum des Nachthemds, von dem sie geglaubt hatte, er habe es nicht einmal bemerkt, und ging hinaus.

7. Kapitel

Das einzige Problem bei Almira De Cava bestand darin, daß von ihr nicht zu erwarten war, sie könnte Verständnis für seinen Stil haben. Lionel zweifelte nicht im geringsten daran, daß sie diejenige war, die in Frage kam: Er hatte die Liste der möglichen Empfängerinnen seines Schreibens ebenso vorsichtig überprüft, wie er seine Prosadichtung verfaßt hatte. January schied aus: Aus Höflichkeit hatte er ihren Namen an die Spitze der Liste gesetzt, wobei er, noch während er den Anfangsbuchstaben ihres Namens schrieb, genau wußte, daß er es ihr nicht überreichen würde. Bei ihr wären Drohungen und Einschüchterungen völlig vergebens. Sie würde nur allzu bereit sein, ihn zu nehmen, mit oder ohne Pistole. Falls er ein Verlangen nach ihr verspürte, was nicht der Fall war, so würde ihre Bereitwilligkeit seine so großartig unterdrückten Qualen nur ins Lächerliche ziehen.

Judy Norris war allzusehr ein Neutrum, um ihren Namen, bevor sie ausschied, überhaupt aufzuschreiben; Cecily war nur in einer intellektuell feindseligen Hinsicht attraktiv; und Renata hatte ihn, abgesehen davon, daß sie Bob gehörte, niemals gereizt. Es lag etwas in ihren Bewegungen, was Sinnlichkeit in Abrede stellte, welche Geschichten über sie auch im Umlauf sein mochten. Gerade ihr raubtierhaftes Wesen, das angeblich so aufreizend wirken sollte, stieß ihn ab, vielleicht deshalb, weil er niemals besondere Lust verspürt hatte, es mit einem Tier zu treiben. Will Sweet konnte sich wie ein sprungbereites Dschungelraubtier bewegen, und trotzdem verlor er noch lange nicht seine sexuelle Persönlichkeit, denn Sweet war wie ein Panther oder ein Löwe, und für einen Mann war das richtig. Aber eine raubtierhafte Frau war etwas ganz anderes, und wenn ein Mann dumm genug war, eine Tigerkatze zu bespringen, mußte er damit rechnen, daß ihm seine Dinger zerfetzt wurden. Es war aber auch möglich, daß er dies alles zu intellektuell betrachtete. Es lief im Grunde auf die einfache Wahrheit hinaus, daß Renata ihn nicht reizte: Ein Mädchen, das sich ständig so anmutig bewegte, hatte etwas Steriles an sich, er zog die etwas Molligeren mit den großen Brüsten vor, solche vom Kaliber Almira De Cavas.

Almira De Cava war im vergangenen Jahr nach Coventry Hall gekommen und von Cecily sofort in *Unsere Myra Die Kurva* umgetauft worden, in Anlehnung an das polnische Wort Hure. Es gab allerdings nicht den geringsten Anlaß zu der Annahme, daß sie ein leichtes Mädchen war; sie sah nur ganz einfach wie eine Hure aus. Mit ihrem dauergewellten, krausen, blonden Haar, ihrem hellroten Lippenstift, weißem Puder, Wangenrot, Handtaschen mit Schulterriemen und Schuhen mit spitzen Absätzen wirkte sie wie eine Erscheinung aus den alten Filmmusicals, in denen die Mädchen Haarnetze trugen, steppten und einen Freund bei der Marine hatten, für gewöhnlich Eddie Bracken. Dieser allgemeine Eindruck wurde durch Almiras unglückselige Neigung, herumzuhüpfen, noch verstärkt, wobei ihre üppigen Brüste unter ihren dünnen Nylonblusen wie eine große Portion Wäsche in einer Waschmaschine herumgeschleudert wurden.

Kurz vor den Erntedankfestferien hatte ihre Stubenkameradin Mrs. Kornfeld mitgeteilt, sie habe, als sie einmal zufällig in Almiras Schublade herumkramte, festgestellt, daß sie überhaupt keine Büstenhalter besäße. Mrs. Kornfeld schrieb daraufhin an Almiras Mutter, die sich seit zwei Jahren bei verschiedenen Freunden in Spanien aufhielt. Almiras Mutter schickte Mrs. Kornfeld etwas Geld und hörte damit auf, Almira Hemdchen zu schenken. Gleich nach dem Erntedankfest sorgte Mrs. Kornfeld dafür, daß Almira in ein Wäschegeschäft geführt und zusammengebunden wurde.

Lionel entsann sich, daß dieses Ereignis damals für die Jungen einen großen Verlust darstellte. Aber Berge, deren man sich in genießerischer Ruhe entsann, überschatteten nun die Maulwurfshügel, auf die sie sich jetzt bei ihren Betrachtungen beschränken mußten. Die Legenden von ihrer einstigen Pracht wucherten weiter, wobei ausgestreckte Hände bei Gesprächen über dieses Thema Form und Größe nachzubilden suchten, während mit tatsächlichen Berührungen geprahlt wurde. Alle diese Behauptungen konnte man wahrscheinlich als Prahlerei abtun, das wußte Lionel, da er selbst so viele derartige Geschichten in die Welt gesetzt hatte. Wichtig war nur, ob sie es so oft mit so vielen getan hatte oder nicht, denn dann bestanden auch für ihn die besten Aussichten, daß sie es, von einer Pistole bedroht, auch mit ihm tun würde. Das Tragische an der ganzen Sache war nur, daß sie die Heftigkeit seiner Gefühle sicher nicht richtig zu schätzen wußte, da sie so dumm war.

Aber schließlich konnte man ja nicht alles haben. Insbesondere, wenn man kurz vor der Tatsache stand, daß ein Mädchen ihr alles hergeben würde.

Während der Freizeit vor dem Abendessen schlenderte er umher und stieß mit dem Fuß einen Kieselstein sehr konzentriert vom Portal von Tara hinüber zu dem betonierten Streifen vor den Klassenzimmern. Es war keine einfache Aufgabe, da mindestens fünfzehn Meter der Kiesanfahrt zu überqueren waren und er scharf darauf achten mußte, diesen einen bestimmten Kieselstein nicht zu verlieren. Sobald er sich allerdings auf festerem Boden befand, ließ er in seiner Konzentration nicht nach, nur daß er gelegentlich einen Blick in eins der Fenster der Klassenzimmer warf, um an seinem Spiegelbild zu erkennen, wie gelassen und entschlossen er war. Niemand konnte bei seinem Anblick auch nur ahnen, daß er eine scharfe Bombe in seiner Tasche trug.

Fünf Minuten vor dem Läuten zum Essen traf er vor dem Speisesaal ein und nahm sich gerade genug Zeit, um die Sitzordnung dieser Woche zu überfliegen und seine Nachricht zu hinterlassen. Dann würde er für ein Weilchen verschwinden, bevor er pünktlich zurückkehren würde, um keinen Verdacht zu erregen.

Leise summte er vor sich hin, während er die Namen am Schwarzen Brett und die Sitzordnung studierte. Leider war Almira für diese Woche Miß Klinkles Tisch zugewiesen. Allerdings würde eine kurzsichtige Lateinlehrerin nicht besonders auf Draht sein und irgend etwas Ungewöhnliches bemerken. Aber da Dolly Klinkle eine sehr kleine Person war und beim Sitzen sozusagen noch einmal halbiert wurde, könnte sie eine schriftliche Mitteilung unter einem Teller einfach deswegen entdecken, weil diese direkt in ihrer Augenhöhe lag.

Es blieb ihm also nichts anderes übrig, als das Schreiben auf Almiras Stuhl zu legen. Er war stets so sehr damit beschäftigt gewesen, ihre vordere Partie zu betrachten, daß er keine Ahnung hatte, wie üppig Almira auch hinten von der Natur ausgestattet war. Bei diesem entscheidenden Punkt angelangt, blieb ihm nur die Hoffnung, daß sie doch fest genug war, um Empfindungen zu ermöglichen. Es wäre geradezu ein Verbrechen oder, genauer, eine Katastrophe, falls sein sprachlicher Erguß von einer gefühllosen Backe auf den Boden gewischt würde. Das durfte ganz einfach nicht geschehen. Trotzdem war es besser, wenn er für diesen Fall seinen Namen vom Schreiben entfernte.

So riß er sorgfältig das untere Stück des Bogens ab, faltete ihn einmal der Länge nach und legte ihn auf ihren Stuhl. Dann jagte er zur Hintertür des Speisesaals hinaus und verbrachte einige Augenblicke, in denen er nachdachte, damit, die Deckel der Abfalltonnen abzuheben. Als die Glocke zum Essen verstummt war und er von drinnen Stimmen vernahm, lief er zur Vorderfront des Gebäudes und betrat als letzter den Speisesaal. Er traf gerade in dem Augenblick ein, als das Tischgebet gesprochen wurde.

Während des Essens beobachtete er die ganze Zeit über Almira von der anderen Seite des Raums her. Ganz ruhig saß sie da und aß. Niemals war ihm bewußt geworden, daß ein Mädchen so viel in sich hineinstopfen könnte, ohne zwischendurch Atem zu holen oder sich zu unterhalten. Sie saß nur ganz einfach in kuhähnlicher Zufriedenheit da und kaute.

»Du ißt ja gar nicht, Lionel«, sagte Will Sweet.

»O doch, doch«, antwortete Lionel und beobachtete Almiras ununterbrochen kauende Kiefer. »Ich mache mir nur nicht viel daraus. Bin schon fertig.«

»Ich habe auch nicht gesagt, du müßtest essen; ich habe nur bemerkt, daß du nicht ißt.«

Lionel stocherte mit der Gabel in seinem Essen herum. »Mir ist unverständlich, wie sich jemand für Schweinegulasch begeistern kann.«

»Ich glaube, auf der Speisekarte am Schwarzen Brett hieß es: Überbackenes Kalbsfrikassee mit Schinken.«

»Schweinegulasch«, wiederholte Lionel. Wenn sie in diesem Tempo weiteraß, würde allein das Gewicht des von ihr aufgenommenen Essens seine Worte zu Staub zermahlen.

»Als ich nach dem Krieg in Hongkong war«, begann Frazier Peters.

»Nach welchem Krieg?« unterbrach ihn Frenchy.

»Korea.«

»Das war kein Krieg, das war ein Manöver«, erklärte Frenchy verächtlich.

»Wer hat dir denn das erzählt?« fragte Frazier. »MacArthur?«

»Mit dem hätte ich nicht einmal gesprochen, wenn er es versucht hätte«, entgegnete Frenchy.

»Wir müssen Gott danken«, erklärte Cecily, »daß er das niemals erfahren hat.«

»Als ich nach dem Krieg in Hongkong war«, fuhr Frazier fort, »galt überbackenes Kalbsfrikassee mit Schinken als eine große Delikatesse.«

»Da waren euch wohl die am Rost gebratenen Eingeborenen ausgegangen«, sagte Frenchy.

»Kartoffeln, Renata?« Will Sweet reichte ihr die Schüssel.

»Nein, danke«, flüsterte sie. »Die Luft ist so stickig.«

»Was hast du denn in Kaulun getan?« fragte Sweet Frazier.

»Mein Vater war bei der UNRRA.«

»Und wie geht es Madame Tschiang?« fragte Frenchy.

»Mit der Luft hast du recht, Renata«, sagte Will Sweet. »Eine Art Hitzewelle, es ist fast wie im Hochsommer. Das wird es wohl bei dir sein, Lionel. Du hast einen Anfall von Hochsommerfieber.«

»Unsinn«, erwiderte Lionel. »Ich mag ganz einfach kein Schweinegulasch.« Almiras Kiefer verlangsamten endlich ihr Tempo, wahrscheinlich weil die Kellner die Schüsseln weggenommen hatten, aus Furcht, es würde für sie nicht genügend übrigbleiben.

Die Nachspeise bestand aus gelbem Pudding mit Kirschen. Sie

besaß den Anstand, darauf zu verzichten, vielleicht weil sich ihr Magen in einem Zustand der Lähmung befand, während seine Worte zweifellos zu Asche zerfallen waren.

»Das tut mir leid, Lionel«, sagte Sweet. »Solltest du später Hunger bekommen, ich habe eine große, dicke, harte Salami in meinem Zimmer. Du bist herzlich eingeladen.«

»Scheiß aufs Essen«, rief Lionel. »Darf ich aufstehen?«

Vor der Tür des Speisesaals, wo er sie beim Hinausgehen beobachten konnte, wartete er. Zwanzig Minuten später waren fast alle Schüler verschwunden, aber Almira war noch immer nicht aufgetaucht. Entsetzliche Möglichkeiten stiegen in Lionels Gedanken auf: Sie hatte das Schreiben gefunden und war in Ohnmacht gefallen; sie hatte es gefunden und war von Dolly Klinkle erwischt worden; sie hatte es nicht gefunden und sich dem Essen wieder zugewandt. Sein Herz klopfte heftiger, als sie aus der Tür trat, und fiel dann pochend in seinen leeren Bauch hinab. Auch ihre Hände waren leer.

Er eilte in den verlassenen Speisesaal zurück. Das Personal räumte die Tische ab, und auf Almiras Stuhl war nichts zu sehen. Er fragte einen der jungen Kellner, ob er möglicherweise ein Stück Papier weggeworfen hätte, aber dieser antwortete ihm, seine Aufgabe sei es, das Geschirr abzuräumen, und das sei alles.

Lionel stürzte wieder auf den Gang hinaus. Almira stand noch immer dort und nickte zerstreut, während zwei ihrer Freundinnen über ihren hohen Busen hinweg auf sie einredeten. Lionel drückte sich in das Halbdunkel neben dem Notausgang. Die Mädchen wollten nun gehen, und Almira erklärte ihnen, sie würde nachkommen, und sie würden sich nachher im Wohnheim wiedersehen. Einen Augenblick verweilte sie an der Schwelle zur Damentoilette. Kurz bevor sie die Tür aufstieß, griff sie vorn in ihren Büstenhalter und zog sein Schreiben aus diesem unfreundlichen Panzer hervor.

Die Freude ließ sein Blut in den Schläfen rauschen. Sie hatte es gefunden. Jetzt brauchte er ihr nur noch mit grimmiger Entschlossenheit zu sagen, er sei der Verfasser.

Fünf Minuten wartete er. Dann waren es zehn. Möglicherweise, dachte Lionel, war seine Freude verfrüht gewesen. Vielleicht hatte sie das Schreiben nur aus dem gleichen Grund mitgenommen, aus dem sein Vater die *New York Times* nach dem Frühstück mit auf die Toilette nahm, um mit ihrer Hilfe seine natürlichen Bedürfnisse um so besser zu erledigen. Aber daß dies das Schicksal seiner Dichtung sein sollte!

Lionel drehte sich um und ging zum Notausgang hinaus, der nur im Fall der Gefahr benutzt werden durfte. Es gab keinen Zweifel: Er war ein Idiot gewesen und wäre ein noch größerer Idiot, wenn er wartete. Insbesondere wenn man in Betracht zog, was sie alles gegessen hatte.

Er verbrachte eineinhalb Stunden im Lesesaal und las die ganze Zeit über immer wieder die gleiche Seite von *Krieg und Frieden*. Er verzichtete sogar darauf, seine Zigarette an dem üblichen verbotenen Ort zu rauchen, bevor er ins Wohnzimmer der Jungen zurückkehrte.

Es war eine dunkle Nacht, und dunkel war auch seine Stimmung, dachte Lionel gereizt. Er spuckte auf die gespensterhaften Liebespaare, die sich zweifellos zwischen den Büschen herumtrieben. Es blieb ihm keine andere Wahl, als sofort ins Bett zu gehen, sogar noch vor dem Pfeifen, nach dem die Lichter gelöscht werden mußten. Es war sinnlos, zum Bootshaus zu laufen. Sie würde nicht kommen.

Um neun Uhr fünfundvierzig zog er sich unter den Decken an und schlich aus dem Wohnheim hinaus. Fünf Minuten vor zehn saß er zusammengekauert im Bootshaus und verachtete sie wegen ihrer Dummheit, nicht zu erscheinen. Aber für den Fall, daß er sich irren sollte, begann er die Leidenschaft, die er beim Schreiben empfunden hatte, wieder aufzuwärmen und sich ihre gewaltigen Brüste vorzustellen. Die Luft, die seine Wange berührte, war feucht und warm, während die Pistole kalt in seiner Hand lag. Ein passendes Ende der Wollust, dachte Lionel voller Ernst und sah sich die Pistole auf ihren widerspenstigen Schoß halten.

»Liebling?« fragte Almira.

»Wer, zum Teufel, ist denn da?« antwortete Lionel.

»Ich bin es, Liebling, Almira. Es ist so dunkel, daß ich nichts sehen kann. Wer bist du?«

»Als ob du das nicht wüßtest«, erwiderte Lionel und trat näher zur Tür, so daß sie ihn im Mondschein, der auf Liebesglut tödlich wirkte, sehen konnte.

»Hallo, Lionel«, sagte Almira. »Ich habe dein Schreiben bekommen.«

»Ich habe es ernst damit gemeint«, erklärte Lionel. »Ich habe es wirklich so gemeint. Siehst du? Das ist die Pistole.«

»Ach, Liebling«, rief Almira, »so viele Umstände hättest du dir gar nicht zu machen brauchen.« Sie zog ihren Regenmantel aus, hakte den sie einengenden Büstenhalter auf und stand mit frei schwingenden Brüsten da. »Du hättest mich doch nur zu fragen brauchen.«

»Sie ist nicht geladen«, erklärte Lionel. Er stürzte an ihr vorbei aus dem Bootshaus, warf die Pistole in den See und lief zum Schülerwohnheim zurück.

Man konnte nicht unbedingt behaupten, daß Will Sweet pfiff. Aber sein Körper bewegte sich im Treppenhaus mit der Nachtbeleuchtung nach einer Melodie in seinem Kopf, und leise drückte er seine Finger aneinander, so daß sie, wenn er sie wieder losließ, einen schnalzenden Laut im Takt mit der Melodie auslösten, die auf seinen Lippen lag. Er hielt die Melodie dort zurück, bis er die Tür seines Zimmers hinter sich geschlossen hatte. Als er drinnen in der Dunkelheit stand, ließ er das Lied wie einen gefangenen Vogel aufsteigen.

»Ho-ha!« lachte er ihm nach und schaltete das Licht ein. Seine Gitarre war vom Bett entfernt und auf die Fensterbank gelegt worden, und der Poncho, den er als Tagesdecke benutzte, war an den Rändern herausgezogen und wies in der Mitte eine breite, flache Vertiefung auf. Will Sweet war kein pedantischer Mensch, aber nun furchte er besorgt die Stirn und spitzte die Lippen, ohne daß jedoch diesmal ein Laut emporstieg, der auch nur annähernd Ähnlichkeit mit einem Pfeifen gehabt hätte. Während er zum Wandschrank ging, blickte er noch immer auf das Bett. Als er die Schiebetür aufzog, um seine Jacke aufzuhängen, musterte er das Bett so intensiv, daß er den Haken verfehlte und seine Jacke auf den Boden des Wandschranks fiel.

Er beugte sich nieder, um sie aufzuheben, und blickte dabei in Lionel Lindenbaums Augen.

»Ich muß mich wegen der Unordnung in meinem Zimmer entschuldigen«, sagte Sweet und zog die Schäfte seiner Stiefel hoch. »Aber ich hatte keinen Besuch erwartet.«

»Ach, das macht nichts«, antwortete Lionel.

»Vielen Dank«, erwiderte Sweet lächelnd. »Mach es dir nur bequem.« Und damit schloß er die Tür des Wandschranks. Sweet setzte sich auf das Bett, griff nach seiner Gitarre und zupfte kräftig die ersten beiden Akkorde eines Liedes. *An... einem...* Er blickte zum Wandschrank hinüber und legte das Lachen, das ihm in der Kehle steckte, in das Lied.

...Sommertag im Monat Mai
Kam ein stämmiger Strolch gezogen,

Den Schattenweg am Zuckerrohr vorbei,
Suchte etwas, das ihm gewogen …

Hart zupfte er an den Saiten und brach die Melodie mit seiner Hand ab. Langsam öffnete sich die Tür des Wandschranks, und Lionel sah ihn an.

»Wollen Sie nicht wissen, warum ich eigentlich hier bin?« Sweet tanzte mit den Fingern über die Saiten.

Beim Wandern sang er sein Lied
Vom Land voller Hasch und Honig …

»Ich hatte geglaubt, es sei Milch«, sagte Lionel.

»Wenn du das ›Verheißene Land‹ singst«, antwortete Sweet, »darfst du dir individuelle Variationen leisten.«

Wo ein Strolch manch lieben Tag verraucht
Und nimmermehr ein Geldchen braucht.

»Ich habe Sie gefragt, ob es Sie nicht interessiert, warum ich hier bin?«

O… das… Summen der Bienen,
Die Zigarettenbäume und die…

»Ich hatte Hunger«, erklärte Lionel.

Selterswasserquelle…
Wo die Limonade sprudelt
Und der Hüttensänger dudelt…

»Ich hatte *richtig* Hunger.«

»Ißt du immer in Wandschränken?« fragte Sweet.

Lionel kroch ins Zimmer hinaus und zog sein rechtes Bein hinter sich her.

»Hast du dir weh getan?« fragte Sweet.

Lionel beugte sich nach unten und zerrte eine fast einen Meter lange Salami aus seinem rechten Hosenbein. »Ich wollte sie Ihnen zurückgeben – selbst wenn Sie es nicht bemerkt haben sollten.«

Auf dem großen Zuckerberg.

»Ich hätte mir Ihre elende Salami gar nicht geholt, nur brauche ich irgend etwas dringend«, erklärte Lionel. »Und Alkohol konnte ich mir nicht verschaffen.«

»Menschenskind, warum hast du denn nichts gesagt?« Sweet stand auf und zog die Schreibtischschublade auf. »Was trinkst du?«

»Was glauben Sie?« entgegnete Lionel.

Sweet musterte ihn aufmerksam und spitzte den Mund. »Ich würde sagen, du bist ein Bourbonanhänger.«

»Damit hätten Sie ins Schwarze getroffen«, sagte Lionel.

Sweet reichte ihm die Flasche. »Trinkst du ihn mit Wasser oder im Wandschrank?«

»Sehr komisch«, antwortete Lionel. Er zog den Korken mit den Zähnen heraus, hielt die Flasche ausgestreckt in seiner Hand, prostete Sweet zu und trank einen Schluck.

Unglücklicherweise aber hielt er noch den Korken im Mund, so daß der größte Teil des Alkohols über sein Kinn hinabfloß. Sweet wandte ihm den Rücken zu und betrachtete die Eindrücke der Zähne an dem einen Ende der Salami.

»Es sollte von mir aus gar nicht komisch klingen«, sagte Sweet. »Männer, die verschworene Trinker sind, achten die Gewohnheiten anderer verschworener Trinker. Möchtest du etwas Salami dazu?«

»Nein, danke«, erwiderte Lionel mit erstickter Stimme.

Sweet holte sein Taschenmesser hervor und schnitt ein Stück von dem einen Ende ab. »Vielleicht nur einen kleinen Bissen, um dem Alkohol die Schärfe zu nehmen?«

»Da ist keine Schärfe«, brachte Lionel mühsam hervor. »Ganz mild.« Seine Augen quollen über, und Tränen rannen ihm über die Wangen.

»Mensch«, rief Sweet, »ist dir was über die Leber gelaufen?«

»Ach, Scheiße, nein, Mensch«, entgegnete Lionel. »Es ist nur so lange her, seit ich etwas so Gutes getrunken habe. Das hat mich tief gerührt.«

Sweet antwortete, schön, nein, wie schön für ihn, Lionel sollte sich nur ganz wie zu Hause fühlen, vielleicht sogar vom Boden aufstehen und sich irgendwo richtig hinsetzen, er müßte nur einmal für ein paar Minuten weggehen. Er blickte auch nicht zurück, als er das Zimmer verließ, bemerkte jedoch noch im Hinausgehen, daß Lionel den Korken aus seiner Backentasche hervorholte, wohin er ihn wie ein Hamster gestopft hatte.

Sweet ging leise den Gang entlang, der nun in Halbdunkel getaucht war, und trat in seinen Stiefeln so lautlos auf, als wären es Turnschuhe. Als er sich Bob Duzos Zimmer näherte, verschwand das Lächeln aus seinem Gesicht. Die Tür zu Bobs Zimmer stand einen Spalt offen, und Sweet sah Bobs Zimmergenossen auf dem unteren des zweistöckigen Bettes liegen. Das obere Bett war leer.

»Wo ist er?« Sweet schüttelte sacht den Jungen.

»Hm?«

»Dein Zimmergenosse. Wo ist er?«

»Wer ist denn da?«

»Der Hausvater. Wo ist Bob?«

»In Ihrem Zimmer.«

»Danke, mein Freund«, sagte Sweet und biß sich auf die Unterlippe.

Schnell stieg er die Feuerleiter am Wohnheim der Jungen hinunter, schloß die Tür hinter sich, die offengeblieben war, und eilte hinter Haus Mecca vorbei. Er mied den Betonboden des Tennisplatzes, ging lieber über das Gras, das nun in der Nachtluft feucht und weich war, zur Werkstatt hinüber. Am Boden lagen viele Zigarettenstummel verstreut, aber es war niemand da. Jedenfalls nicht mehr.

Sweet jagte über das Sportfeld zurück. Der Mond spendete ihm genügend Licht, und mit seinen Augen versuchte er die Dunkelheit zu durchdringen. Im Sommerpavillon war niemand, und auch sonst war auf dem ganzen Gelände von Menschen keine Spur. Aber als er auf der Eingangsseite von Haus Tara zurückkehrte, sah er auf der Feuerleiter ein weißes Bein aufschimmern. Wie ein Peitschenschlag traf ihn der Zorn.

»Du kleiner Schweinehund«, knurrte er leise und rannte so schnell zum Wohnheim der Jungen, daß er die Eingangsstufen und den Gang rechtzeitig genug hinter sich brachte, um Bob von innen den Notausgang zur Feuerleiter zu öffnen.

»Darf ich dir helfen?« sagte Sweet.

Bobs Gesicht wirkte im Mondschein sehr bleich. »Es tut mir leid, Will.«

»Nur raus mit der Sprache, was sollte dir denn leid tun? Steh nur nicht draußen so herum. Du könntest dich sonst noch erkälten. Und du weißt doch, wie unentbehrlich du für mich bist. Hol's der Teufel, was sollte ich anfangen, wenn du mir nicht helfen würdest, damit alles glattgeht. Damit ich mir meine Stellung nicht vermassele. Damit diese Jungs nicht über die Stränge schlagen und sich was Schönes einbrocken.«

»Ich habe doch gesagt, Will, daß es mir leid tut.«

»Was tut dir denn leid?« Sweet lächelte. »Daß ich mein Vertrauen in dich gesetzt habe, soviel Vertrauen, wie ich es noch niemals einem anderen Menschen entgegengebracht habe, und du es mit Füßen getreten hast?«

»Alle haben doch geschlafen«, erwiderte Bob, »ich habe die Betten kontrolliert.«

»Kann mir vorstellen, wie«, antwortete Sweet und stampfte zu seinem Zimmer zurück.

»He, bitte...« Bob holte ihn ein und packte Sweet an der Schulter. »Will, Sie müssen mir zuhören.«

Sweet stieß die ihm fremde Hand weg. »Spar dir diese magische Berührung für dein Mädchen auf.«

»Ich habe zu ihr gehen müssen, Will. Ganz ehrlich. Bestimmt war es nicht meine Absicht, Sie gegen mich aufzubringen, aber ich habe sie sehen müssen.«

»Bist du ein so großartiger Liebhaber, mein Junge, daß sie nicht bis morgen hat warten können? Genügt es nicht, daß ich dir meinen Schlüssel gebe?«

»Das ist es ja gerade. Sie ist nicht gekommen. Sie war nicht da. Dabei hatte sie mir gesagt, sie wollte sich heute abend mit mir treffen.«

Sweet erwiderte ihm, das genüge, mehr interessiere ihn nicht zu hören, denn er habe schon genug eigenen Ärger, insbesondere deshalb, weil Bob ihm das angetan habe, ihn so hintergangen habe, denn jetzt sei der Teufel los, da er Lindenbaum habe über den Zapfen hauen lassen. »Wäre ich nicht rechtzeitig zurückgekommen, weiß Gott, was er dann angerichtet hätte. Erzähl mir also nicht von den Gefahren und Nöten deines Sexuallebens. Ich bin nicht daran interessiert, weder an dir noch an der Sache selber.«

»Es hatte nichts mit Sex zu tun, Will, ich schwöre es Ihnen. Ich habe nur mit ihr reden müssen. Wir haben nichts angestellt.«

Sweets Augen glühten im Halbdunkel. »Dann muß ich mich deinetwegen um so mehr schämen. Wenn du mir schon meine Stellung untergräbst, sollte wenigstens etwas geschehen sein, was die Sache wert ist.« Die Härte schwand aus seinen Augen, und er lächelte. »Geh zu Bett, Casanova. Es ist alles im Lot.«

»Sie sind mir nicht mehr böse?«

Sweet schüttelte den Kopf. »Nicht mehr.«

Als Sweet in sein Zimmer zurückkehrte, lag Lionel auf dem gescheckten Ponyfell und bemühte sich, die Gitarre in die Bourbonflasche einzuführen. Will streckte die Hand aus und nahm ihm die Gitarre weg.

»Ich versteh' nicht, warum mir das nicht gelingt«, sagte Lionel. »Mit Schiffen läßt sich das doch machen.«

»Wärst du jetzt so einigermaßen bettreif, mein Junge?«

»Bettreif?« Zornig kniff Lionel die Augen zusammen. »Auch wenn ich niemals mehr in ein Bett komme, ist mir das völlig gleich. Dreckige Hure.« Er rülpste laut und lächelte. »Mein Großvater hat das immer gemacht. Ich habe geglaubt, das käme von Kohl.«

»Welche Hure?«

»Das ist aus einem Gedicht«, erklärte Lionel.

»Ich meine, welche besondere Hure?«

»Keine Hure ist was Besonders.« Wieder stieß er auf.

»Geht's dir gut?« fragte Sweet.

»Seien Sie mir gegenüber nur nicht so gönnerhaft, mehr verlange ich nicht. Nur nicht gönnerhaft. Sie sind nicht mein lieber Gott. Ist das klar? Der Tatsache zum Trotz, daß ich ein Künstler bin. Was geht denn Sie das an, welche Hure? Welche Hure. Müssen Sie denn unbedingt im Dreck wühlen?« Er strahlte ihn an. »Das wären drei.«

»Drei Huren?« fragte Sweet.

»So bekloppt können Sie doch gar nicht sein«, sagte Lionel. »Selbst wenn Sie vom Lande sind.«

»Lionel, ich habe nicht die Absicht, dir eins überzubraten, indem ich so tue, als ob es mich interessiert, aber warst du vor kurzem mit einem Mädchen zusammen?«

»Was sind denn Sie für einer?« rief Lionel gereizt. »Eine Art Voyeur?« Wieder stieß er einen mächtigen Rülpser aus, und diesmal spielte kein Lächeln über sein Gesicht hin. Er wurde sehr blaß. »Ich fühle mich nicht wohl«, erklärte er, und Sweet gelang es gerade noch im letzten Augenblick, ihm den Papierkorb hinzuhalten.

»Nun werden Sie mich nicht mehr leiden können«, murmelte Lionel, nachdem er sich das Gesicht mit kaltem Wasser gewaschen und Sweet die Bescherung aufgewischt hatte. »Sie werden mich nicht mehr ansehen können.«

»Sei doch nicht albern«, erwiderte Sweet.

»Ein Mensch muß doch einen anderen Menschen nicht mehr ausstehen können, nachdem der andere sein Innerstes in seinem Zimmer ausgebreitet hat.«

»Das war noch lange nicht dein Innerstes, Lionel.«

»Aber ich hatte das Gefühl«, sagte Lionel und legte sich mit einem nassen, kalten Tuch auf dem Gesicht auf der Fensterbank nieder. »Ich hatte das Gefühl, das wären alle meine Gedärme. Was für 'ne Hure und was für ein Dreckskerl!«

»Hast du jetzt Lust, ins Bett zu gehen?«

»Nein«, erklärte Lionel. »Ich bleibe hier liegen, um zu sterben.« Er erhob sich auf einen Ellbogen. »Und glauben Sie nur nicht, das käme vom Alkohol. Ich nehme es beim Alkohol mit jedem auf.« Er rutschte von seinem Ellbogen herunter, und sein Kopf sank hintenüber auf das Fensterbrett. »Ich habe mir nur den Bauch mit Leben und Liebe vollgeschlagen.« Wieder bedeckte er sein Gesicht mit dem nassen Tuch. »Mir ist nichts anderes übriggeblieben, als zu kotzen.«

»Das verstehe ich.«

»Nur treten Sie mir gegenüber nicht so gönnerhaft auf. Mehr verlange ich nicht.«

»Schon gut«, sagte Sweet und versank in Schweigen. Er blieb, ohne sich zu rühren, auf dem Bett sitzen.

Lionel hob das Tuch von seinen Augen. »Wollen Sie etwa da sitzen bleiben?«

»Was erwartest du denn von mir? Was soll ich noch tun?« fragte Sweet.

»Ich habe nur gesagt, Sie sollten mir gegenüber nicht so gönnerhaft auftreten. Sie sollten nicht dasitzen und einen Sterbenden wie Luft behandeln.«

Sweet holte tief Atem. »Hast du jemals ein Gespräch von Mann zu Mann mit jemandem geführt, Lionel?«

»Mit wem denn? Mit meinem Vater?«

»Warum nicht mit deinem Vater«, antwortete Sweet.

»Ha!« rief Lionel. »Mein Vater ist ein Schlappschwanz.«

»Das tut mir leid«, erklärte Sweet.

»Meine Mutter ist darüber sehr viel trauriger«, rief Lionel, brach in ein übermütiges Lachen aus und wischte es mit einer Handbewegung weg. »Das ist gelogen. Wie könnte sie darüber traurig sein? Sie hat sie ihm ja abgeschnitten. Eine von den Huren mit Messer.«

Sweet sagte nichts darauf.

»Also muß sie doch gewollt haben, daß er ein Schlappschwanz wird, da sie es ja getan hat. Aber vielleicht ist er im Grunde immer ein schlapper Hund gewesen. Denn wenn er Eier gehabt hätte, hätte er sie sich niemals abschneiden lassen. Stimmt's?«

»Ich weiß nicht«, meinte Sweet.

Lionel nahm nun das Tuch ganz von seinem Gesicht und sah Sweet an. »Das war eine sehr gescheite Antwort, denn wenn Sie ja gesagt hätten, würde ich Sie jetzt für einen Schwindler halten. Die ganze Sache ist nämlich erlogen. Mein Vater ist gar kein Schlappschwanz. Er handelt mit elektrischem Zubehör.«

Sweet mußte lächeln. »Hast du jemals mit einer Frau geschlafen?«

»Es gibt gar keine Frauen«, entgegnete Lionel. »Es gibt nur Huren.«

»Da irrst du dich«, sagte Sweet. »Es gibt eine Menge Frauen, die keine Huren sind, und eine Menge Huren, die keine Frauen sind.«

»Ach was?« stieß Lionel hervor. Es sollte verächtlich klingen, aber es klang interessiert.

»Du bist ein bißchen zu jung, um so zynisch zu sein, Junge. Ich glaube, ich muß dich mit einer Frau zusammenbringen.«

»Wirklich?« rief Lionel.

»Mit einer richtigen Frau«, erklärte Sweet.

»Ich habe Ihnen schon ein paarmal gesagt, Sie sollen mich nicht so gönnerhaft behandeln«, erwiderte Lionel. »Ich habe Sie als lieben Gott nicht nötig.«

»Ich bin kein lieber Gott, Lionel.« Sweets Augen leuchteten. »Ich bin nur ein Berater.«

Lionel richtete sich auf und ließ seine Beine von der Fensterbank herabhängen, wobei er seine runden Knie betrachtete. Dann blickte er auf. »Ein sehr feiner Unterschied, Mr. Sweet. Den hätte ich von Ihnen gar nicht erwartet.« Er stand auf und streckte sich. »Ich glaube, ich gehe jetzt schlafen.«

»Das wäre eine gute Sache«, meinte Sweet.

»Ich muß schon sagen, ich bin erstaunt. Erstaunt...« Lionel streckte seine Hand aus. »Eigentlich angenehm überrascht.«

»Um so besser«, sagte Sweet. »Du kannst morgen nachmittag wieder herkommen, dann können wir uns weiter unterhalten.«

»Um wieviel Uhr?« fragte Lionel.

»Jederzeit«, antwortete Sweet. »Die Tür ist offen.«

8. Kapitel

»In seiner Einfachheit erinnert es fast an die Brontës«, sagte Cecily zu January. »Die dunkle, in sich gekehrte Frau, von Enttäuschungen und Leidenschaften heimgesucht, bis ein ungehobelter Kerl des Weges kommt und ihr einiges beibringt.«

»Keiner von den Brontës war dunkel und in sich gekehrt«, entgegnete January, während sie sich an ihrem Schreibtisch Notizen machte. »Charlotte und Emily waren vor Angst zitternde Kaninchen.«

»Ach was? Und wo haben sie sich dann Heathcliff und Mr. Rochester geangelt?«

»Sie hatten einen Trunkenbold zum Bruder, in den sie verliebt waren. *Er* war dunkel und in sich gekehrt.«

»Trotzdem veranschaulicht es das, worauf ich hinaus will«, erklärte Cecily. »Da saßen ein paar enttäuschte, ängstliche alte Jungfern herum, bis ihnen eines Tages das Leben sozusagen an den Kopf geworden wurde. Von da an waren sie ganz für leidenschaftliche Sexualität zu haben. Nur darauf kommt es bei dieser Diskussion an.«

»Bei ihnen gibt es nicht einen einzigen Fall«, sagte January und klappte ihr Heft zu, »bei dem grobe Sexualität nicht zu einer Tragödie führt.«

Cecily schwang ihre Beine über den Rand des doppelstöckigen Bettes und richtete sich, die Ellbogen auf den Knien, auf. »Ich sprach vom Kern der Dinge, aber das scheinst du nicht zu begreifen. Das Wesentliche, das ist es, worauf es ankommt. Da haben wir hier die Stantus, eine Frau, deren gewalttätige Neigungen sich stets in tatsächlicher Gewalttätigkeit Luft gemacht haben. Dann schreit, kreischt und flucht sie auf griechisch, läuft im Gesicht hochrot an, das ist es, was ich meine. Jetzt aber, nachdem sie das richtige Ventil für ihren Überdruck gefunden hat, ist sie friedlich geworden. Kapiert?«

»Du wirst immer nur die Schattenseiten sehen«, meinte January. »Die Änderung ihres Verhaltens muß nicht unbedingt darauf zurückzuführen sein, daß sie mit einem Mann schläft.«

»Ha, ha«, machte Cecily.

»Es ist durchaus möglich, daß sie jetzt gelöster ist, weil sie ein normales, gesellschaftliches Leben führt. Ich will damit sagen, es könnte einfach die Tatsache genügen, daß ein gutaussehender Mann sie beachtet.«

Cecily lachte auf, schnellte sich hoch und streifte mit ihren leichten Schuhen die Decke. »Auf jeden Fall bin ich der Ansicht, daß Miß Stantus' Verhalten nur eine der offensichtlicheren Nebenwirkungen von Old Will darstellt. Er ist überall.«

Die Tür ihres Zimmers wurde geöffnet, und sie verstummten, als Judy Norris eintrat.

»Ist es nicht verblüffend«, sagte Cecily zwischen ihren Knien hindurch, »wie manche Menschen sogar verkehrt herum betrachtet widerlich aussehen?«

»Solltest du von dir selber sprechen«, rief Judy, »gebe ich dir recht. Cecily, Mrs. Kornfeld läßt dich bitten, zu ihr zu kommen.«

»Achtung.« Cecily grüßte mit einem ausgestreckten Bein. »Die Führerin hat durch ihren Boten gesprochen.«

»Hat sie gesagt, worum es sich handelt?« fragte January.

»Sie hat mir nichts gesagt.«

»Warum hat sie dich geschickt?«

»Das weiß ich nicht. Ich habe nur ihren Auftrag ausgeführt.«

»Verstanden, Herr Überleutnant«, rief Cecily vom Bett her. »Ich tue immer, was man mir befiehlt.«

»Hast du was dagegen?« rief Judy weinerlich.

»Wenn du ein bißchen schlau wärst«, Cecily richtete sich auf dem Bett auf und blickte zu Judy hinunter, »dann würdest du als die Opportunistin, die du bist, merken, wenn ein altes Regime stürzt, und würdest dich auf die Seite der künftigen Sieger schlagen.«

»Leute, die sich von der Anarchie mitreißen lassen...«, begann Judy, aber Cecily unterbrach sie.

»Verwechsle nur nicht Anarchie mit Liberalismus«, rief sie. »Und verwechsle auch nicht alles Autoritäre mit Staatsführung.«

»Mein Arzt hat gesagt...«

»Welcher Arzt ist es denn, Judy?« fragte Cecily verschlagen.

»Ist es dein Nasenarzt?«

»Mein Psychiater hat gesagt...«

»War nicht mal die Rede von einer Operation? Was ist denn aus dem berühmten Tropf, Tropf, Tropf geworden, das ausgemerzt werden sollte?«

»Mein Psychiater hat gesagt, daß Leute, die sich mit der Anarchie verbünden...«

»Oder hatte man etwa Angst, dieses Tropf, Tropf, Tropf zu eliminieren, weil möglicherweise damit auch das Gehirn angekratzt würde?«

»...die sich mit der Anarchie verbünden...«

»Mit anderen Worten, war die Tropferei Ursache oder Wirkung der Persönlichkeit?«

Judy trat an den Toilettentisch und schnaubte sich die Nase. »Mrs. Kornfeld hat gesagt, ich soll mich von dir nicht herausfordern lassen.«

»Wie schade.«

»Sie hat gesagt, wenn ich dich einfach nicht mehr beachte, hast du keine Möglichkeit mehr, mich zu ärgern.«

»Hat sie das wirklich gesagt?«

»Sie hat auch gesagt, wenn du mich weiterhin so quälst, wird sie sich der Sache annehmen.«

»Aha. Der Bannfluch der Hunnen! Hast du ihr nicht erklärt, das sei völlig unnötig, da du mich selber aus einem Fenster hinauswerfen oder meine Kartoffelchips vergiften wirst?«

»Hört mal, Kinder, ich muß wirklich diesen Aufsatz fertigschreiben«, sagte January. »Könnt ihr es euch nicht für heute abend aufsparen?«

»Ich will dir eins sagen«, fuhr Cecily fort, »wenn du mir weiterhin das Leben durch dein jämmerliches Näseln und deine psychologischen Bewertungen vermiest, werde ich auf dein niedriges Niveau einer Klatschbase herabsinken und dir meinen Freund und Verbündeten, Will Sweet, auf den Hals jagen. Er wird sich deiner schon richtig annehmen, du häßliche Ente.«

»Will Sweet ist nichts weiter als ein Schwindler«, erklärte Judy.

»Hört, hört!« Cecily warf die Hände in die Luft und knallte mit ihren Handgelenken gegen die Decke. »Lauscht, o ihr Engel, hier spricht die Stimme der Wahrheit. Vielleicht ein wenig näselnd, aber...« Cecily zuckte die Achseln. »Was kann man heutzutage noch verlangen, die Wahrheit kommt so selten zu Wort.«

»Mrs. Kornfeld hat gesagt...«

»Habt ihr gehört? Die Stimme der Autorität übertönt die Stimme der Wahrheit.«

»Du kannst dich über mich lustig machen, soviel du nur willst...«

»Wirklich?« unterbrach Cecily sie strahlend. Sie sprang vom oberen Bett hinunter und verstauchte sich nur ganz leicht einen Knöchel. »Ich darf mit deiner Genehmigung rechnen?«

»Nur los, lach dich tot. Er bindet euch allen einen Bären auf, sagt Mrs. Kornfeld, und wenn alles erst wieder seinen normalen Weg geht, werdet ihr sehen, wie es dann hier aussieht.«

Cecily trat dicht an Judy heran und blickte in ihr verzerrtes schmales Gesicht. »Dann hältst du es also für falsch, daß wir uns mit der Absicht tragen, den Reichstag in die Luft zu sprengen? Die Verbündeten spielen sich nur groß auf?«

»Wenn du nur manchmal zuhören würdest, anstatt ständig etwas Gescheites sagen zu wollen«, erwiderte Judy. »Du glaubst, daß alle deine Feinde sind, Cecily, und das gehört mit zu deinen Wahnvorstellungen.« Sie trat schnell zurück, als Cecily eine Bewegung machte.

»Was hast du gedacht, Judy, daß ich dich schlagen würde? Obwohl der Tierschutzverein auf deiner Seite steht?«

»Mach nur so weiter. Reiß deine Witze! Du wirst schon noch sehen, was mit deinem angebeteten Will Sweet geschehen wird...«

»Glaubst du wirklich, daß sich alle so leicht wie du unterdrücken und zertrampeln lassen, du Wurm? Glaubst du nicht, daß es in dieser Welt noch Platz für einen mutigen, freien Geist gibt?«

»Leute, die zur Anarchie neigen...«, rief Judy.

»Ach, du lieber Gott!« erwiderte Cecily verzweifelt. »Sie haben wohl Ohren, aber sie hören nicht.«

»...die zur Anarchie neigen...«

»Bluten sie nicht, wenn man sie sticht?« schrie Cecily.

»Quetscht es nicht, wenn man auf sie tritt?«

»...sind im Grunde ihres Wesens psycho-sexuelle Hysteriker.«

Cecily lief zum Fenster und hob drohend ihre Fäuste zum Himmel. »Bring sie zum Schweigen, Gott! Gnädiger Gott, setz diesem heiseren Jammern ein Ende!«

»Mir gefällt es, wie du den Himmel anflehst, während ich mich nur an einen Psychiater wende«, sagte Judy lächelnd. »Das beweist nur deine Neigung, dich mit unwirklichen Gegnern herumzuschlagen.«

»Wenn es dir Spaß macht, dir mit deiner laufenden Nase, für die Dienste eines Quacksalbers zu zahlen, so ist es dein Problem.«

»Zumindest gebe ich zu, daß ich ein Problem habe«, antwortete Judy. »Warum hast du damit aufgehört, den deinen aufzusuchen?«

»Weil ich alles weiß, was ich über mich zu wissen brauche, und das besteht darin, daß ich ein Mensch bin, während dir nichts als die Entdeckung der Persönlichkeitsabirrungen eines Flohs bleibt.«

Judys Lippen zuckten ein wenig. »Wenn du zum Arzt zurückgingst, könntest du vielleicht noch normal werden.«

»Du lieber Gott!« kreischte Cecily. »Hilf mir!«

»Da sieht man es«, sagte Judy und griff nach ihren Büchern. »Immer nur Wahnvorstellungen davon, wo Hilfe zu suchen ist.«

Ungläubigkeit und Erschöpfung löschten jeden Ausdruck in Cecilys Augen aus. »Du hast ganz recht, Judy. Du hast völlig recht, und ich habe unrecht. Das ist der Punkt, wo ich meine Fehler gemacht habe. Die ganze Zeit über habe ich zu den falschen Leuten aufgeblickt, als ich mich eigentlich an dich hätte wenden sollen, sobald ich etwas brauchte – Hilfe, Ratschläge, Geld, Macht...«

Judys zusammengepreßte schmale Lippen öffneten sich zu einem kleinzahnigen Lächeln. »Jesses«, rief sie, »Jesses... ich weiß nicht, ob ich das alles schaffen könnte – aber alles, was ich nur für dich tun könnte... ich will damit sagen, ich würde mich freuen, wenn du... ich meine, ich habe immer...«

»Na?« fragte Cecily.

Judys blasse Wangen überzog ein tiefes Gelb. »Dich habe ich immer am liebsten gemocht«, erklärte sie.

Zum erstenmal in seiner Laufbahn als Lehrer hatte T. Malcolm Foals Schwierigkeiten mit der obersten Klasse. Es war nicht etwa Widerstand, dem er begegnete: Mit Widerstand konnte er fertig werden, indem er seinen Zynismus, seine Ironie und seinen selbstkritischen Witz spielen ließ, womit er unweigerlich die anderen für sich gewann. Ganz im Gegenteil war es das Fehlen jeden Widerstandes, das ihn verwunderte: Die Schüler machten ihre Arbeiten und lasen die ihnen zugewiesenen Bücher ohne Widerspruch und ohne alle Fragen, einer gleichgültigen Geliebten ähnlich, die sich allzu willfährig einem Mann hingab, damit er um so schneller ihre Wohnung vor dem Eintreffen ihres wirklichen Geliebten verließe.

Dieser Vergleich war ebenfalls auf Foals' eigenem Mist gewachsen und traf für ihn auch zu: Im Unterrichten kam er der sexuellen Liebe am nächsten. Es war der Ablauf der Verführung, der ihn erregte, die erste Umarmung, das Auseinandergleiten, die kühneren Annäherungen von seiner Seite, gefolgt von Scheinprotesten aus Keuschheit, mit denen sich seine Geliebte seiner erwehrte; die vorgespiegelte Gleichgültigkeit, das Sichzurückziehen und schließlich die durch seine Verführungskunst gesteigerte Erregung, die dem Augenblick der Hingabe ihre besondere Würze verlieh. Foals' tatsächliche Erfahrungen in der Liebe waren auf einige sporadische Vorspiele in der Oberschule und ein fehlgeschlagenes Verhältnis mit einer kräftigen Studentin aus Simmons College, die als Hauptfach Leibesübungen hatte, beschränkt geblieben.

Während der zwei Monate vor seiner ehrenhaften Entlassung aus der Armee hatte er einmal den Fehler begangen, mit einigen seiner *Kameraden* bei einem seiner wenigen Versuche, sich mit den Armen im Geiste anzubiedern, in die Stadt zu gehen. Selbstverständlich hatten sie ein Bordell aufgesucht, und sie, die das Ziel seines Begehrens sein sollte, hatte in dem Augenblick, in dem er das Zimmer betrat, mit gespreizten Schenkeln dagelegen und gesagt: »Beeil dich, mein Junge, beeil dich.« Angewidert hatte er sich umgedreht und war in die Kaserne zurückgekehrt, zu einem Abendessen mit Sahnegulasch. Bei dem Anblick des Essens war ihm übel geworden, und jedesmal, wenn ihm danach Sahnegulasch vorgesetzt wurde, begann er wieder zu würgen. Die Militärärzte, die nur die unmittelbare Ursache kannten, führten dies auf eine Allergie zurück, und da es unmöglich war, ein solches Gericht aus der Verpflegung eines Wehrpflichtigen zu streichen, wurde er aus medizinischen Gründen entlassen.

Seine Erinnerung an seine Leidenschaften in der Oberschule war zärtlich und beschwingt, und er entsann sich sogar mit Freuden gewisser Augenblicke des Zusammenseins mit der blonden Amazone, Augenblicke, die er durch den Unterricht in Literatur nachzuerleben vermochte. Aber die neue Abschlußklasse, die nun sozusagen vor ihm lag und darauf wartete, ihn zu empfangen, ähnlich jener längst vergessenen Hure, machte es ihm unmöglich, etwas zustande zu bringen, wie sie sich lachend ausgedrückt hatte. T. Malcolm Foals hatte nichts Sinnliches an sich, nicht einmal im übertragenen Sinn. Aber durch ihre allzu große Bereitwilligkeit brachte ihn die Klasse um sein höchstes Vergnügen.

An diesem Morgen saßen alle, anstatt sich wie üblich herumzuflätzen, in scheinbarer Aufmerksamkeit da, die Augen auf ihn gerichtet. Das war, verglichen mit früheren Klassen, ein so ungewohntes Verhalten, daß es ihn verwirrte. Er war zwar an die volle Aufmerksamkeit von Strebern wie Judy Norris gewöhnt, aber Aufmerksamkeit von seiten Lionel Lindenbaums war früher unvorstellbar, bevor er sich nicht alle Mühe gegeben hatte, ihn für sich zu gewinnen. Foals konnte sich nicht denken, was da eigentlich schiefging.

»Heute morgen...«, begann er. Er bemerkte, wie alle nach Bleistiften und Kugelschreibern griffen, und diese unerwartete Reaktion brachte ihn so sehr durcheinander, daß er seine Notizen auf den Boden fallen ließ.

»Hört mal«, sagte er und versuchte das Zittern seiner Hände zu verbergen. »Ich weiß zwar, daß jedes meiner Worte ein Juwel ist, aber trotzdem braucht ihr es nicht so genau zu nehmen und alles aufzuschreiben.« Keine Reaktion. »Nun... wir wollen uns kurz mit *Die Rückkehr* befassen, da Thomas Hardy wie alle großen Dichter in der modernen Gesellschaft nur einen flüchtigen Überblick rechtfertigt.«

»Quatsch!« rief Lionel Lindenbaum.

»Was meintest du eben?« fragte Foals und senkte sein Kinn, damit die Klasse nicht das erregte Pulsieren seines Adamsapfels bemerkte. Er brauchte sich doch nicht zu beunruhigen: Der Widerstand war noch nicht erloschen.

»Ich will damit sagen, was, zum Teufel, soll denn das, Foals, ein flüchtiges Lesen Thomas Hardys, Herrgott noch mal? Dieser Mensch war ein Genie.« Lionel stand auf, um seinen respektlosen Ton auszugleichen. »Ich meine, was ist das für ein Mist, einen großen Roman so abzutun!«

»Versuchst du, mich in ein literarisches Streitgespräch zu verwickeln?« entgegnete Foals und wurde durch leises Kichern einiger Mädchen belohnt.

»Wieso nicht?« Lionel trat auf seinen dünnen Beinen nervös hin und her. »Ist Ihnen dafür eine bessere Gelegenheit als der englische Unterricht bekannt?«

Foals schluckte einmal kräftig, und das Pulsieren in seiner Kehle setzte sich nun in seinen Schläfen fort. Lionel hatte sich seine Art zu reden angewöhnt, die ihn um seine geistreichen Effekte brachte.

»Wenn Sie meine Meinung hören wollen«, fuhr Lionel fort und nützte das dumpfe Schweigen aus, »so sollten wir *Die Rückkehr* sehr ausführlich behandeln. Da ist doch alles drin, die Gestalt der Erdmutter, Natur, ein Dichter, der sich der Prosa zugewandt hat, und in Clem haben wir einen tollen Helden. Das sind Themen, mit denen wir uns befassen sollten. Ein Mann der Erde, der zu ihr zurückkehrt.«

»Vielleicht könntest du einmal den Unterricht übernehmen, Lionel.«

»Ich habe ihnen nicht zu nahe treten wollen«, sagte Lionel.

»Und ich habe dir damit auch nicht zu verstehen geben wollen, du hättest es getan«, antwortete Foals. »Aber ich hatte aus deinen Ausführungen geschlossen, du wärst imstande, hier eine Vorlesung zu halten.«

»Nein, alles Unsinn«, erwiderte Lionel. »Das möchte ich Ihnen nun doch nicht wegnehmen.«

»Ich bin dir dafür sehr dankbar«, sagte Foals.

»Ich hatte damit nur sagen wollen... Warum ficken wir uns wegen so vieler unwichtiger Werke ins Knie, wenn es so viel anderes gibt, was wirklich unsere Aufmerksamkeit verdient.«

»Ich habe gegen grobe Ausdrücke in meinem Unterricht niemals Einwendungen erhoben, Lionel. Aber ich möchte dich doch bitten, den Fäkalbereich als äußerste Grenze anzusehen.«

»Verzeihung.« Lionel entdeckte einen Rest Kaugummi in einem

Riß des Fußbodens und begann, ihn in seine Schuhsohle hineinzureiben. »Aber ich bin der Ansicht, wir sollten uns mit *Der Rückkehr* eingehend befassen.«

»Ich verstehe.« Foals versuchte zu lächeln. »Aber so gern ich es täte, wir haben eben noch zwei andere Romane, mit denen wir uns bis Weihnachten beschäftigen müssen, falls wir uns dann mit *Der Menschen Hörigkeit* gründlich befassen wollen.«

»Warum?«

»Was meinst du damit?«

»Ich meine, wozu all die Mühe?«

»Wozu all die Mühe?«

»Ja, mit *Der Menschen Hörigkeit*. Ich meine, Scheiße, als Roman mag das Ding ja ganz gut sein, aber ich persönlich bin der Ansicht, daß Hardy größere Aufmerksamkeit verdient. Sie halten ihn doch für einen großen Schriftsteller, nicht wahr?«

»Ja, das wohl, aber...« Foals unterbrach sich, bevor er sich dazu verleiten ließ, sich vor der Klasse auf eine Erklärung einzulassen. Angesichts dieses hinterhältigen Angriffs, der sich hinter dieser Bereitschaft zur Mitarbeit verbarg, hätte er fast seinen Humor eingebüßt. Mit Schlagfertigkeit waren sie immer zu gewinnen – mit Geist, Schlagfertigkeit und Ironie. Einen Augenblick lang hatte er diese Fähigkeiten fast verloren und damit auch die Schüler. Über sich selber lachen zu können, das war es, worin das Leben bestand. Und die Literatur. Das hatten sie immer wieder nur zu gern entdeckt.

»Gott weiß es, Lionel. Gott, die Kritiker und die Verleger: Über Geschmack läßt sich nicht streiten. In bezug auf Hardy hast du recht – er ist ein großartiger Schriftsteller. Aber wir können diesem Buch nicht mehr als eine Woche unserer Zeit widmen. Ob richtig oder falsch, ich werde mich eingehend mit *Der Menschen Hörigkeit* befassen.«

Er hatte nun sich und sein verzerrtes Lächeln wieder in der Gewalt. Das war ein Punkt, an dem ihm überliefertes Wissen helfen würde: Die populäre Mythologie würde ihm mit all ihren Verzerrungen und falschen Erkenntnissen zu Hilfe kommen.

»Ich nehme an, es ist...«

Er wartete. Die Mädchen sahen ihn besonders aufmerksam an, und es war nicht diese glasige, abstandwahrende Aufmerksamkeit, mit der er es seit Beginn des Schuljahres zu tun gehabt hatte. Es war ein nachdenkliches Interesse, und es war weibliche Neugier – spöttisch und wachsam. Sie waren aufnahmebereit.

Foals zog die rechte Hälfte seines Mundes hoch, so daß das Lächeln mit den Worten zusammenfallen würde. »Ich nehme an, es handelt sich um persönliche Gründe«, sagte er und wartete auf das verständnisvolle Gelächter.

»Das ist Ihr Problem«, entgegnete Lionel Lindenbaum.

Wieder ließ T. Malcolm Foals seine Notizen fallen und griff, um Halt zu finden, in die hohe Lehne des Korbsessels.

»Ich meine, Scheiße, Sie können mit Ihrem Leben machen, was Sie wollen, aber ich würde viel lieber mehr über Clem erfahren als über den alten Klumpfuß Phillip.«

»Ich verstehe«, versuchte Foals zu sagen, aber seine Lippen formten nur die Wörter, ohne daß ein Laut zu hören war.

»Hör endlich auf.« Bob Duzo schob die Baseballmütze aus seiner Stirn, nahm den Kaugummi aus dem Mund und legte ihn in sein Schulheft mit den auswechselbaren Blättern. »Lindenbaum, wenn du mal etwas falsch verstehst, bist du davon nicht mehr abzubringen. Als er gesagt hat, er wollte ein bestimmtes Buch behandeln, hat er damit nicht gemeint, du solltest dich mit dem anderen nicht befassen.«

»Scheiße, wenn ich ein Buch tiefer sehen möchte...«

»Dann kannst du das in deiner Freizeit tun.« Duzo machte, ohne hinzusehen, eine weitausholende Handbewegung und fing eine Fliege. »Du wirst das lernen, was Mr. Foals dir beibringen möchte, und alles übrige kannst du auf eigene Faust tun.«

»Aber er hat gesagt...«, begann Lionel.

»Er hat gemeint, du sollst die Gelegenheit wahrnehmen. Aber nicht alles von ihm übernehmen. Mensch, du bist schon ziemlich bekloppt.« Bob schlug sich mit der Faust in die flache Hand und schnipste die tote Fliege zum Fenster hin.

»Verzeihung«, sagte Lionel verlegen, mehr zu Bob als zu Foals gewandt.

»Schon gut«, antwortete Foals und bemühte sich, dem Schmetterlingsnetz seiner Verwirrung zu entkommen.

Den Rest seiner Ausführungen gab er wie ein Automat von sich und bot der Klasse keinerlei Gelegenheit zur Diskussion, damit Lionel Lindenbaum keine neue Verwirrung stiften könnte. Er vermied es auch, einen der Jungen anzusehen, und erlaubte sich nur einen gelegentlichen Blick auf die Mädchen. Vergeblich suchte er in ihren Gesichtern nach jener Mischung von Feindseligkeit und Sehnsucht, wie er sie aus früherer Zeit kannte und auf die er sich stets hatte verlassen können.

Zum Mittagessen gab es an diesem Tag Rindsgulasch. Foals wurde es übel, er brach ohnmächtig zusammen und mußte von Bob Duzo und zwei anderen Jungen mit Sportstipendien in die Krankenstation der Schule getragen werden.

»Wann haben Sie das letzte Mal gegessen?« fragte ihn die Krankenschwester der Schule und brachte dabei ihre linke Brust seinem Gesicht so nahe, daß ihn einen Augenblick lang die verwirrende Vorstellung befiel, sie wollte ihn säugen.

»Ich erinnere mich nicht«, antwortete er.

Sie kam mit einem Tablett mit Essen wieder und gab ihm eine Injektion, wobei sie mißbilligend ihre Lippen wegen der Magerkeit seines Arms spitzte. Sie erklärte ihm, er sollte heiraten oder sich zumindest eine Wirtschafterin zulegen, die ihm das Essen kochte, aber inzwischen sollte er, um nicht den zweiten Schritt vor dem ersten zu tun, alles aufessen, was sie ihm auf dem Tablett gebracht hatte.

Das Wetter war für Grippe noch nicht kalt genug, und das Pfeiffersche Drüsenfieber hatte seine Premiere immer erst im Frühling, so daß Foals die Krankenabteilung für sich allein hatte. Von Zeit zu Zeit hörte er Stimmen, die, wie er sich einbildete, besorgt klangen. Er wollte schon rufen und fragen, wer es sei, dem er so viel bedeutete, daß er ihn besuchte, aber er hatte niemandem etwas zu sagen, was ihm mühelos eingefallen wäre, und so unternahm er nichts.

Gegen vier Uhr schickte ihm Frau Dr. Mann einen kleinen Korb mit Blumen, und da sie ihn mit einem ihrer Schüler verwechselte, den eine Erkältung erwischt hatte, schickte sie auch noch ihr Exemplar des *Zauberbergs* mit. Offenbar hatte sie in letzter Zeit nicht hineingesehen: Ein umsichtiger kranker Schüler hatte zum Wohle späterer Empfänger dieses Buches auf die letzte Seite die Worte gekritzelt: *Bezüglich der großen nächtlichen Fickerei – siehe pp. 39–40.*

Die Tür zu seinem Zimmer öffnete sich. Foals schob das Buch unter seine Decke.

»Wie geht's, Große Literarische Vatergestalt?« Will Sweet lächelte, schlurfte um die Tür herum herein und schloß sie hinter sich. »Wie ich höre, tun Sie so, als wären Sie krank?«

»Ich habe nicht... ich bin nicht...« Er sah den kräftigen Mann in der dicken, abgetragenen Kordjacke an und blickte in Sweets braunes Gesicht. Dabei dachte er, wie er selber in diesem sterilen weißen Bett aussehen mochte, wie ein bleiches, gerupftes Huhn.

»Es ist alles so albern«, sagte Foals. »Wie es scheint, habe ich in letzter Zeit nicht genug gegessen, und die Hetze...« Er konnte sich in diesem Augenblick selber nicht leiden und verachtete sich noch mehr, als Will Sweet ihn wahrscheinlich verachten mußte, weil er wie ein Weib in Ohnmacht gefallen war.

»Will Sweet weiß, wie man das in Ordnung bringt«, rief er. »Raus aus dem Bett mit Ihnen! Wir gehen hinter dem Teich vorbei zur Kneipe, wo wir uns ein paar Gläser hinter die Binde kippen. Nichts bringt einen Menschen schneller wieder auf die Beine als ein paar Gläser Bier oder Schiffszwieback, Mann. Aber hol's der Teufel, wir sind nicht auf langer Fahrt, sondern das ist nur eine kleine Kreuzfahrt.«

»Ich würde gern mitkommen«, sagte Foals. »Sehr nett von Ihnen, aber ich glaube nicht, daß ich...« Seine Blicke schossen zur Tür, und er wünschte sich sehnlichst, nicht auch noch wie ein Feigling zu erscheinen. »Ich fühle mich wirklich nicht sehr wohl«, erklärte er.

»Gut, dann muß eben der Berg zum Propheten kommen.« Will Sweet lachte auf, griff vorn in seine Jacke, holte zwei Flaschen Bier hervor und stellte sie auf den Nachttisch. Er senkte den Kopf, ließ seine Kordmütze auf den ausgestreckten Arm fallen, schnellte sie wie ein Varietékünstler ein paarmal herum, bis er ihren Rand zu fassen bekam, und zauberte einen Flaschenöffner hervor. »Ich hoffe, Sie haben nichts dagegen, daß ich diesen Flaschenöffner benutze. Ich habe mir meine Zähne an Flaschenkappen schon stumpfgewetzt oder, richtiger, mir einige Zahnstücke abgebrochen.« Er lächelte, als er die Flaschenkappen wegschnellte. »Vorsicht ist der bessere Teil der Tapferkeit. Trinken Sie aus!«

Foals hatte Bier niemals gemocht. Aber immer hatte er die anderen sehr bewundert, die stundenlang herumsitzen und so etwas trinken konnten, vor allem aus Maßkrügen. Während sie es hinunterstürzten, tanzte ihr Adamsapfel auf und ab; dann leckten sie sich den Schaum von der Oberlippe und verrieten keinerlei Ermüdung. Schon oft hatte er versucht, ein Biertrinker zu werden, aber er bekam davon nur Blähungen, ständig mußte er zur Toilette laufen, und es schmeckte auch scheußlich. Die Leute, die es tranken und vertrugen, waren ein besonderer Schlag, ein Verein, aus dessen Mitgliedschaft er ausgeschlossen blieb. Für ihn war es selbstverständlich, daß Sweet zu diesen Leuten gehörte. Und dieser Sweet bot ihm den Zutritt zu dieser Bruderschaft an.

Freudig griff er zur Flasche und drückte sie, als könnte ihm nichts Besseres geschehen, an die Lippen. Jedes widerspenstige Aufstoßen übertönte er mit einem genießerischen Seufzen.

»Danke«, sagte Foals. »Das hat mir gefehlt.«

Will schaukelte auf dem gewöhnlichen Stuhl hin und her, als sei es ein Schaukelstuhl, trank, lächelte und wischte sich den Mund am Ärmel ab, wie nur die echten Biertrinker es konnten. Schließlich stellte er die Flasche auf das Fensterbrett. »Prima«, sagte er. »Soll ich Ihnen erzählen, was Sie bedrückt?«

Foals lag sehr viel daran. Er konnte nichts tun, um zu verhindern, daß ihm die Tränen aufstiegen, ihm über die Wangen rollten und die Wahrheit, die ihm schwer im Magen lag, ans Licht drang. Niemals waren ihm die Tränen leicht gekommen: Ein solcher Schwächling war er nicht. Aber die Tatsache, daß Will Sweet wie ein Freund zu ihm gekommen war, um ihn mit schwerer Männerhand über die Schande hinwegzutrösten, daß er wie eine Frau in Ohnmacht gefallen war, ließ eine Dankbarkeit und ein Mitleid mit sich selber in ihm aufsteigen, wie er es zuvor selten erlebt hatte. Er wollte seinem Freund Will Sweet anvertrauen, daß er die Herrschaft über seine Klasse verloren hatte. Die Geliebte, um die er jedes Jahr gebuhlt und die er bisher jedes Jahr erobert hatte, schien ihn nicht länger verführerisch zu finden. Davon konnte er ihm sprechen, darüber konnte er von Mann zu Mann mit ihm reden, denn der Vergleich würde Sweet einleuchten. Aber dann sagte er doch nichts weiter als: »Nichts frißt an mir, und ich fresse nichts.«

Sogleich wurde ihm bewußt, wie dünn dieser scherzhaft gemeinte Ausspruch war, und so setzte er die Flasche wieder an, um seine Verlegenheit zu bemänteln.

»Sie sind ein richtig besessener Lehrer, mein lieber T. Sie stellen sie alle in den Schatten, diese professionellen Lehrer, die von sich behaupten, sie wären Lehrer. Ihnen bedeuten diese kindergesichtigen Schweinehunde soviel, bei Ihnen sollen sie etwas lernen, aber warum lassen Sie sich von ihnen dermaßen auf der Nase herumtanzen?«

»Das war früher nie der Fall«, erklärte Foals, ohne daß er es eigentlich hatte sagen wollen. »Immer habe ich sie völlig in der Hand gehabt. Es war fast so, als hätten sie darauf gewartet, daß ich schnell vorwärtsging, als wollten sie jemanden haben, der ihnen wirklich etwas beibrachte...«

»Einen solchen Menschen muß die Welt doch beneiden.«

»Ich hatte geglaubt, ich wüßte, wie ich mit ihnen umgehen müßte, ganz gleich, wie frühreif oder wie dumm sie waren. Aber in diesem Jahr... heute... da ist alles zusammengebrochen.«

»Scheißen Sie drauf«, rief Sweet.

»Was sagten Sie?«

»Heizen Sie ihnen ein. Diese kleinen Lumpen wissen ja gar nicht, was sie an Ihnen haben.«

Foals trank von seinem Bier, nun etwas weniger verkrampft. Zu gern hätte er Sweet von den heiligen Pflichten eines Erziehers gesprochen. Aber er fürchtete, daß es in den Ohren eines Mannes, der solchen Lumpenkindern einheizen wollte, allzu schwülstig klingen würde.

»Wahrscheinlich haben Sie recht«, das war alles, was er sagte.

»Mensch, ich *weiß,* daß ich recht habe. Machen Sie sich nicht selber zur Sau. Das müssen Sie mir versprechen, T. Malcolm.«

»Was soll ich Ihnen versprechen?«

»Sie sollen mir versprechen, daß Sie sich nicht mehr selber in der Luft zerreißen.«

»Das kann ich Ihnen nicht versprechen«, erwiderte Foals. »Das kann ich niemandem versprechen, wie sehr ich ihn auch mag oder wie sehr ich auch seine Klugheit bewundere.«

»Mir scheint, daß darin ein gewisses Kompliment liegt, mein lieber T., aber der Teufel soll mich holen, wenn ich mich durch solche Worte hindurcharbeiten kann.«

»Früher war ich eine große rednerische Begabung«, sagte Foals, und ein schwaches Lächeln zeigte sich auf seinem Gesicht. »Ich weiß nicht, was daraus geworden ist. Die Sache ist wohl so: Wenn man sich der Sprache nicht mehr schöpferisch bedient, wenn sie also zu stagnieren beginnt, dann ist es mit ihr wie mit irgendeinem anderen Körperteil, den wir nicht mehr so recht benutzen... Da setzt sich Fett an, der Körperteil wird schwerfällig und ungelenk... Wahrscheinlich werde ich eines Tages eine große häßliche Beule in meinem Nacken haben, und wenn man sie aufschneidet, werden Millionen von verfaulten, toten Wörtern und Sätzen herausquellen.«

»Sie verstehen es sogar, etwas so Schreckliches großartig darzustellen«, rief Will Sweet. »Daß ein Mann wie Sie in einer solchen Schule unterrichtet, ist eine Schande, eine furchtbare Vergeudung...« Die Worte trieben zusammen mit Sweets Blick zum Fenster hinaus.

»Es ist an der Zeit für Ihre Sechsuhrtablette«, sagte die Krankenschwester, die in das Zimmer geprescht kam. »Entschuldigen Sie«, fuhr sie zu Sweet gewandt kühl fort. »Ich glaube, ich habe Ihnen gesagt, daß keine Besuche erlaubt sind.«

»Ich gehöre zum Kollegium.«

»Das ist gleichgültig.«

»Familie?«

»Ich habe Ihnen gesagt, dieser Mann braucht Ruhe und gute Ernährung.«

»Aha!« rief Sweet, stürzte um das Bett herum und trieb sie beim Waschbecken in die Enge. »Ich habe doch gewußt, daß wir zu erfreulichen Ergebnissen kommen, wenn wir nur lang genug durchhalten.« Er hielt seine Bierflasche hoch. »Und als was bezeichnen Sie das?«

»Als eine Unverschämtheit«, erwiderte die Schwester.

»Habt ihr das gehört?« rief Sweet. »Eine hübsche Dame gewinnt beim ersten Anlauf eine Schachtel Konfekt!«

»Haben Sie getrunken, Mr. Foals?« fragte die Schwester.

»Das ist richtige Nahrung, meine Liebe«, sagte Sweet mit einem Lächeln. »Malz und Hopfen.«

»Und Alkohol«, ergänzte sie von oben herab.

»Ein leicht anregendes Mittel ist im Fall von Schwindelgefühlen stets angezeigt«, meinte Sweet.

»Seit wann beschäftigen Sie sich eigentlich mit Krankenpflege?« fragte sie.

»In dem Augenblick, in dem ich sah, daß Sie Krankenschwester sind.« Sweet lachte leise auf, schlug die rechte Hälfte seines Hemdes auf und holte zwei weitere Flaschen Bier hervor. Eine davon bot er der Schwester an.

»Das erlaube ich nicht.«

»Sie sind schön kühl«, erklärte Sweet. »Es macht mir nämlich Spaß, meine Titten zu unterkühlen.« Er richtete seine Augen auf ihren Busen unter der Schwesterntracht.

»Machen Sie, daß Sie hier hinauskommen. Wenn Sie nicht sofort gehen, sehe ich mich gezwungen, Sie zu melden.«

»Wie lange stecken Sie denn schon mit Mrs. Kornfeld unter einer Decke?« fragte Sweet.

»Mr. Foals Bier zu bringen, nachdem ich ausdrücklich gesagt hatte...«

Foals richtete sich in seinem Bett auf und versuchte, äußerst vital auszusehen. »Ich kann Ihnen gar nicht sagen, wieviel wohler ich mich fühle. Bei mir hat das Bier Wunder gewirkt. Bestimmt. Das Bier hat mir das Leben gerettet. Außerdem habe ich das Bedürfnis gehabt, mich mit Mr. Sweet zu unterhalten. Ich habe ihn gebeten, herzukommen.«

»Wie denn? Durch den Buschtelegrafen?«

»He!« rief Sweet. »War das nicht reizend gesagt?« Er trat auf sie zu und holte aus, als wollte er ihr einen anerkennenden Klaps auf ihren mächtigen Hintern versetzen, hielt jedoch mit seiner Hand kurz vor dem Ziel inne und lachte, als sie zur Tür rannte.

»Sie dürfen noch fünf Minuten bleiben«, sagte sie zu Sweet. »Nur fünf. Dann müssen Sie verschwinden. Aber jetzt wird nicht mehr getrunken.«

»Meinetwegen«, antwortete Sweet und gab ihr die beiden Flaschen. »Bewahren Sie die beiden für mich in Ihrem Zimmer auf.« Er lachte, als sie die Tür hinter sich zuwarf.

»Nicht übel«, sagte Sweet. »Wie finden Sie ihre Batterie?«

»Bitte?« fragte Foals.

»Die Titten. Die Pizen. Wie finden Sie die? Wieso habe ich sie noch niemals gesehen?«

»Sie hält sich von allen übrigen in der Schule fern. Ich glaube, sie ist durch das, was man ein ›geheimes Einverständnis‹ nennt, mit dem Schulpsychologen liiert.«

»Ach mit dem«, rief Sweet. »Den habe ich schon gesehen. Ein kleiner Mann, in dessen Körper nicht genügend Blut zu sein scheint, um auch nur mit einer ihrer Titten fertig zu werden.«

»Soviel ich weiß, haben die Schüler ausbaldowert, um sich ihrer Ausdrücke zu bedienen, daß beiden an einem Mann-Frau-Verhältnis gelegen ist, ohne jedoch in dieser Hinsicht etwas zu unternehmen.«

»Das leuchtet mir nicht ein«, antwortete Sweet. »In dieser Person steckt eine gehörige Portion Frau, und davon trägt sie auch nach außen nicht gerade wenig zur Schau.«

»Ich empfinde sie als seltsam kalt.«

»So empfinde ich sie nicht«, sagte Sweet, holte noch eine Flasche aus seiner Jacke heraus und sprengte die Kappe mit Hilfe seiner Zähne herunter. »Ein Bier?«

»Ich bin mit dem noch nicht fertig«, sagte Foals und stieß auf.

»Genau betrachtet ist sie vielleicht weniger kalt als passiv. Erst wenn sie Injektionen gibt, kommt etwas Leben in sie. Mrs. Kornfeld behauptet, das sei ein sicheres Zeichen für das Verlangen nach einem Penis.«

»Mrs. Kornfeld sollte so etwas allerdings wissen.«

Foals tat so, als habe er es nicht gehört. Er hatte nicht die Absicht, seine neue Freundschaft mit Will Sweet durch seine langjährige Treue gegenüber Mrs. Kornfeld zu gefährden.

»Außerdem ist sie über Vierzig.«

»Vielleicht ihr Busen. Aber sie kann kaum älter als achtunddreißig, neununddreißig sein... Mensch, ich habe sie schon durch ihr weißes Höschen hindurch erröten sehen, als ich ihr einen Klaps auf ihren prallen Hintern versetzen wollte.«

Sweet lachte in sich hinein. »Aber die ist eisern. Mir würde es schon Spaß machen, sie mir unterzujubeln.« Er wandte sich vom Fenster ab. »Die lange zurückgestaute Flut einer solchen Frau zu fühlen. Ach, T. Malcolm, Sie sollten sich etwas davon unter den Nagel reißen. Das schwemmt alle Ihre Sünden weg und tut Ihnen wohler als die Wasser des Jordans. Wie wär's? Soll ich heute abend noch ein bißchen Bier auffahren, dann verschwinden, und Sie schleichen sich mit dem Zeug zu ihr?«

»Sie hat vorhin gesagt, sie mag kein Bier«, entgegnete Foals.

»Ach, du lieber Gott«, stieß Sweet hervor und wandte sich ab.

Foals verfiel in Schweigen und starrte seine Hände an.

»Nun, was ist, T. Malcolm? Ich bringe Ihnen Bier oder irgendeinen scharfen Alkohol, und Sie und Schwesterchen hauen auf die Pauke? Kommen Sie mir nur nicht damit, daß sie kein Bier trinkt; ich meine auch kein Saufgelage. Ich rede von Sex, T. Malcolm, vom Vögeln, mein Freund, denn was Sie brauchen, ist Ablenkung, oder Sie drehen durch. Was halten Sie davon? Werden Sie den Engel der Gnade besteigen?«

»Ich fühle mich nicht wohl«, erwiderte Foals.

Etwas später, als es Abend wurde, versuchte Foals die Überzeugung abzuschütteln, er habe den einzigen kühnen Freund, den er jemals hatte, verloren. Als ihm dies nicht gelang, suchte er in dem einzigen Stück Literatur, das sich in seinem Zimmer befand, Zuflucht: im *Zauberberg*. Das Buch klappte, vom Druck unzähliger Schülerdaumen dressiert, auf der gewünschten Seite auf. Der Held lag von der Stille des Sanatoriums umgeben und lauschte matt den Seufzern, dem Stöhnen und dem Matratzenquietschen der beiden miteinander Unzucht treibenden Tuberkulosekranken, diesen Lauten, die durch die Bergnacht zu ihm drangen.

Farblos und nicht überzeugend, dachte Foals, auch in seiner tiefen Verzweiflung noch kritisch. Er klappte das Buch zu, schaltete die Nachttischlampe aus und schlief allmählich ein.

Aber während sein Bewußtsein verlosch, blieben seine kritischen Fähigkeiten noch immer wachsam. Offenbar hatte er die Macht der Abschnitte, die er gelesen hatte, unterschätzt. Denn während er sich zusammenzog und wieder streckte, vernahm er das Geflüster aus der Szene, die er gelesen hatte, es schwoll in seinen Ohren an, und schließlich hätte er schwören können, er hörte auch die sich auf und ab bewegende Matratze quietschen, auf und ab, eine alte, niemals geölte Sprungfedermatratze. Das alles klang unvorstellbar obszön. So stark war das Geschriebene gewesen, obwohl es ihm gar nicht so erschienen war, daß seine eigene Fantasie eine Frauenstimme erfand, die aufschrie, als die Matratze auf den Höhepunkt ihrer fürchterlichen Schwingungen geraten war. Hätte er nicht gewußt, er sei von Träumen umfangen, fast an der Schwelle des Wachseins, hätte er darauf schwören können, daß sich die Frau in seiner unmittelbaren Nähe befand und ächzend »Will, o Will!« rief.

Erschöpft sank Foals in tiefen Schlaf.

9. Kapitel

Nach ein paar Wochen kam Bob Duzo in die Werkstatt und gab Will Sweet den Zimmerschlüssel zurück. Sweet hatte nicht etwa ein Versprechen nicht eingehalten, er hatte sich mit Bob auch nicht entzweit, aber es war sinnlos, diesen Schlüssel zu besitzen. Bob hatte keine Lust, launisch zu erscheinen, aber es ließ sich nicht leugnen, daß er ziemlich enttäuscht war, weil Lionel fast ständig in diesem Zimmer anzutreffen war, das er bereits als sein persönliches Klubhaus betrachtete. Aber allmählich stand Sweets Zimmer fast allen offen. Und so war ein Schlüssel zu einem Zimmer, das ohnehin nicht abgeschlossen wurde, ein Unding.

»Warum bringst du mir den zurück?« Sweet betrachtete den schimmernden Metallgegenstand in Bobs schwieliger Hand.

»Ich dachte, Sie brauchten ihn vielleicht. Bis später«, rief Bob.

Außer ihnen war niemand in der Werkstatt, und von der emsigen Tätigkeit, die noch vor ein paar Minuten dort geherrscht hatte, war nichts mehr zu spüren. Sie verriet sich nur noch in den Sägespänen am Boden und in dem feinen Holzstaub, der sich auf Sweets Augenbrauen niedergeschlagen hatte.

»Wart mal!« Sweet streckte die Hand aus, die sich später als staubiger Abdruck auf Bobs Schulter abzeichnete. »Was hast du damit gemeint, du dächtest, ich brauchte ihn vielleicht.«

»Ich komme zu spät zum Übungsspiel«, sagte Bob. »Wir haben ein schweres Spiel vor uns.«

»Ich habe dich gefragt, was du damit gemeint hast.«

»Vielleicht habe ich mich falsch ausgedrückt. Ich habe damit nur sagen wollen, daß ich ihn nicht mehr brauche.«

Sweet fuhr sich mit dem Handrücken über die Stirn, und unter dem Staub kam seine dunkle Haut hervor. »Warum nicht?«

»Bestehen Sie nicht auf einer Antwort, Will.«

»Warum nicht?«

Bob wurde nervös. Er wollte vermeiden, daß es ebenso töricht klang, wie er sich vorkam. »Es ist zu auffällig. Renata mag das nicht.«

»Hat sie das gesagt?«

»Das braucht sie nicht erst zu sagen. Aber deswegen ist sie nicht gekommen. Wir werden schon einen anderen Platz finden.«

»Damit die Kornfeld euch erwischen kann?« Die Farbe von Sweets Augen verwandelte sich in dunkles Gelbbraun.

»Damit alle Ihre übrigen Freunde es nicht können«, rief Bob.

In seiner Verlegenheit darüber, daß er sich auf diese Weise hatte provozieren lassen, war er noch schneller als Sweet, und er schämte sich so sehr, daß er nicht einmal hörte, wie Sweet ihm nachrief: »He! Warte mal. Holla!«

Er war außer Atem, als er in der Turnhalle anlangte, und Trainer Crispy verpaßte ihm eine Abreibung, weil er wohl vergessen hätte, daß er im Training sei. Er sollte seine physischen Kräfte nicht so vergeuden. Bob bedachte ihn mit einem so finsteren Blick, daß der Trainer Orangenviertel aus der Küche kommen ließ, obwohl das nicht eigentlich zu den Trainingsgepflogenheiten der Schule gehörte.

»Hierher, Bobby«, rief Medwell Tompkins, als sei er einer der großen Ligaspieler.

Medwell Tompkins war ein Riesenkerl, und seine langen, muskulösen braunen Arme hoben sich glänzend wie die eines dunkelfarbigen Gladiators gegen sein weißes Sporttrikot ab. Er sah aus, als habe er das Zeug zu einem großen Sportler – hochgewachsen, schlank und sehnig. Leider war er weder sehr behende in seinen Bewegungen noch hatte er eine besondere Begabung für dieses Spiel. Jedoch bestand Frau Dr. Mann darauf, daß Trainer Crispy ihn als Ersatzspieler in die Mannschaft nahm. Die weniger liberalen Eltern sollten glauben, er sei der Sohn eines großen professionellen Spielers aus Harlem, und dies sei der eigentliche Grund für seine Anwesenheit in der Schule und nicht etwa, was tatsächlich der Fall war, daß er ein sehr begabter Schüler war.

»Hierher, Bobby!« rief Medwell noch mal und streckte seine Arme in athletenhafter Beschwörung aus.

»He, he!« rief Red Beemish, sprang auf der anderen Seite des Spielfelds auf und nieder und verlangte, ihm sollte zugespielt werden.

»Hierher!« rief Medwell. »Hierher!«

Bob hatte keine Lust, sich auf ein langes Hin und Her einzulassen, und spielte den Ball Medwell zu, dem ein überraschend guter, verzögerter Wurf in den falschen Korb gelang.

Der Trainer ließ eine kleine Pause einlegen, in der er Medwell eine Lektion erteilte. Bob eilte die Treppe zum Umkleideraum hinunter, den Renata in einen Raum für Tanzübungen umgewandelt hatte. Leise klopfte er an, wie sie ihn gebeten hatte, damit sein ungestümes Klopfen nicht das sanfte Fließen ihres Adagios unterbreche. Von der anderen Seite der Tür her vernahm er die gedämpfte Hirtenflöte des *Pastorale*. Er konnte sich ihre beherrschten anmutigen Bewegungen und den schlanken Hals vorstellen, der von der enttäuschend flachen Brust aufstieg. Er sehnte das Ende dieses Satzes und ihren Anblick herbei.

Dieser Augenblick konnte nicht mehr fern sein. Er kannte die Musik gut, denn immer hatte sie diese Platte und den Apparat mitgenommen, wenn sie miteinander einen Ausflug aufs Land machten. Noch ein paar Augenblicke, dann kam das Ende, und er würde sie sehen. Sein Puls schlug sacht im Takt mit der Musik. Dann trat Stille ein.

Jedoch setzte die Musik erneut ein. Er klopfte nun kräftiger an die Tür, gab seiner Ungeduld nach und öffnete sie. Sie stand an die Heizung gelehnt, den Rücken ihm zugewandt, ein Handtuch um ihren Hals gelegt, und lauschte der Musik. Dort, wo ihre Haare die Schulter berührten, rollten sie sich feucht zusammen, Schweißflekken zeichneten sich dunkel auf dem Hellblau ihres ärmellosen Trikots ab, und ihre Gesäßbacken erinnerten an zwei abgerundete Hügelkuppen auf der Reliefkarte einer Wüste.

»Du bist eine süße kleine Portion, auch wenn du auf Klopfen nicht reagierst«, sagte er.

»Entschuldige«, flüsterte sie, entfernte sich ein Stück von ihm und lächelte ihn an. »Ich bin wahrscheinlich allzu vertieft gewesen.«

»Das machst du aber gut«, erwiderte er und griff nach ihr.

Sie drückte seine Hand sanft beiseite und erklärte ihm, sie habe zu arbeiten, und sollte er nicht eigentlich trainieren?

»Der Trainer hat eine Pause eingelegt«, antwortete Bob.

»Nicht jetzt«, flüsterte sie.

»Wann?«

»Nicht jetzt.« Zweimal streichelte sie ihm über die Wange, während sie mit der linken Hand die Nadel auf den Anfang der Platte zurücksetzte. »Geh jetzt. Ich muß etwas ausarbeiten.«

Er wollte noch mehr zu ihr sagen, aber ihre hellen Augen wirkten leer, und obwohl ihre Hand noch immer sein Gesicht berührte, schien sie weit weg zu sein und sich auf etwas ganz anderes zu konzentrieren. Er küßte ihre langen, zarten Finger und legte ihre Hand auf ihre Hüfte.

»Wir sehen uns später«, sagte er leise.

Ein nervöses Zucken spielte um ihre Mundwinkel und verwandelte sich in ein unergründliches Lächeln. Er erwiderte es für den Fall, daß es ihm gegolten haben sollte. Aber ebensogut konnte es als eine Belohnung für Beethoven gedacht sein.

Seit Beginn des Schuljahrs waren die Versammlungen des Philosophie- und Psychologieklubs, die regelmäßig für Mittwochnachmittag angesetzt waren, von Woche zu Woche wegen der vorläufigen Abwesenheit eines Beraters aus dem Lehrerkollegium verschoben worden. An diesem Mittwoch hatte jedoch Lionel Lindenbaum beim Mittagessen an sein Glas geschlagen, bis im Speisesaal Stille herrschte, und verkündet, der Klub würde wie üblich im Aufenthaltsraum von Tara seine Versammlung abhalten.

Alle fragten sich, wer wohl der neue Berater sein mochte. Wie sich dann aber herausstellte, war die Versammlung eine Art Gedenkgottesdienst für den ehemaligen Berater. Lionel, der vorläufig in Abwesenheit eines offiziellen Beraters die Leitung übernommen hatte, sprach von Professor Ali als ›dem lieben Dahingeschiedenen‹. Aus Trauer über den Verlust dieser großen, Gandhi ähnlichen Gestalt, obwohl dick, schlug er vor, der Klub sollte aus Ehrerbietung seinem Andenken gegenüber aufgelöst werden.

Jeder, der den Wunsch hätte, das Werk des großen Mannes fortzusetzen, so erklärte Lionel, könnte weitermachen, um dann aus Harvard hinausgeworfen zu werden und von da an zu versuchen, sich der Gruppe anzuschließen, die mit LSD arbeitete. Wären sie erst einmal mit einem erweiterten Bewußtsein ausgestattet, könnten er oder sie in jene Umlaufbahn emporbrausen, wo Haboud Ali nun herumwirbelte, um über ihr neues Bewußtsein zu diskutieren.

»Wenn also niemand Einwendungen zu machen hat«, fuhr Lionel fort, »stelle ich den Antrag, daß dieser Klub hiermit aufgelöst wird.«

»Ich erhebe Einspruch«, erklärte January.

»Wir sollten bedenken«, sagte Lionel, »daß neugeborene Gemeinschaften, ebenso wie Säuglinge, ohne liebende, umsichtige Eltern nicht am Leben bleiben können. Also sollten die Gesteinigten ihre Gesteinigten begraben.«

»Du lieber Gott«, rief Cecily, obwohl sie offiziell nicht Mitglied war, »er ist doch gar nicht tot, er ist in Mexiko.«

»Und bewegt sich in den Armen von Halluzinationen und Meskalin auf seine ihm gemäße Wahrheit zu.« Lionel schüttelte den Kopf. »Nein... Es ist besser, wenn wir uns seiner so erinnern, wie er war – weise, tolerant und vor allem ein verständnisvoller Führer. Ich stelle den Antrag...«

»Warum sollten wir den Klub auflösen, nur weil Ali nicht zurückgekommen ist?« fragte January. »Sind wir nicht reif genug, um...«

Lionel ließ sich nicht beirren und überging ihren Einwurf. »Wie oft hat er uns begeistert von den dramatischen Umständen erzählt, unter denen Pakistan gegründet wurde«, rief Lionel. »Er hat uns von dem großen indischen Moslemführer gesprochen, der sehr wohl wußte, daß er niemals an der Spitze der Regierung eines Hindustaates würde stehen können, und der daher für eine eigene Nation der Moslems kämpfte – ganz ähnlich wie ein Führer der Republikaner zum Beispiel, wenn die Vereinigten Staaten überwiegend aus Demokraten beständen, für eine eigene Nation der Republikaner eintreten könnte: sagen wir in Arizona. Nach Jahrzehnten des Kämpfens haben die Moslems ihren eigenen Staat erhalten... Und was ist dann geschehen? Ihr Führer fällt plötzlich tot um und hinterläßt ihnen nichts weiter als siebenundzwanzig politische Parteien und einige Tanks mit Shell-Öl.«

»Was hat das alles mit dem Philosophie- und Psychologieklub zu tun?« fragte January.

Lionel sah sie nachsichtig an. »Das Wasser, mein Kind, befindet sich in Kaschmir.«

»Ich verstehe es noch immer nicht.«

»Wir wollen darauf verzichten, hier auf die ergebnislosen Machtkämpfe dieser durstigen Nation einzugehen«, erklärte Lionel. Es ist besser, wir werden uns darüber klar, daß wir, sobald ein großer Führer uns verlassen hat, unsere Zelte abbrechen und uns leise in die Täler zurückziehen sollten, wo das Wasser ungehindert fließt.«

»Du lieber Himmel!« rief Cecily.

Frazier Peters hatte angefangen, sich zur Vorbereitung auf Weihnachten in Havanna einen kleinen Schnurrbart wachsen zu lassen, der jedoch wegen einer hormonalen Störung nur auf der rechten Seite seines Gesichts sproß. Ständig spielte er an ihm herum, wie ein – allerdings nur halber – Bösewicht in einem viktorianischen Melodrama. »Bis zu diesem Augenblick ist es mir noch niemals bewußt geworden«, rief Frazier kampflustig, »wie scharfsinnig in politischer Hinsicht dieser Vergleich war: Pakistan und Arizona.«

»Lassen wir uns nicht von pseudopolitischen Diskussionen ablenken«, entgegnete Lionel. »Wir sind hier, um Cäsar zu begraben, und nicht, um ihn zu preisen.«

»Dann wollen wir aber auch darauf achten, unsere Analogien nicht allzusehr durcheinanderzurühren«, sagte Cecily.

Lionel hielt einen Augenblick inne, sah sie mit eisigen Augen an und meinte schließlich: »Ach, wirklich?«

»Ich schäme mich für dich«, erklärte Cecily, verbarg ihren Kopf hinter einem Pfeiler und strampelte mit den Füßen in der Luft herum. »Diese Erwiderung war klassisch.«

»Dir gegenüber brauche ich überhaupt keine Rechenschaft abzulegen. Du bist nicht einmal Mitglied.«

»Aber ich bin eins«, rief January. »Mir gegenüber kannst du es tun.«

»Ich beantrage, daß der Klub aufgelöst wird«, rief Lionel, und sein Gesicht rötete sich. »Darum geht es. Um nichts weiter. Stimmen wir ab.«

»Es ist nicht mal zur Diskussion gekommen«, meinte January.

»Eine Diskussion ist unnötig.«

»Faschist!« schrie Frenchy Swackholm. Dann lächelte er. »Ich stehe hinter dir.«

»Ich habe Verständnis für deine Gefühle, January«, fuhr Lionel fort. »Leider haben aber solche Regungen in Philosophie und Psychologie nichts zu suchen. Aber du hast nichts zu befürchten. Damit wir nicht vergessen, wieviel dieser Klub für uns bedeutet hat, haben sich einige in der Werkstatt zusammengetan und basteln an einer Gedenktafel.«

Cecily applaudierte laut.

»Ich verstehe noch immer nicht, warum der Klub nicht ohne Ali weitermachen kann«, sagte January. »Das Ganze sollte doch nicht mit einem einzigen Mann stehen oder fallen.«

»Eine Gedenktafel ist völlig ausreichend.« Lionel wurde nun energisch. »Diese bedeutungslose Tätigkeit fortzusetzen, während der Klub in unserer Vorstellung immer mit diesem alten Abtrünnigen verbunden bliebe...«

»Hast du nicht vorhin gesagt, er wäre eine Art Gandhi?« entgegnete Cecily.

»Da war ich nur nachsichtig. Über die Dahingegangenen sagt man nichts Schlechtes.«

»Was könntest du gegen ihn vorbringen?« fragte January. »Ein freundlicher, rücksichtsvoller Erzieher, der nichts weiter wollte, als...«

»... uns mit Zauberpilzen füttern!« unterbrach Lionel. »Er ist ein süchtiger Araber.«

»Ein Hetzer bist du und hast doch nur eine Minorität hinter dir!« schrie Frenchy Swackholm und warf mit einem leeren Tintenfaß nach ihm. Lionel trat zur Seite, um ihm auszuweichen, und gelangte dadurch genau in seine Bahn. Glücklicherweise zerbarst es nicht, traf ihn jedoch an der Schulter. Er zuckte wirkungsvoll zusammen, so daß sich aller Augen vorwurfsvoll Frenchy zuwandten.

»Ich habe nicht einmal auf ihn gezielt«, rief Frenchy. »Ist es meine Schuld, daß er so ein Tolpatsch ist?«

»Unsere Gruppe hat immer das Prinzip der Gewaltlosigkeit vertreten«, sagte January. »Was sollte ich denn tun?« fragte Frenchy. »Einfach ruhig dasitzen, während er uns mit seinem rechtsradikalen Fanatismus belämmert? Süchtiger Araber! Einer muß sich doch für diese Süchtigen einsetzen!«

Inzwischen hatte Lionel die volle Sympathie seiner Zuhörer gewonnen. Er hielt sich die Schulter und ächzte hörbar, während er eine Abstimmung durchführte. Cecily führte Stimmengleichheit herbei, aber Lionel erklärte ihr, sie müßte ihre Hand herunternehmen, da sie kein Mitglied sei.

»Ich trete bei«, erklärte Cecily.

»Das kannst du nicht«, erwiderte Lionel. »Es gibt keinen Klub mehr.«

Plötzlich bedeutete der Mittwochnachmittag für sie gähnende Leere. Der Philosophie- und Psychologieklub war immer wie eine alte, unverheiratete Tante gewesen, die man pflichtbewußt einmal in der Woche besuchte und deren unerwartetes Verscheiden im Herzen wie im Wochenplan ein großes Loch hinterließ. Bestimmte Stunden jedes Nachmittags waren bereits für vorgeschriebene und freiwillige Arbeiten im Lesesaal vorgesehen, und für diejenigen, die weder sportliche Neigungen hatten noch besonders sexuell interessiert waren, kamen Sport und Flirt während des Tages nicht in Frage. Und nun gähnte sie das große dunkle Loch des Mittwochnachmittags an und drohte alle Mitglieder in seinen Abgrund zu reißen. Sogar Cecily, die den Klub als Schwindel bezeichnet und es abgelehnt hatte, ihm offiziell beizutreten, jedoch an jeder Sitzung teilgenommen hatte, wirkte nun ziellos und deprimiert.

»Wenn ihr wartet, bis ich nach oben gegangen bin und die Schachtel geholt habe«, erklärte January niedergeschlagen, »gebe ich euch allen das Geld zurück, das wir im letzten Jahr für Apfelsaft und Schmalzkringel gesammelt haben. Ich nehme an... die brauchen wir jetzt nicht mehr.«

»Ich habe einen besseren Einfall«, entgegnete Lionel. Er richtete sich zu voller Größe auf, und das hatte er, soweit sich alle erinnern konnten, noch nie getan. Der Ausdruck, der nach Januarys Ansicht Qualen verriet und den Cecily für Langeweile hielt, war aus seinen Augen verschwunden. Nun zeigte sich in ihnen etwas, das an Interesse erinnerte. »Warum nehmen wir nicht das Geld, um uns dafür einen kleinen Lastwagen zu mieten?«

»Wozu denn?« fragte Frenchy.

»Sweet meint, wenn wir nur das richtige Gerät hätten, könnten wir vielleicht die Arbeiten am See beenden. Ich finde, es ist doch idiotisch, den Sand und den Kies einfach am See liegenzulassen, während wir uns eine Terrasse und vielleicht sogar ein Bootshaus bauen könnten.«

»Ich will mein Geld zurück«, erklärte Frazier Peters.

»Stellt es euch doch einmal vor«, rief Lionel fast lebhaft. »Zum erstenmal in der Geschichte könnte dieses Projekt abgeschlossen werden. Wir könnten auch den Kleinlastwagen nehmen und zum Steinbruch in der Nähe von Churchville fahren, wo es Steinplatten gibt. Dort könnten wir die flachen Steine billig bekommen, sie hierherbringen und die Terrasse damit auslegen.«

»Soll er sich doch das Geld aus den zum Platzen gefüllten Geldschränken des kapitalistischen Elternbeirats holen«, meinte Frenchy.

»Im übrigen, da wir jetzt am Mittwoch nichts zu tun haben...« Er blickte, als dächte er an etwas anderes, zur Decke.

»...könnten wir doch immer dorthin gehen und helfen...«

»Bei den Erdarbeiten?« rief January.

»Ja.«

»Wozu all die Umstände?« erwiderte Frazier und zwirbelte seinen kleinen halben Schnurrbart.

»Weil«, Lionel hielt inne und holte tief Atem, »weil diese Arbeit sozusagen vor unserer Tür liegt.«

»Mich soll der Teufel holen, wenn ich mich dazu breitschlagen lasse, an diesem gottverdammten Steinhaufen mitzuarbeiten«, sagte January und brach einen halberfrorenen Zweig vom Fliederbusch neben dem Portalgeländer von Tara. »Ist denn das ein Grund, daß ich, nur weil Lionel plötzlich ein so edles Herz in sich entdeckt, diesen hundsverdammten Kies schaufeln soll?«

»Ich weiß nicht«, erklärte Cecily und ließ einen langen Kaugummifaden aus dem Mund heraushängen, »aber mußt du zu fluchen anfangen, nur weil er gerade damit aufgehört hat?«

»Ich mag ihn überhaupt nicht mehr«, sagte January und brach die Spitze des nächsten Zweiges ab.

»Das kann ich dir nicht verdenken. Als er heute so gerade dastand, sah er nicht einmal annähernd so groß aus, wie man sonst immer meint, wenn er mit krummem Rücken herumläuft.«

»Spielt eine von euch Schach?« fragte Frazier Peters und blickte von der Dachkante auf sie hinab.

January schüttelte den Kopf, und Frazier verschwand wieder.

»Tatsächlich...« Cecily zupfte mit den Zähnen an ihrem Kunstwerk. »Ohne den bei ihm gewohnten Ausdruck von Schmerz und Sorge sah er wie jeder andere magere pubeszente Jüngling mit Pickeln aus.«

January zuckte die Achseln und knickte eine tote Knospe vom Zweig ab. »Ich habe nichts zu seiner Verteidigung zu sagen. Er hat den Klub gesprengt.«

»Halma?« Wieder erschien Fraziers Kopf.

»Ihr seid aber beschränkt«, rief Frazier und verschwand.

»Wahrscheinlich kann ich die Zeit ganz gut gebrauchen, um ein Tagebuch zu schreiben«, erklärte January. »Ich hatte schon immer die Absicht, damit anzufangen. Was ist überhaupt pubeszent?«

»Pubeszent ist ein Heranwachsender, dessen Pubertät verzögert ist.« Cecily öffnete den langen Kreis des Kaugummifadens und nahm ein Ende zwischen ihre Lippen. Sie legte sich auf der Verandatreppe nach hintenüber, hielt die Hand hoch und sog den Faden langsam wie ein Spaghetti mit dem Mund ein. »Ich glaube, ich habe dieses Wort selber erfunden, aber ich bin nicht sicher.«

»In bezug auf Lionel?«

»In bezug auf das Wort.« Cecily kaute. »Auf Lionel trifft es jedenfalls mit Sicherheit zu. Als ich ihn das erste Mal sah, wußte ich sofort, daß mit seinen Geschlechtsteilen etwas nicht in Ordnung sein kann.« Sie würgte etwas und spuckte den Kaugummifaden aus. »Nun aber genug mit diesem leichtfertigen Geschwätz. Ich werde jetzt wohl zum See hinuntergehen.«

»Aber die Arbeit dort unten ist doch nur für jeden zweiten Samstag angesetzt«, widersprach January. »Es ist doch viel zu anstrengend, mitten in der Woche daran zu arbeiten.«

»Dann bin ich wenigstens mit dem süßen William zusammen«, sagte Cecily. »Und vielleicht werden wir sogar mit der elenden Terrasse fertig.«

»Wem liegt denn daran?«

»Will Sweet. Wenn er darüber redet, kommt jenes bewußte Leuchten in seine Augen. Wir werden es also schaffen, und alle werden glücklich sein.«

»Ich nicht.« January strich sich das Haar aus den Augen. »Ich habe den Klub sehr gemocht.«

»Sic transit die Philosophie«, rief Frazier. »Chinesisches Damespiel?«

Will Sweet stand am Seeufer, und in seinen gelbbraunen Augen spiegelte sich die Sonne, die vom Wasser zurückgeworfen wurde. Er pfiff leise vor sich hin, aber die Melodie schien ihm nicht zu gefallen, und so ging er auf eine andere über, jetzt allerdings eine schnellere, als könne er dadurch das Verstreichen der Zeit beschleunigen. Schließlich machte er sich auf den Weg zurück zum Campus, ohne aufzupassen, wohin er ging, und stieß dabei mit Lionel Lindenbaum zusammen, der zwar aufgepaßt, aber nicht rechtzeitig hatte anhalten können.

»Hoppla…«, sagte Sweet. »Schon gut.«

»Sie kommen«, rief Lionel ihm zu.

»Wie viele?« Sweet legte seinen Arm um die Schultern des Jungen und drehte ihn herum, so daß sie mit den Gesichtern dem See zugewandt standen.

»Alle Mitglieder… ungefähr zwanzig.«

»Haben sie gesagt, sie würden kommen?«

»Sie kommen bestimmt«, versicherte Lionel. »Sie haben jetzt doch nichts anderes zu tun.«

Sweet drückte ihn mit einem Arm kurz und freundschaftlich an sich und ließ ihn wieder los, als sie beim großen Sandhaufen am See anlangten. »Weißt du, was ich denke?« Er bückte sich, nahm einen flachen Stein und ließ ihn über das Wasser hinflitzen.

»Was?« Lionel versuchte es ihm nachzumachen, aber sein Stein versank bei der ersten Berührung mit dem See.

»Ich denke, daß die ganze Sache dir allein zu verdanken ist«, sagte Sweet und umspannte Lionels Handgelenk. »Du solltest immer der Kerl bleiben, der auf solche Gedanken kommt wie den, hier am Mittwoch zu arbeiten. Für Will Sweet war das eine große Überraschung. Kapiert?«

»Das wohl, aber...«

Sweet drehte Lionels Hand herum. »Das Handgelenk ist es«, erklärte er, seine Augen auf Lionels Hand gerichtet, »das die Bewegung bestimmt.« Nun flog wieder ein Stein aus Lionels Hand, sprang einmal kurz und verschwand.

»Du bist nicht genügend gelöst, dein Handgelenk ist zu verkrampft, es muß locker sein und federn. Verstehst du, was ich meine?« Sweet betrachtete die Oberseite von Lionels Hand. »Ich finde es selbstverständlich, daß gerade der Junge, von dem es heißt, er sei so verworren und schwierig, Initiative zeigt. Habe ich nicht recht?«

»Natürlich«, antwortete Lionel.

»Hussa!« rief Sweet, entfernte sich mit ein paar Sprüngen und versetzte der rostigen Karre einen Tritt. »Mein ganzes Leben lang habe ich Sachen für andere Leute gebaut, aber jetzt werde ich etwas für mich bauen. Hussa!« Er griff nach der schmalen Schaufel, die halb im Kies begraben lag, zerbrach sie über seinem Knie und lachte auf.

»Hussa!« rief Lionel, buddelte eine alte, stumpfe Spitzhacke aus der Erde heraus und schlug sich den Stiel gegen das Schienbein. Die Spitzhacke blieb ganz, aber Lionel ließ sich mit weißem Gesicht zu Boden sinken und hielt sich, ohne einen Ton von sich zu geben, das Bein.

»Das solltest du lieber mir überlassen. Hier handelt es sich um Zerstörung von Schuleigentum«, rief Sweet, und der Hackenstiel zersplitterte.

»Was für Werkzeug!« rief er jubelnd, während er seine Zerstörungsarbeit fortsetzte. »Idiotisch, einen dünnarschigen Teelöffel zu benutzen, um ein Steak zu zerschneiden, Mensch – so kann man ja niemals seinen Hunger stillen.«

»Vielleicht«, meinte Lionel, »vielleicht, Will, sollten Sie es doch nicht tun, da es sich um die Zerstörung von Schuleigentum handelt... Nicht, daß ich petzen würde.«

»Ich weiß, du tust es nicht, Lionel, aber es würde auch nichts ausmachen, wenn du es tätest... Du brauchst nichts weiter zu sagen, als daß der verdrehte alte Werkstattlehrer, vom Schein des Vollmonds zum Wahnsinn getrieben, mitten am Tag damit angefangen hat, Gegenstände durch die Gegend zu werfen und sie zu zerbrechen, wo doch der Mond nicht einmal schien, was bewies, wie verrückt er war.« Er wischte sich die Hände an seinem olivgrünen Drillichzeug ab, schlug sie ein paarmal zusammen und blickte um sich. Nur noch die alte Karre war übriggeblieben.

»Wie viele kommen, hast du gesagt?« fragte er und ging auf die Karre zu.

»Ungefähr zwanzig«, antwortete Lionel.

»Zwanzig junge Leute an jedem Mittwoch... Und sie hatte geglaubt, sie könnte mich nach Punkten schlagen. Jetzt werden wir richtiges Arbeitsmaterial brauchen, um soviel gute menschliche Arbeitskraft nutzbringend einzusetzen.«

10. Kapitel

Es hatte einmal eine Zeit gegeben, während der Frau Dr. Mann, um nicht als beschränkt zu gelten, ein paar Unterrichtsfächer in das Programm aufgenommen hatte, die auch in öffentlichen Schulen zum Lehrplan gehörten. Abgesehen von einem Kurs in Hauswirtschaft, bot die Schule auch einen ausgezeichneten Unterricht in allgemeiner Naturwissenschaft, der von dem früheren Sportlehrer gegeben wurde. Allerdings schien gerade dieser Kurs etwas voreilig angesetzt worden zu sein. Seine Kenntnisse der Naturwissenschaft bestanden in der Hauptsache aus hygienischen Ratschlägen, die er einem Aufklärungsfilm der Armee über Geschlechtskrankheiten und Empfängnisverhütung entnommen hatte. Jede Information, die er auf diesen Gebieten erlangen konnte, gab er großzügig an seine Klasse weiter. Aber so interessant diese Themen auch waren, konnte er sie doch nicht auf mehr als sechs Wochen ausdehnen. Daher hatte er für den Rest des Schuljahrs, wie er Frau Dr. Mann erklärte, als sie ihn verärgert zur Rechenschaft zog, die Sache *geschaukelt,* indem er eine Fragestunde einführte und seine Antworten mit den Lehren würzte, die er dem Lehrbuch für Leibesübungen von Erich Fromm und den Ansichten seiner dänischen Großmutter entnahm. Ihr plötzlicher Tod hatte ihn, wie Frau Dr. Mann später den Schülern erklärte, unerwartet und für immer hier abberufen.

Tatsächlich hatte dieser Unterricht keinen Schaden angerichtet. Die Informationen, die er den Schülern des ersten Jahres vermittelte, waren im großen ganzen weniger verschwommen gewesen als das, was sie sich untereinander zuflüsterten. Und manches von dem, was er ihnen mitteilte, war zwar nicht streng wissenschaftlich begründet, aber zumindest wurden diese Ungenauigkeiten durch einen gewissen Charme des alten Europa ausgeglichen.

Sexuelle Liebe brachte ihn, abgesehen von den damit verbundenen Geschlechtskrankheiten, nur in Verlegenheit, aber das wurde durch seine Ausführungen über Säuglinge auf der ganzen Linie wiedergutgemacht. Von diesen Babys erklärte er, sie reagierten mit ihren kleinen Körpern auf Zärtlichkeiten und Liebkosungen, und diese ließen sie gedeihen. So konnte man also erkennen, daß menschliche Liebe, vom Sex freie Liebe, das Wachstum des Menschen fördere. So war also Liebe, auch in ihrer sinnlichen Spielart, im Grunde konstruktiv.

January hatte keine schamlosen Erinnerungen an diesen ehemaligen Unterricht oder seinen Lehrer behalten, Cecily im übrigen auch nicht. Sie wußten nur und waren fest davon überzeugt, was wahrscheinlich mit einer weit zurückliegenden Moralpredigt zusammenhing, daß der Körper auf zärtliche Berührungen reagierte.

»Bei der Stantus ist es wie bei kleinen Kindern«, erklärte Cecily. »Jetzt, wo sie zärtlich behandelt wird, blüht ihr Körper auf. Man kann ein Kind von gefühlskalten Eltern stets daran erkennen, daß es runzlige Glieder hat.« – »Meine Eltern waren gefühlskalt«, erklärte January, »aber ich habe immer gute Beine gehabt.«

»Vielleicht waren sie nicht gefühlskalt, bevor du einen Blick dafür entwickelt und sie in Verlegenheit versetzt hast. Oder vielleicht haben sie dich mit Lebertran aufgepäppelt, und dadurch hast du den Eindruck menschlicher Wärme erhalten. Aber du kannst nicht bestreiten, daß bei der Griechin was los ist.«

»Sie sieht anders aus, das stimmt. Aber vielleicht ist sie nur stolz auf ihr Aussehen, weil jemand sie beachtet.«

»Das klingt ganz wie aus einer Frauenzeitschrift«, rief Cecily. »Ich kann es ganz genau Zug um Zug verfolgen – ich habe es gleich das erste Mal sagen können, als Sweet sie so berührt hat, daß sie errötete. Das war wie im besten Farbfilm, diese brennende Röte. Es war genauso, als hätte ich bei ihm oben im Zimmer gesessen und mit angesehen, welche Fortschritte er ihr gegenüber wann erzielte. Man konnte es ihr ansehen, als er über ihren Ellbogen hinausgelangt war, das muß der Tag gewesen sein, an dem er ihr Ohr geküßt hat. Und gestern! Da ...« Cecily griff heftig in einen Beutel mit Kartoffelchips.

»Gessern sase solut ...«

»Ich verstehe nicht, was du sagst.«

Cecily schluckte. »Gestern sah sie absolut aus dem Gleichgewicht gebracht aus.«

»Wie meinst du das?«

»Ihre rechte Brust«, erklärte Cecily. »Ich glaubte schon, sie hätte Schlagseite nach Steuerbord, denn sie war soviel größer als die linke.«

»Das bildest du dir nur ein.«

»Hast du sie dir genau angesehen?«

»Wer kommt denn auf den Gedanken, die rechte Brust einer Frau so anzustarren?«

»Warum nicht?« Cecily schüttete sich noch eine Handvoll Chips in den Mund. »Es gibt gewisse Leute, die sich vom Tatbestand selber überzeugen sollten, dann brauchen sie nicht mehr zu behaupten, ich bildete es mir ein.«

»Warum sollte er außerdem nur die eine anfassen?«

»Nur eine?« schrie Cecily. »Ist dir denn nicht klar, daß er Monate dazu gebraucht hat, um seine Hände bis zu ihrer Titte vordringen zu lassen, und da sagst du: nur eine? Natürlich gehört sie nicht zu den normalen Leuten mit Pfeffer im Hintern, verstehst du. In unserer alten Stantus liegen Tausende von Jahren griechisch-katholischer Zurückhaltung verborgen, und daher ist die eine ihrer Brüste ebenso wie tausend andere solcher Ausbuchtungen.« Cecily kaute zornig. »Da steht sie, die Mauer von Jericho. Jeder kann sie mit der üblichen Trompete umblasen, aber es gehört schon ein großer Mann dazu, um sie Stein für Stein auseinanderzunehmen. Das ist es, was ich als Laß-nicht-locker bezeichne.«

»Ich verstehe noch immer nicht, warum er nur eine angefaßt hat.«

»Dich gebe ich auf«, erklärte Cecily. »Dir werde ich niemals mehr etwas sagen.« Sie legte den Kopf zurück, hob den Beutel und ließ die letzten Krümel in ihren Mund rieseln. »Ich kann mir vorstellen, daß sie jetzt von ihrem Begehren noch stärker aufgepeitscht wird als er. Ich meine, dieses Hervorheben individueller Triebe. Jede Frau kann erregt werden, wenn jemand an ihren erogenen Zonen herumfummelt. Aber wenn ein Mann es auf etwas abgesehen hat ...«

Ihr Gespräch wurde unterbrochen, da es an der Tür klopfte: dreimaliges Klopfen, kurz hintereinander und dumpf.

»Komm nur rein, Judy!« rief Cecily.

Judy mühte sich damit ab, die Tür zu öffnen; ihre Arme waren mit einem Packen Wäsche beladen. Cecily betrachtete sie einen Augenblick interessiert und stand dann auf, um ihr zu helfen.

»Ich danke dir sehr«, sagte Judy außer Atem.

»Übertreib es nicht«, antwortete Cecily. »Überschäumende Dankbarkeit genügt schon.«

»Wenn du mir jetzt nur noch die Schublade öffnen würdest...«

»Meinetwegen.« Cecily stellte ihren Stuhl, der vor der Kommode stand, auf die Seite und zog die Schublade heraus. »Achte nur darauf, daß du das Zeug so weglegst, wie ich es dir gezeigt habe. Meine Höschen auf der linken, meine Büstenhalter auf der rechten Seite...«

»Soll ich deine Jeans zusammenlegen oder aufhängen?«

»Sind sie gebügelt?«

»Nein«, sagte Judy. »Ich dachte, Bluejeans...«

»Dann geh lieber zurück und bügle sie«, rief Cecily. »Meine Schenkel sind sehr empfindlich.« Sie setzte sich auf Judys Bett und sah sie finster an, bis alles ordentlich weggelegt war.

»Cecily...«

»Du wagst es, etwas zu sagen?«

»Cecily, es handelt sich nur um...«

»Ich habe dir erklärt, daß ich sie gebügelt haben will.«

»Bitte«, bat Judy. »Ich werde sie ja auch bügeln.«

»Und?«

»Ich wollte dich nur um einen Gefallen bitten...«

»Mit welchem Recht?«

»Nur um einen Gefallen.«

»Dann rede.«

»Muß ich wirklich jedesmal, wenn ich in dieses Zimmer komme, anklopfen? Ganz ehrlich, mir ist es völlig gleichgültig, aber wenn eins der anderen Mädchen mich dabei sehen sollte, wie ich auf die Erlaubnis warte, mein eigenes Zimmer betreten zu dürfen!«

»Judy«, meinte Cecily lächelnd, »willst du dir denn nicht meine Achtung verdienen?«

»Natürlich.«

»Um meine Achtung zu verdienen – verdienen, vergiß das nicht –, mußt du einen riesigen Überschuß anhäufen. Nur dadurch, daß du diesen riesigen Überschuß anhäufst, kannst du erhoffen, möglicherweise das beunruhigende Defizit, das du in der Achtungsspalte bei mir stehen hast, auszugleichen. *Compris?*«

Judy blickte zu Boden.

»Ich werfe dir dieses beunruhigende Defizit nicht vor. Das alles gehört der Vergangenheit an... Aber! Wenn du dir meine Achtung verdienen willst, mußt du gewisse Sachen, die mit mir zusammenhängen, respektieren, zum Beispiel meine Wünsche und mein Eigenleben. Und deshalb wünsche ich, daß du mein Eigenleben achtest, indem du anklopfst. Kannst du mir folgen?«

»Nicht, wenn man die Sache logisch betrachtet«, erwiderte Judy ruhig.

»Also gut, wenn du unbedingt spitzfindig sein willst!« Cecily streckte die Beine in die Luft und donnerte pausenlos gegen ihr Oberbett. »Dann bist du wieder der Wurm, der du immer gewesen bist.«

»Ich will gar nicht spitzfindig sein«, antwortete Judy. »Ich werde anklopfen.« Die Jeans unter dem Arm, verließ sie das Zimmer.

»Du bist ihr gegenüber wirklich gemein, Cecily«, sagte January. »Und nur, weil sie in dich verliebt ist.«

»Du verdrehst wirklich alles, was ich sage.« Cecily richtete sich ungeduldig auf. »Immer wieder versuche ich, dich als gleichgestellt zu betrachten, January, aber jedesmal enttäuschst du mich von neuem. Ich habe dir doch erklärt, daß Judy für mich schwärmt, sie schwärmt, vergiß das nicht, das ist nicht das gleiche wie verliebt sein. Als ein Wurm, der sich bessern will, hat Judy den Wunsch, sich zu krümmen. Da sie niemals jemand hatte, den sie lieben konnte, denn ihre Eltern waren ganz einfach nicht imstande, sie mit diesem Gesicht zu ertragen, konnte sie eben auch ihre Eltern nicht lieben. Jetzt, wo sie versucht menschlich zu werden, muß sie mit einer völlig infantilen Vorstellung der Liebe beginnen, das heißt mit dem eigenen Ich. Aber wie könnte sie sich selber mit diesem Gesicht ertragen? So sucht sie nach einer idealisisierten Version von sich selber, das heißt, sie hat es auf mich abgesehen. Das hat mit sexueller Liebe nicht das geringste zu tun.«

»Ich bin noch immer der Ansicht, daß du sadistisch bist«, entgegnete January.

»Das zeigt nur, wie wenig du davon verstehst. Judy ist eine Masochistin, wie sie im Buche steht, und so ist alles, was ich ihr antue, nichts weiter als eine Wohltat für sie. Das Schlimmste, was ich ihr antun könte, wäre, daß ich nett zu ihr bin.«

»Wieso weißt du, daß sie eine Masochistin ist?«

»Würdest du dich denn leiden können, wenn du Judy wärst?«

»Es gibt viele Abstufungen des Hasses gegenüber dem eigenen Ich. Es muß sich dabei nicht unbedingt um Masochismus handeln.«

Cecily gähnte. »Ich habe keine Lust, mich in die Bedeutungslehre der Wörter zu vertiefen. Das erinnert mich allzusehr an Gertrude Stein. Ein Masochist ist ein Masochist und bleibt es. Wenn dir noch immer etwas daran läge, in den Geißelbruder Lionel verliebt zu sein, würde damit der Tatbestand des Masochismus erfüllt sein, ganz gleich, was ursprünglich deine Motive gewesen sein mögen.«

Sie wartete auf eine Antwort, aber Januarys Gesicht war hochrot, und sie starrte allzu angestrengt auf das Buch in ihrem Schoß. »Hör mal«, sagte Cecily leise, »das war nur als Spaß gemeint. Im Grunde meines Wesens bin ich nicht sadistisch, nur dann, wenn Masochisten im Spiel sind.«

»Schon gut«, murmelte January. »Die Diskussion ist damit beendet.«

»Aber das ist *unmöglich*«, rief Cecily. »Wir haben noch immer eine ganze Stunde Lektüre vor uns.«

January hüllte sich in Schweigen.

»Was soll ich denn eine ganze Stunde lang anfangen?«

»Du könntest versuchen, ein wenig zu arbeiten«, meinte January. »Gott sei mir gnädig!« rief Cecily und vergrub ihr Gesicht im Kissen. »Ich sehe mich von einleuchtenden Schlußfolgerungen umstellt.«

»Das ist das Gute an allem, was einleuchtet«, erwiderte January. »Es ist immer greifbar.«

»Aha!« Cecily richtete sich wieder auf. »Genau das, worauf ich hinaus will! Nach dem Anblick, den die rechte Brust der Stantus bietet, sind Sweets Fortschritte in einleuchtender Weise dargelegt. So ist es jetzt nur noch eine Frage der Zeit, verstehst du, Stein um Stein, wie bei der Terrasse. Jetzt die linke Brust, jetzt eine Steinplatte, dann der Bauchnabel, und dann machte er sich an die Fundamente, und dann...« Sie legte sich hin und seufzte. »Wunderbar, wie er arbeitet, mein großer Baumeister. Schritt um Schritt geht er vor, der Campus erblüht im frühen Winter, und die griechischen Blüten öffnen sich noch während der Frigidität des mittleren Alters. Jugend und schöpferische Handlungen werden mit jedem Tag mächtiger, während, he, he, die Kraft in den bleichen Adern des Naziweibes versiegt. Das gefällt mir, nein, wie mir das gefällt!« rief Cecily. »Schreib es auf. Das ist Dracula des moralischen Theaters!« Schwere Schritte waren vom Treppenabsatz her zu vernehmen. Aus altem, bewährtem Instinkt heraus schob Cecily den Beutel mit

Kartoffelchips unter ihr Kissen und zog ein Buch hervor. Die Tür ihres Zimmers wurde aufgestoßen, und vor ihnen stand die schwer atmende Mrs. Kornfeld. Ihre Nasenlöcher waren gebläht, und die Ader an ihrer Stirn war auffallend geschwollen. Mrs. Kornfeld hatte auch gegen Ende des Sommers stets ein blasses Gesicht; aber sogar ihre ärgsten Feinde unter der Schülerschaft mußten zugeben, daß sie eine schöne Haut hatte. Aber nun wirkte ihr Gesicht unter der Oberfläche der Haut fleckig, und die feine blaue Ader an ihrer Stirn, die Cecily einmal als bemerkenswert arisch bezeichnet hatte, wies eine fahlgraue Blässe auf.

»Warum ist Judy Norris unten und bügelt?« rief Mrs. Kornfeld.

Cecily blickte auf und lächelte nachsichtig. »Warum fragen Sie nicht Judy Norris?«

»Ich habe sie bereits gefragt. Sie sagte, sie hätte Lust dazu.«

»Dann müssen Sie sich mit der Antwort zufriedengeben.« Cecily blätterte aufmerksam in ihrem Buch und murmelte die Algebraaufgabe vor sich hin.

»Drei Jahre lang habe ich Judy Norris geradezu zwingen müssen, sich ihre schmutzigen Sachen waschen zu lassen«, erklärte Mrs. Kornfeld. »Und nun hat sie plötzlich gerade Lust zum Bügeln.«

»Ist das nicht endlich einmal eine gute Nachricht, January? Sie müssen doch eine tiefe Genugtuung darüber empfinden, Mrs. Kornfeld.«

»Aber sie bügelt *deine* Sachen.«

»Wie kommen Sie denn darauf?«

»Durch die Namensetiketten.«

»Das ist eine Verletzung der privaten Sphäre!« rief Cecily empört. »Sie sollten Ihre Nase nicht in die Hosen anderer Leute stekken!«

Nun trat Mrs. Kornfeld ganz ins Zimmer und knallte die Tür hinter sich zu. »Hör mir mal genau zu, meine Liebe. Dich habe ich aufgegeben. Was du aus deinem Leben machst, ist deine Sache. Aber ich habe nicht die Absicht, tatenlos zuzusehen, wie du eine ausgezeichnete Schülerin zugrunde richtest, indem du sie deinen törichten Launen unterwirfst. Wenn du unbedingt den Handlanger eines Straßenarbeiters spielen willst, bitte sehr. Aber du wirst Judy Norris da nicht mit hineinreißen.«

»Ich hatte gedacht, hier wäre vom Bügeln die Rede«, erwiderte Cecily.

»In zwei Monaten finden die Collegeprüfungen statt. In zwei Monaten. Sie sollte also lernen.«

»Dann befehlen Sie ihr doch, sie soll mit dem Bügeln aufhören«, schlug Cecily vor.

»Du weißt genau, was ich meine.«

»Nein, das weiß ich nicht, Mrs. Kornfeld. Sie sind immer in allem so genau gewesen. Entsetzlich genau. Was versuchen Sie mir denn nun wirklich zu sagen?«

Mrs. Kornfeld wandte sich der anderen zu. »January...«

January vermied es, ihr direkt ins Gesicht zu sehen. Sosehr sie auch Mrs. Kornfelds Einstellung stets abgelehnt hatte, es war doch beunruhigend, sie so angeschlagen zu sehen. »Mit mir zu sprechen, ist sinnlos«, erklärte January. »Denn Sie haben als erste darauf hingewiesen, daß ich keinen eigenen Willen habe.«

»Ich denke nicht daran, mich für etwas zu entschuldigen, was ich gesagt habe«, stieß Mrs. Kornfeld hervor. »Hier stehen weder ich noch irgendwelche persönlichen Gefühle zur Diskussion. Hier geht es um die Aufnahmeprüfung für das College. Ihr seid intelligent, aber ihr werdet es mit intelligenten jungen Menschen im ganzen Land aufnehmen müssen. Erreicht ihr keine hohe Punktzahl, kommt ihr in kein gutes College. Und damit wird auch die Bewertung dieser Schule sinken. Und es wird von nun ab um so schwieriger sein, von hier aus den Sprung in eins der guten Colleges zu schaffen. Die Folge: Weniger gute Schüler kommen zu uns.«

»Und das alles nur wegen eines einzigen fehlenden Nagels!«

»Handelte es sich nur um die vorliegende Sache, könnte ich all diese Dummheiten überhören, mit denen ihr eure kleinen Intrigen spinnt.«

Cecily unterdrückte ein verächtliches Schnaufen.

»Aber hier geht es um eure Zukunft und um die Zukunft dieser Schule. Du weißt ganz genau, January, daß ich mit dem, was ich sage, recht habe. Du bist wenigstens so vernünftig, dich auf die Prüfung vorzubereiten, anstatt Kies zu schaufeln.«

»Machen Sie nur keine Heldin aus mir«, entgegnete January. »Ich habe nur ganz einfach nichts für körperliche Anstrengungen übrig, das ist die ganze Geschichte. Und da Sie diejenige sind, die die Liebe in Acht und Bann getan hat, bleibt mir nichts weiter übrig, als zu lernen.«

Mrs. Kornfeld preßte die Lippen zusammen. »Ich bin nicht hier, um mit euch zu streiten. Mit keiner von euch. Ich habe euch nur auf eure Lage hinweisen wollen.«

»So wie Sie sie sehen«, warf Cecily ein.

»Stimmt. So wie ich sie sehe. Das ist auch die einzige vernünftige Basis, von der ich ausgehen kann.«

Cecily nahm ihre Beine vom Bett und sah Mrs. Kornfeld fest an. »Nun, das ist anständig gehandelt«, sagte sie. »Das ist bestimmt anständig von Ihnen, findest du nicht, January?« Sie wartete jedoch keine Antwort ab, sondern fuhr fort: »Hören Sie, Mrs. Kornfeld, ich glaube, solange Sie uns gegenüber so offen reden, müssen wir Ihnen gegenüber ebenso offen sein. Das ist das wenigste, was wir tun können. Überlegen wir mal. Sie haben uns die Lage geschildert, so wie Sie sie sehen. Und jetzt werde ich Ihnen sagen, wie ich sie sehe. So wie ich sie sehe, bitten Sie uns um Hilfe.«

»Das ist richtig«, bestatigte Mrs. Kornfeld.

»Sie erwarten von *uns*, daß wir *Ihnen* helfen, einen Teil des Einflusses zurückzugewinnen, den sie schnell, aber unaufhaltsam Ihren Händen entschwinden sehen. Aber das alles doch nur, damit Sie, sobald Sie die Zügel wieder fest in der Hand haben, uns Ihre alte Tyrannei von neuem aufzwingen können, stimmt's?«

»Du bist unmöglich«, rief Mrs. Kornfeld und wandte sich zum Gehen.

»Nein!« Cecily stieß mit dem Finger auf sie zu. »Sie sind unmöglich. Nicht ich. Sie schwenken die alte Schulfahne und verlangen von uns, das wir das schlucken. Aber wir denken nicht daran. Geherst?« rief sie auf deutsch.

»Gehört«, verbesserte sie Mrs. Kornfeld und streckte die Hand aus, um die Tür zu öffnen. »Ich bedaure, es jemals versucht zu haben, mit dir zu reden.«

»Ich nicht«, erwiderte Cecily. »Es ist gut, diese Dinge einmal ans Licht zu zerren.«

Die Tür krachte hinter ihr ins Schloß.

»Bimbam! Die Hexe ist tot!« trällerte Cecily und begann, im Zimmer herumzutanzen.

»Ich weiß nicht, aber irgendwie tut sie mir leid.«

»Ach du lieber Gott!« rief sie glücklich, »Dorothys Haus ist von Kansas hier hinaufgeweht worden und auf die böse Hexe hinuntergekracht.«

»Immerhin schien sie es doch sehr aufrichtig damit zu meinen, daß sie einiges nur zu unserem Besten geändert wissen wollte.«

»Das hat angeblich auch Hitler gewollt«, erwiderte Cecily und begann nach verstreuten Kartoffelchips zu suchen. »Sie kann es einfach nicht ertragen, daß keine Krüppel mehr in ihrem Zimmer herumhinken und sich Platten anhören. Weihnachten wird kommen, und niemand wird um den alten Tannenbaum herumsitzen und ihre Pfeffernüsse essen.«

»Und doch finde ich es ein bißchen traurig«, sagte January.

»Welch Glück, daß du nicht Hänsel und Gretel bist«, meinte Cecily kauend. »Wahrscheinlich würdest du den Pfefferkuchen essen, nur damit die alte Hexe nicht mehr das Gefühl hat, man wollte nichts mit ihr zu tun haben.« Cecily lehnte sich zurück und starrte die Matratze über sich an. »Ja, ich glaube, es ist nur eine Frage der Zeit.«

»Was?«

»Die linke Brust.«

»Nein, meine Kleine«, sagte Sweet beschwichtigend. »Nein, meine hübsche Kitty. Ich kann es nicht zulassen, daß du dich von etwas so Schönem trennst – gerade dadurch bist du so schön, so bezaubernd.« Seine linke Hand lag auf Katherines Hals und streichelte ihn sacht, während seine rechte Hand auf ihrem Körper wie auf einer Gitarre spielte. »Nein, meine Schöne, ich kann es nicht zulassen, daß du dich davon trennst.«

»Welchen Sinn soll das haben, wo bleibt da die Logik?« murmelte sie, als sein Daumen begann, ihren Leib zu umkreisen.

»Das will ich dir sagen«, erklärte er, ließ sie sanft von seiner Brust heruntergleiten und beugte sich über sie, daß er ihr in die Augen sehen konnte, bevor er damit anfing, sie mit seinem Mund abzulenken. »Ich will es dir sagen,« flüsterte er und blickte ihr wieder in die Augen, damit zwischen ihnen keine Unsicherheit aufkäme. »Religion und Tradition haben ihre Daseinsberechtigung; sie haben ihr Gutes; wie unsinnig sie uns manchmal auch erscheinen mögen... Und etwas so Kraftvolles und Orthodoxes, das einem mit solcher Macht entgegentritt...« Dann versuchte er, seine Worte zu erklären. »Das einem aus Tausenden von Jahren entgegentritt, um etwas so Süßes, so Liebliches und Gutes wie dich zu schenken...«

Er küßte sie leicht auf den Mund, während sein Daumen sein langsames Kreisen fortsetzte. »Das wäre Grund genug für jeden Mann und für jede Frau. Und bevor du dich über deine Glaubensüberzeugungen hinwegsetzt, würde ich...«

Er vergrub sein Gesicht brüderlich zärtlich in der Vertiefung zwischen ihrem Hals und ihrer Schulter, während seine rechte Hand die ganze Zeit über in Bewegung blieb.

»Ich habe nicht gesagt, daß ich mich über sie hinwegsetzen

wollte«, erwiderte Katherine leise. »Ich frage mich nur, ob es nicht dumm von mir ist, an ihnen festzuhalten.«

»Sag das nur nicht«, widersprach Sweet, und seine Ungeduld verriet sich in einem zornigen, leichten Berühren ihrer rechten Brustwarze. »Wag nur nicht, mich das noch einmal hören zu lassen«, sagte er nun heftiger und wandte der linken Brust die gleiche Aufmerksamkeit zu. »Du Liebling«, flüsterte er und strich mit seinem Kopf durch das Tal zwischen den beiden.

»Wenn du so etwas sagst, machst du mich wahnsinnig.«

»Will, du sollst mein Geliebter sein.«

»Ich bin doch dein Geliebter«, antwortete er ernst.

»Nein, ich meine, wirklich mein Geliebter.« Sie streckte die Hand aus und unterbrach die Bewegung seiner rechten Hand. »Ich verlange so sehr nach dir, daß ich nichts weiter tun kann, als nein zu sagen.«

»Dann sag es nur weiter«, meinte Sweeet und rollte sich auf die Seite, den Rücken ihr zugewandt und den Kopf auf seinem Arm.

»Ich will es aber nicht sagen.« Sie richtete sich auf dem Bett auf und betrachtete seine kräftigen Muskeln unter dem Trikothemd. Sie beugte sich über ihn, so daß ihre Brüste seine Schultern berührten. »Ich will es wirklich nicht sagen. Aber es gibt so vieles... Jahre und Jahre der Erziehung und des Glaubens... Aber trotzdem möchte ich es nicht sagen.«

»Und ich möchte es«, erwiderte Sweet in die Beuge seines Ellbogens hinein.

»Aber wenn ich dann fühle, wie ich selber... wenn ich fühle, wie ich selber die Herrschaft über mich verliere und so sehr nach dir verlange... Ach, Will!« Sie drückte ihr Gesicht an seine runde, feste Schulter und zog seinen Körper zu sich heran. »Dann steigt in mir etwas auf... ich weiß nicht, ob es eine ehrliche Überzeugung ist, eine echte, ehrliche Überzeugung... oder nur Furcht.«

»Mach dir darum keine Sorgen«, erklärte ihr Sweet, griff nach hinten und legte seine Hand auf ihre Brust. »Bleib nur so, wie du bist.«

»Aber das will ich nicht!« rief sie.

Sweet wandte sich zu ihr um. »Bist du sicher?«

»Nein. Und das ist das Schlimmste an der ganzen Geschichte. Das habe ich damit gemeint, als ich sagte, es sei barbarisch.«

»Das hast du nur gesagt, weil du erregt warst«, widersprach Sweet und drückte sein Gesicht an ihre Brüste.

»Aber es ist barbarisch«, stöhnte sie und streichelte seinen Kopf, während sie ihn fester an sich zog. »Die Laken zur Schau zu stellen, um zu zeigen, daß sie Blutflecken aufweisen. Sie auf eine Wäscheleine zu hängen. Heute ein veraltete, barbarische Sitte. Es ist unglaublich. Und dumm dazu.«

»Es hat seine Gründe«, meinte Sweet und strich mit seiner Zunge leicht über den Ansatz ihrer Brüste.

»Natürlich. Die Braut soll tugendhaft sein«, erklärte sie. »Und sie soll gedemütigt werden, so daß alle Nachbarn und die Familie es sehen können. Und die Dummköpfe, die Analphabeten, die Ungebildeten ...«

»Nur mit der Ruhe«, sagte Sweet und drückte seine Finger sanft auf ihre Lippen. »Bald wirst du mich so weit haben, daß ich glaube, du wolltest dich gegen deine Religion erheben.«

»Das könnte ich gar nicht.«

»Stimmt«, flüsterte Sweet und begann erneut mit seinen Händen den Formen ihrer Hüften zu folgen, während sein Mund dumpfe Laute auf ihren Rippen erzeugte.

»Und noch schlimmer ist, daß ich nicht weiß, ob ich es nicht doch aus Gehorsam dem Glauben gegenüber tun könnte ... oder aus Furcht. Wegen einer alten, dummen Furcht vor Demütigung.«

»Mach dir jetzt darum keine Sorgen«, mahnte Sweet. »Du redest dich nur in eine Erregung hinein.«

»Und was ist mit dir, Will?« rief sie. »Ist es dir gegenüber anständig gehandelt?«

»Darauf kommt es gar nicht an«, antwortete er, und seine Hand versank zwischen ihren Schenkeln. »So will ich es haben.«

»Wie stark du bist ... mein Gott, bist du ein starker Mann ...« Sie ergriff seine Hand und zog sie an ihre Brust. »Was empfindest du dabei?«

»Ich kann mich kaum beherrschen, mein Liebling«, sagte er. »Wahrhaftig, du bist das letzte reine Geschöpf auf dieser verderbten Welt. Niemals könnte ich dich entehren. Selbst wenn du mich darum bitten würdest.«

»Manchmal ...«, flüsterte sie, und die Worte erstickten fast in ihrer Kehle, »manchmal glaube ich, ich könnte dich darum bitten.«

Sweet küßte sie auf den Hals. »Wenn dieser Tag kommt, meine Geliebte, werden wir uns ganz einfach damit befassen müssen.«

An diesem Abend sah Will Sweet beim Essen ein wenig müde aus. Cecily stocherte in ihrem Essen herum und ließ sich Zeit, so daß sie ihn bis zum Wohnheim der Jungen begleiten konnte. Die meisten aus der obersten Klasse gingen sofort zur Turnhalle hinüber, um an der Probe für das Weihnachtsspiel teilzunehmen. War es ihr erst einmal gelungen, die Nachzügler und Bummler auszumanövrieren, würde es eine verhältnismäßig leichte Sache sein, mit ihm allein zu sprechen. Sogar als er in die kühle Abendluft hinaustrat, machte er einen etwas welken Eindruck. Es bereitete ihr ein besonderes Vergnügen, erklärte sie, ihm eine so gute Nachricht überbringen zu können.

Sie erzählte ihm von dem Zusammenstoß mit der Kornfeld an diesem Nachmittag. Fröhlich berichtete sie, wie dieses alte Hunnenweib weiß wie ein Laken hinausgegangen ist, nachdem sie ihr richtig reinen Wein eingeschenkt hatte.

»Tatsächlich?« erwiderte Sweet, aber in seiner Stimme lag nur geringes Interesse, und in der kalten Nachtluft wirkte sein Gesicht so gleichgültig, als sei es aus Stein gemeißelt.

»Ich hasse es, mich solcher Klischeeausdrücke zu bedienen«, fuhr Cecily fort, »aber in diesem Fall trifft es zu, sie wurde weiß wie ein Laken.« Sie trat ein wenig zur Seite, um die Freude in seinen Augen aufblitzen zu sehen, aber seine Schritte waren ein wenig zu lang, und so mußte sie sich damit begnügen, seinen Beifall zu hören.

»Ich habe sie nur ein einziges Mal so reagieren sehen, das war damals, als ich ihr mit Noodles Besser eins verpaßt habe«, erklärte Cecily.

»Was sagtest du?«

»Noodles Besser. Ein Mädchen, das vor ein paar Jahren den Abschluß hier gemacht hat. Mit einigem Hokuspokus, wie man sich erzählt. Auf jeden Fall habe ich ihr richig eins ausgewischt. Sie wären mit mir zufrieden gewesen, Will.«

»Wieso?« fragte er.

Cecily versuchte ihm klarzumachen, wie sehr es jede Faser des menschlichen Herzens mit Freude erfüllt, wenn man sah, wie die Bosheit sich auf der Erde wand, denn im allgemeinen gingen solche Dinge nicht gut aus, da es wirkliche Gerechtigkeit nur selten gäbe. Aber nun zu wissen, daß die Kornfeld bei ihren heimtückischen Machenschaften gegen Williams Sweet eine solche Niederlage erlebt hatte und so völlig geschlagen worden war, wobei sie am Ende ihre Zuflucht zu der abgedroschenen List genommen hatte, die alte Schulfahne zu schwenken, um einige der Überläufer aus Sweets Lager wieder herauszulocken, war wirklich das sprichwörtliche gefundene Fressen.

»Wieso?« wiederholte Sweet.

»Ist das nicht herrlich?« rief Cecily beglückt. »Verstehen Sie das nicht? Die alte Schachtel ist so verzweifelt, daß ihr buchstäblich nichts anderes übrigbleibt, als mit der Fahne herumzufuchteln. Schade, daß Sie das nicht miterlebt haben. Sie wären vor Freude außer sich gewesen.«

»Das glaube ich nicht«, antwortete Sweet.

Cecily trat plötzlich einen Schritt zurück und prallte dabei gegen Frenchy Swackholm, der aus einem Gebüsch hervorsprang.

»Was ist denn mit dir los?« fragte sie zornig.

»Vorbereitungen auf nukleare Entlaubung«, erklärte er. »Wir müssen uns neue Schlupfwinkel suchen.« Und er robbte auf dem Bauch über das offene Gelände.

»Will«, fuhr Cecily fort, »sie ist die typische winterharte Heuchlerin. Das ganze Geschrei von Familie, Mutterschaft und Vaterland vermag auch nicht einen Augenblick die Wahrheit zu verbergen, und Wahrheit ist, sie ist neidisch – sie kommt vor Neid noch um.«

»Vielleicht«, antwortete Sweet. »Und vielleicht ist sie auch nicht die netteste Frau auf dieser Welt. Aber das bedeutet noch immer nicht, daß du es ihr unter die Nase reiben mußt.«

»Wirklich?«

»Ja.«

»Ach«, sagte Cecily.

»Kapiert?«

»Kapiert«, antwortete Cecily und bog auf den Weg über die Tennisplätze zum Haus Tara ab. Es war fast Vollmond, und seine strahlende, kalte Helligkeit lag wie Schnee auf dem stillen Campus. »Es tut mir leid«, murmelte sie, »ich habe das mißverstanden.«

Aber er war bereits zu weit weg, um sie zu hören. Kurz bevor sie ihr Wohnheim betrat, hörte sie seine helle Tenorstimme die kristallene Stille durchdringen:

Hört die Engel der Verkündung,
Ihr Lied zum Lobe
Des Neugeborenen…

11. Kapitel

»Sehr schön«, sagte Foals, »und an dieser Stelle brauchen wir nun die Engel.« Die Singgruppe, die im hintern Teil der Turnhalle mit Miß Stantus probte, begann auseinanderzulaufen. Aber Miß Stanton hielt sie auf. »Nur die Engel«, rief sie energisch. »Die Hirten haben noch eine Menge Arbeit.«

»Auf die Bühne!« befahl Foals. »Die singenden Engel auf die eine Seite; die Engel mit Rollen scharen sich um die Mutter und das Kind.«

»Wo soll ich hin?« fragte Bob Duzo vom vorderen Rand der Bühne her. Es war ein erster Versuch, den Joseph zu spielen, nachdem er zwei Jahre lang einer der Könige gewesen war, und er schien sich mit seiner Rolle noch nicht ganz zurechtzufinden.

»Du bleibst dort, wo du bist, neben der Krippe. Und versuch so auszusehen, als sei das Ganze für dich eine große Freude.«

Foals beobachtete sein Werk hinter der Anzeigetafel für Basketball hervor und mußte sich selber eingestehen, daß es ein hübscher Anblick war: Renata, die mit niedergeschlagenen Augen und in stolzer Anmut neben der kleinen Holzkrippe kniete; Almira De Cava stand rechts von der Krippe, ohne Make-up, ihr blondes Haar schimmerte für einen Engel gerade richtig, und ihr Körper war von dem Engelsgewand auf angenehme Weise verhüllt; schließlich Bob Duzo, dessen hübsches, dunkles Gesicht einen auffallenden Gegensatz zu den anderen Spielern bildete.

Anfänglich hatte sich Foals wegen Bob etwas Sorgen gemacht, jedoch hatte der Junge sich mit solchem Eifer der Aufgabe gewidmet, die Last von Renatas Maria auf sich zu nehmen, daß seine zärtliche Fürsorge seinen Mangel an schauspielerischen Fähigkeiten mehr als ausglich.

Alles in allem sah es so aus, als würde es ein großartiges Krippenspiel werden, und Foals freute sich darüber, daß er sich von Sweet dazu hatte überreden lassen, die Regie zu übernehmen. Das Schlimmste von allem, die Wanderung, lag hinter ihnen, und nun, da sie alle im Stall von Bethlehem versammelt waren, konnte er die Heiligen Drei Könige ins Spiel bringen; Lionel, Frazier und Red Beemish. Hatten sie ihr Lied gesungen, blieb als einziges Problem, die einzelnen Schauspieler richtig zu verteilen, um ein schönes Schlußbild zu haben, das die Aufmerksamkeit der Zuschauer während der drei folgenden Weihnachtslieder fesselte, dabei durfte sich niemand auf der Bühne bewegen.

Nachdem Renata die Gaben mit verhaltenem Lächeln und einem gnädigen Senken ihrer Augen entgegengenommen hatte, konnte er ihr an Regieanweisungen nur noch wenig bieten, zumindest nichts, das *Kommet ihr Hirten, O du fröhliche* und *Stille Nacht* überdauern könnte.

Er brauchte sich aber keine Sorgen zu machen. In ein Gewand von dunkelblauem Samt gehüllt, beugte sich Renata so über die Krippe, daß ihr Haar wie eine sanfte, braune Wolke über ihr Gesicht herabsank. Nach dem ersten Lied wandte sie ihr Gesicht ein ganz klein wenig zur Seite, so wenig, daß Foals nicht sicher war, ob sie sich überhaupt bewegt hatte. Aber ihre Wange sah nun voller aus, und aus diesem Winkel betrachtet, während sie selber in die Krippe blickte, hätte sie aus einem Gemälde Botticellis sein können.

Als dann der Chor mit *O du fröhliche* einsetzte, hob sie ihren Kopf und streckte ihren Hals, so daß ihr das Haar in den Nacken fiel. Als ihr Gesicht nun zum Himmel gerichtet war, ein Leuchten auf ihrer Stirn, ging plötzlich ein frohes Strahlen von diesem Gesicht aus. Ebenso schnell war es wieder verschwunden, als sie die Augen und den Kopf senkte, um den Anblick in der Krippe ganz in sich aufzunehmen, während der Chor *Stille Nacht* anstimmte (recht schlecht, dachte Foals; er würde mit Katherine sprechen müssen).

Es war eine der gelungensten Aufführungen, die Foals jemals gesehen hatte. Er wollte es aber auch für sich nicht wahrhaben, daß seine Erregung durch die Tatsache beeinflußt war, daß dies, abgesehen von seinen Examen, seine erste schöpferische Leistung war. Nein, die Wahrheit lag darin, daß Renata ganz ungewöhnlich war. All das Gerede von ihrer Schönheit hatte ihn niemals interessiert, aber er mußte zugeben, daß das Mädchen, ohne eigentlich schön zu sein, doch ungemein lieblich wirkte. Mit kaum wahrnehmbaren Bewegungen hatte sie den Eindruck von etwas Majestätischem geweckt und zu erhalten verstanden. Was sie dem nicht existierenden Neugeborenen in der Krippe bot, war die großartigste Darstellung einer Anbetung, die er jemals gesehen hatte.

Nur weil er so damit beschäftigt war, Renata zu betrachten, hatte er Bob Duzo nicht beobachtet. Aber Bob war kein Schauspieler, der ein neugeborenes Kind aufmerksam ansah, sondern ein Mann, der nur Augen für Renata hatte.

Nach dem Spiel lehnte Renata, das Strahlen der Mutter Maria noch auf ihrem Gesicht, mit einem Lächeln den Mantel ab, den Bob ihr reichte. Sie zog es vor, in ihrem blauen Gewand ins Wohnheim zurückzukehren. Foals bemerkte, daß sie die Turnhalle in ihrem

Kostüm verließ, aber er versuchte nicht, sie zurückzuhalten. Ein kleiner Verstoß gegen die Vorschriften für die Proben war das wenigste, was er ihr zum Dank für ihre Leistung durchgehen lassen konnte.

Draußen war inzwischen überraschenderweise ein wenig Schnee gefallen. Renata hüllte sich fester in ihren Umhang und hob ihn an, damit der Saum den Boden nicht berührte.

»Du wirst nasse Füße bekommen.« Bob versuchte, einen Blick auf ihre Schuhe zu werfen. Aber das lange weiße Gewand unter dem Umhang war unten so weit, daß er nicht erkennen konnte, ob sie ihre Ballettschuhe oder Überschuhe trug.

»Ich möchte nicht, daß du dich erkältest.«

»Das werde ich bestimmt nicht«, antwortete Renata.

Er versuchte, nach ihrer Hand zu greifen, konnte sie aber in den Falten des Stoffes nicht finden. So legte er einen Arm um sie, damit ihr etwas wärmer sei. »Du warst wunderbar«, sagte er. »Du bist immer wunderbar. Aber heute abend warst du so wunderbar wie noch nie. Es ist so, als hättest du etwas hervorgebracht, was dir niemals zuvor gelungen ist.«

Er fühlte, wie sie fröstelte, und rieb mit der Hand ihre Schulter.

»Du frierst.«

»Nein, ganz bestimmt nicht«, erwiderte sie. »Ich bin nur müde.«

»Ich könnte dich tragen«, sagte er. Sie lachte, und er fiel in ihr Lachen ein.

»Renata«, begann er und hielt inne, als könnte er seine Zurückhaltung nicht überwinden. Sie war es gewesen, die ihn dazu gebracht hatte, etwas aus sich herauszugehen, und die das Wachstum seines sprachlichen Mitteilungsbedürfnisses so pflegte, als handele es sich dabei um ein Blumenbeet. Aber nun schien sie, der seine tiefsten Empfindungen galten, ihn daran hindern zu wollen, diesen Empfindungen Ausdruck zu geben. So erklärte er ihr erneut, sie solle besser auf sich achten, denn er wolle nicht, daß sie sich erkältete. Aus Angst, sie könnte glauben, das sei alles, was er ihr zu sagen habe, räusperte er sich.

»Während der letzten paar Monate habe ich über vieles nachgedacht, Renata. Über das, was wir zusammen erlebt haben – und noch erleben...«

Sie sah ihn an und lächelte.

»Ich weiß, ich habe es niemals klar genug ausgesprochen, was ich in dieser Hinsicht zu tun beabsichtigte. Das war so lange unmöglich, wie ich mich selber nicht kannte. Und verschwommene Pläne genügten nicht. Sie konnten nicht mehr genügen. So habe ich warten wollen, bis ich meiner Sache sicherer war.«

Sie streckte ihre Hand aus den Falten hervor und drückte seine Fingerspitzen.

Plötzlich stürzten die Worte heraus, durch ihre Berührung, die ihm Mut machte, entfesselt. Er liebte sie zu sehr, er hätte sie zu sehr geliebt, erklärte er, um endlos so weitermachen und sich nur ungewissen Vorstellungen hingeben zu können. Er wollte nichts anderes, als mit ihr zusammen etwas aufbauen, und aus diesem Grunde habe er die Zeit, in der sie sich in den letzten Wochen seltener gesehen hätten, gut genutzt. Er habe alle seine Arbeiten in der Schule hinter sich gebracht, und seine Noten in diesem Jahr wären so gut, daß drei Universitäten ihm Stipendien angeboten hätten, natürlich auch unter der Voraussetzung, daß er seine abschließenden Collegeprüfungen bestände.

»Und das werde ich«, rief. er. »Ich habe wie ein richtiger Scheißstreber gepaukt. Entschuldige«, flüsterte er, denn er erkannte am Erröten ihrer Wangen, daß er sie verletzt hatte.

Das Beste an der ganzen Sache sei, fuhr er fort, daß es sich bei diesen Stipendien nicht nur um Sportstipendien handele. Nein, es seien richtige Stipendien, für einen Studenten gedacht, der nebenbei auch Sport treiben könnte. »Und das bedeutet, daß ich Geld zum Leben habe«, sagte er. »Es bedeutet, daß die ganze Ausbildung kostenlos ist und ich noch Geld darüber hinaus zur Verfügung habe. Wir können uns also irgendwo außerhalb des Campus eine Wohnung mieten, und du könntest eine Halbtagsstelle annehmen...«

»So darfst du nicht reden«, rief sie.

»Du brauchst auch nicht zu arbeiten, wenn du nicht möchtest. Und wenn du auch nicht willst, daß deine Eltern fürs College zahlen – und ich möchte es auch nicht, wenn du es nicht willst –, könntest du dir an einer der Universitäten, die mich nimmt, ebenfalls ein Stipendium besorgen. Die Leute könnten sich glücklich schätzen, wenn sie dich bekommen. Das würden alle... Das alles habe ich dir nicht sagen wollen, bis ich meiner Sache hundertprozentig sicher war. Nur aus diesem Grund habe ich es auch aushalten können, nicht mehr soviel mit dir zusammen zu sein, denn ich wollte so viel schaffen, daß man mich nicht mehr zurückweisen konnte. Jetzt kann ich bestimmen. Jetzt können wir bestimmen.«

In der Erregung hatte sich sein Gesicht gerötet, und sein Atem brodelte als weißer Dampf in der Winterluft. »Aber jetzt, da ich weiß, daß ich es schaffen kann... komm mit mir.«

»Bob, ich...«

»Warte.« Er drückte einen Finger auf ihre bleichen Lippen und wischte einen Eiskristall weg, der sich im Grübchen ihrer Wange festgesetzt hatte. »Gehen wir doch zur Hütte.«

»Es ist zu spät.«

»Ich habe so lange darauf gewartet, es dir zu sagen«, fuhr er fort. »Mach mir doch die Freude, es dir richtig erzählen zu können.«

Sie nickte, und er drängte das Aufsteigen kindlicher Freude in seiner Kehle zurück, eilte den Weg an den Klassenzimmern vorbei, hielt ihre Hand sanft in der seinen, aber zog sie gleichzeitig mit sich. Vor dem alten Gebäude hatte der Wind den Schnee zu einer kleinen Wehe vor der Tür zusammengetrieben, und bevor sie etwas einwenden konnte, hob Bob sie hoch.

»Über die Schwelle getragen«, rief er glücklich. »Es ist ein bißchen zu früh. Aber andererseits«, meinte er lächelnd, »ist es schon längst überfällig.«

Er stieß die Tür mit dem Fuß hinter ihnen zu und setzte sie wieder ab. »Mein schönes Mädchen«, sagte er und nahm sie in seine Arme. Sie zitterte. »Du hast mich belogen. Du frierst.« Er drückte ihre eisigen Finger an seine Wange, senkte den Kopf und küßte ihre Handflächen.

»Du bist ungezogen«, rief er, »du achtest nicht genug auf dich. Ein Glück für uns beide, daß ich jetzt auf dich aufpassen werde.«

»Ach, Bobby«, flüsterte sie und verbarg ihr Gesicht in seiner Jacke. »Ach, mein lieber Bobby.«

Er preßte sie fester an sich und versuchte sie zu wärmen.

»Nichts wird dir zustoßen. Nicht jetzt. Niemals«, sagte er und küßte ihr Haar. »Fühlst du es, wenn ich das tue?« fragte er.

»Ich kann es fühlen.«

Er spürte, wie sich ihr schlanker Hals in einem stummen Nicken bewegte. Seine Hände glitten unter ihren Umhang und suchten nach ihren zarten Brüsten. »Mein ganzes Leben lang habe ich mich abgehetzt«, erklärte er. »Ich war so versessen darauf, aufs Spielfeld zu kommen. Ich war so auf alles versessen, und alles mußte immer sofort geschehen. Das war nur darum, weil ich nicht wußte, was ich wollte – nicht etwa nur für einen Abend oder einen bestimmten Zeitraum, sondern für ein ganzes Leben –, brauchte ich mich nicht mehr abzuhetzen. Ich konnte es mir leisten, von nun an gelassen zu sein – nicht etwa nur gelassen zu wirken, sondern innerlich gelassen. Deswegen habe ich keinen Druck mehr dahintergesetzt. Verstehst du? Wenn man ein ganzes Leben vor sich liegen hat, braucht man sich nicht mehr zu beeilen. Da liegt es. Es wird dasein. Man kann es sich leisten, gelassen zu sein. Verstehst du, was ich meine? Will hat sofort verstanden, was ich meinte. Er ist es auch gewesen, der mir geraten hat, nichts zu überstürzen, mit Gelassenheit an die Dinge heranzugehen, bis ich den richtigen Hebel gefunden hätte. Bis ich wüßte, was ich wollte. Und bis ich bekommen konnte, was ich wollte.«

Seine Hände glitten am weichen, dünnen Stoff ihres Gewandes entlang und über ihre Schultern hin. »So ist es also, mein Liebling.« Er legte seine Finger an ihren Hals und bog ihren Kopf zurück. »Jetzt küsse ich die süßen Lippen meiner Braut.«

»Nein«, stöhnte Renate dicht vor seinem Mund und versuchte sich ihm zu entziehen. »Bitte nicht.«

»Ich liebe dich«, sagte er. »Ich liebe dich so sehr, daß ich vergessen hatte, wie schön es ist, mit dir zusammen zu sein. Aber jetzt erinnere ich mich. Oh, wie ich mich erinnere.«

»Bobby, bitte... Nein.«

Er zog sie zärtlich neben sich auf den Boden. Trotz ihres leisen Widerspruchs gab sie nicht das Zeichen, auf das sie sich geeinigt hatten, wenn Liebe unmöglich war. Die üblichen prosaischen Worte, die dazu dienten, einen Mann wissen zu lassen, daß das Abenteuer zeitlich ungelegen kam, hatten beide stets abgestoßen, und Bob brachte die Realität der monatlichen Regel in Verlegenheit. So hatten sie sich, bis sie bei Faulkner einer poetischen Einstellung zu diesen Schwierigkeiten der Sprache und des Körpers entdeckt hatten, stets darauf verlassen, daß sie zweimal sanft seine Stirn berührte. So aber berührte sie ihn nicht an diesem Abend, sondern murmelte weiterhin nur ihr Nein. Es war unmöglich, daß sie das Zeichen vergessen hatte.

»Ist es«, so zitierte er, »der geheimnisvolle Fluß zwischen zwei Monden?«

»Nein.« Er hörte, wie ihr Atem stockte, und glaubte, sie lachte über den literarischen Scherz, den sie für sich entdeckt hatten.

»Ach Gott nein.«

»Dann halt mich doch nicht zurück«, bat er. »Auch der ruhigste Mann kann nicht so lange ruhig bleiben.« Er wollte das Lachen auf ihren Lippen mit den Fingern berühren, und seine Hände näherten sich ihr warm und feucht.

»Aber warum?« fragte er und verachtete sich selber wegen der dumpfen, unbegründeten Furcht, die ihn befiel. »Warum weinst du?«

»Ich habe immer geglaubt, ich sei so aufrichtig«, wimmerte Renata. »So aufrichtig in dem, was ich für dich empfinde. Ich könnte dir niemals weh tun.«

»Das hast du auch nie.«

»Alle diese Pläne... nichts als Wolkenschlösser.«

»Nein, Liebling, sie sind wirklich.« Er drückte sie an sich. »Wirklich.«

»Wolkenschlösser«, schluchzte sie.

»Warum?« fragte er und kannte die Antwort, bevor sie es ihm sagte.

»Ich erwarte ein Kind.«

Seine Furcht war also gar nicht so unbegründet gewesen. Dann war das Schlimmste überstanden, und die Schockwirkung ließ nach.

»Na gut«, flüsterte er und wiegte sie sanft hin und her. »Dann werden wir eben um so früher heiraten. Während der Weihnachtsfeiern. Ich werde mir für den Sommer eine Arbeit suchen, und dann werden wir genug haben, um...«

»Nein...«, entgegnete sie.

»Gut, dann zwischen den Semestern. Sobald ich die Collegeprüfung in der Tasche habe, dann weißt du auch, was für einen Mann du da heiratest. Einen Sieger. Auf der ganzen Linie. Einen Sieger.«

»Du kannst mich nicht heiraten.«

»Und ob ich das kann!« Er versuchte sie zu beruhigen, indem er sie nun stärker hin und her wiegte. Mit seinen Fingern folgte er den Adern an ihrem Hals, die nun durch ihr heftiges Weinen stärker angeschwollen waren, und ließ sie zu der weichen Fülle ihrer Brust hinabgleiten. »Du wirst schon sehen.« Er bedeckte den zarten Hals mit Küssen, wiegte sie und drückte sie noch fester an sich. »Vielleicht habe ich nicht viel Geld, aber wir werden es schon schaffen... Wenn ich im Sommer arbeite...«

»Sommer...«, wiederholte sie zaghaft.

»Während ich arbeite, bleibst du bei meiner Mutter. Sie ist zwar nicht sehr modern, keine, die alles mitmacht, aber dafür ist sie eine richtige Mama, Renata. Dir wird es bei ihr gefallen. Dir wird es sehr gefallen, das versichere ich dir. Sie wird dir auch mit dem Baby helfen. Für das Baby wird sie großartig sorgen.«

Noch immer wiegte er sie hin und her, jetzt jedoch ungestüm, während sich seine Hände und Lippen fieberhaft bewegten.

Er redete ohne Unterbrechung auf sie ein und versicherte ihr, wie schön alles werden würde. Alles würde ins Lot kommen.

»Bitte«, flehte sie, nachdem er sich so weit beruhigt hatte, daß er sie hören konnte. »Hör bitte auf!«

»Nein, laß mich nicht aufhören«, bat er. »Verlang es nicht von mir.«

»Du mußt aber aufhören.«

»Ich werde vorsichtig sein. Ich verspreche dir, ich werde vorsichtig sein. Ich werde dem Baby nicht weh tun.«

»Hör auf!« rief sie. »Hör auf. Hör auf zu planen, rühr mich nicht mehr an und erzähl mir nicht, wie es sein wird. Es wird ganz anders kommen.«

»Du gehörst mir«, stieß er hervor. »Du bist mein. So ist es und nicht anders.«

»Es ist nicht dein Kind.«

»O doch«, murmelte er, selber vom Rhythmus seines Wiegens benommen. »Natürlich ist das Kind von mir.«

»Es ist nicht dein Kind. Es ist...«

»Sprich nicht weiter!« rief er, und das Wiegen wurde noch heftiger. »Sag es nicht!« Er zog sie auf seine Knie, und die Tränen auf seinem Gesicht vermischten sich mit den ihren.

»Du gehörst mir. Es ist mein Kind«, sagte er, während seine Hände erregt über ihren Körper strichen. »Ich mache es zu meinem Kind.«

Es hatte einmal eine Zeit gegeben, erinnerte er sich, in der sie beide Will Sweet mit den gleichen Augen betrachtet und ihm die gleiche Zuneigung entgegengebracht hatten. Einmal hatte Will – es war, wie er sich entsann, im Herbst gewesen –, als er sich seinen Kleinlastwagen besorgt hatte, erklärt, seine Jungfernfahrt sollte ein Raubzug werden. Seine Beute sollten alle sein, die er liebte, und zu ihnen gehörten in erster Linie Bob und Renata. So hatte Sweet sie zusammen mit Lionel, Cecily und Frenchy aus Coventry Hall entführt und sie auf seinen Lastwagen geladen. Die anderen würden nur aus Gnade und Barmherzigkeit mitgenommen, erklärte Sweet, und deshalb sei es auch ganz in Ordnung, daß sie hinten aufsitzen müßten. Aber Bob und Renata gehörten zu ihm, sie müßten daher mit ihm zusammen im Führerhaus des Lastwagens sitzen, mit ihm durch die Windschutzscheibe blicken und die Dinge so sehen, wie er sie sah.

Niemand sprach davon, daß allen klar war, es sei nichts dagegen einzuwenden, in dieser Weise aus der Schule entführt zu werden. Es war ein Samstag und ein freies Wochenende obendrein, so durfte jeder, der nicht gerade Hausarrest hatte, das Schulgelände verlassen. Aber niemand erwähnte es auch nur mit einem Wort, denn ein Teil des Vergnügens, mit Sweet zusammen zu sein, bestand gerade darin, daß seine Freiheit sich von der jedes anderen Menschen unterschied. Der Freie, der neben Will Sweet saß, war im Vergleich zu ihm ein Gefangener. Aber der Gefangene konnte sich, wenn er Will ansah, ein wenig freier fühlen. Zumindest aber war es ihm dann möglich, wenn er Will so liebte wie Bob und Renata, und bei beiden war diese Zuneigung gleich stark.

Sie brachen schon früh am Morgen auf, Zuneigung und die Freude an der Sache machten es für sie möglich, nebenbei auch (Will Sweet zwinkerte) zu einem Steinbruch in der Nähe von Churchville zu fahren, wo sie Steinplatten für ihr Bauvorhaben holen konnten, das nun zum erstenmal in der kühnen Geschichte Coventry Halls zu einem Ende gebracht werden sollte. Sie suchten sich die Platten aus dem Steinbruch wie reife Melonen aus, die auf die Ernte warteten, wobei kein Farmer ihnen auf die Finger sah (eigentlich wären sie ja nur ein Haufen von Landstreichern, meinte Sweet). Für einige beglückende Augenblicke waren sie schimmernde Gleise in eine ferne Welt entlanggefahren.

Als sie mit dem Aufladen der Steine fertig waren, fuhr Sweet noch ein kleines Stück, etwa eine Meile, die rissige Asphaltstraße entlang zu einer Grube, wo es, wie er wußte, guten groben Sand gab. Alle sprangen vom Wagen, zogen ihre Schuhe aus und kletterten auf verschiedene Stellen in dem hoch aufgetürmten Sand, während Sweet ihnen Schaufeln reichte.

Ein Teil des Sandes war feucht, und so riet Sweet ihnen, sich mit ihren Zehen tief hinein in den Sand zu stemmen, um einen festen Stand zu haben, aber trotzdem rutschten sie immer wieder hinunter, und es gab viel Gelächter. Hin und wieder stießen Renata und Cecily einen leisen Schrei aus, um alle daran zu erinnern, daß sie Mädchen waren, und schließlich krochen ihnen ja auch Ameisen über die Füße. Aber trotz allem blieben die Schaufeln in Bewegung, und am Nachmittag war der Lastwagen mit Steinplatten und Sand voll beladen. Sweet stieg auf den großen Berg, den sie selber geschaffen hatten, hielt sich an der Rückseite des Führerhauses fest, warf den Kopf zurück und stieß den wilden Tarzanschrei des Siegers aus.

Als sie die Rückfahrt antraten, waren alle glücklich und erschöpft. Sie ratterten durch das Land, die Sonne schien herab, und die Fenster des Führerhauses waren weit offen, so daß Lionel, Frenchy und Cecily an ihrer Fröhlichkeit teilnehmen konnten und auch etwas von Will Sweets Gesang hatten – selbst wenn sie an ihm nicht so teilhatten wie die beiden anderen, denn er gehörte Bob und Renata.

Der Farmer und seine Jungen
Kamen ins Heu gesprungen.

Sagte der Strolch zu dem einen Sohn,
Warum kommst du nicht schon
Mit zum großen Zuckerberg,

Wo der Milchzug hält,
Keine Polente vom Himmel fällt,
Und die Menschen freundlich sind.

Aber sie haben es verhudelt
Und kamen nie hin,
Wo die Limonade sprudelt,
Am großen Zuckerberg!

»Oh... das...«, sangen die Ausgeschlossenen von oben zu ihnen hinunter. »Summen der Bienen, die Zigarettenbäume und die...«

Als der kleine Lastwagen eine lange Steigung hinauffuhr, wurden sie von einem vor ihnen fahrenden schweren Lastwagen, der die steile Steigung hinaufkroch, aufgehalten. Die Straße war eng und kurvenreich, so daß Sweet nicht sehen konnte, ob ein anderes Fahrzeug ihnen aus den Kurven entgegenkam. Ein Überholen war unmöglich.

»Geh mir mit deinem dicken Arsch aus dem Weg!« brüllte Sweet zum Fenster hinaus, aber der Lastwagen vor ihnen war zu lang, als daß der Fahrer ihn hätte hören können.

»Seht euch nur diesen Angeber an! Er versucht meinem kleinen Wagen zu imponieren, so daß er sich klein und häßlich fühlt. So brauchst du dich nicht zu fühlen, kleiner Wagen. Du bist zwar nicht so groß wie er, aber Gott sei Dank hast du Charakter. Geh mir mit deinem dicken Arsch aus dem Weg!« brüllte er erneut.

»Ich glaube nicht, daß es die Schuld des Fahrers ist«, sagte Renata beschwichtigend. »Er tut es nicht absichtlich.«

»Fahrer? Glaubst du, ich hätte den Fahrer gemeint? Zum Teufel, ich habe mit dem Lastwagen geredet. Das ist ein Lastwagen mit einem dicken Hintern, das sieht jeder, aber über den Fahrer weiß ich nichts. Dreh dein Fenster runter, Renata.«

»Es ist offen.«

Sweet gab kräftig Gas, holte tief Atem und stürmte in die Kurve hinein, wobei er versuchte, mit seinem Führerhaus auf die Höhe des anderen zu gelangen. »He, Mister«, schrie er in den Rückspiegel des anderen hinein, »du hast da bestimmt einen dicken Brummer. Vielleicht kann er mich nicht hören, vielleicht antwortet er deshalb nicht. Sag du es ihm, Renata... Sag du es ihm, Bobby.«

»Du hast da bestimmt einen dicken Brummer!«

»Und nun frag ihn, ob er was dagegen hat, mich vorbeizulassen.«

»Können wir bitte überholen?« fragte Renata.

Der Mann antwortete darauf, indem er seinem Wagen etwas mehr Gas gab. Sweet mußte zurückbleiben, hinter ihm herfahren.

»Gemeiner Hund.«

»Vielleicht hat er gehört, wie Sie gerufen haben, er solle mit seinem dicken Arsch aus dem Weg gehen«, sagte Renata.

»Gemeiner Hund«, knurrte Sweet noch einmal und ließ sich auf das Steuer sinken. Als sie sich dem höchsten Punkt der Steigung näherten, zwinkerte Sweet den anderen zu. »He, seht mal. Seht euch mal die Rückseite seines Wagens an. Sein Brummer sprengt seinen eigenen Hintern.«

Der Bolzen, der die Rückseite des Lastwagens verkeilte, lockerte sich und die Ladung, die nach hinten rutschte, übte einen gewaltigen Druck auf den Bolzen aus.

»Besser, wir sagen es ihm«, meinte Sweet. Aber gerade in diesem Augenblick hatte der Lastwagen die Höhe der Steigung erreicht und setzte zur Talfahrt an. Sweet versuchte zwar, ihn einzuholen, und gab ihm auch ein paarmal ein Zeichen mit der Hupe, aber der große Lastwagen behielt seine Geschwindigkeit bei.

»Dicke Brummer fahren bergab wie der Teufel«, sagte Sweet. »Ich glaube, wir können ihn nicht einholen. Ich habe unsere Bremsen noch nicht zur Genüge ausprobiert, um auf einer solchen verrückten Straße hinter einem Lastwagen herzubrausen, nur um seine Ladung, vor weiß Gott was, zu retten.«

»Eiskrem.«

»Was?«

»Eiskrem«, wiederholte Renata.

»Woher weißt du das?«

denn es sei sinnlos, auf dieser Straße zu rasen. Immerhin läge doch darin das Vergnügen, ein freier Mann zu sein. So fuhren sie etwa eine Stunde hinter dem Lastwagen her, sie zuckelten dahin, wie Sweet sagte. Ein paarmal hätten sie den Lastwagen einholen, ihn warnen oder sogar ihn überholen können, aber Sweet meinte, nur mit der Ruhe. Sie kamen aus dem Hügelland heraus und auf eine lange, flache Strecke und fuhren nun in einer anderen Richtung, als ursprünglich beabsichtigt, weiter. Dann wurde die Straße wieder kurvenreich und führte über Kuppen. Der große Lastwagen war aus ihrem Blickfeld entschwunden, und Sweet saß gemütlich am Steuer und summte vor sich hin. Als sie in eine große breite Kurve voller Schlaglöcher einfuhren, war die schwarze Teerstraße vor ihnen mit runden weißen Pappbechern übersät.

»Hoppla!« rief Sweet, bremste den Wagen ab und sprang aus dem Führerhaus. Er hüpfte lachend umher und sammelte wie ein Truthahn, der Körner aufpickt, die großen Zweiliterbehälter ein. »He – he!« schrie er, schüttelte sich vor Lachen. »Ich glaube, wir sind im verheißenen Land.«

Frenchy sprang hinten vom Kleinlastwagen herunter, um ihm zu helfen, während Cecily und Lionel ihnen von oben her zujubelten. Bob hingegen blieb im Führerhaus sitzen, einen Arm um Renata gelegt, die sich vor Lachen schüttelte. Niemals zuvor hatte er sie so heftig, so hemmungslos lachen hören, und das brachte auch ihn zum Lachen.

»Mein Liebling«, rief er und drückte sie an sich, »beruhige dich. Soviel Lachen könnte dir schaden.«

»Ich habe noch nie... ach, Bobby... ich habe ganz einfach noch nie jemanden sich so schnell bewegen sehen... Hast etwa du jemals einen Menschen gesehen, der so schnell ist? Ich habe überhaupt nicht bemerkt, wie er aus dem Wagen gesprungen ist... Kaum hat er das Eis dort auf der Straße liegen sehen, als er auch schon zu bewegter Dichtung wurde.«

»Das ist eben das Großartige an Will«, antwortete Bob. »Er versteht sich darauf, jede Freude auszukosten.«

Das war der Augenblick, in dem sie beide Will Sweet angesehen hatten, und bei beiden war die Zuneigung gleich stark. Das war der Augenblick, in dem er sie beide begeistert hatte.

Bob versuchte darüber nachzudenken, wann Renatas Einstellung zu Will sich geändert haben mochte, wenn ihre Gefühle ihm gegenüber sich zu ändern begannen – aber da er erst vor kurzem erfahren hatte, daß diese Gefühle jemals anders gewesen waren, war er sich jetzt dessen keineswegs sicher, daß seine und Renatas Zuneigung Will gegenüber jemals die gleiche gewesen war. Nicht einmal damals. Sogar damals hätte die Sache schon laufen können.

Er warf sich heftig auf seinem Bett herum und versuchte, indem er sein Gesicht ins Kissen drückte, zu vergessen. Aber es war nutzlos. Er war noch nicht völlig erschöpft, und so würde er weiter nachdenken. Es blieb ihm nichts anderes übrig, als zu arbeiten.

So stand er auf und kehrte in den Lesesaal zurück.

»Es ist wirklich erfreulich, jemanden zu sehen, der so angestrengt arbeitet«, sagte Mrs. Kornfeld.

»Danke.«

»Du brauchst mir gegenüber nicht so höflich zu sein, Robert. Mir genügt es eigentlich schon, wenn ich sehe, daß du dich so bemühst.«

»Klang es so, als sei ich allzu höflich? Das tut mir leid.«

»Launenhaft? Du lieber Gott, Robert, du wirst uns alle noch in Erstaunen setzen.«

»Das hoffe ich.«

»Wenn du eine Pause machen möchtest – ich habe oben etwas Kaffee. Und Pfeffernüsse. Ich habe sie noch von Weihnachten, aber sie halten sich gut.«

»Ich kann wirklich nicht, Mrs. Kornfeld. Morgen beginnen die Collegeprüfungen.«

»Ich weiß«, antwortete Mrs. Kornfeld. »Es gibt noch immer einige Lehrer, die sich dafür interessieren.«

»Und einige Schüler, Mrs. Kornfeld.«

»Das ist gut so, Robert.« Ein Zucken verzog ihre schmalen Lippen.

»Hast du Lionel gesehen?«

»Ich glaube, er arbeitet drüben im Wohnheim.«

»Wenn du ihn siehst, sag ihm doch bitte, ich wünsche ihm alles Gute.«

»Das werde ich tun.«

»Und auch dir alles Gute, Robert.«

Er nickte, lächelte, aber seine Augen waren schon auf die Seite des vor ihm aufgeschlagenen Geschichtsbuches gerichtet. Er bemühte sich, die rot unterstrichenen Sätze zusammenzupressen und sie in seinem Gehirn der Reihe nach zu stapeln. Während der vergangenen fünf Wochen hatte er mehr Wissen in sich aufgenommen und aufgehäuft, als es seiner bisherigen Vorstellung nach überhaupt geben konnte, aber offensichtlich war in seinem Kopf immer noch Platz. Allem Anschein nach sogar noch zuviel Platz: Ganz gleich, wieviel Tatsachen er auch hineinstopfte, es blieb noch immer ein Teil seines Gehirns übrig, der unbeschäftigt war und weiterhin nachdachte. Er konnte also nichts weiter tun, als auch diesen mit Tatsachen vollzustopfen, so daß kein Raum für Überlegungen mehr blieb.

»Ho Tschi Minh!« Frenchy kam hereingestürmt und fuchtelte mit seinem Lineal herum, als sei es ein Säbel.

»Stell das ab!« brüllte Red Beemish von der Pingpongveranda.

»Ich habe nur versuchen wollen, eure Aufmerksamkeit zu wekken«, sagte Frenchy und schlug einen unsichtbaren Feind nördlich des Schwarzen Bretts zurück. »Für alle, die morgen am Einsatz beteiligt sind, führt Mr. Foals jetzt einen sprachlichen Notdienst am englischen Schuppen durch.«

»Gehst du hin?« fragte Frazier Peters.

»Sei nicht albern«, antwortete Frenchy. »Meine Gebiete sind Naturwissenschaft und Technologie. Und die Leute werden wir nur mit Worten niemals schlagen.«

»Schon gut, laß Dampf ab«, sagte Bob.

Im Grunde wußte Bob sehr genau, daß er eine Bereicherung seines Wortschatzes gut gebrauchen konnte. Aber er war nicht sicher, ob er es wagen konnte, zu Foals' Unterricht zu gehen. Sie konnte dort sein, und vielleicht würden sie allein zurückgehen. Dann würde sich eine Gelegenheit ergeben, miteinander zu reden. Sollte das geschehen, könnte ihn die Vernunft sehr wohl im Stich lassen, denn sie war schon jetzt wie ein allzu straff gespanntes Drahtseil. Dann würde er sie womöglich den Widerwillen spüren lassen, der ihn nun ihr gegenüber erfüllte.

Aber das war lächerlich. Er empfand ihr gegenüber gar keinen Widerwillen, nein, er liebte sie. Er liebte sie, und sie erwartete sein Kind, und deswegen hatte er sich von ihr ferngehalten. Es war nicht eigentlich so, daß er ihr aus dem Weg ging; das hatte er ihr und sich selber sehr klar auseinandergesetzt. Er mußte alle seine Gedanken, seine ganze Energie und Konzentration auf die bevorstehenden Prüfungen richten. Das hatte er ihr zu Weihnachten erklärt. Es war wie beim Training, nur ging es hier nicht um ein Spiel, sondern um seine Zukunft. Seine Zukunft und ihre Zukunft. Die seine, die ihre und die ihres Kindes.

Renata hatte ihm geantwortet, sie verstände ihn.

Gleich nach den Collegeprüfungen würden sie einander gehören – für immer. Sie würden in den Ferien heiraten und von da ab für alle Zeit glücklich sein.

Er brauchte keine Angst davor zu haben, sie zu sehen. Er liebte sie. Er hatte sie schon immer geliebt. Jetzt kam es nur darauf an, erst nach dem morgigen Tag daran zu denken, denn er konnte es sich nicht leisten, seinen Kopf mit solchen Gedanken zu verstopfen.

»Ambivalenz«, sagte Foals.

»Ach, hören Sie auf.« Cecily rutschte auf ihrem Stuhl tiefer, ihre Füße lagen auf dem eisernen Ofen. »Das hat auch schon im Wörterbuch in *Readers' Digest* gestanden.«

Foals lächelte. »Miß Fleisch möchte sich nicht mit *Readers' Digest* beschmutzen. Ist vielleicht einer von euch in einem Buch auf dieses Wort gestoßen?«

»Miteinander widerstreitende Gefühle von Liebe und Haß zur gleichen Zeit«, gab Judy Norris als Erklärung an.

»Ausgezeichnete Antwort«, erklärte Foals, »aber leider sind bei den Prüfungen nur Synonyme mit einem Wort zugelassen. Kann mir jemand ein anderes Wort nennen?«

»Dichotomie«, schlug Judy vor.

»Klingt sehr nach David Susskind«, antwortete Mr. Foals. »Aber es stellt kaum ein literarisches Synonym dar. Jedoch habt ihr bei der Prüfung eine vielfache Auswahl, und für den Fall daß ein solches Wort gefragt ist, für das es kein genaues Äquivalent gibt, seid ihr ziemlich sicher, wenn ihr ein Wort mit der gleichen Wurzel aussucht. Zum Beispiel: *ambi-;* oder *di-* oder *bi;* etwas in dieser Richtung. Vor allem kommt es darauf an, so schnell wie möglich diesen Wörterteil der Fragen durchzugehen. Ihr dürft euch nicht bei einem bestimmten Wort festrennen. Wenn ihr nicht gleich das richtige findet, laßt es aus...«

»Warum verbringen wir dann soviel Zeit mit dem einen Wort Ambivalenz?« rief Bob ungeduldig. »Können wir nicht auf andere Wörter übergehen?«

»Um bei der Wahrheit zu bleiben, ich habe nur sehr geringe Hoffnung, daß du zu einem so späten Zeitpunkt deinen Wortschatz noch erheblich vergrößern könntest, Bob. Ich kann nur hoffen, euch ganz allgemein einen Weg zu zeigen, auf dem es euch möglich wäre...«

Bob stieß seinen Stuhl geräuschvoll zurück und schlüpfte in seine Jacke. »Ich brauche keine Theorien. Was ich brauche sind Tatsachen. Wörter und Tatsachen. Etwas, das sich greifen läßt.« Er stürzte zum Klassenzimmer hinaus.

Foals stand einen Augenblick schweigend da und blätterte in seinen Notizen.

»Nehmen Sie es nicht zu ernst«, sagte Cecily. »Das ist das Übliche bei Nachzüglern. Er hat soviel Zeit damit verplempert, nicht zu lernen, und jetzt hat er plötzlich entdeckt, daß er fähig ist, etwas in sich aufzunehmen. Nun bekommt er es mit der Angst zu tun, daß er sich das alles nicht schnell genug eintrichtern kann. Eine Art umgekehrter Frust! Jugend, Schönheit und Gretchen hat er schon gehabt. Nun würde er seine Seele für größeres Wissen hingeben.«

»Ich danke dir für die Belehrung«, erwiderte Foals. »Aber ich kann dir versichern, daß ich es nicht zu ernst nehme.«

»Da bin ich aber froh!« rief Cecily. »Nein, wie froh ich bin!«

»Können wir jetzt weitermachen?« fragte Foals.

12. Kapitel

Als Sweet aus dem Fenster von Katherines Zimmer auf das Campus hinausblickte, machte er sie darauf aufmerksam, wie friedlich und still alles nun unter dieser weißen Frostdecke aussah, und er meinte, die gleiche heitere Gelassenheit sollte sich nun auch ihrer Gedanken und Herzen bemächtigen. Und während er das sagte, zog er sie langsam aus.

Von allem, was in der vergangenen Schulzeit geschehen war, gäbe es nur eins, was ihn ein wenig traurig gemacht hätte, meinte Sweet, und das wäre der frühe Einbruch des Frostes gewesen, der den Boden gefrieren ließ und den Kindern das Graben sehr erschwerte. Und dann der heftige Schneefall, der die Arbeiten an ihrem Vorhaben vorübergehend unmöglich gemacht hatte. Aber er hätte im *Jahrbuch des Farmers* nachgelesen, erklärte er ihr, während er ihr das Unterkleid über den Kopf zog, und glücklicherweise sollte demnach schon frühzeitig Tauwetter eintreten. Dann würden alle an die Arbeit zurückkehren und sich wieder ausgefüllt fühlen.

Sie hatte die Arme erhoben und war durch das rosige Nylon ein wenig behindert, ihre Gesicht war vom Unterkleid bedeckt, und Sweet erlaubte sich eine Beschleunigung im üblichen Tempo dieses Rituals und hakte ihren Büstenhalter auf, bevor sie sich befreien und sich wehren konnte. Schließlich hatte sie sich dem Unterkleid entwunden und versuchte sich zu bedecken. In der von Mondschein erhellten Dunkelheit konnte er erkennen, daß ihre Wangen hochrot waren. Nicht daß er ihre Brüste nicht gesehen hätte – das hatte er schon oft. Aber immer hatte es sich in seinem Zimmer abgespielt, wenn sie schließlich lag, und der Vorgang, sie bis auf das Bett zu bringen, hatte für gewöhnlich beide so erschöpft, daß die allmähliche Erforschung ihres Körpers fast nur noch ein Nachspiel zu sein schien. Nun waren sie kaum fünf Minuten in ihrem Zimmer, hatten sich noch nicht hingelegt, und ihre Brüste waren fast entblößt. Wie sollten sie nun die Zeit ausfüllen?

»Du solltest besser von hier verschwinden«, rief Katherine zornig.

»Ach, mein Liebling«, stöhnte Sweet. »Ich konnte nicht anders. Verzeih mir. Komm, ich decke dich zu.« Und mit diesen Worten versuchte er die mit Spitzen besetzten Schalen herunterzuziehen, aber seine Finger verfingen sich darin. Er verfluchte sich selber, weil er so ungeschickt war, als seine Knöchel über ihre Brustwarzen dahinstrichen.

»Ach, macht nichts«, rief Katerine ungeduldig, streifte die Bänder von ihren Schultern und warf den Büstenhalter auf den Schreibtisch.

»Mein kleiner Liebling.« Er sank auf die Knie. »Ich schäme mich.« Er drückte seinen Kopf an ihren Leib. »Aber als ich dich in deiner Schönheit im Mondschein stehen sah, ist etwas über mich gekommen. Verzeih mir. Bitte, verzeih mir.« Seine Finger stiegen die sanfte Leiter ihrer Rippen empor und baten sie flehend um Verzeihung.

»Schon gut, Will«, sagte sie.

»Wirklich?« rief er glücklich und rieb seine Augen an der weichen Seide ihrer Höschen, um die Freudentränen wegzuwischen.

»Schon gut«, wiederholte sie. »Aber du mußt jetzt gehen.«

»Was?«

»Du mußt gehen.«

»Ich habe dich gekränkt.«

»Ja, das hast du.«

Er sprang auf, ergriff sie fest an den Schultern, und seine Finger spreizten sich wie Flügel, die aus dem Ansatz ihres Halses herauswuchsen.

»Trotz all deines Geredes von Kirche und Gott steckt in dir nicht die geringste Neigung, etwas zu vergeben, meine Liebe. Du weißt nicht, was Christentum wirklich bedeutet, wenn du einem Mann einen Augenblick der Schwäche nicht verzeihen kannst. Ich habe mich dir gegenüber, Gott weiß wie lange, beherrscht, und ich habe dich dort stehen sehen, als das kleine Unterkleid dich wie ein rosiges Spinnennetz festhielt, und deine schönen kleinen Brüste, die mir entgegenstrebten. Ich habe einer Aufwallung von Ungeduld nachgegeben, und deshalb verurteilst du mich.«

»Darum geht es nicht, Will. Ich habe dir gesagt, hier dürften wir nichts tun. Nicht in meinem Zimmer.«

»Ich habe nichts weiter getan, als nach dir gegriffen; ich habe die Hand ausgestreckt, nur um diese hübschen reifen Pfirsiche zu befreien, die ihre Samthaut sprengen. Ach, kannst du es jemandem verdenken, daß er seine Zähne in diese Früchte schlagen möchte?«

»Will...«

»Wir sind hier, und was weiter? Die Kornfeld ist unten, alle lernen eifrig... Ich werde ganz leise sein. Weißt du nicht, wie leise ich sein werde?... Vorsichtig, Liebling, der Schreibtisch, fast hättest du die Bücher heruntergestoßen, du bist zu stürmisch. Vielleicht ist es besser, wir gehen zum Bett hinüber, um keinen unnötigen Lärm zu machen.«

»Will...«

»Leg dich nur hin, ganz entspannt... Entspannt... und ich könnte dich mein ganzes Leben lang küssen.«

»Ach, Will.«

Sie ließ sich aufs Bett sinken, bedeckte mit den Armen ihre Augen, und er küßte ihr Gesicht, ihren Hals und ihren Körper und bat sie, sie sollte keine Angst davor haben, die Augen zu öffnen. Nichts Schlimmes würde geschehen; sie sollte sich nicht davor fürchten, ihn anzusehen. Es sei schön, was zwischen ihnen geschähe.

»Schön«, wiederholte er und bat sie wie ein großer, glücklicher Bonbon liegen zu bleiben.

»Will... Will, was tust du?«

»Bleib nur ganz ruhig, Liebling. Ich ziehe nur all das Zeug herunter, damit du es bequem hast.«

»Will!«

»Nun reg dich nur nicht auf. Trotz all deiner Worte über Kirche und Gott ist dein Glaube doch nur sehr schwach. Und ich spreche nicht nur von dem Glauben an Gott, ich spreche von dem Glauben an den Menschen, an Gottes Schöpfung. Nun solltest du deinen Glauben mir zuwenden, deinen Glauben und dein Vertrauen. Wenn du es nach all der Zeit, die ich mit dir verbracht habe, und bei all den Gefühlen, die ich für dich empfinde, nicht kannst... wenn du glaubst, man kann mir nicht vertrauen, dann sollte zwischen uns alles zu Ende sein... und damit meine ich alles. Ich werde dir ein trauriges Lebewohl sagen. Ich meine es auch ernst damit, mit dem Traurigen und dem Lebewohl. Trauriges... Lebewohl...« Er strich zärtlich über ihren Körper hin, von unten nach oben, und seine Hände kamen an ihrem Gesicht zur Ruhe. »Das wäre es, kleine Geliebte«, flüsterte er und küßte ihren offenen Mund.

»Es tut mir leid, daß du nicht an mich geglaubt hast.«

»Ach, Will, hör auf. Das ist doch nur eine List.«

»Eine List?« Er blieb wie erstarrt stehen, einen Arm in seinem Hemdsärmel. »Was meinst du mit List?«

»Ich meine damit, daß sogar ich, so unerfahren ich auch bin, so wenig ich von Liebesspielen weiß, ein so plumpes Manöver durchschauen kann. Du möchtest mich dahin bringen, eine solche Angst davor zu haben, dich zu verlieren, daß ich dich bleiben lasse, unter welchen Bedingungen auch immer. Sogar... sogar...«

»Ach was!« rief Will. »So siehst du also die Sache an? Eine List? Ein Liebesspiel. Das ist sehr interessant. Ich räume dir auch ein, daß du nur sehr wenig von diesen Dingen weißt. Aber ich will dir noch etwas sagen. Du weißt sogar noch weniger, als du zu wissen glaubst. Siehst du, was ich tue?«

»Du ziehst dein Hemd an«, sagte Katherine.

»Ganz richtig. Großartig. Ich ziehe mein Hemd an.«

»Und das bedeutet, daß du weggehst.«

»Die Sache liegt sogar noch einfacher. Es bedeutet, daß mir nach fünf Monaten des Zusammenseins mit dir, in dem ich mich nach dir gesehnt und dich geliebt habe, es mir lediglich gelungen ist, mein Hemd auszuziehen. Nicht einmal meine Schuhe, bei weitem nicht. Nur mein elendes Hemd. Bist du vielleicht jemals auf den Gedanken gekommen, daß ich, da ich dich nicht haben konnte, doch das Gefühl genoß, an dich geschmiegt zu liegen? Hast du jemals geglaubt, daß ich es aufgegeben habe, dich zu nehmen... nur weil die *Oberfläche* deiner Haut alles war, was ich bekommen konnte, und mein Körper danach verlangte, deine Nähe zu fühlen? Hast du jemals daran gedacht, daß ich mich gern frei bewegt hätte – so daß es mir möglich gewesen wäre, selbst wenn ich selber keine volle Befriedigung gefunden hätte, doch ohne jede Kleidung dich etwas zu genießen?«

»Will...«

»›Behalt dein Unterhemd an, Will. Zieh deine Schuhe nicht aus, Will...‹ Als hättest du immer Angst gehabt, in meiner großen Zehe trüge ich eine gefährliche Waffe mit mir herum, die deine heiligen Mauern zum Einsturz bringen könnte.«

»Will, ich bitte dich...«

»Hast du eine Ahnung von Liebe? Ich meine, glaubst du, daß sich ein Mann, der am Verhungern ist, damit begnügen kann, wie ein Feinschmecker nur zu nippen und zu kosten? Glaubst du etwa, daß es mir Vergnügen macht, dies alles zu tun?«

»Ich weiß nicht«, antwortete Katherine unsicher. »Ist es nicht der Fall?«

»Natürlich nicht«, erwiderte Sweet.

»Ach, Will«, flüsterte sie, »es tut mir so leid.«

»Schon gut, meine Kleine.« Er setzte sich neben sie aufs Bett und strich ihr über das Haar. »Reg dich nicht auf. Wie hättest du es wissen können?«

»Es hat dir überhaupt kein Vergnügen gemacht?«

»Im Grunde nicht«, antwortete Sweet. »Das einzige, was ich genossen habe, war die Möglichkeit, dir Befriedigung zu geben. Deswegen bin ich jetzt so zornig geworden, verstehst du. Ich will nichts anderes, als dir Befriedigung schenken. Wenn du mir nicht erlaubst, mich auszuziehen, das lasse ich noch hinnehmen. Aber wenn du nach diesen kleinen Früchten greifst, als wären sie das einzige, was noch zwischen dir und der Verdammnis liegt, dann macht mich das rasend.«

»Es tut mir leid.«

»Wenn die Lust, die ich dir geben kann, begrenzt ist, möchte ich zumindest bis an die Grenzen gelangen.«

Sie küßte seine Hand.

»Außerdem ist es doch so, daß diese hauchdünnen Höschen mich nicht aufhalten könnten, selbst wenn sie aus Eisen wären. Wenn ... *wenn* ich selber nicht den Willen hätte, mich zurückzuhalten. Du kannst mir glauben, ich hätte all das, was wir miteinander getan haben, nicht so lange durchhalten können, wenn ich dich nicht so liebte, so daß mein eigenes Vergnügen dabei überhaupt keine Rolle spielt.«

»Wirklich?«

»Was sonst könnte der Grund sein?« Sweet strich das warme Haar von ihrer Stirn und küßte ihre Schläfe. »Und kannst du auch nur einen Augenblick glauben, daß ich, so wie ich dich liebe, es mir erlauben würde, dich zu entehren?«

»Ach, Will«, stieß sie hervor und bemühte sich, mit ihren Lippen den seinen zu begegnen, aber er drückte seinen Mund noch immer auf ihre Stirn.

»Nein, mein kleiner Liebling. Selbst wenn alle Lust und das ganze Höllenfeuer der Verdammnis in mir aufloderten, so würde ich es doch niemals zulassen, daß sie dich berühren. Sie können wie ein glühender Schürhaken in mich hineinfahren, mir meine Gedärme herausreißen und meine Lenden versengen, bevor ich diese Glut in deiner kühlen Zärtlichkeit löschte.«

»Will...«

»Ja, mein Liebling?«

»Will, zieh dich aus.«

»Nein, nicht jetzt, meine hübsche Kitty. Es ist schon viel zu spät.«

»Nein, das ist es nicht.«

»Die Kinder werden bald aus dem Lesesaal heraufkommen.«

»Sie werden nichts hören. Wir werden ganz leise sein.«

»Was ist mit der Kornfeld.«

»Sie weiß nicht, daß du hier bist.«

»Nein, es wäre nicht richtig. Du bist viel zu erregt. Du solltest lieber schlafen.«

»Will, bitte... ich bitte dich darum.«

»Na gut«, sagte er. »Aber ich werde nicht lange bleiben.« Er erhob sich, blieb im Mondschein, der durch das Fenster fiel, stehen, zog sich aus und legte alles ordentlich gefaltet auf ihren Schreibtischstuhl. »Auch die Hose?« fragte er leise.

»Alles.«

Sie streckte in zärtlicher Annäherung die Arme nach ihm aus, aber noch mied er ihre Umarmung und setzte sich seitlich auf das Bett, bevor er seinen nackten Oberkörper ihr zuwandte. Sie küßte ihn ungestüm, aber mit seinem Ellbogen fühlte er, daß sie ihr Höschen noch immer anhatte.

»Oh, mein Geliebter«, sagte sie, »du liebst mich wirklich.«

»Stimmt. Paß nur auf, wie ich es tue.«

Da begann er es ihr lebhaft und anschaulich vorzuführen, nicht alles auf einmal, wobei er die harmloseren Partien ihres Körpers zu einer solchen Erregung steigerte, daß sie, als seine Zunge den Gummizug ihres Höschens von innen her spannte, ihre Hüften aufbäumte und es selber auszog.

»Mein Liebling«, flüsterte er und stürzte sich auf das nun fast letzte Schlachtfeld.

»Will...«, flüsterte sie heiser.

»Was ist?«

»Ach, Will.«

»Bleib so. Ganz locker.«

»Will, bitte.«

»Du hast nichts zu befürchten. Es wird dir nichts geschehen.«
»Bitte.«
»Ich habe dir gesagt, ich werde dir nichts antun.«
»Will...«, stöhnte sie. »Bitte, Will.« Ungestüm griff sie nach ihm. »Ich möchte dich fühlen.«
»Ich bin da. Ich bin noch immer da.«
»Ich möchte dich fühlen.«
»Gib mir deine Hand.«
»Ich meine, in mir.«
»Was sagst du?«
»In mir. Ich möchte dich in mir haben.«
»Nein, das willst du nicht.«
»Doch, bitte, Will. Jetzt.«
»Aber nein«, sagte Will. »Aber nein. Ich weiß, was du empfindest. Ich weiß, was diese Hochzeitslaken für dich bedeuten.«
»Das ist alles gleichgültig«, erwiderte sie. »Es ist dumm. Bitte. Es macht nichts.«
»Ich habe dir mein Wort gegeben«, rief Will.
»Dann brich es.«
»Du bist eine andere«, sagte er. »Das bist nicht du, die so redet.«
»Doch, ich bin es. Genau das wünsche ich mir.«
»Du bist nur erregt«, sagte er und rieb sich sanft an ihren Hüften. »Du wirst darüber hinwegkommen.«
»Nein. Nein.«
»Und was ist mit dem Tag nach deiner Hochzeit? Wenn nichts auf den Laken ist?«
»Das ist mir jetzt alles gleichgültig. Es ist mir gleichgültig.«
»Aber mir nicht«, entgegnete Will. »Ich liebe dich. Ich weiß, woran dir wirklich etwas liegt.«
»Tu es mir an, Will, bitte.«
»Ich habe vorhin schon gesagt, Höllenfeuer«, rief Will. »Und ich habe auch dieses Höllenfeuer gemeint. Du weißt, wie sehr ich nach dir verlange. Du kannst es fühlen.«
»Und ich will dich. Ich will dich. Bitte.«
»Nein, nicht so. Ich weiß, du willst es nicht so haben.«
»Doch.«
»Und die Hochzeit?«
»Bitte, Will.«
»Willst du Tausenden von Jahren den Rücken kehren?«
»Ja. Ja!«
»Nein, Kitty, ich kann es nicht zulassen. Ich liebe dich zu sehr.«

»Das tust du nicht. Du liebst mich überhaupt nicht.«

»O doch, ich liebe dich«, entgegnete er. »Doch, ich liebe dich.«

»Dann tu es«, flüsterte sie.

»Na gut.« Er lächelte und hob sich auf die Ellbogen. »Na gut, ich tue es.«

13. Kapitel

Im gecharterten Bus auf der Rückfahrt von der Bezirksoberschule beklagte sich Cecily bitter darüber, daß sie von all den Räumen, in denen sie für die Prüfung hätte sitzen können, ausgerechnet dem zugewiesen worden war, in dem Dolly Klinkle die Aufsicht führte.

»Es ist mir völlig klar, daß sie, da sie so klein ist, besonders dafür geeignet ist, Notizen auf Hemdsärmeln zu entdecken. Aber da saß ich nun, im ganzen Raum die einzige aus Coventry Hall, und wahrscheinlich wollte sie nicht den Eindruck erwecken, als ob sie jemand begünstigte. Jedesmal... *jedesmal*, wenn ich aufblickte, habe ich direkt in die Augen dieser Hexe gesehen.«

»Wenigstens hast du Foals nicht in deinem Raum gehabt«, meinte Lionel. »Er ist zwischen den Bänken, aufgeregt wie ein werdender Vater, auf und ab gegangen.«

»Ich finde, das ist süß«, sagte January.

»Sacharin ist es«, rief Lionel. »Du bist jetzt schon fast eine Frau, January. Hör mit diesem sentimentalen Unsinn auf.« Er gab ihr einen Zettel, der für Almira De Cava bestimmt war, die in der nächsten Reihe neben Judy Norris saß.

»Wie hast du bei der Prüfung des Wortschatzes abgeschnitten?« fragte January Cecily.

»Ich weiß nicht. Diese umhertrippelnde Zwergin hat mich so aufgeregt, daß ich alle Mühe hatte, meinen Erdnußkrokant zu verschlingen.«

»Ich glaube, bei mir war jede Definition richtig«, erklärte Judy Norris.

»Dich hat niemand gefragt«, rief Cecily.

Judy lächelte sie über die Rückenlehne ihres Sessels an. »Was hast du für *beharrlich* eingesetzt?«

»Wir dürfen die Antworten nicht miteinander vergleichen«, erwiderte Cecily.

»Jetzt ist es erlaubt«, erklärte Judy hartnäckig. »Während der Prüfung wäre es Schummeln.«

»Und jetzt wäre es demoralisierend«, entgegnete Cecily. »Halt den Mund und schnaub dir die Nase.«

»Ich habe Äquivalenz überprüft«, fuhr Judy fort. »Da haben wir, obwohl es nicht ganz genau entspricht, eine Wurzel im Lateinischen und bei all den Möglichkeiten...«

»Weißt du wirklich nicht, wann du den Mund zu halten hast?« rief Cecily gereizt. »Ich bedaure es, jemals etwas mit dir zu tun gehabt zu haben, sogar als Helot.« – »Dann erinnere ich mich gar nicht«, sagte Judy. »Gehörte das mit zu den Fragen? Was hast du da eingesetzt?«

»Trampel!« schrie Cecily. »Flegel!«

»Aber das sind doch alles archaische Ausdrücke!« wandte Judy ein. »Du hättest Leibeigener einsetzen sollen.«

»Oh, Herrgott im Himmel!« rief Cecily. »Bring diesen Nasalstrom zum Austrocknen!«

»Du kannst es ganz einfach nicht ertragen, daß ich es richtig habe und du nicht.«

»Nein, Judy, da irrst du. Ich kann nur einen Menschen nicht ertragen, der ständig damit prahlen muß, daß er recht hat. Noch dazu jemand mit einer Nebenhöhlenerkrankung! Es gibt auf der ganzen Wertskala nichts Niedrigeres als einen Menschen mit näselnder Stimme, der alles weiß!«

»Es ist nämlich wahr...«

»Hör auf!« warnte Cecily.

»Es ist nämlich wahr...«

»Willst du unbedingt in einem Orkan von Krokantstaub umkommen?«

»Es ist nämlich wahr, daß du nichts weiter als eine...«

»Hilf mir, January«, rief Cecily und zerbrach die großen Schokoladenrechtecke in kleine Stückchen. »Sonst muß ich sie umbringen.«

»Du bist nichts weiter als eine heimliche Streberin! Du tust immer so, als ob du auf das ganze Pauken pfeifst, aber in Wahrheit bringst du dich um, nur um gut abzuschneiden!«

»Stirb!!!« rief Cecily und begann, mit den Schokoladenstückchen nach Judy zu werfen.

»Was geht da vor?« schrie Bob Duzo.

Cecily brach in einen wilden Jubelruf aus. »Soll er, der keine Nüsse hat, den ersten Krümel werfen!«

»Jetzt greifen sie mit Bordwaffen an!« brüllte Frenchy. »Wissen sie denn nicht, daß dies hier ein Lazarett ist?«

Almira De Cava drückte sich ans Fenster, um den Geschossen auszuweichen. January beobachtete, wie sie mit dem Bleistift etwas auf den unteren Rand von Lionels Zettel schrieb. Dann drehte sich Almira um und gab den gefalteten Zettel am Fenster entlang nach hinten.

»Gib ihn durch«, flüsterte Almira. »An Lionel.«

January nickte. Cecily war nun auf den Sitz am Gang gestiegen, um freieres Schußfeld zu haben, und January war überzeugt, daß sie in dem Tumult, der um sie her tobte, die Nachricht lesen könnte, ohne dabei beobachtet zu werden. Leider war Almira ebenso pedantisch wie dumm und hatte den Zettel weit öfter gefaltet als notwendig. January beugte sich vor und las:

> Almira, deiner Schönheit Wunder
> Zerwühlt wie ein Drache mein Herz,
> Als sei's Plunder.
>
> Und bist du auch parfümierter als alle,
> Seh ich dich trotzdem, in diesem Falle
> In der guten Stadt New York.
> Bitte, gib mir keinen Korb.

Das ist ihm wieder ähnlich, überlegte January, frei nach Poe, sehr frei. Und was ihm noch ähnlicher sieht, so etwas auf Almira zu verschwenden.

Unten auf den Zettel hatte Almira mit Bleistift »Nein!« geschrieben. January faltete den Zettel beglückt wieder zusammen und gab ihn an Lionel weiter.

»Danke«, sagte Lionel.

»Meine Haare!« kreischte Judy. »Du wirfst es mir in die Haare!«

»Das sind doch keine Haare«, erwiderte Cecily. »Das ist nichts weiter als Wollgras.«

»Gib es weiter«, sagte Lionel zu January. Er beobachtete sie, und so blieb ihr nichts weiter übrig, als zu lächeln und den Zettel sofort an Almira weiterzuleiten.

»Was wird meine Mutter sagen, wenn sie all das Zeug in meinen Haaren sieht?«

»Wenn sie richtig gewickelt ist, wird sie Halleluja rufen, weil es keine Läuse sind. Aber wenn ich jemals eine Anwärterin auf Läuse gesehen habe, bist du es.«

»Würdest du bitte dies an Lionel weitergeben, January?«

»Haltet sie zurück!« schrie Judy. »Das Zeug bleibt in meinen Haaren kleben.«

»Komme schon.« Bob ging den Gang entlang und trat neben Cecily. »Was ist hier los?«

»Sie versucht, ihre Läuse bei uns loszuwerden«, erklärte Cecily.

January entfaltete den Zettel: *»Warum nicht?«* hatte Lionel geschrieben. *»Ich fahre nach Washington«,* hatte Almira geantwortet. *»Darum.«*

»Du lieber Himmel«, murmelte January vor sich hin und begann, den Zettel erneut zu falten, hielt jedoch inne, als sie Lionels Hand auf ihrer Schulter verspürte.

»Schon gut«, sagte er. »Gib's nur her.«

»Ich habe es nicht gelesen«, erklärte January. »Sie hat ihn halb offen herübergegeben.«

»Nur her damit.«

Sie reichte den Zettel weiter, ohne sich umzudrehen, damit er nicht sehen konnte, wie rot ihr Gesicht war.

»Schon gut – ihr seid alle wahrscheinlich ziemlich aufgeregt«, sagte Bob, »weil die Prüfungen vorbei sin. Aber das ist keine Entschuldigung dafür, daß ihr euch nun wie Tiere aufführt.«

»Warum nicht?« fragte Frazier Peters.

»Zunächst einmal brauchen Tiere keine Prüfungen zu bestehen.«

»Ganz gute Antwort«, meinte Cecily. »Zu Hause werde ich dir eine Zwei plus geben.«

»Zwei minus«, rief Frenchy.

»Zwei plus«, kreischte Cecily. »Er ist Sportler.«

January merkte, daß ihr jemand auf die Schulter klopfte, und griff nach dem Zettel. Es war nur einmal gefaltet, und auf der einen Außenseite stand: *January.*

Sie bemühte sich, ihre Erregung zu beherrschen, als sie das Papier öffnete. Auf der Innenseite hatte Lionel hastig hingekritzelt: »Dies ist für dich, Schnüfflerin.«

Nachdem es Bob gelungen war, alle zu beruhigen, zeigte January Cecily den Zettel. »Es schmeißt mich immer wieder um, wieso jemand, der Gedichte schreibt, etwas so Kindliches schreiben kann.«

»Ich weiß auch nicht, warum«, antwortete Cecily. »Du hast ja schon immer gewußt, was für ein kindlicher Flegel er ist. Was für ein flegelhaftes Kind.«

»Kannst du dir vorstellen, daß er mir unterstellt, ich würde seine Zettel lesen?«

»Ich kann mir etwas ganz anderes nicht vorstellen, January, wieso du nämlich – wenn du dich schon auf jemand festlegen mußtest, der zu haben war – dir nicht eine richtige Persönlichkeit ausgesucht hast. Jemanden wie Will.«

»Er ist nicht mein Typ.«

»Dann Duzo. Duzo ist wahrscheinlich der einzige erstklassige Männertyp unter den Jungen. Gott sei Dank – er hat mich gerade noch rechtzeitig zurückgehalten. Fast hätte ich auch noch den letzten Rest meines Krokants verschossen.«

»Er ist doch immer in Renata verschossen gewesen.«

»Vielen Dank für diese Information«, meinte Cecily. »Hast du gesehen, wie die beiden in den Bus gestiegen sind? Sie war geradezu der Inbegriff stiller Anbetung. Gewiß, sie hat schon immer diese gelassene Pseudo-Heiterkeit ausgestrahlt, aber sie galt niemals einem bestimmten Menschen. Als er ihr jedoch beim Einsteigen half, schien sie sich ganz auf ihn zu stützen. Das ist bei Renata ein sehr großes Zugeständnis. Ich meine, wenn eine ihr ganzes Leben damit verbracht hat, eine *Aura* der Weiblichkeit auszustrahlen, und dann jemand kommt, sie einsammelt, auf sie einwirkt und ihr sagt, was sie zu tun hat, dann strahlt sie erst wirklich.«

»Wenn man dich hört, sollte man meinen, es handele sich dabei um ein Vitamin«, sagte January.

»Wirklich? Ich hatte geglaubt, ich bewegte mich da auf der Linie deiner reumütigen Vorstellungen.« Cecily begann, am Boden nach heruntergefallenen Erdnußkrümeln zu suchen. »Ich könnte mir denken, daß dies eine Zeit der Läuterung für beide gewesen ist. Du hast ja auch gesagt, daß er sich mit seiner Arbeit fast umgebracht hat. Sie sind kaum noch zusammen gewesen. Wahrscheinlich hat er es sich als eine Zeit der Meditation für sie gedacht. Das ist für Leute, für die Unzucht zur Gewohnheit geworden ist, die typische Situation. Haben sie es bis dahin ohne jedes Nachdenken getan, so regeneriert wahre Liebe ihr Gewissen.«

»Ich würde in bezug auf Renata nicht gerade von Unzucht sprechen.«

»Nimm zum Beispiel Madame Bovary. Da hast du meiner Ansicht nach die typische Ehebrecherin, bei der es keine Regeneration gibt. Und dann begegnet sie Wronski – und sie liebt es nicht nur, es zu tun, sondern seine Liebe bringt sie auch dazu, darüber *nachzudenken*, so daß sie es am Ende aus reiner Liebe tut.«

»Du meinst wohl Anna Karenina.«

»Das ändert nichts am Kernpunkt der Sache. Wenn du dem richtigen Mann begegnest, führt dies zu geistiger Entwicklung, selbst innerhalb der Grenzen einer Paarung im Heu.«

»Beide finden am Ende den Tod. Vielleicht stammt deine Verwechslung von dort.«

»Und deine Verwirrung«, entgegnete Cecily, »rührt von der Tatsache her, daß du es darauf anlegst, jedes sachliche Argument zu untergraben. Ich bin ursprünglich davon ausgegangen, daß du dir einen richtigen Mann hättest aussuchen sollen, in den du dich verlieben könntest. Da diese Liebe aber ohnehin unerwidert blieb, hättest du dasselbe auch bei Bob Duzo haben können, denn er ist ein höheres Wesen – und er hätte deine Liebe *nur* aus dem Grund nicht erwidert, weil er in außerordentlicher Weise von einem anderen höheren Wesen besessen ist. Und sie wäre nicht...« Cecily schüttelte die Krümel aus der Schachtel in ihren Mund, »von einem mit Akne behafteten pubeszenten Jungen unerwidert geblieben, der sich mit einer Dirne mit Hängebrüsten trifft.«

»Das tut er nicht«, widersprach January. »Sie geht nach Washington.«

»Ha!« Lionels Kopf war über der Rückenlehne aufgetaucht. »Du hast es doch gelesen!«

»Zurück in deinen Stall, du Schwein!« rief Cecily. »Lauscher an der Wand kann niemand leiden.«

»Nicht einmal eine, die Zettel abfängt?« rief Lionel.

»Wenn du damit andeuten willst, ich hätte eine Nachricht von Miß De Cava an dich gelesen«, erwiderte January, »so haben deine Wahnvorstellungen bereits alle Grenzen hinter sich gelassen. Alle wissen doch, daß Almira weder lesen noch schreiben kann.«

»So?« knurrte Lionel.

»Sieh ihn dir nur gut an, January«, seufzte Cecily, »diesen idiotischen Gegenstand deiner Verzückung. Nun auf Einsilbigkeit reduziert.«

Lionel lehnte sich zurück.

»Wie ich schon sagte«, flüsterte Cecily, »du hättest dir Bob Duzo aussuchen sollen. Wenn du schon die Wonnen einer heimlichen unerwiderten Liebe erleben wolltest, hättest du sie ebensogut mit dem Besten, der zur Auswahl stand, haben können. Dann hättest du wenigstens wahrhaftig beglückende Qualen durchgemacht, an die man sich gern erinnert, so wie ich.«

»Bob?«

Cecily nickte.

»Cecily!« rief January. »Das habe ich ja gar nicht gewußt!«

»Das ist es ja gerade, was ein Geheimnis ausmacht, du Dummchen«, sagte Cecily und wischte sich den Mund ab.

Während der ganzen Fahrt zurück nach Coventry Hall hoffte Bob, Renata würde sein Schweigen für Müdigkeit ansehen. Er saß neben ihr, lächelte sie von Zeit zu Zeit an und glaubte nicht, daß sie auf den Gedanken kommen könnte, es sei etwas nicht in Ordnung. Es war ja auch alles in Ordnung. Er war nur abgekämpft, das war die ganze Geschichte, entsetzlich niedergeschlagen: So wie er es auch nach einem Wettkampf war, bei dem er sich bis zum Äußersten ausgegeben und den Ball einem riesigen Mittelstürmer abgejagt hatte. Sie war nach so vielen Wettkämpfen mit ihm zusammen gewesen, daß sie genau wissen mußte, nichts anderes könnte der Grund sein. Als er nun genauer darüber nachdachte, wurde ihm jedoch bewußt, daß er nach Wettkämpfen, bei denen er sein Bestes gegeben hatte, niemals niedergeschlagen gewesen war. Immer war er wie im Sturm aus einem solchen Spiel gekommen, von seinen eigenen Kräften so aufgeladen, daß sie ihn stundenlang hatte beruhigen müssen, um ihn wieder ins Gleichgewicht zu bringen. So griff er nach ihrer Hand.

»Was ist?« fragte sie. Er zog die Hand zurück, drehte sie herum und betrachtete seine Finger. »Sieht aus wie eine Hand.«

»Nicht, Bob. Du weißt, was ich meine. Was ist los?«

»Nichts ist los.«

»Du belügst mich.«

»Ich habe dich niemals belogen«, erwiderte er. Das stimmte. Schlimmstenfalls hatte er sich selber belogen und ihr das Ergebnis dieser Selbstgespräche mitgeteilt.

»Sag mir, daß du es jetzt machen willst«, sagte Renata. »Sofort. Sieh mich an und sag mir, daß du es tun willst.«

Sie blickte ihm so fest in die Augen, daß er befürchtete, sie könnte Dinge in ihm sehen, von denen er nicht einmal wußte, daß es sie gab. Aber in diesem Augenblick begann Cecily ihren Streit mit Judy Norris, und er bat Renata, ihn zu entschuldigen, er müßte erst einmal die anderen zusammenstauchen.

Als er zu seinem Platz zurückkam, hatte er seine Unruhe wie einen festen Ball tief in sich hineingestopft, daß sie sie unmöglich entdecken konnte.

Dann erklärte er ihr, wie die Sache vor sich gehen sollte. Sie sollte einen Koffer packen, als ob sie wirklich zu den Ferien verreiste, ihn in den Keller im Haus Tara stellen und mit allen anderen zum Bahnhof gehen. In der letzten Minute sollte sie sagen, sie habe ihren Koffer vergessen und würde einen späteren Zug nehmen. In der Zwischenzeit sollte Bob ihren Koffer holen und sich dann mit ihr an der Bushaltestelle treffen. Von dort würden sie einen Bus nach Elkton nehmen.

»Und dort werden wir heiraten«, erklärte er. »Und von da ab werden wir glücklich bis an unser Ende leben.«

»Das kann ich nicht«, antwortete Renata.

»Wieso nicht?«

»Meine Mutter ist in Europa, und ihre Schwester kommt von Denver herüber, nur um sich um mich zu kümmern. Wenn ich nicht erscheine, wird sie einen Schreck bekommen, meiner Mutter telegrafieren, meine Mutter wird zurückfliegen, und die Hölle wird los sein.«

»Wann ist denn deine Mutter nach Europa gereist?«

»Gleich nach Neujahr.«

»Und das hast du mir bis jetzt nicht gesagt?«

»Du hast erklärt, wir würden erst nach dem Ende der Prüfungen über die Sache reden.«

»Trotzdem hättest du es mir sagen können«, entgegnete er.

»Das hätte doch noch nicht bedeutet, daß wir über die Sache redeten.«

»Entschuldige.«

»Schon gut«, antwortete Bob. »Es ist ebenso meine Schuld...«

Sie legte ihre Finger sanft auf seinen Arm und bewog ihn durch diese Berührung, ihr in die Augen zu blicken. »Du darfst... du darfst dich niemals entschuldigen, bitte.«

»Machen wir uns darüber keine Gedanken. Versuchen wir nur zu retten, was zu retten ist. Weiß deine Tante von den Ferien?«

»Deswegen kommt sie ja.«

»Aber weiß sie, wie lange sie dauern? Ältere Leute wissen oft nicht genau Bescheid, wie lange solche Ferien dauern. Es ist nicht so, als wäre es Weihnachten oder Ostern. Könntest du nicht einen Tag früher von zu Hause wegfahren?«

»Wahrscheinlich.«

»Dann tu das. Dienstag in einer Woche treffen wir uns in Elkton.«

»Und wo bleibst du?«

»Ich bleibe hier«, sagte Bob. »Ich werde mir etwas zusätzliches Geld verdienen, indem ich hier arbeite.«

»Ach Bobby«, seufzte sie. »Was für Ferien!«

»Macht nichts.« Er lächelte. »Uns bleibt noch unser ganzes Leben, um Ferien zu machen. Eine einzige große Ferienzeit.« Er drückte ihre Hand. Sie war kalt. »Zieh dich nur für den Zug warm an. Ich möchte nicht, daß dir was passiert. Uns.« Er schluckte. »Uns allen.«

»Hussa!« brüllte Sweet, benutzte die Geländer wie die Holme eines Barrens, schwang sich hoch empor und trat den Jungen, als sie die Treppe hinunterliefen, hinten rein. »Macht nur, daß ihr wegkommt. Ich will euch nicht mehr sehen. Auf jeden Fall nicht bis zum Ende der Ferien.«

Die letzten, die das Haus verließen, blieben unten an der Treppe stehen, winkten Sweet zum Abschied zu und fragten, ob er nicht mit ihnen zum Bahnhof kommen könnte. Aber er erklärte ihnen, sie sollten abhauen, er hätte genug von ihnen, es würde ihm für ein ganzes Leben reichen. Dann spielte ein breites Lächeln über sein Gesicht hin, und er rief ihnen zu, sie sollten sich gut amüsieren. Er würde das Beste aus der Situation machen – obwohl der Allmächtige allein wüßte, wie er ohne sie zurechtkommen sollte.

Die Tür fiel hinter ihnen ins Schloß, und sie waren verschwunden. Das Lächeln wich aus seinem Gesicht. Er wandte sich um und ging langsam die Treppe hinauf in das Zimmer am Ende des Gangs.

»He, Bob!« Er stieß die Tür zu Duzos Zimmer auf. Bob lag auf dem Rücken und kratzte mit einem Rasiermesser Staub aus alten, in die Wand geschnitzten Namenszeichen heraus. »Ich habe gemerkt, daß du nicht mit den anderen weggegangen bist. Etwas nicht in Ordnung?«

»Alles bestens. Ich bin nur ein bißchen aufgedreht.«

»Ach was? Wodurch?« rief Sweet gutgelaunt. »Hast du etwa Zugang zu etwas, wovon ich nichts weiß?«

»Nicht die geringsten Aussichten für so was«, sagte Bob.

»Hm«, meinte Sweet. »Na ja.«

»Ich bin nur von den Prüfungen her noch aufgedreht«, erklärte Bob und betrachtete aufmerksam sein Werk. »Ich muß mich erst entspannen.«

»Fährst du nicht nach Hause?«

»Nein.«

»Wird sich deine Mutter nicht aufregen?«

»Meine Mutter weiß nichts von diesen Ferien«, antwortete Bob. »Was hast du vor?«

»Nichts Besonderes«, sagte Bob. »Irgendwas.«
»Das klingt nicht gerade sehr lustig.«
»Machen Sie sich Gedanken darum, ob ich mich amüsiere, Will?«
»Ich versuche nur nett zu sein«, antwortete Sweet. »Man kann doch nicht gegen einen Mann etwas haben, nur weil er versucht nett zu sein.«
»Stimmt«, erwiderte Bob. »Allein aus diesem Grund kann man nichts gegen einen Mann haben.«
Sweet schloß die Tür hinter sich, und Bob stieß die Messerspitze tief in die Wand. Er verachtete sich selbst fast ebenso sehr, wie er Sweet verachtete. Er verriet sich, und dabei hatte er die ganze Zeit so darauf geachtet, sich nichts anmerken zu lassen. All die Wochen hindurch war es ihm gelungen, Sweet aus dem Weg zu gehen. Und jetzt brachte er mit einem einzigen törichten Stoß die ganze Mauer zum Einstürzen, die er so sorgfältig zwischen ihnen errichtet hatte. Er benahm sich wie ein kleiner böser Wolf, der der Versuchung nicht widerstehen konnte, sich vor dem Schwein aufzuspielen.
Sweet zu verstehen zu geben, daß er Bescheid wußte, war Wahnsinn. Denn es gab nichts zu sagen. Renata würde sein Kind bekommen und sie würde seine Frau sein. Nicht Sweets Frau. Das niemals. Aber wenn er Renata liebte, so war das doch kein Grund, Sweet zu hassen. Und noch wichtiger: Wenn er Renata liebte, und das tat er von ganzem Herzen, dann konnte er es sich nicht leisten, Sweet seinen Haß spüren zu lassen. Geheimnisse gab es nur zwischen zwei Menschen: Sobald ein Geheimnis – sogar ein geheimer Haß – über die zwei Menschen hinausging, gehörte es allen. Wurde die Sache erst einmal in die Öffentlichkeit gezerrt, würde die Schande dadurch nie mehr auszulöschen sein. Dann würde sie sie ein ganzes Leben lang begleiten. Er stand vom Bett auf, kämmte sich und versuchte so auszusehen, als wollte er ein wenig herumbummeln. »He, Will?« rief er den leeren Gang entlang.
»Bin hier.«
Sweet stand an der Fensterbank und schnallte seine Gitarre oben auf seinen Militärsack.
»Was haben Sie vor?« fragte Bob.
»Ich mache alles klar, um Segel zu setzen.«
»Was wollen Sie machen?«
»Nichts Besonderes«, antwortete Sweet. »Irgendwas.«
»Ach, Will«, rief Bob, »halten Sie mir das nicht vor. Ich habe mir nichts weiter dabei gedacht.«
»Schon gut.«

»Was haben Sie vor?«

»Ich habe mir gedacht, daß wir – ich und mein hübscher kleiner Lastwagen – zu einer neuen Grenze aufbrechen.«

»Haben Sie denn die Zeit, bis zu einer solchen Grenze zu gelangen?«

»Es gibt noch eine Menge Grenzen«, erklärte Sweet.

»Ich weiß, Will, Sie haben mir davon erzählt. Aber die Ferien dauern doch nur zehn Tage.«

»Zehn Tage sind ausreichend, um an die Grenzen des westlichen Massachusetts zu gelangen.«

Bob lachte auf.

»Lach nicht zu laut, mein Junge. Es gibt noch immer echte Grenzen, und die findet man an ganz unerwarteten Orten. Zum Beispiel die Schwarzen Berge westlich von Pembroke.«

»Ich lache gar nicht.«

»Da gibt es heutzutage noch Männer, die den Boden mit der Hand bearbeiten, vierzehn Kinder haben und sie regelmäßig mit einem Lederriemen verprügeln. Sie haben niemals vom Fernsehen gehört und glauben, Fürsorge für die Alten sei so etwas wie ein altes Volkslied. Sie haben in ihren Köpfen keine anderen Gedanken, als so lange zu leben wie nur möglich und dann so schnell zu sterben wie nur möglich, wenn es unbedingt sein muß. Das ist es, was den Charakter einer Grenze ausmacht – nicht etwa eine dünne Linie auf einer Karte oder ein Punkt irgendwo im Weltraum, über den hinaus noch niemand gelangt ist. Diese Grenzen liegen dort, wo Menschen schon lange gelebt haben, aber bisher hat noch niemand sie so richtig gesehen.«

»Was wollen Sie machen, wenn Sie hinkommen.«

»Ich habe Freunde dort«, sagte Sweet. »Und ich nehme mein Tonbandgerät mit. Ich hoffe, daß ich diesmal eine echte amerikanische Version von *Barb'ry Allen* finde.«

»Alles Gute.«

Sweet wandte sich zu Bob um. »Willst du nicht mitkommen?«

»Nein, danke, Will. Ich...«

»Zum Teufel... ich habe, wer weiß wie lange, überhaupt nichts mehr von dir gesehen, und es wird ganz gemütlich – wirst nicht enttäuscht sein... du und ich, wir werden in dieser weiten Landschaft herumwandern. Warum nicht? Warum kommst du nicht mit?«

»Ich habe hier einiges zu tun«, antwortete Bob.

»Es wird Spaß machen, was ist denn los? Habe ich es dir nicht schön genug ausgemalt?«

»Das haben Sie bestimmt, Will. Bei Ihnen klingt alles immer wie ein großer Spaß.«

»Warum kommst du dann nicht mit?«

»Ich würde lieber hierbleiben.«

»Na gut«, meinte Sweet. »Ganz wie du willst. Du solltest nur nicht glauben, du wärst mir gleichgültig. Ich mag dich, Bob. Vergiß das nicht.«

»Bestimmt nicht«, rief Bob und winkte ihm nach, als er die Treppe hinunterging.

14. Kapitel

Bob verbrachte sechs Tage damit, auf dem Gelände aufzuräumen. Er aß mit dem zusammengeschrumpften Lehrerkollegium, das in Coventry Hall geblieben war, und schlief soviel wie möglich. Tatsächlich mehr, als für ihn gut war, aber er war nicht in der Stimmung nachzudenken, das Fernsehen machte ihn unruhig, und die Bücher hatte er satt.

Samstagnacht sollte ein jäher Einbruch warmer Luft von irgendeinem Golf her erfolgen, behauptete der Nachrichtensprecher. Als Bob aufwachte, stellte er überrascht fest, daß der Wetterbericht recht behalten hatte. Tauwetter war auf dem Campus ausgebrochen, als hätte man ein riesiges Streichholz allzunah an das Gesicht einer Wachspuppe gehalten. Alles sah aufgequollen und verändert aus. Den halben Vormittag lang war er damit beschäftigt, mit dem Papierpieß durchweichten Abfall – Papiere aller Art in schmutzigen Tümpeln – aufzuspießen und den Versuch zu machen, um Tara herum einen gewissen Anschein von Ordnung und Gepflegtheit zu erwecken.

»Genug, genug, du bist nicht der liebe Gott!« rief Frau Dr. Mann und stürzte aus dem Haus auf ihn zu. »Dafür wird schon der Frühling sorgen, aber nicht du.«

»Es sieht so häßlich aus«, meinte Bob.

»Bei dieser aufgeweichten Erde läßt sich mehr nicht erreichen. Das genügt. Du hast Ferien, selbst wenn du arbeitest.« Sie legte ihren Arm um seine Schulter und zog ihn mit sich zum Haus. »Komm, ich habe einen Auftrag für dich. Kannst du Auto fahren? Natürlich, du bist ja Italiener.«

Sie führte ihn bis zur Anfahrt vor ihrem Haus und bat ihn, einen

Augenblick zu warten. Als sie zurückkehrte, hielt sie ein Buch in der Hand. »Bring dies bitte in Mr. Foals' Wohnung. Weißt du, wo er wohnt?«

»Ja«, antwortete Bob.

»Es ist sehr wichtig, daß er es sofort bekommt. Er braucht es für seine Doktorarbeit.« Sie gab ihm die Schlüssel für den Kombiwagen, und bat ihn, den Wagen sofort zurückzubringen.

Auf dem Weg zu Foals' Wohnung beobachtete er den Graben, der neben der Straße entlanglief. Im vorigen Frühjahr war er, wie er sich entsann, ein rauschender Bach gewesen, der von den Bächen weiter oben in den Hügeln gespeist wurde und weiter unten in den Fluß mündete. Aber jetzt, noch von Blättern vom letzten Herbst verstopft und ohne das Schmelzwasser, das im Frühling alles davonschwemmte, sah er eher wie eine offene Kloake aus.

»Großartig, Verstärkung kommt!« rief ihm Foals vom Fenster seiner Wohnung über einer Garage zu. »Komm herauf, ich habe schon auf dich gewartet.«

»Willst du zum Frühstück bleiben«, fragte Foals, als Bob die Treppe heraufkam. »Ich hatte die ganze letzte Zeit keine besondere Lust auf Gesellschaft, aber ich glaube, daß ich in meiner Arbeit endlich ein originelles Argument entwickelt habe, und das sollte man eigentlich feiern. Außerdem muß man ja gelegentlich auch essen.«

»Nein, danke«, erwiderte Bob.

»Aber ich bestehe darauf.« Foals zündete den Kocher unter dem Kaffeewasser an. »Ich bin sehr aufgekratzt. Was würdest du sagen, wenn ich dir erzählte, daß die Ursache von Miltons Blindheit eine Geschlechtskrankheit war?«

»Ich wüßte nicht, was ich dazu sagen sollte«, antwortete Bob.

»Die *Gesellschaft für Neue Sprachen* wüßte es auch nicht«, fuhr Foals fort. »Aber es scheint mir hier eine höchst interessante Parallele vorzuliegen: Beethovens Taubheit, Miltons Blindheit. Diese Besessenheit von moralischer Bewertung. Siehst du die Möglichkeiten, die sich da auftun?«

»Nur verschwommen«, antwortete Bob.

»Ich will allerdings nicht darauf herumreiten. Obwohl ich durch Zufall darauf gestoßen bin, werde ich es nicht weiter ausführen. Jedenfalls nicht ohne zuverlässiges medizinisches Beweismaterial. Aber verstehst du nun, wie recht ich hatte? Ich meine, nicht wegzugehen.«

»Das müssen Sie am besten wissen, Sir«, erwiderte Bob mit einem Lächeln, während er sich eine Scheibe Weißbrot, die der Lehrer ihm angeboten hatte, mit Butter bestrich.

»Du kannst es mir glauben, es hat mich sehr verlockt. Niemals bin ich in Norfolk gewesen. Es ist doch eigentlich eine Schande, einem Ort so nahe zu sein und niemals auch nur dort gewesen zu sein. Aber ich versuche so oft wie möglich, meine Ferien in Cambridge zu verbringen. Wegen der Bibliothek, verstehst du. Aber jetzt einfach wegzufahren war für mich eine große Versuchung.« Er stellte eine Portion dünn geschnittener Tomatenscheiben vor Bob hin. »Eine große Versuchung. Warte bitte nicht auf mich, greif zu. Als mich nämlich Will aufgefordert hat, mit ihm nach Norfolk zu fahren, war es für mich wirklich eine große Versuchung, dies alles hinzuwerfen und...«

Bob konnte das Brot kaum hinunterwürgen. Es steckte ihm wie ein Kloß im Hals. »Will?«

»Ja. Er wollte in seinem Lastwagen hinfahren und hat mich aufgefordert, mit ihm mitzukommen. Wollte bei einem Freund wohnen, in seiner Bude, wie er sich ausdrückte. Natürlich. Er sagte, er wollte etwas auf die Pauke hauen. Sagt man so?«

»Genau«, antwortete Bob.

»Es war bestimmt ein verlockendes Angebot, in jemandes Bude zu hausen und auf die Pauke zu hauen.« Foals ließ etwas Butter in der Bratpfanne zergehen.

»Hat er Ihnen gesagt, wer dieser Freund ist?« Bob gelang es, diese Frage mit gleichgültiger Stimme zu stellen.

»Einer seiner alten Kameraden von der Marine oder sonstwoher. Drüben auf dem niedrigen Tisch habe ich mir den Namen aufgeschrieben.«

Bob stand langsam auf und beugte sich über das Stück Papier. Der Name war ihm nicht bekannt, auch die Adresse nicht. Aber es gelang ihm, sich beide in jenem kleinen Teil seines Gehirns, in dem kein Feuer loderte, einzuprägen.

»Es war gewiß sehr nett von ihm, mich dazu aufzufordern«, meinte Foals. »Allerdings habe ich mich nicht ganz von dem Gefühl freimachen können, daß er mich nur deshalb aufgefordert hat, weil er wußte, ich würde ohnehin nicht kommen.«

»Das denke ich auch«, sagte Bob.

»Wie meinst du das?«

»Es war bestimmt nett von ihm, Sie aufzufordern«, erklärte Bob.

»Willst du dein Spiegelei so oder auf beiden Seiten gebraten?«

»Was? Keins für mich, bitte, Mr. Foals. Ich könnte jetzt nichts essen.«

»Aber du mußt! Ich habe zwei gemacht!«

»Ich kann nicht«, erwiderte Bob. »Bitte, entschuldigen Sie mich, ich muß gehen.«

Auf dem ganzen Weg die Treppe hinab und im Wagen redete er sich immer wieder ein, es sei nicht möglich. Aber er wußte ganz genau, daß es das war. Von einem Drugstore in der Stadt aus rief er Renatas Nummer an. Ein Mädchen antwortete und sagte, Miß Renata bliebe bis Ostern in der Schule. Sie fragte ihn, ob er mit ihrer Mutter sprechen wollte. Da hängte Bob sofort ein.

An der Hauptstraße ließ er sich den Wagen volltanken. Der Junge, der ihn bediente, gab ihm eine Straßenkarte von Virginia und Maryland.

Er wußte nicht, wieviel Zeit er brauchte, um nach Norfolk zu gelangen. Im Wagen war keine Uhr, und er gab sich nicht die Mühe, jemanden nach der Zeit zu fragen: Er war allzusehr damit beschäftigt, den richtigen Weg zu finden.

Als er vor dem Haus ankam, entdeckte er auf der anderen Seite der Straße an einem Bankgebäude eine Uhr. Da wurde ihm bewußt, daß etwas mehr als eine Stunde verstrichen war. Aber davon durfte er sich jetzt nicht aufhalten lassen.

Er stieg die Treppe bis zum zweiten Stock hinauf und drückte die Klingel unter dem Namensschild. Die Tür wurde ein wenig geöffnet, und ein kleiner Mann mit scharfen Gesichtszügen streckte seine Nase hinaus, ließ aber die Sicherheitskette eingehakt. Er wollte nicht öffnen, bis Bob ihm erklärte, er sei einer von Will Sweets Freunden. Da löste der Mann die Kette, und Bob trat ein.

»Wo ist Will?« fragte Bob.

»Abgehauen.«

»Wohin?«

»Weiß ich nicht. Vielleicht über alle Berge. Vielleicht kommt er zurück. Willst du auf ihn warten oder was?«

»Was ist mit Renata?«

»Sie ist drinnen.«

Bob wollte auf die Tür am anderen Ende des Raums zugehen, aber der kleine Mann versperrte ihm den Weg. »Du kannst sie nicht besuchen.«

»Ich werde sie besuchen.«

»Hat Will dir gesagt, du darfst sie sehen?«

»Allerdings«, antwortete Bob. »Will hat es mir gesagt.«

»Auf jeden Fall kannst du sie jetzt nicht sehen. Es ist zu spät.«

»Ich will sie sprechen.«

»Nein… das geht nicht«, erwiderte der Mann. »Sie ist krank.«

Der Türknauf zum anderen Zimmer ließ sich nicht drehen. Ohne sich lange zu besinnen, stemmte Bob die ganze Tür aus ihren Angeln. Der Mann versuchte ihn zurückzuhalten – da ging Bob mit der Tür auf ihn los. Schreiend blieb er mitten im Wohnzimmer auf dem Boden sitzen, und hielt sich den Kopf. Schon war Bob im Schlafzimmer, und Renata murmelte immer wieder seinen Namen.

»Bobby«, flüsterte sie.

»Schon gut, es tut mir leid. Es tut mir leid!« rief er ins Wohnzimmer hinüber. Dann hängte er, so gut es ging, die Tür wieder in ihre Angeln und schloß den Jammerlappen aus.

In ihrer Verwirrung hatte Renata die Nachttischlampe eingeschaltet, so daß er sie nun deutlich sehen konnte. Sie lag auf dem zerwühlten Bett, in einen alten Soldatenmantel gehüllt, und ihr Haar breitete sich in feuchten Strähnen auf dem Kissen aus.

»Du siehst entsetzlich aus«, sagte sie.

»Und was ist mit dir?«

»Nichts. Mir geht es gut.«

»Der Mann draußen hat gesagt, du seist krank.«

»Das hat er nur gesagt, um dich loszuwerden. Mir fehlt nichts.«

»Aber warum liegst du um diese Zeit im Bett?«

»Ich ruhe mich nur aus. Das ist alles. Ich soll mich etwas ausruhen.«

»Wovon?«

»Setz dich, Bobby. Du siehst fürchterlich aus.«

»Wovon ruhst du dich aus?«

»Ich habe eine Abtreibung hinter mir«, sagte Renata.

»Ach, mein Gott«, flüsterte Bobby und lehnte sich an das Fußende des Bettes. »Ach, du lieber Gott.«

»Es war nicht so schlimm«, erklärte Renata und drückte ein Kissen an sich. »Er hat mir Natriumpentothal gegeben, und danach bin ich sofort hierhergekommen. Und dann beim Essen habe ich plötzlich gesagt: ›Wups, jetzt kommt's!‹« Sie lachte auf, nahm das Kissen vor die Brust und umschlang es mit den Armen.

»Bitte«, sagte Bob. »Hör auf damit, bitte!«

»Ich schwöre dir, es war gar nicht so schlimm. Ich hatte einen Weinkrampf, als die Betäubung aufhörte, meine ich, es war nichts Seelisches, es lag nur daran, plötzlich so vollkommen entspannt zu sein. Das mußt du verstehen. Ich war ja nicht einmal mit der Sache fertig, und schon weinte ich, verstehst du. Es lag also nicht daran, daß ich es verloren hatte. Erst später habe ich es verloren. Das hatte man mir schon vorher erklärt, es würde erst sehr viel später beendet sein. So habe ich also nicht geweint, weil ich etwas verloren hatte.«

»Du hättest dabei auch sterben können«, sagte Bob.

»Er war der beste Mann in der Stadt«, entgegnete Renata. »Auch der teuerste. Will hat gesagt, nur so wollte er es machen. Natürlich hat er mir nicht gerade das Geld dazu gegeben, aber er hat gewußt, wie ich es aus meiner Familie herausholen könnte. Ich brauchte nichts weiter zu tun, als meinem Vater zu erzählen, meine Mutter wollte mir eine Pelzjacke kaufen, und meiner Mutter, mein Vater wollte mir eine schenken. Da haben mir beide je fünfhundert Dollar geschickt und mich beschworen, von der anderen Seite nichts anzunehmen.«

»Hör auf!« rief Bob.

»Reg dich doch bitte nicht auf«, sagte Renata. »Es ist vorbei. Das allein ist wichtig. Es ist vorbei.«

»Wie hast du das nur tun können?« warf Bob ihr vor. »Wie hast du das Kind umbringen können?«

»Aber es war doch noch gar kein Kind«, entgegnete Renata und schlug auf das Kissen. »Es war ein Ding! Es war ein Ding!«

»Ein Kind war es!« widersprach er.

»Und selbst wenn es ein Kind war. Es war nicht *dein* Kind!«

»Stimmt«, flüsterte er. »Aber es wäre meins geworden.«

»Ach, Bobby«, sie stopfte sich eine Ecke des Kissens in den Mund. »Sieh, was du jetzt angestellt hast, jetzt bringst du mich zum Weinen.«

»Okay.«

»Aber für mich ist es nicht gut, wenn ich weine. Ich möchte nicht weinen, habe kein Verlangen danach. Es ist nur noch eine Nachwirkung dieser blöden Injektion. Ich bin mit Pillen vollgestopft.«

»Wo hast du die Pillen her?«

»Will hat sie besorgt. Sieh mich nicht so böse an, wir hatten sogar ein Rezept.«

»Von diesem Abtreiber?« schrie Bob.

»Ach, sei doch still.«

»Lassen wir das.« Er legte seine Hände auf ihre Schultern und rieb ihr den Rücken. »Ich werde dich von hier wegbringen, und wir werden vergessen, daß dies alles geschehen ist.«

»Glaubst du das?« fragte sie. »Ist das dein Rezept! Mit einer Art eingebildeter Leukotomie durchs Leben zu laufen?«

»Es ist okay.«

»Hör auf mit deinem Okay. Es ist nicht okay.«

»Doch. Ich liebe dich.«

»Glaubst du, das wüßte ich nicht?« schluchzte sie. »Und auch ich liebe dich. Soweit ich fähig bin, einen anderen Menschen zu lieben. Das war auch ein Grund für mich, so etwas zu tun.«

»Was soll das bedeuten?«

»Es bedeutet, daß du gut bist, und ich bin schlecht. Soviel verstehe ich wenigstens. Will hat mir die Augen dafür geöffnet.«

»Ich will nichts von Will hören.«

»Aber das mußt du«, entgegnete Renata. »Er ist nicht nur mein Lehrer gewesen. Er hat mir auch beigebracht, mich dir gegenüber anständig zu verhalten. Dafür kannst du ihm dankbar sein.«

»Sobald ich ihn sehe, werde ich mich bei ihm bedanken.«

»Es ist auch für dich wichtig, in dieser Sache klarzusehen. Damit du mich nicht mehr liebst. Falls du es wirklich noch tun solltest.«

»Natürlich liebe ich dich.«

»Dann muß ich es dir sagen, damit du alles begreifst. Damit du endlich aufhörst. Es ist sehr wichtig für dich, mich nicht mehr zu lieben, denn du bist gut, und ich bin schlecht.«

»Wir werden schon zurechtkommen«, meinte Bob und versuchte sie an sich zu drücken, aber sie stieß ihn weg.

»Es ist unmöglich«, erklärte sie. »Ich bin nymphoman.«

»Du bist was?«

»Du hast mich doch gehört. Es stimmt. Will hat mir bewiesen, daß es stimmt.«

»Du lieber Himmel!« rief Bob und schlug mit seiner Faust auf die Matratze. »Was für ein Unsinn! Ich kenne dich so gut wie...«

Er zögerte. »Ich kenne dich besser als jeden anderen Menschen, und wenn du nymphoman bist, dann bin ich erst recht sexuell abartig. Du bist ein ganz normales und gesundes Mädchen...«

»Ja«, erwiderte Renata lebhaft, »das habe ich auch geglaubt. Ich habe dich sehr geliebt, ganz bestimmt. Und dann... als ich es damals mit Will tat, habe ich geglaubt, dich nicht mehr zu lieben und nur noch ihn. Und dann, kurz vor Weihnachten, als wir in die Hütte auf dem Campus gingen, du und ich, als wir von dem Kind sprachen und von alldem...« Sie drückte seine Hand. »Da habe ich dich geliebt, und ich habe dich mit aller Leidenschaft geliebt, so hemmungslos wie nie zuvor, aber auch so leidenschaftlich, wie ich es mit Will getrieben habe.«

»Renata, bitte, ich möchte nicht…«

»Aber du mußt dir das alles anhören. Du mußt es wissen. Gleich danach bin ich zu Will gegangen und habe ihm erklärt, ich wollte ihn nicht mehr sehen. Ich liebte dich, und wir würden heiraten. Da hat er mich ausgelacht. Er konnte gar nicht aufhören zu lachen und erklärte, ich könnte niemals mit irgendeinem Menschen verheiratet sein und wüßte auch nicht, was Liebe sei. Ich verwechselte Liebe mit Sex.«

»Dieser gemeine…«

»Das war auch meine erste Reaktion. Ich habe ihm einen Schlag versetzt, daß ich glaubte, meine Hand würde am Gelenk abbrechen. Ich habe ihn mit allen Schimpfwörtern bedacht, die mir nur einfielen, und ihm erklärt, ich liebte dich, ich hätte dich immer geliebt, und er sei in dieser Sache der gemeine Hund. Für ihn könnte ich nichts weiter empfinden als Verachtung. Das alles habe ihm gesagt.«

»Was ist dann geschehen?«

»Er hat mich herausgefordert«, antwortete Renata. »Er hat gesagt, wenn ich dich so liebte und ihn so verachtete, dann müßte ich mich auch trauen, ihn an mich heranzulassen. Er meinte, wenn es bei mir nicht nur Sex wäre, würde es ihm nicht gelingen, mich in Erregung zu versetzen.«

»Okay«, sagte Bob. »Genug davon.«

»Ich hoffe, daß es dir genügt. Denn ich habe diesen Mann gehaßt, ich habe ihn verachtet. Ich habe dagelegen und ihn mit jedem Atemzug verflucht. Und ihm ist es gelungen, mich dazu zu bringen, gerade das zu lieben. Er hat mich dazu gebracht, danach zu schreien. Trotzdem hat es nicht einen Tag gegeben, an dem er mich berührt hat und ich nicht auch gern zu dir gekrochen wäre.«

»Ach, mein kleines Mädchen«, sagte er.

»Da siehst du es, ich bin also nymphoman.«

»Nein, das bist du nicht«, erwiderte Bob.

»Aber ich habe dir doch eben gesagt…«

»Jede Frau – selbst wenn sie sehr in einen Mann verliebt ist – könnte durch einen anderen in Erregung versetzt werden. Durch einen, der… in gewissen Dingen etwas gerissener ist.«

»Bist du sicher?« fragte Renata.

»Ja, wenn sie sich ihm ausliefert.«

»Ich bin überzeugt davon, daß du dich da irrst.«

»Ich nicht«, erwiderte Bob.
»Ich glaube es dir nicht.«
»Das brauchst du auch nicht.«
»Liebst du mich noch immer?«
»Ich weiß nicht«, sagte Bob. »Ich glaube.«
»Was sollen wir tun?«
»Ich weiß es nicht.«
»Aber wir müssen etwas unternehmen. Denn du bist gut, und ich bin schlecht.«
»Hör endlich auf damit!« rief Bob.
»Aber es ist wahr. Ich weiß, daß es wahr ist, Will weiß ebenfalls, daß es stimmt. Sieh mich nicht so an«, schrie sie und bedeckte ihr Gesicht.
»Wo ist Will?« fragte er leise.
Er ließ sich langsam auf das Bett sinken.
»Wo ist er jetzt?«
»Das weiß ich nicht. Er sagte, er wollte vielleicht nach New York fahren oder zurück zur Schule. Ich weiß es nicht. Er hat mir Geld für die Fahrkarte dagelassen, damit ich am Dienstag zurückfahren kann.«
»Hoffentlich hast du dich dafür bei ihm bedankt?«
»Ich erinnere mich nicht. Wahrscheinlich habe ich es getan.«
»Wann ist er weggeganggen?«
»Ich weiß es nicht. Heute morgen. Gestern. Ich weiß es nicht. Er hat gesagt, ich wirke deprimierend auf ihn, weil ich die ganze Zeit weinte und so viel redete. Er hat gesagt, gerade meine Schweigsamkeit hätte ihn angezogen, aber jetzt redete und weinte ich nur noch. Er hat gesagt, ich machte ihn müde. Er hat gesagt, es täte ihm leid, daß er mich jemals in Gang gesetzt hätte, denn jetzt könnte er mich nicht mehr abstellen.«
»Wilst du jetzt nicht schlafen?« fragte Bob.
»Meinetwegen. Gib mir die Tabletten.«
»Welche Tabletten?«
»Ich weiß nicht. Such irgendwelche aus. Sie liegen auf der Kommode hinter dir. Wenn die eine Sorte nicht wirkt, können wir es immer noch mit einer anderen versuchen.«
»Schlaf jetzt«, befahl er und steckte die Tabletten in die Tasche.
»Wie kann ich denn...« Sie beobachtete ihn über das Kissen hinweg. »Wenn du mir meine Tabletten nicht gibst?«
»Du bist doch müde. Wenn du müde genug bist, wirst du auch schlafen.«

»Okay«, sagte sie und streckte sich aus.

»Was ist mit ihm? Wirst du mit ihm fertig?«

»Mit wem, mit Maury? Natürlich. Maury liebt mich. Lieben mich nicht alle?«

Er öffnete die Tür und wollte gehen.

»Bob?«

»Ja.«

»Haßt du mich?«

»Dich nicht«, antwortete er. »Dich niemals.«

»Liebst du mich noch immer?«

»Ich weiß es nicht.«

»Versuch damit aufzuhören«, sagte sie. »Es ist wichtig, daß du es versuchst.«

»Okay.«

»Denn wenn du aufhörst mich zu lieben, finde ich Ruhe, verstehst du. Dann brauche ich mir keine Sorgen mehr um dich zu machen. Dann kann ich mir einbilden, ich liebte dich, obwohl ich zur Liebe gar nicht fähig bin. Denn dann bist du vor mir sicher, auch wenn ich mir noch so sehr einrede, ich liebte dich. Verstehst du?«

»Natürlich, Liebling.«

»Das hoffe ich«, sagte Renata. »Ich hoffe es wirklich. Denn ich möchte dir nicht mehr weh tun. Wie du siehst, bin ich durchaus fähig, mir um einen Menschen Sorgen zu machen, auch wenn ich nicht zur Liebe fähig bin.«

»Ruh dich jetzt aus, Liebling«, flüsterte er und schloß die Tür hinter sich.

Als der erste Schnee fiel, war das Fundament für die Terrasse schon längst fertig gewesen, und als Will Sweet sie jetzt betrachtete, wie sie sich in einem weiten Bogen am Rand des Sees hinzog, wurde ihm klar, daß er gar nicht so viel Zeit verloren hatte. Die Pause hatte außerdem dem Fundament Zeit genug gegeben, sich in dem feuchten Erdreich zu setzen. Obwohl der Frost gekommen war, bevor sie die Steinplatten zum zweitenmal mit Mörtel ausstreichen konnten, lagen sie nun so ordentlich und eben, daß es jetzt nur noch die Angelegenheit von ein paar Tagen war, die Arbeit zu einem Abschluß zu bringen. Einige der Eckblöcke, die als Verstärkung dienen sollten, hatten sich allerdings gelockert. Und am Balkenwerk des halbfertigen neuen Bootshauses sahen ein paar Bretter der Verschalung ein wenig schadhaft aus. Abgesehen davon waren nur geringe Schäden zu verzeichnen.

Sweet hob die lockeren Ecksteine heraus und warf sie auf einen Sandhaufen. Die schlechten Bretter löste er mit einem Stemmeisen vom Gebälk und trat zurück, um einen Überblick zu gewinnen. Das Gebälk selber war noch in Ordnung, und an den beiden fertigen Seiten des Gebäudes fehlte nur noch ein einziges Brett. Nichts, worüber er sich hätte Sorgen zu machen brauchen. Nicht das geringste. Spätestens im Mai würde das Ganze fertig sein. Den Sommer über konnte er in den Ferien seinen eigenen Klub haben. Sein eigenes Landhaus an seinem eigenen See, später einmal ein Denkmal für ihn. Die Leute würden von nun an wissen, daß er hier durchgekommen war. Nur wollte er jetzt nirgends mehr hin; diesmal hatte er die Absicht zu bleiben.

Er stampfte in das alte Bootshaus hinüber und hob zwei Säcke Zement auf die Karre. Dann holte er sich eine Maurerkelle, eine Spitzhacke, ein paar Schaufeln und legte sie oben auf die Säcke. Sein Pfeifen wurde von den modrigen Wänden dumpf zurückgeworfen, und dann stieß er die Melodie zusammen mit der Karre in den schwachen, von Dunst erfüllten Sonnenschein hinaus.

Der See war so tief zugefroren gewesen, daß ihn noch immer eine dünne Eisschicht bedeckte. Sweet klopfte alle paar Schritte mit dem rechten Fuß leicht auf, während er über das Eis ging. Es war wie ein fröhlicher Tanz, der sein Pfeifen begleitete, bis er zum Sandhaufen gelangte. Dort stellte er die Karre hin und begann abzuladen.

Entsinnst du dich nicht der süßen Betsy aus Pike,
Sie durchquerte die Sierra mit ihrem geliebten Ike,
Mit einem zahmen Kojoten, 'nem großen gelben Hund...

Er war vom Rhythmus seines Singens und dem Anblick der Muskelbewegungen seiner Unterarme, die die Säcke packten, so in Anspruch genommen, daß er Bob nicht einmal kommen hörte.

Zwei Säcke Pe-yo-te...

»Sehen Sie her!« rief Bob.

»Wie geht's? Du kommst gerade zur rechten Zeit, um...«

»Sie elender Schweinehund!« rief Bob. »Ich bringe Sie um.«

»Nun wart mal...« Sweet begann sich aufzurichten, und ein Lächeln spielte bereits um seine Mundwinkel. Aber Bobs Faust zerschlug es, bevor es sich noch hatte ausbreiten können. Sweet stürzte hintenüber auf die Zementsäcke und blieb dort einen Augenblick liegen. Dann spuckte er.

»Okay«, sagte er. »Ist dir jetzt wohler?«

»Stehen Sie auf«, rief Bob.

»Gleich«, antwortete Sweet. »Gleich.« Als Bob wartend über ihm stand, zog Sweet die Beine schnell an und trat nach Bob. Er traf seine Brust.

Bob verlor den Halt und taumelte rückwärts auf das Seeufer zu. »Fein gemacht«, keuchte er. »Ich hatte schon gefürchtet, Ihnen in einem anständigen Kampf begegnen zu müssen.«

»Da hast du dich eben geirrt.« Sweet rollte gerade in dem Augenblick, in dem Bob mit gesenktem Kopf auf ihn zustürzte, von den Zementsäcken herunter. Hinter ihm war ein dumpfer Aufprall zu hören, und Sweet lachte in sich hinein, als er nach der Maurerkelle griff. Aber er brauchte etwas zuviel Zeit, und bevor er sich umdrehen konnte, trat ihm Bob in die Rippen, warf sich auf ihn und schlug ihm die Faust in den Nacken und, so gut er es aus diesem Winkel heraus konnte, ins Gesicht. Blindlings holte Sweet mit der Maurerkelle nach hinten aus und trat mit den Füßen, während er sich aufzurichten versuchte. Er bemühte sich, Bob richtig zu treffen, konnte aber nicht genau zielen, da dessen Fäuste nach seinen Augen schlugen. Bob drosch auf ihn ein und versuchte die Hand mit der Maurerkelle zu erwischen. Schließlich mußte Sweet sie loslassen, um mit beiden Händen zupacken und Bobs Hals umspannen zu können. Jäh bäumte er sich auf, brachte Bob aus dem Gleichgewicht, ergriff ihn mit einer Hand am Hals und packte ihn mit der anderen unter einem Arm. Er zog und zerrte, zog und zerrte, bis er ein ersticktes Keuchen vernahm. Dann ließ er eine Sekunde los.

Instinktiv griff Bob mit beiden Händen nach seinem eigenen Hals, und diesen Augenblick nutzte Sweet aus, sich herumzuwälzen und dabei Bob mit sich zu reißen. Mit seinen Beinen umklammerte er Bobs Brustkasten mit dem saubersten Scherengriff, der ihm je gelungen war. »Das wär's«, sagte Sweet. »Jetzt ist es zu Ende, Freundchen.«

»Nein. Nein, es ist nicht zu Ende.«

»Okay«, rief Sweet und drückte fester zu. »Dann werde ich es dir zeigen.«

Wie sehr Bob auch kratzte und an Sweets Beinen zerrte, er konnte die Umklammerung nicht sprengen, so sehr er sich auch abmühte, Sweet gab nur kollernde, lachende Laute von sich. Dann richtete Sweet sich ein wenig auf, als wollte er einen besseren Überblick gewinnen. »Das sollte dir eine Lehre sein, Bob. Leg dich nie mit einem Hurenbock an, und laß dich nie mit einem Professionellen ein.«

Bob drehte das Gesicht herum und biß Sweet in die Innenseite seines Schenkels. Sweet brüllte vor Schmerz auf und versetzte Bob einen Schlag gegen das Kinn, aber hatte die Zähne tief und fest hineingeschlagen, und je härter Sweet zuschlug, desto fester wurde auch der Druck auf seinem Schenkel, als wäre er von einer rasenden Schildkröte in ihrem Todeskampf erwischt worden.

»Laß los!« brüllte Sweet, lockerte seine Beine, und Bob wälzte sich zur Seite.

»Los, weiter!« rief Bob, noch auf den Knien. »Los, weiter!«

Sweet saß noch immer da und hielt sich den Schenkel. »Du hast mir weh getan«, sagte er. »Du kleiner Schweinehund hast mir weh getan.«

»Los, weiter«, rief Bob und stand auf. »Los, weiter.«

Sweet kam langsam auf die Füße. Er atmete stoßweise, weniger aus Erschöpfung als aus Wut. Er sah, wie Bob sich bemühte, wieder zu Kräften zu kommen. Sweet griff hinter sich nach der Kelle.

Wieder stürzte Bob auf ihn zu, den Kopf tief gesenkt und auf Sweets Magen gerichtet. Sweet brachte schnell und hart sein Knie hoch, erwischte Bobs Kinnlade mit seiner Kniescheibe, so daß er hochschnellte, und pflanzte seine Faust hart in Bobs Gesicht.

Bob fiel hintenüber auf den Sandhaufen, und Blut floß ihm aus einem Mundwinkel. Er schüttelte den Kopf.

»Vielleicht wirst du jetzt nicht mehr so ohne weiteres zubeißen«, stieß Sweet hervor. »Möchtest du noch eine Abreibung?«

Bob kam taumelnd auf die Füße und schoß wild auf Sweet zu. Mit den Fäusten holte er nach dem Gegner aus, der vor ihm herumtänzelte. Er traf Sweet unter den Rippen und seitlich am Kopf, und Sweet legte mit einem Blick tiefer Empörung beide Hände, die er kraftlos hatte sinken lassen, zusammen und stieß sie wie einen gewaltigen Schlegel in Bobs Unterleib.

Bob krümmte sich, und Sweets Hand traf ihn von oben her mit einer blitzschnellen Bewegung im Nacken. Bob fiel mit dem Gesicht nach unten auf die Terrasse, und Sweet lächelte. Dann beugte er sich herab, um festzustellen, bis zu welchem Grad Bob außer Gefecht gesetzt war.

Das war ein Fehler. Bob besaß offenbar einen Nacken wie ein Stier und war nur leicht betäubt. Aber Sweet hatte damit in keiner Weise gerechnet. So empfand er, als die Finger nach oben stießen und ihn zwischen den Beinen packten, nicht nur Schmerz, sondern auch eine unangenehme Überraschung.

Er fiel auf die Steinplatten, blieb dort liegen und zappelte wie ein Fisch mit einem Haken im Maul, da die Hand ihn noch immer festhielt. Je mehr er um sich schlug, desto schmerzhafter schienen die erbarmungslosen Finger zu werden. Er warf sich hoch, schlug um sich und schleppte sich und Bob über die ganze Terrasse, konnte sich aber nicht befreien. Er streckte die Hand nach Stücken des Bruchsteins aus, aber sie waren alle zu groß, um sie mit seiner Hand umfassen zu können. Schließlich umklammerten die Finger ein Stück spitzen, flachen Steins, mit dem er mit aller Kraft auf Bobs Kopf einhämmerte.

Zumindest war der Kopf nicht so hart wie der Nacken. Eine Platzwunde erschien über Bobs Augen, und seine Finger lösten sich, als er vornüber sank. Sweet kroch vorsichtig auf dem Rücken davon, half sich dabei mit dem rechten Ellbogen, während er die linke Hand auf die Stelle drückte, an der ihm eine so schmähliche Kränkung zuteil geworden war. Er richtete sich mit dem Rücken am Gebälk des neuen Bootshauses auf und blieb keuchend dort sitzen. Er wußte nicht, wie lange.

Ein kleines Blutrinnsal rieselte von Bobs Kopf in eine flache Pfütze, wo sich eine Steinplatte gelöst hatte. Aber seine Schultern bewegten sich, er war also nicht tot. Sweet konnte ihm ansehen, daß er nicht tot war. Aber er bemerkte auch, daß sich bei diesem wüsten Kampf die meisten Steinplatten gelockert hatten oder zerbrochen waren. Wahrscheinlich mußte er mit der ganzen Arbeit noch einmal von vorn anfangen.

Nach einer Weile kam er langsam auf die Füße. Der Schmerz würde vergehen, aber niemals konnte er es Bob verzeihen, die Terrasse so ruiniert zu haben.

Sweet ging zum alten Bootshaus hinüber und holte sich einen Zementeimer. Er durchbrach die dünne Eisschicht auf dem See und füllte den Eimer mit kaltem, trübem Wasser. Dann goß er es Bob ins Gesicht. »Wach auf, du Tüte«, sagte er.

Nach einer Weile begann sich Bob zu bewegen, und Sweet übergoß ihn mit noch einem Eimer Wasser. Er warf den Eimer auf den Sandhaufen und lachte über Bobs Prusten.

»Was ist los, mein Junge? Bist du bis über den Kopf drin?« Er lachte in sich hinein, schlug die Hände zusammen und tänzelte zum kleinen Holzhaus hinüber, wobei er die gelockerten Steinplatten mit Fußtritten aus ihrem Bett hob.

Bob stützte sich auf den Händen auf und stöhnte. Seine Hände, seine Arme und das Gesicht waren vom Herumrollen auf den Steinen und dem losen Sand wundgerieben. Wasser tropfte ihm aus den Haaren, und seine Wangen waren mit Dreck verschmiert. Zementkrümel aus dem Eimer hafteten an seinen Augenbrauen und vermischten sich mit dem Blut aus der Wunde über dem Auge.

»Siehst du?« rief Sweet frohlockend. »Das hast du davon, wenn du versuchst, mit Großen zu spielen.«

Bob bemühte sich aufzustehen und blieb schließlich taumelnd stehen. Sweet johlte ihn an und hämmerte mit seinen Fingern auf die breiten Holzbretter. Langsam und schwankend kam Bob auf ihn zu, während Blut, Wasser und nasser Dreck ihm in die Augen liefen.

»Na, mein Junge«, sagte Sweet, »halbtot bist du jetzt. Du hast verdammtes Glück, daß du noch am Leben bist. Zwing mich nicht dazu, dich fertigzumachen.«

»Nur los!« murmelte Bob. »Machen Sie mich fertig!«

»Das brauche ich nicht. Hol's der Teufel, du kannst ja nicht einmal aus den Augen sehen«, erwiderte Sweet und trat genau eine Handbreite zur Seite, als Bob auf ihn zustürmte.

»Da siehst du es, du kleiner Schweinehund, du kommst nicht einmal an mich ran.«

Bob stürzte an ihm vorbei, nichts hielt ihn auf, und sein kräftiger Körper durchbrach die Bretterwand des neuen Bootshauses. Sie zerbarst, als bestände sie aus ausgetrockneten Kartoffelchips.

»Du elender Schwanz!« brüllte Sweet. »Mein Bootshaus! Komm nur raus!« rief er. »Ich werd' dir beibringen, mir noch zum Schluß eins auswischen zu wollen. Komm nur raus!«

Bob versuchte wieder auf die Beine zu kommen, aber es gelang ihm nicht. Auch waren seine Arme zu wund und zerschlagen, als daß er sich auf sie hätte stützen können. Er schleppte sich bis zu der einen Wand des Gebäudes und griff in dem Bemühen, sich hochzuziehen, nach dem Eckpfeiler. Dabei gab der durchweichte Boden unter dem Trägerbalken nach, und der Balken stürzte um. Mit einem lauten, erschreckenden Krachen brach das ganze Balkenwerk in sich zusammen.

»Raus mit dir!« brüllte Sweet. »Komm nur raus! Laß mein Haus in Ruhe. Ich bin noch immer hier!«

Bob kroch unter den Trümmern hervor und setzte sich auf.

»Komm nur ran!« rief Sweet. »Komm ran!«

Bob kniff die Augen zusammen und blinzelte in den dunstigen Sonnenschein hinaus, um etwas zu erkennen.

»Willst du aufstehen?« spottete Sweet. »Komm, ich helfe dir.« Er streckte dem am Boden kauernden Burschen die Hand hin, nach der Bob blindlings griff. Nur schoß dort, wo Sweets Hand gewesen war, jetzt sein Fuß hoch, krachte gegen Bobs Kinn und stieß ihn in den Dreck zurück.

»Gibst du auf?« Sweet stand über ihn gebeugt und lachte. »Gibst du zu, daß du verloren hast?«

»Nein«, schluchzte Bob. Er richtete sich wieder zu einer kauernden Stellung auf und versuchte aufzustehen. Aber die Knie gaben unter ihm nach.

»Bist erledigt, mein Junge. Zwing mich nicht dazu, es dir zu beweisen. Soll ich es dir beweisen?« Er drehte ihn herum und drückte sein Gesicht in den Schlamm. Da erst gab Bob es auf, sich zu wehren.

Nun stieg Sweet von Bobs Rücken herunter. Er packte ihn an einem Arm und einem Bein und schleuderte ihn in einem weiten Bogen auf den See hinaus. Krachend durchbrach er die dünne Eisdecke, so wie man mit einem Löffel die Schale eines Frühstückseis zerschlägt.

»Hättest lieber auf mich hören sollen!« rief Sweet.

Bob richtete sich benommen im seichten Wasser auf. »Mein Gott!« Er begann zu zittern. »Ach, du lieber Gott!«

»Solltest lieber da rauskommen, Freundchen. Sonst holst du dir noch eine Erkältung.«

Bobs rechtes Auge war nun völlig geschlossen. Schmerz und ohnmächtige Wut verzerrten, was von seinem Gesicht noch nicht mit Blut und schlammigem Wasser verschmiert war.

»Das hätten Sie mir zumindest lassen sollen«, schluchzte er. »Das hätten Sie mir zumindest lassen können. Wenigstens hätten Sie sich von mir schlagen lassen sollen.«

»Das konnte ich nicht!« Sweet lachte in sich hinein. »Dazu bin ich zu gut.«

15. Kapitel

»Ich hab' ja schon mal von Aprilschauern gehört«, sagte Cecily. »Aber das hier ist lächerlich.«

Die Regenfälle hatten Anfang März eingesetzt und – bis auf ein paar irreführend strahlende Tage – hatten den ganzen Monat hindurch und während der zwei folgenden angehalten. Nun war es Ende Mai, und es waren keinerlei Anzeichen festzustellen, daß dieses langweilige, graue Nieseln aufhören könnte. Die Magnolienbäume hatten einen verzweifelten Versuch unternommen, ein wenig zu blühen, aber die meisten Blüten waren von den schweren, mit Wasser vollgesogenen Ästen abgefallen; auch die Blutweiden, ohnehin stets launenhaft, hatten bis dahin nur fest geschlossene Knospen hervorgebracht. Die Stämme glänzten vor Nässe.

»Das Campus muß sich wie ein Alkoholiker im Endstadium vorkommen«, rief Cecily. »Wie ein dreckiger, alter Säufer.«

»Das ist ein blödsinniger Vergleich, der hinkt«, meinte Judy.

»Wir alle wissen, daß dich drei Colleges angenommen haben, Judy. Du brauchst dich also nicht mehr so aufzuspielen.«

»Es bleibt trotzdem ein blödsinniger, hinkender Vergleich«, rief Judy.

»Bist selber so was Blödsinniges«, rief Cecily und warf mit einem Kartoffelchip nach ihr. Aber wie alles andere war auch der feucht.

Cecily seufzte auf. Sogar die Streitereien mit Judy waren anregend wie Schimmel.

»Na ja, wenn ich die Abschiedsrede halten soll, ist es wohl am besten, ich gehe hinunter und bereite mich noch etwas auf die Abschlußprüfungen vor.« Judy klappte ihr Buch zu und stand auf.

»Das ist ein starkes Stück«, rief Cecily. »Es ist noch immer nicht entschieden, und das weißt du.«

»Hör doch auf, Cecily«, mahnte January.

»Ich denke nicht daran. Wenn ich nur mit ihr herumzetere, um meinen Spaß daran zu haben, so ließe sich darüber reden. Aber wenn ich jemandem die Wahrheit zu sagen habe, will ich auch gehört werden. Du weißt ganz genau, Judy, daß es ein Rennen zwischen dir und January ist – die Sache ist noch völlig offen.«

»Deswegen habe ich ja auch gesagt, *wenn* ich die Abschiedsrede halten soll, gehe ich lieber hinunter, um noch zu arbeiten.«

»Wenn du die Abschiedsrede halten solltest...« Cecily setzte sich auf und schlug sich den Kopf an der Decke. »Dann sollte die Schule am besten ihre Lautsprecheranlage außer Betrieb setzen. Allein der Gedanke daran, daß dieses elende Näseln über die Rasenflächen tröpfeln könnte, läßt einen die vergangenen drei Monate wie einen Sommer an der Riviera empfinden.«

»An der italienischen oder an der französischen?« fragte Judy.

»Diego, du Neunmalkluge.«

Judy warf die Tür hinter sich zu.

»Ich finde es wirklich albern von dir, ständig gegen sie zu sticheln«, sagte January. »Schließlich haben wir es ja bald hinter uns. Alles.«

»Das glaube ich dir nicht. Es wird niemals vorbei sein«, erwiderte Cecily. »Mein ehemaliger Stiefvater hat mir mal geraten, jeden einzelnen Augenblick meiner Jugend einzuwecken und zu genießen, denn sie würde buchstäblich an mir vorbeijagen, und eines Tages würde ich mich fragen, wo sie abgeblieben ist. Er war im Bankwesen, verstehst du, und so neigte er zu solchem Gerede. Wenn das aber die berühmten Augenblicke sein sollen, die an einem vorbeijagen, dann würde es mir gewaltig gegen den Strich gehen, eine langsame Periode durchleben zu müssen.«

»Eigentlich ist es doch sehr schnell gegangen«, meinte January. »Dir setzt nur der Regen zu.«

»Es liegt nicht am Regen.« Cecily seufzte. »Ich weiß nicht, vielleicht doch. Vielleicht wäre es besser, wenn wir draußen hätten Unterricht haben können oder wenn uns das Frühjahrsfieber geschnappt hätte oder wir die Arbeiten am See beendet hätten... Der arme Will. So ein Pech, daß im ersten Jahr, in dem überhaupt etwas zu zerstören war, die Vandalen zugeschlagen haben.«

»Ich verstehe es noch immer nicht. Ich weiß, daß die Einheimischen nicht gerade verrückt nach uns sind, aber warum mußten sie unseren Bau einreißen?«

»Wer weiß«, meinte Cecily. »Vielleicht haben sie geglaubt, wir errichteten eine Gemeinschaftskirche. Jedenfalls habe ich geglaubt, ich würde buchstäblich weinen, als ich am vergangenen Mittwoch dort unten war. Er war wie ein Besessener und sagte, nun hätte er lange genug darauf gewartet, daß der Regen aufhörte, und nun würde er auf jeden Fall die Sache zu Ende bringen. Dann hat er Zement gemischt und versucht, die Steinplatten neu zu verlegen, damit sie endlich hielten; aber das ist ihm natürlich nicht gelungen, weil der Boden dort, wo die alten Steine herausgerissen waren, aufgeweicht waren. So ist alles nur weggerutscht. Keine Hoffnung, in diesem Matsch das Bootshaus wiederaufzubauen. Das war wirklich traurig. Seine ganze Arbeit umsonst.«

»Dann wird er eben nächstes Jahr damit fertig«, meinte January.
»Wahrscheinlich. Aber, weiß Gott, es wird ihm schwerer fallen, denn jetzt kommen alle seine zusätzlichen Pflichten und Aufgaben hinzu. Das Schülerwohnheim, die Werkstatt, leitender Schülerberater des Lehrerkollegiums und Verbindungsmann zum Elternbeirat.« Cecily lächelte durchtrieben. »Ich glaube, das wäre wohl alles. Der seltene Fall, in dem die Gerechtigkeit triumphiert, man hat *ihn* in alle diese Stellungen hineingewählt. Bei der Kornfeld müssen alle Sicherungen durchgebrannt sein.«

»Vielleicht auch nicht«, meinte January. »Vielleicht hat sie eingesehen, daß sie sich in ihm geirrt hat. Immerhin mußte die Wahl doch einstimmig erfolgen; offensichtlich hat sie sich nicht gegen ihn ausgesprochen.«

»Wenn ich mich entsinne, hat ein gewisser Scranton auch Goldwater unterstützt.« Cecily stieß einen tiefen Seufzer aus. »Ach, das alles gehört ja nun der Vergangenheit an. Meine Jugend ist bereits Vergangenheit, meine Liebe ist Vergangenheit. Wenn nur meine verdammte Schule auch der Vergangenheit angehörte.« Sie drehte sich auf die Seite und stöhnte. »Furz und scheiß drauf.«

»Nimm den Mund nicht so voll!« rief January.

»An der Sache ändert sich nichts.«

»Du meinst es doch nicht wirklich ernst, Cecily? Daß die Schule für dich vorbei ist? Du gehst doch auf ein College, oder nicht? Was macht es aus, wenn du nicht in eins von denen hineinkommst, an die du gedacht hattest? Du gehst ein Jahr lang auf ein anderes, holst dir gute Notetn und kannst dann auf ein anderes gehen.«

»Was kann ich schon in einem College lernen, das ein Mädchen mit meinen Noten und noch dazu einem Hinauswurf aufnimmt? Außerdem habe ich von der Gemeinschaftserziehung die Nase voll. Es lenkt einen allzusehr ab, selbst wenn man so tut, als ob es einen nicht berührt.«

»Du bist doch sehr gut damit fertig geworden«, sagte January.

»Was hätte ich auch tun können? Mir auf die Brust schlagen und mir das Haar raufen wie Orest?«

»Orest war der Bruder.«

»Dann wie Elektra. Ich will damit sagen, Bob Duzo hat nicht einmal mir gehört. Wie hätte ich handeln sollen? Renata war diejenige, der er gehörte. Und abgesehen davon, daß sie in Schwarz gegangen ist und stiller war als jemals zuvor, hat sie nach außen hin ihre Trauer nicht dick aufgetragen. Sollte ich etwa angesichts ihrer Zurückhaltung mit meinem Kummer hausieren gehen?«

»Das sicher nicht«, antwortete January. »Ich habe ja auch dein Verhalten nicht angegriffen. Ich habe es nur anerkannt.«

»Sehr anständig von dir.«

»Trotzdem ist es etwas albern, mit solchen Ausdrücken über die Sache zu sprechen. Wir werden doch nun älter, Cecily, und sollten die Dinge so betrachten, wie sie wirklich sind. Kummer und Trauer sind Worte, die zu gewichtig sind. Immerhin ist Bob ja nicht tot.«

»Aber so gut wie«, erwiderte Cecily. »Mein Gott, bei der Küstenwache einzutreten! Der einzige einigermaßen reife Mensch innerhalb unserer Altersgruppe – und dann tut er etwas so Kindliches. Warum hat er etwas so Kindliches tun müssen? Für mich könnte er ebensogut tot sein.«

»Ich glaube nicht, daß du das ernst meinst.«

»Ich auch nicht«, sagte Cecily. »Aber was für eine Dummheit. Die Küstenwache. Warum hat er das getan? Frau Dr. Manns Wagen kann doch nicht der Grund sein. Nur weil er einmal eine kleine Vergnügungsfahrt gemacht hat.«

Gleich nach Beginn des neuen Schulsemesters hatte Frau Dr. Mann, als Bobs Verschwinden bekannt geworden war, alle Angehörigen der Schule einzeln in ihr Büro gebeten, um von ihnen zu erfahren, ob sie etwas von Bobs Verbleib wüßten. Sie hatte keinerlei Informationen von ihnen erhalten können, aber Cecily war es gelungen, einige aus ihr herauszuholen. Als Frau Dr. Mann Bob zum letztenmal gesehen hatte, war es an dem Tag, an dem sie ihm den Wagen überließ, um für sie etwas zu erledigen. Viele Stunden später war wohl der Wagen zurückgebracht worden, aber niemand hatte Bob gesehen.

»Sie hätte ihn bestimmt nicht hart bestraft«, meinte Cecily. »Sie wußte natürlich, daß er aus einer Jugendstrafanstalt entlassen war. Das machte ja gerade einen Teil seiner Ausstrahlung aus.«

»War er es denn wirklich?«

»Ein Italiener aus der Bronx?« rief Cecily. »Da ist es doch mehr als wahrscheinlich! Auf jeden Fall beweist es, was für eine furchtbare Leere entsteht, wenn man einen so starken, schweigsamen Menschen verliert. Vielleicht hat man seine Anwesenheit gar nicht so sehr bemerkt, aber die Abwesenheit ist unerträglich. Genau wie ein Western ohne Gary Cooper. Shane! Komm zurück, Shane!« rief Cecily.

»Das war doch Alan Ladd«, widersprach January.

»Meinetwegen, du verstehst, was ich meine. Ich wüßte nur zu

gern, warum er weggegangen ist. Dann könnte ich versuchen ihm zu verzeihen.«

»Was denn?«

»Daß er das Leben so vieler ruiniert hat.«

»Renatas etwa?«

»Renata ist ein sexueller Phönix«, erwiderte Cecily. »Sie wird sich aus der Asche erheben. Arschloch. Ich meine mein Leben. Sein Leben. Frau Dr. Manns Leben.«

»Er hat doch das deine nicht ruiniert, und ich kann nicht einsehen, wieso er Frau Dr. Manns Leben ruiniert haben sollte.«

»Das erste Mal in der Geschichte, daß jemand von hier eine tolle Note *in Geschichte* bekommt – wenn das keine Ironie ist. Jetzt ist er nicht hier, und dabei hat er in Geschichte eine Punktzahl von achthundert erreicht.«

»Leise, Cecily. Wir dürfen die Noten doch nicht wissen.«

»Dann hätten sie auch den Aktenschrank abschließen müssen und nicht nur das Zimmer.« Cecily seufzte. »Arme Frau Dr. Mann, sie ist ja gar keine so üble alte Krähe, nur ein bißchen schwachsinnig. Und als zum erstenmal in der Geschichte einer ihrer Schüler eine hervorragende Note erhielt, durfte sie es nicht einmal auskosten. Ein Mensch, der sein ganzes Leben lang niemals eine Gefühlsregung gezeigt hat, aber als sie Bobs Brief las, glaubte ich, sie würde in Tränen ausbrechen.«

Frau Dr. Mann hatte es für richtig gehalten, wie sie den Schülern mitteilte, in Anbetracht dessen, daß sich alle Sorgen um Bob Duzo machten, und in Anbetracht der Neigung der Schüler, alle möglichen Theorien in die Welt zu setzen, ihnen den Brief vorzulesen, den er geschrieben hatte, um allen Gerüchten den Boden zu entziehen.

»Es war ja auch ein furchtbar ergreifender Brief«, fuhr Cecily fort. »Ich kann es ihr kaum verdenken.«

»Ich fand ihn sehr knapp und trocken«, erklärte January.

»Damit willst du doch nur sagen, daß, wenn zum Beispiel Lionel ihn geschrieben hätte, Blut, Raben und der Körper Annabel Lees uns aus den Seiten entgegengeschlittert wären. Ich persönlich finde die Schlichtheit von Bobs Zeilen weit ergreifender als alles, was Lionel jemals hätte schreiben können. Außerdem hätte die Küstenwache, das brauche ich kaum zu erwähnen, Lionel niemals genommen, wie stürmisch auch ihr Verlangen, unsere Küsten zu bewachen, ist.«

»Das hebt ihn doch eigentlich über Bob hinaus, findest du nicht?« fragte January.

»Ich werde niemals mehr mit dir sprechen. Niemals!« rief Cecily und bedeckte ihre Augen.

»Lies mir den Brief vor«, sagte January.

»Lieber nicht. Der ist doch so knapp und trocken.«

»Vielleicht habe ich mich geirrt«, wandte January ein. »Ich hätte gern noch einmal darüber nachgedacht.«

»Ich weiß wirklich nicht, ob du es verdient hast«, erklärte Cecily und zog das zerlesene Papier aus ihrem Kopfkissenüberzug heraus.

Als Frau Dr. Mann den Brief verlas, hatten die meisten Schüler es nicht glauben können. Frenchy Swackholm bezeichnete das Ganze als Ablenkungsmanöver direkt aus Peking. Andere behaupteten, es würde ihnen was verheimlicht. Üppig wuchernde Gerüchte breiteten sich aus, es handelte sich dabei um gemeine Machenschaften, sehr glaubhaft in Anbetracht des erst kurz zurückliegenden Vandalismus. Es wurde schon davon gesprochen, einen Beobachtungsausschuß zu bilden, der Gegenmaßnahmen gegen die Leute aus der Stadt treffen sollte, außerdem wurde die Forderung laut, man sollte den See mit einem Netz absuchen. Frau Dr. Mann wies darauf hin, der See sei, bis auf die Mitte, kaum tiefer als etwa sechzig Zentimeter, in der Mitte allerdings etwa einen Meter fünfzig, und erklärte ihnen, sie benähmen sich alle wie Kinder. Bob befände sich tatsächlich bei der Küstenwache, und sie würde den Brief am Schwarzen Brett im Haus Tara anschlagen, damit sich alle von seiner Echtheit überzeugen könnten. Das hatte sie getan.

Der Brief hatte ein wenig länger als eine Woche am Schwarzen Brett ausgehangen, und Cecily war zu dem Schluß gelangt, inzwischen hätten alle genügend Gelegenheit gehabt, ihn sich genau anzusehen. So hatte sie ihn mitten in der Nacht gestohlen und in ihren Kopfkissenbezug gesteckt. Das war eine gerechte Verteilung, fand Cecily, da Bobs Mutter alle seine Kleidungsstücke erhalten hatte, mit Ausnahme seiner Basketballjacke, die nun Renata ständig über ihrem ärmellosen Trikot trug – anstelle eines Witwenschleiers.

Sie hielt das Schreiben zärtlich in ihren Fingern, als sie es January vorzulesen begann.

»›Liebe Frau Dr. Mann‹, beginnt er, ›bitte entschuldigen Sie die Sorge, die ich Ihnen möglicherweise durch meine Abwesenheit bereitet habe. Ich bin bei der Küstenwache eingetreten‹, fährt er fort, ›und komme nicht nach Coventry Hall zurück. Ich bin für das Interesse dankbar, daß Sie und einige andere Lehrer mir entgegengebracht haben, aber dies habe ich tun müssen, und wahrscheinlich hätte ich es ohnehin als Student nicht geschafft.‹ Achthundert, was für ein Dussel! Achthundert in Geschichte und fünf, zähl sie nur nach, fünf Stipendien, wenn du dabeigeblieben wärst.«

»Keinen Kommentar«, rief January. »Lies den Brief weiter vor.«

»Das wäre es so ungefähr«, antwortete Cecily. »Es folgt nur noch ›Ihr sehr ergebener‹!«

»Er war immer etwas kurz angebunden«, sagte January.

»Jedenfalls vor anderen Leuten«, fügte Cecily hinzu. »Er muß gewußt haben, daß sie ihn in einer Schülerversammlung vorlesen würde.«

Cecily hob sich auf die Knie und drückte ihre Hand aufs Herz. »Oh, Kapitän! Mein Kapitän! Die furchtbare Fahrt liegt hinter uns; das Schiff hat auf jedem Kurs jeder Gefahr getrotzt, und die Route, der wir nachjagten, ist unser. Fünf Stipendien, du Idiot!«

»Cecily, ich weiß, daß es stärker ist als du, aber ich muß jetzt arbeiten und...«

»Sei still!« Cecily hob die Hand vor die Augen. »Ich werde in meinem Schmerz allein bleiben.«

»Ich möchte dich nicht verletzen«, sagte January, »aber ich finde doch, daß du maßlos übertreibst. Du bist immer diejenige gewesen, die die Dinge philosophisch betrachtete. Du bist es auch gewesen, die versucht hat, mich dazu zu bringen, die Liebe aus der richtigen Perspektive zu sehen. Das einzige, was deiner Ansicht nach eine Erregung wert ist, waren die großen Fragen – Dinge, die auf längere Zeit hinaus wichtig sind. Das System. Die Schule Die Zukunft der Jugendlichen. Für dich war das Ganze von Bedeutung. Hast du etwa Mrs. Kornfeld gehaßt oder das, was sie repräsentierte?«

»Ich habe das gehaßt, was sie repräsentierte!« rief Cecily heftig und hob drohend einen Finger.

»Da siehst du es!«

»Und ich habe auch Mrs. Kornfeld gehaßt.«

»Cecily, hör bitte auf, solchen Unsinn zu reden. Ich versuche auf etwas ganz Bestimmtes hinauszukommen. Ich weiß, daß dich die Sache mit Bob aufgeregt hat. Es ist ja auch ein Jammer und sehr traurig, und ich kann mich sehr gut in deine Gefühle hineindenken, aber... und das ist ein großes Aber: Gerade das, was dich beunruhigte, macht in der von dir gewünschten Richtung Fortschritte. Sweet hat fast alles in der Hand, und wenn er im nächsten Jahr auch noch seine drei Freunde hierherbringt, ist es nur noch eine Frage der Zeit, bis er vielleicht sogar Eigentümer dieser Schule ist und wer weiß was noch. Wenn also ein erwachsener, philosophisch eingestellter Mensch sieht, was er zum Fortschritt auf der großen Linie beigetragen hat, wie kann er sich dann von etwas so Unwichtigem wie der Tatsache, daß ein Basketballspieler zur Küstenwache gegangen ist, deprimieren lassen?«

»Da hast du völlig recht«, gestand Cecily.

»Daher darfst du dich nicht mehr in deine Rückschläge verbohren. Du mußt an deinen Erfolg denken.«

»Ich fürchte, das werde ich nicht tun«, sagte Cecily. »Shane! Komm zurück Shane!« Sie beugte sich vor und blickte aus dem oberen Teil des Fensters hinaus. »Ich glaube, ich sehe meinen wahren Geliebten kommen, er kommt, um mich zu befreien.«

January lehnte sich über den Schreibtisch und versuchte, durch den Regen hindurch etwas zu erkennen.

»Reg dich nicht auf«, sagte Cecily. »Ich habe im Balladenstil gesprochen. Es ist nur Will. Ich gehe am besten hinunter und belästige ihn, damit du Judy, diese Mißgeburt, ausstechen kannst.«

»Willst du mit ihm über Bob reden?«

»Mach dich doch nicht lächerlich. Mit Will habe ich noch niemals meine Gefühle Bob gegenüber erörtert. Es gibt gewisse Dinge, die man mit einem Mann nicht bespricht, selbst wenn er der Stammespriester ist.«

»Wenn es dich erleichtert, darfst du ruhig weiter mit mir reden.«

»Nein, es genügt schon.« Cecily stützte ihre Hände auf dem Holzrahmen des oberen Brettes auf und ließ sich langsam auf den Boden hinab. »Strich darunter, alles Leid hat ein Ende. Die Himmel vergießen der Tränen genug für uns alle.« Sie zogen ihren Regenmantel an. »Keine Korrektur?«

»Ich habe das Zitat nicht erkannt«, antwortete January.

»Um so besser«, rief Cecily. »Ich glaube, ich habe es mir ausgedacht.«

»Ahoi!« Cecily winkte durch die von leichtem Dunst verhangenen Bäume der Gestalt jenseits der Tennisplätze zu. Sweet trug einen Mantel aus gelbem Ölzeug und hob sich hell und glänzend gegen die übrigen trüben Farben dieses Nachmittags ab. »Bitte um Erlaubnis, an Bord steigen zu dürfen, Sir.«

Er lächelte, und sie verfiel in gleichen Schritt mit ihm. »Mensch, was für ein Wetter, Will. Ist das nicht ein elendes Wetter? In diesem verdammten Moor leben zu müssen, genügt, um einen Menschen zu einem Außenseiter der Gesellschaft zu machen. Ich war gerade auf dem Weg zu Ihnen ins Wohnheim.«

»Pech, denn ich bin nicht da«, antwortete Sweet.

»Mir gefällt Ihr Regenhut. Er ist wahrscheinlich das einzig Erfreuliche in diesem Wetter.«

»Ein Südwester«, sagte Sweet.

»Das ist meiner auch, aber ich wußte nicht, wie man so ein Ding nennt. Irgendwas Neues drüben im Wohnheim?«

»Nicht das geringste«, erwiderte Sweet. »Ich glaube, alle arbeiten fürs Schulexamen.«

»Elende Streber«, rief Cecily. »Deswegen habe ich Sie besuchen müssen.«

»Etwas Wichtiges?« fragte Sweet. »Wir können ja auch zurückgehen.«

»Nein, schon gut«, sagte Cecily. »Ich mußte nur aus meinem Zimmer raus, nichts weiter. January liegt im Endspurt mit der widerlichen Judy. Ich könnte es nicht ertragen, wenn sie abgehängt würde.«

»Wobei?«

»Bei der Abschiedsrede. Jetzt sind sie punktgleich. Wer bei der Abschlußprüfung besser abschneidet, hält die Rede. Wenn Judy die Rede halten darf, ist es eine Katastrophe.«

»Wieso?«

»Diese Kröte? Abgesehen davon, daß sie eine ekelhafte Amphibie ist, gehört sie auch noch zu den Kornfeldanhängern. Es wäre schrecklich, wenn die auch noch Punkte für sich buchen könnte.«

»Du bist wirklich 'ne Nummer!« Sweet lachte leise vor sich hin. »Eine tolle Nummer.«

Sie kamen nun an den Tennisplätzen vorbei, und über das monotone leise Prasseln des leichten Regens auf dem Beton hinweg glaubte sie die Klänge eines Gitarrenspiels zu hören.

»Komisch«, sagte Cecily. »Ich könnte wetten, eine Gitarre gehört zu haben.«

»Stimmt auch«, antwortete Sweet. »Ich habe sie Arthur Claypole geliehen.«

»Sie haben ihn von seinem Tonbandgerät loseisen können?« rief Cecily. »Sie vollbringen Wunder!«

»Ach, ich weiß nicht«, erwiderte Sweet. »Vielleicht ein unerwarteter Erfolg, aber ein Wunder...?«

»Will Sweet«, rief sie lachend, »Sie sind zu bescheiden. O Herr! Laß deine Sonne über mir aufgehen.« Sie drückte seine Hand, als er die Stufen zum Haus Tara hinaufging, und seufzte, als sie sich in das Schintosommerhaus setzte, das sie kurz in Pagode umgetauft hatte.

»Bist du denn wirklich von allen guten Göttern verlassen?« rief Sweet, nachdem er die Tür geschlossen hatte. »Legst du es darauf an, daß wir beide an die Luft gesetzt werden?«

»Aber Will...« Katherine preßte ihre Hände zusammen. »Was sollte ich denn tun? Dieser schreckliche Regen... draußen können wir uns nirgends treffen. Und seitdem du mir verboten hast, auf dein Zimmer zu kommen...«

»Stimmt genau«, erwiderte Sweet. »Ich bin ja jetzt nicht nur Hausvater, sondern auch Hauptberater des Kollegiums.«

»Ich weiß es, Will. Ich habe dich vorgeschlagen.«

»Was, zum Teufel, soll ich dafür tun, was erwartest du von mir? Soll ich dir den Hintern küssen? Ich habe mich damals bei dir bedankt, ebenso wie ich mich bei T. Malcolm und allen anderen, die für mich gestimmt haben, bedankt habe. Aber jetzt kann ich dich nicht mehr in mein Zimmer kommen lassen. Für mich steht zuviel auf dem Spiel. Ich kann es mir nicht leisten, in eine dumme Sache hineinzugeraten.«

»Du kannst es dir nicht leisten?« rief Katherine aufgebracht. »Und was ist mit mir? Steht nicht auch bei mir einiges auf dem Spiel?«

»Warum willst du also mit dem Kopf durch die Wand? Warum willst du dich in Schwierigkeiten stürzen? Und mich. *Mich* auch.« Er nahm einen Zettel aus seiner Tasche und fuchtelte damit vor ihrem Gesicht herum. »Hast du deinen verdammten Verstand verloren, mir eine solche Nachricht zu schicken? Du weißt doch, was geschehen würde, wenn das jemand in die Hände fiele?«

»Aber es ist doch gutgegangen«, flüsterte sie. »Du hast den Zettel richtig erhalten. Und du bist gekommen.«

»Und habe ich nicht eigentlich wegbleiben wollen?« rief Sweet spöttisch. »Ich habe es schon darauf ankommen lassen wollen, hier nicht zu erscheinen, als sich meine keuschen braunen Augen auf einen Satz wie diesen hefteten: ›Komm, oder ich trete für die Folgen nicht ein.‹ Klingt das nicht romantisch, ist das nicht schon reine Dichtung? Wie sollte ein Mann eine so schöne Einladung in den Wind schlagen können?«

»Es tut mir leid, Will.« Sie setzte sich auf ihren Schreibtischstuhl, den Rücken ihm zugewandt. »Ich habe dir keine Unannehmlichkeiten bereiten wollen. Ich war nur so verzweifelt.«

»Meine Liebe, du bist nicht verzweifelt, du bist verrückt.«
»Will, ich bitte dich...«
»Was willst du von mir?«
»Setz dich doch bitte«, bat sie leise. »Bitte... setz dich.«
»Na gut«, sagte er, ließ sich auf dem Bett nieder und sah kühl ihren Rücken an. »Und nun sag mir, was du willst.«
»Warum sehe ich dich nicht mehr?«
»Ach, du lieber Himmel!« rief Sweet. »Du siehst mich dreimal am Tag. Und noch häufiger, wenn das Kollegium zusammentritt.«
»Du weißt ganz genau, was ich meine. Warum bin ich nicht mit dir zusammen? Allein. Nur wir beide.«
»Ich habe es dir doch schon gesagt. Wir können uns nicht in meinem Zimmer treffen, das geht nicht mehr, und du selber hast dem Wetter die Schuld gegeben.«
»Was ist denn an diesem Zimmer auszusetzen?« fragte Katherine.
»Das Risiko ist zu groß. Direkt vor der Nase der Kornfeld. Das Risiko ist zu groß...«
Katherine lächelte. »Du warst aber durchaus bereit, dieses Risiko auf dich zu nehmen, als du mich noch nicht haben konntest.«
»Hör doch auf, Katherine. Wenn du die Absicht hast, mir mit einem solchen Mist zu kommen...«
»Das Risiko war damals nicht so groß, nicht wahr?« Sie wandte sich zu ihm um, und ihre Augen blitzten. »Antworte mir.«
»Sprich doch leiser«, flüsterte Will.
»Antworte mir.«
»Okay«, sagte Will. »Du zwingst mich dazu, und ich werde dir antworten. Nein, Katherine, damals war es kein allzu großes Risiko.«
»Ach, Will«, rief sie, stürzte auf das Bett und drückte ihren Kopf in seinen Schoß. »Ich habe von dir nicht erwartet, daß du mich heiraten würdest. Vielleicht habe ich es erhofft, aber ich habe es nicht erwartet. Das war eins der Risiken, die ich auf mich nahm. Ich habe gewußt, daß es ein Risiko war, und ich weiß, daß es meine Entscheidung war.«
»Liebling?«
»Ja, Will?« Sie sah ihn durch ihre Tränen hindurch an.
»Benutzt du Wimperntusche?«
»Ja.«
Er drängte ihr Gesicht von seinem Schoß. »Wimperntusche auf meinem Hosenschlitz würde keinen guten Eindruck machen.«

Sie lehnte sich zurück und sah ihn wie erstarrt an. »Ich verstehe dich nicht.«

»Ich dich auch nicht.« Sweet stand auf und kaute auf seiner nicht angezündeten Zigarre. »Du hast gesagt, du hättest von mir nicht erwartet, daß ich dich heirate. Damit hattest du recht. Was willst du nun?«

»Will, lassen wir das beiseite, daß du mich nicht heiraten willst. Aber ständig in deiner Nähe zu sein, dich zu sehen, und doch nicht mit dir zusammen sein zu können, nicht mit dir schlafen zu können...«

»Dafür gibt es eine sehr einfache Lösung.«

»Welche, Will?« Sie wischte sich die Wimperntusche mit einem Papiertaschentuch von den Augen.

»Geh weg. Geh woandershin. Dann brauchst du mich nicht mehr zu sehen, und es wird dich nicht mehr stören... Such dir eine Stellung in einer anderen Schule.«

»Du weißt doch, daß das zu spät ist... Es ist zu spät dafür, mir eine Stellung in einer anderen Schule zu suchen. Wir haben Ende Mai. Ich könnte nicht einmal in die Nähe einer anderen Schule gelangen.«

»Noch etwas Besseres.« Sweet riß ein Streichholz an seinem Hosenboden an und hielt die Flamme an seine Zigarre. »Such dir einen anderen Job, arbeite als Verläuferin in einem Kaufhaus oder in einer Bank. Irgendwo, wo du einen netten, stumpfsinnigen Mann kennenlernen kannst, der dich heiraten wird. Das wäre für dich das richtige, Katherine.« Er deutete mit seiner Zigarre auf sie. »Du bist der Typ, der mit jemand verheiratet sein muß. Aber hier findest du ihn nicht.«

»Will...«

»Laß mich gehen. Ich habe noch viel vor.«

»Will, ich bitte dich...« Sie streckte ihre Hände nach ihm aus.

»Nur noch eins«, sagte Sweet und nahm seinen Regenmantel vom Haken an der Tür. »Wenn du dem Kerl begegnest, der dich heiraten möchte, bist du dir selber einen großen Gefallen schuldig: geh mit ihm erst *hinterher* ins Bett.« Er hielt die Zigarre zwischen seinen Zähnen, während er mit den Armen in den Mantel schlüpfte. »Als Jungfrau warst du sehr aufregend, Katherine, aber als Frau bist du im Bett sehr langweilig.«

Sie lachte hinter ihm her, als er die Tür öffnete, aber ihr Lachen klang allzu laut und allzu verkrampft.

»Was, zum Teufel, hast du jetzt noch zu meckern?« rief er gereizt. »Ich habe dir einen guten Rat gegeben. Mehr kann ich für dich nicht tun. Was willst du jetzt noch?«

»Was ist mit dem Laken?« rief sie und erstickte ihr Lachen in ihrem zerfetzten Taschentuch. »Was soll ich in bezug auf die Laken tun?«

»Ein Huhn schlachten«, rief er und schloß die Tür hinter sich.

16. Kapitel

Kurz bevor Cecily einschlief, erkannte sie am Geräusch auf dem Dach, daß der Regen in ein leichtes Nieseln übergegangen war. Aber im Verlauf der Nacht schien es sich in Hagel verwandelt zu haben. Cecily erwachte, als sie ihn laut und von Böen getrieben gegen die Fenster trommeln hörte.

»Mein Gott«, murmelte sie. »Es klingt, als ob jemand mit Kieselsteinen wirft.« Sie drehte sich auf den Bauch herum und öffnete die Augen.

Es traf zu.

»Was fällt euch denn da unten ein?« rief sie leise aus dem Fenster den Jungen hinter den Büschen zu. »Wollt ihr unbedingt die Scheiben einwerfen?«

»Komm herunter, Cecily«, rief Red Beemish ebenso leise. »Wir haben etwas für dich.«

»Ich bin nicht interessiert. Es ist bestimmt zwei Uhr nachts.«

»Halb vier«, rief Red.

»Haut ab!«

»Aber was sollen wir mit der Überraschung anfangen, die wir für dich haben?«

»Verschwindet. Es interessiert mich nicht.«

»Es betrifft Judy Norris«, rief Red.

»Du lieber Gott«, flüsterte Cecily und blickte nach unten. Es stimmte. Judys Bett war leer. »Ich komme sofort.« Sie warf sich ihren Regenmantel über ihren Pyjama und schlich in der Dunkelheit die Treppe hinunter. Sie wagte nicht, den Vordereingang zu benutzen, da sich die Türen stets mit einem Krachen schlossen, und so ging sie durch den Keller hinaus.

Red stand neben einem Busch.

»Wo ist sie?« fragte Cecily.

Red steckte seine Finger in den Mund und stieß einen schrillen

Pfiff aus, ein Signal auf eine Gruppe von Büschen zu, die ein Stück weiter den Weg entlang standen. Rudy und zwei Schüler des ersten Jahrgangs schleppten Judy herein. Sie erinnerten an Ameisen, die einen Kuchenkrümel zu ihrem Haufen trugen.

»Was habt ihr mit ihr angestellt?« flüsterte Cecily.

»Wir haben gar nichts gemacht. Wir kamen gerade von *The Inn* zurückgeschlichen, hatten ein Bier dort getrunken, du weißt schon, und da haben wir sie beim Bootshaus gefunden. Sie muß schon eine Weile vorher drinnen umgekippt sein. Als wir sie fanden, kotzte sie gerade den ganzen See voll.«

»Mein Gott, bist du appetitlich!« rief Cecily.

»Wie soll man denn so was sonst beschreiben?«

»War jemand bei ihr?«

»Nur eine Flasche Johnny Walker«, antwortet Red. »Leer.«

»Los, Jungs«, sagte Cecily und deutete auf die Kellertür. »Ich zeige euch, wie ihr sie nach oben schaffen könnt.«

»Ohne mich«, erklärte Rudy und ließ sie los. Er hatte sie bis dahin um die Hüften festgehalten, aber nun sackte sie zwischen den beiden anderen zu Boden. »Weiter komme ich nicht mit.«

»Komm du mit, Red«, sagte Cecily. »Trag du sie in der Mitte.«

»Nein. Bis hierher haben wir sie gebracht, das war 'ne kameradschaftliche Geste; jeder Schritt weiter bedeutet Ärger.«

»Aber wenn ihr sie hier draußen laßt, wird sie rausgeschmissen«, sagte Cecily.

»Besser sie als wir.« Red machte seinen beiden Helfern ein Zeichen, und sie ließen Judy zwischen den Büschen fallen, wo sie kraftlos liegen blieb. Die vier Jungen liefen davon.

Cecily zerrte an ihrem Haar und stampfte einmal zornig auf dem durchweichten Boden auf. Dann versuchte sie Judy an einem Arm, einem Bein und dem unteren Ende ihres Regenmantels mit sich zu ziehen, aber sie rührte sich nicht von der Stelle. Cecily mußte jemanden finden, der ihr half.

»Du bleibst jetzt hier«, raunte sie Judy zu und lief hinein. January war nicht wach zu kriegen, so weckte sie Renata und Almira De Cava. Den vereinten Kräften der drei Mädchen gelang es, Judy nach oben zu bringen, wobei sie sie nur zweimal fallen ließen.

Judy Norris stank entsetzlich, aber sie selber blieb von diesem Gestank verschont, da sie noch immer bewußtlos war. Ihr selber gegenüber war Gott nicht so gnädig gewesen, dachte Cecily verbittert, denn sie war nicht nur wach, sondern mußte auch noch im

Bett über Judy liegen, unmittelbar den von ihr aufsteigenden Dünsten ausgesetzt.

»Du lieber Gott!« Mrs. Kornfeld stieß die Tür zurück und riß alle Fenster im Zimmer auf. »Hier riecht es wie in einer Brauerei!«

»Was ist?« murmelte January schläfrig. »Was ist los?«

Mrs. Kornfeld hielt sich die Nase zu und rief: »Los. Raus mit der Sprache. Was ist vorgefallen?«

»Ist es schon Zeit zum Aufstehen?« Cecily gähnte und spielte die Ahnungslose.

»Ja, allerdings. January?«

»Was ist, Mrs. Kornfeld?«

»Was ist hier vorgegangen?«

»Was wollen Sie damit sagen?«

»Mach die Augen auf. Zieh die Luft ein!«

»Oh.«

»Cecily?« rief Mrs. Kornfeld.

»Ich habe nicht die geringste Ahnung.«

»Judy!« Mrs. Kornfeld schüttelte sie heftig. »Judy, es ist sieben Uhr! Um acht hast du Prüfungen. Wach auf. Aufwachen! Willst du denn nicht frühstücken?«

Judy ließ ein tiefes Stöhnen aus.

»Das ist schon besser«, sagte Mrs. Kornfeld. »Steh auf. Los, steh auf.

»Lassen Sie mich in Ruhe«, jammerte Judy. »Lassen Sie mich sterben.«

»Na schön.« Mrs. Kornfeld stampfte schwerfällig aus dem Zimmer.

»Mit Betrunkenen geht sie nicht gerade sanft um«, meinte Cecily.

»Was ist Judy zugestoßen?«

»Sie hat sich gestern nacht am Bootshaus vollaufen lassen. Red und ein paar der anderen Jungen haben sie zurückgetragen.«

»Judy trinkt nicht«, entgegnete January.

»Sag das mal Judy.«

Mrs. Kornfeld kam mit einer Tasse dampfenden Kaffees ins Zimmer zurück. »Jetzt setz dich auf und trink!«

»Ich kann nicht«, ächzte Judy. »Bitte, gehen Sie weg.«

»Du solltest dich lieber aufsetzen und diesen Kaffee trinken, sonst kommst du überhaupt nicht zu deiner Prüfung. »Willst du denn nicht zu deiner Prüfung gehen.«

»Ich kann nicht«, jammerte Judy. »Lassen Sie mich doch bitte sterben.«

»Trink den Kaffee«, befahl Mrs. Kornfeld. »Trink.«

»Nein.« Judy drückte sich die Hand auf den Mund. »Bitte... nicht.«

Mrs. Kornfeld schüttelte den Kopf. »Wenn du nicht zu deinen Prüfungen erscheinst, bekommst du für deine Fächer automatisch ein *Nicht abgeschlossen.* Niemand wird dich, an diesem Punkt angelangt, als durchgefallen bezeichnen, aber deine Noten werden darunter leiden. Ist dir das klar?«

»Ja.« Judy brach in Tränen aus.

»Willst du jetzt den Kaffee trinken?«

»Ich kann nicht«, wimmerte sie.

»Kannst du mir irgend etwas sagen, was uns veranlassen könnte, dich milder zu beurteilen?«

»Nein.«

»Nichts zu machen«, seufzte Mrs. Kornfeld. »Ich lasse den Kaffee hier. Sieh zu, daß du es schaffst.«

Als January und Cecily das Zimmer verließen, lag Judy noch immer regungslos auf dem Bett.

»Damit wirst wohl du die Abschiedsrede halten.«

»So habe ich mir das nicht gedacht«, erwiderte January. »Nun werde ich niemals erfahren, ob ich sie unter normalen, anständigen Bedingungen hätte schlagen können.«

»Du hast sie ja nicht betrunken gemacht«, meinte Cecily.

»Aber jemand hat es getan.«

Cecily gab als erste ihre Prüfungshefte ab. Hätte sie noch fünf oder zehn Minuten länger gearbeitet, hätte sie noch ein paar Punkte herausholen können, aber das würde ihrer Meinung nach bei ihren Abschlußnoten nicht so sehr ins Gewicht fallen. Mit Judy allein zu sprechen zu können, reizte sie viel mehr.

Judy saß halb aufgerichtet an ihr Kissen gelehnt. Ihre gewohnte gelbe Hautfarbe war von einem fahlen Grün übertönt. »Du siehst wie ein gottverdammtes Chamäleon aus«, rief Cecily.

»Sprich nur nicht vom Essen.«

»Einen idiotischeren Zeitpunkt, auszugehen und dich zu besaufen, hast du dir wohl nicht aussuchen können?« Cecily warf sich auf Januarys Bett. »Warum ausgerechnet gestern abend?«

»Das lag nicht an mir. Ich war eingeladen. Wie bin ich hierher zurückgekommen?«

»Einige der Jungs haben dich vom See zurückgebracht, und ich, Renata und Almira haben dich nach oben getragen.«

»Vielen Dank«, sagte Judy. »Es tut mir leid, euch so gestört zu haben. Wer waren die Jungen?«

»Red, Rudy und zwei aus der untersten Klasse. Mach dir keine Sorgen, ich glaube nicht, daß dir sexuell etwas zugestoßen ist. Du hast nicht sehr einladend ausgesehen.«

Judy wandte ihr Gesicht der Wand zu.

»He«, rief Cecily, »war doch nur ein Scherz. Gut hast du ausgesehen.«

»Danke«, sagte Judy.

»Warum hast du es getan?«

»Er hat mich eingeladen. Er hat gesagt, es sei höchste Zeit, daß wir uns anfreundeten, und wir sollten uns am Bootshaus treffen.«

»Wer?«

»Das ist unwichtig«, antwortete Judy.

»War es Will?«

»Du wirst es niemanden sagen, daß ich es zugegeben habe?« fragte Judy.

»Ich werde es für mich behalten.« Cecily rieb sich heftig die Augen. »Warum aber hast du ausgerechnet in der Nacht vor den Prüfungen trinken müssen?«

»Ich wollte nicht unhöflich erscheinen. Er hat mir erklärt, ich sollte doch auch endlich mit zur Clique gehören. Du hast immer gesagt, er wäre ein so großartiger Kerl, und da habe ich gedacht, falls er mich nett fände, würde er es dir vielleicht erzählen. Möglich, daß auch du dann nicht mehr so viel gegen mich hättest.«

»Mein Gott, Judy...« Cecily richtete sich auf. »Ich habe nichts gegen dich. Ich kann dich nur nicht ausstehen, aber ich habe nichts gegen dich.«

»Danke«, sagte Judy.

»Hast du das Mrs. Kornfeld erzählt?«

»Nein.«

»Warum nicht?« fragte Cecily.

»Darum. Ich habe vor sechs Monaten aufgehört zu petzen.«

Cecily lächelte und stand vom Bett auf.

»Wohin gehst du?« fragte Judy.

»Aufs Klo. Möchtest du etwas Wasser?«

»Ich glaube nicht, daß ich es jetzt schon bei mir behalten könnte. Vielleicht ein bißchen später.«

In Mrs. Kornfelds Zimmer spielte der Plattenspieler Lotte Lenya. Als Cecily anklopfte, hörte sie, wie Mrs. Kornfeld die Nadel abhob.

»Ja?«

»Darf ich mit Ihnen sprechen?«

»Warum nicht«, antwortete Mrs. Kornfeld, die ihr die Tür geöffnet hatte. Sie deutete auf einen Stuhl.

Cecily setzte sich. Sie saß mit sehr geradem Rücken an das weiche, blaue Kissen gelehnt. »Es handelt sich um Judy Norris.«

Mrs. Kornfelds dunkelgraue Augen sahen sie interessiert an. »Ja?«

»Die Sache gestern nacht war nicht ihre Schuld. Will hat sie ins Bootshaus gelockt und sie dort blau gemacht.«

»So?« sagte Mrs. Kornfeld ungerührt.

»Eingeladen hat er sie«, erklärte Cecily. »Ich meine, er ist doch ein Lehrer, und er hat ihr den Alkohol zu trinken gegeben. Es war nicht ihre Schuld.«

Mrs. Kornfeld beugte sich vor und klopfte ein langes Stück kalter, grauer Asche am Ende ihrer Zigarettenspitze ab. »Und wie hast du das erfahren?«

»Judy hat es mir erzählt.«

»Ach so«, sagte Mrs. Kornfeld und steckte eine neue Zigarette in ihre lange, schwarze Spitze. »Und warum sagst du mir das alles?«

»Nun ja, zunächst einmal...« Cecily lehnte sich ein wenig zurück. »Weil Judy Norris es nicht gesagt hat.«

»So.« Mrs. Kornfeld zündete ein Streichholz an und blickte, während sie an der Zigarette zog, über die Flamme hinweg.

»Und dann fühle ich mich auch in gewisser Weise verantwortlich dafür.«

»Wieso?« Mrs. Kornfeld warf das Streichholz in ihren Aschenbecher.

»Ich habe gestern etwas zu ihm gesagt.«

»Was?«

»Ich habe zu ihm gesagt, ich könnte es nicht ertragen, wenn Judy January schlüge und die Abschiedsrede hielte.«

»Und dein Mr. Sweet...« Mrs. Kornfeld nahm einen langen Zug. »Führt er immer jeden deiner Wünsche so getreulich aus?«

»Natürlich nicht, aber...«

»Warum sollte er es dann in diesem Fall tun?«

»Ich weiß es nicht«, erwiderte Cecily. »Aber ich finde es gemein, daß er es getan hat, und deshalb...« Cecily richtete sich nervös auf. »Ich weiß nicht, wieso ich hier den Eindruck eines Gestapoverhörs habe.«

Mrs Kornfeld lächelte nachsichtig und zerdrückte ihre Zigarette im Aschenbecher. »Ich bin sehr froh, daß du dich dazu entschlossen hast, zu mir zu kommen und mir das alles zu erzählen, Cecily. Anzeichen eines moralischen Gewissens sind immer sehr beruhigend, wie spät sie sich auch einstellen.« Sie seufzte und stand auf. »Ich danke dir«, sagte sie.

»Okay.«

»Aber«, fuhr Mrs. Kornfeld fort, »ich halte es für das beste, wenn du niemandem etwas sagst. Und erzähl auch Judy nicht, daß du es mir gesagt hast.«

»Das verstehe ich nicht.«

»Es ist am besten«, erklärte Mrs. Kornfeld und wandte sich dabei ab, »es ist am besten für alle, wenn wir die ganze Sache vergessen.«

Die Mädchen glaubten, daß es etwa in der Mitte der Nacht gewesen sein mußte. Frenchy und Frazier, Lionel und Arthur Claypool kamen fast bis zur Besinnungslosigkeit betrunken über das Campus auf das Haus Tara zu. Sie brüllten und johlten aus Leibeskräften.

Lionel schien so glücklich und gelöst, daß er zu seinen altgewohnten gemeinen Ausdrücken zurückkehrte. Judy Norris hielt sich die Ohren zu und kreischte.

Cecily und January fuhren Judy an, kein solches Theater zu machen. Sie schrien zu den Jungen hinunter, sie sollten sich in ihr Wohnheim zurückscheren, und fragten sie, ob sie denn verrückt seien? Wollten sie, daß alle so kurz vor dem Abschluß hinausgeworfen würden?

Arthur Claypool brachte ihnen ein Ständchen auf Sweets Gitarre und spielte eine Rock-and-Roll-Version von *Foggy, Foggy Dew.* Frenchy hatte ein langes Seil am Gelände von Taras Portal befestigt und versuchte, sich zu den Mädchen hinaufzuschwingen. Frazier Peters stand auf dem Dach und erklärte Frenchy, daß alles, was hinaufgeht, auch wieder herunterkommen muß, wohingegen nicht alles, was herunterkommt, unbedingt hinaufgehen muß. Und Lionel tanzte wie besessen im Kreis herum und brüllte alle Unflätigkeiten, die er so lange hatte zurückhalten müssen, hinaus.

Die Mädchen hörten Schritte auf dem Gang.

»Mistböcke!« rief January, hob die Jalousie an, warf ihre Haarbürste und traf Lionel an die Schulter.

»Gemeines Stück!« brüllte Lionel.

»Lehrer kommen, du Dussel!« rief Cecily. »Haut ab.«

Es war zu spät. Miß Stantus stand bereits in der Tür, und sobald sie ans Fenster getreten war, sah sie, was sich da abspielte. So wie die Dinge lagen, konnte sie es sogar hören.

»Die liebe lange Nacht – komm nur!
Lag sie in meinen Armen – paß auf!
Ich wollt' sie nur beschützen –
Yeah, yeah, yeah, yeah, yeah, yeah
Ich mußt' sie nur beschützen –
Yeah, yeah, yeah, yeah, yeah
Ja, ich hab' sie vor dem
feuchten Tau beschützt,
Dem Foggy, Foggy Dew!«

sang Arthur.

»Ficky, ficky, Dew!« kreischte Lionel.

»Char su Ding!« schrie Frenchy und polterte auf die Erde hinunter.

Die Mädchen blickten gebannt in Miß Stantus' Gesicht und warteten.

»Ich hatte gedacht, ich hätte etwas gehört«, sagte Miß Stantus. »Ich muß mich wohl geirrt haben.«

Die Tür schloß sich hinter ihr. Die Mädchen sahen einander verblüfft an und begannen zu flüstern. Sie hatten schon immer geahnt, daß sie ein recht anständiger Mensch sei. Aber eine solche Nachsicht war unbegreiflich.

Cecily war allerdings anderer Meinung. »Diese Jungs sind alles andere als nur ein bißchen außer Kontrolle. Die laufen ja buchstäblich Amok. Ich habe noch nie einen typischeren Fall von Amokläufern gesehen.«

»Warum hat sie dann aber nichts gesagt?« rief January.

»Es ist doch klar, daß es nur eine Möglichkeit gibt, sie zu beruhigen, indem man sie im Sinne des Tierschutzvereins einschläfert.«

»Oder sie hinauswirft«, meinte Judy.

»Die Hauptsache, sie werden lahmgelegt«, entgegnete Cecily. »Niemand will zwei Abende vor der Entlassung vier Abschlußschüler an die Luft setzen.«

»Aber dann tu doch was«, rief January. »Sie wecken noch die ganze Schule auf.«

»Ihr dort unten!« schrie Cecily. »Hört endlich auf, Amok zu laufen.«

»Fick, fick – Amok, Amok!« sang Lionel und fiel bei dem Versuch, seine Absätze bei einem Luftsprung zusammenzuschlagen, aufs Gesicht.

»Geht nach Hause«, rief January. »Es ist mitten in der Nacht.«

Im nächsten Augenblick aber wurde ihnen bewußt, daß sie sich darin irrten. Es war gar nicht mitten in der Nacht, sondern offenbar sehr früh am Morgen, denn Dolly Klinkly begann mit ihrem Fünf-Uhr-Training. Die Mädchen, die sie auf Haus Tara zukommen sahen, konnten die Jungen, ohne daß sie es hörte, nicht mehr warnen. Aber Frazier, der als Späher auf dem Dach stand, stieß ein Kojotengeheul aus, das jedem indianischen Kundschafter alle Ehre gemacht hätte. Frenchy, der diesen Warnruf begriffen hatte, eilte zum Portal hinauf, verbarg sich dort im Schatten und machte Lionel und Arthur Zeichen, ihm zu folgen.

Lionel verschwand im Gebüsch, und Arthur versteckte sich hinter den Müllkästen. Dolly Klinkle kam vorbeigeschwebt, atmete tief und zählte beim Gehen.

Es schien zwar keine Sonne, aber Dolly Klinkle hielt ihr kleines Gesicht nach oben gewandt, als würde sie angestrahlt, und jeder Muskel ihres kleinen Körpers bewegte sich. Sie streckte und beugte sich, beugte und streckte sich und hob ihr Gesicht der unsichtbaren Sonne entgegen, als könnte sie allein durch Willenskraft die magische Größe von viereinhalb Fuß erreichen.

Einen Augenblick sah es so aus, als würde sie die Jungen nicht bemerken. Eine atemberaubende Sekunde lang hatten die Mädchen den Eindruck, sie würde am Vordereingang von Tara vorbeischweben, und alles wäre damit überstanden. Aber dann blieb Dolly Klinkle stehen, um sich vom Wohlergehen des kleinen Gartens neben dem Kellereingang zu überzeugen.

Frazier Peters, der die Dauer ihres Aufenthalts falsch eingeschätzt hatte, kam das Abflußrohr der Regenrinne heruntergerutscht und konnte seine Talfahrt nicht mehr abbremsen. So landete er genau vor Dolly Klinkles Füßen. Sie stieß einen Schrei der Überraschung aus, aber bevor sie sich sammeln konnte, hatte Frenchy die Initiative ergriffen. Er setzte über das Geländer des Portals hinweg und stürzte sich mit dem Schrei »Nguyen Kwanh!« auf Dolly Klinkle. Arthur und Lionel warfen sich ebenfalls auf sie. Im Handumdrehen hatten sie Dolly Klinkle in die durchweichte, feuchte Erde gestoßen.

Mit wildem Siegesgeheul tobten die vier über den Campus zum Wohnheim der Jungen zurück. Dolly Klinkle, deren Stimme sich vor Zorn überschlug, arbeitete sich aus dem Morast hoch.

»Daran ist kein Zweifel«, erklärte Cecily, »sich mit der gutmütigen Spanischlehrerin einzulassen, ging ja noch an. Aber es ist etwas ganz anderes, dieser Lateinhexe in die Quere zu kommen.«

»Es wäre doch schade«, seufzte January, »ohne die vier abzuschließen.«

»Fünf«, verbesserte Cecily.

Um acht Uhr morgens waren alle in der Schule von den genauen Einzelheiten dessen, was geschehen war, unterrichtet. Abgesehen vom Augenzeugenbericht der Mädchen sickerten weitere Informationen aus dem Wohnheim der Jungen heraus und vermischten sich mit üppig wuchernden Gerüchten. Das Frühstück erfreute sich an diesem Morgen eines ungewöhnlich großen Zuspruchs.

Lionel, Arthur, Frenchy und Frazier hatten den Begriff *Freier Abend* weit über seine ursprünglichen Grenzen hinaus ausgedehnt. Nach verschiedenen Darstellungen waren sie geradezu mit Haschisch und Marihuana gefüllt, ihr Blut wies gleiche Anteile an Heroin und Alkohol auf, und ihre Lenden zeigten Spuren einer so wilden, sexuellen Ausschweifung, daß die Glaubwürdigkeit dieser Berichte sogar in einer so fortschrittlichen Schule überzogen wurde. Zweifellos hatte es sich um einen Orgie gehandelt. Jedoch war der Ort besagter Orgie bislang noch in dunkel gehüllt, da es kein Lokal gab, das auf dieser Seite von Tanger ein solches Übermaß an Lasterhaftigkeit bieten konnte.

»Ach, ich weiß nicht«, meinte Almira. »Ich habe einmal von einem Bordell in der Nähe von Richmond gehört, wo man auch mit Rauschgift aufgeladen wird.«

Für gewöhnlich saß Almira mit den Jungen und Mädchen aus den unteren Klassen zusammen. Es war eine ihrer wenigen Möglichkeiten, Zuhörer zu finden.

»Wie heißt es?«

»Hop House«, antwortete Almira.

»Das ist es«, sagte einer der Jungen. »Dort sind sie gewesen. Ich habe sie davon sprechen hören. Dort gibt es chinesische Huren, die Opium rauchen.«

Um neun Uhr wußten alle, daß die vier in einem besonders üblen Lokal mit Namen *Hop House* waren.

»Was für ein Lokal?« stieß Will Sweet zornig hervor, als er bei der Lehrerbesprechung davon erfuhr.

»Ein Bordell in der Nähe von Richmond«, erklärte Frau Dr. Mann. »Ein Freudenhaus mit Namen ›House of Hop‹.«

»Das ist doch wohl nicht Ihr Ernst!« rief Sweet. »Ich habe noch nie von einem solchen Lokal gehört.«

Er brach in Gelächter aus, aber seine Kollegen fielen nicht in sein Lachen ein. Nicht einmal T. Malcolm. Alle saßen sehr steif da und beobachteten ihn.

Frau Dr. Mann stand an der einen Schmalseite des Tisches und stapelte immer wieder von neuem Bücher aufeinander, die vor ihr lagen. »Lachen Sie nicht. Bitte, Mr. Sweet, lachen Sie nicht«, sagte sie.

»Ich kann einfach nicht anders. ›House of Hop‹!«

»Ich bin mir völlig darüber im klaren, wie sehr solche Dinge beim Weitererzählen verzerrt werden. Aber wenn wir uns nur ein zuverlässiges Bild von dem machen könnten, was geschehen ist...«

»Was geschehen ist, besteht darin, daß sie Jungen sind«, antwortete Sweet. »Und viele von ihnen sollten Gott dafür danken, denn es bestand noch immer die Möglichkeit, daß sie sich zu Schwulen entwickelten.«

Frau Dr. Mann errötete. »Bitte, Mr. Sweet. Es geht uns hier nicht darum, ein Werturteil über ihr Sexualleben abzugeben. Sie reden an der Sache vorbei.«

»Worum geht es also?«

»Es ist mir durchaus bewußt, was für ein gutes Jahr dies für die Schule gewesen ist. Wir alle wissen es.« Ihre Augen machten im Kollegium die Runde und streiften Mrs. Kornfeld und Miß Stantus. »Und wir alle wissen, wieviel Ihre Anwesenheit dazu beigetragen hat.«

Zum erstenmal in... ich weiß nicht, wieviel Jahren... hat es in der Schule keinerlei Zwischenfälle gegeben. Allerdings mit der Ausnahme des bedauerlichen Verschwindens von Robert Duzo, aber das hat nichts mit Ihnen zu tun. Man kann von Ihnen nicht erwarten, daß Sie die Jungen auch während der Ferien am Zügel halten.«

»Richtig«, sagte Sweet. »Das hat nichts mit mir zu tun.«

»Aber während der Schulzeit wird von Ihnen erwartet, daß Sie sie beaufsichtigen. In dieser Zeit unterstehen sie Ihnen. Es sind schwere Anschuldigungen gegen diese Jungen erhoben worden. Man hat sie beobachtet, sie waren betrunken und haben sich ungebührlich aufgeführt. Wir versuchen nun festzustellen, was sonst noch geschehen ist. Erst dann können wir entscheiden, was unternommen werden muß. Wir betreiben hier eine Schule und sind stolz darauf, fortschrittlich und liberal zu sein. Aber ein ›Freier Abend‹ ist kein Freibrief dafür, sich selber ins Unglück zu stürzen.«

»Was für ein Unglück?« fragte Sweet und lächelte die anderen an, als wollte er ihnen zu verstehen geben, wie komisch ein solches Wort in solchem Zusammenhang wirkte.

»Trunkenheit und sexuelle Ausschweifungen. Möglicherweise Genuß von Rauschmitteln.«

»Sie haben nichts dergleichen getan.«

»Dann sagen Sie uns, was sie getan haben, damit wir nicht Gefahr laufen, zu falschen Schlußfolgerungen zu gelangen.«

»Was ich weiß, weiß ich, da ich ihr Hausvater bin.«

»Das ist eine Stellung, die Ihnen keinerlei Sonderrechte einräumt. Ich meine es so: Sie sind weder Anwalt noch Geistlicher. Die vertraulichen Mitteilungen der Jungen gehören nicht Ihnen allein. Unter diesen Umständen gehören sie uns.«

»Unter was für Umständen.«

»Wir versuchen uns hier darüber schlüssig zu werden, ob wir vier Schüler am Vorabend ihres Abschlusses von der Schule verweisen sollen«, antwortete Frau Dr. Mann.

»Das ist doch Wahnsinn. Sie haben nichts Schlimmes getan.«

»Dann sagen Sie uns, was sie getan haben.«

»Auf keinen Fall waren sie im ›House of Hop‹. Sie sind auf einer kleinen privaten Party in Norfolk gewesen.«

»Das ist ziemlich weit von hier. Wenn wir unseren Schülern einen freien Abend einräumen, so rechnen wir nicht damit, daß sie in Hollywood auftauchen.«

Sweet lachte leise auf. »Ich bitte Sie, so weit ist es doch wirklich nicht.«

»Es ist weit genug entfernt«, erklärte Frau Dr. Mann. »Die vier wußten ganz genau, daß nur bis zwölf Uhr Ausgang war. Ausgang ist immer nur bis zwölf, außer bei Schülerfesten am Wochenende. Diese Ausgangsbegrenzung war ihnen bekannt, und trotzdem haben sie unbekümmert gegen die Vorschriften verstoßen, sind nach Norfolk gefahren und nicht rechtzeitig zurückgekommen. Ich würde das als einen ganz bewußten Verstoß gegen unsere Bestimmungen bezeichnen, Sie etwa nicht?«

»Nein, das würde ich nicht. Ich habe ihnen erklärt, sie brauchten sich um die Sperrstunde keine Gedanken zu machen.«

»Das haben Sie gesagt?«

»Ja.«

»Wer hat Sie dazu ermächtigt?«

»Ich habe mich selber dazu ermächtigt. Ich habe mir gesagt, da wäre diese nette Party, und auf der anderen Seite hätten sie das ganze Jahr hindurch angestrengt gearbeitet, so daß sie ruhig hingehen und ordentlich auf die Pauke hauen sollten.«

»Ich hoffe nur, daß sie nicht die Absicht haben, Ihre Rolle besonders herauszustreichen.«

»Ich habe gewußt, sie würden nichts wirklich Schlimmes anstellen«, erwiderte Sweet. »Aber man kann von diesen kleinen Schweinehunden nicht zuviel verlangen – schon gar nicht alles. So habe ich ihnen meinen Lastwagen überlassen und ihnen gesagt, sie könnten nach Norfolk fahren.«

»Was Sie nicht sagen!« rief Frau Dr. Mann.

»Sie alle haben im Grunde keine Ahnung, wie man einen Haufen Jugendlicher anzufassen hat. Es genügt nicht, ihnen im Denken und im Reden jede Freiheit einzuräumen. Man muß sie auch einmal kräftig über die Stränge schlagen lassen.«

»Ich verstehe«, sagte Frau Dr. Mann.

»Natürlich kann das nicht jeder«, fuhr Sweet fort.

»Natürlich nicht«, sagte Frau Dr. Mann.

»Es muß jemand sein, den die jungen Leute wirklich bewundern, so daß es, wenn er sagt, schlagt über die Stränge, für sie etwas bedeutet, denn er ist derjenige, der weiß, wo die Grenzen sind.«

»Ich verstehe.«

»Ich habe gewußt, daß nichts Schlimmes dabei herauskommen würde. Diese Jungen würden eher sterben, als daß sie etwas anstellen würden, was ein schlechtes Licht auf mich wirft.«

»Ich verstehe.«

»Solange also kein Schaden dadurch entstanden ist, sollten wir meiner Ansicht nach die ganze Sache vergessen.«

»Finden Sie?« fragte Frau Dr. Mann.

»Ganz bestimmt.«

»Na schön.« Frau Dr. Mann sah ihn an und lächelte. »Damit ist bestimmt, wie Sie es ausdrücken würden, eine Last von unseren Herzen genommen. Ich glaube, wir können diese Sitzung als beendet betrachten.«

Sweet sprang erleichtert auf und blieb mit den Händen auf der Rückenlehne des Holzstuhls stehen. »Sie werden also nichts gegen die vier unternehmen?«

»Ich denke nicht, Mr. Sweet. Sie haben sich ja so hervorragend für sie eingesetzt.«

»Vielen Dank. Das ist wirklich eine gute Nachricht. Ich wollte nur erreichen, daß gegen die vier nichts unternommen wird.« Er zwinkerte ihr zu.

»Äußerst rücksichtsvoll von Ihnen«, sagte Frau Dr. Mann und erwiderte sein Zwinkern.

»Würden Sie mich jetzt bitte entschuldigen, ich brauche wohl nicht länger hier herumzusitzen. Ich will nur schnell ins Wohnheim zurückwetzen und die gute Nachricht überbringen.«

»Natürlich.«

Sweet eilte auf die Tür des Lehrerzimmers zu und lachte dabei leise vor sich hin. Seine Augen waren auf die Tür gerichtet, und er bedachte nicht einmal Mrs. Kornfeld oder T. Malcolm mit einem flüchtigen Blick. »Wir sehen uns nachher«, sagte er.

»Ach, Mr. Sweet«, rief Frau Dr. Mann.

»Ja?« Seine Hand lag schon auf dem Türknauf.

»Holen Sie sich noch vor drei Uhr nachmittags Ihr Gehalt bei der Kasse ab.«

»Bitte?« fragte Sweet.

»Ich möchte, daß Sie heute abend nicht mehr hier sind.«

Sweet sah sie verblüfft an. »Madam?«

»Ja, Mr. Sweet. Sie sind doch sonst so schnell. Sie sind rausgeschmissen!«

17. Kapitel

Die Generalprobe für die Abschlußfeier wurde um zwei Uhr auf der Rasenfläche hinter Haus Tara abgehalten. Schon wieder fiel leichter Nieselregen, und die paar Tage mit Sonnenschein hatten nicht genügt, um die Rasenfläche trocknen zu lassen. Aber alle waren sich voller Optimismus darin einig, man sollte sich so verhalten, als würde sich alles draußen abspielen, da die Wettervoraussage für Sonntag sonnig und warm lautete und die Vorstellung, die Abschlußfeier in der Turnhalle abzuhalten, etwas Deprimierendes an sich hatte.

Mr. Foals lag viel daran, den Einzugsmarsch zu proben, aber da ein Teil der Abgangsklasse noch nicht erschienen war, befaßte er sich damit, January zu zeigen, wo das Mikrofon stehen würde und wohin sie bei der Abschiedsrede blicken sollte. Judy Norris würde gleich nach Frau Dr. Manns Ansprache an die Eltern ihre Begrüßungsworte sprechen, und Lionel sollte sein Gesicht *Abschied von der Jugend* aufsagen. Renata trat dann in einem choreographischen Ausschnitt aus dem *Nachmittag eines Fauns* auf. Möglicherweise würden auch, wie er leise lachend erklärte, Zeugnisse ausgegeben. Nachdem Foals das alles erklärt hatte, blieb ihm nichts weiter übrig, als auf das Erscheinen der noch fehlenden Mitglieder zu warten.

Da traf aus dem Wohnheim der Jungen die Nachricht ein, Lionel, Frenchy, Frazier und Arthur wollten die Abschiedsfeier boykottieren.

»Was versteht ihr denn unter boykottieren?« rief January. »Wie kann man denn ein Abschlußexamen boykottieren?«

»Das ist sehr einfach«, erwiderte Medwell Tompkins. »Falls Frau Dr. Mann die Entlassung Will Sweets nicht zurücknimmt, lehnen die Jungen die Graduierung ab.«

Die meisten Schüler der Abschlußklasse waren niemals in Frau Dr. Manns Wohnung gewesen. Als sie dort in ihrem großen, nach europäischem Geschmack eingerichteten Wohnzimmer saßen, hätten sie sich eigentlich geschmeichelt fühlen können. Aber sie waren sich dessen bewußt, daß eine solche Zusammenkunft gerade an diesem Ort etwas sehr Ernstes bedeutete. Lionel, Frazier, Frenchy und Arthur saßen dicht aneinandergedrängt und mit verbissenen Gesichtern vor dem Kamin. Mr. Foals versuchte zwar, vernünftig mit ihnen zu reden, aber sie blieben unbeeindruckt und verstockt.

»Aber seht ihr denn nicht ein, wie dumm das ist?« fragte Foals. »Noch niemals habe ich einen solchen Fall erlebt, bei dem sich jemand auf so törichte Weise den Teppich unter den eigenen Füßen wegzieht.«

»Ha!« rief Lionel. »Damit wären wir wieder bei ›Der Menschen Hörigkeit‹ angelangt.«

Mr. Foals war nicht in der Stimmung, sich ablenken zu lassen. »Ihr tut nichts Heldenhaftes für Sweet. Ihr verderbt euch nur eure eigene Zukunft. Im Laufe des Sommers werdet ihr schon längst vergessen haben, worüber ihr euch eigentlich so aufgeregt habt. Aber inzwischen werdet ihr eure Aussichten, im Herbst auf ein College zu kommen, verspielt haben.«

»Und was ist mit Will?« fragte Frazier. »Was soll er im Herbst anfangen?«

»Antworte ihm doch nicht«, sagte Frenchy. »Spar dir deine Argumente für später auf, wenn Frau Dr. Mann da ist.«

»Worauf wartet sie eigentlich?« fragte January.

»Auf den richtigen Augenblick«, flüsterte Cecily.

»Ihr könnte das doch nicht ernst meinen«, rief Mr. Foals.

»Wir werden es tun«, entgegnete Lionel.

»Warum?« rief Miß Stantus. »Was glaubt ihr damit zu erreichen? Frau Dr. Mann wird es sich nicht anders überlegen.«

»Das wird sie müssen«, entgegnete Lionel.

»Warum tut ihr es?« fragte Foals.

»Er hat es für uns getan«, sagte Lionel.

»Was, in Gottes Namen?« stieß Miß Stantus hervor. »Was hat er denn getan? Glaubt ihr, er hätte euch irgendein Opfer gebracht? Glaubt ihr, er sei eine Art Märtyrer? Ihr konnt euch darauf verlassen, wenn er zugegeben hat, es sei seine Schuld, so hat er es nur getan, weil er glaubte, er würde damit davonkommen!«

»Beruhigen Sie sich doch, Katherine«, mahnte Foals und streichelte ihre Hand.

Cecily sah Miß Stantus an. Sie war von ihrer Heftigkeit überrascht. Die ganze Aggressivität, von der Cecily annahm, sie habe sich in beglückende Leidenschaft umgewandelt, schien nun wieder Aggressivität geworden zu sein. Das war seltsam.

»Seht ihr das nicht ein?« rief Foals. »Seht ihr nicht ein, daß dieses ganze Vorgehen eine Idiotie ist?«

»Sie waren sein Freund, Sie elender Überläufer«, warf Frazier ihm vor.

»Ich bin es noch immer«, entgegnete T. Malcolm. »Persönlich bedauere ich es sehr, daß Mr. Sweet nicht mehr unter uns sein wird.«

»Wenn Sie richtige Eier hätten«, rief Lionel, »würden Sie sich dem Protest anschließen.«

»So, das reicht mir jetzt aber, Mister!« schrie Miß Stantus.

»Schon gut, Katherine«, sagte Mr. Foals. »Lionel, ich bin ziemlich fest davon überzeugt, daß ich alles Notwendige habe. Vielleicht entschuldigst du, daß ich mich nicht deiner Ausdrücke bediene. Ich sehe also keinen Grund, mich in irgendeiner Weise entschuldigen zu müssen.«

»Woran sind Sie eigentlich interessiert?«

»An Bildung«, antwortete Mr. Foals.

Lionel verzog spöttisch das Gesicht.

»Ich bedaure es, wenn dir das... spießig erscheint. Aber es ist eine der besten Begründungen für die Tätigkeit eines Lehrers.«

»Will ist ebenfalls ein Lehrer!« rief Lionel. »Wir sehen gar nicht auf Lehrer herab.«

»Sehr großmütig von euch«, antwortete Foals.

»Aber wir lassen Freunde auch nicht im Stich«, fuhr Lionel fort. »Wie seine Freunde, die Lehrer, es tun.«

Das war, fand Cecily, das Seltsamste an der ganzen Sache. Die Stantus und Foals, die Will Sweet so nahe gestanden hatten, wandten sich nun gegen ihn. Und der einzige Mensch, für den es ein gefundenes Fressen hätte sein können, die alte Kornfeld mit ihren bösen Augen, sagte kein Wort. Sie saß nur da, zog langsam an der Zigarette in der langen schwarzen Spitze, ganz erstarrt, so daß die Asche am Ende immer länger und länger wurde, ohne abzufallen.

Schließlich betrat Frau Dr. Mann das Zimmer. Sie sprach davon, wie leid es ihr täte, daß gerade eine so glückliche Stunde im Leben der Schüler durch diese unerfreulichen Zwischenfälle überschattet würde. Aber sie sei voller Zuversicht, daß alles bald geregelt sein würde.

»Sobald Sie Will wiedereinstellen«, erklärte Lionel, nachdem ihn Frenchy mit dem Ellbogen angestoßen hatte.

»Nun hört mal zu, Jungs«, sagte Frau Dr. Mann, »ich weiß, wie sehr ihr alle an Mr. Sweet hängt. Ich selber habe seine Laufbahn in Coventry Hall mit Interesse, Befriedigung und sogar mit einer gewissen Freude verfolgt. Aber was er euch gestern nacht erlaubt hat, ist unverzeihlich.«

»Hier haben sich Leute schon weitaus Schlimmeres erlaubt, und Sie haben sie nicht rausgeschmissen«, widersprach Frazier.

»Ich glaube, wenn einer von euch durch einen Autounfall wegen Trunkenheit am Steuer ums Leben gekommen wäre, würdet ihr die Entlassung von Mr. Sweet mit anderen Augen betrachten. Oder wenn die arme Miß Klinkle eine Einwohnerin der Stadt gewesen wäre und ihr würdet jetzt in einem Untersuchungsgefängnis sitzen, anstatt nur Stubenarrest zu haben, würdet ihr auch nicht so empört sein. Aber die Tatsache, daß ihr heil aus der Sache herausgekommen seid und Miß Klinkle so freundlich war, keine Anzeige zu erstatten, ändert nichts an den eigentlichen Tatbeständen.«

»Und die bestehen darin, daß Sie in einige Schwierigkeiten hineingerasselt sind«, erwiderte Lionel, »so daß Sie einen Sündenbock suchen mußten. Und den haben Sie in Will Sweet gefunden.«

»Mr. Sweet hat sich selber dazu gemacht, als er eingestand, was er getan hat.«

»Und wenn wir Ihnen nun erklären, er habe diese Party gar nicht für uns arrangiert?« rief Frenchy. »Daß er es nur behauptet hat, um uns zu decken? Was würden Sie dazu sagen?«

»Es würde mich außerordentlich interessieren«, antwortete Frau Dr. Mann, »da Mr. Sweet nichts weiter zugegeben hat, als daß er euch die Erlaubnis erteilt hat, hinzugehen und seinen Lastwagen zu benutzen.«

»Oh«, stieß Frenchy hervor und wurde hochrot.

Dumpfes Gemurmel erhob sich unter den Schülern.

»Du brauchst gar nicht so verlegen zu werden, Frenchy. Auch ohne diese zusätzliche Information bestand Grund genug, Mr. Sweet zu entlassen.«

»Was für ein Grund?« rief Lionel und versuchte dadurch, French Zeit zu geben, sich wieder zu fassen.

»Großzügigkeit läßt sich unter Umständen entschuldigen, Lionel. Leichtsinn hingegen ist etwas ganz anderes. Ich fürchte, Mr. Sweet ist zum Schaden aller ein wenig zu anmaßend geworden. Ganz gewiß zum Schaden der Schule. Er hat uns sogar unbedingt Informationen geben wollen, um die wir ihn gar nicht gebeten hatten, indem er uns seine völlige Mißachtung aller Vorschriften außer seinen privaten vor Augen geführt hat. Dann hat er geglaubt, man würde ihm das alles durchgehen lassen.

Ich gebe zu, daß ich froh war, ihn hierzuhaben, ich gebe auch zu, daß ich mich dagegen gewehrt habe, Schlimmes von ihm zu denken. Aber nichts ist für die Schule wichtiger als die Schule selber.« Frau Dr. Mann holte tief Atem. »Wenn damit nun alles klargestellt ist, glaube ich, können wir diese Sitzung schließen.«

»Sie können tun, was Sie wollen«, stieß Frenchy hervor. »Wir verzichten auf den Abschluß.«

»Ihr werdet bestimmt nicht darauf bestehen...«, begann Frau Dr. Mann.

Lionel war aufgestanden. »Wenn Will heute abend weggeht, gehen wir auch.«

»Yeah!« brüllten die anderen drei.

»Das ist ja lächerlich!« sagte Frau Dr. Mann.

»Sie werden schon sehen, wie lächerlich es morgen sein wird, wenn unsere Eltern herkommen, um der Abschlußfeier beizuwohnen, und wir nicht hier sind.«

Frau Dr. Mann stand ungerührt neben dem Sessel. »Ich habe mich niemals den Machenschaften von Erpressern unterworfen. Weder innerhalb der Schule noch außerhalb.«

»Was für eine Schule?« rief Frenchy und schüttelte die Faust. »Dies ist ein totalitärer Staat!«

Frau Dr. Mann stiegen die Tränen in die Augen, und sie lehnte sich schwer an Mr. Foals Schulter, der sich ihr auf Zehenspitzen genähert hatte. Dann lief sie aus dem Zimmer.

»Ich schäme mich für euch«, sagte Foals. »Ich schäme mich wirklich.« Damit hob er die Sitzung auf und erklärte den übrigen Schülern der Abschlußklasse, er würde später mit ihnen reden.

»Das mit dem totalitären Staat hätte er auf keinen Fall sagen sollen«, meinte Cecily auf dem Rückweg zum Haus Tara. »Frau Dr. Mann war so stolz auf ihre Neutralität, sie stammt ja schließlich aus der Schweiz.«

Frau Dr. Mann saß in ihrem Wohnzimmer vor dem Kamin und streichelte den Rücken ihres Zwergschnauzers. Sie starrte in die Öffnung, in der im Winter Flammen gelodert hätten. Wäre es Winter gewesen, wäre ohnehin nichts von dem, was geschehen war, eingetreten. Außerdem hätte sie im Winter mit der Sache fertig werden können. Kalte, frische Luft ließ die Menschen klarer denken. Milde, weiche Luft ließ Körper und Denken erschlaffen. Nur eine Lampe brannte in einer Ecke des Raums, an dessen Wänden Bücher standen und Landkarten hingen. Sie war so in Gedanken versunken, daß sie nicht hörte, wie die Fliegengittertür geöffnet wurde.

»Frau Dr. Mann?«

Langsam blickte sie auf und starrte ins Halbdunkel. Sie hob den Kneifer, der an einer Kordel auf ihren Matronenbusen herabhing. »Ach«, sagte sie, als sie die vorgebeugte Gestalt in der Tür erkannte. »Lionel, ich hatte dich nicht anklopfen hören.«

»Ich habe auch nicht angeklopft«, antwortete er. »Entschuldigen Sie. Aber unter diesen Umständen wäre es sehr schwierig gewesen.«

»Zumindest hast du gesagt: ›Entschuldigen Sie‹«, sagte Frau Dr. Mann. »Ich hoffe, daß dies ein Zeichen für die Rückkehr der Vernunft ist.«

»Ich möchte nicht, daß Sie mein Vorgehen mit allgemeiner Feindseligkeit oder Aufsässigkeit verwechseln«, erklärte Lionel.

»Bestehst du noch immer auf dieser Verrücktheit? Auf deiner Ablehnung zu graduieren?«

»Ich habe mir schon gedacht, Sie könnten es als eine leere Geste ansehen«, sagte Lionel.

»Das tue ich auch. Ganz bestimmt.«

»Ich will mich aber nicht hinter einer leeren Geste verstecken«, erklärte Lionel.

»Das solltest du auch nicht.«

»Ich möchte, daß Sie begreifen, wieviel Will für mich bedeutet und was ich alles zu tun bereit bin, um mich für ihn einzusetzen, so daß ich mich nicht nur an einem kraftlosen Protest beteilige, der nichts weiter als eine leere Geste wäre.«

»Gut, schon gut«, sagte Frau Dr. Mann.

»Deswegen habe ich es getan«, rief Lionel und streckte seine Arme zur Bestätigung aus.

Sie konnte nicht erkennen, was er ihr zeigen wollte, aber er schien so stolz zu sein, daß sie es für besser hielt, das große Licht einzuschalten. »Mein Gott«, stieß Frau Dr. Mann aus und griff zum Telefon.

Sobald sie die Krankenstation erreicht hatte, erklärte sie der Schwester, sie sollte sofort ins Haus herüberkommen und dem Arzt aus der Stadt Bescheid sagen. Umgehend.

»Es handelt sich um Lionel Lindenbaum«, erläuterte Frau Dr. Mann. »Er hat sich die Pulsadern aufgeschnitten.« Sie holte tief Atem. »Aber an der falschen Stelle.«

»Angeber«, rief Cecily. »Was für ein unglaublicher Trottel.«

»Aber es besteht keine Gefahr für ihn, sagte January und wischte sich die letzten Tränen weg. »Es ist nichts weiter als ein tiefer Schnitt. Er kann noch immer zur Abschlußfeier kommen. Wenn überhaupt eine stattfindet.«

»Sei doch nicht albern«, erwiderte Cecily. »Du glaubst doch wohl nicht einen Augenblick daran, daß dies Frau Dr. Manns Entscheidung wirklich beeinflussen wird? Und glaubst du wirklich, die Jungs bleiben fest und verzichten auf ihren Abschluß?«

»Ich bin ganz durcheinander«, seufzte January. »Ich weiß nicht einmal, ob ich meine Rede überhaupt noch weiter einstudieren soll.«

»Selbstverständlich. Man wird doch die Abschlußfeier nicht absagen.«

»Ach, wer weiß. Warum soll ich mich so abrackern? Renata übt nicht einmal ihren Tanz.«

Cecily lief die Hintertreppe zum schmalen Gang hinauf, der wie eine Sackgasse vor Renatas Zimmer endete. Aufgeregt klopfte sie an die Tür. »Eine Sekunde«, sagte Renata.

Cecily war nicht in der Stimmung lange zu warten. Sie drehte am Knauf und verzerrte sich die Schulter, als die Tür nicht nachgab.

»Ich habe dir doch gesagt, nur eine Sekunde«, sagte Renata und öffnete die Tür.

»Wie soll ich denn wissen, daß du ein Schloß an deiner Tür hast«, erwiderte Cecily. »Sonst haben doch nur Lehrer Schlösser an ihren Türen. Wie hast du denn das geschaukelt?«

»Ich weiß nicht«, antwortete Renata. »Wahrscheinlich ist einmal versehentlich ein Schloß angebracht worden.«

»Mensch, das ist aber dufte. Ein ganzes Zimmer für dich allein und ein Schloß an der Tür.«

»Was willst du eigentlich?«

»Ich wollte dich fragen, ob du deinen Tanz einstudierst?«

»Natürlich«, erklärte Renata. »Warum denn nicht?«

»Ich weiß nicht. January meinte, vielleicht würde die ganze Abschlußfeier ins Wasser fallen.«

»Das ist doch idiotisch«, entgegnete Renata, stellte ihren Fuß auf den Toilettentisch und streckte ihr Bein.

»Es würde doch ein bißchen seltsam wirken, nur zweiundzwanzig sind in der Abschlußklasse, und vier davon fehlen.«

»Sie werden schon kommen.« Renata beugte den Kopf bis aufs Knie.

»Das glaubst du also auch? Die Jungs werden nachgeben?«

»Nein«, sagte Renata, den Mund an ihrer Kniescheibe. »Frau Dr. Mann wird es sein, die nachgibt.«

»Das kann ich mir nicht vorstellen«, entgegnete Cecily.

»Du kannst es mir glauben. Um Will aus dieser Schule zu vertreiben, wäre ein Orkan nötig.«, Sie schwenkte ihr Bein herum und wischte bei dem Versuch, Cecily nicht zu treten, einen Stoß Noten vom Ende ihres Toilettentischs.

»Entschuldige«, sagte Cecily. »Ich bin dir im Weg.«

»Macht nichts. Ich hebe sie auf.«

»Nein, das mache ich. Es war meine Schuld.« Cecily bückte sich und begann, die Noten einzusammeln. »Mach nur weiter mit deinen Übungen.« Sie griff, ohne hinzusehen, hinter den Toilettentisch, um festzustellen, ob irgendwelche Seiten dahintergefallen wären, und tastete dann den Boden unter ihm ab. Da berührte ihre Hand einen lederartigen Gegenstand, und sie bemühte sich, ihn zu fassen zu bekommen. Ihre Finger schlossen sich um ein längliches, rundliches Ding. Als sie es auf sich zurollte, sah sie, daß es eine alte, ausgetrocknete und halb zerkaute Zigarre war. Ihre Blicke wanderten zum Knauf, zum Schloß und wieder zur Zigarre zurück.

»Mensch, hast du ein Glück«, rief Cecily, nachdem sie ihre erste

Überraschung überwunden hatte, »einen Geliebten so greifbar zu haben.«

Renata, die sich gerade nach ihrer Zehe streckte, hielt auf halbem Weg nach unten inne. »Was willst du damit sagen?«

»Mir brauchst du doch nichts vorzumachen«, rief Cecily. »Will hat mir alles erzählt.«

»Du lügst.«

»Warum sollte ich?« entgegnete Cecily. »Außerdem werden wir schon bald für immer von hier verschwinden. Was macht es also aus.«

»Wahrscheinlich hast du recht«, sagte Renata und richtete sich aus ihrer Beuge auf. Sie hatte so lange mit dem Gesicht auf der Wade verharrt, daß ihr das Blut in den Kopf gestiegen war. Ihre Wangen waren gerötet. »Trotzdem finde ich, es war nicht richtig von ihm, es dir zu erzählen.«

»Richtig oder falsch, es macht doch nichts aus, solange niemand dabei irgendwo aneckt. Findest du nicht?«

Renata blickte zur Seite.

»Auf jeden Fall hast du mit deiner Meinung recht, daß Frau Dr. Mann nachgeben muß.« Cecily lächelte. »Sie kann es mit Will nicht aufnehmen. Auch Bob Duzo hat ihn nicht fertigmachen können, und dabei haben viele von uns ihn für fantastisch gehalten. Allerdings sind sie auch sehr unreif.«

»Hast du ihn eigentlich gut gekannt?«

»Gut nicht«, antwortete Cecily zögernd. »Nein, gut wirklich nicht.«

»Schade«, flüsterte Renata. »Er hatte Charakter.«

»Aber kein Gegner für meinen Will, stimmt's? Was ist schon ein Grashalm im Wind im Vergleich zu unserem echt amerikanischen Hartholz!«

»Ich will nichts gegen Will sagen«, erklärte Renata und senkte ihre schweren Augenlider. »Ich weiß, wie sehr du ihn magst.«

»Stimmt.«

»Aber es ist ein Jammer, daß du Bob nicht richtig gekannt hast.«

»Ja«, sagte Cecily. »Es ist bestimmt sehr schade. Dann könnte ich mich vielleicht über die ganze Sache mehr aufregen.«

Ein graues Leichentuch schien über dem Campus zu liegen, als Cecily vom Portal von Haus Tara aus über ihn hinwegblickte. Die Luft war eisig, und leichter Nebel stieg aus der Niederung um den See herum auf, als der Regen in ein stetiges, monotones Nieseln überging.

In den Wohnheimen war es sehr still. Einige Eltern waren schon einen Tag früher gekommen und hatten mit ihren Sprößlingen das Campus verlassen, um mit ihnen außerhalb zu essen. Die meisten Lehrer und der größte Teil der Schüler, unter ihnen auch Frenchy, Frazier, Lionel und Arthur, die beschlossen hatten, ihren Protest nicht dadurch zu schwächen, daß sie ihn mit einem Hungerstreik verwechselten, waren im Speisesaal. Sweet aber war nicht gekommen. Cecily hatte sehr genau beobachtet, wer das Wohnheim der Jungen verließ, und Will befand sich nicht unter ihnen.

Als die letzten Töne der Glocke verklungen waren, zog Cecily ihren Regenmantel an, ging langsam zum Wohnheim hinüber und stieg zu Sweets Zimmer hinauf. Will lag mit dem Gesicht nach unten auf der nicht mehr bezogenen Matratze. Sein Koffer stand halb gepackt auf der Fensterbank, und sein Rucksack, aus dem Schuhe, Hosen und Unterzeug herausquollen, befand sich am Fußende des Bettes. Am Kopfende lehnte seine Gitarre an der Wand. Er hatte die Hand ausgestreckt und zupfte verträumt an den Saiten.

»He, Kamerad«, rief sie und lächelte.

Er drehte sich auf den Rücken und erwiderte ihr Lächeln. »Ciao, Mädchen. Was suchst du denn hier?«

»Ich möchte jetzt nicht woanders sein, Will. Nicht in einer solchen Stunde.«

»Was ist denn mit deiner Familie? Kommen deine Eltern nicht, um mit dir zu feiern?«

»Ich weiß nicht einmal genau, ob sie zur Abschlußfeier herkommen. Meine Mutter hat einen neuen Verlobten, und für gewöhnlich bringt das meinen Vater und seine Frau aus dem Häuschen.«

»Armes Ding.« Er drehte sich wieder auf den Bauch und knurrte.

»Was wäre auch daran zu feiern, wenn man aus dieser Scheißschule herauskommt?« Cecily warf sich auf die Fensterbank und schlüpfte mit den Armen aus ihrem Regenmantel. Für den Verbrecher, der aus dem Gefängnis kommt, wird ja auch kein Fest gegeben.«

Will lachte leise auf.

»Der einzige Grund zum Feiern wäre die Tatsache, daß die anderen Sie nicht ausbooten können.«

»Wirklich?« Sweet stützte sich auf einem Ellbogen auf. »Ich hatte schon den Eindruck, daß die Sache noch nicht ganz erledigt sei.«

»Die anderen haben keine Chance«, sagte Cecily. »Es ist nur eine

Frage von Stunden, vielleicht geht es sogar noch schneller – Frau Dr. Mann muß nachgeben. Ich weiß, vielleicht hat Lionel bei seinem Selbstmordversuch alles falsch gemacht, aber was kann man schon von ihm erwarten.«

»Ach ja«, rief Will lachend, »unser Lionel! Es hätte ihm doch jemand sagen sollen, daß man an der Unterseite aufschneiden muß.«

»Wirklich!« rief Cecily und fiel in sein Lachen ein. »Schade, daß er so ein unfähiger Trottel ist.«

»Tja, ja«, sagte Will.

»Auf keinen Fall kann sie diese vier wie Luft behandeln. Solange sie alle überzeugt sind, was für ein feiner Kerl Sie sind, ist es unmöglich. Und tatsächlich – in ihrem tiefsten Herzen – will sie Sie ja nicht an die Luft setzen, da bin ich ganz sicher.«

»Glaubst du wirklich?«

»Ich weiß es«, erklärte Cecily. »Sie wird nicht imstande sein, meinen Will so einfach auszustechen. Niemand kann meinen Will ausstechen.«

»Vielen Dank, Mädchen.« Will streckte die Hand aus und tätschelte sie unter ihrem Kinn. »Das ist für mich sehr beruhigend.«

»Ich habe schon immer behauptet«, erklärte Cecily, »daß es mit der Gerechtigkeit im Grunde nicht weit her ist. Aber von Zeit zu Zeit muß sie doch mal triumphieren.«

Eine Weile saßen sie nur da und lächelten einander an. Schließlich bat Cecily Will um eine Zigarette.

»Das hatte ich ganz vergessen.« Sweet griff in seine Tasche.

»Hast du eine schriftliche Erlaubnis von zu Hause?«

»Nicht bei mir«, sagte Cecily.

»Dann schließ lieber die Tür.« Will zwinkerte ihr zu.

Cecily stand auf und schloß sie, wobei sie einen Blick auf den Schnapper warf, um sich zu vergewissern, daß er nicht eingerastet war und die Tür daher unverschlossen blieb. Als sie sich umwandte, streckte er ihr ein Päckchen Zigaretten hin.

»Ach, die habe ich gar nicht gemeint«, rief Cecily. »Ich hatte gehofft, sie hätten welche von der dünnen Sorte.«

Will brach in Lachen aus. »Nein, bist du eine Nummer! So etwas gibt es nicht noch mal!«

Cecily fiel in sein Lachen ein.

»Hältst du mich wirklich für so dumm, hier Marihuana auf dem Zimmer zu haben?«

»Besser wohl nicht«, sagte Cecily.

Nach einer Weile bat sie ihn um einen Drink, aber er hielt diesen

Einfall gleichfalls für nicht allzu empfehlenswert. Besser wohl nicht, meinte da auch Cecily und lehnte sich mit dem Rücken ans Fenster.

»Eins ist mir völlig unverständlich, Will, warum Sie unbedingt hierbleiben wollen. Sie haben so viel zu bieten, warum wollen Sie es auf dieser Scheißschule verplempern?«

»Ich will dir eins sagen, Mädchen. Der Wanderer muß einmal zur Ruhe kommen. Ich habe es an vielen Orten versucht und bin müde. Und das ist gerade das Richtige für mich. Ein Mann in meinen Jahren möchte gern einen kleinen Schlupfwinkel für sich finden.«

»Schlupfwinkel!« rief Cecily. »Will, Sie machen mir Spaß. Schlupfwinkel? William Sweet, Sie sind doch gar nicht in eine Ecke gedrängt – Sie beherrschen das ganze Spielfeld. Mensch, wenn ich mir vorstellen, wie Sie es der Kornfeld gegeben haben. Niemals zuvor ist es jemand gelungen, ihr so auf die Füße zu treten. Der haben Sie einen solchen Schrecken eingejagt, daß sie den Mund nicht wieder aufmacht. Ich meine das buchstäblich. Sie muß jetzt mit geschlossenen Zähnen rauchen.«

»Wirklich?« sagte Sweeet, und seine Augen funkelten.

»Bestimmt. Es ist so, als hätte man aus Goebbels einen Stummen gemacht. Ich habe Sie immer für einen Kerl gehalten, aber mir ist niemals klargeworden, wie Sie das geschafft haben.«

Will streckte die Hand aus und zupfte die E-Saite. »Um bei der Wahrheit zu bleiben, Mädchen, ich kann das alles nicht mir allein zuschreiben. Du hast mir geholfen.«

»Ich?« rief Cecily. »Wie habe ich Ihnen den geholfen?«

»Noodles Besser«, antwortete Will. »Du hast mir doch die Sache von Noodles Besser erzählt.«

»Wie komisch. Ich erinnere mich nicht einmal daran.«

»Das brauchst du auch nicht. Aber ich. Über Ostern bin ich nach New York gefahren und habe diese Miß Noodles aufgesucht. Von ihr habe ich eine eidesstattliche Erklärung schwarz auf weiß über sie und Mrs. Kornfeld erhalten. Diese Erklärung habe ich der alten Schachtel unter die Nase gehalten und ihr gesagt, ein Wort, nur ein Wort gegen mich, und die Sache landet sofort bei Frau Dr. Mann.«

»Hol's der Teufel!« rief Cecily. »Ich habe sie schon immer für 'nen Kerl gehalten, aber trotzdem nicht geglaubt, sie würde es in der Schule versuchen.«

»Ich glaube es an sich auch nicht, aber diese Miß Noodles ist wohl das wildeste Geschöpf, das ich jemals gesehen habe. Mich würde es nicht überraschen, wenn sie es gewesen ist, die diesen Sturm ausgelöst hat.«

»Wie haben Sie sie dazu gebracht, so etwas zu unterzeichnen?« fragte Cecily. Ihr Gesicht strahlte vor Bewunderung.

Sweeet holte eine Zigarre aus der Tasche seiner Jeans hervor. »Durch Zwang. Durch sehr sanften, sanften Zwang.«

»Ach, Will!« Cecily verbarg ihr Gesicht in den Händen. »Sie sind unbezahlbar. Ein so langweiliges Geschwätz hervorzuzerren und es zu einer Erpressung auszunutzen. Ich meine buchstäblich.«

»Sachte, sachte«, rief Will. »Ich weiß zwar nicht, wie ich das nennen würde...«

»Sie dürfen mich nicht mißverstehen«, erwiderte Cecily. »Ich bin ganz einfach... überwältigt – ich will damit sagen, aus etwas so Häßlichem etwas so Wunderbares zu machen. Wissen Sie, Sie sind ein richtiger Zauberer, genau das sind Sie. Sie nehmen einen alten Dreck und verwandeln ihn in Gold... ich meine... Sie sind ein so typischer Fall. Sie nehmen ein winziges kleines Stück Materie und verwandeln es in etwas wirklich Brauchbares, etwas wie eine Atombombe... da kommt meine Fantasie nicht mehr mit.«

»Machst du dich über mich lustig?« rief Will und lächelte.

»Ich möchte nicht übertreiben«, antwortete Cecily, »aber ich habe immer zu Hyperbeln geneigt.«

»Was ist denn das?«

»Übertreibungen. Riesige Übertreibungen. Aber selbst meine hemmungslosesten Fantasiegebilde konnten es mit den wirklichen Geschehnissen nicht aufnehmen. Ich meine das buchstäblich. Und diese blöde Frau Dr. Mann hatte die Frechheit, tatsächlich die Hybris zu behaupten, Sie wären anmaßend. Sie ist wirklich verrückt, wissen Sie – nicht etwa nur verblödet.

Ich meine, zu behaupten, Sie wären anmaßend, während die Wahrheit doch die ist, daß sie wahrscheinlich der bescheidenste Mensch auf dieser Welt sind.«

»Trag nicht zu dick auf«, entgegnete Will, aber auf seinem Gesicht breitete sich ein zufriedenes Lächeln aus.

»Lassen Sie doch selber noch einmal alles an sich vorbeiziehen«, sagte Cecily. »Was haben Sie alles in nur einem Jahr geschafft. Dieses Weib gezähmt, jedes wichtige Gebiet der Lehrer-Schüler-Verwaltung übernommen – mit Ausnahme der leitenden

Stellung. Aber das ist nur noch eine Frage der Zeit, wie January gesagt hat. Mich würde es nicht wundern, wenn Sie in kürzester Zeit die Leitung der Schule übernehmen würden.«

»Wirklich?«

Cecily nickte. »In kürzester Zeit. Nachdem Frau Dr. Mann in dieser Auseinandersetzung Ihnen gegenüber verloren hat, wird sie wohl keine allzu große Lust mehr auf weitere Kämpfe haben.«

»Wie schön, wenn du recht hättest.« Will drehte sich auf den Rücken und blickte lächelnd zur Decke, so daß Cecily Zeit fand, sich ihr heißes Gesicht abzuwischen.

»Selbst wenn du unrecht haben solltest, ist es doch nett von dir gewesen, Cecily, hier heraufzukommen und mich aufzumuntern. Insbesondere in einer so unglücklichen Stunde. Ich habe mich schon gefragt, wo du eigentlich die ganze letzte Woche gesteckt hast, und habe gedacht, du liebst mich vielleicht nicht mehr.«

»Wie konnten Sie das denken!« rief Cecily. »Bin ich nicht immer Ihre glühendste Anhängerin gewesen?«

»Das warst du auch, meine Kleine. Das warst du.« Er drehte sich wieder auf den Bauch herum und drückte ihr Knie. »Und glaub nur nicht, ich wäre dir nicht dankbar.«

Cecilys Gesicht rötete sich bei der Berührung durch seine Hand, und sie unterdrückte einen leisen Seufzer. »Aber nicht dankbar genug, stimmt's, Will?«

»Wie meinst du das?«

Cecily wandte ihr Gesicht ab. »Miß Stantus, Renata, wahrscheinlich Almira, vielleicht sogar die Krankenschwester – und all die Mädchen in Norfolk. Aber niemals ich.«

»Wovon redest du eigentlich?«

»Ich bitte Sie, Will, Sie wissen doch, was ich meine. Ich gefalle Ihnen ganz einfach nicht.«

»Zum Teufel, Cecily!« Will richtete sich auf dem Bett auf. »Die Hälfte von denen gefällt mir nicht. Und die meisten mag ich nicht einmal... Dich mag ich!«

»Aber nicht genug, so ist es doch?«

»Liebling, bist du verrückt? Du bist kaum siebzehn.«

»Das gilt auch für Renata.«

»Renata ist so veranlagt«, erwiderte Will. »Wer hat dir überhaupt erzählt, ich hätte etwas mit Renata?«

»Bob.« Cecily blickte zu Boden. »Er hat gesagt, er müßte weggehen, weil es für ihn hoffnungslos sei, es mit Ihnen aufzunehmen.«

»Wann hat er dir das gesagt?«

»Er hat es mir geschrieben.«

»Was hat er sonst noch geschrieben?«

»Das war alles.«

Die Spannung wich aus Wills Gesicht und verwandelte sich in ein Lächeln. »Darüber hätte er mit mir reden sollen. Er hätte sich eine Menge Unannehmlichkeiten erspart. Was ist denn mit dir los, Mädchen? Bedrückt dich etwas?«

Cecily wischte sich die Augen. »Wären Sie es nicht?« jammerte sie. »Wären Sie es nicht, wenn Ihre Jugendzeit fast zu Ende wäre und Sie niemals Ihre große, tiefe Liebe kennengelernt hätten. Niemals intim.«

»Ich bitte dich, Liebling, weine nicht.« Er hatte sich neben sie auf die Fensterbank gesetzt, wischte ihr das Gesicht mit seinem großen weißen Taschentuch ab und streichelte ihr welliges rotes Haar.

»Lassen Sie das.« Cecily erschauerte.

»Was ist los?«

»Streicheln Sie mich nicht wie einen Hund. Ich bin nicht Ihr Spaniel. Wenn Sie nicht mit mir schlafen wollen, verschonen Sie mich mit Ihrem Allerweltsmitleid.«

»Aber Liebling, es ist doch gar kein Mitleid. Ich mag dich wirklich.«

»Nur bin ich nicht attraktiv, stimmt's?«

»Liebling, ich hab' schon Schlimmere gesehen. Und ich finde dich ziemlich süß.«

»Dann… warum nicht, Will? Warum nicht?«

»Meine Kleine…« Will holte tief Atem und streckte sich. »Ich habe in diesem Jahr bereits eine Jungfrau geknackt. Das ist meine Quote.«

Cecily brach in Lachen aus.

»Was ist los?«

»Ach, Mensch!« rief Cecily lachend, und die Tränen rollten ihr über die Wangen. »Sie sind doch nicht so schlau, wie ich dachte. Ich? Eine Jungfrau?«

»Bist du's nicht?«

»Natürlich nicht!« rief Cecily. »Wer hat es denn Ihrer Ansicht nach die ganze Zeit über mit Bob getrieben, während Sie Renata bedienten?«

»Das ist ja ein tolles Ding!« stieß Will hervor. »Und ausgerechnet er hat sich als so rechtschaffen… und fromm aufgespielt.«

Cecilys Schultern begannen zu beben.

»Aber Liebling, nimm's nicht so ernst. Hätte ich das nur gewußt. Bestimmt hätte ich ein paar Bannkreise um ihn gezogen.«

»Es ist noch nicht zu spät«, flüsterte Cecily.

»Meinst du das ernst? Jetzt?«

»Warum nicht?«

»Aber die Jungs werden schon bald vom Essen zurückkommen, und...«

»Ich habe immer gehört, Sie wären der schnellste Bespringer im ganzen Osten, Will.«

»He, das war nicht übel!« rief Will lachend. »Das hat mir gefallen.«

»Dann zeig es mir, Will.«

»Ich hätte kaum noch die Zeit, damit anzufangen. Ich würde kaum imstande sein, dir den Pullover auszuziehen.«

»Laß ihn an«, rief sie. »Halt dich nicht mit meinen Kleidern auf.« Sie packte sein Hemd und zog ihn zu sich heran. »Tu so, als ob du mich vergewaltigst, Will. Das würde dir doch gefallen...«

»Aber deine Sachen werden ganz zerknittert«, sagte er, als sie ihre Nägel in seinen Nacken schlug.

»Ich ziehe nachher meinen Regenmantel an...«

»He...«

»Ist schon in Ordnung, Will.« Sie klammerte sich an ihn, als er aufstehen wollte. »Ich habe die Tür bereits verriegelt.«

»Nein, du bist eine Nummer! Bist ein tolles Stück.«

»Bin ich das?«

»Tiger!« rief er und hob sich über sie.

Sie hörte die Jungen vor dem Wohnheim und wartete, bis sie Schritte auf der Treppe vernahm, bevor sie laut zu schreien begann.

18. Kapitel

Am nächsten Vormittag gegen elf Uhr dreißig hielt Frau Dr. Mann die Zeit für gekommen, die Stühle auf den Rasen zu stellen. Dann ging sie zur Krankenstation hinüber, um Cecily zu besuchen. Aber Cecily war nicht mehr da.

»Fühlst du dich bestimmt auch ganz wohl?« Judy hatte ihr Bett mit frischen Laken bezogen, so daß Cecily mit ihrer Wunde nicht in das obere Bett zu klettern brauchte.

»Ich fühle mich völlig in Ordnung«, erklärte Cecily.

»Ich finde trotzdem, du hättest noch länger in der Krankenstation bleiben sollen«, flüsterte January.

»Ihr braucht wahrhaftig nicht in so ehrfürchtigem Ton zu reden«, rief Cecily. »Ich werde nicht sterben.«

»Trotzdem finde ich, du hättest in der Krankenstation bleiben sollen.«

»Dort hat es mir nicht gefallen«, entgegnete Cecily. »Ganz allein mit dieser Krankenschwester. Wahrscheinlich hat er auch sie das ganze Jahr über bearbeitet.«

»War es sehr schlimm?« fragte January.

»Schlimm genug.«

»Ach, Cecily«, sagte Judy und brach in Tränen aus.

»Zieh nicht so hoch, du Bestie, du wirst dir noch deine ganze Scheidewand verderben und dir das Sprechen vermasseln.«

»Du hast recht«, antwortete Judy und versuchte ihr Weinen zu unterdrücken.

»Wasch dir dein Gesicht mit kaltem Wasser. Ich wünsche keine Klagelieder an der Bahre.«

»Ganz wie du willst.«

Judy ging aus dem Zimmer.

»Womit ich nicht fertig werden...« January setzte sich auf den Schreibtisch. »Daß er behauptet, du hättest ihn verführt und ihm gesagt, er solle so tun, als ob er dich vergewaltige.«

»Das beweist nur, wie verschlagen er ist«, sagte Cecily. »Ich meine, wenn es jemals einen Spitzenreiter in Verschlagenheit gegeben hat, so ist es Will!«

»Und diese Geschichte mit Bob! Kann man sich überhaupt vorstellen, daß er so etwas über dich und Bob sagt?«

»Nichts als Verworfenheit«, murmelte Cecily. »Ein Abgrund an Verworfenheit.«

»Sogar ohne den Bericht des Arztes habe *ich* mit Sicherheit von deiner Unschuld gewußt.«

»Nicht nur du«, meinte Cecily lächelnd. »Judy hätte als erste bezeugt, daß ich in bezug auf Sex hysterisch war.«

»Bist du es?«

»Ich glaube nicht. Gewiß, es war scheußlich, aber nur unter den gegebenen Umständen – das war nicht als Wortspiel gemeint.«

»Ich komme ganz einfach nicht über das hinweg, was dieser Mann gesagt hat. Was hat er damit eigentlich beweisen wollen? Selbst wenn es keine Vergewaltigung gewesen wäre, so bliebe es noch immer Notzucht. Praktisch läuft es auf das gleiche hinaus.«

»Aber nicht buchstäblich«, entgegnete Cecily. »Ich finde, eine richtige Vergewaltigung wiegt erheblich schwerer.«

»Wahrscheinlich.«

»Das ist axiomatisch«, erklärte Cecily.

»Macht korrumpiert. Absolute Macht korrumpiert absolut.«

»Absolut«, stimmte January ihr zu.

»Frau Dr. Mann hat gesagt, er sei anmaßend, aber sie hat nicht mal angefangen zu kapieren. Nur in einem habe ich mich geirrt: Ich habe geglaubt, er bräuchte Alkohol oder Marihuana oder etwas dergleichen. Dieser Mann hat sich nur an seinen eigenen Worten berauscht...«

»Was meinst du damit, du hast dich geirrt?«

»Geirrt?« erwiderte Cecily, »ich habe damit gemeint, mein einziger Irrtum hat darin bestanden, mit ihm allein zu sein.«

»Ach.«

»Ich will damit sagen, er hat sich nur immer mehr an sich selber berauscht wie bei den alten Rußki-Bacchanalen. Ein klassisches Beispiel für Selbstberauschung auf zaristische Art. So etwas wie ein Volks-Robespierre.«

»Ich glaube, du meinst Rasputin«, sagte January.

»Das läuft aufs gleiche hinaus.« Cecily wandte ihr Gesicht der Wand zu und seufzte.

»Hast du große Schmerzen?« fragte January.

»Sei nicht albern, ich bin nur müde. Du gehst jetzt besser zur Probe.«

»Ich möchte dich ungern allein lassen«, erwiderte January.

»Mir fehlt nichts. Das Schlimmste ist überstanden.«

Nach einer Weile kam Miß Stantus herein, um zu sehen, wie es Cecily ginge. Cecily erklärte ihr, es ginge ihr gut, buchstäblich gut. Der Schock könnte jeden Augenblick überwunden sein, und dann wäre sie so gut wie neu, sagte sie. Praktisch wie neu.

»Kann ich dir etwas holen?« fragte Miß Stantus. »Zeitschriften? Etwas zu essen?«

»Ich weiß nicht, ob ich schon so weit bin, daß ich essen kann«, erwiderte Cecily. »Aber vielleicht ein bißchen Eiskrem. Vielleicht könnte ich ein bißchen Eiskrem herunterbringen.«

»Ich lasse etwas aus dem Speisesaal kommen.«

»Und vielleicht Kuchen. Ich bin nicht sicher, ob ich schon schlukken kann. Aber in der vorigen Woche habe ich gesehen, daß Mrs. Kornfeld einen schönen Kuchen bekommen hat.«

Miß Stantus lächelte. »Ich glaube, du wirst dich gut erholen.«

»Das glaube ich auch«, antwortete Cecily. »Schließlich gibt es im Leben Schlimmeres, als keine Jungfrau mehr zu sein.«

Miß Stantus' Wangen wurden hochrot, aber Cecily sah sie fest an. »Ja«, sagte Miß Stantus. »Ja, bestimmt gibt es Schlimmeres.«

Aus der Lautsprecheranlage auf dem Dach von Haus Tara hörte Cecily die ersten Takte des Triumphmarsches, unterbrochen vom kratzenden Laut beim Abheben der Nadel. Dann vernahm sie Mr. Foals' Stimme, der alle aufforderte, sich wieder aufzustellen und noch mal von vorn anzufangen.

»Lionel, steh gerade!« rief Foals. »Für deine Abschlußfeier kannst du zumindest einmal gerade stehen. Und zieh die Ärmel herunter, damit man die Verbände nicht sieht.

Almira ... spuck den Kaugummi aus und richte deine Augen auf den Hinterkopf deines Vordermanns.

Und Frenchy, laß keine solchen Lücken zwischen dir und Renata. Frenchy? Frenchy, hör jetzt auf, verschon mich endlich mit deinen Dummheiten.«

Cecily lehnte sich in ihre Kissen zurück und begann zu lächeln. Und schon bald lachte sie.